山西文華·著述編

温庭筠全集校注

第一册

劉學鍇◎撰

《山西文華》編纂委員會　編

山西出版傳媒集團
三晋出版社

圖書在版編目(CIP)數據

温庭筠全集校注 / 劉學鍇撰. —太原：三晋出版社，2016.6
ISBN 978-7-5457-1360-2

Ⅰ. ①温… Ⅱ. ①劉… Ⅲ. ①詞（文學）—作品集—中國—唐代 Ⅳ. ①I222.842

中國版本圖書館 CIP 數據核字(2016)第 157379 號

温庭筠全集校注

撰　　者： 劉學鍇
責任編輯： 任俊芳
封扉設計： 山西天目·王明自

出 版 者： 山西出版傳媒集團·三晋出版社（原山西古籍出版社）
地　　址： 太原市建設南路 21 號
郵　　編： 030012
電　　話： 0351-4922268（發行中心）
0351-4956036（總編室）
0351-4922203（印製部）
網　　址： http://www.sjcbs.cn

經 銷 者： 新華書店
承 印 者： 山西人民印刷有限責任公司

開　　本： 700mm × 1000mm　1/16
印　　張： 51.25
字　　數： 900 千字
版　　次： 2016 年 9 月　第 1 版
印　　次： 2016 年 9 月　第 1 次印刷
書　　號： ISBN　978-7-5457-1360-2
定　　價： 200.00 圓（全二册）

ISBN 978-7-5457-1360-2
9 787545 713602 >

《山西文華》編纂委員會

《山西文華》學術顧問委員會

（按姓氏筆畫排序）

《山西文華》分編主編

出版説明

山西東屏太行,西瀕黄河,北通塞外,南控中原,是中華民族的主要發祥地之一。中華文明輝煌燦爛,三晋文化源遠流長。歷史文獻豐富、文化遺産厚重,形成了兼容並包、積澱深厚、韵味獨特的晋文化。山西省政府决定編纂大型歷史文獻叢書《山西文華》,以彙集三晋文獻、傳承三晋文化、弘揚三晋文明。

《山西文華》力求把握正確方向,尊重歷史原貌,突出山西特色,薈萃文化精華,按照搶救、保護、整理、傳承的原則整理出版圖書。叢書規模大,編纂時間長,參與人員多,特將有關編纂則例簡要説明如下。

一、《山西文華》是有關山西現今地域的大型歷史文獻叢書,分“著述編”“史料編”“圖録編”。每編之下項目平列;重大系列性項目,按其項目規模特徵,製定合理的編纂方式。

二、“著述編”以 1949 年 10 月 1 日前山西籍作者(含長期在晋之作者)的著述爲主,兼收今人有關山西歷史文化的研究性著述。

三、“史料編”收録 1949 年 10 月 1 日前有關山西的方志、金石、日記、年譜、族譜、檔案、報刊等史料,以影印爲主要整理方式。

四、“圖録編”主要收録1949年10月1日前有關山西的文化遺産精華，包括古代建築、壁畫、彩塑、書畫、民間藝術等，兼收古地圖等大型圖文資料。

五、今人著述采用簡體漢字横排，古代著述采用繁體漢字横排。

《山西文華》編纂委員會

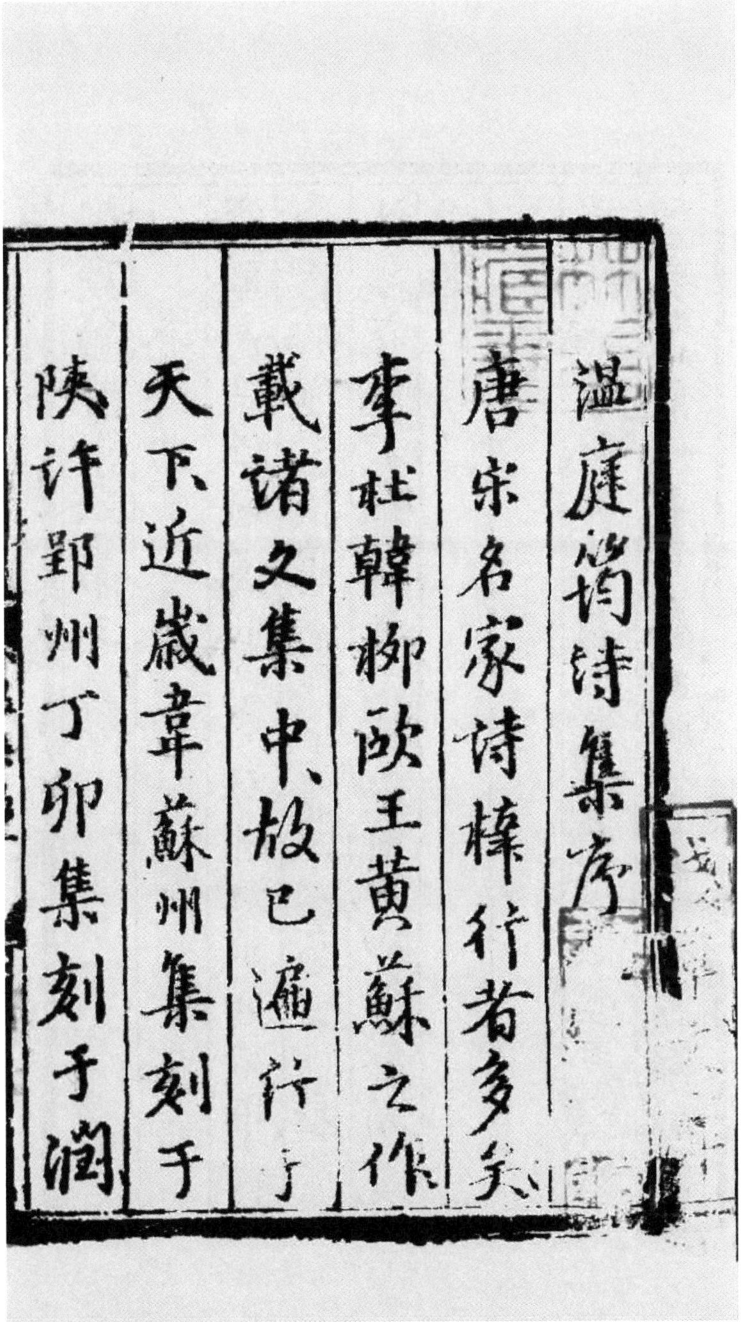
温庭筠詩集序
唐宋名家詩梓行者多矣
李杜韓柳歐王黃蘇之作
載諸文集中故已遍行于
天下近歲韋蘇州集刻于
陝許郢州丁卯集刻于閩

明弘治版《温庭筠詩集》書影

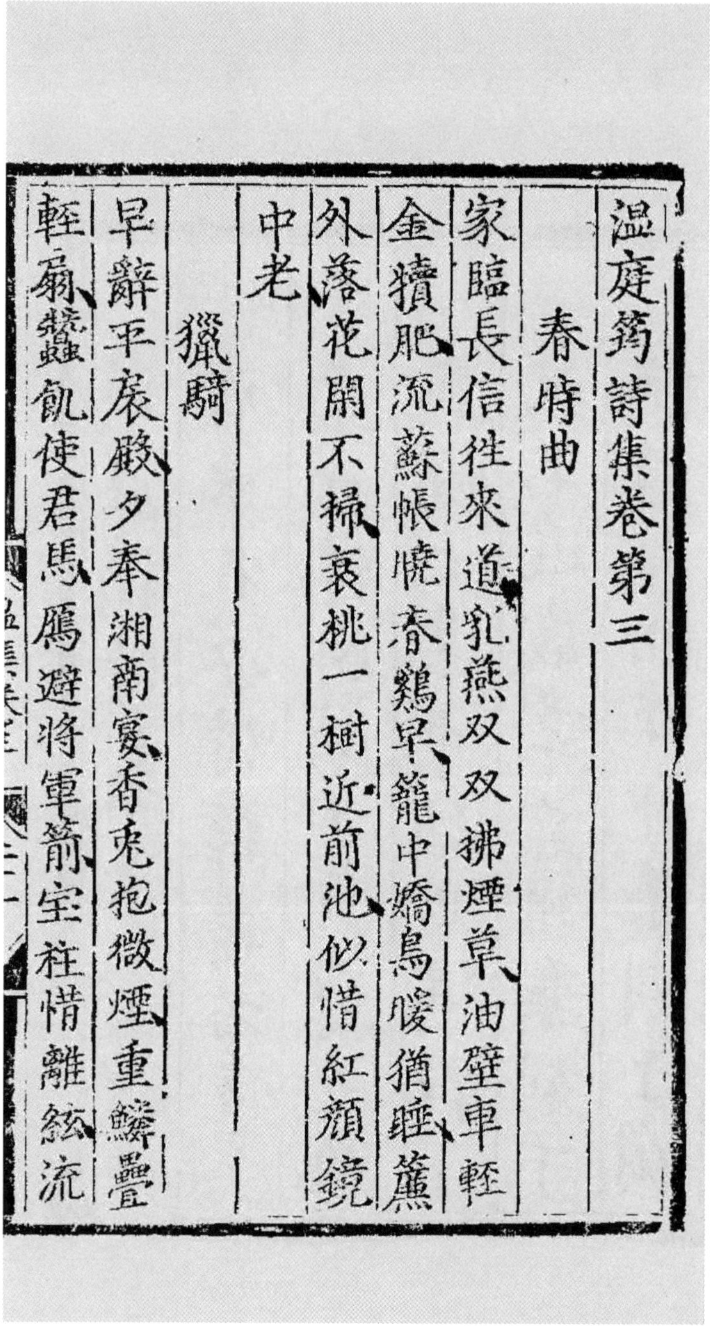

温庭筠詩集卷第三

春曉曲

家臨長信往來道乳燕双双拂煙草油壁車輕金犢肥流蘇帳曉春雞早籠中嬌鳥暖猶睡簾外落花閑不掃衰桃一樹近前池似惜紅顔鏡中老

獵騎

早辭平扆殿夕奉湘南宴香兎抱微煙重鱗疊輕扇蠶飢使君馬鴈避將軍箭宝柱惜離絃流

明弘治版《温庭筠詩集》書影

出版前言

温庭筠(？—866),本名岐,字飛卿,山西太原人。初唐宰相温彦博裔孫。温氏一族經歷隋唐兩朝,從叱咤風雲到逐漸衰微。温庭筠主要生活于文、武、宣、懿四朝。晚唐時代,政治腐敗,朋黨勾結,他雖"長于詩賦",但無人推薦,因而屢試不第;又因爲其性格孤傲,得罪當時宰相令狐綯,長期遭到排斥,一生中僅擔任過方城尉和國子監助教等低級官職。温庭筠富有天才,文思敏捷,每入試,押官韻,八叉手而成八韻,所以也有"温八叉"之稱。工詩,與李商隱齊名,時稱"温李"。其詩辭藻華麗,濃艷精緻,内容多寫閨情,少數作品對時政有所反映。其詞藝術成就在晚唐諸詞人之上,爲"花間派"首要詞人,被尊爲"花間詞派"之鼻祖,對詞的發展影響較大。在詞史上,與韋莊齊名,並稱"温韋"。

温庭筠一生著述頗豐,據《新唐書·藝文志》載,有《握蘭集》三卷、《金筌集》十卷、《詩集》五卷、《漢南詩稿》十卷,但可惜的是原稿全部散佚。現存各版本均爲後人集彙成册。顧予咸、顧嗣立父子在温集的整理發掘中,有着非常大的功績,雖有不足,但瑕不掩瑜,顧本是重要的底本和參校本。2007 年中華書局推出的劉學鍇先生編撰的《温庭筠全集校注》是目前最爲全備的温集整理本。詩歌部分以國家圖書館藏明末馮彦淵家鈔宋本《温庭筠詩集》七卷、《别集》一卷爲底本,並以明弘治十二年李熙刻《温庭筠詩集》及《别集》、明刻《温庭筠詩集》及《補遺》、明毛氏汲古閣刻《金筌集》及《别集》、北京大學圖書館藏明姜道生刻《唐方城令温飛卿集》、清康熙顧氏秀野草堂刻《温飛卿詩集》及《别集》《集外詩》以及清康熙輯《全唐詩》之温庭筠詩等爲參校本。同時參以《才調集》《文苑英華》《樂府詩集》《萬首唐人絶句》《唐詩紀事》等總集。温庭筠詩歌註釋以曾益原注，顧予咸補注、顧嗣立補正的温集箋注本爲基礎，以【曾注】【咸注】【立注】標明，編撰者的補正以【補注】【按】標明。温庭筠詞絶大部分輯自《花間集》，共計 66 首，另據别本補録 3 首，共計 69 首，以注釋、箋評、按語的形式整理。温庭筠文主要以《文苑英華》爲底本，參以《全唐文》等進行校勘，首次整理，故出新注、箋證并作寫作時間的考證等。温庭筠所著小説《乾𦠆子》已佚失，今從《太平廣記》輯録 33 則，僅録入原文。附録中收録傳記資料、贈詩、各版本序跋以及生平繫年。

《山西文華》是山西省政府主持的大型歷史文獻叢書出版工程，温庭筠因卓越的歷史成就和巨大的影響，其全集得以入選《山西文華 · 著述編》。幸得中華書局鼎力支持，將《温庭筠全集校注》版權授予我社，皇皇巨著，再次生輝。

此次出版，主要做了如下工作：其一，按照《山西文華》的統一體例，變中華書局本繁體竪排爲繁體横排；其二，訂正原書體例不統一處、文字訛誤處若干；其三，重新劃分卷目，析爲二册；其四，由於歷史沿革，不同時期、不同版本中多有文字不統一現象，如"吴松""吴淞"，"昆侖""崑崙"等，所有引用文獻，用字遵從所用版本，不做統一，現今整理者用字遵從現行通用漢字字形。除此之外，一仍其舊。水平所限，不當之處在所難免，祈望方家不吝指正。

三晋出版社

凡　例

一、本書係存世温庭筠詩、詞、文之校注箋解本，並輯其存世小說《乾𦠆子》三十三則。

二、温庭筠詩校勘以國家圖書館藏明末馮彦淵家鈔宋本《温庭筠詩集》七卷《别集》一卷爲底本，以下列各本爲校本：

（一）國家圖書館藏明弘治十二年李熙刻《温庭筠詩集》七卷《别集》一卷。簡稱李本。

（二）國家圖書館藏明刻《温庭筠詩集》十卷《補遺》一卷（配清抄）。簡稱十卷本。

（三）北京大學圖書館藏明姜道生刻《唐方城令温飛卿集》一卷。簡稱姜本。

（四）國家圖書館藏明毛氏汲古閣刻《五唐人詩集》之《金荃集》七卷《别集》一卷。簡稱毛本。

（五）四部叢刊影印清錢氏述古堂鈔本《温飛卿詩集》七卷《别集》一卷。簡稱述鈔。

（六）清康熙席啓寓刻《唐人百家詩》之《温庭筠詩集》七卷《别集》一卷《温庭筠集外詩》一卷。簡稱席本。

（七）清顧嗣立刻康熙三十六年顧氏秀野草堂刻本《温飛卿詩集》七卷《别集》一卷《集外詩》一卷。簡稱顧本。

（八）清康熙輯《全唐詩》之温庭筠詩八卷補遺一卷。簡稱全詩。

《集外詩》以顧本爲底本。

除本集外，復以《又玄集》《才調集》《文苑英華》《樂府詩集》《萬首唐人絶句》《古今歲時雜詠》《唐詩紀事》等總集參校。分别簡稱《又玄》《才調》《英華》《樂府》《絶句》《雜詠》《紀事》。

底本不誤而他本顯誤者一般不出校,他本異文兩通者出校。據他本改正删補者均出校,必要時略述理由。

詩集中有同一詩前後重見者删後見者,録其異文。集外詩中有經考證確認爲他人詩誤收者删詩存目。

三、温庭筠詩注釋以明末曾益原注,清顧予咸補注、顧嗣立重校删補訂正之《温飛卿詩集》箋注本爲基礎。爲存舊注,概不加删削,分别以【曾注】【咸注】【立注】標明。編撰者對舊注之補正,則以【補注】或【按】標明。

歷代選本、詩話中對温詩之箋解評鑒,於有關諸詩之校注後别立箋評一項,依時代爲序加以引録。每首詩後均附編撰者按語,對詩之内容意藴略加箋釋。

鑒於温詩大部分難以編年,故編次仍從舊本,即正集七卷、别集一卷、集外詩一卷。凡可編年或可大體確定寫作時間者,於校注①標明並述繫年之依據。

四、温庭筠詞絶大部分輯自《花間集》(六十六首)。中華書局出版之曾昭岷等人編校之《全唐五代詞》以晁本《花間集》爲底本,廣搜舊本、總集進行校勘。另據朱本《尊前集》録一首、《稗海》本《雲谿友議》録二首,共計六十九首。本編温詞部分即依曾校本所校定之文字,偶有不同者,加以説明。其中《楊柳枝》八首、《添聲楊柳枝》二首已見《詩集》之集外詩,故詞集中只存目。在吸取前人、近人注釋成果基礎上作新注。有前人、近人箋評者立箋評一項,以時代爲序引録前人、近人箋解評點。每首詞後以按語附編撰者意見,以疏解爲主,間作評點。

五、温庭筠文(包括賦、狀、書、啓、牓文)現存二十五題三十四首,絶大部分輯自《文苑英華》。兹以清編《全唐文》爲底本,以《文苑英華》等進行校勘。因温文向無箋注,故每首均作新注,並於校注對題目涉及的人名進行箋證，對寫作時間進行考證。文末不再附編撰者按語。

六、温庭筠著有小説《乾𦠆子》三卷（《新唐書・藝文志》小説家類著録），原書已佚，重編《説郛》《龍威秘書》存一卷，已非原帙。《太平廣記》引録三十三則，另《類説》《紺珠集》各摘録十餘則。今從《太平廣記》（明談愷刻本）輯録三十三則，僅録原文，不作注釋。間作校記。

七、附録

（一）傳記資料

（二）同時人寄贈詩

（三）史志書目著録及各本序跋提要

（四）温庭筠繫年

目　録

第一册

温庭筠全集校注卷二　詩

温庭筠全集校注卷三　詩

温庭筠全集校注卷四　詩

温庭筠全集校注卷五　詩

温庭筠全集校注卷六　詩

温庭筠全集校注卷七　詩

第二册

温庭筠全集校注卷八　詩

温庭筠全集校注卷九　詩

温庭筠全集校注卷十　詞

温庭筠全集校注卷十一　文

温庭筠全集校注卷十二　乾𦠆子

附　録

温庭筠全集校注卷一

詩

雞鳴埭曲[①]

南朝天子射雉時[②],銀河耿耿星參差[③]。銅壺漏斷夢初覺[④],寶馬塵高人未知[⑤]。魚躍蓮東蕩宫沼[⑥],濛濛御柳懸棲鳥[⑦]。紅妝萬户鏡中春[⑧],碧樹一聲天下曉[⑨]。盤踞勢窮三百年[⑩],朱方殺氣成愁煙[⑪]。彗星拂地浪連海[⑫],戰鼓渡江塵漲天[⑬]。繡龍畫雉填宫井[⑭],野火風驅燒九鼎[⑮]。殿巢江燕砌生蒿[⑯],十二金人霜炯炯[⑰]。芊綿平緑臺城基[⑱],暖色春容荒古陂[⑲]。寧知玉樹後庭曲[⑳],留待野棠如雪枝[㉑]。

【校注】

①《樂府》卷一百新樂府辭十一樂府倚曲載此首。題内"曲"字,《樂府》、席本、顧本作"歌"。【咸注】李延壽《南史》:齊武帝車駕數幸琅邪城,宫人常從早發,至湖北埭,雞始鳴,故呼爲雞鳴埭。《金陵志》:雞鳴埭在青溪西南潮溝之上。齊武帝早遊鍾山射雉,至此始聞雞鳴。許慎《説文》:壅水爲堰曰埭。【補注】青溪,三國吴在建業城東南所鑿東渠,源於鍾山西南,流經今南京市區入秦淮河,亦名九曲青溪,今僅存入秦淮河之一段。雞鳴埭舊址在今南京市江寧縣南。

②【立注】《南史》:齊武帝永明六年五月,左衛殿中將軍邯鄲超表陳射雉,書奏賜死。九月壬寅,於琅邪城講武,習水步軍。九年九月戊辰,幸琅邪城講武,觀者傾都,普頒酒肉。【補注】射雉,射獵野雞。《三國志・魏書・辛毗傳》:"嘗從帝射雉。"魏、晋以來,皇帝常以射雉爲戲。《南史・齊武帝本紀》於"邯鄲超表陳射雉,書奏賜死"下又載:"又潁川荀丕亦以諫諍,託他事及誅。"可見邯鄲超"表陳射雉",係諫阻其躭於射獵,竟以此賜死。

③【曾注】《白帖》:天河謂之銀漢,亦曰銀河。【補注】耿耿,明亮貌。謝朓《暫使下都夜發新林至京邑贈西府同僚》:"秋河曙耿耿,寒渚夜蒼蒼。"參差,錯落貌。

④【曾注】張衡《渾天儀制》:以銅爲器,實以清水,下各開孔,以玉虯吐漏水入兩壺。【立注】《南齊書》:武帝數遊幸苑囿,載宫人從後車。宫内深隱,不聞端門鼓漏聲,置鐘於景陽樓上,宫人聞鐘聲,早起裝飾,至今此鐘惟應五鼓及三鼓也。【補注】銅壺,古代計時器。以銅爲壺,底穿孔,壺中立一有刻度之箭形浮標,壺中水滴漏漸少,箭上刻度漸次顯露,視之以知時刻。漏斷,謂銅壺中水漏盡,時已五更。

⑤【曾注】《史記·李斯傳》:中厩之寶馬,臣得賜之。【咸注】徐陵《移齊文》:庸、蜀寶馬,彌山不窮。【補注】寶馬,指皇帝車駕所用名貴的駿馬。

⑥【曾注】吴曾《漫録》:樂府《江南詞》:魚戲蓮葉東,魚戲蓮葉西。魚戲蓮葉南,魚戲蓮葉北。【補注】《詩·大雅·旱麓》:"鳶飛戾天,魚躍于淵。"《禮記·喪大記》:"魚躍拂池。"《江南》古辭見《樂府詩集》卷二六相和歌辭一。曾注引之前有"江南可采蓮,蓮葉何田田。魚戲蓮葉間"三句,《樂府解題》:"《江南》古辭,蓋美芳晨麗景,嬉遊得時。"蕩,言水波蕩漾。宫沼,宫中池沼。

⑦【補注】御柳,禁苑中所植之柳。懸棲鳥,謂棲宿在樹上的鳥猶未醒而懸於柳枝。

⑧【咸注】費昶《行路難》:至尊離宫百餘處,千門萬户不知曙。【補注】《史記·孝武本紀》:"於是作建章宫,度爲千門萬户。"此句"萬户"即指宫苑之千門萬户。句謂宫中妃嬪對鏡梳妝,鏡中映出其青春容顔,即杜牧《阿房宫賦》"明星熒熒,開妝鏡也"之情景。

⑨【曾注】班固《西都賦》:珊瑚碧樹,周阿而生。【立注】《淮南子》:桃都山有大樹,名曰蟠桃,枝相去三千里。山上有天雞,日初出,照此木,天雞即鳴,天下雞隨皆應之。【按】事又見《太平御覽》卷九一八引《玄中記》。句則化用李賀《致酒行》:"雄雞一聲天下白。"

⑩【曾注】張勃《吴録》:諸葛亮謂大帝曰:"鍾山龍蟠,石頭虎踞。"【咸注】《隋·薛道衡傳》:郭璞云:"江表偏王三百年,還與中國合。"庾信《哀江南賦》:將非江表王氣,終於三百年乎?【補注】盤踞勢窮,謂建都金陵的南朝氣運已盡,即劉禹錫《西塞山懷古》所謂"金陵王氣黯然收"。南朝自東晋建立至陳朝滅亡,凡二百七十三年,"三百年"係舉成數。李商隱《詠史》:"三百年間同曉夢,鍾山何處有龍盤?"

⑪【咸注】《吴地記》:吴改朱方曰丹徒。江淹賦:爰契闊於朱方。《晋·天文志》:條條片片,殺氣也。【補注】《左傳·昭公四年》:"楚子……使屈申圍朱方。"杜預注:"朱方,吴邑。"《史記·吴太伯世家》"吴予慶封朱方之縣"裴駰集解引《吴地記》:"朱方,秦改曰丹徒。"唐以前丹徒故城在今鎮江市東南。

⑫【咸注】《淮南子》:鯨魚死而彗星出。《爾雅》:彗星爲欃槍。注:亦謂之孛,

言其形孛孛然如掃帚。【補注】《史記·天官書》注:"天彗者,一名掃星。本類星,末類彗,小者數寸,長或竟天。而體無光,假日之光,故夕見則東指,晨見則西指。若日南北,皆隨日光而指。光芒所及,爲災變。見則兵起。"

⑬【立注】《南史》:陳後主荒於酒色,不恤政事。隋文帝大作戰船,使投柹於江曰:"若彼能改,吾又何求?"及納蕭瓛、蕭巖,隋文愈忿,以晋王廣爲元帥,督八十總管致討。【咸注】《家語》:子貢曰:"兩壘相望,塵埃相接。"庾信賦:塵埃漲天。

⑭【曾注】《禮記》:天子龍卷。劉熙《釋名》:衮,卷也,畫卷龍於衣也。又:王后之上服曰褘衣,畫翬雉之文於衣也。【咸注】《南史》:隋軍克臺城,貴妃與後主俱入井。隋軍出之,晋王廣命斬於青溪中。《南畿志》:景陽井在臺城内,陳後主與張麗華、孔貴嬪投其中以避隋兵。舊傳欄有石脈,以帛拭之作臙脂痕,名臙脂井。一名辱井。在法華寺。【補注】繡龍畫雉,以皇帝、后妃所服之繡有衮龍、畫有野雉之衣借指帝、妃,即陳後主與張、孔二貴妃。《南史·陳後主本紀》:"韓擒率衆……自南掖門入……(後主)乃逃於井……既而軍人窺井而呼之,後主不應,欲下石,乃聞叫聲。以繩引之,驚其太重,及出,乃與張貴妃、孔貴人三人同乘而上。""填宫井"指此。

⑮【立注】《南史》:大皇佛寺起七層塔,未畢,火從中起,飛至石頭,死者甚衆。《左傳》:武王遷九鼎於洛邑。【補注】《左傳·宣公三年》:"昔夏之方有德也,遠方圖牧,貢金九牧,鑄鼎象物,百物而爲之備。"禹鑄九鼎,象徵九州。後因以九鼎喻國家領土、政權。燒九鼎,喻陳代滅亡,南朝終結。

⑯【曾注】《廣雅》:砌,戺也。《詩》:呦呦鹿鳴,食野之蒿。注:菣也,即青蒿。【補注】砌,臺階。句意謂宫殿荒廢。

⑰【曾注】司馬遷《史記》:始皇收天下兵,聚之咸陽,銷以爲鐘鐻,金人十二,重各千石,置宫廷中。【補注】李賀《金銅仙人辭漢歌》序曰:"魏明帝青龍元(當作五)年,詔宫官牽車西遷漢武帝捧露盤仙人,欲立置前殿。宫官既拆盤,仙人臨載,乃潸然淚下。唐諸王孫李長吉乃作《金銅仙人辭漢歌》。"李賀以金銅仙人辭漢抒易代之悲,此句似兼用其意。表現陳亡後,宫中的遺物十二金人籠罩着白色的霜華,以抒亡國之悲。實則陳宫並無十二金人,此不過借指舊宫遺物。

⑱【曾注】《南畿志》:臺城在鍾山側。【咸注】《容齋隨筆》:晋、宋後謂朝廷禁省爲臺,故稱禁城爲臺城。【補注】臺城,指南朝宫城。《輿地紀勝》卷十七建康府:"臺城,一名苑城,即古建康宫城也。本吴後苑城。晋安帝咸和五年作新宫於此,其城唐末尚存。"又云:"故臺城,在上元縣北五里。"故址在今南京玄武湖畔。芊綿,草木茂盛貌。此狀臺城荒蕪,即劉禹錫《金陵五題·臺城》"萬户千門成野草,只緣一曲《後庭花》"之謂。

⑲ 容,《樂府》、席本、顧本作"空"。

⑳ 曲,述鈔作"花"。【立注】《陳書》:後主、貴妃遊宴,使諸貴人、女學士與狎客

共賦新詩，互相贈答，采其尤豔麗者以爲曲調，被以新聲，選宫女有容色者以千百數，令習而歌之。其曲有《玉樹後庭花》《臨春樂》等，大抵皆美張貴妃、孔貴嬪之容色也。《舊唐·志》：《玉樹後庭花》，太蔟商曲也，陳後主所作，其曲云："妖妃臉似花含露，玉樹流光照後庭。"

㉑【曾注】崔豹《古今注》：棠梨，合歡也。【補注】野棠，即棠梨，俗稱野梨，花白色，果實小，略呈球形。陸璣《毛詩草木鳥獸蟲魚疏·蔽芾甘棠》："甘棠，今棠梨，一名杜棃。"

【箋評】

【杜詔曰】庾信《哀江南賦》："將非江表王氣，終於三百年乎？"此下（按：指"盤踞勢窮"句下）言禎明中，隋軍壓境，以至滅亡。（"戰鼓渡江"句下）禎明二年，隋下詔伐陳。明年正月朔，陳主會朝，大霧四塞。是日，賀若弼自廣陵引兵濟江，韓擒虎自横江宵濟采石，緣江諸戍，望風盡走。（"繡龍畫雉"句下）陳主與張麗華、孔貴嬪投景陽井，以避隋兵。（《中晚唐詩叩彈集》）

【按】題稱《雞鳴埭曲》，詩實慨諷南朝君主之宴遊荒政，終致覆亡。齊武帝雞鳴埭之荒遊，不過借以發端舉隅耳。晚唐詩人每視南朝爲一整體，諷慨其淫佚相繼，李商隱《南朝》"玄武湖中玉漏催，雞鳴埭口繡襦回。誰言瓊樹朝朝見，不及金蓮步步來"，即其例。庭筠此詩首句即標"南朝天子"而不稱齊武帝，正透露其用意。詩分三段。"南朝天子"八句，描繪早起赴琅邪城宴遊畋獵，全寫晨景，見其宴遊之興遠過於理政。借一端概其餘。"盤踞勢窮"六句，突轉描叙隋軍渡江、陳朝覆滅情景，筆墨省净，而氣勢轉雄。"殿巢江燕"六句，寫今日所見南朝舊宫荒蕪凄凉景象，全以美好春色作反襯，而無窮盛衰興亡之慨即寓其中。

織錦詞①

丁東細漏侵瓊瑟②，影轉高梧月初出③。簇蔌金梭萬縷紅④，鴛鴦豔錦初成疋⑤。錦中百結皆同心⑥，蘂亂雲盤相間深⑦。此意欲傳傳不得，玫瑰作柱朱絃瑟⑧。爲君裁破合歡被⑨，星斗迢迢共千里⑩。象尺熏爐未覺秋⑪，碧池已有新蓮子⑫。

【校注】

①《才調》卷二、《樂府》卷九四載此首。《樂府詩集》列新樂府辭樂府雜題類。

② 東，《全詩》校：一作"冬"。瓊，《全詩》、顧本校：一作"瑶"。【補注】瑟有五

十絃、二十三絃、二十五絃、十五絃等多種形製，每絃有一柱，上下移動，以定聲音。瓊瑟，以玉裝飾之瑟。侵，相雜。此言丁東之夜漏聲與彈奏瓊瑟之聲相雜。下有"玫瑰作柱朱絃瑟"之句，似織錦時有彈奏瑟之聲。

③【曾注】梁簡文帝詩：避暑高梧側，輕風時入襟。《詩》：月出皎兮。【咸注】公孫乘《月賦》：猗嗟明月，當心而出。【補注】謂月初升而照高梧，樹影亦隨之而轉移。

④ 簇蔌，《才調》《樂府》作"蔟蔌"，李本、十卷本、姜本、毛本、《全詩》、顧本作"簇簌"。音、義均同。【曾注】《祕閣閒話》：蔡州蔡氏七夕禱天，得金梭。詳卷三《七夕歌》注①。【補注】簇蔌，象織梭織錦之聲。金梭，對織梭的美稱。萬縷紅，指織錦機上之千絲萬縷彩色絲綫。

⑤ 疋，《樂府》《全詩》、顧本作"匹"。同。【曾注】劉孝威詩：蒲萄始欲罷，鴛鴦猶未成。【立注】葛洪《西京雜記》：霍光妻遺淳于衍蒲萄錦二十四匹，散花綾二十五匹。綾出鉅鹿陳寶光家，寶光妻傳其法，霍顯召入其第，使作之。機用一百二十鑷，六十日成一匹。【補注】鴛鴦豔錦，織有鴛鴦圖案的彩錦。

⑥【曾注】梁武帝詩：腰間雙綺帶，夢爲同心結。【補注】百結皆同心，指織錦上有勾連的同心花紋。象徵男女間的恩愛，與上句"鴛鴦"寓意相同。

⑦【曾注】陸翽《鄴中記》：錦有大茱萸、小茱萸、蒲萄文錦、桃核文錦。【咸注】杜甫《白絲行》：萬草千花動凝碧。王子年《拾遺記》：嶠支國有列堞錦，文似雲霞，覆於日月，如城雉樓堞也。【補注】此謂織錦上的花蕊圖案、雲彩圖案相間。

⑧ 瑟，《才調》《樂府》、李本、十卷本、姜本、毛本、述鈔、顧本作"琴"。【咸注】司馬相如《子虛賦》：其石則赤玉玫瑰。晋灼曰：玫瑰，火齊珠也。【立注】《才調集》徐注：沈約詩：寶瑟玫瑰柱。《尚書大傳》：大琴朱絃。【補注】玫瑰，此指美玉。《禮記・樂記》："清廟之瑟，朱絃而疏越，壹倡而三嘆，有遺音者矣。"二句謂織錦女子的相思之情惟有一唱三嘆之瑟聲可以表達。

⑨【曾注】古詩：文彩雙鴛鴦，裁爲合歡被。【補注】破，助詞，猶"了"。李商隱《即日》："何人書破蒲葵扇，記着南塘移樹時。"裁破，猶裁了。合歡被，織有對稱圖案花紋之聯幅被，象徵男女歡愛。

⑩ 迢迢，原校：一作"寥寥"。《才調》校同。【咸注】古詩：迢迢牽牛星，皎皎河漢女。謝莊《月賦》：隔千里兮共明月。【補注】句謂相隔千里的雙方共對此一天迢迢星斗。

⑪ 尺，《才調》、席本、顧本作"齒"。【咸注】《左傳》：象有齒以焚其身。《西京雜記》：天子以象牙爲火籠。謝惠連《雪賦》：燎熏爐兮炳明燭。江淹《別賦》：共金爐之夕香。【補注】作"象齒熏爐"，蓋謂以象牙製成之熏爐，猶《西京雜記》"以象牙爲火籠"。作"象尺熏爐"則象尺指象牙尺，宋詞中"象尺熏爐"常連用，如寇準《點絳脣》："象尺熏爐，拂曉停針綫。"周邦彦《丁香結》："寶幄香纓，薰爐象尺，夜寒燈

暈。”象尺或爲撥火之工具。句意謂象尺熏爐尚閒置未用,蓋季節尚未至寒秋也。

⑫ 已,《樂府》、席本、顧本作“中”。【咸注】庾信詩:深紅蓮子豔,細錦鳳皇花。【補注】謂碧池中荷花已經結成蓮蓬。蓋有時光易逝、芳華不再之感。

【箋評】

【王闓運曰】寫景新僻。(《手批唐詩選》)

【按】此首寫織錦女子之離别相思。前段六句寫夜間織錦,既狀錦之豔麗,又以“鴛鴦”“同心”略透其企盼好合。後段六句寫女子彈瑟以傳情,裁合歡被以寄意,“星斗”句點明與所思者兩地千里相隔。末點時令,略寓芳華易逝之慨。

夜宴謡①

長釵墜髮雙蜻蜓②,碧盡山斜開畫屏③。虬鬚公子五侯客④,一飲千鍾如建瓴⑤。鸞咽姹唱圓無節⑥,眉斂湘煙袖迴雪⑦。清夜恩情四座同,莫令溝水東西别⑧。亭亭蠟淚香珠殘⑨,暗露曉風羅幕寒⑩。飄颻戟帶儼相次⑪,二十四枝龍畫竿⑫。裂管縈絃共繁曲⑬,芳樽細浪傾春醁⑭。高樓客散杏花多⑮,脉脉新蟾如瞪目⑯。

【校注】

①《樂府》卷一百新樂府辭十一樂府倚曲載此首。

②【補注】雙蜻蜓,指一對蜻蜓形狀的髮釵。張泌《江城子》詞:“緑雲高綰,金簇小蜻蜓。”“長釵墜髮”,形容夜宴已久,座中女子釵斜鬢亂情景。

③【補注】山,指屏山,即屏風,因其曲折如山,故稱。屏風上繪金碧山水,故云“碧盡山斜”。碧盡山斜,正狀“開畫屏”。

④ 鬚,《全詩》、顧本校:一作“髯”。【曾注】《魏書》:崔琰虬須,對客直視。荀悦《漢紀》:谷永與齊人樓護,俱爲五侯上客。【補注】五侯,泛指權貴豪門。

⑤【咸注】《孔叢子》:平原君與子高飲,强子高酒曰:“昔有遺辭:堯舜千鍾,孔子百壺,子路嗑嗑,尚飲百榼。古之賢無不能飲者也,吾子何辭焉!”《漢書·高帝紀》:下兵於諸侯,譬猶高屋之上建瓴水也。【按】建瓴,傾倒瓶中之水。語本《史記·高祖本紀》:“譬猶居高屋之上建瓴水也。”極言其易。

⑥ 姹,述鈔、席本、《全詩》、顧本同。而十卷本、毛本、李本、姜本作“妖”。《全詩》“姹”下音注:耻下、竹亞二切。【曾注】《説文》:鸞,赤文五彩,鳴中五音。【咸注】張率《白紵歌》:歌兒流唱聲欲清,舞女趁節體自輕。【補注】鸞咽,形容歌妓歌唱

如鸞鳳之悲咽。姹、奼同,美女。姹唱,美女之唱。圓無節,圓轉流暢,没有像竹節那樣的阻塞隔斷。節非指節奏。

⑦【曾注】《海録碎事》:唐明皇令畫工畫十眉圖,一曰涵煙眉。【咸注】張衡《舞賦》:裾似飛燕,袖如迴雪。【補注】眉斂湘煙,形容舞妓斂眉如籠罩煙霧之湘山。《西京雜記》謂"(卓)文君姣好,眉色如望遠山",此化用其意。"鸞咽"句狀歌,"眉斂"句狀舞。

⑧【咸注】卓文君《白頭吟》:今日斗酒會,明旦溝水頭。躞蹀御溝上,溝水東西流。【補注】《西京雜記》卷三:"相如將聘茂陵人女爲妾,卓文君作《白頭吟》以自絶,相如乃止。"今傳漢樂府《白頭吟》有"皚如山上雪,皎如雲間月。聞君有兩意,故來兩决絶。今日斗酒會,明旦溝水頭。躞蹀御溝上,溝水東西流"等句。此即以"溝水東西别"喻彼此分離。蓋謂虬鬚公子屬意宴席上歌舞女子,不忍與之離别。

⑨ 殘,《樂府》作"濺"。【曾注】庾信《對燭賦》:銅荷承蠟淚,鐵鋏染浮煙。【補注】亭亭,明亮美好貌。沈約《麗人賦》:"亭亭似月,嬿婉如春。"香珠,指含有香料的蠟淚。

⑩ 曉,《樂府》作"小"。

⑪ 飄颻,《樂府》、顧本作"飄飄"。【補注】戟,指門戟。宫廟、官府及顯貴之府第陳戟於門前,以爲儀仗,數目各有定制。此指五侯權貴之家所列門戟。戟上有飄帶,故云"飄颻戟帶"。儼相次,形容門戟整肅地排列。

⑫【曾注】《典略》:天子戟二十有四。【立注】《文獻通考》:戟有枝,兵也。木爲刃,赤質,畫雲氣上垂交龍,掌五色帶。【補注】前蜀馮鑒《續事始·立戟》:"立戟開元禮:太廟、社、宫殿各施二十四戟,一品十六戟,郡主以下十四戟至十戟。"此詩所寫爲權豪家之宴會,而云"二十四戟",蓋極形其僭侈踰制。戟竿上畫雲氣垂交龍,故云"龍畫竿"。

⑬【咸注】白居易詩:翕然聲作疑管裂。隋煬帝詩:清歌宛轉繁絃促。【補注】裂管縈絃,謂管樂之聲高亢,絃樂之聲低迴。縈,原作"繁",涉下"繁"字而誤,據《樂府》、述鈔、李本、姜本、十卷本、毛本、《全詩》、席本、顧本改。

⑭【咸注】盛弘之《荆州記》:渌水出豫章康樂縣,其間烏程鄉有酒官,取水爲酒,酒極甘美,與湘東酃湖酒年常獻之,世稱酃渌酒。酃渌、酃醁同。【補注】細浪,指酒面之浮沫,即所謂"浮蟻"。春醁,春天釀成的美酒。

⑮【咸注】曹植詩:明月照高樓,流光正徘徊。崔寔《四民月令》引農語:二月昏,參星夕,杏花盛,桑葉白。【補注】謂高樓宴罷客散之後,始發現枝頭地上杏花之繁多,蓋宴飲之時無人注意及此也。李商隱《落花》:"高閣客竟去,小園花亂飛。"《涼思》:"客去波平檻,蟬休露滿枝。"與此同一機杼。

⑯ 脉脉,《樂府》《全詩》、顧本作"脈脈",同。【咸注】張衡《靈憲》:姮娥奔月,

是爲蟾蜍。劉孝綽詩:攢柯半玉蟾。王延壽《魯靈光殿賦》:齊首目以瞪眄。《埤蒼》:瞪,直視也。【補注】脉脉,字本作"眽眽",視貌。新蟾,新月。

【箋評】

【王闓運曰】寫景新僻。(《手批唐詩選》)

【按】前段八句寫豪貴之家夜宴歌舞。"虬鬚公子"係座上客。起句即寫侍宴佳人"長釵墜髮",見夜宴已久。次寫虬鬚公子豪飲,亦見正盡興時。五六分寫歌舞侑歡助興。七八謂公子戀妓,不忍離别。後段寫夜宴徹夜達曉,蠟淚已殘,風露侵幕,猶管絃齊奏,春酒頻傾,插入"飄颻戟帶"二句,對豪貴家之僭侈稍作點染。末二句客散後情景,"高樓"句寫景真切有韻味,"脉脉"句則醉酒主人眼中之新月矣。

蓮浦謡[①]

嗚橈軋軋溪溶溶[②],廢緑平煙吴苑東[③]。水清蓮媚兩相向,鏡裏見愁愁更紅[④]。白馬金鞍大堤上[⑤],西江日夕多風浪[⑥]。荷心有露似驪珠[⑦],不是真圓亦摇蕩[⑧]。

【校注】

①《才調》卷二、《樂府》卷一百新樂府辭十一樂府倚曲載此首。【補注】蓮浦,種有蓮花的水口。

②【曾注】杜甫詩:嗚橈總發時。【補注】橈,船槳。軋軋,摇槳聲。溶溶,水波蕩漾貌。

③【補注】廢緑,荒蕪的緑野。吴苑,春秋時吴國的宫苑,即長洲苑。舊址在今蘇州市西南,太湖北,爲吴王闔閭遊獵處。

④【咸注】梁昭明太子《采蓮曲》:桂檝蘭橈浮碧水,江花玉面兩相似。【補注】相向,相對。鏡,指清澈平整的水面。愁,指看似脈脈含愁的荷花,即所謂"愁紅",亦兼指采蓮的女子。紅,既指荷花,亦指采蓮女的紅顔。

⑤ 鞍,《才調》《樂府》、述鈔、《全詩》、顧本作"鞭"。【咸注】隋煬帝詩:白馬金貝裝,横行遼水傍。陳沈炯詩:陳王裝腦勒,晋后鑄金鞭。《襄陽樂歌》:朝發襄陽城,暮至大堤宿。大堤諸女兒,花豔驚郎目。【補注】白馬金鞍,指貴遊公子。

⑥【咸注】梁簡文帝曲:采蓮渡頭擬黄河,郎今欲渡畏風波。費昶《采菱曲》:日斜天欲暮,風生浪未息。【補注】此"西江"係泛指,非指南京以西的一段長江,視"吴苑"可知。

⑦【曾注】薛道衡詩：荷心宜露泫。庾信詩：秋露似珠圓。《莊子》：千金之珠，必在九重之淵，驪龍頷下，能得珠者，必遭其睡也。

⑧【咸注】白居易詩：荷露雖團豈是珠。【補注】二句點眼處在"心"字、"摇蕩"字，謂荷心之露珠，雖非真正之驪珠，亦摇蕩不已，蓋以隱喻采蓮女子之春心摇蕩。

【箋評】

【賀裳曰】《塞寒行》後曰："心許凌煙名不滅，年年錦字傷離别。彩毫一畫竟何榮，空使青樓淚成血！"《照影曲》結云："桃花百媚如欲語，曾爲無雙今兩身。"《蓮浦謡》末曰："荷心有露似驪珠，不是真圓亦摇蕩。"《織錦詞》末云："象尺熏爐未覺秋，碧池已長新蓮子。"皆意淺體輕，然實秀色可餐。此真所謂應對之才，不必督之幹理；蛾眉之質，無俟繩之井臼也。（《載酒園詩話又編》）

【按】此寫吴中采蓮女於采蓮時見白馬金鞍之貴遊公子而有所屬望之詞。"水清"二句，亦花亦人，頗見巧思，"愁"字逗末句"摇蕩"；結二句即景取譬，關合亦妙，有民歌風味。

郭處士擊甌歌①

佶栗金虬石潭古②，勺陂潋灩幽修語③。湘君寶馬上神雲④，碎珮叢鈴滿煙雨⑤。吾聞三十六宫花離離⑥，軟風吹春星斗稀⑦。玉晨冷磬破昏夢⑧，天露未乾香着衣⑨。蘭釵委墜垂雲髮⑩，小響丁當逐回雪⑪。晴碧煙滋重疊山⑫，羅屏半掩桃花月⑬。太平天子駐雲車⑭，龍鑪勃鬱雙蟠拏⑮。宫中近臣抱扇立⑯，侍女低鬟落翠花⑰。亂珠觸續正跳蕩⑱，傾頭不覺金烏斜⑲。我亦爲君長嘆息⑳，緘情遠寄愁無色㉑。莫霑香夢緑楊絲，千里春風正無力㉒。

【校注】

①《才調》卷二、《唐詩紀事》卷五四載此首。【咸注】段安節《樂府雜録》：唐武宗朝，郭道源善擊甌，率以邢甌、越甌十二隻，旋加減水其中，以箸擊之。【補注】甌，盛水或酒之陶、瓷器，此爲瓷甌。古人也用作樂器，盛水擊之以和節拍，後世演變至可敲擊甌奏樂曲。段安節《樂府雜録・擊甌》云："武宗朝，郭道源後爲鳳翔府天興縣丞，充太常寺調音律官，善擊甌……其音妙於方響也。咸通中，有吴繽洞曉音律，亦爲鼓吹署丞，充調音律官，善於擊甌。擊甌，蓋出於擊缶。"詩題稱郭道源爲處士，

當在其爲天興縣丞，充太常寺調音律官之前，可能即在武宗會昌朝之前。

② 栗，李本、十卷本作"粟"，誤。【曾注】《説文》：虯，龍子無角。《玉篇》：虯，無角龍也。俗作虬。【補注】佶栗，聳動貌。

③ 潋，《全詩》校：一作"澮"。【立注】徐注：《漢・地理志》：渒水至壽入芍陂。木華《海賦》：涖湙潋灩。李善曰：潋灩，相連之貌。【補注】勺陂，即芍陂，又名期思陂。古代淮河最著名之水利工程。傳爲春秋楚相孫叔敖所鑿，在今安徽壽縣南，因引淠水經白芍亭東積而成湖，故名。今仍存，稱安豐塘。陂徑百里，灌田萬頃。《漢書・地理志上》："沘山，沘水所出，北至壽春入芍陂。"沘音比，沘水即淠水，作"渒"似誤。潋灩，水波蕩漾貌。幽修，形容聲音低微悠長，猶"切切私語"之謂。

④【曾注】劉向《列女傳》：舜陟方死於蒼梧，二妃死於江、湘之間，俗謂之湘君。【立注】屈原《楚辭・湘夫人》：朝馳余馬兮江皋。又：靈之來兮如雲。

⑤【立注】《詩》：雜佩以贈之。傳：佩玉上有葱珩，下有雙璜衝牙，蠙珠以納其間。《楚辭・湘君》：捐余玦兮江中，遺余珮兮澧浦。《詩》：和鈴央央。傳：和在軾前，鈴在旗上。【補注】碎珮，細小的珮飾。湘君所佩。叢鈴，指湘君所駕馬車上掛的鈴鐺。因數目多，故曰"叢鈴"。

⑥ 李本闕"三十"二字。【曾注】李賀詩：三十六宫土花碧。【補注】班固《西都賦》："離宫别館，三十六所。"離離，盛多貌。

⑦【咸注】魏武帝樂府：月明星稀，烏鵲南飛。

⑧ 晨，《紀事》作"宸"。冷，《紀事》作"泠"；顧本校：一作"吟"。【曾注】《上清紫晨君經》：上皇先生紫晨君，蓋二儀之胤，玉晨之精。【補注】玉晨，道觀名。元稹《寄浙西李大夫》之三："最憶西樓人静後，玉晨鐘磬三兩聲。"自注："玉晨觀在紫宸殿後面也。"

⑨ 天，《紀事》作"木"。【曾注】徐注《列星圖》：天乳一星在氐北，主甘露，占明潤則甘露降。

⑩【曾注】《後漢・梁冀傳》：冀妻孫壽造倭墮髻。【咸注】《古今注》：墮馬髻，今無復作者。倭墮髻，一云墮馬之餘形也。古樂府：頭上倭墮髻。司馬相如賦：雲髮豐豔。【補注】委墜，下垂貌。全句即《夜宴謡》"長釵墜髮雙蜻蜓"之意，似與倭墮髻無關。

⑪【曾注】曹植《洛神賦》：飄颻兮若流風之迴雪。【補注】句謂身上珮飾隨迴雪之舞姿而發丁當之聲響。

⑫【咸注】江淹詩：閨草含碧滋。宋玉《高唐賦》：重疊增益。【補注】重疊山，指曲折重疊的屏風。"晴碧煙滋"，指屏風上繪有煙霧繚繞之晴碧風景。滋，潤染。

⑬【補注】羅屏，猶列屏。桃花月，喻女子面龐。

⑭【咸注】《漢武故事》：帝乘小車，畫雲其上。王建《宫詞》：太平天子朝元日，

五色雲車駕六龍。【補注】雲車,指皇帝所乘以雲彩爲裝飾之華麗車乘。

⑮【咸注】梁沈約《和劉繪博山香鑪》詩:蛟螭盤其下,驤首盼曾穹。【補注】龍鑪,皇帝所用刻有蛟龍的香爐,勃鬱,形容爐煙繚繞迴旋之狀。雙蟠拏,指香爐上所刻蟠繞連結的雙龍。拏,牽引、連結。

⑯【曾注】杜甫詩:雲移雉尾開宫扇。【補注】近臣,此指宫中侍從。扇,指皇帝儀仗雉尾扇。《新唐書·儀衛志》:"朝日……皇帝步出西序門,索扇,扇合。皇帝升御座,扇開。左右留扇各三。"又,"次雉尾障扇四,執者騎,夾繖……次小團雉尾扇四,方雉尾扇十二。"據晋崔豹《古今注·輿服》:"雉尾扇起於殷世。"

⑰【曾注】杜甫詩:户外昭容紫袖垂。【補注】翠花,用翡翠鑲嵌成花朵形的首飾。低鬟,猶低頭。低首而飾落,故云。

⑱【咸注】白居易《琵琶行》:嘈嘈切切錯雜彈,大珠小珠落玉盤。【補注】觸續,不斷碰撞。

⑲【咸注】張衡《靈憲》:日,陽精之宗,積而成烏,烏有三趾。唐太宗詩:紅輪不暫駐,烏飛豈復停。【補注】傾頭,側過頭看。

⑳ 嘆,顧本校:一作"太"。

㉑【補注】緘情,含情。

㉒【立注】北魏樂府《楊白花》:春風一夜入閨闥,楊花飄蕩落南家。含情出户脚無力,拾得楊花淚沾臆。【補注】春風正無力,形容暮春風軟花殘景象。李商隱《無題》:"相見時難别亦難,東風無力百花殘。"

【箋評】

【黄周星曰】結處忽推開作深閨情語,若遠若近,不即不離,飛卿故善用此法。(《唐詩快》)

【杜庭珠曰】(首句)虬,龍無角者。此言甌之製。三句是形容其聲。自"三十六"句至此(指"傾頭不覺金烏斜")皆追溯往事,總言擊甌之聲滿宫傾聽,不覺日之斜也。下爲處士生慨。(《中晚唐詩叩彈集》卷八)

【杜詔曰】處士在武宗朝曾供奉内廷,其後淪落不偶,故爲之嘆息。"金烏斜"謂武宗崩,江淹賦所謂"宫車晚出"也。"愁無色",憐其顦顇。春風無力,振拔爲難,亦寓自傷意。(同上)

【按】此詩前十六句,每四句一節,均形容郭處士擊甌所創造之音樂意境或所唤起之聯想。起二句點甌中盛水,如千年古潭,深藏虬龍;如勺陂瀲灎,水波動盪。"幽修語",謂其初擊發聲幽細悠長,如切切私語。"湘君"二句,謂擊甌聲如湘君駕寶馬上天時,身上之雜珮,車上之叢鈴,在煙雨迷濛中清脆作響。"吾聞"四句,謂擊甌聲令人恍若置身繁花似錦之離宫别苑,軟風送暖,星斗漸稀,天露未乾,馨香染衣,此際忽聞玉晨宫觀中清冷之擊磬聲，迷夢恍然驚醒。“蘭釵”四句，謂擊甌聲又恍若置身貴人華堂，佳人蘭釵委墜，雲髮低垂，隨起舞時流風回雪之舞姿而佩飾丁當作響；内室屏風羅列，屏上繪有晴碧煙靄之景色，屏間掩映美人身影。“太平”四句，則又形況擊甌聲恍若太平天子駐車臨朝時，香爐中煙霧繚繞，侍臣抱雉扇而立，侍女低首時翡翠釵落地之聲音。此四節中形況擊甌聲之主句實僅“勺陂瀲灩幽修語”“碎珮叢鈴滿煙雨”“玉晨冷磬破昏夢”“小響丁當逐回雪”“侍女低鬟落翠花”數句，其他均爲環繞此主句所衍發之想象，並以此構成一相對完整之意境。“亂珠”句，乃對上述四節之形容作一總束，猶“大珠小珠落玉盤”之謂。“傾頭”句則擊甌既畢，側首忽見日已西斜也，猶琵琶女“曲終收撥”之後，“唯見江心秋月白”之如夢初醒意境。末四句感慨作結。謂我亦爲君長嘆，君之擊甌，似含情寄愁，愁亦無色，然值此暮春綠楊垂絲，牽情惹夢之時，東風無力，且莫霑香夢之爲愈也。此詩全學長吉《李凭箜篌引》，而渲染音樂意境浮想聯翩，意蘊不免更晦。

遐水謡[①]

天兵九月渡遐水，馬踏沙鳴驚雁起[②]。殺氣空高萬里情，塞寒如箭雙眸子[③]。狼煙堡上霜漫漫[④]，枯葉號風天地乾[⑤]。犀帶鼠裘無暖色[⑥]，清光炯冷黄金鞍[⑦]。虜塵如霧昏亭障[⑧]，隴首年年漢飛將[⑨]。麟閣無名期未歸[⑩]，樓中思婦徒相望[⑪]。

【校注】

①《樂府》卷一百新樂府辭十一樂府倚曲載此首。【補注】遐水，荒遠邊地的河水。遐水謡，亦猶塞上曲、塞寒行。

② 驚雁，《樂府》、席本、顧本作“雁聲”。【曾注】《邊地圖》：鳴沙，在沙州沙角山。沙如乾糖，人馬過此，則沙鳴有聲，聞數里外。或隨人足而墮，經宿復還山上，即《禹貢》所稱流沙。【補注】沙漠地區有鳴沙現象者不止沙州（今甘肅燉煌市）鳴沙山一處，如《元和郡縣圖志・靈州》：“鳴沙縣……西枕黄河，人馬經行此沙，隨路有聲，異於餘沙，故號‘鳴沙’。”此鳴沙在今寧夏中衛市。

③ 雙，《樂府》、席本、《全詩》、顧本作“傷”。【補注】李賀《金銅仙人辭漢歌》：“東關酸風射眸子。”句謂塞上寒氣如箭，直射雙眸。

④【曾注】段成式《酉陽雜俎》：狼糞煙直上，烽火用之。【補注】狼煙，燃狼糞升起的烽煙，古時邊防用以報警之信號。《通鑑》胡注引陸佃《埤雅》：“古之烽火用狼糞，取其煙直而聚，雖風吹之不斜。”狼煙堡，猶邊防堡壘。

⑤ 號,《樂府》、席本、顧本作“飄”。

⑥【曾注】官制:中書舍人犀帶佩魚。【咸注】杜甫詩:暖客貂鼠裘。【補注】犀帶,飾以犀角之腰帶。品官所服。鼠裘,貂鼠皮袍。犀帶鼠裘,謂以犀帶緊束貂裘。岑參《白雪歌送武判官歸京》:“狐裘不暖錦衾薄。”無暖色,謂人臉上無暖色。

⑦【咸注】沈約《白馬篇》:白馬紫金鞍,停鑣過上蘭。【補注】炯冷,明亮而寒冷。

⑧ 昏,《樂府》、席本、顧本作“罩”。【立注】《秦始皇紀》:築亭障以逐戎人。《匈奴傳》:築城障列亭。顧胤云:障,山中小城。亭,候望所居也。庾信詩:蕭條亭障遠,悽慘風塵多。【補注】亭障,古代邊塞要地設置之堡壘。《史記·大宛列傳》:“於是酒泉列亭障至玉門關。”

⑨ 漢飛,李本、姜本、十卷本、毛本作“飛漢”。【曾注】柳惲詩:亭皋木葉下,隴首秋雲飛。《漢書》:李廣爲右北平太守,匈奴號曰“漢之飛將軍”。【補注】隴首,本山名,在秦州(今甘肅天水),見《後漢書·班固傳》引《西都賦》“右界褒斜、隴首”李賢注。此泛指邊塞。《史記·李將軍列傳》:“廣居右北平,匈奴聞之,號曰‘漢之飛將軍’,避之數歲,不敢入右北平。”

⑩【曾注】《漢書》:甘露三年,單于入朝,上思股肱之美,乃圖畫大將軍霍光等十一人於麒麟閣。張晏曰:武帝獲麒麟時作此閣。【補注】期,期待,等待。

⑪【曾注】沈約詩:高樓切思婦,西園遊上才。【補注】《古詩》:“盈盈樓上女,皎皎當窗牖……蕩子行不歸,空牀難獨守。”

【箋評】

【按】此詩寫邊塞苦寒,以襯托將軍征戍生活之艱苦。末二句點明主旨,慨將軍功名未立,遠戍未歸,閨中思婦徒勞想望。雖非反戰,却已透露出對長期征戍生活之厭倦情緒。渲染苦寒,雖間有形象生動之句,然已無雄豪之氣流注筆端。與盛唐邊塞詩風貌自別。

曉仙謡①

玉妃喚月歸海宫②,月色澹白涵春空③。銀河欲轉星靨靨④,碧浪疊山埋早紅⑤。宫花有露如新淚⑥,小苑叢叢入寒翠⑦。綺閣空傳唱漏聲⑧,網軒未辨凌雲字⑨。遥遥珠帳連湘煙⑩,鶴扇如霜金骨仙⑪。碧簫曲盡彩霞動⑫,下視九州皆悄然⑬。秦王女騎紅尾鳳⑭,半空回首晨雞弄⑮。霧蓋狂塵億兆家⑯,世人猶作牽情夢⑰。

【校注】

①《樂府》卷一百新樂府辭十一樂府倚曲載此首。【補注】曉仙，清晨之仙境。

②【曾注】《靈寶赤書經》：元始登命，太真案筆，玉妃拂筵，鑄金爲簡，刻書玉篇。徐堅《初學記》引《史記》：蓬萊、方丈、瀛洲，此三神山，諸仙及不死藥在焉。黄金白銀爲宫闕，未至，望之如雲；及到，三山反居水下。欲到，則風引船而去，終莫能至者。【補注】玉妃，此指海上仙山中女仙。陳鴻《長恨歌傳》："見最高仙山，上多樓闕，西廂下有洞户，東嚮闔其門，署曰'玉妃太真院'。"古人認爲月宵從海上升起，歷青天而復入碧海，夜夜皆然。李白《把酒問月》："但見宵從海上來，寧知曉向雲間没?"此句"唤月歸海宫"即本此類傳説與猜測。

③【補注】涵，浸潤。

④【補注】曆曆，星光隱現貌。

⑤ 碧，《樂府》作"雪"。【補注】早紅，指早晨的紅日。日升起於東海，似隱埋於海，故云"埋早紅"。此句寫天將破曉。

⑥【咸注】《劉子》：春花含日似笑，秋露泫葉如泣。曹植《浮萍篇》：悲風來入懷，淚落如垂露。

⑦ 叢叢，《樂府》作"茸茸"。【補注】叢叢，聚集貌。

⑧【咸注】枚乘《雜詩》：交疏結綺窗，阿閣三重階。李賀詩：幾回天上葬神仙，漏聲相將無斷絶。【補注】綺閣，宫中華美的樓閣。唱漏，報告更漏時辰，空傳唱漏聲，謂仙人尚高卧未起。

⑨ 網，李本、十卷本、姜本、毛本作"綱"，誤。未，原作"天"，據《樂府》、席本、顧本、《全詩》改。十卷本原作"天"，校改爲"未"。字，原作"子"，據《樂府》、十卷本、姜本、毛本、《全詩》、顧本改。【曾注】沈約《詠月》詩：網軒映珠綴，應門照緑苔。劉義慶《世説新語》：荀羡登北固山望海，云："雖未覩三山，便自使人有凌雲意。"【補注】網軒，即網户，裝飾有網狀雕刻之門窗。未辨凌雲字，似謂尚未能辨認宫殿樓閣高處（如匾額）上的題字，蓋光綫尚暗。

⑩【曾注】《漢武故事》：以琉璃、珠玉、明月、夜光，錯雜天下珍寶爲甲帳。【補注】珠帳，用珍珠聯綴成之帷帳。閻朝隱《薛王花燭行》："玉盤錯落銀燈照，珠帳瓏瓏寶扇開。"李商隱《效徐陵體贈更衣》："密帳真珠絡，温幃翡翠裝。"按《楚辭·九歌·湘夫人》有"登白薠兮騁望，與佳期兮夕張……罔薜荔兮爲帳，擗蕙櫋兮既張"等句，叙及張設帷帳之事，此言"遥遥珠帳連湘煙"，或與此有關。似謂天上宫闕中神仙華美的珍珠帳遥連着湘江煙靄，以暗示珠帳之主人或即湘江女神。

⑪ 扇，《全詩》、顧本校：一作"羽"。【曾注】陸機《羽扇賦》：昔楚襄王會於章臺之上，大夫宋玉、唐勒侍，皆操白鶴之羽以爲扇，諸侯掩麈尾而笑。謝惠連《白羽扇

贊》:凉齊清風,素同冰雪。東方朔《十洲記》:東海之西岸有扶桑,人食其椹,體骨皆作金色,高飛翔空。【補注】仙人多以鶴爲坐騎,故其所服用之物亦多以鶴爲稱,此"鶴扇"即指仙人所用以鶴羽製成之扇。

⑫【咸注】鮑照《升天行》:鳳臺無還駕,簫管有遺聲。江淹《仙陽亭詩》:下視雄虹照,俯看彩霞明。【補注】碧簫,碧玉製成之簫。此"碧簫"即指秦穆公女弄玉所吹奏者,詳注⑭。李商隱《送從翁從東川弘農尚書幕》:"素女悲清瑟,秦娥弄碧簫。"彩霞動,指天明時東方彩霞繚繞之情景。

⑬【咸注】李賀詩:遥望齊州九點煙,一泓海水杯中瀉。【補注】九州,指中國。古代分中國爲九州。《書·禹貢》謂指冀、兗、青、徐、揚、荆、豫、梁、雍。九州皆悄然,謂人間尚在睡夢中。

⑭【曾注】《列女傳》:蕭史者,秦繆公時人也。善吹簫,繆公有女弄玉好之,公遂以妻焉。遂教弄玉作鳳鳴。居數十年,吹似鳳聲,鳳皇來止其屋,爲作鳳臺。夫婦止其上不下,數年,一旦皆隨鳳皇飛去。江淹詩:畫作秦王女,乘鸞向煙霧。

⑮ 半,《樂府》、席本、顧本作"乘"。【咸注】《太玄經》:雌雞晨鳴,雄雞宛頭。【補注】弄,禽鳥鳴叫。回首,回視塵世。晨雞弄,謂人世間之晨雞剛剛鳴叫。

⑯ 霧,《全詩》、顧本校:一作"露"。兆,《全詩》、顧本校:一作"萬"。【曾注】《算法》:十萬爲億,十億爲兆。【補注】《墨子·明鬼》:"人民之衆兆億。"

⑰【補注】牽情夢,爲塵世的情欲所糾纏牽引的夢。

【箋評】

【黄周星曰】"曉仙"之號亦新雋。此即長吉之"雄雞一聲天下白""遥望齊州九點煙"也。情境雖同,語意自别。(《唐詩快》)

【杜詔、杜庭珠曰】"玉妃"句,言月落也。"銀河"二句,言日欲出也。"宫花"四句,總言曉也。已下言仙。"秦王"句,用蕭史事。(《中晚唐詩叩彈集》卷八)

【王闓運曰】寫曉景甚工。(《手批唐詩選》卷十)

【按】此詩構思造境顯仿李賀《天上謡》之寫天仙生活、《夢天》之從天上俯視塵世。前四句寫月没星稀,紅日將出。起句"玉妃唤月歸海宫"即寫出神仙驅遣日月之神功,頗富童話意趣,"唤"字尤然。"碧浪疊山埋早紅"寫海上日出前景象,亦真切生動。"宫花"四句,寫天宫曉景:宫花含露、苑樹叢翠、綺閣傳漏、綱軒尚暗。係仙宫中人尚高卧未起景象。"遥遥"四句,則仙人已起,珠帳已搴,鶴扇金骨,碧簫曲盡,彩霞繚繞,然下視人間九州,仍一片悄然,猶在睡夢之中。末四句於衆仙之中獨標騎鳳登天之秦娥弄玉,以其半空回首所見所感點明全篇主旨:"霧蓋狂塵億兆家,世人猶作牽情夢。"蓋以天上仙境之自在悠閒反襯塵世之昏濁拘束,为情欲所纏。全篇均圍繞"曉"字叙寫,想象不如長吉之新奇,而語澀意晦之弊則時或有之(如"遥遥”“小苑”“網軒”數句)。

錦城曲[1]

蜀山攢黛留晴雪[2],簝筍蕨芽縈九折[3]。江風吹巧剪霞綃[4],花上千枝杜鵑血[5]。杜鵑飛入巖下叢,夜叫思歸山月中[6]。巴水漾情情不盡[7],文君織得春機紅[8]。怨魂未歸芳草死[9],江頭學種相思子[10]。樹成寄與望鄉人[11],白帝荒城五千里[12]。

【校注】

①《才調》卷二載此首。【咸注】《元和郡國志》:錦城在成都縣南十里,故錦官城也。《益州記》:錦城在益州南笮橋東流江南岸,昔蜀時古錦官也。今號锦城,城墉猶在。酈道元《水經注》:道西城故錦官也。言錦工織錦,則濯之江流,而錦至鮮明;濯以他江,則錦色弱矣。【補注】锦城,即錦官城。成都舊有大城、少城。少城古爲掌織錦官員之官署,故稱錦官城。常璩《華陽國志·蜀書》:“其道西城,故錦官也。錦工織錦,濯其中則鮮明,他江則不好。”後即以錦城、錦官城爲成都之别稱。本篇即泛詠成都景物與有關的典實人事。

②【曾注】《字義》:獨立水中曰蜀。《畫品》:巉嵯巃嵸,巴蜀之山也。《三峽記》:峨嵋積雪,經時不散。【補注】蜀山留晴雪,當指成都西面之岷山雪嶺。杜甫《野望》:“西山白雪三城戍,南浦清江萬里橋。”李商隱《五言述德抒情詩獻杜七兄僕射》:“樓迥雪峰晴。”《復五言四十韻詩一章獻上》:“巒嶺晴留雪,巴江晚帶楓。”均同指岷山雪嶺。攢黛,青黛色的山峰攢聚。

③【咸注】左思《蜀都賦》:馳九折之阪。《水經注》:崍山,邛崍山也。在漢嘉、嚴道縣。一曰新道南山,有九折阪,夏則凝冰,冬則毒寒,王陽按轡處也。【補注】簝筍,簝竹之笋。《玉篇·竹部》:“簝,竹也。”簝笋蕨芽,均形容蜀山峰巒之尖削高峻。蕨初生似蒜。九折,坂名。在今四川邛崍。《漢書·王尊傳》:“王陽爲益州刺史,行部至邛崍九折坂,嘆曰:‘奉先人遺體,奈何數乘此險!’”因山路回曲,九折乃止,故稱。

④【補注】謂江風施巧,吹皺江水,似剪出一匹美豔如霞的輕綃。杜甫《題王宰畫山水圖歌》:“焉得并州快剪刀,剪取吴松半江水。”李賀《羅浮山人與葛篇》:“欲剪湘中一尺天,吴娥莫道吴刀澀。”温此句“剪”字似從上述詩句脱化,而曰“剪霞綃”,則因江邊山上杜鵑花一片紅豔倒映入水而有此形容。或解爲江風施巧,剪出江邊山上一片如同霞綃的杜鵑花,亦可。参下句。

⑤【咸注】《埤雅》：杜鵑，一名子規，苦啼，啼血不止。一名怨鳥。夜啼達旦，血漬草木。凡始鳴皆北向，啼苦則倒懸於樹。劉敬叔《異苑》：杜鵑始陽相催而鳴，先鳴者吐血死。【補注】相傳戰國末年杜宇在蜀稱帝，號望帝。除水患有功，後禪位，退隱西山，蜀人思之。時適二月，子規（杜鵑）啼鳴，以爲魂化子規。事見《華陽國志·蜀書》。杜鵑鳥春末夏初，常晝夜哀鳴，或云啼至血出乃止。句意謂千萬枝杜鵑花似染上杜鵑鳥的鮮血。

⑥【咸注】《零陵地志》：思歸，其音似"不如歸去"。【補注】思歸，杜鵑鳥的别名。元稹《思歸樂》："山中思歸樂，盡作思歸鳴。"李白《宣城見杜鵑花》："蜀國曾聞子規鳥，宣城還見杜鵑花。一叫一回腸一斷，三春三月憶三巴。"《蜀王本紀》："蜀人以杜鵑鳴爲悲望帝，其鳴爲不如歸去云。"此謂杜鵑鳥於山中月夜悲鳴，聲聲似言思歸，勾起遊子思歸之情。

⑦【咸注】《水經注》：巴，漢世郡治江州，巴水北北府城是也。《三巴記》：閬、白二水東南流，曲折三回如"巴"字。【補注】巴水，即巴江，今嘉陵江。《太平寰宇記》卷一三六渝州引《三巴記》，謂閬、白二水南流曲折如"巴"字，即指嘉陵江。

⑧【曾注】《司馬相如傳》：相如與臨邛令相善，臨邛富人卓王孫有女文君，新寡，好音，相如以琴心挑之，夜奔相如。《蜀都賦》：百室離房，機杼相和。貝錦斐成，濯色江波。【補注】織得春機紅，謂卓文君在春天的成都，織成紅豔的錦緞。關合詩題"錦城曲"。

⑨【咸注】《蜀記》：昔有人姓杜名宇，王蜀，號曰望帝。宇死，俗説云宇化爲子規。子規，鳥名也。蜀人聞子規鳴，皆曰望帝也。《成都記》：望帝死，其魂化爲鳥，名曰杜鵑，亦曰子規。《蜀都賦》：鳥生杜宇之魄。屈原《離騷》：恐鵜鴂之先鳴兮，使夫百草爲之不芳。王逸注：言我恐鵜鴂以春分鳴，使百草華英摧落，芬芳不成也。【補注】怨魂，指蜀王杜宇的魂魄。句意謂杜宇之魂所化的杜鵑哀鳴思歸而未歸，百草却已不再含芳。

⑩【曾注】左思《吴都賦》：相思之樹。【立注】徐注：王維詩："紅豆生南國，春來發幾枝。勸君多采擷，此物最相思。"即此也。【補注】唐李匡乂《資暇集》卷下："豆有圓而紅其首烏者，舉世呼爲相思子，即紅豆之異名也。其木，斜斫之則有文，可爲彈博局及琵琶槽。其樹也，大株而白枝，葉似槐，其花與皂莢花無殊。其子若穭豆，處於甲中，通身皆紅，李善云'其實赤如珊瑚'是也。"學種相思子，以種相思樹寓思鄉之情也。參下句。

⑪【曾注】《益州記》：升仙亭夾路有二臺，一名望鄉臺，在華陽縣北九里。《成都記》：望鄉臺，隋蜀王秀所築。【補注】王勃《蜀中九日登玄武山旅眺》："九月九日望鄉臺，他席他鄉送客杯。"

⑫ 荒城，《全詩》、顧本校：一作"城荒"。千，李本、十卷本、姜本、毛本作"十"。

【立注】《全蜀總志》:白帝城在夔州府治東五里。《元和郡國志》:公孫述至魚復,有白龍出井中,因號魚復爲白帝城。《水經注》:白帝山城周回二百八十步,北緣馬嶺,接赤岬山,其間平處,南北相去八十五丈,東西七十丈;又東傍東瀼溪,即以爲隍,西南臨大江,闚之眩目;惟馬嶺小差委迤,猶斬山爲路,羊腸數四,然後得上。《蜀都賦》:經途所亘五千餘里。【補注】連上句,似謂望鄉者登臺遥望,成都距白帝荒城猶道途數千里,故鄉更杳遠不可望矣。

【箋評】

【陸時雍曰】閒情野況繚繞,如一夢中。(《唐詩鏡》卷五一)

【賀裳曰】“白帝荒城五千里。”按:新、舊本無不作“五十里”者,獨楊士弘《唐音·遺響》作“五千里”。細味語氣,當以“千”字爲美。若止五十里,亦安用望,又安用寄?(《載酒園詩話·疑誤》)

【周詠棠《唐賢小三昧集續集》】顯於長吉,深於鐵崖。

【按】詩以杜鵑爲中心,將蜀中山水花木、禽鳥人物、故事傳説、地名古跡等組成一篇具有典型特徵之蜀中風情風物賦。起四句由蜀中山水引出杜鵑花。中四句則由杜鵑花轉入對杜鵑鳥夜鳴思歸情景的描寫,並插入文君織錦情事,關合題目。末四句又承杜鵑夜叫思歸引到對思鄉、望鄉情景的抒寫。此詩雖列前二卷樂府體中,然非一般虚擬情事之作,具有寫實色彩。頗似蜀遊聞見其地風物而觸動思鄉情緒,故有是作。按:庭筠文宗大和三年冬南詔侵掠成都之後有蜀遊之跡(詳七律《贈蜀將》按語),此詩寫景切春暮,或爲大和五年春在成都作。詩平仄韻交押,韻隨意轉,若斷若續,豔麗中有流動之致。“江風”二句,既見巧思,亦富情致。

生禖屏風歌①

玉墀暗接崑崙井②,井上無人金索冷③。畫屏陰森九子堂④,階前細月鋪花影⑤。繡屏銀鴨香蓊濛⑥,天上夢歸花繞叢⑦。宜男漫作後庭草⑧,不似櫻桃千子紅。

【校注】

①《樂府》卷一百新樂府辭十一樂府倚曲載此首。【咸注】《禮記·月令》:仲春之月,玄鳥至。至之日,以太牢祀於高禖。天子親往,后妃帥九嬪御,乃禮。天子所御,帶以弓韣,授以弓矢于高禖之前。鄭玄曰:高辛氏之世,玄鳥遺卵,娀簡吞之而生契。後王以爲媒官,嘉祥而立其祠焉。變媒言禖,神之也。【立注】《漢書·東方朔

傳》:有《封泰山》《責和氏璧》,及《皇太子生禖》《屏風》《殿上柏柱》《平樂觀賦獵》,八言、七言上下。《枚皋傳》:武帝春秋二十九,乃得皇子,群臣喜,故皋與東方朔作《皇太子生賦》及《立皇子禖祝》,受詔所爲,皆不從故事,重皇子也。《後漢書》注:晋元康中,高禖壇上石破,詔問出何經典,朝士莫知。博士束晳答曰:"漢武帝晚得太子,始爲立高禖之祠。高禖者,人之先也。故立石爲主,祀以太牢。"【補注】禖,古代求子之祭,亦指求子所祭之神。古帝王求子所祭之神,其祠在郊,故稱郊禖,亦作"高禖"。《詩·大雅·生民》:"克禋克祀,以弗無子。"毛傳:"弗,去也。去無子,求有子,古者必立郊禖焉。玄鳥至之日,以太牢祠于郊禖,天子親往,后妃率九嬪御。"揣詩題及詩意,似是屏風上畫有郊宫中禖祝之情景,因而作歌。

② 【曾注】漢武帝《落葉哀蟬曲》:玉墀兮塵生。桑欽《水經》:昆侖墟在西北,去嵩高五萬里,地之中也。其高萬一千里。《吕氏春秋》:昆侖之井。【補注】《吕氏春秋·本味》:"水之美者,三危之露,崑崙之井。"《山海經·海内西經》:"海内昆侖之墟,在西北,帝之下都。昆侖之墟,方八百里,高萬仞……上有九井,以玉爲檻。"此以"崑崙井"借指宫中之井。

③ 【咸注】戴延之《西征記》:太極殿上有金井闌、金博山、金轆轤,蛟龍負山於井上。李正封詩:宵潤玉堂簾,露寒金井索。【補注】南朝費昶《行路難》之一:"唯聞啞啞城上烏,玉欄金井牽轆轤。"金井,指有雕欄之井,常指宫殿中之井。金索,即金井之索,非以金爲索。

④ 【曾注】《漢書·成帝紀》:元帝在太子宫,(成帝)生甲觀畫堂,爲世嫡皇孫。應劭曰:甲觀在太子宫甲地,畫堂畫九子母。【補注】畫壁,即畫堂之壁。畫堂,北宫太子宫堂名。《三輔黄圖》卷三:"太子宫有甲觀畫堂。""畫堂,謂宫殿中彩畫之堂。"九子堂,畫堂中畫有九子母女神,故稱。《楚辭·天問》:"女歧無合,夫焉取九子?"九子母神,傳説能祐人生子。《荆楚歲時記》:"四月八日,長沙寺閣下有九子母神,是日,市肆之無子者,供養薄餅以乞子,往往有驗。"

⑤ 細,顧本作"碎"。【補注】謂細碎的月光照映階前地面,其上鋪滿花影。

⑥ 【曾注】漢羊勝《屏風賦》:重葩累繡,沓璧連璋。【咸注】李賀詩:深幃金鴨冷。李商隱詩:睡鴨香爐换夕熏。【補注】繡屏,彩畫的屏風。銀鴨,鴨狀香爐。蓊濛,濃郁貌。

⑦ 【咸注】《漢書》:薄姬曰:"昨夜夢蛟龍據妾胸。"上曰:"此貴徵也,吾爲汝成之。"遂幸,有身,生文帝。【按】顧予咸注引《漢書》薄姬夢蒼龍據胸事,與"花繞叢"無涉,恐非所用。《左傳·宣公三年》:"鄭文公有賤妾曰燕姞,夢天使與己蘭,曰:'余爲伯鯈。余,而祖也。以是爲而子。以蘭有國香,人服媚之如是。'既而文公見之,與之蘭而御之。辭曰:'妾不才,幸而有子。將不信,敢徵蘭乎?'公曰:'諾。'生穆公,名之曰蘭。"天上夢歸花繞叢,正用夢天使與蘭而得貴子之典。花繞叢,指蘭花

叢繞，係得子之貴徵。

⑧【曾注】《風土記》：宜男草，一名鹿葱，宜懷妊婦人佩之，必生男。【咸注】庾信《傷心賦》：風無少女，草不宜男。【補注】宜男，鹿葱之別名。《齊民要術·鹿葱》引周處《風土記》："宜男，草也。高六尺，花如蓮。懷姙人帶佩，必生男。"晉嵇含《宜男花賦序》："宜男多種植幽皋曲隰，或寄華林玄圃，荆楚之士，號曰鹿葱。"因其花色與萱稍相似，古人曾誤認爲萱。詳趙彦衛《雲麓漫鈔》卷四辨萱與鹿葱之異。

【箋評】

【按】此詩前四句寫郊宫中夜景，謂玉墀暗接宫井，井上無人，井索寒冷。宫内陰森，壁畫九子母女神。階前碎月映地，鋪滿花影。突出郊宫之幽暗神祕色彩。五句點明"繡屏"，暗示前四句所描繪之情景均屏上彩畫。"銀鴨香蓊濛"亦屏上所畫之物。而"天上夢歸花繞叢"則郊禖之應，當亦屏中所畫夢蘭得子情景。末二句則就屏上所畫宜男草抒慨，謂其空有"宜男"之名，不似櫻桃之多子。此詩或有所指。詹安泰《讀夏承燾先生的温飛卿繫年》云："至於《生禖屏風歌》，更是以一般太子的典故來反映當時的現實。假如没有莊恪太子事，飛卿一定不會寫這樣的詩的……詩中最後'宜男漫作後庭草，不及櫻桃千子紅'兩句，更十分明顯地表露出他的用意，宜男之草竟不及櫻桃之子，那還不是指皇太子反不及其他諸子嗎？"可供參考。如此詩確指莊恪太子事，則此詩或作於開成三年十月太子永死後。

嘲春風

春風何處好，别殿饒芳草。苒嫋轉鸞旗①，萎蕤吹雉葆②。揚芳歷九門③，澹蕩入蘭蓀④。争奈白團扇，時時偷主恩⑤。

【校注】

① 嫋，十卷本、姜本、毛本作"弱"。【曾注】《詩》：鸞旗戾止。【補注】苒嫋，輕柔貌。鸞旗，天子儀仗中繡有鸞鳥的旗。《漢書·賈捐之傳》："鸞旗在前，屬車在後。"顔師古注："鸞旗，編以羽毛，列繫橦旁，載於車上。大駕出，則陳於道以先行。"

②【咸注】張衡《東京賦》：羽蓋威蕤。善曰：羽貌。【補注】萎蕤，柔軟貌。雉葆，即羽葆，帝王儀仗中以鳥羽聯綴爲飾之華蓋。《漢書·韓延壽傳》："建幢棨，植羽葆。"顔師古注："羽葆，聚翟尾爲之，亦今纛之類也。"翟尾，即雉尾。

③【曾注】《禮記》注：天子九門：啓門、應門、雉門、庫門、皋門、城門、近郊門、遠郊門、關門也。【補注】揚芳，飄送花草的芳香。歷，經。

④【曾注】鮑照《白紵歌》:春風澹蕩俠思多。沈約《和謝宣城詩》:昔賢侔時雨,今守馥蘭蓀。注:蓀,香草名也。【補注】澹蕩,猶駘蕩,和暢舒適貌。

⑤【立注】班婕妤《怨歌行》:新裂齊紈素,皎潔如霜雪。裁爲合歡扇,團團似明月。出入君懷袖,動摇微風發。常恐秋節至,涼風奪炎熱。棄捐篋笥中,恩情中道絶。【補注】此反用秋扇棄捐之意,謂白團扇荷君之寵而置春風於不顧也。

【箋評】

【按】前六句均詠春風之滋芳草、馥蘭蓀、轉鸞旗、吹羽葆,揚芳九門,以示其對君主之忠誠佑助。末二句逆轉,謂白團扇因近君而得以時時偷君之恩寵,而春風則爲君王所不顧。似刺怙君寵之近侍。嘲春風者,借以自嘲自傷也。

舞衣曲[①]

藕腸纖縷抽輕春[②],煙機漠漠嬌蛾嚬[③]。金梭淅瀝透空薄[④],剪落交刀吹斷雲[⑤]。張家公子夜聞雨[⑥],夜向蘭堂思楚舞[⑦]。蟬衫麟帶壓愁香[⑧],偷得鶯簧鎖金縷[⑨]。管含蘭氣嬌語悲[⑩],胡槽雪腕鴛鴦絲[⑪]。芙蓉力弱應難定[⑫],楊柳風多不自持[⑬]。迴嚬笑語西窗客[⑭],星斗寥寥波脈脈[⑮]。不逐秦王卷象牀[⑯],滿樓明月梨花白[⑰]。

【校注】

①《才調》卷二、《樂府》卷一百新樂府辭十一樂府倚曲載此首。

② 抽,《樂府》作"袖"。【曾注】束皙《補亡詩》:草以春抽。【補注】藕腸纖縷,藕管細絲,指織錦機上的細絲。抽輕春,從春蠶繭上抽出輕細的絲縷。此狀舞衣質地材料的精美。

③ 蛾,《樂府》、李本、毛本、《全詩》作"娥"。【咸注】謝朓詩:生煙紛漠漠。《詩》:螓首蛾眉。師古曰:蛾眉,形若蠶蛾眉也。梁劉孝綽《同武陵王看伎》:送態表顰蛾。【補注】煙機,對織錦機的美稱。漠漠,迷濛貌。嬌蛾嚬,謂織錦女子顰眉含愁。

④【補注】謂織梭往返,發出淅瀝之聲,穿過宛若透明的絲縷。

⑤ 交刀,《全詩》、顧本校:一作"鮫鮹"。【咸注】《東宫舊事》:太子納妃,有龍頭金縷交刀四。【補注】交刀,指剪刀剪東西時交叉之狀。吹斷雲,形容剪刀剪斷像雲彩一般的絲織品。此指裁剪斷匹。

⑥【咸注】《漢・五行志》:成帝時童謡云:"燕燕尾涎涎,張公子,時相見。"謂富

平侯張放也。【補注】《漢書·張湯孫延壽傳》:(延壽子)勃,勃子臨,臨子放,嗣爵富平侯。"放取皇后弟平恩侯許嘉女,上爲放供張,賜甲第……(放)與上卧起,寵愛殊絶,常從爲微行出遊。"此以"張家公子"泛指權貴家公子。

⑦【曾注】張衡《南都賦》:揖讓而升宴於蘭堂。《史記》:戚夫人泣,上曰:"爲我楚舞,吾爲若楚歌。"【補注】蘭堂,廳堂之美稱,取其芬芳。

⑧【曾注】梁簡文帝詩:衫薄擬蟬輕。李賀詩:玉刻麒麟腰帶紅。【補注】蟬衫,薄如蟬翼之絹衫。麟帶,刻有麒麟圖形之扣子鉤連成之腰帶。壓愁香,形容舞者姣美香豔的面容脉脉含愁,似不勝輕薄衣衫腰帶的重壓。宋瑛曰:"壓"字奇。(《唐詩選脈會通評林》引)

⑨ 簧,《樂府》作"黄";鎖,《樂府》作"銷"。《樂府》校:(全句)一作"偷得黄鶯鎖金縷"。【咸注】劉孝威《東飛伯勞歌》:瓊筵玉笥金縷衣。【補注】鶯簧,猶鶯舌,形容女子歌喉婉轉動聽,如黄鶯之弄舌。鎖金縷,指黄鶯在茂密的柳絲中鳴囀。

⑩【咸注】《洛神賦》:含辭未吐,氣若幽蘭。【補注】管,指管樂器。管含蘭氣,謂女子吹奏管樂(如簫笛笙等)時發出幽蘭的芳香。嬌語悲,指歌聲如女子嬌語,音情哀淒。或解爲指管樂聲如女子嬌語含悲,亦通。

⑪【立注】張籍詩:黄金捍撥紫檀槽。晋樂府《雙行纏》:朱絲繫腕繩,真如白雪凝。李白詩:蜀琴欲奏鴛鴦絃。【補注】胡槽,胡琴、琵琶一類絃樂器上架絃之凹格,以檀木刻成者曰檀槽。雪腕,指女子之皓腕。鴛鴦絲,鴛鴦絃。句指女子彈奏絃樂器。

⑫【立注】《世説補》:江從簡少時有文情,作《采荷調》,以刺何敬容曰:"欲持荷作柱,荷弱不勝梁。欲持荷作鏡,荷暗本無光。"【按】此與下句均形容女子舞姿,詳下句注。

⑬【立注】梁元帝《春别應令》詩:門前楊柳亂如絲,直置佳人不自持。沈約《春思》:楊柳亂如絲,綺羅不自持。【補注】二句形容女子婀娜嬌弱的舞姿,謂其如芙蓉出水,力弱難定;如楊柳風多,難以自持。

⑭【補注】迴嚬,猶回眸。西窗客,指座上賓客。李商隱《夜雨寄北》:"何當共剪西窗燭,却話巴山夜雨時。"古以西爲賓位,西窗當是待客的客廳。回嚬笑語者當是舞妓。西窗客,指張家公子之座上客。

⑮【曾注】古詩:盈盈一水間,脈脈不得語。【補注】星斗寥寥,示夜已深。波脈脈,指銀河流波脈脈,兼指女子流波脈脈,含情相視。

⑯【立注】《晋·樂志》:成帝咸康七年用顧臻表,除《高絙》《紫鹿》《跂行》《鼈食》及《秦王卷衣》《笮兒》等樂。吴兢《樂府古題要解》:《秦王卷衣曲》,言咸陽春景及宫闕之美,秦王卷衣以贈所歡也。《戰國策》:孟嘗君出行國,至楚,獻象牀。注:象齒爲牀。鮑照《白紵歌》:象牀瑶席鎮犀渠。【補注】李賀《惱公》:"象牀緣素柏,

瑶席卷香葱。"捲象牀,謂收捲起象牀上的瑶席。

⑰【咸注】劉孝綽《于座應令詠梨花》詩:詎匹龍樓下,素蕊映華扉。【按】句又見温詞《菩薩蠻》之九,作"滿宫明月梨花白",蓋庭筠得意之句。

【箋評】

【周珽曰】脈絡宛委,自成晚唐一機局。(《唐詩選脈會通評林》)

【黄周星《唐詩快》】此則純乎情語也。然麗而不妖,妖而不淫,依然得情之正。

【按】前四句寫織機上織成空薄透明的絲絹,見舞衣材質之精良。中八句寫貴顯子弟夜間蘭堂歌舞,既狀女子舞衣之輕薄,又詠其歌喉之婉囀,舞姿之婀娜,以及堂上管絃齊奏之情景。末四句寫舞罷歌歇,夜闌星稀,女子脈脈含情,然彼此終未歡洽,唯見滿樓明月映照梨花如雪而已。

張静婉采蓮曲并序①

静婉,羊侃妓也②。其容絶世。侃自爲《采蓮》二曲。今樂府所存,失其故意,因歌以俟采詩者。事具載梁史③。

蘭膏墜髮紅玉春④,燕釵拖頸抛盤雲⑤。城邊楊柳向橋晚⑥,門前溝水波粼粼⑦。麒麟公子朝天客⑧,珂馬璫璫度春陌⑨。掌中無力舞衣輕⑩,剪斷鮫綃破春碧⑪。抱月飄煙一尺腰⑫,麝臍龍髓憐嬌嬈⑬。秋羅拂水碎光速⑭,露重花多香不銷。鸂鶒交交塘水滿⑮,緑芒如粟蓮莖短⑯。一夜西風送雨來,粉痕零落愁紅淺⑰。船頭折藕絲暗牽⑱,藕根蓮子相留連⑲。郎心似月月未缺⑳,十五十六清光圓㉑。

【校注】

①《才調》卷二、《樂府》卷五十清商曲辭七載此首。曲,李本、十卷本、姜本、毛本、《全詩》並作"歌"。《樂府》無"并序"二字。詩前引《梁書》曰:"羊侃性豪侈,善音律,姬妾列侍,窮極奢侈。有舞人張静婉,容色絶世,腰圍一尺六寸,時人咸推能掌上舞。侃嘗自造《采蓮》《棹歌》兩曲,甚有新致,樂府謂之《張静婉采蓮曲》。其後所傳,頗失故意。"

② 侃,《才調》《全詩》、顧本均作"侃",字同。

③【咸注】《南史》:羊侃字祖忻,泰山梁父人。善音律,自造《采蓮》《櫂歌》兩曲,甚有新致。姬妾列侍,窮極奢靡。有舞人張净琬,腰圍一尺六寸,時人咸推能掌

上舞。 净琬、静婉同。【按】羊侃所作《采蓮》《櫂歌》二曲今不存。

④【咸注】宋玉《招魂》:蘭膏明燭,華容備些。注:以蘭香練膏也。《西京雜記》:趙飛燕與女弟昭儀,並色如紅玉,爲當時第一,皆擅寵後宫。【補注】蘭膏,一種有幽蘭芳香的潤髮油膏。唐浩虚舟《陶母截髮賦》:"象櫛重理,蘭膏舊濡。"《楚辭·招魂》"蘭膏明燭",係以蘭香煉膏製成之油脂,用以製燭,非潤髮香油。紅玉,形容美人紅潤如玉的肌膚。

⑤【咸注】郭子横《洞冥記》:元鼎元年起昭靈閣,有神女留一玉釵,帝以賜趙婕妤。元鳳中,宫人謀欲碎之,視釵柙,惟見白燕升天。宫人因作玉燕釵。《詩》:鬒髮如雲。【補注】燕釵,燕形髮釵。燕釵拖頸,形容美人睡醒時釵斜鬢亂情態。盤雲,如雲之髮髻,抛,散。《新唐書·五行志》:"唐末京都婦人梳髮,以兩鬢抱面,狀如椎髻,時謂之抛家髻。"抛盤雲,或指此種髮式。

⑥ 邊,《才調》《樂府》、席本、顧本作"西"。橋,原作"嬌",據姜本、十卷本、毛本改。

⑦ 粼粼,《樂府》作"潾潾",通。【咸注】謝朓詩:垂楊蔭御溝。《古今注》:長安御溝謂之楊溝,植楊於其上。《詩》:揚之水,白石粼粼。【補注】此"門前"當指羊侃府第門前。粼粼,形容溝水清澈。

⑧【曾曰】注見上。(按:上《舞衣曲》有"張家公子"及"蟬衫麟帶"之語,曾氏當以爲"麒麟公子"即此。)【補注】《詩·周南·麟之趾》:"麟之趾,振振公子,吁嗟麟兮!"《陳書·徐陵傳》:"母臧氏嘗夢五色雲化而爲鳳,集左肩上,已而誕陵焉。時寶誌上人者,世稱其有道。陵年數歲,家人攜以候之,寶誌手摩其頂曰:'天上石麒麟也。'光宅惠雲法師每嗟陵早成就,謂之顔回。八歲能屬文,十二通莊、老義。"此"麒麟公子"或即用徐陵事,指聰穎過人之少年公子。朝天客,朝見天子之官員,朝廷官員。此"麒麟公子"與"朝天客"均爲羊侃府上觀舞之賓客,非羊侃本人。羊侃梁人而用陳徐陵事,時代相近,固有所不拘耳。

⑨ 珂,《樂府》作"珮",《才調》、述鈔、李本、十卷本、姜本、毛本、《全詩》、顧本、席本均一作"珮"。瑲瑲,《才調》作"堂堂",《全詩》一作"當當"。度,原作"渡",據《樂府》《全詩》、顧本改。【咸注】《西京雜記》:長安盛飾鞍馬,競加雕鏤,皆以南海白蜃爲珂,猶以不鳴爲患,或加以鈴鑷,走則如撞鐘磬。【補注】珂,白色似玉之美飾,常用作馬勒之飾物。《初學記》卷二二引服虔《通俗文》:"凡勒飾曰珂。"珂馬,佩飾華麗之馬。瑲瑲,象鳴珂之聲。度,越。春陌,春天京城的大道。《三輔黄圖》:"《三輔舊事》云:長安城中八街、九陌。"

⑩【咸注】《飛燕外傳》:成帝獲飛燕,身輕欲不勝風,恐其飄翥,帝爲造水晶盤,令宫人掌之而歌舞。【按】參注①③引《梁書》《南史》。指張静婉能爲掌上舞。

⑪ 綃,《全詩》校:一作"鮹"。【曾注】張華《博物志》:鮫人從水中出,曾寄寓人

家，積日賣綃。鮫人臨去，從主人索器，泣而出珠滿盤，以與主人。【立注】任昉《述異記》：鮫人即泉先也。又名泉客。南海出鮫綃紗，泉先潛織，一名龍紗。其價百餘金，以爲服，入水不濡。【補注】春碧，春天的碧色，此借指碧緑的鮫綃。句謂舞衣以極輕薄的衣料裁剪而成。

⑫【立注】許顗《詩話》：舞人張静婉腰圍一尺六寸，能掌上舞，唐人作《楊柳枝》詞云："認得羊家静婉腰。"【補注】抱月，環繞如月之身材。飄煙，飄動如煙之腰肢。均形容舞姿。一尺腰，即所謂"腰圍一尺六寸"。

⑬ 髓，《全詩》、顧本校：一作"腦"。嬈，《樂府》、述鈔、顧本作"饒"。【立注】《埤雅廣要》：麝似麞而小，黑色，好食柏葉，啗蛇。香在陰莖前皮内，别有膜袋裹之。每爲人逐，迫即投巖，急自舉爪剔出香投之，就縶且死，猶拱四足保臍。麝香落處，草木皆焦黄。《酉陽雜俎》：龍腦香樹出婆利國，亦出波斯國，樹高八九丈，大可六七圍，葉圓而背白，無花實，香在木心中。斷其樹，劈取之，膏於樹端流出，斫樹作坎而承之。【補注】麝臍，猶麝香，係雄麝臍部香腺中之分泌物，乾燥後呈顆粒狀或塊狀，可作香料或藥用。龍髓，舊注謂指龍腦香(俗稱冰片)，係龍腦香樹幹中所含油脂之結晶，味香。然一般作藥用，不作香料。此"龍髓"當指龍涎香，係抹香鯨病胃之分泌物，類似結石，從鯨體内排出，爲黄、灰乃至黑色之蠟狀物質，香氣持久，係極名貴之香料。唐蘇鶚《杜陽雜編》卷下："暑氣將盛，公主命取澄水帛，以水蘸之，掛于南軒。良久，滿座皆思挾纊。澄水帛長八九尺，似布而細，明薄可鑒，云其中有龍涎，故能消暑毒也。"句意似謂張静婉身上散發出如麝香龍涎般之奇香，倍憐其嬌嬈美好。

⑭ 水，《樂府》作"衣"。【曾注】逋，古文"動"字。【咸注】梁元帝《蕩婦秋思賦》：秋水文波，秋雲似羅。【補注】此句謂张静婉身着白色羅衣，采蓮時羅衣拂水，碎光閃爍晃動。

⑮ 交交，《樂府》作"膠膠"。【曾注】《吴都賦》：鸂鶒鷛鷞。注：水鳥也。【補注】鸂鶒，形大於鴛鴦，多紫色，好並游，俗稱紫鴛鴦。交交，狀其鳴聲。

⑯ 芒，《樂府》作"萍"。緑芒如粟，《樂府》一作"緑萍金粟"，席本、顧本作"緑萍金粟"。【咸注】謝靈運詩：緑萍齊如葉。【補注】緑芒如粟，指蓮實初生成時外殼上之細刺如粟米粒形狀。

⑰【曾注】杜甫詩：露冷蓮房墜粉紅。【補注】粉痕零落，指荷花凋零。愁紅淺，指荷花經秋風秋雨摧殘後，紅豔之顔色變淺，似脈脈含愁情狀。

⑱【立注】梁簡文帝《櫂歌行》：葉亂由牽荇，絲飄爲折蓮。《采蓮》：荷絲傍皓腕，菱角遠牽衣。【補注】絲，諧情絲。

⑲【立注】樂府《青陽歌曲》：下有並根藕，上有同心蓮。【補注】謂藕根與蓮子同體相連，喻相愛者之間相親相連。藕，諧"偶"；蓮，諧"憐"。

⑳ 未，《才調》《樂府》、席本、顧本作"易"。【曾注】謝靈運《月賦》：昨三五兮既

滿,今二八兮將缺。

㉑【立注】鮑照《玩月》詩:三五二八時,千里與君同。沈約《詠月》詩:洞房殊未曉,清光信悠哉。

【箋評】

【陸時雍曰】語極嬌豔之致,末數語更復風騷。"麒麟公子"數句,屬何要緊?(《唐詩鏡》卷五十一)

【王闓運曰】(首四句)專鍊句,不必有意,此晚唐之窮處。(《手批唐詩選》卷十)

【按】詩分兩段。前段十句,先美其容色,次寫其居處,再叙賓客之至,舞姿之美。後段十句全寫采蓮。"一夜"二句以荷花之凋零興紅顔之易衰。末四句則謂郎心似月,目前正如十五十六之月,清光正圓,恩寵正盛也。前段頗嫌側豔,後段則清新有民歌風。

湘宫人歌①

池塘芳意濕②,夜半東風起。生緑畫羅屏③,金壺貯春水④。黄粉楚宫人⑤,芳花玉刻鱗⑥。娟娟照棋燭⑦,不語兩含嚬⑧。

【校注】

①《樂府》卷一百新樂府辭十一樂府倚曲載此首。【按】卷二有《湘東宴曲》,與此首題或有關聯。

② 意,《全詩》作"草",《唐詩品彙》作"草"。【曾注】楊師道《春朝閑步》詩:池塘藉芳草。【補注】謝靈運《登池上樓》:"池塘生春草,園柳變鳴禽。"芳意濕,謂春天空氣濕潤,池塘上草木飽含水分,似充滿了春芳的氣息。

③【曾注】《西京雜記》:昭陽殿中設木畫屏風,文如蜘蛛絲縷。【補注】生緑,鮮嫩的緑色,猶生翠。李賀《昌谷》詩:"竹香滿凄寂,粉節塗生翠。"羅屏,排列的屏風。

④【咸注】殷夔《刻漏法》:爲器三重,門皆徑尺,差立於方輿踟躕之上,爲金龍口吐水,轉注入踟躕經緯之中。鮑照詩:金壺啓夕淪。注:金壺之漏,已啓夕波。【補注】金壺,即銅壺滴漏,古代計時器,詳《雞鳴埭曲》注④。

⑤【曾注】《酉陽雜俎》:近代妝尚靨如射月,曰黄星靨。李賀詩:入苑白泱泱,宫人正靨黄。【補注】黄粉,即額黄粉,用以裝飾女子額部或面部之黄色粉。庭筠《照影曲》:"黄印額山輕爲塵。"曾注引《酉陽雜俎》謂指黄星靨,按黄星靨係女子以

丹點額之妝，形似酒窩，與額黄妝用黄粉不同。

⑥ 芳花，《樂府》、席本、顧本作"方飛"。【補注】芳花，疑指女子佩戴的花飾。玉刻鱗，玉雕刻的魚，女子佩飾。

⑦【曾注】原注：《讀曲歌》：明鐙照空局，悠然未有期。【補注】娟娟，姿態柔美貌。照棊燭，映照着棋盤的蠟燭。棊，《全詩》一作"臺"。

⑧【補注】謂湘宫人與默然相對之蠟燭兩皆含愁不語。

【箋評】

【王闓運曰】李賀一派。(《手批唐詩選》卷二)

【按】此詩寫湘東王宫人之怨思，亦宫怨一類。前兩聯寫春夜之景：夜半東風，池塘草濕，畫屏凝翠，銅壺春水，一切均欣然有生機春意。而湘宫中之宫人則雖盛妝佩飾，而恩寵不至，惟獨對蠟照棋局，不語含嚬而已，與上幅適成對照。此與《湘東宴曲》或同時作，詳該詩編著者按語。

黄曇子歌[①]

參差緑蒲短[②]，摇豔雲塘滿[③]。紅潋蕩融融[④]，鶯翁鸂鶒暖[⑤]。萋芊小城路[⑥]，馬上修蛾嬾[⑦]。羅衫褭向風[⑧]，點粉金鸝卵[⑨]。

【校注】

①《樂府》卷八十七雜謡歌辭五載此首。述鈔有題無詩。李本、十卷本、姜本、毛本闕此首。《樂府》題注云："《晋書・五行志》曰：'桓石民爲荆州，百姓忽歌《黄曇子曲》。後石民死，王忱爲荆州之應。黄曇子，王忱字也。'按横吹曲李延年二十八解有《黄覃子》，不知與此同否？凡歌辭考之與事不合者，但因其聲而作歌爾。"

②【咸注】《塘上行》古詞：蒲生我池中，緑葉何離離。【補注】緑蒲，緑色的香蒲。

③ 雲，底本、《樂府》《全詩》、顧本均一作"春"。【補注】摇豔，蕩漾。雲塘，倒映着雲彩的池塘。

④【補注】紅潋，紅色的波光蕩漾。因彩霞映入水中，故云。

⑤【補注】鶯翁，鶯之戲稱。鸂鶒，見《張静婉采蓮曲》注⑮。

⑥ 城，《全詩》、顧本校：一作"成"。【補注】萋芊，草茂盛貌。

⑦ 蛾，《樂府》作"娥"，誤。【曾注】曹植《洛神賦》：修眉峨峨。【補注】修蛾，細長的蛾眉，借指美女。

⑧ 向，席本、《全詩》、顧本作"回"。【咸注】《上聲歌》：新衫繡兩端，乍著羅裙裏。行行動微塵，羅裙隨風轉。【補注】裹，同"裊"。

⑨【咸注】《國語》：鳥翼鷇卵。韋昭曰：未乳曰卵。【補注】金鸝，黄鸝。點粉，指黄鸝卵上的粉狀斑點。

【箋評】

【按】此因聲作歌之辭，與題意無關。前四句寫春塘水滿，緑蒲葉短，紅霞映水，水禽戲游。後四句寫芳草萋萋之小城路上有美麗女子騎馬緩行，意態慵懶，羅衫隨風飄揚。而黄鸝值此春日亦産下點粉之卵。似一幅春日之素描。

觱篥歌 李相妓人吹[①]

蠟煙如纛新蟾滿[②]，門外平沙草芽短[③]。黑頭丞相九天歸[④]，夜聽飛瓊吹朔管[⑤]。情遠氣調蘭蕙薰[⑥]，天香瑞彩含絪緼[⑦]。皓然纖指都揭血[⑧]，日暖碧霄無片雲[⑨]。含商咀徵雙幽咽[⑩]，軟縠疎羅共蕭屑[⑪]。不盡長圓疊翠愁[⑫]，柳風吹破澄潭月。鳴梭淅瀝金絲蕊[⑬]，恨語殷勤隴頭水[⑭]。漢將營前萬里沙[⑮]，更深一一霜鴻起[⑯]。十二樓前花正繁[⑰]，交枝簇蒂連壁門[⑱]。景陽宫女正愁絶[⑲]，莫使此聲催斷魂[⑳]。

【校注】

①【咸注】《樂府雜録》：觱篥者，本龜兹國樂，亦名悲栗。以竹爲管，以蘆爲首，其聲悲栗，有類於笳也。【立注】《桂苑叢談》：咸通中，丞相李蔚自大梁移鎮淮海。浙右小校薛陽陶監押度支運米入城，公喜其姓名有同曩日朱崖李相左右者，遂令試詢之，果是舊人。公甚喜，留止别館。一日召陽陶遊，詢其所聞及往日蘆管之事，薛因獻朱崖李相、陸暢、元、白所撰歌一軸，公益喜之。次出蘆管於賞心亭奏之，其管絶微，每於一觱篥中常容三管，聲如天際自然而來，情思寬閒。公大嘉賞之，贈詩有云："虚心纖質雁銜餘，鳳吹龍吟定不如。"劉昫《舊唐書》：李蔚，咸通中以京兆尹、太常卿同平章事，加中書侍郎。罷相，出爲山南東道節度使、宣武軍節度觀察等使，轉淮南節度副大使。本集有《獻淮南李僕射五十韻》詩可以參考。【夏承燾曰】李相指李德裕。顧予咸（按：應爲顧嗣立）引《桂苑叢談》李蔚命浙右小校薛陽陶吹觱篥事，定爲李蔚，非是。庭筠集中與蔚無交誼，此詩無悼亡語，且"飛瓊"一辭，亦不可以擬薛陽陶。詩應作於德裕在相位時。（《唐宋詞人年譜・温飛卿繫年》）【按】顧肇倉、夏

承燾辨庭筠《感舊陳情五十韻獻淮南李僕射》之“李僕射”爲李德裕固誤(當爲李紳,詳該詩注①),而謂此詩題注“李相”爲李德裕則甚是。李德裕文集有《霜夜對月聽小童薛陽陶吹觱篥歌》(殘佚,存六句),作於寶曆元年秋任浙西觀察使時。劉禹錫有《和浙西李大夫霜夜對月聽小童吹觱篥歌》,白居易有《小童薛陽陶吹觱篥歌和浙西李大夫作》,元稹亦有和詩,其時德裕尚未入相。夏承燾指出詩中用“飛瓊”指李相妓人,不可以擬薛陽陶,甚是;詩中又有“蘭蕙薰”“皓然纖指”“軟縠疎羅”等語,亦可證吹觱篥者爲女妓人,非男僮。然據德裕及劉、白、元之唱和詩,德裕之好觱篥洵爲事實。詩有“黑頭丞相”語,説明作此詩時李相方當壯年。德裕凡兩次爲相,第一次在大和七年至八年,第二次在開成五年至會昌六年。大和七年初拜相時年方四十七,自可稱“黑頭丞相”。至於李紳,會昌二年始拜相,時年已七十一,豈得再稱“黑頭丞相”?而李蔚則遲至乾符二年始拜相,時庭筠已下世久矣(庭筠卒於咸通七年,有其弟庭皓所撰墓誌署年爲證)。李蔚爲淮南節度在咸通十一年(見《舊唐書·懿宗紀》),上距庭筠之卒亦已四年。或有謂“李相”指李程者,則更與觱篥之好無關,且其寶曆元年拜相時年已六十,亦不得謂之“黑頭丞相”矣。故此詩之“李相”當指大和七年初次拜相之李德裕,詩有“草芽短”“花正繁”之語,當作於大和七年春。觱篥,古簧管樂器,以竹爲管,管口插有蘆製哨子。有九孔。本出西域龜兹,後傳入内地,爲隋唐燕樂及唐代教坊樂之重要樂器。李頎《聽安萬善吹觱篥歌》:“南山截竹爲觱篥,此樂本自龜兹出。”

② 【曾注】韓翃詩:日暮漢宫傳蠟燭,輕煙散入五侯家。【咸注】古詩:三五明月滿,四五蟾兔缺。【補注】纛,古代軍隊或儀仗隊之大旗。蠟煙如纛,形容其粗而直。新蟾滿,指新出之滿月。

③ 平沙,述鈔、席本、顧本作“沙平”。芽,顧本作“牙”。【咸注】李肇《國史補》:凡拜相,禮絶班行,府縣載沙填路,自私第至子城東街,名曰沙隄。【補注】白居易《新樂府·官牛》:“一石沙,幾斤重,朝載暮載將何用?載向五門官道西,緑槐陰下鋪沙堤。昨日新拜右丞相,恐怕泥塗汚馬歸。”

④ 【曾注】《世説》:諸葛道明初過江左,丞相謂曰:“明府當爲黑頭公。”【補注】黑頭,指青壯年。九天歸,指朝罷歸來。

⑤ 【曾注】《漢武故事》:西王母命侍女許飛瓊鼓震靈之簧。【補注】《漢武帝内傳》:“王母乃命諸侍女……許飛瓊鼓震靈之簧。”顧況《梁廣畫花歌》:“王母欲過劉徹家,飛瓊夜入雲軿車。”朔管,指觱篥,因其本出於北方少數民族,故稱。

⑥ 【咸注】宋玉《神女賦》:吐芬芳其若蘭。【補注】情遠,寄情悠遠。氣調,氣息調匀。蘭蕙薰,形容女妓吹奏觱篥時吐出蘭蕙般的幽香。舊題漢郭憲《洞冥記》卷四:“帝所幸宫人名麗娟,年十四,玉膚柔軟,吹氣勝蘭。”蘭蕙薰,即吹氣勝蘭之意。薰,顧本作“熏”,通。

⑦【咸注】《易》:天地絪緼,萬物化醇。【補注】瑞彩,吉祥的霞光異彩。絪緼,古以"天地絪緼"指天地陰陽二氣交互作用之狀態,此處形容吹奏觱篥時所呈現之音樂意境,如天香瀰漫,祥光瑞彩,宛若陰陽二氣交合時之狀態。非實境,乃想象中之樂境。

⑧【補注】皓然,潔白貌。揭,露。

⑨【補注】《列子·湯問》:"薛譚學謳於秦青,未窮青之技,自謂盡之,遂辭歸。秦青弗止,餞於郊衢,撫節悲歌,聲振林木,響遏行雲。"此句似暗用"響遏行雲"之意,形容觱篥之聲高亢明亮,境界如萬里碧霄,日暖無雲。前明言"夜聽",見此"日暖碧霄"非吹奏觱篥時之現境,而係形况音樂境界。

⑩【曾注】鮑照《白紵歌》:含商咀徵歌露晞。【補注】含商咀徵,謂觱篥吹奏的曲調含有悲涼的商聲和清澄的徵聲。也可解爲觱篥吹奏出各種不同的音調。

⑪ 屑,李本、十卷本、姜本、毛本作"瑟"。【咸注】《子虚賦》:雜纖羅,垂霧縠。《拾遺記》:吴主趙夫人枏髮以神膠續之,乃織爲羅縠,累月而成。裁之爲幔,内外視之,飄飄如煙氣輕動,而房中自涼。何遜詩:長風正騷屑。【補注】軟縠疎羅,謂吹觱篥的女妓身着輕軟透明的輕紗霧縠。共蕭屑,謂女妓的容顔亦因幽咽悲涼的觱篥聲而呈現凄涼之態。

⑫ 翠,席本、《全詩》校:一作"彩"。【補注】長圓,指圓月,即上文之"新蟾滿"。疊翠,層疊之翠緑色,此指翠緑之楊柳。此句及下句當亦形容音樂意境,謂觱篥聲悲涼幽咽,似圓月與疊翠的楊柳亦爲之含愁;忽又如輕暖之楊柳風,吹皺澄潭之水,潭底的一輪月影亦隨之而破。

⑬【補注】金絲蕊,指織錦機用金絲綫織成花蕊的圖案。此句形容觱篥聲如織錦時鳴梭淅瀝,織就花蕊圖案。

⑭【咸注】樂府《隴頭歌》:隴頭流水,鳴聲幽咽。遥望秦川,肝腸斷絶。【補注】句意謂觱篥聲如隴頭流水之嗚咽悲涼。

⑮【曾注】《地理志》:萊陽夾河而岸沙,長二百餘里,名萬里沙。【補注】李益《夜上受降城聞笛》:"回樂烽前沙似雪,受降城外月如霜。不知何處吹蘆管,一夜征人盡望鄉。"此句明顯化用李益詩意。"吹蘆管"即吹觱篥,暗含其聲悲涼,引動征人思鄉之情之意。"沙似雪"即萬里平沙似雪之意。舊注引《地理志》"萊陽夾河而岸沙,長二百餘里,名萬里沙",非所指。

⑯【曾注】鮑照詩:霜高落塞鴻。【補注】李益《聽曉角》:"邊霜昨夜墮關榆,吹角當城漢月孤。無限塞鴻飛不度,秋風卷入《小單于》。"此句亦化用李益詩意,謂觱篥聲驚起塞雁。

⑰【咸注】《漢書·郊祀志》:方士有言黄帝時爲五城十二樓,以候神人於執期。應劭曰:昆侖玄圃五城十二樓,仙人之所常居。【按】始見《史記·封禪書》。此以

"十二樓"指皇宮中樓閣,視下"景陽宫"可知。

⑱ 璧,述鈔,李本、十卷本、姜本、毛本、《全詩》作"壁",誤。【曾注】王融《遊仙詩》:璧門凉月舉。【補注】璧門,漢建章宫之著名建築,武帝時造。《史記·封禪書》:"於是作建章宫……其南有玉堂、璧門、大鳥之屬。"班固《西都賦》:"設璧門之鳳闕,上觚棱而棲金爵。"《水經注·渭水二》引《漢武故事》:"(建章宫)南有璧門,三層,高三十餘丈,中殿十二間,階陛咸以玉为之……樓屋上椽首薄以玉璧,因曰璧玉門也。"亦可泛指宫門。杜牧《杜秋娘詩》:"窈裊復融怡,月白上璧門。"

⑲【曾注】《宫苑記》:齊武帝置鐘景陽樓上,令宫人聞鐘聲並起妝飾。詳見上《雞鳴埭曲》注④。

⑳ 聲,原作"心",李本、十卷本、姜本、毛本並同,聲近致誤。據述鈔、《全詩》、顧本改。【咸注】江淹《恨賦》:一旦魂斷。【補注】此聲,指觱篥聲。

【箋評】

【按】前四句謂李相上朝歸晚,於蠟煙如纛、新蟾光滿之夜聽妓人吹觱篥。中間十二句,均描繪觱篥吹奏所呈現之各種音樂意境:或如天香瑞彩,氤氲繚繞;或如萬里碧霄,晴空無雲;或如商聲徵聲之悲凄幽咽,或如圓月翠柳之含愁脈脈;或似柳風吹破澄潭月影,或似金絲織錦,鳴梭淅瀝;或似隴水幽咽,恨語殷勤;或似月照漢營,平沙萬里;或似更深霜濃,塞鴻驚飛。末四句收歸現境,謂十二樓前,繁花交枝簇蔕,連接宫門,景陽宫女,正因怨曠而愁絶,恐聞此觱篥之聲而魂斷也。

照影曲[①]

景陽妝罷瓊窗暖[②],欲照澄明香步嬾[③]。橋上衣多抱彩雲[④],金鱗不動春塘滿[⑤]。黄印額山輕爲塵[⑥],翠鱗紅穉俱含嚬[⑦]。桃花百媚如欲語[⑧],曾爲無雙今兩身[⑨]。

【校注】

①《才調》卷二、《樂府》卷一百新樂府辭十一樂府倚曲載此首。

② 景陽妝,見《雞鳴埭曲》注④。【補注】瓊窗,玉飾的窗户。宫人聞鐘,早起妝飾,妝罷天明,日光映窗,故云"瓊窗暖"。

③【曾注】孟浩然詩:澄明愛水物。【咸注】王子年《拾遺記》:石崇篩沉水之香如塵末,布致象牀上,使所愛踐之,無迹即賜真珠百粒;若有跡者,則節其飲食,令體輕弱。梁元帝《烏棲曲》:蘭房椒閣夜方開,那知步步香風逐。【補注】澄明,指清澈

透明之宫中池沼，即下之“春塘”。照澄明，臨清池照影。

④【曾注】江淹詩：日暮崦嵫合，參差彩雲重。【補注】抱彩雲，謂如彩雲之環繞，形容宫女衣裳之五彩繽紛。

⑤ 鱗，席本、顧本作“鮮”。【曾注】沈約詩：白水滿春塘。【補注】金鱗，金色的池魚。

⑥【咸注】梁簡文帝詩：同安鬟裏撥，異作額間黄。庾信樂府：眉心濃黛直點，額角輕黄細安。【補注】黄印額山，即額黄。六朝婦女施於額上之黄色塗飾。其制起於漢時，唐代仍有之。因用黄粉塗飾，故曰“輕爲塵”。謂額黄粉輕細如塵。額黄妝係將額之一半塗黄，邊緣處用暈染過渡，漸淡至隱。

⑦ 鱗，《樂府》作“鮮”。【補注】翠鱗，金翠的魚鱗，代指魚。紅穉，紅妝的年輕女子，指宫女。

⑧【咸注】古詩：自有桃花容。古樂府：思我百媚娘。李白詩：荷花嬌欲語，愁殺蕩舟人。

⑨ 爲，《全詩》、顧本校：一作“謂”。【咸注】古樂府：纖纖作細步，精妙世無雙。【補注】《莊子·盜跖》：“生而長大，美好無雙。”兩身，謂形單影隻，唯照影方成兩身。

【箋評】

【按】此寫宫女妝罷，臨池照影。雖衣飾華麗，額黄輕施，然不爲君王所顧。臨池照影，似池中翠鱗與照影之自身均脈脈含愁。池邊桃花盛開，嬌媚欲語，己亦豔若桃花，曾爲舉世無雙之美女，今則惟照影自憐矣。蓋亦宫怨之詞也。

公無渡河①

黄河怒浪連天來②，大響硠硠如殷雷③。龍伯驅風不敢上④，百川噴雪高崔嵬⑤。二十三絃何太哀⑥，請公莫渡立徘徊⑦。下有狂蛟鋸爲尾⑧，裂帆截棹磨霜齒⑨。神椎鑿石塞神潭⑩，白馬趁趕赤塵起⑪。公乎躍馬揚玉鞭⑫，滅没高蹄日千里⑬。

【校注】

① 原作《拂舞詞》，《樂府》卷二十六相和歌辭一載此首，題作“公無渡河”，席本、顧本題同《樂府》，兹從之。【立注】《樂府古題要解》：《公無渡河》本《箜篌引》。霍里子高晨起刺船，見一白首狂夫，被髮攜壺，亂流而渡，其妻隨止之不及，遂溺死。於是其妻援箜篌而鼓之，作歌曰：“公無渡河，公竟渡河，墮河而死，當奈公何！”聲甚

悽愴，曲終亦投河而死。子高還語其妻麗玉，麗玉傷之，乃引箜篌寫其聲，聞者莫不墮淚飲泣。麗玉以其聲傳鄰女麗容，名曰《箜篌引》。【補注】《樂府古題要解》此解本晋崔豹《古今注·音樂》，見《樂府詩集》卷二十六李賀《箜篌引》解題引。唐人如李白、王建均有樂府詩《公無渡河》，皆依上引本事敷衍。其中李白一首以"黄河西來決崑崙，咆哮萬里觸龍門"起首，尤明顯爲庭筠此首所仿效，其内容又同賦"公無渡河"之本事，故應從《樂府詩集》題爲《公無渡河》。然温詩舊本除席本、顧本從《樂府》題爲《公無渡河》外，他本均題《拂舞詞》，此則頗可疑。拂舞，雜舞名，一種以拂子爲舞具之歌舞。《晋書·樂志下》："拂舞，出自江左。舊云吴舞，檢其歌，非吴辭也。亦陳於殿廷。楊泓序云：'自到江南见《白符舞》，或言《白鳧鳩舞》，云有此來數十年矣，察其辭者，乃是吴人患孫皓虐政，思屬晋也。'"晋無名氏有《拂舞歌辭》三首，曰《白鳩篇》《獨漉篇》《濟濟篇》。内容與"公無渡河"了不相涉。《樂府詩集》卷五十五有《梁拂舞歌》，《拂舞歌》下有唐李賀《拂舞辭》、李白《白鳩辭》《獨漉篇》、王建《獨漉歌》，内容亦均與"公無渡河"不相涉。疑温集原有《拂舞詞》及《公無渡河》各一首，二詩相連，鈔刻過程中偶脱前首之文與後首之題，遂拼接成以《拂舞詞》爲題而内容則詠"公無渡河"之文不對題之作。此種脱誤現象，李商隱詩文集中頗有之。詳編著者所撰《李商隱詩文集中一種典型的脱誤現象——從〈爲尚書渤海公舉人自代狀〉題與文的脱節談起》（載《中華文史論叢》2001年3期）。

② 【曾注】《爾雅》：河出昆侖墟，所渠並千七百一川，色黄。李白《將進酒》：君不見黄河之水天上來。

③ 耾耾，原作"肱肱"，形近致誤。《樂府》、席本、《全詩》、顧本作"硡硡"。音義同。【咸注】《揚子法言》：非雷非霆，殷殷硡硡。《詩》：殷其雷。【補注】耾耾、硡硡，象聲詞，形容聲音宏大。宋玉《風賦》："耾耾雷聲，迴穴錯迕。"耾耾，音"轟轟"。肱，音"公"，古書無"肱肱"一詞。二者音、義均不同。此注從王國良《温庭筠詩集校注》之説而稍作補充，見該書26頁。

④ 【咸注】《列子》：龍伯之國。《河圖玉版》：昆侖以北九萬里龍伯國，人長三十丈，萬八千歲。【補注】《山海經·大荒東經》"有波谷山者，有大人之國"郭璞注："《河圖玉版》曰：'龍伯國人，長三十丈，生萬八千歲而死。'"《列子·湯問》："龍伯之國有大人，舉足不盈數步而暨五山之所，釣而連六鼇。"

⑤ 百，李本、十卷本、姜本、毛本作"白"，誤。

⑥ 三，《樂府》、李本、十卷本、姜本、毛本作"五"。【立注】《周禮樂器圖》：雅瑟二十三絃，頌瑟二十五絃。《吕氏春秋》：朱襄氏作五絃瑟，以采陰氣，以定群生。瞽叟乃拌五絃爲十五絃之瑟，命之曰大章。舜立，乃益八絃爲二十三絃之瑟。《高氏小史》：太昊作二十五絃箜篌。《漢書·郊祀志》：泰帝使素女鼓五十絃瑟，悲，帝禁不止，故破其瑟爲二十五絃。【按】《史記·孝武本紀》："禱祠泰一、后土，始用樂舞，益

召歌兒，作二十五絃及箜篌瑟自此起。”裴駰集解引徐廣曰：“應劭云：武帝令樂人侯調始造箜篌。”箜篌分豎式、卧式兩種。卧式爲西漢樂人侯調所造，豎式爲豎琴之前身，源出埃及。《公無渡河》一名《箜篌引》，此云“二十三（五）絃何太哀”，即指箜篌而言。

⑦ 莫，《樂府》、述鈔、《全詩》作“勿”。注見上注①。

⑧【咸注】王建《公無渡河》：蛟龍齧尸魚食血。【補注】鋸爲尾，謂狂蛟之尾如鋸齒之鋒利。

⑨ 棹，《全詩》、顧本作“櫂”，音義同。【咸注】張正見《公無渡河》：櫂折桃花水，帆橫竹箭流。李白《公無渡河》：有長鯨白齒若雪山。

⑩【曾注】《晋書・祖約傳》：約曰：“假有神椎，必有神槌。”【按】此句當别有事在，未詳待考。

⑪【咸注】《吴都賦》：趁趩翊𦐊。善曰：相隨驅逐衆多貌。

⑫ 乎，毛本作“子”，誤。

⑬ 滅，李本作“减”，誤。【曾注】《孫卿子》：騏驥一日千里。【補注】《列子・説符》：“天下之馬者，若滅若没，若亡若失。”李白《天馬歌》：“嘶青雲，振緑鬟，蘭筋權奇走滅没。”

【箋評】

【按】此就舊題本事敷演之作。首四句狀黄河怒浪連天，巨響如雷之象，興起“公無渡河”之意。中四句化用狂夫之妻援箜篌而歌之事，呼吁其夫莫渡河，以免爲狂蛟所害。末四句謂若有神椎鑿石塞滿神潭，則公當可乘白馬躍起，揚玉鞭絶塵而去，蓋悲其事而想望之詞。

太液池歌①

腥鮮龍氣連清防②，花風漾漾吹細光③。疊瀾不定照天井④，倒影蕩摇晴翠長⑤。平碧淺春生緑塘⑥，雲容雨態連青蒼⑦。夜深銀漢通柏梁⑧，二十八宿朝玉堂⑨。

【校注】

①《樂府》卷一百新樂府辭十一樂府倚曲載此首。題解曰：“《漢書》曰：‘建章宫北有太液池，池中有蓬萊、方丈、瀛洲，象神山也。’顔師古曰：‘太液池者，言其津潤所及廣也。’”【立注】《西京雜記》：太液池邊皆是彫胡、紫籜、緑節之類。菰之有米

者，長安謂爲彫胡。葭蘆之未解葉者，謂之紫籜。菰之有首者，謂之緑節。其間鳧雛、雁子布滿充積，又多紫龜、緑鼈。池邊多平沙，沙上鵜鶘、鷓鴣、鵁鶄、鴻鶂，動輒成群。【補注】《三輔黄圖》卷四："太液池，在長安故城西，未央宫西南。"池位於建章宫前殿西北，以象北海，佔地十頃，係渠引昆明池水而形成之範圍寬廣之人工湖。池中有二十餘丈之漸臺。爲求神祈仙，池中築三座假山，以象東海中之瀛洲、蓬萊、方丈三神山。池北岸有人工雕刻而成長三丈、高五尺之石鯨，西岸有六尺長之石鼈三枚，另有各種石雕之魚龍、奇禽、異獸等。遺址在今西安市未央區未央宫鄉高堡子、低堡子村西北一片窪地處。又，唐代大明宫中含凉殿後亦有太液池，中有太液亭。李白《宫中行樂詞》："鶯歌聞太液，鳳吹遶瀛洲。"

② 【立注】《三輔故事》：太液池北有石魚，長二丈，高五尺。西岸有石龜三枚，長六尺。夏侯冲《答潘岳詩》：相思限清防。顔延之詩：跼蹐清防密。注：清防，謂屏風也。一云防扞水者。《周禮》：以防止水。劉楨詩：流波爲魚防。【補注】腥鮮龍氣，疑指太液池邊的石鯨，謂其似散發出腥鮮的龍氣。清防，猶清禁，指皇宫。《文選·顔延之〈直東宫答鄭尚書〉》："跼蹐清防密，徙倚恒漏窮。"李善注："夏侯冲《答潘岳詩》：'相思限清防，企佇誰與言？'劉良注：'清防，謂屏風也。'"祝廉先《文選六臣注訂訛》："五臣注：'清防，謂屏風也。'非。按：清防，指皇宫，猶言清禁。夏侯冲《答潘岳詩》'相思限清防'，謂限於宫禁也。"

③ 【咸注】梁簡文帝詩：花風暗裏覺。【補注】庾信《北園新齋成應趙王教》："鳥聲惟雜囀，花風真亂吹。"花風，即花信風。細光，指太液池被風吹起的粼粼波光。

④ 【曾注】《西京賦》：蔕倒茄于藻井，披紅葩之狎獵。【補注】疊瀾，指太液池層層疊疊之波瀾。天井，指藻井，屋頂梁棟間架木板爲方形如井者。庭筠《長安寺》："寶題斜翡翠，天井倒芙蓉。"句意謂太液池之層波疊瀾反照於殿中之藻井，波光閃爍不定。參下句注。

⑤ 摇，《全詩》、顧本校：一作"漾"。【咸注】《陵陽子明經》：倒景氣去地四千里，其景皆倒在下。景、影同。【補注】倒影晴翠，指倒映在太液池底之終南山晴明翠緑的影象。顧予咸注非。

⑥ 【補注】平碧，指太液池碧緑平整的湖面。淺春生緑塘，謂池邊生長出春天的淺草，猶謝靈運《登池上樓》"池塘生春草"。

⑦ 青，顧本作"春"，《全詩》校：一作"春"。【曾注】宋玉《高唐賦》：旦爲朝雲，暮爲行雨。【補注】句意謂雲容雨態連接着太液池中倒映的青蒼天色。

⑧ 【曾注】《漢書》：元鼎二年春，起柏梁臺。《漢武故事》：以香柏爲之，香聞數十里。【補注】《三輔黄圖》謂柏梁臺在"長安城中北闕内"。《長安志》卷十二："柏梁臺在未央宫北。"臺鑄銅爲柱，係一高達二十丈之高臺建築，臺頂置銅鳳凰，故亦稱鳳闕。武帝太初元年毁於火。遺址在今西安市西北郊未央區未央宫鄉盧家口村。

銀漢通柏梁,極言其高。

⑨【咸注】《後漢書》論:中興二十八將,前世以爲上應二十八宿。《漢書》建章宫南有玉堂。《漢宫闕簿》:長安有玉堂殿,去地十二丈,基階皆用玉,故名。【補注】二十八宿,本指周天黄道之恒星二十八星座,即角、亢、氐、房、心、尾、箕、室、壁、斗、牛、女、虚、危、奎、婁、胃、昴、畢、觜、參、井、鬼、柳、星、張、翼、軫。東漢明帝時,繪佐漢光武帝建立東漢政權之二十八將之像於南宫雲臺,以爲其上應二十八宿。玉堂,漢宫殿名。《史記·孝武本紀》:"於是作建章宫……其南有玉堂、璧門、大鳥之屬。"司馬貞索隱引《漢武故事》:"玉堂基與未央前殿等,去地十二丈。"

【箋評】

【按】詩詠漢太液池景象,全出之想象,而親切細膩,宛若當日親見。"疊瀾"二句,寫太液池波光蕩漾,映照於殿内藻井之上;而終南晴翠山色,亦倒影入池,尤富想象力。然此種想象,實仍基於生活體驗,視唐人詠渼陂等詩可知。

雉場歌[①]

茭葉萋萋接煙曙[②],雞鳴埭上梨花露[③]。彩仗鏘鏘已合圍[④],繡翎白頸遥相妬[⑤]。雕尾扇張金縷高[⑥],碎鈴素拂驪駒豪[⑦]。緑場紅跡未相接[⑧],箭發銅牙傷彩毛[⑨]。麥隴桑陰小山晚,六虯歸去凝笳遠[⑩]。城頭却望幾含情[⑪],青畝春蕪連石苑[⑫]。

【校注】

①《樂府》卷一百新樂府辭十一樂府倚曲載此首。雉,姜本、毛本作"薙",誤。【立注】《南史》:東昏侯置射雉場二百十六處,每出輒與鷹犬隊主徐令孫、媒翳隊主俞靈韻齊馬而走,左右争逐之。【補注】雉場,圍獵野雉之場地。魏晋以來上層常以射雉爲戲。潘岳有《射雉賦》。《南史·齊東昏侯本紀》:"置射雉場二百九十六處,翳中帷帳及步障,皆袷以緑紅錦,金銀鏤弩牙,玳瑁帖箭。"本篇所詠,即以南朝帝王如齊東昏侯之畋獵野雉生活爲題材。

② 曙,《樂府》、席本、顧本作"樹"。【曾注】《詩》:其葉萋萋。【補注】茭葉,疑爲"艾葉"之誤。獵雉者用艾葉作成之蔽體稱艾帳,又稱射雉翳。潘岳《射雉賦》:"爾乃擎場拄翳。"注:"翳者,所以隱射也。翳上加木枝,衣之以葉。"李商隱《公子》詩:"春場鋪艾帳,下馬雉媒嬌。"又《戲題樞言草閣三十二韻》:"掃掠走馬路,整頓射雉翳。"而"茭葉"(茭白之葉)則與射雉毫無關涉,當因"艾""茭"形近致誤。萋萋,

草繁茂貌。煙曙，朦朧的曙色。潘岳《射雉賦》：“恐吾遊之晏起，慮原禽之罕至。”可證射雉須早起，故此云“接煙曙”。

③ 雞鳴埭，見《雞鳴埭曲》注①。【補注】梨花露，謂天剛破曉時，梨花猶含露。《雞鳴埭曲》：“南朝天子射雉時，銀河耿耿星參差。”與本篇“接煙曙”“梨花露”正相吻合。

④ 圍，李本、十卷本、姜本、毛本作“團”，誤。【曾注】李陵《答蘇武書》：單于臨陳，親自合圍。【補注】彩仗，彩飾之儀仗。鏘鏘，指儀仗隊中之響器發出之聲響，用以驅趕警嚇禽鳥，使之陷入圍内。韓愈《雉帶箭》：“原頭火燒静兀兀，野雉畏鷹出復没。將軍欲以巧服人，盤馬彎弓惜不發。地形漸窄觀者多，雉驚弓滿勁箭加。”所寫即“合圍”射雉情景。

⑤【咸注】潘岳《射雉賦》：灼繡頸而衮背。又：櫟雌妒異，倏來忽往。【補注】繡翎白頸，指雄性野雉羽毛色彩斑爛如彩繡，頸下有一圈白色環紋。遥相妬，指雌雉妬羡雄雉之彩翎。

⑥【補注】謂雄雉尾羽開張如同彩繡，金色的羽毛高高揚起。

⑦【咸注】《説文》：驪，馬深黑色。何承天《纂文》：馬二歲爲駒。古樂府：何以識夫壻，白馬從驪駒。【補注】碎鈴，指獵馬頸上所繫鈴鐺發出之細碎聲響。素拂，指馬之白色尾巴如同拂塵。驪駒，本指純黑色之馬，此泛指獵馬。

⑧ 未，李本、十卷本、姜本、毛本、顧本、席本作“來”。【補注】緑場，指緑色之射雉場。紅跡，指红色的雄雉。句意謂雄雉尚未完全進入射雉場内。

⑨ 銅，《全詩》、顧本校：一作“狼”。【立注】《齊東昏侯紀》：翳中帷帳及步障皆袷以緑紅錦，金銀鏤弩牙，瑇瑁帖箭。《南越志》：龍川有營澗，常有銅牙弩流出水，皆以銀黄雕鏤，取之者久而後得。父老云越王弩營也。杜甫詩：貞觀銅牙弩。【補注】铜牙，指铜鏤弩牙。句謂箭發於銅牙弩而山雞之彩色羽翎隨之而受傷墜落。

⑩【咸注】司馬相如《上林賦》：乘鏤象，六玉虬。謝朓《鼓吹曲》：凝笳翼高蓋。李善注：徐引聲謂之凝。【補注】六虬，六匹龍馬所駕之車，此指皇帝的車乘。凝，有凝固、静止、徐緩等義，白居易《長恨歌》“緩歌慢舞凝絲竹”，凝與緩、慢相聯係。此句“凝笳”亦狀笳聲之悠長緩慢，故曰“遠”，以顯示獵罷歸來之悠閒容與。

⑪【補注】却望，回望。

⑫ 青畝春蕪，《全詩》、顧本校：一作“春畝青蕪”。石，《樂府》、席本、顧本作“古”。【立注】《齊東昏侯紀》：郊郭四民皆廢業，樵蘇路斷。《金陵志》：齊東昏侯即臺城閲武堂爲芳樂苑，山石皆塗以采色，跨池水立紫閣諸樓觀。又於苑中立店肆，以潘妃爲市令。又作土山，開渠立埭苑中。時百姓歌云：“閲武堂，種楊柳。至尊屠肉，潘妃酤酒。”【補注】青畝春蕪，青青的田畝，碧緑的草地。石苑，指芳樂苑。

【箋評】

【按】此篇顯據南齊東昏侯好射雉之事加以想象敷演而成。前四句寫射雉前置翳、合圍情景。獵已合圍,雉猶渾然不覺,"繡翎白頸遥相妬"。中四句正面寫射雉,獵馬興豪,雄雉尾張,箭發銅牙,彩羽紛墜。末四句寫獵罷晚歸,六馬款行,凝笳緩奏,一派盡興後容與景象。"石苑",即臺城之芳樂苑,因山石皆塗以采色,故以"石苑"稱之。作"古苑"則是以詩人作詩時之視角言之,與全篇均想象當時射獵情景不合。詩人對詩中所描繪之南朝天子奢侈畋游之事,頗有流連稱賞之情,非諷慨其奢侈荒政也。

雍臺歌①

太子池南樓百尺②,八窗新樹疎簾隔③。黄金鋪首畫鉤陳④,羽葆停僮拂交戟⑤。盤紆欄楯臨高臺⑥,帳殿臨流鸞扇開⑦。早雁驚鳴細波起⑧,映花鹵簿龍飛迴⑨。

【校注】

①《樂府》卷二十五横吹曲辭五載此首。【咸注】《古今樂録》:梁《鼓角横吹》舊曲有《大白净皇太子》《小白净皇太子》《雍臺》《擒臺》《胡遵利羝女》《淳于王》《捉搦》《東平劉生》《單廸歷》《魯爽》《半和》《企喻》《比敦》《胡度來》十四曲,三曲有歌,十一曲亡。梁武帝曲:日落登雍臺,佳人殊未來。【補注】雍臺,本指辟雍,古代天子設立之大學。校址圓形,圍以水池,前門外有便橋。《文選·揚雄〈劇秦美新〉》:"明堂雍臺,壯觀也。"李善注引《漢書》曰:"莽奏起明堂辟雍。"《後漢書·崔駰傳》:"臨雍泮以恢儒,疏軒冕以崇賢。"李賢注:"天子辟雍,諸侯頖宫。璧雍者,環之以水,圓而如璧也。"《白虎通·辟雍》:"天子立辟雍何?所以行禮樂宣德化也。辟者,璧也,象璧圓,所以法天,於雍水側,象教化流行也。"此詩"雍臺"係古代樂曲名,詳顧予咸注引《古今樂録》。《樂府詩集》卷二十五梁鼓角横吹曲録梁武帝《雍臺》云:"日落登雍臺,佳人殊未來。綺窗蓮花掩,網户琉璃開。蔓茸臨紫桂,蔓延交青苔。月没光陰盡,望子獨悠哉!"吴均同題云:"雍臺十二樓,樓樓鬱相望。"則《雍臺》之爲歌曲,内容與雍臺仍密切相關。吴均詩"雍臺十二樓"之句,與《水經注·穀水》"又逕明堂北,漢光武中元元年立。尋其基構,上圓下方,九室重隅十二堂"之記載亦有相合處。

②【咸注】徐爰《釋問》注:西明内有太子池,孫權子和所穿,有土山臺,晉帝在

儲宫所築，故俗呼太子池。吴均《雍臺》詩：雍臺十二樓，樓樓鬱相望。《淮南王》詞：百尺高樓與天連。

③ 八，《全詩》、顧本、席本作"入"。薛濤《籌邊樓》："平臨雲鳥八窗秋，壯壓西川四十州。"蓋四面各有二窗。【咸注】徐悱詩：忽有當窗樹，兼含映日花。

④【曾注】揚雄《甘泉賦》：排玉户而颺金鋪兮。【咸注】《蜀都賦》：金鋪交映。劉淵林曰：金鋪，門鋪首以金爲之。《星經》：句陳六星爲六宫，亦主六軍。《晋書·天文志》：句陳六星在紫宫中，句陳，後宫也。王者法句陳設環列。【補注】《文選·司馬相如〈長門賦〉》："擠玉户以撼金鋪兮，聲噌吰而似鐘音。"吕延濟注："金鋪，扉上有金花，花中作鈕環以貫鎖。"鋪首，門上銜環之金屬底盤，常作獸形或龜蛇之形。鉤陳，星官名。揚雄《甘泉賦》："詔招摇與太陰兮，伏鉤陳使當兵。"李善注引服虔曰："鉤陳，神名也，紫微宫外營陳星也。"

⑤ 停僮，《樂府》、席本、顧本作"亭童"，李本、十卷本、姜本、毛本、《全詩》作"停幢"。【曾注】《蜀書·先主傳》：先主少時，與宗中諸小兒於樹下戲，言吾必當乘此羽葆蓋車。【咸注】《射雉賦》：擘場拄翳，停僮葱翠。善曰：亭僮，翳貌也。停僮、亭童同。《史記》：交戟之衛士，欲止不内。庾信詩：交戟映彤闈。【補注】羽葆，皇帝儀仗中以鳥羽聯綴爲飾之華蓋。停僮，枝葉紛披覆蓋之狀。交戟，謂衛士執戟相交。

⑥【補注】盤紆，回繞曲折。欄楯，欄杆。

⑦ 帳殿，原作"殿帳"，據《樂府》、述鈔、席本、《全詩》、顧本乙。【咸注】庾肩吾《曲水》詩：回川入帳殿。庾信《馬射賦》：帷宫宿設，帳殿開筵。《大唐六典》：尚舍奉御，凡大駕行幸，預設三部帳幕。帳皆烏氊爲表，朱綾爲覆，下有紫帷方座，金銅行牀，覆以簾，其外置梐城以爲蔽扞。庾信詩：思爲鸞翼扇，願備明光宫。【補注】古代帝王出行，休息時以帳幕爲行宫，稱帳殿。此句"帳殿"則係泛指張設帷帳之宫殿，實指雍臺。鸞扇，羽扇之美稱，係皇帝之儀仗。

⑧ 驚，《樂府》作"聲"。【咸注】沈約詩：雁門早鴻離離度。

⑨【立注】封演《聞見記》：輿車行幸，羽儀導從，謂之鹵簿。自秦、漢以來，始有其名。蔡邕《獨斷》載鹵簿有大駕、小駕、法駕之異，而不詳鹵簿之義。案字書：鹵，大楯也，字亦作樐，又作櫓，音義皆同鹵。以甲爲之，所以扞敵。賈誼《過秦論》云"伏尸百萬，流血漂鹵"是也。甲楯有先後，部伍之次皆著之簿鹵籍，天子出入則案次導從，故謂之鹵簿耳。陸機詩：吴實龍飛，劉亦岳立。【補注】鹵簿，帝王駕出時扈從之儀仗隊，漢以後亦用於后妃、太子、王公大臣。此言"龍飛迴"，自指皇帝。《易·乾》："飛龍在天，利見大人。"孔穎達疏："若聖人有龍德，飛騰而居天位。"

【箋評】

【詹安泰曰】從歌詞中描繪的形象，可以看到太子宫室陳設的瑰麗，羽葆侍衛的威儀。而“早雁驚迴”“映花鹵簿”的情狀，和文宗紀所説的“慢遊敗度”也相吻合。如果飛卿用“太子池”也是有所影射的話，那就更可以説明這詩是爲莊恪太子作。因爲“西明内有太子池，孫權子和所穿”（見顧注引），孫權于赤烏五年曾立子和爲太子，後來廢掉，更立子亮爲太子（見《三國志・吴書二》），和莊恪太子的事迹正相類似。（《讀夏承燾先生的温飛卿繫年》）

【按】詩寫雍臺景象。首二句言其地處太子池南，樓高百尺，新樹當窗，疎簾相隔。“新樹”指春來新緑之樹，非新植之樹。三四句謂門上黄金鋪首，畫鉤陳之星；羽葆紛披，拂交叉之戟。蓋狀其裝飾之華麗，儀衛之整肅。五六句寫雍臺帳殿臨水而建，欄杆曲折，鸞扇分開。七八句則謂皇帝之儀仗列隊而來，與春花相映，早雁因之驚飛而起，臺周之水亦細波蕩漾。此或紀天子駕幸辟雍之景象。或因首句有“太子池南”字而疑此詩與庭筠從莊恪太子遊事有關，似無顯據。

吴苑行①

錦雉雙飛梅結子，平春遠緑窗中起。吴江澹畫水連空，三尺屏風隔千里②。小苑有門紅扇開③，天絲舞蝶共徘徊④。綺户雕楹長若此⑤，韶光歲歲如歸來⑥。

【校注】

①《樂府》卷一百新樂府辭十一樂府倚曲載此首。【立注】趙曄《吴越春秋》：吴王闔閭治宫室，立射臺於安里，華池在平昌，南城宫在長樂。闔閭出入游卧，秋冬治於城中，春夏治於城外。治姑蘇之臺，旦食䱉山，晝遊蘇臺，射於鷗陂，馳於游臺，興樂石城，走犬長洲。【補注】吴苑，泛指春秋時吴國宫苑。除吴王闔閭所建宫室外，夫差又曾爲西施造館娃宫，故址在今蘇州市西南靈巖山上。左思《吴都賦》：“幸乎館娃之宫，張女樂而娱群臣。”又，闔閭曾作長洲苑，爲其游獵之處。《吴都賦》：“佩長洲之茂苑。”

②【立注】杜甫《戲題畫山水圖歌》：尤工遠勢古莫比，咫尺應須論萬里。焉得并州快剪刀，剪取吴松半江水？【補注】吴江，吴淞江之别稱。《國語・越語上》：“三江環之。”韋昭注：“三江：吴江、錢唐江、浦陽江。”顧嗣立注引杜詩，係形容畫中山水似真山水，有咫尺萬里之勢；而温詩用意正與之相反，謂眼前吴中真山水恰似一幅吴江的水墨淡畫山水，三尺屏風阻隔住春水連空之千里畫面。

③ 紅，《全詩》、顧本校：一作“門”。【咸注】何遜《南苑》詩：苑門闢千扇，苑户開萬扉。【補注】紅扇，朱漆之門扇。

④ 共，《樂府》、席本、顧本作“俱”。【咸注】梁簡文帝《春日》詩：落花隨燕入，

游絲帶蝶驚。【補注】天絲，指春日晴空中的游絲，係蜘蛛等昆蟲所吐飄蕩於空中的細絲。庾信《行雨山銘》：“天絲劇藕，蝶粉生塵。”王建《春词》：“紅煙滿户日照梁，天絲軟弱蟲飛揚。”

⑤【咸注】張衡《七命》：雕堂綺櫳。《西京賦》：雕楹玉碣。【補注】綺户雕楹，彩繪雕花的門户和柱子。

⑥【曾注】梁元帝《纂要》：春曰韶景。【補注】韶光，美好之時光，春光。

【箋評】

【按】詩寫吴苑春色，視綫由内向外。憑窗遠眺，窗外平蕪遠緑，春色一片；吴江遠水，澹蕩連天。而錦雉雙飛，早梅結子，晴絲舞蝶，飄蕩徘徊，又添生機無限。末二句祝願之詞，希冀綺户雕楹，長久若此；美好春光，歲歲歸來。既無諷刺奢淫之意，亦無憑弔傷感之詞，純寫對吴苑春光之欣賞流連。

常林歡歌①

宜城酒熟花覆橋②，沙晴緑鴨鳴咬咬③。濃桑繞舍麥如尾④，幽軋鳴機雙燕巢⑤。馬聲特特荆門道⑥，蠻水揚光色如草⑦。錦薦金罏夢正長⑧，東家呻喔鳴雞早⑨。

【校注】

①《樂府》卷四十九清商曲辭六載此首，題内無“歌”字。解題曰：“《唐書·樂志》曰：‘《常林歡》，疑宋、梁間曲。宋、梁之世，荆、雍爲南方重鎮，皆皇子爲之牧。江左辭詠，莫不稱之，以爲樂土。故隨王誕作襄陽之歌，齊武帝追憶樊、鄧。梁簡文帝樂府歌云：“分手桃林岸，送別峴山頭。若欲寄音信，漢水向東流。”又曰：“宜城投酒令行熟，停鞍繫馬暫棲宿。”桃林在漢水上，宜城在荆州北，荆州有長林縣。江南謂情人爲歡。常、長聲相近，蓋樂人誤謂長爲常。’《通典》曰：‘《常林歡》，蓋宋、齊間曲。’”（顧嗣立注引同）

②【咸注】劉孝儀《謝酒啓》：奉教垂賜宜城酒四器。李肇《國史補》：酒則宜城之九醖。【補注】宜城，今湖北省宜城縣。唐屬襄州。縣東一里有金沙泉，造酒極美，世名宜城春，又名竹葉酒。梁簡文帝《和蕭侍中子顯春別詩四首》之三：“春堤楊柳覆河橋。”

③ 咬咬，《全詩》、顧本校：一作“交交”。【曾注】蔡洪《鴨賦》：冠葩緑以耀首。【補注】緑鴨，本爲雄性野鴨，頭部與頸部爲緑色，故名。曾慥《類説·語林》：“李遠

爲杭州刺史，嗜啖绿頭鴨。貴客經過，無他饋餉，相厚者乃一對绿頭鴨而已。”蓋绿頭鴨經人工馴養，久已成爲著名鴨種。又有通身绿色者，此或指後者。

④ 濃，《樂府》《全詩》、顧本作“穠”，通。【咸注】宋玉《笛賦》：麥秀蔪兮鳥華翼。《埤蒼》曰：蔪，麥芒也。【補注】麥如尾，麥抽穗如尾。

⑤【咸注】梁武陵王紀詩：昨夜夢君歸，賤妾下鳴機。古詩：思爲雙飛燕，銜泥巢君屋。【補注】幽軋，狀機織之聲。

⑥【咸注】盛弘之《荆州記》：郡西泝江六十里，南岸有山曰荆門。酈道元《水經注》：荆山在南，上合下開，狀似門。【按】荆門指山者，即《水經注・江水二》所稱“江水又東，歷荆門、虎牙之間”之荆門山，在今湖北省宜都縣西北長江南岸。此句之“荆門”則泛指荆州江陵，荆門道指通向荆州一帶的道路。

⑦【曾注】《太康地記》：荆州，古蠻服之地。【補注】蠻水，指荆州一帶之水。古代中原人對楚、越或南人稱“荆蠻”。《左傳・昭公二十六年》：“兹不穀震蕩播越，竄在荆蠻，未有攸厎。”白居易《晋謚恭世子議》：“周之衰也，楚子以霸王之器，奄有荆蠻。”荆蠻每連稱，故稱荆州一帶之水爲蠻水。色如草，謂水色如春草之绿。江淹《别賦》：“春草碧色，春水绿波。”

⑧ 罏，述鈔、顧本作“鑪”；《樂府》《全詩》作“爐”，音、義並同。【咸注】《鄴中記》：石季龍作席，以金裹五香，雜以五彩綫，編蒲皮，緣之以錦。徐悱《贈内詩》：網蟲生錦薦，游塵掩玉牀。司馬相如《美人賦》：金鑪香熏，黼帳長垂。【補注】錦薦，華美之墊席。

⑨ 呷，《樂府》、席本、顧本作“呃”。【咸注】《射雉賦》：良遊呃喔，引之規裹。徐陵《烏棲曲》：惟憎無賴汝南雞，天河未落猶争啼。

【箋評】

【按】詩寫荆門道上所見春晨景物：宜城酒熟，春花覆橋；晴沙绿鴨，鳴聲咬咬。濃桑繞舍，麥穗如尾；鳴機軋軋，雙燕築巢；馬聲特特，往來道上；蠻水揚光，色绿如草。一派豐饒繁茂、春意盎然之景象。“馬聲”句點出詩人身處荆門道上，以上均道上所見所聞所感。末二句謂此時情侣猶沉酣於錦薦金罏之好夢，不聞東家鳴雞之報曉。“常林歡”原題之意僅於篇末一點即止，而詩之主體已爲“荆門春”矣。庭筠咸通二年曾在荆南節度使幕爲從事。此前是否到過荆州，難以確考。此或在荆南爲從事期間荆門道上作，然情調不似晚年。

塞寒行①

燕弓弦勁霜封瓦②,樸蔌寒鵰睇平野③。一點黄塵起雁喧④,白龍堆下千蹄馬⑤。河源怒濁風如刀⑥,剪斷朔雲天更高⑦。晚出榆關逐征北⑧,驚沙飛迸衝貂袍⑨。心許凌煙名不滅⑩,年年錦字傷離别⑪。彩毫一畫竟何榮⑫,空使青樓淚成血⑬。

【校注】

①《才調》卷二、《樂府》卷一百新樂府辭十一樂府倚曲載此首。【咸注】《漢書·匈奴傳》:秦始皇使蒙恬將數十萬之衆,北擊胡,悉收河南地,因河爲塞,築四十四縣城,臨河,徙適戍以充之。【按】樂府有《塞上曲》《苦寒行》,寫邊塞征戍之事,此仿樂府舊題自擬之新題。顧予咸注引《漢書·匈奴傳》蒙恬因河爲塞戍守之事,僅指北邊。而此詩所寫之地域,西北至白龍堆,西至河源,東北至榆關,非限於某一隅,係泛詠邊塞征戍苦寒,抒發對立功邊塞之厭倦。

②【曾注】《列子》:燕角之弧,朔蓬之幹。【咸注】陸機《擬古詩》:凝霜封其條。【補注】燕弓,燕地所産之角製作之良弓。《文選·左思〈魏都賦〉》:"燕弧盈庫而委勁,冀馬填厩而駔駿。"李周翰注:"燕弧,角弓,出幽燕地。"

③ 蔌,《樂府》、李本、十卷本、姜本、毛本、《全詩》、顧本作"簌"。【曾注】《山海經》:雕一名鷲,黑色健飛,擊沙漠中,空中盤旋,無細不覩。鮑照詩:平野起秋塵。【補注】樸蔌,此處係形容寒鵰飛翔時拍擊翅膀之聲響。睇,斜視。

④【曾注】杜甫詩:黄塵翳沙漠。【補注】一點黄塵,指遠處馬群奔馳時所掀起之塵土。雁群即因此而驚喧高飛。

⑤【曾注】《漢書·匈奴傳》:豈爲康居、烏孫能踰白龍堆而寇西邊哉!乃以制匈奴也。孟康曰:龍堆形如土龍身,無頭有尾,高大者二三丈,埤者丈餘,皆東北向相似也。在西域中。【立注】徐注:《貨殖傳》:陸地牧馬二百蹄,牛蹄角千。【補注】白龍堆,西域中沙漠名,在今新疆天山南路,簡稱龍堆。《法言·孝至》:"龍堆以西,大漠以北,鳥夷獸夷,郡勞王師,漢家不爲也。"李軌注:"白龍堆也。"岑參《獻封大夫破播仙凱歌》之四:"洗兵魚海雲迎神,秣馬龍堆月照營。"陳鐵民注:"龍堆,即白龍堆,今新疆南部庫姆塔格沙漠。其地沙岡起伏,形如卧龍。"

⑥ 濁,述鈔、席本、顧本作"觸"。《全詩》校:一作"激"。均非。【曾注】《山海經》:河源出昆侖之上。【咸注】王昌齡《塞下曲》:飲馬渡秋水,水寒風似刀。【補注】河源,指黄河之源。古代誤以爲河出昆侖。《漢書·西域傳上·于闐國》:"于闐之西,水皆西流,注西海;其東,水東流,注鹽澤,河原出焉。"怒濁,怒濤濁浪。岑參

《走馬川行送封大夫出師西征》:"風頭如刀面如割。"

⑦【曾注】宋玉《九辯》:泬寥兮天高而氣清。【補注】剪斷朔雲,謂如剪之寒風剪斷北方邊地的寒雲。

⑧ 關,《全詩》、顧本校:一作"林"。逐,李本、十卷本、姜本、毛本作"遂",誤。【曾注】《地理志》:榆關,一名臨閭關,在漢中。【咸注】吴筠《春怨》:君去住榆關,妾留住函谷。【按】榆關,即今之山海關。古稱渝關、臨渝關、臨榆關。其地古有渝水,縣與關均以水而得名。唐人多稱此關爲榆關。高適《燕歌行》:"漢家煙塵在東北,漢將辭家破殘賊……摐金伐鼓下榆關,旌旆逶迤碣石間。"于志寧《中書令昭公崔敦禮碑》:"奉勅往幽州……建節榆關。"曾注引《漢書·地理志》謂指漢中之臨閭關,與詩題及内容均不合,非。征北:漢代有征西、征南等將軍名號,此泛指征討北方邊塞的將軍。

⑨ 貂,《全詩》、顧本校:一作"征"。

⑩【曾注】《唐書》:貞觀十七年二月,圖功臣於凌煙閣。【咸注】《兩京記》:太極宫中有凌煙閣,在凝陰殿内,功臣閣在凌煙閣南。【補注】凌煙,閣名,封建王朝爲表彰功臣而建築之繪有功臣圖像之高閣,以唐太宗貞觀十七年畫功臣像於凌煙閣事最著稱於後世。劉肅《大唐新語·褒錫》:"貞觀十七年,太宗圖畫太原倡義及秦府功臣趙公長孫無忌、河間王孝恭、蔡公杜如晦、鄭公魏徵、梁公房玄齡、申公高士廉、鄂公尉遲敬德、鄖公張亮、陳公侯君集、盧公程知節、永興公虞世南、渝公劉政會、莒公唐儉、英公李勣、胡公秦叔寶等二十四人於凌煙閣,太宗親爲之贊,褚遂良題閣,閻立本畫。"許,期望。

⑪【曾注】《晋書》:竇滔妻蘇氏,名蕙,字若蘭。滔爲秦州刺史,被徙流沙,蘇氏思之,織錦爲《回文旋圖詩》以贈滔。宛轉循環,讀之詞甚悽惋,凡八百四十字。【補注】武則天《織錦回文記》:"初,滔有寵姬趙陽臺……滔置之别所。蘇氏知之,求而獲焉,苦加捶辱,滔深以爲憾。陽臺又專形蘇氏之短,諂毁交至,滔益忿焉。蘇氏時年二十一。及滔將鎮襄陽,邀其同往,蘇氏忿之,不與偕行。滔遂攜陽臺之任,斷其音問。蘇氏悔恨自傷,因織錦迴文,五綵相宣,瑩心耀目。其錦縱横八寸,題詩二百餘首,計八百餘言,縱横反復,皆成章句,其文點畫無缺,才情之妙,超今邁古,名曰《璇璣圖》。"此以"錦字"指征戍將士之妻子抒寫離别相思之情的書信或詩篇。

⑫【咸注】《西京雜記》:天子筆管以錯寶爲跗,毛皆以秋兔之毫。《唐書》:詔閻立本畫凌煙閣功臣二十四圖,上自爲贊。《南部新書》:畫功臣皆北面,設三隔:内一層畫功高宰輔,外一層寫功高侯王,又外一層次第功臣。【補注】彩毫,指畫筆。

⑬ 空,《全詩》、顧本校:一作"長"。淚,《樂府》、席本、顧本作"泣"。【曾注】曹植《美女篇》:青樓臨大路。【咸注】《南史》:齊武帝興光樓上施青漆,世人謂之青樓。吴筠《閨怨》:非獨淚如絲,亦見珠成血。【補注】青樓,青漆塗飾之豪華精美樓房,指

顯貴人家女子所居之樓閣。淚成血，王嘉《拾遺記·魏》："（魏）文帝所愛美人，姓薛名靈芸，常山人也……靈芸聞别父母，歔欷累日，淚下霑衣。至升車就路之時，以玉唾壺承淚，壺則紅色。既發常山，及至京師，壺中淚凝如血。"

【箋評】

【賀裳曰】《塞寒行》後曰："心許凌煙名不滅，年年錦字傷離别。彩毫一畫竟何榮，空使青樓淚成血！"《照影曲》結云："桃花百媚如欲語，曾爲無雙今兩身。"《蓮浦謡》末曰："荷心有露似驪珠，不是真圓亦摇蕩。"《織錦詞》末曰："象尺熏爐未覺秋，碧池已有新蓮子。"皆意淺體輕，然實秀色可餐。此真所謂應對之才，不必督之幹理；蛾眉之質，無俟繩之井臼也。（《載酒園詩話又編》）

【周詠棠輯《唐賢小三昧集續集》】健如生猱。較濃麗諸作，進得一格。

【按】此詩在廣袤的背景下極力渲染塞垣之寒、征戍之苦，而歸結爲"彩毫一畫竟何榮，空使青樓淚成血"之悲慨，最能反映晚唐時代之普遍社會心理。與初盛唐時期士人普遍向往立功邊塞、青史題名之積極進取心態相比，竟有天壤之别。"孰知不向邊庭苦，縱死猶聞俠骨香"（王維《少年行》），"萬里奉王事，一身無所求。也知塞垣苦，豈爲妻子謀"（岑參《初過隴山途中呈宇文判官》）。而温之"彩毫"二句，不僅極寫邊塞征戍給妻子帶來的離别相思之苦，且連凌煙圖像之榮亦徹底否定，體現出一種與初盛唐時期完全不同的輕視國家利益、輕視功名事業，重視個人家庭幸福的人生價值觀與幸福觀。恰似與王維、岑參唱反調。實則晚唐詩中，此類心理常有所表現，陳陶之"可憐無定河邊骨，猶是春閨夢裏人"，曹松之"憑君莫話封侯事，一將功成萬骨枯"，皆其例。此詩寫塞上苦寒，頗有佳句，如"一點"二句，畫面富於動感，頗似電影鏡頭，自遠而近，逐漸放大。"河源"二句，"驚沙"一句，亦形象生動而傳神。然因結穴二句，此類生動之描繪全成厭戰心理之襯托。

湖陰詞 并序

王敦舉兵至湖陰，明帝微行，視其營伍，由是樂府有《湖陰曲》，而亡其詞，因作而附之①。

祖龍黄鬚珊瑚鞭②，鐵驄金面青連錢③。虎髯拔劍欲成夢④，日壓賊營如血鮮⑤。海旗風急驚眠起⑥，甲重光摇照湖水。蒼黄追騎塵外歸⑦，森索妖星陣前死⑧。五陵愁碧春萋萋⑨，灞川玉馬空中嘶⑩。羽書如電入青瑣⑪，雪腕如搥催畫鞞⑫。白虬天子金煌鋩⑬，高臨帝座迴龍章⑭。吴波不動楚山晚，花壓欄杆春晝長⑮。

【校注】

①《才調》卷二、《樂府》卷七十五雜曲歌辭十五載此首。序内"舉"字,李本、十卷本、姜本、毛本作"奉",誤。【黄朝英曰】唐温庭筠嘗補古樂府《湖陰詞》,其序云(略)。按前史《王敦傳》云:"敦至蕪湖,上表。"又云:"帝將討敦,微服至蕪湖察其營壘。"又:"司徒導與王舍書曰:'大將軍來屯于湖。'"《明帝紀》云:"敦下屯于湖。"又,《周琦傳》云:"王敦軍敗於于湖。"又,"甘卓進爵于湖侯。"又,王允之"鎮于湖"。案《晋書·地理志》,丹陽郡統縣十二,有蕪湖縣。讀史者當以"帝微行至于湖"爲斷句,謂之"微行",則"陰察其營壘"可知,不當云'湖陰'也。然則古樂府之命名,既失之矣,而庭筠當改曰《于湖曲》,乃爲允當……張耒《于湖曲序》云:蕪湖令寄示温庭筠《湖陰曲》,其序乃云(略)。按《晋·地志》有"于湖"而無"湖陰"。本紀云"敦屯于湖",又曰"帝至于湖,陰察營壘而去"。頃予遊蕪湖,問父老"湖陰"所在,皆莫之知也。然則"帝至于湖"當斷爲句。(《靖康緗素雜記·湖陰》)【立注】《晋書·明帝紀》:太寧二年六月,王敦將舉兵内向。帝密知之。乃乘巴湞駿馬微行至于湖,陰察敦營壘而出。敦正晝寢,夢日環其城,驚起曰:"此必黄須鮮卑奴來也。"使騎追帝。帝見逆旅賣食嫗,以七寶鞭與之,曰:"後騎來,可以此示也。"追者至,問嫗,嫗曰:"去已遠矣。"因以鞭示之。五騎傳玩,稽留良久,帝僅而獲免。案:《晋書·地理志》:于湖,縣名,屬丹陽郡。楊慎曰:"帝至于湖"爲句,"陰察營壘"爲句,温作"湖陰",誤也。【按】張耒、黄朝英、楊慎謂温氏斷句錯誤,甚是。樂府未見有《湖陰曲》,序所謂"樂府有《湖陰曲》,而亡其詞,因作而附之",蓋亦自製新樂府辭之託詞也。營伍,營壘部伍。

②【黄朝英曰】謂明帝爲祖龍,又誤也。蓋《史記》載始皇爲祖龍者,祖,始也;龍者,人君之象也。以其自號始皇,故謂之祖龍耳。其他安可稱乎?(《靖康緗素雜記·湖陰》)【立注】《異苑》:王敦頓軍姑孰,明帝躬往覘之。敦晝寢,卓然驚寤曰:"營中有黄頭鮮卑奴來,何不縛取?"帝生母荀氏燕國人,故貌類焉。《世説新語》:明帝著戎服騎巴賨馬,齎一金馬鞭,陰察軍形勢。梁元帝詩:照耀珊瑚鞭。【補注】祖龍,原指秦始皇。《史記·秦始皇本紀》:"(三十六年)秋,使者從關東夜過華陰平舒道,有人持璧遮使者曰:'爲吾遺滈池君。'因言曰:'今年祖龍死。'"裴駰集解引蘇林曰:"祖,始也;龍,人君象。謂始皇也。"此借指晋明帝。《晋書·明帝紀》:"帝母荀氏,燕、代人,帝狀類外氏,鬚黄,敦故謂帝(黄鬚鮮卑奴)云。"祖龍黄鬚,指晋明帝。珊瑚鞭,以珊瑚爲飾之馬鞭,亦即《紀》文所謂"七寶鞭"。

③【立注】沈炯樂府:驄馬鐵連錢。《爾雅》:青驪驎曰驒。注:色斑駁如魚鱗,今連錢驄也。【補注】鐵驄,毛色青白相間之馬。泛指駿馬。金面,指飾金之馬辔頭。青連錢,色青白而呈魚鱗形紋絡之馬毛。

④ 髯,《全詩》、顧本校:一作“鬚”。【補注】虎髯,指晋明帝,因其鬚黄,故云。

⑤【補注】日壓賊營,即《晋書·明帝紀》“敦正晝寢,夢日環其城”之謂。日爲君象,指明帝陰察其營壘。

⑥【補注】海旗,指湖邊之軍旗。古亦稱大湖爲海。驚眠起,指王敦夢中驚起。

⑦【補注】蒼黄,匆遽驚惶貌。

⑧ 陣,李本、十卷本、姜本、毛本作“戰”。【立注】《晋書·天文志》:永昌元年七月甲午,有流星大如瓮,長百餘丈,青赤色,從西方來,尾分爲百餘岐,或散。時王敦之亂,百姓流亡之應也。又案:《晋·宣帝紀》:公孫文懿反時,有長星墜於梁水,帝縱兵擊之,斬於梁水星墜之所。此句蓋借用此事也。○以上八句實叙其事。【補注】森索,綿延離散貌。妖星,古指預兆災禍之星,如彗星等。《左傳·昭公十年》:“居其維首,而有妖星焉。”《晋書·明帝紀》:永寧二年秋七月,“帝躬率六軍,出次南皇堂……戰於越城,斬其前鋒何康。王敦憤惋而死。”此即所謂“妖星陣前死”。

⑨【立注】《王敦傳》:敦又大起營府,侵人田宅,發掘古墓,剽掠市道,士庶解體,咸知其禍敗焉。班固《西都賦》:北眺五陵。【補注】五陵,本指長安附近西漢諸帝的陵墓。《文選·班固〈西都賦〉》:“南望杜、霸,北眺五陵。”劉良注:“宣帝杜陵、文帝霸陵在南,高、惠、景、武、昭此五陵俱在北。”此借指晋諸帝陵墓。愁碧春萋萋,指晋帝陵墓上春天萋萋的碧草呈現令人心醉的緑意。

⑩ 灞,《全詩》作“霸”。【曾注】《瑞應圖》:王者清明尊貴,則玉馬至。【立注】《晋書》:新蔡王騰初發并州,次於真定。值大雪,平地數尺,營門前方數丈雪融不積。騰怪而掘之,得玉馬高尺許,奏獻之。徐注:《聞奇録》:沈傳師爲宣武節度,堂前馬嘶。掘地深丈餘,得一穴,有玉馬高三寸,長五寸,嘶則若壯馬聲。前有金槽,中碎碌砂如菉豆而金色也。【補注】灞川,即灞水,字本作“霸”。玉馬嘶,疑用玉馬朝周故事。《論語考比讖》:“殷惑如妲己,玉馬走。”宋均注:“玉馬,喻賢臣。奔,去也。”《文選·任昉〈百辟勸進今上箋〉》:“是以玉馬駿奔,表微子之去;金版出地,告龍逄之怨。”《史記·宋微子世家》:“微子曰:‘父子有骨肉,而臣主以義屬。故父有過,子三諫不聽,則隨而號之;人臣三諫不聽,則其義可以去矣。’於是太師、少師乃勸微子去,遂行。”劉禹錫《後梁宣明二帝碑堂下作》詩:‘玉馬朝周從此辭,園陵寂寞對豐碑。”按:“五陵”二句,緊承“森索妖星陣前死”,當指王敦亂平後之事。似謂敦既敗亡而晋先祖陵墓碧草萋萋,春色常在,玉馬长嘶,賢臣畢至,乃形容亂平後祥瑞景象,如杜詩之“五陵佳氣無時無”也。

⑪【曾注】《漢書》:赤墀青瑣。孟康曰:以青畫户邊鏤中,天子制也。師古曰:刻爲連瑣文而以青塗之也。【補注】羽書,插上鳥羽以示緊急傳送之軍事文書。此指告捷之文書。青瑮,同“青瑣”,裝飾皇宫門窗之青色連環花紋,此借指宫廷。

⑫【立注】《禮記·月令》:仲夏,命樂師修鞀鞞鼓。○以上四句,追叙亂離及徵

發諸路刺史也。案:《晉書》:丁卯,加司徒王導大都督揚州刺史,徵徐州王邃、豫州祖約、兗州劉遐、臨淮蘇峻、廣陵陶瞻等還衛京師。【補注】畫鞞,古代軍中有畫飾之小鼓。鞞,同"鼙"。顧嗣立謂此四句追叙亂離及徵發諸路刺史,然上文既已明言"妖星陣前死",又追叙前事,章法紊亂,恐非。此二句當是寫亂平後報捷之羽書急傳至皇宫,宫前畫鼓聲振,慶祝勝利之景象。蓋敦死後餘黨如錢鳳、沈充等猶在,"既而周光斬錢鳳,吴儒斬沈充,並傳首京師……餘黨悉平"(《晋書·王敦傳》),"羽書如電入青瑣",當爲此也。

⑬ 煌,《全詩》、顧本校:一作"鍠"。【曾注】《晋書·天文志》:董養曰:"白者金色,國之行也。"《甘泉賦》:駟蒼螭兮六素虬。【補注】白虬,白龍。白虬天子,指晋明帝。金煌鋩,金光閃耀貌。

⑭【曾注】《漢書·天文志》:中端門,左右掖門,掖門内六星諸侯,其内五星五帝座。又:紫微宫北極五星,其第二星謂之帝座。徐注:《郊特牲》:旗有十二旒,龍章而設日月,以象天也。【補注】龍章,龍旗,皇帝之儀仗。迴龍章,謂明帝征討王敦,勝利還朝。

⑮【立注】江淹《西洲曲》:闌干十二曲,垂手明如玉。〇以上四句謂敦滅還宫,重慶昇平也。司馬光《資治通鑑》:王敦使王含、錢鳳、鄧岳、周撫等帥衆向京師,帝乃帥諸軍出屯南皇堂,夜募壯士,遣將軍段秀等帥千人渡水,明旦戰於越城,大破之。秀,匹磾弟也。敦聞含敗,尋卒。敦黨悉平。〇敦本鎮武昌,及謀篡位,諷朝廷徵己,移鎮姑孰,故結語云然。【按】末二句狀亂平後和平寧静景象。

【箋評】

【胡仔曰】温庭筠《湖陰曲》警句云:"吴波不動楚山晚,花壓欄干春晝長。"庭筠工於造語,極爲綺靡,《花間集》可見矣。(《苕溪漁隱叢話》)

【吴師道曰】于湖玩鞭亭,晋明帝覘王敦營壘處。自温庭筠賦詩後,張文潛又賦《于湖曲》,以正"湖陰"之誤(按:張耒《于湖曲序》已見注①所引)。詞皆奇麗警拔,膾炙人口。(《吴禮部詩話》)

【陸時雍曰】温飛卿有詞無情,如飛絮飄揚,莫知指適。《湖陰詞》後云:"吴波不動楚山晚,花壓欄干春晝長。"余直不知所謂。(《詩鏡總論》)

【朱彝尊曰】義山學杜者也,間用長吉體作《射魚》《海上》《燕臺》等詩,則多不可解。飛卿學李者也,即用太白體作《湖陰》《擊甌》等詩,亦多不可解。疑是唐人習尚,故爲隱語,當時之人自能知之;傳之既久,遂莫曉所謂耳。有明制藝且然,何况于詩?(評點《李義山詩集·射魚曲》)

【黄周星《唐詩快》】結語若與題絶不相關,正是詠史妙境。

【宋長白曰】温飛卿《湖陰詞》曰:"祖龍黄鬚珊瑚鞭,鐵驄金面青連錢。虎髯拔劍欲成夢，日壓賊營如血鮮。”按：王敦犯順，屯兵于湖。明帝單騎陰察賊壘。敦夢日墜帳前，驚曰：“黄鬚鮮卑兒來耶？”遣騎追之。帝以鞭遺村嫗，詭詞脱走。于湖，蓋地名。（《柳亭詩話》）

【杜詔曰】五陵、灞川，皆長安地，時爲劉曜所據。羽書鼙鼓，遠震江東，未可以敦死而遂宴衎也。下正譏之。（“五陵愁碧”四句下評）（《中晚唐詩叩彈集》）

【翁方綱曰】飛卿七古調子元好，即如《湖陰詞》等曲，即阮亭先生之音節所本也。然飛卿多作不可解語。且同一濃麗，而較之長吉，覺有傖氣，此非大雅之作也。（《石洲詩話》卷二）

【按】詩分兩段。前段八句描叙晋明帝微行窺探王敦營壘，敦追帝不及，帝親征王敦，敦旋即敗亡等情事。後段八句描叙敦餘黨悉平後羽書報捷，明帝高臨帝座，朝廷上一片祥和寧静景象。所詠者雖爲東晋軍事政治大事，且頗具戲劇性情節，然詩人之興趣，主要不在事件本身之整個過程，亦不在通過事件的吟詠，抒發對歷史事件及人物的看法，故既非叙事之作，亦非一般意義的詠史詩。詩所要着意表現的，乃是一種歷史事件的整體氛圍，一種對當時場景的鮮明想象。此正長吉體詠史一類作品之重要特徵，非所謂太白體。庭筠所處之世，藩鎮反叛被朝廷平定者，有武宗朝昭義鎮劉稹之事，此詩或有感於此類事件而作。

蔣侯神歌[①]

楚神鐵馬金鳴珂[②]，夜動蛟潭生素波。商風刮水報西帝[③]，廟前古樹蟠白蛇[④]。吴王赤斧斫雲陣[⑤]，畫堂列壁叢霜刃[⑥]。巫娥傳意托悲絲[⑦]，鐸語琅琅理雙鬢[⑧]。湘煙刷翠湘山斜，東方日出飛神鴉[⑨]。青雲自有黑龍子，潘妃莫結丁香花[⑩]。

【校注】

①【立注】《蔣子文傳》：蔣子文者，廣陵人也。嗜酒好色，佻達無度，常自謂青骨，死當爲神。漢末爲秣陵尉，逐賊至鍾山下，賊擊傷額，因解綬縛之，有頃遂死。《金陵志》：子文爲秣陵尉，逐盜至鍾山，死而靈異。吴大帝立廟孫陵岡，封爲中都侯，改鍾山曰蔣山。晋加相國，重爲立廟。南宋初廢，後修復，封蔣王。齊進號蔣帝。【按】事見晋干寶《搜神記》卷五。

②【補注】楚神，此指蔣侯神。春秋戰國時楚國疆域由今之湖南、湖北擴展至河南、安徽、江西、江蘇、浙江等地，故秣陵亦可稱楚地，秣陵之蔣侯神亦可稱楚神。然據下文“湘煙刷翠湘山斜”之句，似所詠之蔣帝廟在湖南湘江一帶，則自更可稱楚

神。鐵馬，配有鐵甲之戰馬。金鳴珂，金屬之馬轡飾。行則作響，故曰鳴珂。

③【補注】商風，指秋天的西風。《楚辭·東方朔〈七諫〉》："商風肅而害生，百草育而不長。"西帝，指秋天之神。

④【立注】《南史》：臨汝侯蕭猷與楚王廟神交，飲之一斛。每酹祀，盡歡極醉，神影亦有酒色，所禱必從。後爲益州刺史，時江陽人齊苟兒反，衆十萬攻州城，猷兵糧俱盡，人有異心，乃遥禱請救。是日有田老逢一騎絡鐵從東方來，問去城幾里，曰："百四十。"時日已晡，騎舉稍曰："後人來可令之疾馬，欲及日破賊。"俄有數百騎如風。一騎過，請飲，田老問爲誰，曰："吴興楚王來救臨汝侯。"當此時，廟中請祈無驗。十餘日，乃見侍衛土偶皆泥濕如汗者。《南史·曹景宗傳》：梁旱甚，詔祈蔣帝神求雨。十旬不降，武帝怒，命載荻欲焚廟並神影。爾日開朗，欲起火，當神上忽有雲如繖，倏忽驟雨如瀉，臺中宫殿皆自振動。帝懼，馳詔追停，少時還静。自此帝畏信遂深。自踐阼以來，未嘗躬自到廟，於是備法駕，將朝臣修謁。是時魏軍攻鍾離，蔣帝神報敕必園，許扶助，既而無雨水長，遂挫敵人，亦神之力焉。凱旋之後，廟中人馬脚盡有泥濕，當時并目覩焉。杜甫詩：鐵馬汗常趨。《金陵志》：鍾山北一峰最高，其顛有泉，泉西爲黑龍潭，相傳曾有龍見。劉歆《遂初賦》：遭陽侯之豐沛兮，乘素波以聊戾。梁元帝《纂要》：秋風曰商風。【咸注】《史記》：嫗曰："吾子白帝子也，化爲蛇當道。"【按】古樹蟠白蛇，渲染蔣侯神廟之靈異神祕，未必用事。

⑤ 斫，姜本、十卷本、顧本作"砍"。

⑥ 壁叢，《全詩》、顧本校：一作"戟排"。【補注】叢，排列。

⑦ 娥，原作"蛾"，據述鈔、十卷本、姜本、毛本、《全詩》、顧本改。【補注】巫娥，指女巫。悲絲，聲音悲凄之絃樂器。杜甫《促織》："悲絲與急管，感激異天真。"

⑧【立注】干寶《搜神記》：吴先主之初，其故吏見文於道，乘白馬，執白扇，侍從如平生，見者驚走。文追之，謂曰："我當爲此土地神，以福爾下民。爾可宣告百姓，爲我立祠。不爾，將有大咎。"是歲夏大疫，百姓輒相恐動，頗有竊祠之者矣。文又下巫祝："吾將大啓祐孫氏，宜爲我立祠。不爾，將使蟲入人耳爲災。"俄而有小蟲如鹿蠻，入耳皆死，醫不能治。百姓愈恐。孫主未之信也。又下巫祝："若不祀我，將又以大火爲災。"是歲火災大發，一日數十處，火及公宫。孫主患之，議者以爲鬼有所歸，乃不爲厲，宜有以撫之。於是使使者封子文爲中都侯，加印綬，爲廟堂，轉號鍾山爲蔣山，今建康東北蔣山是也。自是災厲止息，百姓遂大事之。徐陵《關山月》：雲陳上祁連。【咸注】杜甫詩：古壁畫龍蛇。《吴都賦》：剛鏃潤，霜刃染。《唐書·樂志》：鐸舞，漢曲也。《古今樂録》：鐸，舞者所持也。【補注】鐸語，鈴鐺聲。女巫降神時摇動鈴鐺，發出琅琅的聲響，故曰"鐸語琅琅"。

⑨【補注】神鴉，廟中食祭品之烏鴉。杜甫《過洞庭湖》："護堤盤古木，迎櫂舞神鴉。"仇兆鰲注引《岳陽風土記》："巴陵鴉甚多，土人謂之神鴉，無敢弋者。"又引吴

江周篆曰："神烏在岳州南三十里，群烏飛舞舟上。或撒以碎肉，或撒以荳粒，食葷者接肉，食素者接荳，無不巧中。如不投以食，則隨舟數十里，衆烏以翼沾泥水，污船而去，此其神也。"此句之"神鴉"，聯係上句"湘煙刷翠湘山斜"，似專指巴陵之神鴉。

⑩【立注】劉敬叔《異苑》：青溪小姑廟，云是蔣侯第三妹廟。中有大穀扶疎，烏常産育其上。晋太元中，陳郡謝慶執彈乘馬繳殺數頭，即覺體中栗然。至夜夢一女子，衣裳楚楚，怒云："此烏是我所養，何故見侵？"經日謝卒。慶名奂，靈運父也。《建業志》：宋元嘉中，蔣陵湖有黑龍見，改名玄武湖。《南史·東昏侯紀》：潘貴妃偏信蔣侯神，迎來入宫，晝夜祈禱。左右朱光尚詐云見神，動輒啓，并云降福。始安之平，遂加位相國，末又號爲"靈帝"，車服羽儀，一依王者。【咸注】《本草》：丁香出交、廣，木類桂，高丈餘，葉似櫟，凌冬不凋，花圓，細黄色，其子出枝蕊上，如丁字。中有粗大如山茱萸者，謂之女丁香。案：陳藏器云：丁香擊之則順理而解爲兩向。杜少陵詩：丁香體柔弱，亂結枝猶墊。李義山詩：本是丁香樹，春條結始生。蓋其合則爲結也。【補注】李商隱《代贈二首》之一："芭蕉不展丁香結，伺向春風各自愁。"莫結丁香花，蓋謂莫心情鬱結含愁也。

【箋評】

【按】此詩刻意渲染蔣侯神之靈異與神廟景象。首四句寫蔣侯神夜間顯示靈異，乘鐵甲戰馬而來，鳴珂丁當作響，廟旁之蛟潭亦被掀動，生起層層白波。秋風刮過水面，告知秋神白帝，廟前古樹之上，白蛇蟠繞。次四句寫神廟中景象：蔣侯神手持赤斧，似欲斫開雲陣，廟堂上叢列如霜的兵器。降神之女巫或托絃樂以傳意，或摇動神鈴，捋理雙鬢。七八句似謂神廟外湘煙籠罩逶迤而去的翠緑湘山，飛舞的神鴉乘東方日出時齊集廟前争食祭品。末二句似謂迷信蔣侯神之潘妃且莫心情鬱結含愁，青雲之上自有黑龍子現，蔣侯神之靈異固不爽也。

漢皇迎春詞[①]

春草芊芊晴掃煙[②]，宫城大錦紅殷鮮[③]。海日初融照仙掌[④]，淮王小隊纓鈴響[⑤]。獵獵東風燄赤旗[⑥]，畫神金甲葱籠網[⑦]。鉅公步輦迎勾芒[⑧]，複道掃塵燕篲長[⑨]。豹尾竿前趙飛燕[⑩]，柳風吹盡眉間黄[⑪]。碧草含情杏花喜，上林鶯囀遊絲起[⑫]。寶馬摇環萬騎歸[⑬]，恩光暗入簾櫳裏[⑭]。

【校注】

①《樂府》卷一百新樂府辭十一樂府倚曲載此首，題内"詞"作"辭"。【立注】

荀悦《漢紀》：成帝以宣帝時生，號曰"世嫡皇孫"。宣帝愛之，自名曰鷔，字太孫。《禮記・月令》：立春之日，天子親帥三公九卿諸侯大夫以迎春於東郊。【補注】迎春，古代祭禮之一。古人以春配祭五方之東，五色之青。故於立春日，天子率百官出東郊祭青帝，迎接春天到來。《後漢書・祭祀志中》："立春之日，迎春於東郊，祭青帝、句芒。東騎服色皆青。"《新唐書・禮樂志二》："立春祀青帝，以太皞氏配。歲星、三辰在壇下之東北，七宿在西北，句芒在東南。"是爲歷代相沿之舊禮。顧嗣立引荀悦《漢紀》以注"漢皇"，然此"漢皇"實爲以漢喻唐，借指當時之唐皇。據詩中"豹尾竿前趙飛燕"二句，或即指唐武宗，詳箋評編著者按。

② "草"字《樂府》脱。掃，《全詩》、顧本校：一作"拂"。【曾注】宋玉《高唐賦》：仰視山顛，肅何芊芊。【按】芊芊，有茂盛與碧緑二義，均可通。宋玉《高唐賦》"芊芊"一作"千千"，李善注："千千，青也。千、芊古字通。"《列子・力命》："美哉國乎，鬱鬱芊芊。"此則爲茂盛義。晴掃煙，晴煙一抹如掃。

③【原注】殷，於閑反。【咸注】揚雄《甘泉賦》：曳紅采之流離兮，颺翠氣之宛延。《左傳》：左輪朱殷。杜甫詩：象牀玉手亂殷紅。孫愐《廣韻》：殷，赤黑色。【補注】殷鮮，紅豔、鮮豔。句意謂宫城披上大幅紅錦，鮮豔奪目。

④ 初，《樂府》、顧本作"如"。【曾注】《西都賦》：抗仙掌以承露。【補注】融，大明、明亮。《左傳・昭公五年》："《明夷》之《謙》，明而未融，其當旦乎？"孔穎達疏："明而未融，則融是大明。"仙掌，漢武帝爲求仙，在建章宫神明臺上造銅仙人，舒掌捧銅盤玉杯，以承雲表仙露。後亦稱承露金人爲仙掌。張衡《西京賦》："立修莖之仙掌，承雲表之清露。"

⑤ 隊，原作"墜"，據述鈔、席本、《樂府》《全詩》、顧本改。【咸注】《神仙傳》：淮南王安好道，有八公詣門，須眉皓白。王以其老，難問之，八公皆變爲童子，角髻青絲，色如桃花。王跣而迎，登思仙之臺，執弟子禮，八童子乃復爲老人。《西京雜記》：淮南王好方士，方士皆以術見，遂有畫地成江河，撮土爲山巖，嘘吸爲寒暑，噴嗽爲雨霧。王卒與方士俱去。《真誥》：老君佩神虎之符，帶流金之鈴。《雲笈七籤》：左佩玉瑞，右腰金鈴。【補注】纓鈴，馬革帶上繫的鈴。此以"淮王"指好神仙之事之帝王。

⑥ 錟赤，《樂府》、席本、顧本作"展錟"。"赤"字原闕，據李本、十卷本、姜本、毛本、《全詩》補。【補注】錟，作動詞用，照耀。

⑦【立注】荀悦《漢紀》：匡衡奏議：甘泉紫微殿有文章刻鏤、黼黻文繡之飾，又置女樂、石壇、仙人祠、瘞鸞輅、騂駒、偶人、龍馬之屬。古詞《烏夜啼》：蘢蔥窗不開，烏夜啼，夜夜望郎來。【補注】畫神，彩繪之神像。葱蘢，本狀草木之青翠茂盛，此狀金甲之網絡形裝飾繁密貌。

⑧【立注】《封禪書》：見一父老牽狗，言欲見巨公，已忽不見。《禮記・月令》：

孟春之月，其神句芒。【補注】鉅公，指隨從漢皇迎春之三公九卿等大臣。步輦，古人一種用人擡的代步工具，類似轎。《趙飛燕外傳》："帝即令舍人吕延福以百寶鳳毛步輦迎合德。"唐閻立本有《步輦圖》。勾芒，木神。勾，同"句"。班固《白虎通·五行》："其神勾芒者，物之始生，其精青龍。芒之爲宣萌也。"

⑨ 複，李本、十卷本、姜本、毛本作"復"。掃，《全詩》、顧本校：一作"拂"。燕，《樂府》、席本、顧本作"鸞"。篲，《全詩》、顧本作"彗"。【曾注】《秦本紀》：殿屋複道，周閣相屬。【咸注】蔡邕《獨斷》：天子出，前驅有鸞旗車，編羽毛列繫幢旁，俗名雞翹車。【補注】複道，樓閣間架空之通道。燕篲，指掃帚如燕尾之狀。字面上可能與《史記·孟子荀卿列傳》"（騶子）如燕，昭王擁篲先驅，請列弟子之座而受業"有關，但只取義於"篲"（掃帚），與敬賢之意無涉。

⑩【咸注】《揚雄傳》：是時趙昭儀方大幸，每上甘泉，常法從，在屬車間豹尾中。服虔曰：大駕八十一乘，最後一乘懸豹尾。《漢書·外戚傳》：趙后屬陽阿主家，學歌舞，號曰飛燕。師古曰：以其體輕也。【補注】蔡邕《獨斷下》："秦滅九國，兼其車服，故大駕屬車八十一乘也。尚書、御史乘之。最後一車懸豹尾。"按：在豹尾車中之趙昭儀係趙飛燕之妹。

⑪ 注見上《照影曲》"黄印額山輕爲塵"句。【曾注】額上塗黄，漢宫妝也。案：楊慎曰：温飛卿詩：豹尾車前趙飛燕，柳風吹散蛾間黄。王荆公詩：漢宫嬌額半塗黄。其制已起於漢，但未知所出耳。【按】眉間黄，即額黄妝，漢代宫妝，六朝隋唐仍流行。

⑫【咸注】衛宏《漢舊儀》：上林苑中廣長三百里，離宫七十所，中容千乘萬騎。【補注】上林，漢宫苑名。本秦之舊苑，漢初荒廢。漢武帝進行大規模擴建，東南至宜春、鼎湖、昆吾，南至御宿及至終南山，西南至長楊、五柞，向北跨渭河，北繞黄山，瀕渭而東，方三百四十里，周圍環築苑垣，長四百餘里，有十二苑門，三十六區苑囿，宫觀七十餘座。詳《三輔黄圖·苑囿》。

⑬【立注】《西京雜記》：輿駕祠甘泉，備千乘萬騎，太僕執轡，大將軍陪乘，名爲大駕。《甘泉賦》：敦萬騎於中營兮，方玉車之千乘。【補注】環，指馬嚼環。

⑭【立注】荀悦《漢紀》：趙后本長安宫人，後屬陽阿公主。上微行公主家，見而悦之。及女弟俱爲婕妤，貴傾後宫。趙后既立，而弟絶幸，爲昭陽舍其中，庭彤朱而壁髹漆，切皆銅沓，黄金塗，白玉陛，金釭函，藍田璧，明珠翠羽飾之，自有宫室以來未之有也。【補注】恩光，指皇帝的恩澤。

【箋評】

【顧嗣立曰】《漢書·郊祀志》：成帝末年頗好鬼神，亦以無繼嗣故，多上書言祭祀方術者，皆得待詔。祠祭上林苑中長安城旁，費用甚多。《成帝紀》：永始三年冬十月，詔有司復甘泉泰畤、汾陰后土、雍五畤、陳倉陳寶祠。四年春正月，行幸甘泉宫,郊泰畤。揚雄《甘泉賦序》:上方郊祀甘泉泰畤、汾陰后土以求繼嗣。此篇細玩詩意,知漢皇爲成帝無疑也。原注(按:當指曾注)誤爲漢高祖,則詩中"豹尾竿前趙飛燕"句將何所指邪?

【按】顧嗣立以詩有"豹尾竿前趙飛燕"之句,以爲詩題中之漢皇指成帝。然題云"迎春",與郊祀甘泉泰畤、汾陰后土以求繼嗣自是二事,詩中亦無求嗣意。以漢皇喻指唐帝,本唐人之習。此篇所詠之"漢皇",突出之事有二:一爲好神仙,詩中"仙掌""淮王""畫神金甲"均寓此意。二爲好女色。詩中"豹尾竿前趙飛燕""恩光暗入簾櫳裏"皆寓此意。求之庭筠所歷君主,惟唐武宗最爲相合。武宗頗好神仙道術,會昌五年春,"築望仙臺於南郊",又寵王才人,"欲立以爲后"(均見《通鑑》)。此詩中之"趙飛燕",殆即指"寵冠後庭"之王才人。與庭筠同時之李商隱,即針對武宗此類行事屢加諷詠,其《茂陵》《昭肅皇帝挽歌辭三首》《漢宫》《華嶽下題西王母廟》《北齊二首》等均可參較。

温庭筠全集校注卷二

詩

蘭塘詞①

塘水汪汪鳧唼喋②,憶上江南木蘭檝③。繡頸金鬚蕩倒光④,團團皺緑雞頭葉⑤。露凝荷卷珠净圓,紫菱刺短浮根纏⑥。小姑歸晚紅妝淺⑦,鏡裏芙蓉照水鮮⑧。東溝潏潏勞迴首⑨,欲寄一杯瓊液酒⑩。知道無郎却有情⑪,長教月照相思柳⑫。

【校注】

①《樂府》卷一百新樂府辭十一樂府倚曲載此首。詞,《樂府》作"辭"。【曾注】《維揚志略》:蘭塘浦東接得勝湖,西接海陵溪,中植蓮藕菱芡,唐時爲勝遊處。【按】詩云"憶上江南木蘭檝",則此"蘭塘"當在江南,可能即庭筠江南吴中故居附近之一處蓮塘。

②【曾注】《上林賦》:唼喋菁藻,咀嚼菱藕。《通俗文》:水鳥食謂之啑。啑與喋同。【補注】汪汪,水滿貌。鳧,野鴨。唼喋,禽或魚吃食。

③ 檝,《樂府》作"楫"。【曾注】薛道衡詩:新船木蘭檝。詳卷四《西江貽釣叟騫生》"春潮遥聽木蘭舟"句注。【補注】木蘭檝,木蘭樹製作的船。

④ 頸,席本、顧本作"領"。【咸注】《漢書》:廣川王去姬爲去刺方領繡。晋灼曰:今之婦人直領也。繡爲方領,上刺作黼黻文。吴均《雜句》:繡領合歡斜。【補注】繡頸金鬚,疑是形容荷花之花苞如女子之繡頸,花蕊則如金鬚。花映水中,水波蕩漾,故云"蕩倒光"。如解爲女子繡領,則"金鬚"字不可解。

⑤ 皺緑,述鈔作"緑皺"。【曾注】嵇含《草木狀》:雞頭一名雞壅,葉蹙衂如沸,有芒刺。【咸注】《方言》:南楚謂之雞頭,北燕謂之葰,青、徐、淮、泗之間謂之芡。【補注】雞頭葉,芡葉。芡葉呈圓盾形,浮於水面,全株有刺,故云"團團緑皺"。

⑥“纓”字底本、述鈔闕文,《樂府》作“鮮”,《全詩》校:一作“綿”。均非。此據李本、十卷本、姜本、毛本、《全詩》、席本、顧本補。【曾注】《爾雅》:菱一名薢茩。《埤雅》:菱,白花紫角,有刺。庾信詩:紫菱生軟角。【補注】刺,指菱之角刺。

⑦【曾注】隋煬帝詩:菱潭落日雙鳧舫,緑水紅妝兩摇漾。【咸注】古樂府:小姑始扶牀。【按】下有“知道無郎却有情”之句,此“小姑”當用南朝樂府《青溪小姑曲》“小姑所居,獨處無郎”之語,非《古詩爲焦仲卿妻作》蘭芝之小姑。此“小姑”猶年輕姑娘之謂。

⑧【咸注】樂府《青陽歌曲》:青荷蓋緑水,芙蓉發紅鮮。【補注】句意雙關。謂水中荷花與女子之倒影同其鮮妍。

⑨ 潏潏,李本、毛本作“繘繘”,十卷本、姜本作“遹遹”。【補注】潏潏,水湧流貌。

⑩【咸注】《漢武内傳》:上藥有風實雲子、玉液金漿。謝燮《方諸曲》:瓊醴和金液。【補注】瓊液酒,指美酒,猶瓊漿玉液。

⑪【曾注】晋樂府《青溪小姑曲》:小姑所居,獨處無郎。

⑫【曾注】梁簡文帝《折楊柳》詩:曲終無别意,并是爲相思。【補注】相思柳,當是因柳象徵離别相思而有此稱。

【箋評】

【陸時雍曰】深着語,淺着情,是温家本色。(《唐詩鏡》卷五十一)

【按】次句一篇之主。全詩均寫回憶中往日江南蘭塘蕩舟采蓮的一段經歷。塘水汪汪,野鴨唼喋,荷花含苞,芡葉團緑,荷葉珠圓,紫菱刺短。此時忽遇采蓮少女,紅妝歸晚,水中荷花與少女之倒影,同其鮮妍。彼此未免有情,而不得交接,則亦徒勞相思而已。末句點醒今日之相思,遥應次句“憶”字。

晚歸曲①

格格水禽飛帶波,孤光斜起夕陽多②。湖西山淺似相笑③,菱刺惹衣攢黛蛾④。青絲繫船向江水⑤,蘭芽出土吴江曲⑥。水極晴摇泛灩紅⑦,草平春染煙綿緑⑧。玉鞭騎馬楊叛兒⑨,刻金作鳳光參差⑩。丁丁暖漏滴花影,催入景陽人不知⑪。彎堤弱柳遥相矚⑫,雀扇圓圓掩香玉⑬。蓮塘艇子歸不歸⑭,柳暗桑穠聞布穀⑮。

【校注】

①《才調》卷二、《樂府》卷一百新樂府辭十一樂府倚曲載此首。

②【曾注】沈約《詠湖中雁》:群浮動輕浪,單泛逐孤光。【補注】《文選·沈約〈詠湖中雁〉》張銑注:"孤,猶遠也。"按:沈詩"孤"字當指單隻之水鳥,視上句"群浮",下句"單泛"可知。然沈詩"單泛"係在水面浮游之單隻水鳥,温詩"孤光斜起"則指在夕陽映照下單飛斜起之水鳥。温詩有"鴉背夕陽多"之句,此句之"夕陽多"正水禽之單飛者給人以"孤光斜起"之視覺感受之故。

③【曾注】《畫苑》:春山澹冶而如笑。【補注】山淺,謂山色淡遠。郭熙《林泉高致集》:"春山淡冶而如笑,夏山蒼翠而如滴。"

④【咸注】《煙花記》:隋煬帝宫人畫長蛾,日給螺子黛五斛。王僧孺《春閨怨》:愁來不理鬢,春至更攢眉。【補注】菱刺,此指菱之莖蔓,上有尖刺。攢黛蛾,緊皺雙眉。

⑤ 水,《才調》《樂府》、述鈔、李本、十卷本、姜本、《全詩》、顧本作"木"。船,《全詩》校:一作"舟"。【曾注】梁元帝詩:向解青絲纜,將移丹桂舟。【補注】青絲,指繫船的纜繩。作"江木"指江邊用以繫纜的樹,然作"江水"意自可通,蓋謂船面對江水也。

⑥【咸注】鮑照《白紵歌》:桃含紅萼蘭紫芽。【補注】蘭芽,蘭花的花苞。吴江,吴淞江之别稱,參卷一《吴苑行》"吴江澹畫水連空"句注。曲,水之彎曲處。

⑦【曾注】江淹《休上人怨别》:露彩方泛灩,月華始裴回。【補注】水極,水之遠處。晴摇,晴光摇漾。泛灩紅,形容湖面在夕陽照映下泛動一片紅豔的瀲灩水光。

⑧【補注】春染煙綿緑,春色染遍了籠罩着輕煙的連綿緑色田野。

⑨ 楊叛,《樂府》、席本、顧本作"白玉"。【曾注】杜甫詩:麒麟受玉鞭。【咸注】《唐書·樂志》:楊叛兒,齊隆昌時女巫之子,曰楊旻,少時隨母入宫,及長爲何后寵。童謡云:"楊婆兒,共戲來所歡。"語訛遂成楊叛兒。【補注】樂府西曲歌有《楊叛兒》。此句之"楊叛兒"猶少年郎。

⑩【曾注】陳後主《楊叛兒曲》:龍媒玉珂馬,鳳軫繡香車。【補注】刻金作鳳,指金製之鳳形首飾。温庭筠《思帝鄉》詞:"回面共人閑語,戰篦金鳳斜。"光参差,光影閃爍不定。

⑪ 景陽,見卷一《雞鳴埭曲》注④。

⑫【曾注】張正見《賦得垂柳映斜溪》:千仞清溪險,三陽弱柳垂。【補注】相矚,相望。

⑬ 圓圓,《樂府》、李本、毛本、《全詩》作"團圓",十卷本、姜本作"團團"。【補注】雀扇,羽毛扇。香玉,借指香而白的女子面龐。

⑭ 歸不歸,李本、十卷本、姜本、毛本、席本均作"歸不得"。【咸注】江淹《西洲曲》:采蓮南塘秋,蓮花(子)過人頭。古樂府《莫愁樂》:艇子打兩槳,催送莫愁來。

⑮【曾注】《廣雅》:擊穀,布穀也。以布種時鳴。傅玄賦:聆布穀之晨鳴。【補

注】柳暗桑穠，柳色深暗，桑葉鮮濃，顯示時已春暮，故“聞布穀”。

【箋評】

【陸時雍曰】道情處在意似之間。（《唐詩鏡》卷五十一）

【按】此詠湖上蕩舟流連晚歸情景。首四句湖上景色。水禽格格飛起，猶帶水波，夕陽映照，孤光一點，斜飛而去。湖西山色淡遠，似美人含笑，而乘舟嬉游之女子則因菱刺惹衣而緊皺雙眉。“菱刺”句點出“晚歸”之人。“青絲”四句寫湖上湖邊景色。青纜繫船，面向江水，蘭芽初吐，晴光泛灩，草平煙籠，一片春緑。“玉鞭”四句，謂岸邊有揮鞭騎馬之少年郎君，湖上則有簪鳳釵之女子，彼此情愫暗通，如暖漏之滴入花影，雖催入景陽宮中人之心而不知。“景陽”點出女子身份。末四句則彼此有情，流連忘返之情景。“蓮塘艇子歸不歸”，女子因情思牽繞而不忍歸之心理獨白。末句以景結情，有春已暮而時不我待意。

故城曲①

漠漠沙堤煙，堤上雉子斑②。雉聲何角角③，麥秀桑陰閑④。遊絲蕩平緑⑤，明滅時相續。白馬金絡頭⑥，東風故城曲。故城殷貴嬪⑦，曾占未來春⑧。自從香骨化，飛作馬蹄塵⑨。

【校注】

①《樂府》卷一百新樂府辭十一樂府倚曲載此首。【補注】據詩中所寫宋武帝殷貴嬪事，故城當指劉宋之都城建康（今南京市）。

② 斑，李本、十卷本、姜本、毛本作“班”，字通。【曾注】樂府古題有《雉子斑》。【補注】《樂府詩集・鼓吹曲辭一・雉子斑》：“雉子，斑如此。”此句“雉子斑”指野雉色彩斑爛。

③《全詩》、顧本注：角，音谷。【補注】角角，雄雉鳴聲。韓愈《此日足可惜贈張籍》：“百里不逢人，角角雄雉鳴。”

④ 閑，《樂府》作“間”，誤。桑陰，李本、十卷本、姜本、毛本作“陰桑”，誤。【咸注】枚乘《七發》：麥秀蔪兮雉朝飛。《詩》：桑者閑閑兮。【補注】麥秀，麥子抽穗尚未結實。《史記・宋微子世家》：“箕子朝周，過故殷虚，感宫室毁壞，生禾黍，箕子傷之，欲哭則不可，欲泣爲其近婦人，乃作《麥秀》之詩以歌詠之。其詩曰：‘麥秀漸漸兮，禾黍油油。彼狡僮兮，不與我好兮。’”此句用“麥秀”典，正寓故城滄桑、人事變化之感。顧予咸注引枚乘《七發》“麥秀蔪兮雉朝飛”，雖與所寫景物吻合，但未顯示

"麥秀"一語之含蘊。《詩·魏風·十畝之間》:"十畝之間,桑者閑閑兮,行與子還兮。""桑陰閑"用此而稍變其語,形容桑樹繁茂濃密,意態安閑幽静。

⑤【曾注】沈約詩:游絲映空轉,高楊拂地垂。【補注】句意謂游絲飄蕩於平坦的緑野之上。

⑥【曾注】鮑照樂府:驄馬金絡頭。【補注】金络頭,金飾之馬籠頭。

⑦【立注】《南史》:殷淑儀麗色巧笑,寵冠後宫。及薨,宋孝武帝常思見之,遂爲通替棺,欲見輒引替覩尸,如此積日,形色不異。追贈貴妃,謚曰宣。及葬,給轀輬車,羽葆鼓吹。上自於南掖門臨,過喪車,悲不自勝,左右莫不掩泣。

⑧ 來,《樂府》作"央"。【補注】句意謂其寵冠後宫,並後來宫嬪之寵亦佔盡也。

⑨【立注】謝莊《宋孝武宣貴妃誄》:銷神躬於壤末,散靈魄於天潯。【補注】此即美人香骨化爲塵土之意,李商隱《河陽詩》:"梓澤東來七十里,長溝複塹埋雲子。可惜秋眸一臠光,漢陵走馬黄塵起。"可互參。

【箋評】

【按】此過建康故城殷貴嬪墓而興美人黄土、世事滄桑之感。春色依舊,沙堤煙籠,麥秀雉鳴,桑陰閑閑,遊絲飄蕩,平蕪緑遍。常在之春色愈益反襯出人事之滄桑變化。今日騎馬過故城隅之殷貴妃墓,往日"曾占未來春"之美人香骨,久已化爲馬蹄下之飛塵矣,能不慨然!

昆明治水戰詞[①]

汪汪積水光連空[②],重疊細紋晴瀲紅[③]。赤帝龍孫鱗甲怒[④],臨流一時生陰風[⑤]。鼉鼓三聲報天子[⑥],雕旌獸艦凌波起[⑦]。雷吼濤驚白若山[⑧],石鯨眼裂蟠蛟死[⑨]。溟池海浦俱喧豗[⑩],青幟白旌相次來[⑪]。箭羽槍纓三百萬[⑫],踏翻西海生塵埃[⑬]。茂陵仙去菱花老[⑭],唼唼遊魚近煙島[⑮]。渺莽殘陽釣艇歸[⑯],緑頭江鴨眠沙草。

【校注】

①《樂府》卷一百新樂府辭十一樂府倚曲載此首。治,毛本、《全詩》《樂府》作"池";詞,《樂府》作"辭"。【立注】《漢書》:武帝元狩三年,減隴西、北地、上郡戍卒半,發謫吏穿昆明池。臣瓚曰:《西南夷傳》有越嶲昆明國,有滇池方三百里。漢使求身毒國而爲昆明所閉,今欲伐之,故作昆明池象之,以習水戰。在長安西南。《西京雜記》:武帝作昆明池,欲伐昆吾夷,教習水戰,因而于上游戲養魚。魚給諸陵廟祭

祀,餘付長安市賣之。池周回四十里。【補注】昆明,指昆明池。治,作、爲。《詩·邶風·綠衣》:"綠兮衣兮,女所治兮。"治水戰,猶演習水戰。

② 光連,《樂府》作"連碧"。【曾注】李百藥《遊昆明池》詩:積水浮深智。

③ 晴瀲,原作"晴潋",《樂府》作"交斂",席本、顧本作"交瀲",《全詩》作"晴漾"。【按】"潋"字字書未見,當爲"瀲"字形誤,今據席本、顧本改正。晴瀲紅,謂紅日映照,池水盪漾起一片紅色晴光。

④ 鱗,原作"鮮",據《樂府》、述鈔、席本、《全詩》改正。【咸注】《漢·高帝紀》:有大蛇當道,高祖醉斬蛇。有一老嫗哭曰:"吾子白帝子也,化爲蛇,當道,今者赤帝子斬之。"杜甫《哀王孫》:高帝子孫盡隆準,龍種自與常人殊。【補注】赤帝,指漢高祖劉邦。《史記·高祖本紀》:"高祖被酒,夜徑澤中,令一人行前。行前者還報曰:'前有大蛇當徑,願還。'高祖醉,曰:'壯士行,何畏!'乃前,拔劍擊斬蛇……後人來至蛇所,有一老嫗夜哭……曰:'吾子,白帝子也,化爲蛇,當道,今爲赤帝子斬之,故哭。'"赤帝龍孫,指漢武帝劉徹。鱗甲怒,形容武帝之怒如龍之鱗甲怒張,憤而欲伐昆夷。

⑤ 時,《樂府》、席本、顧本作"旳",《全詩》作"盼"。【曾注】謝朓詩:切切陰風暮。

⑥【曾注】李斯《諫逐客書》:樹靈鼉之鼓。【補注】鼉鼓,用鼉皮做的鼓。其聲如鼉鳴。鼉,揚子鰐的古稱。

⑦ 雕旌獸艦,《樂府》作"雕旗戰艦",席本、顧本作"雕旗獸艦"。【立注】《西京雜記》:昆明池中有戈船樓船各數百艘。樓船上建樓櫓,戈船上建戈矛,四角悉垂幡旄旍葆,麾蓋照灼涯涘。余少時猶憶見之。【補注】雕旌,彩繪之旌旗。獸艦,船體雕飾獸形之戰艦。

⑧ 若,原作"石",涉下句石字而誤。據述鈔、《樂府》、席本、《全詩》、顧本改。

⑨【立注】《西京雜記》:昆明池刻玉石爲鯨魚,每至雷雨,魚常鳴吼,鬐尾皆動。漢世祭之以祈雨,往往有驗。【補注】《三輔故事》:"(昆明)池中有豫章台及石鯨,刻石爲鯨魚,長三丈,每至雷雨,常鳴吼,鬣尾皆動。"鯨魚刻石今尚存,原在長安縣開瑞莊,今藏陝西博物館。

⑩ 溟,《樂府》、席本、顧本作"滇"。浦,《樂府》作"浪"。俱,《全詩》校:一作"相"。【咸注】《華陽國志》:澤下流淺狹,狀如倒池,故曰滇池。李白詩:飛湍瀑流争喧豗。【補注】溟池,溟海。庾信《謝趙王集序啓》:"溟池九萬里,無踰此澤之深;華山五千仞,終愧斯恩之重。"《列子·湯問》:"終北之北有溟海者,天池也。"《文選·張協〈七命〉》:"溟海渾濩涌其後。"李善注引《十洲記》:"東王所居處,山外有員海,員海水色正黑,謂之溟海。"作"滇池"者,或因昆明池仿滇池而鑿,武帝欲伐昆夷,滇、溟二字形近而改。然溟池、溟海均習用語,且此處係誇張形容昆明池演習水戰時

波濤洶湧之勢如同溟海，如作“滇池”，反失其意。海浦，海口。喧豗，水波激盪形成的轟響。

⑪ 青幟白旌，《樂府》、席本、顧本作“青翰畫鷁”，非。【立注】《説苑》：鄂君乘青翰之舟。《子虚賦》：浮文鷁。張揖曰：鷁，水鳥也。畫其象於船首也。【補注】青幟白旌，指戰艦上插着青、白色旗幟，作爲演習水戰時交戰雙方的標識。若“青翰畫鷁”則遊船之屬，非“水戰”矣，與下“箭羽槍纓”亦不合。

⑫【補注】謂戰艦上持槍挽弓之兵士衆多。“三百萬”極言其多，自非實數。

⑬【曾注】王充《論衡》：漢得西王母石室，立西海郡，在阿瓦。《列仙傳》：方平笑曰：“聖人皆言海中行復揚塵也。”【補注】《山海經・南山經》：“招摇之山，臨於西海之上。”《楚辭・離騷》：“路不周以左轉兮，指西海以爲期。”此神話傳説中之西海。《漢書・張騫傳》：“賴天之靈，從泝河山，涉流沙，通西海。”此即西漢時所置西海郡，在今青海附近。而此句之“西海”當即指滇池。蓋昆明池演習水戰，本爲伐昆夷，故“踏翻西海”殆即伐滅昆夷之象喻。滇池方三百里，在西邊，故云“西海”。海翻則水流盡，故曰“生塵埃”。

⑭【咸注】《漢書》：武帝葬茂陵。《莊子》：華封人謂堯曰：“千歲厭世，去而上仙。乘彼白雲，至於帝所。”任希古《昆明池》詩：萍葉疑江上，菱花似鏡前。【補注】茂陵，在今陝西省興平縣東北。《漢書・武帝紀》：“（後元二年）二月丁卯，帝崩于五柞宫，入殯于未央宫前殿。三月甲申，葬茂陵。”此以“茂陵”代指漢武帝。漢武好神仙，妄求長生，故於其逝世曰“仙去”。菱花，此喻指昆明池之湖面，蓋以鏡面喻湖面也。菱花老，謂昆明池因年深歲久，逐漸荒湮。唐時曾多次修浚昆明池，後期因堤堰崩潰和水源斷絶而逐漸乾涸。至宋代，已成一片農田。庭筠此詩曰‘菱花老’，正反映唐後期昆明池漸次乾涸之實際狀況。

⑮【立注】潘岳《關中記》：漢武習水戰，作昆明池。人釣魚，綸絶而去，夢於帝求去其鉤。明日，帝戲於池，見魚銜索，帝取其鉤放之。間三日，復游，池濱得珠一雙，帝曰：“豈非昔魚之報也？”【補注】唼唼，游魚吃食聲。《劉賓客嘉話録》：“昆明池者，漢武帝所製。捕魚之利，京師賴之。”

⑯【曾注】庾信《昆明池》詩：密菱障浴鳥，高荷没釣船。【補注】渺莽，煙波遼闊無際貌。

【箋評】

【按】此游昆明池想象西漢盛時武帝於此練習水戰之壯盛氣象，即杜甫《秋興八首》所謂“昆明池水漢時功，武帝旌旗在眼中”是也。於興致淋漓之描寫中透露出對封建盛世之追緬嚮往。末四句收歸現境，武帝早已仙逝，昆池漸次乾涸，唯餘夕陽殘照、煙島釣艇，游魚江鴨，岸邊沙草，而往昔之壯盛氣象不可復覓矣。言外有無限今昔盛衰之慨。晚唐南詔屢爲邊患,此詩或有感而發。

謝公墅歌①

朱雀航南繞香陌②,謝郎東墅連春碧③。鳩眠高柳日方融④,綺榭飄颻紫庭客⑤。文楸方罫花参差⑥,心陣未成星滿池⑦。四座無喧梧竹静,金蟬玉柄俱持頤⑧。對局含嚬見千里⑨,都城已得長蛇尾⑩。江南王氣繫疎襟⑪,未許苻堅過淮水⑫。

【校注】

①【咸注】《謝安傳》:安字安石,贈太傅,更封廬陵郡公。安於土山營墅,樓館林竹甚盛,每攜中外子姪往來遊集。【補注】謝公,指東晋名臣謝安。安曾阻桓温之欲移晋室;爲征討大都督,取得淝水之戰的巨大勝利,爲鞏固東晋政權作出重要貢獻。事詳《晋書·謝安傳》。謝公墅,指謝安於建康土山營建的别墅。安另於會稽東山亦有别墅,参注③。

②【曾注】《南畿志》:朱雀航即朱雀橋,地名,在城南烏衣巷口。【補注】朱雀航,亦稱朱雀桁、朱雀橋,六朝都城建康南城門朱雀門外之浮橋,横跨秦淮河上。桁爲連船而成,長九十步,廣六丈。

③【補注】東墅,位於東郊之别墅。土山在都城建康之東,又稱東山。與謝安早年隱居之會稽東山同名而異地。謝郎,稱謝安。"郎"爲對男子之敬稱。青碧,春天的碧野青山。

④【曾注】古樂府:北柳有鳴鳩。【補注】融,明亮。

⑤【曾注】梁武帝《遊女曲》:戲金闕,遊紫庭。【咸注】蔡邕《琴操》:周成王琴歌曰:"鳳皇翔兮紫庭,余何德兮感靈。"【補注】綺榭,裝飾華美之臺榭。飄颻,形容"紫庭客"舉止輕盈、灑脱之狀。柳泌《玉清行》:"照徹聖姿嚴,飄颻神步徐。"紫庭,本指天上宫庭,此指帝王宫廷。"紫庭客"指謝安。

⑥【咸注】《杜陽雜編》:日本東三萬里有集真島,産楸玉,狀如楸木,琢之爲棋局,光潔可鑑。【立注】桓譚《新論》:俗有圍棋,或言是兵法之類也。及爲之,上者張置疏遠,多得道而爲勝;中者務相絶遮要,以争趨利;下者守邊,趨作罫目,生於小地。猶薛公之言黥布反也:上計取吴、楚,廣道者也;中計塞城絶遮要,争利者也;下計據長沙以臨越,此守邊隅趨作罫者也。更始帝將相不能防衛,而令罫中死棋皆生。韋曜《博弈論》:所務不過方罫之間。【補注】文楸,用楸木製成的有花紋的圍棋盤。趙光遠《詠手》之二:"象牀珍簟宫棋處,指定文楸占角邊。"方罫,指圍棋盤上的方格。

《文選・韋昭〈博弈論〉》:"然其所志不出一枰之上,所務不過方罫之間。"張銑注:"罫,綫之間方目也。"花參差,指棋盤上的花紋參差有致。

⑦ 陣,顧本作"陳",字通。【曾注】李洪謙《觀棋詩》:争先各有心。【補注】心陣,心中所籌畫算計之圍棋排子佈陣之法。

⑧ 持,《全詩》、顧本校:一作"支"。【曾注】董巴《輿服志》:侍中、中常侍冠武弁大冠,加金璫附蟬爲文。《晋書》:王衍恒捉白玉柄麈尾。【補注】金蟬,漢代侍中、中常侍冠飾。金取堅剛,蟬取居高飲潔。此借指謝安,其時安加侍中。玉柄,以玉爲柄之拂塵。借指名士謝玄。晋代文士談論時常執拂塵,即所謂"麈尾"。《晋書・王衍傳》:"每執玉柄麈尾,與手同色。"此當即"玉柄"一詞所出。持頤,以手托腮,形容神情專注、凝神思考之狀。

⑨ 嚬,李本、十卷本、姜本、毛本、《全詩》,均作"情"。【立注】《謝安傳》:時苻堅強盛,疆埸多虞,安遣弟石及兄子玄等征討。堅百萬次於淮肥,京師震恐,加安征討大都督。玄入問計,安夷然曰:"已别有旨。"既而寂然。玄令張玄重請,安遂命駕出山墅,親朋畢集,方與玄圍棋賭别墅。安常棋劣於玄,是日玄懼,便爲敵手而又不勝。安謂其甥羊曇曰:"以墅乞汝。"玄等既破堅,捷書至,安方對客圍棋,看書竟,便攝放牀上,棋如故。客問之,徐曰:"小兒輩遂已破賊。"【補注】含嚬,皺眉不語,形容思考棋局之狀。見千里,即所謂"運籌帷幄之間,决勝千里之外",於方尺棋局之上見千里之外的戰局勝算,對勝局成竹在胸。

⑩【立注】謝朓《八公山》詩:長蛇固能翦。李善曰:長蛇,喻堅也。【補注】古代常以封豕長蛇喻凶惡貪暴之敵。《左傳・定公四年》:"吴爲封豕長蛇。"杜預注:"言吴貪害如蛇豕。"

⑪【咸注】孫盛《晋陽秋》:秦時望氣者曰:"東南有天子氣,五百年有王者興。"至晋元帝適逢其時。【補注】疎襟,寬廣開朗的胸襟。此指謝安。句意謂謝安以一身繫東晋王朝之命運。

⑫【立注】《謝玄傳》:苻堅兵次項城。詔以玄爲前鋒距之。堅列陳肥水,玄以精鋭八千渡肥水,决戰肥水南。堅中流矢,衆奔潰,自相蹈藉投水死者不可勝計,肥水爲之不流。

【箋評】

【陸時雍曰】"心陣"語,奇趣。雅、麗二道,各有所宜。作《謝公墅》詩,須平林曠野,淡淡疎疎。如庭筠此詩,謂之不韻。(《唐詩鏡》卷五十一)

【按】詩詠謝安東山圍棋賭墅情事,非贊其林泉高致,乃贊其胸有成算,運籌帷幄,决勝千里,鎮定從容之政治家風度。李白詩"但用東山謝安石,爲君談笑静胡沙",即可移作此詩注脚。末二句揭出全篇主旨。晚唐國勢衰頽,秉政者多因循苟且，不思振作，如武宗時之李德裕擊敗回鶻，平定澤潞者絶鮮。詩極贊謝安以一身之疎襟繫"江南王氣"，或亦融有現實政治感慨。

罩魚歌雜言①

朝罩罩城南②，暮罩罩城西。兩槳鳴幽幽，蓮子相高低③。持罩入深水，金鱗大如手④。魚尾迸圓波，千珠落緗藕⑤。風颸颸，雨離離⑥。菱尖刺⑦，鸂鶒飛。水連網眼白如影⑧，淅瀝篷聲寒點微⑨。楚岸有花花蓋屋，金塘柳色前溪曲⑩。悠溶杳若去無窮⑪，五色澄潭鴨頭緑⑫。

【校注】

①《樂府》卷一百新樂府辭十一樂府倚曲載此首，題下無"雜言"二字。十卷本、姜本亦無"雜言"二字。【曾注】《爾雅》：籗謂之罩，今捕魚籠也。【補注】罩，捕魚之竹籠。《説文・网部》："罩，捕魚器也。從网，卓聲。"《爾雅・釋器》"籗謂之罩"郝懿行義疏："今魚罩皆以竹，漁人以手抑按於水中以取魚。"罩魚，以魚罩捕魚。

② 南，《樂府》、顧本作"東"。【曾注】《詩》：南有嘉魚，烝然罩罩。【按】《詩・小雅・南有嘉魚》之"罩罩"係形容衆魚游水之狀，毛傳解'罩罩'爲籗，非。然此解相沿已久，庭筠或用此。

③【立注】江淹《西洲曲》：兩槳橋頭渡。又：低頭弄蓮子，蓮子清如水。【補注】罩魚時須乘小舟劃槳至水中，故云"兩槳鳴幽幽"。湖中有高低參差之蓮蓬，故云"蓮子相高低"。

④【立注】古樂府《罩詞》：罩初何得，端來得鮒。小者如手，大者如履。【補注】罩魚時以手抑按竹籠入水，故云"持罩入深水"。

⑤ 緗，《樂府》《全詩》、顧本作"湘"。【曾注】江淹《蓮花賦》：着縹菱兮出波，擥湘蓮兮映渚。【補注】緗藕，淺黄色的蓮藕。

⑥【補注】颸颸，凉爽、微寒貌。離離，若斷若續貌，參下"淅瀝篷聲"句可知。

⑦ 尖，《樂府》《全詩》作"尖茭"，席本、顧本作"茭"，均非。【按】菱有尖刺，茭無刺，當是尖、茭二字形近，故誤"尖"爲"茭"；又增"尖"字而成"尖茭"。此二句爲三字句，作七字句不但與上兩個三字句不對稱，本句七字意亦不聯貫。

⑧ 影，顧本作"景"，字通。

⑨ 篷，原作"蓬"，據《樂府》、述鈔、席本、《全詩》、顧本改。【補注】淅瀝篷聲，指淅淅瀝瀝的雨點打在船篷上的聲音。寒點，帶着寒凉氣息的雨點。

⑩【咸注】劉楨《公讌詩》：菡萏溢金塘。《寰宇記》：前溪在烏程縣南，東入太湖，謂之風渚。夾溪悉生箭箬。晋車騎將軍沈充家於此。【補注】此"前溪"非專名。"前溪曲"亦非樂府《前溪歌》，乃指前面溪流之彎曲處。流入太湖之前溪在吴地，而此詩明言"楚岸"。

⑪ 悠溶，席本、顧本作"悠悠"。【補注】悠溶，平静安閑貌。趙嘏《題昭應王明府溪亭》："靖節何須彭澤逢，菊洲松島水悠溶。"杳若，杳然渺遠貌。

⑫【立注】《唐書》：高麗國有馬訾水，出靺鞨之白山，色若鴨頭，號鴨緑水。李白詩：遥看漢水鴨頭緑。

【箋評】

【陸時雍曰】翠色欲滴。（《唐詩鏡》卷五十一）

【按】詩詠漁人罩魚，而以江南景物作襯托烘染，描繪出明麗自然的風情風物。三五七言相間，饒有民歌風味。末四語有悠然不盡之致。

春洲曲①

韶光染色如蛾翠②，緑濕紅鮮水容媚③。蘇小慵多蘭渚閑④，融融浦日鵁鶄寐⑤。紫騮蹀躞金銜嘶⑥，堤上揚鞭煙草迷⑦。門外平橋連柳堤，歸來晚樹黄鶯啼⑧。

【校注】

①《才調》卷二、《樂府》卷一百新樂府辭十一樂府倚曲載此首。

② 蛾，原作"娥"，據《才調》《樂府》、述鈔、十卷本、姜本、毛本、席本、《全詩》、顧本改。【補注】韶光，美好的春光。蛾翠，女子蛾眉的翠色。

③【咸注】李百藥詩：飛日落紅鮮。【補注】緑濕，指草樹染緑，呈現濕潤之態。紅鮮，指紅花鮮豔。水容媚，緑樹紅花映照春水，使春水的姿容更加嫵媚。

④【咸注】《樂府廣題》：蘇小小，錢唐名倡也。蓋南齊時人。《吴地記》：嘉興縣前有晋伎蘇小小墓。【立注】徐注：《海録碎事》：山陰縣西南二十里有蘭渚。【補注】《玉臺新詠・錢塘蘇小歌》："妾乘油壁車，郎騎青驄馬。何處結同心，西陵松柏下。"白居易《杭州春望》："濤聲夜入伍員廟，柳色春藏蘇小家。"均以蘇小小爲錢唐（即杭州）人。此蘇小爲南齊名妓。另南宋時亦有錢唐名妓名蘇小小者，見趙翼《陔餘叢考・兩蘇小小》。蘭渚，蘭花盛開的洲渚，即題目《春洲曲》之"春洲"。顧引徐注謂指山陰縣西南之蘭渚，非。此"蘭渚"非專名，係泛稱。閑，形容春洲因蘇小一類名

妓慵懶晏起，未曾來此游賞，呈現空寂閑静景象。

⑤【曾注】《埤雅》：鵁鶄，一名鳽，似鳧而脚高，有毛冠，長目以睛交，故云交睛。徐注：《上林賦》：交睛旋目。【補注】融融，和暖。浦日，水邊洲岸上的陽光。鵁鶄，即池鷺。《本草綱目・禽一・鵁鶄》："鵁鶄大如鳧、鶩而高脚，似雞，長喙好啄。其頂有紅毛如冠，翠鬣碧斑，丹觜青脛，養之可玩。"杜甫《曲江陪鄭八丈南史飲》："雀啄江頭黄柳花，鵁鶄鸂鶒滿晴沙。"

⑥【曾注】《尸子》：赤馬黑色曰騮。陳後主詩：蹀躞紫騮馬，照耀白銀鞍。【補注】紫騮，駿馬名。《南史・羊侃傳》："帝因賜侃河南國紫騮，令試之。"李益《紫騮馬》："争場看鬥雞，白鼻紫騮嘶。"蹀躞，馬緩行貌。金銜，銅製馬嚼。

⑦ 堤，《才調》《樂府》、述鈔、《全詩》、顧本作"岸"。【按】此句"堤"字與下句"堤"字重複，似涉下句"堤"字而誤。然細揣詩意，則二"堤"字正相承接，蓋騎紫騮馬者乃於堤上揚鞭觀賞春洲景物，復循此柳堤歸家，此句"堤"字不誤。【咸注】江總《紫騮馬》：揚鞭向柳市，細蹀上金堤。范雲《閨思》：春草醉春煙。【補注】煙草，如煙的碧草。

⑧【咸注】蕭子顯《春别》：黄鳥芳樹情相依。

【箋評】

【按】前四句寫春洲景物：春光染色，草樹緑潤，百花紅豔，水容添媚。而佳人慵懶，尚未出游，故春洲閑静，鵁鶄亦於融融春陽下閑寐。後四句點明堤上觀賞春洲景物之人，騎紫騮揚金鞭漫步緩行，駿馬嘶鳴，煙草迷濛，留連忘返，至晚樹鶯啼時方循柳堤歸平橋頭之家。此詩寫江南春洲景物，頗似其吴中故居之景。《寄盧生》云："遺業荒凉近故都，門前隄路枕平湖。緑楊陰裏千家月，紅藕香中萬點珠。"兩相參較，相似之處顯然。

臺城曉朝曲[①]

司馬門前火千炬[②]，闌干星斗天將曙[③]。朱網龕鬖丞相車[④]，曉隨疊鼓朝天去[⑤]。博山鏡樹香蕈茸[⑥]，裹裹浮航金畫龍[⑦]。大江斂勢避辰極[⑧]，兩闕深嚴煙翠濃[⑨]。

【校注】

①《樂府》卷一百新樂府辭十一樂府倚曲載此首。【曾注】《建業宫闕志》：臺城在應天府上元縣東北，本吴後苑城，即晋建業宫，在鍾山側。【補注】臺城，六朝時之

禁城。洪邁《容齋續筆·臺城少城》:"晉、宋間謂朝廷禁省爲臺,故稱禁城爲臺城。"晉之臺城在今南京市雞鳴山南乾河沿北。其地本三國時吴之後苑城,東晉成帝時改建作新宫,歷宋、齊、梁、陳皆爲臺省(中央政府)與宫殿所在地,因專名臺城。

② 火,李本、十卷本、姜本、毛本作"柳"。【立注】《金陵志》:建業宫有五門:正南曰大司馬門,左曰閶闔門,北曰昌平門,東、西門曰東掖、西掖。大司馬門與都城宣陽門相對。《漢書注》:師古云:凡言司馬門者,宫垣之内,兵衛所在,四面皆有司馬主武事,故總謂宫之外門爲司馬門。李肇《國史補》:冬至元日,百官已集,宰相列燭多至數百炬,謂之火城,至則衆燭皆滅。【補注】《史記·項羽本紀》:"章邯怒,使長史欣請事。至咸陽,留司馬門三日,趙高不見,有不信之心。"裴駰集解:"凡言司馬門者,宫垣之内,兵衛所在,四面皆有司馬主武事,總言之,外門爲司馬門也。"此處專指金陵建業宫外之大司馬門。火千炬,指百官上朝時點燃照明的火炬,即古之庭燎。《詩·小雅·庭燎》:"夜如何其?夜未央,庭燎之光。"《周禮·秋官·司烜氏》:"凡邦之大事,共墳燭庭燎。"鄭玄注:"墳,大也。樹於門外曰大燭,於門内曰庭燎,皆所以照衆爲明。"又稱庭炬、列炬、列燭。别本作"柳千炬",或指庭炬以柳木點燃。古有以榆柳取火之俗,見《周禮·夏官·司爟》"四時變國火"鄭玄注。

③ 星,《全詩》、顧本校:一作"北"。【曾注】古樂府:月没參横,北斗闌干。注:闌干,横斜貌。

④【曾注】謝朓《直中書省》詩:深沉映朱網。【補注】朱網,如網絡之紅色簾幕,古時掛於殿閣中或車厢外用以裝飾或防護。此指車上朱網。毿毿,流蘇下垂貌。毿音 sān。

⑤【咸注】《衛公兵法》:日出没時撾鼓三百三十三槌,爲一通。鼓音止,角音動,吹十二聲爲一疊。三角三鼓,而昏明畢也。【補注】謝朓《入朝曲》:"凝笳翼高蓋,疊鼓送華輈。"《文選》李善注:"小擊鼓謂之疊。"疊鼓,連續擊鼓,此指古代君臣上早朝時所擊的朝鼓。梁元帝《和劉尚書侍五明集詩》:"金門練朝鼓,玉壺休夜更。"朝天,朝見天子,上朝。

⑥ 蕒,《樂府》作"丰"。【曾注】《晉東宫舊事》:皇太子服用則有銅博山香爐。【立注】劉繪《博山香爐》詩:蔽虧千種樹,出没萬重山。梁武帝《雍臺》詩:蕒茸臨紫桂。【補注】博山,香爐名。《西京雜記》卷一:"長安巧工丁緩者……又作九層博山香爐,鏤爲奇禽怪獸,窮諸靈異,皆自然運動。"鏡樹,當是博山香爐上鏤刻的圖案。蕒茸,茂密,濃郁貌。此指香爐焚香之氣味濃郁。

⑦【立注】劉繪《博山香爐》詩:下刻蟠龍勢,矯首半銜蓮。【補注】裹裹,同"裊裊",摇曳貌。浮航,並船而成之浮橋。《晉書·蔡謨傳》:"蔡公過浮航,脱帶腰舟。"浮航、金畫龍,均指香爐上刻鏤的浮橋、蟠龍圖案。此博山香爐當是御案前的香爐。

⑧【補注】辰極,北斗星,喻皇位、朝廷。

⑨ 兩,《全詩》、顧本校:一作"雙"。【曾注】《南史》:宋孝武大明七年,於博望、梁山立雙闕。【補注】博望,又名天門山,今稱東梁山,在今當塗縣境。梁山,又稱西梁山,在今和縣境。東西梁山夾江對峙,似使奔騰而下的長江收斂起雄闊的氣勢,以避皇居的威嚴,故二句云。煙翠濃,指東西梁山樹木葱籠蒼翠。

【箋評】

【按】詩寫南朝臺城早朝景象。前四句寫天將曙時百官列炬司馬門前等候上朝,於丞相特用重筆渲染,以突出其威儀。五六兩句寫御前香爐製作之精緻華美及爐煙裊裊之景象,於早朝不作正面具體描寫,令人想象得之。末二句宕開,從寬廣的視野寫皇居氣象,大處落筆,富於氣勢。

走馬樓三更曲①

春姿暖氣昏神沼②,李樹拳枝紫芽小③。玉皇夜入未央宮④,長火千條照棲鳥⑤。馬過平橋通畫堂⑥,虎幡龍戟風飄揚⑦。簾間清唱報寒點⑧,丙舍無人遺煻香⑨。

【校注】

① 《樂府》卷一百新樂府辭十一樂府倚曲載此首。【曾注】《西京記》:大福殿重樓連閣綿亘,西殿有走馬樓,南北長百餘步,樓下即九仙門,西入苑,拾翠樓,在大福殿東北。【立注】《南部新書》:驪山華清宮毁廢已久,今所存唯繚垣耳。朝元閣在山嶺之上,山腹即長生殿。殿東西盤石道,自山麓而上,道側有飲酒亭子。明皇吹笛樓、宫人走馬樓故基,猶存繚垣之内。杜佑《通典》:一夜分五更者,以五夜更易爲名也。顔之推曰:五夜謂以甲乙丙丁戊記其次第也。點者,則以下漏滴水爲名,每一更又分五點也。《西京賦》:衛以虎威章溝,嚴更之署。

② 【補注】神沼,對帝王居處池沼的美稱。《文選·班固〈西都賦〉》:"離宫别館,三十六所;神池靈沼,往往而在。"吕延濟注:"謂天子行處别署,所至之處皆有池沼,故言往往稱神靈美之。"昏神沼,切題内"三更"。

③ 【咸注】《神仙傳》:老子姓李名耳,字伯陽,楚國苦縣賴鄉人也。母到李樹下生。老子生而能言,指李樹曰:"以此爲我姓。"【補注】拳枝,枝條拳曲不展。紫芽,指紫色的花苞。此"李樹"似與老子事無涉。

④ 【曾注】《靈異經》:玉皇居於雲房,有紅雲繞之。《漢書》:高祖至長安,蕭何作未央宫。【補注】玉皇,此借指玄宗皇帝。温庭筠《贈彈箏人》:"天寶年間事玉皇,

曾將新曲教寧王。”無本《馬嵬》:“一自玉皇惆悵後,至今來往馬蹄腥。”均以玉皇借指玄宗,當因其信奉道教,故以道教之“玉皇”稱之。未央宫本漢宫苑,此借指唐宫。

⑤【補注】長火,指火炬。長火千條,即《臺城曉朝曲》之“火千炬”。

⑥【曾注】《一統志》:西渭橋在舊長安西,亦曰平橋,唐時名咸陽橋。【咸注】《漢成帝紀》:元帝在太子宫生甲觀畫堂,爲世嫡皇孫。

⑦ 幡,《全詩》、顧本校:一作“蟠”。飄,席本、顧本作“悠”。【立注】《文獻通考》:幡有告止、傳教、信幡,皆絳帛。錯采爲字,上有朱絲小蓋,四角垂羅紋,佩繫龍頭竿上。錯采字下,告止爲雙鳳,傳教爲雙白虎,信幡爲雙龍。又:戟有枝,兵也。木爲刃,赤質,畫雲氣上垂交龍,掌五色帶。【補注】虎幡,繡虎之旗;龍戟,畫龍之戟,戟上有飄帶,故云“風飄揚”。幡、戟均皇帝出行之儀仗。

⑧ 間,《全詩》、顧本校:一作“前”。【曾注】唐制:率更掌漏刻,五五令相次爲二十五點。【咸注】韓愈《東方未明》:雞三號,更五點。【補注】清唱報寒點,指宫中傳唱報時。梁陸倕《新漏刻銘》:“坐朝晏罷,每旦晨興,屬傳漏之音,聽雞人之響。”

⑨【曾注】《左傳》:收合餘燼。【咸注】《後漢·清河王慶傳》:後慶以長别居丙舍。【補注】丙舍,後漢宫中正室兩邊之房屋,以甲乙丙爲次,其第三等舍稱丙舍。遺燼,燈燭燒殘之餘燼,因其中含有香料,故餘燼猶香。

【箋評】

【顧嗣立曰】《唐書》:玄宗第十八子瑁,封壽王。《后妃傳》:貴妃楊氏始爲壽王妃。開元二十四年,武惠妃薨,後宫無當帝意者。或言妃資質天挺,宜充掖庭,遂召内禁中,匄籍女冠,號太真。天寶四年,立爲貴妃,更爲壽王聘韋昭訓女。末二句即義山詩“夜半宴歸宫漏永,薛王沉醉壽王醒”意也。

【按】顧嗣立箋可備一説。蓋此詩中之“玉皇”既指唐玄宗,走馬樓又爲驪山華清宫之建築,首句“神沼”“暖氣”又似合“春寒賜浴華清池,温泉水滑洗凝脂”之情事,由此而聯及明皇寵楊妃之事,似不爲無據。然題之“走馬樓”乃宫人所居,末句“丙舍”又爲正室兩旁等級最次之房舍,其爲宫人所居亦可知。則此詩或係詠楊妃之專寵,致使後宫宫人無復受寵之情事,即所謂“後宫佳麗三千人,三千寵愛在一身”是也。故末句云然。丙舍寂寂,餘燼猶香,正宫女長夜孤寂之况。

達摩支曲 雜言[1]

擣麝成塵香不滅[2],拗蓮作寸絲難絶[3]。紅淚文姬洛水春[4],白頭蘇武天山雪[5]。君不見無愁高緯花漫漫[6],漳浦宴餘清露寒[7]。一旦臣僚共囚虜[8],欲吹羌管先汍瀾[9]。舊臣頭鬢霜華早[10],可惜雄心醉中老。萬古春歸夢不歸，鄴城風雨連天草[11]。

【校注】

①《才調》卷二、《樂府》卷八十近代曲辭二載此首。《樂府》題作《達磨支》，題下無“雜言”二字，述鈔、十卷本、姜本亦無“雜言”二字。《樂府解題》曰：“《唐會要》曰：‘天寶十三載，改《達磨支》爲《泛蘭叢》。’《樂苑》曰：‘《泛蘭叢》，羽調曲。又有《急泛蘭叢》。’《樂府雜録》曰：‘《達磨支》，健舞曲也。’”【王昆吾曰】《達摩支》，教坊健舞曲，起源不詳。“達摩支”乃外語譯音，一説出自突厥語，爲扈從官；一説出自梵文，意爲法輪。（見《唐聲詩》下編五九九頁。）《羯鼓録》中有《大達磨支》，屬太簇角；《唐會要》天寶改名曲内有《達磨支》，太簇羽，改爲《泛蘭叢》。《樂苑》云：“《泛蘭叢》，羽調曲，又有《急泛蘭叢》。”曲既有大、小、緩、急之分，可知是大曲。《樂府詩集》“近代曲辭”載温庭筠《達磨支》一首，七言十二句，有“君不見”三襯字。（《隋唐燕樂雜言歌辭研究》153 頁）【王克芬曰】舞名《達摩支》與印度僧人人名達摩相同……從名稱看，健舞《達摩支》與印度僧人達摩可能有所聯係。僧人以鍛煉身體爲目的，傳習武術，由武術發展成爲一種舞姿豪雄的“健舞”是可能的……唐人温庭筠作《達摩支》，可能是“健舞”《達摩支》的舞曲歌辭，更可能是據《達摩支》樂曲填寫的詞。（《唐代文化・樂舞編》，上册 368 頁。）

②【曾注】嵇康論：麝食柏而香。詳卷一《張静婉采蓮曲》“麝臍龍髓憐嬌嬈”句注。【補注】麝，此指麝香，雄麝臍部香腺中之分泌物，乾燥後呈顆粒狀或塊狀，故可“擣”之成“塵”（粉末）而香不滅。

③【曾注】江淹《思北歸賦》：藕生蓮兮吐絲。【立注】徐注：樂府《折楊柳歌》：“上馬不捉鞭，反拗楊柳枝。下馬吹長笛，愁殺行客兒。”拗字本此。【補注】拗蓮作寸，將蓮藕拗折成寸。絲，諧“思”。

④ 姬，述鈔作“君”，誤。【曾注】范曄《後漢書》：陳留蔡邕女名琰，字文姬，博學有才辯。適河東衛仲道，夫亡無子。興（按：當作“初”）平中，喪亂，爲胡騎所獲，没入南匈奴左賢王十二年，生二子。曹公素與伯喈善，遣使及金璧贖之，嫁與董祀。【補注】《後漢書・董祀妻傳》：“（琰）後感傷亂離，作詩二章。”按：即《悲憤詩》及騷體《胡笳十八拍》。紅淚，用薛靈芸故事。王嘉《拾遺記・魏》：“文帝所愛美人，姓薛名靈芸，常山人也……靈芸聞别父母，歔欷累日，淚下霑衣。至升車就路之時，以玉唾壺承淚，壺則紅色。既發常山，及至京師，壺中淚凝如血。”洛水，在今河南境，又名洛河。“紅淚文姬洛水春”，謂文姬被虜，身陷匈奴，但無時不懷念中原故國的洛水春色，泣血神傷。

⑤ 頭，李本、十卷本、姜本、毛本誤作“蘋”。【曾注】《蘇武傳》：單于幽武置大窖中，絶不飲食。天雨雪，武卧齧雪與旃毛並咽之，數日不死，匈奴以爲神。【咸注】

《西河舊事》:白山之中有好木,匈奴謂之天山。《廣志》:西域有白山,通歲有雪,亦名雪山。《漢書》注:祁連山即天山也。匈奴呼天爲祁連。【按】據《漢書·蘇武傳》,漢武帝天漢元年,蘇武以中郎將使持節出使匈奴,單于留不遣歸,欲其降,武堅貞不屈,持節牧羊於北海(今俄羅斯聯邦共和國貝加爾湖)畔十九年。始元六年始得歸,鬚髮盡白。唐時稱伊州(今新疆哈密市)、西州(今吐魯番盆地一帶)以北一帶山脈爲天山,亦稱白山,參見《元和郡縣圖志·伊州》。而蘇武牧羊之北海既爲今貝加爾湖,則此句"天山"當非西域之白山。疑指燕然山,即今蒙古人民共和國境内之杭愛山脈。北魏太延四年(公元四三八年),拓跋燾擊柔然,從浚稽山北向天山,或即此。然作爲比興象徵,以"天山雪"象徵蘇武長期困居艱苦卓絶之環境,堅貞不屈,守節不移,直至白頭,則固不必泥"天山"所指。

⑥【咸注】《北齊紀》:後主高緯頗學綴文,置文林館,引諸文士焉。盛爲《無愁》之曲,自彈胡琵琶而唱之,侍和之者以百數人,人間謂之"無愁天子"。宫掖婢皆封郡君,宫女寶衣玉食者五百餘人。其嬪嬙諸院中起鏡殿、寶殿、瑇瑁殿,丹青雕刻,妙極當時。周師漸逼,將遜於陳,爲周所獲。送長安,封温國公。至建德七年,誣以謀反,賜死。【補注】花漫漫,即繁花似錦之意,喻其在位時種種淫侈奢華之情事。

⑦ 宴,原作"晏",據《全詩》、顧本改。【曾注】《水經》:漳水出上黨長子縣發鳩山,東過鄴縣西,又東北過阜城縣,與河會。【補注】漳浦,漳水邊。北齊都城鄴城臨漳水,故云"漳浦"。宴餘清露寒,謂其作長夜之歡宴,宴罷已是清露泛寒之清晨。極狀其"無愁"。

⑧【曾注】徐注:《吴書》:秦旦與黄彊等議,孰與偷生苟活,長爲囚虜。【補注】《北周書·武帝紀下》:"六年春……甲午,帝入鄴城。齊任城王湝先在冀州,齊主至河,遣其侍中斛律孝卿送傳國璽禪位於湝。孝卿未達,被執送鄴……尉遲勤擒齊王及其太子恒於青州……夏四月乙巳,至自東伐。列齊王於前,其王公等並從……獻俘於太廟。"此即所謂"臣僚共囚虜"。

⑨ 管,顧本作"笛"。汍,《樂府》作"泛"。【曾注】歐陽建詩:揮筆涕汍瀾。【補注】汍瀾,流淚迅疾貌。《後漢書·馮衍傳》:"淚汍瀾而雨集兮。""汍瀾"與上"無愁"相映。

⑩ 華,席本、顧本作"雪"。《樂府》校:一作"雪"。【咸注】《子夜四時歌》:感時爲歡嘆,霜鬢不可視。【補注】舊臣,指高緯祖、父兩代所遺留之老臣。

⑪【咸注】《唐書》:相州鄴郡屬河北道,乾元二年改爲鄴城。【補注】《北齊書·後主幼主紀》:"至建德七年,誣與宜州刺史穆提婆謀反,及延宗數十人無少長皆賜死,神武子孫所存者一二而已。"末二句形容北齊亡國後都城鄴城的淒涼景象。往昔繁華,盡成舊夢。春雖年年歸來,而繁華舊夢則一去不復返。值此春又歸來之時,故都鄴城籠罩在一片淒迷的風雨之中,惟見芳草連天而已。

【箋評】

【黄周星《唐詩快》】讀至末二語，不知幾許銷魂。

【杜詔曰】首四句，興也。高緯無愁，終爲囚虜，求如文姬、蘇武及身歸漢不可得也。此詩蓋深着淫佚之戒。（《中晚唐詩叩彈集》卷八）

【王闓運曰】以高緯比文、蘇，未知其意。大約言有節能久，高不能久耳。用意甚拙。（《手批唐詩選》卷十）

【按】詩詠北齊後主高緯亡國事，而以“擣麝成塵香不滅，拗蓮作寸絲難絶”起興，以“紅淚文姬洛水春，白頭蘇武天山雪”作反襯，蓋言文姬、蘇武雖歷經艱困磨難，而對故國之懷念始終不渝，故雖爲囚虜，終得歸漢。“君不見”四句，寫北齊後主亡國前之“無愁”享樂與亡國後之流涕“汍瀾”，則正與文姬、蘇武之心懷故國、守節不移形成鮮明對比，見其在位時荒湎宴安，亡國後軟弱無能。末四句則謂北齊舊臣頭鬢早白，空有雄心，只能於沉醉中送老。致使鄴城故都，籠罩於凄迷風雨與連天野草之中。詩對荒淫奢侈而亡國之高緯，雖有所諷慨，但同情惋惜之情多，而批判揭露之意則不顯，蓋作者内心深處對高緯之繁華舊夢亦有所留戀，此固不必以傳統之觀點一例視之。

陽春曲[①]

雲母空窗曉煙薄[②]，香昏龍氣凝輝閣[③]。霏霏霧雨杏花天，簾外春威着羅幕[④]。曲欄伏檻金麒麟[⑤]，沙苑芳郊連翠茵[⑥]。厩馬何能嚙芳草[⑦]，路人不敢隨流塵[⑧]。

【校注】

①《才調》卷二、《樂府》卷五十一清商曲辭八、《唐詩紀事》卷五十四載此首。【立注】《古今樂録》：梁天監十一年，武帝改《西曲》，製《江南》《上雲樂》十四曲、《江南弄》七曲。又沈約作四曲，三曰《陽春曲》，亦謂之《江南弄》云。《樂府解題》：《陽春》，傷也。一云傷時也。【按】《江南弄》係樂府清商曲名，梁武帝所製《江南弄》七曲，即《江南弄》《龍笛曲》《采蓮曲》《鳳笙曲》《采菱曲》《遊女曲》《朝雲曲》。沈約所作《江南弄》四曲，即《趙瑟曲》《秦箏曲》《陽春曲》《朝雲曲》。格調、字數全同，且同有轉韻，説明《江南弄》已成定格。沈約《陽春曲》云：“楊柳垂地燕差池，緘情忍思落容儀。弦傷曲怨心自知。心自知，人不見。動羅裙，拂金殿。”係宫女傷春抒怨之詞。而庭筠此首則似泛詠春天景象，傷春之意不顯。

②【咸注】王褒詩:高箱照雲母。【補注】雲母空窗,用雲母薄片裝飾的窗。因其半透明呈玻璃光澤,故曰“空”。

③ 凝,《唐詩紀事》卷五十四載此詩作“疑”,非。【立注】徐注:《梁四公記》:西海出龍腦香。宋王應麟《玉海》:唐凝暉閣在太極宫。【補注】句意謂室内點燃龍腦香,香氣繚繞在凝輝閣上。

④ 威,《紀事》卷五十四作“寒”。【曾注】徐注:王昌齡《春宫曲》:簾外春寒賜錦袍。鮑照《行路難》:文窗繡户垂羅幕。【補注】春威,謂春天清晨寒氣如施威也。温詩學李賀,造語每峭硬奇警,傳鈔翻刻過程中此類字每被有意或無意易爲一般詩人常用之字,此“威”字即一例。

⑤【咸注】宋玉《招魂》:坐堂伏檻,臨曲池些。【補注】伏檻,指馬卧伏於栅欄之中。金麒麟,喻指御苑中畜養的駿馬。句意謂曲折的栅欄中畜養着駿馬。

⑥【咸注】《元和郡國志》:沙苑在同州馮翊縣南十二里,東西八十里,南北三十里,其處宜六畜,置沙苑監。《唐六典》:沙苑監掌牧隴右諸牧牛馬。謝萬《春遊賦》:草靡靡以成茵。【補注】沙苑,在今陝西大荔縣南,臨渭水。杜甫《留花門》:“沙苑臨清渭,泉香草豐潔。”翠茵,如緑色茵褥的草地。

⑦【立注】杜甫《沙苑行》:苑中騋牝三千匹,豐草青青寒不死。

⑧【補注】流塵,游塵。指奔馬揚起的灰塵。

【箋評】

【按】前四句寫宫苑内春寒曉景:雲母窗上曉煙輕淡,龍腦香氣繚繞殿閣,值此霏霏霧雨杏花天氣,簾外春寒尚威透羅幕。後四句由苑内而苑外,謂御厩曲欄中畜養着駿馬,此時沙苑之芳草已如緑茵,連接郊野。厩中駿馬如何能嚙此豐潔之芳草,行路之人不敢追隨駿馬奔馳的飛塵。似有欣羨厩中駿馬獨享沙苑芳草之意。

湘東宴曲[①]

湘東夜宴金貂人[②],楚女含情嬌翠嚬[③]。玉管將吹插鈿帶[④],錦囊斜拂雙麒麟[⑤]。重城漏斷孤帆去,唯恐瓊籤報天曙[⑥]。萬户沉沉碧樹圓,雲飛雨散知何處。欲上香車俱脈脈[⑦],清歌響斷銀屏隔[⑧]。堤外紅塵蠟炬歸[⑨],樓前澹月連江白[⑩]。

【校注】

①《才調》卷二、《樂府》卷一百新樂府辭十一樂府倚曲載此首。汲古閣本《才

調集》"宴"上有"夜"字,然本集諸舊本均無"夜"字。【咸注】《水經注》:臨承縣即故酃縣也。縣即湘東郡治,郡舊治在湘水東,故以名郡。【補注】湘東,郡名,三國時吴置。隋平陳,廢郡。南朝宋明帝(劉彧)、梁元帝(蕭繹)即帝位前均曾封湘東王。今爲湖南衡陽市地。然此詩所詠,似非對歷史上湘東王府夜宴情景之想象,而係詩人親歷之情事。據庭筠《上鹽鐵侍郎啓》,庭筠曾於裴休任湖南觀察使期間(會昌三年至大中元年)拜謁裴休並受到款待,此詩作於大中元年。題内之"湘東"即指湘水東岸之潭州(今湖南長沙市),其地爲唐湖南觀察使治所。詩所詠者,乃在湖南觀察使府參加夜宴所經歷之情事。詳箋評欄編著者按及《上鹽鐵侍郎啓》注①。

②【曾注】梁元帝詩:金貂總上流。【補注】金貂,本指皇帝左右侍臣之冠飾。《文選·江淹〈雜體詩·效王粲懷德〉》:"賢主降嘉賞,金貂服玄纓。"李善曰:"時粲爲侍中,故云金貂。"此泛稱貴顯之大臣,指宴會之主人湖南觀察使裴休。

③ 嚬,毛本誤作"頻"。【補注】楚女,指宴席上侑酒奏樂之歌妓,暗用巫山神女故實。翠嚬,翠眉微皺,係含情送嬌之狀,故云"嬌翠嚬"。

④【補注】玉管,玉製管樂器,如笙簫笛等。鈿帶,鑲嵌金玉的腰帶。

⑤【曾注】《漢武内傳》:帝見西王母巾笈中有一卷書,盛以紫錦之囊。【立注】徐注:杜甫詩:瑞錦刺麒麟。【補注】錦囊,指歌妓身上所佩錦繡香囊。雙麒麟,指歌妓所穿繡衣上繡有雙麒麟的圖案。或指雙麒麟的佩飾。

⑥【曾注】《南史》:陳文帝每雞人伺漏傳籤於殿中者,令投籤於階石上,鎗然有聲,云:"吾雖得眠,亦令驚覺。"【補注】瓊籤,報更用計時竹籤之美稱,亦即所謂更籌。非指銅漏壺中指示時間之更箭。

⑦【曾注】魏武帝《與楊彪書》:"今贈足下畫輪四望通幰七香車二乘。樂府:青牛白馬七香車。【補注】香車,用香木做的車,亦泛指華美的車。脈脈,同"眽眽",含情凝視貌。《古詩十九首·迢迢牽牛星》:"盈盈一水間,脈脈不得語。"

⑧【咸注】《世説》:桓子野每聞清歌,輒喚奈何。梁簡文帝《美女篇》:朱顔半已醉,微笑隱香屏。【補注】清歌,清亮美妙的歌聲。葛洪《抱朴子·知止》:"輕體柔聲,清歌妙舞。"此指"楚女"所唱之美妙歌聲。

⑨ 蠟,底本及諸本均一作"蜜"。

⑩ 江,《樂府》作"天"。

【箋評】

【按】庭筠《上鹽鐵侍郎啓》係上裴休之啓,中云:"頃者萍蓬旅寄,江海羈遊。達姓字於李膺,獻篇章於沈約。特蒙俯開嚴重,不陋幽遐。至於遠泛仙舟,高張妓席。識桓温之酒味,見羊祜之襟情。"係追叙大中元年庭筠羈游湖湘時曾拜謁湖南觀察使裴休,並受到其款待之情景。此詩題爲《湘東宴曲》,湘東即指湘水東岸之潭州，係湖南觀察使治所。詩中所叙，正裴休設夜宴款待庭筠之場景。所謂“楚女”吹玉管、唱清歌之情景，即啓内所稱“高張妓席”。詩人對此“楚女”，似未免有情。值重城漏斷，天色將曉之際，楚女即將乘舟别去。欲上香車，彼此均脈脈含情凝視。一别之後，清歌響斷，銀屏遠隔。末二句描寫别時空曠迷茫之境，頗富遠神。

東郊行①

鬥雞臺下東西道②，柳覆斑騅蝶縈草③。坱靄韶容鎖澹愁④，青筐葉盡蠶應老⑤。緑渚幽香生白蘋⑥，差差小浪吹魚鱗⑦。王孫騎馬有歸意⑧，林彩着空如細塵⑨。安得人生各相守⑩，燒船破棧休馳走⑪。世上方應無别離⑫，路傍更長千枝柳⑬。

【校注】

①《樂府》卷一百新樂府辭十一樂府倚曲載此首。

②【咸注】郭緣生《述征記》：廣陽門北有鬥雞臺。《大業拾遺記》：煬帝遊雞臺，恍惚與陳後主遇，帝叱之，遂不見。曹植《名都篇》：鬥雞東郊道。【按】題名“東郊行”當即用曹植《名都篇》“鬥雞東郊道”句意。東西道，東西向之大道。

③【曾注】《説文》：騅，馬蒼黑雜色。陳樂府《明下童曲》：“陳孔驕赭白，陸郎乘斑騅。”案：陳、孔謂陳瑄、孔範，陸謂陸瑜，皆後主狎客。陳後主《長相思》：蝶縈草，樹繞絲。【按】《樂府詩集》卷四十七清商曲辭四《神弦歌》十八首《明下童曲》之二：“陳孔驕赭白，陸郎乘斑騅。徘徊射堂頭，望門不欲歸。”陳後主《長相思》：“長相思，怨成悲。蝶縈草，樹連絲，庭花飄散飛入帷。帷中看隻影，對鏡斂雙眉。”二詩均有情郎不歸，相思怨别意。曾注引過略，致使相思怨别之意不顯。

④【曾注】淮南王《招隱士》：坱兮軋。注：霧氣昧也。【補注】坱靄，煙霧迷濛貌。韶容，美好的春色。唐獨孤授《花發上林》詩：“上苑韶容早，芳菲正吐花。”句謂煙靄迷濛的春容似含淡淡的愁思。係用擬人化手法寫“韶容”，逗下怨别意。

⑤“筐”字底本缺末筆，蓋避宋太祖諱。蠶應，《全詩》、顧本校：一作“春蠶”。【曾注】《禮》疏：蠶三俯三起，二十七日而老，謂之红蠶。王筠《陌上桑》：秋胡始倚馬，羅敷未滿筐。春蠶朝已老，安得久傍徨？

⑥生，席本、顧本作“注”。【補注】白蘋，水中浮草，春天開白花。梁柳惲《江南曲》：“汀洲采白蘋，日暖江南春。洞庭有歸客，瀟湘逢故人。”句意謂緑色的洲渚上已開滿了散發幽香的白蘋花。生白蘋，謂從白蘋花生出，作“注”非。非謂另有幽香注入白蘋也。

⑦ 浪,李本、毛本誤作“娘”。【咸注】《淮南子》:水雲魚鱗。【補注】差差,猶“參差”,不齊貌。魚鱗,指魚鱗形的細浪。

⑧ 意,《全詩》、顧本校:一作“思”。【補注】淮南小山《招隱士》:“王孫遊兮不歸,春草生兮萋萋。”此反其意而用之。

⑨ 着空,《樂府》、席本、顧本作“空中”。【補注】林彩,指籠罩在樹林上的彩色煙靄。着空,附着在空中。

⑩ 人,《樂府》、席本、顧本作“一”。【按】句意謂安得使人生家家夫妻各自相守,永不分離,作“一”則與“各”不協。

⑪ 馳,《全詩》、顧本校:一作“狂”。【曾注】《史記》:皆沈船破釜甑。《漢・高帝紀》:漢王燒絶棧道。

⑫ 方,《全詩》、顧本校:一作“多”。【按】作“方”是。

⑬【咸注】《三輔黄圖》:漢人送客至霸橋,折柳贈别,名曰銷魂橋。【補注】因世上無别離,故無人折柳送别,因而“路傍更長千枝柳”。

【箋評】

【按】此見春光美好而興歸思、惜别離。“王孫”自指。似是客遊他鄉逢春思歸之作。“安得”四句純用議論,而抒情意味自濃。所抒發之人生感慨,收歛内向,與熱衷漫游、醉心功業之盛唐人正形成鮮明對照。此與“彩毫一畫竟何榮,空使青樓泣成血”(《塞寒行》)均爲典型之晚唐士人心態,典型之晚唐之音。

水仙謡①

水客夜騎紅鯉魚②,赤鸞雙鶴蓬瀛書③。輕塵不起雨新霽,萬里孤光含碧虚④。露魄冠輕見雲髮⑤,寒絲七柱香泉咽⑥。夜深天碧亂山姿⑦,光碎平波滿船月⑧。

【校注】

①《樂府》卷一百新樂府辭十一樂府倚曲載此首。【立注】《侯鯖録》:《清泠傳》:馮夷,華陰潼鄉隄畔人也,服八石得水仙,是爲河伯。《莊子》注云:以八月庚子浴於南河溺死。杜甫詩“飄泊南庭老,祇應學水仙”是也。又案:《通鑑》:孫恩赴海死,其黨從死者以百數,謂之水仙。【補注】水仙,神話傳説中之水中仙人。司馬承禎《天隱子・神解八》:“在人謂之人仙,在天曰天仙,在地曰地仙,在水曰水仙。能變通曰神仙。”此詩所謂水仙,據首句,當指琴高。參注②。

②【曾注】《列仙傳》:"琴高,趙人也,行涓、彭之術,浮游冀州涿郡間二百餘年。後入涿水中取龍子,與諸弟子期曰:"明日皆潔齋候於水傍。"果乘赤鯉來,留月餘,復入水去。【補注】李商隱《板橋曉别》:"水仙欲上鯉魚去。"鯉魚指船。

③【咸注】《山海經》:女牀之上有鳥焉,其狀如翟,五彩文,名爲鸞鳥。《錦帶》:仙家以鶴傳書,白雲傳信。褚載詩:惟教鶴探丹丘信,不遣人窺太乙鑪。《十洲記》:漢武帝八節常朝拜靈書,以求度脱。【補注】鸞、鶴均爲仙人坐騎,故神話傳説中常有鸞、鶴傳書之事。李商隱《碧城三首》之一:"閬苑有書多附鶴,女牀無樹不棲鸞。"蓬瀛,蓬萊、瀛洲,傳説中的海上仙山。

④【曾注】《玄真子》:碧虚之帝生於空。【補注】孤光,此指月亮。賈島《酬朱侍御望月見寄》:"相思唯有霜臺月,望盡孤光月却生。"碧虚,碧空。吴筠《詠雲》:"飄飄上碧虚,藹藹隱青林。"含,猶涵蓋。

⑤ 魄,《全詩》、顧本校:一作"冕"。【咸注】《温嶠等傳論》:奕世登臺,露冕爲飾。王融詩:搔首見雲髮。【按】"露魄"不詳其義及所出。"露冕"則爲隱者所戴之一種便帽,下云"冠輕",文義較合。包佶《宿廬山贈白鶴觀劉尊師》:"漸恨流年筋力少,惟思露冕事星冠。"則露冕爲道流之冠,與題稱"水仙"正合。"魄"字或寫作"皃",與"冕"字形近而易互訛。此句"露魄"殆"露冕"之訛。因諸本皆同,故未即改"魄"爲"冕"。

⑥ 柱,原作"炷",據席本、顧本、《樂府》改。【補注】寒絲,指聲調清泠散發寒意的絲絃。七柱,七條繫絃的柱。寒絲七柱,指七條絃的琴。劉長卿《聽彈琴》:"泠泠七絃上,静聽松風寒。古調雖自愛,今人多不彈。"可參證。香泉咽,形容琴聲如泉聲之幽咽。因彈琴時須焚香,故似琴聲中亦帶有香氣,因曰"香泉"。

⑦【補注】亂山姿,指映入水中的山影因波浪晃動而零亂。參下句。

⑧ 平,《樂府》、席本、顧本作"玉"。【立注】《琴操·水仙操》:伯牙學鼓琴於成連先生,三年而成;至於精神寂寞,情志專一,尚未能也。成連曰:"吾師子春在海中,能移人情。"乃與伯牙延望,無人,至蓬萊山,留伯牙曰:"吾將迎吾師。"刺船而去。旬時不返,但聞海水汩汲漰澌之聲,山林窅冥,群鳥悲號,愴然嘆曰:"先生將移我情。"乃援琴而歌之。曲終,成連刺船而返。【補注】句意謂月光照射船上和水面,微風起處,平整的碧波蕩漾,月光的光影亦隨之細碎閃爍。

【箋評】

【按】詩所詠"水仙",殆爲隱者兼道流。前四句寫夜間清景。"水客"二句,點明其"神仙"身份,"夜騎紅鯉魚",實即指其乘船,下有"滿船"字可證。三四句寫雨霽月出,萬里碧空,孤月高懸,清光普照,清景如畫,境界明净高遠。五六句寫其焚香彈琴,琴聲幽咽,情調清冷。七八句寫夜深明月滿船,微風蕩波,光影細碎,山影零亂。動中見静,境尤幽絶。

東峰歌①

錦礫潺湲玉溪水②,曉來微雨藤花紫③。冉冉山雞紅尾長④,一聲樵斧驚飛起。松刺梳空石差齒⑤,煙香風軟人參蕊⑥。陽崖一夢伴雲根⑦,仙菌靈芝夢魂裏⑧。

【校注】

①《樂府》卷一百新樂府辭十一樂府倚曲載此首,題温庭筠作。然此詩又見賈島詩集,題作"蓮峰歌"。【佟培基曰】《英華》三四二作島,《樂府》一〇〇作温,則此詩之錯簡甚早。清人顧嗣立箋注飛卿詩時,依宋刻《金筌集》分爲詩集七卷、别集一卷,此篇載卷二,乃宋槧原貌。而朱之蕃校本賈島《長江集》中無此詩,《季稿》補入賈集卷後。李嘉言《長江集新校》作爲附集,云"按本詩似李賀體,温庭筠即學李賀爲詩者,疑作温者是。"所論甚是。(《全唐詩重出誤收考》449頁)【按】馮彦淵家鈔宋本、述古堂影宋寫本、汲古閣刻《金荃集》卷二均載此詩,明刊諸分體本(姜本、十卷本)亦同載,題並作"東峰歌"。或作《蓮峰歌》,題賈島作者顯誤。詩中無一語涉及華山及蓮花峰之故實與山形山貌,其非詠華山蓮峰顯然。而作"東峰"則是。蓋此"東峰"係唐代道教勝地名山玉陽山之東峰,詩之首句"錦礫潺湲玉溪水"之"玉溪"即東、西玉陽山之間蜿蜒流過之"玉溪"。玉陽山爲王屋山之分支,在今河南省濟源市西。有東、西兩峰相對,名東玉陽、西玉陽。朱鶴齡《李義山詩集箋注》卷下《李肱所遺畫松詩書兩紙得四十韻》"學仙玉陽東"句下注引《河南通志》:"東玉陽山在懷慶府濟源縣西三十里。唐睿宗女玉真公主修道於此。有西玉陽山,亦其棲息之所。"李商隱早歲曾在東玉陽山學道,其《奠相國令狐公文》云:"故山巍巍(一作峨峨),玉谿在中。"所謂"故山",即指其早歲學道之玉陽山。據此,則所謂"東峰",即指玉陽山之東峰(或東玉陽山),而首句"玉溪",亦即東、西玉陽山之間的玉溪,此即商隱别號"玉谿生"取名之由來。餘詳箋評欄編著者按。

②【曾注】《説文》:礫,小石也。【補注】錦礫,彩色的鵝卵石。玉溪水,即東、西玉陽山之間的玉溪,詳注①。馮浩《玉谿生詩箋注》卷首曾詳考"玉谿生"之"玉谿"必在玉陽王屋山中,引元耶律楚材《王屋道中》詩"行吟想象覃懷景,多少梅花拆玉谿"之句,謂"玩其詞義,實有玉谿屬懷州近王屋山者,大可爲余説之一證。雖未能指明細處,必即義山之玉谿矣"。由於馮氏未引商隱《奠相國令狐公文》"故山巍巍,玉谿在中"之語作爲的證,所引耶律楚材詩句時代又較晚,致使學者對唐時玉陽山下是否有"玉谿"仍有懷疑。得温庭筠此詩爲證,則玉陽山東峰下有"潺湲玉溪水"可

無疑矣。筆者1998年曾親至其地考察,見東、西玉陽山雙峰對峙,兩峰之間有溪水曲折蜿蜒南流,即玉溪也。蓋玉溪之名,歷千餘年而未改。

③ 藤,《樂府》、顧本作"蕉",非。【按】藤花紫而蕉花紅。時至今日,玉溪兩岸樹上仍有藤花。

④【補注】冉冉,下垂貌。曹植《姜女篇》:"柔條紛冉冉,葉落何翩翩。"句中"冉冉"與"長"相應。

⑤ 梳,原作"流",據《樂府》《全詩》、顧本改。【補注】松刺,松針、松葉。松刺排列張開似梳齒向上,故云"梳空"。差齒,參差錯落如齒之列。

⑥【曾注】《廣雅》:人葠,地精。參、葠同。《本草》:似人形者有神。【咸注】《梁書》:阮孝緒母疾,須人葠,陳群曰:頗有蕪菁,唐突人參也。【補注】蕊,含蕊。

⑦【咸注】張協《雜詩》:雲根臨八極。注:雲根,石也。雲觸石而生,故曰雲根。【補注】陽崖,指王屋山,即陽臺。《真誥》:"王屋山,仙之别天,所謂陽臺是也。始得道者,皆詣陽臺,是清虚之宫也。"李商隱《寄永道士》:"共上雲山獨下遲,陽臺白道細如絲。"

⑧【曾注】《南華經》注:司馬彪曰:朝菌,大芝也。葛稚川云:芝有百種,有肉芝菌芝。【補注】仙菌靈芝,道教認爲服之可以益壽延年、成仙得道的仙藥。

【箋評】

【按】此詩詠玉陽山東峰景物:山下玉溪潺湲,錦石斑爛,溪畔藤花呈紫,山雞尾紅。松針梳空,山石參錯,煙香風軟,人參吐蕊,境界幽静而明麗。末二句由東峰而聯及王屋山(陽崖),謂己思入王屋山與山石爲伴,過采摘仙芝之求仙學道生活而未能,故曰"陽崖一夢""仙菌靈芝夢魂裏"。或舉庭筠《宿雲際寺》"白蓋微雲一徑深,東峰弟子遠相尋"之句及《重游圭(一作東)峰宗密禪師精廬》"故山弟子空回首,葱嶺還應見宋雲"之句爲證,謂"東峰"指圭峰。庭筠從宗密遊,故自稱"東峰弟子"。此恐以彼例此。蓋《東峰歌》所寫景物,充滿道教氣息,"陽崖""仙菌靈芝"尤爲顯著。與庭筠從遊之宗密駐錫之圭峰爲佛教修行之地迥然有别。彼"東峰弟子"固不足證此《東峰歌》之"東峰"爲圭峰也。且《東峰歌》首標"玉溪水",尤爲"東峰"指"故山巍巍,玉溪在中"之玉陽山東峰之顯證。

會昌丙寅豐歲歌 雜言①

丙寅歲,休牛馬②。風如吹煙,日如渥赭③。九重天子調天下④,春緑將年到西野⑤。西野翁⑥,生兒童,門前好樹青蕈茸⑦。蕈茸單衣麥田路⑧,村南娶婦桃花紅⑨。新姑車右及門柱⑩,粉項韓憑雙扇中[11]。喜氣自能成歲豐[12]，農祥爾物來争功[13]。

【校注】

① 十卷本、姜刻本題下無"雜言"二字，蓋因二本雜言單列一卷。【曾注】《舊唐書》：武宗即位，改元會昌，在位六年。【補注】會昌丙寅，會昌六年（公元八四六年）。詩有"春緑""麥田"等語，當作於是年春。

② 【曾注】《爾雅》：太歲在丙曰柔兆，在寅曰攝提格。《尚書》：歸馬于華山之陽，放牛于桃林之野。【補注】《尚書・武成》："王來自商，至於豐，乃偃武修文，歸馬于華山之陽，放牛于桃林之野，示天下弗服（不復乘用）。"休牛馬，即歸馬放牛，偃武修文之意，示天下太平，無征戰之事。會昌三年正月，破回鶻；四年八月，平定澤潞劉稹叛亂。故有"休牛馬"之語。

③ 【曾注】《詩》：顔如渥赭。【補注】風如吹煙，形容春日和風似帶有和煦的暖意。渥赭，濃鮮的赭紅色。《詩・邶風・簡兮》："赫如渥赭，公言錫爵。"鄭箋："碩人容色赫然厚傅丹。"

④ 【曾注】宋玉《九辯》：君之門兮九重。【補注】九重天子，指唐武宗。《舊唐書・武宗紀》："（會昌六年）三月壬寅，上不豫，制改御名炎。帝重方士，頗服食修攝，親受法籙。至是藥躁，喜怒失常。疾既篤，旬日不能言。宰相李德裕等請見，不許。中外莫知安否，人情危懼。是月二十三日，宣遺詔以皇太叔光王柩前即位。是日崩，時年三十三。"是武宗卒於六年三月二十三日，已至春暮。武宗在位期間，擊回鶻，平澤潞，國勢稍振。此詩頌"九重天子"偃武修文，歸馬放牛，時平年豐，與武宗情事相合。如作於武宗逝世後，一則與"春緑"之時令不合，二則與武宗初喪、宣宗初立之情況不合（詩中無此跡象）。當爲會昌六年二三月間武宗未逝世時作。調，治理。又，詩之後幅叙及娶新婦事，如作於武宗逝世後，則國喪期間亦不許喜慶嫁娶也。

⑤ 【補注】年，指豐年。《説文・禾部》："年，穀熟也。"《春秋・桓公三年》："有年。"《穀梁傳》："五穀皆熟，爲有年也。"

⑥ 西野翁，李本、姜本、毛本脱"西野"二字。十卷本作"西野老翁"，係校增，"老"字衍。

⑦ 【補注】蘴茸，茂密貌。

⑧ 【曾注】寧戚歌：短布單衣適至骭。【補注】單衣，指西野翁所着之單層衣服，示豐歲氣候温煦。

⑨ 【咸注】陳周弘正《詠新婚》詩：壻顔如美玉，婦色勝桃花。【補注】娶婦桃花紅，當從《詩・周南・桃夭》"桃之夭夭，灼灼其華。之子于歸，宜其室家"化出。"桃之夭夭，灼灼其華"，即"桃花紅"也。

⑩ 右,李本、十卷本、姜本、毛本作“石”,【曾注】蔡邕《協和昏賦》:既臻門屏,結軌下車。【補注】新姑,即新婦。

⑪ 項,《全詩》、顧本校:一作“頸”。【咸注】《搜神記》:宋康王舍人韓憑妻何氏美,王奪之。憑怨,自殺。何氏乃陰腐其衣,從王登臺,遂投臺下,左右攬其衣不得而死。遺書於帶曰:“願得與憑合葬。”王弗聽,使里人埋之,冢相望也。宿昔之間,有梓生於二冢,旬日盈抱,屈體相就,根交於下,枝錯於上。又有鴛鴦雌雄各一,恒棲樹上,交頸悲鳴。《世説》:温嶠娶姑女,既昏交禮,女以手披紗扇,拊掌大笑。庾信《爲梁上黄侯世子與婦書》:分杯帳裏,卻扇牀前。【按】韓憑雙扇,此處似只取韓憑夫婦恩愛之義,謂新婦之姣好容顔隱藏於壻家的障扇之中。

⑫【曾注】杜甫詩:門闌多喜氣,女壻近乘龍。【補注】謂娶新婦的喜氣自能導致豐年。

⑬ 物,《全詩》、顧本校:一作“勿”。【曾注】梁簡文帝詩:天馬照耀動農祥。【咸注】《國語》:虢文公曰:“太史順時視土,農祥晨正,土乃脈發。”韋昭曰:農祥,房星也。晨正,謂立春之日,晨中於午也。【補注】《文選·張衡〈東京賦〉》:“及至農祥晨正,土膏脈起。”農祥,星宿名,即房宿。農事之候,故曰農祥。物、勿古通。

【箋評】

【毛先舒曰】《子夜》雙關,“槀砧”啞謎,雖入巧法而不墜古風。又有巧用别名略同爲隱者:杜康善釀,曹公即呼酒爲杜康……《搜神記》韓憑、何氏魂化鴛鴦,温飛卿詩“粉項韓憑雙扇中”,即呼鴛鴦爲韓憑。(《詩辯坻》卷三)

【按】此詩歌詠會昌六年時平年豐景象,突出百姓安居樂業、娶新婦到門之喜慶氣氛,反映出詩人對會昌朝政治的頌揚態度。詩長短句錯落,節奏明快,富於變化。頂針手法的運用,增添了民歌風味。

碌碌古詞[①]

左亦不碌碌,右亦不碌碌[②]。野草自根肥[③],羸牛生健犢[④]。融蠟作杏蔕[⑤],男兒不戀家。春風破紅意,女頰如桃花[⑥]。忠言未見信[⑦],巧語翻咨嗟[⑧]。一鞘無兩刃[⑨],徒勞油壁車[⑩]。

【校注】

①《才調》卷二、《樂府》卷一百新樂府辭十一樂府倚曲載此首。《才調》題内無“古”字。【咸注】《老子》:“碌碌如玉,落落如石。”或作陸陸,一作録録。王劭曰:

陸、録並借字。【補注】碌碌，玉石美好貌。《文子·符言》："故不欲碌碌如玉，落落如石。其文好者皮必剥，其角美者身必殺。"《文心雕龍·總術》："落落之玉，或亂於石；碌碌之石，時似乎玉。"詩似從事物内容與形式往往不一致之角度抒慨，近後者之義。

②【咸注】晋樂府《聖郎曲》：左亦不佯佯，右亦不翼翼。

③ 自，《才調》、席本、顧本作"白"。《全詩》、顧本校：一作"著"。【補注】句意似謂野草生長茂盛，蓋緣自其根肥。作"白"、作"著"均不可解。

④【曾注】《世説》：顔延之常乘羸牛破車。

⑤ 蔕，《樂府》《全詩》作"蒂"，字同。【補注】句意似謂杏花的花蒂似融蠟而成。

⑥【咸注】古詩：何處磔觴來，兩頰色如火。自有桃花容，莫言人勸我。【立注】虞世南《史略》：《北史》：盧士深妻，崔林義之女，有才學，春日以桃花靧兒面，咒曰："取紅花，取白雪，與兒洗面作光悦。"

⑦ 未，《全詩》、顧本校：一作"不"。

⑧【補注】咨嗟，稱嘆。《楚辭·天問》："何親揆發，定周之命以咨嗟？"王逸注："咨嗟，嘆而美之也。"

⑨ 無，原一作"没"，《才調》及本集諸本均同。刃，《才調》《樂府》作"刀"。【曾注】張協《雜詩》：長鋏鳴鞘中。

⑩【咸注】《蘇小小歌》：妾乘油壁車，郎騎青驄馬。何處結同心？西陵松柏下。【補注】油壁車，用油塗飾車壁的車子，多爲婦女或顯貴者所乘。《南齊書·鄱陽王鏘傳》："制局監謝粲説鏘及隨王子隆曰：'殿下但乘油壁車入宫，出天子置朝堂。'"

【箋評】

【按】題與詩均不甚可解。首二句似起興，言外表均不如玉石之美好，三四似反其意，謂野草雖賤，却因根肥而生長茂盛；瘦牛雖弱，却能生下健壯的牛犢。是則事物均不可單純貌相。五至八句似叙事，謂春天到來，杏花之蒂如融蠟而成，正待開放；春風催破紅色花苞中包含的春意，女子的面頰豔若桃花，而男子則不戀家。此四句似寫女子之春怨。九、十兩句謂忠言不被信任，巧言反受贊賞，似言事物之内容與形式往往不一致。末二句似女子口吻，謂一鞘不容兩刃，男子别有所戀，己雖欲乘油壁車前往相就亦屬徒勞。全篇之主旨及各層之間的聯係均難以求索。

春野行雜言[①]

草淺淺，春如剪[②]。花壓李娘愁，飢蠶欲成繭[③]。東城少年氣堂堂[④]，金丸驚起雙鴛鴦[⑤]。含羞更問衛公子，月到枕前春夢長[⑥]。

【校注】

①《才調》卷二、《樂府》卷一百新樂府辭十一樂府倚曲載此首。《樂府》、十卷本、姜本題下無"雜言"二字。

②【立注】徐注：《典論》：時歲暮春，和風扇物。弓燥手柔，草淺獸肥。【補注】淺淺，形容春草短而整齊。春如剪，即"二月春風似剪刀"之意。

③【咸注】吴筠《陌上桑》：蠶飢妾復思，拭淚且提筐。《太玄經》：紅蠶以繭自衣，亦謂之室。【補注】花壓，形容花之繁茂重疊。飢蠶欲成繭，謂春將老，應上"李娘愁"。繭，同"繭"。

④ 少年，《樂府》《全詩》作"年少"。【咸注】何遜詩：城東美少年。【補注】堂堂，盛大貌。

⑤【咸注】《西京雜記》：韓嫣好彈，常以金爲丸，所失者日有十餘，長安爲之語曰："苦飢寒，逐金丸。"京師兒童每聞嫣出彈，輒隨之，望丸之所落，輒拾焉。古絶句：南山一樹桂，上有雙鴛鴦。

⑥ 前，《全詩》、顧本校：一作"邊"。【曾注】李白《白頭吟》：且留琥珀枕，還有夢來時。【補注】衛公子，疑用衛玠典。晋衛玠幼時，風神秀異。總角乘羊車入市，見者皆以爲玉人，觀之者傾都。玠舅王濟俊爽有風姿，每見玠，恒嘆曰："珠玉在側，覺我形穢。"妻父樂廣有海内重名，議者以爲"婦公冰清，女壻玉潤"。詳見《晋書·衛玠傳》。

【箋評】

【顧嗣立曰】此擬蕩子蕩婦之詞，篇中李娘、衛公子及《三洲詞》李娘必有所指。今不可考，無容强解。

【按】詩詠春野景物與思婦春愁。"李娘"即篇中之女主人公，未必具體有所指。"衛公子"即思婦李娘所思念之男子。"含羞更問"者，心中欲問遠隔之"衛公子"，問其月到枕前時，是否亦如我之思君而春夢長也。

醉　歌[1]

檐柳初黄燕新乳[2]，曉碧芊綿過微雨[3]。樹色深含臺榭情，鶯聲巧作煙花主[4]。錦袍公子陳盃觴[5]，撥醅百甕春酒香[6]。入門下馬問誰在[7]，降堦握手登華堂[8]。臨邛美人連山眉[9]，低抱琵琶含怨思[10]。朔風繞指我先笑，明月入懷君自知[11]。勸君莫惜金樽酒[12]，年少須臾如覆手。辛勤到老慕簞瓢[13]，於我悠悠竟何有[14]！洛陽盧仝稱文房[15]，妻子脚禿舂黄糧[16]。阿耋光顔不識字[17]，指麾豪儁如驅羊[18]。天犀壓斷朱鼹鼠[19]，瑞錦驚飛金鳳皇[20]。其餘豈足霑牙齒[21]，欲用何能報天子。駑馬垂頭搶暝塵[22]，驊騮一日行千里[23]。但有沈冥醉客家[24]，支頤瞪目持流霞[25]。唯恐南園風雨落[26]，碧蕪狼籍棠梨花[27]。

【校注】

①《才調》卷二載此首。【按】杜甫有《醉時歌》，温此詩製題、内容、格調顯仿杜作。

② 新，席本、顧本作“初”。【按】新乳，謂燕子新孵乳燕，非謂初次乳哺，作“新”是。

③ 芊，顧本作“萋”。【補注】芊綿，形容緑草茂盛綿延。句謂清晨微雨過後，草色碧緑綿延。

④【補注】煙花，指春天煙靄迷濛、百花盛開的美好景色。句意謂流鶯巧囀，似成春天美好景色的主人。

⑤【咸注】《李白傳》：崔宗之謫官金陵，與白詩酒唱和。常月夜乘舟，自采石達金陵。白衣宫錦袍，於舟中顧瞻笑傲，旁若無人。【按】錦袍公子泛指貴顯子弟。

⑥【曾注】李白詩：恰似葡萄初撥醅。《詩》：爲此春酒。【補注】撥醅，未濾過的重釀酒。

⑦【曾注】李賀詩：入門下馬氣如虹。【補注】入門下馬者係詩人自己，下句“降堦握手”者則爲錦袍公子，即陳杯觴設宴之主人。參下句注。

⑧【曾注】陸雲詩：王在華堂，式宴嘉會。【補注】降堦，古代賓主相見，以西爲尊。主人迎客在東階，客人登從西階。客如表示謙讓，則登主人之階，稱爲“降階”，或稱“降等”。《禮記·曲禮上》：“客若降等，則就主人之階；主人固辭，然後客復就西階。”然此句中之“降堦”當指主人走下臺階相迎，以示恭敬。《陳書·吴明徹傳》：

"及高祖鎮京口,深相要結。明徹乃詣高祖,高祖爲之降階,執手即席,與論當世之務。"《周書·趙僭王招傳》:"滕王逌後至,隋文帝降階迎之。"降堦,即主人降階以迎之意。堦,同"階"。

⑨【曾注】《西京雜記》:文君眉色姣好,如望遠山,臉際常若芙蓉。【補注】臨邛美人,指卓文君,文君爲臨邛富豪卓王孫之女。連山眉,指如遠山之雙眉。此"臨邛美人"當借指座中侑酒奏樂的歌妓。

⑩【曾注】《樂府雜録》:"琵琶,烏孫公主造。推手前曰琵,引手却曰琶。"【補注】石崇《琵琶引序》:"昔公主嫁烏孫,令琵琶馬上作樂,以慰其道路之思。"杜甫《詠懷古跡五首》之三:"千載琵琶作胡語,分明怨恨曲中論。"

⑪【立注】王融《詠琵琶》:抱月如可明,懷風殊復清。吴筠詩:洛陽名工見咨嗟,一翦一刻作琵琶。白璧規心學明月,珊瑚映面作風花。【補注】朔風繞指,形容琵琶彈奏出朔風凛冽的悲凉肅殺之音。李商隱《戲題樞言草閣三十二韻》:"又彈《明君怨》,一去怨不回。感激坐者泣,起視雁行低。翻憂龍山雪,却雜胡沙飛。仲容銅琵琶,項直聲凄凄。"描繪琵琶音樂意境,可與此互參。我先笑,謂已爲知音,聽琵琶而發出會心之微笑。明月入懷,指歌妓懷抱圓月形的琵琶。謝靈運《東陽溪中贈答詩二首》:"可憐誰家婦,緣流洒素足。明月在雲間,迢迢不可得。""可憐誰家郎,緣流乘素舸。但問情若爲,月就雲間墮。"明月入懷,似暗用靈運詩意,暗示彼此有情。

⑫ 金,原一作"芳"。《才調》同。【咸注】曹植樂府詩:金樽玉杯,不能使薄酒更厚。謝靈運詩:清醑滿金樽。【補注】李白《行路難三首》之一:"金樽清酒斗十千,玉盤珍羞直萬錢。"

⑬【補注】《論語·雍也》:"一簞食,一瓢飲,在陋巷,人不堪其憂,回也不改其樂,賢哉回也!"慕簞瓢,仰慕顔回式的安貧樂道、堅守節操的生活。又,孔子答魯哀公問"弟子孰爲好學"云:"有顔回者好學。"

⑭【補注】杜甫《醉時歌》:"先生有道出羲皇,先生有才過屈宋。德尊一代常坎坷,名垂萬古知何用!"又:"儒術於我何有哉,孔丘盗跖俱塵埃。""辛勤"二句,正化用杜詩之意。

⑮ 仝,原一作"生",各本均同。【立注】韓愈《寄盧仝》詩:玉川先生洛城裏,破屋數間而已矣。一奴長鬚不裹頭,一婢赤脚老無齒。注:仝居洛陽,自號玉川子。徐注:張説《姚文貞公碑銘》:武庫則矛戟森然,文房則禮樂盡在。【補注】盧仝初隱濟源山中,後長期寓居洛陽,故稱"洛陽盧仝"。文房,本指官府掌管文書之處。《梁書·江革傳》:"此段雍府妙選英材,文房之職,總卿昆季。"此指文章界、文林。稱文房,著稱於文林。

⑯ 舂,十卷本、姜本作"春",誤。【立注】宋玉《招魂》:稻粢穱麥,挐黄粱些。吴

江吴兆宜云:《後漢書》:桓帝時童謡:"河間姹女能數錢,以錢爲室金爲堂。石上慊慊舂黄糧。黄糧之下有懸鼓,我欲擊之丞相怒。"【補注】脚秃,赤脚。黄糧,即黄粱,小米。盧仝《示添丁》:"宿舂連曉不成米,日高始飲一碗茶。"按:韓愈《寄盧仝》只云其"一婢赤脚老無齒",此云"妻子脚秃舂黄糧",或另有所本。舂糧食須用脚踩動碓具,故云"脚秃舂黄糧"。

⑰【曾注】鳌應作"跌"。【立注】《舊唐書》:李光顔本河曲部落稽阿跌之族。光顔,光進弟也。《南史》:沈慶之手不知書,每將署事,輒恨眼不識字。【補注】《新唐書·李光進傳》:"李光進,其先河曲諸部,姓阿跌氏……弟光顔。"光顔憲宗時屢立戰功,善撫士,其下樂爲用。憲宗元和六年,賜姓李氏。

⑱【曾注】《漢書》:辟如豺狼驅群羊也。【咸注】《淮南子》:兵略者,避實就虚,若驅群羊。【補注】承上句言光顔雖不識字,而指揮麾下豪傑如驅羊之易。以與上盧仝雖著稱於文林而家境貧窮構成對照。

⑲ 鼷,《全詩》、顧本校:一作"鼷"。【曾注】《廣雅》:犀,徼外獸。一角在鼻,一角在額,有粟文通兩頭,名通天犀。【立注】《爾雅》郭璞注:江東呼鼷鼠者,似鼠大而食鳥,在樹木上也。魏文帝《與王明書》:蚤蝨雖細,困於安寢;鼷鼠雖微,猶毁郊牛。【補注】張祜《少年樂》:"帶盤紅鼷鼠,袍砑紫犀牛。"可證天犀、朱鼷鼠係袍帶上圖案。

⑳ 皇,李本、十卷本、姜本、毛本作"凰",字通。【咸注】陸翽《鄴中記》:錦署中有鳳皇錦。《舊唐書·外戚傳》:榮國夫人卒,則天出内大瑞錦,造佛像追福。

㉑【咸注】《宋書》:謝朓好獎人才。會稽孔闓粗有才筆,孔時嘗令草讓表,朓嗟吟良久,謂時曰:"此子聲名未立,應共獎成,無惜齒牙餘論。"【補注】《南史·謝朓傳》:"朓好獎人才,會稽孔覬粗有才筆,未爲時知,孔珪嘗令草讓表以示朓,朓嗟吟良久,手自折簡寫之,謂珪曰:"士子聲名未立,應共獎成,無惜齒牙餘論。"其好善如此。"《宋書·孔覬傳》無此語,予咸注引誤。《南齊書·謝朓傳》亦不載。齒牙餘論,隨口稱譽的話。豈足霑牙齒,不值得一提。

㉒【補注】駑馬,劣馬。搶暝塵,頭衝地上的灰塵。

㉓【補注】驊騮,良馬。《荀子·性惡》:"驊騮、騏驥……此皆古之良馬也。"《莊子·秋水》:"騏驥驊騮,一日而馳千里。"

㉔【咸注】《莊子》:蜀莊沈冥。【按】"蜀莊沈冥"語出揚雄《法言·問明》,非《莊子》,予咸引誤。"沈冥"原指幽居匿跡。此句"沈冥"則为沉迷於酒,昏睡不醒之意。

㉕【咸注】《莊子》:左手據膝,右手支頤。《抱朴子》:項曼卿修道山中,自言至天上遊紫府,遇仙人與流霞一杯,飲之輒不飢渴。【補注】流霞,指仙酒。項曼卿,《論衡·道虚》作"項曼都",云:"(項曼都)曰:'有仙人數人,將我上天,離月數里而

止……口飢飲食，仙人輒飲我以流霞一杯，每飲一杯，數月不飢。'"此借指美酒。

㉖ 園，原作"國"，據《才調》、席本、顧本、述鈔改。南園風雨落，《才調》作"南園風雨花"；席本、顧本、述鈔作"南園風雨作"。

㉗【補注】碧蕪，碧緑的草地，棠梨，俗稱野梨。陸璣《毛詩草木鳥獸蟲魚疏》："甘棠，今棠梨，一名杜梨。"

【箋評】

【杜詔曰】"洛陽盧仝"二句……此飛卿自況也。下四句况錦袍公子。（《中晚唐詩叩彈集》卷八）

【按】題曰"醉歌"，實借"醉"抒發内心之苦悶，宣泄胸中之不平。前段十二句，叙春暖花開時節至錦袍公子家作客宴飲，席間有歌妓彈奏琵琶，我既識琵琶中所含之怨思，彼亦含情脈脈。中段"勸君"以下十四句，直抒苦悶與不平，係全詩主體。謂儒者慕簞瓢而學詩書，不免窮困到老，一無所有，如"稱文房"之盧仝即不免"妻子脚秃舂黄糧"，而目不識字之異族將領則"指揮豪儁如驅羊"。其中當含商隱《驕兒詩》"爺昔好讀書，懇苦自著述。顦顇欲四十，無肉畏蚤蝨。兒慎勿學爺，讀書求甲乙。穰苴司馬法，張良黄石術，便爲帝王師，不假更纖悉"一類感慨。"天犀"二句意晦，當是隱喻，視下"其餘豈足霑牙齒，欲用何能報天子"之語，似借喻無能而居高位者。或係形容居高位之李光顔袍服上所繡之圖案。"駑馬"二句，似以駑馬"垂頭搶暝塵"喻己之困頓不遇，以驊騮之"一日行千里"喻人之得志顯達，亦憤懣不平語。故末段四句仍收到眼前春景及宴席，承上"勸君莫惜金樽酒，年少須臾如覆手"之意，謂當及時行樂，沈醉客家，莫待南園風雨、碧蕪落花狼藉之時空嘆惜也。詩明顯仿杜甫《醉時歌》，亦受李白《將進酒》《答王十二寒夜獨酌有懷》之影響，而無李之豪放，杜之沉痛。與李之《將進酒》相比，則乏李之豪縱與自信，然俊逸風流之致則近李。

江南曲五言①

妾家白蘋浦②，日上芙蓉楫③。軋軋摇槳聲④，移舟入茭葉⑤。溪長茭葉深，作底難相尋⑥。避郎郎不見，鸂鶒自浮沉。拾萍萍無根⑦，采蓮蓮有子⑧。不作浮萍生，寧爲藕花死⑨。岸傍騎馬郎⑩，烏帽紫遊韁⑪。含愁復含笑，回首問横塘⑫。妾住金陵浦⑬，門前朱雀航⑭。流蘇持作帳⑮，芙蓉持作梁⑯。出入金犢幰⑰，兄弟侍中郎⑱。前年學歌舞，定得郎相許⑲。連娟眉繞山⑳，依約腰如杵㉑。鳳管悲若咽㉒，鸞絃嬌欲語[23]。扇薄露紅鉛[24]，羅輕壓金縷[25]。明月西南樓[26]，珠簾玳瑁鈎[27]。橫波巧能笑[28]，彎蛾不識愁[29]。花開子留樹，草長根依土。早聞金溝遠[30]，底事歸郎許[31]？不學楊白花[32]，朝朝淚如雨。

【校注】

①《樂府》卷二十六相和歌辭一載此首，題下無"五言"二字，《全詩》同。【立注】《樂府古題要解》：《江南曲》古詞云："江南可采蓮，蓮葉何田田。"又云："魚戲蓮葉間：魚戲蓮葉東，魚戲蓮葉西，魚戲蓮葉南，魚戲蓮葉北。"蓋美其芳晨麗景，嬉遊得時也。郭茂倩《樂府詩集》：梁武帝作《江南弄》以代《西曲》，曲有《采蓮》《采菱》，蓋出於此。【補注】《樂府詩集》卷二十六相和歌辭一載《江南》古辭一首，曰："右一首，魏、晉樂所奏。"又載宋湯惠休《江南思》一首、梁簡文帝《江南思》二首，復載梁柳惲至唐陸龜蒙十五人《江南曲》二十七首，體製各不相同，而總言江南景物人事，男女相思。

②【曾注】羅願《爾雅翼》：萍其大者蘋，五月有花，白色，謂之白蘋。屈原《九歌》：登白蘋（按：應作"薠"）兮騁望。白居易《記》：湖州城東南二百步抵霅溪，溪連汀洲，洲一名白蘋。梁吴興太守柳惲於此賦詩云"汀洲采白蘋"，因以名洲也。【補注】白蘋，水中浮草。《楚辭·九歌·湘夫人》之"白薠"係薠草，秋生，似莎而大，雁喜食，與"白蘋"不同。浦，水邊。柳惲《江南曲》云："汀洲采白蘋，日暖江南春。"温詩製題自與柳之《江南曲》有關，但詩中所詠之地並非湖州，而係金陵，下云"妾住金陵浦，門前朱雀航"，又云"回首問橫塘"，均可證。故此句之"白蘋浦"係泛指生長白蘋之水邊，非專指湖州之白蘋洲。

③ 檝，《樂府》作"楫"。【曾注】梁簡文帝詩：玉軸芙蓉舟。【補注】芙蓉檝，猶蓮舟。檝，原指船槳，代指船。

④ 槳，《樂府》、毛本、十卷本、李本作"漿"，誤。

⑤【補注】茭，即茭白，又稱菰，水生植物。李時珍《本草綱目·草八·菰》："江南人呼菰爲茭，以其根交結也。"茭葉，茭筍的葉。

⑥【補注】作底，如何、爲何。徐凝《和嘲春風》："可憐半死龍門樹，懊惱春風作底來？"

⑦【咸注】《歡聞歌》：遥遥天無柱，流漂萍無根。

⑧【咸注】《子夜歌》：乘月采芙蓉，夜夜得蓮子。【補注】蓮，諧"憐"。

⑨ 爲，《樂府》作"作"。【補注】藕，諧"偶"。

⑩【曾注】李白詩：岸上誰家遊冶郎。【咸注】梁末童謡：可憐巴馬子，一日行千里。不見馬上郎，但見黄塵起。黄塵污人衣，皁莢作料理。

⑪【曾注】《晉·輿服志》：漢成帝制，二宫直官著烏紗帽。【咸注】《晉中興書》：太和中，鄴下童謡曰："青青御路楊，白馬紫遊韁。汝非皇太子，那得甘露漿?"【補注】烏帽，黑帽。古代貴者常服。隋唐後多爲庶民、隱者之帽。白居易《池上閒吟》之二："非道非僧非俗吏，褐裘烏帽閉門居。"或謂即烏紗帽。《宋書·五行志一》："明帝初，司徒建安王休仁……製烏紗帽，反抽帽裙，民間謂之'司徒狀'，京邑翕然相尚。"五代馬縞《中華古今注·烏紗帽》："武德九年十一月，太宗詔曰：'自今以後，天子服烏紗帽，百官士庶皆同服之。'"

⑫【咸注】《金陵覽古》：吴自江口沿淮築堤，謂之横塘。《吴都賦》：横塘查下。吴筠《古意》：妾家横塘北。【補注】横塘，三國吴大帝時於建業(今南京市)之南淮水(今秦淮河)南岸修築堤岸，稱横塘。後爲百姓聚居之地。崔顥《長干曲》："君家住何處，妾住在横塘。"

⑬ 浦，《樂府》、席本、顧本作"步"。【咸注】《吴録》：張紘言於孫權曰："秣陵，楚武王所置，名爲金陵。秦始皇時，望氣者云金陵有王者氣，故斷連岡，改名秣陵也。"【補注】浦、步通，指水邊停船處。《述異記》卷下："上虞縣有石駞步，水際謂之步……昉按：'吴、楚間謂浦爲步，語之訛耳。'"今多稱"埠"。

⑭【補注】朱雀航，即朱雀橋，見本卷《謝公墅歌》注②。

⑮【咸注】梁簡文帝《有女篇》：流蘇時下帳。晉摯虞《決疑要注》：天子帳流蘇爲飾。《海録碎事》：流蘇帳，盤繪繡之毬，五色錯爲之，同心而下垂者也。梁江總詩：新人羽帳挂流蘇。【補注】流蘇，用彩色羽毛或絲綫等製成之穗狀垂飾物，常用作帷帳、車馬之飾。

⑯ 持，《樂府》作"待"，誤。【補注】謂屋梁上繪有荷花圖案。

⑰【曾注】《蒼頡篇》：帛張車上曰幰。【咸注】揚雄《籍田賦》：微風生於輕幰。善曰：幰，車幰也。【補注】幰，代指車。金犢幰，對牛車的美稱。

⑱【曾注】古樂府《陌上桑》：三十侍中郎。【補注】侍中郎，皇帝左右的侍從官。

⑲【補注】相許，稱許。

⑳【曾注】屈原《九歌》：眉(按：當作"靈")連蜷兮既留。【補注】連娟，形容女子眉毛彎曲而纖細。《史記·司馬相如列傳》："長眉連娟，微睇緜藐。"司馬貞索隱引郭璞曰："連娟，眉曲細也。"眉繞山，見本卷《醉歌》注⑨"連山眉"注。

㉑ 杵，原作"柳"，非，據《樂府》、述鈔、席本、《全詩》、顧本改。【按】作"柳"與上下文不協韻，作"杵"則與許、語、縷等均屬上聲語韻。【立注】《搜神記》：阿文暮入北堂，梁上有一人，高冠朱幘，呼曰："細腰。"細腰應諾。文因呼細腰，問："向衣冠是誰?"答曰："金也，在西壁下。"問："君是誰?"答曰："我杵也，今在竈下。"文掘金燒杵，由是大富。【補注】依約，彷彿。腰如杵，形容腰身纖細。

㉒【咸注】庾信《楊柳歌》：鳳皇新管蕭史吹。【補注】鳳管，指笙、簫一類管

樂器。

㉓ 絃,李本、十卷本、姜本、毛本作“紗”,誤。【咸注】《十洲記》:鳳麟洲在西海中央,洲上專多鳳麟,數百合群,亦多仙家,煮鳳喙及麟角,合煎作膠,名爲集弦膠。【按】顧予咸引《十洲記》“續弦膠”係接續弓弦斷面之膠,與“鸞絃”毫無關涉。“鸞絃”指琴絃,因琴聲如鸞鳳之和鳴,故稱。陸瑜《獨酌謡》:“忽逢鳳樓下,非待鸞絃招。”

㉔【曾注】江洪《詠歌姬》詩:輕紅澹鉛臉。【補注】紅鉛,臙脂與鉛粉。

㉕ 壓,十卷本、毛本作“厭”,誤。【補注】壓,刺繡時按壓針綫。金縷,金色絲綫。壓金縷,用金絲綫繡花。秦韜玉《貧女》:“苦恨年年壓金綫,爲他人作嫁衣裳。”

㉖【咸注】鮑照《玩月》詩:始見西南樓,纖纖如玉鉤。

㉗【補注】玳瑁鉤,以玳瑁裝飾的簾鉤。

㉘ 能,《全詩》、顧本校:一作“相”。【咸注】傅毅《舞賦》:目流睇而横波。【補注】横波,流盼的眼波、美目。

㉙【曾注】李賀詩:長眉對月門彎環。【補注】彎蛾,彎彎的蛾眉。

㉚ 早,李本、十卷本、姜本、毛本作“上”。【曾注】《南史》:羊戎曰:“金溝清泚,銅池摇颺。”【補注】金溝,指宫中溝渠。

㉛【補注】底事,何事。許,所。

㉜ 楊白花,十卷本、姜本作“閨中婦”,李本、毛本作“楊花白”,均非。【立注】《梁書》:楊華名白花,武都仇池人。少有勇力,容貌修偉,魏胡太后逼通之。華懼及禍,乃率其部曲降梁。太后追思不已,爲作《楊白花歌》,使宫人連臂蹋足歌之,聲甚悽惋。《楊白花歌》:含情出户脚無力,拾得楊花淚霑臆。

【箋評】

【按】此詩以第一人稱叙寫金陵女子之色藝與對愛情的期盼。首段十二句謂己家住白蘋浦,每日移舟采蓮,心中充滿對愛情生活的憧憬,“不作浮萍生,寧爲藕花死”。次段“岸傍”以下十句,寫采蓮時與“騎馬郎”的對答,頗似崔顥《長干行》所描繪之情景,其中“兄弟侍中郎”等誇示語,係仿《陌上桑》之樂府套語,不必認真。三段“前年”以下十二句,謂己色藝雙全,居處華美,巧笑無愁。四段“花開”以下六句謂當及時婚嫁生子,早聞宫中甚遠,不如歸依郎處,不學胡太后之思念楊白花,朝朝淚如雨下。詩有叙事綫索,而通篇仍以自我抒情爲主,頗有民歌風味。

堂堂曲[①]

錢塘岸上春如織[②]，淼淼寒潮帶晴色。淮南遊客馬連嘶[③]，碧草迷人歸不得[④]。風飄客意如吹煙[⑤]，纖指殷勤傷雁絃[⑥]。一曲堂堂紅燭筵[⑦]，金鯨瀉酒如飛泉[⑧]。

【校注】

① 《才調》卷二、《樂府》卷四十七清商曲辭四載此首。《才調》、席本、顧本題作"錢塘(唐)曲"，《樂府》題作"堂堂"。【按】詩有"一曲《堂堂》"語，故題爲《堂堂曲》。作《錢塘曲》者，殆因首句"錢塘岸上春如織"而有此題，然本集諸舊本除席本、顧本從《才調》作《錢塘(唐)曲》外，均作《堂堂曲》，故仍從本集。

② 【咸注】《吴郡緣海四縣記》：錢塘西南五十里有定山，去富春又七十里，横出江中，波濤迅邁，以避山難。辰發錢塘，巳達富春。【補注】詩言"錢塘岸上"，此"錢塘"當指錢塘江，非錢唐縣(今杭州市)。《國語・越語上》："三江環之。"韋昭注："三江：吴江、錢唐江、浦陽江。"春如織，形容春色如織成之錦繡。錢塘江口呈喇叭狀，海潮汹涌倒灌，故下句云"淼淼寒潮"。

③ 連，《全詩》、顧本校：一作"頻"。【補注】淮南遊客，詩人自指。其時當客遊淮南，因至錢塘。

④ 【曾注】淮南王《招隱士》：王孫遊兮不歸，春草生兮萋萋。

⑤ 意，《全詩》、顧本校：一作"思"。

⑥ 【補注】雁絃，指箏之絃柱斜列如同雁行。李商隱《昨日》："二八月輪蟾影破，十三絃柱雁行斜。"傷雁絃，謂箏絃上彈奏出令人心傷的音調。

⑦ 【補注】《堂堂》，樂曲名。《樂府詩集・近代曲辭・堂堂》郭茂倩題解："《樂苑》曰：'《堂堂》，角調曲，唐高宗曲也。'……《堂堂》，本陳後主作，唐爲法曲，故白居易詩云'法曲法曲歌《堂堂》'是也。"

⑧ 金，原作"長"，據《才調》《樂府》、述鈔、席本、顧本改。【曾注】杜甫《飲中八仙歌》：飲如長鯨吸百川。又：百壺那送酒如泉。【補注】金鯨，喻指容量大之華美盛酒器。曰"瀉酒"自指酒器。李商隱《河陽詩》："龍頭瀉酒客壽杯。"龍頭指酒器瀉酒處刻爲龍頭形，金鯨或刻爲鯨形也。

【箋評】

【陸時雍曰】寡趣。(《唐詩鏡》卷五十一)

【按】詩詠錢塘春色之迷人。前四句錢塘江上晴日春景：春色如錦，碧草如煙，寒潮淼淼，晴光搖漾，令遊者迷不思歸。後四句夜間宴飲場景。“風飄”句，謂春風飄散客遊者之歸思如煙消也。故紅燭筵上，聽雁絃而進美酒，期於盡興而已。似客遊淮南後至錢塘作，故自稱“淮南遊客”。或僅爲用典，以指出遊未歸之詩人自己。此詩或會昌二年春自吳中赴越中途經杭州時作。

惜春詞[①]

百舌問花花不語[②]，低迴似恨横塘雨[③]。蜂争粉蕊蝶分香[④]，不似垂楊惜金縷。願君留得長妖韶[⑤]，莫逐東風還蕩摇。秦女含嚬向煙月[⑥]，愁紅帶露空迢迢[⑦]。

【校注】

①《才調》卷二、《樂府》卷一百新樂府辭十一樂府倚曲載此首。

②【曾注】《月令》注：反舌，百舌也。春始鳴，至五月能變其舌，反學其聲，爲百鳥之鳴。【咸注】邢劭《春歌》：花塢蝶雙飛，柳堤鳥百舌。【補注】《淮南子·説山訓》：“人有多言者，猶百舌之聲。”高誘注：“百舌，鳥名，能易其舌效百鳥之聲，故曰百舌也。”按：歐陽修詞“淚眼問花花不語”從此句化出。

③【補注】低迴，情感縈回，係對花之情狀的擬人化描寫。横塘，見《江南曲》“回首問横塘”句注。此“横塘”似泛稱。

④【曾注】崔豹《古今注》：鱻垂穎如鋒，曰鱻蝶，以須鼰。【補注】句意謂蜜蜂争相向花蕊采粉釀蜜，蝴蝶亦翻飛花上分得花香。

⑤君，《全詩》、顧本校：一作“言”。韶，《才調》作“嬈”。【補注】君，指花。妖韶，妖嬈美好。

⑥【咸注】梁簡文帝詩：倡樓秦女乍相值。案：《樂府詩集》唐李白樂府有《秦女卷衣》。【補注】秦女，泛指秦地女子，非指秦穆公女弄玉。

⑦迢迢，原一作“寥寥”，《才調》同。

【箋評】

【按】此惜春之詞。全篇以惜花之凋逝抒惜春之意。起二句有韻致，似小詞。三四謂蜂采花蕊，蝶分花香，不似垂楊之惜金縷無蜂蝶縈繞也，正寫蜂蝶之惜花。“願君”二句，一篇主意。雖惜花，亦借喻女子之青春芳華。故末二句以秦女含嚬、愁紅帶露作結，傷春華之凋逝也。

春愁曲①

紅絲穿露珠簾冷②，百尺啞啞下纖綆③。遠翠愁山入卧屏④，兩重雲母空烘影⑤。凉簪墜髮春眠重，玉兔熓氤柳如夢⑥。錦疊空牀委墜紅⑦，颸颸掃尾雙金鳳⑧，蜂喧蝶駐俱悠揚⑨，柳拂赤欄纖草長⑩。覺後梨花委平緑⑪，春風和雨吹池塘⑫。

【校注】

①《才調》卷二、《樂府》卷一百新樂府辭十一樂府倚曲載此首。

②【咸注】《西京雜記》：昭陽殿織珠爲簾，風至則鳴，如珩佩之聲。鮑照詩：珠簾無隔露，羅幌不勝風。【補注】句謂珠簾以紅絲穿珠而成，其上沾露，給人以冷意。

③【咸注】費昶《行路難》：唯聞啞啞城上烏，玉闌金井牽轆轤。《説文》：綆，汲井索也。《莊子》：綆短者不可以汲深。【補注】此句寫清晨汲井，"啞啞"狀轆轤轉動井索之聲。劉言史《賣花謡》："澆紅濕緑千萬家，青絲玉轤聲啞啞。"

④【補注】遠翠愁山，指屏風上所繪遠山圖畫，故曰"入卧屏"。遠翠，遠處的翠色山巒。

⑤【曾注】《西京雜記》：趙飛燕爲皇后，女弟昭儀遺雲母屏風、琉璃屏風。李賀詩：琉璃疊扇烘。【補注】兩重雲母，指卧牀前的屏風以雲母爲飾，共有兩疊。空烘影，空自映照牀上女子之孤影。

⑥ 熓氤，《樂府》、席本、《全詩》、顧本作"熓香"；十卷本、姜本作"氲氤"。【曾注】李白詩：玉兔擣藥春復秋。【補注】玉兔，當指兔形之香爐，卷三《獵騎辭》"香兔抱微煙"句可以參證。熓氤，形容香煙繚繞迷漫之狀。同"氲氤"。柳如夢，謂楊柳煙籠霧罩，如夢似幻。

⑦ 墜，《樂府》《全詩》作"墮"。【曾注】古詩：蕩子行不歸，空牀難獨守。【補注】句意謂牀上散疊着紅色的錦被，被的一角下墜到牀邊。見女子輾轉反側，難以成眠。

⑧【咸注】古樂府：秋風肅肅晨風颸。《吴都賦》：翼颸風之䬈䬈。【立注】徐注：《黄庭經》：古者盟以玄雲之錦九十尺，金簡鳳文羅四十尺。【補注】颸颸，淒清貌。句謂錦被上繡有長尾之雙鳳，因空牀無侣亦呈淒清之態。或解"雙金鳳"爲鳳簪，即上文之"凉簪墜髮"，亦通。

⑨ 俱，原一作"戲"，《才調》《樂府》及諸本同。【補注】悠揚，此狀意態從容悠閒。

⑩【補注】赤欄，朱漆的欄杆。或解爲赤欄橋，亦通。

⑪【補注】平緑，平整的緑草地。

⑫【曾注】徐注：謝靈運詩：池塘生春草。

【箋評】

【按】庭筠爲文人詞鼻祖，晚唐五代香豔詞風與詞史上婉約詞風之開拓者，又爲晚唐綺豔詩風代表人物之一。一身二任。故其詩風與詞風之間的聯係，頗值得探討。其五七言古體樂府，辭藻麗密，色澤穠豔，風格頗近其詞。《春愁曲》即其中較爲典型之詩例。詩寫閨中春愁，對女主人公之外貌、心理、行動均不作正面描繪刻畫，完全藉環境氣氛之烘托渲染與自然景物之映襯暗示透露，寫法細膩婉曲，儼然花間詞境。其中若干詩句，使人自然聯想起其《菩薩蠻》詞中的句子。如"遠翠"二句之與"小山重疊金明滅，鬢雲欲度香腮雪"，"玉兔"句之與"江上柳如煙，雁飛殘月天"，"覺後"二句之與"雨後却斜陽，杏花零落香""花落子規啼，緑窗殘夢迷"，取象造境，均極相似。但其此類作品由於刻意追摹李賀，不僅意境較爲隱晦，語言亦時有生硬拗澀之處，與其詞之圓融自然有别。表現亦稍嫌繁盡，不如其詞之含蓄藴藉。《春愁曲》亦不免有此弊。

蘇小小歌①

買蓮莫破券②，買酒莫解金③。酒裹春容抱離恨④，水中蓮子懷芳心⑤。吴宫女兒腰似束⑥，家在錢塘小江曲⑦。一自檀郎逐便風⑧，門前春水年年緑⑨。

【校注】

①《才調》卷二、《樂府》卷八十五雜歌謡辭三載此首。《樂府詩集・蘇小小歌》古辭題解："一曰《錢塘蘇小小歌》。《樂府廣題》曰：'蘇小小，錢塘名倡也，蓋南齊時人。西陵在錢塘江之西，歌云"西陵松柏下"是也。'"【咸注】《吴地記》：嘉興縣前有晋伎蘇小小墓。【按】唐代詩人權德輿、李賀、羅隱有《蘇小小墓》，張祜有《蘇小小歌三首》。羅隱《蘇小小墓》作於光啓三年任錢塘令時，詩云"魂兮檇李城，猶未有人耕"。檇李即嘉興。

②【立注】北齊武成後謡：千金買果園，中有芙蓉樹。破券不分明，蓮子隨他去。【補注】破券，破鈔、花錢。破，花費；券，錢幣。蓮，諧"憐"，憐愛。

③【立注】梁簡文帝詩：當壚設夜酒，宿客解金鞍。迎來挾琴易，送别唱歌難。【補注】解金，解下金錢，與上句"破券"意近，非"解金鞍"之省。

④【立注】《子夜歌》:郎懷幽閨性,儂亦恃春容。【補注】謂買酒圖醉反使佳人春容增添離恨。

⑤【補注】蓮子,諧“憐子”。謂水中蓮子本就深懷芳心,借喻女子本就有憐愛男子之意,無須“破券”“買蓮”。

⑥【咸注】趙曄《吴越春秋》:闔閭城西硏石山上有館娃宫。《登徒子好色賦》:腰如束素。

⑦ 在,《全詩》、顧本校:一作“住”。【補注】錢塘小江曲,指流入錢塘江的支流入口處。

⑧【曾注】李賀詩:檀郎謝女眠何處。或曰:檀奴,潘安仁小字,後人因號爲檀郎。【補注】《世説新語·容止》及《晋書·潘岳傳》載:潘岳美姿容,嘗乘羊車出洛陽道,路上婦女慕其容儀,手挽手圍之,擲果盈車。岳小字檀奴,後因以“檀郎”爲婦女對夫壻或所愛慕男子之美稱。此以“檀郎”指情郎。逐便風,乘順風船離去。

⑨【曾注】江淹《别賦》:春草碧色,春水緑波。【補注】謂年年佇候夫壻歸來,但見門外春水緑波,却不見歸舟。

【箋評】

【按】前四句謂真摯愛情非金錢可買,離情亦非醉酒可解,水中蓮子自有芳心,女子自有憐愛情郎之意。後四句謂女子腰似束素,家住錢塘江曲。一自情郎去後,音訊杳然,唯見年年春江水緑而已。全篇蓋寫一癡情女子之離情與幽怨,後四句既饒民歌風味,又頗具韻致。或亦會昌二年春經杭州時作。

春江花月夜詞[①]

玉樹歌闌海雲黑[②],花庭忽作青蕪國[③]。秦淮有水水無情[④],還向金陵漾春色[⑤]。楊家二世安九重[⑥],不御華芝嫌六龍[⑦]。百幅錦帆風力滿[⑧],連天展盡金芙蓉[⑨]。珠翠丁星復明滅[⑩],龍頭劈浪哀笳發[⑪]。千里涵空澄水魂[⑫],萬枝破鼻團香雪[⑬]。漏轉霞高滄海西,玻璃枕上聞天雞[⑭]。鑾絃代雁曲如語[⑮],一醉昏昏天下迷[⑯]。四方傾動煙塵起[⑰],猶在濃香夢魂裏[⑱]。後主荒宫有曉鶯,飛來只隔西江水[⑲]。

【校注】

①《才調》卷二、《樂府》卷四十七清商曲辭四吴聲歌曲四載此首,《樂府》題内

無“詞”字。《樂府詩集》隋煬帝《春江花月夜二首》解題：“《唐書·樂志》曰：‘《春江花月夜》《玉樹後庭花》《堂堂》，並陳後主所作。後主常與宮中女學士及朝臣相和爲詩，太常令何胥又善於文詠，采其尤豔麗者，以爲此曲。’”【咸注】隋煬帝作《春江花月夜》曲云：“暮江平不動，春花滿正開。流波將月去，潮水帶星來。”【補注】隋諸葛穎有《春江花月夜》一首，五言四句，體製同煬帝之作。盛唐張若虛《春江花月夜》一首，七言歌行體，平仄韻交押。庭筠此首，體製同張作，内容則與前此之作詠春江花月之夜及離别相思不同，專詠隋煬帝奢淫亡國事，而於原題之意則不相涉。

②【補注】玉樹，即《玉樹後庭花》歌曲。《陳書·皇后傳·後主張貴妃》：“後主每引賓客對貴妃等遊宴，則使諸貴人及女學士與狎客共賦新詩，互相贈答，采其尤豔麗者以爲曲詞，被以新聲……其曲有《玉樹後庭花》《臨春樂》等。大指所歸，皆美張貴妃、孔貴嬪之容色也。”《舊唐書·音樂志》：“御史大夫杜淹對曰：‘前代興亡，實由於樂。陳將亡也，爲《玉樹後庭花》；齊將亡也，而爲《伴侣曲》，行路聞之，莫不悲泣，所謂亡國之音也。’”海雲黑，象徵國之將亡。許渾《金陵懷古》：“玉樹歌殘王氣終，景陽兵合戍樓空。”歌闌，即歌殘。餘見注①引《新唐書·樂志》。

③【咸注】李端詩：青蕪赤燒生。【補注】花庭，即“玉樹後庭花”之後庭，指陳的宫苑。句意謂華美的宫苑轉眼間已成青緑色的平蕪。指陳之亡國。

④【曾注】《建康録》：始皇鑿鍾阜爲瀆，令水貫其中，以洩王氣，呼秦淮。【補注】傳秦始皇南巡至龍藏浦，發現有王氣，於是鑿方山、斷長壟爲瀆入於江，以洩王氣，故名秦淮。

⑤【補注】二句謂秦淮河水不管人間興亡，依舊流向金陵，蕩漾着緑波春色。寓意與劉禹錫《石頭城》“淮水東邊舊時月，夜深還過女牆來”、韋莊《臺城》“無情最是臺城柳，依舊煙籠十里堤”類似。

⑥【咸注】《隋書》：煬皇帝諱廣，一名英，小字阿麽，高祖第二子也。【補注】楊家二世，明指隋朝第二代皇帝隋煬帝，兼喻其如秦二世而敗亡之意。安九重，安居九重深宫，即皇帝位。

⑦【立注】《隋書》：大業元年八月壬寅，上御龍舟幸江都，以左武衛大將軍李景爲後軍，文武官五品已上給樓船，九品已上給黄篾，舳艫相接二百餘里。俞瑒云：《甘泉賦》：登鳳皇而翳華芝。注：華芝，蓋也。《易》：時乘六龍以御天。【補注】華芝，華蓋，皇帝所乘車的車蓋。桓譚《新論》：“吾之爲黄門郎，居殿中，數見輿輦，玉蚤、華芝及鳳凰三蓋之屬，皆玄黄五色，飾以金玉、翠羽、珠絡、錦繡、茵席者也。”六龍，古代天子車駕用六馬，馬八尺稱龍，故以六龍爲天子車駕之代稱。句意謂煬帝出游，不乘六匹駿馬駕的車，御華蓋。

⑧【立注】《開河記》：煬帝御龍舟幸江都，舳艫相繼，自大堤至淮口，聯綿不絶。錦帆過處，香聞十里。【補注】顔師古《大業拾遺記》：“煬帝幸江都……至汴，御龍

舟,蕭妃乘鳳舸,錦帆綵纜,窮極侈靡。"

⑨ 盡,十卷本、姜本、毛本作"畫",誤。【曾注】樂府《子夜歌》:玉藕金芙蓉。【補注】金芙蓉,金蓮花。疑暗用南齊後主"鑿金爲蓮花以帖地,令潘妃行其上,曰:'此步步生蓮華也'"之事,謂煬帝展盡豪奢。或以金芙蓉代指美麗的嬪妃。

⑩【立注】《隋遺録》:帝御龍舟,蕭妃乘鳳舸,每舟擇妙麗女子千人,執雕版鏤金檝,號爲殿脚女。徐注:宋玉《招魂》:翡翠珠被,爛齊光些。【補注】丁星,閃爍貌,係聯綿詞,形容船上的嬪妃們珠翠滿頭,閃爍明滅。或指龍舟上裝飾的金玉閃爍明滅。宋無名氏《開河記》:"龍舟既成,泛江沿淮而下。至大梁,又别加修飾,砌以七寶金玉之類。"

⑪【立注】《隋書・樂志》:煬帝大製豔篇,辭極淫綺,令樂正白明達造新聲,創《泛龍舟》等曲,掩抑摧藏,哀音斷絶。煬帝《泛龍舟曲》:舳艫千里泛歸舟,言旋舊鎮下揚州。借問揚州在何處?淮南江北海西頭。【補注】龍頭,指煬帝所乘龍舟的船頭。

⑫ 澄,《樂府》、席本,顧本作"照"。【補注】千里涵空,指自汴州至揚州的千里水路上碧水涵空。澄,静。水魂,指水中精怪。蓋謂龍舟過處,水怪寧静,不敢興風作浪。

⑬ 團,李本、十卷本、姜本、毛本作"飄"。【立注】徐注:《隋書》:煬帝自板渚引河,作街道,植以楊柳,名曰隋堤,一千三百里。又案:揚州后土廟有花一枝,潔白可愛,樹大而花繁,俗謂之瓊花。天下獨一枝。歐陽永叔爲揚州,作無雙亭以賞之。【補注】句意謂揚州瓊花盛開,千枝萬枝,花繁如香雪成團,發出衝鼻香氣。瓊花屬木本花木,樹幹高大,每年暮春開白花,繁盛如雪,故云"團香雪"。或傳真正瓊花僅有一株,即生長於揚州后土祠者。後世謂爲瓊花者,多爲嫁接聚八仙而成,或將聚八仙、玉蕊花誤認爲瓊花。但温此詩已云"萬枝破鼻團香雪",則其誤認自唐已然。晚唐吴融《隋堤》詩有"曾笑陳家歌玉樹,却隨後主看瓊花"之句,可能其時已有煬帝至揚州看瓊花的傳説。或云瓊花宋代始有,恐未必。

⑭ 玻璃,《樂府》《全詩》、顧本作"頗黎"。【咸注】《韻會》:玻璃,寶玉名。《本草》作"頗黎",云西國寶。或云是水玉,千歲冰爲之。《唐・高宗紀》:支汚郡王獻碧玻璃。《淮南子》:桃都山上有天雞,日出即鳴。【補注】玻璃,即頗黎,古代玉名,亦稱水玉,或以爲即水晶。

⑮ 雁,李本、十卷本、姜本、毛本、述鈔、《全詩》作"寫"。【立注】《大業拾遺記》:帝自達廣陵,沈湎失度,每睡,歌吹齊發,方就一夢。【補注】蠻絃,指南方少數民族的絃樂器。代雁,指北方的絃樂器,如秦箏。雁,指雁柱,箏柱斜列如雁之行列。

⑯【立注】《迷樓記》:煬帝建迷樓,選後宫女數千以居其中。《大業拾遺記》:帝於文選樓張四帳,二名醉忘歸,三名夜酣香。【補注】句謂煬帝在揚州沉湎酒色,不

理天下政事。

⑰ 傾,《全詩》校:一作“澒”。顧本校:疑作“澒”。煙,《全詩》、顧本校:一作“風”。【咸注】杜甫詩:風塵澒動昏王室。《淮南子》:未有天地之時,鴻濛澒動,莫知其門。【按】魏曹冏《六代論》:“天下所以不能傾動,百姓所以不易心者,徒以諸侯强大,盤石膠固。”傾動,意即傾覆動摇。“四方傾動”即用此意,謂四方變亂迭起,國家傾覆動摇。字不誤。因疑爲“澒動”之誤而改“煙塵”爲“風塵”,以實其用杜詩“風塵澒動昏王室”之説,更屬臆改。

⑱ 香,李本、十卷本、姜本、毛本均作“團”。【立注】吕東萊《隋書》:大業十三年五月甲子,唐公起義師於太原。十一月丙辰,唐公入京師。辛酉,遥尊帝爲太上皇帝,代王侑爲帝,改元義寧。二年三月,右屯衛將軍宇文化及以驍果作亂,入犯宫闈,上崩於温室,時年五十。【補注】二句謂四方傾覆動摇,煙塵彌漫,煬帝仍肆意享樂,沉醉於濃香好夢之中。參下句注。

⑲【立注】《隋遺録》:煬帝在江都,昏湎滋深。嘗遊吴公宅雞臺,恍惚與陳後主相遇,尚唤帝爲殿下。後主舞女數十,中一人迥美,帝屢目之,後主云:“即麗華也。”乃以海蠡酌紅粱新醖勸帝,帝飲之甚歡。因請麗華舞《玉樹後庭花》,麗華徐起,終一曲。後主問帝:“蕭妃何如此人?”帝曰:“春蘭秋菊,各一時之秀也。”後主問帝:“龍舟之遊樂乎?始謂殿下致治在堯、舜之上,今日復此逸遊。大抵人生只圖快樂,曩時何見罪之深耶!”帝忽悟,叱之,怳然不見。【補注】二句謂陳後主金陵荒宫之舊址至今唯有曉鶯飛翔,彼曉鶯飛過西江水至隋煬帝江都荒宫,又見隋之轉瞬覆亡、繁華丘墟矣。西江,此指長江。金陵在江都之西,故稱這一段長江爲西江。

【箋評】

【許學夷曰】庭筠七言古聲調婉媚,盡入詩餘……如“四方傾動煙塵起,猶在濃團夢魂裏。後主荒宫有曉鶯,飛來只隔西江水”。“爲君裁破合歡被,星斗迢迢共千里。象尺薰爐未覺秋,碧池已有新蓮子。”“迴嚬笑語西窗客,星斗寥寥波脈脈。不逐秦王卷象牀,滿樓明月梨花白。”“玉墀暗接崑崙井,井上無人金索冷。畫壁陰森九子堂,階前細月鋪花影。”“百舌問花花不語,低迴似恨横塘雨。蜂争粉蕊蝶分香,不似垂楊惜金縷”等句,皆詩餘之調也。(《詩源辯體》卷三十)

【賀裳曰】温不如李,亦時有彼此互勝者。如義山《隋宫》詩“玉璽不緣歸日角,錦帆應是到天涯”,飛卿《春江花月夜》曰:“十幅錦帆風力滿,連天展盡金芙蓉。”雖極力描寫豪奢,不及李語更能狀其無涯之欲。至結句“地下若逢陳後主,豈宜重問後庭花”,較温“後主荒宫有曉鶯,飛來只隔西江水”,則温語含蓄多矣。(《載酒園詩話又編》)

【杜詔曰】《古詩紀》《樂府詩集》并云:《春江花月夜》《玉樹後庭花》,並陳後主所作,出《晉(按:當作唐)書·樂志》。今考之,初無此説。且晉前陳百四十年,何由牽涉後主之曲邪?又考《古樂苑》《春江花月夜》,隋煬帝所作。觀此詩,蓋賦隋煬,《玉樹後庭》,不過借作比興耳。宜從《樂苑》。("不御華芝"句下)此下總言煬帝遊幸江都,荒淫無度也。(《中晚唐詩叩彈集》卷八)

【杜庭珠曰】起訖俱用後主事,金陵、廣陵,隔江相望。與義山《隋宮》詩結語同意,所謂"後人哀之,而不鑒之"也。(同上)

【許宗元曰】(首四句下評)借陳後主陪起,思新彩豔。(末二句下評)仍應起處作結,如連環鈎帶。(《網師園唐詩箋》)

【按】此詩主旨,蓋諷隋之覆亡,在不知汲取陳代奢淫亡國之教訓,反而變本加厲,肆意佚遊,窮極奢侈,故重蹈覆轍,迅即滅亡。因而詩之開端,結尾均以亡陳與亡隋並提作襯,以深寓諷慨之意。杜庭珠評語有識。詩寫陳、隋之覆亡,一則出以概括精練之筆,一則出以鋪張渲染之筆,正因以陳亡爲陪襯之故。然鋪張渲染中仍寓諷慨。如"蠻絃代雁曲如語,一醉昏昏天下迷。四方傾動煙塵起,猶在濃香夢魂裹"等語,即諷意明顯。末二句於鋪张渲染之餘忽轉用温婉含蓄之筆,尤覺諷慨彌深。

懊惱曲[①]

藕絲作綫難勝針[②],蕊粉染黄那得深[③]。玉白蘭芳不相顧[④],青樓一笑輕千金[⑤]。莫言自古皆如此,健劍刜鐘鉛繞指[⑥]。三秋庭緑盡迎霜[⑦],唯有荷花守紅死[⑧]。廬江小吏朱斑輪[⑨],柳縷吐芽香玉春[⑩]。兩股金釵已相許[⑪],不令獨作空成塵[⑫]。悠悠楚水流如馬[⑬],恨紫愁紅滿平野。野土千年怨不平,至今燒作鴛鴦瓦[⑭]。

【校注】

①《才調》卷二、《樂府》卷四十六清商曲辭三吴聲歌曲三載此首。《樂府詩集·懊儂歌十四首》解題曰:"《古今樂録》曰:'《懊儂歌》者,晋石崇緑珠所作,唯絲布澀難縫一曲而已。後皆隆安初民間訛謡之曲。宋少帝更製新歌三十六曲。齊太祖常謂之《中朝曲》。梁天監十一年,武帝敕法雲改爲《相思曲》。'《宋書·五行志》曰:'晋安帝隆安中,民忽作《懊惱歌》,其曲中有"草生可攬結,女生可攬抱"之言。桓玄既篡居天位,義旗以三月二日掃定京師,玄之宮女及逆黨之家子女妓妾悉爲軍賞。東及甌越,北流淮泗,人皆有所獲焉。時則草可結,事則女可抱,信矣。'"【立注】《樂録》:《華山畿》者,宋少帝時《懊惱》一曲,亦變曲也。【按】《懊惱曲》,亦作《懊儂曲》《懊憹曲》《懊儂歌》,係樂府吴聲歌曲,産生於南朝吴地民間。現存《懊儂

歌》十四首，五言四句或三句，内容多爲抒發女子愛情受到挫折的苦惱。其十四云："懊惱奈何許！夜聞家中論，不得儂與汝。"又有《華山畿》二十五首，内容類似，其六云："懊惱不堪止，上牀解要繩，自經屏風裏。"庭筠此首，爲七言歌行體，内容則仍與愛情失意有關。《南齊書·王敬則傳》："仲雄於御前鼓琴，作《懊儂曲》，歌曰：'常嘆負情儂，郎今果成許。'"可見南朝時其所歌詠内容之一斑。

②【立注】俞瑒云：朱超《采蓮曲》：摘除蓮上葉，拖出藕中絲。《説苑》：縷因鍼而入。【補注】藕絲作綫，難以承受針之重量而易折斷，故云。針，諧"真"。

③【補注】蕊粉，指婦女化妝用的額黄粉。句意謂以蕊粉塗飾額黄不能持久而易褪。與上句"針"（真）分指情之真、深。

④ 玉白，顧本作"白玉"。【曾注】陸機《短歌行》：蘭以秋芳。【補注】謂玉雖瑩白，蘭雖芳香，然並不相顧，喻女子雖有高潔品性與美好姿容，然得不到男子的顧惜愛憐。

⑤ 青，原一作"倡"，《才調》同。《樂府》作"倡"。毛本一作"紅"。【立注】劉石齡云：《晋書·麴游歌》：南開朱門，北望青樓。李白《白紵詞》：美人一笑千黄金。【按】此"青樓"指倡樓妓女。梁劉邈《萬山見采桑人》："倡妾不勝愁，結束下青樓。"杜牧《遣懷》："十年一覺揚州夢，赢得青樓薄倖名。"

⑥【咸注】《説苑》：西閭過曰："干將、莫邪，拂鐘不錚，試物不知。"劉琨詩：何意百煉鋼，化爲繞指柔。【補注】健劍，鋒利之劍。劓，擊、砍。鉛繞指，鉛質軟，有延展性，故云。句意謂利劍可以砍鐘，鉛可以繞指，物性剛柔各有不同，然均出於其本性，以見並非自古以來男女間均乏真情。

⑦【曾注】王融詩：秋風下庭緑。

⑧【咸注】《讀曲歌》：荷燥芙蓉萎，蓮汝藕欲死。李賀詩：秋白鮮紅死。【補注】兩句謂庭院中其他緑色草木均迎秋霜而枯黄凋衰，惟有荷花伴其嬌紅而死，以喻物性不同。"荷花守紅死"似喻女子守青春之容顔與堅貞之品性而死。

⑨ 廬，《樂府》作"西"。【咸注】《古詩爲焦仲卿妻作序》：漢末建安中，廬江府小吏焦仲卿妻劉氏爲仲卿母所遣，自誓不嫁，其家逼之，乃投水而死。仲卿聞之，亦自縊於庭樹。時人傷之，爲詩云爾。又詩云：金車玉作輪。【補注】朱斑輪，以朱紅色漆的車輪。

⑩ 春，李本、十卷本、姜本、毛本作"新"。【補注】香玉，喻指白色花瓣。李玖《白衣叟途中吟》："春草萋萋春水緑，野棠開盡飄香玉。"春，指春天開花。

⑪【立注】徐注：白居易《長恨歌》：釵留一股合一扇，釵擘黄金合分鈿。【補注】謂焦仲卿與劉蘭芝二人已如金釵之兩股，彼此以情相許，誓不相負。《古詩爲焦仲卿妻作》云："新婦謂府吏：'何意出此言！同是被逼迫，君爾妾亦然。黄泉下相見，勿違今日言。'執手分道去，各各還家門。生人作死别，恨恨那可論。念與世間辭，千萬

不復全。”

⑫ 成,《樂府》、席本、顧本作“城”。【補注】句意謂不使某一方獨死而成塵土。

⑬【曾注】李賀詩:黄塵清水三山下,更變千年如走馬。【補注】廬江古楚地,故稱其水爲“楚水”。

⑭【曾注】《晋書》:鄴都銅雀臺皆爲鴛鴦瓦。梁昭明太子詩:日麗鴛鴦瓦。【補注】鴛鴦瓦,指成對的瓦。或云屋瓦一俯一仰合在一起稱鴛鴦瓦。二句謂仲卿蘭芝死後化爲塵土,千年之後猶怨憤難平,至今燒作鴛鴦瓦而此情永存。《古詩爲焦仲卿妻作》末段云:“兩家求合葬,合葬華山傍。東西植松柏,左右種梧桐。枝枝相覆蓋,葉葉相交通。中有雙飛鳥,自名爲鴛鴦。仰頭相向鳴,夜夜達五更。”温詩“野土……燒作鴛鴦瓦”之想象可能從此得到啓發。又李賀《秋來》“秋墳鬼唱鮑家詩,恨血千年土中碧”之句,亦爲温此二句所仿。

【箋評】

【陸時雍曰】末二語最奇麗。庭筠詩祇欲詞色相當,不必定情何似。(《唐詩鏡》卷五十一)

【賀裳曰】(庭筠)七言古詩,字雕句琢。當其沾沾自喜之作,雖竭其伎倆,止於音響卓越,鋪叙藻豔,態度生新,未免其美悉浮於外,有腴而實枯、紆而實近、中乾外强之病。如《懊惱曲》後云:“悠悠楚水流如馬,恨紫愁紅滿平野。野土千年恨不平,至今燒作鴛鴦瓦。”語誠警麗,細思之有深意否?(《載酒園詩話又編》)

【杜詔曰】晋《懊儂歌》第十四首云:“懊惱奈何許!夜聞家中論,不得儂與汝。”今借以詠仲卿夫婦偕死之事,故以“懊惱”名篇。健劍繞指,庭絲迎霜,比失節也。末言水流花謝,遺恨千年,而冢土成灰,依然作偶,即古詩之意而究言之也。(《中晚唐詩叩彈集》卷八)

【按】古辭《懊儂歌》十四首多抒愛情失意之苦惱或對方之負情。此詩起四句亦以比興之詞抒發對男女間缺乏真情深愛之感慨。自“莫言自古皆如此”以下,一反此意,以焦仲卿、劉蘭芝生死相許之真情爲例,謂兩情深時,雖身死千年,化爲塵土,猶化作鴛鴦瓦而永不相負也。似是有慨於“青樓一笑輕千金”之現象而有此作。

三州詞①

團圓莫作波中月②,潔白無爲枝上雪③。月隨波動碎潾潾④,雪似梅花不堪折。李娘十六青絲髮,畫帶雙花爲君結⑤。門前有路輕别離⑥,唯恐歸來舊香滅⑦。

【校注】

①《才調》卷二、《樂府》卷四十八清商曲辭五西曲歌中載此首。《樂府》題作“三洲歌”,解題云:“《唐書·樂志》曰:‘《三洲》,商人歌也。’《古今樂録》曰:‘《三洲歌》者,商客數遊巴陵三江口往還,因共作此歌。’其舊辭云:‘啼將别共來。’”【補注】現存《三洲歌》三首,係商人婦送别丈夫之詞,歌云:“送歡板橋灣,相待三山頭。遥見千幅帆,知是逐風流。”“風流不暫停,三山隱行舟。願作比目魚,隨歡千里遊。”“湘東酃醁酒,廣州龍頭鐺。玉樽金鏤椀,與郎雙杯行。”庭筠此首,則抒商婦李娘怨别之情。

② 團圓,《全詩》、顧本校:一作“團圞”。

③ 無,《才調》《樂府》《全詩》、顧本作“莫”。

④【補注】瀲瀲,波光閃爍貌。碎瀲瀲,指水中月影隨水波動盪而成閃爍不定的碎影。

⑤【曾注】梁武帝詩:繡帶合歡結。【補注】畫帶,繡有圖案的腰帶。雙花,指用繡帶結成雙花結,象徵夫婦恩愛。

⑥ 輕,《全詩》、顧本校:一作“生”。别離,《樂府》作“離别”。

⑦ 唯,《全詩》、顧本校:一作“只”。【補注】《古詩十九首》:“庭中有奇樹,緑葉發華滋。攀條折其榮,將以遺所思。馨香滿懷袖,路遠莫致之。此物何足貢,但感别離時。”末句似化用其意。以“舊香”喻指女子青春。

【箋評】

【按】前四句以比興寓意,謂波中月影,似圓而易碎;枝上白雪,似花而不堪折。以喻身爲商婦,空有其名而無其實,别離多而團圓少,空作人婦。後四句代商婦李娘抒情,謂李娘正當青春妙年,充滿對幸福愛情的嚮往。然商人重利輕别離,唯恐異日歸來,青春已逝。李賀《大堤曲》:“莫指襄陽道,緑浦歸帆少。今日菖蒲花,明朝楓樹老。”温詩後幅亦此意。

温庭筠全集校注卷三

詩

春曉曲[①]

家臨長信往來道[②]，乳燕雙雙拂煙草[③]。油壁車輕金犢肥[④]，流蘇帳曉春雞早[⑤]。籠中嬌鳥暖猶睡[⑥]，簾外落花閑不掃。衰桃一樹近前池[⑦]，似惜紅顔鏡中老[⑧]。

【校注】

①《才調》卷二、《樂府》卷一百新樂府辭卷十一樂府倚曲載此首。題内"曉"字，李本、十卷本作"時"。《才調集》於《邊笳曲》題下注云："此後齊梁體七首。"【立注】《才調集》此詩及《邊笳曲》《俠客行》《春日》《詠嚬》《太子西池》共七首，皆齊梁體。【按】《才調集》謂《邊笳曲》以下七首（其中《太子西池》二首）均爲齊梁體詩，而《全唐詩》竟於題下注"一作齊梁體"，似其題一作"齊梁體"，則誤矣。《苕溪漁隱叢話・前集》卷二十三引此詩題作"晚春曲"。

②【曾注】《三輔黄圖》：漢洛門至闔廟門，有長信宮在其中。【補注】長信，漢長樂宮宮殿名。漢太后入居長樂宮，多居此殿。漢成帝時，趙飛燕驕妒宮中，班婕妤恐遭迫害，自請至長信宮供養服侍太后，並作賦以自傷："奉共養於東宮兮，托長信之末流。共灑掃於帷幄兮，永終死以爲期。"唐人宮怨詩多以《長信秋詞》爲題。此詩首標"家臨長信往來道"，内容亦與宮怨有關。

③ 拂，《全詩》、顧本校：一作"掠"。草，《全詩》校：一作"早"。【補注】煙草，如煙之碧草。

④ "油壁車"見卷二《碌碌古詞》注⑩。【立注】《朝野僉載》：龐帝師養一牸牛，一赤犢子，前後生五犢，得絹一百匹。及翻轉至萬匹，時號金犢子。《懊儂歌》：黄牛細犢車，游戲出孟津。【補注】金犢，毛色金黄的犢牛。以之駕車。

⑤ 流蘇，見卷二《江南曲》注⑮。

⑥【咸注】左思《詠史》詩：習習籠中鳥，舉翮觸四隅。盧照鄰《長安古意》：一群嬌鳥共啼花。

⑦【曾注】張正見有《衰桃賦》。

⑧【補注】二句謂一樹開敗的桃花正緊靠前面的池塘，似惋惜其紅顔對鏡而老。"鏡"指池塘的水面如鏡。暗以衰桃臨池比喻美人對鏡，嘆惜紅顔易衰。

【箋評】

【胡仔曰】温飛卿《晚春曲》（詩略）殊有富貴佳致也。（《苕溪漁隱叢話·前集》卷二十三）

【許學夷曰】庭筠七言古聲調婉媚，盡入詩餘。如"家臨長信往來道"一篇，本集作《春曉曲》，而詩餘作《玉樓春》，蓋其語本相近而調又相合，編者遂采入詩餘耳。（《詩源辯體》卷三十）

【陸時雍曰】聲調作嬌。（《唐詩鏡》卷五十一）

【賀裳曰】弇州曰："油壁車輕金犢肥，流蘇帳曉春雞報（按：應作早）。"非歌行麗對乎？然是天成一段詞也，著詩不得。按温集作《春曉曲》，不列之詩。《花間》采温詞至多，此亦不載，僅《草堂》收之耳。然細觀全闋，惟中聯濃媚，如"籠中嬌鳥暖猶睡"，亦不愧前語，至"簾外落花閑不掃"，已覺其勁。至"衰桃一樹臨前池，似惜紅顔鏡中老"，尤不旖旎也。作歌行爲當。（《皺水軒詞筌》）

【按】此詩視"長信""金犢""流蘇帳"及末二語，係詠宫怨。一般宫怨詩，多以凄清秋景作背景，藉以烘托失寵宫嬪之寂寞凄凉心境。此首却以春曉鮮妍明麗之景物作背景，藉以反襯宫嬪失寵之命運與惋惜紅顔易老之心理，别具匠心。主意只於篇末點出，二語頗有巧思，而仍能含蓄。整體風貌雖濃豔婉媚，然仍屬輕倩流麗之歌行體，非詞體，賀評有識。

獵騎①

早辭平扆殿②，夕奉湘南宴③。香兔抱微煙④，重鱗疊輕扇⑤。蠶飢使君馬⑥，雁避將軍箭⑦。寶柱惜離絃⑧，流黄悲赤縣⑨。理釵低舞鬢，換袖迴歌面⑩。晚柳未如絲⑪，春花已如霰⑫。所嗟故里曲，不及青樓宴⑬。

【校注】

① 《樂府》卷一百新樂府辭十一樂府倚曲載此首，題作"獵騎辭"，《全詩》同《樂

府》。

②【曾注】《禮記》：天子負扆南向而立。【補注】扆，古代宫殿窗與門之間的地方。《説文·户部》："户牖之間謂之扆。"亦指置於門窗之間畫爲斧文之屏風。《論衡·書虚》："户牖之間曰扆，南面之坐位也。負扆南向坐，扆在後也。"此句"平扆殿"當指天子坐朝的宫殿。

③【曾注】《漢書》：湘南縣屬長沙國。《禹貢》：衡山在東，南荆州山。【按】此"湘南"當非實指之地名，而係"湘南王"之簡稱，泛指王侯顯貴。奉，陪。

④【立注】謝莊《月賦》：引玄兔於帝臺。注：張衡《靈憲》：月者陰精之宗，積成爲獸，象兔形。【按】此"香兔"指兔形香爐，視"抱微煙"可知。

⑤【曾注】曹植《扇賦》：效龍蛇之蜿蜒。【咸注】謝朓詩：輕扇動凉颸。【補注】句意謂扇上繪有重疊的魚鱗形細紋。輕扇，即所謂"輕羅小扇"。

⑥ 蠶，《樂府》作"僕"，非。【曾注】古樂府《日出東南隅行》：羅敷善采桑，采桑城南隅。又：使君從南來，五馬立踟躕。【咸注】梁武帝《子夜四時歌》：君住馬已疲，妾去蠶已飢。

⑦【曾注】《隋書》：史萬歲從梁士彦軍次馮翊，見群雁飛來，萬歲謂士彦曰："請射行中第三者。"既射之，應弦而落。

⑧【曾注】柳惲詩：秋風吹玉柱。【補注】寶柱，箏、琴、瑟等彈撥樂器的弦柱之美稱。離絃，離别時所奏的樂曲。

⑨【補注】漢樂府《相逢行》："大婦織綺羅，中婦織流黄。少婦無所爲，挾瑟上高堂。"流黄，一種紫黄兩色相間的絲織品。赤縣，唐代京都所治的縣。《通典》：大唐縣有赤、畿、望、緊、上、中、下七等之差。京都所治爲赤縣。庭筠《西州曲》云："小婦被流黄，登樓撫瑶瑟。朱絃繁復輕，素手直凄清。""流黄悲赤縣"，即以上所引《西州曲》數句之意。赤縣，代指神州，即京城長安。

⑩【補注】换袖，轉動長袖。歌面，歌女的面容。

⑪【咸注】枚乘《柳賦》：吁嗟弱柳，流亂輕絲。

⑫【咸注】柳惲詩：春花落如霰。

⑬ 宴，《樂府》作"燕"。【補注】故里曲，指故鄉的曲調。青樓，指豪貴人家的青漆樓房，即"湘南宴"所在的樓房。

【箋評】

【按】此詩題爲"獵騎"（或獵騎辭），然全篇除"雁避將軍箭"一句外，均與"獵騎"毫無關涉，而樂府古辭又無以"獵騎辭"爲題者（《樂府詩集》列新樂府辭），可以襲古題而另寓新意。疑題有誤。詩似寫官吏朝辭金殿，夕陪貴顯之家宴會之情景。"香兔"二句，寫宴席上香煙裊裊，輕扇摇颺。"蠶飢"二句，似謂宴席上有文官如羅敷所遇之風流太守，有武官如鴻雁欲避之善射將軍。“寶柱”二句，寫席間奏樂，女子身着絲絹衣裳，聲音悲凄。“理釵”二句，寫席上歌舞。“晚柳”二句，宕開寫春天景物。末二句則慨嘆豪華宴會上不聞故鄉之曲，蓋與宴之抒情主人公有思鄉之情，故有此語。就内容而論，詩似當題爲《湘南宴曲》。

西州詞吴聲[①]

悠悠復悠悠，昨日下西州。西州風色好，遥見武昌樓[②]。武昌何鬱鬱[③]，儂家定無匹[④]。小婦被流黄，登樓撫瑶瑟[⑤]。朱絃繁復輕[⑥]，素手直凄清[⑦]。一彈三四解[⑧]，掩抑似含情[⑨]。南樓登且望[⑩]，西江廣復平[⑪]。艇子摇兩槳，催過石頭城[⑫]。門前烏臼樹[⑬]，慘澹天將曙[⑭]。鸂鶒飛復還[⑮]，郎隨早帆去。迴頭語同伴，定復負情儂[⑯]。去帆不安幅[⑰]，作抵使西風[⑱]。他日相尋索，莫作西州客[⑲]。西州人不歸，春草年年碧[⑳]。

【校注】

①《才調》卷二、《樂府》卷七十二雜曲歌辭十二載此首。《樂府》題作“西洲曲”，詩中凡“州”字均作“洲”，題下無“吴聲”二字。李本、十卷本題内“州”字亦作“洲”。席本、顧本題作“西州曲”。《樂府》題下校：一作“西州調”。【按】題當作《西州詞》。西州，東晋置，爲揚州刺史治所。故址在今江蘇南京市。然詩言“西州風色好，遥見武昌樓”，當非指東晋所置之西州。頗疑此“西州”即泛指武昌一帶之西部州郡。題一作“西洲曲”，當因《樂府詩集》編者將其與六朝時民歌《西洲曲》同編而致誤。此詩體製格調雖仿《西洲曲》，内容則詠女子對作客西州的情郎的思念。

② 州，《樂府》第二句、第三句均作“洲”。【補注】武昌樓，即武昌（今湖北鄂城縣）南樓，亦稱玩月樓。《世説新語·容止》：“庾太尉（庾亮）在武昌，秋夜氣佳景清，使吏殷浩、王胡之之徒登南樓理詠。”

③【曾注】古詩：洛中何鬱鬱。【補注】鬱鬱，茂盛繁多貌。此處係形容武昌城樹木茂盛、民居繁多之貌。

④【補注】儂家，我們這裏，女子自指居地。

⑤【立注】古樂府《相逢狹路間》：大婦織羅綺，中婦織流黄。小婦無所作，挾瑟上高堂。陸機詩：佳人理瑶瑟。【補注】被流黄，穿着絲織的衣裳。流黄見上首注⑨。

⑥【立注】徐注：蔡邕《琴賦》：繁弦既和。【補注】《禮記·樂記》：“《清廟》之瑟，朱絃而疏越。”朱絃，此泛指琴瑟類絃樂器。繁復輕，指聲音繁複而輕。

⑦【曾注】古詩：纖纖出素手。【補注】直，真。

⑧【曾注】古詩：一彈再三嘆，慷慨有餘哀。【立注】《册府元龜》：李延年因胡曲更造新聲二十八解。【補注】解，此指樂曲之章節。

⑨【補注】掩抑，形容聲音低沉。王融《詠琵琶》："掩抑有奇態，凄愴多好聲。"白居易《琵琶行》："絃絃掩抑聲聲思，似訴平生不得志。"

⑩【補注】南樓，即武昌南樓，見注②。

⑪【補注】西江，唐人多指長江中下游爲西江。此處即指流經西州一帶的長江。

⑫【立注】古樂府《莫愁樂》：莫愁在何處？莫愁石城西。艇子打兩槳，催送莫愁來。【補注】《舊唐書・音樂志二》："石城有女子名莫愁，善歌謡。《石城樂》和中復有'莫愁'聲，故歌云：'莫愁在何處？莫愁石城西。艇子打兩槳，催送莫愁來。'"此"石城"即今湖北省鍾祥縣，與今江蘇省南京市之"石頭城"非一地。

⑬ 臼，毛本作"桕"。【立注】江淹《西洲曲》：西洲在何處？兩槳橋頭渡。日暮伯勞飛，風吹烏臼樹。樹下即門前，門中露翠鈿。開門郎不至，出門采紅蓮。【補注】烏臼，落葉樹，實如胡麻子，多脂肪，可製肥皂及蠟燭。烏臼樹葉秋天經霜變紅，爲江南吴越一帶具有特色之景觀。

⑭【補注】慘澹，暗淡。吴聲歌曲《讀曲歌》："打殺長鳴雞，彈去烏臼鳥。願得連暝不復曙，一年都一曉。"此句似反其意而用之。

⑮ 鸂鶒，《樂府》作"鷗鳰"。【補注】此句以鸂鶒之去而復還興起下句郎之去而不返。

⑯【補注】儂，人，泛指一般人。《樂府詩集・清商曲辭一・子夜四時歌夏歌十六》："赫赫盛陽月，無儂不握扇。"韓愈《瀧吏》："比聞此州囚，亦有生還儂。"負情儂，即負心人。

⑰【補注】幅，指船帆。《西曲歌・三洲歌》："送歡板橋灣，相待三山頭。遥見千幅帆，知是逐風流。"句意謂行駛順風船不安帆席。

⑱【補注】作抵，如何。使，放縱。縱西風則船西上受阻，故云。

⑲ 州，《樂府》作"洲"。

⑳ 州，《樂府》作"洲"。【補注】《楚辭・招隱士》："王孫遊兮不歸，春草生兮萋萋。"

【箋評】

【楊慎曰】大曆以後，五言古詩可選者，惟端此篇與劉禹錫《擣衣曲》、陸龜蒙"茱萸匣中鏡"、温飛卿"悠悠復悠悠"四首耳。（《升菴詩話・李端〈古離别〉詩》）

【陸時雍曰】《西州詞》《江南曲》，情致散漫，古詞當不如是。稍傍梁語，了無真情。（《唐詩鏡》卷五十一）

【周珽曰】深情婉譎，古練多致。楊用修謂晚唐古詩可選者唯此篇，誠不誣也。(《唐詩選脈會通評林》)

【許學夷曰】(庭筠)《西州詞》《江南曲》，轉韻體，用六朝樂府語。(《詩源辯體》)

【周詠棠《唐賢小三昧集續集》】迷離惝怳，得樂府神境。("門前"句下)微詞婉調，何減原詞！

【按】此篇體製格調，顯仿南朝樂府《西洲曲》，其中如"南樓登且望""門前烏臼樹"等句，更顯用《西洲曲》中語。而意隨韻轉、意轉詞連、斷續無迹、恍忽迷離之格調韻致，亦頗似《西洲曲》。然此篇之"西州"顯非《西洲曲》之"西洲"(泛稱西邊的沙洲)，所歌詠之内容爲一情郎作客西州之女子之情思。詩分兩段。前段十四句寫情郎昨日下西州及女子對西州的想象。其想象中的西州，熱鬧繁盛，且有樂妓登樓撫瑟，掩抑含情，此正情郎久滯不歸之故。"艇子"以下十四句爲後段，係女子自寫處境及心境。所居之地在石頭城，門前有烏臼樹。自情郎隨早船去西州之後，與女伴相語，料想其將負心不歸。故末四句謂他年若尋找情郎，莫找西州之客，西州客長年不歸，使女子年年空待，只見春草之碧，不見人之歸來。此"西州客"當亦重利輕别離之商人，故女子有此怨望語。

燒　歌[①]

起來望南山，山火燒山田。微紅久如滅[②]，短焰復相連。差差向巖石[③]，冉冉凌青壁。低隨迴風盡，遠照簷茅赤[④]。鄰翁能楚言，倚鍤欲潸然[⑤]。自言楚越俗，燒畬爲早田[⑥]。豆苗蟲促促[⑦]，籬上花當屋[⑧]。廢棧豕歸欄[⑨]，廣場雞啄粟。新年春雨晴，處處賽神聲[⑩]。持錢就人卜，敲瓦隔林鳴[⑪]。卜得山上卦[⑫]，歸來桑棗下。吹火向白茅[⑬]。腰鐮映赬蔗[⑭]。風吹槲葉煙[⑮]，槲樹連平山。迸星拂霞外[⑯]，飛燼落階前[⑰]。仰面呻復嚏[⑱]，鴉娘咒豐歲[⑲]。誰知蒼翠容，盡作官家稅[⑳]！

【校注】

①【曾注】《説文》：野火曰燒。燒去聲。【補注】燒，放火焚燒野草以肥山田。又稱燒畬。杜甫《秋日夔府詠懷奉寄鄭監李賓客一百韻》："煮井爲鹽速，燒畬度地偏。"仇兆鰲注引《農書》："荆楚多畬田，先縱火熂爐，候經雨下種。"亦稱燒田。按温庭筠大中十年貶隋縣尉，時徐商鎮襄陽，署爲巡官。在幕期間，與余知古、韋蟾、元繇、段成式等詩文唱和。此詩述鄰翁言，謂楚越俗"燒畬爲早田"，又言"新年春雨

晴”，當作於大中十一年至咸通元年居襄陽幕期間之某年春。或謂首句“南山”指終南山，詩作於長安，非。長安一帶似無“燒畬”之俗，更不可能有“赬蔗”。

② 久，《全詩》、顧本校：一作“夕”。

③【補注】差差，不齊貌。

④ 簷茅，《全詩》、顧本校：一作“茅簷”。

⑤ 鍤，《全詩》作“插”，音義同。【咸注】《史記》：歌曰：鄭國在前，白渠起後。舉鍤爲雲，决渠爲雨。【補注】鍤，鍬。潸然，流淚貌。

⑥ 爲，顧本作“作”。早，《全詩》、顧本校：一作“旱”。【立注】《農書》：荆楚多畬田，先縱火熂爐，候經雨下種。歷三歲土脈竭，復熂旁山。熂，燹火燎草；爐，焱山界也。杜田曰：楚俗燒榛種田曰畬。先以刀芟治林木，曰斫畬。其刀以木爲柄，刃向曲，謂之畬刀。【按】此即所謂刀耕火種。劉禹錫在夔州時，有《畬田行》，又有《竹枝詞九首》之九：“銀釧金釵來負水，長刀短笠去燒畬。”段成式在襄陽作《題谷隱蘭若》有“半坡新路畬纔了，一谷寒煙燒不成”之句，更可證襄陽有“燒畬”之俗。

⑦【曾注】陶潛詩：草盛豆苗稀。【補注】豆苗，豆長出苗。促促，蟲鳴聲。王建《當窗織》：“草蟲促促機下啼，兩日催成一匹半。”李咸用《山中夜坐寄故里友生》：“蟲聲促促催歸夢，桂影高高掛旅情。”或解爲“蹙蹙”，狀蟲之蜷縮貌，亦通。

⑧【曾注】杜甫詩：疎籬帶晚花。【補注】當，遮擋。

⑨【曾注】《莊子》：編之以厚棧。注：編木作棧以禦濕。【補注】棧，栅欄，養牲畜之木栅。

⑩【曾注】《漢·郊祀志》：冬賽禱祠。師古曰：賽謂報其所祈也。【補注】賽，設祭酬神。

⑪【曾注】元稹詩：病賽烏稱鬼，巫占瓦代龜。注：巫俗擊瓦，觀其文理分析定吉凶，曰瓦卜。【補注】持錢，指持卜卦之資，非後世所謂金錢卦。敲瓦，指瓦卜時擊瓦。杜甫《戲作俳偕體解悶》：“瓦卜傳神語，畬田費火耕。”

⑫ 山上，原一作“上山”。上，李本、十卷本、姜本、毛本均一作“山”。【補注】山上卦，指卜得之卦象。《易·説卦》：“艮爲山。”《易·艮》：“《艮》……無咎。”

⑬ 茅，原一作“葦”。【補注】白茅，多年生草本植物，花穗上密生白色柔毛。又作“白茆”。

⑭ 暎，他本多作“映”，字同。【曾注】《列子》：擁鎌帶索。《説文》：鎌，鍥也。【咸注】鮑照《東武吟》：腰鎌刈葵藿。【補注】鐮、鎌同。赬蔗，紫紅色的甘蔗。

⑮【咸注】《北史》：李元忠作壘以自保，坐於大槲樹下。【補注】槲，落葉喬木，即柞櫟。

⑯【補注】迸星，飛迸的火星。

⑰【補注】飛爐，飛揚的灰塵。

⑱ 呻,《全詩》、顧本校:一作“呼”。【曾注】《學記》:今之教者,呻其佔畢。《詩》:願言則嚏。《字林》:嚏,鼻塞而噴。一云咳嗽聲。

⑲【補注】鴉娘,指女巫。上句“呻復嚏”即女巫裝神弄鬼時發出之呻喚聲與噴嚏聲。咒,同“祝”。

⑳【曾注】《漢·蓋寬饒傳》:三王官天下,五帝家天下。王建《田家行》:麥收上場絹在軸,的知輸得官家足。【補注】蒼翠容,指南山上生長的青緑茂盛的莊稼。

【箋評】

【陸時雍曰】語緒棼如。(《唐詩鏡》卷五十一)

【按】此詩寫襄陽百姓燒畬之農俗及與此相關的卜卦、巫祝之習俗。寫燒畬景象,觀察細致,描寫生動。“豆苗”四句,宛若素描。末二句點睛,揭出全篇主旨,與前“欲潸然”相應,尤爲精彩。全篇語言樸素,純用白描,切合所寫生活内容。

長安寺

仁祠寫露宫①,長安佳氣濃。煙樹含葱蒨②,金刹映蘴茸③。繡户香焚象④,珠網玉盤龍⑤。寶題斜翡翠⑥,天井倒芙蓉⑦。幡長迴遠吹⑧,窗虚含曉風。遊騎迷青鎖⑨,歸鳥思華鍾⑩。雲拱承跗邐⑪,羽葆背花重⑫。所嗟蓮社客⑬,輕蕩不相從⑭。

【校注】

①【補注】仁祠,佛寺之别稱。宋之問《秋晚遊普耀寺》:“薄暮曲江頭,仁祠暫可留。”《釋門正統》卷三:“精舍所踞,號稱仁祠。”佛之德號釋迦譯言能仁,故稱佛寺爲仁祠。寫,仿效。露宫,猶露臺。《史記·孝文本紀》:“嘗欲作露臺,召匠計之,直百金。上曰:‘百金中民十家之産,吾奉先帝宫室,常恐羞之,何以臺爲!’”

②【曾注】江淹詩:丹巘破葱蒨。【補注】葱蒨,草木青翠茂盛。

③【咸注】《西京雜記》:以黄金爲刹。《法華經》:長表金刹。【補注】金刹,指佛寺。佛寺每裝飾華麗,金璧輝煌,故稱。白居易《重修香山寺畢題十二韻以紀之》:“再瑩新金刹,重裝舊石樓。”蘴茸,草木茂密貌,即上之“煙樹含葱蒨。”

④【咸注】杜甫《玄元皇帝廟詩》:山河扶繡户。【補注】繡户,指裝飾華美之寺廟。香焚象,象狀香爐中焚香。又,佛教諸象中有香象。

⑤【曾注】謝朓詩:沉沉映朱網。【咸注】沈約詩:網軒映珠綴。鮑照詩:柱柱玉盤龍。【補注】《文選·王簡棲〈頭陀寺碑文〉》:“夕露爲珠網,朝霞爲丹雘。”吕延濟

注:“珠網,以珠爲網,施於殿屋者。”玉盤龍,梁柱盤龍雕飾之美稱。

⑥ 斜,李本、十卷本、姜本、毛本作“新”。【咸注】《甘泉賦》:琁題玉英。應劭曰:題,頭也。榱椽之頭皆以玉飾也。【補注】寶題,疑指佛寺之匾額。斜翡翠,疑指匾額四周斜嵌玉石。

⑦ 倒,原作“到”,據席本、《全詩》、顧本改。十卷本、姜本作“列”,亦誤。【咸注】王延壽《魯靈光殿賦》:圓淵方井,反植芙蕖。《風俗通》:今殿作天井。井者,東井之像也。菱荷水中之物,皆所以厭火也。【補注】天井,指佛殿屋頂梁棟間架木板爲方形之藻井,其上繪有荷花。自下朝上視之,故曰“倒芙蓉”。

⑧【咸注】《釋氏要典》:沙門得一法者便當建幡告四遠。《維摩經》:勝幡建道場。【立注】《指月録》:慧能大師至廣州法性寺,值印宗法師講《涅槃經》,寓止廊廡間。暮夜風颺刹幡,聞二僧對論,一曰“幡動”,一曰“風動”,往復不已。祖曰:“不是風動,不是幡動,仁者心動。”一衆竦然。【補注】句謂遠處吹來的風飄翻着寺中的長幡。迴,轉。

⑨ 鎖,姜本、顧本作“瑣”。【咸注】何晏《景福殿賦》:青瑣銀鋪。【補注】青鎖,同“青瑣”,窗户刻連環文而以青色塗飾之。此借指寺院殿閣。遊騎,猶遊人。

⑩ 鍾,述鈔、《全詩》、顧本作“鐘”,通。【曾注】《西都賦》:鏗華鐘。善曰:鐘有篆刻之文,故曰華也。【補注】:句謂遊人至此華美之寶刹,迷而不返;歸鳥則思寺鐘敲響以歸巢。

⑪【曾注】杜甫詩:朱拱浮雲細細輕。【補注】雲拱,指層疊如雲的斗拱。字亦作“栱”。跗,指花萼。承跗邐,謂斗栱層疊相承如同花萼相連。

⑫ 羽葆,寺中儀仗。參卷一《雍臺歌》“羽葆”句注。

⑬【補注】東晋釋慧遠於廬山東林寺,同慧永、慧持及劉遺民、雷次宗等結社精修念佛三昧,誓願往生西方净土。又掘池植白蓮,稱白蓮社。見《蓮社高賢傳》。蓮社客,詩人自指。

⑭【補注】輕蕩,輕浮放蕩。不相從,指不追隨寺僧修行。

【箋評】

【按】詩詠長安某佛寺之華美,末有嘆惜自己輕蕩不知皈依佛法之意。

和沈參軍招友生觀芙蓉池[①]

桂棟坐清曉[②],瑶瑟商鳳絲[③]。况聞楚澤香[④],適與秋風期[⑤]。遂從棹萍客[⑥],静笑煙草湄[⑦]。倒影迴澹蕩,愁紅媚漣漪[⑧]。湘莖久蘚澀[⑨],宿雨增離披[⑩]。而我江海意[⑪],楚遊動夢思[⑫]。北渚水雲葉[⑬],南塘煙霧枝[14]。豈亡臺榭芳[15]，獨與鷗鳥知[16]。珠墜魚迸淺[17]，影多鳧泛遲[18]。落英不可攀[19]，返照昏澄陂[20]。

【校注】

①《英華》卷一六五地部池載此首。【顧肇倉曰】唐方鎮年表四謂徐商自山南東道調任即在咸通元年。則庭筠之解職，當亦在此時……上令狐相公啓有云："敢言蠻國參軍，才得荆州從事，戴經稱女子十年，留於外族；嵇氏則男兒八歲，保在故人。藐是流離，自然飄蕩。叫非獨鶴，欲近商陵；嘯類斷猿，况鄰巴峽。光陰詎幾，天道何如？豈知蕞爾之姿，獨隔休明之運？"當在荆州時求懇令狐綯之書……又有謝紇干相公啓："間關萬里，僅爲蠻國參軍；荏苒百齡，甘作荆州從事。"其在江陵所作詩亦有數首，似庭筠居江陵，頗歷時日，其是否以荆州從事代署襄陽巡官之事，殊不可知。若謂實指荆州，又無他書佐驗。意者，自襄陽解職，即暫寄寓江陵耶？（西南聯大師院《國文月刊》五十七、六十二期《温飛卿傳訂補》）【補箋】顧氏指出庭筠罷襄陽徐商幕後曾至江陵，且頗歷時日，甚是。但對所引二啓中"才得荆州從事""甘作荆州從事"之語，則疑爲以荆州從事代署襄陽巡官之事，非實指爲荆州從事。按："敢言蠻國參軍，纔得荆州從事"二語，上句用《世説新語·排調》："郝隆爲桓公（温）參軍。三月三日會作詩，不能者罰酒三升。隆初以不能受罰，既飲，攬筆便作一句云：'娵隅躍清池。'桓曰：'娵隅是何物？'答曰：'千里投公，始得蠻府參軍，那得不作蠻語也。'"時桓温爲"都督荆梁四州諸軍事、安西將軍、荆州刺史、領護南蠻校尉、假節"（《晋書》本傳）。古稱長江流域中部荆州一帶爲蠻荆。下句用王粲依劉事。《三國志·魏書·王粲傳》："詔除黄門侍郎，以西京擾亂，皆不就，乃至荆州依劉表。"兩句均用古人在荆州爲從事之典。庭筠以工於用典著稱於時，此二句若謂借指己爲襄陽從事，則嫌不切；若指己爲荆州從事，則可稱精切不移。聯係此啓下文"嘯類斷猿，况鄰巴峽"二語，更可證作啓時庭筠居於鄰近巴峽的江陵（此二語用《水經注·江水·三峽》"高猿長嘯，屬引淒異""朝發白帝，暮到江陵"之語）。庭筠《上首座相公啓》係上白敏中之書啓，作於咸通元年十二月敏中再度爲相時，其中有"昨者膏壤五秋，川途萬里。遠違慈訓，就此窮棲，將卜良期，行當杪歲"等語，明言自己近五年來在遠離京城的膏壤之地"就此窮棲"，眼下已值歲末，行將離此他就。所謂"五秋""窮棲"，即指大中十年至咸通元年在襄陽徐商幕爲巡官之事。徐商罷鎮，庭筠罷幕，將謀他就，故有"將卜良期，行當杪歲"之語，其所至之地，所就之職，即"荆州從事"也。按大中十三年十二月白敏中離荆南節度使任再度入相後，繼任荆南節度使者爲蕭鄴（大中十三年十二月至咸通三年）。庭筠當於咸通二年初抵江陵，在蕭鄴幕爲從事（具體職務不詳）。同幕有段成式、盧知猷。《唐文拾遺》卷三十三盧知猷《盧鴻草堂圖後跋》云："咸通初，余爲荆州從事，與柯古（段成式）同在蘭陵公（蕭鄴）幕下。"庭

筠有《答段柯古贈葫蘆管筆狀》,段成式有《寄温飛卿葫蘆管筆往復書》,今人或列於居襄陽幕時,然庭筠狀有"庭筠累日來……荆州夜嗽"之語,則書、狀實爲温、段荆南幕酬唱之作。庭筠當與成式同自襄陽幕至荆南節度使蕭鄴幕。此詩有"楚澤"字,當在江陵作,此"沈參軍"當亦荆州從事。詩有"秋風""愁紅"語,詩當作於咸通二年秋。友生,朋友。《詩·小雅·常棣》:"雖有兄弟,不如友生。"芙蓉池,即蓮花池。

② 【曾注】屈原《九歌》:桂棟兮蘭橑。【補注】桂棟,華美的梁棟,借指華美的屋宇。

③ 瑟商,《英華》、顧本作"琴雙",席本作"瑟雙",述鈔、《全詩》作"琴商"。【曾注】司馬相如《琴歌》:鳳兮鳳兮歸故鄉,遨遊四海求其皇。【立注】《西京雜記》:成帝侍郎善鼓琴,能爲《雙鳳之曲》。【補注】商,商討、商酌,指調試絃音。鳳絲,指琴瑟之絃。

④ 【咸注】《子虚賦》:臣聞楚有七澤,嘗見其一,名曰雲夢。【補注】楚澤,荆楚一帶多湖澤,雲夢澤即最著稱者。江陵正楚澤之地。李商隱有《楚澤》詩,係自江陵北上首途之作。

⑤ 【曾注】漢武帝《秋風辭》:秋風起兮白雲飛。【補注】期,會。句意謂正值秋風起時。

⑥ 從,《英華》、顧本作"使"。【補注】從,跟隨。棹萍客,用船槳撥開浮萍之遊客,指遊芙蓉池之沈參軍。

⑦ 笑,《英華》、述鈔、席本、《全詩》、顧本作"嘯",李本作"愁"。【曾注】古詩:涉江采芙蓉,蘭澤多芳草。【補注】煙草湄,如煙碧草的岸邊。

⑧ 【曾注】《詩》:河水清且漣猗。【補注】二句謂池上景物之倒影隨水波動盪而迴蕩不已,將凋的愁紅(指荷花)與漣漪的水紋相映,更添姿媚。

⑨ 蘚,原作"鮮",誤,據《英華》、席本改。【補注】湘莖,湘蓮之莖。蘚澀,粗糙而不光滑。

⑩ 【咸注】宋玉《九辯》:白露既下降百草兮,奄離披此梧楸。【補注】離披,分散下垂之狀,此處形容荷花經雨後衰謝凋零之狀。李商隱《七月二十九日崇讓宅宴作》:"浮世本來多聚散,紅蕖(荷花)何事亦離披?"

⑪ 意,顧本作"客",涉上"棹萍客"之"客"而誤。【曾注】杜甫詩:張公一生江海客。【補注】江海意,浪跡江海隱居避世之意。

⑫ 動,《全詩》、顧本校:一作"勤"。【咸注】杜甫《詠懷古跡》:雲雨荒臺豈夢思。

⑬ 葉,原闕文,校:毛本陸增"叢"字,《英華》、述鈔、席本、顧本作"蔓",此據李本、十卷本、姜本、毛本增補。【咸注】屈原《九歌》:帝子降兮北渚。【補注】水雲葉,水面上如同雲彩的荷葉。

⑭ 霧,《英華》、述鈔、顧本作"露"。【曾注】江淹《西洲曲》:采蓮南塘秋。【補注】南塘,蓮塘,此指芙蓉池。煙霧枝,籠煙含霧的枝條。

⑮ 亡,《全詩》、顧本校:一作"無"。臺,《英華》作"池"。【補注】臺榭,指池邊的亭臺樓閣。

⑯【咸注】《列子》:海上人好鷗鳥,每旦至海上從鷗鳥游。其父曰:"吾聞鷗鳥皆從子游,汝取來吾玩之。"明旦至海上,鷗鳥翔舞而不下。【補注】二句謂己無心賞玩池上臺榭之華美芳麗,獨欲隨鷗鳥作忘機之游。

⑰【咸注】鮑照《芙蓉賦》:葉折水而爲珠。謝朓詩:魚戲新荷動。【補注】謂荷葉上的水珠墜落,驚起淺水中的游魚。

⑱【曾注】屈原《卜居》:將泛泛若水中之鳧乎?【咸注】唐太宗《采芙蓉》詩:游鶯無定曲,驚鳧有亂行。【補注】句謂荷花枝梗在水中的倒影繁多零亂,致使野鴨誤以爲水面上枝繁而浮游速度遲緩。

⑲ 攀,《英華》作"搴"。【曾注】《離騷》:朝飲木蘭之墜露兮,夕餐秋菊之落英。【補注】落英,指荷花凋落的花瓣。

⑳【補注】澄陂,清澈的陂池,指芙蓉池。

【箋評】

【按】沈參軍有《招友生觀芙蓉池》之作,飛卿和之,當亦與沈及友人同游共賞。首六句謂沈參軍與友人清曉坐池邊華堂,聽奏琴瑟,共賞池荷之香。"倒影"六句,寫池上景色,愁紅姿媚,湘莖蘚澀,雲葉霧枝。插入自己,抒江海之意。"北渚"六句,承"江海意"寫自己無心賞玩臺榭美景,獨有忘機之懷,末以晚景結。蓋遊觀自朝至暮矣。

寓　懷

誠足不顧得①,妄矜徒有言②。語斯諒未盡,隱顯何悠然③。洵彼都邑盛④,眷惟車馬喧⑤。自期尊客卿⑥,非意干王孫⑦。銜知有真爵⑧,處實非厚顏⑨。苟無海岱氣⑩,奚取壺漿恩⑪?唯絲南山楊⑫,適我松菊香⑬。鵬鷃誠未憶⑭,誰謂凌風翔⑮。

【校注】

① 顧,《全詩》、顧本校:一作"願"。【補注】句意謂確實富足的人不惦念獲得。

② 【補注】妄矜,妄自誇耀者。

③ 何,李本、十卷本、姜本、毛本作"可"。【補注】隱顯,默默無聞和名揚遠近。指失意與得意。《北史·儒林傳下·劉炫》:"隱顯人間,沈浮世俗。"

④【曾注】劉熙《釋名》:國城曰都,四井爲邑。【補注】洵,確實、信然。盛,繁華。

⑤【曾注】陶潛《雜詩》(按:當爲《飲酒二十首》其五):結廬在人境,而無車馬喧。【補注】眷,顧念。

⑥【曾注】《戰國策》:蔡澤西入秦,秦昭王召見,與語,大悦之,拜爲客卿。

⑦【咸注】《漢·韓信傳》:漂母怒曰:"吾哀王孫而進食,豈望報乎?"【補注】二句謂己自期赴京城長安能得到皇帝的尊禮賞識,並無意干求王孫顯貴。

⑧ 真,李本、十卷本、姜本、毛本、《全詩》、顧本、席本作"貞"。【補注】銜知,感念知遇。真爵,真正的爵位。

⑨【曾注】《越絶書》:名過實者滅,聖人不使名過實。《詩》:顔之厚矣。【補注】句意謂名實相符則非厚顔竊名尸位。

⑩ 岱,《全詩》、顧本校:一作"岳"。【咸注】《魏書》:許汜曰:"陳元龍湖海之士,豪氣不除。"【補注】海岱,渤海、泰山。海岱氣,指雄豪濶大之氣。

⑪【咸注】《戰國策》:中山君曰:"吾以一杯羊羹亡國,以一壺餐得士二人。"【補注】壺漿恩,以茶酒款待之恩,猶受人厚待之恩。

⑫ 絲,《全詩》、顧本校:一作"師"。【咸注】《漢書》:楊惲字子幼,華陰人。楊惲《報孫會宗書》:其詩曰:"田彼南山,蕪穢不治。種一頃豆,落而爲萁。人生行樂耳,須富貴何時!"【立注】李賀《浩歌》:買絲繡作平原君,有酒唯澆趙州土。【按】顧嗣立注引李賀詩,似以爲"絲"係"絲繡"之意,恐非。"絲"字古籍中似無此種用法,或當從一本作"師",謂當師法楊惲之人生態度,不汲汲於功名富貴。然詩集諸舊本均作"絲",故仍保留舊本原貌。

⑬【咸注】陶潛《歸去來辭》:三徑就荒,松菊猶存。【補注】陶潛《飲酒二十首》之七:"秋菊有佳色,裛露掇其英。汎此忘憂物,遠我遺世情。"之八:"青松在東園,衆草没其姿。凝霜殄異類,卓然見高枝。"適我松菊香,謂適應我遺世獨立、堅貞卓絶之高標遠韻。

⑭ 未,原作"來",據述鈔、《全詩》改。【咸注】《莊子》:北溟有魚,其名爲鯤,化而爲鳥,其名爲鵬,怒而飛,其翼若垂天之雲。鵬之徙於南溟也,水擊三千里,摶扶摇而上者九萬里。【補注】憶,思。

⑮【曾注】《莊子》:鵲巢於高榆之巔,巢折凌風而起。【按】曾注非。凌風翔,承上"鯤鵬",謂如鯤鵬之凌空飛翔。《莊子·逍遥遊》:"夫列子御風而行,泠然善也。"此承上句,謂己誠未思爲鯤鵬,摶扶摇而上,誰謂我作凌空萬里之遊呢?

【箋評】

【按】此寄寓情懷之作。起四句謂確實富足者不惦念獲得，妄自矜誇者反徒作大言，此理誠言之未盡，而失意與得意已清楚可别。“洵彼”四句，謂己慕都邑之繁盛，本期能得到皇帝的尊重賞識，而無干求顯貴子弟之意。“銜知”四句，謂感念知遇方能有真正之爵位，名實若果相符則非厚顔竊名尸位，如果自身無壯盛闊大之氣，又何能受人厚待？“唯絲”四句，謂己唯思效法楊惲人生行樂之態度，不汲汲於功名富貴，以適應己之遺世獨立、堅貞卓絶之品性。原就未思作扶摇直上之鯤鵬，又何能作凌空萬里之飛翔。庭筠拙於言理議論，其情懷本身又每複雜矛盾，故全篇意藴主意常不够顯豁，本篇及下篇均不免此病。

余昔自西濱得蘭數本①，移藝於庭，亦既逾歲，而芃然蕃殖②。自余遊者，未始以芳草爲遇矣。因悲夫物有厭常③，而返不若混然者有之焉④。遂寄情於此⑤

寓賞本殊致⑥，意幽非我情。吾常有疏淺⑦，外物無重輕⑧。各言藝幽深，彼美香素莖⑨。豈爲賞者設，自保孤根生⑩。易地無赤株⑪，麗土亦同榮⑫。賞際林壑近，泛餘煙露清⑬。余懷既鬱陶⑭，爾類徒縱横⑮。妍蚩苟不信⑯，寵辱何爲驚⑰。真隱諒無迹⑱，激時猶揀名⑲。幽叢靄緑畹⑳，豈必懷歸耕㉑！

【校注】

①《英華》卷三二七花木七載此首。昔自，原作“自昔”，據《英華》《全詩》、顧本乙。【補注】西濱，西邊的河濱。本，株。

② 蕃，原作“藩”，據《英華》、述鈔、李本、十卷本、姜本、毛本、《全詩》、顧本改。【補注】芃然，草茂密貌。《詩·鄘風·載馳》：“我行其野，芃芃其麥。”

③ 厭，原作“壓”，據《英華》、李本、十卷本、姜本、毛本、席本、《全詩》、顧本改。【補注】厭常，厭棄常規。

④ 返，李本、十卷本、姜本、毛本、《全詩》、顧本作“反”，通。【補注】混然者，無知者。

⑤ 以上五十六字，底本、《英華》、席本、李本、《全詩》、顧本均爲長題。述鈔、十卷本、姜本、毛本則題爲“觀蘭作并序”，以此五十六字爲詩序。【按】晚唐温、李詩頗有長題，温除此首外，如《開成五年秋以抱疾郊野不得與鄉計偕至王府將議遐適隆冬自傷因書懷奉寄殿院徐侍御察院陳李二侍御回中蘇端公鄠縣韋少府兼呈袁郊苗紳李逸三友人一百韻》《鴻臚寺有開元中錫宴堂樓臺池沼雅爲勝絶荒凉遺址僅有存者偶成四十韻》，均爲長題。“觀蘭作并序”五字或爲後人所追擬，未必即温之原題。

⑥ 賞，《全詩》校：一作“質”。【補注】寓賞，寄託賞愛、觀賞。殊致，不同的情趣。

⑦ 疏，《英華》、述鈔、席本、顧本、《全詩》作“流”，誤。

⑧【曾注】嵇康《養生論》：外物以累心不存。【補注】外物，外界事物。二句意謂吾等之常情對於外物或有所親疏，然外界事物本身並無輕重之分。

⑨【曾注】屈原《九歌》：緑葉兮素枝，芳菲菲兮襲余。【補注】藝，種植。彼美，指蘭。

⑩【咸注】《家語》：芝蘭生於深谷，不以無人而不芳。

⑪【曾注】《草木疏》：蘭爲王者香草，其莖葉皆似澤蘭，廣而長節，節中赤，高四五尺。【補注】易地，指移栽，即詩題所謂“移藝於庭”。赤株，指花葉萎敗之株。赤，猶光秃。無赤株，即題所謂“芃然蕃殖”。

⑫【曾注】《易》：百穀草木麗乎土。【補注】麗土，依附於土地，指種植於土地。同榮，指移栽的數株蘭花均繁茂滋榮。

⑬【補注】泛餘，觀賞之餘。泛有流義，指流觀，流覽。

⑭【曾注】《尚書》：鬱陶乎予心，顔厚有忸怩。【補注】鬱陶，憂思積聚貌。《孟子·萬章上》：“象曰：鬱陶思君爾。”《楚辭·九辯》：“豈不鬱陶而思君兮，君之門以九重。”王逸注：“憤念蓄積盈胸臆也。”

⑮【咸注】揚雄《解嘲》：一縱一横，論者莫當。【補注】爾類，指蘭。縱横，形容蘭繁茂叢生之狀。

⑯【曾注】張正見《白頭吟》：語默妍媸際，浮沉毁譽中。【補注】妍蚩，美醜。

⑰【曾注】《老子》：寵辱若驚。

⑱ 真，李本、十卷本、姜本、毛本、《全詩》、作“貞”。【補注】真隱，真正的隱者。

⑲ 揀，《英華》作“簡”。【補注】激時，有激於時者。揀名，選擇聲名。

⑳【咸注】《文子》：叢蘭欲發，秋風敗之。《離騷》：余既滋蘭之九畹兮，又樹蕙之百畝。王逸注：十二畝爲畹。【補注】幽叢，指幽蘭之叢。靄，籠罩貌。

㉑【曾注】《漢·夏侯勝傳》：學經不明，不如歸耕。

【箋評】

【王闓運曰】字面多難解，蓋當時語。（《手批唐詩選》卷二）

【按】此因移植蘭花，芃然蕃殖，“因悲夫物有厭常，而返不若混然者有之焉”。起四句言人之賞物本各有情致，吾之情并非賞愛幽静者。人之常情對物各有親疏，而外物本身並無輕重之分。“各言”四句，謂彼生長於幽深處之蘭花，素莖飄香，本不爲賞者而設，而係自保其孤根而生長滋茂。“易地”四句，謂移栽於庭之蘭花，根株不枯，枝葉繁茂。觀賞之際，有如置身林壑，煙露清微。“余懷”四句，謂我憂思鬱積，故蘭亦徒然繁茂縱横於前而無心觀賞。苟不信妍蚩美醜，則榮與辱亦何爲而驚。末四句謂真隱者不拘形跡，而有激於時者猶選擇聲名。值此芳香的叢蘭籠蓋庭畦之際，又何必懷念歸耕？似有以“真隱”自命之意，而自西濱移植於庭院之叢蘭則寄託此情之載體也。

秋　日

爽氣變昏旦①，神皋遍原隰②。煙華久蕩摇③，石澗仍清急。柳闇山犬吠，蒲流水禽立④。菊花明欲迷⑤，棗葉光如濕。天籟思林嶺⑥，車塵倦都邑。譸張夙所違⑦，悔悋何由入⑧。芳草秋可藉⑨，幽泉曉堪汲。牧羊燒外鳴⑩，林果雨中拾⑪。復此遂閑曠⑫，翛然脱羈縶⑬。田收鳥雀喧，氣肅龍蛇蟄⑭。佳節足豐穰⑮，良朋阻遊集⑯。沉機日寂寥⑰，葆素常呼吸⑱。投迹倦攸往⑲，放懷志所執⑳。良時有東菑㉑，吾將事蓑笠㉒。

【校注】

①【曾注】《世説》：王子猷以手版拄頤云：“西山朝來，致有爽氣。”【咸注】謝靈運詩：昏旦變氣候，山水含清暉。【補注】爽氣，明朗開豁的自然景象。此指秋天的朗爽之氣。變昏旦，變化於旦夕之間。

②【曾注】《西京賦》：實維地之奥區神皋，《詩》：于彼原隰。《釋名》：廣平曰原，下濕曰隰。【咸注】《西都賦》：原隰龍鱗。【補注】神皋，肥沃之土地。《文選・沈約〈齊竟陵文宣王行狀〉》：“禹穴神皋，地埒分陝。”李周翰注：“皋，地也。其地肥沃，故云神皋。”曾注引《西京賦》之“神皋”係神明所聚之地，非此句“神皋”之義。

③【補注】煙華，猶煙花，泛指綺麗的春景。久蕩摇，早已摇蕩凋衰。

④ 流，《全詩》作“荒”，述鈔一作“疏”。【補注】蒲，香蒲。流，順水漂流。

⑤【補注】明欲迷，顔色鮮明，迷人眼目。

⑥【曾注】《莊子》：敢問天籟？子綦曰：“夫吹萬不同，而使其自已也。”【補注】天籟，自然界的聲響。林嶺，山林。

⑦【曾注】《尚書》：民無或須譸張爲幻。【咸注】《世説》：王僧彌謂謝車騎曰："君何敢譸張?"【補注】譸張，欺誑詐惑。

⑧【曾注】《繫辭》：吉凶悔吝者，生乎動者也。【咸注】庾信詩：陽窮乃悔吝。【補注】悔悋，同"悔吝"，災禍。二句謂己素不爲欺誑之事，故災禍無由而生。

⑨【咸注】孫綽《天臺賦》：藉萋萋之纖草。【補注】藉，坐卧其上。

⑩【補注】燒，野火。

⑪【曾注】王維詩：雨中山果落。

⑫【咸注】《莊子》：就藪澤處閑曠，此江海之士，避世之人也。閑曠者之所好也。【補注】閑曠，悠閑曠放。

⑬【咸注】江偉《答軍司馬》詩：羈縶繫世網，進退維準繩。【補注】翛然，無拘無束貌。《莊子・大宗師》："翛然而往、翛然而來而已矣。"成玄英疏："翛然，無係貌也。"羈縶，束縛牽制。

⑭【曾注】《易》：龍蛇之蟄。【補注】氣肅，秋氣肅殺。蟄，蟄伏。《易・繫辭下》："龍蛇之蟄，以存身也。"

⑮【補注】穰，(莊稼)豐熟。

⑯ 朋，十卷本、姜本作"友"。

⑰【曾注】宋玉《九辯》：寂寥兮收潦而水清。【補注】沉機，深沉的機巧之心。寂寥，稀疏。

⑱【咸注】《莊子》：吹噓呼吸，吐故納新，此導引之士，養形之人也。【補注】葆素，保持純樸的本性。

⑲【曾注】《易》：利有攸往。【補注】投迹，舉步前往、投身。攸往，所往。

⑳【補注】放懷，縱情任意。庭筠《春日偶作》："自欲放懷猶未得，不知經世竟如何。"此"放懷"係"放寬心懷"之意，與"放懷志所執"之"放懷"義異。

㉑【曾注】《爾雅》：田一歲曰菑。【補注】此"東菑"係泛稱田園，如"東皋""南畝"。

㉒ 蓑，李本、姜本作"簑"。【曾注】《詩》：何蓑何笠。【補注】事蓑笠，穿蓑衣戴笠帽，從事農耕。

【箋評】

【按】詩當作於在長安鄠杜郊居時，具體時間不詳。前八句寫秋日自然景象。"天籟"四句，轉入抒情。"倦都邑""思林嶺"六字，一篇之主。"芳草"六句，寫秋日鄉居閑曠無拘之生活情趣。"田收"四句，寫秋日收成後豐足景象。末六句進一步抒發沉機葆素、放懷適志的生活態度和事農耕的意願。之所以"倦都邑""思林嶺"，爲林嶺能"遂閑曠"、而"脱羈縶"也。

七夕歌[①]

鳴機札札停金梭[②]，芙蓉澹蕩生池波[③]。神軒紅粉陳香羅[④]，鳳低蟬薄愁雙蛾[⑤]。微光弈弈凌天河[⑥]，鸞咽鶴唳飄颻歌[⑦]。彎橋銷盡愁奈何[⑧]，天氣駘蕩雲陂陁[⑨]。平明花木有愁意[⑩]，露濕綵盤蛛網多[⑪]。

【校注】

① 《古今歲時雜詠》卷二十六七夕載此首。原題作“七夕”，據《歲時雜詠》、述鈔、席本、顧本增。

② 【咸注】古詩：纖纖擢素手，札札弄機杼。【立注】《祕閣閒話》：蔡州蔡氏七夕禱以酒果，忽流星墜筵中，明日瓜上得金梭，由是巧思益進。梁簡文帝《七夕》詩：天梭織來久，方逢今夜停。【補注】《詩・小雅・大東》：“維天有漢，監亦有光。跂彼織女，終日七襄。雖則七襄，不成報章。”《史記・天官書》：“婺女，其北織女。織女，天女孫也。”《月令廣義・七月令》引梁殷芸《小説》：“天河之東有織女，天帝之子也。年年機杼勞役，織成雲錦天衣，容貌不暇整。帝憐其獨處，許嫁河西牽牛郎，嫁後遂廢織紝。天帝怒，責令歸河東，但使一年一度相會。”句意謂織女因七夕一年一度相會而停織。

③ 生池，《歲時雜詠》、席本、顧本作“秋水”。【補注】澹蕩，蕩漾摇動。

④ 神，《歲時雜詠》、席本、顧本作“夜”。【咸注】周處《風土記》：七月七日，其夜灑掃於庭，露施几筵，設酒脯時果，散香粉於河鼓織女。【補注】神軒，祭神的庭軒。

⑤ 鳳低，《歲時雜詠》作“風輕”。【補注】鳳低，鳳釵低垂。蟬薄，蟬鬢輕薄。愁雙蛾，雙眉含愁。此句寫婦女七夕低頭禱神之狀。

⑥ 弈弈，十卷本、姜本、《全詩》、顧本作“奕奕”，通。天，《歲時雜詠》、席本，顧本作“曙”。【曾注】《四民月令》：七夕，見天漢中有奕奕正白氣。【咸注】王鑒《七夕》詩：隱隱驅千乘，闐闐越星河。【補注】句意謂織女凌越微光奕奕的天河。

⑦ 【咸注】湯惠休《楚明妃曲》：驂駕鸞鶴，往來仙靈。《禽經》：鶴以潔唳。【補注】句意謂織女乘鸞車駕鶴輦，飄颻天上，歌吹相隨，前往相會。

⑧ 愁奈，《歲時雜詠》、席本、顧本作“奈愁”。【曾注】《淮南子》：烏鵲填河成橋而渡織女。【補注】唐韓鄂《歲華紀麗・七夕》：“七夕鵲橋已成，織女將渡。”原注引《風俗通》：“織女七夕當渡河，使鵲爲橋。”彎橋，指拱形的鵲橋。銷盡，指天將曉時，銀河隱没，想象中的鵲橋亦銷盡不見。

⑨ 氣，《歲時雜詠》作“風”；駘，《歲時雜詠》作“澹”。陁，李本、姜本、毛本作“阤”，《歲時雜詠》、十卷本、顧本作“陀”，並同。【咸注】《莊子》：惠施之林，駘蕩而

不得，逐物不及。司馬彪曰：駘蕩，猶施散也。謝朓詩：春物方駘蕩。宋玉《招魂》：文異豹飾，侍陂陀些。【補注】駘蕩，舒放。徐鍇《説文繫傳·馬部》："駘，銜脱即放散，故古謂春色舒放爲駘蕩。"此謂秋初之天氣如春色之舒放。雲陂陁，雲層參差峥嶸貌。

⑩ 愁，《歲時雜詠》、述鈔、《全詩》作"秋"。意，《全詩》、顧本校：一作"思"。

⑪【咸注】《荆楚歲時記》：七夕，婦人結綵縷穿七孔鍼，或以金銀鍮石爲鍼，陳瓜果庭中以乞巧，有喜子網於瓜上，則以爲得。宋孝武帝《七夕》詩：迎風披綵縷，向月貫玄鍼。【補注】綵盤，指陳瓜果結綵縷之乞巧盤。

【箋評】

【按】詩以七夕爲題，即詠七夕之神話傳説織女渡河與牽牛相會，以及民間七夕乞巧之風俗，而以寫織女渡河事爲主，七夕景物及乞巧情景爲輔，乞巧事僅於三四句及末二句略叙。詩用柏梁體，七言每句押韻，一韻到底，頗具歌謡風味。

酬友人

辭榮亦素尚[①]，倦遊非夙心[②]。寧復思金籍[③]，獨此卧煙林。閑雲無定貌，佳樹有餘陰[④]。坐久芰荷發[⑤]，釣闌茭葦深[⑥]。遊魚自摇漾[⑦]，浴鳥故浮沉[⑧]。唯君清露夕[⑨]，一爲灑煩襟[⑩]。

【校注】

①【咸注】孔欣《猛虎行》：飢不食邪蒿菜，倦不息無終里。邪蒿乖素尚，無終喪若始。【補注】素尚，平生的好尚。

②【咸注】《司馬相如傳》：長卿故倦遊。郭璞曰：厭游宦也。

③【立注】謝朓《始出尚書省》詩：既通金閨籍，復酌瓊筵醴。【補注】金閨籍，指在朝爲官。漢金馬門懸有門牒，牒上有名籍者始得准其出入。《文選》李善注曰："金閨，即金門也。《解嘲》曰：'歷金門，上玉堂。'應劭《漢書注》曰：'籍者，爲二尺竹牒，記其年紀、名字、物色，懸之宫門，案省相應，乃得入也。'"（顧嗣立引《文選》注有删略，此據原文引全）

④【咸注】《左傳》：韓宣子來聘，宴於季氏，有嘉樹焉。宣子譽之。【補注】陶淵明《和郭主簿二首》之一："藹藹堂前林，中夏貯清陰。"《歸去來兮辭》："雲無心以出岫。"二句似化用其意。

⑤【補注】芰荷，菱葉與荷葉。

⑥ 闌,《全詩》、顧本校:一作"餘"。【補注】茭,指茭白的葉,即菰葉,葦,蘆葦。

⑦ 漾,《全詩》、顧本校:一作"蕩"。【曾注】陶潛詩:臨水媿遊魚。【補注】摇漾,蕩漾,遊蕩。

⑧【咸注】杜甫詩:一雙鸂鶒對沉浮。【補注】故,亦"自"也。與上句"自"字對文義同。

⑨【咸注】《西京賦》:承雲表之清露。

⑩【補注】煩襟,煩悶的心懷。

【箋評】

【按】此友人辭官歸隱而有此酬贈之作。首二句謂其平生好尚本不慕榮寵,而此次歸隱却非緣倦於游宦,對照中似含有對此次辭官之不平情緒。三四謂既辭官豈復再思在朝爲官,此後但獨卧煙林享受歸隱之樂趣。"閑雲"以下六句,均想象其高卧煙林的閑適之趣,雲樹荷葦魚鳥,均一任其自然之狀態而自得其生趣。結二句謂值此清露之夕,君當對此而一洗煩襟也。"煩襟"亦透出友人"辭榮"自有其不平在。庭筠不擅五古,此篇却頗具古澹清新之致。

觀舞妓①

朔音悲嘒管②,瑶踏動芳塵③。摠袖時增怨④,聽破復含嚬⑤。凝腰倚風軟⑥,花題照錦春⑦。朱絃固凄緊⑧,瓊樹亦迷人⑨。

【校注】

① 妓,顧本作"伎"。

②【曾注】《詩》:嘒嘒管聲。【補注】朔音,北方的樂聲。嘒,狀聲音之清亮。此謂管樂器中吹奏出清亮悲凉的北方之樂。

③【咸注】王子年《拾遺記》:石虎太極殿樓高四十丈,舂雜寶異香爲屑,使數百人於樓上吹散之,名曰芳塵臺。【補注】瑶踏,猶玉步,指舞妓的舞步。動芳塵,化用曹植《洛神賦》"凌波微步,羅襪生塵"語意。

④ 摠,述鈔、毛本、《全詩》、顧本作"總",同。怨。顧本校:一作"態"。【曾注】《韓非子》:長袖善舞。【補注】摠袖,卷束舞袖,形容舞袖飄轉時捲束之狀。

⑤【立注】《太平廣記》引《傳載録》:天寶中,樂章多以邊地爲名,若《凉州》《甘州》《伊州》之類是焉。其曲徧繁聲名入破。後其地盡爲西蕃所没,破乃其兆矣。【補注】破,唐代舞樂大曲之第三段。其樂歌舞並作,繁聲促節,破其悠長,轉入繁

碎，故名。白居易《卧聽法曲霓裳》："朦朧閒夢初成後，宛轉柔聲入破時。"唐代大曲結構一般有序曲、排遍、急破三部分。以器樂緩奏（配合緩舞）爲散序，節拍穩定，伴有歌唱的部分稱中序，中序的曲子聯唱稱排遍。排遍之後的急舞之曲稱爲破。含嚬，皺眉。

⑥【咸注】梁王訓《詠舞》詩：傾腰逐韻管，斂色聽張絃。袖輕風易入，釵重步難前。【補注】凝，停止。凝腰，指舞者停止旋轉時的舞姿。或解凝爲結，凝腰指緊束腰身，亦通。倚風軟，形容舞妓腰肢細軟，弱不禁風之狀。《三輔黄圖》載，成帝與趙飛燕戲於太液池，以金鎖纜雲舟於波上。每輕風時至，飛燕殆欲隨風入水，帝以翠縷結飛燕之裾。"倚風軟"暗用此事。

⑦【立注】杜甫詩：胡舞白題斜。注：題者，額也。【補注】花題，指舞妓以繡花的錦緞飾額，故下云"照錦春"。

⑧【咸注】傅毅《舞賦》：弛緊急之弦張兮，慢末事之骫曲。殷仲文詩：風物自凄緊。【補注】凄緊，形容絃聲悲凄而急促。

⑨【立注】崔豹《古今注》：魏文帝宫人絶所愛者有莫瓊樹、薛夜來、陳尚衣、陳巧笑，皆日夜在側。江總詩：後宫知有莫瓊樹。【按】莫瓊樹事與舞無關，此自用陳後主張貴妃事。《南史·張貴妃傳》："後主每引賓客對貴妃等遊宴，則使諸貴人及女學士與狎客共賦新詩，互相贈答。采其尤豔麗者，以爲曲調，被以新聲。選宫女有容色者以千百數，令習而歌之，分部迭進，持以相樂。其曲有《玉樹後庭花》《臨春樂》等。其略云：'璧月夜夜满，瓊樹朝朝新。'大抵所歸，皆美張貴妃、孔貴嬪之容色。"瓊樹，即玉樹，《玉樹後庭花》之省稱，又兼喻舞者如玉樹臨風之身姿。句意雙關，蓋謂舞曲與舞者同其迷人。

【箋評】

【按】此觀賞舞妓之表演而作。既狀其舞姿，亦狀其妝束情態，兼寫其伴奏之管絃。樂、舞、姿、容融爲一體。

邊笳曲[①]

朔管迎秋動[②]，雕陰雁來早[③]。上郡隱黄雲[④]，天山吹白草[⑤]。嘶馬悲寒磧[⑥]，朝陽照霜堡[⑦]。江南戍客心[⑧]，門外芙蓉老[⑨]。

【校注】

①《才調》卷二載此首，題下注云："此後齊梁體七首。"《全詩》題下注："一作齊

梁體。"【按】《才調集》題下注謂自此首起七首均爲齊梁體詩,非謂詩題一作"齊梁體",《全詩》題下注誤(以下不再一一指出)。【曾注】《樂部》:笳,胡人卷蘆葉爲之,置部前曰頭管。【補注】邊笳,即胡笳。古代北方民族管樂器。傳説漢張騫由西域傳入,漢魏鼓吹樂中常用之。岑參《胡笳歌送顔真卿使赴河隴》:"君不聞胡笳聲最悲,紫髯緑眼胡人吹。"

② 【咸注】李陵《答蘇武書》:凉秋九月,塞外草衰。又:胡笳互動,牧馬悲鳴。【補注】朔管,北方邊地管樂器,此即指胡笳。

③ 陰,原作"音",本集諸舊刻、舊鈔均同,據《才調》改。《全詩》、顧本從《才調》作"陰"。顧本校云:一作"音",非。【立注】《舊唐書》:隋雕陰郡,武德三年於延州豐林縣置綏州總管府。【補注】隋雕陰郡治所在今陝西綏德縣。

④ 【立注】《唐書·地理志》:貞觀二年罷都督府,移州治上縣。天寶元年改爲上郡。乾元元年復爲綏州。江淹詩:黄雲蔽千里。【按】雕陰、上郡、綏州,同爲一地,爲避複而錯舉。

⑤ 【立注】《史記索隱》:祁連山一名天山,亦曰白山,在張掖、酒泉二郡界。《唐書》:西州交河郡有天山,開元二年置天山軍,隸河西道,案劉石齡云:《杜詩注》引《歸州圖經》:胡地多白草,昭君冢獨青。【補注】唐時稱伊州(今哈密)、西州(今吐魯番)以北一帶之山脈爲天山,亦稱白山、折羅漫山,參《元和郡縣圖志·伊州》。白草,一種産於西域地區之牧草,乾熟時呈白色,故名。《漢書·西域傳上·鄯善國》:"地沙鹵,少田,寄田仰穀旁國。國出玉,多葭葦、檉柳、胡桐、白草。"顔師古注:"白草似莠而細,無芒,其乾熟時正白色,牛馬所嗜也。"岑參《白雪歌送武判官歸京》:"北風卷地白草折,胡天八月即飛雪。"

⑥ 悲,《才調》、顧本作"渡"。【補注】悲,謂馬嘶鳴之聲似有悲意。

⑦ 【曾注】《廣韻》:堡障,小城也。【補注】堡,土石築的堡壘。

⑧ 心,《全詩》、顧本校:一作"情"。

⑨ 【曾注】古樂府《江南》詞:江南可采蓮,蓮葉何田田。李賀詩:鯉魚風起芙蓉老。【補注】二句謂家居江南的戍邊客子,心中常記掛家門外的荷花,恐其秋來已經凋謝。暗喻其妻容顔凋衰。

【箋評】

【按】詩以邊笳之悲聲引出對邊地荒凉凄寒而闊大景象的描繪,歸結到戍客對江南故鄉及妻子的思念。上郡與天山,相距數千里,揣詩意,似是客游上郡時聞邊笳悲聲,見上郡黄雲而觸發對西北邊地的想象。"天山吹白草"之景象,在詩人所處之時代,似無親歷目擊之可能。"江南戍客",詩人自指。

經西塢偶題[①]

摇摇弱柳黄鶯啼[②]，芳草無情人自迷。日影明滅金色鯉[③]，杏花唼喋青頭雞[④]。微紅榇蔕惹蜂粉[⑤]，潔白芹芽穿燕泥[⑥]。借問含嚬向何事？昔年曾到武陵溪[⑦]。

【校注】

①《英華》卷一六一地部山載此首。《張承吉文集》卷八載此首，文字略有不同。

② 鶯，《英華》、述鈔、《全詩》、顧本作"鸝"。【曾注】《世説》：戴顒春日攜雙柑斗酒，人問何之，曰："往聽黄鸝聲。"

③【咸注】《神農書》：鯉爲魚王，無大小脊旁鱗皆三十有六，鱗上有小黑點，文有赤白黄三種。【補注】此謂日影明滅，照射水中金色鯉魚之鱗片，呈現神奇變幻之色彩。用筆頗似李賀《雁門太守行》之"甲光向日金鱗開"，然賀詩"金鱗開"係形況"甲光向日"之狀，温詩則實寫金鯉迎日之狀。

④ 唼，《英華》作"啑"。同。【咸注】沈懷遠《長鳴雞贊》：翠冠繽莒，碧距麗陳。【補注】唼喋，此狀禽之吃食聲。青頭雞，鴨之别名。《三國志・魏書・齊王芳傳》"大將軍司馬景王將謀廢帝，以聞皇太后"裴注："《世説》及《魏氏春秋》並云……中領軍許允與左右小臣謀，因文王辭，殺之，勒其衆以退大將軍。已書詔於前。文王入，帝方食栗，優人雲午等唱曰：'青頭雞，青頭雞。'青頭雞者，鴨也。帝懼不敢發。"鴨與押同音，優人連唱青頭雞乃暗促曹芳在殺掉司馬昭之詔書上簽字畫押。此句謂池塘中的緑鴨在唼喋落於水面的杏花。

⑤ 榇，《英華》、姜本、《全詩》、顧本作"柰"，字同。【曾注】《晋起居注》：嘉柰一蔕十五實，或七實，生於酒泉。【咸注】褚雲《詠柰》詩：映日照新芳，叢林抽晚蔕。【補注】榇，同"柰"，與林檎同類，揚雄《蜀都賦》："杏李枇杷，杜樼栗榇。"《本草綱目・果二・柰》："柰與林檎，一類二種也。樹、實皆似林檎而大……有白、赤、青三色。白者爲素柰，赤者爲丹柰，青者爲緑柰。"蔕，指果蔕。惹，沾。

⑥ 穿，《英華》、述鈔、席本、顧本作"入"。【曾注】薛道衡《昔昔鹽》：空梁落燕泥。杜甫詩：芹泥隨燕嘴。【補注】句意謂燕子啣來做窩的泥中有潔白的芹芽。

⑦【曾注】陶潛《桃花源記》：晋太元中，武陵人捕魚爲業。緣溪行，忘路之遠近。忽逢桃花林，夾岸數百步，中無雜木，芳草鮮美，落英繽紛。漁人異之，尋路，見黄髮垂髫，問之皆避秦人也。問今是何代，不知有漢，無論魏晋。既白太守，遣人隨往尋之，迷不復得路。（自卷五《贈張鍊師》移此。）【補注】《太平御覽》卷四十一引

劉義慶《幽明録》:東漢劉晨、阮肇入天臺山采藥,迷不得返,飢食桃果,尋水得大溪,溪邊遇仙女,獲款留。及出,已歷七世。復往,不知何所。王涣《惆悵詞》之十:“晨肇重來人已迷,碧桃花謝武陵溪。”曹唐《劉晨阮肇游天臺》:“不知此地歸何處,須就桃源問主人。”是唐人亦以劉晨、阮肇入天臺山事爲入“桃源”“武陵溪”。故此句“武陵溪”雖字面有“武陵”,實即桃溪之代稱,係用劉、阮入天臺遇仙女事,非用陶潛之“桃花源”事。参編著者按語。

【箋評】

【按】此經昔年曾游之西塢,有所感念而作。據末句“昔年曾到武陵溪”用劉、阮游天臺遇仙女事,詩人當年游西塢時曾有所遇。重游舊地,春色依舊,而伊人不在,故不免惆悵含嚬。次句“芳草無情人自迷”已暗透此意。

金虎臺①

碧草連金虎,青苔蔽石麟②。皓齒芳塵起③,纖腰玉樹春④。倚瑟紅鉛濕⑤,分香翠黛嚬⑥。誰言奉陵寢⑦,相顧復沾巾。

【校注】

①【立注】《鄴都故事》:漢獻帝建安五年,曹操破袁紹於鄴。十五年築銅雀臺,十八年作金虎臺,十九年造冰井臺,所謂鄴中三臺也。【補注】《三國志·魏書·武帝紀》:“(建安十八年)九月,作金虎臺。”故址在今河北省臨漳縣西南故鄴城西北隅。

②【咸注】《西京雜記》:五柞宫西有青梧觀,觀前有三梧桐樹,樹下有石麒麟二枚,刊其脅爲文字,是秦始皇酈山墓上物也。【補注】石麟,石麒麟。古代帝王陵墓前多雕石麟。任昉《述異記》:“丹陽大姑陵,陵下有石麟二枚,不知年代。”此係在金虎臺前者。韋莊《上元縣》:“止竟霸圖何物在?石麟無主卧秋風。”二句寫金虎臺碧草叢生,青苔蔽麟,一片荒凉。

③【咸注】傅毅《舞賦》:吐哇聲則發皓齒。【補注】皓齒,指美人啓齒歌唱。芳塵起,謂其歌聲繞梁,驚起梁塵。

④【咸注】張衡《舞賦》:搦纖腰以互折。【補注】纖腰,指美人細腰起舞。玉樹,指《玉樹後庭花》舞曲,詳本卷《觀舞妓》注⑨引《南史·張貴妃傳》。兼喻舞者纖腰嫋嫋,如玉樹臨風。二句想象當年金虎臺中故君之宫嬪每月初一十五遵遺令對故君遺帳歌舞之情景,參注⑥。

⑤【咸注】《漢書》:文帝使慎夫人鼓瑟,帝自倚瑟而歌。師古曰:倚瑟,即今之以歌合曲也。梁元帝《詠歌》詩:汗輕紅粉濕。【補注】倚瑟,和着瑟的聲音節拍歌唱。紅鉛,婦女妝飾用的紅色鉛粉。紅鉛濕,謂其淚濕紅粉。

⑥【咸注】陸機《弔魏武帝文》:餘香可分與諸夫人,諸舍中無所爲,學作履綦賣也。梁元帝賦:愁容翠眉斂。【補注】《三國志·魏書·武帝紀》:"(建安二十五年)王崩於洛陽,年六十六,遺令曰……"陸機《弔魏武帝文序》:"吾婕妤妓人,皆著銅雀臺。於臺堂上施八尺牀、繐帳,朝晡上脯糒之屬,月朝十五日,輒向帳作妓。汝等時時登銅雀臺,望吾西陵墓田。"分香,借指前朝故君之宫嬪。翠黛,翠眉。嚬,皺眉。

⑦【咸注】张衡《四愁》:側身西望淚霑巾。【補注】奉陵寢,指以前朝君主之宫嬪無子者遣奉山陵。唐代仍有此項制度。《通鑑·唐宣宗紀·大中十二年》"二月甲子"條胡三省注:"宋白曰:唐制,國忌行香,初只行於京城寺觀。貞元五年,八月,敕天下諸上州並宜國忌日準式行香之禮。及諸帝升遐,宫人無子者悉遣山陵供奉朝夕,具盥櫛,治衾枕,事死如事生。"白居易有《陵園妾》,即憫奉陵寢宫嬪之幽閉生涯。二句謂奉陵寢之前朝宫人相顧而淚下霑巾。

【箋評】

【按】此詩詠奉陵寢宫人"事死如事生"之悲慘痛苦生活。起二句金虎臺荒凉景象。三四句謂宫人猶遵遺令對遺帳作歌舞,皓齒啓而芳塵起,纖腰舞而玉樹春。於青春美貌與荒凉舊宫之對照中寓含微意。五六謂其倚瑟而歌,淚濕紅粉,翠眉頻蹙,直接揭示其内心痛苦。七八則點明所詠對象及全篇主旨。此篇之題材與内容類似白居易《陵園妾》、李商隱《燒香曲》,對"事死如事生"之宫女奉陵寢制度的反人道本質有所揭露。

俠客行①

欲出鴻都門②,陰雲蔽城闕。寶劍黯如水③,微紅濕餘血。白馬夜頻驚④,三更灞陵雪⑤。

【校注】

①《才調》卷二、《樂府》卷六十七雜曲歌辭七載此首。《才調》謂此首亦齊梁體。此詩一作張祜詩,非。《樂府詩集》晋張華《遊俠篇》題解:"《漢書·遊俠傳》曰:'戰國時,列國公子,魏有信陵,趙有平原,齊有孟嘗,楚有春申,皆藉王公之勢,競爲遊俠……以取重諸侯,顯名天下。故後世稱遊俠者,以四豪爲首焉。漢興,有魯人

朱家及劇孟、郭解之徒，馳騖於閭里，皆以俠聞。其後長安熾盛，街閭各有豪俠。時萬章在城西柳市，號曰城西萬章，酒市有趙君都、賈子光，皆長安名豪，報仇怨、養刺客者也。'《魏書》曰：'楊阿若後名豐，字伯陽，少遊俠，常以報仇解怨爲事。故時人爲之號曰：東市相斫楊阿若，西市相斫楊阿若。'後世遂有《遊俠曲》。魏陳琳、晋張華，又有《博陵王宫俠曲》。"（顧嗣立注引過略，今全引）

②【曾注】《地理志》：鴻都門在洛陽。

③【立注】趙曄《吴越春秋》：越王允常聘歐冶子作名劍五枚，一曰純鉤。秦客薛燭善相劍，越王取示之，燭曰："光乎如屈陽之華，沈沈乎如芙蓉始生于湖，觀其文如列星之行，觀其光如水溢于塘，此純鉤也。"【補注】此言寶劍在黯夜反射出如水的寒光。

④ 驚，《樂府》、顧本作"嘶"。【曾注】古樂府：白馬金羈俠少年。【補注】曹植《白馬篇》："白馬飾金羈，連翩西北馳。借問誰家子，幽并游俠兒。"

⑤【曾注】《關中記》：霸陵爲漢文帝陵，在雍州城東南四十里白鹿原上，鳳皇嘴下。

【箋評】

【沈德潛曰】温詩風秀工整，俱在七言。此篇獨見警絶。（《重訂唐詩别裁集》卷四）

【紀昀曰】純於慘淡處取神，節短而意闊。（《删正二馮先生評閱才調集》）

【翁方綱曰】温詩短篇則近雅，如五古"欲出鴻都門"一篇，實高作也。（《石洲詩話》卷二）

【按】温氏樂府多辭采繁豔，表現亦時有繁蕪晦澀之弊。此篇則極精練奇警而富於氣勢，且能創造出與人物精神面貌渾然一體之氛圍意境。取境純在夜間。起二句寫其殺人後出城情景，"陰雲蔽城闕"畫出陰寒慘淡與危急氛圍。三四句專寫劍，暗示此前殺人報仇事。"微紅濕餘血"一語極精警而富藴含，雖未正面寫日間殺人都市中之情景，而自能引發讀者之豐富想象，具有生動現場感。五六寫馬，而以"三更霸陵雪"之静景反托之，亦富遠神。夫入夜方出鴻都門，而三更已踏霸陵雪，可謂千里不留行矣。神駿之姿，躍然紙上。唐詩中多有新鮮若乍脱筆硯者，此即一例。

詠　曉

蟲歇紗窗静①，鴉散碧梧寒②。稍驚朝珮動③，猶傳清漏殘。亂珠凝燭淚④，微紅上露盤⑤。褰衣復理鬢⑥，餘潤拂芝蘭⑦。

【校注】

①【咸注】庾信《蕩子賦》：紗窗獨掩，羅帳長垂。【補注】向曉蟲鳴聲歇，蟲聲不再透入窗内，故云“紗窗静”。劉方平《月夜》：“今夜偏知春氣暖，蟲聲新透緑窗紗。”寫夜間蟲聲透入紗窗，可互參。

②【補注】《漢書·朱博傳》：“是時御史府吏舍百餘區……府中列柏樹，常有野烏數千棲宿其上，晨去暮來，號曰‘朝夕烏’。”鴉或群棲碧梧之上，至曉飛去，故云“鴉散碧梧寒”。

③【補注】朝珮，清晨上朝官員身上的佩飾。珮動説明天已向曉，官員起身穿戴，準備上朝。唐代五品以上官員有玉珮。

④【咸注】梁簡文帝《對燭賦》：漸覺流珠走，熟視絳花多。【補注】向曉蠟燭燃脂流溢如亂珠凝結，故云。

⑤【曾注】《三輔故事》：武帝於建章宫立銅柱，高二十丈，上有仙人掌承露盤。【補注】微紅，指早晨陽光初露時映射的淡紅色光綫。

⑥ 褰，述鈔作“搴”，通。【補注】褰，用手提起。

⑦【補注】餘潤，指婦女晨起梳妝後留下的脂粉餘芳。拂芝蘭，飄拂出芝蘭般的芬芳。

【箋評】

【按】詩詠向曉景物情事。隨着時間推移，由開始時的“紗窗静”“碧梧寒”漸次過渡到“朝珮動”“清露殘”，直至“微紅上露盤”，次第井然。最後出現女主人公晨起梳妝情景，説明前六句所寫均爲其所聞所見。視“稍驚朝珮動”之句，此紗窗中女子殆即上朝官員之閨人，其人或亦有“無端嫁得金龜壻，辜負香衾事早朝”之憾乎？

芙　蓉

刺莖澹蕩碧①，花片參差紅②。吴歌秋水冷③，湘廟夜雲空④。濃豔香露裏⑤，美人清鏡中⑥。南樓未歸客⑦，一夕練塘東⑧。

【校注】

① 碧，述鈔、顧本作“緑”。【曾注】李賀詩：緑刺罥銀泥。【補注】刺莖，指荷花帶刺的莖梗。澹蕩，摇蕩貌。

②【曾注】孫楚《蓮華賦》：紅花電發，暉光煒煒。【補注】參差，不齊貌。荷花花

瓣上下參差排列，每一瓣顏色亦自深至淺，故云"參差紅"。

③【立注】《晋（當作唐）書·樂志》：吴歌雜曲，并出江南，東晋已來，稍有增廣。其始皆徒歌，既而被之管絃。蓋自永嘉渡江之後，下及梁、陳，咸都建業。吴聲歌曲起於此也。【補注】吴聲歌曲中多詠及芙蓉（荷花）、蓮子，如《子夜歌》："霧露隱芙蓉，見蓮不分明。"《子夜四時歌·夏歌》："青荷蓋淥水，芙蓉葩紅鮮。郎見欲采我，我心欲懷蓮。"又無名氏《西洲曲》有"采蓮南塘秋，蓮花過人頭。低頭弄蓮子，蓮子青如水"等句，殆即"吴歌秋水冷"之句所從化出。

④【咸注】酈道元《水經注》：太湖水西流逕二妃廟南，世謂之黄陵廟。大禹之陟方也，二妃從征，溺於湘江，民爲立祠於水側焉。《方輿勝覽》：在潭州湘陰北九十里。【補注】《楚辭·九歌·湘夫人》有"芷葺兮荷屋，繚之兮杜衡"之句，"湘廟夜雲空"之想象或與此有關。又，宋晏幾道《采桑子》詞有"湘妃浦口蓮開盡，昨夜紅稀"之句。

⑤【曾注】柳宗元《詠芙蓉》：薄彩寒露裏。【補注】濃豔，指盛開時色彩濃豔的荷花。此句寫荷花在晨露中盛開，香氣襲人。

⑥ 清，李本、十卷本、姜本、毛本、《全詩》作"青"。【曾注】李白詩：荷花鏡裏香。【補注】此句謂水中荷花倒影，如美人映於明鏡之中。

⑦【補注】謝靈運有《南樓中望所遲客》云："登樓爲誰思，臨江遲來客。與我别所期，期在三五夕。圓景早已滿，佳人殊未適。"後以"南樓"爲思念故人未歸之典。

⑧【曾注】《圖經》：華亭有三泖一谷，泖自澱湖入練塘。【補注】練塘，亦名練湖，在江蘇丹陽縣西北，即古曲阿後湖，俗名開家湖。形勢最高，納丹徒、長山諸水，注於運河。見《元和郡縣圖志》卷二十五丹徒縣。《新唐書·地理志五》：潤州丹楊郡丹楊縣，"有練塘，周八十里。永泰中，刺史韋損因廢塘復置，以溉丹楊、金壇、延陵之田，民刻石頌之"。

【箋評】

【按】首二芙蓉之刺莖、花瓣。三四宕開，對荷花作不即不離之詠嘆，富於遠韻。由眼前在吴中秋水中的荷花聯想到在湘妃廟旁的荷花。五六迴轉寫其豔色清香及水中倒影。七八點醒自己作客在外未歸，而身處之地即"練塘東"。蓋客游練塘賞荷有作。

敕勒歌塞北[①]

敕勒金幘壁[②]，陰山無歲華[③]。帳外風飄雪[④]，營前月照沙[⑤]。羌兒吹玉管[⑥]，胡姬踏錦花[⑦]。却笑江南客，梅落不歸家[⑧]。

【校注】

①《樂府》卷八十六雜歌謡辭四載此首，題内無"塞北"二字。《樂府詩集·敕勒歌》題解云："《樂府廣題》曰：'北齊神武攻周玉壁，士卒死者十四五。神武恚憤，疾發。周王下令曰：高歡鼠子，親犯玉壁，劍弩一發，元凶自斃。神武聞之，勉坐以安士衆。悉引諸貴，使斛律金唱《勑勒》，神武自和之。'其歌本鮮卑語，易爲齊言，故其句長短不齊。"【補注】此當是以《敕勒歌》爲題，而詩之内容係詠塞北風物者。敕勒，古代北方民族，北魏時亦稱鐵勒。《新唐書·回鶻傳上》："回紇，其先匈奴也。俗多乘高輪車，元魏時亦號高車部，或曰敕勒，訛爲鐵勒。"

② 幘，《樂府》作"墳"；述鈔作"幘"；《全詩》校：一作"隤"；顧本校：一作"幘"。壁，《全詩》、顧本校：一作"碧"。【按】金幘壁，義未詳。字書無"幘"字。隤、墳均有"頹"義，然金隤壁或金墳壁亦未詳其義。或當從述鈔作"幘"，幘指包頭髮之巾。則"金幘壁"或"金幘碧"之音訛，指其頭上裝束。待考。又疑"金幘壁"係"全墳壁"之誤，指其地全處於頹壁般的不毛之地。

③【曾注】《秦本紀》：西北斥逐匈奴，自榆中並河以東，屬之陰山。徐廣曰：陰山在五原北。《通典》：陰山，唐爲安北都護府。【補注】《勑勒歌》："勑勒川，陰山下。"陰山，横亘於今内蒙古自治區境内之大山脈，起自河套西北，東與大興安嶺相接。古代這一帶爲北方游牧民族活動的地區。歲華，每年榮枯的花草樹木。陳子昂《感遇》之二："歲華盡摇落，芳意竟何成？"

④【立注】《唐書》：吐蕃贊普聯毳帳以居，號大拂廬；容數百部人號小拂廬。鮑照詩：胡風吹朔雪。

⑤【立注】陸機論：孫權聞曹公來，築營於濡須塢以拒之，狀如偃月，號偃月營。范雲《擬古》：寒沙四面平。【按】顧嗣立注引與詩意無涉。此即李益《夜上受降城聞笛》"回樂烽前沙似雪，受降城外月如霜"之意。

⑥【咸注】《風俗通》：笛元羌出，又有羌笛。然羌笛與笛二器不同，長於古笛，有三孔，大小異，故謂之雙笛。杜甫《秦州雜詩》：東征健兒盡，羌笛暮吹哀。【補注】玉管，此指羌笛。長二尺四寸，三孔或四孔。因産於羌中，故名。

⑦【立注】《樂府雜録》：胡旋舞，居一小圓毬子上舞，縱横騰擲，兩足終不離毬上，其妙如此。【補注】踏錦花，脚踏錦繡地毯起舞。地毯上有繡花圖案，故云。

⑧【咸注】鮑照、吴均樂府均有《梅花落》。程大昌《演繁露》：笛亦有《落梅》《折柳》二曲，今其曲亡，不可考矣。【補注】因聽羌笛奏《梅花落》曲而聯想到故鄉江南，現已是梅落季節，自己却仍滯留塞北未歸。

【箋評】

【按】此江南遊客在塞北思家之作。前四句塞北荒寒景象，終年不見花草樹木，所見者唯風飄雪花、月照平沙而已。五六寫羌兒奏笛，胡姬起舞，充滿異域情調。七八點明抒情主體，謂江南遊客值此故鄉梅落季節猶未歸家。“江南客”當是詩人自指。庭筠開成年間已居鄠杜，其赴邊塞當在此前。

邯鄲郭公詞①

金笳悲故曲②，玉座積深塵③。言念邯鄲伎④，不見鄴城人⑤。青苔竟埋骨⑥，紅粉自傷神⑦。唯有漳河柳⑧，還向舊營春⑨。

【校注】

①《樂府》卷八十七雜歌謡辭五載此首。題内“詞”字，《樂府》作“辭”；述鈔作“祠”，誤。《樂府詩集·邯鄲郭公歌》解題：“《樂府廣題》曰：‘北齊後主高緯，雅好傀儡，謂之郭公，時人戲爲《郭公歌》。及將敗，果營邯鄲。高、郭聲相近。九十九，末數也。滕口，鄧林也。大兒，謂周帝，太祖子也。高岡，後主姓也。雉，雞類，武成小字也。後敗於鄧林，盡如歌言。蓋語妖也。’”《邯鄲郭公歌》曰：“邯鄲郭公九十九，枝兩漸盡入滕口。大兒緣高岡，雉子東南走。不信吾言時，當看歲在酉。”【立注】明高啓集樂府亦有《邯鄲郭公歌》一首。本集誤“詞”爲“祠”，原注（按：指曾注）漫引郭子儀圍鄴城以保東京，嗣後建祠祀之，荒唐已甚，今亟爲改正（按：顧嗣立改引《樂府廣題》，已見前）。案：《陳後山詩話》：楊大年《傀儡》詩云：“鮑老當筵笑郭郎，笑他舞袖太郎當。若教鮑老當筵舞，轉更郎當舞袖長。”郭郎即郭公也。【按】此詩雖沿用樂府古題，但所詠内容與古辭實毫無關涉。據《樂府廣題》“北齊後主高緯，雅好傀儡，謂之郭公，時人戲爲《郭公歌》”之語，《邯鄲郭公歌》實即“高緯歌”。温詩内容係抒寫對故君之懷念。詳後編著者按語。

②【曾注】《樂部》：笳似觱篥，無竅，以铜爲之。《琴集》：《大胡笳十八拍》《小胡笳十九拍》，并蔡琰作。【補注】句意謂華美的胡笳吹奏出聲調悲凉的舊曲。故曲，指昔日君王喜聽的曲調。

③【咸注】謝朓《銅雀臺》詩：玉座猶寂寞，況乃妾身輕。【補注】玉座，帝王的御座。玉座塵積，暗示故君逝世已久。

④ 念，《樂府》、述鈔、《全詩》作“是”。【補注】邯鄲伎，邯鄲的歌妓舞女。《文選·左思〈魏都賦〉》：“邯鄲躧步，趙之鳴瑟。”張銑注：“邯鄲，趙地，亦多美女，善行步，皆妙鼓瑟。”《詩·秦風·小戎》：“言念君子，温其如玉。”言念，想念。

⑤ 見，《樂府》作“易”，誤。【補注】鄴城人，指故君。十六國時，後趙、前秦，北朝東魏、北齊均都於鄴（今河北臨漳縣）。此指北齊後主高緯。

⑥【咸注】杜甫詩：古人白骨生青苔。【補注】埋骨青苔者指故君。

⑦【咸注】白居易《燕子樓》詩：見説白楊堪作柱，争教紅粉不成灰！【補注】紅粉，指邯鄲妓，亦即宫女或宫妓。

⑧ 漳，原作“淬”，舊本多同，據《樂府》、席本、《全詩》、顧本改。【補注】漳河，亦稱漳水。鄴城臨漳水。《水經》：漳水出上黨長子縣發鳩山，東過鄴縣西，又東北過阜城縣，與河會。

⑨【補注】舊營，指北齊後主所駐的舊營壘。春，指呈現春色。

【箋評】

【按】此想象北齊宫妓面對故君塵封之玉座時懷念故君的情景。句解已見注。“青苔”二句，一死一生，爲全詩主意。末二語感慨生悲。庭筠於南北朝諸亡國敗君，譏刺之情少而感慨憑弔之語多，此亦一例。

古　意

莫莫復莫莫①，絲蘿緣澗壑②。散木無斧斤③，纖莖得依託④。枝低浴鳥歇⑤，根静懸泉落⑥。不慮見春遲，空傷致身錯⑦。

【校注】

①【曾注】莫莫葛藟。【補注】《詩·周南·葛覃》：“葛之覃兮，施于中谷。維葉莫莫，是刈是濩。”朱熹集傳：“莫莫，茂密貌。”

② 緣，原作“緑”，據述鈔，十卷本、姜本、《全詩》、顧本改。【曾注】《廣雅》：兔絲蔓連草上，女蘿自下蔓松上生枝，一名松蘿。【補注】《淮南子·説山訓》：“千年之松，下有茯苓，上有兔絲。”高誘注：“一名女蘿也。”《文選·江淹〈古離别〉詩》：“兔絲及水萍，所寄終不移。”李善注引《爾雅》：“女蘿，兔絲也。”《詩·小雅·頍弁》：“蔦與女蘿，施于松柏。”毛傳：“女蘿，兔絲，松蘿也。”此云“絲蘿”，或兼指兔絲與女蘿。女蘿多附生於松樹上，成絲狀下垂。視“緣澗壑”之語，則似指蔓延於澗壑之上者。即《廣雅》所謂“兔絲蔓連草上”者。

③【曾注】《莊子》：此散木也，不夭斧斤，物無害者。【補注】散木，指因無用而享天年之樹木。《莊子·人間世》：“匠石之齊，至於曲轅，見櫟社樹……曰：‘已矣，勿言之矣！散木也。以爲舟則沉，以爲棺槨則速腐，以爲器則速毁，以爲門户則液樠，以为柱則蠹。是不材之木也，無所可用，故能若是之壽。’”句意謂不材之木故無斧斤施行砍伐。

④ 依，《全詩》、顧本校：一作“所”。【補注】纖莖，承上指“絲蘿”中之女蘿。

⑤【補注】《大戴禮記·夏小正》:"黑鳥浴。黑鳥者何也?烏也。浴也者,飛乍高乍下也。"孔廣森補注:"浴者,言鳥乘暄飛,上下若浴然。"

⑥【曾注】《列子》:懸流三十丈。【補注】枝低、根静,均承上指絲蘿。浴鳥欹、懸泉落,謂絲蘿因託身散木而受外界侵害。

⑦【補注】致身,託身。二句謂絲蘿不憂慮見春之遲,只悲傷自己託身之誤。

【箋評】

【按】"不慮見春遲,空傷致身錯",一篇主旨。詩蓋以"絲蘿"自比,謂己依託"散木",雖免斧斤之伐,然彼本爲不材之木,己之託身於彼,又豈能免外界之侵害。"見春遲",喻出仕之遲;"致身錯",喻依託非人。似有悔己未選好依託對象之意。《莊子》"散木"之喻,本意爲不材者可全身遠害,此則謂依託不材者實爲"絲蘿"致身之大錯也。似爲從莊恪太子遊之事而發。

齊宫

白馬雜金飾①,言從雕輦迴②。粉香隨笑度,鬢態伴愁來③。遠水斜如剪④,青莎緑似裁⑤。所恨章華日,冉冉下層臺⑥。

【校注】

①【咸注】曹植《白馬篇》:白馬飾金羈。

②【補注】雕輦,飾有浮雕、彩繪的帝王乘坐的車。從,跟隨、侍從。

③【補注】二句謂車中嬪妃的粉香隨笑語而飄度,鬢髮的姿態似伴愁而來。

④【咸注】杜甫《戲題畫山水圖歌》:焉得并州快剪刀,剪取吴松半江水?【補注】句意似是形容兩水交會。

⑤【曾注】《本草》:青莎,一名水香稜,一名雀頭香。《上林賦》注:徐廣云:莀莎可染紫。【補注】青莎,緑色的莎草,多年生草本植物,多生於潮濕地帶或河邊沙地。其地下塊莖稱香附子。緑似裁,狀其平整。

⑥【咸注】《左傳》:楚子成章華之臺。【補注】章華,楚離宫名,故址有多種説法。此泛指離宫中樓臺。題曰"齊宫",而此云"章華",顯非專指歷史上之楚章華臺。

【箋評】

【按】題曰"齊宫",而所詠内容似爲侍從齊君出游之近侍少年晚間歸來之情景。一二白馬金飾,隨駕而回。三四聞見雕輦中嬪妃之粉香鬢影。五六歸途中所見春水緑蕪之美景。七八歸來時已是日暮時分,二句有遊樂惟日不足之憾。

春　日①

柳暗杏花稀②,梅梁乳燕飛③。美人鸞鏡笑④,嘶馬雁門歸⑤。楚宮雲影薄⑥,臺城心賞違⑦。從來千里恨,邊色滿戎衣⑧。

【校注】

①《才調》卷二、《英華》卷一五七天部七載此首。《才調》注謂此首亦齊梁體。《全詩》題下注:"一作齊梁體。"誤。别集此首重出,文字全同,當删。

② 暗,《英華》《全詩》、顧本作"岸"。杏,《全詩》、顧本校:一作"百"。【補注】杏花凋謝稀疏時柳色已轉深暗,時令已值晚春。作"柳岸"者非,蓋因與下句"梅梁"對文而誤改。

③【曾注】《金陵志》:謝安造新宫,適有梅木浮至石頭城下,取爲梁,畫梅花於其上以表瑞。陰鏗詩:梁苑畫早梅。【補注】《太平御覧》卷九七〇引應劭《風俗通》:"夏禹廟中有梅梁,忽一春生枝葉。"唐徐浩《謁禹廟》:"梅梁今不壞,松杯古仍留。"後以"梅梁"泛指宫殿廟宇或華美房屋之大梁。按:詩有"楚宫""臺城"字,上句用典,下句借指。非詠宫禁。又,清錢泳《履園叢話·考索·梅梁》:"禹廟梅梁,爲詞林典故,由來久矣。余甚疑之,意以爲梅樹屈曲,豈能爲棟梁乎……偶閲《説文》'梅'字注曰:'楠也,莫杯切。'乃知此梁是楠木也。"可備一説。

④【補注】《太平御覽》卷九一六引范泰《鸞鳥詩》序:"昔罽賓王結罝峻祈之山,獲一鸞鳥,王甚愛之,欲其鳴而不致也。乃飾以金樊,饗以珍羞。對之逾戚。三年不鳴。夫人曰:'聞鳥見其類而後鳴,何不懸鏡以映之?'王從言。鸞覩影感契,慨焉悲鳴,哀響中宵,一奮而絶。"鸞鏡,此指妝鏡,鏡的背面雕刻有鸞鳥圖案。

⑤【曾注】《山海經》:雁門,雁出其間,在高柳西。【咸注】《漢·地理志》:雁門郡注:秦置,屬并州。【補注】雁門,郡名,今山西北部地區。山西代縣北有雁門山,唐於山頂置關。《山西通志》:"雁門山在代縣北三十五里,雙闕陡絶,雁欲過者必由此徑,故名。一名雁門塞。依山立關,謂之雁門關。"

⑥【補注】楚宫,指高唐宫。宋玉《高唐賦序》:"昔者楚襄王與宋玉游於雲夢之臺,望高唐之觀,其上獨有雲氣……王問玉曰:'此何氣也?'玉對曰:'所謂朝雲者也。'王曰:'何謂朝雲?'玉曰:'昔者先王嘗游高唐,怠而晝寢,夢見一婦人曰:妾巫山之女也,爲高唐之客。聞君游高唐,願薦枕席,王因幸之。去而辭曰:妾在巫山之陽,高丘之岨,旦爲朝雲,暮爲行雨,朝朝暮暮,陽臺之下。'"雲影薄,謂歡會夢稀。

⑦ 臺城,見卷一《雞鳴埭曲》注⑱。【曾注】鮑照《白頭吟》:心賞猶難恃,貌恭豈易憑。【補注】心賞,心所賞愛之人,指心愛女子。臺城,借指金陵。

⑧ 戎,《全詩》、顧本校:一作"戍"。

【箋評】

【按】末二句點醒全篇主意,説明此詩係遠戍千里之外的征人對江南故鄉的懷念。前三句均江南春日景物,係征人之遥想。第四句"嘶馬雁門歸"落到身居北方邊塞雁門的征人自身。五六二句借用典暗示與所愛者遠隔,並歡會之夢亦稀。七八回到現境,以"千里恨"作結。

詠春幡[①]

閑庭見早梅,花影爲誰裁[②]?碧煙隨刃落,蟬鬢覺春來[③]。代郡嘶金勒[④],梵聲悲鏡臺[⑤]。玉釵風不定,香步獨徘徊[⑥]。

【校注】

① 底本别集此首重出,文字稍有不同,見第五六二句校語。别集此首删去。【立注】《後漢·志》:立春之日,夜漏未盡五刻,京都百官皆衣青衣,立青幡,施土牛耕人於門外。又:立春青旛。今世翦綵錯緝爲旛勝,雖朝廷亦縷金銀繒綃爲之,戴於首,士庶俱翦綵爲小旛,散於首飾花枝,皆曰春旛。或翦爲春蝶、春錢、春勝、花鳥人物之巧以相遺。【補注】春幡,春旗。舊俗於立春日,或掛春幡於樹梢,或剪繒絹成小幡,連綴簪之於首,以示迎春之意。牛嶠《菩薩蠻》詞之三:"玉釵風動春旛急,交枝紅杏籠煙泣。"此詩所寫春幡,既有懸掛於樹梢者,亦有簪之於婦女首飾上者。幡、旛通。

② 裁,《全詩》作"栽"。【補注】二句謂閑静之庭院中忽見早梅,花影摇曳不知爲誰所裁剪而成。"裁"字見此"早梅"係人工剪就,綴於枝頭者。

③【咸注】宋之問詩:今年春色早,應爲剪刀催。《古今注》:莫瓊樹始製爲蟬鬢,挈之縹緲如蟬翼,故號曰蟬鬢。【補注】碧煙,指縹緲如煙之緑色繒絹。"煙"狀其細薄透明。隨刃落,隨剪刀的刀刃而落。指剪綵成旛。"刃"字應上"裁"字。春幡戴於女子頭鬢上,故云"蟬鬢覺春來"。

④ 代,李本、十卷本、姜本、毛本作"戍",誤。按:别集重出此首亦作"代"。【曾注】《説文》:勒,馬頭絡銜也。有銜曰勒,無銜曰羈。何遜《輕薄篇》:白馬黄金勒。【補注】代郡,秦、漢郡名,治所在今河北蔚縣西南,唐代爲蔚州。唐時亦有代州,即

雁門郡。此句“代郡”當指後者,與上一首《春日》“嘶馬雁門歸”句可互參。金勒,代指馬。

⑤ “梵”字原为闕文,據李本、十卷本、姜本、毛本、《全詩》、顧本補。梵聲,别集同題、述鈔作“河陽”。【曾注】梁武帝詩:周流揚梵聲。《壇經》:身是菩提樹,心如明鏡臺。《世説》:温嶠姑囑嶠覓婚,嶠密有自婚意。少日嶠報姑云:“已覓得婚處,壻身名宦盡不減嶠。”因下玉鏡臺一枚。玉鏡臺是嶠爲劉越石長史北征劉聰所得。【補注】梵聲,佛教僧侣誦經之聲。句似謂閨中女子誦佛經以銷日,對鏡臺而增悲。

⑥【補注】庭筠《菩薩蠻》詞:“雙鬢隔香紅,玉釵頭上風。”此二句謂女子頭綴春幡,行步時釵動幡亦隨之飄拂,似有風然。

【箋評】

【按】此寫立春日剪綵爲梅花綴於枝頭,女子亦頭戴春幡,行步時釵動幡飄的情景。五六句點明主旨,蓋寫閨婦思遠戍代郡之丈夫。

陳宫詞①

雞鳴人草草②,香輦出宫花③。妓語細腰轉④,馬嘶金面斜⑤。早鶯隨綵仗⑥,驚雉避凝笳⑦。淅瀝湘風外⑧,紅輪映曙霞⑨。

【校注】

① 《才調》卷二載此首。

②【曾注】《詩》:勞人草草。【補注】雞鳴,暗用齊武帝早起率宫人游幸事,詳卷一《雞鳴埭曲》注①。此借指陳後主出游。草草,匆忙倉促貌。

③【補注】香輦,帝王后妃所乘之車。出宫花,指從宫中出發。

④【咸注】《後漢·馬廖傳》:楚王好細腰,宫中多餓死。【補注】妓,指隨行的宫妓。

⑤【補注】金面,指飾金之馬轡頭。餘見卷一《湖陰詞》“鐵驄金面青連錢”句注。

⑥【補注】綵仗,綵飾之儀仗,指儀衛人員所持之綵旗、傘、扇等。

⑦ 凝,《全詩》、顧本校:一作“鳴”。【補注】凝笳,徐緩幽咽的笳聲。《文選·謝朓〈鼓吹曲〉》:“凝笳翼高蓋,疊鼓送華輈。”李善注:“徐引聲謂之凝。”

⑧【立注】酈道元《水經注》引《山海經》云:洞庭之山,帝之二女居焉。沅、澧之風,交湘之浦,出入多飄風暴雨。湖中有君山,湘君之所游處。昔秦始皇遭風於此,

問其故，博士曰："湘君出入，則多風。"秦皇乃赭其山。【補注】淅瀝，風聲。湘風，疑用《楚辭・九歌・湘夫人》"帝子降兮北渚，目渺渺兮愁予。嫋嫋兮秋風，洞庭波兮木葉下"之語，以借指帝王后妃出游時所吹來的風。

⑨【曾注】沈約詩：紅輪映早寒。【立注】李商隱詩"紅輪結綺寮"，朱鶴齡注云：紅輪不知是何物。楊用修云：想是婦女所執如暖扇之類。又唐太宗《白日半西山》詩云："紅輪不暫駐。"此則謂紅日也。【補注】曰"紅輪映曙霞"，此"紅輪"定指一輪紅日。此即《雞鳴埭曲》"碧樹一聲天下曉"之意。

【箋評】

【按】此詩寫陳宫逸游。雞鳴即匆匆出宫，妓語馬嘶，綵仗凝笳，一派熱鬧景象。早鶯之随，驚雉之避，則見儀仗之華美，儀衛之威嚴。末二句應轉首句"雞鳴"，謂淅瀝風聲起處，一輪紅日正映朝霞，天色尚早也，與齊武帝游幸至湖北埭雞始鳴同爲躭逸游之典型表現。

春日野行[1]

騎馬踏煙莎[2]，青春奈怨何[3]。蝶翎朝粉盡[4]，鴉背夕陽多。柳豔欺芳帶[5]，山愁縈翠蛾[6]。别情無處説，方寸是星河[7]。

【校注】

①《才調》卷二載此首。題内"野"字，十卷本、姜本作"曉"，非。詩有"夕陽"字，必非"曉行"所見。

②【補注】煙莎，碧莎如煙的草地。莎，見本卷《齊宫》"青莎緑似裁"句注。

③【補注】青春，兼指春天與青春年華。

④ 朝，原一作"胡"（按：《雪浪齋日記》引此詩作"胡"）。【曾注】梁簡文帝詩：花留蛺蝶粉。【咸注】《博物志》：燒鉛成胡粉。【補注】翎，指蝶翅。時已向晚，早晨蝴蝶翅上的蝶粉已漸次褪盡，故云"朝粉盡"。

⑤【曾注】李賀詩：官街柳帶不堪結。【補注】欺，壓倒、勝過。句意謂鮮豔的柳絲勝過華美的香帶。

⑥ 蛾，李本作"娥"，誤。【補注】《西京雜記》卷二："文君姣好，眉色如望遠山，臉際常若芙蓉，肌膚柔滑如脂。"餘見卷二《晚歸曲》"黛蛾"注。此句謂遠山如美人翠眉縈繞，含愁脈脈。

⑦【咸注】《列子》：方寸之地虚矣。【補注】方寸，指心。星河，銀河。二句謂别

情無處訴説，人心相隔，邈若星河。

【箋評】

【《雪浪齋日記》曰】温庭筠小詩尤工，如“牆高蝶過遲”，又“蝶翎胡粉重，鴉背夕陽多”，又《過蘇武廟》詩云：“歸日樓臺非甲帳，去時冠劍是丁年。”（胡仔《苕溪漁隱叢話前集》卷二十三引）

【陸時雍曰】末語巧思。（《唐詩鏡》卷五十一）

【黄周星《唐詩快》曰】（鴉背句下）黯然。（末句下）奇峭語，從無人道。

【屈復曰】一破題，二情。中四景，七八情。二，全篇主意，中四皆承二寫，而盡、多、欺、愁字既承上“怨”字，又起下“别情”。“方寸”，又遥應“怨”字。“無處説”應首句。（《唐詩成法》）

【按】春日野行，目睹春色而興怨别之情。所見景物，均呈現晚暮、愁悵色彩，而己之“怨”情即寓其中。末二句逼進一層，謂不僅怨别，且别情亦無處可以訴説，蓋人心之隔邈若星河也，極言其孤獨感。“鴉背夕陽多”固爲觀察細致之寫景名句，尾聯亦體驗深刻、造語新穎之抒情語。抒情主體應爲怨别之女子。

詠　嚬①

毛羽斂愁翠②，黛嬌攢豔春③。恨容偏落淚④，低態定思人。枕上夢隨月，扇邊歌繞塵⑤。玉鉤鸞不住，波淺石磷磷⑥。

【校注】

①《才調》卷二載此首，題注謂此亦齊梁體。【補注】嚬，同“顰”，皺眉。

② 毛羽，《全詩》、顧本校：一作“羽薄”。【曾注】《古今注》：梁冀改驚翠眉爲愁眉。【咸注】《登徒子好色賦》：眉如翠羽。陸機《豔歌行》：蛾眉象翠翰。【補注】句意謂翠眉愁蹙，如翠鳥羽毛之緊斂。

③【補注】句意謂豔若春花之顔容因黛眉緊攢而更添嬌美。

④【咸注】《世説》：吴道助兄弟遭母艱，號踊哀絶，路人爲之落淚。

⑤【曾注】劉向《别録》：有人歌賦楚、漢興以來善雅歌者，魯人虞公發聲清哀，遠動梁塵。【咸注】劉孝綽《和詠歌人偏得日照》詩：屢將歌罷扇，回拂影中塵。【補注】《列子・湯問》：“昔韓娥東之齊，匱糧，過東門，鬻歌假食。既去，而餘音繞欐，三日不絶。”扇，指歌女所執之歌扇。

⑥ 石磷磷，《全詩》、顧本校：一作“白粼粼”。【補注】玉鉤，玉製之掛鉤，用以懸

掛衣物或珠簾。此似喻女子之彎眉。波，指眼波。

【箋評】

【按】此詠女子愁眉緊皺之情態。一狀其形，二狀其態，點出"愁""嬌"二字。三四由顰眉而聯及其"恨容""低態"，點醒其"落淚""思人"的内心活動。五六謂此顰眉女子枕上夢虚，歌聲繞梁。七八似狀其彎眉如玉鉤，眼波如秋水，而所思不在（鸞不住），故不免嚬眉思人。

中書令裴公挽歌詞二首[①]

王儉風華首[②]，蕭何社稷臣[③]。丹陽布衣客[④]，蓮渚白頭人[⑤]。銘勒燕山暮[⑥]，碑沉漢水春[⑦]。從今虚醉飽[⑧]，無復污車茵[⑨]。

箭下妖星落[⑩]，風前殺氣迴[⑪]。國香荀令去[⑫]，樓月庾公來[⑬]。玉璽終無慮[⑭]，金縢竟不開[⑮]。空嗟薦賢路，芳草滿燕臺[⑯]。

【校注】

①"二首"二字，李本、十卷本、姜本、毛本爲小字置行側。第二首之前一行有"又"字。【咸注】《舊唐書》：裴度字中立，河東聞喜人。貞元五年進士擢第，累官門下侍郎、同中書門下平章事。出爲蔡州刺史、充彰義軍節度使。吴元濟平，賜爵上柱國，封晋國公，食邑三千户，進位中書令。薨時年七十五。【補注】據《新唐書・裴度傳》，大和八年，"徙東都留守，俄加中書令"。"（開成）三年，以病丐還東都，真拜中書令"，"（四年）上巳，宴群臣曲江，度不赴，帝賜詩……别詔曰：'方春慎疾爲難，勉醫藥自持……'使者及門而度薨，年七十六"。又據《新唐書・宰相表》《舊唐書・文宗紀》，裴度卒於開成四年三月丙戌。此二首挽歌詞當作於其後。度之享年應從《舊唐書》作七十五。

②【曾注】《南史》：王儉字仲寶，官僕射，嘗謂人曰："江南風流宰相，唯有謝安。"蓋自况也。【補注】風華，風采才華。《南史・謝晦傳》："時謝混風華爲江左第一。嘗與晦俱在武帝前，帝目之曰：'一時頓有兩玉人耳。'"風華首，語本此。據《南齊書》及《南史・王儉傳》，儉幼篤學，手不釋卷，曾依劉歆《七略》撰《七志》四十卷，又撰《元徽四部書目》，著録書籍二千二十帙，一萬五千七十四卷。年二十八即爲尚書左僕射，領吏部。弱年留意"三禮"，尤善《春秋》，發言吐論，必據儒學。手筆典裁，爲時所重。爲南齊駢文家，亦能詩。宋、齊之際易代文告，多出儉手。故以"風華首"稱之。此以借指裴度。度亦能文。晚年與白居易、劉禹錫宴游，以詩酒琴書自

樂，當時名士，多從之游，係文宗大和年間洛陽著名舊臣文士集團之首領人物。

③【咸注】班固《漢書》：贊：蕭何、曹參，位冠群後，聲施後世，爲一代之宗臣。陸機《漢高祖功臣頌序》：右三十一人，與定天下安社稷者也。【補注】《史記·袁盎傳》："袁盎曰：'絳侯所謂功臣，非社稷臣。社稷臣主在與在，主亡與亡。'"又《蕭相國世家》："高祖以蕭何功最盛，封爲酇侯，所食邑多……曰：'夫獵，追殺獸兔者狗也，而發蹤指示獸處者人也。今諸君徒能得走獸耳，功狗也；至如蕭何，發蹤指示，功人也……'……於是乃令蕭何第一。"社稷臣，即關係國家社稷存亡之重臣。此借指裴度。《新唐書·裴度傳》："度退然纔中人，而神觀邁爽，操守堅正，善占對。既有功，名震四夷。使外國者，其君長必問度年今幾，狀貌孰似，天子用否。其威譽德業比郭汾陽，而用不用常爲天下重輕。事四朝，以全德始終。及歿，天下莫不思其風烈。"此即所謂"社稷臣"。李商隱《韓碑》："帝曰汝度功第一。"亦以蕭何擬之。

④【曾注】《姓譜》：陶弘景爲丹陽派，常自稱丹陽布衣。【補注】《南史·陶弘景傳》："陶弘景字通明，丹陽秣陵人也……齊高帝作相，引爲諸王侍讀……永明十年，脱朝服掛神武門，上表辭禄……於是止於句容之句曲山……中山立館，自號華陽陶隱居……梁武帝既早與之游，及即位後，恩禮愈篤，書問不絶，冠蓋相望……國家每有吉凶征討大事，無不前以諮詢……時人謂爲山中宰相。"此以"丹陽布衣"借指裴度晚年引疾辭機務事。《新唐書·裴度傳》："大和四年，數引疾不任機重，願上政事……自見功高位極，不能無慮，稍詭跡避禍……時閹豎擅威，天子擁虚器，搢紳道喪，度不復有經濟意，乃治第東都集賢里……午橋作別墅，具燠館涼臺，號緑野堂……野服蕭散，與白居易、劉禹錫爲文章、把酒，窮晝夜相歡，不問人間事。而帝知度年雖及，神明不衰，每大臣自洛來，必問度安否。"其事類似陶弘景之掛冠居句曲山而號山中宰相，故以"丹陽布衣客"擬之。

⑤【曾注】《世説》：王儉高自標位，時人呼儉府爲入芙蓉池。古樂府：安得同心人，白頭不相離。【補注】《南史·庾杲之傳》："（王儉）用杲之爲衛將軍長史。安陸侯蕭緬與儉書曰：'盛府元僚，實難其選。庾景行汎渌水、依芙蓉，何其麗也！'时人以入儉府爲蓮花池，故緬書美之。"蓮渚白頭人，借指裴度晚年仍任節度使開府。度開成二年復以本官節度河東，時年已七十三，故云。

⑥【曾注】《後漢書》：竇憲破匈奴，登燕然山刻石紀功，令班固作銘。【補注】此借指裴度平叛破敵，功勳卓著。如元和十二年，裴度拜門下侍郎、平章事、彰義軍節度、淮西宣慰招討處置使，親往淮西前綫督戰，平淮西叛，擒吴元濟，封晋國公。憲宗命韓愈撰《平淮西碑》，即類似竇憲勒銘事。元和十三年，又建謀平淄青叛鎮李師道，十四年二月，淄青平。

⑦【咸注】《晋書》：杜預好爲後世名，刻石爲二碑，紀其勳績，一沉萬山之下，一立峴山之上，曰："焉知此後不爲陵谷乎？"【補注】萬山、峴山均在襄陽，臨漢水，故曰

“碑沉漢水春”。此只取裴度之功烈必當流芳千古之意,不取其好後世名。

⑧【曾注】《詩》:既醉以酒,既飽以德。

⑨【曾注】《漢書》:丙吉馭吏嗜酒,醉嘔丞相車上。西曹吏欲斥之,吉曰:“以醉飽之失去士,使此人將何所容?不過污丞相車茵耳。”【補注】車茵,車上的墊褥。二句謂從今之後已雖空自醉飽,却再也得不到裴公的厚待與愛護了。夏承燾《温飛卿繫年》據此二句,謂庭筠“似曾從度游”,甚是。此句用典類似李商隱《過故府中武威公交城舊莊感事》“芳草如茵憶吐時”,商隱借此懷念已故府主盧弘止之知遇,温詩用此典抒懷恩知遇之感,正復相似。

⑩【立注】本傳:(元和十二年)度(八月)二十七日至郾城,巡撫諸軍,宣達上旨,士皆賈勇,出戰皆捷。十月十一日,唐鄧節度使李愬襲破懸瓠城,擒吴元濟。【補注】《通鑑·憲宗元和十二年》:“諸軍討淮、蔡,四年不克……李逢吉等競言師老財竭,意欲罷兵。裴度……對曰:‘臣請自往督戰。’……先是,諸道皆有中使監陳,進退不由諸將,勝則先使獻捷,不利則陵挫百端,度悉奏去之,諸將始得專軍事,戰多有功……(十月)甲戌,愬以檻車送元濟詣京師,且告于裴度。是日,申、光二州及諸鎮兵二萬餘人相繼來降。”《新唐書·裴度傳》:“李師道怙強,度密勸帝誅之。乃詔宣武、義成、武寧、横海四節度會田弘正致討……弘正奉詔,師道果擒。”妖星,指叛鎮吴元濟、李師道。

⑪ 殺,底本闕文,據李本、十卷本、姜本、毛本、《全詩》、顧本補。【補注】殺氣,殺伐之氣。杜甫《北風》:“十年殺氣盛,六合人煙稀。”迴,轉變。

⑫【曾注】《世説》:荀令君至人家,坐處嘗三日香。【補注】荀彧字文若,東漢潁川人,少有才名,何顒稱其爲“王佐才”。初依袁紹,後從曹操,操比之爲張良。操迎漢獻帝徙都許昌,以彧爲侍中,守尚書令。常參與軍國大事。操之功業,多出彧謀。事詳《後漢書》《三國志》本傳。《太平御覽》卷七〇三引習鑿齒《襄陽記》:“荀令君至人家,坐處三日香。”此言“國香”,謂其香甲於一國。此以荀彧之功業擬裴度,謂其今已去世。

⑬ 庾,李本、十卷本、姜本、毛本作“定”,非。【咸注】《庾亮傳》:亮在武昌,諸佐吏殷浩等乘秋夜共登南樓,俄而亮至,諸人將起避。亮曰:“諸君少住,老子於此興復不淺。”【補注】據《晋書·庾亮傳》,亮歷仕東晋元帝、明帝、成帝三朝。成帝初,爲中書令,掌朝政。此以庾亮之功業及雅致比裴度。

⑭【曾注】蔡邕《獨斷》:皇帝六璽,皆以玉螭虎紐。【立注】《通鑑》:度復知政事,左右忽白失中書印,度飲酒自如。頃復白已得之,人問其故,曰:“急之則投之水火,緩之則復還故處。”人服其識量。【按】玉璽終無慮,謂唐之政權,賴裴度爲相,終於無憂,與失中書印復還事無涉。此即本傳所謂“其威譽德業比郭汾陽,而用不用常爲天下重輕。事四朝,以全德始終”之意。

⑮【立注】《尚書》疏:武王有疾,周公作策書告神,請代武王死,事畢,納書於金縢之匱,遂作《金縢》。及爲流言所謗,成王悟而開之。本傳:開成二年,復以本官節度河東,度固辭老疾。帝遣吏部郎中盧弘宣旨(諭意)曰:"爲朕卧鎮北門可也。"度不獲已,之任。三年,病甚,乞還東都,詔許還京,拜中書令。上巳曲江賜宴,群臣賦詩,度不能赴,文宗遣中使賜御札并詩曰:"注令待元老,識君恨不早。我家柱石衰,憂來學丘禱。"御札及門,而度已薨。【補注】《書·金縢》:"既克商二年,王有疾,弗豫……(周)公……乃告於大王、王季、文王,史乃册祝曰:'惟爾元孫某,遘厲虐疾,若爾三王,是有丕子之責于天,以旦代某之身……'公歸,乃納册于金縢之匱中。王翼日乃瘳。武王既喪,管叔及其群弟乃流言于國,曰:公將不利于孺子(按:指周成王)……周公居東二年,則罪人斯得……秋大熟,未穫,天大雷電以風,禾盡偃,大木斯拔,邦人大恐。王與大夫盡弁,以啓金縢之書,乃得周公所自以爲功代武王之説。"金縢開,則周公忠于武王、成王之心大白,而此云"金縢竟不開",則周公之忠心終不見白,而未得成王之信任重用。故此句當是統指裴度雖爲唐廷立大功,却未能始終如一地得到信任重用,數度起用爲相,又數度罷相之事。《新唐書·裴度傳》:"程异、皇甫鎛以言財賦幸,俄得宰相,度三上書極論不可,帝不納。自上印,又不聽。纖人始得乘罅……而卒爲异、鎛所構,以檢校尚書左僕射兼門下侍郎爲河東節度使。穆宗即位,進檢校司空……時元稹顯結宦官魏弘簡求執政,憚度復當國,因經制軍事,數居中持梗,不使有功。度恐亂作,即上書痛暴稹過惡,帝不得已,罷弘簡、稹近職。俄擢稹宰相,以度守司空、平章事、東都留守……徐州王智興逐崔群,諸軍盤亘河北,進退未一。議者交口請相度,乃以本官兼中書侍郎、平章事……居位再閏月,果爲逢吉所間,罷爲左僕射……度自見功高位極,不能無慮,稍詭迹避禍。於是牛僧孺、李宗閔同輔政,媢度勳業久居上,欲有所逞,乃共訾其跡損短之,因度辭位,即白帝進兼侍中,出爲山南西道節度使。"是度續爲程异、皇甫鎛、元稹、李逢吉、牛僧孺、李宗閔所構忌,先後四次罷相,説明幾朝皇帝對裴度并未始終信任,故曰"金縢竟不開"。

⑯【咸注】《寰宇記》:燕昭王金臺在易州易縣東南三十里。【補注】裴度在位時,曾薦李德裕爲相。《新唐書·李德裕傳》:"大和三年,召拜兵部侍郎。裴度薦材堪宰相。而李宗閔以中人助,先秉政,且得君,出德裕爲鄭滑節度使,引僧孺協力,罷度政事。"然此處非泛稱裴度之能薦賢,而係與第一首尾聯相應,落到自身。謂往昔曾受度恩遇,今度已逝,薦賢之路已斷,"黄金臺"已爲萋萋芳草所掩矣。

【箋評】

【按】此非一般虚應故事之挽歌詞,亦非僅對位顯功高重臣之贊頌與哀挽,而係身受裴度恩遇,對度之汲引寄予厚望之文士發自内心的贊頌與哀挽。二首對度之功業固極頌揚，稱之爲“社稷臣”，明其以一身繫朝廷之安危，且對其功高而未能始終受君主信任重用深有感慨。二首尾聯均聯係到自身，透露出裴度在世時曾對其有知遇，故於度之逝世，不能無薦賢路絶之慨。庭筠之從度游，具體時間及詳情今不能考，視首章尾聯，似曾爲度之門下客。

唐莊恪太子挽歌詞二首①

疊鼓辭宫殿②，悲笳降杳冥③。影離雲外日④，光滅火前星⑤。鄴客瞻秦苑⑥，商公下漢庭⑦。依依陵樹色⑧，空繞古原青⑨。

東府虚容衛⑩，西園寄夢思⑪。鳳懸吹曲夜⑫，雞斷問安時⑬。塵陌都人恨⑭，霜郊賵馬悲⑮。唯餘埋璧地⑯，煙草近丹墀⑰。

【校注】

① 顧本題首無“唐”字，毛本題末無“二首”二字，李本、十卷本、姜本“二首”二字爲小字置行側，席本同。【曾注】《舊唐書》：莊恪太子永，文宗長子也，母曰王德妃。大和四年封魯王。六年詔册爲皇太子。開成三年，上以皇太子宴遊敗度，將議廢黜，御史中丞狄兼謩雪涕以諫，上意稍解。十月，皇太子薨於少陽院，謚曰莊恪。十二月葬於驪山之北原。【補注】《舊唐書·文宗二子傳》：“莊恪太子永，文宗長子也。母曰王德妃。大和四年正月封魯王。六年，上以王年幼，思得賢傅輔導之……因以户部侍郎庾敬休守本官兼魯王傅，太常卿鄭肅守本官兼魯王府長史，户部郎中李踐方守本官兼王府司馬。其年十月降詔爲太子。上自即位，承敬宗盤游荒怠之後，恭謹惕慎，以安天下。以晋王謹愿，且欲建爲儲貳。未幾，晋王薨，上哀悼甚，不復言東宫事久之。今有是命，中外欽悦。後以王起、陳夷行爲侍讀。開成三年，上以皇太子宴游敗度，不可教導，將議廢黜，特開延英召宰相及兩省、御史臺五品已上，南班四品已上官對。宰臣及衆官以爲儲后年少，可俟改過，國本至重，願寬宥。御史中丞狄兼謩雪涕以諫，詞理懇切。翌日，翰林學士洎神策軍六軍軍使十六人又進表諫論，上意稍解。其日一更，太子歸少陽院……其年薨……初，上以太子稍長，不循法度，昵近小人，欲加廢黜，迫於公卿之請，乃止。太子終不悛改，至是暴薨。時傳云：太子，德妃之出也，晚年寵衰。賢妃楊氏恩渥方深，懼太子他日不利于己，故日加誣譖，太子終不能自辨明也。太子既薨，上意追悔。四年，因會寧殿宴，小兒緣橦，有一夫在下，憂其墮地，有若狂者。上問之，乃其父也。上因感泣，謂左右曰：‘朕富有天下，不能全一子！’遂召樂官劉楚材、宫人張十十等責之曰：‘陷吾太子者，皆爾曹也。今已有太子（按：開成四年十月，文宗立敬宗第六子陳王成美爲太子），更欲踵前

邪！’立命殺之。”此二首有“依依陵樹色”“霜郊賵馬悲”之句，當於開成三年十二月莊恪太子葬驪山北原之後作。

②【曾注】謝朓詩：疊鼓送華輈。李善云：小擊鼓謂之疊。【咸注】《漢書》：孝成帝，元帝太子也。初居桂宫。《漢武故事》：武帝生猗蘭殿，七歲爲皇太子。【補注】此句寫莊恪太子出殯，於疊鼓聲中靈車辭别宫殿。

③【立注】《舊唐書》本傳：敕兵部尚書王起撰哀册文曰：“玉琯歲窮，金壺漏盡。祖奠告徹，哀笳將引。”【補注】杳冥，天空。哀笳響起，靈車啓行，故云“悲笳降杳冥”。

④【曾注】温子昇《皇太子赦詔》：彩雲映日，神光照殿。【補注】《易·離》：“六二，黄離，元吉。”黄離，日旁之雲彩，因其受日光照射，色多赤黄，故稱。古多以黄離喻太子。劉禹錫《蘇州賀册皇太子箋》：“伏惟皇太子殿下，允膺上嗣，光啓東朝，蒼震發前星之輝，黄離表重輪之瑞。位居守器，禮重承祧。”此言“影離雲外日”，正所以喻皇太子失去皇帝的照耀庇護，猶黄離之離日。

⑤【曾注】劉孝威《和太子詩》：前星涵瑞彩。《荆州星占》：少微星，一名處士星，儲君副主之宫。【補注】《漢書·五行志下之下》：“心，大星，天王也。其前星，太子；後星，庶子也。”心，心宿，二十八宿之一，有星三顆，其主星亦稱大火、商星、鶉火。火前星、前星均指太子。李商隱《爲濮陽公奉慰皇太子（按：即莊恪太子）薨表》：“奄謝東宫……前星失色，少海驚波。”前星失色，即“光滅火前星”，指太子去世。

⑥【立注】謝靈運有《擬魏太子鄴中集》詩。《典略》：徐幹、劉楨、應瑒、阮瑀、陳琳、王粲、吴質並見友於太子。吴質《在元城與魏太子牋》：張敞在外，自謂無奇。陳咸憤積，思入京城。【補注】鄴客，指在鄴都從魏太子遊之賓客。曹丕《典論·論文》：“今之文人，魯國孔融文舉、廣陵陳琳孔璋、山陽王粲仲宣、北海徐幹偉長、陳留阮瑀元瑜、汝南應瑒德璉、東平劉楨公幹，斯七子者，於學無所遺，於辭無所假。”即後世所稱建安七子。其中孔融年輩較長，故謝靈運《擬魏太子鄴中集詩八首》中除魏太子及平原侯植兄弟二人外，僅王、陳、徐、劉、應、阮六人而無孔融。所謂“鄴客”，當指此六人。此處借指從太子永游之賓客，當包括庭筠自己在内。秦苑，秦地的宫苑，指博望苑。《漢書·戾太子劉據傳》：“及冠就宫，上爲立博望苑，使通賓客。”顔師古注：“取其廣博觀望也。”《三輔黄圖·苑囿》：“博望苑，武帝立子據爲太子，爲太子開博望苑以通賓客……博望苑在長安城南杜門外五里有遺址。”《長安志·唐京城》：“北門有戾園，園東南，有漢博望苑。”此處本應用“漢苑”，因第四字宜平而改“秦苑”（指秦地宫苑），且下句已有“漢庭”字，亦當避複。如解“秦苑”爲秦代宫苑，則與太子事了不相涉。戾太子劉據爲江充所誣，因舉兵誅江充，兵敗自殺。死後武帝亦曾憐太子無辜，乃作思子宫，爲歸來望思之臺于湖城。事與太子永死後文宗追悔有相似處，故借以爲比。此句謂舊日的賓客瞻望太子永接待賓客的宫苑。

⑦【曾注】《史記・留侯傳(當作世家)》:上欲易太子,及燕置酒,太子侍,四人從太子,須眉皓白,衣冠甚偉。上怪之,四人各言姓名曰:東園公、甪里先生、綺里季、夏黄公。上乃大驚,竟不易太子。【補注】商公,即商山四皓。漢高祖欲廢太子,吕后用留侯張良計,迎四皓,輔太子,遂使高祖輟廢太子之議。此以"商公"指輔導太子永之庾敬休、鄭肅、李踐方等人。下漢庭,言其離開朝廷,如鄭肅於太子永死後不久即出爲河中節度使。

⑧【補注】依依,依稀隱約貌。陵樹,當指太子永陵墓上的樹木。

⑨ 古,《全詩》、顧本校:一作"九"。【補注】古原,指太子永所葬之驪山北原。

⑩【咸注】《丹陽記》:東府城地,晋簡文爲會稽王時第也。東則丞相會稽王道子府,道子領揚州,故俗稱東府。(自卷七移此)【曾注】隋煬帝詩:朱庭容衛肅。【按】此以"東府"借指東宫太子府。容衛,儀仗、侍衛。太子已逝,空有儀衛,故云"虚"。

⑪【咸注】魏文帝《芙蓉池作》:逍遥步西園。【補注】西園,舊址在今河北臨漳縣鄴縣舊治北,傳爲曹操所建。曹植《公讌詩》:"清夜游西園,飛蓋相追隨。"王粲、劉楨、阮瑀、應瑒亦各有《公讌詩》傳世。顯爲鄴中諸子與曹丕、曹植兄弟同遊西園宴集之作,故後以"西園"作爲主賓相得同游之典。此處不但切主賓同游,且切從太子同游。據上首"鄴客"及此句,庭筠曾從莊恪太子遊,爲其門下賓客。句意謂往昔陪奉太子遊,今惟寄之夢思。

⑫【曾注】《列仙傳》:王子晋者,周靈王太子,好吹笙作鳳鳴。【補注】鳳,指笙。應劭《風俗通・聲音・笙》:"《世本》:'隨作笙。'長四寸,十二簧,像鳳之身,正月之音也。"懸,掛。句謂鳳笙在吹曲之夜被空懸不用。暗示吹笙者太子已逝。傳王子晋於緱山頂駕鶴仙去。

⑬【曾注】《禮記》:文王之爲世子,朝於王季,日三。雞初鳴而至於寢門之外,問内豎之御者曰:"今日安否何如?"内豎曰安,文王乃喜。及日中又至,亦如之。及暮又至,亦如之。【補注】》《通鑑・文宗開成二年》:"給事中韋温爲太子侍讀,晨詣東宫,日中乃得見。温諫曰:'太子當雞鳴而起,問安侍膳,不宜專事宴安。'太子不能用其言,温乃辭侍讀。辛未,罷守本官。"可見太子永確有宴游敗度之行。然此句之意則謂:太子已逝,不能復行雞鳴問安之禮。

⑭【曾注】《詩》:彼都人士。【補注】塵陌,猶"紫陌紅塵",指京城道路。漢長安城中有九條大道,稱九陌。塵陌,紅塵飛揚之京城大道。恨,遺恨。

⑮ 賵,述鈔、李本、姜本誤作"賙"。【曾注】陶潛《輓詩》:嚴霜九月中,送我至遠郊。《穀梁傳》:歸死曰賵,歸生曰賻。或曰車馬曰賵,貨財曰賻。《白虎通》:賻,助也;賵,赴也。所以助生送死也。【補注】賵馬,贈給喪家的送葬之馬。

⑯ 璧,李本、十卷本、姜本、毛本作"壁",誤。【咸注】《左傳》:楚恭王無冢適,有

寵子五人,無適立焉。乃大有事於群望而祈曰:"請神擇五人,主社稷。"乃徧以璧見於群望曰:"當璧而拜者,神所立也。"與巴姬密埋璧於太室之庭,使五人拜,康王跨之,靈王肘加焉。子干、子晳皆遠之。平王弱,抱而入,再拜皆壓紐。【補注】埋璧地,指昔日定立太子之地。

⑰ 丹,《全詩》、顧本校:一作"前"。【補注】丹墀,宫殿的赤色臺階或赤色地面。

【箋評】

【按】從"鄴客瞻秦苑""西園寄夢思"二句,可以推斷温庭筠曾作爲門客從游於莊恪太子李永。牟懷川《温庭筠從游莊恪太子考論》謂:"'鳳懸'二句,正是'夢思'内容……今按'鳳懸'即'懸鳳',也就是懸着(即持在手)鳳管以吹曲……在太子居處吹曲夜樂,這難道不正是'有絃即彈,有孔即吹'的温庭筠之所爲?反過來説,吹曲者只是才十歲左右的太子,而無座中的'鄴客',倒是無法講通了……因此,這兩首挽歌,沉痛悲嘆之外,隱隱透露了詩人與莊恪太子的特殊關係。這並不是一般的'都人恨',而是一個從游文人因其事關己所發、由衷的兔死狐悲之詞。"(《唐代文學研究》第一輯)然'鳳懸'句明用王子晋吹笙作鳳鳴事,以"懸"字透露鳳笙空懸,吹笙者已逝的消息,與下句均用有關太子的典故,其非指庭筠自己吹曲甚明。從"鄴客""西園"用典的出處看,庭筠作爲從游者,恐主要還是以文士的身份,而非吹拉彈唱的樂人身份。兩首挽詩所抒發的感情確實比較真摯、沉痛,但庭筠與太子永之間,是否還有更特殊的關係,單憑這兩首挽詩,尚難得出結論。

祕書劉尚書挽歌詞二首①

王筆活鸞鳳②,謝詩生芙蓉③。學筵開絳帳④,談柄發洪鐘⑤。粉署見飛鵬⑥,玉山猜卧龍⑦。遺風灑清韻⑧,蕭散九原松⑨。

麈尾近良玉⑩,鶴裘吹素絲⑪。壞陵殷浩謫⑫,春墅謝安棊⑬。京口貴公子⑭,襄陽諸女兒⑮。折花兼踏月,多唱柳郎詞⑯。

【校注】

① "二首"二字,毛本無,李本、十卷本、姜本作小字置行側。【陶敏曰】劉尚書,劉禹錫。《舊唐書》本傳:"會昌二年七月卒,時年七十一。"《新唐書》本傳:"會昌時,加檢校禮部尚書。卒,時年七十二(一),贈户部尚書。"《全文》卷六一〇劉禹錫《子劉子自傳》:"又改秘書監分司。一年,加檢校禮部尚書,兼太子賓客,行年七十有一……"(《全唐詩人名考證》865~866頁)。【按】兩《唐書》均未載禹錫改祕書監

分司事。據《子劉子自傳》,其改祕書監分司在"改太子賓客,分司東都"之後,時間在開成四年。禹錫卒於會昌二年七月,白居易有《哭劉尚書夢得二首》。庭筠此二首挽詩,當作於會昌二年七月以後。

② 【曾曰】未詳。【立注】張懷瓘《書録》:許圉師見太宗書,曰:"鳳翥鸞回,實古今書聖。"杜甫《贈汝陽王》詩:筆飛鸞聳立,章罷鳳騫騰。又唐太宗《王羲之傳贊》:"煙霏霧結,狀若斷而還連;鳳翥龍蟠,勢如斜而反正。"今之"活鸞鳳",或假借以狀其筆勢耳。【補注】劉禹錫擅長書法,曾從皇甫閱學書。書法作品有《萍鄉廣乘禪師碑》(《金石萃編》,拓本藏國家圖書館)、《寂然碑》(見《宋高僧傳》卷二十七《寂然傳》)等。此以王羲之善書法借指劉之善書。活鸞鳳,猶鸞翔鳳翥,狀其字體飄逸,筆勢飛動。或解:"王筆"指東晉王珣之爲大手筆。"筆"與下句"詩"對文,筆指文章。珣爲王導孫,能詩文,工行草。簡文帝爲撫軍大將軍,總理朝政,珣與殷仲堪等並以才學文章見知。《晋書·王珣傳》:"珣夢人以大筆如椽與之,既覺,語人云:'此當有大手筆事。'俄而帝崩,哀册謚議,皆珣所草。"珣亦善書,其《伯遠帖》今存,與王羲之《快雪時晴帖》、王獻之《中秋帖》並爲乾隆帝"三希"。此謂"王筆活鸞鳳",蓋謂其工文章爲大手筆,其文勢如同鸞翥鳳翔、飄逸飛動也。禹錫之文,當時即有評贊,李翱謂:"翱昔與韓吏部退之爲文章盟主,同時倫輩,惟柳儀曹宗元、劉賓客夢得耳。"(《劉賓客文集》卷十九《唐故中書侍郎平章事韋公集紀》)後世如宋祁至謂"最愛劉禹錫文章,以爲唐稱'柳劉',劉宜在柳柳州之上"(《宋景文筆記》卷上)。故以"王筆"喻劉之能文。

③ 【咸注】《世説》:顔延之嘗問鮑明遠己詩與謝康樂優劣,鮑曰:"謝五言如初發芙蓉,自然可愛;君詩若鋪列錦繡,亦雕繢滿眼。"【按】此以謝靈詩之如"初發芙蓉,自然可愛"贊劉詩之"神妙"(白居易《劉白唱和集解》)、"有高韻"(張戒《歲寒堂詩話》)。

④ 【曾注】《後漢書》:馬融坐高堂,施絳紗帳,前授生徒,後列女樂。【補注】據此句,似禹錫曾有收徒授業之事。或在貶居朗、連、夔、和期間。

⑤ 【曾注】《世説》:龐士元謂司馬德操曰:"若不扣洪鐘,不知其音響也。"【補注】談柄,清談時所執之麈尾。王士禎《居易續録》:"六朝以來則以麈尾爲談柄耳。"禹錫《送僧仲剬東游兼呈靈澈上人》:"高筵談柄一麾拂,講下門徒如醉醒。"句意謂禹錫善談辯,高談時聲若洪鐘。

⑥ 鵩,李本作"鵬",誤。【曾注】《異物志》:有鳥小如雞,體有文色,土俗因形名之曰鵩,不能遠飛,行不出域。賈誼《鵩鳥賦序》:誼爲長沙王傅,有鵩鳥飛入誼舍,止於坐隅。鵩似鴞,不祥鳥也。誼自傷悼,以爲壽不得長,乃爲賦以自廣。【補注】粉署,指尚書省。《太平御覽》卷二一五引應劭《漢官儀》:"省皆胡粉塗畫古賢人烈女,郎握蘭含香,趍走丹墀奏事。"故稱尚書省爲粉署、粉省。牛僧孺《席上贈劉夢

得》:“粉署爲郎四十春,今來名輩更無人。”禹錫貞元二十一年參預王叔文改革集團,擢屯田員外郎、判度支鹽鐵案,同年八月,憲宗即位,改元永貞,八司馬被貶,禹錫先貶連州刺史、再貶朗州司馬,在朗州居九年。“粉署見飛鵬”,當指其在尚書省屯田員外郎任上被貶。

⑦【咸注】《世説》:山公曰:“嵇叔夜之爲人也,巖巖若孤松之獨立;其醉也,俄如玉山之將崩。”【立注】《晋·嵇康傳》:鍾會言於文帝曰:“嵇康,卧龍也,不可起。公無憂天下,顧以康爲慮耳。”【補注】猜,猜忌。此句蓋謂禹錫有卧龍之才器,有玉山之俊邁風神,故遭到當權者之猜忌。此仍指被貶謫的遭遇而言。《晋書·裴楷傳》:“楷風神高邁,容儀俊爽……時人謂之‘玉人’,又稱‘見裴叔則(裴楷字)如近玉山,照映人也’。”

⑧ 灑,述鈔作“麗”,誤。【補注】清韻,指其清麗的詩文。或連下句解,指墓地松濤之清韻,亦通。

⑨【曾注】《檀弓》:趙文子曰:“是全要(腰)領以從先大夫於九京也。”鄭玄曰:晋卿大夫之墓地在九原。

⑩【曾注】《世説》:王夷甫容貌整麗,妙於談玄,恒捉白玉柄麈尾,與手都無分别。

⑪【曾注】《晋書》:王恭美姿儀,嘗披鶴氅裘涉雪而行。孟昶見之,嘆曰:“此神仙中人也。”【補注】二句美劉之儀容風度。

⑫【曾注】《晋書》:殷浩字深源,陳郡長平人。有盛名,朝野推服。與桓温頗相疑貳。浩受命北征,請進屯洛陽,修復園陵。進軍次山桑,而士卒多亡叛。温上疏罪浩,竟坐廢爲庶人。【補注】《晋書·殷浩傳》:“浩雖被黜放,口無怨言,夷神委命,談詠不輟,雖家人不見其有流放之戚。但終日書空,作‘咄咄怪事’而已。”句意似謂,殷浩請進屯洛陽,修復毁壞之園陵,本爲王室,不意因此遭貶。借喻劉禹錫之無罪被貶。

⑬ 謝安圍棋賭墅事,見卷二《謝公墅歌》“對局含情見千里”句注。【補注】此句謂禹錫有謝安之才器氣度。《舊唐書·劉禹錫傳》:“禹錫尤爲叔文知獎,以宰相器待之。”

⑭【補注】京口,三國時吴孫權將首府自吴(今蘇州市)遷京口(今鎮江市),稱京城。後遷都建業,改稱京口鎮。東晋、南朝稱京口城,爲長江下游軍事重鎮。

⑮【咸注】《古今樂録》:《襄陽樂》者,宋隨王誕之所作也。誕爲襄陽郡,夜聞諸女歌謡,因而作之。其曲云:朝發襄陽城,暮至大堤宿。大堤諸女兒,花豔驚郎目。

⑯【立注】《南史》:柳惲字文暢,少有志行,好學善尺牘。與陳郡謝瀹鄰居,深見友愛,瀹曰:“宅南柳郎,可爲表儀。”案:惲《江南曲》云:春花復將晚。又《起夜來》云:月影入蘭室。【補注】《舊唐書·劉禹錫傳》:“禹錫在朗州十年,唯以文章吟詠,

陶冶情性。蠻俗好巫，每淫祠歌舞，必歌俚辭。禹錫或從事於其間。乃依騷人之作，爲新辭以教巫祝。故武陵溪洞間夷歌，率多禹錫之辭也。"禹錫在夔州期間所作《竹枝詞九首引》亦自叙其效屈原作《九歌》而撰《竹枝詞》之事。此詩後四句蓋贊其仿民歌而作《竹枝詞》，爲民間廣泛傳唱。踏月，踏地爲節拍，在月夜唱歌起舞。《宣和書譜》卷五：南方風俗，中秋夜婦人相持踏歌，婆娑月影中，最爲盛集。柳郎，借指劉禹錫。禹錫有《踏歌詞四首》。

【箋評】

【按】此二首挽歌，對劉禹錫之才器、氣度、詩文創作成就均有高度評價，對其受猜忌遭貶謫之命運則深表同情。在詩歌創作方面，突出其學習民歌的作品深受民間喜愛、廣泛傳唱，堪稱具眼。禹錫晚年居洛多與裴度、白居易交游唱和。庭筠似曾在大和、開成間爲裴度門下客，其結識禹錫，或在禹錫居洛期間。

太子池①

梨花雪壓枝②，鶯囀柳如絲。嬾逐妝成曉，春融夢覺遲③。鬢輕全作影④，嚬淺未成眉⑤。莫信张公子⑥，窗間斷暗期⑦。

花紅蘭紫莖⑧，愁草雨新晴⑨。柳佔三春色，鶯偷百鳥聲⑩。日長嫌輦重，風暖覺衣輕。薄暮香塵起⑪，長楊落照明⑫。

【校注】

①《才調》卷二載此詩，題作"太子西池二首"，述鈔作"太子池二首"；李本、姜本、十卷本作"太子池二首"。席本作"太子西池二首"，同《才調》。《全詩》、顧本作"太子西池二首"。毛本同底本。《才調》列此首爲齊梁體。【立注】《世説》：明帝欲起池臺，元帝不許。帝時爲太子，好養武士，一夕中作池，比曉已成，今太子西池是也。山謙之《丹陽記》，西池，孫登所創，吴史所稱西苑也。晉明帝修復之耳。【按】詩中未涉及"太子池"或"太子西池"，疑題有誤。然詩中有"張公子""輦""長楊"等字，所寫確爲宫中情事，似是詠漢宫中嬪妃宫女之春情，當爲仿齊梁體之宫體詩。

②【咸注】李白《紫宫樂》詩：梨花白雪香。【補注】謂梨花繁盛，如白雪之壓枝。

③【補注】融，和煦、暖和。二句謂因慵懶故不願早起梳妝打扮，直睡到天大亮；春氣融和，故夢醒遲遲。

④【補注】駱賓王《在獄詠蟬》："那堪玄鬢影，來對白頭吟？"此句狀女子鬢髮輕薄，如同蟬翼雲影。

⑤【咸注】徐陵《與李那書》:嚬眉難巧,學步非工。【補注】謂皺眉淺而未成愁眉。

⑥【咸注】《漢書·序傳》:富平侯張放始愛幸,成帝出爲微行,與同輦執轡,入内禁中,設飲燕之會,引滿舉白,談笑大噱。《漢·五行志》:成帝時童謡云:"燕燕尾涎涎,張公子,時相見。"謂富平侯張放也。

⑦【補注】暗期,暗地約會。

⑧【曾注】屈原《九歌》:秋蘭兮青青,緑葉兮紫莖。

⑨【補注】謂雨中含愁之煙草適逢新晴。

⑩【咸注】韋應物《聽鶯曲》:流音變作百鳥喧。【補注】流鶯巧囀,能爲百鳥之聲,故曰"偷"。

⑪【補注】香塵,猶芳塵,指女子所乘車輦揚起的灰塵。

⑫【曾注】《漢書》注:宜曲宫在昆明池西,長楊宫在盩厔。【補注】長楊宫,初建於秦昭王時,因宫中有垂楊數畝,故名。秦亡後保存較完整。西漢諸帝常往游幸,在此觀看校獵。成帝時揚雄爲諷諫游獵,曾作《長楊賦》。故址在今周至縣東三十里的終南鎮竹園頭村。

【箋評】

【按】二詩均寫宫嬪春情。首章寫春日梨花似雪,楊柳如絲,流鶯巧囀,春色迷人,而宫嬪則懶起夢遲,鬢輕嚬淺。尾聯透露宫嬪與皇帝近幸如張公子者有偷期暗約之事,曰"莫信",則怨對方之失約也。次章似寫宫嬪隨皇帝至長楊觀獵,日暮始歸的情景。二首均與"太子"及"池"無涉。

西嶺道士茶歌①

乳竇濺濺通石脈②,緑塵愁草春江色③。澗花入井水味香,山月當人松影直。仙翁白扇霜鳥翎④,拂壇夜讀黄庭經⑤。疎香皓齒有餘味,更覺鶴心通杳冥⑥。

【校注】

① 嶺,《全詩》、顧本作"陵",疑聲近致誤,全篇不及"西陵"。今浙江杭州市蕭山區西興鎮古稱西陵。李白《尋越中山水》:"東海橫秦望,西陵遶越臺。"

② 竇,李本、十卷本、姜本、毛本作"燕",誤。【咸注】鮑照《過銅山》:乳竇夜涓滴。屈原《九歌》:石瀨兮淺淺。淺、濺同。【補注】乳竇,泉眼。元結《説洄溪招退

者》:“長松亭亭滿四山,山間乳竇流清泉。”濺濺,水疾流貌。李端《山下泉》:“碧水映丹霞,濺濺度淺沙。”石脈,石頭縫隙。李賀《南山田中行》:“石脈水流泉滴沙,鬼燈如漆點松花。”此謂道士用泉眼涌出的泉水煮茶。

③【補注】緑塵,緑色塵末。此指茶葉碾成的細粉末。范仲淹《和章珉從事鬥茶歌》:“黄金碾畔緑塵飛,紫玉甌心雪濤起。”愁草,似指含愁的緑草。或解:指斂束的茶葉。愁,通“揫”,斂也。春江色,言茶葉的顔色碧緑。句意謂緑色的茶葉粉末猶如碧草春江之色。

④ 鳥,十卷本、姜本作“烏”,誤。【咸注】陸機《羽扇賦》:委曲體以受制,奏雙翅而爲扇。【補注】仙翁,指西嶺道士。白扇霜鳥翎,謂其白羽扇係白鳥的羽毛製成。霜,狀其白。

⑤ 讀,《全詩》、顧本校:一作“誦”。【曾注】《集仙傳》:謝自然日誦《黄庭經》十徧,誦時有童子侍立,每十徧即將向上界去。《黄庭經》:脾神常在字魂庭。注:脾中央即黄庭之宫,曰常在。又:黄庭者,頭中明堂洞房丹田也。【補注】拂壇,用羽扇拂去石壇上的灰塵。《黄庭經》,道教的經典著作,有兩種,即《上清黄庭内景經》及《上清黄庭外景經》,《外景經》早於《内景經》。二書均以七言歌訣講述養生修煉原理。

⑥【咸注】《春秋繁露》:鶴知夜半。【補注】疎香,指茶的清香。鶴心,猶道心、出塵之心。修道者常以鶴爲伴,傳説中仙人多以鶴爲坐騎。杳冥,高遠的天空。

【箋評】

【按】詩寫西嶺道士以泉水煮茶,茶湯呈緑草春江之色。澗花入井,水味添香;山月照人,松影正直。道士手執羽扇,拂壇夜讀道教經典。此際品茶,清香留齒,餘味悠長,更覺道心通向高遠無際的天空。將茶之色、香、味與道士的生活環境及修道誦經生活融爲一體。

過西堡塞北①

淺草乾河濶,叢棘廢城高。白馬犀匕首②,黑裘金佩刀③。霜清徹兔目④,風急吹雕毛⑤。一經何用厄⑥,日暮涕沾袍⑦。

【校注】

① 【陳尚君曰】《邊笳曲》……爲初秋在邊堡作。《過西堡城》(卷三)亦秋日作。塞址不詳。或即前詩的“霜堡”。(《温庭筠早年事迹考辨》)

② 犀匕,李本、十卷本、姜本、毛本作“紋犀”。【咸注】《戰國策》:得徐夫人匕

首。【補注】犀匕首，用犀牛皮的鞘裝匕首。

③【曾注】《戰國策》：李兑送蘇子黑貂之裘。《漢書》：單于朝天子於甘泉宫，賜以佩刀。【補注】二句係詩人過西堡塞北所見戍邊將士威武形象，非詩人自我寫照，否則與尾聯不合。

④【曾注】《埤雅》：兔目不瞬。【咸注】羅願《爾雅翼》：兔視月而有子。其目尤瞭，故牲號謂之明視。【補注】句意謂秋霜肅殺百草，天高氣清，故兔目可徹視廣遠。

⑤【咸注】《淮南子》：雕，其毛能食諸鳥羽，如群錯草中，有雕毛，必衆毛自落。【補注】此句言風急而雕羽被吹開張。

⑥ 經，原作"輕"，據述鈔、《全詩》、顧本改。【咸注】《漢書·韋賢傳》：長安語曰："遺子黄金滿籯，不如一經。"【補注】戹，困。句意謂何用困守一經。蓋謂通一經無用於國，無補於己。

⑦ 日，席本、顧本作"已"。【咸注】《公羊傳》：西狩獲麟，孔子反袂拭面，涕泣霑袍。【補注】學文通經無用於世，故曰"涕沾袍"。

【箋評】

【按】此遊邊塞目睹邊地荒涼景象及邊將威武形象，有感於百無一用是書生，而作此以抒慨。西堡塞，所在不詳。

温庭筠全集校注卷四

詩

送李億東歸六言①

黄山遠隔秦樹②,紫禁斜通渭城③。别路青青柳弱④,前溪漠漠苔生⑤。和風澹蕩歸客⑥,落月殷勤早鶯⑦。灞上金樽未飲⑧,讌歌已有餘聲。

【校注】

①《才調》卷二、《英華》卷二七九送行十四載此首。《英華》題内"億"作"憶",誤。十卷本、姜本置六言律卷(僅此一首),故題下無"六言"二字。【按】此詩一作周賀詩。佟培基《全唐詩重出誤收考》云:"四部叢刊鐵琴銅劍樓藏宋刊本《周賀詩集》無。《才調集》二、《英華》二七九、顧氏秀野草堂本《温飛卿詩集》四作温詩。《品彙》四五作周賀,疑誤。李億大中十二年進士,見《登科》二二。《才調》一〇載魚玄機《寄李億員外》詩。周賀稍早,當爲温庭筠送其東歸。"所辨甚是。詩逕稱"李億",當是大中十二年億登第以前作。李億係大中十二年狀元,見《玉芝堂談薈》。李億,字子安,咸通中曾爲補闕、員外郎。魚玄機有《情書寄李子安》《春情寄子安》《隔漢江寄子安》《江陵愁望寄子安》《寄子安》等多首,又有《冬夜寄温飛卿》《寄飛卿》。魚玄機曾爲李億妾。

②【立注】《西京賦》:繞黄山而款牛首。注:《漢書》:右扶風槐里縣有黄山宫。杜甫詩:兩行秦樹直。【補注】黄山,在今陝西興平縣北,又名黄麓山。有黄山宫,爲漢惠帝二年建造之離宫。句謂黄山遠在秦樹之外。

③【立注】謝莊《宣貴妃誄》:收華紫禁。善曰:王者之宫以象紫微,故謂宫中爲紫禁。王維《渭城曲》:渭城朝雨浥輕塵。【補注】渭城,漢縣名,本秦之咸陽。治所在今咸陽市東北十公里窑店鎮附近。渭城在宫禁之西北,有漕河相通,故云"斜

通”。二句長安形勢。

④【咸注】張正見詩：別路已驚秋。【補注】李億東歸，庭筠當於長安城東之灞橋送別（下“灞上金樽未飲”句可證）。《三輔黄圖·橋》：“霸橋，在長安東，跨水作橋。漢人送客至此橋，折柳送別。”王維《渭城曲》：“客舍青青柳色新。”

⑤【曾注】《前溪曲》：幽思出門倚，逢郎前溪度。【按】此“前溪”當即眼前的灞水，與《前溪曲》之“前溪”（在今浙江湖州）無涉。漠漠，密佈貌。

⑥【補注】澹蕩，猶“駘蕩”，謂使人和暢。鮑照《代白紵曲》之二：“春風澹蕩俠思多，天色净渌氣妍和。”

⑦【補注】殷勤，情意深厚。句意謂下弦月尚在天空，而早鶯却已殷勤啼鳴，像在深情送客。

⑧ 灞，顧本作“霸”。【曾注】《漢書》注：應劭曰：霸上在長安東三十里，古曰滋水，秦穆公更名霸水。

【箋評】

【按】首二長安形勢，别地遠景。三四别地近景，點明“别路”及“柳”，關合題内“送”字，“前溪”即别地灞上。五六落到“歸客”，早鶯殷勤，和風澹蕩，托出主賓意興情意。七八則酒未飲而歌已闌，歸客即將啓程。款款道來，不見用力，清新流麗，風調自佳。六言律唐代甚少，此詩可稱佳製。

開聖寺①

路分磎石夾煙叢②，十里蕭蕭古樹風。出寺馬嘶秋色裏，向陵鴉亂夕陽中③。竹間泉落山厨静，塔下僧歸影殿空④。猶有南朝舊碑在，耻將興廢問休公⑤。

【校注】

①《英華》卷二三八寺院六載此首。【補注】張祜有《開聖寺》七律（一作朱慶餘詩）：“西去山門五里程，粉牌書字甚分明。蕭帝壞陵深虎跡，廣師遺院閉松聲。長廊畫剥僧形影，古壁塵昏客姓名。何必更將空理遣，眼前人事已浮生。”寺在潤州丹陽。温此詩寫景與張詩有相似處（張詩“蕭帝壞陵”，温詩“向陵”，又曰“南朝舊碑”），當同指潤州丹陽之開聖寺。或謂指荆州四望山之開聖寺，疑非。荆州不可能有南朝帝陵。

② 磎，《全詩》作“谿”，《英華》、顧本作“溪”。【補注】磎，山間的水流。煙叢，

煙籠霧罩的樹林,即下句之"十里蕭蕭古樹"。夾煙叢,指溪的兩岸夾生叢叢煙樹。

③【補注】陵,指南朝諸帝陵墓。《元和郡縣圖志·江南道一·潤州》:丹陽縣,有南齊宣帝休安陵、高帝道成泰安陵、武帝頤景安陵、景帝道生永安陵、明帝鸞興安陵、梁文帝順之建陵、武帝衍修陵、簡文帝綱莊陵。

④【補注】影殿,寺中供奉佛祖真影的殿堂。

⑤ 耻,《英華》、席本、顧本作"敢"。休公,《英華》、席本、顧本作"漁翁"。【補注】休公,指南朝劉宋僧人惠休。《文選·江淹〈雜體詩·休上人〉》李善注:"沈約《宋書》曰:'沙門惠休,善屬文,徐湛之與之甚厚,世祖命使還俗。本姓湯,位至揚州從事也。'"此以"休公"借指開善寺住持僧。

【箋評】

【譚宗《近體秋陽》】純以古懷發其愴感,以愴出其題賦,作手哉!

【胡本淵《唐詩近體》】("出寺"二句)秋晚摹寫最工。

【按】此游南朝古寺,見壞陵舊碑,有感於興廢之事而作,曰"耻將興廢問休公",似因南朝政權多次更迭,興廢不常,政治腐敗而"耻"言之也。雖略有感愴,但並不沉重。遊賞一路秋景,迤邐而下,別具清暢流美之情致風調,雖爲律體,頗近古風。前幅寫景殆可入畫。此詩疑會昌元年秋歸吴中舊鄉途中所作。

贈蜀將 蠻入成都,頗著功勞①

十年分散劍關秋②,萬事皆隨錦水流③。心氣已曾明漢節④,功名猶自滯吴鈎⑤。鵰邊認箭寒雲重⑥,馬上聽笳塞草愁⑦。今日逢君倍惆悵,灌嬰韓信盡封侯⑧。

【校注】

①《英華》卷三百軍旅二邊將載此首,題作《贈蜀將蠻人成都頗著功勞》。《全詩》"蜀"下有"府"字。李本、十卷本、姜本、毛本"入"誤作"人";十卷本、姜本、毛本、《全詩》、顧本"頗"作"頻",李本作"領"。【按】作"人"顯爲"入"之形誤;作'頻'作'領'亦顯爲'頗'之形誤。蠻入成都後不久即掠子女百工等南去,蜀將不可能"頻"著功勞。【夏承燾曰】咸通十一年庚寅　春,蠻攻成都,經月始退。舊紀　通鑑　集四有《贈蜀將》自注云:"蠻入成都,頻著功勞。"顧肇倉曰:"蠻入擾川,前此二三十年已然,而攻成都則在本年。此詩不必即作於本年,蓋蜀將著功,未必即回長安而相晤也。"飛卿詩可考年代者,此爲最後。足證其此年尚健在(《温飛卿繫年》)。

【陳尚君曰】施蟄存先生《讀温飛卿詞札記》(《中華文史論叢》第八輯)據宋人《寶刻類編》記載,"唐國子助教温庭筠墓誌,弟庭皓撰,咸通七年(866)。"考定了庭筠卒年。庭筠不可能看到死後的南詔入侵。施先生復引《南詔野史》:"咸通三年(862),世隆親寇蜀,取萬壽寺石佛歸",交代了"蠻入成都"事件。細繹詩意,參以史實及庭筠行年,這一交代尚不足釋疑……今按,中晚唐間,南詔侵入成都,正史記載凡兩次。除咸通十一年外,前一次在大和三年(829)十一月。據史載,是次南詔入侵,聲勢很大,攻陷數州,佔據成都外郭十日,東西兩川爲之震動。朝廷急發神策軍和七道節度使入川增援,南詔始引退。這次事件中,成都守軍和赴援諸軍,皆可記功。庭筠詩中稱蜀將"蠻入成都,頗著功勞",可確定是指這一事件。詩當作於此後不久……今姑定《贈蜀將》作於大和五年(831),距成都事件兩年。詩中"十年分散劍關秋,萬事皆隨錦水流",十年非確數,但據此逆推其入蜀在長慶、寶曆間,與事實相去不會甚遠。庭筠時年二十餘歲,正值少年俊邁之時(按:陳定庭筠生於貞元十七年,即公元801年)。(《温庭筠早年事跡考辨》)【按】"蠻入成都"當從陳尚君説,指大和三年南詔入侵成都事。《通鑑·文宗大和三年》:十一月,丙申,"西川節度使杜元穎奏南詔入寇。元穎以舊相,文雅自高,不曉軍事,專務蓄積,減削士卒衣糧。西南戍邊之卒,衣食不足,皆入蠻境鈔盜以自給,蠻人反以衣食資之;由是虛實動静,蠻皆知之。南詔自嵯巔大舉入寇,邊州屢以告,元穎不之信;嵯巔兵至邊城,一無備禦。蠻以蜀卒爲鄉導,襲陷嶲、戎二州。甲辰,元穎遣兵與戰於邛州南,蜀兵大敗,蠻遂陷邛州……嵯巔自邛州引兵徑抵成都,庚戌,陷其外郭……蠻留成都西郭十日,其始撫慰蜀人,市肆安堵。將行,乃大掠子女、百工數萬人及珍貨而去。蜀人恐懼,往往赴江,流尸塞江而下。"以上記載,正此詩自注所云"蠻入成都"之事。詩之作年,當在庭筠與蜀將"分散劍關秋"的十年後。"蠻入成都"在大和三年冬,蜀將之"著功勞"即在其時。庭筠與蜀將初次相逢及分散,當在蜀將"著功勞"之後,約在大和四年秋。自大和四年下推"十年",庭筠與蜀將重逢並贈詩約在開成四年。參箋評欄編著者按。

② 【曾注】《水經注》:劍州劍門縣,諸葛武侯相蜀,於此立劍門;以大劍山至此有隘束之路,故曰劍門。"【補注】《水經注》卷二十《漾水》:"又東南逕小劍戍北,西去大劍三十里,連山絶險,飛閣通衢,故謂之劍閣道。"唐置劍門縣,境内有劍門山,峭壁中斷,兩崖相嵌,形似劍門。句謂十年前的秋天,庭筠與蜀將在劍門分别。

③ 隨,《英華》校:一作"從",席本、顧本作"從"。【曾注】《華陽國志》:錦江,織錦濯其中則鮮明,他江則不好。

④ 心,《英華》、席本、顧本、《全詩》作"志"。【曾注】《漢書》:蘇武使匈奴,持漢節十九歲,節旄盡脱。【補注】心氣,志氣。韓愈《送侯參謀赴河中幕》:"爾時心氣壯,百事謂已能。"句意謂蜀將在南詔入侵時已經表明了忠於唐王朝的志節。

⑤ 自滯,《英華》、席本、顧本作"尚帶"。【曾注】《吴越春秋》:吴王闔閭令國中作金鉤,令曰能爲善鉤者賞之百金。有人殺其二子,以血釁金,遂成二鉤,獻於闔閭。【咸注】《吴都賦》:吴鉤越棘。【補注】鉤,兵器,似劍而曲。吴鉤,泛指利劍。杜甫《後出塞五首》之一:"男兒生世間,及壯當封侯。戰伐有功業,焉能守舊丘……少年别有贈,含笑看吴鉤。"李賀《南園十三首》之二:"男兒何不帶吴鉤,收取關山五十州。請君試上凌煙閣,若個書生萬户侯?"吴鉤作爲建功封侯之志的象徵。猶自滯吴鉤,謂其雖"頗著功勞",而至今仍留滯不得封賞也。

⑥【曾注】王維詩:回看射雕處,千里暮雲平。【補注】句謂蜀將於寒雲沉重的天空下射雕,並在射落的雕身上辨認自己的箭。

⑦【補注】謂蜀將在馬上聽悲凉的胡笳聲在吹奏,似乎連塞草也籠罩着悲愁。

⑧【曾注】《史記》:灌嬰,睢陽人,封潁陰侯。又:韓信,淮陰人,封淮陰侯。【補注】據《史記·樊酈滕灌列傳》,灌嬰本爲"睢陽販繒者";《淮陰侯列傳》,韓信"始爲布衣時,貧無行,不得推擇爲吏,又不能治生商賈,常從人寄食飲,人多厭之者",出身地位均較低賤。此借指其他地位功績不如蜀將的將領。《史記·李將軍列傳》:"李將軍廣者,隴西成紀人也。其先曰李信,秦時爲將……孝文帝十四年,匈奴大入蕭關,而廣以良家子從軍擊胡,用善騎射,殺首虜多,爲漢中郎……文帝曰:'惜乎,子不遇時!如令子當高帝時,萬户侯豈足道哉!'"又,"初,廣之從弟李蔡與廣俱事孝文帝……元狩二年中,代公孫弘爲丞相。蔡爲人在下中,名聲出廣下甚遠,然廣不得爵邑,官不過卿,而蔡爲列侯,位至三公。諸廣之軍吏及士卒或取封侯。廣嘗與望氣王朔燕語,曰:"自漢擊匈奴而廣未嘗不在其中,而諸部校尉以下,才能不及中人,然以擊胡軍功取侯者數十人,而廣不爲後人,然無尺寸之功以得封邑者,何也?豈吾相不當侯邪?且固命也。"聯係自注"鑾入成都,頗著功勞"之語,此聯蓋暗以李廣喻蜀將,慨其有功而不得封賞,而出身地位才能功勞不如蜀將者反盡得封侯。"盡"字含輕視之意,亦含怨憤不平。

【箋評】

【陸次雲曰】筆壯。(《五朝詩善鳴集》)

【楊逢春曰】七八頂"滯吴鉤"申説,妙用托筆。(《唐詩繹》)

【胡以梅曰】(雕邊二句)言藝精而邊徼凄凉之況。(《唐詩貫珠串釋》)

【沈德潛曰】(末二句)惜其立功而不侯,同於李廣。李蔡下中人,且侯,况灌嬰、韓信乎?(《重訂唐詩别裁集》卷十五)

【宋宗元曰】(首二句)不脱蜀地。(雕邊二句)壯麗。(《網師園唐詩箋》)

【管世銘曰】凡律詩最重起結,七言尤然。起句之工於發端,如……温飛卿"十年分散劍關秋,萬事皆隨錦水流"。(《讀雪山房唐詩序例·七律凡例》)

【延君壽曰】温飛卿七律，如《贈蜀將》《馬嵬》《陳琳墓》《五丈原》《蘇武廟》諸作，能與義山分駕，永宜楷式。(《老生常談》)

【王壽昌曰】以句求韻而尚妥適者……温飛卿之"鵰邊認箭寒雲重，馬上聽笳塞草愁"之類是也。(《小清華園詩談》卷下)

【按】此爲蜀將有功勞而無封賞抱不平之作。起聯點明己與蜀將十年前劍關分别，"萬事"句寫十年中世事變遷，反托"滯"字。頷聯一篇之主，謂其十年前在南詔入侵時已用"頗著功勞"的實際行動表明了忠于朝廷的志氣節概，十年後功名不立"猶自"滯居下位。"已曾""猶自"分指十年前與十年後。腹聯蜀將目前閒置冷落景況，承"滯吴鉤"而申言之。尾聯"今日逢君"點明今日重逢，遥應首句"十年分散"；"倍惆悵"者，他人才能功績不及蜀將者均得封賞，獨君猶自留滯不遷也。中二聯均貼"蜀將"言，僅首尾點明昔别今逢。或解中二聯指庭筠，殆誤。當十年前"分散劍關秋"時，蜀將已在"蠻入成都"時"頗著功勞"，故十年後又"今日逢君"倍感惆悵，因其時隔十年，"功名猶自滯吴鉤"也。如此解，方順理成章。十年前分别之時，當距蜀將"頗著功勞"之時較近，故定其約在大和四年秋。自此下推十年，此詩約作於開成四年。視"馬上聽笳塞草愁"之句，此次重逢之地似在西北邊塞之地，或蜀將在邊地軍中供職也。

西江貽釣叟騫生①

晴江如鏡月如鉤②，泛灩蒼茫送客愁③。夜淚潛生竹枝曲④，春朝遥上木蘭舟⑤。事隨雲去身難到⑥，夢逐煙銷水自流⑦。昨日歡娱竟何在⑧，一枝梅謝楚江頭⑨。

【校注】

①《英華》卷二六一寄贈十五載此首，題作"西江寄友人騫生"。【按】别集又有《貽釣叟騫生》，與此首重複，個别文字稍有不同，見各句校。西江，當即末句"楚江"，指長江中游流經舊楚地的一段。騫生，名未詳。

② 晴江，《英華》、顧本作"碧天"。【曾注】公孫乘《月賦》：隱圓巖而似鉤，蔽條堞而分鏡。梁簡文帝《烏棲曲》：浮雲似障月如鉤。

③ 灩，十卷本作"艷"。送，《英華》、席本作"迷"。愁，《全詩》、顧本校：一作"遊"。【補注】泛灩，浮光閃耀貌。《藝文類聚》卷一引謝靈運《怨曉月賦》："浮雲褰兮收泛灩，明舒照兮殊皎潔。"盧照鄰《宿晋安亭》："汎灩月華曉，裴回星鬢垂。"此句"泛灩"當指月光映於江面浮動閃耀之貌。

④【咸注】錢謙益《杜詩注》：《竹枝》本出於巴、渝。唐貞元中，劉禹錫在沅、湘，

以俚歌鄙陋,乃依騷人《九歌》作《竹枝》新歌。禹錫曰:"《竹枝》,《巴歈》也。巴兒聯歌,吹短曲,擊鼓以赴節。"【補注】《竹枝》,巴、渝民歌。顧况《竹枝曲》:"巴人夜唱竹枝曲,腸斷曉猿聲漸稀。"劉禹錫仿巴渝民歌作《竹枝詞》九首,在爲夔州刺史期間,時間在穆宗長慶二年,非貞元中作,亦非在沅、湘爲朗州司馬時,見其《竹枝詞九首并引》,錢氏引《樂府詩集》卷八十一所記載有誤。據顧况《竹枝曲》,此曲聲當悲凄,故云"腸斷曉猿"。白居易《憶夢得》自注亦云:"夢得能唱《竹枝》,聽者愁絶。"故温詩云"夜淚潛生竹枝曲",謂夜聽《竹枝曲》,不覺潸然淚下也。

⑤ 朝,《英華》、十卷本、姜本、别集作"灘",《全詩》、顧本作"潮"。上,《英華》、席本、顧本作"聽"。【曾注】任昉《述異記》:木蘭洲在潯陽江中,多木蘭,吴王闔閭植此搆宫殿。又七里洲中,魯般刻木蘭爲舟,至今存。【補注】木蘭,香木名,皮似桂而香,狀如楠樹,花内白外紫。木蘭舟,泛稱華美的船。柳宗元《酬曹侍御過象縣有寄》:"破額山前碧玉流,騷人遥駐木蘭舟。"

⑥ 身,《全詩》、顧本校:一作"心"。

⑦ 自,别集作"共"。

⑧ 在,《英華》、席本、顧本作"事",《全詩》、顧本校:一作"有"。

⑨【咸注】盛弘之《荆州記》:陸凱與范曄相善,自江南寄梅一枝詣長安與曄,并詩曰:"折梅逢驛使,寄與隴頭人。江南無别信,聊贈一枝春。"【按】楚江,見注①。

【箋評】

【按】此江頭送客之作。首聯西江清晨送客即景:晴江如鏡、下弦月如鈎。微茫月色映照江面,浮光閃耀。"送客愁"三字點明全篇主意。頷聯回顧昨夜聞《竹枝》而别淚暗滋,點出今晨友人乘舟離去。五六往事俱成舊夢,如雲去煙銷水流,而己身亦難到昔日歡娱之地。七八謂往日歡娱(即腹聯所謂"事""夢")究成何事,今日所見,惟一枝梅謝楚江頭而已,蓋言所懷之人路遥莫寄也。似是"蹇生"與作者有過一段共同的生活經歷(即"昨日歡娱"),故送别之際抒寫往事成虚之感慨。此詩似在江陵作,疑作於咸通二年在荆南節度使蕭鄴幕時。

寄清源寺僧①

石路無塵竹徑開,昔年曾伴戴顒來②。窗間半偈聞鐘後③,松下殘棋送客迴。簾向玉峰藏夜雪④,砌因藍水長秋苔⑤。白蓮社裹如相問⑥,爲説游人是姓雷⑦。

【校注】

①《英華》卷二二三釋門五載此首。又卷二六一寄贈十五亦載此首，題作"寄清凉寺僧"，文字亦有異。席本、顧本題亦作"寄清凉寺僧"。【按】題當作"寄清源寺僧"。清源寺，在藍田輞川。李肇《國史補》卷上："王維好釋氏，故字摩詰。立性高致，得宋之問輞川别業，山水勝絶，今清源寺是也。"《新唐書·王維傳》："别墅在輞川……母亡，表輞川第爲寺，終葬其西。"詩有"玉峰""藍水"字，其爲清源寺無疑。作"清凉寺"者非。

②【曾注】《南史》：戴顒字仲若，譙郡人。父逵兄勃，亦隱遁有高風。父善琴書，顒並傳之。【補注】戴顒（378—441），晋、宋間音樂家、雕塑家。宋武帝、文帝屢辟之，均不就。衡陽王義季鎮京口，長史張邵與顒爲姻親，迎顒居京口黄鵠山。義季從顒游，顒不改常度。瓦官寺鑄丈六銅像成而面瘦，顒以爲非面瘦而係肩胛肥，如其言改減，果匀稱。《宋書·隱逸傳·戴顒》謂："父逵，兄勃，並隱遁有高名……桐廬縣又多名山，兄弟復共游之，因留居止。"此以"戴顒"借指隱遁有高風之友人。

③【咸注】《涅槃經》：佛言我念過去作婆羅門，在雪山中修菩薩行。時天帝釋即下試之，自變其身作羅刹像，住菩薩前，口説半偈云："諸行無常，是生滅法。"菩薩即語羅刹，但能具足説是偈竟，我當以身奉施供養。【補注】偈，梵語"偈陀"之簡稱，即佛經中之唱頌詞。通常四句爲一偈，半偈爲兩句。

④ 簾，《英華》校：或作"簷"。顧本作"檐"。藏，《英華》校：一作"籠"，席本、顧本作"籠"。【曾注】《太平寰宇記》：藍田山在縣西三十里，一名玉山。《三秦記》：有川方三十里，其水北流出玉。【補注】向，面向，對。玉峰，即藍田玉山。句意謂簾對玉山，窗含峰頂的夜雪。

⑤ 藍，《英華》校：或作"流"，席本、顧本作"流"，非。【補注】藍水，即藍溪，藍谷水，源出秦嶺，經藍田縣東南藍谷，西北流入灞水。杜甫《九日藍田崔氏莊》："藍水遠從千澗落，玉山高並兩峰寒。"

⑥ 社，《英華》校：或作"會"，席本、顧本作"會"。白蓮社，見卷三《長安寺》"所嗟蓮社客"句注。

⑦ 爲説，《英華》校：或作"説與"。席本、顧本作"説與"。説，《全詩》、顧本校：一作"道"。【曾注】劉程之《蓮社文》：慧遠師命正信之士雷次宗等百二十人集於廬山之般若臺，修净土之學。【補注】《南史·隱逸傳》："雷次宗字仲倫，豫章南昌人也。少入廬山，事沙門僧釋慧遠，篤志好學，尤明三禮、《毛詩》，隱退不受徵辟。宋元嘉十五年，徵之都，開館於雞籠山，聚徒教授……時國子學未立，上留意藝文……車駕數至次宗館，資給甚厚。久之，還廬山……後又徵詣郡，使爲皇太子、諸王講《喪

服經》。次宗不入公門，乃使自華林東門入延賢堂就業。二十五年，卒於鍾山。"此以雷次宗自喻。

【箋評】

【金聖嘆曰】前解："石路""竹徑"，是寫舊日清凉寺景也。自述舊於寺中，因聞半偈，盡破殘劫。"聞鐘後"，妙，寫所悟不是義學。"送客回"，妙，寫已後永無消息也。後解："簾向玉峰""砌臨藍水"，是寫今日清凉寺景也，言已後於此精藍，但逢續開净社，必須遍告同學，勿以不在外我，自誇身爲廬山雷次宗，舊是蓮花漏邊人也。(《貫華堂選批唐才子詩》卷六)

【黄生曰】尾聯見意。詩以物象爲骨，地名其一也。地名愈大，則本詩愈有斤兩，如此詩著"玉峰""藍水"四字，便不但見出清凉寺所在，而境界之曠，胸次之闊，俱於此見之。盛唐之後，辨此者鮮矣。游人，客游之人，言己雖在客游，而心願棲蓮社，故以次宗自比。(《唐詩摘鈔》卷三)

【朱三錫曰】一二記舊游也。三四憶舊日清凉寺之情事。五六想近日清凉寺之景致。末以白蓮社雷次宗作結，其不忘於清凉寺可知。(《東巖草堂評點唐詩鼓吹》卷七)

【按】題曰《寄清源寺僧》，次句明點"昔年曾伴戴顒來"，則前三聯所寫之景物情事，均爲回憶中昔年伴友來游時所見聞經歷。而非五六寫今日清源寺景，或想近日清源寺景。石路竹徑，昔年曾行；半偈鐘聲，昔年所聞；棋罷送客，昔年所見。簾對玉峰，夜雪皚皚；砌臨藍水，青苔滋生，寺之近景遠景。境界景物人事均具有清净曠遠幽寂之特点，亦透出對清源寺之懷想。尾聯點明題内"寄"字，蓋以白蓮社中人喻寺僧，以雷次宗自喻，"遊人"遥應次句。據《南史・雷次宗傳》，次宗曾爲皇太子、諸王講經，庭筠以次宗自况，或透露其曾從莊恪太子遊之消息。

重遊圭峰宗密禪師精廬[①]

百尺青崖三尺墳，微言已絶杳難聞[②]。戴顒今日稱居士[③]，支遁他年識領軍[④]。暫對杉松如結社[⑤]，偶同麋鹿自成群[⑥]。故山弟子空迴首，葱嶺唯應見宋雲[⑦]。

【校注】

①《英華》卷三〇五悲悼五載此首，題内"圭"作"東"，又卷三〇四載此首，題作"哭盧處士"。席本、顧本"圭"亦作"東"。【曾注】《傳燈録》：圭峰禪師名宗密，初從

道圓授《圓覺》，了義未終，大悟，後教大行，住終南山草堂寺。【咸注】《世説》：何子季與周彦倫同時，二人精信佛法。子季别立精廬，都無妻妾。【補注】宗密（780—841），果州西充人，俗姓何。元和二年出家。因常住圭峰草堂寺，故稱圭峰大師、草堂和尚。其著述弘法，主要闡述華嚴宗教義，被尊爲華嚴五祖。會昌元年卒，謚定慧禪師。裴休有《圭峰禪師碑銘并序》，載《全唐文》卷七四三。《祖堂集》有傳。本篇當作於會昌元年（841）宗密卒後。圭峰，終南山峰名。《通志》："紫閣、白閣、黄閣三峰，具在圭峰東。"又名尖山。在今西安城西南四十餘公里，山峰突出如圭。北麓有草堂寺，寺内有後秦時在長安翻譯佛經的鳩羅摩什的舍利塔。精廬，佛寺、僧舍。

② 微，《英華》校：一作"玄"。席本、顧本作"玄"。【曾注】《漢·藝文志》：仲尼没而微言絶。裴休《圓覺疏略序》：圭峰禪師受南宗密印，所著有《圓覺大疏略》《大鈔》《小鈔》《道場修證儀》等作行世。【補注】微言，此指佛教的深微玄妙之義。

③【咸注】《南史·戴顒傳》：自漢世始有佛像，形制未工，逵特善其事，顒亦參焉。宋世子鑄丈六銅像於瓦官寺，既成，面恨瘦，工人不能改。乃迎顒看之。顒曰："非面瘦，乃臂胛肥耳。"乃減臂胛，瘦患遂除。《禮·玉藻》："居士錦帶。"《法華科》注：以道自居曰居士。【補注】居士，在家佛教徒之受過三規五戒者。《維摩詰經》稱，維摩詰居家學道，後稱維摩詰居士。《南史·隱逸傳·戴顒》："宋國初建，元嘉中徵，皆不就。衡陽王義季鎮京口，長史張邵與顒姻通，迎來止黄鵠山，山北有竹林精舍，林澗甚美，顒憩于此澗。義季亟從之游，顒服其野服，不改常度。"稱居士，當指其止憩于黄鵠山竹林精舍事。

④ 領，原作"嶺"（校云：毛本作"領軍"），據《英華》、李本、十卷本、姜本、毛本、《全詩》、顧本、席本、述鈔改。【曾注】《高逸沙門傳》：支遁字道林，河内林慮人。風期高亮，年二十五始釋形入道。王洽字敬和，官領軍，與支遁爲方外交。【補注】支遁（314—366），東晉高僧，玄言詩人。本姓關，陳留人，或云河東林慮人。幼聰明。年二十五出家，常在白馬寺，與劉恢、殷浩、許詢、郄超、孫綽、袁宏等游，以佛理釋《莊子·逍遥游》，爲衆名士所服。後與王羲之交，居剡之沃洲山。晋安帝即位，召入建康，止東安寺。居三載，還東山，遁作《即色遊玄論》，主"即色是空"之説。晋太和元年卒。事詳梁釋慧皎《高僧傳》卷四《支遁》。王洽，王導之子，官中領軍，尋加中書令，固讓，表疏十上。升平二年卒于官。《晋書》有傳。《高僧傳》卷四："王洽、劉恢、殷浩……等，並一代名流，皆著塵外之狎。"二句以戴顒、王洽自喻，以支遁喻宗密，謂昔日宗密與己相識，而今己猶篤信佛法而稱居士。

⑤ 杉，《英華》、席本、顧本作"山"。杉松，《全詩》、顧本校：一作"松杉"。【曾注】《高僧傳》：遠公結香火社。【補注】東晋釋慧遠於廬山東林寺，同慧永、慧持及劉遺民、雷次宗等結社精修念佛三昧，誓願往生西方净土，又掘池植白蓮，稱白蓮社。

見晋無名氏《蓮社高賢傳》。

⑥ 同,《英華》、顧本作“因”。【曾注】劉峻《廣絶交論》:獨立高山之頂,歡與麋鹿同群。【補注】《論語·微子》:“鳥獸不可與同群,吾非斯人之徒與而誰與?”此反其意而用之。

⑦ 唯,《英華》、顧本作“還”。宋,《全詩》校:一作“彩”。非。【曾注】《西河舊事》:蔥嶺在敦煌西八千里,其山高大,上生蔥,故曰蔥嶺。【立注】《傳燈録》:達磨葬熊耳山,起塔定林寺。其年魏使宋雲蔥嶺回,見祖手攜隻履,翩翩而逝。雲問師何往,祖曰:“西天去。”雲歸具説其事。及門人啓壙,棺空,唯隻履存焉。詔取遺履少林寺供養。

【箋評】

【按】此宗密禪師圓寂後,詩人重游圭峰舊廬,有感而作。起聯謂圭峰禪師已故,唯見百尺青崖之下土墳三尺,往日宣講之佛教微言奥義杳不可聞。頷聯回憶昔年宗密與己相識,今日己猶篤信佛法而稱居士,逗下“故山弟子”。腹聯謂今日重遊圭峰,見故山之杉松、麋鹿,猶有與之結社、同群之親切感。尾聯“故山弟子”自謂,重遊圭峰,不見禪師,空自回首,想禪師之靈魂當往西天永駐佛地。陳尚君《温庭筠早年事跡考辨》云:“庭筠自稱‘故山弟子’‘東峰弟子’,是曾從宗密問學……東峰受學當在大和、開成之間。宗密是影響較大的華嚴宗宗主,政治上極有勢力。重臣温造、裴休等,屈身師事之。著名文士白居易、劉禹錫等,頻繁來往。一時名流,以得聞宣教,稱俗弟子爲幸。庭筠隨其受學,與時代風氣有關。從多次稱弟子,自謂‘戴顒今日稱居士’看,在東峰爲時頗多,非偶涉僧寺者。宗密與李訓交契。《舊唐書·李訓傳》載,甘露事敗,李訓單騎投宗密。宗密‘欲剃其髪匿之’。事後被拘捕,承認‘識訓年深,亦知反叛’,參預了密謀。宦官懾於其勢力,不敢加害。”可資參考。庭筠受學於宗密,是否有政治色彩,單從留存的作品看,尚難作出結論。

題李處士幽居①

水玉簪頭白角巾②,瑶琴寂歷拂輕塵③。濃陰似帳紅薇晚④,細雨如煙碧草春⑤。隔竹見籠疑有鶴,捲簾看畫静無人⑥。南山自是忘年友⑦,谷口徒稱鄭子真⑧。

【校注】

① 《英華》卷二三一隱逸二載此首,又卷三一八居處八載此首,題作“題李剪處

士杜城别業”,文字有異同,見《英華》校。【陶敏曰】李處士,李羽。温庭筠有《李羽處士寄新醖》詩。(《全唐詩人名考證》866頁)【按】温集尚有《李羽處士故里》《經李徵君故居》《宿城南亡友别墅》《經李處士杜城别業》《登李羽〔處〕士東樓》《春日訪李十四處士》等詩,連同此首及《李羽處士寄新醖走筆戲酬》,與李羽有關之詩共有八首。羽居杜城,與庭筠之“鄠杜郊居”相近,故時有往來造訪及酬贈。李羽卒後庭筠屢經其故居,且宿其别墅。二人交往甚密,情誼亦深。處士,未入仕之士人。

② 白,《英華》校:一作“戴”。席本、顧本作“戴”。【曾注】司馬相如賦:水玉磊砢。杜甫詩:頻抽白玉簪。【咸注】《世説》:郭林宗嘗行陳、梁間,遇雨,巾一角霑折。二國學士著巾,莫不折其一角,云作林宗巾。【補注】水玉,水晶之古稱。《山海經·南山經》:“堂廷之山多棪木,多白猿,多水玉,多黄金。”郭璞注:“今水精也。”此指用水晶製作的髮簪。角巾,有棱角的頭巾,方巾,古代隱逸之士冠飾。

③【咸注】蕭子顯《春别》:江東大道日華春,垂楊掛柳拂輕塵。【補注】瑶琴,用玉裝飾的琴。寂歷、冷清、寂静。

④ 濃,《英華》作“穠”。【曾注】李賀詩:薇帳逗煙生緑塵。【補注】紅薇,指紅薔薇。句意謂因濃陰似帳,連日陰晦,故薔薇開晚。筆致類似義山詩“秋陰不散霜飛晚,留得枯荷聽雨聲”。

⑤ 煙,《全詩》、顧本校:一作“珠”。春,《英華》校:一作“新”。席本、顧本作“新”。

⑥ 静,《英華》、席本、顧本作“更”。

⑦ 山,《英華》、顧本作“窗”。是,《英華》、顧本作“有”。年,《英華》、席本、顧本作“機”。【咸注】陶潛《歸去來兮辭》:倚南窗以寄傲。《莊子》:漢陰丈人曰:“有機械者必有機事,有機事者必有機心,機心藏於胸中則純白不備,純白不備則神意不定。神意不定者,道之所不載也。”【補注】《詩·小雅·天保》:“如南山之壽,不騫不崩。”唐張正見《御幸樂遊苑侍宴》:“願薦南山壽,明明奉萬年。”南山作爲壽考之象徵,千年萬世長在,與人相對而言,自爲“忘年友”。山與人終日相對,似相交友,此意當暗用陶潛《飲酒》“采菊東籬下,悠然見南山”,及李白《獨坐敬亭山》“相看兩不厭,唯有敬亭山”。

⑧ 徒,《英華》、席本、顧本作“空”。【曾注】《逸士傳》:鄭朴字子真,褒中人,隱於谷口。【補注】揚雄《法言·問神》:“谷口鄭子真,不屈其志而耕乎巖石之下,名震於京師,豈其卿! 豈其卿!”句意謂李羽處士之高風實更超鄭子真,豈能徒稱谷口鄭子真爲高士乎?

【箋評】

【方世舉曰】有同一訪人不遇而詩格高下迥别者。太白有兩五律,前六句全揭起不遇之情以入景，至結衹一點。一云“語來江色暮，獨自下寒煙”，一云“無人知處所，愁倚兩三松”，真是天馬行空，羚羊掛角，驟學如何能得？若白香山項聯“看院衹留雙白鶴，入門惟見一青松”，温飛卿項聯“隔竹見籠疑有鶴，捲簾看畫静無人”，是則雖平，却易知易能矣。（《蘭叢詩話》）

【按】此訪李羽幽居而詠其居處之幽静與其人之高逸。首聯冠戴之清雅與琴聲之幽清。頷聯幽居花草之清麗芊綿。腹聯幽居之寂静。尾聯以神交南山、比美鄭朴襯出幽居主人之清高風神。方世舉謂“訪人不遇”，恐係誤解“静無人”之語。“静無人”者，除主、客外别無他人也。起聯已明示有“水玉簪頭白角巾”，拂塵彈琴之主人在。

利州南渡[①]

澹然空水帶斜暉[②]，曲島蒼茫接翠微[③]。波上馬嘶看棹去[④]，柳邊人歇待船歸[⑤]。數叢沙草群鷗散[⑥]，萬頃江田一鷺飛[⑦]。誰解乘舟尋范蠡，五湖煙水獨忘機[⑧]。

【校注】

①《英華》卷二九四行邁六載此首。【咸注】《唐・地理志》：利州，隋義城郡，武德八年改爲利州。【補注】利州，唐屬山南西道，州治在今四川廣元市。瀕嘉陵江，西南有桔柏津，“南渡”或指此渡口。此詩當爲文宗大和四年左右庭筠遊蜀途中作。

② 帶，李本、十卷本、姜本、毛本、《全詩》作“對”。【補注】澹然，水波起伏貌。空水，指江面空闊船隻稀少。帶，映帶。

③【咸注】《爾雅》：山未及上曰翠微。疏：謂未及頂上，在旁陂陀之處，名翠微。【補注】曲島，指江中岸邊曲折的洲渚。翠微，此指山光水色之青翠縹緲。《文選・左思〈蜀都賦〉》：“鬱葐蒀以翠微，崛巍巍以峨峨。”劉逵注：“翠微，山氣之輕縹也。”韓愈《送區弘南歸》：“洶洶洞庭莽翠微。”句意謂江中曲折的洲渚微茫不清，連接着青翠縹緲的水光山色。此句承上“斜暉”，點染暮景。

④ 波，《全詩》校：一作“坡”。【補注】波上，猶言江邊。或謂此句“寫渡船過江，人渡馬也渡”（文研所《唐詩選》），亦通。

⑤【文研所《唐詩選》】寫待渡的人（包括作者自己）歇在柳邊。【按】二句意一貫，謂在岸上待渡的人（包括詩人自己）繫馬柳樹之下，馬在岸邊嘶鳴，眼看着渡船南去，待其歸來。

⑥【咸注】《南越志》：江鷗一名海鷗，在漲海中隨潮上下，常以三月風至乃還洲渚。頗知風雲，若群飛至岸必風，渡海者以此爲候。

⑦【曾注】《詩》:鷺于飛。

⑧【曾注】《吴越春秋》:范蠡字少伯,乃楚宛三户人也。《史記》:范蠡事越王句踐,滅吴,乃裝其輕寶珠玉,自與其私徒屬乘舟浮海以行,終不反。【咸注】《史記索隱》:五湖者,郭璞《江賦》云:具區、洮滆、彭蠡、青草、洞庭。又云:太湖周五百里,故曰五湖也。張勃《吴録》:五湖者,太湖之别名也。【補注】《史記·貨殖列傳》:"范蠡既雪會稽之恥,乃喟然而嘆曰:'計然之策七,越用其五而得意。既已施于國,吾欲用之家。'乃乘扁舟浮于江湖。"又《越王句踐世家》:"句踐已平吴……范蠡遂去,自齊遺大夫種書曰:'蜚鳥盡,良弓藏,狡兔死,走狗烹。越王爲人長頸鳥喙,可與共患難,不可與共樂。子何不去?'"忘機,忘却機心機事。此指遠離機詐紛争的政局,淡然處世。此聯承上"鷺飛",聯想到"鷗鷺忘機"的典故,故以"尋范蠡""獨忘機"作結。

【箋評】

【金聖嘆曰】水帶斜暉加"淡然"字,妙!分明畫出落日帖水之際,不知是水"淡然",斜暉"淡然"也。再加"曲島蒼茫"字,妙!曲島相去甚遠,而其蒼茫之色,遂與翠微不分,則一時之荒荒抵暮,真是不能頃刻也。三四,"波上馬嘶""柳邊人歇",妙,妙!寫盡渡頭勞人,情意迫促。自古至今,無日無處,無風無雨,而不如是,固不獨利州南渡爲然矣。(前四句)日愈淡,則島愈微;渡愈急,則人愈嘩。於是而鷗至鷺飛,自所必至,我則不曉其一一有何機事,紛紛直至此時,始復喧豗求歸去耶?末以范蠡相諷,正如經云:如責蜣螂成妙香佛,固必無是理矣。(後四句)(《貫華堂選批唐才子詩》卷六)

【朱三錫曰】一二寫是日南渡晚色,三四寫渡頭勞人情意迫促。自古至今無日無處而不然者,不獨一利州爲然也。五六即"鷗散""鷺飛"以逼出八之"獨忘機"三字耳。(《東巖草堂評點唐詩鼓吹》)

【趙臣瑗曰】"水帶斜暉"以下十一字,只是寫天色將暝,妙在"水"字上加一"空"字,而"空"字上又加"淡然"二字,以反挑下文之"棹去""船歸",見得水本無機,一被有機之人紛紛擾亂,勢必至於不能空,不能淡而後已,則甚矣機心之不可也。三四寫日雖已晡,人馬不堪並渡。五六寫人方争渡,禽鳥爲之不安。吾不知人生一世,有何機事,必不容已,碌碌皇皇,至於如此,真不足當范少伯之哂也已。(《山滿樓箋注唐詩七言律》)

【王堯衢曰】("波上"二句)此聯野渡如畫。"獨"字與"一"字應,與"誰解"字相呼,言獨有范蠡忘機,而世人不但不能學,且不能解也。(末二句下)前解寫渡,後

解因所渡之事而别以興感也。(《古唐詩合解》卷十一)

【《精選評注五朝詩學津梁》】高曠夷猶之致,落落不群。

【按】評家於此詩頷、腹二聯,多有誤解,以爲均寫紛擾之境,以反托“忘機”之旨,實則不然。起聯“澹”“空”二字,即已顯示全篇意趣。澹然空水,映帶斜暉;曲島蒼茫,遥連翠微,寫出空闊蒼茫之利州南渡景色,係静景。頷聯正寫“渡”字,係動景。然岸邊馬嘶,柳下人歇,看舟之去,待船之歸,所呈現者乃一種悠閒不迫之情致,非所謂紛擾之境。腹聯是南渡待船人所見江天空闊之境,鷗之散,鷺之飛,均自由自在、自然而然之景,非所謂禽鳥不安。尾聯順勢收束,歸結到五湖煙水忘機之主旨。“忘機”之情即由上述空闊蒼茫、容與悠閒、自由自在之情境所觸發。曰“誰解”者,正謂我今對此情境油然而生“忘機”之情,是自得語,非謂争渡之人不解也。詩人自己即待渡之人。

贈李將軍[①]

誰言荀羡愛功勳[②],年少登壇衆所聞[③]。曾以能書稱内史[④],又因明易號將軍[⑤]。金溝故事春常在[⑥],玉軸遺文火半焚[⑦]。不學龍驤畫山水[⑧],醉鄉無跡似閑雲[⑨]。

【校注】

①《英華》卷二六一寄贈十五載此首。李將軍,名字、事跡未詳。

②《英華》校:言荀,一集“家荀”。

③【曾注】《晋書》:荀羡字令則,年十五尚公主,拜駙馬都尉。穆帝時除北中郎將、徐州刺史,監徐、兖諸州軍事,時年二十八。中興方伯,未有如羡之少者。【補注】登壇,指拜將。《史記·淮陰侯列傳》:“何曰:‘王素慢無禮,今拜大將如呼小兒耳,此乃信所以去也。王必欲拜之,擇良日,齋戒,設壇場,具禮,乃可耳。’王許之。”

④【立注】《王羲之傳》:羲之字逸少,尤善隸書,爲右軍將軍、會稽内史。【補注】西漢初,諸侯王國置内史,掌民政,歷代沿置,至隋始廢。晋時内史地位相當於郡守。

⑤【曾注】《漢書》:劉歆謂揚雄曰:“空自苦。今學者有禄利,然尚不能明《易》,又如《玄》何?”《世説》:劉真長與殷深源談,劉理如小屈,曰:“惡卿不欲作將,善雲梯仰攻。”【補注】《舊唐書·長平王叔良傳》:“孝斌子思訓……開元初左羽林大將軍,進封彭國公,更加實封二百户,尋轉右武衛大將軍,開元六年卒……思訓尤善丹青,迄今繪事者推李將軍山水。”思訓子昭道亦以繪山水著名。思訓以官稱大李將軍,昭

道又因父而稱小李將軍。此唐代李姓稱大小李將軍者,然二李均不聞有“明《易》”之事。

⑥【曾注】《晋書》:王濟買地爲馬埒,編錢滿之,時人謂爲“金溝”。【補注】《世説新語·汰侈》:“濟好馬射,買地作埒,編錢匝地竟埒,時人號曰金溝。”

⑦ 文,《英華》、述鈔、席本、顧本作“圖”。【咸注】庾信賦:玉軸揚灰。【補注】此似謂其愛好收藏古代書畫。火半焚,言其曾經兵火等刼難而彌顯珍貴。

⑧ 水,原一作“色”,《英華》作“色”。【曾注】《畫苑》:顧愷之善畫山水,仕至龍驤將軍。每大醉始命筆,人稱奇絶。【按】《晋書·顧愷之傳》只載其曾爲桓温大司馬參軍、後爲殷仲堪參軍,義熙初爲散騎常侍,未見曾爲龍驤將軍,亦未載其善畫山水。未知《畫苑》所本。

⑨【補注】王績《醉鄉記》:“阮嗣宗、陶淵明等十數人,並遊於醉鄉。”陶淵明《歸去來兮辭》:“雲無心以出岫,鳥倦飛而知還。”

【箋評】

【按】首聯謂李將軍雖不愛功勳,而年少即如荀羨登壇拜將,聲名自顯。頷聯美其身爲武人,而能書明《易》,具有文化修養,非一介粗鄙武夫。腹聯言其性雖豪侈如王濟,却愛收藏古書法名畫,與“能書”“明《易》”相應。尾聯謂其雖爲不畫山水之“李將軍”,然寄跡醉鄉,心如閑雲,品格自高,遥應篇首“誰言荀羨愛功勳”。總言李將軍之年少登壇拜將,能書明《易》、喜愛書法名畫,喜飲酒,雖武將而具文人修養氣質。或謂題内“李將軍”指李愬之子李聽。聽曾“十領節旌”,元和十四年即任夏綏節度使,與首聯合,“出爲蔚州刺史。州有銅冶,自天寶後廢不治,民盜鑄不禁。聽乃開五鑪,官鑄錢日五萬,人無犯者”,或即所謂“金溝故事”。《新唐書·李德裕傳》載“李聽爲太子太傅,招所善載酒集宗閔閣,醉乃去”,或可附會末句。然於“能書”“明《易》”“玉軸遺文”諸事皆未有相合者,疑非是。聽曾爲羽林將軍,開成四年卒。兩《唐書》有傳。可覆按。

寒食日作①

紅深緑暗逕相交②,抱暖含春披紫袍③。緑索平時牆婉娩④,輕毬落處花寥梢⑤。窗中草色妬雞卵⑥,盤上芹泥憎燕巢⑦。自有玉樓春意在⑧,不能騎馬度煙郊。

【校注】

①《古今歲時雜詠》卷十二寒食載此首。【咸注】徐堅《初學記》:《荆楚歲時

記》:"去冬節一百五日,即有疾風甚雨,謂之寒食。"據曆合在清明前二日,亦有去冬至一百六日。【補注】寒食節起源甚早,《周禮·秋官·司烜氏》即有"中春以木鐸修火禁於國中"之記述。後又附會介之推隱綿山,晋文公燒山逼使其出仕,之推抱樹焚死,後人憫其遭遇,相約於其忌日禁火冷食之傳説。《荆楚歲時記》謂寒食"禁火三日,造餳大麥粥"。晋陸翽《鄴中記》:"寒食三日,作醴酪,又煮粳米及麥爲酪,杏仁煮作粥。"唐人詩中多寫寒食春遊、蕩鞦韆、掃墓、造餳粥等習俗。庭筠現存詩中,有關寒食之作共三題四首,除本篇外,尚有《寒食前有懷》(卷八《别集》)、《寒食節日寄楚望二首》(卷九《集外詩》)。本篇當居鄠杜時作。

② 逕,《歲時雜詠》作"遥",誤。【補注】紅深緑暗,指花色深紅緑草深暗。逕相交,指花草長得茂盛,將小徑都連接成一片。

③ 春,席本、《全詩》、顧本作"芳"。披,顧本作"被"。【曾注】長孫無忌議:袍下加襴緋紫緑,視其品。【補注】抱暖含春,謂花苞中包含着春天的晴暖之氣。披紫袍,指花萼的外層呈紫色。李商隱《和張秀才落花有感》:"晴暖感餘芳,紅苞雜絳房。"

④【曾注】《古今藝術圖》:北方山戎寒食用秋千爲戲,以習輕矯者。《内則》:婉娩聽從。【補注】綵索,指秋千索。韓愈《寒食直歸遇雨》:"不見紅毬上,那論綵索飛。"平時,指秋千高高蕩起與架頂平齊。婉娩,蜿蜒伸展貌。

⑤ 花,《歲時雜詠》、席本、《全詩》、顧本作"晚"。梢,《全詩》校:一作"捎"。【咸注】武平一詩:令節重遨遊,分鑣戲綵毬。按:朱鶴齡《李義山集注》:打毬即蹴鞠,本寒食事。【補注】輕毬,指蹴毬之戲所用之綵球。唐代蹴毬之戲爲戰國以來流行之"蹴鞠"之戲的演變,已有充氣球及類似現代足球的球門。《文獻通考·樂二十》:"蹵球蓋始於唐,植兩修竹,高數丈,絡網於上,爲門以度毬。毬工分左右朋,以角勝負否。豈非蹴鞠之變歟?"花寥梢,形容花稀疏。

⑥ 卵,李本、十卷本、姜本、毛本誤作"卯"。【咸注】《初學記》引《玉燭寶典》:此節城市尤多鬥雞卵之戲。《左傳》有季郈鬥雞,其來遠矣。古之豪家,食稱畫卵,今代猶染藍茜雜色,仍加雕鏤,遞相餉遺,或置盤俎。《管子》曰:雞卵熟,斲之,所以發積藏,散萬物。張衡《南都賦》:春卵夏筍,秋韭冬菁。【補注】似謂草色僅碧緑一色,不似雞卵之多彩,故云"妬"。

⑦【補注】芹泥,燕子築巢所用之草泥。燕巢中之芹泥掉落盤中,故曰"憎"。

⑧ 樓,《歲時雜詠》作"机"。春,《歲時雜詠》、述鈔、顧本作"芳"。

【箋評】

【按】詩寫寒食日春色、節俗之美。末聯謂"玉樓"(似指所愛女子居處)春意正濃,故不能騎馬度越煙花如錦之芳郊,爲寒食之郊遊也。

李羽處士寄新醖走筆戲酬[①]

高談有伴還成藪[②],沉醉無期即是鄉[③]。已恨流鶯欺謝客[④],更將浮蟻與劉郎[⑤]。檐前柳色分張緑[⑥],窗外花枝借助香。所恨玳筵紅燭夜[⑦],草玄寥落近回塘[⑧]。

【校注】

①【補注】李羽處士,見前《李處士幽居》注①。新醖,新釀的春酒。走筆,揮筆疾書。

②【曾注】李白《春夜宴桃李園序》:高談轉清。【咸注】《世説》:晉裴頠善談論,時謂言談之林藪。【補注】《世説新語·賞譽》劉孝標注引《惠帝起居注》:"頠理甚淵博,贍於論難。"故"談藪"一語本指知識淵博,對答如流。此句則謂李處士高談有伴,成爲談論者聚集之所,取義有别。獨孤及《河南府法曹參軍張公墓表》:"談藪清風,詞林逸韻,墨池真草,三事永絶。"義同。

③【曾注】《韓詩外傳》:飲者齊顔色均衆寡謂之沈。顔延之《五君詠》:沈醉似埋照。【立注】《新唐書·王績傳》:績作《醉鄉記》以次劉伶《酒德頌》。《舊唐書》:績字無功,隋大業中授六合縣丞。棄官還鄉,嘗躬耕於東皋,號東皋子。或經過酒肆,動輒經日,往往題壁作詩,多爲好事者諷詠。【補注】王績《過酒家》:"此日長昏飲,非關養性靈。眼看人盡醉,何忍獨爲醒?"《贈程處士》有句云:"禮樂囚姬旦,詩書縛孔丘。不如高枕上,時取醉消愁。"可見其"沉醉無期"之真實心理。李羽之沉於醉鄉,或亦類此。

④ 欺,席本、顧本作"期",與上句"期"字複。【咸注】謝靈運詩:園柳變鳴禽。李善曰:鳴禽,鶯也。鍾嶸《詩品》:初錢塘杜明師夜夢東南有人來入其館,是夕即靈運生於會稽。旬日而謝玄亡。其家以子孫難得,送靈運於杜治養之,十五方還都,故名客兒。

⑤【咸注】劉熙《釋名》:酒有泛齊浮蟻在上,泛泛然也。庾信詩:浮蟻對春開。【立注】《世説》:王戎弱冠詣阮籍,時劉公榮在座。阮謂王曰:"僕有二斗美酒,當與君共飲,彼公榮者無預焉。"二人交觴酬酢,公榮遂不得一杯。而言語談戲,三人無異。或問之,阮答曰:"勝公榮者,不得不與飲酒;不如公榮者,不可不與飲酒;唯公榮可不與飲酒。"【按】此"劉郎"不當指劉公榮,因公榮已在"不與飲酒"之列。當指以嗜酒聞名之劉伶。《晉書·劉伶傳》:"常乘鹿車攜一壺酒,使人荷鍤而隨之,謂曰:'死便埋我。'其遺形骸如此。嘗渴甚,求酒於其妻……跪祝曰:'天生劉伶,以酒爲名。一飲一斛,五斗解酲……'"浮蟻,本指酒面上的浮沫,此借指酒。

⑥【補注】分張,分佈。或解,分張,分與,攤與。詳錢鍾書《管錐編》第三册1109～1110頁。

⑦【補注】玳筵,以玳瑁爲飾的筵席,指豪貴人家的盛宴。

⑧【曾注】《揚雄傳》:時雄方草《太玄》,有以自守,泊然也。【補注】《漢書·揚雄傳》:"哀帝時,丁、傅、董賢用事,請附離之者或起家至二千石。時雄方草《太玄》,有以自守,泊如也。"曾注引過略,故補引之。《太玄》,揚雄模仿《周易》作《太玄經》,分八十一首,以擬六十四卦,今本十卷。回塘,曲折的池塘。

【箋評】

【按】此因李羽處士寄贈新釀之美酒而作詩酬之。首聯謂李羽好招集名士高談且酷嗜飲酒,常沉於醉鄉。次聯謂其已抱恨於園柳尚未見黄鶯之啼鳴(園柳雖緑而流鶯未聞,故恨其失信而"欺"我),更將新釀之美酒贈與我,"劉郎"指詩人自己。腹聯謂緑蟻新醅之酒分佈其緑色於檐前之柳,而窗外之花枝,亦借助酒之芳香。此贊新醖之色香。尾聯謂值此豪貴之家玳筵紅燭高照之時,處士則獨自寂寞地在曲折的池塘邊從事著述,有惋惜感慨之意。

郊居秋日有懷一二知己[①]

稻田鳧雁滿晴沙[②],釣渚歸來一逕斜[③]。門帶果林招邑吏,井分蔬圃屬隣家。皋原寂歷垂禾穗[④],桑竹參差映豆花[⑤],自笑謾懷經濟策[⑥],不將心事許煙霞[⑦]。

【校注】

①【補注】郊居,當指詩人所居之鄠郊别墅。詩集有《鄠郊别墅寄所知》《鄠杜郊居》《自有扈至京師已後朱櫻之期》等詩,證明庭筠家居於長安西南鄠郊,靠近杜陵。其《商山早行》云:"晨起動征鐸,客行悲故鄉……因思杜陵夢,鳧雁滿回塘。"回思故鄉景物,與本篇首句"稻田鳧雁滿晴沙"相似,亦可證"郊居"之爲"鄠杜郊居"。詩當作於居鄠杜期間,具體時間不詳。一二知己,或包括李羽在内。

②【曾注】杜甫詩:鵁鶄鸂鶒滿晴沙。

③【咸注】庾信賦:方塘水白,釣渚池圓。【補注】庭筠《開成五年秋以抱疾郊野》詩叙郊居生活,亦有"釣石封苔蘚"之句。

④【補注】皋原,沼澤和原野。寂歷,寂静貌。

⑤【曾注】顔延之詩:歸來藝桑竹。【咸注】《五侯鯖》:八月豆花雨。

⑥【補注】經濟策，經世濟民之方略。《晋書·殷浩傳》："足下沈識淹長，思綜通練。起而明之，足以經濟。"李白《嘲魯儒》："問以經濟策，茫若墜煙霧。"

⑦【補注】心事許煙霞，指歸隱山林的意向。

【箋評】

【按】詩詠郊居秋日景物及閑散生活。稻田禾穗，晴沙鳧雁，釣渚斜徑，果林蔬圃，桑竹豆花，一片閑逸蕭散之鄉居生活景象。然詩人之"心事"却未歸於安閑恬静，而是深懷經世濟民之志。現實之安閑處境與不安於隱遁之心志適成鮮明對照。"自笑""謾懷"四字中含有感喟與不平。

題友人池亭①

月榭風亭繞曲池②，粉垣迴乐瓦参差③。侵簾片白摇翻影④，落鏡愁紅寫倒枝⑤。鸂鶒刷毛花蕩漾⑥，鷺鷥拳足雪離披⑦。山翁醉後如相憶⑧，羽扇清樽我自知。

【校注】

①《英華》卷三一六居處六載此首，題作"偶題林亭"，校：集作"題友人池亭"。席本、顧本題同《英華》。【按】此詩當居鄠郊期間作。友人姓名不詳。

②【曾注】宋玉《招魂》：坐堂伏檻，臨曲池些。【咸注】沈約《郊居賦》：風臺累翼，月榭重栭。【補注】月榭，賞月的臺榭。風亭，納凉的亭子，曲池，曲折回繞的池塘。

③ 粉，《全詩》、顧本校：一作"棘"。垣，《英華》、席本作"牆"。乐，《英華》《全詩》作"互"，字同。李本、十卷本、姜本、毛本作"牙"。十卷本、姜本注：與"互"同。【曾注】乐，古"互"字，與"牙"同。【咸注】顔延之序：延帷接枑。銑曰：延帷謂列帷使相接而回梐也。枑，五臣本作"梐"字，音乐。【補注】回乐，回環繚繞。参差，紛紜繁雜。杜牧《阿房宫賦》："瓦縫参差，多於周身之帛縷。"

④ 簾，《英華》作"簷"。片白，李本、十卷本、姜本、毛本作"白片"，非。【補注】片白，指白花的花瓣。

⑤ 愁紅，李本、十卷本、姜本、毛本作"紅愁"，非。【補注】鏡，指如鏡的池面。愁紅，指將凋謝的花。寫，映照。句意謂映照在如鏡池面上的花枝顯現出倒影。

⑥【補注】刷毛，刷理毛羽。花蕩漾，指彩色紛披的毛羽隨波蕩漾。

⑦【曾注】李白詩：白鷺拳一足。【補注】雪離披，形容鷺鷥的白色毛羽紛披

如雪。

⑧【咸注】《晋書》:山簡字季倫,鎮襄陽時,天下分崩,簡優游卒歲,惟酒是躭。習氏有佳園池,簡每至池上,置酒輒醉,名之曰高陽池。兒童歌曰:"山公出何許? 往至高陽池。日夕倒載歸,酩酊無所知。時時能騎馬,倒著白接䍦。舉鞭向葛彊,何如并州兒?"【補注】山翁,借指友人,即池亭之主人。下句"羽扇清樽"亦指友人。

【箋評】

【按】此游友人池亭題贈之作。首聯點題,謂月榭風亭,環繞曲池,粉牆繚繞,瓦片參差。次聯亭前池上之景,白色花瓣侵簾而摇落,將凋之紅花映照池面,顯現倒影。腹聯寫池中鸂鶒刷理毛羽,池邊鷺鷥拳足而立。尾聯從眼前池亭景物推開,想象異日池亭主人持扇揮樽相憶之情景。君思我,我亦思君,故曰"羽扇清樽我自知"。

南　湖[①]

湖上微風入檻凉[②],翻翻菱荇滿迴塘[③]。野船着岸偎春草,水鳥帶波飛夕陽。蘆葉有聲疑霧雨,浪花無際似瀟湘[④]。飄然篷艇東歸客[⑤],盡日相看憶楚鄉[⑥]。

【校注】

①【曾注】《地理志》:南湖,一名鑑湖,在會稽。漢太守馬臻開鑿。【補注】本篇又作朱慶餘詩,見《全唐詩》卷五一五。佟培基《全唐詩重出誤收考》云:"按南湖即鏡湖,又名鑒湖。《元和郡縣圖志》二六云:'湖在會稽、山陰兩縣界。'《讀史方輿紀要》九二會稽縣條下云:'鑒湖,城南三里,亦曰鏡湖,一名長湖,又爲南湖。'會稽屬越州,朱慶餘即越州人,會稽是其家鄉……此重出詩後四句……對越州南湖蘆葉浪花,而聯想瀟湘及楚鄉,似不應爲朱慶餘語。夏承燾《温飛卿繫年》曾説:'卷四有《南湖》即鑒湖一律,結云:飄然蓬頂東遊客,盡日相看憶楚鄉。當在遊江淮之後。'繫此詩爲飛卿三十歲間所作,即從江淮客遊江東時。述古堂影宋寫本《温庭筠詩集》載此,而四部叢刊續編宋本及江標宋本朱集不收。《英華》一六三載朱慶餘《和唐中丞開淘西湖暇日遊泛》詩,後緊接《南湖》此詩及《鏡湖西島言事》,題下佚名。《全詩》將此二首補入朱集末。此詩爲温飛卿作,而《西島言事》爲方干詩,首句'慵拙幸便荒僻地',尾句'應向此溪成白頭',皆不應爲朱慶餘語。"按:佟氏考辨翔實,此當爲温作。

②【補注】檻,上下四方加板的船。《文選·左思〈吴都賦〉》:"弘舸連舳,巨檻

接艫。”劉逵注:“船上下四方施板者曰檻也。”此詩尾聯有“篷艇”字,詩人當在舟中觀賞南湖風景。故此句之“檻”當指船,而非通常指臨水有欄杆的建築。

③ 菱荇,《全詩》、顧本校:一作“荷芰”。【補注】荇,多年生草本植物,葉呈對生圓形,嫩時可食。《詩·周南·關雎》:“參差荇菜,左右流之。”迴塘,曲折迴繞的池塘,此指鏡湖邊上的池塘。翻翻,形容菱荇的葉隨風翻動之狀。

④【曾注】何遜詩:風逆浪花生瀟湘。《圖經》:湘水自陽海發源,至零陵北而營水會之。二水合流,謂之瀟湘。瀟者,水清深之名也。【補注】《山海經·中山經》:“帝之二女居之,是常遊于江淵,澧、沅之風,交瀟湘之淵。”《水經注·湘水》:“二妃從征,溺于湘江,神遊洞庭之淵,出入瀟湘之浦。瀟者,水清深也。”此“瀟湘”即指湘江。按:唐時鏡湖遠比現時寬廣,有百里鏡湖之稱,故曰“浪花無際”。

⑤ 篷,原作“蓬”,據十卷本、毛本、《全詩》改。艇,席本、顧本作“頂”。歸,李本、十卷本、姜本、毛本、席本作“遊”。

⑥【補注】楚鄉,當指詩人在吴地太湖附近的舊鄉。庭筠詩中多稱自己吴地的舊鄉爲“楚國”(《碧磵驛曉思》:“香燈伴殘夢,楚國在天涯。”),稱自己爲“楚客”(《細雨》:“楚客秋江上,蕭蕭故國情。”),稱舊鄉一帶的天爲“楚天”(《盤石寺留别成公》:“山疊楚天雲壓塞,浪遥吴苑水連空。”),稱吴地的寺爲“楚寺”(《和友人盤石寺逢舊友》:“楚寺上方宿,滿堂皆舊游。”),蓋因吴地後盡入楚,故可稱“楚國”“楚天”“楚寺”“楚客”,此“楚鄉”亦指其在吴地之舊鄉。

【箋評】

【金聖嘆曰】(前解)坐檻中看湖上,初並無觸,而微凉忽生,於是默然心悲,此是湖上風入也。一時閑閑肆目,是他翻翻滿塘。嗟乎!秋信遂至如此,我今身坐何處,便不自覺轉出後一解之四句也。前解只寫得“風”字、“凉”字,言因凉悟風,因風悟凉,翻翻菱荇,則極寫風色也。三四“着岸偎”“帶波飛”,亦是再寫風。然“春草”寫爲時曾幾,“夕陽”寫目今又促。世傳温、李齊名,如此纖濃之筆,真爲不忝義山也。(比義山,又别是一手。)(後解)“疑夜雨”,非寫蘆葉;“似清(瀟)湘”,非寫浪花。此皆坐蓬艇,憶楚鄉人,心頭眼底遊魂往來,惝怳如此。細讀“盡日相看”四字,我亦渺然欲去也。(筆墨之事,真是奇絶。都來不過一解四句,二解八句,而其中間千轉萬變,並無一點相同,正如路人面孔,都來不過眼耳鼻口四件,而並無一點相同也。即如飛卿齊名義山,乃至於無義山一字,惟義山亦更無飛卿一字。只因大家不襲一字,不讓一字,是故始得齊名。然所以不襲不讓之故,乃只在一解四句、二解八句之中間。我真不曉法性海中,大漩洑輪,其底果在何處也。(《貫華堂選批唐才子詩》卷六)

【陸次雲曰】“偎”字用在船上,亦佳。(《五朝詩善鳴集》)

【趙臣瑗曰】前六句皆寫湖上之景，七八結出全旨，而先用"似瀟湘"三字，暗伏"楚鄉"之脈，又其針綫也。筆態纖穠合度，無忝一時才名。（《山滿樓箋注唐詩七言律》）

【屈復曰】前六句俱寫景，七八方寫情。句雖典雅，但少意味耳。（《唐詩成法》）

【毛張健曰】通篇暗寫微風，不露色相，使讀者了然會心。（《唐體膚詮》）

【王堯衢曰】前解寫南湖風景，後解寫旅泊神情。看此浪花蘆葉，且并看此夕陽春草，水鳥野船，頭頭是景，種種動情。然其如非我之楚鄉何哉！故因看而遂有故鄉之憶也。（《古唐詩合解》卷十一）

【朱三錫曰】通首只寫湖上坐篷艇，客心憶楚鄉，一時閑閑肆目，俱成絶妙文章。（《東巖草堂評訂唐詩鼓吹》卷七）

【按】前三聯均寫舟中所見南湖景色。而"湖上微風"四字實爲所有景物特徵之根由。舉凡"入檻凉"之觸覺感受，"翻翻菱荇""野船着岸""水鳥帶波""浪花無際"之視覺感受，"蘆葉有聲"之聽覺感受，均緣"湖上微波"而生。而"浪花無際"一句又暗遞到尾聯"憶楚鄉"。蓋因詩人之舊鄉即在煙波浩渺之太湖濱，故見此"浪花無際"之南湖遂自然引起對"楚鄉"之思憶。"東歸客"指自己。會昌元年春，庭筠有《春日將欲東歸寄新及第苗紳先輩》，"東歸"即指"行役議秦吴"（《書懷一百韻》），亦即自長安東歸舊鄉吴中。庭筠當先歸舊鄉，然後出游越中。詩寫景當春令，約爲會昌二年春作。另有《東歸有懷》五律，寫景值秋令（"魚静蓼花垂""無限高秋淚"），當會昌元年秋初抵舊鄉吴中時作。此詩風格清麗流美，寫景如畫，"水鳥"句、"蘆葉"句尤爲出色。

贈袁司録即丞相淮陽公之猶子，與庭筠有舊也①

一朝辭滿有心期②，花發楊園雪壓枝③。劉尹故人諳往事④，謝郎諸弟得新知⑤。金釵醉就胡姬畫⑥，玉管閑留洛客吹⑦。記得襄陽耆舊語⑧，不堪風景峴山碑⑨。

【校注】

①《英華》卷二六一寄贈十五載此首。【陶敏曰】淮陽公，袁滋。《新書》本傳："遷湖南觀察使，累封淮陽郡公。"袁滋相憲宗。（《全唐詩人名考證》）【補注】司録參軍，府尹或州郡刺史屬官。猶子，姪。袁司録，疑指袁郊。《新唐書·宰相世系表四下》：袁滋，字德深，相憲宗。子炯，江陵户曹參軍；寔，河中功曹參軍；均，太子典膳郎；都，字子美，右拾遺；郊，字子乾，虢州刺史。《新唐書·袁滋傳》："子均，右拾遺；郊，翰林學士。"《唐詩紀事》卷六十五："郊，咸通時爲祠部郎中，有《甘澤謡》九章，與

温庭筠酬唱，庭筠有《開成五年抱疾不得預計偕詩寄郊》云：'逸足皆先路，窮交獨向隅'是也。"按：庭筠與袁郊爲故交，長詩《開成五年秋以抱疾郊野不得與鄉計偕至王府將議遐適隆冬自傷因書懷奉寄殿院徐侍御察院陳李二侍御回中蘇端公鄠縣韋少府兼呈袁郊苗紳李逸三友人一百韻》，稱郊爲友人，即此詩題注"有舊"之意。唯《新唐書》表、傳均謂袁郊係滋之子，此詩題注則曰"猶子"，爲未全合。如袁司録爲袁郊，其爲司録參軍當在大中年間，在咸通爲祠部郎中之前。

② 【曾注】謝靈運詩：辭滿豈常秩。【補注】辭滿，官吏任期屆滿，自求解退。心期，心願。李商隱《七月二十九日崇讓宅宴作》："豈到白頭長只爾，嵩陽松雪有心期。"

③ 壓，《英華》、席本、顧本作"覆"。【曾注】王僧達詩、楊園流好音。【補注】花，指楊花（柳絮）。楊花色白如雪，故云"雪壓枝"。

④ 【曾注】《世説》：劉惔字真長，沛國相人也。歷丹陽尹。及卒，故人孫綽爲之誄曰："知真長者無若我，彼往居官，而無官官之事；處事，而無事事之心。"【補注】此以劉尹比袁司録，以故人孫綽自指。諳往事，即所謂"知真長者無若我"。

⑤ 【咸注】謝靈運《酬從弟惠連》詩：末路值令弟，開顔披心胸。【補注】謝郎，指謝靈運。靈運在建康與族叔謝混、從弟瞻、曜、弘微時以文義賞會，時人稱烏衣之游（見《宋書·謝弘微傳》）。又《宋書·謝靈運傳》："靈運以疾東歸……與族弟惠連、東海何長瑜、潁川荀雍、泰山羊璿之，以文章賞會，共爲山澤之游，時人謂之四友。惠連幼有才悟，而輕薄不爲父方明所知……靈運嘗自始寧至會稽造方明，過視惠連，大相知賞……謂方明曰'阿連才悟如此，而尊作常兒遇之。'"此類或即所謂"謝郎諸弟得新知"。此句借指己之諸弟亦有幸得與袁同游，獲此新知。

⑥ 胡，姜本、十卷本作"吴"。畫，《英華》作"盡"，誤。【曾注】古樂府：頭上金爵釵。辛延年詩：胡姬年十五，春日獨當壚。

⑦ 【曾注】庾信賦：玉管初調。《列仙傳》：王子晋善吹笙，伊、洛間有道士浮丘伯，攜之上嵩山。【補注】此句化用李白《春夜洛城聞笛》詩意："誰家玉笛暗飛聲，散入春風滿洛城。此夜曲中聞《折柳》，何人不起故園情？"上句亦與李白詩有關，如《金陵酒肆留别》："風吹柳花滿店香，胡姬壓酒勸客嘗。"

⑧ 【曾注】杜甫詩：襄陽耆舊間。

⑨ 景，《全詩》、顧本校：一作"雨"。【咸注】《晋書》：羊祜樂山水，每風景，必造峴山，置酒言詠。曾慨然流涕，顧謂從事中郎鄒湛等曰："有宇宙便有此山。由來賢達勝士，登此望遠，如我與卿等多矣。皆湮滅無聞，使人悲傷。"祜卒，襄陽百姓於峴山祜生平遊憩之所建碑立廟，望其碑者莫不流涕。【補注】據《新唐書·袁滋傳》，滋憲宗時爲相，曾歷任劍南東西川節度使、義成節度使、山南東道節度使、荆南節度使等。其中山南東道節度使治襄陽。傳載其"爲華州刺史，政清簡，流民至者，給地居

之，名其里曰義合。然專以慈惠爲本……滋行，耆老遮道不得去。”“徙義成節度使。滑，用武地，東有淄青，北魏博，滋嚴備而推誠信，務在懷來，李師道、田季安畏服之。居七年，百姓立祠祝祭。”其事類似羊祜之有惠政。尾聯以襄陽百姓懷念羊祜借喻，謂袁滋歷官之地的百姓懷念其舊德。

【箋評】

【按】首聯謂袁司録任官期滿，自求解職，以遂其隱逸之心願，其時正值暮春楊花飄絮之候。頷聯叙二人之交情，謂我爲袁之故人，最諳袁之才情個性；而己之諸弟亦有幸與袁同游而獲此新知。腹聯叙彼此同游之放逸生活，或入胡姬酒肆而醉就金釵作晝，或吹奏玉笛以抒思鄉之情。尾聯點題注“丞相淮陽公”，謂耆舊百姓懷其惠政舊德，而己之懷恩之情亦寓其中。

題西明寺僧院[①]

曾識匡山遠法師[②]，低松片石對前墀。爲尋名畫來過院[③]，因訪閑人得看棋[④]。新雁參差雲碧處[⑤]，寒鴉遼遶葉紅時[⑥]。自知終有張華識[⑦]，不向滄洲理釣絲[⑧]。

【校注】

①《英華》卷二三八寺院六載此首。【補注】西明寺，在長安朱雀門街西第三街延康坊西南隅。本隋楊素舊宅。唐高宗顯慶元年(656)爲孝敬太子病愈而改宅爲寺。係唐人賞牡丹之勝地。寺中有楊廷光畫及褚遂良等書。見《唐兩京城坊考》卷四。大中六年改爲福壽寺。

②【曾注】《廬山記》：匡俗出於周威王時，生而神靈，隱淪潛景，廬於此山，故山取號焉。【咸注】《高僧傳》：慧遠本姓賈氏，雁門樓煩人。因秦亂來遊於晋，居廬阜三十餘年，化兼道俗。【補注】匡山，指廬山。遠法師，借指西明寺某住持高僧，謂其曾駐錫名山。

③ 院，《英華》、席本、顧本作“寺”。【補注】名畫，指楊廷光畫。張彦遠《歷代名畫記》卷九：“楊庭光，與吴（道玄）同時。佛像經變，雜畫山水極妙，頗有似吴生處，但下筆稍細耳。”在西明寺之楊廷光畫，當是佛像經變圖。

④【曾注】《列仙傳》：王質入山看仙人對棋，局竟，斧柯已爛。【補注】閑人，此指寺僧。

⑤【補注】參差，形容雁陣斜行不齊之狀。

⑥ 遼,《英華》作“寥”;遶,《英華》作“落”,席本、《全詩》、顧本作“亂”。【補注】作“遼遶”“遼亂”“寥落”雖均可通,但此句實本作“遼遶”。遼遶,同“繚繞”,回環旋轉。暗用曹操《短歌行》“月明星稀,烏鵲南飛。繞樹三匝,無枝可依”語意,暗示己正如寒鴉繞樹,無枝可依。反逗尾聯。

⑦【曾注】《晋書》:張華字茂先,范陽人。累遷司空。性好人物,誘進不倦,至於窮賤候門之士有一介之善者,便咨嗟稱詠,爲之延譽。【補注】《晋書·陸機傳》:“至太康末,與弟雲俱入洛,造太常張華。華素重其名,如舊相識,曰:‘伐吴之役,利獲二俊。’”又,“機天才秀逸,辭藻宏麗,張華嘗謂之曰:‘人之爲文,常恨才少;而子更患其多。’”此蓋以陸機自比,謂己終當得到當朝顯宦如張華者之延譽賞識。

⑧【補注】滄洲,隱士之居處。謝朓《之宣城郡出新林浦向板橋》:“既歡懷禄情,復協滄洲趣。”句謂己不願隱淪遁世。

【箋評】

【按】首聯謂己與西明寺住持高僧舊已相識,今來此寺,見院中低松片石正對階墀。頷聯謂己因尋訪楊廷光之名畫來到寺院,並拜訪閑逸之高僧,得以觀其圍棋對局。腹聯宕開,寫所見空中雁陣參差、寒鴉繞樹之景,微寓無所依託之意。尾聯反轉作結,謂己終能爲當權重才者所賞譽,不願隱淪遁世,與《郊居秋日有懷一二知己》“自笑謾懷經濟策,不將心事許煙霞”可以互參。可見積極用世,不甘隱遁係庭筠之一貫主導思想。訪寺院詩每以清浄爲言,此却結穴於希企顯貴者之賞識,可見詩人之個性,亦見詩人之自信。據徐松《唐兩京城坊考》卷四,西明寺大中六年改爲福壽寺,則此詩當作於大中六年以前。

偶　題

微風和暖日鮮明,草色迷人向渭城①。吴客捲簾閑不語②,楚娥攀樹獨含情③。紅垂果蔕櫻桃重④,黄染花叢蝶粉輕⑤。自恨青樓無近信⑥,不將心事許卿卿⑦。

【校注】

①【曾注】《漢書》注:渭城故咸陽,高帝元年更名新城。武帝元鼎三年更名渭城。《括地志》:渭城在雍州東五十里。【補注】渭城東漢時併入長安縣,治所在今陝西咸陽東北二十里。

② 吴,底本闕文,校:毛本陸增“洛”字。李本、十卷本、姜本、毛本、《全詩》、顧

本作“吴”,兹據補。述鈔作“蜀”。【補注】吴客,庭筠自指。庭筠舊家吴中,故稱。

③【補注】楚娥,楚地的美女,指所懷的歌妓。

④【曾注】《漢書》:叔孫通曰:“禮,春有嘗果。方今櫻桃熟,可薦宗廟。”【補注】此言櫻桃紅熟,果蒂倒垂,果實飽滿。

⑤【曾注】梁元帝詩:戲蝶時飄粉。【補注】謂戲蝶留連飛舞花叢之間,遺落翅上的黄粉。

⑥【補注】青樓,此指妓院倡樓。南朝梁劉邈《萬山見采桑人》:“倡妾不勝愁,結束下青樓。”杜牧《遣懷》:“十年一覺揚州夢,贏得青樓薄倖名。”

⑦【曾注】《世説》:王安豐婦常卿安豐。安豐曰:“婦人卿壻,於禮不敬。”婦曰:“憐卿愛卿,所以卿卿。我不卿卿,誰當卿卿。”【補注】卿卿,男女間親暱之稱呼。此“卿卿”自指。

【箋評】

【按】此有懷倡樓舊好之作。首聯春天風和日暖,草色迷人之景,興起懷念對方的情懷。頷聯分寫雙方:“吴客”自指,“楚娥”指女方,或即以巫山神女指稱之。“捲簾閑不語”與“攀樹獨含情”均有所思念之情狀,下句係想象之詞。腹聯寫春暮景色,櫻桃紅熟垂果,蝶粉黄染花叢,寓意在有意無意之間。尾聯恨對方無近信,不將心事告知自己。此首一作張祜詩,見宋蜀刻本《張承吉文集》卷十,文字與温集略異,佟培基《全唐詩重出誤收考》未考。從文字風格看,似爲温作。

寄湘陰閻少府乞釣輪子①

釣輪形與月輪同②,獨繭和煙影似空③。若向三湘逢雁信④,莫辭千里寄漁翁⑤。篷聲夜滴松江雨⑥,菱葉秋傳鏡水風⑦。終日垂鈎還有意⑧,尺書多在錦鱗中⑨。

【校注】

①【咸注】《舊唐書》:湘陰縣,漢羅縣,屬長沙國。縣界汨水,注入湘江、昌江。【補注】《新唐書·地理志》:“岳州巴陵郡。湘陰,武德八年省羅縣入焉。”湘陰瀕湘江,靠洞庭湖湘江入口處不遠。少府,唐人對縣尉的稱謂。釣輪子,釣車上的輪子,上面纏絡釣絲。既可放遠,亦可迅速收回。

②【曾注】薛道衡詩:復屬月輪圓。【補注】月輪,圓月。

③【曾注】《列子》:詹何以獨繭爲綸。【補注】獨繭,即獨繭絲。司馬相如《上林

賦》："曳獨繭之褕絏，眇閻易以䣛削。"郭璞注："獨繭，一繭之絲也。"言其細，故云"影似空"。《列子·湯問》原文作"詹何以獨繭絲爲輪，芒鍼爲鉤……引盈車之魚於百仞之淵。"

④ 信，十卷本，姜本校：一作"侣"。誤。【咸注】《寰宇記》：湘潭、湘鄉，湘源（一作陰），是爲三湘。《古今詩話》：北方白雁，秋深乃來，來則霜降，謂之霜信。【補注】陶潛《贈長沙公族祖》："遥遥三湘，滔滔九江。"陶澍集注："湘水發源會瀟水，謂之瀟湘；及至洞庭陵子口，會資江謂之資湘；又北與沅水會於湖中，謂之沅湘。"唐人詩文中之"三湘"，多泛指湘江流域及洞庭湖地區，如王維《漢江臨泛》："楚塞三湘接，荆門九派通。"李白《江夏使君叔席上贈史郎中》："昔放三湘去，今還萬死同。"此詩亦然。雁信，古有雁足傳書的傳説，又衡陽有回雁峰，相傳雁南飛不過衡陽。此"雁信"指傳書的信使，即將此詩捎給閻少府的使者。向，在。

⑤【補注】漁翁，詩人自指。乞釣輪，故自稱"漁翁"。

⑥ 篷，原作"蓬"，據述鈔、李本、毛本、席本、《全詩》、顧本改。雨，李本、十卷本、姜本、毛本作"漏"。【曾注】《吴郡志》：松江在郡南四十五里，《禹貢》"三江"之一。【補注】松江，吴淞江之古稱。錢大昕《十駕齋養新録》："唐人詩文中稱松江者，即今吴江縣地，非今松江府也。松江首受太湖，經吴江、崑山、嘉定、青浦，至上海縣合黄浦入海，亦名吴松江。"

⑦ 鏡水，即鏡湖，見《南湖》注①。

⑧【咸注】《尚書中候》：王至磻溪之水，吕望釣于厓，王下拜，尚答曰："得玉璜，刻曰：姬受命，吕佐檢，德來昌來，提撰爾雒，鈐報在齊。"【補注】《尚書大傳》卷一："周文王至磻溪，見吕望，文王拜之。尚父云：'望釣得玉璜，刻曰：周受命，吕佐檢，德合於今昌來提。'"李白《梁甫吟》："君不見朝歌屠叟辭棘津，八十西來釣渭濱。寧羞白髮照清水，逢時壯氣思經綸。廣張三千六百釣，風期暗與文王親。"即所謂"終日垂鉤應有意"。句意蓋謂自己雖終日垂鉤，却非欲隱淪。實如吕望之釣渭濱，乃等待時機，希圖遇合，得到明主的賞識任用。

⑨【曾注】古詩：呼兒烹鯉魚，中有尺素書。

【箋評】

【按】庭筠喜垂釣，詩中每有言及。此以詩代柬，求釣輪於千里之外之故人，其酷嗜此道情見乎詞。前二聯點題，囑閻少府托信使寄釣輪。腹聯謂己曾垂釣於松江鏡湖，聽夜雨之滴船篷，見秋風之動菱葉。尾聯轉出新意，謂己雖酷嗜垂釣，却非隱淪，乃深有意於用世，企望君臣遇合者，己之此意已盡在尺素中矣。庭筠七律每於尾聯轉出積極之人生態度，如此篇及《題西明寺僧院》均然。視腹聯"松江雨""鏡水風"之語，似其時庭筠已由舊鄉吴中游過越中，已由越返吴。約會昌二年秋在吴中作。

哭王元裕

聞説蕭郎逐逝川①,伯牙因此絶清絃②。柳邊猶憶青驄影③,墳上俄生碧草煙。篋裹詩書疑謝後④,夢中風貌似潘前⑤。他時若到相尋處,碧樹紅樓自宛然⑥。

【校注】

①【咸注】白居易詩:殷勤萬里意,并寫贈蕭郎。《梁武帝紀》:初爲衛軍王儉東閤祭酒,儉謂廬江何憲曰:"此蕭郎三十内當作侍中,出此則貴不可言。"《舊唐書·蕭瑀傳》:高祖每臨軒聽政,必賜升御榻。瑀既獨孤氏之壻,與語呼之爲蕭郎。【補注】"蕭郎"本爲對蕭姓青年男子之敬稱,顧予咸注引《梁武帝紀》及《蕭瑀傳》均其例。然在習用過程中已逐漸演變爲泛稱才俊之青年男子或女子愛慕之男子,如《全唐詩話》所載崔郊贈姑婢詩:"公子王孫逐後塵,緑珠垂淚滴羅巾。侯門一入深如海,從此蕭郎是路人。"本篇"蕭郎"視腹聯"謝後""潘前"語,當亦稱美其才俊。逝川,語本《論語·子罕》:"子在川上曰:'逝者如斯夫,不舍晝夜。'"逐逝川,借指逝世。

② 因,《全詩》、顧本校:一作"自"。【曾注】《韓詩外傳》:伯牙鼓琴,志在泰山,子期曰:"巍巍乎若泰山。"志在流水,子期曰:"洋洋乎若流水。"子期死,伯牙絶絃,終身不復鼓琴。【補注】絶清絃,指失去知音。"伯牙"自指。

③ 青,原作"紅",據李本、十卷本、姜本、毛本、《全詩》改。【按】作"紅"與末句"紅"字複,且"紅驄"字罕見。青驄,毛色青白相雜的駿馬。

④【曾注】《新序》:孫叔敖曰:"筐篋之蠹簡書。"【咸注】《世説》:會稽太守孟顗事佛精懇,謝嘗語曰:"得道應須慧業文人,卿生天當在靈運前,成佛當在靈運後。"【補注】宋無名氏《釋常談》:"文章多謂之八斗之才。謝靈運嘗曰:'天下才有一石,曹子建獨占八斗,我得一斗,天下共分一斗。'"此謂"篋裹詩書疑謝後",蓋贊王元裕博學才高,僅略遜於"少好學,博覽群書,文章之美,江左莫逮"(《宋書·謝靈運傳》)之謝靈運也。與"生天""成佛"無涉。

⑤【咸注】《南史》:宋孝武帝選侍中,兼以風貌。《晋書·夏侯湛傳》:湛與潘岳友善,每行同輿接茵,京都謂之連璧。【補注】《晋書·潘岳傳》:"岳美姿儀……少時常挾彈出洛陽道,婦人遇之者,皆連手縈繞,投之以果,遂滿車而歸。"似潘前,謂姿儀風貌之美似居潘岳之前。

⑥【咸注】江淹《雜詩》:碧樹先秋落。江總詩:紅樓千愁色。【補注】相尋處,指

過去曾經尋訪的王元裕居處。宛然，真切貌、清晰貌。《關尹子・五鑒》："譬猶昔時再到，記憶宛然。此不可忘，不可遺。"

【箋評】

【按】首聯謂元裕逝世，已痛失知音，點題内"哭"字。頷聯憶昔同遊，傷今永逝，往日繫馬高柳之同遊情景猶宛然在目，而墳上之碧草已萋萋如煙矣。腹聯分贊其才學與風貌，謂才學可擬謝，姿貌在潘前。尾聯轉想將來重訪元裕故居，碧樹紅樓當猶宛然如昔，而人已永逝矣。將思念傷悼之情推進一層。

法雲雙檜[①]

晋朝名輩此離群[②]，想對濃陰去住分[③]。題處尚隨王内史[④]，畫時應是顧將軍[⑤]。長廊夜静聲疑雨[⑥]，古殿秋深影勝雲。一下南臺到人世[⑦]，曉泉清籟更難聞[⑧]。

【校注】

①《英華》卷三二四花木四載此首，題作"晋朝柏樹"，題下校："集作'法雲雙檜'。"席本、顧本從《英華》作"晋朝柏樹"。《全詩》"法雲"下有"寺"字。他本均作"法雲雙檜"。【曾注】《維揚志》：謝安鎮廣陵，於宅中手植雙檜，至唐改爲法雲寺。其樹猶存，在大東門外。【補注】劉禹錫《謝寺雙檜》題注："揚州法雲寺謝鎮西宅，古檜存焉。"謝鎮西，鎮西將軍謝尚。據《重修揚州府志》，謝安領揚州刺史，於宅内手植雙檜。後其姑於本宅爲尼建寺，名法雲。與《維揚志》所云有别。《英華》卷三二四檜下又載張祜《揚州法雲寺雙檜》七律一首，云："謝家雙植本南（集作圖）榮，樹老人亡地變更。朱頂鶴知深蓋偃，白眉僧見小枝生。高臨月户（集作殿）秋雲影，静入風檐（集作廊）夜雨聲。縱使（集作從此）百年爲上壽，緑陰終借暫時行（集作終是借君行）。"其中腹聯與温作相似。可證題當作"法雲雙檜"。

②【曾注】《檀弓》：吾離群而索居，亦已久矣。【補注】晋朝名輩，指謝安手植的雙檜。此離群，在法雲寺離開它的同伴。據《維揚志》"其樹猶存，在大東門外"之記載及下句"去住分"，以及張祜詩"樹老人亡地變更"，雙檜之一當在後世移植於"大東門外"，庭筠所見者即此檜。

③ 濃，顧本作"穠"。【補注】去住，去者與留者。

④【補注】王内史，指王羲之，曾爲會稽内史。詳《贈李將軍》注④。題處，指題字之處。句意謂在樹上尋覓王羲之題留的書法。

⑤ 顧將軍,見《贈李將軍》注⑧。

⑥【曾注】張衡賦:長廊廣座。【補注】聲疑雨,謂風吹檜樹葉,其聲似雨。

⑦【補注】南臺,當指法雲寺中南面的樓臺。到人世,指佛寺以外的塵俗世界。法雲寺檜樹後世當爲人所移植,置於寺外,即張祜詩所謂"樹老人亡地變更",故此句云然。

⑧ 曉,《全詩》校:一作"晚"。難,《英華》作"誰"。【補注】曉泉清籟,形容風吹檜葉的清韻似早晨寂静時淙淙作響的清泉聲。

【箋評】

【按】首聯謂法雲寺雙檜之一被後人移植於寺外,離開其往日的同伴,兩樹濃陰遂有去住之分。頷聯謂我今對此檜,猶想尋覓當年王羲之的題字,顧愷之的繪畫。腹聯正寫檜樹,上句狀其聲,下句狀其形,均係想象其昔日在法雲寺中情景。尾聯謂一自檜樹離法雲寺移植於寺外人世,人們遂難聞其風吹樹葉的曉泉般清韻。

送陳嘏之侯官兼簡李常侍[①]

縱得步兵無緑蟻[②],不緣勾漏有丹砂[③]。殷勤爲報同袍友[④],我亦無心似海查[⑤]。春服照塵連草色[⑥],夜船聞雨滴蘆花。梅仙自是青雲客[⑦],莫羡相如却到家[⑧]。

【校注】

① 侯,述鈔作"候",誤。【曾注】《唐書》:臨海郡有侯官縣,武德六年置。【陶敏曰】《登科記考》卷二一:開成三年進士陳嘏。《舊書・宣宗紀》:大中十一年九月,"右補闕陳嘏……上疏諫遣中使往羅浮山迎軒轅集先生。"詩云"梅仙",用梅福爲南昌尉事,知嘏赴侯官作尉。趙嘏亦有《送陳嘏登第作尉歸覲》詩,知其爲侯官尉歸閩即在開成三年後不久。然開成至大中初,無李姓福建廉使。疑"李常侍"乃"黎常侍"之訛,即黎埴。《廣記》卷一七五引《閩川〔名〕士傳》:"(林)傑……九歲,謁盧大夫貞、黎常侍植。"《唐方鎮年表》卷六列黎植會昌元至三年。《郎官柱題名》司勳員外郎第十三行有黎植。《學士壁記》:"黎植,大和九年十月十二日自右補闕充;開成二年二月十日,加司勳員外郎;三年正月十日,加知制誥;其年十二月……二十日,加兵部郎中;四年十一月六日,還中書舍人;五年……三月十六日,拜御史中丞,出院。"北圖藏拓本《黎燧志》:"第七姪翰林學士、朝議郎、右補闕、右供奉、上輕車都尉埴撰。"開成二年二月葬。字以作"埴"爲正。(《全唐詩人名考證》)【按】郁賢皓《唐刺

史考全編》，唐扶開成元年五月至四年任福建觀察使，盧貞開成四年閏正月任福建觀察使。據《閩川名士傳》"（林）傑……九歲謁盧大夫貞、黎常侍植"之記載，黎埴當爲繼盧貞任福建觀察使者。吴廷燮《唐方鎮年表》列黎埴任福建觀察使於會昌元年至三年，可從。會昌元年春庭筠猶在長安，有《春日將欲東歸寄新及第苗紳先輩》，此詩當與寄苗紳詩同時作。作二詩後不久，庭筠即東歸吴中舊鄉矣。至有謂李常侍爲李貽孫（大中五至六年任福建觀察使）者，則離陳嘏登第之年過遠，必非。

② 【曾注】《阮籍傳》：籍聞步兵營厨營人善釀，有貯酒三百斛，乃求爲步兵校尉。【咸注】謝朓詩：緑蟻方獨持。【補注】緑蟻，酒面上浮起之緑色泡沫，此借指酒。

③ 【咸注】《晋書》：葛洪以年老，欲煉丹以祈遐壽。聞交阯出丹，求爲句漏令。帝以洪資高，不許。洪曰："非欲爲榮，以有丹也。"帝從之。《交阯國志》：句漏，山名，在南交阯。【補注】勾漏山在今廣西北流縣東北，有山峰聳立如林，溶洞勾曲穿漏，故名。爲道家所傳三十六小洞天之第二十二洞天。見《雲笈七籤》卷二十七。漢置勾漏縣，隋廢。

④ 報，原作"問"，據述鈔、《全詩》、顧本改。【曾注】《詩》：與子同袍。【補注】同袍一詞有多種含義，此指朋友。王昌齡《長歌行》："所是同袍者，相逢盡衰老。"報，告。

⑤ 查，毛本、《全詩》作"槎"，通。【咸注】王子年《拾遺記》：堯登位三十年，有巨查浮於西海。查上有光，夜明晝滅，乍大乍小，若星月。常浮繞四海，十二年一周天，名曰貫月查，又名掛星查，羽人棲息其上。【補注】張華《博物志》卷十："舊説云：天河與海通，近世有人居海渚者，年年八月，有浮槎去來，不失期。"無心，蓋謂似海上浮槎之隨浪飄浮，不由自主。查，木筏。

⑥ 連，《全詩》、顧本校：一作"迷"。【咸注】古詩：青袍似春草，長條隨風舒。【補注】縣尉一般爲八、九品官，服青袍，故云"春服照塵連草色"。照塵，言其光鮮。

⑦ 梅仙，原作"山梅"，李本、十卷本、姜本、毛本、席本、顧本並同，據述鈔、《全詩》改。【曾注】《史記》：非附青雲之士，惡能施于後世哉！【補注】《漢書・梅福傳》，福字子真，爲郡文學，補南昌尉。後歸里，一旦棄妻子去，傳以爲仙。故稱"梅仙"，作"山梅"者誤。青雲客，仕途顯達之人。此以"梅仙"借指陳嘏作尉。"自是青雲客"則稱美祝頌之詞。

⑧ 【咸注】《司馬相如傳》：相如馳傳至蜀，太守以下郊迎，縣令負弩矢先驅，蜀人以爲寵。【補注】謂莫羨司馬相如之功成名就榮歸蜀地故里，言外陳嘏將來亦自能和相如之顯達。據"却到家"之語，陳嘏之故鄉即在侯官。趙嘏《送陳嘏登第作尉歸覲》："千峰歸去舊林塘，溪縣門前即故鄉……就養舉朝人共羡，清資讓却校書郎。"可參證。

【箋評】

【按】首聯謂陳嘏作尉侯官，非如名士阮籍可求美酒，亦非如葛洪之爲求丹砂。頷聯二句意一貫，謂我告同袍之友，己身亦正如隨浪飄浮之海查，不由自主。味此聯，似陳嘏有浮查之慨，故詩人以此語慰之，"亦"字見意。腹聯懸想陳嘏赴任途中情景：春服與草色同青，夜船聞雨滴蘆花。尾聯就目前作尉侯官慰之勉之，謂今日赴尉任，雖如梅福之爲南昌尉，但日後定當青雲直上，不必羡相如之榮歸故里也。蓋陳嘏登第四年，方得一尉，未任校書郎一類清職，中心未免有憾，故詩中多慰勉之詞。

春日野行[①]

雨漲西塘金堤斜[②]，碧草芊芊晴吐芽[③]。野岸明媚山芍藥[④]，水田叫噪官蝦蟇[⑤]。鏡中有浪動菱蔓[⑥]，陌上無風飄柳花[⑦]。何事輕橈句溪客[⑧]，綠萍方好不歸家[⑨]？

【校注】

①《才調》卷二、《唐詩鼓吹》卷七載此首，題作"春日野步"。

② 雨漲西塘，《才調》《鼓吹》、席本、顧本作"日西塘水"。【曾注】司馬相如賦：嫛姍勃窣而上乎金隄。師古云：言隄塘堅固如金也。【補注】金堤，對堤岸的美稱。蕭統《錦帶書十二月啓·無射九月》："金堤翠柳，帶星采而均調。"西塘，見注⑧。

③ 碧，《全詩》校：一作"百"。《鼓吹》作"百"。芊芊，顧本作"萋萋"。晴，席本、顧本作"暗"，《鼓吹》作"青"。【補注】芊芊，草茂盛貌。

④ 媚，《全詩》、顧本校：一作"滅"。【曾注】《埤雅》：《韓詩》曰：芍藥，離草也。《草木狀》：一名山芍藥。【補注】芍藥，初夏開花，花色富麗，有紅、紫、粉、白、黄等色。朵大色豔，氣味芳香，與牡丹相似。《埤雅》謂："世謂牡丹爲花王，芍藥爲花相。"此言"野岸""山芍藥"，似是野生之芍藥。

⑤【咸注】《晋書》：惠帝在華林園聞蝦蟇鳴，問曰："爲官乎？爲私乎？"或對曰："在官地爲官，在私地爲私。"《晋中州記》：令曰：若官蝦蟇，可給廪。【補注】官蝦蟇，對蝦蟆之謔稱。晋惠帝性愚蒙，故有爲官爲私之問。答者爲侍臣賈胤，見《晋書·惠帝紀》。

⑥ 鏡，《全詩》、顧本校：一作"湖"。蔓，《全詩》、顧本校：一作"芰"。【曾注】《武陵記》：兩角曰菱，三角四角曰芰。【補注】鏡，指清澈的陂塘，塘面如鏡，故云。風吹波動，塘中菱蔓隨之晃動。關合鏡的背面刻有菱花圖案。

⑦ 飄,《鼓吹》作"吹"。《全詩》校:一作"吹"。【曾注】李白詩:風吹柳花滿店香。

⑧ 輕橈:《全詩》、顧本校:一作"扁舟"。句,《才調》校:一作"向"。席本、顧本作"向"。【補注】橈,船槳。輕橈,猶輕舟。句溪,疑指句容縣流入絳巖湖之溪流。《新唐書·地理志五》:昇州江寧郡句容縣:"西南三十里有絳巖湖。麟德中,令楊延嘉因梁故隄置,後廢。大曆十二年,令王昕復置,周百里爲塘,立二斗門以節旱暵,開田萬頃。"疑首句之"西塘"即指句容縣西南之絳巖湖,"句溪"則流入湖之溪也。

⑨ 方,《全詩》:顧本校:一作"雖"。

【箋評】

【《唐詩鼓吹評注》卷七】此言陂塘之間百草繁茂,又見芍藥明媚于野岸,蝦蟆叫噪于水田。而且菱蔓有浪而時動,柳花無風而自吹。通上四句皆野步之所見也。夫春光如是,宜返鄉園,乃猶泛舟于此,未得歸家,其見緑萍而致思也有以哉!

【朱三錫曰】一曰"日西塘水",是絶好一帶水;再曰"金堤斜",是絶好一帶堤。百草吐芽,點出春日意。三四皆春色也,皆寂寞無聊之春色也。"鏡中"句,又寫水;"陌上"句,又寫堤。有浪動菱蔓,是非無風矣。無風吹柳花,是又非有風矣。總是一派風和日暖景色,忽動歸家之興耳。(《東巖草堂評訂唐詩鼓吹》卷七)

【按】此客中春日野行(視尾聯,係乘舟遊西塘)所見所聞所感。首聯點明舟行之地——西塘。塘水緑漲,金堤斜繞,岸上碧草芊芊,晴日吐芽。頷聯舟行塘中所見所聞:野岸長滿紅豔明媚的山芍藥,水田傳來群蛙的叫噪聲。上句寫視覺感受,下句寫聽覺感受,均顯示出春日的明媚與生意。腹聯寫塘水清澈如鏡,微風起處,水中菱蔓隨之浮動,而塘邊的道路上,柳絮雖無風亦到處飄蕩。尾聯點明"輕橈",説明以上皆"舟行"所見所聞。"句溪"回應篇首"西塘"。"緑萍"乃"輕橈"行駛時所見。句溪蕩舟,緑萍方好,春色正美,然萍游之客不免因此觸動歸家之想,故云"何事""不歸"。此係客游句容西塘思家之作,"家"當指長安鄠杜郊居。此詩或亦會昌三年春作於江南。

溪上行

緑塘漾漾煙濛濛[①],張翰此來情不窮[②]。雪羽𥜥褷立倒影[③],金鱗拔剌跳晴空[④]。風翻荷葉一向白[⑤],雨濕蓼花千穗紅[⑥]。心羨夕陽波上客,片時歸夢釣船中[⑦]。

【校注】

①【補注】漾漾，水動蕩貌。煙，指塘面籠罩着的煙霧般的水汽。

②【咸注】《張翰傳》：翰字季鷹，辟齊王東曹掾。在洛見秋風起，因思吴中菰菜羹、鱸魚膾，曰："人生貴得適意耳，安能羈宦數千里以要名爵？"遂命駕便歸，俄而齊王敗，時人皆謂爲見幾。【按】此以張翰自况。翰吴郡吴（今江蘇蘇州）人，庭筠亦舊鄉吴中。曰"張翰此來"，説明所來之地在舊鄉江東。

③【曾注】劉禹錫《詠鷺》詩：毛衣新成雪不敵。【咸注】木華《海賦》：鳧雛離褷。注：離褷，毛羽始生之貌。孫綽《游天臺山賦》：或倒景於重溟。【補注】離褷，羽毛離披之狀。句意謂白鷺鷥雪羽離披立於溪邊，溪中映現出其倒影。

④ 拔，十卷本、姜本作"潑"，述鈔、《全詩》、顧本作"撥"，並通。【咸注】謝靈運賦：魚水深而拔剌。《韻會》：魚跳蹳剌。蹳，北末切。剌，郎達切。【補注】拔剌、潑剌、撥剌，均指魚躍撥水之聲。

⑤【補注】一向，猶一片、一派。見張相《詩詞曲語辭彙釋》。

⑥【曾注】《爾雅翼》：蓼有紫赤青等種，最大者名蘢，有花。白居易詩：水蓼冷花紅簇簇。【補注】紅蓼，蓼之一種，多生水邊，花呈淡紅色，秋天開花，係南方水鄉富於特徵之景物。羅鄴《雁二首》之一："暮天新雁起汀洲，紅蓼花開水國愁。"

⑦ 夢，《全詩》、顧本校：一作"去"。

【箋評】

【按】詩用張翰歸江東典，顯係自喻己之自長安東歸吴中。庭筠會昌元年春自長安啓程，途中在揚州有躭擱，曾獻詩於淮南節度使李紳。此詩寫景切秋令（蓼花千穗紅），當是同年秋東歸吴中舊鄉途中作。首聯以"張翰此來"點明東歸舊鄉，"情不窮"，歸鄉之情正濃。頷聯溪上之景：鷺鷥雪羽離披，立於溪邊，倒影映於水中；金色鯉魚躍起溪中，撥剌而鳴。腹聯風吹水中荷葉，一片泛白；雨濕蓼花，千穗豔紅。兩聯一寫動物，一寫植物，色彩明麗，均江南水鄉富于特徵之景物。尾聯則心羨夕陽波上之舟中客，彼之釣船片時即可歸家，我則猶在途中。蓋見此江南水鄉景色，歸思愈切矣。又，次句用張翰典，如用典含有切"齊王（冏）敗"及"見幾"之意，則或與莊恪太子事有關。

上翰林蕭舍人①

人間鵷鷺杳難從②，獨恨金扉直九重③。萬象晚歸仁壽鏡④，百花春隔景陽鐘⑤。紫微芒動詞初出⑥，紅燭香殘誥未封⑦。每過朱門愛庭樹，一枝何日許相容⑧？

【校注】

①《英華》卷二六一寄贈十五載此首，題作"投翰林蕭舍人"，《全詩》、顧本題同《英華》。【咸注】《舊唐書》：蕭遘，蘭陵人。咸通五年登進士第。乾符初，召充翰林學士，正拜中書舍人。【補注】據庭筠弟庭皓咸通七年撰《唐國子助教温庭筠墓誌》，庭筠於是年即已去世，乾符初早已不在人世。故此蕭舍人斷非蕭遘。顧學頡《温庭筠交游考》（載《北京師範大學學報》1982 年 5 期）考定爲蕭鄴，然岑仲勉《唐史餘瀋》（251 頁）對蕭鄴説早有疑問。按《新唐書・蕭鄴傳》："蕭鄴字啓之，梁長沙宣王懿九世孫。及進士第，累進監察御史、翰林學士，出爲衡州刺史。大中中，召還翰林，拜中書舍人，遷户部侍郎，判本司，以工部尚書同中書門下平章事。懿宗初，罷爲荆南節度使，仍平章事。"丁居晦《重修承旨學士壁記》："蕭鄴大中元年二月二十六日，自監察御史里行充。十一月二十日，遷右補闕。十二月二十七日，三殿賜緋。二年七月六日，特恩遷兵部員外郎。十一月十三日，加知制誥，並依前充。二年九月十四日，責授衡州刺史。""大中五年正月二十八日，自考功郎中充。二月一日，加知制誥。七月十四日，遷中書舍人。六年正月七日，三殿召對賜紫。七月二十七日，加承旨。七年六月十二日，遷户部侍郎、知制誥，并依前充。八年十二月十八日，守本官、判户部出院。"據以上記載，蕭鄴在大中年間曾兩入翰林院，但第一次並未拜中書舍人。第二次則在大中五年七月十四日至七年六月十二日之間，任中書舍人。然大中年間蕭姓任中書舍人充翰林學士者尚有另一人，即蕭寘。據《學士壁記》，蕭寘大中四年七月至十年八月在翰林院，其間六年五月至八年五月任中書舍人。故單從《上翰林蕭舍人》詩題看，蕭鄴或蕭寘均有可能爲此詩所上之對象。然據筆者考證，庭筠於咸通二年曾在荆南節度使蕭鄴幕爲從事，詳後庭筠文校注《謝紇干相公啓》注④⑤及《上令狐相公啓》"敢言蠻國參軍，纔得荆州從事"二句。故此"翰林蕭舍人"以指蕭鄴之可能較大。鄴大中五年七月十四日至七年六月十二日期間在翰林，官中書舍人，詩當上於此期間。詩寫景當春令，故具體時間應爲大中六年春或七年春。以六年春之可能性較大。《新唐書・百官志》：中書舍人，"正五品上，掌侍進奏，參議表章，凡詔旨制敕，璽書册命，皆起草進畫。既下，則署行"。庭筠文有二首《上蕭舍人啓》，其中"某聞孫登之獎嵇康"一首係代人作，非庭筠自上；另一首"某聞周公當國"

題有誤，應爲上白敏中相公之啓，均詳二啓注①。不可援此二啓爲據。

② 鵷，《英華》、顧本作"鴛"，通。【補注】鵷鷺，鵷（鸞鳳一類的鳥）與鷺飛行有序，比喻班行有序之朝官。《隋書・音樂志中》："懷黄綰白，鵷鷺成行。文贊百揆，武鎮四方。"此以"鵷鷺"喻蕭舍人如人間之鸞鳳，高居朝班，杳遠而難以追隨。

③ 獨，《英華》作"猶"，校：集作"獨"。九，《英華》、席本、顧本作"幾"。《英華》校：集作"九"。【曾注】李白詩：引領望金扉。【補注】金扉，華貴的門户，此指翰林院。直九重，在宫中當值。李肇《翰林志》："（翰林院）今在右銀臺之北第一門，向□，牓曰翰林之門。其制高大重複，號爲北門。""凡當值之次，自給、舍、丞郎入者，三直無儤……凡交直，候内朝之退，不過辰巳，入者先之，出者後之……每下直，出門相謔，謂之'小三昧'，出銀臺乘馬，謂之'大三昧'，如釋氏之去纏縛而自在也。"

④ 晚，《英華》、顧本作"曉"，《英華》校：集作"晚"。【曾注】陸機《與弟雲書》：仁壽殿前有大方銅鏡，高五尺餘，廣三尺二寸，立著庭中向之，便寫人形體了了，亦怪也。梁簡文帝詩：仁壽含萬類。【補注】句意謂人間萬象天向晚時均映入仁壽殿的銅鏡中。

⑤ 隔，《英華》作"滿"，校：集作"隔"。景陽鐘，見卷一《雞鳴埭曲》注④。

⑥ 微，原作"薇"，據《英華》、述鈔、《全詩》、顧本改。【咸注】《三秦記》：未央宫一名紫微宫。然未央爲總稱，紫宫其中别名。《會要》：唐開元初改中書令爲紫微令，中書舍人爲紫微舍人。白居易詩：紫微花對紫微翁。【補注】紫微，紫微垣。《晉書・天文志上》："紫宫垣十五星，其西蕃七，東蕃八，在北斗北。一曰紫微，大帝之座也，天子之常居也，主命主度也。"芒，芒角，指星的光芒。"紫微芒動詞初出"，謂天子授旨，學士舍人所擬之詔誥制敕初出。明謝肇淛《五雜組・地部一》："紫微原爲帝星，以其政事之所從出，故中書省亦謂之紫微，而舍人爲紫微郎。"故"紫微芒動"亦可解爲中書舍人之筆鋒動時。

⑦ 燭，《英華》、述鈔作"蠟"。誥，《英華》作"詔"。【咸注】《翰林志》：故事，中書舍人專掌詔誥。【補注】句謂翰林蕭舍人夜間當值，草擬詔誥，至紅燭燒殘，天將破曉時，新擬的詔誥尚未封緘。李商隱《夢令狐學士》："山驛荒凉白竹扉，殘燈向曉夢清暉。右銀臺路雪三尺，鳳詔裁成當值歸。"所寫情景可與此句相參。蠟燭中添入香料，故云"香殘"。

⑧ 相，《英華》作"從"。【曾注】李義府《詠烏》詩：上林多少樹，不借一枝棲？

【箋評】

【按】此獻詩於翰林蕭舍人希依託於門庭也。首聯美其爲人間鸞鳳，已與其地位懸絶，杳遠難以追隨。獨恨其當值未歸，難以面謁，是獻詩之由。頷腹二聯即想象宫中華貴氣象及夜間當值草擬詔誥情景，詞語高華典雅，切合對方身份。尾聯揭出獻詩正意，謂每過蕭之朱門府邸，深愛庭院中的樹木，不知何日得列植其中成爲“一枝”，蓋有望於列其門庭，希其援引也。《新唐書・蕭鄴傳》謂鄴“在官無足稱道”，庭筠投贈，希圖蕭之援引，其志亦可憫矣。

春日偶作①

西園一曲豔陽歌②，擾擾車塵負薜蘿③。自欲放懷猶未得④，不知經世竟如何⑤？夜聞猛雨判花盡⑥，寒戀重衾覺夢多⑦。釣渚别來應更好⑧，春風還爲起微波。

【校注】

① 《才調》卷二、《唐詩鼓吹》卷七載此首，題並作“春日偶成”。

② 【咸注】繁欽《與魏文帝牋》：都尉薛方車子年始十四，能囀喉引聲，與笳同音。又：胡欲傲其所不知，尚之以一曲，巧竭意匱，既已不能。《神農本草》：春夏爲陽。【立注】徐注：鮑照詩：當避豔陽年。【按】“西園”泛指，未必與曹丕、曹植兄弟及鄴中諸子同游之“西園”有關。豔陽歌，初疑猶《陽春》曲，指高雅的曲調，語本宋玉《對楚王問》：“其爲《陽春》《白雪》，國中屬而和者不過數十人。”然細審全詩，似仍以泛解爲春之歌爲宜。

③ 【立注】郝天挺注：謝靈運詩：想見山間人，薜蘿若在眼。【補注】薜蘿，薜荔與女蘿。屈原《九歌・山鬼》：“若有人兮山之阿，被薜荔兮帶女蘿。”後以“薜蘿”借指隱逸之士的衣服。張喬《送陸處士》：“若向仙巖住，還應著薜蘿。”負薜蘿，有負於隱遁山林的志願。

④ 【曾注】王羲之序：放懷天地之間。案：郝天挺注：杜甫詩：放懷殊不愜，良覿渺無因。【補注】放懷，放寬心懷，開懷。

⑤ 【曾注】李康《運命論》：言足以經世，而不見信於時。【補注】經世，治理國事。

⑥ 【咸注】杜甫詩：縱飲久判人共棄。注：判，普官切。《方言》：楚人凡揮棄物，謂之拌，俗作拚。【按】此“判”即“判斷”“斷定”之意，非“舍棄”之意。

⑦ 衾，原作“裘”，據《才調》、席本、《全詩》、顧本改。

⑧ 【補注】釣渚，當指其鄠杜郊居旁的垂釣處。《書懷一百韻》云：“築室連中野，誅茅接上腴……釣石封苔蘚，芳蹊豔絳跗。”可證。此句暗用東漢初高士嚴光耕於富春山，隱居垂釣於七里瀨事，詳見《後漢書・嚴光傳》。

【箋評】

【金聖歎曰】（前解）一解，寫無端在家，不知何據，瞥地出門，竟成兩負，以爲大慚也。試想聽歌未終，驅車忽發，問其何往，曰我欲經世也。則我曾聞諸吾師，經世之人其人意思甚閑，未聞其有如是之忙者也。讀先生此詩，其誰不應捫心自忖？（後解）此五六，先生真實人，便説出自己經世之本事也。五，雨猛花盡，喻蒼生不知如何糜爛。六，衾寒夢多，喻當事惟有一味省縮。然則三十六計，歸爲上計，此座固定非我之所應坐矣。讀此詩，忽想漆雕開一章，實有無限至理。（《貫華堂選批唐才子詩》）卷六）

【《唐詩鼓吹評注》】此感春思歸之作也。首言春期已至，西園方歌豔陽，正當遊賞之日，奈身困車塵，虚負故園薜荔之約矣。人誰不能放懷，而此時則猶未得，而我亦思經世，不知究竟如何。但有夜闌聞猛雨，判夜欲盡，寒戀重衾，鄉夢偏多耳。想故園漁釣之所，别來更有可玩，此時輕風一動，爲起微波，不覺對豔陽而有感矣。

【朱三錫曰】詩意言聽歌未終，驅車忽發，其意不過爲致君澤民，以圖經世之事而已。究之身困車塵，虚度春期，退且未能，進又無補，意成兩負，故曰"放懷未得""經世如何"也。夜雨寒衾，是自寫寂寞無聊，優游無事，正與"負薜蘿"相應。擾擾車塵，竟爾如此，回想故園釣渚，不如早爲歸計之妙。（《東巖草堂評訂唐詩鼓吹》卷七）

【吴喬曰】義山詩思深而大，温斷不及。而温之"釣渚别來應更好，春風還爲起微波"，寧不淡遠！大抵古人難以一語斷盡。（《圍爐詩話》）

【趙臣瑗曰】"夜聞猛雨""寒戀重衾"，此二句正極寫長安邸中無聊況味。試思況味如此，其所謂"放懷"者安在耶？所謂"經世"者又安在耶？"釣渚"即"西園"，"應更""還爲"，致想彌深。至此蓋不得不思歸隱矣。（《山滿樓箋注唐詩七言律》）

【薛雪曰】《春日偶成》，讀之不覺淚下沾襟。（《一瓢詩話》）

【俞陛雲曰】"夜聞猛雨判花盡，寒戀重衾覺夢多"，此類之句，貴心細而意新，必確合情事，乃爲佳句。且一句中自相呼應，惟雨猛，故花盡；戀衾，故夢多……詩中此類極多，固在描繪細確，尤在用虚字之精煉也。（《詩境淺説》）

【按】此春日豔陽之候，有感於仕隱兩失而抒苦悶也。三春時節，聞西園豔陽之歌，深感春光爛漫，當盡情享受，奈已則困居長安，目睹車塵擾擾，深有負於夙昔隱逸山林之志。雖自欲放寬心懷，不計名利得失，然猶未能；而經世之志顧固不知究竟能否實現。三四一縱一收，一宕一抑，極有筆意、情致。五六寫春夜聞猛雨，判定花已凋盡，春寒夜長，戀重衾而夢多，係寫困居長安之苦悶無憀意緒。尾聯"釣渚"應首聯"薜蘿"。釣渚春好，風起微波，固不如歸隱鄠郊舊墅也。語淡蕩而有致。此詩純用白描，轉折如意，風格類似義山之《即日》（一歲林花即日休），見温詩不僅有穠豔一格。

春暮宴罷寄宋壽先輩[①]

斜掩朱門花外鐘，曉鶯時節好相逢。窗間桃蕊宿妝在[②]，雨後牡丹春睡濃。蘇小風姿迷下蔡[③]，馬卿才調似臨邛[④]。誰憐芳草生三徑[⑤]，參佐橋西陸士龍[⑥]？

【校注】

①《才調》卷二、《英華》卷二六一寄贈十五載此首。述鈔題内"暮"字作"夢"，誤。【咸注】程大昌《演繁露》：唐世呼舉人已第者爲先輩。【補注】李肇《唐國史補》卷下："得第謂之前進士，互相推敬謂之先輩。"余嘉錫《讀已見書齋隨筆》："唐人稱進士爲先輩者，言其登第必在同輩之先也，故又稱必先，與後人稱先及第者爲前輩之意不同。"按温庭筠終身未登進士第，此"先輩"固非同登第者相互推敬之尊稱，當爲同參加進士試者對已登第者之尊稱。宋壽，大中五年登進士第。胡可先《登科記考匡補》云："清孫星衍《寰宇訪碑録》卷四：'華嶽廟薛謂等《送□□尚書赴滑臺題名》，正書，大中五年十月，陝西華陰。'吴廷燮《唐方鎮年表》卷二引《華嶽志·題名》：'薛謂、宋壽送坐主王尚書赴滑臺，大中五年十月二十七日。'是薛謂、宋壽曾進士及第。按大中中知貢舉後出鎮鄭滑者惟韋慤一人。據《舊唐書》卷一七七《韋保衡傳》，'父慤……大中四年，拜禮部侍郎，五年選人，頗得名人。'是《登科記考》大中五年進士科應補薛謂、宋壽。"孟二冬《登科記考補正》即據胡考於大中五年進士科補入薛謂、宋壽，並引温此詩爲證。視題稱"先輩"而不及其官職，當是已登第尚未任官時作，約大中五年暮春。

② 蕊，《英華》作"葉"，校：集作"蕊"。《全詩》、顧本校：一作"萼"。【按】作"蕊"是。

③ 風，原作"丰"，據述鈔、《全詩》、顧本改。【曾注】《登徒子賦》：惑陽城，迷下蔡。注：陽城、下蔡，二縣名，楚之貴介公子所封。【補注】蘇小，即南齊錢唐名妓蘇小小，參卷二《蘇小小歌》注①。此借指宴席上的美貌歌妓。

④ 才調，《全詩》、顧本校：一作"詞賦"。【曾注】《司馬相如傳》：相如之臨邛，買一酒舍酤酒，令文君當壚，身自滌器於市中。徐注：下蔡之迷，何關蘇小？臨邛之客，即是馬卿。想叉手韻成，不無少疏脱耳。【立注】"蘇小"句本阮籍《詠懷詩》"傾城迷下蔡"來。【按】句意謂宴席上文士之才調如臨邛之司馬相如。語微有疵，而意自可會。"馬卿"，司馬長卿之省，借指宋壽。

⑤ 生,《英華》、席本、顧本作"連"。【曾注】《高士傳》:蔣詡所居三徑,皆生蓬蒿。《三輔决録》:蔣詡字元卿,隱於杜陵,舍中三徑,惟羊仲,杜仲從之游。【補注】陶潛《歸去來兮辭》:"三徑就荒,松菊猶存。"芳草生三徑,即徑生蓬蒿、三徑就荒之意。

⑥【曾注】《世説》:蔡司徒在洛,見陸機兄弟住參佐廨中,三間瓦屋,士龍住東頭,士衡住西頭。【補注】參佐,僚屬。庭筠有弟庭皓,故尾聯以陸機,陸雲兄弟自況,時兄弟二人或同居一屋。

【箋評】

【按】前兩聯寫春暮:朱門斜掩,花外鐘聲,曉鶯啼鳴。窗間桃蕊,宿妝猶在,牡丹雨後,春睡正濃。蓋隱以美人比桃花、牡丹。"曉鶯時節"隱用"遷鶯"之典,喻宋之新及第。相逢之處當即在平康北里間,蓋唐人新及第者每事平康北里之遊也。腹聯正面寫宴席上情景:美貌如蘇小之歌妓風姿迷人,才調如相如之宋壽意氣縱横。尾聯宴罷寄宋,謂己兄弟如陸機、陸雲之賃居僚佐舊廨,三徑就荒,無人相憐而過訪也。此當是詩人參加宋壽在平康北里舉行的宴會歸後而有此寄贈之作。雖亦科場失意,羡他人之先登,然"雨後牡丹春睡濃"等語,與義山《回中牡丹爲雨所敗二首》之凄凉婉轉,不可同日而語矣。温、李個性,心態之不同,此又可見。

馬嵬驛①

穆滿曾爲物外遊②,六龍經此暫淹留③。返魂無驗青煙滅④,埋血空生碧草愁⑤。香輦却歸長樂殿⑥,曉鐘還下景陽樓⑦。甘泉不復重相見⑧,誰道文成是故侯⑨?

【校注】

①《英華》卷二九八行邁十(館驛附)載此首,題作"過馬嵬驛"。【咸注】鄭樵《通志》:馬嵬坡在西安府興平縣西二十五里。《舊唐書》:貴妃從幸至馬嵬,大將陳玄禮密啓誅國忠父子,既而四軍不散。玄宗不獲已,與妃詔縊死於佛堂,瘞於驛西道側。

②【咸注】王融《三月三日曲水詩序》:穆滿八駿,如舞瑶池之陰。【補注】穆滿,周穆王,昭王子,名滿。在位時曾西征犬戎。《穆天子傳》演述其事,稱穆王乘八駿見西王母。物外,塵世之外。物外遊,即指見西王母事。西王母在後來的神話傳説中被描繪成神仙。此以穆王喻指唐玄宗,以"物外遊"稱其奔蜀避亂。

③ 六龍，見卷二《春江花月夜詞》注⑦。【補注】此句以穆王西巡狩車駕經此借喻唐玄宗奔蜀途經馬嵬驛而停留不進。《舊唐書·玄宗本紀》：天寶十五載，六月"丙辰，次馬嵬驛，諸衛頓軍不進。龍武大將軍陳玄禮奏曰：'逆胡指闕，以誅國忠爲名，然中外群情，無不嫌怨。今國步艱阻，乘輿震蕩，陛下宜徇群情，爲社稷大計，國忠之徒，可置之於法。'會吐蕃使二十一人遮國忠告訴於驛門，衆呼曰：'楊國忠連蕃人謀逆！'兵士圍驛四合。及誅楊國忠、魏方進一族，兵猶未解。上令高力士詰之，回奏曰：'諸將既誅國忠，以貴妃在宫，人情恐懼。'上即命力士賜貴妃自盡。玄禮等見上請罪，命釋之。"

④【曾注】《十洲記》：聚窟洲有大樹，與楓木相似，花發香聞數百里，名返魂樹。死者在地，聞香即活。【補注】此謂楊妃既死，如同青煙之滅，縱有返魂之香，亦不能使其復生。陳鴻《長恨歌傳》："適有道士自蜀來，知上心念楊妃如是，自言有李少君之術。玄宗大喜，命致其神。方士乃竭其術以索之，不至。又能遊神馭氣，出天界、没地府以求之，不見。又旁求四虚上下，東極大海，跨蓬壺。見最高仙山，上多樓闕，西廂下有洞户，東嚮，闔其門，署曰'玉妃太真院'。"此處對方士召魂之事加以否定。

⑤ 生，《英華》、席本、顧本作"成"。【曾注】《莊子》：萇弘死，藏其血，三年化爲碧。【補注】《舊唐書·楊貴妃傳》："上皇自蜀還，命中使祭奠，詔令改葬。禮部侍郎李揆曰：'龍武將士誅國忠，以其負國兆亂。今改葬故妃，恐將士疑懼，葬禮未可行。'乃止。上皇密令中使改葬於他所。初瘞時以紫褥裹之，肌膚已壞，而香囊猶在。内官以獻，上皇視之凄惋，乃令其圖形於别殿，朝夕視之。"此謂楊妃埋血生成碧草，空留遺恨。

⑥ 却，《英華》作"乍"，校：集作"却"。殿，述鈔作"橋"，非。【咸注】《漢武故事》：建章、長樂宫皆輦道相屬，懸棟飛閣，不由徑路。【補注】長樂殿，即長樂宫。漢初皇帝在此視朝，惠帝後，爲太后居地。故址在西安市西北郊漢長安故城東南隅。此與下句"景陽樓"皆借指唐代宫殿樓閣。

⑦ 景陽樓，見卷一《雞鳴埭曲》注④。【補注】五六句分用西漢與南齊事以喻唐。謂楊妃死後，宫中嬪妃的香輦仍歸所居的宫殿，端門上的曉鐘聲仍傳下宫樓，而玄宗却只能過着寂寞凄涼的生活。

⑧ 復，《英華》作"得"，校：集作"復"。席本、顧本同《英華》。【咸注】《漢·外戚傳》：李夫人少而早卒，帝憐閔焉，圖畫其形於甘泉宫。又：夫人卒，上思念不已。方士齊人少翁言能致其神，乃夜張燈燭，設帷帳，而令上居他帳，遥望見好女如李夫人之貌。【補注】《漢書·外戚傳》："帝益相思，爲作詩曰：'是邪非邪？立而望之，偏何姍姍而來遲！'"按：楊妃死後，玄宗自蜀還京，亦曾令人圖楊妃之形於别殿，朝夕視之，其事與漢武帝圖李夫人之形於甘泉宫正復相似。而齊人少翁誑言能致李夫人之神事，又與玄宗命方士召楊妃魂魄之事相類。故用以借喻。參注④引《長恨歌傳》

及下句注。

⑨【曾注】《史記》：元狩四年，齊人少翁以鬼神方見上，拜文成將軍。歲餘，其方益衰，神不至，於是誅文成將軍，隱之。【補注】句意蓋謂：誰説文成將軍是漢代的"故侯"呢？言外之意是：當今的唐朝也同樣有方士大言召魂而毫無徵驗的事。

【箋評】

【金聖嘆曰】（前解）不便於説玄宗，則云"穆滿"；不便於説避胡，則云遠遊；不便於説車駕，則云"六龍"；不便於説軍士不發，請誅罪人，則云"暫淹留"。"暫淹留"三字，斟酌最輕，中間便藏却佛堂尺組、玉妃就盡無數磣毒之狀也。三四承"暫淹留"，言自從此日直至於今，玉妃既死，安有更生。碧血所埋，依然草滿。人之經其地者，直是試想不得也。（後解）上解寫馬嵬，此解又終説玉妃之事也。"香輦"七字，言既而乘輿還京；"曉鐘"七字，言依舊春宵睡足。嗟乎！嗟乎！宮中事事如故，細思只少一人，又何言哉！又何言哉！（《貫華堂選批唐才子詩》卷六）

【朱三錫曰】五六即七之"不復重相見"也。只是輕輕一手，便爲空行絶迹之作。世傳温、李齊名，讀此却高義山一籌矣。（《東巖草堂評訂唐詩鼓吹》卷七）

【沈德潛曰】（首句旁批）借穆王比玄宗。（篇末總評）通體俱屬借言，詠古詩另開一體。（《重訂唐詩别裁集》卷十五）

【按】題曰"馬嵬驛"，而通首均不直叙玄宗貴妃事，而借周穆、漢武、李夫人、齊人少翁等前代人事以喻指之，并"長樂殿""景陽樓"亦均用前代宮殿樓閣以借指之，其中漢武、李夫人及齊人少翁事尤切。沈德潛謂"通體俱屬借言，詠古詩另開一體'。甚確。詩之大意不過謂楊妃既死，不得復生，召魂之舉，總屬徒勞。埋血之地，碧草滋生，玄宗空有長恨。雖宮苑依舊，而孤凄終身矣。末句有刺。除首聯、頷聯與"馬嵬驛"有關外，腹、尾兩聯均與題目關係較遠。

知道溪居别業①

積潤初銷碧草新②，鳳陽晴日帶雕輪③。絲飄弱柳平橋晚④，雪點寒梅小院春⑤。屏上樓臺陳後主⑥，鏡中金翠李夫人⑦。花房透露紅珠落⑧，蛺蝶雙飛護粉塵⑨。

【校注】

①《才調》卷二載此首，題作"和友人溪居别業"，席本、顧本同；述鈔作"知道溪君别業"，底本、李本、姜本、十卷本、毛本作"和道溪君别業"。【按】詩無"和"意。

《唐詩鼓吹》卷七載此首,題作“知道溪居别業”,是,兹從之。“和”字係“知”字之訛;“君”字則“居”字之訛。詩係詠名“知道”者之溪居别業。

②【補注】積潤,雨後積存的濕潤之氣。

③【曾注】《詩》:鳳皇鳴矣,于彼高岡。梧桐生矣,于彼朝陽。(按:曾氏未引二、三兩句,兹補之。)【咸注】《楞嚴經》:明還日輪,暗還黑月。【補注】鳳陽,猶朝陽。句意謂晴日朝陽高照,乘畫輪出游。雕輪指車。

④ 絲,十卷本、姜本、毛本、《全詩》作“風”;李本作“終”,係“絲”字之訛。【按】作“風”似與下句“雪”字對偶較切。然此二句上四字本以“弱柳飄絲”“寒梅點雪”爲對,因調平仄而寫作“絲飄弱柳”“雪點寒梅”。後人以爲“絲”對“雪”不甚切,故改“絲”爲“風”,不知與原意不符。

⑤ 院,《全詩》作“苑”。【補注】雪點寒梅,指梅花點綴枝頭如朵朵雪花。

⑥【立注】郝天挺注:《陳書》:後主陳姓,字叔寶,至德二載於光照殿起臨春、結綺、望仙三閣,檻闌以沈香爲之,飾以金玉,每微風起,香聞數里之外。【補注】句意謂别業中的樓臺如同畫屏中所繪的陳後主的别殿樓臺,金壁輝煌。

⑦【曾注】《漢書》:孝武李夫人本以倡進,妙麗善舞,由是得幸。曹植《洛神賦》:戴金翠之首飾。【補注】《漢書・外戚傳上》:“初,(李)夫人兄延年……侍上起舞,歌曰:‘北方有佳人,絶世而獨立。一顧傾人城,再顧傾人國。寧不知傾城與傾國,佳人難再得!’上嘆息曰:‘善!世豈有此人乎?’平陽主因言延年有女弟,上乃召見之,實妙麗善舞。由是得幸。”句意謂溪中繁花的倒影,如同鏡中映現的金翠滿頭的李夫人。鏡,指水面。

⑧ 透露,顧本作“露透”。

⑨ 雙飛,《才調》、席本、顧本作“雙雙”。【補注】二句謂蛺蝶因花房上的露珠滴落而雙雙飛起,以保護翅上的粉不被霑濕。

【箋評】

【陸時雍曰】三四風味絶佳。(《唐詩鏡》)

【金聖嘆曰】(前解)先生詩總是此輕輕一手。此解輕輕先寫春雨新霽,出門閑行。初經柳橋,遂訪梅院,所謂一路行來猶未寫到别業也。(後解)此解始寫别業。五是寫其亭軒高低,六是寫其波光蕩漾。看他用陳後主、李夫人畫早春新霽嬌紅穉緑,妙,妙。至七八,亦只用細瑣之筆,寫一花上蛺蝶,便結之也。總是輕輕一手。(《貫華堂選批唐才子詩》卷六)

【朱三錫曰】此通首皆就别業中言之。首言春雨新霽來遊其地。三寫柳,四寫梅。絲飄弱柳,雪點寒梅,皆早春景色,即雨消新晴景色也。(以下略同金評,不録)(《東巖草堂評訂唐詩鼓吹》卷七)

【《唐詩鼓吹評注》】首言别業之中積雨初消，故草色鮮妍而日色晴暖。此時乘雕輪而遊，則見平橋小院之間，弱柳飄絲，寒梅點雪，皆可玩之景。又屏上樓臺如陳後主之别殿，鏡中金翠若李夫人之媚容，俱足以悦目娱情也。而且露滴花房，紅珠欲落，雙雙蛺蝶又爲之護粉塵焉。其幽勝爲何如歟？

【趙臣瑗曰】一，宿雨初收；二，新陽載道：此寫其出遊之日也。三，溪邊之柳色舒黄；四，牆角之梅梢破白：此寫其經行之路也，猶未到别業也。五六寫别業中全景：軒窗高下，如樓臺畫於屏中；花木參差，似金翠照於鏡裏。陳後主、李夫人，却牽合得甚妙。自來詩人不敢如此想頭也。七八再一小景，不過是閑閑着筆，有意無意，便成絶妙好辭。人言温，李詩體輕浮，吾則但見其嫵媚也。（《山滿樓箋注唐詩七言律》）

【沈德潛曰】（屏上二句）形别業之勝，非實寫也。（《重訂唐詩别裁集》卷十五）

【薛雪曰】大凡人有敏捷之才，斷不可以有敏捷之作。温太原八叉手而八韻成，致有“絲飄弱柳平橋晚，雪點寒梅小院春”，上下情景不相屬，竟是園亭對子。（《一瓢詩話》）

【俞陛雲曰】此詩“弱柳”“寒梅”句，不事捶煉，而風致如畫，爲寫景之秀句。五六言“陳後主”之樓臺，“李夫人”之金翠，極人間之美麗矣，而於屏上、鏡中見之，可望而不可即。色即是空，本無諸相，麗句而兼妙悟也。但中四句專用字面，而不用語意相貫。大陸才多，偶爲之固無不可，句亦殊佳。乃其起結亦用詞藻，而少意義，似未盡美。（《詩境淺説》）

【按】此詠友人别業風景之佳。起聯寫晴日照耀，積潤初銷，碧草新齊，乘車往遊。次聯寫院外平橋弱柳飄絲，院内寒梅枝梢綴雪。腹聯以實景爲圖畫，借鏡面喻水面，構思新巧。尾聯寫院内花房滴露，蛺蝶雙飛之景，意態閑閑，宛然詞境。此詩輕倩流美，側豔纖巧兼而有之。

奉天西佛寺①

憶昔狂童犯順年②，玉虬閑暇出甘泉③。宗臣欲舞千鈞劍④，追騎猶觀七寶鞭⑤。星背紫垣終掃地⑥，日歸黄道却當天⑦。至今南頓諸耆舊⑧，猶指榛蕪作弄田⑨。

【校注】

①【曾注】《唐書》：京兆府有奉天縣，屬關内道。文明元年以管乾陵，分醴泉置。天授二年置稷州。大足元年還雍州。【補注】奉天，今陝西乾縣。唐德宗建中四年十月，涇原節度使姚令言軍隊譁變謀叛，德宗倉皇出奔奉天。亂軍擁迎朱泚爲帥，圍攻奉天，形勢危急。賴名將李晟、渾瑊等力戰，方於次年五月收復京城長安。七月

德宗回京。事詳兩《唐書·德宗本紀》及《通鑑》。佛寺當是德宗回京後建以報佛佑者。

②【補注】狂童，狂悖作亂之人。童，奴才。韓愈《送張道士序》："臣有平賊策，狂童不難治。"李商隱《昭應縣道上送户部李郎中充昭義攻討》："將軍大旆掃狂童，詔選名賢贊武功。"此句之"狂童"指叛亂之朱泚等人。犯順，叛亂。《晋書·甘卓傳論》："及凶渠犯順，志在勤王。"

③【曾注】《楚辭》：駟玉虬以乘鷖兮。【咸注】《關輔記》：甘泉宫在今池陽縣西甘泉山。【補注】玉虬，傳説中的虬龍，借指天子所乘飾有玉勒的馬。《漢書·司馬相如傳》："於是乎背秋涉冬，天子校獵。乘鏤象，六玉虯。"顔師古注引張揖曰："六玉虯，謂駕六馬，以玉飾其鑣勒，有似玉虯。"甘泉，漢宫，借指唐宫。不曰出奔，而曰"閑暇出甘泉"，諱飾之詞。

④ 鈞，席本、顧本作"金"。【曾注】《漢書》：蕭何、曹參，爲一代之宗臣。《吕覽》：伍員解其劍以予丈人，曰："此千金之劍也。"【補注】宗臣，有二義，一爲與君主同宗之臣，一爲世所敬仰之名臣。曹注引《漢書·蕭何曹參傳贊》係後一義。平定朱泚等人之亂，李晟、渾瑊功最大。李晟與唐皇室同宗，渾瑊本鐵勒族，奉天保衛戰全仗渾瑊指揮得當。故此句之"宗臣"當以指後一義爲宜，且可兼包其時平叛有功諸將帥。

⑤【咸注】《晋書》：明帝見逆旅嫗，以七寶鞭與之，曰："後騎來，可以此示也。"【按】事詳卷一《湖陰詞》注①。句意謂叛軍追騎未能趕上德宗的車駕。

⑥【曾注】晋陸雲詩：在晋奸臣，稱亂紫微。宋張鏡《觀象賦》：覩紫宫之環周。【補注】星，此指彗星。古代認爲彗星出現是兵亂之兆。背，犯。紫垣，即紫微垣，指帝王宫禁，詳《上翰林蕭舍人》注⑥。掃地，掃地以盡，又切"掃帚星"（即彗星）之光芒隱滅。句意謂侵犯宫禁的叛亂者終歸滅亡。

⑦【曾注】《漢·天文志》：日有中道，月有九行。中道者黄道，一曰光道。【補注】古天文學以爲日繞地而行，日所行之路綫謂之黄道。亦可借指帝王出行時所走的道路。李白《上之回》："萬乘出黄道，千騎揚彩虹。"蕭士贇曰："日，君象，故天子所行之道亦曰黄道。"句謂日仍歸循黄道而行，當天而照臨萬物，喻德宗雖出奔奉天，終回鑾長安，仍穩居帝位，統治萬民。

⑧ 頓，《全詩》校：一作"嶺"。《後漢書》：光武生於南頓。《地理志》：南頓，古頓子國，在汝南。應劭曰：頓迫於陳，其後南徙，故名。

⑨【曾注】《漢書》：昭帝耕於鉤盾弄田。應劭曰：鉤盾，宦者近署，故往試耕爲戲弄也。臣瓚曰：弄田在未央宫中。【補注】弄田，漢未央宫有弄田，供皇帝宴遊。《漢書·昭帝紀》："己亥，上耕於鉤盾弄田。"顔師古注："應劭曰：'時帝年九歲，未能親耕帝籍。鉤盾，宦者近署，故往試耕爲戲弄也。'臣瓚曰：'《西京故事》，弄田在未

央宫中。'弄田爲宴遊之田,天子所戲弄耳,非爲昭帝年幼創有此名。"按:末聯意晦,似以漢光武帝之中興漢朝喻德宗平定叛亂,中興唐室,謂至今德宗出生之地的耆舊百姓,仍指現已榛蕪叢生之荒地,謂此處係德宗當年曾經遊宴之處。

【箋評】

【按】題曰"奉天西佛寺",當是因德宗平叛後所建之報功佛寺而聯想及當年平定朱泚之亂的情事。首聯朱泚叛亂,德宗出奔奉天。頷聯謂名將渾瑊、李晟等奮勇揮劍殺敵,叛軍終未追及出奔之德宗。腹聯謂叛亂者終告覆滅,德宗勝利回鑾仍君臨萬民。尾聯以德宗平叛比光武之中興漢室,有懷念之意。

題望苑驛東馬嵬,西端正樹①

弱柳千條杏一枝,半含春雨半垂絲②。景陽寒井人難到③,長樂晨鐘鳥自知④。花影至今通博望⑤,樹名從此號相思⑥。分明十二樓前月⑦,不向西陵照盛姬⑧。

【校注】

①《英華》卷二九八行邁十(館驛附)載此首,題下注作"東有馬嵬驛,西有相思樹"。姜本、十卷本、毛本"樹"作"寺",誤。席本作"東有馬嵬,西有端正樹",顧本作"東有馬嵬驛,西有端正樹"。述鈔、李本同底本。【曾注】《關中記》:望苑驛即博望苑,舊址在西安,漢武帝戾太子築通靈臺即此。【補注】望苑驛,即漢之博望苑,漢武帝爲太子劉據所建。《三輔黄圖》卷四引《漢書》:"武帝年二十九乃得太子,甚喜。太子冠,爲立博望苑,使其通賓客,從其所好。"苑名博望,取其廣博觀望之意。《三輔黄圖》卷四:"博望苑在長安城南,杜門外五里有遺址。"《水經注·渭水》:"昆明池故渠之北,有白亭、博望苑。"《長安志》:唐長安西城區北部金城坊"北門有戾園,園東南,漢博望苑"。曾注引《關中記》之"博望觀"可能爲博望苑中之樓觀。端正樹,見卷五《題端正樹》注①。據本篇題下注,《馬嵬驛》《題望苑驛》《題端正樹》三首,當爲同時先後之作。

② 垂,《全詩》、顧本校:一作"含"。

③ 到,《英華》校:一作"見"。【曾注】《建業志》:景陽井在吴城,即辱井。【補注】景陽井,南朝陳景陽殿之井,又名胭脂井。禎明三年(589),隋兵南下過江,攻佔臺城,陳後主聞兵至,與貴妃張麗華投匿此井,至夜爲隋兵所執。參卷一《雞鳴埭曲》"繡龍畫雉填宫井"句注。

④ 鳥,《英華》、席本、顧本作"曉"。【曾注】《漢・高帝紀》:長樂宫成,諸侯群臣稱賀。【咸注】《三輔黄圖》:鐘室在長樂中。【補注】長樂宫,漢高祖五至七年,由丞相蕭何在秦興樂宫基礎上營建而成,周回二十里,位於長安城東南,西隔安門大街與未央宫相望,内有十四座主要宫殿,有鐘室。因其在未央宫之東,故又稱東宫。此句有可能即取其"東宫"之别名以指太子之東宫。

⑤ 至今,《英華》、席本、顧本作"幾年"。《英華》校:集作"至今"。【曾注】《漢書》:戾太子既冠就宫,爲立博望苑,使通賓客。

⑥ 從此,《英華》、席本、顧本作"何世"。《英華》校:集作"從此"。【曾注】《歡聞變歌》:南有相思木,合影復同心。【咸注】干寶《搜神記》:韓憑妻冢上梓號相思樹。詳卷二《會昌丙寅豐歲歌》"粉項韓憑雙扇中"句注。【補注】西漢京兆湖縣有思子宫。武帝征和二年(前91),巫蠱之禍起,太子據從長安東逃至湖縣,自殺而死。壺關縣三老令狐茂、太廟郎田千秋先後爲太子鳴冤。武帝感寤,憐太子無辜,遂於湖縣建思子宫,並在宫内造歸來望思之臺,以表望而思之,盼太子之魂歸來之意。此云樹名號相思,或亦暗寓武帝思念太子之事。

⑦ 分明,《英華》、席本、顧本作"至今"。《英華》校:集作"分明"。【補注】《史記・封禪書》:"方士有言'黄帝時爲五城十二樓,以候神人於執期,命曰迎年'。上許作之如方,命曰明年。"《漢書・郊祀志上》:"五城十二樓。"顔師古注引應劭曰:"昆崙玄圃五城十二樓,仙人之所常居。"亦泛指天子宫闕。王昌齡《放歌行》:"南渡洛陽津,西望十二樓。明堂坐天子,月朔朝諸侯。"此處即指皇宫樓殿。

⑧ 盛,《英華》、席本、顧本作"戚"。《英華》校:集作"盛"。顧本校:疑作"盛"。【咸注】《穆天子傳》:天子遊於河濟,盛君獻女。王爲盛姬築臺,砌之以玉。天子西征至玄池之上,乃奏樂,三日終,是日樂池盛姬亡。天子殯姬於穀丘之廟,葬於樂池之南。白居易《李夫人詩》:君不見穆王三日哭,重壁臺前傷盛姬。西陵未詳。【補注】西陵,即高平陵(《三國志・魏書・武帝紀》作"高陵"),曹操陵墓。《全上古三代秦漢三國六朝文》操《遺令》云:"吾死以後……葬于鄴之西岡上,與西門豹祠相近,無藏金玉珍寶。吾婢妾與伎人皆勤苦,使著銅雀臺……汝等時時登銅雀臺,望吾西陵墓田。"謝朓《銅雀臺》詩:"鬱鬱西陵樹,詎聞歌吹聲。"此借指唐代帝王陵墓。盛姬,借指唐代帝王的寵姬。詳箋評編著者按語。

【箋評】

【按】此詩題爲"題望苑驛",即漢戾太子據之博望苑舊址,而詩中雜用"景陽井"(陳)、"長樂"(漢)、"西陵"(魏)、"盛姬"(周)等不同時代之典實,刻意造成撲朔迷離之氣氛,詞意閃爍,必有隱寓。頗疑以漢戾太子據因巫蠱事外逃自盡,影射唐文宗開成三年莊恪太子暴死事。首聯望苑驛春日即景。頷聯以"景陽""長樂"借指太子永所居。太子永居少陽院,故以"景陽"借指。太子已死,故地荒凉,故井曰"寒井",己亦不能再到,故曰"人難到";"長樂"宫又名東宫,故以之借指太子東宫。晨鐘惟鳥自知,正反映宫中寂然,人已不在。腹聯上句意謂,何時能再通博望苑,見苑中之花影,下句疑以漢武感寤思念戾太子之事影指文宗追悔廢莊恪太子之事。太子卒後,文宗意頗追悔,曾慨嘆"朕貴爲天子,不能全一子"(見《通鑑·文宗開成四年》)。尾聯則因楊賢妃欲立安王溶日譖太子於文宗之前,致使文宗欲廢太子,而以穆王之寵姬盛姬擬之,謂如今宫前之月不再照臨陪葬"西陵"(借指文宗的陵墓章陵)之楊賢妃,蓋深疾其進讒而使太子被廢暴卒也。

寄分司元庶子兼呈元處士[1]

閉門高卧莫長嗟[2],水木凝暉屬謝家[3]。緱嶺參差殘曉雪[4],洛波清淺露晴沙[5]。鑷公春盡蕪菁色[6],華廙愁多苜蓿花[7]。月榭知君還悵望,碧霄煙闊雁行斜[8]。

【校注】

①【吴汝煜、胡可先曰】元處士疑爲元孚。與温庭筠同時的許渾有《元處士自洛歸宛陵山居見示詹事相公餞行之什因贈》《冬日宣城開元寺贈元孚上人》等詩,杜牧有《贈宣州元處士》詩……元處士均指元孚。元孚曾住洛陽,後歸宛陵。温庭筠此詩當是元孚在洛陽時作。(《全唐詩人名考》)【補注】分司元庶子,名不詳。視詩中"謝家""雁行"語,元庶子當是元處士之兄弟而爲左(右)庶子分司東都者。庶子,太子東宫官名。東宫左右春坊各有左、右庶子二人,左庶子正四品上,右庶子正四品下。按:許渾開成三年秋至五年在宣州當塗、太平爲官,其有關元處士諸作(《元處士自洛歸宛陵山居見示詹事相公餞行之什因贈》《題宣州元處士幽居》《宣城開元寺贈元孚上人》)均作於此期間。杜牧開成二年冬至四年初春在宣州任團練判官,其《贈宣州元處士》約作於開成三年。視此詩末聯,其時元處士已自洛歸。則温庭筠此詩當作於開成三年之後。元庶子爲太子東宫官分司東都者,庭筠亦曾從莊恪太子遊。二人之結識可能與此有關。

②【曾注】《後漢書》:袁安值大雪,閉門高卧。【補注】《後漢書·袁安傳》注引《汝南先賢傳》:"時大雪,積地丈餘,洛陽令自出案行,見人家皆除雪出,有乞食者。至袁安門,無有行路,謂安已死。令人除雪入户,見安僵卧,問何以不出,曰:'大雪人皆餓,不宜干人。'令以爲賢,舉爲孝廉也。"此以喻元庶子,贊其雖居閑官而品格高潔,慰之曰"莫長嗟"。

③【曾注】謝靈運詩:山水含清暉。【補注】《宋書·謝靈運傳》:"靈運少好學,

博覽群書,文章之美,江左莫逮。從叔混特知愛之……與族弟惠連……以文章賞會,共爲山澤之遊。"謝混《游西池》:"景昃鳴禽集,水木湛清華。"此以"水木凝暉"喻指"謝家"叔姪兄弟的文學才華,借以贊美元庶子、元處士兄弟。

④【曾注】《列仙傳》:王子喬好吹笙,遊伊、洛間,隨浮丘公上嵩山。後見桓良曰:"告我家,七月七日待我緱氏山頭。"至時果乘白鶴,舉手謝時人而去。【補注】緱嶺,即緱山,在今河南偃師縣,地近洛陽。緱嶺曉雪、洛水晴沙,均洛中景物,切分司東都之元庶子。"緱嶺"且兼含有關太子之典故。劉向《列仙傳·王子喬》:"王子喬者,周靈王太子晉也。好吹笙作鳳凰鳴。遊伊、洛間,道士浮丘公接上嵩高山。三十餘年後,求之於山上,見柏良曰:'告我家,七月七日待我於緱氏山巔。'至時,果乘鶴駐山頂,望之不可到。舉手謝時人,數日而去。"曾注引《列仙傳》略去王子喬即"周靈王太子晋"一節,致使"緱嶺"與太子有關之涵意不顯。

⑤【補注】洛波,洛水的清波。

⑥【曾注】胡衝《吴歷》:蜀先主劉備在許下閉門種蕪菁,因謂張飛、關羽曰:"吾豈種菜者乎!"【咸注】《吕覽》:菜之美者,具區之菁。【補注】鎦,"劉"之古字。

⑦ 廙,原作"厩",諸本均同。【王國安曰】華厩,疑當作"華廙",以同上句"劉公"對偶。華廙,字長駿,華歆孫。晋武帝時除名削爵,後武帝"登陵雲臺,望見廙苜蓿園,阡陌甚盛,依然感舊。"《晋書》有傳。(上海古籍出版社王國安標點本《温飛卿詩集箋注》93 頁)【按】王校是,兹據改。多,李本、十卷本、姜本、毛本、席本、《全詩》、顧本作"深"。述鈔同底本。【曾注】《漢書》:大宛馬嗜苜蓿,上遣使者持千金請宛馬,采苜蓿歸,種之離宫。《西京雜記》:樂遊苑自生玫瑰樹,下多苜蓿。苜蓿一名懷風,時人或謂之光風。風在其間常蕭蕭然,日照其花有光彩,故名苜蓿爲懷風。茂陵人謂之連枝草。庾信賦:人戴蒲萄,馬銜苜蓿。【補注】鎦公、華廙,均喻指元庶子,謂其身居閒職。苜蓿花繁,故曰"多"。

⑧【補注】月榭,賞月的臺榭。君,指元庶子。雁行斜,以雁陣之斜列喻元氏兄弟。結"兼呈"。

【箋評】

【按】元庶子似因身居閑職而内心苦悶,故起聯即以袁安高卧擬之,謂其雖居閑職而品格自高,勸其莫因居閑而嗟嘆,並贊其兄弟均長於文學如当年之謝家。頷聯承"水木凝暉",謂洛中有緱嶺曉雪、洛波晴沙,足可供賞玩吟詠。腹聯以劉備、華廙比庶子,承"閉門高卧",謂其目前雖居閑曠,而仍如劉備之志存遠大,如華廙之爲君主所繫念。尾聯謂元庶子於月榭悵望碧天雁行斜列時當想念兄弟元處士,結出"兼呈"之意。據"悵望"語,元處士其時已離洛歸宣州。吴、胡謂此詩當是元孚在洛陽時作,恐誤。"兼呈"之對象固不必與"寄"之對象同在一地。

題　柳①

楊柳千條拂面絲②，緑煙金穗不勝吹③。香隨静婉歌塵起④，影伴嬌嬈舞袖垂⑤。羌管一聲何處曲⑥，流鶯百囀最高枝⑦。千門九陌花如雪⑧，飛過宫牆兩自知⑨。

【校注】

① 《才調》卷二、《英華》卷三二三花木二載此首。《英華》題作“柳”。《唐詩鼓吹》卷七載此首，題亦作“柳”，顧本謂“題，《鼓吹》作楊”，不知何據。集本均作“題柳”。

② 【曾注】《南史》：劉悛之獻蜀柳數株，枝條甚長，狀如絲縷。

③ 穗，《英華》作“德”，誤。吹，《英華》作“移”。【補注】緑煙，楊柳色緑而枝條繁茂重疊，如同堆煙，故云。金穗，指金色的嫩枝。

④ 【郝天挺注】《梁書》：羊侃字祖欣，雅愛文史，姬妾列侍，窮極奢靡。舞人張静婉腰圍一尺六寸，能爲掌上舞。【曾注】《南史》：張静婉善歌舞。詳卷一《張静婉采蓮曲》注①。【補注】歌塵，本指歌聲動聽。《藝文類聚》卷四三引劉向《别録》：“漢興以來，善《雅歌》者魯人虞公，發聲清哀，蓋動梁塵。”此處與善舞之張静婉聯係，當指歌舞時揚起的細塵。柳本無“香”，此處以美人之舞腰擬柳，故云“香隨静婉歌塵起”。

⑤ 嬈，《英華》、述鈔、顧本作“饒”。【立注】郝天挺注：宋子侯有《董嬌嬈》詩。杜甫詩：佳人屢出董嬌嬈。

⑥ 管，《全詩》、顧本校：一作“笛”。曲，《全詩》校：一作“笛”。【郝天挺注】笛中有《折楊柳曲》。虞羲《詠霍將軍北伐》云：胡笳關下思，羌笛隴頭鳴。【曾注】王僧虔《技録》：《折楊柳》，古曲名。【補注】《折楊柳》，古横吹曲。傳張騫從西域傳入《德摩訶兜勒曲》，李延年因之作新聲二十八解，以爲武樂。魏晋時古辭亡佚。《樂府詩集·横吹曲辭二·梁元帝〈折楊柳〉》解題云：“《唐書·樂志》曰：‘梁樂府有胡吹歌云：上馬不捉鞭，反拗楊柳枝。下馬吹横笛，愁殺行客兒。此歌辭元出北國，即鼓角横吹曲《折楊柳枝》是也。’《宋書·五行志》曰：‘晋太康末，京洛爲折楊柳之歌，其曲有兵革苦辛之辭。’”

⑦ 【郝天挺注】賈至詩：千條弱柳垂青瑣，百囀流鶯繞建章。

⑧ 陌，《全詩》、顧本校：一作“曲”。【咸注】曹植詩：東西經七陌，南北越九阡。【補注】《史記·孝武本紀》：“於是作建章宫，度爲千門萬户。”九陌，漢代長安城中的九條大道。《三輔黄圖》：“長安八街九陌。”花，指柳絮。

⑨ 自,《英華》作“不”,《鼓吹》同。

【箋評】

【楊慎曰】李太白詩:“風吹柳花滿店香。”温庭筠詠柳詩:“香隨静婉歌塵起,影伴嬌嬈舞袖垂。”……其實柳花亦有微香,詩人之言非誣也。(《升庵詩話》卷七《柳花香》)

【《唐詩鼓吹評注》】此自柳綫初垂以至柳花飛絮,終一春之事而言之也。首言楊柳初垂,緑煙含穗,時枝尚弱,未勝春風之吹。及花之香則隨歌塵而起,影之動則逐舞袖而垂。至於曲吹羌笛,枝囀流鶯,楊柳風流有不同凡木者矣。若暮春則花白如雪,填滿於千門九陌之間,而且飛入宫牆,人莫之覺(按:《鼓吹》作“兩不知”)。其輕盈之態,不足令人愛玩哉!“兩不”,廖(文炳)解謂“莫辨其爲花爲雪”,則鑿矣。眉批:其中有作計在,所以有味。三四言當年風流可愛。後半則自慨歸於憔悴摧折。“不勝吹”三字直貫注末句。“嬈”應作“饒”,“不”應作“自”。

【朱三錫曰】通首只起二句實寫楊柳,餘俱用比用興,曲盡其妙。唐人詠物,必有所託,細玩自知其意。即實詠一物,决不純用賦體也。(《東巖草堂評訂唐詩鼓吹》)

【譚宗曰】感愴夷浩,迥出凡等,是絶不關情,而情深百道,豈非至文哉!(《近體秋陽》)

【按】就詩面作解,則首聯形容柳絲千條,緑煙金穗,吹拂人面。次聯謂風吹柳絲,如静婉之裊舞腰,香隨塵起;如嬌嬈之轉舞袖,影伴舞垂。腹聯謂羌笛有《折楊柳》曲,而流鶯百囀,正棲於柳之高枝。尾聯以楊花柳絮或飛入宫牆,或落於九陌作結。此詩若作單純詠物詩讀,實少意味,腹聯更上下句不相連貫。但如將“柳”理解爲歌舞女子之象喻,則較爲含蓄有味。首聯形容楊柳千絲拂面,緑煙金穗,若不勝春風之吹拂,此蓋狀其“娉娉嫋嫋”之時,頷聯寫其歌舞,香隨塵起,影伴舞嬌。既寫其藝,復展其姿。腹聯則謂其伴羌笛之曲而歌,如流鶯百囀於枝頭。尾聯則以楊花飄雪,飛過宫牆,喻歌舞女子之徵入宫中者。“兩自知”者,宫内宫外之歌舞女子各自知,亦從此兩不相值也。此解未必即作者本意,然就詩而言,不妨有此一解。

和友人悼亡[①]

玉皃潘郎涙滿衣[②],畫羅輕鬢雨霏微[③]。紅蘭委露愁難盡[④],白馬朝天望不歸[⑤]。寶鏡塵昏鸞影在[⑥],鈿筝絃斷雁行稀[⑦]。春風幾許傷情事[⑧],碧草侵堦粉蝶飛。

【校注】

①《才調》卷二、《英華》卷三〇四悲悼四載此首。《英華》校：一作"喪歌姬"。《全詩》、顧本校同《英華》。底本、述鈔、席本《題柳》下有《和友人悼亡》《李羽處士故里》《却經商山寄昔同行友人》《池塘七夕》四首，而李本、十卷本、姜本、毛本均無，當是鈔刻時脱漏此頁。此和友人悼亡之作，首句"玉皃潘郎淚滿衣"即"友人悼亡"之意，非庭筠自傷喪歌姬。

②【立注】徐注：王樞詩：玉貌映朝霞。晋潘岳有《悼亡詩》。【補注】皃，古"貌"字。《晋書・潘岳傳》："岳美姿儀，辭藻絶麗，尤善爲哀誄之文。"其《悼亡詩三首》有"撫衿長嘆息，不覺涕霑胸""悲懷感物來，泣涕應情隕"等語。"玉皃潘郎"指友人，非庭筠自謂。《北夢瑣言》卷十："薛侍郎昭蘊氣貌昏濁，杜紫薇唇厚，温庭筠號温鍾馗，不稱才名也。"

③ 雨，《英華》《全詩》作"兩"，誤。【補注】畫羅，有畫飾之絲織品。輕鬢，輕薄的鬢髮。霏微，迷蒙細小貌。此句寫友人身著羅衣，鬢髮稀疏，在迷蒙細雨中佇立沉思之情景。

④【曾注】江淹《别賦》：見紅蘭之受露。【補注】紅蘭委露，喻女子亡故。

⑤【曾注】《天寶遺事》：虢國不施紅粉，自衒美豔，嘗素面朝天。【按】曾注非。白馬素車，爲古代凶喪輿服。《史記・秦始皇本紀》："楚將沛公破秦軍入武關，遂至霸上，使人約降子嬰，子嬰即係頸以組，白馬素車，奉天子璽符，降軹道旁。"裴駰集解引應劭曰："素車白馬，喪人之服也。"此謂亡者已下葬，再無重歸之期。白馬朝天，謂拉靈車的白馬仰天悲鳴。陶淵明《擬挽歌辭三首》之三："荒草何茫茫，白楊亦蕭蕭。嚴霜九月中，送我出遠郊。四面無人居，高墳正崔嶤。馬爲仰天鳴，風爲自蕭條。"

⑥【曾注】范泰《鸞鳥詩序》：昔罽賓王結罝峻祈之山，獲一鸞鳥，王甚愛之。三年不鳴，其夫人曰："嘗聞鳥見其類而後鳴，何不懸鏡以映之？"王從其言。鸞覩影，悲鳴冲霄，一奮而絶。【補注】寶鏡塵昏，謂其人已逝，妝鏡蒙塵。鸞影在，表面上是説，鏡背面的鸞鳳圖案還在，實以喻指男方猶如弔影之孤鸞。鸞鳳每連稱，單用"鸞"時多指男性。

⑦ 鈿，《英華》作"細"，誤。【曾注】本集《贈彈筝人》詩：鈿蟬金雁皆零落。【補注】鈿筝，鑲嵌金玉細粒的筝。絃斷，喻妻子亡故。雁行，筝柱（繫絃的木柱）斜列如同雁行。雁行稀，喻絃斷人亡。

⑧《才調》《英華》《全詩》作"春來多少傷心事"。《英華》校：集作"春風幾許傷情事"。

【箋評】

【按】首聯點明友人悼亡。頷聯以“紅蘭委露”“白馬朝天”分指其人已如紅蘭之凋謝，且已白馬素車送其遠埋荒郊。“愁難盡”“望不歸”，寫友人之哀愁與懷想。腹聯以寶鏡塵昏、鈿箏絃斷示其人之亡故與友人之孤寂。尾聯謂春來本已因悼亡而傷悲，又何况見碧草侵階，粉蝶雙飛乎？蓋觸景而愈傷情也。

李羽處士故里[①]

柳不成絲草帶煙，海槎東去鶴歸天[②]。愁腸斷處春何限，病眼開時月正圓。花若有情還悵望[③]，水應無事莫潺湲[④]。終知此恨銷難盡[⑤]，辜負《南華》第二篇[⑥]。

【校注】

① 《才調》卷二、《英華》卷三〇七悲悼七第宅載此首，《英華》題作“宿杜城亡友李羽處士故墅（一作里）”。《唐詩鼓吹》卷七選此首，題誤作“傷李羽士”。李羽處士，已見前注。

② 海槎，見卷四《送陳嘏之侯官兼簡李常侍》注⑤。【補注】海槎東去，借乘槎仙去喻亡故。鶴歸天，乘鶴仙去，亦喻逝世。

③ 還，《鼓吹》作“應”。

④ 應，《鼓吹》作“因”，誤。【曾注】屈原《九歌》：觀流水兮潺湲。

⑤ 終，《才調》作“須”。銷難盡，《英華》作“難消遣”，校：集作“消難盡”。盡，《才調》《鼓吹》作“得”。

⑥ 二，原作“一”，據《英華》《鼓吹》改。【郝天挺注】莊子號南華真人，第二篇即《齊物論》。【按】據詩意，似當作“第二篇”。《莊子·齊物論》闡論等生死壽夭、是非得失之理，而已不能忘情於亡友之生死，“此恨銷難盡”，故云“辜負南華第二篇”。《唐詩紀事》卷五十四溫庭筠云：“庭筠有詩曰：‘因知此恨人多積，悔讀《南華》第二篇。’”所引文字雖有誤，然亦作“《南華》第二篇”。作“第一篇”（即《逍遥遊》）似無所取義。《唐會要·雜記》：“天寶元年二月二十二日敕文，追贈莊子南華真人，所著書爲《南華真經》。”《新唐書·藝文志三》：“天寶元年，詔號《莊子》爲《南華真經》。”

【箋評】

【金聖嘆曰】（前解）柳只是依舊柳，草只是依舊草，今遽覺其滿眼麻迷，不可分明者，只爲心頭一人，如槎去海，如鶴歸天，將謂百年，竟成一旦故也。三四妙於"春何限""月正圓"，言偏是人情最惡之時，偏是天氣絶妙之時也。（後解）此五六，看他句法無數變换。言花無賴無情，故不悵望耳；設使有情，應亦大不自遣。水若無事，决不潺湲矣，正爲有事，遂至如此嗚咽。蓋言傷處士者，不獨一我也。《南華經》第二篇，正指蝴蝶物化一段。平日所悟道理，此時全用不着也。（《貫華堂選批唐才子詩》卷六）

【《唐詩鼓吹評注》】詳此詩意，羽士必非念真期靈之流，故着以雲月之詞也。首言羽士當早春物化，我乃傷之之至。愁腸欲斷，無限春光；病眼初開，正值月滿，所以愁思無已耳。且傷之非獨余也，花亦應爲之悵望，水亦莫爲之潺湲。須知此難銷之恨，殊有負於莊生齊物之意也。次聯或作追述羽士情事，或作别有傷之之人，於義俱可。末二句廖（文炳）謂：羽士情鍾世味，愁恨未消，有負齊物之道，恐未見作者傷之之意。

【按】李羽爲庭筠摯友，此詩係羽卒後重訪其杜城故里，淒然有感而作。起聯謂春來柳絲乍吐、煙草依稀，而羽已乘槎駕鶴仙去。頷聯謂己因摯友仙逝愁腸欲斷，而目睹故里滿眼春光，愈感情之難堪；己病體新瘉，病眼乍開，值此月圓之景，益感人亡之悲。蓋以"春無限""月正圓"反襯友人亡故之沉悲。腹聯謂：花若有情，亦應對故居主人之仙逝悵望傷感；水若無情，何以終夜嗚咽潺湲不已。一正一反，均從設想中見己之傷悲。故尾聯以不能忘情於生死壽夭，辜負莊生齊物之論結之。全篇均用白描抒真摯之情，虚字之開合照應，曲折如意。腹聯從李賀"天若有情天亦老"化出，而句法摇曳多姿，富於情致。

却經商山寄昔同行友人①

曾讀逍遥第一篇②，爾來無處不恬然③。便同南郭能忘象④，兼笑東林學坐禪⑤。人事轉新花爛熳⑥，客程依舊水潺湲⑦。若教猶作當時意，應有垂絲在鬢邊。

【校注】

①《英華》卷二六一寄贈十五載此首。題内"經"字，《英華》作"歸"，校：集作"徑"。昔，《英華》作"惜"，誤。【補注】商山，在今陝西商縣東。又名商嶺、商阪、地肺山、楚山。秦末漢初商山四皓曾隱於此。商山係長安南赴荆襄湘桂的必經之路。作者另有《地肺山春日》，亦春日經商山作。却，再也。

② 讀，《全詩》作"道"。【立注】徐注：《莊子》，《逍遥遊》第一。

③ 無處，《英華》作"何事"，校：集作"無處"。

④【曾注】《莊子》：南郭子綦隱几而坐，仰天而噓，嗒焉似喪其耦。【補注】《莊子·外物》："荃者所以在魚，得魚而忘荃；蹄者所以在兔，得兔而忘蹄；言者所以在意，得意而忘言。"王弼《周易略例·明象》："夫象者，出意者也；言者，明象者也。盡意莫若象，盡象莫若言。言生於象，故可尋言以觀象，象生於意，故可尋象以觀意。意以象盡，象以言著。故言者所以明象，得象而忘言；象者所以存意，得意而忘象……存言者，非得象者也；存象者，非得意者也。象生於意而存象焉，則所存者乃非其象也；言生於象而存言焉，則所存者乃非其言也。然則忘象者，乃得意者也；忘言者，乃得象者也。得意在忘象，得象在忘言。故立象以盡意，而象可忘也；重畫以盡情，而畫可忘也。"忘象，指得意而忘象，只取精神無視形式。

⑤【曾注】《高僧傳》：晋沙門惠永居在西林，與慧遠同門遊好，遂邀同止。刺史桓伊以學徒日衆，更爲遠建東林寺。【補注】南宗禪提倡心性本净，佛性本有，覺悟不假外求，不讀經，不禮佛，不立文字，强調以無念爲宗，"即心是佛""見性成佛"，故坐禪自亦可廢。慧遠在廬山邀集僧俗十八人成立白蓮社，發願往生西方净土，被後世奉爲净土宗始祖。主張"乘佛願力"，稱"一心專念"阿彌陀佛名號，死後"往生安樂國土"。由於修行簡易，中唐以後廣泛流行，後與禪宗融合。"兼笑東林學坐禪"當是晚唐與禪宗融合的净土宗僧人的看法。

⑥【曾注】司馬相如《上林賦》：麗靡爛熳於前。庾信詩：殘花爛熳舒。

⑦ 客，《英華》作"驛"，校：集作"客"。

【箋評】

【按】此重經商山有感於莊子"逍遥"之旨，作此以寄昔同行經此之友人。起聯謂己曾讀《莊子·逍遥遊》之篇，深悟其"無待""無己"，絶對自由地遨遊永恒的精神世界之哲理，從此無時無地不感到心境恬然。頷聯承"恬然"作進一步發揮，謂己已達到南郭子綦那樣的"坐忘"境界，直取莊禪的精神，得意而忘象，因感東林僧人之坐禪亦繁瑣可笑。腹聯謂人事新變而自然依舊，花之爛熳盛開、水之潺湲而流仍同上次同行時所見所聞，而己因悟逍遥之理，對此亦殊感"恬然"。尾聯"當時意"，應是悟逍遥之理以前的認識，謂若仍執著於過去的認識，恐今日應有斑白的鬢絲了。全篇似爲悟道之言。

池塘七夕[①]

月出西南露氣秋[②]，綺羅河漢在斜溝[③]。楊家繡作鴛鴦幔[④]，張氏金爲翡翠鉤[⑤]。香燭有花妨宿燕[⑥]，畫屏無睡待牽牛[⑦]。萬家砧杵三篙水[⑧]，一夕橫塘似舊遊[⑨]。

【校注】

①《才調》卷二、《唐詩鼓吹》卷七載此首。《鼓吹》題作"初秋"。

②【補注】鮑照《翫月城西門廨中詩》:"始見西南樓,纖纖如玉鉤。"七夕月見於西南。時已入秋,故云"露氣秋"。

③ 羅,《才調》《鼓吹》、席本、顧本作"寮"。綺羅,《全詩》校:一作"倚霄"。斜溝,《才調》《鼓吹》、席本、顧本作"鍼(針)樓"。【郝天挺注】《魏都賦》:雷雨窈冥而未半,皦日籠光於綺寮。注曰:交結綺紋而爲寮也。唐七夕,宫中以錦彩結高樓,可容數十人,陳花果酒炙,以祀牛、女二星,嬪妃穿針乞巧,動清商之樂,宴樂達旦,時人皆效之。【補注】句意似謂,如綺羅般光輝燦爛之銀河映入斜溝(即題内"池塘",亦即末句"横塘")。

④【立注】徐注:《隋書·蘇威傳》:威見宫中以銀爲幔鉤。陳後主《烏棲曲》:牀中被織兩鴛鴦。【補注】楊家,疑指楊國忠兄妹之家,泛指貴戚。鴛鴦幔,繡有鴛鴦圖案的帷幔。

⑤【立注】徐注:《搜神記》:京兆有張氏,獨處一室,有鳩自外入止於牀。張氏祝曰:"鳩爲禍也,飛上承塵;爲福也,即入我懷。"以手探之,得一金鉤。自後子孫漸盛,貲財萬倍。梁簡文帝詩:珠繩翡翠帷。【按】顧嗣立引徐注所徵京兆張氏事與詩意無涉。此"張氏"疑指漢代顯宦張安世。據《漢書·張安世傳》,安世封富平侯,食邑萬户。薨,子延壽嗣。延壽薨,子勃嗣。勃薨,子臨嗣。臨尚敬武公主,薨,子放嗣。放娶皇后弟平恩侯許嘉女,上爲放供張,賜甲第,充以乘輿服飾,號爲天子取婦,皇后嫁女。後世詩文中常以"金張"或"金張許史"並稱,以之指顯宦之家。此處即泛指顯宦之家。金爲翡翠鉤,用金製作成翡翠帷帳(飾以翡翠羽毛的帷帳)的帳鉤。《楚辭·招魂》:"翡帷翠羽,飾高堂些。"

⑥ 香,《才調》《鼓吹》作"銀"。花,《才調》《鼓吹》、席本、顧本作"光"。

⑦ 晝,《全詩》校:一作"曉"。【曾注】梁簡文帝詩:宵牀悲晝屏。牽牛,詳本卷《七夕》"未應清淺隔牽牛"句注。

⑧【曾注】韋應物詩:數家砧杵秋山下。【補注】砧杵,擣衣石和擣衣棒槌。李白《子夜吴歌·秋歌》:"長安一片月,萬户擣衣聲。"三篙水,指池塘乘舟以竹篙撑船。

⑨ 似,《才調》《鼓吹》作"是"。【補注】横塘,此即題内之"池塘",亦即首句之"斜溝"。

【箋評】

【郝天挺曰】詩意以楊家、張氏奢侈,其爲奢皆取法於宫中,蓋譏之也。(《唐詩

鼓吹注》卷七)

【《唐詩鼓吹評注》】此當初秋見貴家豔麗而追憶舊游以諷之也。首言月露臨秋之夕,富豪者争結綺寮,而河漢亦横亘於針樓之上矣。且其家固不特綺寮而已也,楊家繡幔,張氏金鉤,富貴已極;銀燭有光,畫屏無睡,豔冶難名,其爲奢侈如此。而余當秋深之夕,砧杵並作,煙水瀰漫,一夕泛舟,以攬秋光。横塘實舊游之地也,而何有於奢侈哉!"妨宿燕""待牽牛",切秋意。

【朱三錫曰】同一秋也,月也,其在豔冶之地,斜溝、綺寮與繡帳、金鉤、香燭、曉屏相映,何等富貴!其在岑寂之地,扁舟、横塘與砧杵、煙水作伴,何等凄凉!細玩詩意,温公必有所見,忽有所觸,追寫舊游以託諷耳。(《東巖草堂評訂唐詩鼓吹》卷七)

【張文蓀曰】實景興起,參用活法。與義山《隋宫》同調。(《唐賢清雅集》)

【按】此七夕富貴人家姬妾有所待而託題以詠也。七夕,牛、女相會之期;池塘,情人相會之地。題意如此。首聯點題,謂西南月出之七夕,光輝燦爛之星河映入池塘之中。頷聯女子室内陳設之富貴華豔。楊家、張氏,點明係貴戚顯宦之家。鴛鴦、翡翠,則豔情之象徵。腹聯謂女子燃香燭、傍畫屏以等待"牽牛"之到來。尾聯則情人於萬家砧杵之七夕,乘小舟撑竹篙越横塘而至女子居所也。"似舊遊",暗示此前已有約會之事。此首實爲豔詩,味尾聯,似是詩人自己的經歷。尾聯有韻味。

偶　遊①

曲巷斜臨一水間②,小門終日不開關。紅珠斗帳櫻桃熟③,金尾屏風孔雀閑④。雲髻幾迷芳草蝶⑤,額黄無限夕陽山⑥。與君便是鴛鴦侣⑦,休向人間覓往還⑧。

【校注】

①《才調》卷二載此首。

②【曾注】古詩:盈盈一水間。

③【咸注】劉熙《釋名》:小帳曰斗帳,以形如覆斗。古樂府:紅羅覆斗帳,四角垂珠璫。《埤雅》:櫻桃顆小者如珠,南人呼爲櫻珠。【補注】紅珠,指櫻桃果實,因其形狀、顔色如同紅珠。斗帳,非實指,係形容櫻桃樹緑葉成蔭,狀如帷帳。李商隱《嘲櫻桃》:"朱實鳥含盡,青樓人未歸。南園無限樹,獨自葉如幃。"朱實,即此句所謂"紅珠";"葉如幃",即此句所謂"斗帳"。然句意自富暗示。

④【咸注】《海南志》:孔雀尾作金色,五年而後成,長六七尺,展開如屏。【補注】句本爲"屏風金尾孔雀閑",因詩律而改爲"金尾屏風孔雀閑",意爲畫屏上繪有

金尾之孔雀，意態閑閑。

⑤【曾注】司馬相如賦：雲髻峨峨。【補注】句意謂女子如雲的髮髻上有芬芳之香澤，幾欲迷亂尋芳的蝴蝶。

⑥ 額黄，見卷一《照影曲》"黄印額山"句注。【補注】句意謂女子額間之黄色塗飾如同夕陽映照下之遠山。無限，猶隱約，邊界不清晰。

⑦【曾注】《禽經》：雄曰鴛，雌曰鴦。《古今注》：匹鳥也。

⑧ 休，《全詩》、顧本校：一作"不"。

【箋評】

【按】此偶遊有所遇而欲訂鴛盟也。首聯偶游其人所居，曲巷臨水，小門常關，見其居之幽静。頷聯入其居，見院中櫻桃樹緑葉成蔭，如同斗帳，珠實累累，點綴其間，室内之畫屏上繪有金翠尾羽之孔雀，意態閑閑。"斗帳""屏風"，均含男女情事之象徵暗示色彩。腹聯寫其人，雲髻峨峨，芳澤流香，欲迷蝴蝶；額黄無限，如夕陽照映，遠山隱隱。妙在只稍作點染，留下想象空間。尾聯直抒情愫，謂我與君便是天上鴛侣，休向人間再尋覓往來之知音。其人似是歌妓一類人物，如李娃者流。此類豔情詩，温氏寫來，色彩穠豔，富於象徵暗示意味。

寄河南杜少尹①

十載歸來鬢未凋②，玳簪珠履見常僚③。豈關名利分榮路④，自有才華作慶霄⑤。鳥影參差經上苑⑥，騎聲相續過中橋⑦。夕陽亭畔山如畫⑧，應念田歌正寂寥⑨。

【校注】

①《英華》卷二六一寄贈十五載此首，題内"尹"字作"府"，席本、顧本同《英華》。南，《全詩》、顧本校：一作"北"。非。【曾注】《唐書》：河南府河南郡本洛州，開元元年爲府。【補注】《新唐書·百官志》："開元元年，改京兆、河南府長史復爲尹，通判府務，牧缺則行其事……少尹二人，從四品下，掌貳府州之事。"如作"杜少府"，則當爲河南府河南縣之縣尉。而據次句"玳簪珠履"之語，應作"少尹"方合。因少尹爲河南尹之副貳，而河南尉則不宜謂"玳簪珠履"也。

② 載，《英華》作"歲"。

③【咸注】《史記》：趙使欲誇楚，爲瑇瑁簪，刀劍室以珠玉飾之，請命春申君客。春申君客三千餘人，其上客皆躡珠履，以見趙使，趙使大慚。【補注】玳簪珠履，指上

客,借指杜少尹,因其爲府尹的副手,主要僚屬。常僚,此處指府中一般的僚屬。少尹地位高於其他府僚。"常僚"另有常參官(日常參朝之官吏)中的同僚之義,此處非其義。

④【咸注】元稹詩:榮路昔同趨。【補注】句意謂杜少尹雖分趨榮顯之路,但其本志並非追求名利。

⑤【咸注】謝瞻《張子房》詩:慶霄薄汾陽。善曰:慶霄,即慶雲也。【補注】句意謂杜自有才華堪爲國家之瑞慶。慶雲,古以爲祥瑞之氣。又,慶雲亦可解爲顯位。《楚辭·王褒〈九懷·思忠〉》:"貞枝抑兮枯槁,枉車登兮慶雲。"王逸注:"慶雲,喻尊顯也。"則此句亦可解爲:自有才華可致尊顯之位。

⑥ 參差,《英華》、席本、顧本作"不飛",《英華》校:集作"參差"。上苑,見卷一《漢皇迎春詞》"上林鶯囀"句注。

⑦ 相,《全詩》作"斷"。中,《全詩》、顧本校:一作"平"。【曾注】《史記索隱》:今渭橋有三所:一在城西北咸陽路,曰西渭橋;一在東北高陵邑,曰東渭橋;其中渭橋在古城之北。《漢書》:武帝作便門橋。服虔曰:在長安西北茂陵東。師古曰:便門,長安城北面西頭門,即平門也。古平、便同字,於此道作橋,跨渡渭水,以趨茂陵,即今所謂便橋,是其處也。【補注】中橋,即中渭橋,本名横橋,始建於秦始皇時,漢代又稱横門橋(與漢長安城北面横門相對)。《雍録》:"秦、漢、唐架渭者凡三橋。在咸陽西十里者,名便橋,漢武帝造;在咸陽東南二十二里者,爲中渭橋,秦始皇造;在萬年縣東四十里者,爲東渭橋。"中渭橋在長安城之北,直接關係長安安危。

⑧ 畔,《英華》、席本、顧本作"下"。【咸注】《晋·賈充傳》:任愷請充鎮關中,充既出外,自以爲失職,將之鎮,百僚餞於夕陽亭。【按】夕陽亭在西晋都城洛陽。

⑨【補注】田歌,農歌,田地上勞作之歌。

【箋評】

【按】此自長安寄河南府杜少尹。據末句"田歌正寂寥"語,詩當作於庭筠居鄠杜期間。起聯謂杜在外爲官,十載歸來,鬢髪未凋,今爲府尹副貳,玳簪珠履,位居常僚之上。頷聯贊美其雖趨榮路,非圖名利;自有才華,故居顯位。腹聯轉寫作者所在之長安,謂見鳥影先後參差,經過上苑,聞騎聲相續不斷,經過中橋。尾聯謂杜居洛陽,夕陽亭畔,山色如畫,當念我困居鄠郊,田歌聲中,身世正自寂寥也。似有希企杜之汲引相助之意。或謂"中橋"指洛陽城内洛水上之中橋,則上句"上苑"應指東都之上陽宫方合。

贈知音[①]

翠羽花冠碧樹雞[②]，未明先向短牆啼[③]。窗間謝女青蛾斂[④]，門外蕭郎白馬嘶[⑤]。星漢漸移庭竹影[⑥]，露珠猶綴野花迷[⑦]。景陽宫裏鐘初動[⑧]，不語垂鞭上柳堤[⑨]。

【校注】

① 《才調》卷二、《英華》卷二八八留别三載此首。《英華》題作"曉别"，文字頗多歧異，詳各句校語。姜本七律補一作"曉别"，題下注云："二首（指此首及《經祕書崔監揚州舊居》）已見前，因别本同異附見。"【按】詩顯係詠情人曉别，然《才調》及諸集本題均作"贈知音"，或題内之"知音"即指情人知己。詩係將别之男子贈女子之作。《英華》歸入"留别類"，即將此詩理解爲男子留别之作。"曉别"之題，或據内容而擬。又《張承吉文集》卷八亦載此首，題作"曉别"。

② 【曾注】本集：碧樹一聲天下曉。【補注】此"碧樹"非用神話傳説中天雞所棲之大樹（梁任昉《述異記》卷下："東南有桃都山，上有大樹，名曰桃都，枝相去三千里。上有天雞，日初出照此木，天雞則鳴，天下雞則隨之鳴。"），乃泛指緑樹。古詩有"雞鳴桑樹巔"之句，故此云"碧樹雞"；因雞棲高樹，故下句云"先向短牆啼"。

③ 向，《英華》作"上"。

④ 間，《英華》作"前"。蛾，《英華》作"娥"，誤。【曾注】《世説》：謝道藴，王凝之妻，幼聰敏。【咸注】李賀詩：檀郎謝女眠何處？【按】此"謝女"與下句"蕭郎"均屬泛指，未必與謝道藴事有關（道藴事常用作才女之典故）。詩中之"謝女"係"蕭郎"所戀之女子。青蛾，翠眉。

⑤ 【咸注】《梁・武帝紀》：初爲衛軍王儉東閤祭酒，儉謂廬江何憲曰："此蕭郎三十年内當作侍中，出此則貴不可言。"《舊書・蕭瑀傳》："高祖每臨軒聽政，必賜升御榻，瑀既獨孤氏之壻，與語呼之爲蕭郎。【按】蕭郎，本爲對蕭姓青年男子之美稱，唐詩中多用作才郎或情郎的泛稱。此句蕭郎即指女子的情郎。

⑥ 《英華》、席本、顧本此句作"殘曙微星當户没"。移，《才調》作"回"。【補注】句意謂銀河逐漸西移，庭竹之影亦隨（月影）而移。

⑦ 《英華》、席本、顧本此句作"澹煙斜月照樓低"。姜本七律補《曉别》此聯同《英華》。

⑧ 景，《英華》、席本、顧本作"上"。初，《英華》作"聲"。景陽宫屢見前注。此泛指皇宫。

⑨ 上，《英華》、顧本作"過"。

【箋評】

【金聖嘆曰】集中淫褻之詞一例不收，此見其題作"贈知音"三字，恐别有意，故偶録之。一解寫下牀驚晏。又：後解：一解寫出門惜早。雖復淫詞，然一解寫晏，一解寫早，不知定晏、定早，甚有頓挫之狀也。（《貫華堂選批唐才子詩》卷六）

【朱三錫曰】温公集中，大概多淫褻之詞，而香豔不忝李義山。因《鼓吹》所載無多，余添入數首。然於淫詞，一例不收也。此篇不知何指，偶録之。（《東巖草堂評訂唐詩鼓吹》卷七）

【沈德潛曰】頸聯寫曉别之景，令人輒唤奈何。（《重訂唐詩别裁集》卷十五）

【薛雪曰】《贈知音》直刺入未成名人心裏。（《一瓢詩話》）

【俞陛雲曰】此詩雖非飛卿之傑作，而層次最爲清晰。詩題僅寫"贈知音"，其全首皆言侵曉别離之意。首二句牆畔雞聲已動，紀殘宵欲别之時也。三句言長眉不展，滿鏡都愁，指所贈者言也。四句言門外斑騅，匆匆欲發，謂己之不得暫留也。五六紀分袂之時，斜月微星，僅淡淡寫曉天光景，而黯然魂消之意自在言外。末句已行之後，遠處聞上陽鐘動，已晨光熹微，無聊情緒，垂鞭信馬而行，唯見曉風楊柳披拂長堤，而畫樓人遠矣。（《詩境淺説》）

【按】詩詠情人曉别。首聯寫天未明而雞先啼，是别前之景，"未明先向"四字，透出情人怨悵情緒。頷聯將别情景，男女分寫：一則惜别而雙眉斂，一則難舍而白馬嘶。腹聯係空鏡頭，分寫庭院内外，暗示時間在推移中已近破曉：星漢横斜，庭竹之影漸移；露珠點點，猶綴野花之上。而行人之由院内而院外自見。尾聯則漸行漸遠，宫中曉鐘初動之時，行人已上柳堤，轉眼即在女子視綫以外矣。是行者對自己行蹤之想象。"不語垂鞭"四字，曲傳行人之無憀失落意緒。此詩内容情調已極近温之情詞。

過陳琳墓[①]

曾於青史見遺文[②]，今日飄零過古墳[③]。詞客有靈應識我[④]，霸才無主始憐君[⑤]。石麟埋没藏春草[⑥]，銅雀荒凉對暮雲[⑦]。莫怪臨風倍惆悵，欲將書劍學從軍[⑧]。

【校注】

①《又玄》卷中、《英華》卷三〇六悲悼六墳墓、《唐詩鼓吹》卷七載此首。【曾注】《文章志》：陳琳字孔璋，廣陵人，避亂冀州，袁紹辟之使典密事。紹死，魏太祖辟

爲軍謀祭酒，典記室。病卒。《南畿志》：墓在淮安邳州。【補注】《三國志·魏書·王粲傳》："廣陵陳琳字孔璋……前爲何進主簿，進欲誅諸宦官……琳諫進……進不納其言，竟以取禍。琳避難冀州，袁紹使典文章。袁氏敗，琳歸太祖。太祖謂曰：'卿昔爲本初移書，但可罪狀孤而已，惡惡止其身，何乃上及父祖耶？'琳謝罪，太祖愛其才而不咎……並以琳、瑀（阮瑀）爲司空軍謀祭酒，管記室，軍國書檄，多琳、瑀所作也。"《大清一統志》："江蘇徐州府，魏陳琳墓在邳州界。"

②【曾注】江淹書：並圖青史。【立注】郝天挺注：《三國志》有《陳琳傳》。【補注】陳琳《爲袁紹檄豫州》，見《後漢書·袁紹傳》及《三國志·魏書·袁紹傳》；《諫何進召外兵》，見《後漢書·何進傳》。此即所謂"青史見遺文"。

③ 零，《又玄》《英華》、述鈔、《全詩》、顧本作"蓬"。古，《英華》、席本、顧本作"此"。【按】庭筠《蔡中郎墳》亦云："古墳零落野花春"。

④【補注】詞客，指陳琳。

⑤ 始，《英華》作"亦"。【郝天挺注】《三國志》：陳琳避難冀州，袁紹以琳典文章，令作檄以告劉備，言曹公失德。後紹敗，琳歸曹公，公曰："卿爲紹作書，但可罪孤而已，何乃上及祖父耶？"琳謝罪曰："矢在弦上，不得不發。"曹公愛其才，不責。【按】"矢在弦上，不得不發"二語，《三國志·魏書·王粲傳（附陳琳等傳）》無。《太平御覽》卷五九七引晋王沈《魏書》："陳琳作檄，草成，呈太祖。太祖先苦頭風，是日疾發，卧讀陳琳所作，翕然而起，曰：'此愈我疾病。'太祖平鄴，謂陳琳曰：'君昔爲本初作檄書，但罪孤而已，何乃上及父祖乎？'琳謝罪曰：'矢在弦上，不得不發。'太祖愛其才，不咎。"歷代評家解此句多誤。方回云："謂曹操有無君之志而後用此等人，甚妙。"周珽云："君有霸佐之才，而東臣西仕，遇非其主，雖有才而無用，豈不足憐哉！"沈德潛曰："言袁紹非霸才，不堪爲主也，有傷其生不逢時意。"《唐詩鼓吹評注》云："公之始事袁紹，紹非霸才，不堪佐輔，我亦當'憐君'也。"【按】"霸才"，詩人自指，謂能輔佐明主成霸業之才。或逕解爲"雄才"，亦通。憐，愛慕、羡慕。白居易《長恨歌》："姊妹兄弟皆列土，可憐光彩生門户。"可憐，即可羡之意。陳琳終遇曹操，操愛其才，不咎既往，加以重用，得以施展雄才，誠可謂"霸才有主"矣。我今才比陳琳，亦可謂霸才，然遭遇不偶，飄蓬無託，故過其墳而益羡君之遇明主矣。紀昀曰："詞客指陳，霸才自謂。此一聯有異代同心之感，實指彼此互文。'應'字極兀傲，'始'字極沉痛。通首以此二語爲骨，純是自感，非弔陳琳也。虚谷以霸才爲曹操，謬甚。霸才、詞客均結入末句中。"雖指出"霸才"係自謂，然仍誤解"憐"爲憐惜、同情，故云"有異代同心之感"，於作者本意猶未明瞭。

⑥ 麟，《又玄》作"鱗"，誤。春，《鼓吹》作"秋"。【補注】石麟，石刻麒麟。古代帝王顯宦墓前石刻群中常有石麟、石虎等。此類石刻當非陳琳墓前所應有，當指想象中曹操陵墓前的石麟。參下句"銅雀"意益顯。

⑦ 暮,《鼓吹》作"墓",誤。【曾注】《鄴中記》:曹操築臺高二丈五尺,置銅雀於樓巔。名銅雀臺。《魏書》:建安十五年冬,作銅雀臺。《魏武遺令》曰:"吾伎人皆著銅雀臺,於臺上施六尺牀、繐帳,朝餔上脯糒之屬。月朝十五日,輒向帳作伎。汝等時時登銅雀臺望吾西陵墓田。"【按】此聯承上"霸才無主",聯想到今日已無曹操那樣識才重才的明主,想象今日曹操的陵墓前,石麟已深深埋藏於萋萋春草之中,往日豪華的銅雀臺亦已荒凉破敗,空對黯淡的暮雲,抒發了對曹操的懷念憑弔之情。"石麟"句意近李白"昭王白骨縈蔓草"。

⑧ 書,《英華》作"弓",非。"書"承上"詞客"。【咸注】謝靈運《擬鄴中詠》云:陳琳,袁本初書記之士。【郝天挺注】魏太祖辟琳爲軍謀祭酒。王粲《從軍詩》云:從軍有苦樂,但問所從誰?【補注】將,持。尾聯謂我今霸才無主,故臨風憑弔遥想,倍感惆悵,惟持書劍,效陳琳之從軍,庶幾可一遇知己,施展才能。從軍,指入戎幕。

【箋評】

【顧璘曰】此篇前四句濁俗。後語頗實,終不脱晚唐。(《批點唐音》)

【李維楨曰】感懷寄意中,盡傷心語。(《唐詩雋》)

【周珽曰】自古稱才難;才非難,知之者難。知而寵遇維艱,猶弗知也;遇而明良乖配,猶弗遇也。如陳琳名列"鄴中七子",比賈生之於漢文,終屈長沙差殊,而飛卿猶以"霸才無主"爲琳嘆息。若禰衡不免殺戮之慘,懷才至此,時運之厄,不令人千載感弔乎!故讀"漢文有道恩猶薄,湘水無情弔豈知"與"詞客有靈應識我,霸才無主始憐君"之四語,既知君臣遇合之難;讀"曹瞞尚不能容物,黄祖何曾解愛才",益爲萬古英豪魂驚髮豎矣。又曰:首謂曾於史傳見君遺文,已知爲一代詞客,第生不同時,無由識面。今過其墳,不能不弔其才也。次聯正弔之之詞。言君若有靈,應識我爲千載知己。但君有霸佐之才,而東臣西仕,遇非其主,雖有才無用,豈不足憐哉!既死之後,墓上石麟埋没,與鄴都銅雀之勝同一消廢,則魏主雖見爲愛才,終非憐才之主可知也。然則人而有才,惟濟(際?)遇何如耳。所從未盡如其願者,故臨風惆悵,莫怪因琳而倍增,欲將書劍學從軍,恐知遇亦如琳也。(《删補唐詩選脈箋釋會通評林·晚七律》)

【金聖嘆曰】(前解)一二,言昔讀其文,今過其墳也。不知從何偷筆,忽於句中魆地插得"飄零"二字,於是頓將二句十四字,一齊收來盡寫自己。猶言昔讀君文之時,我是何等人物;今過君墳之時,竟成何等人物,則焉禁我之不失聲一哭也。三四,詞客有靈,霸才無主。"應識我""始憐君",其辭參差屈曲,不計如何措口,妙,妙。猶言昔讀君文之時,我亦自擬霸才;今過君墳之時,我亦竟成無主。然則我識君,君應識我;我憐我,故復憐君也。(輕細手下,又有如此屈曲。)(後解)前解之二句,若依尋常筆墨,則止合云"今日荒凉過古墳"也,忽被"飄零"二字横攙過去,先自寫其滿胸怨憤，於是直至此五六，始得補寫古墳。然而七云“莫怪”，八云“欲將”，依舊横攙過去，仍寫自己。蓋自來筆墨，無此怨憤之甚矣。(《貫華堂選批唐才子詩》卷六)

【沈德潛曰】前四句，插入自己憑弔。五六句，魏武亦難保其荒臺矣。對活。七八句，己與琳蹤跡相似。言袁紹非霸才，不堪爲主也，有傷其生不逢時意。(《重訂唐詩别裁集》卷十五)

【《唐詩鼓吹評注》】此言陳琳文章曾於青史中見之，我今飄零到此而過其墓焉。以余之寥落不偶，“詞客有靈”，知當“識我”；而公之始事袁紹，紹非霸才，不堪佐輔，我亦當“憐君”也。兹者，古墓石麟長埋秋草，而當時事曹公而遊銅雀，今亦荒凉寂寞，臺鎖暮雲。余也飄零，過此追慕遺風，亦將以書劍之術，學公之從事於軍中也。能勿臨風惆悵哉！

【朱三錫曰】一言昔讀公之文，二言今過公之墓。無端於二句十四字中忽地插入“飄零”二字，頓將讀史、過墓二句文字，一齊都收到自己身上來，妙，妙。言昔日讀史時何等氣慨，今日過墓時何等胸襟，感懷及此，不覺失聲一哭也。三四“應識我”“始憐君”即承此意來。五六寫墓。七八仍寫自己。通首只將“飄零”二字，寫盡滿腔怨憤，參差屈曲，絶妙文章。(《東巖草堂評訂唐詩鼓吹》卷七)

【吴喬曰】詩意之明顯者，無可著論；惟意之隱僻者，詞必迂回婉曲，必須發明。温飛卿《過陳琳墓》詩，意有望於君相也。飛卿於邂逅無聊中，語言開罪於宣宗，又爲令狐綯所嫉，遂被遠貶。陳琳爲袁紹作檄，辱及曹操之祖先，可謂酷毒矣。操能赦而用之，視宣宗何如哉！又不可將曹操比宣宗，故託之陳琳，以便於措詞，亦未必真過其墓也。起曰“曾於青史見遺文，今日飄零過古墳”，言神交，叙題面，以引起下文也。“詞客有零應識我”，刺令狐綯之無目也；“霸才無主始憐君”，“憐”字詩中多作“羨”字解，因今日無霸才之君，大度容人之過如孟德者，是以深羨於君。“石麟埋没藏春草”，賦實境也；“銅雀荒凉對暮雲”，憶孟德也。此句是詩之主意。“莫怪臨風倍惆悵，欲將書劍學從軍”，言將受辟於藩府，永爲朝廷所棄絶，無復可望也。怨而不怒，深得風人之意。以李頎之“新加大邑綬仍黄，近與單車向洛陽。顧盼一過丞相府，風流三接令公香”，“知君官屬大司農，詔幸驪山職事雄。歲發金錢供御府，晝看仙液注離宫”等視此，直是應酬死句。(《圍爐詩話》卷一)

【陸次雲曰】憑弔古人詩，得恁般親切，性情不遠。(《五朝詩善鳴集》)

【何焯曰】感憤抑揚，不覺其詞之過。(《唐三體詩評》)

【楊逢春曰】此詩弔陳琳，都用自己伴説，蓋己之才與遇，有與琳相似者，傷琳即以自傷也。(《唐詩繹》)

【胡以梅曰】五六承“古墳”，是中二聯分承一二之法。結仍以三四之意歸於己，欲學古人，故“倍惆悵”耳。自有一種回環情致。(《唐詩貫珠串釋》)

【毛張健曰】(首二句)自寫飄零，已伏下意。(末二句)以琳自況，回顧飄零。

(《唐體膚詮》)

【屈復曰】抑揚頓挫,沉痛悲凉,法亦甚合。"飄零"一篇之主,三四緊承二字。(《唐詩成法》)

【趙臣瑗曰】題是弔古,詩却是感遇。看他起手,一提一落,何嘗不爲陳琳而設。而特於其中間下得"飄零"二字,此便是通篇血脈也。(《山滿樓箋注唐詩七言律》)

【宋宗元曰】同調相惜,才不是泛然凭弔。(《網師園唐詩箋》)

【吴瑞榮曰】飛卿此篇,不愧與義山對壘。(《唐詩箋要》)

【薛雪曰】《過陳琳墓》一起,漢唐之遠,知心之通,千古同懷,何曾少隔。三四神魂互接,爾我無間。乃胡馬向風而立,越燕對日而嬉,惺惺相惜,無可告語。(《一瓢詩話》)

【馮班曰】第四句自嘆也。(《瀛奎律髓彙評》引)

【梅成棟曰】飄然而來,聲淚俱下,自寫騷擾。(《精選五七言律耐吟集》)

【張世煒曰】飛卿負才不遇,一尉終身。此詩借他人杯酒,澆自己塊壘,讀之墮千古才人之淚。(《唐七律雋》)

【許印芳曰】三四語曉嵐之説最當(按:紀昀之説已見注⑤引,箋評中不再録),虚谷之解固非(方回之解亦見注⑤引)。又沈歸愚云:"言袁紹非霸才,不堪爲主也。有傷其生不逢時意。"此解勝虚谷,然亦未的。(《律髓輯要》)

【按】此過陳琳墓,深有感於琳之終遇曹操,得展才能,青史遺文,名垂後世;而己則霸才無主,身世飄零,因而羡琳之遇明主,嘆己之與琳才同而遇異也。"飄零'二字,固全篇感情之根由,"霸才無主始憐君"一語,尤爲全篇之主意。"憐君"之中,即包含對琳之"霸才有主"之認定。因己之"霸才無主",故"飄零"至今,臨風惆悵,對陳琳所遇之"主"曹操無限向往歆慕,五六一聯即因此而生。西陵石麟早已深埋春草,銅雀高臺今亦荒凉空對暮雲。彼愛才之明主今已杳然不見,安得不惆悵也哉!因琳之"霸才有主",故己不但憐羡之,且欲追蹤前賢,"欲將書劍學從軍"。此一篇之大意。然自方回以來,對此詩之旨意實未領會。紀昀"霸才自謂"之解,吴喬"憐作羡解"之説固爲確解,然於全篇意旨仍未掌握。究其原因,主要由於自南宋尊蜀漢爲正統以來,對曹操形成貶抑性之傳統觀念,影響到對此詩主旨之正確理解。如方回謂"曹操有無君之志而後用此等人",周珽謂"遇非其主,雖有才無用""魏祖雖見爲愛才,終非憐才之主可知",均其例。實則魏武素以"唯才是舉"著稱,其識才重才之意,屢見於詩文,且付之實踐。其卒成霸業者,此爲重要原因。唐人對魏武並無後世之錯誤觀念。如張説《鄴都引》云:"君不見魏武草創争天禄,群雄睚眦相馳逐。晝攜壯士破堅陣,夜接詞人賦華屋。"即表現出對其重用"壯士""詞人"之贊美。此詩對曹操之追慕,亦明顯表現在五六一聯中。由於對曹操之事功及重視人才缺乏正確認識,故對陳琳之事曹操亦認爲遇非其主,從而將"才同而遇異"誤解爲"己之才與遇,有與琳相似者,傷琳即以自傷也",而"憐"字亦被誤解爲"憐惜""同情",而失其"愛羡"之本意矣。影響所及,五六一聯亦無法正確感受理解其意藴,且與前後無法貫串,"學從軍"亦與"傷琳即以自傷"相矛盾。錯誤之傳統觀念影響到對詩意的正確理解,此爲一典型例證。此亦接受史上一場公案也。庭筠《蔡中郎墳》云:"今日愛才非昔日,莫抛心力作詞人。""今日愛才非昔日"一語,正可爲《過陳琳墓》所包含之思想感情作一注脚。

此詩作年,當在會昌元年春,自長安赴吴中舊鄉途中。《感舊陳情五十韻獻淮南李僕射》作於是年春末夏初。詩有云:"有客將誰託,無媒竊自憐。抑揚中散曲,漂泊孝廉船。未展干時策,徒抛負郭田。轉蓬猶邈爾,懷橘更潸然。"此即《過陳琳墓》所謂"霸才無主""飄零"。又云:"旅食逢春盡,羈遊爲事牽。"説明作詩時正當"春盡"之時,與《過陳琳墓》"石麟埋没藏春草"之想象時令亦合。邳縣在揚州以北數百里,《過陳琳墓》當在《感舊陳情五十韻》之前作。獻李詩又云:"冉弱營中柳,披敷幕下蓮。儻能容委質,非敢望差肩。"表示欲寄淮南幕的意願,此正《過陳琳墓》"欲將書劍學從軍"之謂。

題崔公池亭舊遊①

皎鏡芳塘菡萏秋②,此來重見采蓮舟③。誰能不逐當年樂④,還恐添成異日愁⑤。紅豔影多風嫋嫋⑥,碧空雲斷水悠悠⑦。簷前依舊青山色,盡日無人獨上樓。

【校注】

①《英華》卷三一六居處六亭載此首,題作"題懷貞亭舊遊",校:集作"崔公池亭"。席本、顧本題同《英華》。

② 芳,《英華》《全詩》、顧本作"方"。【曾注】沈約詩:皎鏡無冬春。【咸注】劉楨詩:方塘含清源。【補注】皎鏡,形容水清如鏡的池塘。芳塘,池塘内有荷花,故云。菡萏,荷花。

③【咸注】吴筠《采蓮》詩:錦帶雜花鈿,羅衣垂緑川。問子今何去?出采江南蓮。陳後主《三婦豔》:中婦蕩蓮舟。【按】曰"此來重見",明點"舊遊"。聯係下文,似是昔遊有所遇。

④ 逐,《英華》、席本、顧本作"遂"。【補注】句意謂當年蕩舟采蓮之時,誰能不追歡逐樂呢?蓋謂昔遊之盡興。

⑤ 成,《英華》、席本、顧本作"爲"。【補注】異日,他日,將來。謂當年之樂,還恐添成異日之愁。

⑥ 影,《英華》、席本、顧本作"花"。【咸注】屈原《九歌》:嫋嫋兮秋風。【補注】紅豔,指荷花。

⑦【補注】温庭筠《夢江南》:"山月不知心裏事,水風空落眼前花。摇曳碧雲斜。""過盡千帆皆不是,斜暉脈脈水悠悠。"

【箋評】

【金聖嘆曰】(前解)欲寫昔日蓮舟,反寫今日蓮舟;欲寫今日感慨,反寫後日感慨。不知其未措筆先如何設想,又不知其既設想後如何措筆,真爲空行絶跡之作也。(後解)"紅豔"七字,寫今日池亭也,"碧空"七字,寫昔日池亭也。"紅豔"七字,寫不是昔日池亭也;"碧空"七字,寫不是今日池亭也。"依舊青山色",妙,猶言不依舊者多矣。"無人獨倚樓",妙,猶言雖復喧喧若干遊人,豈有一人是昔人哉!(《貫華堂選批唐才子詩》卷六)

【朱三錫曰】重見采蓮舟,池亭舊遊也。三四人多承寫昔日景況,此偏反寫後日感慨,設想靈幻,真空行絶跡之文。後半方寫池亭舊遊。"依舊青山色",猶言不依舊者正多耳。"無人獨倚樓",豈竟無人同遊耶?言昔日同遊之人竟無一人在伴,深爲可感也。(《東巖草堂評訂唐詩鼓吹》卷七)

【毛張健曰】("誰能"二句)承"重見"以傷舊游,筆意既曲,情味無限。("紅豔"二句)五句略鬆,六句急照本意。(《唐體膚詮》)

【趙臣瑗曰】首句先將爾日池塘之景,一筆寫開。次句亦不過是找足上文,妙在輕輕點得"重見"二字,而舊游之神理無不畢出。三四承之,便全不費力矣。三一頓,四一宕,言目前已不如昔,後來安得如今?此蓋從右軍《蘭亭記》中撮其筋節也。五六再寫首句:紅豔裊風,"菡萏秋"也;碧空映水,"方塘皎"也。一結無限感慨:"依舊青山色",是青山而外,更無有"依舊"者矣。至"盡日無人",則崔公亦且不在,此來之客獨倚樓而已矣。當年之樂,豈可得而逐?而異日之愁,又寧待異日而始添也耶!(《山滿樓箋注唐詩七言律》)

【屈復曰】情景兼到,照應有法,而三四從已往,未來夾寫"重來",生新有致。此畫家之最忌正面也。(《唐詩成法》)

【按】題曰"題崔公池亭舊遊",而詩曰"盡日無人獨上樓",明言此次重來,乃是盡日獨自一人,自始至終並無他人陪伴同遊。故三句"誰能不逐當年樂"非謂此次重遊,誰能不追效當年之樂。蓋既爲盡日獨自一人,又如何能追效當年之樂哉!其意蓋謂,當年蕩舟池上,面對紅豔之荷花與采蓮人,誰能不盡興追歡逐樂哉?由于句法稍變(用散文表達,本爲"當年誰能不逐樂"),遂易誤解爲今日重來欲效當年之樂,而下句"異日"亦易理解爲今日之"異日"。實則自當年視之,今日即當年之"異日"也。故句雖謂"還恐添成異日愁",似只躭心添成將來之愁,實則今日重遊舊地,重見蓮舟，而采蓮人已不在，即已添成今日之愁矣。腹聯即承“重見采蓮舟，不見采蓮人”之意而言之，紅豔之荷花在嫋嫋秋風中摇曳，而明豔如花之采蓮人已不復見，唯見碧空雲斷，池水悠悠而已。尾聯由“池”而“樓”，寫徘徊盡日，獨自登樓，雖簷前青山依舊，而人事全非矣。此蓋昔遊有所遇重來不見而生物是人非之慨，意本平常。緣頷聯句法新變，摇曳生姿，且含人生哲理之感慨，讀來倍覺情致綿長。

回中作①

蒼莽寒空遠色愁②，嗚嗚戍角上高樓③。吴姬怨思吹雙管④，燕客悲歌别五侯⑤。千里關山邊草暮，一星烽火朔雲秋⑥。夜來霜重西風起，隴水無聲凍不流⑦。

【校注】

①《英華》卷二九九軍旅一邊塞載此首。【曾注】《括地志》：回中在雍州西四十里，漢武帝元封間因至雍通回中。【補注】回中，一指回中宫，秦宫名，故址在今陝西隴縣西北。秦始皇二十七年出巡隴西、北地，東歸時經此。漢文帝十四年匈奴從蕭關（今寧夏固原東南）深入，燒毁此宫。二指回中道。南起汧水河谷，北至蕭關，因途經回中得名。爲關中平原與隴東高原間交通要道。漢元封四年武帝自雍縣經回中道北出蕭關。此詩所謂“回中”當指回中道。而李商隱《回中牡丹爲雨所敗二首》之“回中”則實指涇州安定郡之州治所在地。

② 蒼莽寒空，《英華》作“莽莽雲空”。

③【曾注】楊惲《報孫會宗書》：仰天拊缶，而呼烏烏。

④【補注】吴姬，吴地的歌妓。

⑤ 别，《英華》、十卷本、姜本、毛本、席本、顧本作“動”。李本作“上”，涉次句“上”字而誤。【咸注】荀悦《漢紀》：河平二年六月，封舅禁爲平陽侯，莽爲成都侯，立爲紅陽侯，根爲曲陽侯，逢時爲高平侯，同日受封，故世稱“五侯氏”。【補注】燕客悲歌，用荆軻、高漸離易水悲歌事。《史記·刺客列傳》：“太子及賓客知其事者皆白衣冠以送之。至易水之上，既祖，取道，高漸離擊筑，荆軻和而歌，爲變徵之聲，士皆瞋目垂淚涕泣。又前而歌曰：‘風蕭蕭兮易水寒，壯士一去兮不復還！’復爲羽聲慷慨，士皆瞋目，髮盡上指冠。”五侯，泛指顯貴。此或指邊地節度使。

⑥【曾注】《説文》：烽，候表也。邊有警則舉火。

⑦ 凍，《英華》校：一作“噎”。席本、顧本作“噎”。【曾注】杜佑《通典》：天水郡有大阪，名曰隴坻，亦曰隴山，即漢隴關也。《三秦記》：其地九回，上者七日乃越。上有清水，四注下，所謂隴頭水也。【補注】北朝樂府《隴頭歌》：“隴頭流水，嗚聲幽

咽。遥望秦川，肝腸斷絶。”

【箋評】

【王夫之曰】温、李並稱，自今古皮相語。飛卿，一鍾馗傅粉耳。義山風骨，千不得一。唯此作純净可誦。（《唐詩評選》卷四）

【按】此庭筠西遊邊塞所作。陳尚君《温庭筠早年事跡考辨》云：“唐宋史傳稗説均未及庭筠出塞事……但現存庭筠詩中，作於邊塞或寫到邊塞的有十餘首。按這些詩中的節候、地名考察，其出塞路綫尚可勾勒出來。《西遊書懷》……爲初離長安在渭川一帶作……邊塞所作詩有《回中作》……《遐水謡》……《敕勒歌塞北》……《蘇武廟》……《塞寒行》……綜上各詩，庭筠出塞是由長安出發，沿渭川西行，取回中道出蕭關，到隴首後折向東北，在綏州一帶停留較久。估計在邊塞時間，在一年以上。”爲其出塞之行勾畫了一個輪廓，雖細節尚待進一步考證，但大體可從。此詩爲其親歷回中所作，殆無疑問。詩中對西北邊塞之描寫，除頷聯稍隔外，其他各聯均頗能顯現西北邊地之蒼莽遼闊與悲壯蒼凉情致，語亦清新爽利。

西江上送漁父①

却逐嚴光向若耶②，釣輪菱棹寄年華③。三秋梅雨愁楓葉④，一夜篷舟宿葦花⑤。不見水雲應有夢，偶隨鷗鷺便成家⑥。白蘋風起樓船暮⑦，江燕雙雙五兩斜⑧。

【校注】

①《英華》卷二七九送行十四載此首。【按】本卷有《西江貽釣叟騫生》，不知是否一人。

②【曾注】《後漢書》：嚴光字子陵，與光武同遊學。及即位，令以物色訪之。齊國上言：“有男子披羊裘，釣澤中。”帝三聘乃至，除諫議大夫，不屈。《越志》：若邪溪在會稽。【補注】句意謂漁父追隨嚴光之足跡欲隱於若耶溪上。《史記·東越列傳》：“越侯爲戈船、下瀨將軍，出若邪、白沙。”若邪（耶）溪，出浙江紹興西南若耶山，溪旁舊有浣紗石，傳西施浣紗於此。

③ 輪，《英華》作“綸”，誤。菱，李本、毛本作“茭”，誤。菱棹，采菱的小舟。釣輪，已見本卷《寄湘陰閻少府乞釣輪子》注⑥。

④【立注】《荆楚歲時記》：江南梅熟時有細雨，謂之梅雨。【補注】《太平御覽》卷九七〇引應劭《風俗通》：“五月有落梅風，江淮以爲信風，又有霖霪，號爲梅雨，沾

衣服皆敗黦。"梅雨每於夏初産生於江淮流域與長江中下游地區，三秋時無所謂梅雨。然秋天上述地區有時亦有霖雨綿綿之日，或因其似初夏之梅雨而稱之。

⑤ 篷，原作"蓬"，據述鈔、十卷本、毛本、《全詩》、顧本改。【補注】葦花，即蘆花，生長水邊，故每爲篷舟泊處。

⑥ 鷗鷺，《英華》、席本、顧本作"煙鳥"。《全詩》、顧本校：一作"鷗鳥"。【補注】鷗鳥浮游漂泊水上，居無定所。又鷗鷺每連稱，有鷗鷺忘機之稱（事見《列子·黄帝》）。此句謂隨鷗鷺爲家，正見其漂浮無定與淡然忘機。"漁父"蓋逐嚴光漁釣而隱之高士。

⑦【咸注】宋玉賦：夫風起於青蘋之末。柳惲詩：汀洲采白蘋。江淹詩：東風轉緑蘋。杜甫詩：青蛾皓齒在樓船。【補注】白蘋，亦作"白萍"，水中浮草。也稱四葉菜、田字草。生淺水中，夏秋間開小白花。樓船，有樓飾的游船，非漁父之"篷舟"。

⑧ 五兩，《英華》、席本、顧本作"正雨"。【咸注】杜甫詩：細雨魚兒出，微風燕子斜。【補注】五兩，古代測風器。雞毛五兩或八兩繫於高竿頂上，藉以觀測風向、風力。《文選·郭璞〈江賦〉》："覘五兩之動静。"船上每在檣竿上繫五兩。上句言"白蘋風起"，此句言"五兩斜"，正相應。作"正雨"者蓋形近致誤。

【箋評】

【金聖嘆曰】（前解）人生一樣年華，却有各樣寄法。直至到頭平算，始悟"釣輪茭（菱）棹"之人，真是落得無量便宜也。三四寫之，特地兜上心來愁悶，却因微雨一回置之度外。身世只有扁舟，以視世上之秦重楚重，君憂民憂，生難死難，碑踣碑立，誠爲快活不了也。又：（後解）五言更無"不見水雲"之時也，六言更無不似鷗鷺之人也。七八言一任風起風息，只在水雲鷗鷺之間，不似艑舸樓船五兩占風，臨暮又欲他去也。（《貫華堂選批唐才子詩》卷六）

【朱三錫曰】將漁父寫得無量便宜、異常受用，正與世上君憂民憂、生難死難、碌碌風塵者迥異矣。（《東巖草堂評訂唐詩鼓吹》卷七）

【賀裳曰】七言近體之佳者，如"暫對杉松如結社，偶同麋鹿自成群""醉後獨知殷甲子，病來猶作《晋春秋》""不見水雲應有夢，偶隨鷗鷺便成家"，不問而知爲高僧、隱士、漁父矣。（《載酒園詩話又編》）

【王堯衢曰】今因白蘋風動，雙燕欹斜，而樓船中人方且朝歡暮樂，蓋不知樓船外之風色何如也。此蓋用反襯法，以入世人與出世人對照言之，自覺冷熱兩途，蓋有所感也。又曰：前解寫送漁父，後解則别有感觸。（《古唐詩合解》卷十一）

【按】漁父係"逐嚴光"而隱之高士。起聯點明其身份、去向，概述其漁釣生涯。頷聯承次句，寫其"三秋"所見所感，"一夜"所宿所賞，景物清迥，對仗工整。腹聯謂其終歲徜徉江上，以水雲爲家，與鷗鷺爲伴，隨處漂泊，淡然忘機。尾聯係江上即目所見,未必有深意,蓋所寫之景亦頗有情致,未必作爲漁父生涯之反襯也。

經故祕書崔監揚州南塘舊居[1]

昔年曾識范安成[2],松竹風姿鶴性情。西掖曙河横漏響[3],北山秋月照江聲[4]。乘舟覓吏經輿縣[5],爲酒求官得步兵[6]。千頃水流通故墅[7],至今留得謝公名[8]。

【校注】

①《英華》卷三〇七悲悼七第宅載此首。除第二句、第五句、第六句文字與大多數集本相同外,其他五句均迥異或有明顯不同,詳各句校記。題内"南塘"二字,李本、十卷本、姜本、毛本並脱。【曾注】《唐書》:廣陵郡,本江都郡,武德九年更置揚州。【陶敏曰】崔監,崔咸。《舊唐書》本傳:"字重易……入爲右散騎常侍、秘書監。大和八年十月卒。"又《文宗紀下》:大和九年十月"己丑,秘書監崔威(咸)卒。"《全文》卷六八〇白居易《祭崔常侍文》:"維大和元(當作九)年歲次丁未(當作乙卯)二月丙午(當作子)朔七日壬子(當作午),中大夫、守太子賓客分司東都、上柱國、賜紫金魚袋白居易……敬祭於故秘書監、贈禮部尚書崔公……嗚呼重易……"(據朱金城《白居易集箋校》),知崔咸卒於大和八年十月。《全文》卷六八一白居易《祭弟(行簡)文》:"擬憑崔二十四舍人撰序。"據《行第録》考證,即崔咸,祭文大和二年作,時咸官中書舍人,故詩云"西掖曙河横漏響"。《舊・傳》云咸"既冠,棲心高尚,志於林壑,往往獨遊南山,經時方還,尤長於歌詩",故詩比之謝朓,云"松竹風姿鶴性情"。《舊・傳》云咸爲陝虢觀察使時,"自旦至暮,與賓僚痛飲,恒醉不醒",與詩"爲酒求官得步兵"合。據傳,崔咸曾佐李夷簡幕,李夷簡元和十三年至長慶二年爲淮南節度使,崔咸在揚州有舊居,或在此期間。(《全唐詩人名考證》)【按】陶考是。會昌元年春末夏初,庭筠自秦赴吴途經揚州,曾獻詩淮南節度使李紳。此詩寫景切秋令("北山秋月照江聲"),豈逗留揚州達數月乎?

② 范安成,《英華》、席本、顧本作"謝宣城"。【咸注】李白集有《秋登宣城謝朓北樓》詩。齊賢曰:謝朓字玄暉。【立注】《南史》本傳未嘗守宣城,而《文選》載朓《郡内高齋閒坐答吕法曹》《夏在郡卧病呈沈尚書》《之宣城出新林浦向板橋》與《敬亭山》,皆宣城之作。齊、梁相繼,昭明必無差誤,古文史傳固有闕文也。況至唐猶有謝朓樓,則朓守宣城無可疑者。【按】謝朓爲宣城太守,載《南齊書》本傳,此固無可疑者。然此句是否作"昔年曾識謝宣城",則頗可疑。蓋按常理,如本作"謝宣城",似不大可能改爲或誤爲不經見之"范安成";反之,如本作"范安成",則極有可能因其不經見而改爲常見之"謝宣城"。蓋緣末句有"謝公"字,改者誤以爲此謝公即謝

朓,故將首句之"范安成"改爲"謝宣城",以求首尾相應統一,不知末句"謝公"指謝安,與謝朓本不相涉。按:范安成指范岫(440—514),字懋賓,幼爲外祖父顏延之所稱賞。宋明帝泰始中,起家奉朝請,與沈約俱爲蔡興宗所禮,引爲主簿。入齊,爲竟陵王蕭子良記室參軍,累遷太子家令,與沈約俱以文才被賞,遷國子博士。齊武帝永明中,岫以善於辭辯被選派至邊境迎接北魏使臣,累遷南義陽太守、安成内史。東昏侯永元元年,在御史中丞任,參劾謝朓下獄。三年,出爲冠軍晋安王長史,行南徐州事。入梁,爲度支尚書、都官尚書。天監五年,遷散騎常侍。六年,領太子左衛率。八年,出爲晋陵太守。九年,入爲祠部尚書。遷金紫光禄大夫。十三年卒官,年七十五。稱"范安成",即因其曾官安成内史。沈約與之同有文才,約有《别范安成》詩云:"生平少年日,分手易前期。及爾同衰暮,非復别離時。勿言一樽酒,明日難重持。夢中不識路,何以慰相思?"此句即以沈約自比,謂己早年即已結識文才如范安成之崔咸。據《南史·范岫傳》:"岫長七尺八寸,姿容奇偉。"故謂其"松竹風姿";又謂其"自親喪後,蔬食布衣以終身。每所居官,恒以廉潔著稱",故以"鶴性情"稱之。崔咸之"棲心高尚",正類似范岫。

③《英華》、席本、顧本此句作"唯向舊山留月色"。【補注】西掖,指中書省。崔咸曾官中書舍人,見注①。曙河,破曉時分的銀河。句意謂其在宫禁中草制直至漏盡天曙銀河西斜。"横"指銀河横斜。

④《英華》、席本、顧本此句作"偶逢秋澗似琴聲"。【補注】此句寫其揚州南塘舊居。謂舊居空寂無人,唯見北山月色空照長江流水而已。

⑤【曾注】《地理志》:輿縣,屬臨海郡。【補注】《晋書·桓彝傳》:"於時王敦擅權,嫌忌士望,彝以疾去職。嘗過輿縣,縣宰徐寧字安期,通朗博涉,彝遇之,欣然停留累日,結交而别。先是,庾亮每屬彝覓一佳吏部(郎),及至都,謂亮曰:'爲卿得一吏部(郎)矣。'亮問所在,彝曰:'人所應有而不必有,人所應無而不必無,徐寧其海岱清士。'因爲叙之,即遷吏部郎,竟歷顯職。"此句借桓彝舉薦徐寧事贊崔咸有知人之明,能舉薦賢才。輿縣,故城在今江蘇江都縣西。

⑥【補注】《晋書·阮籍傳》:"籍聞步兵厨營人善釀,有貯酒三百斛,乃求爲步兵校尉,遺落世事,雖去佐職,恒游府内,朝宴必與焉。"此以阮籍嗜酒擬崔咸。咸任陝虢觀察使時,"自旦至暮,與賓僚痛飲,恒醉不醒。"

⑦《英華》、席本、顧本此句作"玉柄寂寥譚客散"。【補注】千頃水流,指揚州南塘。故墅,指崔咸舊居。參下句注。

⑧《英華》、席本、顧本此句作"却尋池閣淚縱横"。【補注】謝公,指謝安。《晋書·謝安傳》:"又於土山營墅,樓館林竹甚盛,每攜中外子姪前來遊集。"此爲在都城建康土山之别墅。此前在會稽(今浙江紹興)寓居時,東山亦有别墅。此句"謝公"及上句"故墅"即以謝安故墅借指崔咸揚州南塘舊居。後人誤解此"謝公"爲謝

朓，遂改首句“范安成”爲“謝宣城”。

【箋評】

【賀裳曰】升菴曰：“謝靈運詩‘明月入綺窗，髣髴想蕙質’，乃杜工部‘落月屋梁’之所祖。”余以杜雖本於謝，杜語殊勝……至杜審言“水作琴中聽”，温庭筠化爲“偶逢秋澗似琴聲”（按：賀氏據《英華》所載），又似韻勝其質。古有出藍生冰之言，良然。（《載酒園詩話》卷一）

【按】首聯言昔年與崔咸結識，並美其風姿性情之高潔。頷聯分寫其昔日任職中書舍人時之榮顯與今日揚州南塘舊居之寂寥。腹聯贊其善識拔薦舉人材與酷嗜飲酒，一則見其人品，一則見其個性。尾聯以“南塘舊居”結，謂舊居以崔咸之名而留傳至今，亦當傳於後世。前有《題崔公池亭舊遊》，此崔公或亦指故祕書崔監咸也。

七　夕①

鵲歸燕去兩悠悠②，青瑣西南月似鉤③。天上歲時星右轉④，人間離别水東流⑤。金風入樹千門夜⑥，銀漢橫空萬象秋。蘇小橫塘通桂楫⑦，未應清淺隔牽牛⑧。

【校注】

①《英華》卷一五八天部八七夕、《古今歲時雜詠》卷二十六七夕載此首。

② 燕，《英華》作“鸞”，校：《雜詠》作“燕”。【曾注】庾肩吾詩：倩語雕陵鵲，填河未可飛。《禽經》：燕以秋分去。謝朓《七夕賦》：升夜月之悠悠。【補注】唐韓鄂《歲華紀麗·七夕》：“七夕鵲橋已成，織女將渡。”原注引《風俗通》：“織女七夕當渡河，使鵲爲橋。”按：句意謂鵲已歸，則鵲橋不復在；燕已去，則音訊又不通（古有燕翼傳書之傳説，李商隱《和友人戲贈二首》之一：“東望花樓會不同，西來雙燕信休通。”），故説“兩悠悠”。悠悠，遠貌。

③【補注】青瑣，刻鏤成連瑣文的窗户。鮑照《翫月城西門廨中詩》：“始見西南樓，纖纖如玉鉤。”

④ 右，《英華》、席本、顧本作“又”。【曾注】隋煬帝《觀星》詩：更移斗杓轉。【按】北斗星杓及天上星斗隨地球自東向西運行均自東向西轉移，故云“右轉”。

⑤ 别，《英華》作“恨”，校：《雜詠》作“别”。【補注】水東流，喻人間離别之相續不斷。

⑥【補注】金風，秋風。《文選·張協〈雜詩〉》：“金風扇素節，丹霞啟陰期。”李

善注:“西方爲秋而主金,故秋風曰金風也。”《史記・孝武本紀》:“於是作建章宫,度爲千門萬户。”此句“千門”泛指千家萬户。

⑦ 横,《英華》、述鈔、席本、顧本作“回”。【曾注】李賀《七夕》詩:錢唐蘇小小,更值一年秋。【補注】蘇小,南齊歌妓蘇小小,已見卷三《蘇小小歌》注①。此以蘇小小借指所繫念的歌妓。横塘,此泛指池塘。庭筠《池塘七夕》:“萬家砧杵三篙水,一夕横塘似舊遊。”此亦云“横塘”,可證其所戀之歌妓居於“横塘”畔。桂楫,猶桂舟,對船的美稱。“通桂楫”,即所謂“三篙水”。

⑧【曾注】古詩:河漢清且淺。吴均《續齊諧記》:桂陽成武丁有仙道,謂其弟曰:“七月七日,織女當渡河,暫詣牽牛。”《爾雅》:河鼓謂之牽牛。【補注】《古詩十九首》:“河漢清且淺,相去復幾許?盈盈一水間,脉脉不得語。”

【箋評】

【毛奇齡曰】(天上二句)佳句俗調。(《唐七律選》)

【毛張健曰】(世間句)暗伏結意。(《唐體餘編》)

【張世煒曰】七夕詩未有不用黄姑織女事而以豔筆出之者,此偏寫得大雅,不可以綺麗病西崑也。(《唐七律雋》)

【按】此七夕思念情人之詞,所思者爲歌妓一類人物。首聯點七夕。鵲歸燕去,新月似鉤,暗示鵲橋已斷,音訊不通。頷聯謂雙方離别經年。腹聯七夕即景:金風入樹,銀漢横空,千門入夜,萬象皆秋。如此高秋良夜,引出結聯對良會的期盼:所思者“蘇小”居住横塘之畔,桂舟可通,清淺之池水豈能如銀河阻隔牛女之良會哉!此首與《池塘七夕》所寫之内容、所戀之對象當有聯係。風格清淺輕倩,不落俗豔。

題韋籌博士草堂①

玄晏先生已白頭②,不隨鵷鷺狎群鷗③。元卿謝免開三徑④,平仲朝歸卧一裘⑤。醉後獨知殷甲子⑥,病來猶作晋春秋⑦。滄浪未濯塵纓在⑧,野水無情處處流。

【校注】

① 【曾校】《鼓吹》作薛逢詩,題作“韋壽博書齋”。【吴汝煜、胡可先曰】按當從本題作“韋籌博士”是。韋籌,大和二年狀元。《全唐文》卷七八八有《原仁論》等文。夏承燾《唐宋詞人年譜》於開成三年云:“韋籌進史解表五通。”“醉後獨知殷甲子,病來猶作晋春秋。”即指韋籌通史學而言。(《全唐詩人名考》)。【陶敏曰】《唐才子

傳》卷六:“杜牧……大和二年韋籌榜進士。”知籌爲此年狀元。(《全唐詩人名考證》)【佟培基曰】元遺山《鼓吹》二作薛逢,《統籤》五八〇、六六六中重出,在温庭筠集中注云:“一作薛逢詩,今詳詩意似五代人詩誤入。”在薛逢集中亦有注云:“一作温庭筠詩。今觀五六聯,似是贈唐亡後人者,非薛與温詩明矣。”認爲不是唐人詩。按此詩在宋槧飛卿詩集中題爲《題韋籌博士草堂》。韋籌,大和二年(828)狀元,見《登科》二。開成三年(829)時官爲左拾遺,曾進《書史解表》,見《册府元龜》五五九。左拾遺爲門下省屬員,從八品上。這是韋籌登第第十年時所任。博士應爲國子監屬員,正五品上。按唐代官制考計,韋籌從八品至五品之職要十幾年時間。温庭筠在咸通七年(866)時曾任國子助教,並將進士所納詩篇榜於國子監,見《全文》七八六。這時韋籌年事已高,從此詩看,已歸老閑居,但仍在繼續撰書。因疑此詩是温庭筠在國子監時與韋籌同官而題。《後村詩話》續二作温詩。夏承燾《温飛卿繫年》有辨:“飛卿此詩,《唐詩鼓吹》二作薛逢詩,題作《韋壽博書齋》,訛謬可笑。顧注引用,不加辨正,尤可怪詫。宋刊本飛卿詩集已有此詩,且題目完整,是無可懷疑的。”(《全唐詩重出誤收考》)。【按】诸家考辨甚是。此詩當是飛卿咸通六年任國子助教後,七年貶方城尉前所作。

② 【曾注】《皇甫謐傳》:謐字士安,自號玄晏先生。耽玩典籍,忘寢與食,時人謂之書淫。【補注】《晋書·皇甫謐傳》:“沈静寡欲,始有高尚之志,以著述爲務,自號玄晏先生。著《禮樂》《聖真》之論。後得風痹疾,猶手不釋卷。”“謐所著詩賦誄頌論難甚多,又撰《帝王世紀》《年曆》《高士》《逸士》《列女》等傳,並重於世。”本傳録其《玄守論》《釋勸論》《篤終》。

③ 鵷,述鈔,顧本作“鴛”,字通。【曾注】江淹《雜體詩》:物我俱忘懷,可以狎鷗鳥。【補注】鵷鷺,喻朝官。鵷與鷺飛行有序,以喻班行有序之朝官。句意謂韋辭朝官之班行而退隱閑居,與群鷗相親。狎群鷗,事見《列子·黄帝》:“海上之人有好漚(鷗)鳥者,每日之海上,從漚鳥游,漚鳥之至者百住而不止。”

④ 【曾注】《三輔决録》:蔣詡字元卿,隱於杜陵,舍中三徑,惟羊仲、求仲從之游。【補注】謝免,辭官罷職。

⑤ 【曾注】《檀弓》:晏子一狐裘三十年。【補注】春秋齊相晏嬰字平仲,以節儉力行著稱,着布衣鹿裘以朝。孔子弟子有若謂其衣一狐裘至三十年。事見《晏子春秋》《禮記·檀弓》。

⑥ 【曾注】《禮》疏:紂以甲子日死。【補注】殷甲子,殷商之曆法與時日干支。

⑦ 【咸注】《晋書·習鑿齒傳》:桓温覬覦非望,鑿齒著《漢晋春秋》以裁正之。始以漢光武,終於晋愍帝。於三國時,蜀以宗室爲正,魏雖受漢禪晋,猶爲篡逆。至文帝平蜀,乃爲漢亡,而晋始興焉。凡五十四卷。後有足疾,廢於里巷。

⑧ 滄浪未濯塵纓在,《鼓吹》作“塵纓未濯今如此”。【曾注】屈原《漁父》:歌

曰："滄浪之水清兮，可以濯吾纓。"【補注】《孟子・離婁上》："有孺子歌曰：'滄浪之水清兮，可以濯我纓；滄浪之水濁兮，可以濯我足。'孔子曰：'小子聽之，清斯濯纓，濁斯濯足矣，自取之也。'"滄浪，古水名。有漢水、漢水之別流、下流及夏水諸説。《書・禹貢》："嶓冢導漾，東流爲漢。又東爲滄浪之水。"孔傳："別流在荆州。"滄浪未濯，謂自己尚未超脱世俗，棄官退隱。塵纓，喻塵世俗事之羈絆。

【箋評】

【劉克莊曰】温飛卿《過韋籌草堂》七言云："醉後獨知殷甲子，病來猶作晋春秋。"和靖五言云："隱非秦甲子，病著晋春秋。"和靖非蹈襲者，當是偶然相犯。（《後村詩話續集》卷二）

【陸時雍曰】庭筠七律，麄色新聲，相逼而就，此已不求格律。（《唐詩鏡》卷五一）

【周珽曰】似作行狀，又類誄銘。韋公一生心跡，得此詩炳著千秋矣。其曰"獨知""猶作"，深；"醉後""病來"，猶深。（《删補唐詩選脈箋釋會通評林・晚七律》）

【《唐詩鼓吹評注》】籌博初仕隋，隋亡，不肯仕唐，徵辟皆不就，有若皇甫謐輩，故以玄晏比之。首言公已白頭，而不肯隨鵷鷺之班，寧即群鷗爲侶焉。是其見機如蔣元卿之謝仕而開三徑，其廉潔若晏平仲之罷朝而卧一裘。且懷忠誠之心，猶淵明之貳於宋，嚴善惡之辨；亦季野之示褒貶也。余也反被功名之累，未能歸隱以濯塵纓，睹此流水之無情，滔滔不返，予心能無慽慽哉！（卷二薛逢詩）

【朱三錫曰】通首只是極稱韋公之清高無累，以自悔不早歸隱之憾。（《東巖草堂評訂唐詩鼓吹》卷七）

【按】此詩意本平常，緣《鼓吹》誤植薛逢名下，且題有脱誤，遂致《評注》之穿鑿爲解。首聯謂韋年老辭官。以皇甫謐擬之，謂其志趣高尚，勤於著述。頷聯謂其辭官後，從游者惟志趣相投之士，而生活儉樸，唯卧一裘。腹聯贊美其擅長史學，雖病中猶勤於著述。《晋春秋》，初疑《漢晋春秋》不當如此省稱，或指孫盛之《晋陽秋》不諱桓温枋頭之敗，"詞直而理正"，然云"病來"，則指習鑿齒之《漢晋春秋》無疑。稱《漢晋春秋》爲《晋春秋》，猶稱司馬遷爲馬遷，稱司馬相如爲馬相如（李商隱《梓潼望長卿山至巴西復懷譙秀》："梓潼不見馬相如，更欲南行問酒壚。"），稱司馬長卿爲馬卿也。尾聯謂己尚未濯塵纓，辭官歸隱，如韋之高潔，徒看野水無情，四處流淌，不免有愧滄浪之水矣。

和友人題壁①

冲尚猶來出範圍②,肯將輕世作風徽③? 三台位缺嚴陵卧④,百戰功高范蠡歸⑤。自欲一鳴驚鶴寢⑥,不應孤憤學牛衣⑦。西州未有看棋暇⑧,澗户何由得掩扉⑨?

【校注】

①《英華》卷二四六酬和七載此首。

②【曾注】《易》:範圍天地之化而不過。【補注】冲尚,幼小時的志向。猶來,即由來、從來。出範圍,超越常人的範圍。句意謂自幼志向不同凡俗。

③ 輕世,述鈔作"經世",《英華》、席本、顧本作"經濟"。《英華》校:一作"經世"。【補注】輕世,輕視世俗,此指世間經世濟時之事。風徽,風範、美德。二句意謂自幼志向遠大,豈肯將輕視世間的經世濟時之事作爲美德風範。

④【咸注】《晋·天文志》:斗魁下六星,兩兩而居,起文昌列抵太微。西近文昌二星曰上台,次二星曰中台,東二星曰下台。《後漢書》:嚴光與光武同游學,及即位,三聘乃至,因共偃卧,光以足加帝腹上。明日,太史奏客星犯御坐甚急,帝笑曰:"朕故人嚴子陵共卧耳。"【補注】三台,喻指三公。《晋書·天文志上》:"三台六星,兩兩而居……在人曰三公,在天曰三台,主開德宣符也。"《後漢書·逸民傳·嚴光》:"少有高名……及光武即位,乃變姓名,隱身不見。帝思其賢,乃令以物色訪之……乃備安車玄纁,遣使聘之,三反而後至,舍於北軍……車駕即日幸其館,光卧不起。帝即其卧所撫光腹曰:'咄咄子陵,不可相助爲理邪?'光又眠不應……除爲諫議大夫,不屈。乃耕於富春山。""嚴陵卧"指此。

⑤【曾注】《孫武子》:百戰百勝。范蠡事,見本卷《利州南渡》"誰解乘舟尋范蠡"二句注。

⑥ 自欲一鳴驚,《英華》、席本、顧木作"剩欲一名添"。《英華》校:集作"自欲一鳴驚"。【曾注】《史記》:齊威王曰:"不鳴則已,一鳴驚人。"【咸注】《埤雅》:鶴之上相,隆鼻短口則少眠。【補注】《藝文類聚》卷九十引周處《風土記》:"鳴鶴戒露,此鳥性警,至八月白露降,流於草上,滴滴有聲,因即高鳴相警,移徙所宿處。"鶴寢,鶴眠。按:太子居室器用多以鶴爲稱,本王子晋駕鶴仙去之事。此"鶴寢"疑借指太子東宫。或云指隱居不仕,恐非。

⑦【咸注】《漢書、王章傳》:章學長安,疾病,無被,卧牛衣中,與妻對泣。後爲京兆,上封事,妻曰:"人當知足,獨不念牛衣中涕泣時耶?"程大昌《演繁露》:王章卧牛衣中。注:龍具也。【立注】《食貨志》:董仲舒曰:"貧民當衣牛馬之衣而食犬彘之

食。”然則牛衣者，編草使暖，以被牛體，蓋蓑衣之類也。【補注】顧予咸注引《漢書·王章傳》過略，未能發明句中“孤憤”二字之義。按傳云：“章疾病，無被，卧牛衣中，與妻决，涕泣，其妻呵怒之，曰：‘仲卿，京師尊貴，在朝廷人，誰踰仲卿者？今疾病困戹，不自激卬，乃反涕泣，何鄙也！’”師古注：“牛衣，編亂麻爲之。”孤憤，因孤高嫉俗而産生的憤慨。此指王章因貧病困戹而産生的憤世之情，即所謂“與妻决，對泣”。

⑧ 看，顧本作“觀”。【曾注】《晋書·謝安傳》：羊曇者，泰山人，爲安所愛重。安薨後，輟樂彌年，行不由西州路。嘗因石頭大醉，扶路唱樂，不覺至州門。左右白曰：“此西州門。”曇悲感不已，以馬策扣扉，誦曹植詩曰：“生存華屋處，零落歸山丘。”慟哭而去。（此注自卷五《經故翰林袁學士居》移此）【補注】曾注引《謝安傳》非此句“西州”之意，乃所謂“西州之悲”。西州，古城名，東晋置，爲揚州刺史治所，故址在今南京市。此句“西州”借指謝安，因其曾爲尚書僕射，又領揚州刺史，總攬朝政。“看棋暇”亦謝安事。《晋書·謝安傳》：“（苻）堅後率衆，號百萬，次於淮淝，京師震恐。加安征討大都督。玄入問計，安夷然無懼色，答曰：‘已别有旨。’既而寂然……安遂命駕出山墅，親朋畢集，方與玄圍棋賭别墅。安棋常劣於玄，是日玄懼，便爲敵手而又不勝。安顧謂其甥羊曇曰：‘以墅乞汝。’……玄等既破堅，有驛書至，安方對客圍棋，看書既竟，便攝放牀上，了無喜色，圍棋如故。”未有看棋暇，謂未能如謝安之從容閒暇，圍棋賭墅，决勝千里，建功立業。

⑨ 由，《英華》作“因”。【曾注】孔稚珪《北山移文》：磵户摧絶無與歸。【補注】澗户，又作“磵户”，山谷中之住屋，常指隱士所居。王勃《詠風》：“驅煙尋磵户，卷霧出山楹。”王維《辛夷塢》：“木末芙蓉花，山中發紅萼。磵户寂無人，紛紛開且落。”句意謂何由得隱居山間，掩澗户之門扉以避世。

【箋評】

【按】此詩最能見詩人之積極用世情懷。起聯開宗明義，表明自幼即志超凡俗，不願以避世作爲美德風範。頷聯用嚴光、范蠡故事，均不取其避世一面，謂三公位缺，嚴光應徵，卧見光武；百戰功成，范蠡始歸，隱於五湖。强調出世建功方能歸隱。腹聯謂己本欲一鳴驚人，不願牛衣對泣，徒有孤憤之情。“鶴寢”如指鶴禁（東宫），則表明庭筠本欲輔佐太子永而有所作爲。尾聯更以謝安自期，謂己尚未如謝安之從容破敵，建不世之功，何能隱居澗户，掩扉避世。晚唐詩人有此種情懷者絶少，如此直白表露者尤稀。或解，此鼓勵友人之辭，然即作如此理解，仍表露出庭筠自己的積極用世情懷。

春日將欲東歸寄新及第苗紳先輩[①]

幾年辛苦與君同,得喪悲歡盡是空[②]。猶喜故人先折桂[③],自憐羈客尚飄蓬[④]。三春月照千山道[⑤],十日花開一夜風[⑥]。知有杏園無路入[⑦],馬前惆悵滿枝紅[⑧]。

【校注】

①《又玄》卷中、《才調》卷二、《英華》卷二六一寄贈十五、《唐詩鼓吹》卷七均載此首。《又玄》《鼓吹》題作"春日將欲東游寄苗紳"。《英華》題下校:一作"下第寄司馬札"。誤。【陶敏曰】北圖藏拓本會昌四年七月《上黨苗府君(縝)墓誌》:"第四弟將仕郎、守祕書省校書郎分司東都紳謹撰並書"。苗紳及第當在會昌初。(《全唐詩人名考證》)【孟二冬曰】孟按《補遺》册六,第191頁,鄭畋撰咸通十五年(874)十月八日《唐故朝散大夫京兆少尹苗府君(紳)墓誌銘並序》云:"君諱紳,字紀之,上黨壺關人……會昌初,登進士第。明年,得宏詞上等,授秘書省校書郎。"又云:"畋與君聯年登第,同出河東公門下。"鄭畋於會昌二年(842)登進士第,見《記考》。"河東公"當指柳璟,其於會昌元年、二年連知貢舉。故知苗紳當在會昌元年登進士第,次年登博學宏詞科。又,黄補亦證苗紳爲會昌元年進士。(《登科記考補正》卷二十二)。【按】陶、孟考是。此詩有"三春月照千山路"之句,當作於會昌元年二月。東歸,指歸吴中舊鄉。庭筠舊鄉在今江蘇吴地。庭筠《開成五年秋以抱疾郊野不得與鄉計偕至王府將議遐適隆冬自傷因書懷奉寄殿院徐侍御察院陳李二侍御回中蘇端公鄠縣韋少府兼呈袁郊苗紳李逸三友人一百韻》,詩作於開成五年隆冬,時苗紳尚未及第。題内之"遐適",詩中之"行役議秦吴",即此詩題内之"東歸"。又《感舊陳情五十韻獻淮南李僕射》係會昌元年東歸途中獻淮南節度使李紳之作,中有"旅食逢春盡,羈遊爲事牽"之句,可證淮南獻詩時值春末夏初。自長安至揚州二千七百里,春末夏初在淮南,則此詩約作於二月。參注⑤"三春"注。

②【曾注】《易》:知得而不知喪。潘岳詩:悲歡從中起。【補注】庭筠開成四年秋試京兆,薦名居其副;次年又"抱疾不赴鄉薦試有司",未參加開成五年及會昌元年進士試。"幾年辛苦與君同",指幾年來辛苦準備應試,與苗紳情況相同,"得喪悲歡盡是空",指自己四年被薦名居其副等第罷舉及五年抱疾不赴鄉薦事。

③【曾注】杜甫詩:折桂早年知。【補注】故人,指苗紳。折桂,指科舉考試及第。《晉書·郤詵傳》:"武帝於東堂會送,問詵曰:'卿自以爲何如?'詵對曰:'臣舉賢良對策,爲天下第一,猶桂林之一枝,崑山之片玉。'"

④【曾注】曹植詩:轉蓬離本根,飄摇隨長風。【補注】羈客,客游在外者,詩人

自指。庭筠雖久居长安鄠郊，然仍然認爲自己是“羈客”。鮑照《代櫂歌行》：“羈客離嬰時，飄颻無定所。”

⑤ 道，《又玄》《英華》《鼓吹》、席本、顧本作“路”。【補注】三春，有二解，一指春天的三個月（孟春、仲春、季春），亦即泛指春日；一指春天的最後一個月，即暮春。此處當取前一義。此句切題内“春日將欲東歸”。千山路，指東歸之路。

⑥【咸注】唐武后詩：百花連夜發，莫待曉風吹。【補注】此句切苗紳新及第，謂新及第者如十日春風，一夜催開百花。按：梁宗懍《荆楚歲時記》、宋程大昌《演繁露·花信風》謂，自小寒至谷雨，凡四月，共八個節氣，一百二十天，每五日一候，計二十四候，每候應以一種花的信風（應花期而來的風），稱“二十四番花信風”，每一節氣三番。其中雨水節氣所催開者爲菜花、杏花、李花。

⑦ 路，《英華》校：一作“計”。席本、顧本作“計”。入，《又玄》作“人”，誤。【咸注】《秦中記》：唐人舉進士，會杏園，謂之探花宴。【補注】五代王定保《唐摭言》：“神龍已來，杏園宴後，皆於慈恩寺塔下題名。同年推一善書者紀之。”杏園，故址在今西安市大雁塔南，唐代新科進士賜宴之處。唐李淖《秦中歲時記》：“進士杏園初宴，謂之探花宴。”

⑧【補注】因馬前花發滿枝益加觸動不得參與杏園探花宴之惆悵，故云。己與苗紳雙綰。此句係想象之詞。時“將欲東歸”而尚未啓程在途。

【箋評】

【陸時雍曰】六句佳絶。（《唐詩鏡》卷五十一）

【《唐詩鼓吹評注》】飛卿因不第而作。首言幾年與君辛苦同學，經歷世途，前事之得失悲歡，盡是空虚耳。由今言之，公先折桂於蟾宫，我尚飄蓬於世路。余也將欲東遊，千山古道，春月常懸，一夕東風，繁花頓發。知有杏園之景，而無路可入，惟有策馬征途、惆悵滿枝之紅而已。“十日”句，或作爲風所敗，與上下意亦合。

【朱三錫曰】一“與君同”，兼説苗君；二“盡是空”，單寫自己。三承一，四承二，一開一闔，愈覺無聊之甚矣。五六實寫春日之景，虚寫東遊之路。杏園春色，我獨不與，正所謂美景良辰倍增感嘆也。“十日”句，不可看作花爲風敗意，畢竟説是一夕春風繁花頓發，倍覺入情。（《東巖草堂評訂唐詩鼓吹》卷七）

【按】如題抒寫，每一聯均從雙方對照着筆。首聯己與苗幾年辛苦準備應試雖同，而己則得失悲歡均已成空，與苗異。次聯苗先登第，己則尚羈滯飄蓬。腹聯想象己東歸道中所見，對照苗之十日春風一夜花發，均就“春日”景物作對比（孟郊《登科後》：“春風得意馬蹄疾，一日看盡長安花”，可爲“十日花開一夜風”之比興含義作參照），而一虚一實。尾聯嘆羨苗之杏園宴飲，而己則無路可入，惟於東歸道上，惆悵於馬前滿枝繁花呈豔而已。平平叙寫，淺淺形容，清新流暢，不乏韻致。尾聯尤具情致。此詩題曰“寄”，是自鄠郊居處寄長安之苗紳，係行前所寄，故有“千山道”“馬前”等語。

經李徵君故居[1]

露濃煙重草萋萋，樹映欄干柳拂堤。一院落花無客醉，五更殘月有鶯啼[2]。芳筵想象情難盡[3]，故榭荒凉路已迷[4]。惆悵羸驂往來慣[5]，每經門巷亦長嘶[6]。

【校注】

①《才調》卷二、《英華》卷二三〇隱逸一徵君載此首。《唐詩鼓吹》卷八王建名下載此首，題作“李處士故居”，文字有歧異。【佟培基曰】王建集《李處士故居》，又作温庭筠。《才調》二、《英華》二三〇作温。《鼓吹》八作王，誤。（《全唐詩重出誤收考》）【補注】徵君，徵士之尊稱，指不受朝廷徵聘之隱士。《後漢書·黄憲傳》：“友人勸其仕，憲亦不拒之，暫到京師而還，竟無所就。年四十八終，天下號曰徵君。”此“李徵君”即李羽，庭筠詩中又稱其爲李處士、李羽處士、李十四處士。詳本卷《題李處士幽居》注①、卷五《宿亡友城南别墅》注①。

② 五更，《鼓吹》作“半窗”。

③【補注】想象，緬懷、回憶。《楚辭·遠遊》：“思舊故以想象兮，長太息而掩涕。”李商隱《及第東歸次灞上却寄同年》：“下苑經過勞想象，東門送餞又差池。”

④ 已，《鼓吹》作“欲”。

⑤《英華》《鼓吹》、席本、顧本此句作“風景宛然人自改”。《英華》校：集作“惆悵羸驂往來慣”。【曾注】《説文》：驂，三馬也。一云外騑曰驂。【補注】羸驂，指詩人自己所乘的瘦馬。

⑥《英華》、席本、顧本此句作“却經門巷馬嚬嘶”，《鼓吹》作“却驚門外馬頻嘶”。

【箋評】

【金聖嘆曰】（前解）一解先寫故居。細思天下好詩，乃只在眉毛咳唾之間。如此前解一二，露自濃，煙自重，草自萋萋，樹自映闌干，柳自拂堤，曾有何字帶得悲凉之狀？却無奈作者眉毛咳唾之間，早有存亡之感，於是讀者讀未終口，亦便於眉毛咳唾之間，先領盡其存亡之感也。三四，逐字皆人手邊筆底尋常慣用之字，而合來便成先生妙詩。若知果然學做不得，便須千遍爛熟讀之也。（後解）一解次寫徵君。看他

避過自家眼淚，别寫羸馬長嘶，便令當時常常過從意盡出。（《貫華堂選批唐才子詩》卷六）

【陸次雲曰】心骨悄然。（《五朝詩善鳴集》）

【賀裳曰】（温詩）寫景如"一院落花無客醉，五更殘月有鶯啼"……真令人謖謖在耳，忽忽在目。（《載酒園詩話又編》）

【趙臣瑗曰】此詩前半先寫故居，後半乃是追悼徵君也。勿謂起手十四字何曾有悲凉之狀，予讀之，早已覺其悲凉滿目矣。三四一承，乍見之，如不過是詩人口頭語言，乃一連吟咀數十遍不厭者，何耶？以其情深而調穩耳。大凡好詩必從自然中來，此類是也。（《山滿樓箋注唐詩七言律》）

【《唐詩鼓吹評注》】此言舊居草樹萋然，更無客至，唯有鶯啼而已。是以芳筵不勝其想象，故榭惟見其荒凉。風景儼然而人無復在，經其門外，馬亦爲之長嘶也。（卷八王建詩）

【宋宗元曰】（一院二句）的是故居。（《網師園唐詩箋》）

【梅成棟曰】全從"故"字中想象得來。（《精選五七言律耐吟集》）

【俞陛雲曰】"一院落花無客醉，五更殘月有鶯啼"，此經李徵君故宅而作。當日鶯花庭院，列長筵招客，醉月飛觴，何等興采！乃舊地重過，但有"一院落花""五更殘月"。故其第七句有"風景宛然人事改"之嘆。（《詩境淺説》）

【按】飛卿七律，擅長用清淺語言與白描手法抒寫真切懷舊之情，本篇爲其顯例。李羽爲其居鄠郊時之知己，二人經常過從，對其居處極爲熟悉，此番重過，李已去世，故居中一切草樹花月、門巷亭榭均易唤起對已往密切交往的記憶與物在人亡的感愴，信手寫來，情感自深。頷聯點睛處在一"醉"字，不僅透露出昔日共醉花前的歡聚情景，且傳達出眼前院空無人、落花狼藉、無言似醉的神韻，堪稱神來之筆。尾聯撇開自己，寫熟悉故人居處之羸驂每經此門巷亦頻頻長嘶，馬猶懷舊，人何以堪！此一細節非有真切生活體驗不能道，一經拈出，遂成妙語。雖避開正面寫側面，然濃重感愴之意自見言外。《英華》作"風景宛然人自改"，明白道出，反乏餘味，且近套語。晏幾道《木蘭花》"紫騮認得舊游蹤，嘶過畫橋東畔路"，師其意而不襲其辭，可謂善學。

送崔郎中赴幕[①]

一别黔巫似斷絃[②]，故交東去更凄然[③]。心游目送三千里[④]，雨散雲飛二十年[⑤]。發跡豈勞天上桂[⑥]，屬詞還得幕中蓮[⑦]。相思休話長安遠[⑧]，江月隨人處處圓。

【校注】

①《英華》卷二七九送行十四載此首，題内"郎中"二字作"判官"。《英華》校：集作"郎中"。【補注】郎中，唐尚書省六部諸司正長官，從五品上。崔郎中，名不詳。

② 巫，《英華》、席本、顧本作"南"。【咸注】王僧孺詩：斷弦猶可續，心去最難留。【補注】黔巫，指巫山及古黔中一帶。元稹《酬樂天東南行詩一百韻》："鯨吞近溟漲，猿鬧接黔巫。"唐代詩文中黔巫常連稱，赴黔中亦常取道巫山，如李白之長流夜郎。似斷絃，言此後斷絶音訊，未再相見。

③ 淒，《英華》、席本、顧本作"潸"。《英華》校：集作"悽然"。【補注】故交東去，指崔郎中此次東去赴幕供職。黔巫一別，彼此隔絶，此番又別，故云更淒然。

④ 送，《英華》、席本、顧本作"斷"。《英華》校：集作"送"。【補注】心遊，謂己之心伴隨崔郎中遊歷一路經行之地。三千里，指崔郎中赴幕之地與京城長安之間的大致距離。據末句"江月"，其地或在南方江邊。

⑤ 飛，《全詩》、顧本校：一作"收"。【補注】雨散雲飛，喻朋友分别。謝朓《和劉中書繪入琵琶峽望積布磯詩》："山川隔舊貫，朋僚多雨散。"白居易《五年秋病後獨宿香山寺三絶句》之二："飲徒歌伴今何在，雨散雲飛盡不迴。"句意謂一别黔巫已二十年。

⑥ 天上桂，見本卷《春日將欲東歸寄新及第苗紳先輩》注③。【補注】發跡，由卑微而得志顯達。《南史·何胤傳》："兄弟發跡雖異，克終皆隱。"或解爲立功揚名，亦通。《史記·太史公自序》："秦失其政，而陳涉發迹。"句意謂顯達不必由科舉登第之途。據此句，崔某當非由登進士第爲官者。

⑦【咸注】《南史》：王儉用庾杲之爲衛將軍，蕭緬與儉書曰："盛府元僚，實難其選。庾景行泛緑水，依芙蓉，何其麗也！"時以儉府爲蓮花池，故緬書美之。【補注】屬詞，作文章。句意謂崔某因擅長寫文章故得以聘其入幕。據此句，崔某可能在幕中擔任文字工作，如掌書記。

⑧ 休話，《英華》、席本、顧本作"莫道"。《英華》校：莫，集作"休"。【咸注】《晋書·明帝紀》：帝幼聰哲，爲元帝所寵異。年數歲，嘗坐置膝前，屬長安使來，因問帝曰："汝謂日與長安孰遠？"對曰："長安近。不聞人從日邊來，居然可知也。"元帝異之。明日，宴群僚，又問之，對曰："日近。"元帝失色，曰："何乃異間者之言乎？"對曰："舉目則見日，不見長安。"由是益奇之。

【箋評】

【按】據"一别"句及"雨散"句，二十年前，庭筠與崔某曾在黔巫一帶分别。又據庭筠《贈蜀將》,約大和四年秋庭筠曾游蜀,與"蠻入成都,頗著功勞"之蜀將相識,五年春在成都,有《錦城曲》。其游黔巫當在此後不久,自大和五年下推二十年,此詩約作於大中五年。詩之前兩聯交錯叙昔別與今別,三承二,四承一。崔未登科第,故以"發跡豈勞天上桂"贊之;崔所任幕職,當爲以"屬詞"爲職事之掌書記,題一作"崔判官",恐有誤。然郎中官從五品上,猶赴幕爲書記,似亦不甚合常情。末聯暗含"我寄相思與明月"之意,故云别後君如相思休言長安路遠,我之相思已寄明月而一路隨君也。化用李白"我寄愁心與明月,隨君直到夜郎西"詩意而不露痕跡。

經舊遊[1]

珠箔金鉤對綵橋[2],昔年於此見嬌嬈[3]。香燈悵望飛瓊鬢[4],涼月殷勤碧玉簫[5]。屏倚故窗山六扇[6],柳垂寒砌露千條[7]。壞牆經雨蒼苔遍,拾得當時舊翠翹[8]。

【校注】

①《才調》卷二載此首,題作"懷真珠亭",席本、顧本題同《才調》。【按】據詩意,確係舊地重遊,非懷念遥想之詞,視尾聯可見。

② 金,《才調》作"銀"。對,《才調》作"近"。【咸注】《三秦記》:明光殿皆金玉珠璣爲簾箔,晝夜光明。李白詩:雙橋落彩虹。【補注】綵橋,裝飾華麗的橋。

③ 於,《才調》作"曾"。嬈,述鈔、席本、顧本作"饒"。【補注】嬌嬈,美人。字亦作"嬌饒"。《玉臺新詠》載漢宋子侯《董嬌饒》詩,後遂以"嬌饒(嬈)"代指美人。李商隱《碧瓦》:"他時未知意,重疊贈嬌饒。"

④【補注】飛瓊,西王母侍女。見卷一《觱篥歌》"夜聽飛瓊吹朔管"句注。此借指所懷女子,其身份當是歌姬侍妾一類人物。

⑤【咸注】古樂府:碧玉破瓜時。庾信詩:定知劉碧玉,偷嫁汝南王。【補注】殷勤,情意深厚。碧玉簫,指侍姬吹簫。吴聲歌曲《碧玉歌》:"碧玉小家女,不敢攀貴德。感郎千金意,慚無千金色。"碧玉係東晋宗室汝南王之侍姬。又兼指簫以碧玉製成。

⑥【曾注】古詩:山屏六曲郎歸夜。《舊唐書·憲宗紀》:御製前代君臣事迹十四篇,書於六扇屏風。【補注】山,屏山,形容屏風之形狀如山形之曲折。

⑦【補注】砌,臺階。露,指帶露的柳枝。

⑧【曾注】宋玉《招魂》:砥室翠翹,掛曲瓊些。注:翠,鳥名;翹,羽也。《炙轂子》:高髻名鳳髻,上有翡翠翹。【補注】翠翹,婦女首飾,狀如翠鳥尾上長羽。曾注引《招魂》之"翠翹"係實指翠鳥尾上長羽,非此句"翠翹"之義。

【箋評】

【按】此重遊舊地而懷所戀女子。其人身份，視頷聯"飛瓊""碧玉"之稱，當爲歌姬侍妾一類人物。起聯謂昔年曾在珠簾金鉤正對綵橋之居處遇見對方，點明題目。頷聯回想昔年"見嬌嬈"之情景：時值月夜，於香燈之下，悵望對方之鬢影；在涼月之夜，聽對方吹奏碧玉簫。"悵望""殷勤"二語，透露對方雖情意殷勤，却未能與之相通，惟"怅望"而已。腹聯此番重遊所見：室内屏風六扇，仍倚故窗；室外柳垂寒砌，千條帶露，而其人已杳不可見。尾聯於尋尋覓覓之時，見壞牆經雨，蒼苔遍生，忽於牆邊拾得舊翠翹，睹物思人，益感失落惆悵。此詩内容類似李商隱之《春雨》，均寫重訪舊地不見所思女子之失落惆悵，其風格亦同具綺豔之特點，而李作於綺豔之中滲透感傷意緒，變綺豔爲凄豔，温作則止於綺豔。李作"紅樓"一聯所創造之情景渾融、意蘊深遠境界，尤爲温詩所缺乏。

老君廟①

紫氣氤氳捧半巖②，蓮峰仙掌共巉巉③。廟前晚色連寒水④，天外斜陽帶遠帆。百二關山扶玉座⑤，五千文字閟瑶緘⑥。自憐金骨無人識⑦，知有飛龜在石函⑧。

【校注】

①【咸注】封演《聞見記》：唐高祖武德三年，晋州人吉善行，於羊角山見白衣老父，呼謂曰："爲吾語唐天子，吾是老君，即汝祖也。"高祖即遣使立廟。《唐書》：天寶元年，田同秀上言："玄元皇帝降於丹鳳門，告錫靈符在尹喜故宅。"上遣使就函谷關尹喜臺西發得之，乃置廟於大寧坊。【補注】據此詩前兩聯，此老君廟在華山。

②【咸注】《關尹内傳》：關令尹喜嘗登樓，望見東極有紫氣西邁，曰："應有聖人經過京邑。"乃齋戒。其日，果見老君乘青牛東來過。【補注】《史記·老子韓非列傳》"莫知其所終"司馬貞索隱引劉向《列仙傳》："老子西遊，關令尹喜望見有紫氣浮關，而老子果乘青牛而過也。"捧半巖，指紫氣圍繞華山之半山腰。

③【曾注】《名山記》：西嶽華山，一名蓮花峰，有仙掌崖。【補注】蓮花峰，華山中峰；仙掌峰，華山東峰。《華嶽志》："嶽頂東峰曰仙人掌。峰側石上有痕，自下望之，宛然一掌，五指俱備，人呼爲仙掌。"

④ 晚色，《全詩》、顧本校：一作"古木"。【補注】寒水，指黄河，下句"遠帆"亦指黄河中之舟船。句意謂老君廟前蒼茫的暮色一直伸展到遠處的黄河，一片迷茫

曠遠。

⑤【曾注】《漢書》:秦,形勝之國也。帶河阻山,縣隔千里,持戟百萬,秦得百二焉。【補注】百二,以二敵百。或説,百之一倍。百二關山,百二山河,均喻指山河險固之秦地。玉座,指廟中供奉老君神像之玉座。

⑥【曾注】《史記》:老子西遊至關,關令尹喜曰:"子將隱矣,强爲我著書。"老子乃著上下篇,言道德之意五千言而去。【補注】閟,閉藏。瑶緘,藏書之玉篋。《拾遺記》載,浮提之國獻神通善書二人助老子撰《道德經》,寫以玉牒,貯以玉函。

⑦ 金骨,仙骨,詳見卷一《曉仙謡》"鶴扇如霜金骨仙"句注。

⑧【咸注】庾信銘:飛龜之散,遺疾無徵。《神仙傳》:華子斯,淮南人,師角里先生,授山隱靈寶方:一曰伊洛飛龜秩,二曰白禹正機,三曰平衡案。合服之,日以還少,後得仙去。【補注】飛龜,道家仙藥名。

【箋評】

【陸時雍曰】五六擔當。(《唐詩鏡》卷五十一)

【按】首聯寫老君廟所在。廟在半山,紫氣圍繞,蓮峰仙掌,同其高峻。頷聯廟前遠眺,蒼茫暮色遥接黄河,天外斜陽映照遠帆。腹聯謂秦中險固山河遥扶神像之玉座,五千道德經文閉藏於玉篋之中。尾聯謂己有仙骨惜無人識,知有仙藥藏於石函之中,當可服之成仙。此應景之作,惟頷聯寫景富有遠勢,境界壯闊,可以入畫。

過五丈原①

鐵馬雲鵰久絶塵②,柳陰高壓漢營春③。天晴殺氣屯關右④,夜半妖星照渭濱⑤。下國卧龍空誤主⑥,中原逐鹿不因人⑦。象牀錦帳無言語⑧,從此譙周是老臣⑨。

【校注】

① 《英華》卷二九四行邁六載此首,題作"經五丈原",席本、顧本題同《英華》。《英華》校:集作"過"。【咸注】《蜀書》:建興十二年春,諸葛亮悉大衆由斜谷出,據武功五丈原,與司馬宣王對於渭南。八月,亮卒於軍。《三秦記》:在郿縣南三十里。

② 鵰,李本、十卷本、姜本、毛本作"騅"。久,《英華》《唐詩紀事》、席本、顧本作"共"。【曾注】《莊子》:超逸絶塵。【補注】鐵馬,配有戰甲之戰馬。《文選·陸倕〈石闕銘〉》:"鐵馬千群,朱旗萬里。"雲鵰,雲中鵰鳥,形容馬之迅疾。絶塵,絶迹。《宋書·自序》:"間者玁狁扈横,掠剥邊鄙,郵販絶塵,坰介靡遠。"句意謂昔日蜀魏

交兵時鉄騎雲鵰馳逐的景象久已絶跡。因誤解“絶塵”爲飛速奔馳之義，而改“鵰”爲“騅”，又改“久”爲“共”。

③ 營，《英華》、席本、顧本作“宫”，誤。《英華》校：集作“營”。【咸注】《漢書》：周亞夫軍細柳，文帝勞軍，至其營曰：“嗟乎！此真將軍矣。”【補注】《史記·絳侯周勃世家》：“文帝之後六年，匈奴大入邊，乃以宗正劉禮爲將軍，軍霸上；祝兹侯徐厲爲將軍，軍棘門；以河内守亞夫爲將軍，軍細柳，以備胡。上自勞軍，至霸上及棘門軍，直馳入，將以下騎送迎。已而至細柳，軍士吏被甲，鋭兵刃，不得入。先驅曰：‘天子且至！’軍門都尉曰：‘將軍令曰：軍中聞將軍令，不聞天子之詔。’居無何，上至，又不得入。於是上乃使使持節詔將軍：‘吾欲入勞軍。’亞夫乃傳言開壁門。壁門士吏謂從屬車騎曰：‘將軍約，軍中不得驅馳。’於是天子乃按轡徐行。至營，將軍亞夫持兵揖曰：‘介胄之士不拜，請以軍禮見。’天子爲動，改容式軍……文帝曰：‘此真將軍矣！曩者霸上、棘門軍，若兒戲耳。’”句意謂諸葛亮素以治軍嚴整著稱，如今惟見濃密的柳陰高高覆蓋着往昔漢營的遺跡而已。“春”與“柳”相應。

④ 晴，《英華》、顧本作“清”。【曾注】《地理志》：雍州在函谷關西，一名關右。【補注】句意謂遥想當年，雖天晴氣朗之時似猶見殺氣屯聚在五丈原一帶的關右地區。

⑤ 妖，《紀事》作“長”。【立注】《蜀書·諸葛亮傳》：亮據武功五丈原，患糧不繼，分兵屯田，爲久住之基。耕者雜於渭濱居民之間，而百姓安堵，軍無私焉。《晉陽秋》：有星赤而芒角，自東北西南流，投於亮營，三投再還，往大還小，俄而亮卒。【補注】此句謂當年妖星高照渭濱，説明諸葛亮卒於軍中乃是天意。

⑥ 誤，《英華》、述鈔、席本、顧本作“寤”。【咸注】《蜀書》：徐庶謂先主曰：“諸葛孔明，卧龍也。”【補注】下國，小國，指偏處西南一隅的蜀漢，相對於中原大國魏而言。語含貶意。空誤主，謂其隆中對策三分進而統一中國之規劃未能實現，與下句意一貫。

⑦ 逐，《英華》《紀事》、席本、顧本作“得”。《英華》校：集作“逐”。因，《英華》、顧本作“由”。【咸注】《史記》：蒯通曰：“秦失其鹿，天下共逐之，於是高材疾足者先得焉。”【補注】謂争奪天下，統一中國，取决於天意而非人謀。

⑧ 錦，《英華》校：集作“寶”。顧本作“寶”。【按】除顧本外，本集諸本均作“錦”。【補注】象牀，象牙裝飾的牀。句意謂蜀漢後主劉禪庸愚，空居象牀錦帳，於國事不能出一語。

⑨ 老，《英華》校：集作“舊”。【按】本集諸本均作“老”。【曾注】《蜀書》：譙周字允南，巴西人。亮卒於敵廷，周在家聞問，即便奔赴。後主立太子，以周爲僕，轉家令。時後主頗出遊觀，增廣聲樂，周上疏：“願省减樂官，後宫所增造，但奉修先帝所施，下爲子孫節儉之教。”徙爲中散大夫。後遷光禄大夫，位亞九列。周雖不與政事，

以儒行見禮，時訪大議，輒據經以對，而後生好事者亦咨問所疑焉。【補注】《三國志·蜀書·譙周傳》："景耀六年冬，魏大將軍鄧艾克江由，長驅而前……後主使群臣會議，計無所出……周曰：'……若陛下降魏，魏不裂土以封陛下者，周請身詣京都，以古義争之。'……於是遂從周。劉氏無虞，一邦蒙賴，周之謀也。"句意謂從此國之大事就取决於譙周這樣的老臣。

【箋評】

【陸次雲曰】成事在天，惟有鞠躬盡瘁而已。武侯知己。（《五朝詩善鳴集》）

【楊逢春曰】七八是題後托筆，言亮卒後，蜀漢無人，老臣唯一譙周，卒説後主降魏耳。（《唐詩繹》）

【吴喬曰】結句結束上文者，正法也；宕開者，别法也。上官昭容之評沈、宋，貴有餘力也。"曲終人不見，江上數峰青"，貴有遠神也……温飛卿《五丈原》詩以"譙周"結武侯，《春日偶成》以"釣渚"結旅情……宕開者也。（《圍爐詩話》卷一）

【胡以梅曰】二三可以言目今，亦可以言武侯當年，是活句。（《唐詩貫珠串釋》）

【沈德潛曰】一至五句，《出師》二表是也。六句，天意不可知。七八句，誚之比于痛罵。（《重訂唐詩别裁集》卷十五）

【黄叔燦曰】首言鐵馬雲騅，當時争戰，久已絶塵矣。（《唐詩箋注》）

【姚鼐曰】第二句借用細柳營以比武侯之營。五丈原在武功，東望盩厔，有漢離宫。然終是凑句，不佳。（《五七言近體詩鈔》）

【梅成棟曰】收二句痛煞、憤煞之言，却含蓄無窮。（《精選五七言律耐吟集》）

【余成教曰】《過陳琳墓》《經五丈原》《蘇武廟》三詩，手筆不減于義山。温、李齊名，良有以也。（《石園詩話》）

【按】前四句過五丈原有感於諸葛亮昔日屯兵於此終殁于軍中之事，將眼前所見與對昔日蜀魏交兵景象的想象融合在一起，"夜半"句已暗透"中原逐鹿不因人"之意。五六一篇之主旨，蓋謂蜀漢雖有諸葛亮這樣的傑出才智之士，也無法挽救其覆亡的命運，因爲取天下非靠人謀，實由天命。七八進謂，更何况諸葛亮死後，劉禪昏庸，老臣惟有譙周這樣的人物，蜀漢之亡更不問可知。詩中所表現之傑出人物無法挽救衰頽國運的思想，與李商隱之《籌筆驛》《武侯廟古柏》有類似處，透露出時代衰頽的氣息。而温詩之宿命思想尤爲突出。讀此類詩，切忌用後世《三國演義》及其評點者的眼光去理解詮釋。

和友人傷歌姬[①]

月缺花殘莫愴然，花須終發月終圓[②]。更能何事銷芳念[③]，亦有濃華委逝川[④]。一曲豔歌留婉轉[⑤]，九原春草妬嬋娟[⑥]。王孫莫學多情客，自古多情損少年。

【校注】

① 《才調》卷二、《英華》卷三〇五悲悼五載此首。《英華》題作"和王秀才傷歌妓"，校：（妓）集作"姬"。席本、顧本題作"和王秀才傷歌姬"。

② 發，原作"廢"，據《才調》《英華》，述鈔、姜本、席本、《全詩》、顧本改。月終圓，席本、顧本作"月須圓"。

③ 【補注】芳念，指對歌姬的悲悼懷想。

④ 濃，席本、顧本作"穠"。華，十卷本、姜本作"花"。【曾注】《詩》：何彼穠矣，華如桃李。【補注】句意謂即便華豔如桃李亦不免委落隨逝水而去。此寬解之詞。

⑤ 婉，《英華》作"宛"，校：集作"婉"。【立注】吴均《續齊諧記》：晋有王敬伯者，會稽餘姚人。少善鼓琴，年十八過吴，維舟中渚，登亭望月，悵然有懷，乃倚琴歌之。俄見一女子，雅有容色，謂敬伯曰："女郎悦君之琴，願共撫之。"敬伯許焉。既而女郎至，資質婉麗，綽有餘態，從以二少女。乃命大婢酌酒，少婢彈箜篌，作《宛轉歌》。女郎脱頭上金釵，扣琴絃而和之。意韻繁諧，歌凡八曲。臨去，留錦卧具、繡香囊，並佩一雙，以遺敬伯；敬伯報以牙火籠、玉琴軫。敬伯船至虎牢戍，吴令劉惠明者有愛女早世，舟中亡卧具，於敬伯船獲焉。敬伯具以告，果於帳中得火籠、琴軫。女郎名妙容，字雅華，大婢名春條，小婢名桃枝，皆善彈箜篌及《宛轉歌》，相繼俱卒。【補注】豔歌，古樂府有《豔歌行》，此指豔情歌曲。《文心雕龍·樂府》："若夫豔歌婉孌，怨志詄絶。"句意謂歌姬之一曲豔情歌曲，聲情宛轉，長留記憶之中。

⑥ 妬，《才調》《英華》作"葬。"《英華》校：集作"妬"。【曾曰】用魏武銅雀臺事，注見上（《過陳琳墓》注⑦）。【立注】謝朓《銅雀臺伎》：芳襟染淚迹，嬋娟空復情。【補注】句意謂歌姬貌美，死葬九泉之下，雖九原春草亦妬其青春容顔。似與銅雀臺事無涉。

【箋評】

【按】首聯以花月爲喻。謂月之缺花之殘，物之常理，且莫悲愴。花終會再發，月亦終能再圓。以喻歌姬之亡雖極傷悲，然生活終能隨時間消逝回歸美滿。頷聯謂友人之悲悼懷念之情誠難銷除，然物有常理，即便穠豔若桃李亦終有委落隨水流逝之時，上句放，下句收，宛轉有致。腹聯分寫歌姬之藝與色，此正友人之所以不能忘情者。尾聯直出正意，勸友人莫過於多情傷痛，以免損少年之容顔。實則全篇均慰之之詞，尾聯乃作一總束。

山中與諸道友夜坐聞邊防不寧因示同志①

龍砂鐵馬犯煙塵②，跡近群鷗意倍親③。風卷蓬根屯戊己④，月移松影守庚申⑤。韜鈐豈足爲經濟⑥，巖壑何嘗是隱淪⑦？心許故人知此意，古來知者竟誰人⑧？

【校注】

① 題内"諸"字原無，據述鈔、席本、《全詩》、顧本補。【補注】據題内"邊防不寧"及首句"龍砂鐵馬犯煙塵"，犯邊者當爲西北邊少數民族。檢《新唐書》文、武、宣、懿紀，開成二年七月，党項羌寇振武；開成五年十月，回鶻寇天德軍；會昌二年，回鶻寇横水栅，略天德、振武軍，寇雲、朔、大同川；會昌三年，党項羌寇鹽州、邠、寧；大中四年十一月，党項羌寇邠、寧；咸通七年閏三月，吐蕃寇邠、寧。又據題内"山中與諸道友夜坐"，詩似爲較早時居山中習道期間所作，或在開成年間。道友，指同學道者，視"月移"句可知。夏承燾《温飛卿繫年》據《通鑑·大中四年》"党項爲邊患，發諸道兵討之，連年無功，戍饋不已"之文，於大中四年下繫此詩，謂"約在此一二年内作"，似過晚。

②【曾注】《九邊志》：龍沙，焉耆龜兹地。《班超傳》：咫尺龍沙。【補注】龍砂，即白龍堆。《後漢書·班超傳贊》李賢注"龍沙"云："白龍堆沙漠也。"在今新疆天山南路，簡稱龍堆。

③ 見《題韋籌博士草堂》注③"狎群鷗"注。

④ 己，原作"巳"，誤，據述鈔、《全詩》、顧本改。【咸注】《漢·元帝紀》：發戊己校尉屯田吏士攻郅支單于。師古曰：戊己校尉者，鎮安西域，無常治處，亦猶甲乙等各有其方位，而戊與己四季寄王，故以名官也。【補注】此句寫邊防警急，當風卷蓬根之時，將領駐屯邊地。

⑤【曾注】《玉函祕典》：上尸彭琚，小名阿呵；中尸彭瓆，小名作子；下尸彭璠，小名季細。每庚申夜，伺人昏睡，陳其過惡於上帝，减人禄命，故道家遇是夕輒不睡，卧時左手撫心，呼三尸名，令不敢爲害。【補注】月移松影，示夜間時間流逝。此句寫"山中與諸道友夜坐"，謂習道守庚申夜，避三尸爲害。

⑥【咸注】劉向《列仙傳》：吕尚釣於磻溪，三年不得魚，已而獲大鯉，得兵鈐於

魚腹中。杜甫詩:韜鈐延子荆。【補注】韜鈐,古兵書《六韜》與《玉鈐篇》之合稱。此泛指軍事韜略。《六韜》,舊題周吕望撰,分文、武、龍、虎、豹、犬六韜。《玉鈐》,傳亦爲吕望所遺兵書。經濟,經世濟民之方略。

⑦【補注】巖壑,山巒谿谷。常指隱者所居。此言居於山間者何嘗真是隱淪避世之士。蓋言己雖習道山中,實有用世抱負。

⑧ 誰,《全詩》、顧本校:一作"何"。【曾注】《吴世家》:季札解其寶劍,繫徐君冢樹而去,曰:"始吾心已許之,豈以死倍吾心哉!"【補注】心許,心中贊許。此意,指五六一聯所表達之經世濟民抱負。

【箋評】

【葉夢得曰】詩之用事,不可牽強,必至於不得不用而後用之,則事詞爲一,莫見其安排鬥凑之迹。蘇子瞻嘗爲人作挽詩云:"豈意日斜庚子後,忽驚歲在己辰年。"此乃天生作對,不假人力。温庭筠詩亦有用甲子相對者,云:"風捲蓬根屯戊己,月移松影守庚申。"兩語本不相類。其題云:"與道士守庚申,時聞西方有警事。"邂逅適然,固不可知。然以其用意附會觀之,疑若得此對而就爲之題者,此蔽於用事之弊也。(《石林詩話》卷上)

【金聖嘆曰】(前解)一寫世上有一等人,有一等事。二寫世上另有一等人,另有一等事。三寫世上一等人,一等事,如此其急。四寫世上另一等人,另一等事,如此其閒。真是其人各不相聞,其事又各不相礙;其人本各不相屬,其事又各不相通。誠以上界天眼視之,直可付之雪淡一笑者也。又:(後解)上解分畫兩人已盡,此解出手判斷之也。言"屯戊己"人,自云第一經濟;"守庚申"人,又自云第一隱淪。殊不知轟天轟地事業,必須從"月移松影"處守出;分陰分陽道理,必須從"龍砂鐵馬"時煅成也。(《貫華堂選批唐才子詩》卷六)

【朱三錫曰】前四句分寫兩種人,後四句合寫兩種人,"示同志"意在内。(《東巖草堂評訂唐詩鼓吹》卷七)

【薛雪曰】邊上正屯戊己,山中坐守庚申,此時豈吾輩忘籌國、希長生之時哉!身閑如雲,心熱如火,舉世滔滔,誰其知我,豈不可嘆!(《一瓢詩話》)

【按】首聯謂值此邊防不寧之際,己與道友方跡近群鷗,忘機山中。頷聯分承一二,謂邊將屯兵禦寇,己與道友夜守庚申,静待月移松影。腹聯分承三四,謂單憑軍事韜略豈足以經世濟民,居於巖谷如己者又何嘗真是隱淪避世之人,蓋謂己雖居巖谷而實有經世之抱負與才能。二句一篇主意。尾聯"故人"即題内"同志","此意"承五六,謂知我之經世之志者唯有故人,古往今來,真知己者又有誰人?蓋慨知音之稀也。薛雪以"身閑如雲,心熱如火"概庭筠之心志,亦可謂異代知己。頷聯以戊己、庚申爲對,似巧而實拙,似工而實呆,庭筠高處不在此。

秘書省有賀監知章草題詩筆力遒健風尚高遠拂塵尋玩因有此作①

越溪漁客賀知章②,任達憐才愛酒狂③。鸂鶒葦花隨釣艇,蛤蜊菰菜夢橫塘④。幾年涼月拘華省⑤,一宿秋風憶故鄉⑥。榮路脱身終自得⑦,福庭迴首莫相忘⑧。出籠鸞鶴歸遼海⑨,落筆龍蛇滿壞牆⑩。李白死來無醉客⑪,可憐神彩弔殘陽⑫。

【校注】

①《英華》卷三〇七悲悼七第宅載此首,題作"過賀監舊宅"。校:集作"秘書省賀監知章草題詩筆力遒健風尚高遠拂塵尋玩因有此作"。題内"草"字,李本、十卷本、姜本、毛本無。【按】據"落筆龍蛇"句,當有"草"字。"有此",原作"此有",據《英華》校語、述鈔、《全詩》乙。又,十卷本、姜本此首入"七言排律"。【咸注】《舊唐書》:賀知章,會稽永興人。舉進士,累遷太子賓客、銀青光禄大夫,兼正授秘書監。知章晚年尤加縱誕,無復規檢,自號四明狂客,又稱秘書外監。遨遊里巷,醉後屬詞,動成卷軸,文不加點,咸有可觀。又善草隸書,好事者供其牋翰,每紙不過數十字,共傳寶之。【補注】風尚,風格。

②【曾注】《越志》:若邪溪與鑑湖相通。【補注】越溪,即若耶(邪)溪,傳爲西施浣紗之處。

③【咸注】《賀知章傳》:吴郡張旭與知章相善,旭善草書,而好酒,每醉後號呼狂走,索筆揮灑,變化無窮,若有神助,時人號爲張顛。【補注】任達,放任曠達。《舊唐書・賀知章傳》謂其"性放曠,善談笑"。參注①所引本傳。憐才,愛才。孟棨《本事詩・高逸》:"李太白初自蜀至京師,舍於逆旅。賀監知章聞其名,首訪之。既奇其姿,復請所爲文。出《蜀道難》以示之,讀未竟,稱嘆者數四,號爲謫仙,解金龜换酒……賀又見其《烏棲曲》,嘆賞苦吟曰:'此詩可以泣鬼神矣!'"愛酒狂,則杜甫《飲中八仙歌》所謂"知章騎馬似乘船,眼花落井水底眠"之類是也。

④ 菜,《英華》、顧本作"葉"。【曾注】《説文》:菰,一名蔣,秋實曰菰米。【補注】蛤蜊,生活在淺海泥沙中之軟體動物,味美。會稽近海,故有此物。菰菜,俗稱茭白。橫塘,此借指故鄉之池塘。温詩喜用"橫塘"字,大都爲泛稱,與金陵之橫塘無關。

⑤【咸注】《舊唐書》:開元十年,兵部尚書张説爲麗正殿修書使,奏請知章入書院,同撰《六典》及《文纂》等,累年,書竟不就。潘岳賦:獨展轉於華省。【補注】華

省，清貴者之省署。據本傳，知章曾任禮部侍郎，兼集賢院學士，宰相源乾曜語（張）説曰："賀公兩命之榮，足爲光寵。"又曾授祕書監。均爲清貴之職。又唐代稱尚書省爲畫省、粉省、粉署，華省之義，當亦與之相近。賀集中有《奉和御製春臺望》《奉和聖製送張説上集賢學士賜宴賦詩得謨字》《奉和聖製送張説巡邊》等酬應之作，以賀之任達縱逸性格，此類事即"拘華省"之一例。

⑥【咸注】《舊唐書》：天寶三載，知章因病恍惚，乃上疏請度爲道士，求還鄉里，仍舍本鄉宅爲觀。上許之，御製詩以贈行，皇太子以下咸就執别。【補注】《晋書·張翰傳》："翰因見秋風起，乃思吴中菰菜、蓴羹、鱸魚膾，曰：'人生貴得適志，何能羈宦數千里以要名爵乎！'遂命駕而歸。"前有"蛤蜊菰菜夢横塘"，此云"秋風憶故鄉"，正用張翰事。舊失注。知章有《回鄉偶書》二絶，亦見其"思故鄉"之情。

⑦【咸注】唐玄宗《送賀知章歸四明》詩：遺榮期入道，臨老竟抽簪。【補注】榮路，榮顯的仕宦之路。

⑧【咸注】《福地記》：其山東接驪山、太華，西連太白，至於隴山，北去長安城八十里，南入楚塞，連屬東西諸山，周圍數百里，名曰福地。【補注】福庭，幸福之地，常指仙佛所居之處。孫綽《遊天臺山賦》："仍羽人於丹丘，尋不死之福庭。"李華《雲母泉》："訪道出人世，招賢依福庭。"此指賀知章以鄉宅爲道觀修道。

⑨ 籠，《英華》、席本、顧本作"群"。歸，《英華》、席本、顧本作"辭"。【補注】陶潛《搜神後記》卷一："丁令威，本遼東人，學道於靈虚山。後化鶴歸遼，集城門曰：'有鳥有鳥丁令威，去家千年今始歸。城郭如故人民非，何不學仙冢壘壘。'遂高上冲天。"出籠鸞鶴，指賀知章擺脱官場的牢籠，應上"拘華省"，作"出群"者非。歸遼海，喻歸故鄉，作"辭遼海"者亦非。而知章《回鄉偶書》所抒發之人生感慨，如"兒童相見不相識，笑問客從何處來""離别家鄉歲月多，近來人事半銷磨"，又正與丁令威"城郭如故人民非"之感慨相似。

⑩【曾注】李白《草書歌》：時時只見龍蛇走。

⑪【曾注】《舊唐書》：李白字太白，山東人。少有逸才，志氣宏放，飄然有超世之心。賀知章賞之，曰："此天上謫仙人也。"後竟以飲酒過度，醉死於宣城。《本事詩》：白自蜀至京師，舍於逆旅。賀知章聞其名，首訪之，請所爲文，白出《蜀道難》以示之。讀未竟，稱嘆數四，號爲謫仙。解金貂（龜）换酒，與傾盡醉，期不間日。【補注】杜甫《飲中八仙歌》有賀知章、李白。詠知章已見前引，詠白云："李白一斗詩百篇，長安市上酒家眠。天子呼來不上船，自稱臣是酒中仙。"

⑫【補注】神彩，此指賀知章草書題詩之神韻風采。

【箋評】

【按】七言排律，唐代詩人製作甚少。此篇雖僅六韻短製，却頗似一篇賀知章詩傳,不僅由草題詩憶及其人,寫出其“任達憐才愛酒狂”之鮮明個性,且表現出其遺落“榮路”、擺脱“華省”,不慕利禄之品格。詩亦於清新流暢中寓縱逸之氣與遒勁筆力。從中可見其所受於李白詩清新俊逸一面的影響。

題裴晋公林亭①

謝傅林亭暑氣微②,山丘零落閟音徽③。東山終爲蒼生起④,南浦虚言白首歸⑤。池鳳已傳春水浴⑥,渚禽猶帶夕陽飛。悠然到此忘情處,一日何妨有萬幾⑦?

【校注】

①【立注】裴度本傳:中官用事,衣冠道喪,度以年及懸輿,不復以出處爲意。東都立第於集賢里,築山穿池,竹木叢翠,有風亭水榭,梯橋架閣,島嶼回環,極都城之勝。又於午橋創别墅,花木萬株,中起凉臺暑館,名曰緑野堂。引甘水貫其中,釃引脈分,映帶左右。度視事之隙,與詩人白居易、劉禹錫酣宴終日,高歌放言,以詩酒琴書自樂。當時名士,皆從之遊。【補注】《新唐書·裴度傳》載,淮西吴元濟平,“策勳進金紫光禄大夫、弘文館大學士、上柱國、晋國公”。林亭,似指午橋别墅。據此詩次句,作詩時度已卒。當係開成四年三月度卒後之某年夏作。

② 傅,李本、十卷本、姜本、毛本作“得”,誤。【曾注】陶潛詩:暑氣爲之無。【補注】《晋書·謝安傳》:“贈太傅,謚曰文靖。”故稱“謝傅”。此以謝安借指裴度。謝安命謝玄爲前鋒都督,授以方略,取得淝水之戰的勝利,與裴度親往前綫督師,取得淮西之捷,功業相似。晚年安因“會稽王道子專權,而奸諂頗相扇構,安出鎮廣陵之步丘,築壘新城以避之”,與裴度晚年因宦官專權,不復以出處爲念之情况亦復相似。而度薨,亦“册贈太傅,謚文忠”。用事可謂雅切。

③【曾注】《晋書》:羊曇經西州門,以馬策扣扉,誦曹子建詩曰:“生存華屋處,零落歸山丘。”詳卷五《經故翰林袁學士居》“西州”二句注。古詩:蒼蒼匿音徽。【補注】曹植《箜篌引》:“盛時不可再,百年忽我遒。生存華屋處,零落歸山丘。先民誰不死,知命復何憂。”山丘零落,暗寓裴度已經去世,並寫眼前林亭衰敗荒凉景象。閟,閉、埋藏。音徽,音容。劉禹錫《彭陽唱和集引》:“相去迥遠,而音徽如近。”

④【曾注】《謝安傳》:安年已四十餘,桓温請爲司馬,將發新亭,朝士咸送,中丞高崧戲之曰:“卿累違朝旨,高卧東山,諸人每言:安石不肯出,將如蒼生何! 蒼生今亦將如卿何!”【補注】據《新唐書·裴度傳》,度於甘露事變後,不復以出處爲念,“開成二年,復以本官節度河東。度牢辭老疾,帝命吏部郎中盧弘宣諭意曰:‘爲朕卧護北門可也。’趣上道,度乃之鎮。易定節度使張璠卒,軍中將立其子元益,度乃遣使曉

譬禍福，元益懼，束身歸朝”。此其晚年“東山終爲蒼生起”之事例。句意則兼包其平生功業。

⑤【咸注】江淹賦：送君南浦，傷如之何！潘岳《金谷集作》詩：“投分寄石友，白首同所歸。”【補注】南浦，本指送别之地。此指其林亭水邊風景佳勝之地。據《新唐書·裴度傳》：度“（開成）三年以病丐還東都，真拜中書令，卧家未克謝，有詔先給俸料。上巳宴群臣曲江，度不赴。帝賜詩曰：‘注想待元老，識君恨不早。我家柱石衰，憂來學丘禱。’别詔曰：‘方春慎疾爲難，勉醫藥自持。朕集中欲見公詩，故示此。異日可進。’使者及門而薨。”是度終於京邸，未歸東都也。《通鑑·開成四年》：“春，閏正月，己亥，裴度至京師，以疾歸第（胡注：此長安平樂里第也。）不能入見……三月，丙戌，薨。”故言“南浦虚言白首歸”，謂其未遂晚年歸東都午橋别墅以頤養天年之願也。

⑥【曾注】《晋書》：荀勖自中書監爲尚書令，或有賀之者，曰：“奪我鳳凰池，諸君賀我耶！”【補注】鳳池，指中書省。池鳳已傳春水浴，即指注③引《新唐書》本傳“真拜中書令”之事。

⑦ 幾，述鈔、顧本作“機”，通。【曾注】《尚書》：一日二日萬幾。《漢書》：丞相掌丞，助天子理萬機。【補注】尾聯謂悠然到此風景佳勝，令人忘情之地，雖日理萬機亦自無妨也。此贊林亭之美，參注①引度傳，謂其“視事之隙，與詩人白居易、劉禹錫酣宴終日”。

【箋評】

【按】此遊裴度晚年經營之午橋别墅有感而題。首聯謂其林亭佳勝，而斯人已逝。頷聯贊其深繫蒼生之望爲國建不世之功業，而慨其未遂歸老於風景佳勝之地的願望。五句謂其晚年猶拜中書令，承第三句；六句收歸林亭現境，謂洲渚中之禽鳥猶帶夕陽而飛翔，承第四句。七八承六，謂如此佳勝之林亭，雖日理萬機亦自無妨，雖以“林亭”起結，而通首不離“東山終爲蒼生起”之主意。此亦庭筠在詩中經常抒發之人生宗旨。

温庭筠全集校注卷五

詩

車駕西遊因而有作①

宣曲長楊瑞氣凝②,上林狐兔待秋鷹③。誰將詞賦陪雕輦④,寂寞相如卧茂陵⑤。

【校注】

①《絶句》卷四十四載此首。【補注】車駕西遊,此指皇帝赴京西校獵,據次句"上林狐兔待秋鷹"可知。庭筠所歷諸帝中,惟武宗喜畋獵。據《通鑑》載,武宗即位之年(開成五年)十一月,幸雲陽校獵;會昌元年十月,校獵咸陽;二年十一月,幸涇陽校獵;四年十月,幸鄠校獵;十二月,幸雲陽校獵。雲陽、涇陽在長安北;鄠縣在長安西南;咸陽在長安西偏北。會昌元年,庭筠春赴吴中舊鄉,十月尚在江南,可以排除。其餘各次時令(秋)、地理較合者,當屬會昌四年十月校獵於鄠之役,因詩之首句"宣曲""長楊",其地均在長安之西南。鄠縣在盩厔(今周至縣)之東,離長楊宫舊址很近,又爲庭筠居住之地。故此詩可大致肯定爲會昌四年秋所作。時校獵尚未舉行,故曰"待""誰將"。

② 楊,原作"陽",誤。據《絶句》、述鈔、《全詩》、顧本改。【曾注】《漢書》注:宣曲宫在昆明池西。長楊宫在盩厔。【補注】宣曲,西漢離宫,初建年代不詳,漢武帝時已有,位於上林苑昆明池西,約在今長安縣斗門鎮一帶。長楊,秦漢離宫。初建於秦昭王時,因宫中有垂楊數畝,故名。故址位於今周至縣城東三十里之終南鎮竹園頭村。長楊宫爲漢代皇帝游獵之所,揚雄有《長楊賦》,諷諫成帝游獵。

③【補注】上林,漢武帝建元三年在秦舊宫苑基礎上擴建,方三百四十里。苑中分三十六小區,共有宫觀七十餘座。苑中豢養衆多珍禽異獸,供天子貴臣觀賞射獵。《漢舊儀》:"(上林)苑中養百獸,天子遇秋冬射獵苑中,取禽無數。"

④ 陪,毛本作“倍”,誤。【補注】司馬相如有《上林賦》,揚雄有《長楊賦》《羽獵賦》,内容均與天子校獵有關。雕輦,皇帝的乘輿。雕飾華麗,故云。

⑤【曾注】《漢書》:司馬相如病免,家居茂陵。【補注】《史記·司馬相如列傳》:“相如口吃而善著書,常有消渴疾……稱病閑居,不慕官爵。常從上至長楊獵。是時天子方好自擊熊彘,馳逐野獸,相如上疏諫之。”

【箋評】

【唐汝詢曰】帝將臨幸,故瑞氣凝於離宫,狐兔待鷹,將校獵也。校獵不可以不爲賦,然相如方卧茂陵,誰陪雕輦乎? 蓋嘆朝廷之失己也。(《唐詩解》卷三十)又《删補唐詩選脈箋釋會通評林·晚七絶上》引唐汝詢曰:第三句見無有賦校獵者,末句嘆不得從遊。又曰:飛卿值唐末造,安得望此等盛事?

【按】庭筠此詩,雖借漢喻唐,以相如自況,然非謂欲諷諫天子遊獵,而係借相如卧病茂陵,嘆己不得陪奉天子雕輦,撰著辭賦,紀校獵之盛事也。己空有相如之才,而賦閑家居之慨亦寓焉。從中可見爲天子之詞臣,乃庭筠之希望。當居鄠郊時作。李商隱會昌五年病居洛陽時有《寄令狐郎中》,亦以“茂陵秋雨病相如”自況,然義山此詩“一唱三嘆,格韻俱高”(紀昀評語),遠勝温氏此作。

傷温德彝①

昔年戎虜犯榆關②,一敗龍城匹馬還③。侯印不聞封李廣④,他人丘壟似天山⑤。

【校注】

①《英華》卷三〇四悲悼四、《絶句》卷四十四載此首,《英華》題内“彝”作“彜”,十卷本、姜本、席本亦作“彜”。《英華》卷三〇〇軍旅二邊將此首重出,題作“傷邊將”。【咸注】《舊唐書》:興元軍亂,殺節度使李絳。文宗授節度使温造手詔四通,神策行營將董重質、河中都將温德彝、郃陽都將劉士和等,咸令禀造之命。【按】事在唐文宗大和四年,見《舊唐書·温造傳》。《通鑑·大和四年》二、三月亦載此事,未載河中都將温德彝,而有興元都將衛志忠。温德彝開成四年曾任天德軍使,見《通鑑》。

②【補注】榆關,即今之山海關,詳卷一《塞寒行》“晚出榆關逐征北”句注。

③ 敗,《英華》卷三〇四作“破”,校:集作“敗”。卷三〇〇作“敗”。【曾注】《漢書》注:應劭曰:匈奴單于祭天,大會諸國,名其處爲龍城。【補注】《漢書·匈奴傳

上》："歲正月，諸長小會單于庭，祠。五月，大會龍城，祭其先、天地、鬼神。"句意謂戎虜敗走龍城，惟餘單騎生還。然王昌齡《出塞》有"但使龍城飛將在，不教胡馬度陰山"之句，"龍城"或指李廣任右北平太守之盧龍城，此詩第三句又云"侯印不聞封李廣"，則此句意當爲戎虜從（盧）龍城敗走，僅餘匹馬生還。參下句注。

④【曾注】《李廣傳》：廣與望氣王朔語曰："諸部校尉已下，以軍功取侯者數十人，廣終無尺寸功以得封邑，豈吾相不當侯耶？"【補注】《史記·李將軍列傳》："于是天子乃召拜廣爲右北平太守……廣居右北平，匈奴聞之，號曰'漢之飛將軍'，避之，數歲不敢入右北平。""初，廣之從弟蔡與廣俱事孝文帝。景帝時蔡積功勞至二千石。孝武帝時，至代相……蔡爲人在下中，名聲出廣下甚遠，然廣不得爵邑，官不過卿，而蔡爲列侯，位至三公。諸廣之軍吏及士卒或取封侯。"此以李廣比温德彝。

⑤ 他，《英華》卷三〇四、席本、顧本作"别"。《英華》校：集作"他"。《英華》卷三〇〇亦作"别"。【咸注】《漢書》：霍去病薨，發屬國玄甲，軍陳自長安至茂陵，爲冢象祁連山。師古曰：祁連山，即天山也。【補注】丘壟，墳墓。《禮記·月令》"塋丘壟之大小高卑厚薄之度"，孫希旦集解："墓城曰塋，其封土而高者曰丘隴。"按：霍去病與其舅父衛青多次出擊匈奴，屢建奇功，死後陪葬茂陵。墓冢高十五點五米，封土形似祁連山。冢巔堆放巨石。

【箋評】

【按】詩傷温德彝於戎虜犯邊關時建立大功，然未得封侯，而他人則不但榮顯於生前，且光耀於死後，爲其深致不平。題雖明標"傷温德彝"，詩則全用漢代史事，借古慨今之又一格。據《通鑑》卷二四六，開成五年"十月丙辰，天德軍使温德彝奏回鶻潰兵侵逼西城（西受降城），亘六十里不見其後。邊人以回鶻猥至，恐懼不安，詔振武節度使劉沔屯雲迦關以備之"。詹安泰謂此詩當作於會昌三年之後，詳見其《讀夏承燾先生的温飛卿繫年》（收入其《宋詞散論》一書，文長不録），可從。

贈少年[①]

江海相逢客恨多，秋風葉下洞庭波[②]。酒酣夜别淮陰市[③]，月照高樓一曲歌。

【校注】

①《絶句》卷四十四載此首。

②【曾注】屈原辭：洞庭波兮木葉下。謝莊《月賦》：洞庭始波，木葉微脱。【補

注】《楚辭·九歌·湘夫人》:“嫋嫋兮秋風,洞庭波兮木葉下。”

③【曾注】《韓信傳》:淮陰少年侮信,信便出胯下,一市皆笑。【補注】《史記·淮陰侯列傳》:“淮陰侯韓信者,淮陰人也。始爲布衣時,貧無行,不得推擇爲吏,又不能治生商賈,常從人寄食飲,人多厭之者……淮陰屠中少年有侮信者,曰:“若雖長大,好帶刀劍,中情怯耳。”衆辱之,曰:“信能死,刺我;不能死,出我袴下。”於是信孰視之,俯出袴下,蒲伏,一市人皆笑信,以爲怯。”《史記·刺客列傳》:“荆軻既至燕,愛燕之狗屠及善擊筑者高漸離。荆軻嗜酒,日與狗屠及高漸離飲于燕市,酒酣以往,高漸離擊筑,荆軻和而歌於市中,相樂也,已而相泣,旁若無人者。”三四句“酒酣”“一曲歌”化用荆軻飲於燕市事。

【箋評】

【敖英曰】少年豪俠之氣可掬。(《唐詩絶句類選》)

【徐增曰】第一句是不遇。第二句是時晚。第三句是不屑,淮陰市乃韓信受辱處。第四句便行。總寫其俠氣。高手。(《而庵説唐詩》)

【王堯衢曰】少年眼空一切,俠氣如雲,故將所恨一概捐却。當此月照高樓之際,浩歌一曲,以自抒其洒落胸襟而已。(《古唐詩合解》)

【王文濡曰】江海相逢,都在客中,况已是洞庭秋晚,豈能少却愁恨乎!然淮陰市上,曾有少年崛起,當此酒酣夜别,一曲高歌,豪氣凌雲,百無留戀,是真英雄本色也。贈此以爲少年勉。(《唐詩評注讀本》卷四)

【按】題曰“贈少年”,詩云“酒酣夜别淮陰市”,則詩乃少年游俠間傾心相贈之詞。詩之佳處,在氣氛之渲染,景物之烘托。起二句以“秋風葉下洞庭波”之濶遠中帶有蕭瑟意味之境界襯起江海漂泊之“客恨”。三四句則以月照高樓,浩歌一曲烘托酒酣之際的壯别,從而將“客恨”消解於壯别之豪氣之中。然如聯係詩中用典及詩人遭遇深入體味,則又頗有可發掘之意藴。第三句用“淮陰市”,確係暗用韓信少年時受辱事,蓋以其少年未遇時境况暗寓己之困頓處境。《玉泉子》載庭筠少年時在淮南事云:“客游江淮間,揚子留後姚勖厚遺之。庭筠少年,其所得錢帛多爲狹邪所费。勖大怒,笞而逐之。”《桐薪》亦云:“温岐少曾於江淮爲親表檟楚。”《北夢瑣言》卷四亦載其事。與韓信少時淮陰市上受辱有相似處。而“酒酣”二句,又暗用荆軻、高漸離燕市悲歌事(見注②),然則俠少之“客恨”中含有困辱之境遇,其壯别高歌中亦含憤激不平也。此當是庭筠少壯時之作。顧肇倉《温飛卿傳論》引《通鑑》卷二四六,開成四年五月,以鹽鐵推官檢校禮部員外郎姚勖檢校禮部郎中,定庭筠游江淮在大和末,其時庭筠已三十五歲(依陳尚君説),似稍遲。然以姚勖之歷官考之,其游江淮亦只能定於此時。

夏中病痁作[1]

山鬼揚威正氣愁[2]，便辭珍簟襲狐裘[3]。西窗一夕悲人事，團扇無情不待秋[4]。

【校注】

① 《絶句》卷四十四載此首。中，《全詩》、顧本校：一作"日"。【曾注】《甲乙經》：痁，瘧疾也。《左傳》：齊侯疥，遂痁。【補注】《左傳·昭公二十年》杜預注："痁，瘧疾。"孔穎達疏引《説文》："痁，有熱瘧。"按：此首其他各本均在《贈鄭徵君》後，惟底本與述鈔在《贈少年》後，《贈鄭徵君》前，現仍依底本及述鈔之次序。

② 【咸注】《後漢·禮儀志》注：顓頊氏有三子，生而亡去，爲疫鬼，一居江水爲瘧鬼。【補注】干寶《搜神記》卷十六："昔顓頊氏有三子，死而爲疫鬼：一居江水，爲瘧鬼；一居若水，爲魍魎鬼；一居人宫室，善驚人小兒，爲小鬼。"李商隱《異俗二首》之一："鬼瘧朝朝避，春寒夜夜添。"此言"山鬼"，當即指瘧鬼。今方言中猶有稱半日瘧爲半日鬼者。

③ 珍，原作"枕"，據述鈔、《全詩》、顧本、《絶句》改。【曾注】《子夜夏歌》：珍簟鏤玉牀。《詩》：狐裘蒙茸。【補注】珍簟，精美的竹席。瘧疾發作時，發高燒，全身寒戰，故雖夏日而撤除竹席，披上狐皮袍。

④ 團，李本、十卷本、姜本、毛本作"圓"。【曾注】用班婕妤詩，詳卷一《嘲春風》"争奈白團扇"二句注。【補注】謂因高燒寒戰，故不待秋天到來，團扇便被無情地拋棄不用。

【箋評】

【按】病瘧即興之作，緊扣"夏中病痁"着筆。三四略帶諧趣。

贈鄭徵君家匡山首春與丞相贊皇公遊止[1]

一抛蘭棹逐燕鴻[2]，曾向江湖識謝公[3]。每到朱門還悵望[4]，故山多在畫屏中[5]。

【校注】

① 《英華》卷二三〇隱逸一徵君、《絶句》卷四十四載此首，題均作"贈鄭徵君"。

《英華》校：集作“題鄭徵君家匡山首春與丞相贊皇公遊”。贈，《全詩》校：一作“題”。止，原脱，據十卷本、姜本、毛本、席本、《全詩》、顧本補。【曾注】《廬山記》：匡俗出於周威王時，生而神異，隱淪潛景，廬於此山，故山取號焉。《李德裕傳》：德裕字文饒，趙州人，以本官平章事進封贊皇伯，食邑七百户。【補注】《舊唐書·文宗紀》：大和七年二月“丙戌，詔以銀青光禄大夫、守兵部尚書、上柱國、贊皇縣開國伯、食邑七百户李德裕以本官同中書門下平章事”。大和八年六月“甲午，以銀青光禄大夫、守中書侍郎平章事李德裕檢校兵部尚書、同平章事、興元尹、充山南西道節度使”。十一月，復出爲浙西觀察使。此詩題稱“丞相贊皇公”，當是德裕大和七年至八年任宰相期間所作；題又曰“首春”，則可定爲大和八年正月作。遊止，遊息。題内“家匡山”以下十三字，均爲對“鄭徵君”有關情況之説明。

② 燕，《全詩》、顧本校：一作“征”。【補注】蘭櫂，猶蘭舟。逐燕鴻，追隨北方之鴻雁。句意謂由南方到北方。

③【曾注】李白詩：寂寞謝公宅。士贇曰：謝公宅在城東青山。【補注】謝公，當指謝靈運。靈運喜遊山玩水，故曰“曾向江湖識謝公”。李白《夢游天姥吟留别》：“謝公宿處今尚在，渌水蕩漾清猿啼。”謝公亦可指謝安，但“曾向江湖識謝公”只可指安隱居會稽東山之時。以謝安爲喻，詩中只能借指李德裕，而德裕生平無隱遁之跡。故此“謝公”當指謝靈運，借指“家匡山”之鄭徵君。徵君，見卷四《經李徵君故居》注①。

④【曾注】《世説》：竺法深在梁簡文帝座，劉尹曰：“道人何以遊朱門？”

⑤【補注】故山，此指鄭徵君之家山匡山（廬山）。

【箋評】

【按】一二句謂己從南方水鄉來到北方，曾在江湖隱逸之地結識鄭某。三四句謂我如今每到丞相府邸之外常常悵望鄭之身影，嘆息風景優美的廬山只能在朱門顯貴的畫屏中見到了。言外似對鄭之遊止朱門有所慨。

題友人居[①]

盡日松堂看畫圖，綺疏岑寂似清都[②]。若教煙水無鷗鳥，張翰何由到五湖[③]？

【校注】

①《絶句》卷四十四載此首。

②岑寂,《全詩》、顧本校:一作"寂寞"。【咸注】孫綽《天臺賦》:曒日炯晃於綺疏。《列子》:清都紫微,鈞天廣樂,帝之所居。【補注】松堂,松林間房舍。鄭谷《喜秀上人相訪》:"他日松堂宿,論詩更入微。"畫圖,指坐松堂看窗外如畫之景色。綺疏,指雕刻成空心花紋之窗户。《後漢書·梁冀傳》:"窗牖皆有綺疎青瑣,圖以雲氣仙靈。"李賢注:"綺疏謂鏤爲綺文。"清都,神話傳説中天帝居住之宫闕。《楚辭·遠遊》:"集重陽入帝宫兮,造旬始而觀清都。"次句意謂綺窗户牖之間,清寂如同天上仙都宫闕。

③【咸注】《史記索隱》:五湖者,郭璞《江賦》云:具區、洮滆、彭蠡、青草、洞庭。又云:太湖周五百里,故曰五湖也。張勃《吴録》:五湖者,太湖之别名也。【補注】鷗鳥,用《列子·黄帝》狎鷗事,見卷三《和沈參軍招友生觀芙蓉池》"獨與鷗鳥知"注。張翰,用晋張翰見秋風起思吴中菰菜、蓴羹、鱸魚膾棄官歸江東事,見《晋書》本傳,詳卷四《祕書省有賀監知章草題詩》"一宿秋風憶故鄉"句注。五湖,指太湖。

【箋評】

【按】味三四句,似友人所居窗外可見湖光煙水,群鷗飛翔,故云,此即首句所謂"畫圖"也。蓋言友人所居,直似張翰之歸五湖也。

題李相公勑賜錦屏風①

豐沛曾爲社稷臣②,賜書名畫墨猶新③。幾人同保山河誓④,獨自栖栖九陌塵⑤。

【校注】

①《絶句》卷四十四載此首。席本、顧本題内無"錦"字。【咸注】《舊唐書·李德裕傳》:宣宗即位,罷相,出爲東都留守。大中元年,再貶潮州司馬。明年,又貶潮州司户。又貶崖州司户。至三年十二月,卒。【夏承燾曰】《南部新書》戊:"李太尉以大中二年正月三日貶潮州司馬,當年十月十六日再貶崖州司馬。"《通鑑》及《舊書·傳》貶潮州在去年十二月。詩集五《題李相公勑賜屏風》云(略),指德裕遠貶,當此時作。(《唐宋詞人年譜·温飛卿繫年》,係大中二年)【按】李德裕大中二年九月再貶爲崖州司户參軍。《李德裕崖州司户制》末注大中二年九月可證(制文見《唐大詔令集》卷五十八)。夏承燾係此詩於德裕遠貶時,視詩中未及其身死事,可從。勑,指皇帝詔命。宋吴坰《五總志》:"當時帝王命令,尚未稱勑。至唐顯慶中,始云不經鳳閣鸞臺,不得稱勑。勑之名始定於此。"錦屏風,錦繡的屏風。此錦屏當是前

朝皇帝武宗所賜。

②【曾注】《漢書》:高祖起豐、沛,衆立爲沛公。蕭、曹等爲收沛子弟,得三千人。【補注】社稷臣,定天下、安社稷的重臣,關係社稷安危存亡的重臣。《史記·袁盎晁錯列傳》:"絳侯所謂功臣,非社稷臣。社稷臣主在與在,主亡與亡。"《新唐書·李德裕傳》:"常以經綸天下自爲,武宗知而能任之,言從計行,是時王室幾中興。"句意謂李德裕如同漢高祖起於豐沛時之開國重臣蕭何,堪稱關係國家安危之"社稷臣"。

③【曾注】《漢書》:班彪幼與從兄嗣共游學,家有賜書。【補注】賜書名畫,指武宗在賜給李德裕的錦繡屏風上題寫畫名及御名。賜書,賜寫御號;名畫,題寫畫名。

④【曾注】《漢書》:封爵之誓曰:使長河如帶,泰山如礪。【補注】《史記·高祖功臣侯者年表》:"封爵之誓曰:'使黄河如帶,泰山若厲,國以永寧,爰及苗裔。'"裴駰集解引漢應劭曰:"封爵之誓,國家欲使功臣傳祚無窮。帶,衣帶也;厲,砥石也。河當何時如衣帶,山當何時如厲石。言若帶厲,國乃絶耳。"句意謂古往今來能有幾人保有功臣傳祚無窮、與國共存的山河之誓呢?

⑤ 猶,述鈔、席本、顧本、《絶句》作"獨"。【按】作"獨",意謂詩人獨自忙碌於京城的道路上,與上文意不甚連貫。作"猶",則泛指至今猶忙碌於九陌紅塵中的干禄者,有唤醒與感慨之意味,且與上句構成轉折,語意連貫。以作"猶"義勝。栖栖,忙碌不安貌。九陌,京城的大道。

【箋評】

【按】此詩對唐宣宗"務反會昌之政"(《通鑑》卷二四八宣宗大中元年),遠貶會昌朝擊回鶻、平澤潞,使唐室幾致中興之名相李德裕顯表不滿。而就勑賜屏風一事抒發感慨,以"賜書名畫墨猶新"與不旋踵山河之誓不保作鮮明對照,便小中見大,不落單純議論。末句似對"猶自栖栖九陌塵"者作唤醒語,實對統治者刻薄寡恩、貶逐功臣頗寓憤慨。《李德裕崖州司户制》云:"(李德裕)恣横而持國政,專權生事,妬賢害忠,動多詭異之謀,潛懷僭越之志……擢爾之髮,數罪無窮。"其罪名幾於十惡不赦。而庭筠此詩却稱其爲"社稷臣",與貶制正相反對,可見其正義感與詩膽。

蔡中郎墳①

古墳零落野花春,聞説中郎有後身②。今日愛才非昔日,莫抛心力作詞人③。

【校注】

①《絶句》卷四十四載此首,題末脱"墳"字。【曾注】范曄《後漢書》:蔡邕字伯

喈，陳留人。仕至左中郎將。王允收付廷尉，死獄中。《吴地志》：墳在毘陵尚宜鄉互村。【補注】蔡邕拜左中郎將，在漢獻帝初平元年（190），其卒在初平三年。按：毘陵，今江蘇常州市。據《後漢書·蔡邕傳》，邕曾"亡命江海，遠跡吴、會"，其墓在毘陵或因此而附會。

②【咸注】商（殷）芸小説：張衡死日，蔡邕母始懷孕，二人才貌甚相類，人云邕是張衡後身。【補注】《文心雕龍·才略》："張衡通贍，蔡邕精雅，文史彬彬，隔世相望。"以蔡邕與張衡並稱，且言其"隔世相望"，此類論述殆即蔡爲張之後身之傳説所本。此句則謂，聽説如今蔡中郎又有後身。按：蔡邕有後身，載籍未見，殆詩人之推想或姑妄言之。從語氣口吻看，當爲不確定的泛指。而詩人意中，則隱然以蔡邕後身自許，觀末句自知。

③ 莫，《絶句》作"枉"。【補注】《後漢書·蔡邕傳》："少博學，師事太傅胡廣，好辭章、數術、天文，妙操音律……建寧三年，辟司徒橋玄府，玄甚敬待之……召拜郎中，校書東觀……熹平四年……奏求正定六經文字，靈帝許之。邕乃自書册於碑，使工鐫刻，立於太學門外。"後爲宦官中傷，下獄，與家屬髡鉗徙朔方，居五原。邕在東觀時，嘗與盧植、韓説撰《後漢紀》未成，在五原奏其《十意》（即十志），"（桓）帝嘉其才富，會明年大赦，乃宥邕還本郡"。復爲人所讒，亡命江海，遠跡吴、會。"中平六年，靈帝崩，董卓聞邕名高，辟之，稱疾不就，卓大怒……邕不得已，到，署祭酒，甚見敬重……三日之内，周歷三臺……獻帝遷都長安，封高陽鄉侯……卓重邕才學，厚相遇待……及卓被誅，邕在司徒王允坐，殊不意言之而嘆，有動於色，允……即收付廷尉治罪，邕陳辭謝，乞黥首刖足，繼成漢史，士大夫多矜救之不能得。太尉馬日磾馳往謂允曰：'伯喈曠世逸才，多識漢事，當續成漢史，爲一代大典……'允不從，遂死獄中。"以上記載，既見邕之博學多才，又見其才受到當時皇帝、大臣之重視。詞人，指擅長文辭之人。

【箋評】

【陸次雲曰】借古人發洩，立意遂遠。（《五朝詩善鳴集》）

【劉永濟曰】此感己不爲人知而作。以蔡邕曾識王粲，欲以藏書贈之，傷今日無愛才如蔡者，故有"莫拋心力"之句。（《唐人絶句精華》）

【按】蔡邕之遭際，實爲一身處衰頹末世之才人不能掌握自身命運之悲劇。然自詩人視之，邕猶受到當時上自皇帝，下至大臣及衆多士大夫之嘉許敬重，較之於己，猶爲愈焉。然則"今日"之世，就"愛才"而論，尚不如"昔日"之東漢末世；推而論之，則"今日"之皇帝大臣，甚至不如"昔日"之桓、靈、董卓。憤惋之情，溢於言表。對"今日"之批判，可謂强烈之至。此詩之主旨與《過陳琳墓》一脉相承，而感情强度過之。前詩作於會昌元年自秦赴吴途中。此詩寫景切春令，或三年春在常州作。庭筠此行在南方歷時當經年也。

元處士池上[①]

蓼穗菱叢思蟪蛄[②]，水螢江鳥滿煙蒲[③]。愁紅一片風前落[④]，池上秋波似五湖[⑤]。

【校注】

①《絶句》卷四十四載此首。元處士，疑爲元孚。詳卷四《寄分司元庶子兼呈元處士》注①。

② 菱，述鈔、顧本、《絶句》作“茭”。【曾注】毛氏云：三輔以南爲蜩，楚地謂之蟪蛄。《莊子》：蟪蛄不知春秋。淮南王《招隱士》：蟪蛄鳴兮啾啾。【補注】蓼穗，蓼花的花穗。蟪蛄，蟬的一種。體短，吻長，黄緑色，有黑色條紋，翅有黑斑，雄性腹部有發音器，夏末自早至暮鳴聲不息。《莊子·逍遥遊》：“朝菌不知晦朔，蟪蛄不知春秋，此小年也。”言其生命短促。蓼花吐穗，菱角成叢，均秋天景象，故“思蟪蛄”，興起生命之秋思。

③【補注】煙蒲，煙霧籠罩的一片蒲葦。

④【曾注】李賀詩：愁紅獨自垂。

⑤ 五湖，指太湖，見本卷《題友人居》“張翰何由到五湖”句注。【按】此隱用范蠡歸隱五湖事，見卷四《利州南渡》“誰解”二句注。

【箋評】

【按】詩寫元處士池上秋景，末句寓含隱逸之情趣。詩寫景有“蓼穗”“江鳥”字，頗似江南景象，豈寫元孚宣州居所之池上乎？或爲開成三年後之某年秋作。然庭筠詩文中似無宣州一帶之行蹤，且當存疑。

華陰韋氏林亭[①]

自有林亭不得閑，陌塵宫樹是非間[②]。終南長在茅檐外[③]，別向人間看華山[④]。

【校注】

①《絶句》卷四十四載此首。【曾注】《唐書》：華陰縣屬華州，垂拱二年改爲仙

掌縣，神龍元年復爲華陰。【補注】林亭，猶園林、園亭。

②【立注】吴兆宜云：《荀子》：是是非非之謂知，非是是非之謂愚。【補注】陌塵，京城九陌（大道）上的飛塵。宫樹，宫苑中的樹木。

③ 長，原一作"秪"，姜本、十卷本無。《絶句》作"秪"。【曾注】潘岳《關中記》：終南一名中南，言在天之中，居都之南。《福地記》：終南東接太華，去長安城八十里。【補注】終南，山名，又名中南山、太乙山、南山，係秦嶺山脈西自武功東至藍田一段之總稱。或專指長安城南之南山。此句"終南"指後者。自華陰西望，可見長安南面的南山。

④【曾注】《華山記》：山頂有池，生千葉蓮華，服之羽化，因名。【咸注】《白虎通》：西方太華用事，萬物生華，故曰華山。【補注】别，另。

【箋評】

【按】一二謂韋氏林亭之主人雖有園林亭榭之美却不得清閑享受林泉之樂，常年奔走於九陌紅塵、宫廷苑樹之間，爲人間之是非得失所纏繞。三四即景設喻，謂終南山（隱逸者所居）雖長在茅檐外，抬頭遠望即見，却另向人間看華山，喻其不知享受林泉閑逸高致，却馳逐於京城紛擾之名利場也。

寄裴生乞釣鉤①

一隨菱櫂謁王侯②，深愧移文負釣舟③。今日太湖風色好④，却將詩句乞魚鉤。

【校注】

①《絶句》卷四十四載此首。【補注】卷四有《寄湘陰閻少府乞釣輪子》七律，其中有"篷聲夜滴松江雨"之句，與此詩題既相關，地理亦合，當是先後同時同地之作。詩人舊鄉在吴中松江、太湖一帶。據一二句，此詩當是困居長安多年後回舊鄉期間作，酌編會昌三年春。裴生，名不詳。

②【補注】菱櫂，采菱船，泛指舟船。

③【咸注】孔稚圭《北山移文》：蕙帳空兮夜鶴怨，山人去兮曉猿驚。【補注】《文選·孔稚珪〈北山移文〉》吕向題解："鍾山在都北。其先周彦倫隱於此山，後應詔出爲海鹽縣令。今欲却過此山，孔生乃假山靈之意移之，使不許得至，故云北山移文。"周顒，南朝宋、齊間文人，字彦倫，嘗於鍾山建草堂寺，有歸隱之志，而未能忘情仕宦，故友人孔稚珪作《北山移文》嘲之。移文，類似牒的文體，行於不相統屬之官署間之

公文,或泛指平行文書。

④【曾注】《越絶書》:太湖,周三萬六千頃。《吴録》:西首無錫,東蹈松江,南負烏程,北枕大吴,東南之水都也。【補注】風色,風光、景色。

【箋評】

【按】一二謂己自乘舟北上拜謁王侯,外出求仕以來,深愧朋友移文相責,有負當年釣隱之約。三四謂今日復歸舊鄉,又見太湖景色之美,故作詩向裴乞求漁鉤也。此以詩代柬率筆之作。

長安春晚二首[1]

曲江春半日遲遲[2],正是王孫悵望時[3]。杏花落盡不歸去[4],江上東風吹柳絲。

四方無事太平年,萬象鮮明禁火前[5]。九重細雨惹春色[6],輕染龍池楊柳煙[7]。

【校注】

①《絶句》卷四十四載此二首。李本、毛本題末無"二首"二字,姜本、十卷本、席本"二首"二字作小字置題下側。

②【咸注】司馬相如《哀二世賦》:臨曲江之隑洲。注:曲江,在杜陵西北五里。《寰宇記》:曲江池,漢武帝所造,名爲宜春苑,其水曲折有似廣陵之江,故名之。《兩京新記》(原誤作《西京雜記》):朱雀街東第五街,皇城之東第三街,昇道坊龍華尼寺南,有流水屈曲,謂之曲江。【補注】曲江,又名曲江池。秦稱隑洲,漢稱曲洲,劃爲宜春苑,漢武帝時又加疏鑿,後改稱曲江池。唐玄宗開元時期,大規模擴建營修,爲都人中和、上巳等盛節游覽勝地。康駢《劇談録》卷下:"其南有紫雲樓、芙蓉苑,其西有杏園、慈恩寺。花卉環周,煙水明媚。都人遊玩,盛於中和、上巳之節。綵幄翠幬,匝於堤岸;鮮車健馬,比肩擊轂。入夏則菰蒲蔥翠,柳陰四合,碧波紅蕖,湛然可愛。"《詩・豳風・七月》:"春日遲遲,采蘩祁祁。"日遲遲,陽光温暖,光綫充足貌。

③【補注】淮南小山《招隱士》:"王孫游兮不歸,春草生兮萋萋。"

④【補注】杏園爲唐代新科進士賜宴之處,此言"杏花落盡不歸去",似借寓自己落第後尚滯留京師未歸。

⑤【曾注】《周禮》:司烜氏以木鐸修火禁於國中。【補注】梁宗懍《荆楚歲時記》:"去冬節一百五日,即有疾風甚雨,謂之寒食,禁火三日。"唐時寒食節猶有禁火

之俗。郭鄖《寒食寄李補闕》："萬井閭閻皆禁火，九原松柏自生煙。"

⑥【補注】《淮南子·天文訓》："天有九重。"此處"九重"兼指天與皇宫；"雨"亦雙關皇帝雨露。惹，霑染。

⑦【立注】《長安志》：龍池在南内南薰殿北、躍龍門南，本是平地。垂拱後，因雨水流潦成小池，後又引龍首支渠分溉之，日以滋廣。至神龍、景雲中，彌亘數頃，深至數丈，常有雲氣，或見黄龍出其中，謂之龍池。【補注】舊址在今西安市興慶公園内。

【箋評】

【按】兩首均寫長安晚春景象。第一首"王孫悵望""杏花落盡"，似暗寓己之落第未歸，悵望舊鄉。第二首則贊時世太平，萬象鮮明，並以九重細雨輕染春色柳煙暗寓皇帝恩澤滋潤萬物，透露出對前途的希望。二首風格流麗，輕倩多姿，類似作者《楊柳枝》諸作。似早期在京應試未第之作，其時似尚未居鄠郊。

三月十八日雪中作①

芍藥薔薇語早梅，不知誰是豔陽才②。今朝領得春風意③，不復饒君雪裏開④。

【校注】

①《絶句》卷四十四載此首。

②【咸注】鮑照詩：豔陽桃李節，皎潔不成妍。【補注】豔陽才，此指陽光明媚的春天開的花。

③ 春，述鈔、顧本作"東"。【補注】領，領會。

④【補注】饒，讓。君，指早梅。

【箋評】

【按】時令已至三月中旬，正芍藥、薔薇開花之候。適值此時下雪，早梅枝頭亦綴滿似花之雪，形成早梅與芍藥、薔薇似乎同時在豔陽季候開放，又同時在雪中開花的奇特景象。通篇用芍藥、薔薇寄語早梅的口吻來表現，構思新穎，饒有風趣。

咸陽值雨[①]

咸陽橋上雨如懸[②]，萬點空濛隔釣船[③]。還似洞庭春水色[④]，晚雲將入岳陽天[⑤]。

【校注】

①《絶句》卷四十四載此首。【咸注】《唐書》：京兆府有咸陽縣，武德元年置有便橋。

②【曾注】《一統志》：西渭橋在舊長安西，唐時一名咸陽橋。【補注】咸陽橋，即西渭橋，漢建元三年始建，因與長安城便門相對，亦稱便橋或便門橋，故址在今咸陽市南，唐時稱咸陽橋。送人西行多於此相别。杜甫《兵車行》："牽衣頓足攔道哭，塵埃不見咸陽橋。"雨如懸，形容大雨如懸泉直瀉而下。

③【補注】句意謂大雨密集形成的空濛煙霧隔斷視綫，看不見對岸的釣船。

④ 還，顧本作"絶"。

⑤【曾注】《風土記》：岳陽樓，城西門門樓也。下瞰洞庭，景物寬闊。【補注】將，攜帶。

【箋評】

【宋顧樂曰】景味俱遠。(《唐人萬首絶句選》評)

【按】渭河本不甚寬，因大雨如瀉，一片空濛，遮斷視綫，望中所及，遂覺眼前汪洋浩翰，恍忽中似呈現往日岳陽樓下所見洞庭春水，浩瀾無際，晚雲密佈，攜雨進入岳陽天之情景。後兩句雖係眼前景所觸發之聯想，然基於往日親歷，故寫來仍有實感。庭筠大中元年春曾遊湘中洞庭，此詩或在其後作。

彈箏人[①]

天寶年中事玉皇[②]，曾將新曲教寧王[③]。鈿蟬金雁今零落[④]，一曲伊州淚萬行[⑤]。

【校注】

①《絶句》卷四十四載此首，題作"彈箏人"。《才調》卷二、《英華》卷二一二音樂一載此首，題均作"贈彈箏人"，述鈔同。【補注】箏，撥絃樂器，形似瑟。應劭《風

俗通·聲音·箏》:“箏,謹按《禮·樂記》‘箏,五絃筑身也。’今并、凉二州箏形如瑟,不知誰所改作也。或曰秦蒙恬所造。”《隋書·音樂志下》:“四曰箏,十三絃。”

② 中,《全詩》、顧本校:一作“間”。【曾注】《唐玄宗紀》:開元三十年改元天寶。【補注】玉皇,道教稱天帝爲玉皇大帝,簡稱玉帝、玉皇。此借指皇帝玄宗(玄宗崇道,故稱其爲玉皇。玄宗之前皇帝未見有稱其爲玉皇者)。無本《馬嵬》亦云:“一自玉皇惆悵後,至今來往馬蹄腥。”

③【立注】《宗室世系圖》:睿宗六子,長憲,稱寧王房。憲初立爲皇太子,以楚王有定社稷功,讓位玄宗。薨,追册爲讓皇帝。《諸王傳》:凉州獻新曲,帝御便坐,召諸王觀之。憲曰:“曲雖佳,然宫離而不屬,商亂而暴,君卑逼下,臣僭犯上,臣恐一日有播遷之禍。”帝默然。及安、史亂,世思憲審音云。【補注】《開元天寶遺事》卷上:“天寶初,寧王日侍,好聲樂,風流藴藉,諸王弗如也。”寧王審音事,又見於《開天傳信記》。按:據《新唐書·三宗諸子傳·讓皇帝憲》及《玄宗紀》,李憲卒於開元二十九年十一月辛未,年六十三。

④ 雁今,《英華》、席本、顧本作“鳳皆”。今,《才調》《絶句》、述鈔作“皆”,《全詩》、顧本一作“俱”。【補注】鈿蟬,箏飾,蟬形金花。金雁,對箏柱的美稱。箏柱斜列有如雁行,故云。李商隱《昨日》:“十三絃柱雁行斜。”作“鳳”者非。

⑤【咸注】《唐·地理志》:伊州伊吾郡本西伊州,貞觀六年更名。《樂苑》有《伊州歌》。《伊州》,商調曲,西凉節度蓋嘉運所進也。【補注】《伊州》,商調大曲。《新唐書·禮樂志十二》:“天寶樂曲,皆以邊地名,若《凉州》《伊州》《甘州》之類。”白居易《伊州》:“老去將何散老愁,新教小玉唱伊州。”伊州故城在今新疆哈密市。其地隋末爲西域雜胡所據,貞觀四年歸化。

【箋評】

【顧璘曰】庭筠獨此絶可觀。(《批點唐音》)

【桂天祥曰】時移代换,極悲處正不在彈箏者。(《批點唐詩正聲》)

【邢昉曰】可與中山“何戡”(劉禹錫《與歌者何戡》)比肩。(《唐風定》)

【《夢蕉詩話》卷下】此作感慨凄惋,得詩人之怨也。

【沈德潛曰】與白頭宫女説玄宗(元稹《行宫》)同意。(《重訂唐詩别裁集》卷二十)

【《絶句類選評本》】與劉賓客《贈舊宫人》詩同一感愴。

【俞陛雲曰】唐天寶間,君臣暇逸,歌舞升平,由極盛而逢驟變,由離亂而復收京。殘餘菊部,白頭猶念先皇;老去詞人,青瑣重瞻禁苑。聞歌感舊,屢見於詩歌。如“白盡梨園弟子頭”“舊人唯有米嘉榮”“一曲淋鈴淚萬行”“村笛猶歌阿濫堆”,皆有“重聞天樂不勝情”之感,與玉谿(當爲飛卿)之“金雁”“鈿蟬”齊聲一嘆也。(《詩境淺

説續編》)

【劉永濟曰】彈箏人當係明皇宮妓,詩語係追憶昔時而生感嘆,必彈箏人自述而詩人寫以韻語也。(《唐人絶句精華》)

【按】彈箏人曾在唐王朝極盛時代"侍玉皇""教寧王",所彈之曲《伊州》又使人自然聯想起大唐帝國盛世之遼闊版圖與壯盛聲威。而今,時移世遷,唐王朝已是凋敗衰頽,日薄西山。以一經歷盛衰兩個時代之彈箏人,在衰世重彈盛世之《伊州》大曲,不但彈者"淚萬行",聽者亦不勝今昔盛衰之感。音樂常是特定時代精神風貌之反映與象徵。衰世而聞盛世之樂,既唤起對逝去不復返之盛世的悵然追懷,更引起對眼前所處衰世之無窮感慨。自杜甫《江南逢李龜年》首開此調以來,中晚唐詩人,歷有佳製,形成一借音樂抒盛衰之系列(包括時世盛衰與個人榮悴)。此類作品之構思與藝術魅力,頗可深入研究。

瑶瑟怨①

冰簟銀牀夢不成②,碧天如水夜雲輕。雁聲遠過瀟湘去③,十二樓中月自明④。

【校注】

① 《才調》卷二、《絶句》卷四十四載此首。【補注】瑶瑟,用美玉裝飾的瑟。

② 【補注】冰簟,竹席。銀牀,銀飾之牀。"夢不成",暗含"怨"思。

③ 遠過,《絶句》作"還向"。遠,席本、顧本作"還"。過,原一作"向",諸本均同。去,顧本校:一作"浦"。【曾注】《圖經》:湘水自陽海發源,至零陵北而營水會之,二水合流,謂之瀟湘。瀟者,水清深之名也。【補注】瑟在唐代通常爲二十五絃,每絃有一柱,上下移動,以定聲音。瑟柱亦如箏柱,斜列如雁行。故此句既可理解爲不寐的女子聽到雁聲遠去,也可理解爲暗寫女子彈瑟之聲。

④ 十二樓,見卷一《霽簫歌》"十二樓前花正繁"句注。【按】唐詩中"十二樓"既可借指帝王宫苑中樓殿,亦可借指道觀。如李商隱《碧城三首》之一"碧城十二曲欄干"即指女道觀,《贈白道者》之"十二樓前再拜辭"則指男道觀。此首之"十二樓"當指女道觀。全詩内容亦即李商隱《送從翁從東川弘農尚書幕》述及往日學仙玉陽山時所見"素女悲清瑟"之情景。

【箋評】

【謝枋得曰】此詩鋪陳一時光景,略無悲愴怨恨之辭,枕冷衾寒,獨寐寤嘆之意在

其中矣。(《注解章泉澗泉二先生選唐詩》卷四)

【胡應麟曰】此等人盛唐亦難辨，惜他作殊不爾。温庭筠《瑶瑟怨》、陳陶《隴西行》、李洞《繡嶺詞》、盧弼《四時詞》，皆樂府也，然音響自是唐人，與五言絶稍異。(《詩藪》内編卷六)

【周珽曰】展轉反側，所聞所見，無非悲思，含怨可知。(《唐詩選脈會通評林》)

【黄周星曰】不言瑟而瑟在其中，何必"二十五絃彈夜月"耶?(《唐詩快》)

【黄生曰】因夜景清寂，夢不可成，却倒寫景於後。瑶瑟用雁事，亦如歸雁用瑟事。輕，微也。(《唐詩摘鈔》卷四)

【宋宗元曰】深情遥寄。(《網師園唐詩箋》)

【《精選評注五朝詩學津梁》】神韻獨絶。

【范大士曰】"月自明"，不言怨，而怨已深。(《歷代詩發》)

【宋顧樂曰】此作清音渺思，直可追中盛唐名家。(《萬首唐人絶句選》評)

【胡本淵曰】只此三字(按:指"夢不成")露怨意。通幅布景，正以渾含不盡爲妙。(《唐詩近體》)

【俞陛雲曰】通首純寫秋閨之景，不着跡象，而自有一種清怨……首句"夢不成"略露閨情，以下由雲天而聞雁，而南及瀟湘，漸推漸遠，懷人者亦随之神往。四句仍歸到秋閨，剩有亭亭孤月，留伴妝樓，不言愁而愁與秋宵俱永矣。此詩高渾秀麗，作詞境論，亦五代馮、韋之先河也。(《詩境淺説續編》)

【劉永濟曰】瑟有柱以定聲之高下，瑟絃二十五，柱亦如之，斜列如雁行，故以雁聲形容之。結言獨處，所謂"怨"也。(《唐人絶句精華》)

【富壽蓀曰】劉禹錫《瀟湘神》詞:"楚客欲聽瑶瑟怨，瀟湘深夜月明時。"殆爲此題所本。(《千首唐人絶句》)

【劉拜山曰】用湘靈鼓瑟之事，寫秋閨獨處之情，空靈委婉，晚唐佳境。(同上)

【按】此詩寫寂處樓中之女子清夜思念遠人，不能成寐，起坐彈瑟之情景，而構思精妙，表情含蓄，意境清迥。將月夜聞雁之實境與瑟上雁柱雁絃所發之樂聲融爲一體，不言彈瑟而瑟之音樂意境自現，不言彈瑟女子之清怨而怨思自現。第三句兼綰雁聲與絃聲之漸遠，亦透露懷人者情思之杳遠。末句殆從曹植《七哀詩》"明月照高樓，流光正徘徊。上有愁思婦，悲嘆有餘哀"化出，而作爲結句，以景結情，尤爲雋永含蓄。此"十二樓"中彈瑟之女子，殆即寂處宫觀之女冠。通體空靈瑩澈，如籠罩在如水之月光中，其人其境其瑟其怨，俱渾化一體矣。

題端正樹[①]

路傍佳樹碧雲愁，曾侍金輿幸驛樓[②]。草木榮枯似人事[③]，緑陰寂寞漢陵秋[④]。

【校注】

①《英華》卷三二六花木六載此首，題作"重題端正樹"。詩後有校記云："據温庭筠集，《重題端正樹》《題望苑驛》各是一詩。今《英華》《題望苑驛》已入二百九十八卷，而此篇"端正樹"却以"望苑驛"充之，今用集本釐正。"《絶句》卷四十四亦載此首，題同本集。【咸注】《關中記》：在博望苑西，爲唐明皇幸蜀所經處。《太真外傳》：華清宫有端正樓，即貴妃梳洗之所。又：上發馬嵬，至扶風道。道旁有花，寺畔見石楠樹團圓，愛玩之，因呼爲端正樹，蓋有所思也。《太平廣記》引《抒情詩》：長安西端正樹，去馬嵬一舍之程。唐德宗幸奉天，覩其蔽芾，錫以美名。有文士題詩逆旅："昔日偏霑雨露榮，德皇西幸賜嘉名。馬嵬此去無多地，合向楊妃冢上生。"二説未詳孰是。

②【曾注】江淹賦：喪金輿及玉乘。【補注】金輿，皇帝車駕。此借指玄宗皇帝。句意謂端正樹曾得到玄宗登驛樓觀賞的榮幸。

③【咸注】顔延之《秋胡詩》：僶俛見榮枯。

④【補注】漢陵，借指玄宗陵墓。

【箋評】

【按】端正樹曾得到玄宗的命名與觀賞。而今緑樹依舊，碧雲含愁，草木幾變榮枯，人事滄桑變化，玄宗早已長眠陵寢，緑陰亦寂寞再無君主觀賞矣。因樹思人，有不勝盛衰變化之感。

渭上題三首[①]

吕公榮達子陵歸[②]，萬古煙波遶釣磯[③]。橋上一通名利迹[④]，至今江鳥背人飛[⑤]。

目極雲霄思浩然，風帆一片水連天。輕橈便是東歸路[⑥]，不肯忘機作釣船。

煙水何曾息世機[⑦]，暫時相向亦依依。所嗟白首磻谿叟[⑧]，一下漁舟更不歸⑨。

【校注】

①《絶句》卷四十四載此三首。題末"三首"二字,毛本無,席本、十卷本、姜本作小字置行側。【補注】渭上,渭河邊。

②【曾注】《齊世家》:太公望吕尚者,其先封於吕,姓姜氏。西伯出獵,遇太公於渭之陽,與語,大悦,載與俱歸,立爲師。《後漢書》:嚴光字子陵,與光武同遊學。及即位,令以物色訪之。齊國上言:"有男子披羊裘,釣澤中。"帝三聘乃至,除諫議大夫,不屈。【補注】《史記·齊太公世家》:"吕尚蓋嘗窮困,年老矣,以漁釣奸(干)周西伯。西伯將出獵,卜之,曰:'所獲非龍非彨,非虎非羆,所獲霸王之輔。'於是周西伯獵,果遇太公於渭之陽,與語大悦……載與俱歸,立爲師……天下三分,其二歸周者,太公之謀計居多……遷九鼎,修周政,與天下更始,師尚父謀居多。於是武王已平商而王天下,封師尚父於齊營丘……太公至國,修政,因其俗,簡其禮,通商工之業,便漁鹽之利。而人民多歸齊,齊爲大國。"曾注引過略,不但未顯示其"榮達",且因删去"以漁釣奸西伯",遂使次句"釣磯"語無着,故補引之。嚴子陵事已見卷四《西江上送漁父》"却逐嚴光"句注。子陵歸,指嚴光辭官不就歸耕富春。《後漢書·逸民傳·嚴光》:"除爲諫議大夫,不屈,乃耕於富春山,後人名其釣處爲嚴陵瀨焉。"李賢注引顧野王《輿地志》曰:"七里灘在東陽江下,與嚴陵瀨相接,有嚴山。桐廬縣南有嚴子陵漁釣處,今山邊有石,上下可坐十人,臨水,名爲嚴陵釣壇也。"

③【曾注】張志和詞:樂在煙波釣是閑。【按】吕尚、嚴光俱有漁釣事,然一則"以漁釣奸西伯",一則不慕榮達,出處迥異,此句事雖同切"釣磯",意則單承嚴光之歸隱。

④【曾注】《史記索隱》:今渭橋有三所:一在城西北咸陽路,曰西渭橋;一在東北高陵邑,曰東渭橋;其中渭橋在古城之北。《漢書》:武帝作便門橋。服虔曰:在長安西北茂陵東。師古曰:便門,長安城北面西頭門,即平門也。古平、便同字。於此道作橋,跨渡渭水,以趨茂陵,即今所謂便橋,是其處也。

⑤【補注】此句暗用鷗鳥忘機事。《列子·黄帝》:"海上之人有好漚(鷗)鳥者,每旦至海上,從漚鳥游,漚鳥之至者百住而不止。其父曰:'吾聞漚鳥皆從汝游,汝取來,吾玩之。'明旦之海上,漚鳥舞而不下也。"江鳥背人飛,即取"漚鳥舞而不下"意而變其詞,謂忘機之江鳥亦厭棄追逐名利之人。

⑥ 路,《全詩》、顧本校:一作"客"。【補注】橈,船槳。借指船。

⑦【補注】煙水息機,指隱遁江湖,忘却機心,過淡泊無憂的生活,暗用范蠡乘扁舟歸隱五湖事,詳卷四《利州南渡》末二句注。此反其意,謂雖有煙水迷濛之江湖美景,却不能停息世人的名利機巧之心。

⑧【立注】《尚書大傳》:文王至磻溪,見吕望拜之。【咸注】酈道元《水經注》:磻溪中有泉,謂之兹泉。泉水潭積,自成淵渚,即《吕氏春秋》"太公釣兹泉"也。東南隅有石室,蓋太公所居也。水流次平石釣處,即太公垂釣之所也。其投竿跽餌兩膝遺跡猶存,是以有磻溪之稱也。

⑨【補注】一下漁舟,指一離漁舟。

【箋評】

【按】三首對追逐"名利""不肯忘機"之士風均有所諷慨。第一首謂吕尚、嚴光趣尚不同,雖同有漁釣之事,一則藉此干榮禄,一則辭官而歸隱。後世所景仰者乃煙波釣磯、辭榮歸隱之高士。自從渭橋上一通名利之途,至今忘機之江鳥猶背人而飛。蓋諷慨追名逐利之士人也。第二首謂目極雲霄,思緒浩渺,渭水中風帆一片,河水接天。乘一葉扁舟,便可東歸,却不肯將輕舟作歸隱之釣船,忘却機巧名利之心。庭筠舊鄉在吴地,詩中"東歸"每指歸吴中舊鄉。故此首亦可理解爲詩人對自己"不肯忘機作釣船"思想行爲的一種自省。第三首首句即緊承"不肯忘機作釣船"而加以發揮,謂雖有煙水迷濛之江湖美景却未能停息士人的機巧名利之心,即使暫時與江湖美景相對亦每有依依不舍之情。次句補足首句。可嘆連磻溪垂釣的白頭老翁吕尚,也因追求榮達,一離漁舟之後便永不歸磻溪。

經故翰林袁學士居①

劍逐驚波玉委塵②,謝安門下更何人③? 西州城外花千樹,盡是羊曇醉後春④。

【校注】

①《絶句》卷四十四載此首。【陶敏曰】袁學士,袁都。《舊書・袁滋傳》:"子都,仕至翰林學士。"都大和五年官拾遺,見《新書・宋申錫傳》。《千唐志》一〇六〇《趙正卿墓誌》:"將仕郎、守右補闕、集賢殿直學士袁都撰",大和九年四月十日立。《學士壁記》:"袁郁,大和九年十二月自禮部員外郎、集賢殿直學士充;開成元年正月十四日,轉庫部員外郎;二年三月十一日丁憂。""郁"乃"都"之訛。【按】袁都卒年未詳。詩當作於袁都卒後。都之弟袁郊,見《新唐書・宰相世系表四》,亦爲庭筠之友人,見卷五《開成五年秋以抱疾郊野不得與鄉計偕至王府將議遐適隆冬自傷因書懷奉寄殿院徐侍御察院陳李二侍御回中蘇端公鄠縣韋少府兼呈袁郊苗紳李逸三友人一百韻》。

②【曾注】《張華傳》：雷煥補豐城令，掘獄得雙劍，遣使送一劍與華，留一自佩。煥卒，子華爲州從事，持劍經延平津，劍忽躍出墮水，使人取之，見兩龍蟠縈，光彩照水，波浪驚沸，於是失劍。【咸注】《世説》：庾亮卒，何充嘆曰："埋玉樹著土中，使人情何能已已。"【補注】此以劍逐驚波而逝與玉之委塵，喻袁都逝世。《梁書・陸雲公傳》："不謂華齡，方春掩質。埋玉之恨，撫事多情。"宋之問《祭杜學士審言文》："名全每困於鑠金，身没誰恨其埋玉？"玉委塵，即埋玉。

③【補注】謝安，借指袁都。參注④。

④【曾注】《晋書・謝安傳》：羊曇者，泰山人，爲安所愛重。安薨後，輟樂彌年，行不由西州路。嘗因石頭大醉，扶路唱樂，不覺至州門，左右白曰："此西州門。"曇悲感不已，以馬策扣扉，誦曹植詩曰："生存華屋處，零落歸山丘。"慟哭而去。【補注】羊曇，謝安外甥。西州門，晋西州城門。西州爲晋揚州刺史治所，故址在今南京市。謝安曾領揚州刺史。此以"西州"借指袁都故居。春，指春天開花。

【箋評】

【劉辰翁曰】悲感。(《删補唐詩選脉箋釋會通評林・晚七絶上》引)

【陸時雍曰】"春"字最楚，花時對此，倍爲慘然。(《唐詩鏡》卷五十一)

【黄生曰】首句叙學士身殁，用比體，隱而秀。"更何人"，唤下羊曇，感世俗炎凉之態，惟己於學士爲不能忘情耳。(《唐詩摘鈔》卷四)

【朱寶瑩曰】首句以"故"字落筆。次句説"謝安門下"，言己爲袁學士之甥也。三句、四句承次句，寫"居"字，而"經"字之神理亦見。引羊曇事，係翻用句法，與劉禹錫"玄都觀裏花千樹，盡是劉郎去後栽"同一機軸，而此尤新穎。【品】哀艷。(《詩式》)

【俞陛雲曰】此詩情詞凄惻，洵誼重師門者。唐人詩："曾接朱門吐錦茵，欲披荒徑訪遺塵。秋風忽灑西園淚，滿目山陽笛裏人。"亦有飛卿之感也。(《詩境淺説續編》)

【按】飛卿是否袁都外甥，視其稱袁都之弟袁郊爲友人，恐未可定。唐人用典不甚拘，用謝安、羊曇典未必即有甥舅關係，視"謝安門下"及"西州"二句，袁都於庭筠當有恩舊之誼，曰"謝安門下更何人"者，意謂惟己最受都之愛重也。今日經其故居，但見千樹花發，而斯人已逝，不免如羊曇之醉後經西州城門而慟哭耳。三四句句法顯有禹錫詩影響之跡，而一則借"花千樹"寓諷，一則借以抒懷念恩舊之悲慨，可謂異曲同工。

題城南杜邠公林亭時公鎮淮南自西蜀移節①

卓氏壚前金綫柳②，隋家堤畔錦帆風③。貪爲兩地分霖雨④，不見池蓮照水紅⑤。

【校注】

①《北夢瑣言》卷四、《絶句》卷四十四、《紀事》卷五十四載此首。城，李本、毛本作“成”，誤。李本、十卷本、姜本、毛本無題下自注“時公鎮淮南自西蜀移節”十字。【立注】《舊唐書》：杜悰以蔭選尚公主，會昌中拜中書侍郎、同中書門下平章事。出鎮西川，俄復入相，加太傅、邠國公。【補注】杜悰曾先後兩次鎮淮南，第一次在會昌二年至四年，然非由西蜀移節；第二次在大中六年至九年，係由西川節度使移鎮。詳見張采田《玉谿生年譜會箋》大中六年譜附考。據此詩題下自注，作詩時杜悰當方移鎮淮南未久。據“池蓮照水紅”語，酌編大中六年六月。杜悰六年五月初自西川啟程赴淮南，六月當已抵達揚州。又據《新唐書・杜悰傳》，悰封邠國公在懿宗咸通三年，故題内“邠公”或係作者後來追書。杜悰係杜佑之孫，據《新唐書・杜佑傳》，佑於長安城南“朱坡、樊川，頗治亭觀林芿，鑿山股泉，與賓客置酒爲樂”。唐裴延翰《樊川文集後序》：“長安南下杜樊鄉，酈道元注《水經》，實樊川也，延翰外祖司徒岐國公（杜佑）之别墅在焉。”杜佑《杜城郊居王處士鑿山引泉記》紀其别墅營建之事甚詳，云“佑此莊貞元中置，杜曲之右，朱陂之陽”，疑“杜邠公林亭”即佑之城南别墅傳子孫者，或悰於近地另置林亭。《瑣言》云：“杜豳公自西川除淮海，温庭雲詣韋曲杜氏林亭，留詩云（略）。”則謂林亭在韋曲莊（亦在城南），與杜曲鄰近，在其西北。

② 卓氏壚，用卓文君當壚賣酒事，見卷四《春暮宴罷寄宋壽先輩》“馬卿才調似臨邛”句注。【補注】卓文君夜奔相如，係先至成都再至臨邛。此句切杜悰鎮西川。金綫柳，形容初生柳絲嫩黄如金綫。

③ 隋，述鈔作“隨”，通。【咸注】《隋書》：煬帝自版渚引河，作街道，植以楊柳，名曰隋堤，一千三百里。【補注】隋煬帝時沿通濟渠、邗溝河岸修築御道，道傍植楊柳，後人謂之隋堤。錦帆，錦緞製的船帆。顔師古《大業拾遺記》：“煬帝幸江都……至汴，御龍舟，蕭妃乘鳳舸，錦帆綵纜，窮極侈靡。”此句切杜悰移鎮淮南。淮南節度使府在揚州，即隋之江都。句内“錦帆風”暗藏堤柳隨風飄拂之意。

④ 分，《瑣言》作“行”。【曾注】《尚書》：若歲大旱，命汝作霖雨。【補注】《尚書・説命上》：“説築傅巖之野，惟肖，爰立作相。王置諸左右，命之曰：‘朝夕納誨，以輔台德。若金，用汝作礪；若濟巨川，用汝作舟楫；若歲大旱，用汝作霖雨。’”霖雨，猶甘霖。句意謂兩地之柳均分霑霖雨的潤澤，喻西川、淮南两地的百姓均分霑杜

悰善政的恩惠。

⑤ 池蓮，用蓮幕事，見卷四《送崔郎中赴幕》"屬詞還得幕中蓮"句注。此句表面上是説杜悰因出鎮西川、淮南，所以見不到自己長安城南池亭中的蓮花開得正紅豔，實則暗寓自己有入杜悰幕之意。

【箋評】

【孫光憲曰】杜豳公自西川除淮海，温庭雲詣韋曲杜氏林亭，留詩云(略)。豳公聞之，遺絹一千匹。(《北夢瑣言》卷四)

【吴喬曰】杜悰以西川節度移淮南，温飛卿題其林亭云(略)。杜氏贈之千緡。使明人作此題，非排律幾十韻，則七律四首，説盡道德文章，功業名位，必不作此一絶句。又，如此輕淺造語，杜氏亦必以爲輕己，風俗已成，莫可如何也。(《圍爐詩話》)

【按】詩頌揚杜悰貪爲西川、淮南兩地百姓行善政、布霖雨，而不見其招己入幕。據末句，庭筠當有希冀入杜悰幕府之意。據《新唐書・杜悰傳》："徙西川，復鎮淮南。時方旱，道路流亡藉藉，民至漉漕渠遺米自給，呼爲'聖米'，取陂澤茭蒲實皆盡，悰更表以爲祥。獄囚積百千人，而荒湎宴適不能事。"其瀆職荒政如此，而稱揚其貪爲兩地百姓行霖雨甘澤之政，亦過於失實矣。晚唐温、李，一則於杜悰鎮西川時連獻長篇排律及書啓，極力稱頌，一則於其移鎮淮南時作短章以頌揚，均有所求於杜悰。此固落魄士人之常態，不必苛責，然寄入幕之望於"厚自奉養，未嘗薦進幽隱"之杜悰，其志亦可憫矣。

夜看牡丹[①]

高低深淺一欄紅[②]，把火殷勤繞露叢[③]。希逸近來成懶病[④]，不能容易向春風[⑤]。

【校注】

① 《才調》卷二、《絶句》卷四十四載此首。

② 欄，《全詩》、顧本作"闌"，通。【補注】欄，指花欄。

③ 繞，《絶句》作"照"。【補注】殷勤，頻繁。露叢，带露的花叢。

④ 【曾注】《文章録》：謝莊字希逸，陽夏人，七歲能文，有才藻。【立注】徐注：《酉陽雜俎》：謝康樂集中言竹間水際多牡丹。今引謝莊未詳。【補注】《南史・謝莊傳》："莊字希逸……孝建元年，拜吏部尚書。莊素多疾，不願居選部，與大司馬江夏王義恭牋，自陳'兩脅癖疢，殆與生俱……眼患五月來便不復得夜坐，恒閉帷避

風……'"成懶病，當指此。

⑤【補注】容易，輕易。向，對。

【箋評】

【按】詩謂花欄中牡丹次第開放，高低深淺，滿欄紅豔。因愛花心切，故夜間把火繞帶露之花叢，頻繁觀賞。争奈近來懶病患眼，恒需避風，故不能輕易長對春風中之牡丹也。

宿城南亡友别墅①

水流花落嘆浮生，又伴游人宿杜城②。還似昔年殘夢裏，透簾斜月獨聞鶯③。

【校注】

①《才調》卷二、《絶句》卷四十四載此首。【補注】卷四有《李羽處士故里》七律，《英華》所載（卷三〇七）題作"宿杜城亡友李羽處士故墅"，與此詩次句"宿杜城"合。又卷七有《經李處士杜城别業》《登李羽（處）士東樓》，卷八有《春日訪李十四處士》，亦云其别業在杜城。相互參證，知此"城南亡友"即别業在杜城之李羽。又卷四有《經李徵君故居》七律，次聯云"一院落花無客醉，五更殘月有鶯啼"，寫景言情與此詩三四句"還似昔年殘夢裏，透簾斜月獨聞鶯"亦合，知此"李徵君"亦指李羽。七律《經李徵君故居》係李羽亡故後不久所作，此首則再宿李羽故墅所作，故次句云"又伴游人宿杜城"，時間距前作當已經年。

② 杜，李本、十卷本、姜本、毛本作"社"，誤。【咸注】《三秦記》：杜城一名下杜城，在雍州東南十五里。其城周三里，東有杜原城，在底下，故名下杜。【補注】杜城，又名下杜城、杜縣。秦武公十一年置杜縣，漢宣帝元康元年在杜縣東原（少陵原）上營建杜陵，置縣爲杜陵縣，改故杜縣爲下杜城。《長安志》："杜縣故城在長安縣南十五里，其城周三里一百七十三步。"故址在今西安市西南十五里下杜村。

③ 斜，《全詩》、顧本校：一作"新"。【按】參見注①引《經李徵君故居》次聯。

【箋評】

【按】此前七律《經李徵君故居》已云"一院落花無客醉，五更殘月有鶯啼"，傷李羽亡故，五更殘月夢醒之際，唯聞鶯啼。此番"又"宿杜城，昔年曾歷之傷心境界竟又重歷，其惘然之情更覺難堪。此進一層寫法，却以回憶昔年情境之方式表現之。

過分水嶺①

溪水無情似有情，入山三日得同行。嶺頭便是分頭處②，惜別潺湲一夜聲。

【校注】

①《英華》卷二九四行邁六、《絶句》卷四十四載此首。【咸注】《通志》：分水嶺在漢中府略陽縣東南八十里，嶺下水分東西流。【補注】《水經注・漾水》："嶓冢以東，水皆東流；嶓冢以西，水皆西流。即其地勢源流所歸，故俗以嶓冢爲分水嶺。"分水嶺雖各地以山脈爲界作爲河流走向分界綫者多有之，但著名而不必在分水嶺之前特别冠名提示者則爲嶓冢山。此係漢水與嘉陵江之分水嶺，在今陝西略陽南勉（沔）縣西，爲秦、蜀間交通要道。元稹有《分水嶺》，李商隱有《自南山北歸經分水嶺》，均同指一地。吴融《分水嶺》亦云南"通巴棧"，北"達渭城"。按：嶓冢有二。胡渭《禹貢錐指》謂：嶓冢在漢中西縣，乃嶓冢導漾者；其嘉陵江所出之嶓冢則在秦州上邽縣，所謂西漢水也。本篇之嶓冢指前者。王士禛《蜀道驛程》曰："金牛驛西稍南入五丁峽，一名金牛峽，此峽爲蜀道第一險。次寧羌州過百牢關，關下有分水嶺。嶺東水皆北流至五丁峽，北合漾水至沔嶺；西水皆南流，逕七盤關、龍洞，合嘉陵水爲川江。"此詩當是大和四年庭筠由秦入蜀途中作。

② 分頭，《英華》作"分流"。【補注】分頭，指與"入山三日得同行"之"溪水"分離。

【箋評】

【按】人在寂寞旅途中，"入山三日得同行"之溪水儼成不期而遇之同伴與知己，故於"嶺頭分頭處"投宿時，不免依依不舍，悵然若失，而覺"無情"之溪水亦似"有情"，潺湲一夜，似作"惜别"之聲。用極素樸之語言，寫出旅途中富於詩意與人情之新鮮體驗，就"分水""分頭"構思抒感，實爲白描佳製。

鄠杜郊居①

槿籬芳援近樵家②，壟麥青青一逕斜。寂寞遊人寒食後，夜來風雨送梨花③。

【校注】

①《才調》卷二、《絶句》卷四十四載此首。【曾注】《漢書》:宣帝尤樂鄠、杜之間。注:杜屬京兆,鄠屬扶風。【補注】鄠,今陕西户縣。杜,見《宿城南亡友别墅》注②。庭筠居於鄠郊,靠近杜陵。本篇及《鄠郊别墅寄所知》《自有扈至京師已後朱櫻之期》均可證。

② 援,《全詩》校:一作"杜"。【曾注】《爾雅》:椵,木槿,一名日及。古樂府:結網槿籬邊。【咸注】《謝靈運集》有《田南樹園激流植援》詩。注:援,衛也。【補注】槿籬,木槿的籬笆。木槿多植於庭院間,亦可作籬。沈約《宿東園》:"槿籬疎復密,荆扉新且故。"援,以樹木組成之園林防護物、籬笆。芳援,花木籬笆。

③【補注】《荆楚歲時記》:"去冬節一百五日,即有疾風甚雨,謂之寒食。"寒食節在清明前一二日,其時正梨花將謝之時,每多風雨,故云"風雨送梨花"。

【箋評】

【按】詩寫鄠杜郊居暮春景象。居處槿籬芳援,屋外壠麥青青,一徑斜通,似不經意點染,而郊居野趣如畫。三四點出"寒食"節候,以"夜來風雨送梨花"表現節候特徵,略寓傷春意緒,頗富詩情。

題河中紫極宫①

昔年曾伴玉真遊②,每到仙宫即是秋。曼倩不歸花落盡③,滿叢煙露月當樓。

【校注】

①《絶句》卷四十四載此首。【曾注】《唐書》:河中,隋河東郡,乾元三年置河中府。又:天寶二年三月,改西京玄元廟爲太清宫,東京爲太微宫,天下諸郡爲紫極宫。【補注】唐河中府爲河中節度使治所,今山西省永濟縣西蒲州鎮即其地。庭筠詩别集有《河中陪帥遊亭》(一作《河中陪節度遊河亭》)七律,係"柳花飄蕩"時作,而此云"每到仙宫即是秋",或作於同年秋。參該詩注①。

② 真,毛本作"貞",誤。【咸注】李白《玉真仙人詞》:玉真之仙人,時往太華峰。【補注】玉真,仙人,唐詩中多特指仙女。曹唐《劉阮再到天臺不復見仙子》:"再到天臺訪玉真,青苔白石已成塵。"本篇"玉真"當借指道觀中之女道士。

③ 歸,述鈔作"埽",誤。【曾注】《漢書》:東方朔字曼倩,平原厭次人。【補注】

《博物志·史補》:"漢武帝好仙道……王母乘紫雲車而至……王母索七桃,大如彈丸,以五枚與帝,母食二枚……母笑曰:'此桃三千年一生實。'……時東方朔竊從殿南廂朱鳥牖中窺母,母窺之謂帝曰:'此窺牖小兒嘗三來盜吾此桃。'帝乃大怪之,由此世人謂方朔神仙也。"唐代與道教有關之詩作中,東方朔每爲男道士或與女道士有戀情者之代稱,如李商隱《聖女祠》:"唯應碧桃下,方朔是狂夫。"《曼倩辭》:"如何漢殿穿針夜,又向窗中覷阿環。"

【箋評】

【按】前兩句謂己昔年秋日曾伴"玉真"遊此紫極宫,此來又值秋天。後兩句謂此番重來,"曼倩"不歸,花已落盡,唯見煙露籠罩已經凋謝的花叢,明月空照樓殿而已。似"玉真"與"曼倩"(女冠與出游的男道士)之間曾有一段戀情。紫極宫係男道士所居宫觀。

四　皓[①]

商於角里便成功[②],一寸沉機萬古同[③]。但得戚姬甘定分[④],不應真有紫芝翁[⑤]。

【校注】

①《絶句》卷四十四載此首,"四皓"作"四老",係洪邁避家諱改。【曾注】《三輔舊事》:漢惠帝爲四皓立碑,一曰園公,二曰綺里季,三曰夏黄公,四曰角里先生。《陳留志》:園公姓唐,字宣明。夏黄公姓崔,名廣,字少通。角里先生姓周,名術,字元道。綺里季姓朱,名暉,字文季。【補注】《史記·留侯世家》:"上(漢高祖)欲廢太子,立戚夫人子趙王如意,大臣多諫争,未能得堅决者也……人或謂吕后曰:'留侯善畫計策,上信用之。'吕后乃使建成侯吕澤劫留侯……留侯曰:'此難以口舌争者也。顧上有不能致者,天下有四人……令太子爲書,卑辭安車,因使辯士固請,宜來……則一助也。'……四人至……及燕,太子侍,四人從太子,年皆八十有餘,鬚眉皓白,衣冠甚偉。上怪之,問曰:'彼何爲者?'四人前對,各言名姓,曰東園公、角里先生、綺里季、夏黄公……四人爲壽已畢,趨去。上目送之。召戚夫人指示四人者曰:'我欲易之,彼四人輔之,羽翼已成,難動矣……'……竟不易太子者,留侯本招此四人之力也。"

② 角里,原作"六里",述鈔、李本、十卷本、姜本、毛本並同,據《絶句》、席本、《全詩》、顧本改。"六"蓋"角"之音訛。《全詩》、顧本校:一作"六百"。亦誤。【曾

注】《唐書》:商州上洛郡屬關内道,即古商於地。《史記》:張儀説楚能閉關絶齊,請獻商於之地六百里。楚果絶齊求地,儀與六里。【按】張儀誑楚絶齊,食言與商於之地六里之事與題"四皓"無關,當作"角里"。四皓隱於商山,此舉"角里"以概四皓。便成功,指成功保住太子之位不使更易。

③【曾注】《説文》:主發謂之機。【補注】沉機,深遠的計謀,指張良之計。

④【曾注】《漢書·外戚傳》:漢王得定陶戚姬,愛幸,生趙王如意。戚姬常從上之關東,日夜啼泣,欲立其子,幾代太子者數,賴留侯之策,得無易。【補注】事首見於《史記·吕太后本紀》。甘定分,甘於原已確定的太子、諸王名分,無改立其子趙王如意爲太子之異圖。

⑤ 真,李本作"貞",誤。【曾注】《古今樂録》:四皓隱居,高祖聘之不出,仰天嘆而作歌曰:"燁燁紫芝,可以療飢。"【補注】《高士傳》:"四皓避秦入商洛山,作歌曰:'曄曄紫芝,可以療飢。'"故稱四皓爲"紫芝翁"。

【箋評】

【王鳴盛曰】此詩用意深曲,指仇士良立武宗,楊賢妃賜死事,故以戚姬爲比。賢妃無傳,然有寵於文宗,請以安王溶爲嗣。武宗立,安王尚被殺,况賢妃乎!此可以意揣也。飛卿借戚夫人比賢妃,若曰宫掖詭祕,只須"一寸沉機",足以殺安王母子。此等事,古今悲恨皆同,故云"萬古同"。然戚夫人奇冤,當訴之上帝,若果能甘定分,即無紫芝翁,未必不成功也。飛卿之忠憤,千載如見。(《蛾術編》卷七十七)

【按】王氏聯係晚唐宫闈鬥争,謂"戚姬"指文宗楊賢妃,極有識。然謂指武宗立,殺安王溶及賢妃事,則於詩意未切。詩意蓋謂吕后用張良之計,迎四皓而安太子之位,可謂計謀深沉,大功告成,萬古同贊。然如戚夫人甘於早就確定的太子、諸王名分,不另生立趙王如意爲太子的異圖,則連紫芝翁之有無亦無關緊要。詩之主旨集中在第三句,即指斥帝王之寵妃另立太子之異圖。而此類事在庭筠所處時代最爲相似者,乃楊賢妃欲立安王溶,而譖毁莊恪太子李永之事。《舊唐書·文宗二子傳》:"莊恪太子永,文宗長子也。母曰王德妃……(大和六年)十月,降詔册爲皇太子……開成三年,上以皇太子宴游敗度,不可教導,將議廢黜……其年(十月)薨……時傳云:太子德妃之出也,晚年寵衰。賢妃楊氏,恩渥方深,懼太子他日不利於己,故日加誣譖,太子終不能自辯明也。"《新唐書·安王溶傳》:"初,楊賢妃得寵於文宗,晚稍多疾,妃陰請以王爲嗣,密爲自安地,帝與宰相李珏謀,珏謂不可,乃止。"溶雖穆宗子(《舊·傳》謂其母爲楊賢妃),但楊賢妃爲自身利益欲立安王溶爲太子,而譖毁太子永之事,則與戚夫人欲高祖廢太子,改立趙王事相類。庭筠曾從莊恪太子遊,對其時宫廷内部圍繞太子廢立改易問題上之鬥争,當有所聞,故作此詩以指斥"戚姬"之不甘定分,懷更易太子之異圖也。戚姬,喻指楊賢妃。惠帝爲漢高祖子，李永爲文宗長子，戚姬、楊賢妃則分别爲漢高、唐文宗寵姬，又均有廢易太子之事，事固絶相類也。此詩究竟在莊恪太子薨後作或此前作，頗不易定。似在薨前作之可能性較大。若薨後作，當更有憤激之語也。且視詩意，似對太子永之儲位不被動摇尚有信心，故有“商於甪里便成功”之語。

贈張鍊師①

丹溪藥盡變金骨②，清洛月寒吹玉笙③。他日隱居無訪處，碧桃花發水縱横④。

【校注】

①《絶句》卷四十四載此首。【補注】鍊師，原指德高思精之道士，常用作對道士的敬稱。趙殿成《王右丞集箋注·贈東嶽焦鍊師》注引《唐六典》：“道士修行有三號，其一曰法師，其二曰威儀師，其三曰律師。其德高思精者，謂之鍊師。故當時凡稱學道者，皆曰鍊師云。”

② 金骨，仙骨，見卷一《曉仙謡》“鶴扇如霜金骨仙”句注。【補注】丹溪，即丹谿，仙人居住之處。曹丕《典論·論郤儉等事》：“適不死之國，國即丹谿。其人浮遊列缺，翱翔倒景。”郭璞《遊仙詩》之四：“雖欲騰丹谿，雲螭非我駕。”

③ 見卷四《贈袁司録》“玉管閒留洛客吹”句注。

④【曾注】陶潛《桃源記》：晋太元中，武陵人捕魚爲業。緣溪行，忘路之遠近。忽逢桃花林，夾岸數百步，中無雜木，芳草鮮美，落英繽紛，漁人異之，尋路，見黄髮垂髫，問之，皆避秦人也。問今是何代，不知有漢，無論魏晋。既白太守，遣人隨往尋之，迷不復得路。【補注】桃花源既指隱居避世之所，又指仙境。王維《桃源行》：“初因避地去人間，及至成仙遂不還……春來遍是桃花水，不辨仙源何處尋。”即將桃源視爲靈境、仙源。此句亦兼隱居、成仙二意。

【箋評】

【按】首句謂張鍊師服藥換仙骨。次句用道士浮丘公接王子晋駕鶴升仙事，謂其月夜吹笙，行將升仙。三四謂異日倘再訪仙居，恐唯見“碧桃花發水縱横”之景象，而“不辨仙源何處尋”矣。

温庭筠全集校注卷六

詩

開成五年秋，以抱疾郊野[1]，不得與鄉計偕至王府[2]。將議遐適[3]，隆冬自傷，因書懷奉寄殿院徐侍御，察院陳、李二侍御，回中蘇端公，鄠縣韋少府[4]，兼呈袁郊、苗紳、李逸三友人一百韻[5]

逸足皆先路[6]，窮郊獨向隅[7]。頑童逃廣柳[8]，羸馬卧平蕪[9]。黄卷嗟誰問[10]，朱絃偶自娱[11]。鹿鳴皆綴士[12]，雌伏竟非夫[13]。采地荒遺野[14]，爰田失故都[15]。予先祖國朝公相，晋陽佐命，食采於并、汾也。亡羊猶博簺[16]，牧馬倦呼盧[17]。奕世參周禄[18]，承家學魯儒[19]。功庸留劍舄[20]，銘戒在盤盂[21]。經濟懷良畫[22]，行藏識遠圖[23]。未能鳴楚玉[24]，空欲握隋珠[25]。定爲魚緣木[26]，曾因兔守株[27]。五車堆縹帙[28]，三逕闔繩樞[29]。適與群英集[30]，將期善價沽[31]。葉龍圖夭矯[32]，燕鼠笑盧胡[33]。賦分知前定[34]，寒心畏厚誣[35]。躡塵追慶忌[36]，操劍學班輸[37]。文囿陪多士[38]，神州試大巫[39]。對雖希鼓瑟[40]，名亦濫吁竽[41]。予去秋試京兆，薦名居其副[42]。正使猜奔競[43]，何嘗計有無[44]。鎦惔虚訪覓[45]，王霸竟揶揄[46]。市義虚焚券[47]，關譏謾棄繻[48]。至言今信矣[49]，微尚亦悲夫[50]。白雪調歌響[51]，清風樂舞雩[52]。脅肩難黽勉[53]，搔首易嗟吁[54]。角勝非能者[55]，推賢見射乎[56]。兕觥增恐悚[57]，杯水失錙銖[58]。粉垛收丹采[59]，金髇隱僕姑[60]。

垂橐羞盡爵[61],揚觶辱彎弧[62]。虎拙休言晝[63],龍希莫學屠[64]。

轉蓬隨款段[65],耘草闢墁壚[66]。受業鄉名鄭[67],藏機谷號愚[68]。質文精等貫[69],琴筑韻相須[70]。築室連中野[71],誅茅接上腴[72]。葦花綸虎落[73],松癭鬥欒櫨[74]。静語鶯相對,閑眠鶴浪俱。蕊多勞蝶翅[75],香酷墜蜂鬚[76]。芳草迷三島[77],澄波似五湖[78]。躍魚翻藻荇[79],愁鷺睡葭蘆[80]。暝渚藏鸂鶒[81],幽屏卧鷓鴣[82]。苦辛隨蓺植[83],甘旨仰樵蘇[84]。笑語空懷橘[85],窮愁亦據梧[86]。尚能甘半菽[87],非敢薄生芻[88]。釣石封苔蘚[89],芳蹊豔絳跗[90]。樹蘭畦繚繞[91],穿竹路縈紆[92]。機杼非桑女[93],林園異木奴[94]。横竿窺赤鯉[95],持翳望青鸕[96]。泮水思芹味[97],瑯琊得稻租[98]。杖輕藜擁腫[99],衣破芰披敷[100]。芳意憂鶗鴂[101],愁聲覺蟪蛄[102]。短檐喧語燕[103],高木墮飢鼯[104]。

事迫離幽墅[105],貧牽犯畏途[106]。愛憎防杜摯[107],悲嘆似楊朱[108]。旅食常過衛[109],羈遊欲渡瀘[110]。塞歌傷督護[111],邊角思單于[112]。堡戍摽槍槊[113],關河鎖舳艫[114]。威容尊大樹[115],刑法避秋荼[116]。遠目窮千里[117],歸心寄九衢[118]。寢甘誠繫滯[119],漿饋貴睢盱[120]。懷刺名先遠[121],干時道自孤[122]。齒牙頻激發[123],簦笈尚崎嶇[124]。

蓮府侯門貴[125],霜臺帝命俞[126]。驥蹄初躡景[127],鵬翅欲搏扶[128]。寓直迴驄馬[129],分曹對暝烏[130]。百神歆髣髴[131],孤竹韻含胡[132]。鳳闕分班立[133],鵷行竦劍趨[134]。觸邪承密勿[135],持法奉訏謨[136]。鳴玉鏘登降[137],衝牙響曳婁[138]。祀親和氏璧[139],香近博山鑪[140]。瑞景森瓊樹[141],輕冰瑩玉壺[142]。豸冠簪鐵柱[143],螭首對金鋪[144]。内史書千弓[145],將軍畫一厨[146]。眼明驚氣象[147],心死伏規模[148]。豈意觀文物[149],何勞琢碔砆[150]。草肥牧騕褭[151],苔澀淬昆吾[152]。鄉思巢枝鳥[153],年華過隙駒[154]。銜恩空抱影[155],酬德未捐軀[156]。時輩推良友[157],家聲繼令圖[158]。致身傷短翮[159],驤首顧疲駑[160]。班馬方齊騖[161],陳雷亦並驅[162]。昔皆言爾志[163],今亦畏吾徒[164]。

有氣干牛斗[165],無人辨轆轤[166]。客來斟緑蟻[167],妻試踏青蚨[168]。積毁方銷骨[169],微瑕懼掩瑜[170]。蛇矛猶轉戰[171],魚服自囚拘[172]。欲就欺人事,何能逭鬼誅[173]。是非迷覺夢[174],行役議秦吴[175]。凜冽風埃慘,蕭條草木枯。低徊傷志氣[176]，蒙犯變肌膚[177]。旅雁惟聞叫[178]，飢鷹不待呼[179]。夢梭抛促織[180]，心繭學蜘蛛[181]。寧復機難料[182]，庸非信未孚[183]。激揚銜箭虎[184]，疑懼聽冰狐[185]。處己將營窟[186]，論心若合符[187]。浪言輝棣萼[188]，何所託葭莩[189]？喬木能求友[190]，危巢莫嚇雛[191]。風華飄領袖[192]，詩禮拜衾襦[193]。欹枕情何苦[194]，同舟道豈殊[195]？放懷親蕙芷[196]，收迹異桑榆[197]。贈遠聊扳柳[198]，裁書欲截蒲[199]。瞻風無限淚，迴首更踟躕[200]。

【校注】

①【咸注】《唐書》：文宗立。改元開成，在位五年。【按】此引殊誤。文宗立，翌年改元大和，凡九年；繼改開成，凡五年。在位十四年。開成五年秋，文宗已逝，武宗新立。郊野，指庭筠在鄠杜的郊居，見卷五《鄠杜郊居》注①。

②【咸注】《漢書·武帝紀》：徵吏民有明當世之務、習先聖之術者，縣次續食，令與計偕。師古曰：計者，上計簿使也。郡國每歲遣詣京師上之。偕者，俱也。令所徵之人與上計者俱來，而縣次給之食。後世謁誤，因承此語，遂總謂上計爲計偕云。【補注】鄉計，地方政府掌管並負責上計之官吏（上計，將户口賦税盜賊獄訟等編造計簿，奏報朝廷）。《史記·儒林列傳序》："郡國縣道邑有好文學、敬長上、肅政教、順鄉里，出入不悖所聞者，令相長丞上屬所二千石，二千石謹察可否，當與計偕，詣太常，得受業如弟子。"不得與鄉計偕至王府，指不能以鄉貢進士身份參加明春禮部進士考試。《新唐書·選舉志》："唐制，取士之科，多因隋舊，然其大要有三：由學館者曰生徒，由州縣者曰鄉貢，皆升於有司而進退之……其天子自詔者曰制舉。"《唐摭言·統序科第》："自武德辛巳歲四月一日，敕諸州學士及早有明經及秀才、俊士、進士明於理體，爲鄉里所稱者，委本縣考試，州長重覆，取其合格，每年十月隨物入貢。斯我唐貢士之始也。"王府，此指帝王收藏財物或文書之府庫。計吏所上計簿，即藏於王府。《書·五子之歌》："關石和鈞，王府則有。"孔疏："人既足用，王之府藏則有矣。"《後漢書·桓帝紀》："司隸校尉李膺等二百餘人受誣爲黨人，並坐下獄，書名王府。"

③【補注】遐適，到遠方去。將議遐適，即此詩末段所云"行役議秦吴"，參該句注。

④【補注】唐代御史臺有三院：臺院、殿院、察院。趙璘《因話録》："御史臺三院，一曰臺院，其僚曰侍御史，衆呼爲端公；二曰殿院，其僚曰殿中侍御史，衆呼爲侍御；三曰察院，其僚曰監察御史，衆呼亦曰侍御。"殿院徐侍御，殿中侍御史徐商。陶敏《全唐詩人名考證》云："《全文》卷七二四李騭《徐商碑》：'文宗五年春，考登上第，升朝爲御史。會昌二年，以文學選入禁署……嘗任殿中侍御……禮部員外郎

缺……卒以禮部與公。'五年,謂大和五年。卷六九八李德裕《授徐商禮部員外郎制》:'朝議郎、殿中侍御史内供奉、上柱國徐商……'《學士壁記》:'徐商,會昌三年六月一日自禮部員外郎充。'開成五年,商當官殿中侍御史。"察院陳侍御,名未詳。李侍御,指監察御史李遠。陶敏《全唐詩人名考證》云:"馬戴《送李侍御福建從事》:李侍御,李遠,開成末爲監察御史。《廣記》卷一七五引《閩川(名)士傳》:'林傑字智周……父爲閩府大將……至九歲,謁盧大夫貞、黎常侍殖,無不嘉獎。尋就賓見,日在宴筵。李侍御遠、趙支使容深所知仰。'《全文》卷七六五李遠《靈棋經序》:'開成末,予將適閩中……後予福建從事……離閩數日,忽宸書降,召爲御史……時會昌九(元)年九月尚書司馬員外郎李遠序。'盧貞開元四年閏正月出鎮福建,李遠當赴其幕。"李遠爲徐商同年進士,見《登科記考》卷二十一。回中蘇端公,當指涇原節度使幕中蘇姓帶臺院侍御史銜者,名未詳。開成三年李商隱曾在涇原節度使幕,其時文職幕僚有崔瑨、裴蘧、韓琮等人。王茂元於開成五年春文宗逝世後罷鎮入朝,蘇某當爲繼茂元任涇原節度使者所辟聘。鄠縣韋少府,鄠縣縣尉,名未詳,當是庭筠居鄠杜時所結識者。

⑤ 三,原作"四",據十卷本、姜本、毛本、席本、《全詩》、顧本改。袁郊、陶敏《全唐詩人名考證》云:"《新·表》四下袁氏:'郊,字子乾,虢州刺史。'《直齋書録解題》卷十一:'《甘澤謡》一卷,唐刑部郎中袁郊撰……咸通戊子自序。'戊子,咸通九年。"袁郊之兄袁都,庭筠有《經故翰林袁學士居》詩傷之,見卷五該詩注①。苗紳,會昌元年登進士第,詳卷四《春日將欲東歸寄新及第苗紳先輩》注①。作此詩時,苗紳正在長安準備參加明年春進士試。李逸,未詳。【按】此詩詩題,席本、《全詩》作"病中書懷寄友人"(《全詩》"友人"下有"並序"二小字在行側),以"開成五年……一百韻"六十八字爲序。他本均同底本以"開成五年……一百韻"爲長題。

⑥【曾注】《蜀書》:龐通曰:"陸子可謂駑馬有逸足之力。"屈原《離騷》:乘騏驥以馳騁兮,來吾導夫先路。【補注】謂諸公已如駿馬奔馳,先得路而顯達。

⑦【曾注】《韓詩外傳》:衆或滿堂而飲酒,有人向隅悲泣,則一堂皆爲之不樂。【補注】窮郊,猶荒郊。指己所居鄠郊。句意謂己獨處荒郊,困頓不遇,向隅悲泣。

⑧【咸注】《漢書》:季布,楚人。任俠有名。項籍使將兵,數窘漢王。項籍滅,高祖購求季布千金。布匿濮陽周氏,乃髡鉗布,置廣柳車中,與其家僮數十人之魯朱家所賣之。鄭氏曰:作大柳衣車,若《周禮》喪車也。晋灼曰:載以喪車,欲人不知也。【立注】飛卿本名岐。吴興沈徽云:温曾於江、淮爲親表檟楚,由是改名。"頑童"句似指此。【補注】《史記·季布欒布列傳》:"迺髡鉗季布,衣褐衣,置廣柳車中。"裴駰集解引宋展曰:"皆棺飾也。載以喪車,欲人不知也。"此句似指自己幼少時頑皮捉迷藏,逃匿於喪車中,不使人知。

⑨【曾注】杜甫詩,懷古視平蕪。【補注】句意謂目前已如瘦馬,困卧於草地之

上。以上二句也可理解爲“窮郊”即目所見:頑童捉迷藏,躲匿於喪車之内;瘦馬困卧於平蕪之上。

⑩【咸注】《舊唐書·狄仁傑傳》:兒童時,門人有被害者,縣吏就詰之,衆皆接對,仁傑堅坐讀書,曰:“黄卷之中,聖賢備在,猶不能接對,何暇偶俗吏,而見責耶?”【補注】黄卷,指書籍。句謂己雖滿腹詩書,可嘆竟無人賞識。

⑪【咸注】《樂記》:清廟之瑟,朱絃而疏越。【補注】朱絃,泛指琴瑟等絃樂器。蕭統《陶淵明傳》謂“淵明不解音律,而蓄無絃琴一張,每酒適輒撫弄以寄其意”,《桐薪》謂庭筠“最善鼓琴吹笛”云:“有絃即彈,有孔即吹,不必柯亭、爨桐也。”《舊唐書》本傳亦謂庭筠“能逐絃吹之音,爲側豔之詞”。雖一解音律,一不解音律,然用以自娱則同。句意則承上謂自己喜好音樂,偶亦借此以自娱。

⑫【曾注】《詩》:呦呦鹿鳴。【咸注】《樂府雜録》:宴群臣即奏《鹿鳴》三曲。潘岳《閑居賦》:名綴下士。【補注】《新唐書·選舉志上》:“每歲仲冬……試已,長吏以鄉飲酒禮,會屬僚,設賓主,陳俎豆,備管絃,牲用少牢,歌《鹿鳴》之詩,因與耆艾叙長少焉。”綴士,屬文之士。此句謂諸參加鄉試者皆能文之士。

⑬【曾注】《世説》:趙温居常嘆曰:“大丈夫當雄飛,安能雌伏!”《左傳》:彘子曰:“聞敵强而退,非夫也。”【補注】《東觀漢記·趙温傳》:“初爲京兆郡丞,嘆曰:‘大丈夫當雄飛,安能雌伏!’遂棄官而去。後官至三公。”雌伏,喻居下位無所作爲。非夫,非大丈夫。此句謂己。

⑭ 菜,十卷本、姜本、毛本、《全詩》、席本、顧本作“采”,字通。【曾注】《刑法志》:因官食地曰采地。《尚書》:既乃遯于荒野。【補注】菜地,即采地,古卿大夫因官受封之采邑。菜、采通。漢荀悦《漢紀·文帝紀下》:“此卿大夫菜地之大者,是謂百乘之家。”王維《暮春太師左右丞相諸公於韋氏消遥谷宴集序》:“灞陵下連乎菜地,新豐半入于家林。”趙殿成注:“即采地也。古菜、采字通用。”

⑮【咸注】《左傳》:晋於是乎作爰田。《離騷》:又何懷乎故都!【補注】爰田,謂變更舊日的田地所有制,以公田賞賜衆人。《左傳·僖公十五年》“晋於是乎作爰田”孔疏:“服虔、孔晁皆云:爰,易也。賞衆以田,易其疆畔。”失故都,謂受封的故邑無復舊日的采地。《新唐書:温庭筠傳》:“彦博裔孫庭筠。”《温彦博傳》:“隋亂,幽州總管羅藝引爲司馬。藝以州降,彦博與有謀,授總管府長史……太宗立……復爲中書侍郎……貞觀四年,遷中書令,封虞國公……十年,遷尚書右僕射,明年卒。”彦博兄大雅,爲唐高祖李淵起兵晋陽時佐命功臣。自注“予先祖國朝公相,晋陽佐命”,即指彦博,大雅弟兄之功業地位。“食采於并、汾”即指其封虞国公事。

⑯【原注】簺,音塞。【曾注】《莊子》:臧與穀二人相與牧羊,而俱亡其羊。問臧奚事,則挾策讀書,問穀奚事,則博簺以遊。二人者事業不同,其於亡羊均也。【補注】博簺,亦作博塞,即六博、格五等博戲。洪興祖《楚辭補注·招魂》引《古博經》對

六博有詳細記載。《漢書·吾丘壽王傳》顔注引《簺法》曰:"簺白乘五,至五格不得行,故曰格五。"此句似以"亡羊"比喻科舉考試不第。句意謂己雖屢試不第,但仍求一"搏",庶幾登第入仕。

⑰【咸注】《晋書》:慕容寶與韓黄、李根等樗蒱,誓之曰:"世云樗蒱有神,若富貴可期,頻得三盧。"於是三擲盡盧。寶拜而受賜。程大昌《演繁露》:凡投子者五皆現黑,則其名盧,在樗蒱爲最勝之采。四黑一白,其采名雉,比盧降一等。自此而降,白黑相雜,每每不同。【補注】古代樗蒱博戲,用木製骰子五枚,每枚兩面。一面塗黑,畫牛犢;一面塗白,畫雉。一擲五子皆黑者爲盧,係最勝采。爲求勝采,博者往往且擲且呼,故云"呼盧"。句意似謂己如牧馬放牛之村野鄙夫,已經倦於在博戲中求最勝之采(喻科舉登高第)。

⑱ 奕,席本作"弈",誤。【咸注】《國語》:祭公謀父曰:奕世載德。【補注】奕世,累世。參周禄,指食唐之禄,歷任顯職。據兩《唐書·温庭筠傳》《温大雅傳》《温造傳》及《通鑑》,庭筠先祖温彦博官至中書令,封虞國公。彦博兄大雅封黎國公。彦博子振歷太子舍人,挺尚千金公主,官延州刺史。彦博曾孫曦尚涼國長公主。庭筠爲彦博六或七世孫。

⑲【曾注】《易》:開國承家。《莊子》:以魯國而儒者一人耳。【補注】句意謂繼承家風,世代奉儒。

⑳【曾注】《周禮》:民功曰庸。周遷《輿服雜事》:上公九命則劍履上殿,儲君禮均群后,宜劍舄升殿。【補注】舄,古代一種以木爲複底的鞋。句意謂祖上功勳卓著,上朝時可以不解劍,不脱鞋,享受殊榮。温彦博卒後陪葬昭陵(據《温大雅傳》)。

㉑【咸注】《七略》:《盤盂》書者,其傳言孔甲爲之。孔甲,黄帝之史也。書盤中爲誡法。【補注】古代在圓盤或方盂上刻文銘功或誡勵,故云"銘戒在盤盂"。《新唐書·温大雅附彦博傳》:"彦博性周慎,既掌機務,謝賓客不通。"或有銘戒之語傳後。

㉒【咸注】李興《諸葛亮表閭文》:執若吾侯良籌妙畫。【補注】句意謂己懷抱經世濟時之良謀遠略。庭筠《郊居秋日有懷一二知己》:"自笑謾懷經濟策,不将心事許煙霞。"

㉓【咸注】《左傳》:榮成伯曰:"遠圖者,忠也。"謝靈運《述祖德》詩:遠圖因事止。【補注】《論語·述而》:"用之則行,舍之則藏。"行藏,指出處或行止。此指行止,猶一舉一動。句謂舉動之間均可識其有遠大的理想。亦指己。

㉔【曾注】《國語·楚語下》:王孫圉聘於晋,定公饗之,趙簡子鳴玉以相。【補注】《國語》韋昭注:"鳴玉,鳴其佩以相禮也。"鳴玉,亦喻出仕在朝。句意謂己未能在朝廷任職。

㉕【咸注】《淮南子》:隋侯之珠。高誘注:隋侯見大蛇傷斷,以藥傅而塗之。後蛇於大江中銜珠以報之,因曰隋侯之珠。曹植《與楊德祖書》:人人自以爲握靈蛇之

珠。【補注】握隋珠,喻具有非凡才華,掌握寫作文章妙訣。係用曹植“握靈蛇之珠”意。

㉖【補注】《孟子·梁惠王上》:“以若所爲求若所欲,猶緣木而求魚也。”喻行動與要達到的目的正相反,勞而無所得。

㉗【曾注】《韓非子》:宋有耕者,兔走觸株折頸死,因釋耕守株,冀復得兔。【補注】謂己死守已往經驗不知變通,雖長期等待而空無所獲。

㉘【曾注】《莊子》:惠施多方,其書五車。【咸注】徐陵《玉臺新詠序》:方當開兹縹帙。【補注】縹帙,淡青色的書衣。此指書卷。句謂家多藏書,腹滿詩書。

㉙【曾注】陶潛《歸去來兮辭》:三徑就荒。賈誼《過秦論》:陳涉甕牖繩樞之子。【補注】趙岐《三輔決録·逃名》:“蔣詡歸鄉里,荆棘塞門。舍中有三徑,不出,惟求仲、羊仲從之遊。”後常以“三徑”喻隱者所居。繩樞,以繩繫户樞,形容貧家房舍之陋。此言己居處簡陋,生活貧困。

㉚【曾注】《文子》:智過萬人謂之英。【補注】群英,指題内袁郊、苗紳、李逸等人。三人當同時參加開成四年京兆府試及明春進士試者。

㉛【補注】《論語·子罕》:“子貢曰:‘有美玉於斯,韞匵而藏諸?求善賈而沽諸?’子曰:‘沽之哉!沽之哉!我待賈者也。’”善賈,高價。句意謂希望自己的才能得到朝廷的賞識重用。

㉜【立注】《莊子》:葉公好龍,室屋雕文盡以寫龍。於是天龍聞而下之,窺頭於牖,拖尾於堂。葉公見之,棄而退走,失其魂魄,五色無主。是葉公非好真龍也,好夫似龍而非龍者也。【補注】夭矯,屈伸貌。形容龍飛騰時蜿蜒伸展之狀。此謂統治者表面上好賢士實則棄賢士,正如葉公之圖畫雕寫龍形而懼怕真龍。

㉝ 盧胡,李本、十卷本、姜本、毛本、《全詩》、席本、顧本作“胡盧”。【立注】《闞子》:宋之愚人,得燕石於梧臺之側,藏之,以爲大寶。周客聞而觀焉。主人齋七日,端冕玄服以發寶,革匵十重,緹衣十襲。客見,俛而掩口,盧胡而笑曰:“此特燕石也,其與瓦甓不殊。”主人大怒曰:“商賈之言,醫匠之心。”藏之愈固,守之愈謹。《戰國策》:應侯曰:“鄭人謂玉之未理者爲璞,周人謂鼠之未腊者爲璞。周人懷璞過鄭,問賈者‘欲買璞乎?’鄭賈曰:‘欲之。’出其璞示之,乃鼠也,因謝而不取。”【補注】燕鼠,喻似才而非才者。盧胡,喉間笑聲。句意謂統治者賞愛似才而實非才者,使人啞然失笑。“燕鼠”,疑當作“燕石”,聲近致誤。或庭筠誤記,將“燕石”與“燕鼠”混淆。《戰國策》“鼠璞”之典,與“燕”國無涉。

㉞【咸注】歐陽建詩:窮達有定分。【補注】賦分,天賦的稟性、資質、名位。

㉟【咸注】《漢·鄒陽傳》:孝文皇帝據關入立,寒心銷志。《左傳》:鄭賈人曰:“吾小人,不可以厚誣君子。”【補注】寒心,担憂、戒懼。《逸周書·史記》:“刑始於親,遠者寒心。”厚誣,深加誣蔑。

㊱【咸注】《吴越春秋》:吴王曰:"慶忌筋骨果勁,走追奔獸,手接飛鳥,骨騰肉飛,拊膝數百里。吾嘗追之於江,駟馬馳不及。"《吴都賦》:捷若慶忌。注:慶忌,吴王僚之子也。【補注】躡塵,猶追蹤。

㊲【咸注】《淮南子》:魯般,古之巧人。高誘注:公輸班也。王充《論衡》:魯般刻木爲鳶,飛三日不下。爲母作木車,木人爲御,機關一發,遂去不還。【按】操劍事未詳。二句似爲設喻,謂己欲追蹤捷足如慶忌、巧藝如魯般之諸友人。

㊳ 陪,原作"倍",據述鈔、姜本、席本、《全詩》、顧本改。【曾注】范蔚宗《樂遊應詔》詩:文囿降照臨。《詩》:濟濟多士。【補注】文囿,猶文苑。言己奉陪文苑中衆多才士(參加考試)。

㊴【曾注】陳琳《答張紘書》:足下與子布在彼,所謂小巫見大巫,神氣盡矣。【補注】神州,此指京城。左思《詠史詩》:"皓天舒白日,靈景曜神州。"吕向注:"神州,京都也。"試大巫,指與袁、苗、李等一同參加京兆府試,己如小巫之見大巫。

㊵【補注】《論語·先進》:"子路、曾皙、冉有、公西華侍坐。子曰:'以吾一日長乎爾,毋吾以也。居則曰:不吾知也。如或知爾,則何以哉!'……'點!爾何如?'鼓瑟希,鏗爾,舍瑟而作,對曰:'異乎三子者之撰。'子曰:'何傷乎,亦各言其志也。'曰:'暮春者,春服既成,冠者五六人,童子六七人,浴乎沂,風乎舞雩,詠而歸。'夫子喟然嘆曰:'吾與點也!'"此言在府試中雖亦希望自己的對答能得到考官的贊許。

㊶ 吁,《全詩》作"吹"。【曾注】《韓非子》:齊宣王好竽,吹竽者三百人,皆食禄。南郭先生不知竽,濫食禄於三百人中。宣王薨,後王立,曰:"寡人好竽,欲一一吹之。"南郭乃遁。【補注】濫,虚妄不實,名不副實。吁,吐氣。吁竽,即吹竽。句意謂己亦名不副實濫厠於吹竽者之列。喻義見作者自注。

㊷ 予,原作"子",據述鈔、十卷本、姜本、毛本、席本、《全詩》、顧本改。【補注】去秋,指開成四年秋,試京兆,參加京兆府的府試。薦名居其副,謂府試合格推薦參加明春禮部進士試的名次排在第二名。《唐摭言》卷一《兩監》:"以京兆为榮美,同、華爲利市。"卷二《京兆府解送》:"神州解送,自開元、天寶之際,率以在上十人,謂之等第。必求名實相副,以滋教化之源。小宗伯倚而選之,或至渾化。不然,十得其七八。苟異於是,則往往牒貢院請落由。"可見在正常情況下,京兆府試後薦名居第二,明春參加禮部進士試登第是"十得其七八"的事。

㊸【咸注】《晋諸公贊》:人人望名,求者奔競。【補注】干寶《晋紀總論》:"悠悠風塵,皆奔競之士;列官千百,無讓賢之舉。"奔競,奔走競争,追名逐利。

㊹【曾注】《莊子》:太初有無,無有無名。【補注】二句謂自己正因此使小人們猜疑爲争名逐利之徒,而自己又何嘗計較名利之有無。

㊺【曾注】鎦,古文"劉",通。【咸注】《晋書》:劉惔,字真長,沛國相人,雅善言理。簡文帝初作相,與王濛並爲談客,俱蒙上賓禮。時孫盛作《易象妙於見形論》,

帝使殷浩難之，不能屈。帝曰："使真長來，故應有以制之。"乃命迎惔，盛素敬服惔，及至，便與抗答，辭甚簡至，盛理遂屈。一座拊掌大笑，咸稱美之。【補注】《晋書·劉惔傳》稱其"性簡貴""高自標置""爲名流所敬重"，有"知人"之鑒。此當以劉惔借指朝中號稱"知人"之清貴。謂己雖往尋訪而不見知，故曰"虚訪覓"。

㊻【曾注】《後漢書》：王霸字元伯，潁陽人。從光武在薊。王郎移檄購光武，霸至市中，募人以擊郎。市人大笑，舉手揶揄之，霸慚而還。注：揶揄，手相笑也。【補注】句意謂己雖如王霸之忠於君主，却遭到世人嘲笑。

㊼【曾注】《戰國策》：馮煖爲孟嘗君客，收債之薛，燒其券，報曰："竊以爲君市義。"【補注】句意謂己雖忠心爲主"市義"，却得不到主人的贊許，故曰"虚焚券"。

㊽【曾注】《漢書》：終軍入關，關吏與軍繻。軍曰："以此何爲?"吏曰："爲復傳還，當以合符。"軍曰："大丈夫西遊，終不復傳還。"棄繻而去。【補注】繻，帛邊，書帛裂而分之，合爲符信，作爲出入關卡之憑證。終軍棄繻，表示决心在關中創立事業，説明年少而有大志。謾，空自。句意謂己雖如終軍之少年立志，却遭到人們的譏諷。

㊾【曾注】《漢書》：賈山言治亂之道，借秦爲喻，名曰《至言》。【按】此"至言"非指專書，而係指極高超之言論，所謂至理名言。《吕氏春秋·異寶》："以和氏之璧，道德之至言，以示賢者，賢者必取至言矣。"

㊿【咸注】謝靈運詩：伊余秉微尚。【補注】微尚，微小的志向。謙辭。

51【曾注】宋玉《對楚王問》：客有歌於郢中者，其爲《陽春白雪》，國中屬而和者數十人。【補注】句意謂己曲高和寡，不被世俗所理解。

52【補注】清風，語本《詩·大雅·烝民》："吉甫作誦，穆如清風。"鄭玄箋："穆，和也。吉甫作此工歌之誦，其調和人之性如清風養萬物然。"樂舞雩，見注㊵。句意謂惟有穆如清風者方能樂此舞雩浴沂的志趣、境界，即追求高遠者方能了解己之志趣。

53 勉，《全詩》、顧本作"俛"，字通。【曾注】《漢·吴王濞傳》：脅肩累足。【補注】《孟子·滕文公下》："脅肩諂笑，病于夏畦。"黽勉，勉強。葛洪《抱朴子·自叙》："乃表請洪爲參軍，雖非所樂，然利避地於南，故黽勉就焉。"

54【曾注】《詩》：搔首踟躕。【補注】搔首，有所思貌。嗟吁，慨嘆。

55【咸注】《吴書·韋曜傳》：今當角力中原，以定強弱。【補注】句意謂角力争勝者並非能者。

56【補注】《書·周官》："推賢讓能，庶官乃和。"《禮記·射義》："是故古者天子，以射選諸侯、卿、大夫、士。射者，男子之事也。"漢代考試取士方法之一爲射策，後亦泛稱應科舉考試爲射策。句意謂推選賢才當通過考試。

57 竦，述鈔、顧本作"悚"，通。【曾注】《詩》：兕觥其觩。【補注】《詩·小雅·桑扈》："兕觥其觩，旨酒思柔。"鄭箋："兕觥，罰爵也。古之王者與群臣燕飲，上下無失禮者，其罰爵徒觶然陳設而已。”兕觥，用獸角製的酒器。

㊿【曾注】《莊子》：置杯水於坳堂之上。《説文》：十絫爲銖，六銖爲錙。【咸注】陸倕《新漏刻銘》：箭異錙銖。【補注】兕觥，似喻諸賢才參加應試者；杯水，喻己才力微薄。二句似謂諸賢才大使人倍增恐懼，自己才力微弱，失之錙銖。

59【咸注】《唐六典》：兵部員外郎掌貢舉，有二科，一曰平射，一曰武射。其試用有七，一曰射長垛。

60【咸注】李白詩：雙鶬並落連飛髇。注：髇，呼交切，音虓。飛髇，鳴鏑也。《左傳》：乘丘之役，公以金僕姑射南宫長萬。注：金僕姑，矢名。【補注】金髇，金屬製的響箭。此二句似隱喻自己不能參加明春的禮部進士試，如射垛之收，良箭之藏，失却“射”的機會。

61【曾注】《左傳》：伍舉知其有備也，請垂櫜而入。《禮記》：君子之飲酒也，一爵而色灑如，二爵而言言，三爵而油油以退。【咸注】《吴書・諸葛恪傳》：張昭無辭，遂爲盡爵。【補注】垂櫜，倒垂着空的弓箭袋，示無用武意。櫜，弓衣、弓箭袋。盡爵，猶盡觴，飲盡杯中酒。“垂櫜”承上以射箭喻考試，謂己如同射者倒垂箭袋而歸，未能應試，羞與友人乾杯。

62【曾注】《禮記》：知悼子卒，平公飲酒曰：“寡人亦有過焉，酌而飲寡人。”杜蕢洗而揚觶。【咸注】班固《幽通賦》：管彎弧欲斃讎兮，讎作后而成已。【補注】《禮記・鄉飲酒義》：“盥洗揚觶，所以致絜焉。”揚觶，舉起酒器，古代飲餞時的一種禮節。《新唐書・韓琬傳》：“刺史行鄉飲餞之，主人揚觶曰：‘孝於家，忠於國。’”揚觶後人用作選賢之典，語本《禮記・射義》“孔子射於矍相之圃”一節。彎弧，彎弓。此亦以射箭喻應試，謂己有辱於舉送士子應禮部試前舉行的鄉飲酒之禮。

63【曾注】馬援《戒子書》：學杜季良不得，陷爲天下輕薄子，所謂畫虎不成反類狗也。【補注】謂己才藝拙劣，不能參加科舉考試。係貌似自謙之憤語。下句意類此。

64【曾注】《莊子》：朱泙漫學屠龍於支離益。【按】曾引過略。《莊子・列禦寇》：“朱泙漫學屠龍於支離益，單千金之家，三年技成，而無所用其巧。”屠龍，喻高超的技藝。句意謂龍過於珍希，即使學會屠龍之技藝也無所施其技。喻科場競争激烈即使有文章長技亦未必能登第。

65【曾注】《淮南子》：見飛蓬轉而知爲車。《馬援傳》：乘下澤車，御款段馬，使鄉里稱善人，足矣。注：款段，言形段遲緩也。【補注】曹植《雜詩》：“轉蓬離本根，飄飖隨長風。”句意謂自己如同轉蓬，漂泊不定，隨行動遲緩的馬慢行。

66【原注】墁，莫（原作“草”，據席本、《全詩》、顧本改）干反。【補注】墁壚，疑指黑黄色硬而粗的不黏土壤。《漢書・地理志》：“下土墳壚。”顔師古注：“壚謂土之剛黑者也。”墁有塗抹之義。句意謂己耘田除草，開闢出一片黄黑粗硬的下等田地。

⑰【立注】《後漢書》：鄭玄字康成，北海高密人。遊學十餘年乃歸鄉里，學徒相隨數百千人。國相孔融深敬於玄，屣履造門，告高密縣爲玄特立一鄉，曰鄭公鄉。【補注】句意似謂己在鄉居時收授受業弟子，有名於時。

⑱【曾注】《寰宇記》：愚公谷在臨淄縣西二十五里。【立注】《説苑》："齊桓公獵，逐鹿入山谷中，見父老，問：'此何谷？'曰：'愚公谷。'畜牸牛子大，賣之買駒。少年曰'牛不能生馬'，遂持駒去。旁人聞以爲愚，因以之名谷。"【補注】藏機，藏匿才智、心機。句意謂己隱於鄉間，藏機守拙。

⑲【補注】《論語・雍也》："質勝文則野，文勝質則史。文質彬彬，然後君子。"精等貫，精神同樣貫通。

⑳【補注】謂琴與筑的聲韻互相依賴，相得益彰。二句指在郊居作詩文奏琴筑。

㉑【曾注】《詩》：築室百堵。《易》：葬之中野。【補注】中野，原野之中。

㉒【曾注】屈原《卜居》：寧誅鋤草茅以力耕乎？庾信賦：誅茅宋玉之宅。【咸注】《西都賦》：華實之毛，則九州之上腴焉。【補注】謂誅鋤茅草，連接肥沃之地。

㉓ 綸，《全詩》、顧本校：一作"編"。【曾注】《爾雅》：葦醜芀。《荆楚歲時記》：正旦縣索葦。【咸注】《漢・晁錯傳》：爲中周虎落。鄭氏曰：若今時竹虎也。師古曰：以竹篾相連遮落之也。何遜詩：虎落夜方寢。【補注】虎落，籬落、藩籬。用以遮蔽衛護城邑營寨之竹籬。綸，經綸牽引。此謂葦花牽引於籬落之間。

㉔【咸注】庾信《枯樹賦》：戴癭藏瘤。《廣雅》：曲枅曰欒。《説文》：櫨，柱上枅也。【補注】松癭，松樹樹幹上突起如瘤之處。鬥，凑合。欒，柱上承梁之曲木。櫨，柱上承梁之方木。

㉕【曾注】《古今注》：蛺蝶翅多粉，以芳時飛集花間。【補注】謂因花蕊多故蝴蝶頻繁飛舞於花間。

㉖【曾注】杜甫詩：花蕊上蠭（蜂）鬚。【補注】酷，烈，形容花香濃烈。

㉗【曾注】三島即海上三山。詳卷一《曉仙謡》注②。【補注】迷，迷失，丢失。此謂水中洲渚長滿萋萋芳草，使海上仙山般的三島也似乎迷失了。

㉘ 五湖，見卷五《題友人居》"張翰何由到五湖"句注。【補注】此謂湖水清澄，波光蕩漾，使人疑爲太湖。

㉙【曾注】《埤雅》：藻，水草，生水底，横陳於水，若自澡濯然。【補注】《詩・小雅・魚藻》："魚在在藻，有頒其首。"句意謂游魚躍動，翻動水中藻荇一類水草。

㉚【補注】葭，初生的蘆葦。

㉛ 瞑，述鈔作"暝"。顧本作"溟"。《全詩》校：一作"冥"。【咸注】《臨海異物志》：鸂鶒，水鳥，毛有五采色，食短狐，其在溪中無毒氣。【補注】瞑渚，暮色籠罩的洲渚。瞑，昏暗。

㉜【曾注】《異物志》：鳥像雌雉，名鷓鴣。其志懷南，不思北徂。【咸注】《嶺表

録異》(引《南越志》):鷓鴣雖東西回翔,開翅之始必先南翥,其鳴自呼薄杜。【補注】本疑即温詞《更漏子》"畫屏金鷓鴣"之意,指畫屏上繪有金色鷓鴣。然此處上下文均描繪郊野之景,無由闌入室内幽屏上之繪畫。此"幽屏"指隱僻之處。《文選·左思〈吴都賦〉》:"隱賑崴裹,雜插幽屏。"李周翰注:"雜插幽屏,謂雜生隱僻之處。"幽屏,幽隱屏蔽之處。句意蓋謂幽僻處有鷓鴣藏卧,與上句相對應。

㉝ 蓺,李本、十卷本、姜本、毛本作"葝",非。述鈔、《全詩》、顧本作"藝",同。【補注】蓺植,耕種、栽植。

㉞【曾注】《漢書》:樵蘇後爨。注:砍木曰樵,藝草曰蘇。【補注】甘旨,美味之食物。梁元帝《金樓子·立言》:"甘旨百品。"仰,倚仗。

㉟【曾注】《吴書》:(陸)績年六歲,見袁術,出橘,績懷三枚,拜辭墮地。術曰:"陸郎作賓客而懷橘乎?"答曰:"欲以遺母。"【補注】曰"空懷橘",其時庭筠母當已去世。開成五年,庭筠四十歲。

㊱【曾注】《莊子》:據槁梧而瞑。【補注】《莊子·德充符》:"莊子曰:道與之貌,天與之形,無以好惡内傷其身。今子外乎子之神,勞乎子之精,倚樹而吟,據槁梧而瞑。天選子之形,子以堅白鳴。"成玄英疏:"槁梧,夾膝几也。惠子未遺筌蹄,耽内名理,疏外神識,勞苦精靈,故行則倚樹而吟詠,坐則隱几而談説,是以形勞心倦,疲怠而瞑者也。"

㊲【咸注】《漢書》:項羽曰:"歲饑人貧,卒食半菽。"【補注】菽,豆。半菽,指半菜半糧,粗劣的飯食。顔師古《漢書注》引臣瓚曰:"士卒雜蔬菜以菽雜半之。"

㊳【曾注】《後漢書》:郭林宗母憂,徐稺子弔之,買生芻一束於廬前而去。林宗曰:"此必南州高士徐孺子也。《詩》不云乎:'生芻一束,其人如玉。'吾何德以堪之?"【補注】生芻,鮮草。按:前有"笑語空懷橘"之句,此又用郭泰母去世,徐稺以生芻一束爲弔之事,或庭筠母確在其時去世。二句總言生活窮困。

㊴【咸注】《古今注》:室内空無人行,則生苔蘚,或青或紫,一名緑錢。

㊵ 艷,述鈔、李本、十卷本、姜本、毛本、席本、《全詩》一作"絶",底本無。【咸注】束皙《補亡詩》:白華絳趺,在陵之陬。鄭玄《毛詩箋》:跗,萼足也。跗與趺同。【補注】此謂芳香的小路上鋪滿絳色的花房,鮮豔奪目。

㊶【補注】屈原《離騷》:"余既滋蘭之九畹兮,又樹蕙之百畝。"

㊷【補注】謂曲折縈繞的小徑穿行於竹林中間。

㊸【曾注】《詩》:女執懿筐,爰求柔桑。【補注】此"桑女"疑用漢樂府《陌上桑》,指"采桑城南隅"之美貌女子羅敷。句意謂在織機上紡織者非羅敷式之"桑女"。

㊹【曾注】盛弘之《荆州記》:李衡於龍陽洲上種橘千株,臨死敕其子曰:"吾洲裏千頭木奴,歲可得絹千匹。"【補注】謂已之林園所種植者非可每年增殖財富之

木奴。

⑮【咸注】《西都賦》：投文竿，出比目。《古今注》：兖州人謂赤鯉爲赤驥，以其能飛越江湖故也。【補注】窺，伺。

⑯【曾注】潘岳《射雉賦序》：聊以講肄之餘暇，而習媒翳之事。善曰：翳者，所隱以射禽者也。【咸注】《埤雅》：楊孚《異物志》云：鸕鷀能没於深水，取魚而食之。【補注】青鸕，即鸕鷀，俗稱魚鷹，羽毛黑色，有緑色光澤。故稱。

⑰【曾注】《詩》：思樂泮水，薄采其芹。【補注】泮水，古代學宫前之水池，形狀如半月。此句即"思泮水之芹味"之意。

⑱【立注】《世説》：李百藥七歲時，有讀徐陵文者，云"刈琅邪之稻"，坐客並不識其事，百藥進曰："《傳》稱鄅人藉稻，注云'鄅國在琅邪開陽縣'。"人皆服其機穎。【補注】事出《續世説》卷四，非《世説新語》。此似有田出租，故云"得稻租"。

⑲【立注】《劉向别傳》：向校書天禄閣，夜暗獨坐誦書，有老人黄衣，植青藜杖，叩閣而進。吹杖端煙燃，與向説開闢以前。向因受五行《洪範》之文。至曙而去，曰："我太乙之精，天帝聞卯金之子有博學者，下而觀焉。"乃出竹牒天文地理之書，悉以授之。《莊子》：惠子曰："吾有大樹，人謂之樗，其大本擁腫而不中繩墨。"【補注】藜杖質輕而體擁腫，故云。顧嗣立注引《劉向别傳》與句意無涉。

⑳【曾注】《離騷》：製芰荷以爲衣兮，集芙蓉以爲裳。【補注】芰，菱葉。披敷，開張披散貌。

⑩①【補注】屈原《離騷》："恐鵜鴂之先鳴兮，使夫百草爲之不芳。"芳意，春意。鵜鴂、鶗鴂同，即杜鵑鳥。

⑩②【咸注】《莊子》：蟪蛄不知春秋。淮南王《招隱士》：蟪蛄鳴兮啾啾。【補注】蟪蛄生命短促，聞蟪蛄鳴而感生命之短促，故云"愁聲覺蟪蛄"。

⑩③【曾注】杜甫詩：嬌燕入檐回。

⑩④鼯，《全詩》、顧本校：一作"烏"。【曾注】《埤雅》：鼯鼠夷猶，狀如小狐，似蝙蝠肉翅，飛且乳，亦謂之飛生，音如人呼。謝朓詩：飢鼯此夜啼。【咸注】杜甫詩：飢鼯訴落藤。【補注】鼯，俗稱大飛鼠。外形似松鼠，尾長，背部褐色或灰黑色。前後肢之間有寬大的薄膜，能借此在樹間滑翔。古人誤以爲鳥類。《爾雅・釋鳥》："鼯鼠，夷由。"郭璞注："狀如小狐，似蝙蝠，肉翅……能從高赴下，不能從下上高。"

⑩⑤【補注】事迫，情事緊迫，情況緊急。幽墅，指詩人鄠杜郊居。

⑩⑥【曾注】《莊子》：夫畏途者，十殺一人，則父子兄弟相戒也。【補注】貧牽，爲貧困所牽累。犯，冒。犯畏途，冒畏途之危險。

⑩⑦【立注】《魏書》：《文章叙録》：杜摯字德魯，署司徒軍謀吏，後舉孝廉，除郎中，轉補校書，卒。事未詳。【補注】《三國志・魏書・王衛二劉傅傳》："郎中令河東杜摯等亦著文賦，頗傳於世。"裴注引《文章叙録》於"轉補校書"下云："摯與毌丘儉

鄉里相親，故爲詩與儉求仙人藥一丸，欲以感切儉求助也。其詩曰：'騏驥馬不試，婆娑槽櫪閒。壯士志未伸，坎坷多辛酸……被此篤病久，榮衛動不安。聞有韓衆藥，信來給一丸。'儉答曰：'鳳鳥翔京兆，哀鳴有所思……但當養羽翮，鴻舉必有期……'摯竟不得遷，卒於祕書。"然此杜摯事與句意不符合。按《史記·秦本紀》："（孝公）三年，衛鞅説孝公變法修刑……孝公善之。甘龍、杜摯等弗然，相與爭之。"又《商君列傳》："孝公既用衛鞅，鞅欲變法……杜摯曰：'利不百，不變法；功不十，不易器。法古無過，循禮無邪。'"杜摯當此，喻指傾軋之小人，《上裴相公啓》有"豈期杜摯相傾，臧倉見嫉"之語可證。

⑩⑧【咸注】《淮南子》：楊子見歧路而哭之，爲其可以南，可以北。【補注】唐人用楊朱泣歧事，多喻指仕宦失路，迷失方向。《列子·説符》載楊子之鄰人亡羊事，則嘆"歧路之中又有歧，吾不知所之"。

⑩⑨【曾注】《史記》：孔子去衛過曹，去曹適宋，與弟子習禮大樹下。【補注】旅食，客居、寄食。《史記·孔子世家》："（衛）靈公老，怠於政，不用孔子。孔子喟然嘆曰：'苟有用我者，期月而已，三年有成。'孔子行。"此借孔子過衛不見用指自己旅居寄食，得不到賞識與聘用。曾注引恐非此句所用。

⑪⑩【曾注】諸葛亮《出師表》：五月渡瀘。【補注】《出師表》有"五月渡瀘，深入不毛"之語，"欲渡瀘"謂己羈游欲入蠻荒不毛之地。瀘，水名，今長江上游金沙江。

⑪⑪【立注】宋孝武《丁督護歌》：督護初征時，儂亦惡聞許。願作石尤風，四面斷行旅。【補注】《宋書·樂志》："《督護歌》者，彭城内史徐逵之爲魯軌所殺，宋高祖使府内直督護丁旿收殮殯埋之。逵之妻，高祖長女也。呼旿至閤下，自問斂送之事，每問輒息，曰：'丁督護！'其聲哀苦，後人因其聲廣其曲焉。"按：此只取《丁督護歌》"其聲哀苦"，謂遊邊塞聞塞歌聲調悲苦。

⑪⑫【立注】李益《聽曉角》詩：秋風吹入《小單于》。注：唐大角曲有《大單于》《小單于》。【補注】《樂府詩集·橫吹曲辭四·梅花落》題解："《梅花落》，本笛中曲也。按唐大角曲有《大單于》《小單于》《大梅花》《小梅花》等曲，今其聲猶有存者。"此言聞邊角《小單于》而引起思鄉之情。庭筠《邊笳曲》有"朔管迎秋動"及"江南戍客心，門外芙蓉老"之句，《敕勒歌塞北》有"羌兒吹玉管"及"却笑江南客，梅落不歸家"之句，均可與"塞歌"二句類證，并可證其出塞之游在作此詩之前，其時猶家居江南吴中舊鄉。

⑪⑬ 摽，李本、十卷本、姜本、毛本、《全詩》作"標"，通。【咸注】《韻會》：剡木傷盗曰槍。《通俗文》：矛長丈八謂之槊。【補注】摽，通"標"，樹立。此謂邊塞之碉堡戍樓樹立着槍槊。

⑪⑭【咸注】《漢書》：舳艫千里。李斐曰：舳，船後持舵處也，艫，船前頭刺櫂處也。【補注】句意謂關隘渡口的船隻被困阻難以通行。

⑮【曾注】《馮異傳》:每所止舍,諸將並坐論功,異常屏樹下,軍中號曰大樹將軍。【補注】大樹,此處止取"將軍"之義。句意謂所歷邊地節鎮,威容尊嚴,令人敬畏。即"尊大樹(將軍)威容"意。

⑯【曾注】《漢・刑法志》:法繁秋荼。【補注】荼,此指田間雜草。《詩・周頌・良耜》:"以薅荼蓼。"荼至秋而繁茂,故以"秋荼"喻繁密的刑法。桓寬《鹽鐵論》:"昔秦法繁於秋荼,而網密於凝脂。"此謂行動小心謹慎,避免觸犯繁密的刑法。

⑰【咸注】宋玉《招魂》:目極千里兮傷春心。【補注】王之涣《登鸛雀樓》:"欲窮千里目。"

⑱【曾注】《爾雅》:四達謂之衢。【補注】九衢,縱横交叉的大道。借指京城。

⑲【咸注】《莊子》:孫叔敖甘寢秉羽,而郢人投兵。韓愈詩:倒身甘寢百疾愈。【補注】寢甘,猶安睡、酣睡。繫滯,棄置,指棄而不用。

⑳【曾注】《莊子》:列禦寇之齊,中道而反曰:"吾驚焉。吾嘗食於十漿,而五漿先饋。"【咸注】王延壽《魯靈光殿賦》:洪荒樸略,厥狀睢盱。《字林》:睢,仰目也;盱,張目也。【補注】漿饋,贈送酒漿。睢盱,睁眼仰視貌。句意謂贈送酒漿者看重受贈者之仰視感恩。

㉑【咸注】《禰衡傳》:衡矯時慢物,建安初,來游許下,陰懷一刺,既而無所之適,至於刺字漫滅。【補注】刺,古代名片。於竹簡上刺姓名,拜謁時先投刺。此言己懷刺欲拜謁官吏,而名聲先已遠傳。

㉒【補注】干時,求合於當時。道自孤,指己之道不爲時所容,不爲世所用。

㉓ 齒牙,見卷二《醉歌》"其餘豈足需牙齒"句注。激發,激動奮發。此謂别人隨口稱譽之言雖頻頻使自己激動奮發。

㉔ 簦,李本、十卷本、毛本作"凳",姜本作"薆",均誤。【曾注】《史記》:虞卿躡屩擔簦。《後漢書》:蘇章負笈尋師。【補注】簦,古代長柄笠,猶今之雨傘。笈,放置衣物書籍之竹製盛器。簦笈,指攜行李包裹奔走於官吏顯貴之門,企其汲引任用。崎嶇,喻入仕之路險阻。

㉕ 蓮府,指幕府。屢見前注。【補注】侯門,指節度使,因其地位相當於古之諸侯國,故稱。此句指題内之"回中蘇端公",蘇某當爲涇原節度使之幕僚,帶侍御史銜。

㉖【咸注】杜佑《通典》:御史爲風霜之任,故曰霜臺。《尚書》:帝曰俞。【補注】俞,表示應答與首肯,猶"是""對"。《尚書・堯典》:"帝曰:俞,予聞,如何?"此句指題内"殿院徐侍御,察院陳、李二侍御"。謂諸公受皇帝贊許。

㉗【咸注】《穆天子傳》:八駿之乘,一曰赤驥。曹植《七啓》:忽躡景而輕騖。【補注】躡景,追踏日影,極言千里馬奔馳之迅疾。

㉘【補注】《莊子・逍遥遊》:"鵬之徙於南冥也,水擊三千里,摶扶摇而上者九

萬里。"搏扶,"搏扶摇而上"之省,乘風直上。二句謂諸公前程遠大,升遷迅疾。

⑫⑨【曾注】《後漢書》:桓典拜侍御史,常乘驄馬,京師畏憚,爲之語曰:"行行且止,避驄馬御史。"【咸注】《晋・五行志》:魏侍中應璩在直廬。陸機詩:夕息旋直廬。【補注】寓直,此泛指夜間於官署值班。迴驄馬,乘驄馬回府邸。

⑬⓪【曾注】《漢書》:朱博爲御史大夫,其府列柏樹,常有野烏數千,晨去暮來,號曰朝夕烏。【咸注】《蜀書・杜瓊傳》:瓊曰:"古者名官職不言曹,始自漢已來,名官盡言曹,吏言屬曹,卒言侍曹。"【補注】分曹,分部門、分官署。對暝烏,除點明爲御史臺官員外,兼點其夜間寓直。徐商與陳某、李遠分屬於殿院、察院,故云"分曹對暝烏"。暝、瞑字通。

⑬①【曾注】《詩》:懷柔百神。【咸注】《魯靈光殿賦》:若鬼神之髣髴。【補注】歆,嗅聞。指祭祀時神靈享用祭品之香氣。髣髴,形容香氣之似有若無。

⑬②【曾注】《周禮》:孤竹之管。《唐書》:安禄山斷顔杲卿舌,含胡而絶。【補注】孤竹,用孤生之竹製成之管樂器。韻含胡,指音調不清晰。劉禹錫《與柳子厚書》:"絃張柱差,枵然貌存。中有至音,含糊弗聞。"含胡,猶大音希聲之謂。此二句似寫早朝時焚香奏樂。

⑬③【曾注】《漢書》:建章宫東則鳳闕,高二十餘丈。【補注】此言宫中上朝時官吏分班而立。

⑬④【咸注】杜甫詩:爲報鴛行侶。【補注】鵷行,朝官之班行如鵷鷺之有序,故稱。鵷,同"鴛"。竦劍,持劍。經帝王特許,重臣上朝時可不解劍,不脱靴履,以示殊榮。

⑬⑤【咸注】《詩》:密勿王事。【補注】觸邪,古代傳説中的神羊,名獬豸,能辨邪觸不正者。古代以觸邪冠(又名獬豸冠)爲御史之冠,参注⑭③。密勿,機要、機密。此謂御史臺諸公承天子之密命。

⑬⑥【曾注】《詩》:訏謨定命。【補注】訏謨,指皇帝宏偉之謀劃。

⑬⑦【曾注】《禮記》:登降有節。鳴玉,見注㉔。

⑬⑧衝,《全詩》、顧本作"衡"。響,原作嚮,據述鈔、《全詩》、顧本改。婁,十卷本、姜本、毛本作"裾"。【曾注】《禮記》:凡帶必有佩玉,佩玉必有衝牙。《詩》:弗曳弗婁。【補注】衝牙,古代佩玉部件之一種。《禮記・玉藻》"佩玉有衝牙"。孔疏:"凡佩玉必上繫於衡,下垂三道,穿以蠙珠,下端前後以縣於璜,中央下端縣以衝牙,動則衝牙觸璜而爲聲。所觸之玉,其形似牙,故曰衝牙。"曳婁,牽引。

⑬⑨【曾注】《墨子》:和氏之璧,諸侯之良寶也。【補注】《韓非子・和氏》:"楚人和氏(卞和)得玉璞楚山中,奉而獻之厲王,厲王使玉人相之。玉人曰:'石也。'王以和爲誑,而刖其左足。及厲王薨,武王即位,和又奉其璞而獻之武王,武王使玉人相之,又曰:'石也。'王又以和爲誑,而刖其右足。武王薨,文王即位……王乃使玉人

理其璞，而得寶焉，遂命曰和氏之璧。”

⑭【補注】博山鑪，此指御案前的香爐。注詳卷八《博山》注①。

⑭【咸注】《世説》：王戎曰：“太尉神姿高徹，如瑶林瓊樹，自然是風塵外物。”【補注】瑞景，吉祥的陽光。森，滿。瓊樹，對宮中樹木的美稱。

⑭【咸注】鮑照《白頭吟》：清如玉壺冰。【補注】此二句似兼喻御史臺諸公得到皇帝的恩寵及其官品之高潔。

⑭ 豸，李本、十卷本、姜本、毛本作“象”，誤。【立注】《漢宫儀》：獬豸獸性觸不直，故執憲者以角形爲冠。《輿服志》：侍御史冠法冠，一曰柱後，以鐵爲柱，言其審固不撓，常清峻也。

⑭【立注】《唐會要》：左右史分立殿下，直第二螭首，和墨濡筆，即螭首坳處，號螭頭金鋪。【補注】《新唐書·百官志二》：“其後復置起居舍人，分侍左右，秉筆隨宰相入殿。若仗在紫宸内閣，則夾香案分立殿下，直第二螭首，和墨濡筆，皆即坳處，時號螭頭。”趙彦衛《雲麓漫鈔》：“所謂螭首者，蓋殿陛間壓階石上雕鐫之飾。”金鋪，金屬鋪首。

⑭ 弓，述鈔、《全詩》作“卷”，顧本作“弖”，並同。《全詩》校：一作“帙”。【立注】《王羲之傳》：羲之字逸少，尤善隸書，爲右軍將軍、會稽内史。

⑭【立注】《顧愷之傳》：愷之字長康，喜丹青，嘗以一厨畫糊題其前寄桓玄。玄發厨竊畫，而緘閉如舊以還之，紿云未開。愷之見封題如初，直云妙畫通靈，變化而去，亦猶人之登仙，了無怪色。案：《名畫記》：愷之小字虎頭。吴曾《漫録》：顧愷之爲虎頭將軍，非小字也。《畫記》誤耳。

⑭【咸注】《後漢·李業傳》：犍爲任永及業同郡馮信、公孫述連徵命，皆託青盲以避世難。及聞述誅，皆盥洗更視曰：“世適平，目即清。”【補注】氣象，當指以上所描繪之早朝威儀氣象。下句“規模”亦同指朝儀。

⑭【曾注】《莊子》：形固可使如槁木，而心固可使如死灰乎？《漢書》：規模宏遠。【補注】心死，心悦誠服。

⑭【咸注】《左傳》：文物以紀之。【補注】文物，指禮樂制度。觀文物，疑用季札觀樂事。《史記·吴太伯世家》：“吴使季札聘於魯，請觀周樂。爲歌《周南》《召南》，曰：‘美哉！始基之矣，猶未也，然勤而不怨。’……見舞《招箾》，曰：‘德至矣哉！大矣，如天之無不幬也，如地之無不載也。雖甚盛德，無以加矣。觀止矣。若有他樂，吾不敢觀。’”

⑮【咸注】《戰國策》：骨疑象碔砆類玉。【補注】碔砆，似玉之石。二句似謂朝廷文物極盛，何勞再雕琢我這碔砆之質呢？

⑮【曾注】《瑞應圖》：騕褭神馬，明君有德則至。

⑮【曾注】《列子》：西海上多昆吾石，冶成鐵，作劍，切玉如泥。【補注】苕溜，疑

指劍上之緑色銹斑。淬,淬火。鍛造刀劍時將鍛件浸入水中,迅速冷却,以增強硬度。此泛指錘煉、磨礪。昆吾,寶劍。《山海經·中山經》:"又西二百里曰昆吾之山,其上多赤銅。"郭璞注:"此山出名銅,色赤如火,以之作刃,切玉如割泥也。"

⑬【曾注】古詩:越鳥巢南枝。【按】此謂己之鄉思方殷,如越鳥之巢南枝。據此,庭筠雖寓居鄠郊,其故鄉則在南方。

⑭【曾注】《漢·魏豹傳》:豹謝曰:"人生一世間,如白駒過隙。"師古曰:白駒,謂日景(影)也。隙,壁際也。

⑮【立注】王徽《雜詩》:朱火獨照人,抱景(影)自愁怨。【補注】抱影,言其孤獨。左思《詠史》之八:"落落窮巷士,抱影守空廬。"

⑯【立注】曹植《三良》詩:誰言捐軀易,殺身誠獨難。【補注】上句"銜恩",下句"酬德",均對徐、陳、李、蘇而言。

⑰【咸注】杜甫詩:脱略小時輩。《晋·周顗傳》:王導曰:"冥冥之中,負此良友"。【補注】謂袁、苗、李三人於時輩中推爲良友。

⑱【咸注】司馬遷《報任安書》:李陵既生降,頹其家聲。《左傳》:女叔齊曰:"君子能知其過,必有令圖。"謝朓詩:平生仰令圖。【補注】令圖,遠大的圖謀。此言三友人繼承家聲,懷抱遠圖。

⑲【曾注】魏彦深賦:雙骹長者起遲,六翮短者飛急。【補注】《論語·學而》:"事父母能竭其力,事君能致其身,與朋友交而有信。"致身,原指獻身,後用作出仕之典。此句傷己翅短力微,不能奮飛,入仕艱難。

⑳【曾注】《漢·鄒陽傳》:蛟龍驤首。【咸注】《韓詩外傳》:昔者田子方出,見老馬於道,問其御曰:"此何馬也?"曰:"公家畜也。疲而不用,故出之。"子方喟然嘆曰:"少盡其力,老棄其身,仁者不爲也。"宋玉《九辯》:策駑駘而取路。【補注】驤首,抬頭。此謂諸友如駿馬時時抬頭回顧自己這匹疲馬。

㉑【咸注】《班固傳》:固字孟堅,綴集所聞,以爲《漢書》,凡百篇。《司馬遷傳》:遷著十二本紀,作三十世家,七十列傳,凡百三十篇,爲《太史公書》,成一家言。

㉒【咸注】《後漢書》:雷義舉茂才,讓於陳重,鄉里爲之語曰:"膠漆自謂堅,不如雷與陳。"【補注】二句謂三友人才如班、馬齊鶩,情似雷、陳親密,並駕齊驅。

㉓皆言爾志,見本篇注㊵。【補注】句意謂昔與諸友均參加府州考試,如孔門弟子之各言其志。或解爲與三友人同門而學,亦通。

㉔【補注】《論語·子罕》:"子曰:後生可畏,焉知來者之不如今也!"《論語·先進》:"非吾徒也,小子鳴鼓而攻之可也。"此句"吾徒"指苗、袁、李三友人。謂如今則諸子後生可畏,自愧不如。

㉕【咸注】《張華傳》:斗牛間常有紫氣,華問雷焕,曰:"寶劍之精,上徹於天耳。"【補注】《晋書·張華傳》:"初,吴之未滅也,斗牛之間常有紫氣……及吴平之

後，紫氣愈明。華聞豫章人雷焕妙達緯象，乃要焕宿……焕曰：'寶劍之精，上徹於天耳。'……因問曰：'在何郡?'焕曰：'在豫章豐城。'……華大喜，即補焕爲豐城令。焕到縣，掘獄屋基，入地四丈餘，得一石函，光氣非常，中有雙劍，並刻題，一曰龍泉，一曰太阿。其夕，斗牛間氣不復見焉。"斗，北斗星；牛，牽牛星。斗牛二宿之分野當吴越地區。此句以沉埋地下氣冲斗牛之寶劍自喻。

⑯ 辨，李本、十卷本、姜本、毛本、《全詩》作"辯"，通。【曾注】轆轤、鹿盧同。【立注】鹿盧之劍。晋灼曰：古劍首以玉作鹿盧。古樂府：腰間鹿盧劍，可直千萬餘。【補注】《漢書·雋不疑傳》注："古長劍首以玉作井鹿盧形，上刻木作山形，如蓮花初生未敷時。今大劍木首，其狀似此。"此以"轆轤"代指寶劍。句意謂無人辨識自己的才能。

⑯ 緑蟻，借指酒。詳卷四《送陳嘏之侯官兼簡李常侍》注②。

⑯ 【立注】《王衍傳》：衍妻郭氏，賈后之親，藉勢貪戾，聚斂無厭。衍疾郭貪鄙，口未嘗言錢。郭欲試之，令婢以錢繞牀，使不得行。衍晨起，見錢，謂婢曰："舉阿堵物却。"干寶《搜神記》：南方有蟲，名青蚨，形似蟬而稍大，以母血塗錢八十一文，以子血塗錢八十一文，每市物，或先用母錢，或先用子錢，皆復飛歸，輪轉無已。故《淮南子》術以之還錢，名曰青蚨。【補注】妻試踏青蚨，似言己雖窮困而賤視金錢。

⑯ 【咸注】鄒陽上書：衆口鑠金，積毁銷骨也。

⑰ 【曾注】《禮記》：瑕不掩瑜。注：瑕，玉之病也；瑜，其中間美者。

⑰ 【立注】《晋書·載記》：陳安左手奮七尺大刀，右手執丈八蛇矛。《唐書·鄭畋傳》：争麾隴右之蛇矛，待掃關中之蟻聚。【補注】《樂府詩集》卷八十五《隴上歌》："隴上健兒有陳安，丈八蛇矛左右盤，十盪十决無當前。"此句似喻己猶希再參加科舉考試。

⑰ 【咸注】張衡《東京賦》：白龍魚服，見困豫且。《説苑》：吴王欲從民飲，伍子胥曰："昔白龍下清冷之淵，化爲魚，豫且射中目。白龍不化，豫且不射。"【補注】白龍魚服，常以喻帝王或貴人微服出行，恐有不測之虞。此則似借喻自己如白龍魚服，不爲人所識，反而自我拘囚。

⑰ 【咸注】《莊子》：爲不善乎顯明之中者，人得而誅之，爲不善乎幽閒之中者，鬼得而誅之。【補注】逭，逃避。

⑰ 【咸注】《莊子》：其卧徐徐，其覺于于。餘詳卷五《華陰韋氏林亭》"陌塵宫樹是非間"句注。【按】此似化用《莊子·齊物論》："昔者莊周夢爲蝴蝶，栩栩然胡蝶也。自喻適志與？不知周也。俄而覺，則蘧蘧然周也。不知周之夢爲胡蝶與？胡蝶之夢爲周與？周與蝴蝶，則必有分矣。此之謂物化。"句意謂夢醒後對是與非感到迷惑。此憤世之言。

⑰ 【曾注】《詩》：父曰嗟予子行役。【補注】秦，指關中長安；吴，指春秋吴國（今

江蘇南部)之地。據此句,庭筠其時將有自長安至吴中之行役。亦即詩題所謂“將議遐適”。吴中爲其故鄉。

⑯【咸注】《史記》:余低回留之不能去云。【補注】低徊,徘徊、流連。

⑰【曾注】《左傳》:蒙犯霜露。【咸注】《東觀漢記》:世祖蒙犯霜雪。【補注】蒙犯,此指旅途上將受風霜塵埃的侵襲冒犯。

⑱【曾注】沈約詩:旅雁每回翔。

⑲【曾注】《魏書》:陳登喻吕布曰:“譬如養鷹,飢則爲用,飽則颺去。”【補注】二句想象旅途中所見,兼以自寓漂泊窮困。

⑳【立注】劉石齡云:《古今注》:促織,一名蟋蟀,謂鳴聲如急織也。里語:促織鳴,嬾婦驚。

㉑繭,《全詩》、顧本校:一作“緒”。【咸注】《爾雅翼》:太昊師蜘蛛而結網。故張望賦云:“吐自然之纖緒,先皇羲以結網。”《太玄經》:蜘蛛之務,不如蠶之綸。【補注】心繭,謂心緒紛亂糾結如繭。學蜘蛛,謂如蜘蛛之結網以自困。

㉒【咸注】《莊子》:漢陰丈人曰:“有機械者必有機事,有機事者必有機心。”【補注】機,指事物變化之原由,故曰“難料”。

㉓【曾注】《左傳》:小信未孚。【補注】孚,使相信,使信服。

㉔【曾注】盧思道詩:谷中石虎徑銜箭。【補注】激揚,激奮昂揚。

㉕【立注】郭緣生《述征記》:盟津、河津恒濁,寒則冰厚數丈。冰始合,車馬不敢過,要須狐行。云此物善聽,冰下無水乃過,人見狐行方渡。【補注】句意謂心存疑懼,有如聽冰之狐。

㉖窟,底本一作□(闕文)。【曾注】《戰國策》:馮煖曰:“狡兔有三窟,僅得免其死耳。”

㉗【補注】合符,符信相合。古以竹木或金石爲符,上書文字,剖而爲二,各執其一,合之爲證。《孟子·離婁下》:“地之相去也,千有餘里;世之相後也,千有餘歲。得志行於天下,若合符節。”句意謂己與諸友人論心每相符合。

㉘【曾注】《詩》:棠棣之華,鄂不韡韡。【補注】浪,徒然。棣萼,喻兄弟。《詩·小雅·常棣》:“棠棣之華,鄂不韡韡;方今之人,莫如兄弟。”其小序謂爲召公宴兄弟而作。棠棣,薔薇科,暮春開花。

㉙【咸注】《漢書》:非有葭莩之戚。師古曰:葭,蘆也。莩,其筒中白皮,言輕薄而附著。【補注】二句似謂兄弟棣萼同輝徒成空言,親戚亦無所依託。按:庭筠有弟庭皓。

㉚【曾注】《詩》:嚶其鳴矣,求其友聲。【補注】《詩·小雅·伐木》:“伐木丁丁,鳥鳴嚶嚶。出自幽谷,遷於喬木。嚶其鳴矣,求其友聲。”嚶嚶爲鳥鳴之聲,唐人常以嚶鳴出谷遷喬之鳥爲黄鶯,故以“鶯遷(喬木)”指登第。此句意謂,友人如出谷

遷喬之鶯，即將登第，正嚶鳴而求友。

⑲① 巢，《全詩》、顧本校：一作“梁”。【曾注】《莊子》：鴟得腐鼠，鵷鶵過之，仰而視之曰：“嚇！”【補注】《詩·豳風·鴟鴞》：“鴟鴞鴟鴞，既取我子，無毀我室，恩斯勤斯，鬻子之閔斯。”“予羽譙譙，予尾翛翛，予室翹翹，風雨所漂摇，予惟音曉曉。”句意當自此化出，“雛”指危巢中的小鳥。意謂鴟鴞（貓頭鷹）似的惡人切莫威嚇已處於風雨飄摇之境的兒女。如用《莊子·秋水》事，則“危巢”意無着落。

⑲② 【咸注】《晋書》：裴秀少好學，能屬文，時人爲之語曰：“後進領袖有裴秀。”又：魏舒堂堂，人之領袖。【補注】風華，風采才華。《南史·謝晦傳》：“時謝混風華爲江左第一。”此言友人之風采才華飄揚，爲士林領袖。

⑲③ 襦，《全詩》作“繻”，誤。【咸注】《莊子》：儒以《詩》《禮》發冢。大儒臚傳曰：“東方作矣，事之何若？”小儒曰：“未解裙襦，口中有珠。《詩》固有之曰：‘青青之麥，生於陵陂。生不布施，死何含珠？’”【補注】衾襦，覆蓋尸體之單被和死人所穿之短襖。此句似對當時欺世盗名，打着儒家幌子作壞事的文士有所諷。

⑲④ 【曾注】《魏書》：曹公作攲案，卧視書。【補注】攲枕，倚枕，斜靠着枕頭。示不眠有所思，故曰“情何苦”。

⑲⑤ 豈殊，二字原脱，據述鈔、席本、《全詩》、顧本補。豈，《全詩》、顧本校：一作“固”。【曾注】鄧析書：同舟涉海，中流遇風，救患若一，所憂同故也。【補注】《孫子·九地》：“夫吴人與越人相惡也，當其同舟而濟，遇風，其相救也，如左右手。”句意蓋企望友人同舟相濟。

⑲⑥ 此句原作“放□懷親□蕙芷”，二闕文係上句末二字闕文誤入，兹據述鈔、席本、《全詩》、顧本删正。【曾注】《離騷》：雜申椒與菌桂兮，豈惟紉夫蕙芷。【補注】蕙芷，香草，蕙草與白芷。放懷，猶縱情。“蕙芷”喻友人。

⑲⑦ 【曾注】《淮南子》：西日垂景在樹端，曰桑榆。【咸注】《馮異傳》：可謂失之東隅，收之桑榆。注：桑榆謂晚也。【補注】收之桑榆，本謂初雖有失，而終得補償，後轉喻時猶未晚。而己則異於是，故曰“收迹異桑榆”。

⑲⑧ 扳，述鈔、席本、《全詩》、顧本作“攀”，通。贈遠扳柳，指折柳送别，詳卷二《東郊行》末二句注。

⑲⑨ 【曾注】《漢書》：路温舒父爲里監門，使温舒牧羊。温舒取澤中蒲截以爲牒，編用寫書。【補注】時值隆冬，柳條未舒，雖欲折柳贈遠而不能，故曰“聊扳柳”；家貧無紙，故截蒲裁書以寄呈。

⑳⓪ 【補注】《詩·邶風·静女》：“愛而不見，搔首踟躕。”二句謂臨行之前，遠瞻風采，流淚無限，頻頻回首，徬徨不前。

【箋評】

【按】本篇爲庭筠集中篇幅最長的一首百韻長律，亦爲反映其生平經歷中一段重要際遇之作品。全詩可分五段。自開頭至“龍希莫學屠”五十八句爲第一段。其中首八句爲一總引,概述己因不得參加明年進士試而窮郊自傷之情事。以下五十句,先叙自己“奕世參周禄,承家學魯儒”之家世,次叙“文囿陪多士,神州試大巫”參加京兆府試的經歷,再叙因故未參加禮部試的遭遇及内心的憤懣。第二段自“轉蓬隨款段”至“高木墮飢鼯”四十二句,叙述自己居住鄠郊的生活及景物。第三段自“事迫離幽墅”至“簦笈尚崎嶇”二十句,叙己曾因“事迫”而離開郊墅外出,遊歷邊地,拜謁官吏,雖蒙稱賞,實無汲引之意。第四段自“蓮府侯門貴”至“今亦畏吾徒”四十句,贊美御史臺諸公及三友人,對諸公之恩德表示感激,對三友人之並駕齊驅深表欣羨。第五段自“有氣干牛斗”至末,自慨寶劍沉埋,無人辨識,自叙將有“秦吴”之役,以瞻風流淚,回首踟蹰作結。各段篇幅長短參差,反映作者落筆前並無通盤考慮與精密構思,全憑自身所遇所感信筆叙寫。故從藝術角度而言,此長律較杜甫、李商隱同類之作典麗精工者自遜一籌。然對了解當時之經歷遭遇及思想感情,則自有其價值。庭筠參加京兆府試,薦名居第二,却未能參加禮部進士試,其原因當非庭筠自稱緣於“抱疾”。從本篇“寒心畏厚誣”“正使猜奔競”“積毁方銷骨”“危巢莫嚇雛”等語中不難想見,其時庭筠所遭之毁謗誣蔑當十分嚴重,不但直接影響其參加進士試,且使其無法繼續在郊墅安居,以至有“行役議秦吴”之舉。詩中雖未明言所遭誣毁之具體内容,然其對庭筠仕途的影響及所造成之内心傷害之嚴重,固不待言。

感舊陳情五十韻獻淮南李僕射[1]

嵇紹垂髫日[2],山濤筮仕年[3]。琴樽陳座上[4],紈綺拜牀前[5]。鄰里纔三徙[6],雲霄已九遷[7]。感深情慺悦[8],言發淚潺湲[9]。

憶昔龍圖盛[10],方今鶴羽全[11]。桂枝香可襲[12],楊葉舊頻穿[13]。玉籍標人瑞[14],金丹化地仙[15]。賦成攢筆寫[16],歌出滿城傳[17]。既矯排虚翅[18],將持造物權[19]。萬靈思鼓鑄[20],群品待陶甄[21]。視草絲綸出[22],持綱雨露懸[23]。法行黄道内[24],居近翠華邊[25]。書迹臨湯鼎[26],吟聲接舜絃[27]。白麻紅燭夜[28],清漏紫微天[29]。雷電隨神筆,魚龍落彩牋[30]。閑宵陪雍時[31],清暑在甘泉[32]。耿介非持禄[33],優游是養賢[34]。冰清臨百粤[35],風靡化三川[36]。委寄崇推轂[37],威儀壓控弦[38]。

梁園提彀騎[39],淮水换戎旃[40]。照日青油濕[41],迎風錦帳鮮[42]。黛蛾陳二八[43],珠履列三千[44]。舞轉迴紅袖[45],歌愁斂翠鈿[46]。滿堂開照耀[47],分座儼嬋娟[48]。油額芙蓉帳[49],香塵玳瑁筵[50]。繡旗隨影合[51],金陣似波旋[52]。緹幕深迴乐[53],朱門暗接連[54]。彩虬蟠畫戟[55],花馬立金鞭[56]。

有客將誰託[57],無媒竊自憐[58]。抑揚中散曲[59],漂泊孝廉船[60]。未展干時策[61],徒抛負郭田[62]。轉蓬猶邈爾[63],懷橘更潸然[64]。投足乖蹊徑[65],冥心向簡編[66]。未知魚躍地[67],空媿鹿鳴篇[68]。予嘗忝京兆薦,名居其副[69]。稷下期方至[70],漳濱病未痊[71]。二年抱疾,不赴鄉薦,試有司[72]。定非籠外鳥[73],真是殼中蟬[74]。蕙逕鄰幽澮[75]。荆扉興静便[76]。草堂苔點點,蔬囿水濺濺[77]。釣罷溪雲重[78],樵歸澗月圓。嬾多成宿疢[79],愁甚似春眠[80]。木直終難怨[81],膏明只自煎[82]。鄭鄉空健羨[83],陳榻未招延[84]。

旅食逢春盡,羈遊爲事牽[85]。宦無毛義檄[86],婚乏阮修錢[87]。冉弱營中柳[88],披敷幕下蓮[89]。儻能容委質[90],非敢望差肩[91]。澀劍猶堪淬[92],餘朱或可研[93]。從師當鼓篋[94],窮理久忘筌[95]。折簡能榮瘁[96],遺簪莫弃捐[97],韶光如見借[98],寒谷變風煙[99]。

【校注】

①【立注】《舊唐書》:李蔚字茂休,隴西人。開成末進士擢第。大中七年,知制誥,轉郎中,正拜中書舍人。咸通五年,權知禮部貢舉。六年,拜禮部侍郎,轉尚書右丞。尋拜京兆尹、太常卿。尋以本官同平章事,加中書侍郎。罷相,出爲襄州刺史、山南東道節度使。入爲吏部尚書,加檢校尚書右僕射、汴州刺史、宣武軍節度觀察等使。咸通十四年,轉揚州大都督府長史、淮南節度副大使知節度事。【顧肇倉曰】《舊唐書》一七四《李德裕傳》:"武宗即位,七月,召德裕於淮南。九月,授門下侍郎同平章事。"《舊・紀》開成五年下亦云:"九月,以淮南節度使檢校尚書左僕射李德裕爲吏部尚書、同中書門下平章事。"據此,本詩蓋即開成五年秋季李德裕自淮南任入朝時飛卿獻李德裕之作。是時,李德裕官淮南節度使檢校尚書左僕射,與本詩題官正合。故本詩有"既矯排虚翅,將持造物權。萬倫(當作靈)思鼓鑄,群品待陶甄"之語,言其即將入相也。又曰:復按德裕曾三官西浙觀察使。《漢書・地理志》注:"自交趾至會稽七八千里,百粤雜處。"則西浙固可稱百粤,而與"冰清臨百粤"之語合矣。曾分司東都,即所謂"風靡化三川"也。《箋注》以三川爲河南,説固可通,但唐代,蜀地亦可稱三川,而德裕則曾鎮西川,且有政績。又曾爲滑州刺史及淮南節度使,即本詩所謂"梁園""淮水"也。與德裕宦跡正合。(《温庭筠感舊陳情五十韻獻淮南李僕射舊注辨誤》,轉引自夏承燾《温飛卿繫年》,見《唐宋詞人年譜》390~391頁)【夏承燾曰】此

詩蓋獻李德裕而非李蔚……以此詩按之德裕行歷："視草絲綸出，持綱雨露懸。""白麻紅燭夜，清漏紫微天"一段，乃指其穆宗初召充翰林學士；"冰清臨百粵，風靡化三川。委寄崇推轂，威儀壓控弦"一段，則指其爲鄭滑節度使、雲南招撫使，在蜀"西拒吐蕃，南平蠻蜑《舊書》本傳，語語皆合。再案獻李僕射詩在書懷百韻後。書懷百韻題云："開成五年秋，以抱疾郊野，不得與鄉計偕至王府。"而獻李僕射詩亦有"稷下期方至，漳濱病未痊"之句，原注云："二年抱疾，不赴鄉薦試有司"：是二詩必同爲開成五年作，正德裕在淮南任就加左僕射之時也（李蔚其時方擢進士第）。（《温飛卿繫年》。《唐宋詞人年譜》389 頁）【陳尚君曰】以德裕爲贈詩對象……明顯不合者，至少有三：德裕分司東都，爲時僅十餘天，旋遭貶去，不能說"風靡化三川"，此其一。德裕兼雲南招撫使，官廨駐成都，是爲蜀地；三鎮浙西，乃越地。漢以前自交趾至會稽一帶，百粵雜處，確有其事，而唐人所謂百粵，皆指嶺南……罕有稱越、蜀爲百粵之例。德裕會昌前，未涉足嶺南，"冰清臨百粵"句，無從着落。此其二。詩中"梁園提轂騎，淮水换戎旃"，謂李自梁宋一帶調鎮淮南。鄭滑節度轄地與梁宋相接，只是很少用"梁園"指代。姑謂此處可代，而德裕自鄭滑任到移鎮淮南，相隔八年之久，用"换"字似嫌唐突。此其三。德裕時負盛名，庭筠如贈詩給他，不應錯舛如此。又曰：尤應確定的，是《感舊》詩的投贈時間。詩中自注："余嘗忝京兆薦，名居其副。"即《書懷百韻》自注："予去秋試京兆，薦名居其副"一事，在開成四年秋。《感舊》另一自注："二年抱疾，不赴鄉薦試有司"，指受薦名的當年和次年均未赴選……後段復云："旅食逢春盡，羈游爲事牽。"當爲暮春客游淮南时作。開成五年春（840），庭筠無法預卜是年秋能否赴試，故此詩至早也應作於次年會昌元年（841）春末。據《舊唐書·武宗紀》，開成五年九月，李德裕自淮南節度使入京爲相。此時，庭筠尚臥疾郊野。及至贈詩時，德裕已離淮南逾半年。唐人重官稱，尤重官職，干謁詩絶不會用較低的舊銜稱謂。又曰：檢《舊唐書·武宗紀》，德裕淮南卸職後，"以宣武軍節度使、檢校吏部尚書、汴州刺史李紳代德裕鎮淮南"。會昌二年（842）二月，李紳自淮南入相。同書一七三《李紳傳》，"武宗即位，加檢校尚書右僕射、揚州大都督府長史、知淮南節度大使事"。是李紳也可稱爲"淮南李僕射"，其任職起訖時間，與庭筠贈詩時間，也可吻合。以李紳仕歷與《感舊》中的叙述相參，確鑿無疑地表明李紳爲受贈詩者（以下略，詳見有關各句注引陳文）。（《温庭筠早年事迹考辨》。《中華文史論叢》1982 年 2 期。）【按】淮南李僕射，除李蔚、李德裕、李紳諸説外，尚有黄慶雲所主張之李珏説（《江海學刊》）1983 年 5 期《温庭筠雜考三題》）。諸説之中，考辨詳密可信者當屬陳尚君所主張之李紳説。兹從陳説，訂此詩作於會昌元年春末。句下注亦多采陳説。

②【曾注】《晉書》：山濤字巨源，與嵇康善，爲竹林之遊。康坐事，臨誅謂子紹曰："巨源在，汝不孤矣。"【補注】嵇紹（252—304），字延祖，嵇康子。十歲時康被殺。

武帝咸寧五年(279),時山濤領吏部,乃言於武帝,授祕書監,入洛。人見之,目爲"昂昂然如野鶴之在雞群"。累遷汝陰太守、徐州刺史、給事黄門侍郎、散騎常侍,領國子博士。後爲成都王穎軍所殺。《晋書·忠義傳》有《嵇紹傳》。垂髫,髪髻下垂,爲古時兒童髪式。約七八歲。嵇康《與山巨源絶交書》云:"女年十三,男年八歲,未及成人,况復多病。"

③【咸注】《左傳》:畢萬筮仕於晋,遇屯之比,辛廖占之曰吉。【補注】《晋書·山濤傳》:"濤年四十,始爲郡主簿、功曹、上計掾。"筮仕,本指將出做官,卜問吉凶。後多指初出做官。二句謂己正當垂髫之年,李紳初入仕。陳尚君曰:"參照《唐書·李紳傳》及卞孝萱先生《李紳年譜》,李紳初仕情况是:元和元年(806)登第後,旋即東歸。途經潤州,鎮海軍節度使留爲掌書記。次年十月,李錡謀反被殺。李紳以不附錡免罪,歸無錫縣家居……李紳初仕數年間,在江浙一帶留住甚久。從'琴書陳座上'看,時正賦閑。今姑定庭筠見李紳在元和三年(808),李紳時年三十七歲,辭掌書記職家居。嵇康《與山巨源絶交書》:'男(指嵇紹)年八歲,未及成人。'庭筠《上令狐相公啓》:'嵇氏則男兒八歲,保在故人。'庭筠以嵇紹自比,時年約八歲,比李紳年幼近三十歲。嵇紹、山濤之比,言年歲懸殊,甚爲恰當。以此逆推庭筠生年,約在德宗貞元十七年,即公元801年。"按:陳説近是。李紳初仕之年,如不從在李錡幕作掌書記時算起,則應從元和四年爲校書郎時算起,與陳定二人相見之年只差一年,時紳年三十八歲,與山濤初仕之年四十歲亦較合。從此年逆推,庭筠當生於德宗貞元十八年(802)。然既已爲校書郎,則庭筠似無緣在李紳家居無錫時拜見,故仍以將爲李錡掌書記時作爲初入仕較妥,二人相見則在紳離李錡幕居無錫時。又,牟懷川《温庭筠生年新證》(文載《上海師範學院學報》1984年1期),以温《上裴相公啓》中"至於有道之年,猶抱無辜之恨"爲依據,認爲"有道之年"即郭有道(郭泰,字林宗)的享年四十二歲,並認爲此啓係開成四年首春求懇裴度之作,由此逆推,温當生於貞元十四年(798),此説雖似與"山濤筮仕年"(四十歲)較合,然據筆者考證,《上裴相公啓》非上裴度而係上大中時爲相之裴休的書啓,"有道之年"亦非指郭泰之享年,而係泛稱政治清明之年代。故不取牟説。參卷十一《上裴相公啓》注①注⑤。

④ 座,原作"壁",誤。据述鈔、席本、顧本改。李本、十卷本、姜本、毛本、《全詩》作"席"。《全詩》、顧本校:一作"几"。【咸注】《孔融傳》:融好士,賓客日盈其門,常嘆曰:"座上客常滿,尊中酒不空,吾無憂矣。"

⑤【立注】梁張纘《離别賦序》:太常劉侯,前輩宿達,余在紈綺之歲,固已欽其風矣。《馬援傳》:援嘗有疾,梁松來候之,獨拜牀下,援不答。松去後,諸子問曰:"大人奈何獨不爲禮?"援曰:"我乃松父友也。"【補注】紈綺,謂少年。張説《梁國文貞公碑》:"公紈綺而孤,克廣前業。"二句謂紳如孔融之好士,座上客常滿,琴樽列於

座上；己時方年少，即拜謁於牀前。

⑥【曾注】《列女傳》：孟軻之母三徙其居，而軻成大賢。【補注】劉向《列女傳·鄒孟軻母》："鄒孟軻之母也，號孟母。其舍近墓，孟子之少也，嬉遊爲墓間之事，踴躍築埋。孟母曰：'此非吾所以居處子。'乃去，舍市傍。其嬉戲爲賈人衒賣之事。孟母又曰：'此非吾所以居處子也。'復徙學宫之傍，其嬉戲乃設俎豆揖讓進退。孟母曰：'真可以居吾子矣。'遂居之。"【陳尚君曰】其家居與李紳爲比鄰。【按】孟母三遷擇鄰典，多用作母親教子有方之意。《新唐書·李紳傳》："紳六歲而孤，哀等成人。母盧，躬授之學。"紳有母如此教子有方，故以三徙擇鄰之孟母爲比，非謂庭筠與紳比鄰而居。李紳因父寓居無錫，遂爲無錫人，而庭筠舊鄉則在吴中蘇州一帶（見有關詩箋注），雖地近可趨前拜謁，然並非比鄰而居。

⑦【咸注】任昉《爲范尚書讓封侯表》：雖千秋之一日九遷。注：《東觀漢記》：馬援與楊廣書曰："車丞相，高祖園寢郎，一月九遷爲丞相者。知武帝恨誅衛太子，上書訟之。"然"日"當爲"月"字之誤也。【陳尚君曰】用車千秋一月九遷典故，稱李仕進之速……李紳元和初進士，會昌二年入相，歷三十六年。【按】作此詩時（會昌元年春末），紳尚未入相。從登第至任淮南節度使，凡三十五年。二句不過頌紳母教養有方，故紳歷居顯位耳。

⑧【曾注】屈原《九章》：怊惝怳而乖懷。【補注】感深，感念舊恩之情深。戃怳，惆悵、傷感。

⑨【咸注】屈原《九歌》：横流涕兮潺湲。

⑩【補注】龍圖，天子之雄圖。

⑪【咸注】《埤雅》：鶴始生二年，落子毛；後六十年大毛落，茸毛生，色雪白。【補注】二句謂：回憶往昔天子富有雄圖大略（指紳登第入仕之憲宗元和年間，李商隱《韓碑》詩所謂"元和天子神武姿"），而今李紳已如羽毛豐滿之白鶴，位居顯榮。

⑫【曾注】劉安《招隱士》：攀援桂枝兮聊淹留。《晋書》：郤詵曰："臣舉賢良對策，猶桂林之一枝。"【補注】此當謂其父祖輩亦科舉登第，紳承其家風，故云"桂枝香可襲"。紳爲武后朝中書令李敬玄曾孫。白居易《淮南節度使檢校尚書右僕射趙郡李公（紳）家廟碑銘並序》云："曾祖府君諱敬玄，總章、儀鳳間歷吏部尚書、同中書門下三品、中書令……王父府君諱守一……終成都郫縣令……先考府君諱晤，歷金壇、烏程、晋陵三縣令。"

⑬ 舊，《全詩》、顧本校：一作"射"。【曾注】《戰國策》：楚有養由基者，善射，去柳葉百步而射之，百發百中。【咸注】杜甫《醉歌行》：舊穿楊葉真自知。【補注】唐人多謂科舉考試爲"射楊"，謂登第爲"穿楊"。《新唐書·藝文志》："馬幼昌《穿楊集》四卷。"注曰："判目。"李商隱《偶成轉韻七十二句贈四同舍》："武威將軍（指盧弘止）使中俠，少年箭道穿楊葉。"曰"舊頻穿"，當指其父、祖均以科舉登第。

⑭ 摽，述鈔、十卷本、姜本、《全詩》、顧本作“標”，通。【曾注】《西京雜記》：陸賈曰：“天以寶爲信，應人之德，故曰瑞應。”【補注】玉籍，仙人之名册。人瑞，指年壽特高者。摽，標榜、標舉。

⑮【咸注】《抱朴子》：覽金丹之道，使人不復措意小小方書。《楞嚴經》：衆生堅固服餌草木藥，道圓成名地行仙。【補注】葛洪《抱朴子・論仙》：“按《仙經》云：上士舉形升虚，謂之天仙；中士遊於名山，謂之地仙；下士先死後蜕，謂之地解仙。”後因謂住在人間之仙爲地仙。此二句似指李紳好道，頌禱其爲人瑞，爲地仙。其時紳年已七十，故有人瑞、地仙之頌禱語。

⑯【咸注】禰衡《鸚鵡賦序》：衡因爲賦，筆不停綴，文不加點。【補注】攢筆，聚筆、衆筆。寫，此指傳鈔。《晋書・左思傳》：“復欲賦三都……遂構思十年……及賦成，時人未之重……安定皇甫謐有高譽，思造而示之。謐稱善，爲其賦序……於是豪貴之家競相傳寫，洛陽爲之紙貴。”攢筆寫，即競相傳寫。此用左思事，謂李紳善賦，爲人廣相傳寫。

⑰【咸注】《南史・謝靈運傳》：每有一首詩至都下，貴賤莫不競寫。宿昔間士庶皆徧，名動都下。【陳尚君曰】《舊・傳》：“能爲歌詩，鄉賦之年，諷誦多在人口。”《新・傳》：“於詩最有名，時號短李。”正是《感舊》“賦成攢筆寫，歌出滿城傳”的注脚。【補注】《雲谿友議》卷上《江都事》：“初，李公（紳）赴薦，常以古風求知，吕光化温謂齊員外煦及弟恭曰：‘吾觀李二十秀才之文，斯人必爲卿相。’詩曰：‘春種一粒粟，秋收萬顆子。四海無閑田，農夫猶餓死。’‘鋤禾日當午，汗滴禾下土。誰知盤中餐，粒粒皆辛苦。’”元和四年，紳作《樂府新題》二十首（已佚），元稹取其尤切者十五章和之。凡此，皆所謂“歌出滿城傳”也。

⑱【曾注】盧諶詩：媿彼排虚翮。【補注】矯，高舉。排虚，凌空。

⑲ 物，《全詩》、顧本校：一作“化”。【補注】造物權，創造、主宰萬物之權力。此指宰輔之權。李紳於庭筠獻此詩之翌年二月入相。

⑳【咸注】《莊子》：是其塵垢粃糠，猶將陶鑄堯、舜者也。【補注】萬靈，衆生靈，此猶萬民。鼓鑄，本指鼓風扇火，冶煉金屬，喻陶冶、鍛煉。

㉑【咸注】班固《典引》：甄殷陶周。《漢書》：董仲舒曰：“上之化下，猶泥之在鈞，惟甄者之所爲。”【補注】群品，猶衆生。陶甄，喻陶冶、教化。

㉒【咸注】《翰林志》：學士於禁中草書詔，雖宸翰所揮，亦資檢校，謂之視草。《禮記》：王言如絲，其出如綸。【補注】詞臣奉旨修正詔諭一類公文，稱“視草”。《漢書・淮南王劉安傳》：“每爲報書及賜，常召司馬相如等視草乃遣。”絲綸，指皇帝的詔書。

㉓【咸注】杜甫《贈田舍人詩》：獻納司存雨露邊。【補注】持綱，執持綱紀，指持憲綱。雨露，喻皇帝恩澤。上句指李紳擢翰林學士，遷中書舍人。下句指其改任御

史中丞。《新唐書·李紳傳》:"穆宗召爲右拾遺、翰林學士,與李德裕、元稹同時,號'三俊',累擢中書舍人……僧孺輔政,以紳爲御史中丞。"

㉔【曾注】杜甫詩:閶闔開黄道。【補注】黄道,古人想象中太陽繞地球的軌道。此句承"持綱",謂其執法而行事,在日所行的軌道(皇帝的意志)之内。

㉕【曾注】《上林賦》:建翠華之旗。【補注】翠華,天子儀仗中以翠羽爲飾之旗幟或車蓋。此借指天子。此句承"視草",謂翰林院在宫内,居天子之旁。李肇《翰林志》:"故事,駕在大内,即於明福門置院……今在右銀臺北第一門,向□,牓曰翰林之門。其制高大重複,號爲北門。入門直西爲學士院,即開元二十六年所置也。引鈴於外,惟宣事人。其北門爲翰林院。"韋執誼《翰林院故事》:"翰林院者,在銀臺門内麟德殿西重廊之後。"

㉖【立注】《宣和博古圖》:商有癸鼎,今從四妍,此癸則一妍三包。漢揚雄、許慎博群書、窮訓詁,而智不及知,無此鼎,則造書之精義奥旨,孰得而窺之?癸,湯之父主癸也。【補注】湯鼎,商湯時所鑄之鼎,其上刻有銘文。此句謂李紳能書,其書迹臨摹湯鼎上的古文字。陳尚君曰:"李紳工書,嘗書《法華寺》詩刻石。《集古録》《金石録》《墨池編》均著録。"

㉗【曾注】《禮記》:昔者舜作五絃之琴,以歌《南風》。【補注】《孔子家語·辨樂解》:"昔者舜彈五絃之琴,造《南風》之詩,其詩曰:'南風之薰兮,可以解吾民之愠兮;南風之時兮,可以阜吾民之財兮。'"舜絃,指皇帝抒寫關心民情民生感情的詩歌。句意謂李紳有奉和聖製之作。今李紳《追昔遊》中有《憶春日太液池亭候對》《憶夜直金鑾殿承旨》等詩,雖係日後追憶之作,亦可想見當年應有此類"接舜絃"之作。

㉘【曾注】《唐會要》:凡赦書、德音、立后、建儲、大誅討、拜免三公宰相、命將,并用白麻,不用印。【補注】白麻,紙名,由翰林學士起草的上述重要詔書用白麻紙,中書省所頒詔書則用黄麻紙。葉夢得《石林燕語》卷三:"學士制不自中書出,故獨用白麻紙而已。"白麻紙用苘麻(又稱青麻)製成。

㉙ 微,李本、十卷本、姜本、毛本作"薇"。【咸注】杜甫詩:清漏聞馳道。【補注】紫微,紫微垣。《晋書·天文志上》:"紫宫垣十五星,其西蕃七,東蕃八,在北斗北。一曰紫微,大帝之座也,天子之常居也,主命主度也。"常用作皇宫之代稱。又,唐代曾稱中書舍人爲紫微舍人。李紳長慶二年二月,遷中書舍人加承旨。

㉚【咸注】梁簡文帝《春宵》詩:彩牋徒自襞。【補注】二句謂其爲翰林學士、中書舍人,筆生雷電,字走魚龍。

㉛【曾注】《史記》:自古以雍州積高,神明之隩,故立畤郊上帝、諸神,祠皆聚云。【補注】雍畤,古代祭五方天帝之祭壇。《後漢書·馮衍傳下》"陟雍畤而消摇兮",李賢注:"雍,縣名,屬右扶風,故城在今岐州雍縣南;畤者,止也,神靈之所

止也。"

㉜【咸注】《漢・郊祀志》:武帝作甘泉宫,中爲臺室,書天地泰一諸鬼神,而置祭具以致天神。《西京賦》:九嵕、甘泉,涸陰沍寒。日北至而含凍,此焉清暑。【補注】甘泉,西漢離宫,位於漢雲陽縣甘泉山。武帝建元年間在秦林光宫基礎上擴建,周長十九里,武帝在宫内設泰畤,祀奉天神(成帝時將泰畤遷往長安南郊)。史載武帝每年五月避暑於此,八月方歸長安,故云"清暑在甘泉"。【陳尚君曰】《舊・傳》:"元和初(806)登進士第,釋褐國子助教。""穆宗召爲翰林學士,與李德裕、元稹同在禁署,時稱三俊。""長慶元年三月,改司勲員外郎、知制誥。三年二月,超拜中書舍人。"《感舊》自"既矯排虚翅"以下,即指李紳這段經歷。又曰:唐制,翰林學士掌内制,中書舍人掌外制。李紳於長慶、寶曆間任翰林學士多年,内廷供直,外行陪侍,爲其職守。(《也談温庭筠生平之若干問題》。載《南開大學學報》1982年6期)【按】李紳元和元年登第後未任國子助教,即東歸。元和四年任校書郎,元和九年始遷國子助教。十四年爲山南西道觀察判官,同年五月任右拾遺。"既矯排虚翅"似當指"穆宗召爲翰林學士"後的一段宦歷。

㉝【咸注】劉峻《廣絶交論》:耿介之士,疾其若斯。【補注】持禄,保持禄位,猶尸位素餐。句意謂紳生性耿介剛正,非持禄庸碌之輩。

㉞【曾注】《詩》:優游爾休矣。【補注】優游,悠閒自得貌。養賢,保持、培養才德。【陳尚君曰】《舊・傳》載,李紳在朝與李逢吉對立,逢吉勾結宦官王守澄,利用敬宗年幼,"言紳在内署時,嘗不利於陛下",敬宗"不能自執,乃貶紳端州司馬"。《感舊》:"耿介非持禄,優游是養賢。"謂李紳立朝耿直持正,遭權奸排擠而遠貶。【按】李紳《趨翰苑遭誣構四十六韻》詩及自注對此段經歷有如下追叙:"潔身酬雨露,利口扇讒諛。碧海同宸眷,鴻毛比賤軀。辨疑分黑白,舉直舐朋徒。思政面論逢吉、崔楨奸邪,劉栖楚、柏耆凶險,張又新、蘇景修朋黨也。庭獸方呈角,階蓂始效莩。日傾烏掩魄,星落斗摧樞。穆宗升遐。墜劍悲喬岳,號弓泣鼎湖。亂群逢害馬,擇肉縱狂貙。逢吉、守澄、柏耆、又新等,連爲搏噬之徒。膽爲隳肝竭,心因瀝血枯。滿帆摧駭浪,征棹折危途。余以户部侍郎貶端州司馬。"貶端州司馬後,至寶曆元年五月,量移江州刺史。大和二年遷滁州刺史。四年改壽州刺史。七年正月,授太子賓客、分司東都。以上宦歷,均爲外州刺史或分司閑職,亦均可包括在"優游是養賢"之境遇中。

㉟【咸注】《漢・地理志》注:臣瓚曰:自交趾至會稽七八千里,百粤雜處。【陳尚君曰】"百粤",指嶺南,唐爲流黜地。端州當今廣東肇慶,時屬嶺南道。"冰清"喻潔身無過。【補注】百粤,或稱百越,古代南方越人之總稱,分佈於今浙、閩、粤、桂等地,因部落衆多,故稱百越,亦指百越所居的地區。唐代固然多稱今兩廣地區爲百越(粤),亦有稱今浙、閩之地爲百越(粤)者。此句"百粤"即指浙東地區。《舊唐書・李紳傳》:"大和七年,李德裕作相。七月,檢校左常侍、越州刺史、浙東觀察使。"此

謂“臨百粤”,表明係鎮守一方臨民之長官,而非如端州司馬之安置性貶職;“冰清”亦貼臨民之長官廉潔清正而言,非謂其潔身無過而遭貶。且詩之叙事,至“耿介”二句已是一小收束,“冰清”以下所叙乃重新受皇帝信任,擔任重要官職之經歷。如以貶端州之事與相隔十餘年之久的“化三川”(任河南尹)宦歷並提,殆爲不倫。

㊱【咸注】班固《漢書·贊》:天下學士,靡然向風。任昉彈事:所向風靡。《漢書》:河南故秦三川郡。韋昭注曰:有河、洛、伊,故曰三川。【陳尚君曰】《新·傳》:“開成初,鄭覃以紳爲河南尹。河南多惡少,或危帽散衣,擊大毬,户官道,車馬不敢前。紳治剛嚴,皆望風遁去。”“風靡化三川”即謂此。【按】陳説是。河南尹,唐人又謂之三川守。許渾有《三川守大夫劉公早歲寓居敦行里肆有題壁十韻》,三川守指河南尹劉瑑。風靡,語本《論語·顔淵》:“草上之風,必偃。”靡,猶“偃”,倒下。桓寬《鹽鐵論》:“上之化下,若草之靡風,無不從教。”

㊲【曾注】《漢書》:馮唐曰:“上古王者遣將也,跪而推轂,曰:‘閫以内寡人制之,閫以外將軍制之。’”【補注】委寄,指皇帝的委任寄託。推轂,推車前進,古代帝王任命將帥之隆重禮節。

㊳ 弦,原作“絃”,據述鈔、李本、十卷本、姜本、毛本、《全詩》、顧本改。【曾注】《漢書》:控弦百萬。【補注】控弦,拉弓,此借指拉弓之士兵。二句謂皇帝的委任託付之重高過古代的“推轂”之禮,節鎮府尹的威儀使部下的士兵俯首聽命。

㊴【咸注】《漢書》:梁孝王築東園,方三百里,廣睢陽城七十里。《新唐書·兵志》:其始盛時有府兵,府兵後廢爲彍騎,彍騎又廢,而方鎮之兵盛矣。【陳尚君曰】《舊·傳》:開成元年“六月,檢校户部尚書,汴州刺史,宋亳汴潁觀察等使。”梁園,西漢梁孝王所築兔園,在汴州附近,時歸宣武軍轄。【補注】梁園,作爲地名代稱,唐人詩文中例指汴州,不指鄭滑(顧肇倉謂“梁園”指李德裕曾爲滑州刺史),如李白之《梁園吟》,李商隱《偶成轉韻七十二句贈四同舍》之“臘月大雪過大梁”,“梁園”“大梁”均指汴州。提,率領、統轄。彀騎,持弓弩之騎兵。《史記·張釋之馮唐列傳》:“彀騎萬三千。”司馬貞索隱引如淳曰:“彀騎,張弓之騎也。”

㊵【曾注】《禮記》:通帛曰旃。【陳尚君曰】至武宗即位,徙淮南節度。兩地(指汴州、淮南)均帶軍職。《感舊》云:“梁園提彀騎,淮水换戎旃。”地點、職銜均吻合無差。《舊唐書》卷一七三《李紳傳》:“武宗即位,加檢校尚書右僕射、揚州大都督府長史、知淮南節度大使事。”【補注】戎旃,軍旗。换戎旃,猶調任另一軍區。“换”字精切,説明自汴州至淮南,時間上緊相承接。此種宦歷,在庭筠生活之時代,李姓節鎮中舍紳外無第二人。

㊶【咸注】《梁·宗室傳》:蕭韶爲郢州刺史,庾信塗經江夏,韶接信甚薄,坐信青油幕下。韓愈詩:談笑青油幕。【補注】青油,由烏桕樹種仁所得之乾性油,用於油漆。或説即黑漆。青油,即青油幕,指將帥幕府。濕,形容油幕在日光照映下閃亮

有光澤。

㊷【曾注】古樂府:錦帳掛香囊。【按】青油(幕)、錦帳,均切戎幕而言。

㊸ 蛾,顧本作"娥"。【咸注】宋玉《招魂》:二八侍宿,射遞代些。注:二八,二列也。【補注】二八,古代歌舞分爲二列,每列八人。《左傳・襄公十一年》:"凡兵車百乘,歌鐘二肆,及其鎛磬,女樂二八。"杜注:"十六人。"此句謂帳中歌舞。

㊹ 珠履,用春申君上客着珠履事,見卷四《寄河南杜少尹》注②。【補注】此句謂幕中府僚賓客衆多。

㊺【曾注】庾信《詠畫屏風》詩:誰能惜紅袖。【補注】回,飄轉,翻卷。

㊻【咸注】《續幽怪録》:韋固妻容貌端麗,眉間常貼花鈿。王臺卿詩:按曲動花鈿。【補注】翠鈿,本指用翠玉製成之首飾。此云"斂翠鈿",則"翠鈿"實指眉間飾,庭筠《南歌子》詞"臉上金霞細,眉間翠鈿深"可證,係貼於眉間之花子。蓋歌愁則歌者雙眉緊皺,眉間之翠鈿亦隨之而斂。如指首飾,則不當云"斂"。

㊼【曾注】屈原《九歌》:滿堂兮美人。【補注】開照耀,形容歌舞女子光豔照人。宋玉《神女賦》:"其始來也,耀乎如白日初出照屋梁。"

㊽【補注】分座,依次而坐。儼,美豔。《詩・陳風・澤陂》:"有美一人,碩大且儼。"亦可解爲"整齊"貌。嬋娟,姿態美好貌。

㊾【補注】油額,光潤的帳額。

㊿【咸注】李白樂府:玳瑁筵中懷裏醉,芙蓉帳底奈君何!【立注】劉楨《瓜賦》:布象牙之席,熏玳瑁之筵。【補注】玳瑁筵,喻豪華珍貴的宴席。

51 影合,顧本校:一作"月影"。【咸注】白居易詩:紅旗影動薄寒嘶。

52【咸注】《漢・郊祀歌》:月穆穆以金波。注:月光穆穆,如金之波流也。【補注】上句"影"指日影,下句"波"指月光。金陣,指披上金色鎧甲的戰士行列。

53 乐,李本、十卷本、姜本作"牙",毛本作"訝",均誤。席本、《全詩》作"互",通。【咸注】《西京賦》:緹衣韎韐。善曰:《字林》:緹,帛丹黄色。回乐,詳卷四《題友人池亭》注③。【補注】句意謂橘黄色之帳幕層深回環。

54【咸注】東方朔《十洲記》:臣故舍韜隱而赴王庭,藏養生而侍朱門矣。郭璞《遊仙詩》:朱門何足榮,未若託蓬萊。【補注】此"朱門"泛指豪華之朱漆門户。

55【補注】謂畫戟上刻繪彩色之虬龍。參见卷二《走馬樓三更曲》"虎幡龍戟風飄揚"句注。

56【咸注】李白樂府:五花馬,千金裘。白居易詩:馬鬣翦三花。

57【曾注】《詩》:有客有客。【補注】有客,作者自指。李商隱《五言述德抒情詩一首獻上杜七兄僕射相公》末段亦云:"有客趨高義,於今滯下卿。""有客"云云,殆爲投獻詩陳情熟套。

58【咸注】《禮記》:男女非有行媒,不相知名。【補注】以女子無媒難嫁託喻文士無顯宦汲引而難以入仕。

㊾【咸注】《嵇康傳》:康字叔夜,拜中散大夫。嘗暮宿華陽亭,引琴而彈,夜分,忽有客詣之,稱是古人,與康共談音律,辭致清辨。因索琴彈之,而爲《廣陵散》,聲調絶倫,遂以授康。【補注】抑揚,謂樂曲聲調抑揚起伏,美妙動聽。中散曲,即指《廣陵散》。此句嘆世無賞音。

㊿【咸注】《張憑傳》:憑字長宗,舉孝廉。初,欲詣劉惔,同舉者笑之。既至,惔處之下座,言旨深遠,一座皆驚。惔延之上座,清言彌日,留宿至旦遣之。憑既還船,須臾,惔傳教覓張孝廉船,便召與同載。【補注】句意謂己雖如張憑之富才辯,却至今漂泊困頓,得不到知音的推賞。

61【補注】干時策,治世之謀略。

62【曾注】《蘇秦傳》:秦喟然嘆曰:"且使我有洛陽負郭田二頃,吾豈能佩六國相印乎?"【補注】負郭田,靠近城郭的良田。徒抛家鄉之田地外出求仕而功名不就,故云"徒抛負郭田"。

63【咸注】《説文》:蓬,蒿也。陸佃曰:葉散生,遇風輒旋。曹植《雜詩》:轉蓬離本根,飄颻隨長風。嵇康詩:邈爾相遐。【補注】蓬,草名。葉形似柳葉,邊緣有鋸齒。花外圍白色,中心黄色。秋枯根拔,隨風飛旋,故稱轉蓬。句意謂己蓬轉漂泊的生活尚邈遠而無停歇着落之期。

64 懷橘,見本卷《書懷一百韻》:"笑語空懷橘"句注。【曾注】《詩》:潸然出涕。【補注】謂雖欲如陸績之懷橘奉親,而母已去世,故曰"更潸然"。

65【咸注】張衡《應問》:捷徑邪至,吾不忍以投步。謝朓詩:桃李成蹊徑。【補注】謂己欲投足而無路可走。

66【補注】冥心,專心致志。簡編,指典籍。

67【咸注】《辛氏三秦記》:龍門在河東界,每暮春,有黄黑鯉魚自海及諸川争來赴之,得上者便化爲龍,否則暴鰓點額而退。

68【咸注】《詩小序》:《鹿鳴》,燕群臣嘉賓也。既飲食之,又實幣帛筐篚,以將其厚意,然後忠臣嘉賓得盡其心矣。【補注】《鹿鳴》篇,古代宴群臣嘉賓所用之樂歌。《新唐書·選舉志》:"每歲仲冬……試已,長吏以鄉飲酒禮,會屬僚,設賓主,陳俎豆,備管絃,牲用少牢,歌《鹿鳴》之詩,因與耆艾叙長少焉。"上句謂己未知何時能魚躍龍門,科舉登第;下句謂己空自辜負州郡的推薦,行飲酒之禮,歌《鹿鳴》之篇。

69 自注毛本"忝"字上脱"予"字,李本無"薦"字、"居"字。【補注】柳宗元《送辛生下第序略》:"京兆尹歲貢秀才,常與百郡相抗。登賢能之書,或半天下。"餘詳《書懷一百韻》注㊷。

70【咸注】《魯連子》:齊之辨者曰田巴,辨於俎豆而議於稷下,毀五帝,罪三王,一旦而服千人。《七略》:齊有稷城門也。齊談説之士,期會於稷下者甚衆。【補注】

《史記·田敬仲完世家》:"(齊)宣王喜文學游説之士,自如鄒衍、淳于髡、田駢、接予、慎到、環淵之徒七十六人,皆賜列第,爲上大夫,不治而議論,是以齊稷下學士復盛,且數千百人。"此以稷下之士之期會喻參加科舉考試士子之聚於京城。

⑪【咸注】劉楨詩:余嬰沉痼疾,竄身清漳濱。【補注】謂己病未愈,不能參加禮部進士試,參下作者自注。

⑫ 作者自注中"二"字,《全詩》作"一",誤。【陳尚君曰】指受薦名的當年和次年均未赴選。【補注】試有司,指參加禮部主管的進士考試。

⑬【咸注】《鶡冠子》:籠中之鳥,空籠不出。《世説》:郭元瑜少有拔俗之韻,張天錫遣使備禮徵之,元瑜指翔鴻示使人曰:"此鳥安可籠哉!"【補注】此反其意,謂己定非籠外之鳥,志存高遠寥廓。下句意似之。此自嘲語。

⑭ 殼,李本、十卷本、姜本、毛本作"榖"。【曾注】《淮南子》:蟬無口而鳴,飲而不食,三十日而蜕。仲長統論:蟬蜕亡殼。

⑮【補注】蕙逕,長滿蕙草(一種香草)的小徑。幽澮,指幽静的池塘。

⑯【曾注】杜甫詩:長吟阻静便。【咸注】謝靈運詩:還得静者便。【補注】静便,清静安適。興,喜也。

⑰ 囿,《全詩》、顧本校:一作"圃"。

⑱【補注】重,形容溪雲層密低垂。

⑲【補注】宿疢,舊疾、痼疾。

⑳【補注】韋應物《寄李儋元錫》:"世事茫茫難自料,春愁黯黯獨成眠。"此謂因愁緒太濃,如同春眠,設喻新穎。

㉑【曾注】嵇康《與山巨源絶交書》:足下見直木,必不可以爲輪。【補注】此謂己如直木故遭剪伐,又何怨乎? 蓋激憤之辭。

㉒【咸注】《漢書》:龔勝卒,有父老哭之曰:"蘭以芳自燒,膏以明自煎。"【補注】《莊子·人間世》:"山木自寇也,膏火自煎也。桂可實,故伐之;漆可用,故割之。"

㉓ 見《書懷一百韻》"受業鄉名鄭"句注。【補注】健羡,非常仰慕。

㉔【曾注】《徐穉傳》:陳蕃爲太守,不接賓客,惟穉來特設一榻,去則懸之。【補注】二句謂己雖如鄭玄之鄉居授徒,受人仰慕,但至今尚未得到地方長官的禮遇招延。下句蓋希紳之招延。

㉕【補注】旅食,指客居淮南。羈遊爲事牽,指此次由秦至吴之羈游係出於事情之牽累。

㉖【立注】《後漢書》:廬江毛義字少卿,家貧以孝稱。南陽人張奉慕其名,往候之。坐定,而府檄適到,以義守令。義捧檄而入,喜動顏色,奉心賤之,自恨來,固辭而去。及義母死,去官,公車徵遂不去。張奉嘆曰:"賢者固不可測,往者之喜,爲親

屈也。"【按】此只取一端，謂無人徵聘自己做官。

㊇ 修，顧本校：一作"孚"。非。【立注】《晋書》：阮修字宣子，家貧，年四十餘未有室。王敦等斂錢爲婚，皆名士也。時慕之者，求入錢而不得。【陳尚君曰】庭筠作《感舊》時年逾四十，早過了婚配之年，前一年作《書懷百韻》有云："妻試踏青蚨。"又云："危巢莫嚇雛。"雛非自喻，當指温憲（庭筠子）。定庭筠婚配及憲生之年在開成以前，與温憲經歷正相稱。"婚乏阮修錢"，或爲《繫年》推測的"嘗喪妻再娶"（夏承燾《温飛卿繫年》。見《唐宋詞人年譜》397頁），或係借喻無錢爲進身之資。【按】用阮修四十餘貧無家室事，顯係自喻（作此詩時庭筠年四十一，與阮修年四十餘合），"婚乏阮修錢"之"婚"當指己之續娶再婚（因子温憲時已生，年尚幼小），然《書懷一百韻》明言"客來斟緑蟻，妻試踏青蚨"，可證開成五年隆冬，其妻尚健在，至作此詩時，相隔不過三四月，豈其妻已卒而庭筠欲續娶繼室乎？然如此用典，詩意只能作此解，或句意只言己貧困無錢，喪妻後亦無力再娶也。

㊈ 冉，李本、十卷本、姜本、毛本作"苒"。【補注】《晋書・陶侃傳》："嘗課諸營種柳，都尉夏施盗官柳植之於己門。侃後見，駐車問曰："此是武昌西門前柳，何因盗來此種?"施惶怖謝罪。時武昌號爲多士，殷浩，庾翼等皆爲佐吏。"故稱"營中柳"。冉弱，荏弱，柔弱。或謂用周亞夫軍細柳，即"柳營"典故，亦通。此句"營中柳"與下句"幕下蓮"均指在戎幕爲從事。

㊉【補注】披敷，開放貌。幕下蓮，用蓮幕事，屢見。

㊉【曾注】《吕氏春秋》：孔子周流海内，委質而爲弟子者三千人。【補注】委質，放下禮物。古代卑幼見尊長，不敢行賓主授受之禮，將禮物放在地上，然後退出。《禮記・曲禮下》："卿羔，大夫雁，士雉，庶人之摯匹，童子委摯而退。"摯，通"贄""質"。句意謂李紳倘能容許自己執卑者見尊者之禮，委質而拜師。

91【曾注】《禮記》：行肩而不並。注：謂少者不可以肩齊長者，當差退在後。【補注】差肩，比肩，喻並列，地位相等。句意謂自己不敢奢望與幕中諸賢平起平坐。

92【立注】漢王褒《聖主得賢臣頌》：及至巧冶鑄干將之璞，清水淬其鋒，越砥斂其鍔。【補注】謂己雖如不鋒利的銹澀之劍，猶堪淬厲。

93 朱，十卷本、姜本、毛本作"硃"。【曾注】韓愈詩：丹朱在磨研。【補注】餘朱，剩餘之丹朱。喻赤誠之心。《吕氏春秋・誠廉》："丹可磨也，而不可奪赤。"研，研磨。

94【曾注】《禮記》：入學鼓篋，孫其業也。【補注】鼓篋，擊鼓開篋，古代入學之一種儀式。《禮記・學記》鄭玄注："鼓篋，擊鼓警衆，乃發篋出所治經業也。"

95【曾注】《易》：窮理盡性，以至於命。【咸注】《莊子》：筌者，所以得魚也。得魚而忘筌。注：筌，取魚籠。【補注】謂紳窮理探玄，久已得其精義。

96【曾注】陸倕《石闕銘》：折簡而禽廬九。【補注】折簡，折半之簡，言其禮輕。

《三國志·魏書·王凌傳》“凌至項,飲藥死”裴注引魚豢《魏略》:“卿直以折簡召我,我當敢不至邪?”《通鑑·魏邵陵公嘉平三年》引此文,胡三省注曰:“漢制,簡長三尺,短者半之,蓋單執一札謂之簡。折簡者,折半之簡,言其禮輕也。”句意謂李紳一紙短簡便可决定人的榮顯或困頓,使憔悴者變爲榮顯。

⑰【咸注】《韓詩外傳》:少原之野,有婦人刈蓍薪而失簪,中澤而哭甚哀,曰:“曩者,吾刈蓍薪而亡我蓍簪,是以哀。非傷亡簪,所以悲者,不忘故也。”【補注】遺簪,借喻舊交。李紳於庭筠有故舊之恩誼,故以遺簪自喻,希望李紳不忘故舊,對自己予以關懷照顧。

⑱【咸注】王勃《春思賦》:若夫年臨九域,韶光四極。【補注】《史記·樗里子甘茂列傳》:“臣聞貧人女與富人女會績,貧人女曰:‘我無人買燭,而子之燭光幸有餘,子可分我餘光。’”此似取其意而易燭光爲韶光(春光),希望借己以温暖的春光。

⑲【曾注】劉向《别録》:鄒衍在燕,有谷寒不生五穀,鄒子吹律,而温至生黍也。【補注】王充《論衡·定賢》:“然而鄒衍吹律,寒谷更温,黍穀育生。”常用爲對别人提攜奬掖的謝辭。二句謂李紳若能借給自己一縷温暖的春光,自己定能如寒谷變暖,重現生機。風煙,形容美好的春色。

【箋評】

【按】此五十韻長律與前篇百韻長律寫作時間僅隔數月,作詩背景基本相同,均爲“二年抱疾,不赴鄉薦試有司”情况下所作。而前篇側重於“自傷”“奉寄”“兼呈”之内容,亦側重於叙己之失意困頓境遇,對諸御史及友人之稱揚感激多作爲自身遭遇之反襯。而本篇則爲有明顯目的之投獻之作。起手八句叙宿昔交往,爲“感舊”“陳情”張本。“憶昔”以下八句,叙李紳仕歷,重點突出其充翰林學士及任淮南節度使二節,蓋此二端乃李紳會昌二年入相前最榮顯之兩段經歷,故詳加鋪叙渲染。淮南節度爲紳之現任,獻詩之目的即欲入淮南幕爲幕僚,故於其威儀亦極力形容。而於紳之遭讒被貶及此後一大段輾轉外郡刺史之經歷,僅以“耿介非持禄,優游是養賢”二語輕輕帶過。叙紳之榮顯仕歷,即寓“感舊”之情。“有客”以下四十四句,轉爲“陳情”。先陳己之困頓境遇;其中“二年抱疾,不赴鄉薦試有司”之遭遇尤爲感慨自傷之中心。“鄭鄉”以下,乃露“陳情”本意,“陳榻”“幕蓮”“委質”等語,希企入幕之意顯然。叙至結尾四句,則哀懇之情愈顯迫促矣。庭筠於李德裕、李紳等李黨重要人物似均有好感,而對牛黨後期重要人物如令狐綯亦有交往,其在牛李兩黨鬥争中之立場似並不明顯。

題翠微寺二十二韻太宗升遐之所①

邠土初成邑②,虞賓竟讓王③。乾符初得位④,天弩夜收鋩⑤。偃息齊三代⑥,優游念四方⑦。萬靈扶正寢⑧,千嶂抱重岡⑨。幽石歸階陛⑩,喬柯入棟梁⑪。火雲如沃雪⑫,湯殿似含霜⑬。澗籟添仙曲⑭,巖花借御香。野麋陪獸舞⑮,林鳥逐鴛行⑯。鏡寫三秦色⑰,窗摇八水光⑱。問雲徵楚女⑲,疑粉試何郎⑳。蘭芷承雕輦㉑,杉蘿入畫堂㉒。受朝松露曉㉓,頒朔桂煙凉㉔。嵐濕金鋪外㉕,溪鳴錦幄旁㉖。倚絲憂漢祖㉗,持璧告秦皇㉘。短景催風馭㉙,長星屬羽觴㉚。儲君猶問豎㉛,元老已登牀㉜。鶴蓋趨平樂㉝,雞人下建章㉞。龍髯悲滿眼㉟,螭首淚霑裳㊱,疊鼓嚴靈仗㊲,吹笙送夕陽。斷泉辭劍珮㊳,昏日伴旂常㊴。遺廟青蓮在,頹垣碧草芳㊵。無因奏韶濩㊶,流涕對幽篁㊷。

【校注】

① 二十二韻,李本、姜本、毛本爲小字置行側。【咸注】《唐書·地理志》:長安縣注:太和谷有太和宫,武德八年置,貞觀十年廢,二十一年復置,曰翠微宫,籠山爲苑,元和中以爲寺。《長安志》:翠微宫在萬年縣外,終南山之上。杜甫詩:雲薄翠微寺。【補注】升遐,指皇帝逝世。《舊唐書·太宗紀》:貞觀二十三年,"四月乙亥,幸翠微宫……庚午,遣舊將統飛騎勁兵從皇太子先還京。"《通鑑·太宗貞觀二十三年》:"夏四月,乙亥,上行幸翠微宫……(五月)丁卯,疾篤,召長孫無忌入含風殿……有頃,上崩。"胡注:"含風殿,在翠微宫。"

② 【曾注】《漢書》:公劉邑於豳。師古曰:即今之豳州,是其地也。《吕氏春秋》:舜二年成邑。【補注】《孟子·梁惠王下》:"滕文公問曰:'齊人將築薛,吾甚恐,如之何則可?'孟子對曰:'昔者大王居邠,去之岐山之下居焉。非擇而取之,不得已也。苟爲善,後世子孫必有王者矣……'"《史記·周本紀》:"公劉雖在戎狄之間,復修后稷之業,務耕種,行地宜,自漆沮度渭,取材用,行者有資,居者有畜積,民賴其慶,百姓懷之,多徙而保歸焉。周道之興自此始……公劉卒,子慶節立,國于豳。"豳,同"邠",今陝西彬縣。此以公劉居邠興周喻唐室之興。《詩·大雅·公劉》:"篤公劉,于豳斯館。"此以公劉喻太宗。

③ 【咸注】《尚書》:虞賓在位。《莊子·讓王篇》:堯以天下讓許由。【補注】《書·益稷》:"虞賓在位,群后德讓。"蔡沈集傳:"虞賓,丹朱也。堯之後,爲賓於

虞。”堯之子丹朱不肖,“不足授天下,于是乃權授舜”(《史記·五帝本紀》)。舜待丹朱以賓禮,故曰虞賓。虞賓讓王,謂唐高祖原立太子如丹朱之不肖,故高祖將帝位傳給太宗。此諱之之詞,在玄武門事變中,太子建成、齊王元吉均被殺,高祖乃傳位太宗。參注⑤。

④ 初,述鈔、顧本作“春”。【按】據《新唐書·太宗紀》:武德九年“八月甲子,即皇帝位於東宫顯德殿。”其非“春得位”甚明。蓋因此句“初”字與首句“初”字複,故改爲“春”字,不知與史實不符。【曾注】《東都賦》:於是聖皇乃握乾符。【補注】乾符,帝之受命于天的吉祥徵兆,猶符瑞。初得位,指太宗初得帝位。

⑤【曾注】《漢·天文志》:天厠下一星曰天矢。【立注】《舊唐書》:武德九年六月庚申,秦王以皇太子建成與齊王元吉同謀害己,率兵誅之。詔立秦王爲皇太子。八月癸亥,詔傳位於皇太子。尊帝爲太上皇,徙居弘義宫,改名太安宫。【補注】天弩,即天弓,又名天弧、弧矢,屬於南方七宿中之井宿,凡九星(漢時謂有四星),形如弓弧,弧矢動移不如常而現角芒,古人以爲主兵盗。天弩收鋩,謂變亂平息,指太子建成之亂被平。

⑥【咸注】《司馬法》:古者,武軍三年不興,則凱樂凱歌偃伯靈臺,答人之勞,告不興也。【補注】偃息,謂偃兵息民、偃武息兵。

⑦【補注】《詩·大雅·卷阿》:“伴奂爾游矣,優游爾休矣。”優游,悠閒自得。【顧嗣立曰】已上叙太宗初得位事。

⑧【曾注】《魯靈光殿賦》:神靈扶其棟宇。【補注】萬靈,衆神。《史記·封禪書》:黄帝接萬靈明廷。正寢,即路寢,古代帝王治事之宫室。

⑨【補注】此句寫翠微宫籠山爲苑之形勢,謂千山萬嶂環抱着重疊的山崗。

⑩ 歸,《全詩》、顧本校:一作“臨”。【補注】幽石,指深山中的石頭。句意謂以深山之石砌成宫殿之臺階。

⑪ 入,《全詩》、顧本校:一作“聳”。【補注】句意謂以山上之高樹作爲宫殿之棟梁。

⑫【咸注】杜甫詩:火雲滋垢膩。【補注】火雲,夏天炎熱的紅雲。沃雪,以雪水澆灌。謂火雲帶來的炎蒸之氣頓爲之銷。

⑬【曾注】湯殿即温泉宫。【補注】驪山温泉宫,即華清宫。此則指翠微宫中之湯殿(温泉浴殿)。二句謂其地氣候涼爽。

⑭【補注】澗籟,山澗流水發出的天籟之音。仙曲,指宫中的樂曲聲。

⑮【曾注】《尚書》:百獸率舞。【補注】謂野生的麋鹿也陪同象徵太平景象的百獸齊舞而一道起舞。

⑯ 鴛,李本、十卷本、姜本、毛本作“鵷”,字通。【補注】鴛行,喻百官朝見皇帝的班行。句意謂林中野鳥亦追隨仿效百官朝見的班行。

⑰【咸注】《漢書》:項羽三分關中,立秦三將:章邯爲雍王,都廢丘;司馬欣爲塞王,都櫟陽;董翳爲翟王,都高奴。【補注】寫,映照。

⑱【曾注】《關中記》:涇、渭、滻、灞、澇、滈、灃、潏,爲關内八水。【補注】《初學記》卷六引晋戴祚《西征記》:"關内八水:一涇二渭三灞四滻五澇六潏七灃八滈。"

⑲【曾注】《高唐賦序》:楚襄王與宋玉遊於雲夢之臺,望高唐之觀。問玉曰:"此何氣也?"玉曰:"此所謂朝雲者也。"曰:"何謂朝雲?"玉曰:"昔者先王嘗遊高唐,夢見一婦人曰:'妾巫山之女也。聞君遊高唐,願薦枕席。'"【補注】此句似謂宫中曾從南方徵選美女爲宫女。

⑳【咸注】《世説》:何平叔美姿儀,面至白。魏明帝疑其傅粉,正夏月與熱湯餅,既噉,大汗出,以朱衣自拭,色轉皎然。【補注】此句似謂朝士中有美姿儀者。

㉑【咸注】李白《宫中行樂詞》:選妓隨雕輦。【補注】謂皇帝乘坐的華麗車輦行進在長滿香蘭白芷的草地上。

㉒【補注】畫堂,宫中有彩繪的殿堂。《漢書・成帝紀》:"孝成皇帝,元帝太子也,母曰王皇后。元帝在太子宫生甲觀畫堂,爲世嫡皇孫。"

㉓【曾注】《禮記》:諸侯北面曰朝。【補注】受朝,接受朝臣之朝見。

㉔ 頒,十卷本、姜本作"班",音、義同。【咸注】《公羊傳》:天子玄冕視朔。《玉藻》:天子聽朔於南門之外。干寶《晋紀總論》:頒正朔於八荒。【補注】頒朔,帝王於每年季冬將來年曆日佈告天下諸侯。《周禮・春官・大史》:"頒告朔于邦國。"

㉕【咸注】司馬相如《長門賦》:擠玉户以撼金鋪兮。餘詳卷一《雍臺歌》"黄金鋪首"句注。【補注】嵐,山林中霧氣。

㉖ 嗚,十卷本、姜本、毛本作"明"。【咸注】徐君蒨詩:樹斜牽錦帔。〇已上實寫翠微宫。以下專指易儲事,以及太宗升遐也。【補注】錦幄,錦製之帷幄。

㉗【立注】《西京雜記》:戚夫人侍兒賈佩蘭説,在宫内見戚夫人侍高帝,嘗以趙王如意爲言,而高祖思之,幾半日不言,嘆息悽愴,而未知其術,輒使夫人擊筑,高祖歌《大風》詩以和之。又:戚夫人善鼓瑟、擊筑,帝常擁戚夫人,倚瑟而弦歌,畢,每泣下流漣。【補注】倚絲,指依瑟之音樂節拍而歌。憂,指爲太子儲位是否更易之事而憂。此借指唐太宗事,參注㉜。

㉘ 璧,李本作"壁",誤。【曾注】《史記》:使者從關東夜過華陰平舒道,有人持璧遮使者曰:"爲我遺鎬池君。"因言曰:"今年祖龍死。"【補注】此借"持璧"事暗示太宗將去世。唐人用典,每只取一端,不問其他方面是否相稱。此以秦皇喻太宗即其例。

㉙【咸注】杜甫詩:歲暮陰陽催短景。【補注】風馭,神話傳説中由風駕馭之神車。此狀其迅疾。常用於指帝王逝世。

㉚【曾注】《晋書・孝武帝紀》:長星見於華林園,舉酒祝之曰:"長星勸汝一杯

酒，自古何有萬歲天子邪！”宋玉《招魂》：“瑶漿蠠勺，實羽觴些。”【補注】長星，古星名，類似彗星，有長形光芒。《史記·景帝本紀》：“三年正月乙巳，赦天下。長星出西方。”《漢書·文帝紀》“有長星出於東方”顔注引文穎曰：“孛、彗、長三星，其占略同，然其形象小異……長星多爲兵革事。”長星見，預示有兵禍。羽觴，酒器，作鳥雀狀，左右形如兩翼。一説，插鳥羽於觴，促人速飲。

㉛【曾注】《左傳》：太子國之儲貳。【咸注】《漢書》：疏廣曰：“太子，國儲嗣君。”【補注】問豎，問宫中小臣（宦官）。

㉜【曾注】《詩》：方叔元老。【立注】《晋·衛瓘傳》：惠帝爲太子，朝廷咸謂純質不能親政事，瓘每欲啓廢之，而未敢發。後會宴陵雲臺，瓘託醉，因跪帝牀前曰：“臣欲有所啓。”帝曰：“公何言？”瓘欲言而止者三，因以手撫牀曰：“此座可惜。”帝意悟。案：《舊唐書》：皇太子承乾廢，魏王泰亦以罪黜，太宗欲立晋王治爲皇太子，又欲立吴王恪。高宗嗣位，馴至武后革命，唐祚幾絶。此句似暗含諷刺。【按】元老登牀，似别有事在。衛瓘事與“登牀”無關。此“元老”或指長孫無忌、房玄齡等贊同立晋王爲皇太子之重臣。《舊唐書·長孫無忌傳》：“（貞觀）十七年……太子承乾得罪，太宗欲立晋王，而限以非次，回惑不决。御兩儀殿，群官盡出，獨留無忌及司空房玄齡、兵部尚書李勣，謂曰：‘我三子一弟，所爲如此，我心無憀。’因自投於牀，抽佩刀欲自刺。無忌等驚懼，争前扶抱，取佩刀以授晋王。無忌等請太宗所欲，報曰：‘我欲立晋王。’無忌曰：‘謹奉詔。有異議之，臣請斬之。’太宗謂晋王曰：‘汝舅許汝，宜拜謝。’晋王因下拜。太宗謂無忌等曰：‘公等既符我意，未知物論何如？’無忌曰：‘晋王仁孝，天下屬心久矣。伏乞召問百僚，必無異辭。若不蹈舞同音，臣負陛下萬死。’於是建立遂定，因加授無忌太子太師。尋而太宗又欲立吴王恪，無忌密争之，其事遂輟。”又《褚遂良傳》：“太子承乾以罪廢，魏王泰入侍，太宗面許立爲太子，因謂侍臣曰：‘昨青雀（魏王泰小字）自投我懷云：臣今日始得與陛下爲子，更生之日也。臣惟有一子，臣百年之後，當爲陛下殺之，傳國晋王。父子之道，故當天性，我見其如此，甚憐之。’遂良進曰：‘陛下失言。伏願審思，無令錯誤也。安有陛下百年之後，魏王執權爲天下之主，而能殺其愛子，傳國於晋王者乎？陛下昔立承乾爲太子，而復寵愛魏王，禮數或有逾於承乾者，良由嫡庶不分，所以至此。殷鑒不遠，足爲龜鏡。陛下今日既立魏王，伏願陛下别安置晋王，始得安全耳。’太宗涕泗交下曰：‘我不能。’即日召長孫無忌、房玄齡、李勣與遂良等定策，立晋王爲皇太子。”“問豎”“登牀”事未詳。

㉝【曾注】《廣絶交論》：雞人曉唱，鶴蓋成陰。【咸注】《三輔黄圖》：明帝永平五年，至長安，悉取飛廉並銅馬置之西門外，爲平樂館。【補注】鶴蓋，形如飛鶴之車蓋，此借指太子車駕。太子所居所御每以鶴爲言，如鶴禁、鶴馭、鶴輅、鶴駕、鶴軫、鶴關。平樂觀，西漢上林苑别館，爲觀看角觝之戲的場所。此句似指太子李治因太宗

在翠微宫病重,從京城長安趕往翠微宫侍奉太宗事。平樂觀借指翠微宫。

㉞【咸注】《周禮》:雞人夜呼,旦以嘂百官。《漢官儀》:宫中不得畜雞,衛士候於朱雀門外傳雞唱。《漢書》:柏梁災。越俗有火災,復起屋必以大,用勝服之。於是作建章宫。【補注】此謂雞人不再傳唱,暗示皇帝已逝,群臣暫停上朝。

㉟【咸注】《封禪書》:黄帝鑄鼎荆山下。鼎既成,有龍垂胡髯下迎黄帝。黄帝上騎,群臣後宫從上者七十餘人。餘小臣不得上,乃悉持龍髯,龍髯拔,墮,墮黄帝之弓。百姓抱其弓與胡髯號,故後世因名其處曰鼎湖,弓曰烏號。【補注】此以對龍髯而悲號寓故君之思。下句意類此。

㊱ 螭首見《書懷一百韻》"螭首對金鋪"句注。【立注】《舊唐書·太宗紀》:貞觀二十三年四月己亥,幸翠微宫。己巳,上崩於含風殿。

㊲ 疊鼓,見卷三《莊恪太子輓歌詞二首》注②。【補注】靈仗,此指皇帝靈駕出殯時的儀仗。

㊳【咸注】賈至《早朝》詩:劍佩聲隨玉墀步。【補注】斷泉,折斷的龍泉劍。

㊴【曾注】《周禮》日月爲常,交龍爲旂。【補注】此謂日色昏黄,映照着靈仗中繪有日月、交龍的旗幟。

㊵ 頹,李本、十卷本、姜本、毛本作"頹"誤。

㊶【補注】《左傳·襄公二十九年》:"見舞《韶濩》者。"杜預注:"殷湯樂。"《韶濩》,指盛世之音。

㊷【補注】幽篁,幽深之竹林。

【箋評】

【按】前三韻概叙太宗得位始末及治績。"萬靈"以下六韻,寫翠微寺之幽美景色及凉爽宜人氣候,處處扣緊自然景色與皇家行宫相互交融之特點。"問雲"以下四韻,承上仍寫翠微寺,而側重寫當年太宗在此時之人事活動,如出游、受朝、頒朔等,與上六韻亦可合爲一大段。"倚絲"以下至"昏日"七韻,則追憶太宗當年在立儲問題上之憂慮及逝世於翠華宫之情景,切題注"太宗升遐之所"。末二韻則今日對此遺廟頹垣,深慨盛世不再。此詩寫翠微宫與唐太宗之關係,既隱寓其得位時曾經歷變亂紛争,又寫其在立儲問題上的憂念,似有感於現實政治中類似情况而發,與一般寫太宗之詩例作贊頌追思者有别。

過孔北海墓二十韻①

撫事如神遇②,臨風獨涕零③。墓平春草緑④,碑折古苔青。珪玉埋英氣,山河孕炳靈⑤。發言驚辨囿⑥,撝翰動文星⑦。蘊策期干世,持權欲反經⑧。激揚思壯志⑨,流落嘆頽齡⑩。惡木人皆息⑪,貪泉我獨醒⑫。輪轅無匠石⑬,刀几有庖丁⑭。碌碌迷藏器⑮,規規守挈瓶⑯。憤容凌鼎鑊⑰,公議動朝廷⑱。故國將辭寵⑲,危邦竟緩刑⑳。鈍工磨白璧㉑,凡石礪青萍㉒。揭日昭東夏㉓,摶風滯北溟㉔。後塵遵軌轍㉕,前席詠儀形㉖。木秀當憂悴㉗,弦傷不底寧㉘,矜誇遭尺鷃㉙,光彩困飛螢㉚。白羽留談柄㉛,清風襲德馨㉜。鸞皇嬰雪刃㉝,狼虎犯雲屏㉞。蘭蕙荒遺址㉟,榛蕪蔽舊垧㊱。轘轅近沂水㊲,何事戀明庭㊳?

【校注】

① “二十韻”三字,李本、毛本、席本作小字置右側。【立注】《後漢書》:孔融字文舉,魯國人,孔子二十世孫也,幼有異才,性好學,博學多該覽。舉高第,爲侍御史。董卓廢立,融每因對答,輒有匡正之言。卓乃諷三府同舉爲北海相。歷官至將作大匠,遷少府。曹操既積嫌忌,奏誅之,下獄棄市。《淮揚志》:墓在府治高士坊。【按】此詩作於揚州,詩有“墓平春草緑”之句,與《感舊陳情獻淮南李僕射五十韻》“旅食逢春盡”時令相合。當爲會昌元年春赴吴途中經揚州拜謁李紳期間所作。

② 【曾注】《列子》:形接爲事,神遇爲夢。【補注】撫事,追思(孔融)往事。神遇,猶神交。句意謂追思孔融之生平行事,千載之下猶如神交。

③ 【咸注】古詩:終日不成章,泣涕零如雨。【補注】飛卿《過陳琳墓》亦有“莫怪臨風倍惆悵”之句。此言“獨”,與上句“神遇”應。

④ 【咸注】江淹《恨賦》:春草暮兮秋風驚,秋風罷兮春草生。綺羅畢兮池館盡,琴瑟滅兮丘壟平。【補注】飛卿《蔡中郎墳》亦有“古墳零落野花春”之句。

⑤ 埋,述鈔作“理”,誤。【曾注】《蜀都賦》:近則江漢炳靈。【補注】珪玉,此泛指美玉、瑞玉。《世説新語・傷逝》:“庾文康亡,何揚州臨葬云:‘埋玉樹箸土中,使人情何能已已。’”《梁書・陸雲公傳》:“不謂華齡,方春掩質,埋玉之恨,撫事多情。”炳靈,閃耀之靈氣。班固《幽通賦》:“系高頊之玄胄兮,氏中葉之炳靈。”二句謂孔融之才,如大地所埋藏之美玉,英氣鬱勃;如山河所孕育之靈氣,光輝閃耀。“珪玉”句不取傷逝之義,而語則似指“埋玉”,故特引之以免誤解。

⑥ 辨,述鈔作“辯”,通。【曾注】《莊子》:公孫龍,辨者之囿也。【咸注】《魏都賦》:聊爲吾子,復玩德音,以釋二客,競於辨囿也。【立注】本傳:融年十歲,詣河南尹李膺門曰:“我是李君通家子弟。”膺請融問之,曰:“先君孔子與君先人李老君,同德比義,而相師友,則融與君累世通家。”衆坐莫不嘆息。陳煒後至,坐中以告。煒曰:“夫人小時聰了,大未必奇。”融應聲曰:“觀君所言,將不早慧乎?”膺大笑,曰:

"高明必爲偉器。"【補注】辨囿,辯論之苑囿,猶雄辯家之淵藪。

⑦【咸注】杜甫詩:今夜文星動。【立注】本傳:魏文帝深好融文辭,嘆曰:"揚、班儔也。"募天下有上融文章者,輒賞以金帛。【補注】撝,同"揮"。撝翰,猶揮筆。文星,文昌星,傳文星主文才。唐裴説《懷素臺歌》:"杜甫李白與懷素,文星酒星草書星。"《史記·天官書》:"斗魁戴匡六星曰文昌宫:一曰上將,二曰次將,三曰貴相,四曰司命,五曰司中,六曰司禄。"第四星舊傳主文運,故俗稱文星。

⑧【立注】虞溥《江表傳》:獻帝嘗時見郗慮及少府孔融,問融曰:"慮何所優長?"融曰:"可與適道,未可與權。"【補注】權,權宜,變通。《易·繫辭下》:"巽以行權。"王弼注:"權,反經而合道。"權與經相對而言。經指常道。持權反經,謂用權宜通變的謀略,雖貌似反經,而實合乎道。

⑨ 志,席本作"氣",與"珪玉埋英氣"末字複。【曾注】江淹《恨賦》:中散下獄,神氣激揚。【立注】本傳:融負其高氣,志在靖難,而才疎意廣,迄無成功。【補注】激揚,激動振奮。

⑩【曾注】沈約詩:頽齡儻能度。【立注】孔融《論盛孝章書》:五十之年,忽焉已至,公爲始滿,融又過二,海内知識,零落殆盡。

⑪【曾注】陸機《猛虎行》:渴不飲盜泉水,熱不息惡木陰。【補注】《文選》李善注引《管子》曰:"夫士懷耿介之志,不蔭惡木之枝。惡木尚能耻之,况與惡人同處!"曰"人皆息",則已"獨不息"之意已包含在内,與下句相應。

⑫【曾注】《廣州記》:貪泉在石門山西。吴隱之詩:古人云此水,一歃懷千金。試使夷齊飲,終當不易心。屈原《漁父》:世人皆醉我獨醒。【補注】《晋書·良吏傳·吴隱之》:"隆安中,以隱之爲龍驤將軍、廣州刺史……未至州二十里,地名石門,有水曰貪泉,飲者懷無厭之欲。隱之既至,語其親人曰:'不見可欲,使人不亂。越嶺喪清,吾知之矣。'乃至泉所,酌而飲之,因賦詩曰(略,見曾注引)。及在州,清操逾厲,常食不過菜及乾魚而已。"

⑬【曾注】《莊子》:匠石之齊,至乎曲轅,見櫟社樹,其大蔽牛,絜之百圍,觀者如市,匠石不顧。【補注】匠石,名石之巧匠。《莊子·徐無鬼》:"匠石運斤成風。"輪轅,喻經世可用之大材。句意謂孔融乃經國之大材,但無巧匠如石者使其發揮作用。

⑭【曾注】《莊子》:庖丁爲文惠君解牛,奏刀騞然,莫不中音。文惠君曰:"善哉!技蓋至此乎?"【補注】《莊子·養生主》:"庖丁釋刀對曰:'臣之所好者道也,進乎技矣。'"刀几,切肉用的刀和案板(几案)。句意謂孔融如庖丁解牛,已進乎一般的技藝而達到道(掌握規律)的境界。

⑮【咸注】《文中子》:藏器以俟時。【補注】藏器,喻懷才以等待施展之時機。《易·繫辭下》:"君子藏器於身,待時而動。"

⑯【曾注】《左傳》:雖有挈瓶之智,守不假器。【補注】規規,淺陋拘泥貌。挈

瓶,汲水用的小瓶,喻才器淺小。《莊子·秋水》:"子乃規規然求之以察,索之以辯,是真用管闚天,用錐指地也。"二句似謂融懷抱才能以等待時機而終未遇時,碌碌無爲,迷失方向,規規然混同於才器淺小的士人。

⑰【曾注】《漢書》:刀鋸在前,鼎鑊在後。【補注】《後漢書·孔融傳》:"時年飢兵興,操表制酒禁,融頻書爭之,多侮慢之辭。既見操雄詐漸著,數不能堪,故發辭偏宕,多致乖忤。"此或即所謂"憤容凌鼎鑊"之表現。鼎鑊,用鼎鑊烹煮之酷刑。

⑱【立注】本傳:每朝會訪對,融輒引正定議,公卿大夫皆隸名而已。

⑲【咸注】謝朓詩:辭寵悲團扇。【補注】《後漢書·孔融傳》:"融由是顯名,與平原陶丘洪、陳留邊讓齊聲稱。州郡禮命,皆不就。""舉高第,爲侍御史,與中丞趙舍不同,託病歸家。"辭寵,辭謝寵命。

⑳【咸注】《文子》:法寬刑緩,囹圄空虚。【補注】《後漢書·孔融傳》:"時論者多欲復肉刑,融乃建議曰:'……夫九牧之地,千八百君,若各刖一人,是下常有千八百紂也。求俗休和,弗可得已。且被刑之人,慮不念生,志在思死,類多趨惡,莫復歸正……'朝廷善之,卒不改焉。"危邦,不安寧之國家,此指東漢末年之亂世。《論語·泰伯》:"危邦不入,亂邦不居。"此句謂孔融之建議使東漢末這樣的衰危之世也能實行比較寬緩的刑法。

㉑ 鈍工磨,席本、顧本作"上卿廉"。【立注】:《史記》:虞卿説趙孝成王,一見賜黄金百鎰,白璧一雙。再見爵上卿。【補注】句意謂靠愚鈍粗劣的工匠來磨治白璧。似有傷孔融處於亂世,得不到賞識之意。下句意同。

㉒【咸注】張叔及論:青萍砥礪於鋒鍔。陳琳《答東阿王牋》:秉青萍干將之器。注:青萍,劍名。【補注】句意謂用普通的石頭來磨礪寶劍。

㉓【咸注】《莊子》:孔子圍於陳、蔡之間,太公任往弔之,曰:"子其意者,飾智以驚愚,修身以明污,昭昭乎如揭日月而行,故不免也。"《左傳》:祁午謂趙文子曰:"服齊、狄,寧東夏。"【補注】此言孔融高志直行,如高舉日月而光照東夏。東夏,古稱中國東部。

㉔【曾注】《莊子》:北溟有魚,其名爲鯤,化而爲鳥,其名爲鵬。又:水擊三千里,搏扶摇而上者九萬里。注:搏,飛而上也。【補注】此謂其如北溟之鯤,未能化鵬搏風直上,留滯未展抱負。

㉕【曾注】杜甫詩:青雲滿後塵。【補注】謂後繼者遵循其軌轍,向孔融學習仿效。

㉖ 形,毛本作"刑",《全詩》,顧本作"型",並通。【曾注】《漢·賈誼傳》:上方受釐坐宣室,因感鬼神事,誼具道所以然之故。至夜半,文帝前席。師古曰:漸促近誼,聽説其言也。【補注】"前席"事首見於《史記·屈原賈生列傳》。此謂孔融才比賈生,理應受到君主之垂詢禮遇,作爲後世歌詠讚頌的典範。儀形,楷模、典範。

㉗【咸注】李康《運命論》:木秀於林,風必摧之。

㉘【咸注】《戰國策》:雁從東方來,更羸以虚弓發而下之,曰:"其飛徐者,故創痛也;悲鳴者,久失群也。故創未息,而驚心未去也。聞弦者音烈而高飛,故創隕也。"鮑照《東門行》:傷禽惡弦驚。【補注】底寧,安寧、安定。此謂其如驚弓之鳥,已爲箭所傷,復聞弦而驚,永無安寧之時。

㉙ 尺,十卷本、姜本、毛本、《全詩》、顧本作"斥",通。【曾注】《莊子》:斥鷃笑之曰:"我騰躍而上,不過數仞,翱翔蓬蒿之間,此亦飛之至也。而彼且奚適也?"【補注】謂孔融自有鯤鵬之志,却遇到斥鷃一類志氣目光短淺者之自我矜誇炫耀。

㉚【咸注】曹植《求自試表》:螢燭末光,争輝日月。【補注】謂孔融如日月之輝光,却被微弱如螢火之小人所困。

㉛【曾注】《韻府》:大明禪師每執松枝談論,號談柄。【補注】談柄,清談時所執之拂塵。六朝士人以麈尾爲談柄。此謂"白羽",似指手執羽扇談論。

㉜【曾注】《書》:明德惟馨。【補注】《詩・大雅・烝民》:"吉甫作誦,穆如清風。"清風,指清微之風。此喻指高潔品格。德馨,德行馨香。此謂後世繼承其高潔之品格與馨香之德行。

㉝ 皇,李本、十卷本、姜本、毛本、述鈔、《全詩》、席本作"凰",通。【咸注】《西京雜記》:漢高祖斬白蛇劍,十二年一加磨瑩,刃上常若霜雪。【補注】嬰,遭。句意謂孔融如人中鸞鳳,却遭到鋒利的刀劍殺戮。此指融被曹操所殺害事。

㉞【曾注】《戰國策》:秦,虎狼之國也。【咸注】張衡《七命》:雲屏爛汗。【補注】雲屏,以雲母裝飾之屏風。句意謂虎狼闖入内室。似喻京城遭受戰亂。即王粲《七哀詩》"西京亂無象,豺虎方遘患"之意。

㉟【補注】遺址,指孔融墓之遺址。句即"古墳零落野花春"之意,不過易"野花"爲"蘭蕙"而已。

㊱【曾注】謝靈運詩:遵渚騖修坰。【補注】榛,叢木;蕪,雜草。舊坰,荒郊野外。

㊲ 近,原一作"遠",述鈔、李本、十卷本、姜本、毛本、《全詩》並同。席本、顧本末二句作"羨君雖不禄,猶得對明庭"。【補注】轘轅,盤旋往還,形容道路彎曲。沂水,在今山東境内。《論語・先進》:"浴乎沂,風乎舞雩。"孔融魯人,孔子二十世孫,故云"轘轅近沂水"。作"遠"者非。

㊳【咸注】《漢・郊祀志》:黄帝接萬靈明庭。明庭者,甘泉也。【補注】明庭,此指朝庭。杜牧《雪中書懷》:"明庭開廣敞,才儁受羈維。"二句謂孔融歸家之路彎曲蜿蜒通向沂水絃歌之地,何事不歸而留戀朝庭呢?對孔融最終被殺有惋惜之意。

【箋評】

【按】首四句"過墓"起,"撫事如神遇"五字,揭出千載之下猶如神交,實爲一篇主意。蓋詩人過孔融墓，不禁由其才能品性及不幸遭遇聯及自身，深有感慨，傷融之中即寓自傷之情。“珪玉”以下三十二句，均就孔融之身世遭遇、才器品格抒感。“珪玉”四句盛贊其才氣縱横，“蘊策”四句，嘆其壯志激揚，期望千世而頹齡流落不遇；“惡木”四句，贊其高潔品格與神奇才藝，惜其輪轅大材不爲世用；“碌碌”四句，謂其藏器待時而不遇於時，贊其憤容直諫，公議動朝；“故國”四句，謂其辭謝榮寵而所提建議使危邦得以寬刑，惜其才器終不被賞識；“揭日”四句，贊其志行光輝昭著而未能搏風直上，遂其宏圖壯志，而其言行已足爲後世之典範。“木秀”四句，惜其才高遭忌，如驚弓之鳥，不能安寧，爲庸小所嗤所困。“白羽”四句，謂其才德流芳後世，惜其才高遭戮，處於戰亂之世。末四句收歸孔融墓荒蕪之現境，爲其“戀明庭”而不歸沂水致憾抒慨。庭筠集内，《過陳琳墓》《過孔北海墓二十韻》《蔡中郎墳》作詩時令均在春天，而地則在邳縣、揚州、毘陵一帶，所詠對象均爲東漢末三國初文士，所表現之思想感情或爲異代同情之慨，或爲才同遇異之感，頗似一過古人墓系列，均爲會昌元年春至三年春“行役秦吴”及自吴中歸長安期間所作。

過華清宫二十二韻①

憶昔開元日②，承平事勝遊③。貴妃專寵幸④，天子富春秋⑤。月白霓裳殿⑥，風乾羯鼓樓⑦。鬥雞花蔽膝⑧，騎馬玉搔頭⑨。繡轂千門妓⑩，金鞍萬户侯⑪。薄雲欹雀扇⑫，輕雪犯貂裘⑬。過客聞韶濩⑭，居人識冕旒⑮。氣和春不覺，煙暖霽難收⑯。澁浪涵瑶甃⑰，晴陽上彩斿⑱。卷衣輕鬢嬾⑲，窺鏡澹蛾羞⑳。屏掩芙蓉帳㉑，簾褰玳瑁鉤㉒。重瞳分渭曲㉓，纖手指神州㉔。御案迷萱草㉕，天袍妬石榴㉖。深巖藏浴鳳㉗，鮮隰媚潛虬㉘。不料邯鄲蝨㉙，俄成即墨牛㉚。劍鋒揮太皞㉛，旗焰拂蚩尤㉜。内嬖陪行在㉝，孤臣預坐籌㉞。瑶簪遺翡翠㉟，霜仗駐驊騮㊱。艷笑雙飛斷㊲，香魂一哭休㊳。早梅悲蜀道㊴，高樹隔昭丘㊵。朱閣重霄近，蒼崖萬古愁㊶。至今湯殿水㊷，嗚咽縣前流㊸。

【校注】

①《才調》卷二、《英華》卷三一一居處一載此首。題内“二十二韻”，李本、十卷本、姜本、毛本作“二十韻”，非。李本、毛本“二十韻”爲小字置行側。【立注】《唐書》：天寶六載，改驪山温泉宫爲華清宫，治湯爲池，環山列宫殿。【補注】華清宫，在今陝西省臨潼縣南驪山西北麓。傳周幽王即於此建離宫。唐太宗貞觀初在此建湯

泉宫，高宗咸亨年間改名温泉宫。玄宗天寶六載擴建，改名華清宫。玄宗每年冬攜嬪妃來此游宴，來年春暖方還長安。天寶十五載安史之亂時毁於兵火。作年考證見箋評編著者按語。

②【立注】案《舊唐書》：玄宗立，改元開元。二十九年，復改元天寶。【補注】杜甫《憶昔二首》之二："憶昔開元全盛日，小邑猶藏萬家室。稻米流脂粟米白，公私倉廩俱豐實。"

③【立注】崔寔《政論》：承平日久，漸蔽而不悟。韓愈詩：江山多勝遊。【補注】勝遊，快意之遊覽。此指玄宗的享樂遊宴生活。

④【咸注】《楊貴妃傳》：妃資质天挺，專房宴，宫中號娘子，儀體與皇后等。天寶初，進册貴妃。【補注】白居易《長恨歌》："承歡侍宴無閑暇，春從春游夜專夜。後宫佳麗三千人，三千寵愛在一身。"

⑤【曾注】《漢・高五王傳》：天子富於春秋。【補注】富春秋，謂正值壯盛之年。按：玄宗始寵楊氏之時（開元二十五年），已五十八歲。此曰"富春秋"，似不無諷意。

⑥【立注】鄭嵎《津陽門詩》注：葉法善嘗引上入月宫，聞仙樂，及歸，但記其半，遂於笛中寫之。會西凉節度使楊敬述進《婆羅門曲》，聲調相符，遂以月中所聞爲散序，敬述所進爲腔，名《霓裳羽衣》也。【補注】霓裳殿，舞《霓裳羽衣曲》之殿。

⑦【立注】南卓《羯鼓録》：羯鼓出外夷，以戎羯之鼓，故曰羯鼓。其聲促急，破空透遠，特異衆樂。明皇極愛之。嘗聽琴未終，遽止之曰："速令花奴持羯鼓來，爲我解穢！"《十道志》：玄宗建温泉宫，又造玉女殿，又有按歌臺、羯鼓樓。【補注】風乾，則羯鼓之皮緊繃，其聲益破空透遠。

⑧【立注】陳鴻祖《東城老父傳》：玄宗治雞坊，以賈昌爲小兒長，號爲神雞童，衣鬥雞服。或從幸驪山，昌冠雕翠金華冠，錦袖繡襦袴，導群雞叙立於廣場。勝負既罷，隨昌歸雞坊。○《古今樂録》：宋少帝時，南徐一士子從華山畿往雲陽，見客舍女子，悦之，遂感心疾。母至華山尋訪，見女，女感之，因脱蔽膝令母密置其席下，卧之當已。少日果差。忽舉席見蔽膝而抱持，遂吞食而死。【補注】蔽膝，圍於衣服前面之大巾，用以蔽護膝蓋。此"花蔽膝"當是鬥雞時所著者。

⑨【立注】《舊唐書》：玄宗凡有遊幸，貴妃無不隨侍，乘馬則高力士執轡授鞭。《西京雜記》：武帝過李夫人，就取玉簪搔頭。自此後，宫人搔頭皆用玉，玉價倍貴焉。【補注】《新唐書・楊貴妃傳》："每十月，帝幸華清宫，五宅車騎皆從，家别爲隊，隊一色，俄五家隊合，爛若萬花，川谷成錦繡。國忠導以劍南旗節。遺鈿墮舄，瑟瑟璣琲，狼藉于道，香聞數十里。""騎馬玉搔頭"，當指玄宗楊妃及楊氏兄妹等赴華清宫時盛況。宋樂史《楊太真外傳》卷下亦云："上每年冬十月，幸華清宫……有端正樓，即貴妃梳洗之所；有蓮花湯，即貴妃澡沐之室。國忠賜第在宫東門之南，虢國相對，韓國秦國，甍棟相接。天子幸其第，必過五家，賞賜燕樂。扈從之時，每家爲一

隊,隊着一色衣。五家合隊相映,如百花之焕發。遺鈿、墜舄、瑟瑟、珠翠,燦於路岐,可掬。”

⑩【咸注】《漢書》:建章宫千門萬户。【補注】此謂華美之車中載着宫中衆多歌舞妓。此“千門妓”當指玄宗親自教習之梨園弟子。

⑪【曾注】《漢·李廣傳》:萬户侯豈足道哉!【補注】此當指楊國忠官位顯赫。《新唐書·外戚傳·楊國忠》:“天寶七載,擢給事中、兼御史中丞,專判度支。會三妹封國夫人,兄銛擢鴻臚卿,與國忠皆列棨戟,而第舍華僭,彌跨都邑……遂拜右相……自御史至宰相,凡領四十餘使。”亦可泛指扈從車駕者多公侯顯貴。

⑫ 欹,《英華》、席本、顧本作“欺”。【咸注】《南史》:齊高帝頗好畫扇。宋孝武賜戢蟬雀扇,善畫者顧景秀所畫。時吴郡陸探微、顧彦先皆能畫,嘆其巧絶。戢因王晏獻之,上令晏厚酬其意。【補注】欹,斜靠、倚靠。雀羽,羽扇,係皇帝儀仗。驪山上温泉霧氣繚繞,故云“薄雲欹雀羽”。

⑬【曾注】杜甫詩:永夜攬貂裘。【補注】每年冬十月至明年春暖,玄宗、貴妃在驪山避寒,故云“輕雪犯貂裘”。杜甫《自京赴奉先縣詠懷五百字》亦有“瑶池氣鬱律”“煖客貂鼠裘”之句,與此二句所寫情景相似。

⑭【曾注】《樂緯》:舜樂曰《韶》,殷樂曰《大濩》。【立注】《文獻通考》:唐舊制,於盛春殿内錫宴宰輔及百辟,備《韶》《濩》及九奏之樂,設魚龍蔓延之戲,三日方罷。【補注】此與杜甫《詠懷五百字》“君臣留歡娱,樂動殷膠葛”,白居易《長恨歌》“驪山高處入青雲,仙樂風飄處處聞”亦可合參,謂過往之路人可聞華清宫中奏樂之聲。

⑮ 冕,李本作“晃”,誤。【咸注】蔡邕《獨斷》:漢明帝采《尚書·皋陶》及《周官》《禮記》以定冕制。天子冕廣七寸,長一尺二寸,繫白珠於其端,十二旒,三公及諸侯九卿七。【補注】冕旒,此借指玄宗皇帝。

⑯【補注】驪山上有暖煙霧氣繚繞,故雖晴霽煙霧亦難收盡。煙指温泉騰起的水汽。

⑰《英華》、席本、顧本此句作“溢浪和瓊甃”。《英華》校:集作“怨浪溼瑶甃”。述鈔、李本、十卷本、姜本、毛本“溢”作“細”。【咸注】《天寶遺事》:奉御湯中,甃以文瑶密石,中央有玉蓮花捧湯泉,噴以成池。帝與妃子施小舟戲玩於其間。【補注】古代宫牆基壘石凹入,作水紋狀,謂之溢浪。見胡應麟《少室山房筆叢·藝林伐山一·溢浪》。又見楊慎《丹鉛總録》。瑶甃,謂温泉池以玉石砌壁。

⑱【曾注】劉孝綽詩:巖花映彩斿。【補注】斿,旌旗下垂的飄帶等飾物。彩斿,猶彩旗,指皇帝儀仗。顔延之《車駕幸京口三月三日侍游曲阿後湖作》:“雕雲麗琁蓋,祥飈被綵斿。”

⑲ 鬟,十卷本、姜本作“髻”。【曾注】吴筠詩:秦帝卷衣裳。【咸注】范静婦滿願《映水曲》:輕鬟學浮雲。【補注】卷衣,謂君王贈衣與所愛女子,語出樂府古題《秦王

卷衣曲》。吴兢《樂府右題要解·秦王卷衣曲》:“右言咸陽春景及宫闕之美,秦王卷衣以贈所歡也。”

⑳【曾注】杜甫《虢國夫人》詩:却嫌脂粉涴顔色,澹掃蛾眉朝至尊。

㉑【咸注】梁簡文帝詩:綺幕芙蓉帳。【補注】芙蓉帳,用芙蓉花染繒製成之帳。白居易《長恨歌》:“芙蓉帳暖度春宵。”

㉒【咸注】《漢武故事》:上起神屋,以白珠爲簾箔,玳瑁押之。【補注】玳瑁鉤,此指以玳瑁甲製作的簾鉤。

㉓【咸注】《尸子》:舜兩眸子,是謂重瞳。《史記》:舜目蓋重瞳子,又聞項羽亦重瞳子。《唐書·地理志》:京兆府有渭南縣,西十里有遊龍宫,開元二十五年更置。【補注】以舜目重瞳,故此處借指玄宗。分渭曲,謂其在驪山上遠眺,可以分辨渭水之彎曲處。

㉔【咸注】《詩》纖纖女手。《史記》:中國名曰赤縣神州。《河圖括地象》:昆侖謂東南地方五千里,名曰神州,帝王居之。【補注】此“神州”指京城(長安)。左思《詠史八首》之五:“皓天舒白日,靈景曜神州。”二句意謂貴妃與玄宗同登驪山,指點京城長安與周圍地區。

㉕【立注】《天寶遺事》:明皇與妃子幸華清宫,因宿酒初醒,凭妃子肩同看木芍藥,帝親折一枝與妃子,曰:“不惟萱草忘憂,此花香豔,尤能醒酒。”【補注】萱草,即今之金針菜、黄花菜,古人以爲可以忘憂,故又稱忘憂草。《詩·衛風·伯兮》:“焉得諼(萱)草,言樹之背。”此句意晦,似謂御案上迷失萱草而忘憂,喻其溺於貴妃而不理政事。

㉖【曾注】梁元帝《烏棲曲》:芙蓉爲帶石榴裙。【咸注】萬楚詩:紅裙妒殺石榴花。【補注】妒,羨。此謂天袍之色紅豔耀眼,使石榴花亦妒羨。

㉗【曾注】《初學記》:鳳,神鳥也。天老曰:“鳳過昆侖,飲砥柱,濯羽弱水,暮宿丹宫。”【補注】驪山温泉有專供唐玄宗、楊貴妃沐浴的奉御湯。深巖藏浴鳳,喻指貴妃在山巖下的湯池沐浴。

㉘【曾注】《詩》:度其鮮原。謝靈運詩:潛虬媚幽姿。【立注】《安禄山事跡》:玄宗常夜宴禄山,禄山醉卧,化爲一黑猪而龍首。左右遽言之。玄宗曰:“此猪龍也,無能爲者。”禄山將入朝,乃令於温泉爲禄山造宅,至温泉賜浴。正月一日,是禄山生日。後三日,召禄山入内,貴妃以繡綳子縛禄山,令内人以綵輿舁之,歡呼動地。玄宗就觀之,大悦。深巖二句,隱含諷刺。又案:杜甫《湯東靈湫》詩:坡陀金蝦蟆,出見蓋有由。至尊顧之笑,王母不敢收。復歸虚無底,化作長黄虬。飛卿“鮮隰媚潛虬”句,又似從此脱化出來。〇已上叙開元盛時事,以下叙禄山亂後事。【補注】顧嗣立以爲“潛虬”隱指安禄山,是也。鮮隰,鮮麗的濕地,媚,謂禄山投玄宗貴妃所好,故作忠誠之媚態,使玄宗深信不疑。《開天傳信記》載:“上幸愛禄山爲子,嘗與

貴妃於便殿同樂。禄山每就坐，不拜上而拜妃，上顧問："此胡不拜我而拜妃子，意何在也？"禄山奏曰："胡家即知有母，不知有父也。"上笑而捨之。禄山豐肥大腹，上嘗問曰："此胡腹中何物，其大如是？"禄山尋聲應曰："腹中更無他物，唯赤心爾。"上以言誠而益親善之。"

㉙【曾注】《戰國策》：應侯謂秦王曰："王得宛，臨陳陽夏，斷河内，臨東陽，邯鄲猶口中蝨也。"【補注】邯鄲蝨，喻微小而易制之敵。事又見《韓非子·内儲説上》："應侯謂秦王曰：'王得宛、葉、藍田、陽夏，斷河内，困梁、鄭，所以未王者，趙未服也。弛上黨在一而已，以臨東陽，則邯鄲口中蝨也。'"舊注："以守上黨之兵臨東陽，則邯鄲危如口中蝨也。"

㉚【曾注】《田單傳》：騎劫代樂毅，攻即墨。單收城中得千餘牛，爲絳繒衣，畫以五彩龍文，束兵刃於其角，而灌脂束葦於尾，燒其端，牛尾熱，怒而奔燕軍，所觸盡死傷。【補注】即墨牛，喻難以抵擋之敵。邯鄲蝨、即墨牛均喻安史叛軍。

㉛ 鋒，姜本作"峰"，誤。【曾注】《月令》：孟春之月，其帝太皞。鄭玄云：宓犧也。劍鋒未詳。案：《越絶書》：楚王作鐵劍三枚，晋、鄭聞而求之，不得，興師圍楚之城，三年不解，於是楚王引太阿之劍，登城而麾之，三軍破敗，士卒迷惑，流血千里，晋、鄭之軍頭畢白也。【按】太皞，疑指太阿（劍），曾注引《越絶書》似是。句意蓋謂安禄山叛亂，如揮太阿之劍，鋒芒所及，流血千里。《漢書·梅福傳》："倒持泰阿，授楚其柄。"顔師古注："泰阿，劍名，歐冶所鑄也。言秦無道，令陳涉，項羽乘間而發，譬倒持劍而以把授與人也。"此句或用此典，謂玄宗寵信安禄山，授以三鎮節度使之大權，造成安史之亂。

㉜【咸注】《西京賦》：蚩尤秉鉞。案：《韻會》：蚩尤，黄帝臣，獸身人語。後叛，大戰於涿鹿，殺之。畫其形於旗上。又：彗星，一名蚩尤旗。【立注】《皇覽》：蚩尤冢在東郡壽張縣闞鄉城中，高七丈。民嘗十月祀之，有赤氣出，如一匹絳，名爲蚩尤旗。○上四句謂禄山之叛也。【補注】蚩尤，喻叛臣，此指安禄山。蚩尤旗爲變亂之象徵。句意蓋謂安禄山叛軍之氣焰甚熾。

㉝【咸注】《左傳》：齊侯好内多寵，内嬖如夫人者六人。《漢書》：徵詣行在所。師古曰：天子或在京師，或出巡狩，不可豫定，故言行在所耳。○【立曰】謂貴妃從幸也。【補注】《舊唐書·玄宗紀》：天寶十五載六月，"乙未，凌晨，自延秋門出，微雨霑濕，扈從惟宰相楊國忠、韋見素、内侍高力士及太子、親王。妃主、皇孫已下多從之不及。"時楊貴妃隨行，故云"内嬖陪行在"。行在，此指馬嵬驛。

㉞【曾注】《漢·張良傳》：臣請借前箸以籌之。○【立曰】謂陳玄禮之密啓也。【補注】《舊唐書·玄宗紀》："丙辰，次馬嵬驛，諸衛頓軍不進。龍武大將軍陳玄禮奏曰："逆胡指闕，以誅國忠爲名，然中外群情，無不嫌怨……陛下直徇群情，爲社稷大計，國忠之徒，可置之於法。"……兵士圍驛四合，及誅楊國忠、魏方進，兵猶未解。上

令高力士詰之，回奏曰："諸將既誅國忠，以貴妃在宫，人情恐懼。"上即命力士賜貴妃自盡，玄禮等見上請罪，命釋之。"孤臣，不容於當政者而心懷忠誠的臣子。《孟子·盡心上》："獨孤臣孽子，其操心也危，其慮患也深，故達。"此指陳玄禮建議誅楊國忠，雖違玄宗之意，實忠於唐王朝。預坐籌，参預出謀畫策。

㉟【曾注】《異物志》：赤而雄者曰翡，青而雌者曰翠。【立注】《後漢·輿服志》：太皇太后、皇太后入廟，簪以玳瑁，爲擿長一尺，端爲花勝，上爲鳳雀，以翡翠爲毛羽。梁費昶詩：日照茱萸領，風摇翡翠簪。【補注】句意即"遺翡翠之玉簪"，亦即白居易《長恨歌》"花鈿委地無人收，翠翹金雀玉搔頭"之謂，指楊妃死而首飾散落丢棄。

㊱【咸注】《穆天子傳》：右服驊騮而左緑駬。郭璞曰：驊騮，色如華而赤，今名馬驃赤者爲棗騮。○【立曰】上二句謂四軍不進也。【補注】霜仗，閃耀兵刃寒光的儀仗，此指皇帝的扈從部隊。上句指貴妃死，此句謂"諸衛頓軍不進"，倒置其文。

㊲【咸注】《詩》：豔妻煽方處。《北史》：苻堅滅燕，慕容冲姊清河公主年十四，有殊色，堅納之。冲年十二，亦有龍陽之姿，堅又幸之。姊弟專寵，長安歌之曰："一雌復一雄，雙飛入紫宫。"【按】此句恐非用慕容姊弟專寵於苻堅之典，不過謂貴妃之豔笑已不復睹，與玄宗比翼雙飛之恩愛從此斷絶。即杜甫《哀江頭》"一笑正墜雙飛翼"之謂，亦白居易《長恨歌》"在天願爲比翼鳥"之反面。

㊳【曾注】徐注：徐陵詩：香魂何處來。○【立曰】上二句謂國忠、貴妃之死也。【補注】此句即杜甫《哀江頭》所謂"明眸皓齒今何在，血污游魂歸不得"。一哭休，指玄宗之悲泣，《長恨歌》所謂"回看血淚相和流"。

㊴【咸注】盧僎《十月梅花詩》：君不見巴鄉春候中華别，年年十月梅花發。李白《蜀道難》云：噫吁嚱！危乎高哉！蜀道之難，難於上青天。【補注】據《舊唐書·玄宗紀》，天寶十五載"秋七月癸丑朔。壬戌，次益昌縣，渡吉柏江……甲子，次普安郡……庚午，次巴西郡……庚辰，車駕至蜀郡……八月癸未朔，御蜀都府衙"。則奔蜀經蜀道時非"早梅"開時。此當指其翌年自蜀返京時。《舊·紀》："明年九月，郭子儀收復兩京。十月，肅宗遣中使啖廷瑶入蜀奉迎。丁卯，上皇發蜀郡。十一月丙申，次鳳翔郡。"則返京途經蜀道正早梅開放之時。

㊵【咸注】謝朓詩：思見昭陽丘。善曰：《荆州圖》：楚昭王墓，《登樓賦》所謂昭丘也。《通鑑》：太宗文德皇后長孫氏葬昭陵，高祖神堯皇帝葬獻陵。帝念后不已，於苑中作層觀以望昭陵。嘗引魏徵同登，使視之。徵熟視之，曰："臣昏眊不能見。"帝指示之。徵曰："臣以爲陛下望獻陵，若昭陵，則臣固見之矣。"注：昭陵在西安府醴泉縣，獻陵在陝西三原縣。○【立曰】上二句謂改葬貴妃他所也。《舊唐書·楊貴妃傳》：禄山叛，潼關失守，從幸至馬嵬。禁軍大將陳玄禮密啓太子，誅國忠父子。既而四軍不散，玄宗遣力士宣問，對曰："賊本尚在。"蓋指貴妃也。力士復奏，帝不獲

已，與妃訣，遂縊死於佛堂。時年三十八，瘞於驛西道側。上皇自蜀還，密令中使改葬於他所。初瘞時，以紫褥裹之，肌膚已壞，而香囊仍在。内官以獻，上皇視之凄惋，乃令圖其形於别殿。【按】此句寫玄宗回長安後思念太宗功烈。昭丘即唐太宗之陵墓昭陵。“高樹隔昭丘”者，謂昭陵爲高樹所隔不可見，極望中含痛定思痛之意。與太宗念長孫皇后望昭陵及楊妃改葬事均無涉。

㊶【補注】二句收歸驪山華清宫現境。蒼崖指驪山，朱閣指華清宫之樓閣。“朱閣”句即“驪宫高處入青雲”之意。

㊷【補注】湯殿，内有温泉之宫殿。

㊸【咸注】《寰宇記》：驪山在昭應縣東南二里，即藍田山也，温泉在山下。【補注】驪山又名藍田山，相傳周幽王爲犬戎所逐，死於山下。天寶元年，改名會昌山，七載，改稱昭應山。縣前，指昭應縣前（今臨潼縣）。

【箋評】

【張戒曰】往年過華清宫，見杜牧之、温庭筠二詩，俱刻石於浴殿之側，必欲較其優劣而不能。近偶讀庭筠詩，乃知牧之之工。庭筠小子，無禮甚矣。劉夢得《扶風歌》、白樂天《長恨歌》及庭筠此詩，皆無禮于其君者。庭筠語皆新巧，初似可喜，而其意無禮，其格至卑，其筋骨淺露，與牧之詩不可同年而語也。其首叙開元勝遊，固已無稽，其末乃云“豔笑雙飛斷，香魂一哭休”，此語豈可以瀆至尊耶？人才氣格，自有高下，雖欲强學不能，如庭筠豈識《風》《雅》之旨也？牧之才豪華，此詩初叙事甚可喜，而其中乃云：“泉暖涵窗鏡，雲嬌惹粉囊。嫩嵐滋翠葆，清渭照紅妝。”是亦庭筠語耳。（《歲寒堂詩話》卷上）

【曾季貍曰】《華清宫》詩精切，如“月白霓裳殿，風乾羯鼓樓”，霓裳則曰“月白”，“羯鼓”則曰“風乾”，皆移換不動，所以爲佳。（《艇齋詩話》）

【楊慎曰】蔡衡仲一日舉温庭筠《華清宫》詩“澀浪浮瓊砌，晴陽上綵斿”之句問余曰：“澀浪，何語也？”予曰：“子不觀《營造法式》乎？宫牆基，自地上一丈餘疊石凹入如崖險狀，謂之疊澀。石多作水文，謂之澀浪。”（《丹鉛總録·澀浪》）

【黄周星曰】可想盛世景象。（“過客”二句下）摹寫精妙。（“重瞳”二句下）此即詩史也，盛衰理亂之感，無一不備其中，令觀者慨當以慷。（《唐詩快》）

【馮班曰】此篇著意只在開元盛時，禄山亂後便略，與《華清》《長恨》不同。（《中晚唐詩叩彈集》卷八引）

【杜詔、杜庭珠《中晚唐詩叩彈集》卷八】“深巖”二句，隱含諷刺。以上叙開元盛時事，以下叙禄山亂後事。（“深巖”二句下）　四句謂禄山之叛也。（“不料”四句下）　謂貴妃從幸也。（“内變”句下）　謂陳玄禮之密啓也。（“孤臣”句下）　二句謂四軍不進也。（“瑶簪”二句下）　二句謂馬嵬賜死之事。（“豔笑”二句下）　二句謂改葬貴妃他所也。(“早梅”二句下) (按:除“瑶簪”二句箋改正顧嗣立箋語之誤外,其餘各條,均鈔録顧嗣立箋語。顧氏箋注刊於康熙三十六年,而杜詔杜庭珠之《中晚唐叩彈集》則編成於康熙四十三年)

【張文蓀曰】飛卿取材之富,過於義山。此首氣清詞麗,最好是不横着議論,而情事顯然,得詩人忠厚之意。以麗詞寫事,是《南》《北史》體。温、李都熟六朝書。(《唐賢清雅集》)

【按】《文苑英華》卷三一一收入杜牧《華清宫三十韻》、温庭筠《過華清宫二十二韻》及缺名《華清宫和杜舍人》(顧嗣立《温飛卿詩集箋注》卷九《温飛卿集外詩》收入此詩,經今人考證,此首實爲張祜之作)。温詩雖未標明和杜,但就三首詩題目、内容、構思、立意、体裁之一致,可大體肯定爲同時先後之作。杜牧大中六年夏秋間任中書舍人,是年十二月卒,其詩當同年秋冬間作(詩有“鳥啄摧寒木”之句),温、張二和作當亦作於同時或稍後。温氏此詩,可分兩大段。第一段自開篇至“鮮隰媚潛虬”,專寫開元末至天寶末玄宗寵幸楊妃,在華清宫“承平事勝遊”之享樂生活,“鮮隰”句暗點安禄山,過渡至下段。第二段自“不料邯鄲蝨”至篇末,寫安史亂起,馬嵬事變,貴妃賜死,帝妃愛絶及玄宗回鑾等情事。末四句收歸現境,切題内“過”字。全篇雖不無諷戒之意,而其主旨則在借華清宫之興廢及玄宗貴妃之事抒發盛衰之感。從三首華清宫長律之思想内容及藝術成就看,杜牧詩爲優,不僅整體氣勢恢宏,語言華贍,且頗有警策。張祜詩鑒戒之意雖最激切,而詩藝則最下。温詩亦平平少警策。

洞户二十二韻[1]

洞户連珠網[2],方疏隱碧潯[3]。燭盤煙墜燼[4],簾壓月通陰[5]。粉白仙郎署[6],霜清玉女砧[7]。醉鄉高窈窈[8],碁陣静愔愔[9]。素手琉璃扇[10],玄鬟玳瑁簪[11]。昔邪看寄迹[12],梔子詠同心[13]。樹列千秋勝[14],樓懸七夕針[15]。舊詞翻白紵[16],新賦换黄金[17]。唳鶴調蠻鼓[18],驚蟬應寶琴[19]。舞疑繁易度[20],歌轉斷難尋[21]。露委花相妬,風欹柳不禁。橋彎雙表迥[22],池漲一篙深[23]。清蹕傳恢囿[24],黄旗幸上林[25]。神鷹参翰苑[26],天馬破蹄涔[27]。武庫方題品[28],文園有好音[29]。朱莖殊菌蠢[30],丹桂欲蕭森[31]。黼帳迴瑶席[32],華燈對錦衾[33]。畫圖驚走獸[34],書帖得來禽[35]。河曙秦樓映[36]山晴魏闕臨[37]。緑囊逢趙后[38],青鏁見王沉[39]。任達嫌孤憤[40],疎慵倦九箴[41]。若爲南遁客,猶作卧龍吟[42]。

【校注】

①《才調》卷二載此首。"二十二韻"四字,李本、毛本作小字置行側。【曾曰】未詳。【立注】徐箋云:此篇詩意與前篇(按:指《過華清宫二十二韻》)同。俞瑒云:追憶昔遊而作,只拈起二字爲題,亦義山《錦檻》之類耳。【補注】洞户,房間與房間門户相通。《後漢書·梁冀傳》:"堂寢皆有陰陽奥室,連房洞户。"詩中所寫,即深邃之宫苑或府邸景象。

②【咸注】宋玉《招魂》:網户朱綴,刻方連些。虞茂《白紵歌》:雕軒洞户青蘋吹。【補注】珠網,綴珠爲網狀之帳幃,施於殿屋者。

③【曾注】張協《七命》:方疏含秀。杜甫詩:松筠起碧潯。【補注】方疏,方形的疏窗。碧潯,緑水邊。

④墜,《全詩》、顧本校:一作"墮"。【曾注】梁簡文帝《對燭賦》:掛同心之明燭,施雕金之麗盤。【咸注】庾信《對燭賦》:還却燈檠下燭盤。【補注】燭盤,帶底盤之燭臺。可兼盛燭脂。

⑤【曾注】李白詩:却下水晶簾,玲瓏望秋月。【補注】壓,垂。月通陰,指月光透過疏簾,通向室内幽暗處。或解:上句"燭盤"係名詞,此句"簾壓"與之對文,當亦名詞。壓,通"押",字又作"柙",壓簾之具。此處"簾壓"義仍同簾。李商隱《燈》:"影隨簾押轉,光信簟文流。"簾押亦泛指簾。

⑥【曾注】《漢官儀》:省中皆胡粉塗壁,故曰粉署。《白帖》:諸曹郎稱爲仙郎。【補注】此謂粉壁白於郎官之署。

⑦【曾注】《地理志》:嵩山頂上有玉女擣帛碪石。入秋,人聞杵聲。【咸注】杜甫詩:三霜楚户碪。【補注】任昉《述異記》卷上:"擣衣山,一名靈山,在瑯琊郡。山南絶險,巖有方石,昔有神女於此擣衣,其石明瑩,謂之玉女擣練碪。"按:此則泛指婦女擣砧聲。句意謂值此月白霜清之夜,遠處傳來清亮的婦女擣衣砧杵聲。

⑧窈窈,《才調》作"窈窕",誤。醉鄉,見卷四《李羽處士寄新醖走筆戲酬》"沈醉無期即是鄉"句注。【咸注】《長門賦》:天窈窈而晝陰。【補注】窈窈,深冥幽暗貌。

⑨陣,顧本作"陳",通。【咸注】《左傳》:《祈招》之愔愔。杜預曰:愔愔,安和貌。嵇康《琴賦》:愔愔琴德。【補注】愔愔,悄寂貌,視"静愔愔"字可知。下圍棋布陣下子全神貫注,長時間思考,故棋室静悄無聲。

⑩【曾注】《西域傳》琉璃作"流離",大秦出。李賀詩:琉璃疊扇烘。【補注】琉璃,一種有色半透明之玉石。琉璃扇,當指以琉璃鑲嵌的團扇。

⑪【曾注】《廣志》:玳瑁形似龜,出巨延州。【咸注】古樂府:雙珠瑇瑁簪。【補注】玄髫,黑髮。髫,兒童下垂之髮。

⑫【咸注】張華《情詩》:昔邪生户牖。【立注】《酉陽雜俎》:博邪在屋,曰昔邪;在牆,曰垣衣。《廣志》謂之蘭香,生於久屋之瓦。魏明帝好之,命長安西載箕瓦於洛陽以覆屋。梁簡文帝《薔薇》詩:緑階覆碧綺,依檐映昔邪。【補注】昔邪,生長在牆垣屋瓦上的青苔。寄迹,猶託身。

⑬【曾注】庾信詩:不如山梔子,猶解結同心。【立注】《酉陽雜俎》:梔子,諸花少六出者,惟梔子花六出。陶貞白言梔子翦花六出,刻房七道,其花香甚,即西域薝葡花也。徐悱妻《摘同心梔子贈謝娘因附此詩》:兩葉誰爲贈?交情永未因。同心何處恨,梔子最關人。

⑭【咸注】《釋名》:花勝,草花也。言人形容正等着之則勝。○【立案】徐注:《舊唐書》:開元十七年八月癸亥,上以降誕日,宴百官於花萼樓下。百僚上表,請以每年八月五日爲千秋節,王公以下獻鏡及承露囊,天下諸州咸令讌樂,休暇三日,仍編爲令,從之。【補注】勝,婦女首飾,剪綵爲之。《歲時風土記》:"立春之日,士大夫之家,剪綵爲小幡,謂之春幡。或懸於家人之頭,或綴於花枝之下。"此曰"樹列千秋勝",當指爲慶賀皇帝千秋節而製作的懸掛於樹枝上的小幡。太子誕辰亦可稱千秋令節。宋胡繼宗《書言故事·聖壽》:"祝太子壽曰千秋令節。"唐時或亦然。

⑮【曾注】《荆楚歲時記》:七夕,婦人結綵縷穿七孔鍼。【咸注】《西京雜記》:漢綵女常以七月七日,穿七孔鍼於開襟樓。○【立案】徐注:《開元遺事》:唐宫中,七夕,妃嬪各執九孔鍼、五色綫,向月穿之,過者謂得巧。

⑯【曾注】沈約詩:夜長未央歌《白紵》。【立注】吴兢《樂府古題要解》:《白紵歌》:案舊史:白紵吴地所出,《白紵舞》本吴舞,梁武帝命沈約改其詞爲四時之歌,若"蘭葉參差桃半紅",即《春日白紵曲》也。○案:徐注:《異聞録》:明皇製《霓裳羽衣》之曲。詳《過華清宫二十二韻》"月白霓裳殿"句注。【補注】翻,譜寫。句意謂依《白紵歌》之曲調改舊詞寫新詞。

⑰【曾注】司馬相如《長門賦序》:武帝陳皇后得幸,頗妒。别在長門宫,愁悶悲思。聞相如工爲文,奉黄金百斤,爲相如、文君取酒,爲文以悟主上,復得親幸。○【立案】徐注:《梅妃傳》:妃姓江氏,莆田人,性喜梅,上以其所好,戲名曰梅妃,曰:"此梅精也。"竟爲楊氏遷於上陽東宫。妃以千金壽高力士,求詞人擬司馬相如爲《長門賦》,欲邀上意。力士方奉太真,且畏其勢,報曰"無人解賦",妃乃自作《樓東賦》,太真聞之,訴明皇曰:"江妃庸賤,以廋辭宣言怨望,願賜死。"又案:吴兆宜云:《楊貴妃傳》:天寶九載,貴妃復忤旨,送歸外第。時吉温與中貴人善,温入奏曰:"婦人智識不遠,有忤聖情。然貴妃亦久承恩顧,何惜宫中一席之地,使其就戮,安忍取辱於外哉!"上即使力士召還。"新賦换黄金"句,或指此也。二説未詳孰是。

⑱【曾注】《白帖》:會稽有大鼓,名雷門,有白鶴飛入鼓,於是洛陽亦聞其聲。【立注】《吴録》:吴王夫差移於建康之宫,南門有雙鶴,從鼓中而飛上入雲中。《海録

碎事》:南蠻鑄銅爲大鼓,初成,懸於亭,置酒以召同類。富女子以金銀爲大釵,叩鼓,因名之曰銅鼓釵。【補注】《會稽記》:"雷門上有大鼓,圍二丈八尺,聲聞洛陽。孫恩之亂,爲軍人所破,有雙白鶴飛出,後不鳴。"此言"唳鶴調蠻鼓",雖用雷門鼓之典,其意則在强調鼓聲之遠傳。

⑲【咸注】《世説》:蔡邕在陳留,鄰人召飲。比往,客有彈琴於屏,邕至門,潛聽之,曰:"以樂召我,而有殺心,何也?"遂反。主人追問其故,邕具以告。彈琴者曰:"我見螳螂方向鳴蟬,蟬將去而未飛,螳螂爲之一前一却。吾惟恐螳螂之失蟬也,此豈爲殺心而形於聲乎?"【補注】此似謂琴聲傳達出彈奏者之隱微心理。

⑳ 疑,《才調》作"凝"。【咸注】傅毅《舞賦》:軼態横出,瑰姿譎起。【補注】繁,指舞姿繁複多樣。易度,指舞姿之變化流暢迅疾。

㉑【咸注】謝偃《聽歌賦》:似將絶而更連,疑欲止而復舉。【補注】此言歌聲的曲調轉换時,似斷絶而不可復尋。

㉒【咸注】杜甫《橋成》詩:天寒白鶴歸華表。【補注】表,華表。古代設於橋梁、宫殿、城垣或陵墓前,兼作裝飾用的巨大柱子。此指設於橋邊者。李商隱《灞岸》:"灞水橋邊倚華表。"句意謂因橋彎曲,故設於兩邊橋頭的華表距離顯遠。

㉓【曾注】潘岳詩,楚浪漲三篙。

㉔【曾注】《漢儀注》:皇帝輦左右侍帷幄者,稱警,出殿,則傳蹕止行人清道也。【咸注】韋孟《諷諫詩》:惟囿是恢。師古曰:恢,大也。【補注】清蹕,帝王出行,清除道路,禁止行人。恢囿,廣大的園囿,指下句"上林"。

㉕【咸注】司馬德操《與劉恭嗣書》:黄旗紫蓋,恒見東南。謝朓詩。黄旗映朱邸。上林,苑名,見卷一《漢皇迎春詞》"上林鶯囀游絲起"句注。【補注】黄旗,皇帝儀仗。此借指皇帝。

㉖【咸注】《宣室志》:鄴郡人有好育鷹隼者。有人持鷹來,告於鄴人,鄴人遂市之,其鷹甚神駿。【立案】徐注:《新唐書・玄宗紀》:開元二年四月,停諸陵供奉鷹犬。《肅宗紀》:寶應元年建卯月,停貢鷹鷂狗豹。《德宗紀》:大曆十四年五月,罷諸州府及新羅、渤海貢鷹鷂。《穆宗紀》:長慶二年十二月,放五坊鷹隼及供獵狐兔。《文宗紀》:寶曆二年十二月,縱五坊鷹犬。《宣宗紀》:大中元年二月,放五坊鷹犬。《懿宗紀》:咸通八年,縱神策、五坊、飛龍鷹鷂。則鷹爲唐之常貢可知矣。【補注】參,間雜。

㉗【咸注】《漢天馬歌》:天馬徠,從西極,涉流沙,九夷服。《淮南子》:牛蹄之涔,無尺之鯉。注:牛馬迹中水曰蹄涔。○【立案】徐注:《新唐書・王毛仲傳》:檢校内外閑厩,知監牧使。從帝東封,取牧馬數萬匹,每色一隊,相間如雲錦,天子才之。【補注】蹄涔,亦作"蹏涔""蹄跨"。語本《淮南子・氾論訓》:"夫牛蹏之涔,不能生鱣鮪。"高誘注:"涔,雨水也,滴牛蹏迹中,言其小也。"蹄涔,每指稱體積、容量微小。

唐蔣貽恭《詠蝦蟆》:“欲知自己形骸小,試就蹄涔照影看。”此處仍用其本義。二句承上寫皇帝游獵,謂獵鷹與隨從陪奉的翰林學士相間雜,獵馬相續奔馳,後馬踩破了前馬留下的蹄印。

㉘【咸注】王隱《晋書》:杜預爲尚書,損益萬機,不可勝數,號曰杜武庫,言其無所不有。【補注】題品,品評。

㉙ 有,《才調》作“自”。【曾注】《司馬相如傳》:臨邛令前奏琴曰:“竊聞長卿好之,願以自娱。”相知辭謝,爲鼓一再行。後拜文園令,卒。【補注】二句謂侍從之臣中既有學識淵博者,亦有精通音樂者。

㉚【咸注】韓愈《石鼎聯句》:龍頭縮菌蠢。【補注】菌蠢,謂如菌類之短小叢生。《文選·張衡〈南都賦〉》:“芝房菌蠢生其隈。”李善注:“菌蠢,是芝貌也。”朱莖,疑指荷花。殊,異也。

㉛【曾注】《吴都賦》:丹桂灌叢。【咸注】張協詩:荒楚鬱蕭森。【補注】蕭森,草木茂密貌。《洛陽伽藍記·平等寺》:“堂宇宏美,林木蕭森。”

㉜【曾注】鮑照《蕪城賦》:藻扃黼帳。劉孝綽詩:委座陪瑶席。【補注】黼帳,華美的牀帳。司馬相如《美人賦》:“芳香芬烈,黼帳高張。有女獨處,婉然在牀。”瑶席,華美的牀席。迴,重新鋪設。

㉝【咸注】《西京雜記》:夕照九華之燈。《詩》:錦衾爛兮。【補注】錦衾,錦被。

㉞ 走,《才調》作“畏”。【曾注】徐注:後魏道武帝造畏獸辟邪諸戲。【立注】馮班云:衛協有《畏獸圖》。【補注】郭璞《山海經圖贊·猛槐》:“列象畏獸,凶邪是辟。”唐裴孝源《貞觀公私畫史》:“《畏獸圖》,王廙畫。”

㉟【曾注】唐李綽《尚書故實》:王内史書帖中有與蜀郡太守書,求櫻桃來禽,日給藤子。注:言味好來衆禽也。俗作林檎。【補注】二句謂收藏有珍貴的繪畫、書法。

㊱ 曙,李本作“署”,誤。【咸注】謝朓詩:秋河曙耿耿。古樂府:日出東南隅,照我秦氏樓。【補注】河,指銀河。秦穆公爲其女弄玉所造之樓,亦稱鳳樓。此句“秦樓”與下句“魏闕”對舉,當泛指秦地的宫殿樓臺。李商隱《當句有對》:“密邇平陽接上蘭,秦樓鴛瓦漢宫盤。”

㊲【咸注】《莊子》:中山公子牟謂瞻子曰:“身在江湖之上,心存乎魏闕之下。”謝靈運詩:子牟眷魏闕。【補注】魏闕,古代宫門外兩邊高聳的樓觀。泛指宫闕。

㊳【咸注】《漢·外戚傳》:成帝許美人生子,趙后以頭擊壁户柱,啼泣不肯食。詔使靳嚴持緑囊書予許,許以葦篋一合盛所生兒,緘封,及緑囊報書予嚴。后害之,穿獄樓垣下爲坎,埋其中。○【立案】徐注:此刺貴妃之妒悍也。《梅妃傳》:後上憶妃,遣小黄門滅燭,密以戲馬召妃至翠華西閣。繼而上失寤,侍御驚報曰:“妃子已届閤前,當奈何!”上披衣,抱妃藏夾幙間。太真歸私第,上覓妃所在,已爲小黄門送令步歸東宫。《太真外傳》:妃子以妒悍忤旨,令高力士送還楊銛宅。力士探旨,奏請

載還，送院中。自玆恩遇日深，後宮無得進幸矣。

㊴ 鏁，席本、顧本作"瑣"。《才調》、李本、十卷本、姜本、毛本、《全詩》作"鎖"。沉，《全詩》、顧本作"沈"。【立注】《晉書》：王沈一封博陵侯，一見《文苑傳》，青瑣事俱未詳。【牟懷川曰】遍索唐前諸史，仍從《晉書·劉聰載記》中找到了此處所指的王沈。這個王沈乃是劉聰的中常侍，"奢侈貪殘""勢傾海内""殺生除授，王沈等意所欲，皆從之"。(《温庭筠從游莊恪太子考論》，載《唐代文學研究》第一輯)【補注】青鏁，指宫廷。

㊵【咸注】司馬遷《報任安書》：韓非囚秦，《説難》《孤憤》。注：《説難》《孤憤》《韓子》之篇名也。【補注】任達，放任曠達。《晉書·阮咸傳》："咸任達不拘，與叔父籍爲竹林之游，當世禮法者譏之。"孤憤，憤孤直之不容於時，後多指因孤高嫉俗而產生的憤慨之情。

㊶【曾注】《左傳》：魏絳爲晉侯引虞人之箴曰："茫茫禹迹，畫爲九州。"徐注：《漢·揚雄傳》：箴莫善於《虞箴》，作《州箴》。晉灼曰：九州之箴也。【補注】九箴，反覆規諫。

㊷ 遁，李本、十卷本、姜本、毛本作"道"。【咸注】《蜀書》：諸葛亮字孔明，躬耕隴畝，好爲《梁父吟》。徐庶言於先主曰："諸葛孔明，卧龍也。"《漢晉春秋》：亮家於南陽之鄧縣，號曰隆中。【補注】南遁，猶南隱，謂隱居於南方家鄉。

【箋評】

【陸時雍曰】爽氣清音，掃除塵悶。(《唐詩鏡》卷五十一)

【杜詔曰】玩詩中"舊詞翻白紵，新賦换黄金"及"任達嫌孤憤，疎慵倦九箴"等語，全是追賦豔情，自傷流落。或云此篇與前《華清宫》詩意相同，恐非篤論。(《中晚唐詩叩彈集》卷八)

【牟懷川曰】(青瑣句)與宦官專權的晚唐政局十分相似。所以"青瑣"句是説像王沈這樣的宦官再度出現而横行於宫内。詩人既據漢史，又引晉紀，二句合觀之，是説，宦官與寵妃共同害死了年幼的皇子。二句實切楊賢妃與宦官(仇士良、魚弘志等)共同害死莊恪太子李永事。太子被害死，温庭筠"南遁"，僅此便足證温與太子之間之密切關係。因此，僅由末二韻的分析而推論全詩，作爲一個藝術的整體，必應暗寫從游莊恪太子始末，涉及一個複雜的政治事件。那麽，前十九韻之貌似豔游的描寫，當句句曲意深包……第一、二韻，寫出一個特定環境，網攔洞户，閃爍着珍珠之光；緑染方窗，隱映於碧水之畔。燭煙摇曳，燈燼墜落，簾櫳半捲，月入幽深……這就是詩人追憶的昔游之地，即太子所居少陽院……第三、四韻，轉寫一個宴樂場合。從詞面上看，在尚書粉署仙郎之地，當霜清玉女擣砧之時——實際上交待了初事皇子的時間與地點……"仙郎""玉女"之對偶……以兒女之情，言君臣之事，即以"求女"

喻“事君”(雖然是年幼的儲君),暗示了温庭筠與莊恪太子的關係。這裏的“仙郎署”應指左春坊司經局下郎官的官署……第五、六韻,詩的核心人物出現了,他就是年方髫齡的太子李永……妝飾之中,亦暗挾與太子有關的事物……《晋東宫舊事》:“太子納妃,有玳瑁簪、鏤鏡臺。”……從第六韻之解,也可看出,本看自己寄身之迹比於昔邪(即瓦松),竟詠二人同心之情勝過梔子。前句透露出他們之間的遇合是偶然而没有基礎的,詩人攀附高門,其初意不過聊以寄食,然從後句看……他們竟是魚水相得,心心相印,從此便一起游處了。第七、八韻,正是同游時所歷。這裏忽换賦筆,實仍是賦中帶興,意味深長,細析其意,“樹列”二句之意可分爲三層理解。一、揭示從游時間,正遇上七月初七……二、七夕懸針乞巧,是祈求遭逢幸福。正是“仙郎”“玉女”同心所求。“千秋”語含雙關,又有祝福“千秋萬歲”之意。因此這兩句實寫祝願太子長視久安,自己與太子的融洽關係保持下去之意。三、七夕牛女相會亦只一時……因此二句又暗示不幸……温與太子相處的時間……自開成二年秋受李程之薦至開成三年九月太子死(按:應爲十月),只有一年左右。第八韻説明他果然是一位詞賦之臣。他妙解音律,又詩賦冠時,侍從太子,自然是游刃有餘……“舊詞”句謂自己亦按樂府舊題翻製新曲,配以新詞。温集中這種近似於宫體的樂府詩猶存不少,皆從游太子當時所作……“新賦”句……乃令人聯想到莊恪之母王德妃的失寵,徒借詩人的美好詞章欲挽回君王喜新厭舊之心。從時間上看,王德妃在開成二年八月方與楊賢妃同時受封,一年後才被讒死,與詩人的入侍時間是完全相合的。此二句的主語是詩人自己……詩人爲辭、爲賦所服務的對象,只可能是莊恪太子……第九、十韻,表面上詠琴、鼓並作,歌舞齊發,然而……樂聲中敗象已顯,殺機已露……此暗指王德妃之死也。第九韻是説,羯鼓聲催,如聞風聲鶴唳,寶琴哀奏,又是螳向鳴蟬……見出形勢急轉直下,楊賢妃日夜譖毁,只一年便置王德妃於死地。第十韻是説,觀舞姿繽紛,疑其尚易過接;聽歌聲哀轉,苦調已難斷續,此亦以歌舞暗射人事,其含蓄之意,本期在艱難的形勢下存一綫希望,但畢竟繁華易盡,團扇見棄,王德妃死於非命……第十一韻,寒露相妬,嬌花凋萎;惡風相催,弱柳傾斜。也就是説,太子李永此時更被楊賢妃落井下石,而“終不能自辨明”……他的處境自可憂可危。第十二韻,實際寫的正是這種形勢……“一篙深”若隱指楊賢妃“聖眷方隆”“恩渥方深”,則可邏輯地推出“池漲”指牛黨勢力的得寵與膨脹……“雙表迥”則指南北二司尖鋭的對立,政見相懸之遠,實即宦官專權的形勢。在這裏,“橋彎”未始没有對庸懦無才的文宗的微辭……第十三、十四韻,竟寫皇帝傳詔清蹕,駕幸上林苑進行囿獵了……諸史皆未載唐文宗此時有這麽一件事,倒是寫他開延英殿大會群臣議廢太子了……鷹之爲物,每喻彈劾監察之任……指御史大夫狄兼謨(雪涕以諫),可謂恰切。至於“天馬”……由“聖主得賢臣”之意化來,指宰輔重臣。回看“清蹕”二句,竟是以田獵比廷議……第十五、十六韻,時有“杜武庫”之類一位重臣,正在品藻人物，才比相如的庭筠得到了賞識……他設喻説本有"朱莖"，自是靈枝，"丹桂"一枝，即將攀折到手，故其樹"欲蕭森"（衰颯貌）。這就是説，自己才學出衆，被"題品"之後，有希望登第了……此處所言"武庫"之事，疑與裴度有關……第十七、十八二韻，謂延英會議既散，太子歸少陽院的歸寢情景。這裏顯然是詩人代太子立言。回到黼帳之瑶席，難免華燈對錦衾，前途未卜，禍根未除，縱暫時化險爲夷，終不能安眠。牆前的畏獸固狰獰可怖，它究竟是"凶邪是辟"，抑或本身即惡物？案上的王右軍書帖"櫻桃來禽"正暗示讀者：太子之位是招惹災禍的根源……第十九韻，連上二句，謂一宿未眠，終於晴日曙光，映臨樓闕，山河晏清，太子亦無事。所謂"秦樓"，指太子所居；"魏闕"，指文宗皇朝。這裏以短暫時光中凝縮的内容概指太子回少陽院之後所餘時日……第二十韻，如前所析，太子終於被狠毒的寵妃和猖獗宫掖的宦官共同害死。第二十一、二十二韻，如前所析，詩人在篇終亮相了。又曰：末聯説，如何你這"南遁"之客，還在作"卧龍"之吟啊！"南遁"，即《百韻》詩所言"遐適"和"行役議秦吴"……卧龍吟，即梁甫吟，本挽歌詞，唐人亦每以其抒發世路坎坷的怨憤，此處正指本詩。（《温庭筠從游莊恪太子考論》）

【按】徐箋以爲本篇與《過華清宫二十二韻》同意，並引《梅妃傳》以釋"新賦换黄金"及"緑囊逢趙后"句，謂"刺楊妃之妬悍"。孤立視此二句，或勉强可通，然全篇無一涉及開元末及天寶時事，謂詠明皇貴妃及梅妃事，實不切全詩之絶大部分内容。牟懷川《温庭筠從游莊恪太子考論》以篇末"緑囊逢趙后，青瑣見王沈"二句爲切入點，謂"趙后"指楊賢妃，"王沈"指宦官仇士良、魚弘志等，並由此推論全詩係記庭筠從游莊恪太子始末之事，洵爲有識之創見。雖其句釋索其比興隱喻之義，不免求之過深，言之過鑿，但就其整體而言，牟氏此説之價值自應得到充分重視。庭筠曾從莊恪太子遊，視《莊恪太子輓歌詞二首》之"鄴客""西園"之語，洵爲不易之事實。詩集卷五《四皓》"但得戚姬甘定分，不應真有紫芝翁"亦借詠古隱指當時宫廷中有皇帝寵姬如戚夫人者不甘已定之名分，圖謀更易儲位之事，實係影射文宗杨賢妃。而卷四《題望苑驛》亦借題漢武帝戾太子之博望苑對寵姬式的人物"盛姬"表現出明顯的怨恨情緒（參見二詩箋評之編者按語）。故牟氏結合用典（趙飛燕害許美人之子）謂"趙后"指譖害太子永之楊賢妃，當可成立。而宦官仇士良自甘露之變後，"天下事皆决於北司，宰相行文書而已。宦官氣益盛，迫脅天子，下視宰相，陵暴朝士如草芥"，"時數日之間，殺生除拜，皆決於兩中尉"（均載《通鑑·文宗大和九年》），以王沈擬士良等權宦，亦甚切合。詩中"清蹕""黄旗""幸上林""翰苑""天馬""秦樓""魏闕""趙后""青鏁""王沉"乃至"千秋""七夕針"等語，均與宫苑相關，説明此詩所詠之"洞户"或即宫苑之代稱。按庭筠一生除咸通六、七年曾任國子監助教外，從未任京官，故詩中所寫，自非其任京官時入宫苑所見或陪奉皇帝游幸之經歷，而篇末"任達嫌孤憤，疎慵倦九箴。若爲南遁客，猶作卧龍吟"數語，又明白顯示詩所寫者係詩人自己之見聞經歷。而庭筠一生中有此類經歷者惟開成間從莊恪太子遊一事。故據詩之内容及詩人經歷即可推定此詩確係詠從游太子永之事。惟牟氏據“緑囊”二句,即謂“宦官與寵妃共同害死了年幼的皇子”,似尚可商榷。二句似只能説明宫苑中遇見過像趙飛燕這樣妬悍毒辣的后妃和像王沉這樣專權貪殘的宦官,從而感到太子永處境的危險,但並不意味着太子已遇害。因爲下聯明言“疎慵倦九箴”,説明其時規諫的對象太子永尚在,規諫的内容當是其“宴游敗度”(《舊唐書·文宗二子傳·莊恪太子永》)。如此時太子永已死,自無所謂“倦九箴”。實則此詩之絶大部分篇幅,即寫宫苑内外宴游情景。試略作詮釋:首聯點明題目及洞户所在,曰“隱碧潯”,則此“洞户”恐非城内森嚴之宫禁,而係傍水而建之離宫别苑。“燭盤”二句,苑中夜景,燭盤爐墜,月光透簾。“粉白”二句,謂苑中粉壁白於郎官之粉署,窗外傳來霜砧之清韻。“仙郎”“玉女”,以綺語點綴,温、李慣技,不必深求。“醉鄉”二句,謂苑中有人醉鄉高卧,有人静静下棋,此當是太子之賓客之流。“素手”二句,謂宫中侍女執扇侍候,而玄髻黑髮之太子頭插玳瑁爲飾之簪。牟謂“玄髻”指“詩的核心人物”太子永,甚是。兩《唐書》均未載莊恪太子永之生年及卒時之年歲,但以文宗開成五年薨時年僅三十三,三年太子卒時文宗年三十一推之,其時李永的年齡不過十來歲,用“玄髻玳瑁簪”來指稱是相當確切的。“昔邪”二句,謂屋瓦牆垣上附着青苔,院中有象徵同心爲詩人所歌詠的梔子花。“樹列”二句,謂苑樹上掛列着祝太子千秋的華勝,宫樓上正懸着七夕得巧的針綫。似暗示太子之生日在七月初。“舊詞”二句,謂苑中賓客文士或翻舊曲作新詞,或撰新賦以獲重賞。“新賦”句不必拘泥陳皇后失寵事,泛言因新賦而獲賞或更直捷。唐時宫廷中此類詩賦競賽活動,如武則天幸洛陽龍門,令從官賦詩,宋之問奪得錦袍之賜即廣爲流傳。“唳鶴”二句,寫苑中擊鼓奏琴,鼓聲遠傳,琴聲應心。“舞疑”二句,寫苑中歌舞,舞姿繁複而變化多端,歌聲高低抑揚,似斷難尋。“露委”二句,寫深夜露下風斜,苑中花柳摇曳。“橋彎”二句,橋曲池深。以上均苑中夜間宴樂景象。“清蹕”六句,轉寫日間苑外游獵。“清蹕”本指皇帝出游清除道路,禁止行人,此處當指儲君出游。謂太子將幸苑囿打獵,傳令清道,獵鷹天馬,均齊出動,且與文學侍從之臣參雜。從臣中既有博學如杜預者,亦有知音如相如者。“朱莖”二句,又轉回宫苑,謂池中朱莖之池蓮異於矮小之菌類,園内丹桂亦枝葉繁茂。“黼帳”二句,室内華美之帳席燈衾等陳設。“畫圖”二句,苑中藏有名貴之繪畫及書法。“河曙”二句,天明後日映秦樓、山晴魏闕之京城宫闕氣象。“緑囊”二句,謂於苑中遇見妬悍狠毒之后妃、專恣貪殘之宦官。“任達”二句,謂己性格放任曠達,憤世嫉俗,恐爲人所嫌忌,何況性又疎懶,已倦於反覆規諫,似透露出詩人在太子宫苑中爲人所忌之處境以及曾對太子之宴游頗有規諫而無效,故曰“嫌孤憤”“倦九箴”,暗示已有離去之意。“若爲”二句,承上謂己若爲南去隱於故鄉之人,仍當爲卧龍諸葛的梁甫之吟,抒發一己之壯志,蓋言己之報國壯志仍未銷也。庭筠《謝襄州李尚書啓》係上山南東道節度使李翺之謝啓，作於大和九年八月至開成元年七月李翺鎮襄陽期間，啓云："豈知畫舸方遊，俄昇於桂苑（桂宫，指太子宫）；蘭扃未染，已捧於芝泥。"芝泥即封泥，上蓋印章，如後世之火漆印。《新唐書·百官志四》：東宫官有内直局，郎二人、丞二人。掌符璽、衣服、繖扇、几案、筆硯、垣牆。"捧芝泥"，似指"掌符璽"之事，或借指執筆硯爲文字之役。詩中"新賦换黄金"，"文園有好音"均用司馬相如典實，庭筠既擅詩賦，又曉音律，其從游太子永期間所從事者或即此類文字、音樂侍從工作也。此詩當開成三年九月以前作，時太子危象已露，然尚未議廢立之事。

温庭筠全集校注卷七

詩

送洛南李主簿[1]

想君秦塞外[2],因見楚山青[3]。槲葉曉迷路[4],枳花春滿庭[5]。禄優仍侍膳[6],官散得專經[7]。子敬懷愚谷[8],歸心在翠屏[9]。

【校注】

①《英華》卷二七九送行十四載此首,題作“送洛南尉之官”。【曾注】《唐・地理志》:洛南縣屬商州。【補注】洛南,今陕西縣名,在商州市北。主簿,縣主管文書簿籍事務之官吏。

②【補注】秦塞,秦地的關塞。赴洛南需出藍田關,此即“秦塞”之一。又,秦塞亦可理解爲秦地,指關中地區。秦爲四塞(四面有險阻)之國,故稱“秦塞”。

③ 因,述鈔作“應”。楚,《英華》、席本、顧本作“遠”。青,《英華》作“清”,誤。【補注】楚山,商山的别名。商山又名商嶺、商阪、地肺山、楚山。

④【補注】槲,木名,即柞櫟,落葉喬木。庭筠詩中常用“槲葉”意象(如《商山早行》:“槲葉落山路,枳花明驛牆。”)。清晨槲葉堆滿山路,幾乎使人不辨路徑,故云“曉迷路”。或謂“槲”當作“檞”,即松樠。檞葉冬天存留在枝上,次年嫩芽發生時才脱落。春天正是檞葉脱落時。

⑤【補注】枳,木名,似橘樹而小,莖上有刺,春開白花。至秋成實,果小,味酸苦不能食。《周禮・考工記序》:“橘踰淮而北爲枳。”庭院中常植枳樹作籬笆,稱枳籬。故云“枳花春滿庭”。

⑥【補注】侍膳,陪從尊長用膳。李主簿家當在洛南,故得侍膳父母。

⑦【補注】散,閑。主簿爲縣中屬僚,職事較清閑,故云“官散”。專經,專門研治一經。

⑧ 子敬懷,《英華》作"余亦還",席本作"余亦懷"。愚谷,見卷六《書懷一百韻》"藏機谷號愚"句注。【補注】子敬,東晋王獻之字,工書善畫能文,王羲之第七子。太和中,入任爲州主簿,故此句以"子敬"擬李主簿。懷愚谷,謂其懷鄉居谷隱之所。

⑨【曾注】杜詩注:羊元所居,山峰奇秀,每據�牀,終日笑傲,或偃卧看山,曰:"此翠屏當晚對。"【補注】翠屏,指翠緑如屏之山巖、峰巒。曰"歸心",則洛南爲李主簿之家鄉無疑。

【箋評】

【按】前二聯想象李主簿赴官洛南途中所見。腹聯謂其雖官職閑散,然得以侍親治經,亦人生樂事。尾聯謂其生性澹泊,久懷忘機谷隱之心,得歸見故山翠色,正遂所願也。美之亦慰之。'槲葉'一聯,寫山間曉行景色如畫。

巫山神女廟[①]

黯黯閉宫殿,霏霏蔭薜蘿[②]。曉峰眉上色[③],春水臉前波[④]。古樹芳菲盡,扁舟離恨多。一叢斑竹夜[⑤],環珮響如何[⑥]?

【校注】

①【咸注】酈道元《水經注》:丹山西即巫山。宋玉所謂帝女居之,名爲瑶姬,朝爲行雲,暮爲行雨,朝朝暮暮,陽臺之下。旦早視之,果如其言,故爲立廟,號朝雲焉。《方輿勝覽》:神女廟在巫山縣治西北二百五十步,有陽雲臺。【補注】宋玉《高唐賦序》:"昔者楚襄王與宋玉遊於雲夢之臺,望高唐之觀,其上獨有雲氣,崪兮直上,忽兮改容,須臾之間,變化無窮。王問曰:'此何氣也?'玉對曰:'所謂朝雲者也。'王曰:'何謂朝雲?'玉曰:'昔者先王嘗遊高唐,怠而晝寢,夢見一婦人,曰:妾巫山之女也,爲高唐之客,聞君遊高唐,願薦枕席,王因幸之。去而辭曰:妾在巫山之陽,高丘之阻,旦爲朝雲,暮爲行雨。朝朝暮暮,陽臺之下。旦朝視之,如言,故爲立廟,號曰朝雲。'"

②【補注】霏霏,雨盛貌。《楚辭·九歌·山鬼》:"若有人兮山之阿,被薜荔兮帶女蘿。"薜蘿,即薜荔與女蘿。蔭,籠蓋。

③【咸注】《飛燕外傳》:爲薄眉,號遠山黛。【補注】《西京雜記》卷二:"文君姣好,眉色如望遠山,臉際常若芙蓉。"眉上色,謂如神女眉黛之色。

④【咸注】《神女賦》:望余帷而延視兮,若流波之將瀾。【補注】春水,指廟前江

水。兼喻女子明亮流動之眼波。臉波,即眼波。句謂廟前春水,似神女清澈流轉之眼波。

⑤ 斑,《全詩》、顧本校:一作"湘"。【曾注】《博物志》:舜二妃曰湘夫人。舜崩,二妃啼,以淚揮竹,竹盡斑。

⑥【曾注】杜甫詩:環佩空歸月夜魂。

【箋評】

【按】曰"扁舟離恨多",詩當是羈旅途中泊舟廟前,而有此作。尾聯想象斑竹叢邊之神女廟,夜間神女歸來,環珮叮咚作響的情景,雖從杜詩脱化,而頗具情致。卷四七律《送崔郎中赴幕》有"一别黔巫似斷絃""雨散雲飛二十年"之句,此詩當爲早年游歷經黔巫一帶時作。約大和四年,詩人曾入蜀,五年春在成都,有《錦城曲》。此詩"古樹芳菲盡",寫景在春夏間,當爲同年春夏間在巫山作。"扁舟離恨",蓋順江東下而歸矣。

地肺山春日①

苒苒花明岸②,涓涓水繞山③。幾時拋俗事,來共白雲閑④?

【校注】

①《絶句》卷十六載此首。肺,李本、十卷本、姜本、毛本作"脉"。【咸注】案:《高士傳》:四皓共入商雒,隱地肺山。又案:《永嘉郡記》:地肺山在樂城縣東大海中,去岸百餘里。又案:陶隱居《真誥》:金陵者,句曲之地肺也。水至則浮,故曰地肺。未知孰是。【按】山名地肺者,有今河南靈寶縣西南之地肺山,即古枯樅山;今陜西西安市南之終南山,又稱地肺山;今陜西商縣東之商山,今江蘇句容縣東南之句曲山,亦均稱地肺山。詩中所寫之地肺山,以指四皓所隱之商山可能性較大。

② 苒苒,《全詩》、顧本作"冉冉"。【補注】苒苒,花草盛貌。

③【補注】涓涓,細水緩流貌。陶淵明《歸去來兮辭》:"木欣欣以向榮,泉涓涓而始流。善萬物之得時,感吾生之行休。"

④【補注】白雲,歸隱之象徵。左思《招隱詩》之一:"白雲停幽岡,丹葩曜陽林。"陶弘景《詔問山中何所有賦詩以答》:"山中何所有? 嶺上多白雲。只可自愉悦,不堪持贈君。"陶淵明《歸去來兮辭》:"雲無心以出岫,鳥倦飛而知還。"《和郭主簿》:"遥遥望白雲。"白雲悠悠飄蕩之景象,正隱者閑適心境之寫照。

【箋評】

【按】商山爲高士隱逸之地，值此春日花明溪畔，水繞青山，白雲幽閑之時，不免觸動擺脱塵俗、歸依自然之意趣。陶淵明《歸去來兮辭》於"木欣欣以向榮"四句後復云："已矣乎！寓形宇内復幾時？曷不委心任去留，胡爲乎遑遑兮欲何之？富貴非吾願，帝鄉不可期。"數語正可與此詩三四句相發明。

題陳處士幽居①

松軒塵外客②，高枕自蕭疎③。雨後苔侵井，霜來葉滿渠。閑看鏡湖畫④，秋得越僧書⑤。若待前溪月⑥，誰人伴釣魚？

【校注】

①《英華》卷二三一隱逸二載此首。【補注】處士，本指有才德而隱居不仕的士人，此泛稱未入仕者。

②【補注】松軒，植有松樹的住所，即題内"幽居"。塵外客，指陳處士。

③ 枕，《英華》、席本、顧本作"竹"。《英華》校：集作"枕"。【補注】蕭疎，清寂疎曠。

④【曾注】《地理志》：鏡湖，以水明如鏡得名。【咸注】李紳詩：鏡湖亭上野花開。《鼓吹》注：鏡湖，即鑑湖，在越州，即今紹興府也。【補注】鏡湖爲古代長江以南大型農田水利工程，在今浙江紹興會稽山北麓。東漢永和五年會稽太守馬臻主持修建。以水平如鏡，故名。又名鑑湖。

⑤ 秋，《英華》、述鈔、顧本作"時"。

⑥ 前溪，見卷二《罩魚歌》"金塘柳色前溪曲"句注。【按】此"前溪"泛稱幽居前之溪流。非指今浙江武康縣南之前溪。

【箋評】

【按】詩寫陳處士幽居生活之幽閑疎曠，着意在"塵外"二字。腹聯可作兩種不同理解：一謂陳處士閑看風光如畫之鏡湖，值此秋日又得越僧來信。則陳處士幽居即在鏡湖邊，越僧亦當地僧人與之時有交往者。詩即庭筠在鏡湖時作，時間在會昌二年秋，自長安東歸吴中舊鄉後又至越中時。一謂陳處士閑時觀賞繪有鏡湖景物之圖畫，秋來又得越僧之來信。則陳處士或係越州人目前居於外地（可能爲長安）者。二解之中，似以後解較優，味"秋得越僧詩"之句可知。蓋如陳處士身處越地，則越僧逕可來訪，不必來書也。

握柘詞①

楊柳縈橋緑，玫瑰拂地紅②。繡衫金騕褭③，花髻玉瓏璁④。宿雨香潛潤，春流水暗通。畫樓初夢斷，曉日照湘風⑤。

【校注】

① 《才調》卷二、《樂府》卷五十六舞曲歌辭五載此首。《樂府》題作"屈柘詞"。【立注】《樂府雜録》："健舞曲有《柘枝》，軟舞曲有《屈柘》。"《樂苑》："羽調有《柘枝曲》，商調有《屈柘枝》。此舞因曲爲名。用二女童，帽施金鈴，抃轉有聲。其來也，於二蓮花中藏，花拆而後現，對舞相占，實舞中雅妙者也。"【補注】唐段安節《樂府雜録・舞工》："軟舞曲有《凉州》《緑腰》《蘇合香》《屈柘》《團圓》《旋甘州》等。"屈、屋形近，故誤屈爲屋，又加手旁爲握。當依《樂府雜録》及《樂府詩集》作"屈柘詞"。

② 【咸注】《西京雜記》：樂遊苑自生玫瑰樹。【補注】玫瑰爲落葉灌木，枝條低矮，故花開時"拂地紅"。

③ 【補注】騕褭，古駿馬。《太平御覽》卷八九六引《漢書音義》："騕褭者神馬也，赤喙黑身。"句意謂女子着繡衫騎金色駿馬。或解：此句"騕褭"與下句"瓏璁"均爲疊韻聯綿詞，疑"騕褭"係形容繡衫隨風飄揚之狀。金指蹙金。後解似較勝。

④ 【補注】玉瓏璁，花名。句意謂髮髻上插着玉瓏璁花。或解：此"瓏璁"係連綿詞，形容女子髮髻蓬鬆之狀。玉狀鬢髪光潤可鑑。尹鶚《江城子》詞："鬢雲光，拂面瓏璁，膩玉碎凝妝。"後解較勝。

⑤ 曉，《樂府》作"晴"。湘風，見卷三《陳宫詞》"淅瀝湘風外"句注。

【箋評】

【按】此詩内容、情調、手法頗似閨情小令，蓋詠晚春閨中女子之情思。首聯女子所見晚春柳緑花紅景象。頷聯女子之妝束姿態。腹聯寫昨夜宿雨，花香潛潤，流水暗通。尾聯則曉來畫樓夢斷，紅日映照，湘風徐徐之景。"畫樓"句點醒全篇，蓋前面所寫之景均畫樓中人曉夢醒來後所見。

題盧處士居[①]

西溪問樵客，遥識楚人家[②]。古樹老連石，急泉清露沙，千峰隨雨暗，一逕入雲斜。日暮雀飛散[③]，滿庭蕎麥花[④]。

【校注】

① 《英華》卷二三一隱逸二載此首。題作“處士盧岵山居”，席本、顧本同《英華》。述鈔、《全詩》題作“題盧處士山居”。

② 識，原一作“指”，集本均同。楚，席本、顧本作“主”。

③ 雀飛，《英華》、顧本作“鳥飛”，席本作“飛鳥”，十卷本、姜本作“飛鳥”，李本、毛本作“飛鴉”。雀飛散，《全詩》作“飛鴉集”。

④ 庭，《英華》、席本、《全詩》、顧本作“山”。【咸注】蕎麥，高一二尺，赤莖，開小白花，結實有小角，粉亞於麥麵。一名烏麥。【按】蕎麥，即蕎麥。

【箋評】

【方回曰】温飛卿詩多麗，而淡者少。此三、四乃佳。（《瀛奎律髓》卷二十三）

【查慎行曰】五、六有景。（《瀛奎律髓彙評》引）

【紀昀曰】飛卿詩固傷麗，然亦有安身立命處。如以此爲佳，則不如竟看姚武功。（《瀛奎律髓刊誤》）

【宋宗元曰】“老”字、“清”字，非八叉平時能下。（《網師園唐詩箋》）

【黄叔燦曰】筆致別甚。（《唐詩箋注》）

【按】此温氏五律中清麗流走，以白描見長一格。頷聯“老”字“清”字固鍊，而稍顯用力，不如腹聯之自然流動，寫景富於動態感，可以入畫。尾聯謂庭院中植蕎麥，雀來啄食，飛散後花落滿庭也。此正顯出“山居”特點。

初秋寄友人[①]

閑夢正悠悠，涼風生竹樓。夜琴如欲雨[②]，曉簟覺新秋[③]。獨鳥楚山遠，一蟬關樹愁。憑將離别恨[④]，江外問同遊[⑤]。

【校注】

① 《英華》卷二六一寄贈十五載此首。

② 如，十卷本、姜本、席本、《全詩》、顧本作"知"。【按】作"知"似與下句"覺"字對更切，且可解爲因將雨琴絃返潮，聲音不亮，故云"夜琴知欲雨"。然此處似本爲形容夜間鳴琴，其聲如欲雨之際風聲瑟瑟，與上句"凉風生竹樓"相應，頗能傳夜間彈琴之神韻意境。謝朓《和王中丞聞琴》："蕙風入懷抱，聞君此夜琴。蕭瑟滿林聽，輕鳴響澗音。"意可互參。

③【補注】曉卧竹席覺凉，知新秋已至。

④ 離别，姜本、十卷本、毛本作"别離"。

⑤ 外，《英華》作"水"，顧本同《英華》。同，《英華》校：一作"東"。非。【補注】二句謂憑藉此詩將自己的離别之恨，寄與江南昔日之同遊。

【箋評】

【按】"離别恨"三字，一篇主意。閑夢悠悠，風生竹樓，夜琴蕭瑟，曉簟初凉，鳥遠楚山，蟬愁關樹，無不觸動羈客之離恨。尾聯點醒，照應題意。曰"楚山遠""關樹愁"，説明友人遠在江外楚山、自己則在關中。

題豐安里王相林亭二首公明《太玄經》①

花竹有薄埃②，嘉遊集上才③。白蘋安石渚④，紅葉子雲臺⑤。朱户雀羅設⑥，黄門馭騎來⑦。不知淮水濁⑧，丹藕爲誰開⑨？

偶到烏衣巷⑩，含情更惘然。西州曲堤柳⑪，東府舊池蓮⑫。星坼悲元老⑬，雲歸送墨仙⑭。誰知濟川檝⑮，今作野人船⑯。

【校注】

① 毛本題内無"二首"二字，李本、十卷本、姜本"二首"二字係小字置行側。【吴汝煜、胡可先曰】王相爲王涯。題注："公明《太玄經》。"《新唐書》卷五九著録王涯注《太玄經》六卷。王涯，《舊唐書》卷一六九、《新唐書》卷一七九有傳。"朱户雀羅設，黄門馭騎來"，與王涯在甘露之變中被殺合。（《全唐詩人名考》）【補注】豐安里，唐長安坊名。據清徐松《唐兩京城坊考》，西京朱雀門西第二街南第七坊爲豐安坊，有户部尚書梁寬宅、蘇郎中宅及王相宅。王涯居永寧里，此豐安里林亭當爲其别業。曾注引《地理志》謂豐安里在建業城南，誤。此二首当作於大和九年十一月甘露之變以後，具體年月未詳。從詩中所寫情景看，離甘露之變已有一段時日，暫繫開成元年夏。王涯所注《太玄經》六卷，今存《説玄》一卷，五篇，見《全唐文》卷四四八。

②【補注】薄埃，細塵。花竹上蒙細塵，見遊人衆多，塵土飛揚。此指往昔盛時

景况。

③【補注】嘉遊,美好的遊賞。句意謂往日遊賞有衆多才士參加。

④【補注】安石,指東晋名相謝安,字安石。安位登台輔,總攬朝政。此喻指王涯。涯元和十一年、大和七年兩度爲相。渚,指林亭内湖中洲渚。此句言其官位功業。

⑤【咸注】劉禹錫《陋室銘》:南陽諸葛廬,西蜀子雲亭。【補注】揚雄字子雲。《漢書·揚雄傳下》:"哀帝時,丁、傅、董賢用事,諸附離之者或起家至二千石。時雄方草《太玄》,有以自守,泊然也。""贊曰……實好古而樂道,其意欲求文章成名於後世,以爲經莫大於《易》,故作《太玄》。"此以揚雄比涯,言其著述可傳後世。臺亦指林亭中之臺榭。

⑥【曾注】《史記·鄭當時傳》:下邳翟公爲廷尉,賓客填門。及廢,門外可設雀羅。【補注】朱户,朱門。此句狀王涯舊居荒廢,林亭冷落景象。

⑦【咸注】《初學記》:黄門侍郎,秦官也。漢因之。【補注】黄門,此指宦官。因東漢黄門令、中黄門諸官,均由宦官充任,故稱。嵇康《與山巨源絶交書》:"豈可見黄門而稱貞哉!"李周翰注:"黄門,閹人也。"《新唐書·王涯傳》:"别墅有佳木流泉,居常書史自怡……涯居永寧里,乃楊憑故第,財貯鉅萬,取之彌日不盡……籍田宅入於官。"涯於甘露之變中爲宦官誣以謀反罪名被殺,其田宅入官,故其舊林亭有宦官騎馬前來。

⑧【曾注】《建業志》:秦淮水貫城内,王、謝環而居之。【咸注】《王氏家譜》:初王導渡淮,使郭璞筮之,曰:"吉,無不利。淮水濁,王氏滅。"【補注】此句言其爲宦官滅族。據本傳,涯被宦官所殺,其子孟堅、仲翔、季琰,從弟沐,皆死。"淮水濁",蓋隱指"王氏滅"。並以"淮水"指王涯林亭中池沼。

⑨【補注】丹藕,指紅豔的荷花。二句謂王涯被族滅,林亭池沼中的红蓮無人欣賞。

⑩【曾注】《方輿勝覽》:烏衣巷在秦淮南,去朱雀橋不遠,王、謝子弟所居。【補注】《宋書·謝弘微傳》:"混風格高峻,少所交納,惟與族子靈運、瞻、曜、弘微並以文酒高會。嘗共宴處,居在烏衣巷,故謂之烏衣之遊。"三國吴時於秦淮河南置烏衣營,東晋王、謝等望族居此。此以"烏衣巷"指豐安里王涯林亭。

⑪【咸注】山謙之《丹陽記》:揚州廨王敦所創,開東、南、西三門,俗謂之西州。【補注】《晋書·謝安傳》:"羊曇者,太山人,知名士也,爲安所愛重。安薨後,輟樂彌年,行不由西州路。嘗因石頭大醉,扶路唱樂,不覺至州門。左右白曰:"此西州門。"曇悲感不已,以馬策扣扉,誦曹子建詩曰:"生存華屋處,零落歸山丘。"慟哭而去。"西州,古城名,東晋置,爲揚州刺史治所。謝安曾領揚州刺史。視此句用"西州",首句用"烏衣"典,庭筠或曾從王涯遊。此亦以"西州"喻王涯舊居林亭,兼寓懷

舊感恩之情。曲堤柳，係林亭舊物，亦暗寓懷舊之情依依。

⑫【咸注】《丹陽記》：東府城池，晋簡文爲會稽王時第也。東則丞相會稽王道子府，道子領揚州，故俗稱東府。【補注】東府，東晋都建業時丞相兼領揚州刺史的治所，謝安曾領揚州刺史。唐時亦稱丞相府爲東府。"舊池蓮"，明點林亭景物，實亦暗寓己曾爲王涯門下客。"池蓮"用庾杲之事，屢見。陳尚君亦謂："從'嘉遊集上才''東府舊池蓮'看，庭筠似曾從王涯游。"

⑬【曾注】《晋書》：永康元年中台星坼，張華少子韙勸華遜位。【補注】據《晋書·張華傳》，華不從其子之勸，後果被孫秀所害，夷三族。其情况與王涯"年過七十，嗜權固位，偷合（李）訓等，不能挈去就，以至覆宗"（《新唐書·王涯傳》）類似，故用以爲比。坼，裂。王涯憲宗時已爲相，故稱"元老"。

⑭【咸注】葛洪《神仙傳》：班孟，不知何許人也。嚼墨一噴皆成字，竟紙各有意義。【補注】《新唐書·王涯傳》："家書多與祕府侔，前世名書畫，嘗以厚貨鉤致，或私以官，鑿垣納之。"此句謂王涯好書畫，今則"墨仙"亦雲歸逝去矣。

⑮【曾注】《尚書》：若濟大川，用汝作舟檝。【補注】濟川檝，喻宰輔大臣。

⑯【咸注】《晋·郭翻傳》：翻乘小船歸武昌，安西將軍庾翼躬往造翻，以其船小，欲引就大船，翻曰："此固野人之舟也。"庾信詩：終作野人船。【補注】二句含義雙關，既明指舊日林亭中華美之游船，今已破敗如野人之舟，又暗寓王涯以宰輔大臣之位竟遭此悲慘結局。

【箋評】

【按】二詩雖傷王涯之遭宦官族滅，舊日林亭荒廢，但内容則基本不涉政治，而以懷舊感恩之情爲主。此或與其時宦官勢力仍熾有關。涯之爲人爲政，實不足取。史稱其憲宗時拜相，"坐循默不稱職罷"；"復統鹽鐵，政益刻急"；"始變茶法，益其税以濟用度，下益困。而鄭注亦議榷茶，天子命涯爲使，心知不可，不敢争。李訓敗，乃及禍。初，民怨茶禁苛急，涯就誅，皆群詬詈，抵以瓦礫"；"年過七十，嗜權固位，偷合訓等，不能挈去就，以至覆宗"。而詩屢以謝安比之，不免虚譽。據"東府舊池蓮"句，似庭筠曾入王涯幕爲幕僚。涯曾於元和十五年出鎮劍南西川；寶曆二年，出鎮山南西道。詩多用雙關手法，然寓意尚稱明白。

早秋山居

山近覺寒早，草堂霜氣晴。樹凋窗有日，池滿水無聲。果落見猿過，葉乾聞鹿行。素琴機慮静①，空伴夜泉清。

【校注】

① 静,《全詩》、顧本校:一作“息”。【曾注】江淹《恨賦》:素琴晨張。【補注】素琴,不加裝飾之琴。機慮,猶機心。機慮静,謂琴之清韵使機心雜念爲之銷歇。

【箋評】

【鍾惺曰】(池滿水無聲)五字雖小景,却是深思實見中出。(《唐詩歸》卷三十三)

【陸次雲曰】蔚然深秀。(《五朝詩善鳴集》)

【黄生曰】無機之至,素琴罷彈,此所以“空伴夜泉清”也。“素琴”略斷,以下句續之,“機慮静”三字另讀。(《唐詩摘鈔》卷一)

【朱之荆曰】後半分明寫次聯,另是一格。(《唐詩摘鈔補》)

【王堯衢曰】前解將早秋山居描寫已足,後解聞見機慮,便寫居山者之情。(《古唐詩合解・五言律詩》)

【余成教曰】最愛飛卿“樹凋窗有日,池滿水無聲”,“僧居隨處好,人事出門多”兩聯,與義山“高閣客竟去,小園花亂飛”,“五更疏欲斷,一樹碧無情”同爲佳句。(《石園詩話》)

【按】“樹凋”一聯,白描佳句。上句尤能傳出一種意外之欣悦。下句非細緻體察不能道。尾聯謂素琴之清韻已使機心雜念盡銷,然知音不在,則素琴之聲亦空伴夜泉之清韻而已。“空伴”,嘆無知音之賞也。

和友人盤石寺逢舊友①

楚寺上方宿②,滿堂皆舊遊③。月溪逢遠客,煙浪有歸舟④。江館白蘋夜⑤,水關紅葉秋⑥。西風吹暮雨,汀草更堪愁⑦。

【校注】

①《英華》卷二三八寺院六載此首。【按】卷九《盤石寺留别成公》七律,其頷、腹二聯云:“三秋岸雪花初白,一夜林霜葉盡紅。山疊楚天雲壓塞,浪遥吴苑水連空。”曰“三秋”“林霜”“楚天”“吴苑”,時、地、景物與本篇均合。二詩又均有“歸舟”“歸客”及“旅榜”字,當均爲會昌元年東歸吴中舊鄉途中作,約是年深秋作。盤石寺具體所在未詳。

② 【曾注】僧舍最深處曰上方。【咸注】《維摩經》:汝往上方界,分度四十二恒

河沙佛土。【補注】上方,住持僧居住之内室。

③【補注】舊遊,猶舊交、舊友。

④【補注】二句謂在月光映照的溪流中遇到遠道前來的客人,自己正在煙波迷漫的溪上乘舟歸去。

⑤【補注】江館,江邊旅舍。王建有《江館》五絶。

⑥【補注】水關,水上關口。杜甫《峽口》詩之一:"開闢當天險,防隅一水關。"仇兆鰲注引宋王洙曰:"峽口有關,斷以鐵鎖。"沈亞之《五月六日發石頭城步望前船示舍弟兼寄侯郎》:"水關開夜館,霧櫂起晨凉。"

⑦ 汀,《英華》作"江",校:一作"汀"。

【箋評】

【按】首聯點題。三四倒叙與友人相逢時情景,"遠客""歸舟"即指詩人自己。五六宿寺所見。七八西風暮雨,汀草堪愁,暗透離别。

送人南遊

送君遊楚國①,江浦樹蒼然。沙凈有波跡,岸平多草煙。角悲臨海郡②,月到渡淮船。唯以一盃酒③,相思隔遠天④。

【校注】

①【補注】庭筠詩中之"楚國"或"楚",多指今長江下游之江南地區,其故鄉今江蘇南部一帶。這一帶春秋末爲吴地,戰國時屬楚。視第五句"臨海郡"可知。

②【補注】二句想象其南遊途中所歷。臨海郡泛指臨海之州郡。

③【曾注】王維詩:勸君更盡(進)一杯酒,西出陽關無故人。

④ 隔遠,述鈔、《全詩》、顧本作"高楚"。

【箋評】

【按】首句點題,次句送别之地。三四承"江浦",寫所見江邊景色。五六想象其南遊途中經歷見聞。友人此去,當渡淮水,過臨海之州郡。尾聯謂别後已唯以杯酒寄相隔遠天之相思也。或解,第二句至第六句,均爲想象其人南遊所歷。

贈鄭處士[①]

飄然隨釣艇，雲水是天涯[②]。紅葉下荒井，碧梧侵古槎[③]。醉收陶令菊[④]，貧賣邵平瓜[⑤]。更有相期處，南籬一樹花。

【校注】

① 李商隱有《贈鄭讜處士》云："浪迹江湖白髮新，浮雲一片是吾身。寒歸山觀隨碁局，暖入汀洲逐釣輪。"與庭筠此詩首聯頗相似。

② 天，述鈔作"生"。【曾注】古詩：各在天一涯。【補注】二句謂鄭處士飄然隨釣艇所至，雲水盡處便是天涯。

③【補注】古槎，古樹的杈枝。

④【曾注】《續晋陽秋》：陶潛九日無酒，坐宅邊東籬下菊叢中，摘花盈把。未幾，望見白衣人至，乃太守王弘轉致龐通之餽，酒至，遂即酣飲。【補注】陶潛《飲酒二十首》之五："采菊東籬下，悠然見南山。"

⑤【咸注】《史記》：邵平者，故秦東陵侯。秦破，爲布衣，貧，種瓜於長安城東，瓜美，故時俗謂之東陵瓜，從邵平始也。

【箋評】

【按】鄭處士蓋隱逸之士。首聯寫其飄然隨釣艇至雲水天涯的放逸生活。次聯其居處之景物：碧梧紅葉，荒井古槎，色彩鮮豔中有荒寒之趣。腹聯其平居生活，透出高逸之情。尾聯則相約他日南籬花樹下重叙也。

江岸即事[①]

水容侵古岸[②]，峰影度青蘋[③]。廟竹唯聞鳥，江帆不見人。雀聲花外暝[④]，客思柳邊春[⑤]。别恨轉難盡，行行汀草新[⑥]。

【校注】

①《英華》卷一六二地部四載此首。

②【補注】水容，水流之態勢；水面。

③【曾注】宋玉《風賦》：夫風起於青蘋之末。【補注】青蘋，一種生於淺水中之草本植物。《文選》李善注引《爾雅》曰："萍，其大者蘋。"句意江水中有山峰的倒影，

峰影上有青蘋浮動。

④【補注】瞑，此處形容雀聲幽細不響亮。

⑤【補注】春，係形動詞，有逢春而發之意。客思，即下"别恨"。

⑥ 行行，《英華》，顧本作"年年"。《英華》校：集作"行行"。【補注】轉，更加。行行，指情况進展或時序運行，有"漸漸"意，汀草，汀洲上的草。

【箋評】

【按】前幅江岸即景。三四分寫江邊之廟與江中之舟，寫景中寓幽静之趣。五句承上，六句啓下，點出"客思"。七八承"客思"作結，汀草漸緑而已則不歸，故"别恨"轉添也。此聯暗用《楚辭・招隱士》"王孫遊兮不歸，春草生兮萋萋"之意。係客中思家之作。

贈隱者①

茅堂對薇蕨②，爐暖一裘輕。醉後楚山夢③，覺來春鳥聲。采茶溪樹緑，煮茗石泉清④。不問人間事，忘機過此生。

【校注】

①《英華》卷二三二隱逸三載此首。

②【補注】《史記・伯夷列傳》："武王已平殷亂，天下宗周，而伯夷、叔齊耻之，義不食周粟，隱於首陽山，采薇而食之。"采薇遂爲隱者生活志趣之象徵。而薇、蕨作爲山間野蔬，亦每連稱。《詩・小雅・四月》："山有薇蕨，隰有杞桋。"

③【補注】庭筠詩中言及"楚山"者，或指商山（見本卷《送洛南李主簿》），或與"楚國""楚鄉"同指其舊鄉吴中一帶。此"楚山"或指前者，蓋商山爲四皓隱居之山，"楚山夢"，謂在隱居之山入夢。

④ 茗，《英華》、述鈔、《全詩》、顧本作"藥"。

【箋評】

【按】首聯隱者所居茅堂内外景物：門對薇蕨，室擁爐火。頷聯茅堂之中醉後醒來之生活情趣，"覺來"句自然親切。腹聯隱者日常之户外室内活動，采茶樹緑，煮茗泉清，皆自然之賜。尾聯以"忘機"結全篇。

渚宫晚春寄秦地友人[①]

風華已眇然[②]，獨立思江天[③]。鳧雁野塘水[④]，牛羊春草煙。秦原曉重疊[⑤]，灞浪夜潺湲[⑥]。今日思歸客，愁容在鏡懸[⑦]。

【校注】

① 《英華》卷二二三釋門五載此首，題作"渚宫晚春寄咸秦上人"。【曾注】《一統志》：渚宫在江陵故城東南，梁元帝即位渚宫，即此。【咸注】《郡縣志》：渚宫，楚别宫也。【補注】《左傳・文公十年》："（子西）沿漢泝江，將入郢。王在渚宫，下，見之。"渚宫故址在今湖北江陵市。此借指江陵。秦，指長安。

② 眇，《英華》作"渺"，通。【補注】風華，指春天的優美景色。此句切題内"晚春"。眇然，遥遠貌。

③ 【咸注】杜甫詩：獨立萬端憂。【補注】句意謂己獨立於江天寥廓之處，思緒縈繞。江天，即指江陵。

④ 【咸注】劉楨詩：方塘含白水，中有鳧與雁。

⑤ 曉，席本、顧本作"晚"。【補注】秦原，指關中平原。這一帶的地勢，高而平者稱原，原與原間低下之地爲川，構成川原相間重疊之勢。

⑥ 【咸注】《漢書》注：灞水出藍田谷。

⑦ 在，《英華》、席本、顧本作"滿"。懸，《英華》、席本、顧本作"前"。【補注】思歸客，作者自指。鏡懸，即懸鏡，懸掛着的銅鏡。二句謂己思歸之愁容映於懸鏡之中。

【箋評】

【按】 首聯點題"渚宫晚春思念友人"。頷腹二聯承"思"字，回憶想象秦地景物及山川形勢。"鳧雁野塘水"一類景物，詩人在思念長安郊居時每有描寫，如《商山早行》之"因思杜陵夢，鳧雁滿回塘"即是。尾聯點明"思歸"之意。庭筠咸通二年初由襄陽抵江陵，曾在荆南節度使蕭鄴幕爲從事，與段成式同幕（詳參庭筠文《謝紇干相公啓》《上首座相公啓》《上令狐相公啓》有關箋注及拙文《温庭筠文箋證暨庭筠晚年事跡考辨》，載《文學遺産》2006 年第 3 期）。此詩當咸通二年晚春作。

碧澗驛曉思[1]

香燈伴殘夢[2]，楚國在天涯[3]。月落子規歇[4]，滿庭山杏花。

【校注】

①《才調》卷二、《絶句》卷十六載此首。澗，顧本作"礀"，通。

②【補注】香燈，油脂中加入香料的燈。

③【補注】楚國，指作者之舊鄉，今江蘇南部一帶地區。

④【補注】子規，即杜鵑鳥。常夜鳴，故詩中每言子規啼夜月；又其鳴聲似不如歸去，故每易觸動旅人鄉思。《蜀王本紀》："蜀望帝淫其臣鼈靈之妻，乃禪位而逃，時此鳥適鳴，故蜀人以杜鵑鳴爲悲望帝，其鳴爲不如歸去云。"李白《宣城見杜鵑花》："蜀國曾聞子規鳥，宣城還見杜鵑花。一叫一回腸一斷，三春三月憶三巴。"唐佚名《雜詩》："早是有家歸未得，杜鵑休向耳邊啼。"

【箋評】

【周詠棠曰】曉色在紙。（《唐賢小三昧集續集》）

【宋顧樂曰】寫得情景悠揚婉轉，末句更含無限寂寥。（《唐人萬首絶句選》評）

【李慈銘曰】此等句調清暢易於討好，然非天趣淡泊，不能得言外之神。（《唐人萬首絶句選》批）

【胡本淵曰】别有風致。（《唐詩近體》）

【俞陛雲曰】詩言楚江客舍，殘夢初醒，孤燈相伴，其幽寂可想。迨起步閑庭，子規啼罷，其時群囂未動，唯見滿庭山杏，浥晨露而争開，善寫曉天清景。飛卿尚有詠春雪詩……不若《曉思》詩之格高味永也。（《詩境淺説續編》）

【按】此詩抒寫羈旅途中夜宿山驛清晨殘夢初醒時之瞬間感觸與情思。從次句看，"殘夢"乃夢回江南故鄉。三句"月落子規啼"更暗示夜聞子規啼月時所觸動之縈回鄉思。妙在末句以景結情，但書即目所見"滿庭山杏花"之景象，而詩人對此景象時所引起之聯想與感觸，則不着一字，别具一種朦朧淡遠的情致和韻味。此種表現手法，最近詞中之小令。此詩之意境、情調，亦純然詞境。碧澗驛當是離江南故鄉較遠之山驛，具體所在未詳。劉長卿有《碧澗别墅喜皇甫侍御相訪》五律，儲仲君謂碧澗在陽羡（今江蘇宜興）山中，張公洞側（詳見其所撰《劉長卿詩編年箋注》397頁）。然陽羡即在庭筠所稱之"楚國"範圍内，如"碧澗驛"在陽羡，似不得云"楚國在天涯"。故此"碧澗驛"與劉長卿之"碧澗别墅"未必在一地。

送并州郭書記[①]

賓筵得佳客[②]，侯印有光輝[③]。候騎不傳箭[④]，迴文空上機[⑤]。塞塵牧馬去[⑥]，烽火射鵰歸[⑦]。惟有嚴家瀨[⑧]，回還徑草微[⑨]。

【校注】

①【咸注】《唐・地理志》：太原府太原郡本并州，開元十一年爲府。【按】郭書記名未詳，當任河東節度使掌書記。時間不詳。

②【補注】《詩・小雅・賓之初筵》："賓之初筵，左右秩秩。"賓筵語本此。此指幕府賓僚。佳客，指郭某。

③【曾注】胡廣《漢官儀》：諸侯玉印，黄金龜紐。【補注】侯印，此指河東節度使之印信。節度使相當於古代之侯國，故云。

④【曾注】何遜詩：候騎出蕭關。杜甫詩：青海無傳箭。【咸注】《新唐書・吐蕃傳》：其舉兵以七寸金箭爲契，一百一驛，有急兵驛人臆前加銀鶻，甚急銀鶻益多。【補注】候騎，擔任偵察巡邏任務之騎兵。此謂候騎無緊急軍情傳送，邊境局勢安寧。

⑤【曾注】陳後主詩：上林書不歸，回文徒自織。【補注】《晋書・列女傳・竇滔妻蘇氏》："滔，苻堅時爲秦州刺史，被徙流沙，蘇氏思之，織錦爲回文旋圖詩以贈滔。宛轉循環以讀之，詞甚凄惋，凡八百四十字。"句意似謂，因邊境安寧，郭回歸有日，不必織錦爲回文詩苦寄相思。

⑥ 塵，十卷本、姜本、毛本、《全詩》作"城"。牧，原作"收"，據述鈔、李本、十卷本、姜本、毛本、顧本改。【補注】句意謂塞塵起處，乃牧馬群馳而去。

⑦【曾注】《李廣傳》：廣爲上郡太守，匈奴入上郡，上使中貴人從廣勒習兵擊匈奴。中貴人者將數十騎從，見匈奴三人，與戰，射傷中貴人，殺其騎且盡。中貴人走廣，廣曰："是必射雕者也。"廣乃從百騎往馳三人，殺其二人，生得一人，果匈奴射雕者也。【按】此句未必用典。此與上句均形容邊上和平寧静景象，書記可從容陪侍主帥行射獵之事。烽火，指射獵歸來時所點燃之火把，即所謂獵火。

⑧【咸注】《嚴光傳》：光耕於富春山，後人名其釣處爲嚴陵瀨。【補注】嚴家瀨，借指自己舊日家鄉耕釣之處。

⑨ 還，述鈔、姜本、十卷本、《全詩》、顧本作"環"。【補注】趙岐《三輔决録》："蔣詡歸鄉里，荆棘塞門，舍中有三徑，不出，惟求仲、羊仲從之遊。"二句謂唯有自己仍困守蓬蒿，不得志於時。

【箋評】

【按】首聯美郭作爲河東節度使之佳賓，職掌書記，執侯印而有光彩。頷聯謂河東管内邊上安寧，郭妻自不必苦相思念。腹聯邊上安寧景象。尾聯"唯有"轉到自身，謂己仍困居蓬蒿，故居三徑就荒，爲雜草所縈繞矣。

贈越僧岳雲二首①

世機消已盡②，巾屨亦飄然③。一室故山月，滿瓶秋澗泉④。禪庵過微雪，鄉寺隔寒煙。應共白蓮客⑤，相期松桂前⑥。

蘭亭舊都講⑦，今日意如何？有樹關深院⑧，無塵到淺莎⑨。僧居隨處好，人事出門多。不及新春雁⑩，年年鏡水波⑪。

【校注】

①《英華》卷二二三釋門五載此首。"雲"字下校：集作"雪"。述鈔、李本、十卷本作"贈越僧二首"，姜本作"贈越僧岳雲二首"，毛本作"贈越僧二首"。底本作"贈越僧二首"。兹據《英華》、席本、姜本、《全詩》、顧本增"岳雲"二字於"越僧"之下。《英華》第一、二首次序與集本相反。

②【補注】世機，世俗之機心。

③ 屨，李本、姜本、十卷本、毛本作"履"。【補注】屨，單底鞋。

④【補注】瓶，指僧人所用的净瓶。又名軍持。釋道源《義山詩注》引《寄歸傳》："軍持有二：若甆瓦者是净用，若銅錫者是濁用。"此即指飲水用的净瓶。

⑤【咸注】《樂邦文類・贊寧結社法集文》：晋、宋間，廬山慧遠化行潯陽，高人逸士輻輳於東林，皆願結香火。時雷次宗、宗炳、張詮、劉遺民、周續之等共結白蓮華社，立彌陀像，求願往生安養國，謂之蓮社。【補注】東晋釋慧遠於廬山東林寺，同慧永、慧持及雷次宗、劉遺民等結社精修念佛三昧，誓願往生西方净土，又掘池植白蓮，稱白蓮社。事見晋無名氏《蓮社高賢傳》。白蓮客，指慧遠，借指越僧岳雲。

⑥【補注】李商隱《題僧壁》："蚌胎未滿思新桂，琥珀初成憶舊松。"《唐音戊籤》胡震亨注："舊松，前生；新桂，來生。"朱鶴齡注："按新桂、舊松即未來、過去之喻。"此句"松桂"明指寺院中松桂，或亦兼含佛教前生來世之義。

⑦【咸注】《海録》：山陰縣西南有蘭渚，渚有亭曰蘭亭。何延之《蘭亭記》：永和九年三月三日，琅琊王羲之與太原孫統、孫綽、廣漢王彬之、陳郡謝安、高平郄曇、太原王藴、釋支遁，并其子凝之、徽之、操之等四十有二人，會於會稽山陰之蘭亭，修祓禊之禮。《世説》：支公與許掾在會稽王齋頭，支爲法師，許爲都講。【補注】魏、晋以後，佛家開講佛經，一人唱經，一人解釋，唱經者稱都講，解釋者稱法師。此以"蘭亭舊都講"指越僧岳雲。

⑧ 關,《英華》作“開”,誤。【補注】謂寺院周圍,樹木茂密,將寺院包圍封閉。

⑨ 莎,席本、顧本作“沙”。【補注】莎,莎草。謂短淺的莎草上潔净無塵。

⑩ 雁,《英華》作“鳥”。

⑪【咸注】《輿地志》:山陰南湖縈帶郊郭,白水翠巖,互相映發,若鏡若圖,故王逸少云:“山陰路上行,如在鏡中遊。”

【箋評】

【按】首章起聯謂越僧消盡機心,巾屨飄然,畫出其飄逸出世之高致。次聯謂其禪室映故山之月,净瓶汲秋澗之泉,出句微透其故山之思,對句兼寓其高潔之情。腹聯禪菴、鄉寺同指越僧住持之寺,謂寺與己所居相隔寒煙而可望見,此時微雪正飄過禪寺。尾聯則致異日相期於寺中松桂前共話之意。次章首聯以問候語起。頷聯寺院樹林茂密四合,潔净無塵。腹聯以僧居與人事相對,主意在出句。尾聯微露越僧之鄉思,謂其不及新春之雁,年年可見鏡湖之清波。此“越僧”當是越人爲僧現居長安郊外鄉寺者,故詩中每寫其對故鄉越中之縈念,視“故山月”及次章尾聯可知,非庭筠在越中時作。

詠山雞[①]

萬壑動晴景[②],山禽凌翠微[③]。繡翎翻草去[④],紅嘴啄花歸[⑤]。巢煖碧雲色,影孤清鏡輝[⑥]。不知春樹伴[⑦],何處又分飛?

【校注】

①《英華》卷三二九禽獸二載此首。【曾注】《禽經》:山雞一名鵕鸃。【補注】詩中所詠,係有五彩羽毛之雄性山雞。

② 萬,《英華》作“石”。

③【咸注】左思《蜀都賦》:鬱芬蒕以翠微。劉淵林曰:翠微,山氣之輕縹也。【補注】翠微,此代指青翠縹緲的山。

④【補注】繡翎,五彩的羽毛。

⑤【咸注】禰衡《鸚鵡賦》:紺趾丹嘴。

⑥ 清,十卷本、姜本作“青”。【曾注】《異苑》:山雞愛其毛羽,映水則舞。魏武時,南方獻之,帝欲其鳴舞而無由。公子蒼舒令置大鏡其前,雞鑒形而舞,不知止,遂乏死。

⑦ 伴,《英華》作“畔”,誤。

【箋評】

【按】首聯萬壑晴光蕩漾，山雞飛越青山。次聯寫其繡羽紅嘴之鮮豔色彩與翻草而飛、啄花而歸的活動。腹聯謂其巢雖暖而影則孤。尾聯承"影孤"，問其雌侶何時與之分飛也。

清旦題采藥翁草堂

幽人尋藥徑，來自曉雲邊。衣濕术花雨[①]，語成松嶺煙[②]。解藤開澗户[③]，踏石過溪泉。林外晨光動[④]，山昏鳥滿天。

【校注】

① 术，李本、十卷本、姜本、毛本作"木"，誤。【補注】术，草名，多年生草本。有白术、蒼术等數種，根莖可入藥。嵇康《與山巨源絶交書》："又聞道士遺言，餌术黄精，令人久壽，意甚信之。"句意謂因清晨采术作藥，衣裳爲术花上的露水霑濕。

②【補注】句意謂清旦微寒，説話時呵出的氣化成松嶺上的煙霧。

③【曾注】孔稚珪《北山移文》：磵户摧絶無與歸。【補注】澗户，家居山澗旁者的門户。門户爲藤所纏繞，故需解藤而入。或解：門户用藤開關，故云。

④【曾注】杜甫詩：小雨晨光内。

【箋評】

【按】全篇緊扣"清旦"寫采藥翁之活動。"衣濕"句頗有情致。尾聯寫景真切，"山昏鳥滿天"的是晨光熹微時之山中景色。

商山早行[①]

晨起動征鐸[②]，客行悲故鄉。雞聲茅店月，人迹板橋霜[③]。槲葉落山路，枳花明驛牆[④]。因思杜陵夢[⑤]，鳧雁滿迴塘[⑥]。

【校注】

①《英華》卷二九四行邁六載此首。【補注】商山，在今陝西商縣東。亦名商嶺，地肺山、楚山。地形險阻，景色幽勝。秦末漢初四皓曾隱此山。詩爲作者離長安

鄠杜郊居經商山南行途中所作。時令在春天。

②【補注】征鐸,車上的鈴鐺。動征鐸,車行鈴響。指啓程。

③【曾注】《關中記》:板橋在商州北四十里。《三洲歌》:送歡板橋灣。【按】此“板橋”泛指山間道路上之木板橋,非專稱之具體地名、橋名。劉禹錫《途中早發》有“霜橋人未行”之句。

④ 槲葉,枳花,見本卷《送洛南李主簿》“槲葉”二句注。【補注】枳花色白,故曰“明”。

⑤【曾注】《漢書》:元康元年,以杜東原上爲初陵,更名杜縣爲杜陵。《三輔黄圖》:宣帝杜陵在長安城南。【補注】杜陵,漢宣帝陵墓杜陵的陵邑。庭筠家居鄠杜間,此曰“因思杜陵夢”,當是昨晚住在商山驛店時曾夢見杜陵家居,晨起征行時回想昨夜夢境,故云。

⑥【補注】迴塘,曲折的池塘。此句所寫,即“杜陵夢”之内容。

【箋評】

【梅堯臣曰】詩家雖率意,而造語亦難。若意新語工,得前人所未道者,斯爲善也。必能狀難寫之景,如在目前,含不盡之意,見於言外,然後爲至矣……温庭筠“雞聲茅店月,人迹板橋霜”,賈島“怪禽啼曠野,落日恐行人”,則道路辛苦、羈愁旅思,豈不見於言外乎?(歐陽修《六一詩話》引梅氏語)

【歐陽修曰】余嘗愛唐人詩云“雞聲茅店月,人迹板橋霜”,則天寒歲暮,風凄木落,羈旅之愁,如身履之。(《温庭筠嚴維詩》)

【王直方曰】歐陽文忠《送張至祕校歸莊》詩云:“鳥聲梅店雨,柳色野橋春。”此“茅店月”“板橋霜”之意。(《王直方詩話》)按:《苕溪漁隱叢話前集·温庭筠》引《三山老人語録》亦以爲歐此詩效温詩之體。

【曾季貍曰】劉夢得“神林社日鼓,茅屋午時雞”,温庭筠“雞聲茅店月,人迹板橋霜”,皆佳句,然不若韋蘇州“緑陰生晝静,孤花表春餘”。(《艇齋詩話》)

【方回曰】温善賦,號爲八叉手而八韻成。三四極佳。(《瀛奎律髓》卷十四評)

【李東陽曰】“雞聲茅店月,人迹板橋霜”,人但知其能道羈愁野況於言意之表,不知二句中不用一閑字,止提掇出緊關物色字樣,而音韻鏗鏘,意象具足,始爲難得。若強排硬疊,不論其字面之清濁,音韻之諧舛,而云我能寫景用事,豈可哉!(《麓堂詩話》)

【胡應麟曰】盛唐句如“海日生殘夜,江春入舊年”,中唐句如“風兼殘雪起,河帶斷冰流”,晚唐句如“雞聲茅店月,人迹板橋霜”,皆形容景物,妙絶千古,而盛、中、晚界限斬然。故知文章關氣運,非人力。(《詩藪·内編》卷四)

【李維楨曰】對語天然,結尤蒼老。(《唐詩雋》)

【陸時雍曰】三四太似逼削。至《渚宫晚春》“鳬雁野塘水，牛羊春草煙”，更爲少味矣。（《唐詩鏡》卷五十一）

【周珽曰】此詩三四二語……六一居士甚愛之，極力摹倣，有“鳥聲茅店雨，野色柳橋春”之句，點綴雖善，終未免爲效顰。國朝莆田李在稱爲善畫，曾以此二語作圖頗佳。又雞在店門外，立於籠口之上而啼，似爲失理。故唐人賦早行者不少，必情景融渾，妙極形容，無如此詩矣。即一起發行役勞苦之懷，一結含安居群聚之想，而五六“落”字、“明”字，詩眼秀拔，誰謂晚唐乏盛、中音調耶？（《删補唐詩選脈箋釋會通評林・晚五律》）

【黄周星曰】三四遂成千古畫稿。（《唐詩快》）

【查慎行曰】頷聯出句勝對句。（《初白菴詩評》）

【沈德潛曰】中、晚律詩，每於頸聯振不起，往往索然興盡。（《重訂唐詩别裁集》卷十二）

【何焯曰】中四句從“行”字，次第生動。（《瀛奎律髓彙評》引）又曰：“人迹”二字，亦從上句“月”字一氣轉下，所以更覺生動，死對者不解也。（《唐三體詩評》）

【紀昀曰】歸愚譏五六卑弱，良是。七八複，衍第二句，皆是微瑕，分别觀之。（《瀛奎律髓刊誤》）

【盛傳敏曰】（雞聲二句）非行路之人，不知此景之真也。論章法，承接自在；論句法，如同吮出。描畫不得出，偏能寫得。（槲葉二句）句句是早行，故妙。（《磧砂唐詩》釋評）

【冒春榮曰】三四句法貴匀稱，承上陡峭而來，宜緩脈赴之。五六必聳然挺拔，别開一境。上既和平，至此必須振起也……温岐《商山早行》，於“雞聲茅店月，人跡板橋霜”下接“槲葉落山路，枳花明驛牆”……便直塌下去，少振拔之勢。（《葚原詩説》）

【顧安曰】三四寫晨起光景，極妙。若五六自應説出“悲故鄉”意來，又寫閑景無謂。結句輕忽，亦與悲故鄉不合。“因思”二字，接五六耶？接三四耶？總之依稀仿佛而已。（《唐律消夏録》）

【屈復曰】此詩三四名句，後半不稱。（《唐詩成法》）

【黄叔燦曰】“雞聲”一聯，傳誦人口，寫早行而旅人之情亦從此畫出。詩有别腸，非俗子所能道也。（《唐詩箋注》）

【周詠棠曰】三四膾炙人口，雖氣韻近甜，然濃香可愛，不失爲名句也。（《唐賢小三昧集續集》）

【薛雪曰】得句先要鍊去板腐。後人於高遠處，則茫然不會；於淺近處，最易求疵。如温太原《早行》詩：“雞聲茅店月，人迹板橋霜。”未嘗不佳，而俗子偏指摘之，謂似村店門前對子。（《一瓢詩話》）

【趙翼曰】蔡天啓與張文潛論韓、柳五言，以韓詩“暖風抽宿麥，清風捲歸旗”，柳詩“壁空殘月曙，門掩候蟲秋”爲集中第一。歐陽公稱周朴詩“風暖鳥聲碎，日高花影重”，“曉來山鳥鬧，雨過杏花稀”，梅聖俞以嚴維“柳塘春水漫，花塢夕陽遲”，皆以爲佳句。然總不如温庭筠《曉行》詩“雞聲茅店月，人迹板橋霜”，不著一虚字，而曉行景色，都在目前，此真傑作也。（《甌北詩話》卷十一）

【郭麐曰】温飛卿《曉行》詩“雞聲茅店月，人迹板橋霜”，世謂絶調。余謂不如劉夢得“寒樹鳥初動，霜橋人未行”二語。近見瘦山詩“殘月半在樹，孤村尚有燈”，亦佳。（《靈芬館詩話》卷三）

【按】此詩自歐公《六一詩話》引梅堯臣語以來，歷代評者甚多，然有真知灼見者，亦僅梅氏及明李東陽二人。梅氏之評，雖以“狀難寫之景，如在目前”與“含不盡之意，見於言外”並提，實側重於後者。而後世發揮梅氏之論者，多側重於前者，不免輕重倒置。而所謂“含不盡之意，見於言外”，又實不止梅氏所揭示之“道路辛苦，羈旅愁思”一端。蓋此詩雖以“客行悲故鄉”起，以“因思杜陵夢”結，然全詩所表現之思想感情，並不單純是“悲故鄉”（因思念故鄉而悲）。詩人之思想感情，隨早行行程之推進，所見所聞景物之變化，本身即呈現爲動態發展之過程。當其晨起啓程，征鐸乍動之際，雖曾浮現“悲故鄉”之羈旅情思，然當其耳聞目接“雞聲茅店月，人迹板橋霜”之景象時，心中不僅有對此山野早行圖畫之新鮮感、愉悦感，且有一種對此特殊詩意美之美好體驗與感受，一種對詩意美新發現的審美愉悦。上述感受，對“悲故鄉”之情乃是一種緩解、冲淡與替代。此即“含不盡之意，見於言外”之重要一端。李東陽所指出之“不用一二閑字，止提掇出緊關物色字樣，而音韻鏗鏘，意象具足”，相當於今之所謂“意象疊加”，且全爲名詞性意象之疊加組合。此種寫法，在詩詞曲創作中雖不乏例，但真正成功且千古流傳者，除温氏此聯外，亦僅陸游之“樓船夜雪瓜洲渡，鐵馬秋風大散關”（《書憤》）及馬致遠之《天净沙》小令“枯藤老樹昏鴉，小橋流水人家，古道西風瘦馬”數例而已。温氏此聯之成功，一在體驗真切，全從羈旅生活之實際見聞感受中來，無絲毫造作之痕。二在表現自然，雖意象密集而無刻意錘鍊之跡，宛如天然之畫圖。三在意象集中。兩句所寫之景象雖有時間上之先後，然均集中在“早行”之時。無論茅店中傳出之雞聲、茅店上空懸掛之殘月，或是木板小橋上之清霜與霜上留下的一行足迹，均極具“早行”與羈旅之典型特徵，故非强排硬疊、堆砌雜湊者可比。四在實而能虚，能於密集之意象組合中創造出特定的情景氣氛，具有完整之意境。至於全詩之不甚相稱，五六較爲平衍，七八與一二意複，自是微瑕，然如顧安之認定“悲故鄉”一端，以此責其“閑景無謂”，則出於對詩中所蘊含之感情過份簡單化理解。實則“槲葉”一聯已是“悲故鄉”之情緩解淡化後對途中景物心情較爲平和之欣賞，“明”字尤透出一種喜悦之情。

此詩作年，向無考證。頗疑係大中十年春貶隋縣尉南行途中作。《渚宫晚春寄秦地友人》有“鳧雁野塘水,牛羊春草煙”一聯,結亦有“思歸”語,“鳧雁”句即此詩之“鳧雁滿迴塘”,均係對鄠杜郊居景物之想象思念。《清宫晚春》作年雖在咸通二年,但均爲此次南行之作,從二詩造語及所抒感情之相似,可看出其聯係。

題竹谷神祠[①]

蒼蒼松竹晚[②],一逕入荒祠。古樹風吹馬,虚廊日照旗。煙煤朝奠處[③],風雨夜歸時[④]。寂寞東湖客[⑤],空看蔣帝碑[⑥]。

【校注】

①《英華》卷三二〇郊祀祠廟載此首,題作“題谷神廟”,題下校:集作“題竹谷祠”。【補注】竹谷,當是地名,或即因谷中多竹而得名,視首句可知。具體所在未詳。神祠,據末句,似是蔣帝神祠,則祠當在江南。

② 竹,《英華》作“色”,校:集作“竹”。

③【補注】煙煤,凝結在建築物或器物上之煙塵。此指神祠中因長年點燃香火燈燭凝成的煙塵。李商隱《南朝》:“前朝神廟鎖煙煤。”

④ 風,《英華》作“雲”。【補注】夜歸,指神靈夜間歸來。

⑤ 東湖,《英華》作“湘江”。【補注】東湖,指鏡湖。

⑥ 蔣帝,見卷一《蔣侯神歌》注①。

【箋評】

【按】首聯穿松竹之徑入神祠。頷聯古樹虚廊,着意渲染“荒”字。腹聯寫朝奠之處,尚留煙煤;風雨之夜,神當夜歸。一實境,一想象。尾聯謂己作客東湖,今日至祠,唯空看蔣帝碑而已。據“東湖客”之语,或會昌二年在越中作。

途中有懷

驅車何日閑,擾擾路岐間[①]。歲暮自多感,客程殊未還。亭皐汝陽道[②],風雪穆陵關[③]。臘後寒梅發[④],誰人在故山[⑤]?

【校注】

① 路岐,《全詩》、顧本校:一作“岐路”。【補注】擾擾,紛亂貌、煩亂貌。

②【曾注】《上林賦》:亭皋千里,靡不被築。服虔曰:皋,澤也。堤上十里一亭。

《地理志》:汝陽在河内郡。【補注】亭皐,水邊平地。《漢書·司馬相如傳上》:王先謙補注:"亭當訓平……亭皋千里,猶言平皋千里,皋,水旁地。"汝陽,唐蔡州縣名,今河南汝南縣。

③【曾注】《左傳》:東至於穆陵。【補注】穆陵關有二:一在今山東臨朐縣南大峴山上,地勢險峻,係春秋齊國南境。《左傳·僖公四年》"南至于穆陵,北至于無棣"即此。一在今湖北麻城縣北,一作木陵關,南北朝時爲軍事要地。本篇所説的"穆陵關",從上句"汝陽道"看,當指後者。從汝陽至穆陵關,中間僅隔光州。此"穆陵關"即在光州與黄州交界處。而青州臨朐則與汝陽了不相及。

④【咸注】杜甫《江梅》詩:梅蕊臘前破,梅花年後多。【補注】臘,指臘月。

⑤【咸注】張協《雜詩》:流波戀舊浦,行雲思故山。【補注】故山,猶故鄉。

【箋評】

【按】此歲暮僕僕道塗,有懷故山之作。清暢流走,不乏情致。故山似指江南吴中舊鄉。

經李處士杜城别業①

憶昔幾遊集②,今來倍嘆傷。百花情易老,一笑事難忘。白社已蕭索③,青樓空豔陽④。不閑雲雨夢,猶欲過高唐⑤。

【校注】

①【補注】李處士,即李羽,詳卷四《題李處士幽居》注①。李羽在杜城有别業,參《宿城南亡友别墅》"又伴遊人宿杜城"句注。此亦李羽亡故後作。

②【曾注】杜甫詩:終非曩遊集。

③ 社,李本、毛本作"杜",誤。【咸注】《逸士傳》:董威在洛陽,隱居白社。【補注】葛洪《抱朴子·雜應》:"洛陽有道士董威輦常止白社中,了不食,陳子叙共守事之,從學道。"事又見《晋書·隱逸傳》。白社,以白茅蓋成之集會場所,此借指李羽别業昔爲朋友遊玩聚會之所,兼點明其隱逸身份。

④【補注】青樓,青漆的樓房,此亦借指李羽别業中的樓房。

⑤ 唐,李本、十卷本、姜本、毛本作"堂"。【補注】宋玉《高唐賦序》:"昔者先王嘗遊高唐,怠而晝寢,夢見一婦人曰:'妾巫山之女也,爲高唐之客,聞君遊高唐,願薦枕席。'王因幸之。去而辭曰:'妾在巫山之陽,高丘之岨,旦爲朝雲,暮爲行雨,朝朝暮暮,陽臺之下。'"此借喻己思念故友,猶欲再次夢過杜城别業與之相會。

【箋評】

【按】首聯憶昔遊而傷今來。頷聯似謂人情固如百花有盛開之時亦有凋衰之時,今友既逝世,情亦隨之衰減,然往昔遊集一笑會心之情景却難以忘懷。腹聯别業眼下蕭索荒凉景象,雖黯陽依舊映照青樓,而人則杳然。尾聯則難忘故交,猶欲夢回亡友杜城故居也。

登李羽處士東樓①

經客有餘音②,他年終故林③。高樓本危睇④,凉月更傷心。此意竟難拆⑤,伊人成古今⑥。流塵其可欲⑦,非復懶鳴琴。

【校注】

①【補校】"處"字原缺,各本均同,據前《李羽處士寄新醖走筆戲酬》《李羽處士故里》補。

②【補注】經客,過客,指已亡故之李羽。餘音,據末句,似指其鳴琴之餘音。句意蓋謂琴在人亡,往日鳴琴似有餘音。"餘音"蓋用《列子·湯問》"韓娥……鬻歌假食,既去,而餘音繞梁欐,三日不絶"之典。

③【補注】他年,昔年。故林,猶故居。從此句看,作詩時離李羽去世已有一年以上。

④【補注】宋玉《高唐賦序》:"長吏隳官,賢士失志,愁思無已,太息垂淚,登高遠望,使人心瘁。"高樓,指李羽杜城别業中之東樓。危睇,俯視而感到驚恐。

⑤ 拆,述鈔作"拆",同。李本作"炘";姜本、十卷本、毛本作"析";《全詩》作"拆",校:一作"訴"。顧本校:難拆,一作"誰訴"。【補注】拆,除也。

⑥【補注】成古今,指李羽處士已逝,彼此竟成古今之隔。

⑦ 其,《全詩》校:一作"無"。【咸注】劉鑠詩:堂上流塵生。

【箋評】

【按】首聯李羽久已去世,而往日鳴琴之餘音似猶存。頷聯登其故居東樓俯視本已深感憂傷,獨自空對凉月而益加傷神,蓋嘆人去樓空,無人共賞明月也。腹聯謂己之懷友傷舊之情難以消除,而伊人已成千古。尾聯謂見堂上之琴蒙流塵而不忍再彈,蓋知音已逝無人賞會,非復懶於鳴琴也。

題僧泰恭院二首[①]

昔歲東林下[②],深公識姓名[③]。爾來辭半偈[④],空復嘆勞生。憂患慕禪味,寂寥遺世情。所歸心自得,何事倦塵纓[⑤]?

微生竟勞止[⑥],晤言猶是非[⑦]。出門還有淚[⑧],看竹暫忘機[⑨]。爽氣三秋近,浮生一笑稀。故山松菊在[⑩],終欲掩荆扉[⑪]。

【校注】

① 毛本題末無"二首"二字,李本、十卷本、姜本"二首"二字置行側爲小字。

②【補注】晋慧遠法師居廬山東林寺,與劉遺民、雷次宗、宗炳等十八人同修净土業結白蓮社。見《蓮社高賢傳》。

③【曾注】《高僧傳》:竺法深業慈清净,不耐風塵,考室剡溪仰山。【補注】據《高僧傳》卷四,竺道潛,字法深。此以"深公"借指僧泰恭。

④ 半偈,見卷四《寄清源寺僧》注③。辭半偈,謂告别佛家修行生活。

⑤【曾注】孔稚珪《北山移文》:今見解蘭縛塵纓。【補注】塵纓,喻塵俗之事的束縛。二句謂只要歸心於自得之境即可,又何必倦於世俗之事呢?

⑥【曾注】《詩》:民亦勞止。【補注】勞止,辛勞。止,語助詞。

⑦【補注】晤言,見面談話。《詩·陳風·東門之池》:"彼美淑姬,可與晤言。"

⑧【咸注】《阮籍傳》:時率意獨駕,不由徑路,車迹所窮,輒慟哭而返。

⑨【曾注】《王徽之傳》:吴中一士大夫家有好竹,欲觀之,徽之坐輿造竹下,諷嘯良久。主人灑埽請坐,徽之不顧,將出,主人方閉門。徽之以此賞之,盡歡而去。【補注】《世説新語·任誕》:"王子猷嘗暫寄人空宅住,便令種竹。或問:'暫住何煩爾?'王嘯詠良久,直指竹曰:'何可一日無此君!'"竹爲高士清高絶俗之象徵,故云"看竹暫忘機"。

⑩【補注】陶潛《歸去來兮辭》:"歸去來兮,田園將蕪胡不歸……三徑就荒,松菊猶存。"

⑪ 荆,《全詩》校:一作"柴"。顧本作"柴"。

【箋評】

【按】首章起聯謂昔日曾在泰恭門下學佛。頷聯謂此後告别修行生活,空復嘆惜勞生之多艱。腹聯謂己久歷人生憂患而深慕禪味,更因身世寂寥而遺落世情。尾聯則以歸心自得之境,不必倦塵俗之事自解。次章起聯嘆自己微生辛勞,即見面談話亦不免涉及是非。三四分承一二，謂出門即感無路可走而慟哭窮途，惟有看竹可暫忘機事之紛擾。腹聯謂三秋爽氣已近，己却深感浮生憂患之多，一笑之稀。尾聯謂己終將歸隱故山，對松菊而掩荆扉，離此人生憂患是非。

西遊書懷①

渭川通野戍，有路上桑乾②。獨鳥青天暮，驚麏赤燒殘③。高秋辭故國，昨日夢長安④。客意自如此，非關行路難。

【校注】

①【陳尚君曰】爲初離長安在渭川一帶作。詩題爲西游，目的地是西行後北上。(《温庭筠早年事跡考辨》)

②【曾注】《地理志》：桑乾一名㶟水，在今保安，古涿鹿也。【陳尚君曰】當是用漢代代郡桑乾，代指北方邊塞。【補注】渭川，渭河邊的平川。野戍，野外戍守之處，荒野中的城堡。《水經注·㶟水》："南池水又東北注桑乾水爲㶟水，自下並受通稱矣。""㶟水出鴈門陰館縣東北，過代郡桑乾縣南。"桑乾河即古㶟水，流經今應縣、渾源、蔚縣境。漢之代郡桑乾縣即今之蔚縣。此處"桑乾"疑即指桑乾水，泛指今山西北部一帶邊地。

③【補注】麏，同"麕"，獐子。赤燒，指晚霞，因紅似火燒，故稱。李端《茂陵山行陪韋金部》："古道黄花落，平蕪赤燒生。"或解："赤燒"指野火，似更切"驚"字。

④【補注】此聯以"故國"與"長安"對舉，上下句意一貫，知所謂"故國"實即指長安。

【箋評】

【按】首聯揭出"西遊"路綫：先沿渭川西上，然後折向北邊，次句係實寫此地有路通向桑乾代北一帶。頷聯途中所見鳥飛暮天、麏驚赤燒景象，廣遠中含孤孑之感。腹聯叙事，謂昨日方辭故國，當夜即夢歸長安。尾聯承五六，謂己之羈旅情思本自如此，"夢長安"非因行路之難也。

送人東遊①

荒戍落黄葉②，浩然離故關③。高風漢陽渡④，初日郢門山⑤。江上幾人在，天涯孤棹還⑥。何當重相見，尊酒慰離顔？

【校注】

①《才調》卷二、《英華》卷二七九送行十四載此首。題内“遊”字,《全詩》、顧本校:一作“歸”。

②【曾注】《月令》:季冬之月,草木黄落。漢武帝《秋風辭》:草木黄落兮雁南歸。【補注】荒戍,荒廢的舊關戍,即下句的“故關”。

③【補注】《孟子·公孫丑下》:“予然後浩然有歸志。”注:“浩然,心浩浩有遠志也。”朱熹集注:“浩然,如水之流不可止也。”此句“浩然”乃形容被送的友人浩然而離去的情狀。

④【曾注】《地理志》:漢陽在漢水之陽,今漢口。【補注】高風,秋風、長風。漢陽,唐沔州漢陽郡,今湖北武漢三鎮之漢陽市。

⑤【曾注】《三楚記》:荆門山在大江之南,與虎牙相對,即郢門山。【補注】初日,朝陽。荆門山在今湖北宜都縣西北,長江南岸。《水經注·江水二》:“江水又東,歷荆門、虎牙之間。荆門在南,上合下開,闇徹山南;有門像虎牙,在北,石壁色紅,間有白文,類牙形,並以物像受石。此二山楚之西塞也。”

⑥【補注】孤棹,指友人所乘之孤舟。

【箋評】

【王士禛曰】律詩貴工於發端,承接二句尤貴得勢……如“萬壑樹參天,千山響杜鵑”,下即云“山中一夜雨,樹杪百重泉”……“古戍落黄葉,浩然離故關”,下云“高風漢陽渡,初日郢門山”……此皆轉石萬仞手也。(《帶經堂詩話》)

【沈德潛曰】賈長江:“秋風吹渭水,落葉滿長安。”温飛卿:“古戍落黄葉,浩然離故關。”卑靡時乃有此格。後惟馬戴亦間有之。(《説詩晬語》卷上)又曰:起調最高。(《重訂唐詩别裁集》卷十二)

【黄叔燦曰】首聯領起,通篇有勢。中四語結撰亦稱。如此寫離情,直覺有浩然之氣。(《唐詩箋注》)

【宋宗元曰】中晚罕此起筆,竟體亦極渾脱。(《網師園唐詩箋》)

【周詠棠曰】高朗明健,居然盛唐格調。晚唐五言似此者,億不得一。(《唐賢小三昧集續集》)

【紀昀曰】蒼蒼莽莽,高調入雲。温、李有此筆力,故能熔鑄一切濃豔之詞,無堆排之跡。(《删正二馮先生評閲才調集》)

【管世銘曰】温庭筠“古戍落黄葉”,劉綺莊“桂楫木蘭舟”,韋莊“清瑟怨遥夜”,便覺開、寶去人不遠。可見文章雖限於時代,豪傑之士終不爲風氣所囿也。(《讀雪

山房唐詩序例》)

【按】前四句一氣直下,氣象闊大,境界高遠,故雖寫深秋蕭瑟景象而無衰颯之氣,抒離情而無凄惻之音,洵乎盛唐高渾和平音調。題曰“送人東遊”,而詩有“漢陽渡”“郢門山”字,似寄幕江陵時所作,時或在咸通二年深秋。

寄山中友人

惟昔有歸趣,今兹固願言①。嘯歌成往事②,風雨坐涼軒。時物信佳節,歲華非故園③。固知春草色,何意爲王孫④?

【校注】

① 固,十卷本、姜本作“顧”。【曾注】《左傳》:無令孤我願言。【補注】歸趣,指歸隱之趣尚。固願言,謂遂其所願。

② 【曾注】《詩》:其嘯也歌。【補注】《詩·小雅·白華》:“嘯歌傷懷,念彼碩人。”嘯歌,長嘯歌吟。此指昔日與友人嘯志歌懷之事。

③ 【補注】時物、歲華,均泛指春天美好之景物。

④ 【補注】《楚辭·招隱士》:“王孫遊兮不歸,春草生兮萋萋。”“王孫兮歸來,山中兮不可以久留。”王孫,借指友人。

【箋評】

【按】首聯謂友人往昔即有歸隱之志趣,故今居山中固爲遂其所願。頷聯謂昔日與友人嘯志歌懷之情景均已成往事,今惟風雨中獨坐涼軒思念友人而已。腹聯謂春日之芳華美景固佳,其如非己之故園何。“故園”當指詩人之吴中舊鄉。尾聯謂春草萋萋又生,山中人則不歸來,故曰“何意爲王孫”。有蕭散自然之趣,頷聯亦有情致。

偶　題①

孔雀眠高閣②,櫻桃拂短簷。畫明金冉冉③,筝語玉纖纖④。細雨無妨燭,輕寒不隔簾⑤。欲將紅錦段⑥,因夢寄江淹⑦。

【校注】

① 《才調》卷二、《英華》卷二一六人事三宴集載此首。《英華》題作“夜宴”。

② 閤,《才調》、述鈔、《全詩》作“閣”,通。《英華》、席本、顧本作“樹”。【咸注】《太平廣記》引《紀聞》:羅州山中多孔雀,雌者短尾,無金翠;雄者生三年有小尾,五年成大尾。始春而生,三四月後復凋,與花萼相榮衰。自喜其尾,凡欲山棲,必先擇有置尾之地,然後止焉。【按】此似以孔雀喻指美麗女子。李商隱《和孫朴韋蟾孔雀詠》有“西施因網得”“佳人炫繡袿”等句,則以西施、佳人喻孔雀。可與此互參。作實寫解亦通,孔雀蓋人家所豢養以供觀賞者。

③ 苒苒,述鈔、李本、姜本、十卷本、毛本、《全詩》、顧本、《才調》作“冉冉”,通。【咸注】《畫苑》:唐人畫工多用泥金塗之。【補注】苒苒,柔和貌。元稹《鶯鶯傳》:“華光猶苒苒,旭日漸曈曈。”

④【咸注】白居易《箏》詩:甲鳴銀玓瓅,柱觸玉玲瓏。【補注】箏語,猶箏聲。白居易《琵琶行》:“小弦切切如私語。”玉纖纖,形容彈箏女子的手指潔白纖細。

⑤ 隔,十卷本、毛本作“觸”。【補注】此謂輕寒透入羅幕。

⑥ 欲,《英華》作“莫”。【曾注】張衡詩:美人贈我錦繡段。

⑦ 寄,《英華》作“與”。【立注】徐注:《南齊書》(按:當作《南史》。):江淹夢一人自稱張景陽,謂曰:“前以一匹錦相寄,今可見還。”淹探懷中,得數尺,與之,自爾淹文章日躓。【補注】此句活用故典,謂美人欲因夢寄思慕之情與江淹。紅錦段,喻思慕之情。江淹,詩人自指。

【箋評】

【按】此豔情詩。起聯謂孔雀(喻美麗女子)居於高閣,櫻桃輕拂短簷。頷聯謂居室内有泥金塗飾之畫,光彩柔和,女子彈箏,玉指纖纖。腹聯室外細雨綿綿,室内燭光熒熒。輕寒料峭,暗透簾幕。尾聯則代女子抒情,謂欲寄思慕之情與江郎式之才士也。全篇内容、情調、意境均近晚唐五代閨情小令。

贈考功盧郎中①

白首方辭滿②,荆扉對渚田③。雪中無陋巷④,醉後似當年。一笈負山藥⑤,兩瓶攜澗泉。夜來風浪起,何處認漁船⑥?

【校注】

① 《英華》卷二六一寄贈十五載此首,題内無“考功”二字。【補注】《新唐書·百官志》:吏部“考功郎中、員外郎各一人,掌文武百官功過、善惡之考法及其行狀。”考功盧郎中,名未詳。吴汝煜,胡可先《全唐詩人名考》以爲指盧言(約會昌初至會

昌四年任考功郎中),恐非。盧言雖曾歷官考功郎中、户部郎中,但大中二年又曾任大理卿(李商隱大中二年二月有《爲滎陽公與三司使大理盧卿啓》,即指盧言),非以考功郎中辭滿解退。

② 【曾注】謝靈運詩:辭滿豈常秩。【補注】辭滿,指官吏任期届滿,自求辭職解退。此盧郎中當是因郎中任期滿後已年老而退職者,故云"白首方辭滿"。

③ 【曾注】陶潛詩:荆扉晝常閑。【補注】渚田,小洲上的田。岑参《晚發五渡》:"芋葉藏山徑,蘆花雜渚田。"

④ 【吴汝煜、胡可先曰】"雪中無陋巷,醉後似當年。"自述在京師貧居景象,似爲干謁之作。【按】此解恐非。首聯已點明盧郎中辭滿解退,所居荆扉正對渚田。三四承上正寫其退職閑居情景。《後漢書·袁安傳》注引《汝南先賢傳》:"時大雪,積地丈餘,洛陽令自出按行……至袁安門,無有行路,謂安已死。令人除雪入户,見安僵卧。問何以不出,安曰:'大雪人皆餓,不宜干人。'令以爲賢,舉爲孝廉。"《論語·雍也》:"賢哉,回也!一簞食,一瓢飲,在陋巷,人不堪其憂,回也不改其樂。"此反用之,謂雖在雪中,而居非陋巷,謂其生活優裕。下句則謂其醉後逸興豪情仍似當年。

⑤ 【補注】笈,此指竹編之盛藥器,即采山藥用的竹簍。

⑥ 認,《英華》作"任"。

【箋評】

【按】此詩寫盧郎中白首辭滿解退後居於鄉間之休閑生活。耕渚田、采山藥、汲澗泉、樂漁釣,生活優裕悠閑,而醉後逸興仍不减當年也。

題蕭山廟①

故道木陰濃②,荒祠山影東。杉松一庭雨③,幡蓋滿堂風④。客奠曉莎濕⑤,馬嘶秋廟空⑥。夜深池上歇⑦,龍入古潭中。

【校注】

① 《英華》卷三二〇郊祀祠廟載此首。【曾注】《唐·地理志》:越州會稽郡有蕭山縣。案:《越志》:蕭山,句踐與夫差戰,敗,以餘兵棲此,四顧蕭然,故名。一名蕭然山。一云蕭然山即杭塢山,有白龍王廟在。【按】據末句,所題之廟或即白龍王廟。

② 濃,顧本校:一作"穠"。【補注】故道,指廟前的舊道。

③ 杉松,《全詩》、顧本校:一作"松杉"。

④ 【補注】幡蓋,指廟内的神幡華蓋。

⑤ 曉莎,《英華》、席本、顧本作"晚沙"。

⑥ 秋,《英華》、席本、顧本作"春"。

⑦ 池上,原闕,述鈔同。《英華》、席本、顧本作"雷電"。此據李本、十卷本、姜本、毛本、《全詩》補。

【箋評】

【按】夜宿蕭山廟,清晨題廟之作。首聯昨日循廟前樹陰深濃之舊道入廟。頷聯夜來風雨交加,庭中杉松爲秋雨所洗,堂上神幡華蓋則因風而飄蕩。腹聯曉來祭奠,莎草地爲酒所濕,而己所騎之馬則嘶於空廟之中。"客奠""馬嘶",點出旅程中偶經此廟。尾聯則啓程時見廟前池塘,想象昨夜風雨交加時應有龍躍入古潭之中。按:會昌元年春庭筠有由長安至吴中舊鄉之行,此詩寫景值秋令,或係二年秋由越中返吴中道經蕭山時作。

春日寄岳州李員外二首①

苒弱樓前柳②,輕空花外窗。蝶高花有伴,鶯早語無雙。剪勝裁春字③,開屏見曉江。從來共情戰④,今日欲歸降。

從小識賓卿⑤,恩深若弟兄。相逢在何日,此别不勝情。紅粉座中客,彩斿江上城⑥。尚平婚嫁累⑦,無路逐雙旌⑧。

【校注】

① 李本、十卷本、姜本題作"春日寄岳州事員外二首",毛本作"春日寄岳州事員外"。"事"字顯係"李"字之形誤。《全詩》、席本、顧本題作"春日寄岳州從事李員外二首","從事"二字衍。底本、述鈔均作"春日寄岳州李員外二首",是。【咸注】《唐書》:岳州巴陵郡本巴州,武德六年更名。《藝文志》:李遠字求古,大中建州刺史,詩集一卷。郝天挺《鼓吹》注:大和五年進士,蜀人也,累官歷忠、建、江刺史,終御史中丞。【陶敏曰】李員外,李遠。《北夢瑣言》卷五:"唐進士曹唐《游仙詩》,才情縹緲,岳陽李遠員外每吟其詩而想其人。"《全文》卷七六五李遠《靈棋經序》:"時會昌九(元?)年秋九月,尚書司門員外郎李遠序。"詩云"無路逐雙旌",知李乃岳州刺史。(《全唐詩人名考證》)【補注】席本、《全詩》、顧本"從事"二字之衍,當是訛"李"爲"事"之後,遂於"事"上加"從"字,復據别本於"員外"上增"李"字,題遂成《春日寄岳州從事李員外二首》。不知增衍之"從事"二字,不僅與詩中"無路逐雙旌"直接矛盾,且與温氏另一首《早春寄岳州李使君》亦顯然不合。故"從事"二字顯

衍，當删。又據郁賢皓《唐刺史考全編》，李遠任岳州刺史約在大中初。李商隱《懷求古翁》五律，首聯云“何時粉署仙，兀傲逐戎旃”，亦謂遠以郎官出刺兼軍職，乃寄遠於岳州刺史任上者，當與温此首先後同時之作。

② 苒，顧本作“荏”。【補注】苒弱，柔弱貌。

③【曾注】《漢書》注：勝，婦人首飾也。漢代謂之華勝。詳卷三《詠春幡》題注。【按】漢代之華勝爲婦女之花形首飾，剪綵爲之。此云“剪勝裁春字”，似是剪綵爲花形首飾，並裁剪出“春”字以示迎春。

④【補注】共情戰，似指在詩歌創作中比賽誰更善於言情。下句“歸降”謂己甘拜下風。

⑤【補注】賓卿，待以賓禮之才士，指李遠。

⑥【補注】彩旍，猶彩旒，旗幟上之彩色飄帶，借指旌旗。江上城，指岳州。

⑦【咸注】《後漢書》：向長字子平，隱居不仕。男女婚嫁既畢，敕斷家事勿相關，當如我死也，與同好北海禽慶俱游五岳名山，不知所終。魏隸《高士傳》“向長”作“尚長”。【補注】此謂己尚有兒女婚嫁之事未了之牽累，庭筠大中元年約四十七歲，其子温憲此時猶未婚，故云。

⑧【補注】雙旌，唐代節度使領刺史或刺史持節軍事者，以雙旌（兩副旌旗）爲出行時之儀仗。儲光羲《同張侍御宴北樓》：“今之太守古諸侯，出入雙旌垂七旒。”逐，追隨。

【箋評】

【按】此大中元年春日寄岳州刺史李遠之作。首章前四句想象岳州春日之景。柳絲柔弱，春花映窗，雙蝶飛舞，早鶯鳴囀。五六春日剪裁華勝及春字，開屏面對曉江之情事。尾聯謂己與遠從來以詩競賽言情，今日則欲舉降旗。味此聯，似遠先有詩寄庭筠，以情角勝，庭筠此二首乃酬寄之作，故有此語。次章起聯叙彼此交誼。次聯此次别後不知何日方能相逢。味“此别”語，似與遠近日有離别，則庭筠其時當在湖湘。腹聯謂岳州刺史座上之客有紅粉佳人，岳州城上復有旌旗飄揚，蓋美其風流，羡其歷官。尾聯則謂己子女婚嫁未畢，不能追隨李遠爲幕中從事也。似遠有招其爲從事之意。按：據庭筠《上鹽鐵侍郎啓》，庭筠大中元年曾拜謁時任湖南觀察使之裴休（詳該文題注），則其時與岳州刺史李遠有交往聚别及詩歌酬贈，自屬合乎情理之事。

和段少常柯古①

稱觴慚座客②，懷刺即門人③。素向寧知貴④，清談不厭貧⑤。野梅江上晚⑥，堤柳雨中春。未報淮南詔⑦，何勞問白蘋⑧？

【校注】

①《英華》卷二四六酬和七載此首。【咸注】《古今詩話》：段成式字柯古，文昌之子。博學強記，多奇篇秘籍，終太常少卿。【夏承燾曰】《楚南新聞》二："太常卿段成式，相國文昌子也。與舉子温庭筠親善。咸通四年六月卒。"（《唐宋詞人年譜·温飛卿繫年》）【陶敏曰】《酉陽雜俎》序題"唐太常少卿段成式撰"。（《全唐詩人名考證》）【按】據《舊唐書·段文昌傳》附《成式傳》："咸通初，出爲江州刺史。"其入爲太常少卿在任江州刺史以後。而咸通二年成式猶與庭筠同在荆南蕭鄴幕，其任江州刺史當在此後。故此詩當作於咸通四年六月成式卒前。據"野梅"及"春"字，當作於咸通三年春。

② 客，李本、毛本作"容"，形近而誤。【曾注】杜甫詩：獻壽更稱觴。【補注】稱觴，舉杯祝酒。

③ 懷刺，見卷六《書懷一百韻》"懷刺名先遠"句注。

④ 向，《英華》、述鈔、顧本作"尚"。【咸注】任昉《王儉集序》：或德標素尚。【補注】素向，素樸高尚之志向。

⑤【咸注】劉楨詩：清談竟日夕。《晋·王衍傳》：衍補元城令，終日清談。【按】此"清談"非指玄言之清談，乃泛指友朋間清雅的談論。

⑥ 晚，《英華》作"曉"。

⑦【補注】淮南詔，淮南王劉安的詔書。王逸《楚辭章句·招隱士序》："昔淮南王安，博雅好古，招懷天下俊偉之士，自八公之徒咸慕其德而歸其仁，各竭才智，著作篇章，分造辭賦，以類相從，故或稱小山，或稱大山，其義猶《詩》之有《小雅》《大雅》也。"此句似謂己尚未答某節鎮之招延。

⑧【補注】柳惲《江南曲》："汀洲采白蘋，日暖江南春。洞庭有歸客，瀟湘逢故人。故人何不返，春花復應晚。不道新知樂，只言行路遠。""問白蘋"似從此詩化出。

【箋評】

【按】首聯謂己雖舉杯祝酒而有愧於爲段之座上客，然既已懷刺拜謁即等同於門人身份。頷聯謂段之志向素樸高尚使人不覺其貴顯地位,何况與己清談竟夕並不嫌己之貧賤。腹聯江上雨中景色。尾聯似謂,己尚未答某節鎮之招延,又何勞問近日有無“白蘋”之詩呢? 據“江上”句,似庭筠此時在長江邊某地,當即指寄幕之江陵。

海　榴①

海榴開似火②,先解報春風③。葉亂裁牋緑④,花宜插鬠紅⑤。蠟珠攢作蔕⑥,緗綵剪成叢⑦。鄭驛多歸思⑧,相期一笑同。

【校注】

①【曾注】《博物志》:張騫使西域,得塗林安石國榴種以歸。一云來從海外新羅國,又名海榴。【按】海榴,即石榴,又名海石榴。古代詩文中多指石榴花。

②【曾注】隋煬帝詩:海榴開欲盡。【咸注】梁元帝《石榴》詩:然燈疑夜火。

③【咸注】孔紹(安)《應制詠石榴》詩:只爲來時晚,開花不及春。【按】石榴開當五月,春天已過,此言“先解報春風”,似謂榴花盛開乃報答春風之煦育。

④【咸注】梁元帝《石榴》詩:葉翠如新剪,花紅似故裁。【補注】亂,繁多。石榴花之特點是紅豔似火的繁花有繁多的緑葉相襯而益鮮明耀眼。裁牋緑,如同裁剪緑色的牋紙而成。或解“亂”爲“相亂”,亦通。

⑤ 鬠,十卷本、姜本、毛本、《全詩》作“鬢”。【咸注】陳後主詩:佳人早插鬠,試立且裴回。

⑥【咸注】應貞《石榴賦》:膚折理阻,爛若珠駢。夏侯湛《石榴賦》:接翠萼於緑蔕。【補注】蠟珠,紅色的蠟淚凝成的珠狀物,形容深紅色的石榴花苞。

⑦【咸注】張協《石榴賦》:素粒紅液,金房緗隔。【補注】緗綵,淺紅色絲綢。句意謂淺紅色的石榴花叢如同絲綢剪成。

⑧【曾注】《漢書》:鄭莊常置驛馬長安諸郊,請謝賓客。杜甫詩:鄭驛正留賓。【補注】鄭驛,此借指賓幕、幕府。李商隱《自南山北歸經分水嶺》:“鄭驛來雖及,燕臺哭不聞。”鄭驛、燕臺均指令狐楚幕府。此句謂己在幕府思歸。

【箋評】

【按】前六句均用賦法,形容石榴花之紅豔及緑葉紅花相襯、花苞與盛開之花叢雜陳之美。尾聯謂己在幕府思歸,冀他日故鄉相期一笑也。其襄陽幕期間所作乎?

李先生別墅望僧舍寶剎因作雙韻聲詩[①]

棲息消心象[②],簷楹溢豔陽。簾櫳蘭露落,鄰里柳林凉[③]。高閣過空谷[④],孤竿隔古岡[⑤]。潭廬同淡蕩[⑥],髣髴復芬芳[⑦]。

【校注】

① 題末"詩"字,除底本外,各本均無。雙韻聲,顧本作"雙聲"。【立注】《南史》:王玄謨問謝莊曰:"何者爲雙聲疊韻?"答曰:"玄瓠爲雙聲,磝碻爲疊韻。"《吟窗雜録》:"留連千里賓,獨待一年春",此頭雙聲句也;"我出崎嶇嶺,君行磝碻山",此腹雙聲句也;"野外風蕭索,雲裏日朦朧",此尾雙聲句也。【補注】永明體創始人之一王融有《雙聲詩》,庾信有《示封中録》《問疾封中録》,亦雙聲詩。王融《陽翟新聲》、何遜《詠雜花詩》則爲疊韻詩。此言"雙韻聲"似兼雙聲及疊韻二體而言。詩中除第七句"廬"字外,每句各字均爲雙聲。而簷簾、鄰林、髣芳、髴復則爲疊韻或雙聲疊韻字,題内"韻"字似非衍字。

② 【補注】心象,心生之象。

③ 柳,《全詩》、顧本校:一作"樹"。非。林,顧本作"陰",非。

④ 【補注】句意謂高聳之寺觀樓閣橫越空谷之上。

⑤ 岡,李本、十卷本、姜本、毛本作"崗",同。【補注】孤竿,似指僧舍前之寶剎尖聳,如同孤竿。或即指旗竿。

⑥ 【補注】潭廬,潭邊的僧廬。同澹蕩,謂潭廬倒影隨蕩漾之潭水一起晃動。

⑦ 芬,李本、十卷本、姜本、毛本作"菲"。

【箋評】

【按】遊戲之筆。

敷水小桃盛開因作[①]

敷水小橋東,娟娟照露叢[②]。所嗟非勝地[③],堪恨是春風[④]。二月豔陽節,一枝惆悵紅[⑤]。定知留不住,吹落路塵中。

【校注】

①《英華》卷三二一花木一載此首。底本、李本、十卷本、姜本、毛本均只前四

句,十卷本、姜本入五絶,均非。兹據《英華》、述鈔、席本、《全詩》、顧本補後四句。題末“作”字,《英華》、姜本作“題”。【咸注】《舊唐書·元稹傳》:俄分司東都。詔召稹還,次敷水驛。《新書》華陰縣注:有敷水驛。

② 娟娟,《英華》校:一作“涓涓”。非。【補注】娟娟,姿態柔美貌。露叢,指霑露的叢開桃花。

③【曾注】杜甫詩:勝地石堂偏。【補注】勝地,名勝之地。

④《全詩》注:洪邁取此四句爲絶句。【補注】春風吹開桃花,而所託非勝地,無人欣賞,故曰“堪恨是春風”。

⑤【補注】惆悵紅,令人惆悵的衰紅。

【箋評】

【按】詠敷水驛旁桃花,而有所託非地,無人賞識,自開自落,淪爲塵泥之慨。自寓之意明顯。《萬首唐人絶句》卷十六截前四句爲五絶。

山西文華·著述編

温庭筠全集校注

第二册

劉學鍇◎撰

《山西文華》編纂委員會 編

山西出版傳媒集團
三晋出版社

山西文華

温庭筠全集校注卷八

詩

寄山中人[1]

月中一雙鶴，石上百尺松[2]。素琴入爽籟[3]，山酒和春容[4]。幽瀑有時斷[5]，片雲無所從。何事蘇門生[6]，攜手東南峰[7]？

【校注】

① 《英華》卷二六一寄贈十五載此首。

② 百，《英華》、述鈔、席本、《全詩》、顧本作“千”。【立注】王韶之《神境記》：滎陽郡南有石室，室後有孤松千尺，常有雙鶴，晨必接翮，夕輒偶影。相傳昔有夫婦隱此室，化爲雙鶴。

③ 【咸注】嵇康《贈秀才詩》：習習谷風，吹我素琴。王勃《滕王閣序》：爽籟發而寒潭清。【補注】爽籟，此指清風。句意謂素琴之聲中融入習習清風的意境。謝朓《和王中丞聞琴》：“蕭瑟滿林聽，輕鳴響澗音。”形容琴聲如蕭瑟之秋風，滿林傳遍其颯颯秋聲。劉長卿《聽彈琴》：“泠泠七絃上，静聽松風寒。”均可互參。

④ 【立注】《子夜歌》：郎懷幽閨性，儂亦恃春容。【補注】春容，春天的容色。句意謂山間佳釀融和春天的芳香和顔色。

⑤ 時，原一作“間”，諸本同。

⑥ 生，述鈔、李本、十卷本、毛本作“坐”。《全詩》、顧本校：一作“嘯”。【曾注】《阮籍傳》：籍嘗於蘇門山遇孫登，與商略終古及棲神道氣之術，登皆不應。籍因長嘯而退。至半嶺，聞有聲若鸞鳳之音，響乎巖谷，乃登之嘯也。【補注】蘇門生，指孫登，借指山中人。

⑦ 【曾注】李白詩：廬山東南五老峰。【補注】東南峰，指山中人所居之峰。

【箋評】

【鍾惺曰】(片雲句)孤迥。(《唐詩歸》卷三十三)

【按】山中人當隱逸修道者。詩寫其山居環境景物及彈琴飲酒生活。末致異日相訪攜手尋幽之意。鍾惺評"片雲"句"孤迥",蓋亦欣賞景物描寫中所透露之高遠孤寂情趣。

送淮陰孫令之官①

隋堤楊柳煙②,孤棹正悠然。蕭寺通淮戍③,蕪城枕楚壖④。魚鹽橋上市⑤,燈火雨中船⑥。故老青葭岸⑦,先知處子賢⑧。

【校注】

①《英華》卷二七九送行十四載此首,題作"送淮陰縣令"。【咸注】《唐書·地理志》:淮陰縣屬楚州,武德七年省,乾封二年析山陽復置。【補注】唐楚州淮陰縣,今江蘇淮安縣。屬淮南節度使(治揚州)管轄。

②【咸注】《隋書》:煬帝自板渚引河,作街道,植以楊柳,名曰隋堤,一千三百里。【按】隋煬帝時沿通濟渠、邗溝河岸築堤植柳,稱隋堤柳。通濟渠至泗州盱眙縣入淮水。自盱眙至楚州一段運河即利用淮水水道。唐淮陰縣即在此段水道之南,當泗水入淮處。楊柳煙,形容楊柳繁茂,如堆煙籠霧。此句"隋堤"指揚州之運河堤。

③【曾注】《杜陽雜編》:梁武帝好佛,造浮屠,命蕭子雲飛白大書曰蕭寺,至今一字猶存。【按】又見李肇《唐國史補》卷中。後因稱佛寺爲蕭寺。此借指揚州之佛寺。揚州多名寺,如建於南朝劉宋大明年間之大明寺(又稱棲靈寺)、天寧寺(東晋謝安故宅,初稱司空寺)、禪智寺等。淮戍,淮水邊之戍城,此指淮陰。

④ 壖,《英華》、席本、顧本作"田"。【曾注】《地理志》:蕪城,揚州治北,即邗溝城。【咸注】鮑照《蕪城賦》注:宋孝武時,照爲臨海王子頊參軍,隨至廣陵。子頊叛逆,照見廣陵故城荒蕪,乃漢吴王濞所都,照以子頊事同於濞,遂爲賦以諷之。【補注】蕪城,借指揚州。壖,餘地,此指河邊空地。三四二句曰"蕭寺"、曰"蕪城",詩當作於揚州,謂運河邊上的佛寺通向淮陰,揚州城緊靠着水邊。

⑤【曾注】淮陰城北半里爲跨下橋,十里爲杜康橋。【補注】此句寫唐代臨時性的集市。石橋上有集市,販賣魚鹽等生活用品。

⑥【曾注】杜甫詩:江船火獨明。

⑦【補注】故老,指淮陰縣之年高識多者。青葭岸,長滿緑色蘆葦的岸邊。

⑧【咸注】《吕氏春秋》：虙子賤治亶父，三年，巫馬期短褐衣弊裘而往觀化於亶父，見夜漁者得則舍之，巫馬期問焉，曰："漁爲得也，今子得而舍之，何也？"對曰："虙子不欲人之取小魚也，所舍者小魚也。"巫馬期歸而告孔子曰："虙子之德至矣。"【補注】《吕氏春秋·察賢》："宓子賤治亶父，彈鳴琴，身不下堂，而單父治。巫馬期以星出，以星入，日夜不居，以身親之，而單父亦治。巫馬期問其政於宓子，宓子曰：'我之謂任人，子之謂任力。任力者故勞，任人者故逸。'宓子則君子矣，逸四肢，全耳目，平心氣，而百官以治義矣，任其數而已矣。巫馬期則不然。弊生事精，勞手足，煩教詔，雖治，猶未至也。"此以宓子賤比孫令。稱其善於治理。宓子賤，孔子弟子。宓、虙同。

【箋評】

【按】詩作於揚州。首聯孫令沿運河乘舟北去，"隋堤楊柳"點送别之地。頷聯"蕭寺""蕪城"指揚州，"淮戍"指孫令之官之地。腹聯想象沿途所見運河邊市鎮風情，上句日間，下句夜間。尾聯則想象淮陰父老當在河岸迎候孫令到來。以宓子賤喻孫令，美其賢能，深得治道也。"魚鹽"一聯，描繪運河沿岸市鎮風情，可以入畫，堪稱白描佳聯，寫生高手。此詩或亦會昌元年自秦赴吴道經揚州拜謁李紳，有所逗留期間所作。

宿輝公精舍①

禪房無外物②，清話此宵同。林彩水煙裏③，澗聲山月中。橡霜諸壑霽④，杉火一爐空⑤。擁褐寒更徹，心知覺路通⑥。

【校注】

①【曾注】《高僧傳》：漢明帝於城外立精舍，即白馬寺是也。【補注】精舍，僧人修煉、居住之所。即首句"禪房"。

②【曾注】《荀子》：内省則外物輕。【補注】外物，泛指外界之人或事物。

③【補注】林彩，猶林嵐，山林間的霧氣。

④【曾注】《廣韻》：橡，栗實也。《本草》：橡堪染用，一名皁斗，其實作梂，似栗實而小。【補注】橡，櫟樹之果實，又稱橡栗。《莊子·盜跖》："晝拾橡栗，暮棲木上，故命之曰有巢氏之民。"句意謂橡栗被霜，諸壑晴霽。

⑤【曾注】《爾雅翼》：檆木類松而勁直，葉附枝生，若刺鍼。【按】檆，同"杉"。

⑥【補注】覺路，成佛之道路。《禪宗永嘉録序》："慧門廣潤，理絶色相之端；覺

路遥登，跡晦名言之表。”

【箋評】

【按】首聯宿輝公禪房，清宵共話，點明題目，領起全篇。頷聯“清話”時禪房外景色，林嵐浮於水煙之上，澗聲響於山月之中，清景如畫。腹聯橡栗被霜，諸壑晴霽；一爐杉火，亦已燃盡，蓋清話竟宵徹曉矣。尾聯謂擁褐衣而坐，但覺寒意透徹，然心知覺路已通，不虛此宵清話之啓發也。

旅泊新津却寄一二知己[①]

維舟息行役，霽景近江村[②]。併起别離恨[③]，似聞歌吹喧[④]。高林月初上，遠水霧猶昏。王粲平生感[⑤]，登臨幾斷魂[⑥]。

【校注】

①《英華》卷二六一寄贈十五載此首，題内“却”作“欲”。席本題作“旅泊新津却寧□□一二知己”。【咸注】《唐書》：蜀州唐安郡有新津縣，西南二里有遠濟堰，分四筒穿渠，溉眉州、通義、彭山之田。【陳尚君曰】庭筠蜀中詩存兩首。《錦城曲》……是春初在成都作。《旅泊新津却寄一二知己》……新津在成都西南。據頷聯，詩是離成都後行舟中寄游宴之友的。（《温庭筠早年事迹考辨》）

② 霽，《英華》作“霄”，誤。【補注】霽景，雨後晴明之景。

③ 恨，《全詩》、顧本校：一作“念”。

④ 似，《英華》、席本、顧本作“思”。【補注】二句謂客途旅泊，更興起與知己别離之恨，耳畔似聞與朋友離别時宴會上的歌吹之聲。

⑤【曾注】《三國志》：王粲字仲宣，山陽人。獻帝西遷，粲從之長安。以西京擾亂，乃至荆州依劉表。後太祖辟爲右丞相掾。魏國建，爲侍中。【補注】平生感，當指王粲平生多亂離時代的人生感慨。如《七哀詩》：“西京亂無象，豺虎方遘患。復棄中國去，遠身適荆蠻。親戚對我悲，朋友相追攀。出門無所見，白骨蔽平原……南登灞陵岸，迴首望長安。悟彼泉下人，喟然傷心肝。”《贈蔡子篤詩》：“舫舟翩翩，以泝大江……悠悠世路，亂離多阻。濟岱江衡，邈焉異處。風流雲散，一别如雨。人生實難，願其弗與。”此以王粲自喻。

⑥【曾注】《荆州記》：當陽縣城樓，王粲登之而作賦。【補注】王粲《登樓賦》有“雖信美而非吾土兮，曾何足以少留”，“情眷眷而懷歸兮，孰憂思之可任”，“心淒愴以感發兮，意忉怛而憯惻”等語，均所謂“登臨幾斷魂”也。

【箋評】

【按】詩寫旅泊途中懷友傷離意緒與羈旅漂泊之感。"似聞"句寫懷友傷别之情有神。腹聯寫夜泊所見景物亦能烘托孤寂黯淡情懷。庭筠入蜀約大和四年秋,《錦城曲》作於五年春,此詩則稍後作。尾聯以王粲自喻,又有"登臨"字,似暗寓己有寄跡幕府之意。時任西川節度使者爲李德裕(大和四年十月,德裕由義成節度使改西川節度使,大和六年十二月離任)。庭筠入蜀,或有寄跡西川幕府之意,故在成都有逗留及與"蜀將""一二知己"之交游。寄幕未遂,乃乘舟南下。

贈僧雲栖[①]

麈尾與笻杖[②],幾年離石壇[③]。梵餘林雪厚[④],棋罷岳鐘殘[⑤]。開弓喜先悟[⑥],漱瓶知早寒[⑦]。衡陽寺前雁[⑧],今日到長安。

【校注】

①《英華》卷二六一寄贈十五載此首。此詩一作張祜詩。【佟培基曰】宋蜀刻張集一載,清顧嗣立箋注《温飛卿詩集》八别集中亦收。其後記云:"依宋本分爲詩集七卷,别集一卷。"則卷八别集乃宋槧原貌。僧雲栖生平待考,詩難確指。《英華》二六一作温。(《全唐詩重出誤收考》)【補注】據詩意,雲栖當是南岳衡山寺僧,曾在長安某寺,後歸衡山。雲栖有書信寄居長安之庭筠,故作此詩回贈。

②【曾注】《名苑》:鹿大者曰麈,群鹿隨之,視麈尾所轉而往。古談者執焉。詳卷三《祕書劉尚書輓歌詞二首》之二"麈尾近良玉"句注。《漢·張騫傳》:騫在大夏時,見邛竹杖、蜀布,問安得此,大夏國人曰:"吾賈人往市之身毒國。"身毒國在大夏東南可數千里。【補注】麈尾,此指僧人所執之拂麈。麈尾與竹杖,爲僧人談論或行走時所執持,此借指僧雲栖。

③【補注】石壇,僧人講經説法的石製高台。此"石壇"似指雲栖在長安僧寺講經説法之壇,故曰"幾年離石壇"。

④【咸注】《異苑》:陳思王植嘗登魚山,忽聞巖岫裏有誦經聲,清遒深亮,遠谷流響,不覺斂襟祗敬,便效而則之,今梵唱皆植依擬所造。【補注】梵,梵唄,佛教稱作法事時的歌詠贊誦之聲。《高僧傳·經師論》:"原夫梵唄之起,亦肇自陳思。"

⑤【補注】岳,此指南岳衡山。

⑥【曾注】任昉策文:開卷獨得。【按】弓,古"卷"字,此指佛經經卷。

⑦【曾注】《淮南子》:覩瓶中冰而知天下之寒。【補注】瓶,指僧用以汲水及洗

漱之銅瓶。

⑧【曾注】《地理志》:衡陽有回雁峰,雁至此則不進。【補注】舊有雁足傳書之説,此"雁"亦兼指書信。二句謂雲栖有信由衡陽寄至長安。

【箋評】

【按】首聯謂雲栖離長安僧寺已歷數年。頷腹二聯想象其在南岳寺中生活情景。作詩時在嚴冬,故有"林雪""早寒"語。尾聯謂其有信至長安,此贈詩之由。按劉得仁有《寄樓子山雲棲上人》五律云:"一室鑿崔嵬,危梯疊蘚苔。永無塵事到,時有至人來。澗谷冬深静。煙嵐日午開。修身知得地,京寺未言迴。"樓子山在嵐州(今山西寧武境),爲管涔山之一峰。與温氏此詩之雲栖先在長安某寺講經説法,後歸衡山岳寺者當非一人。

雪夜與友生同宿曉寄近鄰①

閉門群動息②,積雪透疎林。有客寒方覺,無聲曉已深③。正繁聞近雁,併落起棲禽。寂寞寒塘路,憐君獨阻尋④。

【校注】

①《英華》卷一五四天部四詠雪載此首,題内"生"作"人",題末"鄰"字脱。又卷二一七人事四載此首,題内"生"亦作"人";又卷二六一寄贈十五亦載此首,題同底本及其他集本。詩均已删去。【補注】友生,朋友。《詩・小雅・常棣》:"雖有兄弟,不如友生。"

②【曾注】陶潛詩:日入群動息。【補注】群動,各種動物。

③ 曉已,李本、十卷本作"鳥自",非。【補注】陶潛《癸卯歲十二月中作與從弟敬遠一首》:"凄凄歲暮風,翳翳經日雪。傾耳無希聲,在目皓已潔。"此句化用陶詩之意。

④《英華》校:集作"履跡行當滿,依依欲阻尋。"【補注】君,指題内"近鄰"。阻尋,排除阻礙尋訪。

【箋評】

【按】首聯入夜群動皆息,積雪透林。頷聯與友人同宿夜話,故夜間但感寒氣襲人,曉起但見積雪已深,點眼處在"無聲"二字。腹聯"正繁""併落"均指雪之繁密紛落。尾聯則憐近鄰沿寒塘小路踏雪前來尋訪。"有客"一聯,雖化用陶詩之意,寫夜

雪自真切。

題造微禪師院[①]

夜香聞偈後，岑寂掩雙扉。照竹燈和雪，看松月到衣。草堂疎磬斷[②]，江寺故人稀。惟憶湘南雨[③]，春風獨鳥歸。

【校注】

① 一作張祜詩。【佟培基曰】宋蜀刻本張集二載，《温飛卿詩集》八别集亦收。(《全唐詩重出誤收考》)【按】造微禪師，永州零陵法華寺僧，揚州人。與顧非熊、劉得仁、栖白等善。卒于咸通、乾符中。

②【咸注】梁簡文帝《草堂傳》：周顒以蜀草堂寺林壑可懷，乃於鍾嶺學館立寺，因名草堂，亦號山茨。【按】此指禪院中之草堂。

③【補注】湘南，漢置縣名，屬長沙國，故城在今湖南湘潭縣境。亦可泛指今湖南南部。何遜《七召》之二餚饌："隴西白柰，湘南朱橘。"

【箋評】

【按】味詩意，造微禪師當曾駐錫江寺，此次造訪，造微已遠在湘南，故題詩於其舊院，以寄懷念之情。起聯夜宿禪院，行香聞偈之後，掩扉岑寂。頷聯寫禪院岑寂景况：照竹而燈映積雪，看松而月色到衣。腹聯謂草堂之疏磬聲已斷，江寺之故人亦稀，暗示造微禪師已往他處。尾聯則想象其在湘南，於春風細雨中與獨鳥同歸情景，頗有遠神。曰"江寺"，似在江南作。按：《英華》卷三〇五有張喬《弔造微上人》云："至人隨化往，磨滅自堪傷。白塔收真骨，青山閉影堂。鐘殘含細韻，印滅有餘香。松上齋烏在，遲遲立夕陽。"係造微歿後作。顧非熊有《送造微上人歸淮南覲兄》(《全唐詩》五〇九)云："到家方坐夏，柳巷對兄禪。雨斷蕪城路，虹分建業天。赴齋隨野鶴，迎水上漁船。終擬歸何處，三湘思渺然。"末聯"三湘"與温詩"湘南"合，似造微本家淮南，而後終駐錫湘南某寺也。

正見寺曉别生公[①]

清曉盥秋水[②]，高窗留夕陰。初陽到古寺，宿鳥起寒林。香火有良願[③]，宦名非素心[④]。靈山緣未絶[⑤]，他日重來尋[⑥]。

【校注】

① 【補注】劉禹錫《金陵五題・生公講堂》,生公指東晋僧人竺道生,幼從竺法汰出家,後游學長安,從鳩摩羅什受業。南還都,止青園寺。後至虎丘,又投迹廬山,元嘉十一年卒。《方輿勝覽》卷十四建康府:"高座寺,名永寧寺,在城南門外。或云晋朝法師竺道生所居,因號高座寺。"此題云"曉别生公",生公顯爲晚唐僧人。或如以"遠公"指慧遠,以"生公"指竺道生,借指有道高僧。然"生公"之稱出現於詩句中,或可借指;出現於題中,則不宜如此解。正見寺,未詳。

② 【曾注】《説文》:盥,澡手也。

③ 【補注】謂於佛前供奉香火,乃己之良願。

④ 【曾注】陶潛詩:素心正如此。【補注】素心,本心。

⑤ 【曾注】《法華科》注:靈山,靈鷲山也。又名狼跡山,前佛今佛皆居此地。既是靈聖所居,故呼爲靈山。【補注】靈鷲山在古印度摩揭陀國王舍城之東北,如來曾在此講《法華》等經,故佛教以爲聖地。靈山緣,指修行的佛緣。

⑥ 來,《全詩》、顧本校:一作"相"。

【箋評】

【按】 前四句正見寺曉景。五六己之夙願。七八謂己佛緣未絶,他日當重訪也,正點題内"别"字。

旅次盱眙縣①

離離麥擢芒②,楚客意偏傷③。波上旅愁起,天邊歸路長④。孤橈投楚驛⑤,殘月在淮檣⑥。外杜三千里⑦,誰人數雁行⑧?

【校注】

① 【咸注】《唐書・地理志》:武德四年,以縣置西楚州。八年,州廢,隸楚州。光宅初曰建中,後復故名。【補注】盱眙,唐屬楚州,在淮水之南,當通濟渠入淮處。此詩當是會昌元年春自長安赴吴中舊鄉途次盱眙時所作。

② 【曾注】《詩》:彼黍離離。【立注】俞瑒云:潘岳《射雉賦》:麥漸漸以擢芒。【補注】離離,濃密盛多貌。擢芒,抽穗。

③ 意,《全詩》、顧本校:一作"思"。【補注】楚客,作者自指。庭筠舊鄉在吴中,戰國時屬楚,故以"楚客"自稱,以"楚國"稱吴中舊鄉。

④ 天,李本、十卷本、姜本、毛本作"蒐"。【補注】歸路,歸舊鄉之路。庭筠《春日將欲東歸寄新及第苗紳先輩》亦云"東歸",即此詩"歸路"。

⑤ 橈,《全詩》、顧本校:一作"帆"。【補注】孤橈,指作者所乘孤舟。楚驛,此指盱眙縣之驛館。

⑥【補注】淮檣,淮水邊上的帆船,與上句"孤橈"同指。

⑦ 杜,原作"社",據述鈔、席本、《全詩》、顧本改。【曾注】《漢書·元后傳》:百姓歌曰:"五侯初起,曲陽最怒。壞决高都,連竟外杜。"注:長安有高都、外杜里,既壞决高都作殿,復衍及外杜里。【補注】杜里,漢長安城里名,在今西安市西北十公里漢長安故城址内。此借指作者在長安鄠杜的郊居。

⑧【補注】雁行,飛雁的行列。《禮記·王制》:"兄之齒雁行。"後因以雁行喻兄弟。

【箋評】

【按】《感舊陳情五十韻獻淮南李僕射》云:"旅食逢春盡,羈游爲事牽。"詩作於會昌元年春末,時作者在揚州。此詩曰"離離麥擢芒",又曰"殘月",時正當三月下旬,與《感舊陳情五十韻》"春盡"語合,可證詩當作于自秦歸吴中舊鄉途中。首聯點時令與"楚客"身份。頷聯謂望夕波而起旅愁,遥望天際,歸路尚長,所謂"日暮鄉關何處是,煙波江上使人愁"是也。腹聯正寫夜次盱眙。尾聯則遥思三千里外之鄠杜郊居,料此際兄弟當數雁行而思我也。庭筠有弟庭皓,或亦居鄠杜,故有此語。

鄠郊别墅寄所知①

持頤望平緑,萬景集所思②。南塘遇新雨③,百草生容姿。幽鳥不相識,美人如何期④。徒然委摇蕩,惆悵春風時。

【校注】

①《英華》卷二六一寄贈十五載此首,題内"别"字作"外"。【曾注】《漢書》:扶風有鄠縣。【補注】鄠郊别墅,庭筠在長安南郊鄠杜間的居處,詳見卷五《鄠杜郊居》題注。

②【補注】持頤,以手托腮,支着下巴,形容神態專注安詳。《莊子·漁父》:"左手據膝,右手持頤以聽。"平緑,平展的緑野。集所思,齊集於若有所思的人面前。

③ 遇,《英華》、顧本作"過"。

④ 如何,《英華》、席本、顧本作"何可"。【補注】美人,指所知。期,遇。

【箋評】

【鍾惺曰】(幽鳥句評)幽情微語。(《唐詩歸》卷三三)

【譚元春曰】(幽鳥二句評)十字連讀,尤有氣韻。(同上)(按:清劉邦彦《唐詩歸折衷》引唐云:"古煉莫測,未盡爲晚唐。")

【黄周星曰】曠然有懷,莫知起止。("持頤"二句下評)(《唐詩快》)

【陸次雲曰】温、李豔詩有豔在色者,有豔在意者。此豔在意,非繪染者所及。(《五朝詩善鳴集》)

【屈復曰】此首神似韋蘇州。"望"字起"萬景集所思"。"新雨"承"萬景",五六承"所思"。"徒然""惆悵"應"集所思","春風"應"平緑",兼結中四,亦不失法也。(《唐詩成法》)

【按】此庭筠五律中極近陶、韋一路者。"南塘遇時雨,百草生容姿",與陶詩"平疇交遠風,良苗亦懷新",韋詩"微雨夜來過,不知春草生"神似。屈復謂"神似韋蘇州",甚是,然以起承轉合之法斤斤求之,不免拘泥瑣屑。詩語古澹疏宕而頗有情致,陸謂"豔在意",亦有識,然非豔詩。末有自傷摇蕩意。

京兆公池上作①

稻香山色疊②,平野接荒陂③。蓮折舟行遠④,萍多釣下遲。壞堤泉落處,凉簟雨來時。京口兵堪用⑤,何因入夢思⑥?

【校注】

①《英華》卷一六五地部七載此首。【曾注】《漢書·地理志》:京兆尹故秦内史,高帝元年屬塞國,九年復爲内史。武帝建元六年分爲右内史,太初元年更爲京兆尹。【補注】卷五有《題城南杜邠公林亭》,原注:"時公鎮淮南,自西蜀移節。"顧嗣立據《舊唐書·杜悰傳》,悰會昌中拜中書侍郎、同中書門下平章事,出鎮西川,俄復入相,加太傅、邠國公,定爲杜悰。吴汝煜、胡可先《全唐詩人名考》則謂此詩題内之"京兆公"爲韋温,謂温曾爲莊恪太子侍讀,温庭筠與莊恪太子善,故與韋温亦厚善。温京兆人,故稱京兆公。(見該書597頁)按:此"京兆公"當亦杜悰。詩有"稻香山色""平野接荒陂"之語,此京兆公池當非長安城内第宅之池,而係城郊别墅之池。杜氏世居京兆,"城南韋、杜,去天尺五"。杜悰之祖杜佑京兆萬年人,有别墅在城南杜城。李商隱有《獻相國京兆公》二啓,均獻杜悰,可資參證。此詩之"池"當即"城南杜邠公林亭"中之池。杜城地與庭筠所居之鄠郊别墅鄰近,故庭筠時得過訪。

②【曾注】魏文帝書:江表惟長沙名有好米,何得比新城粳稻耶?上風吹之,五里聞香。【補注】山色疊,杜曲之南,即終南山,山色重疊幽深,故云。

③【曾注】杜甫詩:平野入青徐。【補注】荒陂,荒廢之池塘,即題内之"池"。

④ 折,《英華》、席本、顧本作"少"。

⑤ 用,《英華》、席本、顧本作"問"。【曾注】《晋書》:郄愔在北府,徐州人多勁悍,桓温恒云:"京口酒可飲,兵可用。"【補注】京口,城名,三國吴時稱京城,建安十四年孫權將首府自吴遷此。建安十六年遷建業(今南京)後,改稱京口鎮。東晋、南朝時稱京口城。爲古代長江下游軍事重鎮。地在今江蘇鎮江市。

⑥【補注】《書·説命序》:"高宗夢得説,使百工營求諸野,得諸傅巖。"《説命上》:"王庸作書以誥曰:'……夢帝賚予良弼,其代予言。乃審厥象,俾以形旁求于天下。説築傅巖之下,惟肖,爰立作相。'"入夢思",當用此。

【箋評】

【按】前三聯寫蕩舟京兆公池上。"凉簟"句謂雨來時如凉簟之飄卷。尾聯謂京兆公鎮守外藩,其兵堪用,何時得以入君王之夢而拜相乎?按杜悰初拜相在武宗會昌四年。會昌二年至四年七月任淮南節度使,"京口兵堪用"當指其鎮淮南時。此詩當作於會昌四年杜悰自淮南節度使入相之前。

盧氏池上遇雨贈同遊者①

簟翻凉氣集②,溪上潤殘棋。萍皺風來後,荷喧雨到時。寂寥閑望久③,飄灑獨歸遲。無限松江恨④,煩君解釣絲⑤。

【校注】

①《英華》卷一六六地部八池載此首,題末無"者"字。又卷一五三天部三對雨亦載此首,題作"盧氏池上對雨"。顧本題末無"者"字。

②【補注】簟翻,形容雨簾飄翻如竹席之翻動,與上首"凉簟雨來時"意同。李商隱《細雨》:"帷飄白玉堂,簟卷碧牙牀。"可互參。

③ 寥,原作"寞",據《英華》、述鈔、《全詩》、顧本改。按詩律,此句第二字宜平。

④【補注】松江,吴淞江之古稱。唐陸廣微《吴地記》:"松江,一名松陵,又名笠澤。"松江恨,指懷念舊鄉而不得歸之恨。庭筠舊居在太湖之濱松江一帶。

⑤ 煩,《英華》卷一六六作"勞"。【補注】松江以産鱸魚著稱。晋張翰因秋風起而思吴中菰葉、蓴羹、鱸魚膾,謂"人生貴得適志,何能羈宦數千里以要名爵乎?"遂

命駕而歸。此因欲歸不得，故煩同遊者解釣絲垂釣池上，聊慰思歸不得之恨也。

【箋評】

【方回曰】"萍皺""荷喧"一聯工。(《瀛奎律髓》卷三十四)

【賀裳曰】(庭筠)短律尤多警句，如《題盧處士居》："千峰隨雨暗，一徑入雲斜。"《贈越僧岳雲》："一室故山月，滿瓶秋澗泉。"《題采藥翁草堂》："衣濕木棉(朮花)雨，語成松嶺煙。"《題造微禪師院》："照竹燈和雪，看松月到衣。"《盧氏池遇雨贈同遊者》："萍皺風來後，荷喧雨到時。"清不減賈(島)，潤更過之。世徒賞其"雞聲茅店月，人迹板橋霜"，殊未嚐全鼎之味。(《載酒園詩話又編》)

【沈德潛曰】四語與"荷枯雨滴聞"同妙。(《重訂唐詩别裁集》卷十二)

【紀昀曰】(萍皺一聯)亦是小巧。次句湊泊。(《瀛奎律髓刊誤》)

【按】三四雖新巧，終嫌纖小。五六"望"中有思，引動尾聯"松江恨"，較有情致。集中另有《登盧氏臺》，所指當是同一人。又有《送盧處士遊吴越》《題盧處士居》《寄盧生》《哭盧處士》(詩疑佚)，亦同指一人。詳《送盧處士遊吴越》編著者按語。

題薛昌之所居

所得乃清曠①，寂寥常掩關②。獨來春尚在，相得暮方還。花白風露晚，柳青街陌閑③。翠微應有雪，窗外見南山④。

【校注】

①【曾注】丘遲詩：豈徒轉清曠。【補注】《後漢書·仲長統傳》："欲卜居清曠，以樂其志。"清曠，清静曠遠。

②【曾注】江淹詩：山中信寂寥。【補注】掩關，閉門。

③ 青，顧本作"清"，誤。【曾注】《釋名》：道四通曰街，南北曰阡，東西曰陌。

④【補注】翠微，青翠掩映之山腰幽深處。此泛指青翠之山峰。南山，指長安城南之終南山。

【箋評】

【鍾惺曰】(獨來句)幽淡動人。又曰：淡冶近古。(《唐詩歸》卷三十三)

【黄生曰】前後兩截，前叙事，後寫景。人見其終日掩關，寂寥殊甚，不知彼之所得，乃清曠之樂。可爲高士道，難與俗人言，故惟己與之相得，彼此素心晨夕耳。通

首總寫“清曠”二字,意已盡三四二句,末只寫景作結,更有餘味。(《唐詩摘鈔》卷一)

【顧安曰】此等詩止得一光景而已,按之實無意味。既云“所得乃清曠”,又云“相得暮方還”,何也?若説我亦得此清曠而去,豈非稚語?“花白”“柳青”承“春尚在”,口氣是春將盡矣,忽説到雪,又説到山,殊没要緊。古人用虚字,不是照應上句,便是勾起下句,所以爲章法也。“應有”二字,既不承上,又不勾下,真正落空。(《唐律消夏録》)

【吴瑞榮曰】“獨來春尚在”二語,飛卿可傳矣。(《全唐詩箋要》)

【按】薛昌之未詳。視尾聯,其所居當離庭筠之鄠杜郊居不遠,故過訪而題詩。首聯薛之所居清曠寂寥,晝常閉關,然其所得正在此。頷聯謂已此次來訪正值春暮,因彼此相得甚歡,故至暮方還。蓋既樂此清曠之境,復樂此清曠之人也。二句出語自然,情致摇曳,可稱佳聯。腹聯所居暮景,“柳青”句謂柳陰青翠繁茂,更顯街陌之閑静。尾聯見窗外之南山而遥想翠微深處或尚有餘雪,亦清曠之景。

東歸有懷①

晴川通野陂②,此地昔傷離。一去迹常在,獨來心自知③。鷺眠茭葉折,魚静蓼花垂④。無限高秋淚⑤,扁舟極路岐⑥。

【校注】

① 東歸,指東歸吴中舊鄉。

② 野,《全詩》、顧本校:一作“古”。【補注】野陂,野外之池塘湖泊。

③【曾注】王維詩:興來每獨往,勝事空自知。

④【補注】蓼花,指生於水邊之紅蓼花,又稱澤蓼、水葒花。梗蔓紅褐色,秋初始花,花色白带紅,蓓蕾相連,成穗狀,枝枝下垂,參差披拂,故曰“蓼花垂”。“紅蓼花開水國秋”,爲江南水鄉富於特徵之秋天景色。

⑤ 限,李本,十卷本、毛本作“恨”,形誤。

⑥【咸注】《淮南子》:楊子見歧路而哭之,爲其可以南可以北。【補注】極,甚也。

【箋評】

【按】此東歸吴中舊鄉悵然有懷之作。首聯謂昔日離鄉,曾在此晴川通向野陂之地告别。頷聯謂一去故鄉多年,舊迹仍在。此番獨來,感觸惟有自知。腹聯“野

陂”所見景象：鷺眠而茭葉折斷，魚静而蓼花穗垂，宛然當年風景。紅蓼花爲江南水鄉秋天之特徵性景物，故知“東歸”乃歸吴中舊鄉。尾聯謂己值此高秋，無限傷懷，雖乘一葉扁舟，其情則甚於路歧之悲也。前六句均有“懷”字在内，此則集中揭示己之人生歧路之悲。會昌元年春自長安啓程東歸，春盡時在揚州，當有所逗留。此則同年秋歸抵舊鄉時所作。

休澣日西掖謁所知①

赤墀高閣自從容②，玉女窗扉報曙鐘③。日麗九門青瑣闥④，雨晴雙闕翠微峰⑤。毫端蕙露滋仙草⑥，琴上薰風入禁松⑦。荀令鳳池春婉娩⑧，好將餘潤變魚龍⑨。

【校注】

① 《英華》卷一九一朝省二載此首，題作“休澣日謁西掖所知因成長句”，席本、顧本題作“休澣日西掖謁所知因成長句”。【曾注】鮑照詩：休澣自公日。【咸注】《漢書》：張安世休沐未嘗出。如淳曰：五日得下一沐。《洛陽故宫銘》：洛陽宫有東掖門、西掖門。《漢書注》：掖門在兩旁，若人之臂掖。【補注】休澣，官吏按例休假。唐代官員十日一休沐。西掖，指中書省。漢應劭《漢官儀》卷上：“左右曹受尚書事，前世文士，以中書在右，因謂中書爲右曹，又稱西掖。”所知，此指對自己有知遇之恩的顯宦。視“荀令”句，其人當任宰輔之職。題曰“休澣日”，似庭筠其時已在朝中任職。考之庭筠生平，其唯一任朝官之時間爲咸通六至七年任國子監助教時。詩或係此期間所作。據《新唐書・宰相表下》，咸通六年六月，楊收爲尚書右僕射兼門下侍郎，曹確以中書侍郎兼工部尚書，路巖爲中書侍郎。庚戌，御史大夫徐商爲兵部侍郎、同中書門下平章事，至十年六月罷相。此同時四相中，楊收爲怒貶庭筠爲方城尉者，而徐商鎮襄陽時，曾署庭筠爲巡官。庭筠居襄陽幕歷時首尾五年，則詩題中之“所知”或指徐商。《舊唐書・文苑傳・温庭筠》：“庭筠自至長安，致書公卿間雪冤，屬徐商知政事，頗爲言之。”亦可參證。又據詩中“春婉娩”字，詩當作於咸通七年春。

② 【咸注】《禮記》：天子赤墀。《漢書注》：省中以丹漆漆地。【補注】皇宫中臺階以赤色丹漆塗飾，稱赤墀。

③ 【曾注】《魯靈光殿賦》：玉女窺窗而下視。《哀江南賦》：倚弓于玉女窗扉。【補注】玉女窗扉，刻有仙女之窗户，指皇宫中門窗。

④ 門，《英華》、席本、顧本作“華”。瑣，李本、毛本、《全詩》作“鎖”，通。【曾注】《漢舊儀》：給事黄門侍郎每日暮向青瑣門拜，謂之夕郎。【咸注】范雲詩：攝官青

瑣闥。【補注】九門，指宫禁。王維《同崔員外秋宵寓直》："九門寒漏徹，萬井曙鐘多。"青瑣，本指裝飾皇宫門窗之青色連環花紋，此以"青瑣闥"代指皇宫、宫廷。

⑤【曾注】《漢書》：蕭何治未央宫，立東闕、北闕。鮑照詩：雙闕似雲浮。何遜詩：高山鬱翠微。【補注】雙闕，古代宫殿前兩旁高臺上之樓觀。此謂雨晴時長安大明宫之雙闕遥對青翠之終南山。即杜甫《秋興八首》所謂"蓬萊宫闕對南山"。

⑥【咸注】沈約碑：究八體於毫端。【補注】句意謂宰輔筆端所傳的皇帝雨露之恩滋潤宫廷中的草木。

⑦【曾注】《琴操·虞舜〈南風歌〉》：南風之薰兮，可以解吾民之愠兮。《琴譜》：《風入松》，琴曲也。【補注】琴上薰風，喻皇帝勤政愛民之心意。

⑧ 婉娩，原作"畹晚"，據《英華》、席本、《全詩》、顧本改。【曾注】《晋書》：荀勖自中書監爲尚書令，或有賀之者，曰："奪我鳳皇池，諸君賀我耶！"【咸注】《楚辭》：白日畹晚其將入兮。【補注】荀令，此借指任宰相之職的所知者。鳳池，指中書省。婉娩，天氣温和。庾肩吾《奉使北徐州參丞御》："年光正婉娩，春樹轉丰茸。"句意謂荀令鳳池春暖，借指所知之得君恩寵。

⑨ 變，《全詩》、顧本校：一作"拂"。【補注】變魚龍，使魚變化成龍。《辛氏三秦記》："河津一名龍門……每莫春之際，有黄鯉魚逆流而上，得過者便化爲龍。"

【箋評】

【按】前三聯描繪宫廷之華貴氣象與所知之荷君寵、施君恩，從容於赤墀高閣、青瑣九門之間。尾聯揭出正意，祈所知者分鳳池之餘潤與己，使自己得以化龍昇遷，蓋希當路之所知汲引之作。

博　山[①]

博山香重欲成雲[②]，錦段機絲妬鄂君[③]。粉蝶團飛花轉影，彩鴛雙泳水生紋[④]。青樓二月春將半，碧瓦千家日未曛[⑤]。見説楊朱無限淚，豈能空爲路岐分[⑥]？

【校注】

① 十卷本、姜本、毛本題作"博山香爐"。【曾注】《考古圖》：博山鑪象海中博山，下盤貯湯，潤氣蒸香，象海之四環。【補注】博山，香爐名，因爐蓋上之造型似傳聞中之海上名山博山而得名。鮑照《擬行路難》之二："洛陽名工鑄爲金博山，千斵復萬鏤，上刻秦女攜手仙。"

②【曾注】梁昭明太子《博山鑪賦》:似慶雲之呈色。【補注】吴均《行路難》:“博山爐中百和香,鬱金蘇合及都梁。”李白《楊叛兒》:“博山爐中沈香火,雙煙一氣凌紫霞。”

③【曾注】《鄴中記》:錦有大博山、小博山。《説苑》:鄂君乘青翰之舟,张翠華之蓋,越人擁楫而歌。於是鄂君舉繡被而覆之。

④【曾注】《西京雜記》:丁諼(緩)作九層博山香爐,鏤爲奇禽怪獸,窮諸靈異,皆自然運動。

⑤【曾注】劉駒駼詩:縹碧以爲瓦。【補注】碧瓦,青碧色之琉璃瓦。曛,熱。

⑥ 楊朱泣歧,見本卷《東歸有懷》注⑥。【補注】見説,聽説。姜本無名氏批:詠香爐以此結,韻悠然自遠。

【箋評】

【賀裳曰】論詩雖不可以理拘執,然太背理則亦不堪。温飛卿《博山香爐》曰:“博山香重欲成雲,錦段機絲妬鄂君。粉蝶團飛花轉影,彩鴛雙泳水生紋。”二聯形容香煙之斜正聚散,雖紆曲猶可。末云:“見説楊朱無限淚,豈能空爲路岐分?”因煙而思及淚,因淚而思及楊朱,用心真爲僻奥,但燒香亦太濃矣,恐不是解兒。若如義山所云“獸焰微紅隔雲母”,安有是事(下略)?(《載酒園詩話・詩不論理》)黄白山評曰:言楊朱爲路岐而泣,若香煙千頭萬緒,其爲路岐多矣,使楊朱見之,又當何如?此云“因煙而思及淚”,有何相干?解詩如此,古人有知,真欲哭矣。又曰:此正詩有别趣之謂,若必譏其無理,雖三尺童子亦知鴛必不與花同墜矣。

【按】賀、黄之解均以爲全篇皆詠香煙,故雖意見不同而同其紆曲。實則此詩除首聯詠香煙外,餘均詠香爐上刻鏤之圖形及由此引發之聯想。首聯謂香爐上升起之香煙濃重,猶如凝成之雲彩。香煙縷縷,如錦機上織出之美麗雲錦,使“舉繡被以覆之”的鄂君亦爲之妬羡。頷聯寫香爐上刻鏤之自然景物圖案:粉蝶圍繞花叢飛舞,花影轉動;鴛鴦雙雙戲水,水紋蕩漾。腹尾二聯,則描繪香爐上刻鏤人事景物圖案:仲春二月,青樓碧瓦,千家萬户,朝日未曛,而人已出行,路歧告别。蓋爐上刻鏤者又有早起歧路傷離之圖景,故尾聯有楊朱泣歧之聯想,謂臨歧之淚,豈能空自爲傷離而流乎?如謂全篇詠香煙,則腹聯直不可解。鮑照《行路難》謂博山爐上刻有蕭史、弄玉攜手升仙故事,則其上刻有路歧離别之圖景自不足怪。

送盧處士遊吴越①

羡君東去見殘梅,唯有王孫獨未迴②。吴苑夕陽明古堞③,越宫春草上高臺④。波生野渚雁初下⑤,風滿驛樓潮欲來。試逐漁舟看雪

浪[6]，幾多江燕荇花開[7]。

【校注】

①《才調》卷三、《英華》卷二七七載此首，並題張籍作。《才調》題作"送友人遊吴越"，《英華》題作"送友人盧處士遊吴越"。底本題爲"送盧士遊吴越"，據述鈔、席本、《全詩》、顧本補"處"字。士，《全詩》、顧本校：一作"生"。【佟培基曰】詩前四句（略）。張籍祖居吴地，有其舊宅，其《送陸暢》詩有："共踏長安街裏塵，吴州獨作未歸身。昔年舊宅今誰住，君過西塘與問人。"此重出詩有客游在外未能東歸之嘆，非温庭筠口吻。【按】未可定。詳詩後編著者按語。

②【補注】淮南小山《招隱士》："王孫遊兮不歸，春草生兮萋萋。"王孫，詩人自指。獨未迴，指回吴中舊鄉。殘梅，見時值春令。

③【立注】俞瑒云：《吴越春秋》：闔閭治宫室，立射臺、華池，南城宫。出入游卧，秋冬治於城中，春夏治於城外。詳卷一《吴苑行》注①。【補注】堞，女牆。

④【曾注】《越絶書》：句踐自吴歸，范蠡觀天文擬治紫宫，築城。城成，有山自琅邪東武海中飛來，蠡曰："天地率鄉。"以著其實名東武。起離宫靈臺、駕臺、燕臺、齊臺、中夜臺，句踐休息於此。【補注】《述異記》："句踐延四方之士，作臺於外而館之。今會稽山有越王臺。"越王臺故址在今浙江紹興市种山。

⑤ 野渚，《英華》作"遠水"，《才調》、述鈔，《全詩》、顧本作"野水"。

⑥ 逐，《英華》《才調》作"問"；漁，述鈔、席本作"魚"，誤。

⑦【曾注】《釋名》：荇，接余也。花黄，六出，浮水上。《詩》：參差荇菜。【補注】荇，多年生水生草本植物，葉呈對生圓形，嫩時可食，亦可入藥。

【箋評】

【按】卷七有《題盧處士居》（一作《處士盧岵山居》）、卷八有《寄盧生》。後詩云："遺業荒涼近故都，門前堤路枕平湖……此地别來雙鬢改，幾時歸去片帆孤。"與卷八《東歸有懷》"晴川通野陂，此地昔傷離。一去迹長在，獨來心自知"者合，知《寄盧生》此數句乃指庭筠自己昔别舊居，未知何時能乘片帆歸去，而《送盧處士遊吴越》之首聯正羨盧處士東遊吴越，而己則獨未能回舊鄉。既與庭筠舊居吴中，懷念故鄉之情相合，又與集中其他有關盧氏之詩相合。又卷八《盧氏池上遇雨贈同遊者》後幅云："寂寥閑望久，飄灑獨歸遲。無限松江恨，煩君解釣絲。"亦抒不得歸吴中松江舊鄉之恨。然則，集中凡言盧生、盧氏、盧處士者，實同爲一人。兩方面均如此吻合，决非巧合。而張籍集中，除此首外，再無有關盧處士或盧生之詩。兩相對照，可證此詩爲温作之可能性遠大於張作，不得因《才調》《英華》均作張籍而遽定其非温詩也。

詩除首聯羡盧東游吴越,己獨不得歸吴中舊鄉外,其餘三聯均想象吴越之地景物,從中亦可看出詩人對故鄉之思念。詩當作於會昌元年春詩人東歸吴中舊鄉前之某年春,具體年份不詳。

過新豐①

一劍乘時帝業成②,沛中鄉里到咸京③。寰區已作皇居貴④,風月猶含白社情⑤。泗水舊亭春草徧⑥,千門遺瓦古苔生⑦。至今留得離家恨,雞犬相聞落照明⑧。

【校注】

① 《英華》卷三〇九悲悼九遺跡、《紀事》卷五十四載此首。【咸注】《漢書》:京兆新豐,秦曰驪邑,高祖七年置。《三輔舊事》:太上皇不樂關中,思慕鄉邑,高祖徙豐、沛酤酒煮餅商人,立爲新豐。【補注】新豐,漢置縣名,唐廢,故址在今陝西臨潼縣西北。

② 【立注】俞瑒云:《漢書》:漢亡尺土之階,由一劍之任,五載而成帝業。【補注】《史記·高祖本紀》:"吾以布衣提三尺劍取天下,此非天命乎?"乘時,乘有利的時機而起。

③ 中,《英華》作"公",誤。【曾注】《史記》:高祖,沛豐邑中陽里人。【補注】咸京,秦都咸陽。此借指長安。餘詳注①及注⑧。

④ 居,《紀事》作"都",誤。【補注】句意謂整個天下都已成爲漢王朝的皇居,即以寰區爲家之意。

⑤ 情,《英華》作"清",誤。【曾注】《漢書·郊祀志》:高祖禱豐枌榆社。晋灼曰:枌,白榆。社在豐東北十五里。【補注】風月,泛指景物、景色。白社,即枌榆社,漢高祖故鄉之里社名。《史記·封禪書》:"高祖初起,禱豐枌榆社。"裴駰集解引張晏曰:"社在豐東北十五里。或曰:枌榆,鄉名,高祖里社也。"此句白社泛指故鄉。句意謂風景事物猶與故鄉里社無異。參注⑧。

⑥ 徧,《英華》、席本、顧本作"變"。春,《英華》、顧本作"秋"。【曾注】《史記》:高祖爲泗上亭長。【補注】泗水亭,古亭名。舊址在今江蘇沛縣東。亭爲秦漢時鄉以下、里以上行政機構。《漢書·百官公卿表》:"大率十里一亭,亭有長。十亭一鄉,鄉有三老、有秩、嗇夫、游徼。"

⑦ 【補注】千門,此指漢新豐之家家户户。《史記·孝武本紀》有"作建章宫,度爲千門萬户"之語,然此句"千門"非指宫中衆多門户,乃泛稱千家萬户、家家户户。

⑧ 【曾注】《西京雜記》:高祖既作新豐,并移舊社,衢巷棟宇物色惟舊,男女老

幼相攜路首，各知其室，放犬羊雞鴨於通衢，亦競識其家。《文中子》：雞犬相聞。

【箋評】

【按】此過新豐而有感於鄉情之難忘。首聯謂漢高祖乘時而起，建立帝業，然鄉情難忘，猶建新豐於帝京。頷聯一篇主意，謂雖貴有天下，而舊鄉里社風物殊難忘懷。腹聯謂高祖起家之泗水亭如今春草已遍，舊時新豐家家户户之遺瓦今亦古苔滋生。結聯謂高祖及其父離家之恨，至今似仍遺留於新豐古鎮之雞犬相聞聲與殘陽落照中也。詩抒鄉情之永恒，又有"春草徧"字，或爲會昌元年春自長安歸吴中舊鄉途經新豐時作。

過潼關①

地形盤屈帶河流②，景氣澄明是勝遊。十里曉雞關樹暗③，一行寒雁隴雲愁④。片時無事溪泉好，盡日凝眸岳色秋⑤。麈尾角巾應曠望⑥，更嗟芳靄隔秦樓⑦。

【校注】

①【咸注】杜氏《通典》：潼關本名衝關，言河流所衝也。《雍録》：潼關在華州華陰縣東北三十九里，關西一里有潼水，因以爲名。【補注】潼關，古稱桃林塞。東漢時設潼關。故址在今陝西潼關縣東南。《水經注·河水四》："河在關内，南流潼激關山，因謂之潼關。"

②【曾注】《關中記》：秦地多複疊，四面積高，故曰雍，形勝之國也。《西都賦》：帶以洪河。【補注】盤屈，曲折盤繞。河，指黄河。

③ 暗，《全詩》、顧本校：一作"静"。【曾注】《孟嘗君傳》：關法，雞鳴而出客。

④【曾注】杜甫詩：寒雁一行鳴。【補注】隴雲，隴山一帶的雲。隴山，又稱隴坂、隴坻，綿亘於今陝、甘交界一帶。此句寫極目西望，一行寒雁，飛向黯淡的隴雲。

⑤【曾注】《地理志》：華山，一名華岳，在潼關西。

⑥ 麈，李本作"塵"，誤。【咸注】王維《桃源行》：山開曠望旋平陸。麈尾，見本卷《贈僧雲栖》注②。角巾，有棱角的頭巾，古代隱士冠飾。曠望，遠望，此處意謂遠不相及。

⑦【補注】芳靄，對雲霧之美稱。秦樓，用漢樂府《陌上桑》："日出東南隅，照我秦氏樓。秦氏有好女，自名爲羅敷。"此以"秦樓"指妻子所居住的樓。或説，"秦樓"係用秦穆公爲女弄玉作鳳臺，以弄玉嫁蕭史之事，亦通。然弄玉事例稱"秦臺""鳳

臺”，不稱“秦樓”。李商隱《東南》：“東南一望日中烏，欲逐羲和去得無？且向秦樓棠樹下，每朝先覓照羅敷。”李作亦思念家室之作，與温詩此句意略同，可互參。

【箋評】

【按】此過潼關東去，思念鄉居生活及妻室之作。首聯潼關形勝。頷聯曉過潼關，十里雞啼，關樹猶暗；極目西望，一行征雁，飛向隴雲。“愁”字逗下思家。腹聯懷念閑静之鄉居生活與優美之溪泉景色（當指其鄠杜郊居生活及景物），盡日凝眸遥望華岳秋色，覺此間風景之佳勝。尾聯謂執麈尾戴角巾之鄉居閑逸生活遠不可及，更何况芳靄阻隔秦樓，不能與妻子相聚。此首與《過新豐》制題相似，体裁亦同，然一作於春令，一作於秋令，非同時之作，主旨亦異。

題西平王舊賜屏風[①]

曾向金扉玉砌來[②]，百花鮮濕隔塵埃[③]。披香殿下櫻桃熟[④]，結綺樓前芍藥開[⑤]。朱鷺已隨新鹵簿[⑥]，黄鸝猶識舊池臺[⑦]。世間剛有東流水，一送恩波更不迴[⑧]。

【校注】

①【咸注】《舊唐書》：李晟字良器，隴右臨洮人。克服京城。德宗朝，官至太尉、中書令，封西平郡王。【補注】李晟（727—793），初爲邊鎮裨將，後任右神策軍都將。德宗時，率軍討藩鎮田悦等叛亂。建中四年，擊敗叛據長安之朱泚，收復京師。爲中唐著名將帥。兩《唐書》有傳。

②【曾注】《魯靈光殿賦》：排金扉而北入。【補注】金扉，宫殿的門户。玉砌，玉石臺階，猶玉墀。

③【補注】百花鮮濕，似指屏風上所繪鮮豔欲滴的花卉圖案。

④【曾注】《三輔黄圖》：武帝時，後宫八區中有披香殿。【補注】《雍録》：“唐慶善宫有披香殿。”《舊唐書・蘇世長傳》：“高祖嘗引之於披香殿。”此與下句“結綺樓”均泛指宫中華美的殿閣樓臺。

⑤ 結綺樓，陳後主宫中樓閣名，見卷四《知道溪居别業》“屏上樓臺陳後主”句注。

⑥【曾注】孔穎達《詩疏義》：楚成王時，有朱鷺合沓飛翔而來舞，故《鼓吹曲》以《朱鷺》爲首。【咸注】蔡邕《獨斷》：天子車駕次第謂之鹵簿。大駕則公卿奉引，大將軍參乘，太僕御。屬車八十一乘，備千乘萬騎，祠天於甘泉備之，名曰甘泉鹵簿。【補

注】鹵簿，帝王駕出時扈從的儀仗隊。漢以後亦用於后妃、太子、王公大臣。唐制四品以上皆給鹵簿。新鹵簿，新主人的儀仗。

⑦ 識，李本、十卷本、姜本、毛本、《全詩》作"濕"，誤。【補注】舊池臺，指西平郡王府中之池臺。

⑧【咸注】古樂府《長歌行》：百川東到海，何日復西歸？【補注】剛，只。恩波，指皇帝的恩澤。

【箋評】

【按】詩就德宗御賜西平王舊屏風抒慨。屏風上有彩繪之樓殿池臺與花卉禽鳥，前三聯均以華藻描繪屏風上之華美畫面，"百花鮮濕""櫻桃""芍藥"指花卉，"披香殿""結綺樓"指宫中樓殿，"朱鷺""黄鸝"則畫中禽鳥。腹聯點出"新""舊"二字，謂屏風雖隨新主，但上面所繪黄鸝似仍戀舊日之主人池臺。尾聯就勢作結，謂世情只似東流之水，舊君之恩澤正如東流水一去而不復返，暗示李晟之歷史功績已被新君所淡忘。此詩與庭筠七絶《題李相公勅賜錦屏風》題材、主旨均類似。七絶之"幾人同保山河誓"，即此首之"一去恩波更不迴"。可見庭筠對此類現象之不滿與感慨。

河中陪帥遊亭①

倚闌愁立獨徘徊，欲賦慚非宋玉才②。滿座山光摇劍戟③，繞城波色動樓臺。鳥飛天外斜陽盡，人過橋心倒影來④。添得五湖多少恨⑤，柳花飄蕩似寒梅⑥。

【校注】

①《又玄》卷中載此首，題作"河中陪節度遊河亭"；《英華》卷三一六居處六亭載此首，題作"陪和（河）中節度使遊河亭"；《鼓吹》卷七載此首，題作"河中陪節度遊河亭"，同《又玄》。集本均作"河中陪帥遊亭"。【補注】李商隱有《奉同諸公題河中任中丞新創河亭四韻之作》，詩云："萬里誰能訪十洲，新亭雲構壓中流。河蛟縱翫難爲室，海蜃遥驚耻作樓。左右名山窮遠目，東西大道鎖輕舟。獨留巧思傳千古，長與蒲津作勝遊。"所詠河亭爲河中節度留後任畹所新建。亭係建於黄河浮橋中央之島上，故云"新亭雲構壓中流"。與温詩"人過橋心倒影來"正合。可證温詩所詠之亭即李詩所詠之河亭。河中，唐河中府，本蒲州（今山西永濟縣），爲河中節度使治所。商隱詩作於會昌四年春。温詩中無新建河亭之意，當作於李詩之後。詩題中

之"帥"(即河中節度使)當另有所指。大中七年至十年,徐商曾任河中節度使。從大中十年庭筠入徐商襄陽幕之事推之,此"帥"或即徐商。詩有"柳花飄蕩"語,當作於暮春。約大中八年暮春作。

②【曾注】王逸《楚詞序》:宋玉,屈原弟子。【補注】宋玉《九辯》:"悲哉秋之爲氣也,蕭瑟兮草木摇落而變衰。憭慄兮若在遠行,登山臨水兮送將歸。"《招魂》:"目極千里兮傷春心。"《高唐賦》:"登高遠望,使人心瘁。"歷來以爲宋玉善賦登臨之作。詩寫河亭倚闌遠眺,亦屬登臨賦詩,故云"欲賦慚非宋玉才"。

③【補注】河亭建於黄河浮橋中央之島上,兩岸皆山,故云"滿座山光"。橋隨波動,河亭上所列之劍戟(節度使之儀衛)亦似隨之晃動,故云"摇劍戟"。

④ 心,《全詩》、顧本校:一作"邊",誤。【補注】亭在浮橋中央,故云"人過橋心"。倒影,指河亭倒影。

⑤【補注】五湖,指太湖。庭筠舊鄉在太湖邊松江一帶。憑高遠望,觸動鄉思,故云"添得五湖多少恨"。五湖恨,猶"松江恨"(《盧氏池上遇雨寄同遊者》),指欲歸舊鄉而不得之恨。

⑥【補注】庭筠《送盧處士遊吴越》:"羨君東去見殘梅,唯有王孫獨未迴。"其吴中舊鄉盛産梅花,故梅花成爲其鄉思之寄託與象徵。見柳花飄蕩似寒梅盛開,觸動對家鄉之思念,故有此聯想。

【箋評】

【金聖嘆曰】(前解)陪節使春遊,忽然欲擬古人秋賦,知其中之所感甚深,更非一人得曉,故曰"愁立獨徘徊"也。三四,人見是滿座劍戟,繞城樓臺,我見是滿座波光,繞城山色。所謂人是滿眼節使,我是滿肚五湖,只此眼色不同,便是徘徊獨立也。(後解)五是閑看閑鳥,六是閑看閑人。言同在柳花飄蕩之中,而彼自悠優,我自傷感,徘徊獨立之故,正不能以相喻也。(《貫華堂選批唐才子詩》卷六)

【《唐詩鼓吹評注》】此賦河亭之景,第三句纔説節度。首言倚闌愁望,獨立徘徊。昔宋玉陪楚王遊賞,皆有詞賦,余慚無其才也。但自景象言之,見青山滿於座上,劍戟摇光;緑水繞於城邊,樓臺動色,與夫鳥飛天外之斜陽,人過橋心而倒影,河亭之景如此也。乃更添思歸五湖之恨者,柳花飄蕩無異寒梅,人世萍蹤亦應如是,未免觸物興懷耳。

【薛雪曰】《陪河中節度遊河亭》詩,寫得節度何等風光,詩人何等牢落!以極牢落之客,陪極風光之主,是何等局面。曲曲寫來,何等彼此,真令人無奈。(《一瓢詩話》)

【按】河中府河亭之形製,薛能《題河中亭子》言之最具體明白:"河擘雙流島在中,島中亭上正南空。蒲根舊浸臨關道,沙色遥飛傍苑風。晴見樹卑知岳大,晚聞車

亂覺橋通。無窮勝事應須宿，霜白蒹葭月在東。”蓋此處黄河中央有島，將河水分爲兩支，河亭建於島上，有浮橋分别連接島上與東西兩岸，橋上可通行人車馬，即著名之蒲津橋。温詩首聯點題。愁立徘徊，只緣登臨須賦，而己慚非宋玉之才也。自謙語，亦陪奉詩俗套，深解者反失詩之本意。頷聯詠河亭勝景，山光波色，劍戟樓臺，皆河亭所見遠近景色，精神結聚，在“摇”“動”二字，寫出建於河心島上之亭臺所見景物之特徵，富於動感，對亦工整。腹聯一遥望遠天，鳥飛夕陽之外；一俯視河水，人過橋心而見亭之倒影，對句亦見河亭之特徵。尾聯則因遥望而觸動鄉思。轉接之間，稍嫌突兀。

和趙嘏題岳寺①

踈鐘細響亂鳴泉，客省高臨似水天②。嵐翠暗來空覺潤③，澗茶餘爽不成眠。越僧寒立孤燈外④，岳月秋當萬木前。張邴宦情何太薄⑤，遠公窗外有池蓮⑥。

【校注】

① 【咸注】《唐書》：趙嘏字承祐，山陽人。會昌三年進士，大中間仕至渭南尉。有《渭南集》二卷，又《編年詩》二卷。杜紫微覽其《長安秋望》“殘星幾點雁横塞，長笛一聲人倚樓”一聯，賞詠不已，因稱爲“趙倚樓”。《地理志》：西岳華山寺在山麓。【補注】趙嘏登進士第在會昌四年，見《唐才子傳》。嘏《成名年獻座主僕射兼呈同年》，“座主僕射”指會昌四年以左僕射知貢舉之王起。此詩尾聯云“張邴宦情何太薄”，以張良、邴漢喻指趙嘏，則其時嘏已任官。嘏大中四年在渭南尉任，渭南地近西岳華山，詩殆爲嘏任渭南尉期間，庭筠與之同遊唱和之作。嘏任渭南尉起訖年月未詳，暫編大中四年。嘏原唱已佚。

② 【補注】客省，猶客署、客舍，指岳寺中之客舍。似水天，指夜色清朗，天色如水，係秋夜之景。

③ 【咸注】謝靈運詩：夕曛嵐氣陰。【補注】嵐翠，山林間的霧氣。

④ 立，述鈔作“來”，涉第三句“來”字而誤。【補注】越僧，指岳寺中籍貫爲越地或原住越地寺中的僧人。庭筠有《贈越僧岳雲二首》。此句“越僧”亦即末句“遠公”。

⑤ 【曾注】謝靈運詩：偶與張邴合。注：《漢書》：張良曰：“今以三寸舌爲帝師，封萬户，位列侯，此布衣之極，於良願足矣。願棄人間事，欲從赤松子學道輕舉。”又琅邪邴漢亦有清行，兄子曼容亦養志自修，爲官不肯過六百石，輒自免去。

⑥ 【曾注】《高僧傳》：沙門釋惠遠高卧冥頤，至潯陽，見廬峰清静，始往龍泉精

舍，池種白蓮。【補注】《蓮社高賢傳》："謝靈運至廬山，一見遠公，肅然心伏，乃即寺築臺，翻《涅槃經》，鑿池植白蓮。"遠公，借指岳寺住持越僧。

【箋評】

【按】首聯岳寺客舍高臨，見秋宵夜空似水，疎鐘之細響復與丁冬鳴泉相雜，一寫目見，一寫耳聞，而清朗幽静之境自見。頷聯寫山間嵐翠霧氣暗潤，潤茶餘爽令人不眠，側重於寫置身山寺之心理感受。腹聯寫岳寺夜間所見清迥之景：越僧立於孤燈之外，岳月映於萬木之前。尾聯收到趙嘏身上，謂嘏宦情甚薄，將依越僧而皈依學佛也。

蘇武廟①

蘇武魂銷漢使前②，古祠高樹兩茫然③。雲邊雁斷胡天月④，隴上羊歸塞草煙⑤。迴日樓臺非甲帳⑥，去時冠劍是丁年⑦。茂陵不見封侯印⑧，空向秋波哭逝川⑨。

【校注】

① 《英華》卷三二〇郊祀祠廟、《紀事》卷五十四載此首。【曾注】《漢書》：蘇武字子卿，爲栘中廄監，使匈奴十九年，歸，拜爲典屬國，病卒。【補注】蘇武（？—前60），天漢元年（前100）使匈奴。匈奴欲降之，武不從。單于乃徙武北海（今俄羅斯貝加爾湖）上，使牧羊，廩食不至，掘野鼠去草實而食之。昭帝立，漢使使求武，乃得歸。卒年八十餘。

② 使，《英華》作"史"，誤。【曾注】《蘇武傳》：昭帝即位，匈奴與漢和親。漢使至匈奴，常惠請其守者與俱，得夜見漢使。教漢使對單于言，天子射上林中，得雁足有繫帛書，言武在某澤中。使如惠言，單于驚謝。江淹《别賦》：黯然銷魂。【補注】此句形容蘇武囚禁匈奴十九年後初見漢使時悲喜交集、黯然銷魂之情景。疑是見廟内所繪蘇武出使匈奴至復歸中國之連環壁畫而有此描寫，非憑空想象。下聯同。

③ 【補注】此句寫蘇武廟。茫然，年代久遠之狀。李白《蜀道難》："蠶叢及魚鳧，開國何茫然。爾來四萬八千歲，不與秦塞通人煙。"祠古樹老，年代久遠，故云"兩茫然"。

④ 斷，《全詩》、顧本校：一作"落"。

⑤ 【曾注】《蘇武傳》：匈奴徙武北海上無人處，使牧羝。羝乳，乃得歸。《九邊志》：榆林，漢月氏國，爲武牧羝處。【補注】此聯描繪當年蘇武困居匈奴期間之生活

情景,上句係望雁思歸圖,下句爲荒塞歸牧圖。此當亦蘇武廟内所繪之壁畫有此圖景,故如實描寫,非憑空想象。

⑥【曾注】《漢武故事》:以琉璃、珠玉、夜光錯雜天下珍寶爲甲帳,其次爲乙帳,甲以居神,乙以自居。【補注】此句寫蘇武十九年後歸國,宫中樓臺依舊,但武帝已經逝世,再也見不到往日求仙的甲帳了。有物是人非、恍如隔世之慨。亦寓含對武帝的追思悼念。

⑦ 劍,《英華》作"蓋"。【曾注】李陵《答蘇武書》:丁年奉使,皓首而歸。【補注】《漢書·蘇武傳》:"始以强壯出,及還,鬚髮盡白。"丁年,男子成丁之年,即青壯之年。二句用"逆挽法",先叙"回日",再倒叙"去時",以去時反襯回日,更增感慨。二句所叙蓋亦壁畫中情景。

⑧【補注】茂陵,漢武帝陵墓,在今陝西興平縣東北。此借指已去世之漢武帝。封侯印,指"武以故二千石與計謀立宣帝,賜爵關内侯,食邑三百户"之事,見《漢書·蘇武傳》。

⑨ 秋,十卷本、姜本一作"長"。【補注】《漢書·蘇武傳》:"武以始元六年春至京師,詔武奉一太牢謁武帝園廟。"此句寫蘇武謁武帝園廟,表達對故君的追思悼念。亦壁畫中圖景。謂其面對秋波逝水,空自哭弔武帝。"逝川"兼寓武帝逝世。

【箋評】

【朱弁曰】"回日樓臺非甲帳,去時冠劍是丁年",嘗見前輩論詩云:用事屬對如此者罕見。(《風月堂詩話》)

【劉克莊曰】"甲帳"是武帝事,"丁年"用李陵書"丁年奉使,皓首而歸"之語,頗有思致。(《後村詩話續集》卷二)

【方回曰】此見别集。"甲帳""丁年"甚工,亦近義山體。(《瀛奎律髓》卷二十八)查慎行曰:三四即用子卿事點綴景物,與他手不同。(《瀛奎律髓滙評》引,下同)何焯曰:五六不但工緻,正逼出落句。落句自傷。紀昀曰:五六生動,餘亦無甚佳處,結少意致。

【楊逢春曰】首點蘇武,提"魂消漢使前"五字,最爲篇主。(《唐詩繹》)

【毛奇齡、王錫曰】"丁年"亦是俊語,然使高手作此,則"回日""去時",不如是板煞矣。(《唐七律選》)

【沈德潛曰】五六與"此日六軍同駐馬"一聯,俱屬逆挽法。律詩得此,化板滯爲跳脱矣。(《重訂唐詩别裁集》卷十五)又曰:温、李擅長,固在屬對精工,然或工而無意,譬之剪綵爲花,全無生韻,弗尚也……飛卿"回日樓臺非甲帳,去時冠劍是丁年",對句用逆挽法,詩中得此一聯,便化板滯爲跳脱。(《説詩晬語》卷上)

【范大士曰】子卿一生大節,八句中包括無遺。(《歷代詩發》)

【方士舉曰】温之《蘇武廟》結句“空向秋波哭逝川”,“波”字誤,既“川”復“波”,涉於侵複,且“波”專言“秋”,亦覺不穩,上有何來路乎?(《蘭叢詩話》)

【梅成棟曰】全以議論行之,何嘗有意屬對? 近人學之,便如優孟衣冠矣。(《精選五七言律耐吟集》)

【王壽昌曰】如此諸作,其淒惻既足以動人,其抑揚復足以懲勸,猶有詩人之遺意也。(《小清華園詩談》)

【朱庭珍曰】玉谿生“此日六軍同駐馬,當時七夕笑牽牛”,飛卿“回日樓臺非甲帳,去時冠劍是丁年”,此二聯用逆挽句法,倍覺生動,故爲名句。所謂逆挽者,倒撲本題,先入正位,叙現在事,寫當下景,而後轉溯從前,追述已往,以反襯相形。因不用平筆順拖,而用逆筆倒挽,故名。且施於五六一律,此係律詩筋節關鍵處,中晚以後之詩,此聯多隨筆敷衍,平平順下。二詩能於此一聯提筆振起,逆而不順,遂倍精采有力,通篇爲之添色,是以傳誦人口,亦非以馬、牛、丁、甲見長,故求工對仗也。然使二聯出工部乎,則必更神化無迹,并不屑於“此日”“當時”“回日”“去時”字面明點,必更出以渾成,使人言外得之。蓋工部以我運法,其用法入化;温、李就法用法,其馭法有痕,此大家所由出名家上也。後人學其句,而不得其所以然之妙,僅以字面對仗求工……學者勿爲所惑,從而效顰。(《筱園詩話》)

【按】此詩題爲“蘇武廟”,而全篇正面寫廟者僅“古祠高樹兩茫然”一句,其他各句,均詠蘇武幽禁匈奴十九年及與漢使相見、歸漢,謁廟等情事,直似一篇壓縮之蘇武傳。起句尤顯突兀。因悟詩中所叙蘇武種種情事,均非憑空想象,而係見廟中所繪蘇武出使匈奴壁畫而有此一系列描寫,如此方與題内“廟”字相合。釋意具見各句注。此詩主要抒寫蘇武的故國之思、故君之戀。起聯感情强烈,感慨深沉。頷聯境界濶大而意緒悲凉。腹聯於“去時”“回日”的對照中寓有人生悲慨。尾聯則集中抒發對故君的悼念追思。按:庭筠遠祖温彦博曾有一段抵禦突厥入侵,兵敗被執,固守國家機密,被囚禁於陰山苦寒之地,至太宗即位方還朝的經歷,其事頗類苏武。作者詠苏武庙,筆端頗富感情,或與此有關。

途中偶作[①]

石路荒凉接野蒿[②],西風吹馬利如刀。小橋連驛楊柳晚[③],廢寺入門禾黍高。雞犬夕陽喧縣市,鳧鷖秋水曝城壕[④]。故山有夢不歸去[⑤],官樹陌塵何太勞[⑥]?

【校注】

①《才調》卷二載此首。底本原題“客遊”,李本、十卷本、姜本、毛本、《全詩》作

"送客偶作"。此從《才調》、述鈔、席本、顧本及《鼓吹》。

② 涼,席本、顧本作"唐"。

③《才調》作"暮程投驛蘭蕙静"。《鼓吹》同。

④【立注】郝天挺注:《詩》:鳧鷖在涇。江淹詩:飲酒出城濠。【補注】鳧鷖,野鴨與鷗鳥。

⑤【補注】故山,指吴中舊鄉。

⑥ 樹,《全詩》、顧本校:一作"路"。【補注】謂己終日奔波於官樹陌塵之間,何太勞頓乎?

【箋評】

【《唐詩鼓吹評注》】首言經行石路,滿野生蒿,途中景色既屬蒼涼,乃西風又如刀焉。暮程則投向驛中,見蕙蘭之寂寂;廢寺則來自門内,嘆禾黍之離離。蓋言廢寺無僧,禾黍生於門内也。三聯言物得其性,遇縣市則聞雞犬之喧於夕陽,過城壕且見鳧鷖之曝於秋水,此皆途中所寄目者。若我故山入夢,未能歸去,空役役於官樹陌塵之間,何太勞耶! 此所以不能已於思歸也。

【朱三錫曰】前四句寫途中蒼涼之色,後四句寫自己欲歸之意。石路、暮程、廢寺本自荒涼,襯入"西風吹馬"句寫途中淒涼之况,倍覺無聊。"投驛蕙蘭静",則驛路之無人可知;"入門禾黍高",則廢寺之無僧可知。雞犬鳧鷖,亦途中所見,凡物各得其性,各安其地,我徒役役於風塵,竟何爲乎?(《東巖草堂評訂唐詩鼓吹》)

【按】此慨己僕僕道塗、困苦勞頓,思歸故山而不能也。前四寫道途荒涼。石路野蒿,西風如刀,廢寺禾黍,均荒涼之景,亦透出勞頓之苦,唯"小橋"句與其他三句情調不侔(《才調》作"暮程投驛蕙蘭静"亦然),此則敗筆。腹聯寫雞犬喧於夕陽映照下之縣市,鳧鷖曝於城壕秋水中之意態,渲染閑逸自在之境,以反托"勞"字。末聯結出全篇主意。

寒食前有懷①

萬物鮮華雨乍晴②,春寒寂歷近清明③。殘芳荏苒雙飛蝶④,曉睡濛籠百囀鶯⑤。舊侣不歸成獨酌⑥,故園雖在有誰耕⑦? 悠然更起嚴灘恨⑧,一宿東風蕙草生。

【校注】

①《英華》卷一五七天部七寒食、《古今歲時雜詠》卷十二寒食載此首。【補注】

梁宗懔《荆楚歲時記》:“去冬節一百五日,即有疾風甚雨,謂之寒食,禁火三日,造餳大麥粥。”

② 鮮華,《英華》、顧本作“相鮮”。

③ 寂,《英華》作“戚”,校:《雜詠》作“寂”。歷,《全詩》校:一作“曆”,誤。【補注】寂歷,寂静冷清。清明節在寒食後一二日,故曰“近清明”。

④ 荏苒,《英華》作“苒荏”。【曾注】江淹詩:百年信荏苒。【補注】荏苒,柔弱貌。

⑤ 曉,《英華》、顧本作“曉”,誤。濛籠,李本、十卷本、姜本、毛本、《全詩》、顧本、《英華》《雜詠》作“朦朧”,通。

⑥ 侶,《全詩》、顧本校:一作“約”。誤。成,《雜詠》作“來”,誤。

⑦【補注】故園,指吴中舊鄉。

⑧ 更,《英華》、顧本作“便”。嚴灘,見卷七《送并州郭書記》“惟有嚴家瀨”句注。【補注】嚴灘恨,欲歸耕故園而不得之恨。猶前《河中陪帥遊亭》之“五湖恨”,《盧氏池上遇雨贈同遊者》之“松江恨”。

【箋評】

【金聖嘆曰】(前解)寫寒食景物。(後解)寫有懷情事。(《貫華堂選批唐才子詩》卷六)

【按】前四寒食前後,萬物鮮華,鶯囀蝶舞,風光甚美。腹聯因寒食風光之美而興舊侶不歸之寂寞與故園難歸之感慨。“嚴灘恨”即歸耕故園不得之恨,“一宿東風蕙草生”是想象故園春滿之景。第六句轉出尾聯作結,晚唐七律常法。

宿雲際寺①

白蓋微雲一徑深②,東峰弟子遠相尋③。蒼苔路熟僧歸寺,紅葉聲乾鹿在林。高閣清香生静境④,夜堂疎磬發禪心⑤。自從紫桂巖前别⑥,不見南能直至今⑦。

【校注】

① 【曾注】《長安志》:雲際山大安寺在鄠縣東南六十里,隋仁壽元年置居賢捧日寺。【補注】雲際寺,指雲際山大定寺,在今陝西省户縣東南。杜甫《渼陂行》:“船舷暝戛雲際寺,水面月出藍田關。”

②【補注】白蓋,峰名。卷九有“宿白蓋峰寄寺僧”。

③ 峰,李本、十卷本、姜本、毛本均作“風”。【曾注】《禪喜録》:皈依佛法曰弟子。【補注】東峰弟子,庭筠自指。庭筠曾隨圭峰宗密學禪。陳尚君云:“《重游圭峰(一作東峰)宗密禪師精廬》(詩略)作於宗密卒後重游舊地時。《宿雲際寺》(卷八):‘白蓋微雲一徑深,東峰弟子遠相尋。’東峰即圭峰,在長安西南終南山中,宗密建精舍於此。庭筠自稱‘故山弟子’‘東峰弟子’,是曾從宗密受學。

④【咸注】杜甫詩:心清聞妙香。

⑤【曾注】江淹詩:禪心莫不雜。

⑥【補注】《拾遺記》:“闇河之北,有紫桂成林,群仙餌焉。”紫桂巖,指隱居學佛之地。

⑦ 至,《全詩》校:一作“到”。【咸注】《傳燈録》:六祖慧能大師姓盧氏,母感異夢因有娠,六年乃生,毫光騰空。黎明有僧來語曰:“此子可名慧能,惠者以法惠濟衆生,能者能作佛事。”語畢,不知所之。《舊唐書》:神秀同學僧慧能者,與神秀行業相埒。慧能住韶州廣果寺,神秀請則天迫慧能赴都,慧能固辭曰:“吾南中有緣,不可違也。”竟不度嶺而死。天下乃散傳其道,謂神秀爲北宗,慧能爲南宗。【補注】南能,借指雲際寺原住持僧。

【箋評】

【金聖嘆曰】(前解)白蓋,定即寺名,蓋梵語楞嚴,此云白蓋也。“微雲一逕深”,言入寺之路至幽邃也。“東風”,是紀今日到寺之時。“弟子遠相尋”,言此來乃是特地,非乘便也。三四再寫“一逕深”之三字,言此逕中間有路是爲寺僧踏成,兩邊無路,則聞鹿行葉響也。一解寫未入寺前來。(後解)五六,心從磬發易解,境從香生難解。若解得清香所以生境之故,即以疏磬發心,如遇王鱔,饑便任食也。七八,桂巖一別以後,重見南能以前,便槩括去無數不堪醜態,只看其高閣香前,夜堂磬後,默默懺悔,便知之也。一解寫既宿寺後。(《貫華堂選批唐才子詩》卷六)

【按】此尋訪並夜宿雲際寺,有懷寺之住持高僧也。首聯循深幽之小徑遠道尋訪雲際寺,“東峰弟子”對下“南能”而言。頷聯承“一徑深”寫沿途所見所聞:寺僧踏蒼苔之熟路而歸,麋鹿穿林而行聞霜葉聲乾。二句畫出清迥閑逸之境。腹聯夜宿寺內,聞高閣之妙香而心生静境,聽夜堂之疎磬而心發禪悟。尾聯則慨自從紫桂巖前一別,至今未見昔之住持高僧也。金解多誤。“南能”如指宗密,則此詩當作於會昌元年宗密去世之前。

寄岳州李員外遠[1]

含嚬不語坐持頤[2]，天近樓高宋玉悲[3]。湖上殘棋人散後[4]，岳陽微雨鳥來遲[5]。早梅猶得迴歌扇[6]，春水還應理釣絲[7]。獨有袁宏易憔悴[8]，一罇惆悵落花時[9]。

【校注】

① 《英華》卷二六一寄贈十五載此首，題作"寄岳州李外郎遠一作肱"，述鈔、《全詩》題同《英華》。席本、顧本題作"寄李外郎遠"，李本、十卷本、姜本、毛本題作"寄岳州李員外"。【補注】詩中所寫之李員外，如"湖上殘棋""理釣絲"與杜牧《早春寄岳州李使君李善棊愛酒情地閑雅》、李商隱《懷求古翁》"欲收棊子醉，竟把釣車眠"者均合，其爲寄自員外郎出刺岳州之李遠（字求古）無疑。作"肱"者非。餘詳卷七《春日寄岳州李員外二首》注①。

② 持，《英華》、席本、顧本作"搘"。【補注】持頤，以手托腮，形容神態專注。《莊子·漁父》："左手據膝，右手持頤以聽。"

③ 近，李本、十卷本、姜本、毛本、《全詩》作"遠"。【曾注】宋玉《九辯》：悲哉秋之爲氣也。【按】《九辯》首段云："悲哉秋之爲氣也，蕭瑟兮草木摇落而變衰。憭慄兮若在遠行，登山臨水送將歸。"樓高，指岳陽樓。"天近"係形容樓高聳入雲。宋玉，指李遠。

④ 【曾注】《楚中記》：岳州有青草湖。【補注】岳州臨洞庭湖。李遠善棋愛酒，《北夢瑣言》引其殘句有"人事三杯酒，流年一局棋"之語，《唐語林》引其殘句有"青山不厭三杯酒，長日惟消一局棋"之語，後二語曾爲宣宗所聞，可見在當時流傳甚廣。

⑤ 來，李本、十卷本、姜本、毛本、席本、顧本作"歸"。

⑥ 【曾注】李賀詩：渡口梅風歌扇薄。【補注】歌扇，歌舞時所執之扇。

⑦ 應，原作"因"，據述鈔、《全詩》、顧本改。【補注】李遠喜愛垂釣，李商隱《懷求古翁》有"竟把釣車眠"之句。

⑧ 獨，《全詩》、顧本校：一作"唯"。宏，《英華》、席本、顧本作"安"。易，述鈔、《全詩》、顧本作"正"。【曾注】《袁宏傳》：宏字彦伯。謝仁祖鎮牛渚，秋夜乘月，與左右微服渡江。會宏在船中諷詠，聲既清會，辭又藻拔，遂駐聽久之。遣問焉。答云："是袁臨汝郎誦詩。"屈原《漁父》：顏色憔悴。

⑨ 【曾注】宋玉《九辯》：惆悵兮而私自憐。

【箋評】

【金聖嘆曰】(前解)望岳州不見故"含嚬",念岳州不置故"不語",算計岳州不置故"持頤"諦思也。"天遠"即岳州,"樓高"即坐處。"殘棋人散""微雨鳥歸",即"宋玉悲"之"悲"字也。看他"湖上""岳陽"十四字,又字字皆手邊筆底所慣用,而不知何故一出先生,便成佳製,此不可不細學也。(後解)此又細自分别,實爲員外而憔悴也。五六猶言設使不爲員外,則早梅歌扇固得送懷,春水釣絲亦堪遣興。今自冬入春,日惟惆悵,則舍員外竟爲誰哉!"落花時",妙。非妙於寫更無人知,妙於寫自早梅至落花,凡經一春,無日不惆悵也。(《貫華堂選批唐才子詩》卷六)

【朱三錫曰】世稱温、李齊名,如此纖濃之筆,真不忝義山也。最愛其"湖上""岳陽"一聯,尤爲清雋可喜。(《東巖草堂評訂唐詩鼓吹卷七》

【按】金解誤甚。此詩前三聯,均從想象落筆,寫李遠在岳州刺史任上之生活情趣。首聯寫其登高能賦,有宋玉之才。"含嚬"句正狀其構思時神情專注。頷聯寫其善棋。腹聯寫其賞歌舞喜垂釣。總之寫其"善棋愛酒,情地閑雅"(杜牧《早春寄岳州李使君李善棋愛酒情地閑雅》)。尾聯則謂己如袁宏未遇謝尚時,困頓憔悴,於落花時惆悵飲酒以遣愁也。此首亦大中元年暮春作。

遊南塘寄知者[①]

白鳥梳翎立岸莎[②],藻花菱刺泛微波[③]。煙光似帶侵垂柳,露點如珠落卷荷。楚水曉凉催客早[④],杜陵秋思傍蟬多[⑤]。劉公不信歸思切[⑥],聽取江樓一曲歌。

【校注】

①《英華》卷二六一寄贈十五載此首,題作"遊南塘寄王知白",述鈔、席本、顧本題同《英華》。《詩人玉屑》卷三唐人句法引此詩五、六句作周賀詩,題同《英華》。【補注】南塘,李商隱詩中曾數次提及,如《宿晋昌亭聞驚禽》:"飛來曲渚煙方合,過盡南塘樹更深。"《即日》:"何人書破蒲葵扇,記着南塘移樹時。"或謂此"南塘"即慈恩寺之南池。然庭筠此詩有"楚水""江樓"字,其地似在江陵一帶。或咸通二年在荆南蕭鄴幕作。在荆南幕有《和沈參軍招友生觀芙蓉池》,詩中有"南塘烟露枝"之句,可以參證。知者,猶知己。

②【補注】《詩・大雅・靈臺》:"麀鹿濯濯,白鳥翯翯。"白鳥,白羽之鳥,如白鷺。岸莎,岸邊的莎草。

③【曾注】《埤雅》:藻,水草。生水底,横陳於水,若自澡濯然。

④ 曉,《英華》作"晚",誤,下云"催客早"可證。【補注】楚水,指長江中游楚地之水。江陵爲楚之舊都,"楚水"可能指這一帶之長江。

⑤【補注】杜陵,在今陝西西安市東南。秦置杜縣,漢宣帝築陵於東原上,因名杜陵,且改杜縣爲杜陵縣。庭筠家居鄠杜一帶,此句係自指。秋思,指歸思,用晋張翰見秋風起,思吴中菰菜、蓴羹、鱸魚膾,遂命駕歸江東故鄉事,屢見前注。杜陵秋思,即《渚宫晚春寄秦地友人》之"思歸"。

⑥ 思,顧本作"心"。【補注】劉公,指晋劉弘。《晋書·劉弘傳》:"弘每有興廢,手書守相,丁寧款密,所以人皆感悦,争赴之,咸曰:'得劉公一紙書,賢於十部從事。'"此借指"知者"。

【箋評】

【金聖嘆曰】(前解)一解純寫南塘一片新秋景物,略不插進自己意思,至後解輕輕轉筆,便令知者慨然會之。(後解)言上解通解是楚水曉景也,實通解是杜陵秋思也。其知我者,以我爲歸心切也;其不知我者,以我爲一曲歌也。然則胡不便記取此一曲歌也。(《貫華堂選批唐才子詩》卷六)

【朱三錫曰】通首寫遊南塘寄知者。此意言我自知之,惟知者可共知之。(《東巖草堂評訂唐詩鼓吹》卷七)

【按】前四句寫遊南塘所見曉景:白鷺立岸,菱藻泛波,煙光繞柳,露珠滴荷。此"南塘"當離"楚水"不遠,故五句寫楚江行旅乘曉涼而行舟早發,六句順勢寫自己因蟬聲而興杜陵之歸思。七八承六"秋思",謂知己如不信我歸思之切,請聽取我之江樓一曲歌,亦即此寄"知者"之詩也。知者,或指荆南節度使蕭鄴。

寄盧生①

遺業荒凉近故都②,門前堤路枕平湖③。緑楊陰裏千家月,紅藕香中萬點珠④。此地别來雙鬢改⑤,幾時歸去片帆孤⑥。他年猶擬金貂换⑦,寄語黄公舊酒壚⑧。

【校注】

①《英華》卷二六一寄贈十五載此首。【補注】盧生,當即本卷《送盧處士遊吴越》之盧處士,參該詩題注及編著者按語。盧生時在吴越,故末句有"寄語"字。詩當作於會昌元年東歸吴中舊鄉前之某年。

② 【補注】遺業,祖上留下的産業,如田地宅舍等。“遺業荒凉”,即“故園雖在有誰耕”(《寒食前有懷》)之意。故都,指春秋時吴國的都城,即今之蘇州。據此句,庭筠之父、祖輩當已居吴,故有留傳之産業。

③ 【補注】即《東歸有懷》所謂“晴川通野陂”。

④ 【補注】二句寫故居景色:門前堤路緑楊成陰,月映千家;平湖中藕花香濃,露珠滴荷。

⑤ 【補注】此地,即指前四句所寫吴中舊鄉故居。

⑥ 【補注】由長安歸吴中舊鄉,自洛陽起均走水路,故云“歸去片帆孤”。

⑦ 【曾注】《晋書》:阮孚嘗以金貂换酒。

⑧ 語,《英華》作“與”,誤。【曾注】《世説》:王濬冲爲尚書令,乘軺車往黄公酒壚下過,顧謂後車客:“吾昔酣飲此壚,竹林之遊,亦預其末。自嵇生夭,阮公亡,便爲時所羈紲。今日視此雖近,邈若山河。”【補注】黄公舊酒壚,當指吴中舊鄉之舊酒家。

【箋評】

【金聖嘆曰】(前解)不解詩者,謂此是寫遺業好景,殊不知起句明有“荒凉”二字,則此固寫别來惡緒也。二,“隄路枕平湖”,以隄路故,便有三之一帶緑楊,便有四之萬枝紅藕。至如“影裏千家月”“香中萬點珠”,則固所云當時好景,今日惡緒者也。(後解)“霜鬢改”,寫此地别來之久;“片帆孤”,寫幾時歸去之賒。讀至“他年猶擬”四字,想見先生胸中,乃至遂有意外之憂。嗟乎,人生首丘之情,不亦悲哉!(寄盧生用到黄公酒壚事,如自云他年猶擬,故云意外之憂也。)(《貫華堂選批唐才子詩》卷六)

【朱三錫曰】細想遺業門前,隄枕平湖,一帶絲楊,萬枝紅藕,絶好景致也。然首句插入“荒凉”二字,則當日一番好景皆爲今日别來惡緒。五六又承上文來,言别來已久,歸期未定,人生首丘之情,烏能已已也。(《東巖草堂評訂唐詩鼓吹》卷七)

【按】此抒故園之思以寄時游吴中舊鄉之友人盧生。起句點明故園所在之地——故都吴中,曰“遺業荒凉”,則父祖輩久已居此,而今則荒凉破敗矣。次句故居門前之景物特徵。頷聯承次句,就“堤路”“平湖”作具體描繪,色彩鮮豔,對仗工整,興會淋漓,透出對故鄉景物之清晰記憶與深情懷念,“惡緒”之解,殊覺牽强。五六叙别鄉之久,思鄉之切。曰“此地别來雙鬢改”,則雖少小離家老大未回,然别家時年紀當不至過幼,否則對故居門前景物當無如此清晰記憶也。尾聯承六句“歸去”,謂異日歸鄉,當於舊酒家以金貂换酒,以期一醉,請友人先爲我寄語舊酒家之主人也。“意外之憂”之解,亦求深反鑿。此首當作於《送盧處士遊吴越》之後。

春日訪李十四處士[①]

花深橋轉水潺潺，角里先生自閉關[②]。看竹已知行處好[③]，望雲空得暫時閑[④]。誰言有策堪經世，自是無錢可買山[⑤]。一局殘棋千點雨[⑥]，緑萍池上暮方還。

【校注】

①【陶敏曰】李十四，李羽。温詩中屢見“李羽處士”，當即其人。（《全唐詩人名考證》）

② 角，原作“角”，誤，據述鈔、十卷本、姜本、毛本、席本、《全詩》、顧本改。角里先生，商山四皓之一，詳卷五《四皓》注①。此借指李羽。

③【曾注】《王徽之傳》：吴中一士大夫家有好竹，欲觀之，徽之坐輿造竹下，諷嘯良久，主人灑埽請坐，徽之不顧，將出，主人乃閉門，徽之以此賞之，盡歡而去。【補注】行處，隨處、到處。

④ 空，《全詩》、顧本校：一作“定”。【咸注】《新唐書》：狄仁傑登太行山，反顧見白雲孤飛，謂左右曰：“吾親舍其下。”瞻悵久之，雲移乃得去。【補注】陶潛《歸去來兮辭》：“雲無心以出岫，鳥倦飛而知還。”白雲悠悠飄浮，乃閑逸自在、無拘無束之象徵，故云“暫時閑”。顧予咸注引狄仁傑事，乃表思親之意，非此句之意。

⑤【曾注】《高僧傳》：支道林遣人問深公買印山，深公曰：“未聞巢由買山而隱。”【按】事又見《世説新語・排調》。劉禹錫《酬樂天閑卧見憶》：“同年未同隱，緣欠買山錢。”

⑥【曾注】《魏書》：王粲觀人圍棋，局壞，粲復爲之，棋者不信，以帕蓋局，使更以他局爲之，用相比校，不誤一道。【補注】殘棋，中斷或將盡的棋局。

【箋評】

【金聖嘆曰】（前解）“花深”一境，“橋轉”一境，“潺潺”水聲又一境。凡轉三境，始到先生門，乃先生又方閉門。於是以未見先生故，且先看竹，便有無量益；且先看雲，便有無量益。則不知見先生後，其爲益又當如何。此唐人避實取虚之法也。（後解）更不復寫先生，只自叙所以未隱之故。七句，疏雨殘棋妙，所謂先生已移我情也。（《貫華堂選批唐才子詩》卷六）

【朱三錫曰】此訪處士也。絶不實寫處士一語，看他寫花深、橋轉、水聲、閉關、看竹、望雲，一片純是避實取虚，而處士高風逸韻，躍躍紙上矣。五六，忽又自寫所以不

隱之故，而贊嘆李處士之意隱然言外。七八一結，足移我情矣。（《東巖草堂評訂唐詩鼓吹》卷七）

【按】首聯造訪李十四處士，輾轉至門，有曲徑通幽之致，以“角里先生”借指李羽，既見其隱逸身份，亦透露其有經世安邦之才。領聯以竹幽、雲閑襯托李羽之幽閑生活情趣。着一“空”字，暗透己之碌碌擾擾，惟看雲方得片時閑耳。腹聯非詩人自叙，乃寫李羽雖懷經世之才而不爲世所用，故曰“空言”；欲買山長隱而乏買山之錢，故曰“自是”。尾聯結“訪”字，謂己與李於其居處池邊對奕，適遇下雨，而棋興方濃，一局棋殘，至暮方還。

宿松門寺[①]

白石青崖世界分，卷簾孤坐對氛氲[②]。林間禪室春深雪，潭上龍堂夜半雲[③]。落月蒼凉登閣在[④]，曉鐘摇蕩隔江聞[⑤]。西山舊是經行地[⑥]，願漱寒缾逐領軍[⑦]。

【校注】

① 《英華》卷二三八寺院六載此首。松門寺，所在未詳。

② 氛，十卷本、姜本、毛本作“氤”。李本作“氣”，誤。【補注】氛氲，雲霧朦朧貌。

③ 【曾注】《楚辭》：魚鱗屋兮龍堂。王逸注：言河伯所居以魚鱗蓋屋，堂畫蛟龍之文也。【補注】龍堂，疑指華美壯觀的佛寺殿堂。《易・乾》：“雲從龍，風從虎。”故云“龍堂夜半雲”。松門寺建在白石青崖之山上，故寺殿常爲雲霧繚繞。

④ 月，席本、顧本、《英華》作“日”；“蒼”，《英華》校：一作“荒”，席本、顧本作“荒”。均誤。

⑤ 江，《英華》校：一作“牆”，席本、顧本作“牆”。

⑥ 【立注】《付法藏經》：迦葉語婦：“我若眠息，汝當經行；汝若眠息，我當經行。”【補注】西山，此指松門寺所在之山。經行，佛教謂旋繞往返或徑直來回於一定之地。此處含表示敬意之義。

⑦ 逐，《全詩》、顧本校：一作“在”。【曾注】《寄歸傳》：梵云軍持，此云瓶，常貯水，隨身净手。【補注】領軍，指晋王洽，與支遁爲方外交，曾官中領軍。詳見卷四《重游圭峰宗密禪師精廬》“支遁他年識領軍”句注。

【箋評】

【按】此夜宿松門寺而有皈依佛門之意。寺在白石青崖之峰頂，故登臨可見下

方世界，卷簾獨坐可對氛氳之雲霧。頷聯夜宿深雪中之禪室，見潭邊之寺殿爲雲霧所繚繞，境界幽寂而帶神祕宗教氣氛。腹聯寫天將破曉時分，登閣而見蒼凉之落月猶在，寺院之曉鐘聲摇蕩不盡，隔水可聞。尾聯謂此西山舊日即經常往返拜謁，今日宿此，更願皈依佛門，追隨王洽之足跡，與高僧結爲方外交也。按此詩起句"白石青崖"與《重游圭峰宗密禪師精廬》首句"百尺青崖"略同，末句"逐領軍"又與《重游圭峰》"支遁他年識領軍"類似，疑此詩亦與宗密有關。然宗密居鄠縣圭峰草堂寺，與此詩所云"西山""松門寺"似非一地。

詠寒宵①

寒宵何耿耿②，良讌有餘姿。寶鞢徘徊處③，熏爐悵望時④。曲瓊垂翡翠⑤，斜月到罘罳⑥。委墜金缸盡⑦，闌珊玉局棊⑧。話窮猶注睇，歌罷尚持頤⑨。晻曖遥相屬⑩，氛氳積所思⑪。秦娥卷衣晚⑫，胡雁度雲遲。上郡歸來夢⑬，那知錦字詩⑭？

【校注】

① 姜本此首入五言排律卷，在《洞户》後。

②【補注】《詩·邶風·柏舟》："耿耿不寐，如有隱憂。"耿耿，不安貌。曹丕《燕歌行》："耿耿伏枕不能眠，披衣出户步東西。"此言寒夜煩躁不安，心事重重，不能成眠。

③【咸注】隋煬帝詩：寶袜楚宫腰。鞢、袜同。【補注】寶鞢，即腰彩，古代女子束於腰間之彩帶。此借指美麗女子。

④ 熏爐，見卷一《織錦詞》"象齒熏爐未覺秋"句注。【咸注】江淹《擬怨别》：悵望陽雲臺。

⑤【咸注】宋玉《招魂》：砥室翠翹，絓曲瓊些。注：曲瓊，玉鉤也。【補注】翡翠，翠鳥尾羽，用以裝飾車服、編織簾帷。此指翡翠帷。

⑥【立注】《緗素雜記》：唐蘇鶚《演義》：罘罳，織絲爲之，輕疎浮虚，象羅網交文之狀，蓋宫殿檐户之間。【補注】罘罳，設在屋檐或窗上以防鳥雀之金屬網或絲網。段成式《酉陽雜俎續集·貶誤》："士林間多呼殿榱桷護雀網爲罘罳。"

⑦ 缸，述鈔、《全詩》、顧本作"釭"，通。【咸注】《西都賦》：金釭銜壁。【按】《西都賦》之"金釭"指古代宫殿壁間横木上之飾物，非此句"金缸（釭）"所指。此"金缸（釭）"指金質之燭臺、燈盞。《文選·宋孝武宣貴妃誄》："庭樹驚兮中帷響，金釭曖兮玉座寒。"劉良注："金釭，謂金盞置燈也。"字或作"金缸"。齊己《江寺春殘寄幕中

知己》之二:“秋加玉露何傷白,夜醉金缸不那紅。”句意謂金質燭臺上燭燼委墜,示夜已深。

⑧ 珊,顧本作“跚”。【曾注】李商隱詩:玉局敗棋收。【補注】闌珊,殘。玉局,對棋局的美稱。

⑨【補注】注睇,注目而視。持頤,以手托腮。均神情專注,若有所思之狀。

⑩ 曖,原作“暖”,據顧本改。屬,《全詩》,顧本校:一作“矚”。【補注】晻曖,昏暗貌。《文選・王延壽〈魯靈光殿賦〉》:“遂排金扉而北入,宵藹藹而晻曖。”張銑注:“晻曖,暝色。”温庭筠《苦楝花》:“晻曖迷青瑣,氤氳向畫圖”屬,連。

⑪ 氛氳,《全詩》、顧本校:一作“絪緼”。【補注】氛氳,心緒繚亂貌。陳子昂《入東陽峽》:“仙舟不可見,遥思坐氛氳。”亦可解爲盛多貌。

⑫ 娥,十卷本、姜本、毛本、《全詩》作“蛾”,誤。衣,《全詩》、顧本校:一作“簾”。秦娥,見卷一《曉仙謡》“秦王女騎紅尾鳳”句注。卷衣,見卷一《舞衣曲》“不逐秦王卷象牀”句注。【補注】秦娥,此泛指秦地美女,即詩中女主人公。

⑬ 上郡,見卷三《邊笳曲》“上郡隱黄雲”句注。

⑭ 錦字詩,見卷七《送并州郭書記》“回文空上機”句注。

【箋評】

【按】詩寫寒宵宴罷,女子思念遠戍上郡之征人。其人之身份或爲歌伎。起聯點寒宵宴罷,其人綽有餘妍,然心事重重,煩躁不安。“寶靺”一聯,謂其身處居室,徘徊悵望,有所思念等待。“曲瓊”一聯,翡翠帷垂,月映罘罳,庭院寂寂。“委墜”一聯,燭臺蠟殘,玉局棋罷,長夜耿耿。“話窮”一聯,似回想宴席上話窮歌罷之際凝睇持頤,若有所思之狀。“晻曖”一聯,昏暗朦朧之長夜中相思之情蘊積。“秦娥”一聯,寫其起晏,而雁信遲遲。末聯揭出全篇主意,謂遠戍上郡魂夢歸來的丈夫,哪知閨中人寄往前方的錦字回文詩中所寓含的深長思念呢? 此種内容,温詞中頗有之。

寄渚宫遺民弘里生①

柳弱湖堤曲,籬疎水巷深。酒闌初促席②,歌罷欲分襟③。波月欺華燭④,汀雲潤故琴⑤。鏡清花並蒂⑥,牀冷簟連心⑦。荷疊平橋暗⑧,萍稀敗舫沉。城頭五通鼓⑨,窗外萬家砧⑩。異縣魚投浪⑪,當年鳥共林⑫。八行香未滅⑬,千里夢難尋⑭。未肯睽良願⑮,空期嗣好音⑯。他時因詠作⑰,猶得比南金⑱。

【校注】

①《英華》卷二六一寄贈十五載此首。【補注】渚宫,春秋時楚國宫名,故址在今湖北省江陵縣。此借指江陵,唐荆南節度使治所。渚宫遺民,猶荆州居民。弘里生,疑指段成式。據"當年烏共林"句,詩人與"弘里生"當有同事之誼。段成式,宰相段文昌之子,世居荆州,與庭筠、余知古、周繇、韋蟾等人在山南東道節度使徐商幕,賦詩唱和,編爲《漢上題襟集》,尾聯"他時因詠作,猶得比南金",正指"當年烏共林"期間詩文唱和酬贈之事。咸通二年,庭筠爲"荆州從事",又與段成式同在蕭鄴幕,"當年烏共林"云云或兼含共在荆南幕之事。古無"弘里"之姓,"弘里生"之名必爲假託。弘里者,弘揚故里、顯耀故里,正切其父子均爲官宦,顯揚故里,爲荆州增光也。"弘里生"之稱段成式,與"昇平相公"之稱裴休,均爲借指。此詩有"八行香未滅,千里夢難尋"之語,題曰"寄",段、温二人當非居一地。成式離荆南幕後任江州刺史,入爲太常少卿,咸通四年卒。詩有"柳弱湖堤曲,籬疏水巷深。酒闌初促席,歌罷欲分襟"等句,似庭筠至段氏别業參加宴會别後所寄,酌編咸通二年秋(據"牀冷""萍稀""萬家砧"語)。

②【咸注】沈君攸詩:班荆促席對芳林。【補注】《史記·滑稽列傳》:"日暮酒闌,合尊促席,引滿相罰,樂飲今夕,一醉累月。"李善注:"東方朔六言詩曰:合尊促席相娱。"促席,坐席相互靠近。

③【曾注】羅鄴詩:折柳分襟十載餘。【補注】分襟,離别。

④ 波,《全詩》、顧本校:一作"坡"。欺,十卷本、姜本、毛本作"期",誤。【曾注】何遜詩:華燭帳前明。【補注】欺,壓倒、勝過。

⑤ 汀,《英華》、席本、顧本作"江"。【曾注】杜甫詩:江雲何處盡。【補注】汀雲,水邊沙洲上籠罩的霧氣。

⑥ 清,《英華》作"閑"。並蔕,《英華》、席本、顧本作"共葉"。【補注】鏡清,形容湖面清澈平静如鏡。庭筠詩常以鏡面喻湖面,前已屢見。花並蒂,指並蒂的蓮花。

⑦【補注】牀冷,疑形容湖水平整清冷。簟連心,本指竹席上織成連瑣同心花紋,此借指湖水波紋如同簟紋。此在晚唐詩中亦多見。亦有反以簟紋形容水紋者,所謂簟紋如水是也。

⑧ 暗,《全詩》、顧本校:一作"闊",非。

⑨ 通,《英華》、席本、顧本作"更"。【咸注】《大唐新語》:舊制:京城内金吾曉暝傳呼,以戒行者。馬周獻封章,始置街鼓,俗號鼕鼕鼓,公私便焉。杜甫詩:五更鼓角聲悲壯。【補注】通,擊鼓的一個段落。李靖《衛公兵法·部伍營陳》:"日出日没時,撾鼓一千槌,三百三十三搥爲一通。"李商隱《聽鼓》:"城頭疊鼓聲,城下暮江清。"

⑩【曾注】李白詩：萬户擣衣砧（應作聲）。

⑪ 魚，《英華》作“雨”，誤。【曾注】古樂府《飲馬長城窟行》：他鄉各異縣，展轉不相見。又：客從遠方來，遺我雙鯉魚。呼兒烹鯉魚，中有尺素書。

⑫【咸注】晋王瓚詩：人情懷舊鄉，客鳥思故林。【補注】鳥共林，喻同棲託。

⑬ 香，述鈔、李本、十卷本、姜本、毛本作“書”。滅，《英華》、席本、顧本作“減”。【立注】馬融《與竇伯向書》：孟陵奴來，賜書，見手跡，歡喜何量，次於面也。書雖兩紙，紙八行，行七字。【補注】八行，指書信。邢邵《齊韋道遜晚春宴》：“誰能千里外，獨寄八行書？”《古詩十九首・孟冬寒氣至》：“客從遠方來，遺我一書札。上言長相思，下言久離别。置書懷袖中，三歲字不滅。”香，指手澤之香。

⑭ 夢，《英華》、席本、顧本作“嘆”。【立注】陸機《爲顧彦先贈婦》詩：東南有思婦，長嘆充幽闥。借問嘆何爲，佳人眇天末。

⑮【補注】暌，違。良願，指重聚會面之願。

⑯ 期，《全詩》、顧本校：一作“知”。

⑰ 因詠，《英華》、席本，顧本作“詠懷”，非。【曾注】阮籍有《詠懷》詩。

⑱ 比，《英華》作“並”。【曾注】《詩》：元龜象齒，大賂南金。張載《擬四愁詩》：何以報之雙南金。【補注】南金，本指南方出産之銅，後借指貴重之物。此指珍貴之詩篇。白居易《酬張太祝晚秋卧病見寄》：“何以報珍重，慚無雙南金。”比南金，與南金比珍共價。此借指己之詩亦得與段作相比並。

【箋評】

【按】此詩抒寫與“弘里生”（即段成式）詩酒宴飲之聚會與離别，並將詩寄與對方。“柳弱”二句，宴飲之地。“酒闌”二句，概寫促席宴飲及宴罷分别。“波月”二句，夜宴時月映水上，光掩華燭，汀雲濕潤，琴聲幽咽。“鏡清”二句，形容湖面清澈如鏡，蓮開並蒂；湖水清冷，水紋如簟。“荷疊”二句，湖上即景：荷花重疊，平橋掩映，浮萍稀疏，破舫半沉。“城頭”二句，宴罷已是夜深。以上叙宴别情景，以下叙别後思念。“異縣”二句，謂彼此異縣相隔，如魚之投浪，各有所居，而當年則如鳥之共林，俱爲幕賓。“八行”二句，謂對方來書手澤之香未泯，而彼此已千里相隔，魂夢難尋。“未肯”二句，謂己雖不肯違重會之良願，但目前只能空自期望對方繼續有音書傳來。末二句則謂將來或能因酬和對方之詩作，而使己之詩得以與“南金”比價並傳也。

春盡與友人入裴氏林采漁竿[①]

一徑互紆直[②],茅棘亦已繁。晴陽入荒竹,曖曖如春園[③]。倚杖息暫倦[④],徘徊戀微暄[⑤]。歷尋嬋娟節[⑥],翦破蒼筤根[⑦]。地閑修莖孤[⑧],林振餘籜翻[⑨]。適心在所好,非必尋湘沅[⑩]。

【校注】

① 十卷本、姜本、毛本無此首,此處有《寄裴生乞釣鈎》七絶一首,與第五卷第十題重複。底本、述鈔、席本、李本、《全詩》、顧本有此首,無《寄裴生乞釣鈎》七絶。題内"采"字,《全詩》、顧本作"探",校:一作"采"。【按】卷五《寄裴生乞釣鈎》之"裴生",與此題内之"裴氏"或是一人。

②【補注】互紆直,或曲或直,時曲時直。

③【補注】曖曖,繁茂貌。陶潛《祭從弟敬遠文》:"淙淙懸溜,曖曖荒林。"

④ 暫,《全詩》、顧本校:一作"憩",非。

⑤【補注】微暄,微暖。

⑥【咸注】左思《吴都賦》:檀欒嬋娟,玉潤碧鮮。【補注】嬋娟,形容竹姿態秀美。《文選・成公綏〈嘯賦〉》:"藉臯蘭之綺靡,蔭修竹之嬋娟。"李周翰注:"嬋娟,竹美貌。"

⑦【曾注】《易》:震爲雷,爲蒼筤竹。【咸注】《漢・外戚傳》:童謡曰:"木門倉琅根。"倉琅根,宫門銅鍰也。【補注】蒼筤,青色。《易・説卦》孔疏:"竹初生之時,色蒼筤,取其初生之美也。"顧予咸注非。

⑧ 閑,《全詩》、顧本作"閉"。

⑨【曾注】謝靈運詩:初篁苞緑籜。注:籜,竹皮也。【補注】振,動。籜,筍殼。

⑩【咸注】《離騷》:濟沅湘以南征兮。注:沅、湘,水名也。【補注】《初學記》卷二引張華《博物志》:"舜死,二妃淚下,染竹即斑。妃死爲湘水神,故曰湘妃竹。"

【箋評】

【按】如題叙寫。一二,循時曲時直、茅棘繁生之小徑入林。三四,寫裴氏林在晚春晴陽照映下,繁茂如春日之園林。五六,倚杖暫息徘徊,戀春陽之微暄。七八,尋找姿態美好、顏色青翠之竹作漁竿。九十,因地閑修長適宜作漁竿的竹子迥然孤立,砍伐時竹林振動,剩餘之竹殼亦因之翻動。末二句謂垂釣貴在適心遂好,釣竿自不必遠尋湘竹爲之。

春　日

問君何所思,迢遞豔陽時[1]。門静人歸晚,牆高蝶過遲。一雙青瑣燕,千萬緑楊絲。屏上吴山遠,樓中朔管悲[2]。寶書無寄處[3],香輦有來期[4]。草色將林彩[5],相添入黛眉[6]。

【校注】

① 【補注】迢遞,時間久長貌。

② 【補注】朔管,指羌笛,或泛指北方地區流行之管樂器。

③ 【咸注】《道學傳》:夏禹撰真靈之玄要,集天官之寶書。江淹《擬休上人怨别》:寶書爲君掩。【補注】寶書,此指閨中思婦寄給遠方丈夫的書信。

④ 輦,述鈔、李本、十卷本、姜本、毛本、席本、《全詩》、顧本作"轂"。【補注】香輦,香車,閨中思婦所乘。有來期,指來賞春。故下二句云。

⑤ 彩,顧本校:一作"影"。【咸注】江淹《擬張司空離情》:庭樹發紅彩,閨草含碧滋。【補注】將,與。

⑥ 添,《全詩》、顧本校:一作"將"。涉上句"將"字而誤。【曾注】陰鏗詩:眉含黛欲斂。

【箋評】

【按】此閨中思婦之詞。起二句謂其在豔陽高照之春天遥有所思。"君"指閨中思婦。"門静"四句,寫迢遞春日之美好景物,以反托思婦之孤寂。"屏上"二句,分寫閨中思婦與戍樓征人,一則畫屏寂寂,一則羌笛聲悲。"寶書"二句,謂思婦音書難寄,惟駕香車賞春以遣愁。末二句則謂草色與林彩,同添眉黛之愁,蓋春色惱人,更添愁恨也。

洛　陽[1]

鞏樹先春雪滿枝[2],上陽宫柳囀黄鸝[3]。桓譚未便忘西笑[4],豈爲長安有鳳池[5]?

【校注】

① 《絶句》卷四十四載此首。【曾注】《唐・地理志》:河南府有洛陽縣。神龍二

年，更洛陽曰永昌。唐隆二年，復故名。【按】此指東都洛陽，非河南府之洛陽縣。

②【曾注】《世系圖》，洛陽，周鞏伯封邑。【補注】鞏，鞏縣。鞏、洛每連稱，泛指洛陽一帶地區。鞏樹，實即洛陽一帶之樹。先春雪滿枝，指春前梅花競發如雪滿枝。

③【曾注】王維詩：陰陰夏木囀黄鸝。【補注】上陽，唐東都洛陽宫名。《新唐書・地理志》："上陽宫在禁苑之東，東接皇城之西南隅，上元中置。高宗之季，常居以聽政。"

④【曾注】桓譚《新論》：關東俚語："人聞長安樂，則（出門）西向而笑。"【補注】西笑，指對長安之渴慕向往。

⑤【補注】鳳池，即鳳凰池，中書省之别稱。

【箋評】

【按】此身在東都洛陽懷慕長安之作。起二句寫洛陽春日前後之美好景色。後二句謂己之懷慕長安，豈只因長安有鳳池可棲哉！蓋謂己之志不在慕高官顯宦，而别有所寄也。

題賀知章故居疊韻作①

廢砌翳薜荔②，枯湖無菰蒲③。老媪寶藁草④，愚儒輸逋租⑤。

【校注】

①《絶句》卷二十載此首，題作"題賀知章故居作疊韻"。【曾注】《越志》：賀知章宅在會稽城東一十五里，名賀家池。【補注】疊韻作，指詩中每句之五字均爲同韻字。此庭筠在越州時作，約會昌二年秋。

②【曾注】《離騷》：貫薜荔之落蕊。王逸注：薜荔，香草也。緣木而生（蕊實也）。【補注】翳，遮蔽。薜荔，木蓮。常緑藤本，蔓生。

③【補注】菰，即茭白。蒲，指香蒲。

④ 寶，十卷本、毛本、《全詩》作"飽"。【咸注】《戰國策》：觸讋對趙太后曰："老臣竊以爲媪之愛燕后，賢於長安君。"高誘注：媪，女老稱。【補注】寶，珍愛、視爲珍寶。藁草，稻麥的稈、草料。

⑤【補注】逋租，拖欠之租税。

【箋評】

【按】此賀知章故居之素描。前二句故居荒廢，後二句則故居已成窮媪、愚儒之

居矣。

雨中與李先生期垂釣先後相失因作疊韻[①]

隔石覓屐跡[②],西溪迷雞啼。小鳥擾曉沼[③],犁泥齊低畦[④]。

【校注】

①【補注】期,相約。

②【補注】屐跡,指李先生之屐印、足跡。

③【補注】擾,攪擾、喧鬧。曉沼,早晨之池塘。即垂釣之所。

④ 齊,李本、十卷本、姜本、毛本作"如"。【補注】句意謂田裏犁起的泥跟低畦平齊。

【箋評】

【按】此亦素描式之作,前三句扣題,末句眼前即景。

温庭筠全集校注卷九

詩

春日雨[①]

細雨濛濛入絳紗[②],灃湖寒食孟珠家[③]。南朝漫自稱流品[④],宫體何曾爲杏花[⑤]?

【校注】

①《英華》卷一五三天部雨載此首及下首(五律"憑軒望秋雨"),題作"細雨二首"。【立曰】以下見《文苑英華》。【按】《絶句》卷四十四載此首。題作"春日雨",是,《英華》題作"細雨",係據其内容另擬。

②【立注】何遜《杏花詩》:麗色明珠箔,餘香襲絳紗。【補注】絳紗,借喻杏花的花瓣。

③ 灃湖,《絶句》《全詩》作"湖亭"。珠,《英華》、姜本作"殊",誤。【立注】《丹陽孟珠歌》:陽春二三月,草與水同色。攀條摘香花,言是歡氣息。【補注】《讀史方輿紀要・江西和州》:"灃湖在州西十五里,昔時受麻湖水,至當利驛港入江。"《樂府詩集・清商曲辭・西曲歌》有《丹陽孟珠歌》十首,其第一首云:"人言孟珠富,信實珠滿堂。龍頭銜九花,玉釵明月璫。"顧注所引爲第二首。此似以"孟珠家"指富人之家。

④【補注】流品,品類、等級。南朝士族矜尚門閥,重視人物儀容風度、言談舉止,並以此品評人物等第。《南史・王僧綽傳》:"究識流品。"漫自,空自。

⑤【立注】《南史・徐摛傳》:摛文體既别,春坊盡學之,宫體之號,自斯而始。【按】宫體詩之内容以豔情、詠物爲多,而其中無詠杏花者,故云"宫體何曾爲杏花"。

【箋評】

【按】詩詠"灃湖寒食"富人家春雨杏花之美,謂南朝宫體未見題詠,而此花流

品當居第一也。

細　雨①

憑軒望秋雨②,凉入暑衣清。極目鳥頻没③,片時雲復輕。沼萍開更斂,山葉動還鳴。楚客秋江上,蕭蕭故國情④。

【校注】

①《英華》卷一五三天部雨載上首及此首,合題爲"細雨二首",此爲其二。

②【補注】軒,窗。

③【補注】没,指隱没於遠處天際雲中。

④【補注】楚客,詩人自指。庭筠舊鄉在江南吴楚舊地,故自稱"楚客"。蕭蕭,凄清貌。故國,指吴中故鄉。

【箋評】

【按】前三聯詠秋天細雨,尾聯則因秋江細雨而興故國之情。似晚年客江陵作。酌編咸通二年秋。

秋　雨①

雲滿鳥行滅②,池凉龍氣腥③。斜飄看棋簟④,疎灑望山亭。細響鳴林葉,圓文破沼萍⑤。秋陰杳無際,平野但冥冥。

【校注】

①《英華》卷一五三天部雨載此首。

② 滿,《英華》作"雨",旁注:疑。【按】"雨"係"滿"之缺訛。天空雲滿,則飛鳥没入雲中,猶上首"極目鳥頻没"。

③【補注】傳説深池中常有龍潛藏其中,下雨前後,池塘中常升騰腥氣,故有"池凉龍氣腥"之想象。"凉"字切"秋雨"。

④【補注】棋簟,棋盤。"看"之主體係詩人自己,下句"望"字同。

⑤【補注】圓文,指秋雨雨滴入池漾起的圓紋。沼萍,池塘中的浮萍。

【箋評】

【按】首句及五六句與前首第三句、第五六句意複。唯前首以情結,此則以景結。此類詩均頗近試帖體。

春初對暮雨[①]

淅瀝生叢篠[②],空濛泫網軒[③]。暝姿看遠樹[④],春意入塵根[⑤]。點細飄風急,聲輕入夜繁。雀喧争槿樹[⑥],人静出蔬園。瓦濕光先起[⑦],房深影易昏[⑧]。不應江上草,相與滯王孫[⑨]。

【校注】

①《英華》卷一五三天部對雨載此首。

②【補注】叢篠,竹林。

③ 空,《英華》作"涳",旁注:疑。【按】"涳"涉下二字而誤加水旁。【補注】泫,水下滴。網軒,網户,裝飾有網狀雕刻之門窗。韋應物《雨夜宿清都觀》:"洞户含凉氣,網軒構層陰。"

④【補注】暝姿,朦朧的身姿。此句即看遠樹之暝姿之意。

⑤ 塵,《全詩》校:一作"陳"。【立曰】疑作"陳"。鄭玄《毛詩箋》:陳根可拔。【補注】塵根,指塵泥下的草根,意自可通。

⑥【立注】謝靈運《田南樹園激流植援》詩:插槿當列墉。【補注】槿樹,木槿,常用作園圃的籬笆,此處即指槿籬,視下句"蔬園"可知。

⑦【補注】細雨濕瓦,在暮色中泛起反光,故云。

⑧ 影,顧本原作"景",字通。此仍從《英華》、姜本、《全詩》。【補注】暮雨天暗,房屋深邃,物影更顯昏暗。

⑨【補注】《楚辭·招隱士》:"王孫遊兮不歸,春草生兮萋萋。"

【箋評】

【按】刻畫暮雨,殊乏情韻,唯"聲輕""瓦濕"二語稍佳。尾聯謂暮雨與春草,不應相與阻王孫之歸也。似客游作,地在江南。

雪二首[①]

硯水池先凍，窗風酒易銷。鴉聲出山郭[②]，人迹過村橋[③]。稍急方縈轉，才深未寂寥。細光穿暗隙[④]，輕白駐寒條[⑤]。草静封還拆[⑥]，松欹墮復摇。謝莊今病眼，無意坐通宵[⑦]。

羸驂出更慵[⑧]，林寺已疎鐘。踏緊寒聲澀，飛交細點重。圃斜人過跡，階静鳥行蹤。寂莫梁鴻病，誰人代夜舂[⑨]？

【校注】

① 《英華》卷一五四天部詠雪載此二首。

② 鴉，《英華》作“雅”，注：即“鴉”字。郭，《英華》作“廓”，誤。

③ 【補注】作者《商山早行》有“雞聲茅店月，人跡板橋霜”之句，此聯構思、意境與之相似，而韻味則遜。

④ 【補注】細光，指細小泛着光亮的雪。暗隙，通向暗處的縫隙。

⑤ 【補注】輕白，指雪花。駐，停留、堆積。寒條，冬天的樹枝。

⑥ 拆，《英華》作“新”，旁注。疑。《全詩》、姜本作“拆”。【補注】封，指爲雪所封蓋。拆，裂，指雪裂開。

⑦ 【立注】《南史·謝莊傳》：與大司馬江夏王義恭牋，自陳眼患，五月來不復得夜坐，恒閉帷避風。【補注】《宋書·符瑞志上》：“大明五年正月戊午之日，花雪降殿廷。時衛將軍謝莊下殿，雪集衣。還白，上以爲瑞。於是公卿並作花雪詩。”顧氏失注，則此聯與題了不相涉。

⑧ 【補注】羸驂，瘦馬。因雪積難行，故瘦馬出行更顯慵懶，舉步遲緩。

⑨ 莫，《英華》作“寥”。《全詩》作“寞”，通。【立注】《後漢·逸民傳·梁鴻》：梁鴻至吴，依大家皋伯通，居廡下，爲人賃舂。【補注】《後漢書·逸民傳·梁鴻》：“鄉里勢家慕其高義，多欲女之（以女妻之），鴻並絶不娶。同縣孟氏有女狀肥醜而黑，力舉石臼，擇對不嫁，至年三十。父母問其故，女曰：‘欲得賢如梁伯鸞者。’鴻聞而聘之。”

【箋評】

【按】二首亦類試帖體。前首尾聯透露庭筠其時病眼，故不能坐通宵以賞雪。後首尾聯則透露其時庭筠妻已亡故，尚未再娶，故有“誰人代夜舂”之慨。

宿友人池[①]

背牆燈色暗[②],宿客夢初成[③]。半夜竹窗雨,滿池荷葉聲。簟凉秋閣思[④],木落故山情[⑤]。明發又愁起[⑥],桂花溪水清。

【校注】

①《英華》卷一六五地部七池載此首。又卷二七九送行十四亦載此首,題作"送人遊淮海",《全詩》題同《英華》卷二七九。【按】詩確係"宿友人池"之作,無"送人遊淮海"意。

② 牆,《英華》卷二七九、《全詩》作"檣",誤。色,顧嗣立校:一作"影"。

③【補注】宿客,詩人自指。

④ 閣,《全詩》作"閤",通。姜本一作"客",誤。【補注】句意謂因雨夜簟凉,宿於秋閣中之客人思緒縈繞。

⑤【補注】故山,指吴中舊鄉。

⑥【補注】明發,本指黎明、平明。語本《詩·小雅·小宛》:"明發不寐,有懷二人。"明發,謂將旦而光明開發。後轉用爲早晨啓程之義。陸機《招隱》之二:"明發心不夷,振衣聊躑躅。"此句即用早晨啓程之義。下句"溪水"説明詩人係乘舟旅行。

【箋評】

【按】羈旅途中,宿友人池閣。燈暗夢初成之際,聞竹窗夜雨、滿池荷聲,簟凉而秋思縈繞,葉落而鄉思轉添。想象明晨啓程續發,見桂花飄浮於溪水,當愁思悠悠難已也。詩清暢明麗,情致韻味均佳。羈旅思鄉之作,温所擅長。

原隰荑緑柳[①]

迴野韶光早[②],晴川柳滿堤[③]。拂塵生嫩緑,披雪見柔荑[④]。碧玉牙猶短[⑤],黄金縷未齊。腰支弄寒吹[⑥],眉意入春閨[⑦]。預恐狂夫折[⑧],迎牽逸客迷[⑨]。新鶯將出谷[⑩],應借一枝棲[⑪]。

【校注】

①《英華》卷一八八省試九(州府試附)載此首。注:集無。【立注】此省試題也。《文苑英華》注云:集中無此詩。【補注】原隰,廣平與低濕之地。語本《書·禹

貢》:“原隰厎績,至于豬野。”荑,發芽、萌生。

②【補注】迥野,遠郊。韶光,春光。

③ 柳滿,《英華》校:一作“映柳”。

④【立注】《詩》:手如柔荑。【補注】柔荑,柔軟潔白的初生茅草嫩芽。此指初生的柳枝嫩芽。

⑤【補注】碧玉,指碧緑的柳葉。賀知章《柳》:“碧玉妝成一樹高。”牙,指柳芽。

⑥ 支,《全詩》作“肢”,通。【補注】腰支,形容初生柳枝如女子細腰。弄,擺動。寒吹,寒風。

⑦【立曰】柳腰、柳眉,注並見下(《楊柳枝八首》)。【補注】初生柳葉如女子美眉,故云“眉意入春閨”。

⑧【立注】《詩》:折柳樊圃,狂夫瞿瞿。【補注】狂夫,無知妄爲者。

⑨【補注】逸客,超逸高雅者。句意謂柳條依依迎客,使逸客情牽思縈。

⑩【補注】《詩・小雅・伐木》:“伐木丁丁,鳥鳴嚶嚶。出自幽谷,遷于喬木。”自唐以來,常以嚶鳴出谷之鳥爲鶯,故以鶯遷、鶯出谷喻科舉登第。

⑪【補注】劉餗《隋唐嘉話》卷中:“李義府始召見,太宗試令詠烏,其末句云:‘上林多少樹,不借一枝棲。’”

【箋評】

【《唐詩類釋》卷十五】首句先從早春説入,次句點明“柳”字,三句承明“緑”字,四句折出“荑”字,五六句實寫“荑”字,七八句申寫柳之景象,九十句襯寫一層,末二句以自況意作結。

【按】首二句點題。三至八句均寫嫩柳。九十句憐愛之意。末拍合應試求登第意作結。非自況,乃自抒企望登第之情,“一枝”者,柳枝也。

宿秦生山齋①

衡巫路不同②,結室在東峰。歲晚得支遁,夜寒逢戴顒③。龕燈落葉寺④,山雪隔林鐘。行解無由發⑤,曹溪欲施春⑥。

【校注】

①《英華》卷二一七人事四宿會載此首。又卷三一七居處七園齋亦載此首,題內“秦”作“陳”。生,顧嗣立曰:疑作“僧”。《全詩》校:一作“僧”。【按】據頷、尾二聯用典,似應作“僧”。

②【立注】顔延之詩：江漢分楚望，衡巫奠南服。注：衡、巫，二山名。【補注】衡巫，可指衡、巫二山，也可指二山所在的衡州、夔州一帶地區。此以赴衡、巫之不同路喻己與秦僧之僧、俗不同道。

③ 支遁、戴顒，見卷四《重游圭峰宗密禪師精廬》，"戴顒"二句注。此分指秦僧與自己。

④【補注】龕燈，佛龕前的長明燈。龕，供奉佛的石室或小閣。

⑤ 行解，《英華》校：一作"行李"，一作"戒行"。【補注】行解，佛教用語，行指佛教的修習與踐行，解即知解、解會。或謂指心識游行所對之境而解了之。

⑥【立注】李舟《能大師傳》：五祖弘忍告之曰："汝緣在南方，宜往教授，持此袈裟以爲法信。"一夕南逝。公滅度後，諸弟子求衣不獲，始相謂曰："此非盧行者所得邪？"使人追之，已去。《寶林傳》：能大師傳法衣處，在曹溪寶林寺。【補注】曹溪，水名，在今廣東曲江東南雙峰山下。此借指禪宗南宗始祖慧能，以其在曹溪寶林寺演法，故稱，慧能原爲舂米行者。此云"曹溪欲施舂"，謂己欲依門下皈依佛法，爲秦僧弟子。

【箋評】

【按】起聯謂己與秦僧僧俗道異，彼則結室東峰。頷聯謂彼此在歲暮夜寒時相逢相識。腹聯夜宿山齋所見所聞，境界清寂。尾聯謂己於佛教之修習踐行知解尚無緣受到啓發，願依秦僧門下爲弟子。

贈楚雲上人①

松根滿苔石，盡日閉禪關②。有伴年年月，無家處處山。煙波五湖遠，瓶屨一身閑③。岳寺蕙蘭晚，幾時幽鳥還？

【校注】

①《英華》卷二二三釋門五載此首。【補注】上人，對僧人的尊稱。《釋氏要覽・稱謂》引古師云："內有德智，外有勝行，在人之上，名上人。"楚雲上人，未詳。

②【補注】禪關，此指禪寺之門。

③【補注】五湖，指太湖。瓶屨，指僧人所攜的净水瓶和所著的芒鞋。

【箋評】

【按】松根之坐石長滿青苔，禪寺之大門盡日長關，見楚雲上人久已不在寺內。

三四謂其年年惟與月作伴，無家而處處山寺均可爲家，見其常年雲游四方。五六謂其雲游之地或遠在煙波浩渺之太湖，攜净瓶著芒鞋到處雲游可謂一身閑。尾聯謂岳寺之蕙蘭行將凋衰，何時上人能如幽鳥之歸山回到此處呢？味詩意，楚雲上人蓋西岳華山某禪寺僧人，詩人往訪不遇，知其雲游在外已久，故作此詩以留贈。

宿白蓋峰寺寄僧①

山房霜氣晴②，一宿遂平生。閣上見林影，月中聞澗聲。佛燈銷永夜，僧磬徹寒更。不學何居士，焚香爲宦情③。

【校注】

①《英華》卷二二三釋門五載此首。【補注】卷八《宿雲際寺》云："白蓋微雲一徑深，東峰弟子遠相尋。"白蓋峰疑即雲際山，在鄠縣東南六十里。白蓋峰寺，疑即指雲際山大定寺。參見卷八《宿雲際寺》注①。

② 晴，《全詩》、顧本校：一作"清"。

③ 宦，《英華》作"官"，誤。【立注】《晋・何充傳》：充與弟凖俱崇信釋氏，謝萬譏之曰："二郄諂於道，二何佞於佛。"【補注】《晋書・何充傳》："性好釋典，崇修佛寺，供給沙門以百數，糜費巨億而不吝也。親友至於貧乏，無所施遺，以此獲譏於世。阮裕嘗戲之曰：'卿志大宇宙，勇邁終古。'充問其故，裕曰：'我圖數千户郡尚未能得，卿圖作佛，不亦大乎！'"充官至宰相，而佞於佛，故曰"焚香爲宦情"。

【箋評】

【按】首聯宿白蓋峰寺山房。頷腹二聯宿寺所見所聞，一寺外，一寺内。尾聯則謂己之學佛，志尚真誠，非如何充之佞佛而宦情甚熾也。

送僧東遊①

師歸舊山去②，此别已凄然。燈影秋江寺，篷聲夜雨船③。鷗飛吴市外④，麟卧晋陵前⑤。若到東林社⑥，誰人更問禪？

【校注】

①《英華》卷二二三釋門五載此首。【補注】東遊，據"吴市""晋陵"語，當是東遊吴地。

②【補注】舊山，指庭筠之舊鄉吴中。“歸”字如指歸僧人昔日駐錫之山，則題不當曰“送僧東遊”，而應曰“送僧東歸”。

③ 篷，《英華》、姜本作“蓬”。通。

④【立注】《漢・梅福傳》：變姓名爲吴市門卒。【補注】吴市，吴都（蘇州）之街市。《越絶書・外傳記吴地傳》：“吴市者，春申君所造。闕兩城以爲市，在湖里。”

⑤【立注】《晉・州郡志》：南徐州刺史領晉陵太守。吴時分吴郡無錫以西爲毘陵，晉東海王越世子名毘，永嘉五年，帝改爲晉陵。【按】顧注非。此“晉陵”非指晉陵郡或晉陵縣，乃指東晉帝王之陵墓。麟指陵前之石麟。韋莊《上元縣》：“止竟霸圖何物在？石麟無主卧秋風。”即“麟卧晉陵前”之意。《元和郡縣圖志・江南道一・上元縣》：“晉元帝睿建平陵、明帝紹武平陵、成帝衍興平陵，並在縣東北六里雞籠山。康帝岳崇平陵，在縣東北二十里蔣山西南。哀帝丕安平陵，在縣北六里雞籠山南。簡文帝昱高平陵、孝武帝昌明隆平陵、安帝德宗休平陵、恭帝德文冲平陵，並在縣東北二十里蔣山西南。”僧東遊當至金陵、蘇州，故有此一聯。

⑥【補注】東林社，晉慧遠法師與劉遺民、雷次宗、宗炳等十八人發起白蓮社於廬山東林寺，故稱。此當借指吴中舊鄉己曾訪游之僧寺，所曾結交之僧人。

【箋評】

【按】首聯謂僧東遊至吴中己之舊鄉，而己則未能“歸舊山”，故相别不覺凄然。頷聯經行吴地所見所聞景物，饒有地方特色與詩情。腹聯蘇州、金陵二地之風物古蹟，亦僧東遊吴中必至之地。尾聯謂僧若到己昔遊之寺，有誰人更往問禪乎？慨己之不能歸舊山重訪也。此詩頷聯句法似“雞聲茅店月，人迹板橋霜”一聯，翁方綱《石洲詩話》卷二曾將二聯作比較，謂其“同是一樣手法”，而將“雞聲”一聯誤爲義山詩。

盤石寺留别成公①

槲葉蕭蕭帶葦風②，寺前歸客别支公③。三秋岸雪花初白④，一夜林霜葉盡紅⑤。山疊楚天雲壓塞，浪遥吴苑水連空⑥。悠然旅榜頻回首⑦，無復松窗半偈同⑧。

【校注】

①《英華》卷二二三釋門五載此首。【補注】卷七有《和友人盤石寺逢舊友》五律。首句云“楚寺上方宿”，此首亦云“山疊楚天”，又云“浪連吴苑”，可證寺當在吴

楚之地。前詩云“水闊紅葉秋”，此首亦云“三秋岸雪花初白，一夜林霜葉盡紅”，時令物候相同。可證二詩當同時先後之作。此詩係離盤石寺時留别寺僧成公之作。疑會昌元年秋東歸吴中舊鄉途中作。

② 【補注】槲，即柞櫟樹。葦，蘆葦。

③ 客，《全詩》、顧本校：一作“路”。【補注】歸客，詩人自指。《和友人盤石寺逢舊友》有“月溪逢遠客，煙浪有歸舟”之句，與此“歸客”亦合。詩人離盤石寺後，當歸吴中舊居。支公，支遁，詳卷四《重游圭峰宗密禪師精廬》“支遁他年識領軍”句注。此以“支公”借指成公。

④ 花初，姜本作“蘆花”，非。【立注】《格物叢話》：蘆，葦之未秀者也。有節如竹，至末抽頭，頭上生花，花色白。或謂之荻花，即此。晋時謡云：“官家養蘆花成荻。”

⑤ 【補注】葉，指楓葉。又，江南多烏桕樹，秋天經霜後亦染紅。

⑥ 吴苑，見卷一《吴苑行》注①。【按】吴苑所在，即庭筠之吴中舊鄉一帶。

⑦ 【立注】曹植《朔風》詩：誰忘汎舟，媿無榜人。張揖《漢書注》：榜人，船長也。【補注】榜，船槳，代指船。旅榜，猶客船，指作者所乘之舟，即五律所謂“煙浪有歸舟”。

⑧ 【立注】《南史》：陶弘景好松風，庭院皆種松，聞其響，欣然爲樂。半偈，詳卷四《寄清源寺僧》注③。

【箋評】

【按】首聯點題。頷聯眼前蘆花似雪、楓葉盡紅之深秋明麗景象。腹聯遠望所見山疊楚天、雲壓楚塞，浪連吴苑、水接遥天之壯闊境界。尾聯則客舟頻頻回首，惜不能與成公於松窗下再同賦半偈也。

訪知玄上人遇暴經因有贈[①]

縹帙無塵滿畫廊[②]，鍾山弟子静焚香[③]。惠能未肯傳心法[④]，張湛徒勞與眼方[⑤]。風颾檀煙銷篆印[⑥]，日移松影過禪牀。客兒自有翻經處[⑦]，江上秋來蕙草荒。

【校注】

①《英華》卷二二三釋門五載此首。【立注】《稽古略》：知玄姓陳氏，咸通四年，制署號悟達國師。【補注】宋贊寧《高僧傳・悟達國師知玄傳》：知玄，俗姓陳，眉州

洪雅人。少於蜀削髮出家。文宗時，居長安資聖寺，詔入顧問。“武宗御宇，玄即歸巴、岷舊山，例施巾櫛。方扁舟入湖、湘間，時楊給事漢公廉問桂嶺，延止開元佛寺。”“屬宣宗龍飛，玄復掛壞衣上國寶應寺。帝以舊藩邸造法乾寺，詔玄居寺之玉虚亭。大中三年，因奏天下廢寺基，各敕重建。大中八年，上章乞歸故山，大行例濟，受益者多。”“有李商隱者，一代文宗，時無倫輩，常從事河東柳公梓潼幕，久慕玄之道學，後以弟子禮事玄。時居永崇里，玄居興善寺。義山苦眼疾，慮嬰昏瞽，遥望禪宫，冥禱乞願。玄明旦寄《天眼偈》三章，讀終疾愈。迨乎義山卧病，語僧録僧徹曰：“某志願削染，爲玄弟子。”臨終寄書偈訣别。鳳翔府寫玄真，李義山執紼侍立焉……中和二年，弟子左街僧録净光大師僧徹述傳。”知玄僖宗廣明年間卒。文宗、宣宗時均曾在長安。庭筠大中十年後歷襄陽、荆南幕，約咸通四年方還長安。故此詩可能作於大中八年玄歸故山之前數年内。暴經，曝曬佛經。按：《全唐詩》於《盤石寺留别成公》後，爲《題中南佛塔寺》至《鴻臚寺有開元中錫宴堂樓臺池沼雅爲勝絶荒凉遺址僅有存者偶成四十韻》等十四首，顧本此十四首在《月中宿雲居寺上方》之後，與《全唐詩》次序不同。

②【補注】縹帙，淡青色之書衣。此代指佛經經卷。畫廊，廊壁上有畫，故云。

③ 鍾，《英華》作“終”。鍾山弟子，未詳。【按】《南齊書·周顒傳》，顒“泛涉百家，長於佛理，著《三宗論》”，“於鍾山西立隱舍”，是否指顒，未可定。詩意則以“鍾山弟子”指寺僧。

④ 能，姜本作“然”，非。【立注】李舟《能大師傳》：五祖弘忍告之曰：“汝緣在南方，宜往教授，持此袈裟以爲法信。”一夕南逝。公滅度後，諸弟子求衣不獲，始相謂曰：“此非盧行者所得邪？”使人追之，已去。【補注】惠能，即慧能，禪宗南宗創始人，俗姓盧。於龍朔元年赴黄梅參見弘忍，爲行者，在碓房舂米。後弘忍爲選嗣法弟子，命寺僧各作偈。上座神秀主漸悟，慧能主頓悟，所作偈“菩提本非樹，明鏡亦非臺。本來無一物，何處惹塵埃”。得到弘忍贊許，密授法衣。後在韶州曹溪寶林寺弘揚“直指人心，見性成佛”之頓悟法門，與神秀倡導實行之“漸悟”相對，成爲南宗禪始祖。心法，指經典以外的傳受之法，禪宗以心傳心之法。此句謔言知玄未肯收己爲弟子，祕授己以心法。

⑤【立注】《晋書》：范寧常苦目痛，就張湛求方，湛書損讀書、減思慮、專内觀、簡外事、旦起晚、夜早眠六事。【補注】張湛，晋武帝時以才學官中書侍郎、光禄勳，曾撰《養生要集》十卷，今佚。此借指知玄。據《高僧傳》叙李商隱曾苦眼疾求醫於知玄事，玄或能醫治眼疾。庭筠《雪二首》之一自稱“謝莊今病眼”，故玄亦與治眼之方，曰“徒勞”者，謂藥方無效，眼疾未愈也。

⑥【補注】篆印，篆香，即盤香，用榆樹皮粉作糊，加入香料（如檀香），用金屬格印製之盤旋狀綫香。因其像篆字形，故稱。

⑦【立注】客兒，謝靈運小字。《廬山記》：謝靈運一見遠公，肅然心服，乃即寺翻《涅槃經》，名其臺曰翻經臺。【補注】客兒，詩人自指。翻經處，即末句所云"江上秋來蕙草荒"之地，當指吴中舊鄉之佛寺。

【箋評】

【按】首聯訪知玄，適遇其焚香曬經。頷聯謂知玄未肯傳授己以心法，收己爲弟子，僅得其治眼疾之方，亦屬徒勞。腹聯風颺檀煙，篆字香銷；日移松影，光過禪牀，見時間之推移。尾聯謂己自有翻經（以翻譯之翻諧翻曬之翻）之地，惜羈客他鄉，久未前往，舊鄉吴中秋來江邊之蕙草已荒蕪凋枯矣。

寄崔先生①

往年江海别元卿②，家近山陽古郡城③。蓮浦香中離席散④，柳堤風裏釣船横。星霜荏苒無音信，煙水微茫變姓名⑤。菰黍正肥魚正美⑥，五侯門下負平生⑦。

【校注】

①《英華》卷二二九道門五載此首。崔先生，名未詳。

②【立曰】（元卿）見卷四《題韋籌博士草堂》"元卿謝免開三徑"句注。【補注】此以隱居不仕之蔣詡（字元卿）喻崔，謂昔年於江海之上别崔。江海，指隱士居處。《莊子·刻意》："就藪澤，處閒曠，釣魚閒處，無爲而已矣。此江海之士，避世之人。"

③【補注】山陽，晋置郡名，治所在今江蘇淮安。隋廢郡留縣，唐仍之，屬楚州淮陰郡。

④ 浦，《英華》校：一作"沼"。

⑤【立注】《史記·越世家》：范蠡浮海出齊，變姓名爲鴟夷子皮。

⑥【立注】《西京雜記》：菰之有米者，長安人謂爲雕胡。【補注】此句隱用晋張翰在洛陽，見秋風起，因思吴中菰菜、蓴羹、鱸魚膾，遂命駕東歸事，見《晋書·文苑傳·張翰》。此指己之吴中舊鄉物産甚美，正宜歸去。

⑦【立注】《西京雜記》：五侯不相能，賓客不得往來。婁護、豐辯，傳食五侯間，各得其歡心，競致奇膳。護乃合以爲鯖，世稱五侯鯖，以爲奇味焉。【補注】漢成帝時，悉封舅王譚、王立、王根、王逢時、王商爲列侯。五人同日封，故世謂之五侯。見《漢書·元后傳》。此泛指權貴豪門。

【箋評】

【按】前四句寫昔年於山陽古郡城崔隱居之地與之離别，三四寫别時景象，頗富詩情畫意。腹聯别後星霜頻换，光陰荏苒，杳無音信，揣想崔當如范蠡之變姓名隱於煙水微茫之湖海。尾聯謂吴中舊鄉，菰黍鱸魚正美，深慨己之游於五侯門下，負平生之志願，有愧於崔之高逸也。此詩音節流暢，格調清新，亦富情致。會昌元年庭筠東歸吴中舊鄉途經山陽古郡時值春令，此詩有"蓮浦香中"字，當在夏末，或會昌三年自吴中返長安時經山陽與崔分别。此作則又在别後數年。

敬答李先生①

七里灘聲舜廟前②，杏花初盛草芊芊。緑昏晴氣春風岸③，紅漾輕輪野水天④。不爲傷離成極望⑤，更因行樂惜流年。一瓢無事麛裘暖⑥，手弄溪波坐釣船。

【校注】

①《英華》卷二二九道門五載此首。李先生，名未詳。

②【立注】顧野王《輿地志》：七里瀬在東陽江下，與嚴陵瀬相接，有嚴山。桐廬縣南有嚴子陵漁釣處，今山邊有石，上平，可坐十人，臨水，名爲嚴陵釣壇也。《括地志》：越州餘姚縣有歷山舜井。【補注】七里灘，又名七里瀬，在今浙江桐廬縣南。兩山夾峙，東陽江奔瀉其間，水流湍急，連亘七里，故名。北岸富春山（嚴陵山）傳爲嚴光耕作垂釣處。舜廟，亦當在七里灘一帶，非遠在餘姚者。

③【補注】句意爲春風染緑岸上的草樹，在晴光照映下，瀰漫着一層霧氣。

④ 輪，《全詩》作"綸"。【補注】紅，指杏花花瓣。輕輪，指釣輪。詳卷四《寄湘陰閻少府乞釣輪子》注①②③。

⑤【補注】極望，極目遠望。句意謂不因傷離而極目遠望。

⑥【補注】《論語・雍也》："一簞食，一瓢飲，在陋巷，人不堪其憂，回也不改其樂。"麛，幼鹿。麛裘，即麑裘。

【箋評】

【按】前兩聯寫七里灘之春景，"紅漾輕輪"暗透李亦嚴光式隱於耕釣之高士，後兩聯贊美其淡泊自守、達觀安恬之人生態度。似會昌二年游越中時作，據"杏花""春風"字，當在二年春。卷七有《雨中與李先生期垂釣先後相失因作疊韻》，與此詩

之“李先生”當是一人。

宿灃曲僧舍[①]

東郊和氣新[②],芳靄遠如塵[③]。客舍停疲馬[④],僧牆畫故人。沃田桑景晚[⑤],平野菜花春。更想嚴家瀨[⑥],微風蕩白蘋[⑦]。

【校注】

①《英華》卷二三八寺院六載此首。僧,《全詩》、顧本校:一作“精”。【補注】灃,水名,源出今陝西長安縣西南秦嶺山中,北流至西安市西北入渭水。《書·禹貢》:“漆、沮既從,灃水攸同。”《史記·封禪書》司馬貞索隱引《十三州記》:“灃水出鄠縣南。”灃曲,灃水的拐彎處。此詩當爲庭筠寓居鄠郊時作,具體時間未詳。

②【補注】東郊,指鄠縣之東郊。和氣,指春天的陽和晴暖之氣。

③【補注】芳靄,春天的煙霧。

④ 舍,《英華》校:一作“路”。【補注】客舍,指僧寺中的客舍。

⑤ 景,顧本作“葉”,據《英華》《全詩》、姜本改。【補注】《太平御覽》卷三引《淮南子》:“日西垂,景在樹,謂之桑榆。”桑景晚,指落日餘輝照映桑樹之端,作“葉”者非。

⑥ 嚴家瀨,即嚴陵瀨,傳爲嚴光耕釣處,見上首注②。

⑦【補注】柳惲《江南曲》:“江洲采白蘋,日暖江南春。”

【箋評】

【按】宿僧舍詩而所寫内容殊少清寂之境,而多春日融和駘蕩之景。“沃田”一聯,白描佳境。尾聯由眼前春景聯想到嚴瀨春風摇蕩白蘋之江南春景,寓歸隱之思,亦有情致。

宿一公精舍[①]

夜闌黄葉寺,瓶錫兩俱能[②]。松下石橋路,雨中山殿燈[③]。茶爐天姥客[④],棋席剡溪僧[⑤]。還笑《長門賦》[⑥],高秋卧茂陵[⑦]。

【校注】

①《英華》卷二三八寺院六載此首。【立注】《方伎傳》:僧一行姓張氏,先名遂,

魏州昌樂人。初,一行訪師至天臺山國濟(當作清)寺,見一院古松十數,門有流水。一行立于門屏間,聞院僧于庭布算聲,而謂其徒曰:"今日當有弟子自遠求吾算法,到門豈無人導達也!"一行承其言而趨入,盡授其術焉。【補注】一行(683—727),張公謹之孫,出家後博覽經典,精通曆算,著有《大衍曆》等。從善無畏筆受《大日經》,並作疏,爲佛教密宗之祖。題内"一公精舍",或即指天臺國清寺,視詩中"松下石橋""天姥""剡溪"等語可揣知。參各句注。

② 【立注】《釋氏要覽》:游行僧爲飛錫,安住僧爲挂錫。【補注】瓶錫,僧人用的瓶鉢和錫杖,借指游方與住寺。

③ 《英華》校:一作"松下石橋雨,山中佛殿燈"。【立注】宋之問詩:待入天臺路,看余渡石橋。注:天臺赤城山高八千丈,上有石橋,廣不盈尺,下臨萬丈深淵。【補注】天臺國清寺外有石橋。

④ 爐,姜本作"煙"。【立注】謝靈運詩:暝投剡中宿,明登天姥岑。《寰宇記》:天姥山在剡縣南八十里。《元和郡國志》:天姥山與括蒼山相連,石壁上有字,科斗形,高不可識。春月,樵者聞簫鼓笳吹之聲。

⑤ 【立注】道源《李義山詩注》:晋法潛隱會稽剡山,或問其勝友爲誰,指松曰:"此蒼髯叟也。"【補注】剡溪,即今曹娥江之上游,在浙江嵊縣南。"剡溪僧"與上句之"天姥客"均泛指國清寺近地之僧俗客人。

⑥ 長門賦,見卷六《洞户二十二韻》"新賦换黄金"句注。

⑦ 卧茂陵,見卷五《車駕西遊因而有作》"寂寞相如卧茂陵"句注。

【箋評】

【按】首聯夜宿一公精舍,贊美一行遊方與住寺俱能。一行曾隱嵩山,又曾步往荆州當陽山,依沙門悟真以習梵律;後又至天臺國清寺居留,向寺僧求教數學,以修訂《大衍曆》。頷聯夜宿所見。腹聯謂寺内有來自近地天姥山與剡溪之僧俗客人,與寺僧品茗弈棋。尾聯則因精舍清逸之境而自笑空有作賦之才,而身世寂寞如當年高秋卧病閑居之司馬相如也。疑會昌二年秋在越中時作。

月中宿雲居寺上方①

虚閣披衣坐②,寒階踏葉行。衆星中夜少,圓月上方明。靄盡無林色,喧餘有澗聲③。祇因愁恨事④,還逐曉光生⑤。

【校注】

① 《英華》卷二三八寺院六載此首。【補注】雲居寺,舊址在今陝西西安市南終

南山上。白居易有《雲居寺孤桐》《遊雲居寺贈穆三十六地主》詩。又有《寄王質夫》詩云："春尋仙遊洞，秋登雲居閣。"仙遊洞在盩厔（今周至）城南仙遊山，雲居寺當與之相距不遠。《全唐文》卷七五七何籌《唐雲居寺故寺主律大德神道碑銘》云："盡得南山之要，皆揚東增之能。"知寺在終南山上。又，今襄陽城西有廣德寺，始建於唐貞觀年間，名雲居禪寺。皮日休有《過雲居院玄福上人舊居》詩。明成化年間由隆中遷襄陽，名"廣德禪林"，疑非此詩所指。上方，住持僧居住之内室。此詩亦寓居鄠郊時所作。具體年份未詳。

② 虚閣，姜本此二字闕文。【補注】虚閣，當即白詩所謂"雲居閣"。

③ 靄盡，姜本此二字闕文。【補注】靄，指山中的煙霧。喧餘，喧鬧之聲停歇後。

④ 因，《英華》《全詩》作"應"，通。

⑤ 曉，姜本作"晚"，非。

【箋評】

【方回曰】衆星至中夜而少，以圓月之明在上方也，乃一句法。五六尤得月夜清寂之味。（《瀛奎律髓》卷五十七）

【何焯曰】本緣愁恨不能成眠，得此清境暫焉豁爾，落句翻使上六句皆有言外味，然此豈容以起承轉合忖量耶？三四倒裝。（《瀛奎律髓滙評》引。下同）

【查慎行曰】第三句翻從第四句倒映。

【紀昀曰】三四只是"月明星稀"之意，衍爲十字，殊少味。五句笨，六句自可。

【按】詩寫夜宿雲居寺清迥静寂之境。六句謂其他聲響停歇後惟餘澗水淙淙之清韻，體會真切。尾聯謂己心中别有幽愁暗恨，還隨曉光而生，似非如何氏所云。

題中南佛塔寺①

鳴泉隔翠微②，千里到柴扉。地勝人無欲，林昏虎有威。澗苔侵客屨③，山雪入禪衣。桂樹芳陰在，還期歲晏歸④。

【校注】

①《英華》卷二三八寺院六載此首。題内"寺"作"院"。【補注】中南，山名，即終南山。《左傳・昭公四年》："三塗、陽城、太室、荆山、中南，九州之險也。"杜預注："（中南）在始平武功縣南。"《詩・秦風・終南》"終南何有"毛傳："終南，周之名山中南也。"《初學記》卷五引《五經要義》："終南山，長安南山也。一名太一。潘岳《關中記》云：'其山一名中南，言在天之中，居都之南，故曰中南。'"

②【補注】翠微，青翠掩映之山腰幽深處。此指青翠之山巒。

③【補注】客，詩人自指。句意謂己造訪佛塔寺，一路行來，鞋上霑有澗苔之迹。

④【補注】《楚辭・招隱士》："桂樹叢生兮山之幽，偃蹇連蜷兮枝相繚。山氣巃嵸兮石嵯峨，谿谷嶄巖兮水曾波。猿狖群嘯兮虎豹嗥，攀援桂枝兮聊淹留。王孫遊兮不歸，春草生兮萋萋。歲暮兮不自聊，蟪蛄鳴兮啾啾。"末二句從此化出。

【箋評】

【方回曰】三四新異。（《瀛奎律髓》卷五十七）

【紀昀曰】三四粗淺。（《瀛奎律髓滙評》引）

【按】首聯寺院所在有鳴泉從隔山流淌而下。次聯狀其地勝林幽。腹聯點明己之踏澗苔造訪，不見寺僧，但見山雪侵入禪衣，尾聯盼寺僧歲晏歸來。謂山中桂樹芳陰仍在，期君之歸賞也。腹聯清迥有味。

馬嵬佛寺①

荒雞夜唱戰塵深②，五鼓雕輿過上林③。才信傾城是真語④，直教塗地始甘心⑤。兩重秦苑成千里⑥，一炷胡香抵萬金⑦。曼倩死來無絶藝，後人誰肯惜青禽⑧？

【校注】

①《英華》卷二三八寺院六載此首。【立注】李肇《國史補》：玄宗幸蜀，至馬嵬驛，（命高力士）縊貴妃于佛堂梨樹之前。【補注】《舊唐書・楊貴妃傳》："及潼關失守，從幸至馬嵬，禁軍大將陳玄禮密啓太子，誅國忠父子。既而四軍不散，玄宗遣力士宣問，對曰：'賊本尚在。'蓋指貴妃也。帝不獲已，與妃訣，遂縊死於佛室。"

②【補注】《周禮・春官・雞人》："雞人掌供雞牲，辨其物。大祭祀，夜嘑旦以嘂百官。凡國之大賓客、會同、軍旅、喪紀，亦如之。"《漢官儀》："宫中不得畜雞，衛士候於朱雀門外傳雞唱。"此言玄宗奔蜀途中，不聞雞人傳唱報曉，唯聞荒村之雞夜唱，戰塵已經深入關中。

③【補注】雕輿，皇帝乘坐的金輿。上林，漢宫苑名，此借指唐宫苑。《舊唐書・玄宗紀》：天寶十五載，六月"甲午，將謀幸蜀，乃下詔親征……乙未，凌晨自延秋門出，微雨霑濕，扈從惟宰相楊國忠、韋見素，内侍高力士及太子。親王妃主皇孫已下多從之不及。"漢上林苑規模宏大，北繞黄山（今興平縣馬嵬鎮北）。故至馬嵬驛亦可云"過上林"。

④【立注】李延年歌:“北方有佳人,絶世而獨立。一顧傾人城,再顧傾人國。(寧不知)傾城復傾國,佳人難再得。”《般若經》:如來是真語者、實語者。【補注】句意謂玄宗直到倉皇出奔之時,才相信沉迷美色可以傾覆國家。李商隱《馬嵬二首》之一:“君王若道能傾國,玉輦何由過馬嵬。”意似相反,而譏其溺於美色則同。

⑤【立注】潘岳《關中》詩:肝腦塗地。注:《漢書》:一敗塗地。《屈原傳》:不願得地,願得張儀而甘心焉。【補注】《史記·劉敬叔孫通列傳》:“(陛下)大戰七十,小戰四十,使天下之民肝腦塗地,父子暴骨中野,不可勝數。”此句“塗地”即使天下之民肝腦塗地。甘心,快意。

⑥【立注】《兩京新記》:開元二十年,築夾城入芙蓉園。自大明宫夾亘羅城複道,經通化門觀以達興慶宫,次經春明、延喜門至曲江、芙蓉園,而外人不知也。張禮《遊城南記》:芙蓉園與杏園皆秦宜春、下苑之地,唐之南苑也。【補注】兩重秦苑,指有内外城之長安城。玄宗奔蜀,長安城闕已遥隔千里。

⑦ 抵,《英華》校:一作“直”。【立注】庾信銘:胡香四兩。《十洲記》:武帝幸安定,西胡月支國主遣使獻香四兩,大如雀卵,黑如桑葚,香氣聞數百里,死者在地,聞香氣乃却活。後元元年,長安城内病者數百,亡者大半。帝試取月氏神香燒之於城内,其死未三月者皆活。杜甫詩:家書抵萬金。【補注】《開元天寶遺事》卷上:“明皇正寵妃子,不視朝政。安禄山初承聖睠,因進助情花香百粒,大小如粳米而色紅。每當寢處之際,則含香一粒,助情發興,筋力不倦。帝祕之曰:‘此亦漢之慎䘏膠也。’”胡香,或指此類。刺玄宗寵楊妃,淫佚無度,至用安禄山所進之助情香也。

⑧【《英華》注】《司馬相如傳》注:“青禽,古神女也。”一本作“青琴”。【立注】《漢武故事》:七月七日,上於承華殿齋。正中,忽有一青鳥從西方來,集殿前,東方朔曰:“此王母欲來也。”有頃,王母至。【補注】《史記·滑稽列傳》:“武帝時,齊人有東方生名朔,以好古傳書,多所博覽外家之語……建章宫後閣重櫟中有物出焉,其狀似麋……莫能知。詔東方朔問之,朔曰:‘……所謂騶牙者也。遠方當來歸義,而騶牙先見……’其後一歲所,匈奴混邪王果將十萬衆來降漢。”此以“絶藝”指未卜先知、溝通仙凡之能。蓋嘲諷當時方士之流,無法如東方朔之溝通仙凡,使青鳥轉致玄宗思念楊妃之意也。“後人”指唐之方士。

【箋評】

【按】晚唐詩人多詠馬嵬事,同時之李商隱、韓琮均有馬嵬詩(琮詩已佚)。庭筠此詩,内容近似商隱之《馬嵬二首》,而譏刺更毒,格調則不免鄙俗。與庭筠之同題材、體製之作《馬嵬驛》相比,亦有雅俗之别。

清源寺[①]

黄花紅樹謝芳蹊[②]，宫殿参差黛巘西[③]。詩閣曉窗藏雪嶺[④]，畫堂秋水接藍溪[⑤]。松飄晚吹摐金鐸[⑥]，竹蔭寒苔上石梯。妙跡奇名竟何在[⑦]，下方煙暝草萋萋[⑧]。

【校注】

①《英華》卷二三八寺院六載此首，題作"清凉寺"，席本、《全詩》、顧本題並同《英華》。【按】據詩中"畫堂秋水接藍溪"之句，寺當在藍溪附近（藍溪在今陝西藍田縣）。按王維晚年曾上表，請施輞川莊别業爲寺（見其《請施莊爲寺表》），即清源寺。據張彦遠《歷代名畫記》："清源寺壁上畫輞川，筆力雄壯。"此詩"妙跡奇名竟何在"之"妙跡"，當即指王維《輞川圖》之真跡。則題"清凉寺"必"清源寺"之誤。卷四《寄清源寺僧》，題内"源"一作"凉"，源、凉二字形近易訛也。《寄清源寺僧》腹聯寫景"簾向玉峰藏夜雪，砌因藍水長秋苔"，與本篇頷聯寫景"詩閣曉窗藏雪嶺，畫堂秋水接藍溪"極似，且"詩閣""畫堂"又切合王維之工詩善畫，尤可證此詩所詠必清源寺無疑，故逕加改正。参注④⑤。

②【補注】黄花，指菊花。紅樹，指樹葉經霜變紅的樹，如楓樹。謝芳蹊，指路上積有凋謝的菊瓣、楓葉。

③【補注】黛巘，青翠的山峰，指藍田山。長安宫殿在藍田山之西，故云。

④【補注】詩閣，吟詩的小閣。一般佛寺無所謂"詩閣"，参下句"畫堂"，必寺之原主人工詩善畫，寺係其生前所居，後作爲佛寺者。而王維自稱"宿世謬詞客，前身應畫師"（《偶然作》），又施輞川莊爲寺，故寺有"詩閣""畫堂"。雪嶺，當指藍田山。與《寄清源寺僧》之"玉峰"同指。藍田山又名玉山，"詩閣曉窗藏雪嶺"，即《寄清源寺僧》之"簾向玉峰藏夜雪"。

⑤【補注】藍溪，即藍水、藍谷水。《類編長安志》卷六："藍谷水，南自秦嶺，西流經藍關、藍橋，過王順山下，出藍谷，西北流入霸水。"宋之問《藍田山莊》："輞川朝伐木，藍水暮澆田。"按：王維輞川别業即宋之問原藍田山莊，在藍田輞口。

⑥ 吹，《全詩》、顧本校：一作"翠"。【立注】楊衒之《洛陽伽藍記》：永寧寺有九層浮屠，刹上有金寶瓶，寶瓶有承露金盤，周帀皆垂金鐸。高風永夜，寶鐸和鳴，鏗鏘之聲，聞及十餘里。【補注】晚吹，晚風。摐，撞擊。此謂晚風中松濤作響，寺殿之金鈴撞擊有聲。

⑦ 在，《英華》作"往"。【補注】妙跡，指王維所畫的輞川圖壁畫真跡，参注①。又世傳王維《輞川圖》有紙本，宋人黄庭堅、秦觀等均有記述。奇名，指其詩名。庭

筠作此詩時,清源寺壁上之輞川圖或已不存,故云"竟何在(往)"。

⑧【補注】下方,猶下界、人間,相對於佛寺的上方而言。姚合《題山寺》:"雲開上界近,泉落下方遲。"

【箋評】

【按】此遊清源寺而聯及其原主人,故詩之内容,構思均緊密聯係王維工詩善畫之特點。所寫景物,如"藍溪""雪嶺",亦輞川近視遠眺所習見者。題目考證與校正直接牽涉對此詩内容之理解。如仍沿"清凉寺"之誤題,則不但寺之所在無從考證,且詩中"詩閣""畫堂""妙跡奇名"等語亦均不可解。唯其爲"清源寺",即王維輞川别業後施爲寺者,詩方豁然可解,且可與庭筠詠同樣題材之詩互證。句解已詳注中。

贈盧長史①

移病欲成隱②,扁舟歸舊居。地深新事少③,官散故交疎④。道直更無侶,家貧唯有書。東門煙水夢,非獨爲鱸魚⑤。

【校注】

①《英華》卷二六一寄贈十五載此首。【補注】唐代上州刺史僚佐有長史一人,從五品上。盧長史,名未詳。此詩係盧移病歸舊居時庭筠贈行之作。

②【立注】《漢·公孫弘傳》:弘乃移病免歸。【補注】移病,官員上書稱病。多爲居官者求退之婉辭。顔師古《漢書注》:"移病,謂移書言病也。"

③ 新,《英華》作"心"。【補注】地深,謂地僻。

④【補注】官散,官職閑散。

⑤ 鱸魚,用晋張翰思歸典,詳卷四《溪上行》"張翰此來興不窮"句顧予咸注。【補注】東門,王鳴盛《蛾術編》卷四十:"漢、唐時州郡多在京師之東,士大夫游宦於京者,出入皆取道東門。"煙水夢,指對煙水縈繞的江南故鄉的嚮往。非獨爲鱸魚,蓋謂盧長史之移病歸舊居並非只由於思故鄉之美味,而且由於直道不容於世。

【箋評】

【按】官散而故交見疎,道直而官場無侶,加以爲官之州郡偏僻,家貧而唯有書籍,故決意移病歸隱舊居。頷、腹二聯正揭示出移病歸舊居之原因,歸結到"非獨爲鱸魚"。

秋日旅舍寄義山李侍御[①]

一水悠悠隔渭城[②]，渭城風物近柴荆[③]。寒蛩乍響催機杼[④]，旅雁初來憶弟兄[⑤]。自爲林泉牽曉夢[⑥]，不關砧杵報秋聲[⑦]。子虚何處堪消渴[⑧]，試向文園問長卿[⑨]。

【校注】

①《英華》卷二六一寄贈十五載此首。【立注】《舊唐書》：李商隱字義山，懷州河内人。【補注】程夢星《重訂李義山詩集箋注》據薛逢《重送徐州李從事商隱》有"蓮府望高秦御史"之句，謂義山初得侍御銜（指監察御史，非侍御史）在大中三年入徐州盧弘止幕時。故此詩當作於大中三年以後。張采田《玉谿生年譜會箋》四大中九年譜云："飛卿集有《秋日旅舍寄義山李侍御》詩，結云：'子虚何處堪消渴，試向文園問長卿。'蓋寄義山東川者，温、李酬唱始此。"按：張箋可從。義山大中三至五年春在徐州、汴州盧弘止幕，此詩無義山在徐、汴跡象。大中五年夏，義山在長安爲太學博士，詩明言秋令，故非作於義山任太博士期間甚明。大中五年至九年，義山在東川節度使柳仲郢幕，所帶憲銜仍爲侍御。詩有"消渴""長卿"字（司馬相如蜀郡成都人，有消渴疾），義山居東川幕期間亦有詩寄懷飛卿（《聞著明凶問哭寄飛卿》《有懷在蒙飛卿》）。大中十年春義山回長安後，不再帶"侍御"銜。故可定此詩作於大中六至九年之某年秋（大中五年秋義山尚未抵東川）。

②【補注】渭城，漢縣名，本秦之咸陽，治所在今陝西咸陽東北二十里。一水，指渭水。

③【補注】柴荆，謙稱自己的鄠杜郊居。

④【立注】崔豹《古今注》：蟋蟀，一名吟蛩，一名蛩秋，初生得寒即鳴。又：莎雞，名催織，一名絡緯。催織謂鳴聲如急織，絡緯謂其鳴聲如紡織也。

⑤【立注】《王制》：兄之齒，雁行。【補注】《禮記・王制》："父之齒，隨行；兄之齒，雁行；朋友不相踰。"陳澔集説："父之齒、兄之齒，謂其人年與父等，或與兄等。隨行，隨其後也；雁行，並行而稍後也。"後以"雁行"喻兄弟。此謂旅雁初來，排列有序，因而思念情同手足之商隱。庭筠年長於商隱，故曰"弟兄"。

⑥ 曉，顧本、《全詩》校：一作"好"。席本作"好"。【補注】林泉，山林泉石。

⑦【補注】碪杵，搗衣石與棒槌。秋天爲製寒衣之季節，故云"碪杵報秋聲"。二句謂自己客旅思家，只因鄠杜郊居的林泉風景之美使自己魂牽夢繞，而無關乎砧杵之發出凄清的秋聲。

⑧【立注】《西京雜記》：司馬相如素有消渴疾。《漢書》：司馬相如遊梁，乃著

《子虚賦》。後蜀人楊得意爲狗監，侍上，上讀《子虚賦》，曰："朕獨不得與此人同時哉！"【補注】消渴，消渴疾，即今所稱糖尿病。此處雙關"消除渴望"。

⑨【補注】《史記·司馬相如列傳》："相如拜爲孝文園令。"孝文園令，掌管陵園。長卿，借指在蜀的李商隱。商隱在東川幕時自稱"漳濱多病"。尾聯乃對商隱之問候語，謂才如司馬相如之商隱何時得賦《子虚》，試借問寄幕多病之"長卿"。

【箋評】

【按】首聯謂己身居渭城旅舍，地近鄠杜郊居，點題内"旅舍"。頷聯謂時值秋令，寒蛩鳴而催機織，起腹聯思家；旅雁來而憶弟兄，起尾聯念友。腹聯"自爲""不關"，强調思家乃因"林泉"風物之美。中二聯均緊扣題内"秋日"。尾聯則切題内"寄"字，問候寄幕多病之商隱，何時得賦《子虚》也。詩格調清新，亦有情韻。

晚坐寄友人①

九枝燈在瑣窗空②，希逸無聊恨不同③。曉夢未離金夾膝④，早寒先到石屏風⑤。遺簪可惜三秋白⑥，蠟燭猶殘一寸紅。應卷鰕簾看皓齒⑦，鏡中惆悵見梧桐⑧。

【校注】

①《英華》卷二六一寄贈十五載此首。

②【立注】王筠《燈檠詩》：百花曜九枝。《漢武内傳》：西王母至日，掃除宫内，燃九光之燈。鮑照詩：玉鉤隔瑣窗。【補注】九枝燈，一幹九枝的燭燈，亦泛指一幹多枝的燈。瑣窗，鏤刻有連瑣圖案的窗户。瑣窗空，暗示人已不在。

③【立注】沈約《宋書》：謝莊字希逸，其《月賦》云："悄焉疚懷，不怡中夜。"【補注】謝莊《月賦》："陳王初喪應、劉，端憂多暇。緑苔生閣，芳塵凝榭。悄焉疚懷，不怡中夜……情紆軫其何託，愬皓月而長歌，歌曰："美人邁兮音塵闕，隔千里兮共明月。臨風嘆兮將焉歇，川路長兮不可越。"歌響未終，餘景就畢，滿堂變容，迴遑如失。"恨不同，謂一生一死，不能同對明月，故云。

④【立注】陸龜蒙集有《以竹夾膝寄襲美》詩。【補注】夾膝，暑時置牀席間，以憩手足之消暑器具。以竹或金屬製成，呈籠狀。竹製者即後所謂竹夫人，此爲金屬製者。

⑤【立注】《西京雜記》：魏王子且渠冢有石牀，廣六尺，長一丈，石屏風。

⑥ 遺簪，見《感舊陳情五十韻獻淮南李僕射》"遺簪莫棄捐"句注。【補注】遺

簪，寓“不忘故”之意。

⑦ 皓，《英華》作“浩”，誤。【立注】王隱《交廣記》：或語廣州刺史滕修，鰕須長一丈，修不信。其人後故至東海，取鰕須長四丈四尺，封以示修，修乃服。【補注】鰕簾，用海中大蝦之觸鬚所製之簾。皓齒，指美人。

⑧【補注】枚乘《七發》：“龍門之桐，高百尺而無枝，其根半死半生。”此以“梧桐”喻喪偶者。

【箋評】

【按】此寄友人詩，悲悼之意明顯。然悲悼之主體究竟爲友人或詩人自己，悲悼之對象究竟爲朋友或所愛女子，則須結合用典、用語及全篇意藴細加體味。悲悼之主體，初看似指詩人自己，然尾聯“應卷鰕簾看皓齒，鏡中惆悵見梧桐”，一“應”字透露出此係對友人境況行爲之推想，亦透出前三聯所寫均爲對友人情況之懸擬想象。故悲悼之主體乃友人非自身。悲悼之對象從次句用謝莊《月賦》看，似有可能指朋友（曹植初喪應、劉），但就全篇細加尋繹，則以指所愛女子爲是，末聯“皓齒”之語、“梧桐”之喻尤顯。首句“九枝燈在瑣窗空”，實暗用沈約《傷美人賦》：“思佳人兮未來，望餘光而躑躅。拂螭雲之高帳，陳九枝之華燭。虚翡翠之珠被，空合歡之芳褥。”謂九枝華燈雖在而房室已空，暗示室中人已亡故。次句用謝莊《月賦》，亦取其“美人邁兮音塵闕”之意，而反其“隔千里兮共明月”之語，謂生死相隔，不能同對明月也，故意緒無聊，精神無所依託。如解爲傷亡友，雖於此句似通，而與上句“瑣窗空”及傷美人之意則不合。頷聯極狀獨居寂寞凄寒情景。“不離金夾膝”者，唯有金夾膝爲伴也。“先到石屏風”者，室空人杳，故覺“早寒”之先到也。腹聯謂伊人之遺簪，三秋仍白，而人已不在，故“可惜”，暗寓友人之“不忘故”。“蠟燭”句既是對友人長夜寂寞情景之想象，亦暗寓其如蠟燭之長夜垂淚，形銷骨立，唯餘“一寸紅”而思念悲悼之情未已。尾聯以一“應”字點醒全篇均爲對友人境況之想象，謂友人於恍惚中欲卷簾而看日思夜想之皓齒美人，而鏡中所映現者唯“半死半生”之“梧桐”，惆悵之情，其能已耶？李商隱《上河東公啓》云：“某悼傷以來，光陰未幾。梧桐半死，方有述哀；靈光獨存，且兼多病。”以“半死”之梧桐喻喪偶，可證温此詩中之梧桐即喪所愛美人之友人的身影。故此詩當是同情友人喪所愛女子之作。卷四有《和友人悼亡（一作“和友人喪歌姬”）》，此詩亦同類性質之作。

送渤海王子歸本國[①]

疆理雖重海[②]，車書本一家[③]。盛勳歸舊國，佳句在中華[④]。定界分秋漲[⑤]，開帆到曙霞[⑥]。九門風月好[⑦]，回首是天涯。

【校注】

①《英華》卷二七九送行十四載此首。【補注】渤海，唐時靺鞨等族建立之政權。本靺鞨粟末部，附屬於高麗。高麗滅亡後，其酋長大祚榮建國稱王。唐睿宗封其爲渤海郡王。其子大武藝繼位，擴大疆土，成爲東北方強國，與唐保持朝貢關係。強盛時其疆域東至日本海，北至今黑龍江境，南至鴨緑江下游，西至今吉林西部，地有五京、十二府、六十二州。據《新唐書·北狄傳》，渤海國"終文宗世來朝十二，會昌凡四。""咸通時，三朝獻。"顧學頡《温庭筠交游考》云："《册府元龜》卷九七二《外臣部·朝貢》：'文宗大和六年三月，渤海王子大明俊來朝。'同上：'開成四年十二月戊辰，渤海王子大延廣……等朝貢。'《舊唐書·渤海靺鞨傳》：'大和六年，大彝震遣王子大明俊等來朝。'同書：'七年二月，王子大先晟等六人來朝。'庭筠所送者，不知爲大明俊三人中之何人。但大和時，庭筠詩文中尚無在長安蹤跡，似以開成四年爲近是。然大延廣十二月至長安朝貢，回國不必即在當年。故温送詩可能在次年。是時，庭筠正在長安準備参加進士考試。"夏承燾《温飛卿繫年》云："此王子若是大明俊，則庭筠詩有甲子可考者，以此爲最早。(夏繫大和六年。)"陳陶然、張國輝《温庭筠送渤海王子歸國時間考》則以爲："温庭筠所送渤海王子，應在其……任國子學助教時……渤海王子在那裏學習，正是這種師生關係才使他們能够長期交往，才能有機會相互唱和，使得這位王子的佳句留在中華。"但推斷此詩係咸通十年送渤海王大虔晃之子回國則顯誤，因咸通七年末庭筠已卒。

②【立注】《左傳》：賓媚人對晋曰："先王疆理天下。"【補注】疆理，猶疆域。《隋書·高祖紀下論》："《職方》所載，並入疆理。"重海，層疊的海。此謂渤海國之疆域遠隔重海。

③【立注】庾信賦：混一車書。【補注】《禮記·中庸》："今天下車同軌，書同文。"車書一家，指其文物制度同於中華。《新唐書·北狄傳·渤海》："初，其王數遣諸生詣京師太學，習識古今制度，至是遂爲海東盛國。"在唐朝諸附屬國中，渤海係受華夏制度文化影響最顯著者。

④【補注】二句謂其受唐朝封爵，以卓著之功勳返歸本國，而其所作詩篇之佳句則流傳於中華。視此二句，似渤海王子居留中國已歷相當時日。

⑤【立注】《新書·吐蕃傳》：宰相裴光庭聽以赤嶺爲界，表以大碑，刻約其上。【補注】秋漲，此指秋天溟海水漲。句意謂唐與渤海國即以秋天之漲海分界。

⑥【補注】唐時渤海國使者往返唐朝，例由海路："從西京鴨渌府，抵都里鎮(今遼寧旅順)，再乘船横渡烏湖海(今渤海海峽)，到達登州(今山東蓬萊)，接着，向西南過北海(今山東濰坊)、青州(今山東益都)等地而至長安。"(陳陶然、張國輝《温庭筠送渤海王子歸國考》)"開帆見曙霞"，正指其從登州渡渤海回國。

⑦【補注】九門，古代宫室制度，天子設九門。此泛稱宫禁所在的長安。

【箋評】

【按】此送渤海王子歸國詩，既顯示渤海國受唐朝文化影響之深，又表現出對渤海國的友好尊重態度，頗具中華泱泱大國風度。尾聯言其歸國後當常憶長安帝京風月之佳，而回首已遠隔天涯矣。王子與己之惜别之意，均於此透出。

送北陽袁明府①

楚鄉千里路②，君去及良辰③。葦浦迎船火，茶山候吏塵。桑濃蠶卧晚④，麥秀雉聲春⑤。莫作東籬興⑥，青雲有故人⑦。

【校注】

①《英華》卷二七九送行十四載此首。【補注】明府，唐人對縣令的尊稱。《舊唐書·地理志·山南東道》：唐州上。"隋淮安郡，武德四年改爲顯州，仍置總管，領顯、北澧、純三州。顯州領北陽、慈丘、平氏、顯岡四縣。五年，又分置唐州，屬顯州總管。……九年，改顯州爲唐州……天寶元年，改爲淮安郡。乾元元年，復爲唐州。舊屬河南道，至德後割屬山南東道。""北陽，漢縣，屬南陽郡。後魏置東荆州於漢北陽古城，改爲淮州。隋改淮州爲顯州，取界内顯望岡爲名，貞觀元年改爲唐州。北水出縣東。今縣，州所治也。"《新唐書·地理志·山南道》泌州淮安郡有比陽縣，"本淮安郡治，武德四年曰顯州，領比陽、慈丘、平氏、顯岡、桐柏五縣。"二書一作北陽，一作比陽。檢《漢書·地理志·南陽郡》："比陽。"應劭曰："比水所出，東入蔡。"是字本作"比"不作"北"。《舊唐書·地理志》誤。《元和郡縣圖志》亦作"比陽"。

②【補注】比陽爲楚地，唐州當爲袁某之故鄉，故曰"楚鄉"。據《舊唐書·地理志》，唐州距京師一千四百八十里，故曰"千里路"。

③ 辰，《英華》、席本作"晨"，誤。【補注】良辰，指春天。視下"桑濃""麥秀"可知。

④【立注】梁簡文帝詩：薄晚畏蠶飢，競采春桑葉。

⑤【立注】潘岳《射雉賦》：麥漸漸以擢芒，雉鷕鷕而朝雊。【補注】王維《渭川田家》："雉雊麥苗秀，蠶眠桑葉稀。"春，形容雉鳴聲歡快，似透出春意。庭筠喜用"春"字形容事物在春天之情態，如"古墳零落野花春""客思柳邊春""堤柳雨中春"及此句皆其例。

⑥【立注】陶潛詩：采菊東籬下，悠然見南山。【補注】陶潛曾爲彭澤令，後辭官

歸隱田園。東籬興,指歸隱田園的意興。

⑦【立注】顏延之時:仲容青雲器。【補注】青雲,指高官顯爵。

【箋評】

【按】袁某歸舊鄉爲縣令,庭筠在長安作詩以送。首聯點題,並點出"楚鄉""良辰"爲下伏脈。頷聯承"楚鄉",謂君抵鄉當有百姓在葦浦、茶山迎候。腹聯承"良辰"寫當地春天風物與和樂景象。尾聯囑其莫興歸隱田園之意,謂朝廷自有身居顯位之故人,可爲君之奥援。

送李生歸舊居[①]

一從征戰後,故社幾人歸[②]? 薄宦離山久[③],高談與世稀。夕陽當板檻[④],春日入柴扉。莫却嚴灘意[⑤],西溪有釣磯[⑥]。

【校注】

①《英華》卷二七九送行十四載此首。

②【補注】故社,指故鄉。古以二十五家爲社。

③【補注】薄宦,卑微之官職。山,指家山、故山。

④【補注】當,正當。板檻,木板欄杆。

⑤【補注】却,收起。嚴灘,即嚴陵瀨,在今浙江桐廬縣南,傳爲東漢嚴光隱居垂釣處。注屢見前。嚴灘意,歸隱舊居耕釣的意趣。

⑥【補注】釣磯,釣魚時坐的巖石。嚴光釣臺在富春山上,釣臺處有石亭。此"釣磯"泛指。

【箋評】

【按】同一送人歸舊鄉,前篇囑其"莫作東籬興,青雲有故人",本篇則囑其"莫却嚴灘意,西溪有釣磯"。蓋緣前篇之袁某方歸鄉爲縣令,宦途才啓,故囑其莫動歸隱田園之意興,而此篇之李生薄宦久滯,高談不諧世俗,故囑其莫收歸耕之意,西溪釣磯自有樂地也。亦隨所送對象境況之不同聊作應酬語耳。

早春滻水送友人①

青門煙野外②,渡滻送行人。鴨卧溪沙暖,鳩鳴社樹春③。淺波清有石④,幽草緑無塵。楊柳東風裏⑤,相看淚滿巾。

【校注】

①《又玄》卷中、《英華》卷二七九送行十四載此首。【立注】桑欽《水經》:滻水出京兆藍田谷,北入于灞。【補注】滻水,古稱狗枷川及長水,源於今藍田縣境内秦嶺之焦岱峪,全長一百二十七里,於今西安未央區光太門附近注入灞水,故灞、滻每連稱。

②【補注】青門,漢長安城霸城門之又稱。《三輔黄圖》:"長安城東出南頭第一門霸城門,民見門色青,名曰青城門,或曰青門。"

③【補注】社樹,古代封土爲社,各隨其地所宜種樹,稱社樹。《莊子·人間世》:"匠石之齊,至于曲轅,見櫟社樹,其大蔽牛,挈之百圍,其高臨山,十仞而後有枝。"唐蘇鶚《蘇氏演義》卷上:"《周禮》文:二十五家爲社,各樹土之所宜木。今村墅間,多以大樹爲社樹,蓋此始也。"

④ 淺,《英華》、席本、顧本、《全詩》作"殘",此從《又玄》。清,《又玄》《英華》、席本、姜本作"青"。【按】"青"與首句"青門"之"青"字複,且此句句法與上句同,"清"承"波"言,猶下句"緑"承"草"言。清、緑爲對,係諧音(清諧青)借對。

⑤【補注】楊柳,關合送别。《三輔黄圖》:霸橋,在長安東,跨水作橋。漢人送客至此橋,折柳送别。王之涣《送别》:"楊柳東風樹,青青夾御河。近來攀折苦,應爲别離多。"

【箋評】

【按】首、尾二聯明點送别。頷、腹二聯點染眼前滻水邊上明麗安恬景色,故末句雖言"淚滿巾",而全篇並無凄惻之音。庭筠喜寫春景,此送别時頗有盛唐風致。

送襄州李中丞赴從事①

漢庭文采有相如,天子通宵愛子虚②。把釣看棋高興盡③,焚香起草宦情疏④。楚山重疊當歸路,溪月分明到直廬⑤。江雨蕭蕭帆一片,此行誰道爲鱸魚⑥?

【校注】

①《英華》卷二七九送行十四載此首。【立注】《唐・地理志》:襄州,隋襄陽郡。武德四年,改爲襄州。天寶元年,改爲襄陽郡。乾元元年,復爲襄州。上元二年,置襄州節度使,領襄、鄧、均、房、金、商等州。【按】題必有誤。詳各句注及篇後編著者按語。中丞,御史中丞之省稱。從事,此指節度使幕府之幕僚。

②【立注】《漢書》:司馬相如遊梁,乃著《子虛賦》。後蜀人楊得意爲狗監,侍上,上讀《子虛賦》,曰:"朕獨不得與此人同時哉!"【按】事始見《史記・司馬相如列傳》,謂"賦奏,天子以爲郎"。

③【補注】高興,高逸的意興。切"把酒看棋"而言。盡,猶盡興。

④【立注】《漢官儀》:尚書郎主作文書起草,晝夜更直,五日於建禮門内。

⑤【補注】直廬,侍臣直宿之廬。《文選・陸機〈贈尚書郎顧彦先之二〉》:"朝游游曾城,夕息旋直廬。"吕延濟注:"直廬,直宿(夜間值班)之廬。"

⑥ 爲,顧本、《全詩》校:一作"憶"。席本作"憶"。爲鱸魚,用晋張翰思故鄉吴中菰菜、蓴羹、鱸魚膾,遂命駕歸江東事,屢見前。

【箋評】

【按】中丞爲御史中丞,御史臺之副長官,正四品下。視"襄州李中丞"之稱謂,李當以御史中丞之憲銜出任山南東道節度使兼襄州刺史者。若然,則當云"赴鎮",而不當云"赴從事",然詩中並無送節度使赴鎮之意,故知詩題亦不當作"送襄州李中丞赴鎮"。從事例爲幕府僚屬之泛稱,如李某係以御史中丞之憲銜赴襄陽幕,爲從事(如元繇以御史中丞游襄陽幕),則詩中對"御史中丞"之憲銜及所任之幕職應有所體現,然全詩對此並無交代。顧學頡據李遠善詩、愛棋、嗜酒之記載及遠"終御史中丞"之宦歷,謂"李中丞當即李遠"(《温庭筠交游考》)。然既"終御史中丞",又豈能再赴襄陽爲區區之從事?其違背情理仍然無法解釋。從詩中所寫内容及所用典故看,李某當爲能文之士,其原任之職當爲尚書省某部之郎中而知制誥者(詩中三用郎中典,又云"焚香起草")。然以郎中而知制誥之職出爲節度使幕府僚屬,亦不符當時官吏遷轉常理,郎中出任多爲州郡刺史。故知此詩題中之"中丞""從事"必有誤。從"宦情疏""當歸路""爲鱸魚",李此行所至之地係其故鄉。又,赴襄州當由陸路,此詩尾聯"江雨瀟瀟帆一片"顯由水路,則"襄州"字亦可疑。姑獻上述疑點以俟進一步考證。

江上别友人[1]

秋色滿葭菼[2]，離人西復東[3]。幾年方暫見，一笑又難同。地勢蕭陵歇，江聲禹廟空[4]。如何暮灘上，千里逐離鴻[5]？

【校注】

①《英華》二八八留别三載此首。

②【立注】《詩》：葭菼揭揭。【補注】葭，蘆葦。菼，荻。句意謂蘆荻遍開白花，一片秋色。

③【立注】張籍樂府：遊人别，一東復一西。

④【立注】《後漢·郡國志》：會稽山在南，上有禹冢。有浙江。注：郭璞注《山海經》曰：江出歙縣玉山。又餘暨縣注：《魏都賦》注：有蕭山，潛水出焉。【補注】蕭陵，即蕭山，山名，在今浙江蕭山市西。《元和郡縣圖志·江南道二·越州》："蕭山縣，本曰餘暨，吴王弟夫概邑。吴大帝改曰蕭山，以縣西一里蕭山爲名。"浙江流至蕭山一帶，已爲平原，故曰"地勢蕭陵歇"，猶李白《渡荆門望楚》"山隨平野盡，江入大荒流"之意。禹廟，當指會稽山之禹廟（今稱大禹陵）。蕭山屬越州會稽郡。江，指浙江（錢塘江）。

⑤ 離，《全詩》作"征"。

【箋評】

【按】疑會昌二年秋自越中返吴中途中作。除腹聯點綴别地形勝古蹟外，其他各聯均敷衍"江上别友人"之題。會稽山禹廟離錢塘江頗遠，此亦敷衍拼湊之筆。

與友人别[1]

半醉别都門，含淒上古原[2]。晚風楊葉社[3]，寒食杏花村[4]。薄暮牽離緒，傷春憶晤言[5]。年芳本無限[6]，何況有蘭蓀[7]。

【校注】

①《英華》卷二八八留别三載此首。

②【補注】都門，指京城長安。古原，疑指樂遊原。漢宣帝神爵三年起樂遊苑。李商隱《樂遊原》："向晚意不適，驅車登古原。"

③【立注】《南史》:周將獨孤盛領水軍趨巴、湘,太尉侯瑱自尋陽禦之,襲破盛於楊葉洲。【按】首聯言“别都門”“上古原”,則頷聯所寫“楊葉社”“杏花村”必爲登原望見之村落。楊葉社,指楊葉林中的村莊。“社”與“村”對文,社即村也。

④【立注】杏花村在池州府秀山門外。【按】此“杏花村”亦泛稱杏花圍繞中之村莊。

⑤【補注】晤言,見面説話。《詩·陳風·東門之池》:“彼美淑姬,可以晤言。”憶晤言,指回想見面時交談的情景。

⑥【補注】年芳,美好之春色。

⑦ 蓀,《英華》《全詩》作“孫”。【補注】蘭蓀,香草。喻友人。

【箋評】

【按】暮春傍晚與友人别於都門外之古原,離情别緒與傷春意緒相糾結。起聯超拔,頷聯雖信手點染,亦有韻致。惜後幅不稱。

鴻臚寺有開元中錫宴堂樓臺池沼雅爲勝絶荒凉遺址僅有存者偶成四十韻[①]

明皇昔御極[②],神聖垂耿光[③]。沈機發雷電[④],逸躅陵堯湯[⑤]。西覃積石山[⑥],北至窮髮鄉[⑦]。四凶有獬廌[⑧],一臂無螳蜋[⑨]。嬋娟得神豔[⑩],郁烈聞國香[⑪]。紫絛鳴羯鼓[⑫],玉管吹《霓裳》[⑬]。禄山未封侯[⑭],林甫才爲郎[⑮]。昭融廓日月[⑯],妥帖安紀綱[⑰]。群生到壽域[⑱],百辟趨明堂[⑲]。四海正夷晏[⑳],一塵不飛揚[㉑]。天子自遊豫[㉒],侍臣宜樂康[㉓]。軋然閶闔開[㉔],赤日生扶桑[㉕]。玉砌露盤紆[㉖],金壺漏丁當[㉗]。劍佩相擊觸[㉘],左右隨趨鏘[㉙]。玄珠十二旒[㉚],紅粉三千行[㉛]。盼睞生羽翼[㉜],叱嗟迴雪霜[㉝]。神霞凌雲閣[㉞],春水驪山陽[㉟]。盤門九子糉[㊱],甌擎五雲漿[㊲]。雙璚京兆博[㊳],七鼓邯鄲倡[㊴]。毰毸碧雞鬥[㊵],蘢葱翠雉場[㊶]。仗官繡蔽膝[㊷],寶馬金鏤鍚[㊸]。椒塗隔鸚鵡[㊹],柘彈驚鴛鴦[㊺]。猗歟華國臣[㊻],鬢髮俱蒼蒼。錫宴得幽致[㊼]。車從真煒煌[㊽]。畫鷁照魚鼈[㊾],鳴騶亂鶖鶬[㊿]。颭灩蕩碧波[51],炫煌迷横塘[52]。縈盈舞迴雪[53],宛轉歌遶梁[54]。豔帶畫銀絡[55],寶梳金鈿筐[56]。沈冥類漢相[57],醉倒疑楚狂[58]。

一旦紫微東[59]，胡星森耀芒[60]。憑陵逐鯨鯢[61]，唐突驅犬羊[62]。縱火三月赤[63]，戰塵千里黄[64]。殽函與府寺[65]，從此俱荒凉。玆地乃蔓草[66]，故基摧壞牆[67]。枯池接斷岸，唧唧啼寒螿[68]。敗荷塌作泥，死竹森如槍[69]。遊人問老吏，相對聊感傷。豈必見麋鹿[70]，然後堪回腸[71]！幸今遇太平，令節稱羽觴[72]。誰知曲江墦[73]，歲歲棲鸞凰[74]。

【校注】

①《英華》卷三〇七悲悼七第宅載此首。【立注】《舊唐書·職官志》：鴻臚寺，周曰大行人，秦曰典客，景帝曰大行，武帝曰大鴻臚。梁置十二卿，鴻臚爲冬卿，去大字署爲寺。後周曰賓部，隋曰鴻臚寺。龍朔改爲同文寺，光宅曰司賓寺，神龍復也。【補注】《新唐書·百官志》："鴻臚寺，卿一人，從三品；少卿二人，從四品上；丞二人，從六品上。掌賓客及凶儀之事。"

②【立注】《玄宗本紀》：上元二年，崩于神龍殿，群臣上謚曰至道大聖大明孝皇帝，廟號玄宗。【補注】御極，登極、即位。《新唐書·玄宗本紀》："睿宗即位，立爲皇太子。景雲二年，監國，聽除六品已下官。延和元年……八月庚子，即皇帝位。"

③【立注】《書》：以覲文王之耿光。【補注】耿光，光明、光輝。

④【立注】魏文帝樂府：發機若雷電，一發連四五。【補注】沈機，深沉的謀略。此當指其於中宗景龍四年定策討亂，誅矯詔稱制之韋后一事。

⑤【補注】逸躅，遺蹤。陵，超越。此謂其業績超越堯、湯等古代聖君。

⑥【立注】《禹貢》：導河積石，至于龍門。【補注】覃，延及。積石山，即阿尼瑪卿山，在今青海東南部，延伸至今甘肅南部邊境。這一帶係唐與吐蕃交界區域。

⑦【立注】顧啓期《婁地記》：浪山，海中南極之觀嶺，窮髮之人舉帆揚越，以爲標的。【補注】窮髮，極北不毛之地。《莊子·逍遥遊》："窮髮之北有冥海者，天池也。"成玄英疏："地以草爲毛髮，北方寒沍之地，草木不生，故名窮髮，所謂不毛之地。"

⑧ 廌，《英華》、席本、姜本作"豸"，字通。【立注】《左傳》：季文子使太史克對曰："堯崩而天下如一，同心戴舜以爲天子，以其舉十六相，去四凶也。"《漢官儀》：獬廌性觸不直，故執憲者以其角形爲冠。【補注】《左傳·文公十八年》："舜臣堯，賓于四門，流四凶族渾敦、窮奇、檮杌、饕餮，投諸四裔，以禦魑魅。"《書·堯典》："流共工於幽州，放讙兜於崇山，竄三苗於三危，殛鯀於羽山。"二書所載"四凶"不同。此喻凶狠貪殘之惡臣。獬廌（豸），傳説中之異獸，一角，能辨曲直，見人相鬥，則以角觸邪惡無理者。此喻直臣。據《新唐書·玄宗本紀》，開元元年七月，太平公主及岑羲、蕭至忠、竇懷貞謀反，伏誅。此"四凶"或指其事。或泛解爲有直臣制裁凶惡之

臣,亦通。

⑨【立注】《莊子》:螳蜋之怒,臂以當車轍。【補注】此謂凶惡謀逆者如螳臂當車,不自量力。

⑩【立注】《楊貴妃傳》:武惠妃薨,後宫數千,無可意者。或奏玄琰女姿色冠代,召見,時妃衣道士服,號曰太真。玄宗大悦。不數月,禮遇如惠妃。太真資質豐豔,每倩盼承迎,動移上意。【補注】嬋娟,姿態美好貌,神豔,神采豔麗。唐孟簡《詠歐陽行周事》:"太原有佳人,神豔照行雲。"《新唐書·楊貴妃傳》:"始爲壽王妃。開元二十四年,武惠妃薨,後廷無當帝意者。或言妃資質天挺,宜充掖廷,遂召内禁中,異之,即爲自出妃意者,丐籍女官,號太真,更爲壽王聘韋昭訓女,而太真得幸。善歌舞,邃曉音律,且智算警穎,迎意輒悟。帝大悦,遂專房宴,宫中號'娘子',儀體與皇后等。"

⑪【立注】《左傳》:鄭穆公曰:"蘭爲國香,人服媚之如是。"【補注】郁烈,香氣濃烈。國香,香甲一國。《開元天寶遺事》卷下:"明皇與貴妃幸華清宫,因宿酒初醒,憑妃子肩同看木芍藥(即牡丹)。上親折一枝,與妃子遞嗅其豔,帝曰:'不惟萱草忘憂,此花香豔,尤能醒酒。'"又李濬《松窗雜録》載中書舍人李正封詠牡丹詩,有"天香夜染衣,國色朝酣酒"之句,以國色天香稱牡丹。此處"國香"或指楊妃如牡丹之富豔芳香。

⑫ 絛,《英華》《全詩》、姜本作"縧",字通。【立注】《文獻通考》:羯鼓,龜兹、高昌、疏勒、天竺部之樂也。狀如漆桶,下承以牙牀,用兩杖擊之,其聲噍殺鳴烈。南卓《羯鼓録》:明皇遊别殿,柳杏將吐,嘆曰:"對此景物,不可不與判斷之。"呼高力士取羯鼓,上縱擊一曲,名《春光好》。回顧梅杏皆發,笑曰:"不謂我作天公,可乎?"【補注】《羯鼓録》:"其音焦殺鳴烈,尤宜急曲促破,又宜高樓曉引,破空透遠,特異衆樂,明皇極愛之。嘗聽琴未畢,叱琴者出,曰:'速召花奴將羯鼓來,爲我解穢。'花奴,汝陽王璡小名也。"李商隱《龍池》:"龍池賜酒敞雲屏,羯鼓聲高衆樂停。"紫絛,繫鼓杖之紫色絲帶。

⑬【立注】《幽怪録》:開元十八年正月望日,帝謂葉法善曰:"今夕何處最麗?"對曰:"廣陵。"帝曰:"何術以觀之?"葉遂化虹橋,起殿前,闌闌若畫。帝步而上,太真、高力士及樂官數人從行。頃至廣陵寺觀,陳設之盛,光灼基殿,士女鮮麗,仰面曰:"仙人見雲中。"帝敕伶官奏《霓裳》一曲。數日,廣陵奏至。【補注】鄭嵎《津陽門詩》注:"葉法善引上入月宫,時秋已深,上苦凄冷,不能久留,歸,于天半尚聞仙樂。及上歸,且記憶其半,遂于笛中寫之。會西凉都督楊敬述進《婆羅門》曲,與其聲調相符,遂以月中所聞爲之散序,用敬述所進曲作其腔,而名《霓裳羽衣法曲》。"據此,則《霓裳》爲盛唐教坊大曲、法曲。主體部分爲楊敬述所進《婆羅門》曲,玄宗爲之製散序,改名《霓裳羽衣》。音節清和優雅。玉管,指笛。《津陽門詩》注:"上皇

善吹笛，常寶一紫玉管。”

⑭【立注】《舊唐書》：安禄山，營州柳城雜種胡人，名軋犖山。【補注】《新唐書·逆臣傳·安禄山》：天寶元年，“以平盧爲節度，禄山爲之使，兼柳城太守，押兩蕃、渤海、黑水四府經略使”。此前之開元時期，尚未任節度使。“未封侯”指此。

⑮【立注】《新唐書》：李林甫，平肅王叔良曾孫。初爲千牛直長。舅姜皎愛之。開元初，遷太子中允。源乾曜執政，與皎爲姻家。而乾曜子潔爲林甫求司門郎中。又：時宰相李林甫嫌儒臣以戰功進，尊寵間己，乃請顓用蕃將。帝寵禄山益牢，卒亂天下，林甫啓之也。【按】李林甫開元二十二年已遷禮部尚書、同中書門下平章三品；二十四年，代張九齡爲中書令。事在玄宗寵楊妃之前。二句只言其時叛臣奸臣尚未得勢專權，不必細究。

⑯【立注】《詩》：昭明有融。【補注】昭融，光大發揚。句意謂玄宗此時正如日月之明，日益發揚光大其聖德。

⑰【立注】《書》：亂其紀綱。【補注】句意謂政治綱紀有條不紊，安排妥帖。

⑱【立注】《漢·王吉傳》：疏曰：躋之仁壽之域。【補注】壽域，人人得盡天年之太平盛世。

⑲【立注】《禮記》：昔者周公朝諸侯于明堂之位。【補注】百辟，此指諸侯。明堂，古代天子宣明政教之所，凡朝會、祭祀、慶賞、選士、養老、教學等大典，均在明堂舉行。杜甫《石鼓歌》：“大開明堂受朝賀，諸侯佩劍鳴相磨。”

⑳【立注】陸倕《新刻漏銘》：河海夷宴。【補注】夷，平；宴，清。夷宴，指太平清明，無戰亂。杜甫《後出塞五首》之三：“六合已一家，四夸且孤軍。”四夸，即四夷。

㉑【立注】《漢·終軍傳》：邊境時有風塵之警。【補注】塵，指戰塵。句意謂國家安寧無戰事。

㉒ 遊，《英華》《全詩》、姜本作“猶”。《全詩》、顧本校：一作“悦”。席本作“悦”。【補注】《孟子·梁惠王下》：“吾王不遊，吾何以休？吾王不豫，吾何以助？一遊一豫，爲諸侯度。”趙岐注：“豫亦遊也。”遊豫，遊樂。

㉓【立注】屈原《九歌》：君欣欣兮樂康。【補注】樂康，安樂。

㉔【立注】《西京賦》：表嶢闕于閶闔。薛綜曰：紫微宫門曰閶闔。【補注】閶闔，此指皇宫宫門。

㉕【立注】王充《論衡》：日出扶桑，暮入細柳。東方朔《十洲記》：扶桑在碧海中，樹長數千里，一千餘圍。兩兩同根，更相依倚，故曰扶桑。【補注】扶桑，神話中日所出之樹。《楚辭·九歌·東君》：“暾將出兮東方，照吾檻兮扶桑。”王逸注：“日出，下浴於湯谷，上拂其扶桑，爰始而登，照耀四方。”赤日，象徵皇帝。二句寫宫門開啓，皇帝臨朝。

㉖ 露，《全詩》校：一作“路”。席本作“路”。【補注】盤紆，回繞曲折。按：“露”

不能謂“盤紆”,似當作“路”。然作“路”,又與“玉砌”(玉階)複,且“玉砌”亦不能謂“盤紆”,疑有誤。

㉗ 壼,《英華》、席本作“臺”,誤。【立注】李白《烏棲曲》:銀箭金壺漏水多(原誤引作“金壺丁丁漏水多”,據《李太白文集》改正)。【補注】金壺,即銅壺滴漏,宫中用以計時。

㉘【補注】劍佩,指大臣佩帶的寶劍和垂佩。經皇帝特許,重臣上朝時可不解劍。句意謂上朝時大臣的劍佩相觸,發出聲響。

㉙ 趨,《英華》、姜本作“凄”。鏘,《全詩》作“蹌”。【補注】趨鏘,同“趨蹌”,形容朝拜時步趨中節。《詩·齊風·猗嗟》:“巧趨蹌兮。”孔疏:“禮有徐趨疾趨,爲之有巧有拙,故美之巧趨蹌兮。”

㉚【立注】《禮記》:天子玉藻,十有二旒。【補注】十二旒,天子冕冠前後各懸垂的十二條用黑色珠子串成的玉串。

㉛【立注】《漢武故事》:上起明光宫,發燕、趙美人三千人充之。【補注】此即“後宫佳麗三千人”之意。

㉜ 盼睞,《英華》、席本作“眄盼”,《全詩》作“顧眄”。【立注】古詩:盼睞以適意。《西京賦》:所好生毛羽。【補注】盼睞,眷顧、垂青。謂君主眷顧垂青,則使之頓生羽翼。

㉝ 叱,《英華》、席本、顧本校:一作“咄”。【立注】《戰國策》:周烈王崩,諸侯皆弔,齊後往,周怒,赴於齊。威王勃然怒曰:“叱嗟! 而毋婢也。”【補注】叱嗟,怒斥聲。句意謂君王怒斥,則使之如置身於雪霜。

㉞【立注】《南部新書》:驪山朝元閣在山嶺之上,最爲嶄絶。

㉟【立注】《雍録》:驪山温泉,秦、漢、隋、唐皆常遊幸,惟玄宗時特侈宫殿,包裹一山,而繚牆周徧其外。詳見下。【補注】春水,此指温泉。

㊱【立注】《開元遺事》:開元宫中,端午造粉團角黍,貯盤中,以小角弓射之,中者得食。《樂苑》:《月節折楊柳歌》其《五月歌》云:菰生四五尺,素身爲誰珍? 盛年將可惜,折楊柳,作得九子糉,相思勞歡手。【補注】唐玄宗《端午三殿宴群臣》:“四時花競巧,九子糉争新。”鬥,競賽。其時宫中或有端午競爲九子粽之習俗。九子粽,當指一串九隻之粽。

㊲【立注】《太平廣記》:裴航遇雲翹夫人,與詩曰:“一飲瓊漿百感生,玄霜擣盡見雲英。藍橋便是神仙窟,何必崎嶇上玉京。”後經藍橋,渴過一舍,見有老嫗,揖之求漿。嫗令雲英擎一甌漿飲之,即美女也。郭子横《洞冥記》:五雲國有吉事,雲起,五色著于草,成五色雲。庾信《温湯碑序》:其色變者,通爲五雲之漿。【補注】謂酒杯中所舉者爲玉液瓊漿般的美酒。古常稱仙酒爲流霞。

㊳ 博,顧本、《全詩》校:一作“卜”。席本作“卜”。【立注】鮑容《博經》:所擲頭

謂之瓊，瓊有五采。刻爲一畫者謂之塞，刻爲兩畫者謂之白，刻爲三畫者謂之黑，一邊不刻者五，塞之間謂之五塞。《漢・陳遵傳》：祖父遂，宣帝微時與有故，相隨博弈，數負進。及宣帝即位，稍遷至太原太守，迺賜遂璽書曰："官尊禄厚，可以償博進矣。"元帝時，徵遂爲京兆尹。【按】此疑借指玄宗寵信楊國忠。《新唐書・外戚傳》："楊國忠，太真妃之從祖兄……嗜飲博，數丐貸于人，無行檢，不爲姻族齒……諸楊日爲（章仇）兼瓊譽，而言國忠善樗蒲，玄宗引見，擢金吾曹兵參軍……構王鉷誅死，己代爲京兆尹，悉領其使。"句意蓋謂玄宗寵任爲京兆尹之楊國忠係樗蒲博戲之徒。

㊴ 倡，《全詩》作"娼"。【立注】《儀衛志》：晝漏上五刻，駕發。前發七刻，擊一鼓爲一嚴，擊二鼓爲再嚴。前二刻，三鼓爲三嚴。諸衛各督其隊依次入陳。古樂府《相逢狹路間》：堂上置樽酒，作使邯鄲倡。【按】此似諷玄宗好倡優聲伎之樂。《明皇雜録》："天寶中，上命宫女子數百人爲梨園弟子，皆居宜春北院。""唐玄宗在東洛，大酺於五鳳樓下，命三百里内縣令、刺史率其聲樂來赴闕者，或謂令較其勝負而賞罰焉。""七鼓"未詳。

㊵【立注】陳鴻祖《東城老父傳》：玄宗即位，治雞坊于兩宫間，索長安雄雞金毫鐵距、高冠昂尾千數，養于雞坊。選六軍小兒五百人，使馴擾教飼。諸王、外戚、貴主、侯家，傾帑破産，市雞以償雞直。都中男女，以弄雞爲事。【補注】毰毸，禽鳥羽毛開張貌。此狀鬥雞毛羽怒張。

㊶ 蘢葱，《英華》作"蘢蔥"，【立注】《南史》：東昏侯置射雉場二百十六處。【補注】蘢葱，草木青翠茂盛貌。按：玄宗亦好射獵。《新唐書・玄宗紀》屢載其"獵于渭川"（開元元年）、"獵于下邽"（八年）、"獵于方秀川"（十四年）、"獵于城南"（十五年）之事。

㊷【立注】《隋書》：朝服，冠、幘各一，絳紗單衣，白紗中單，皁領袖，皁襈，革帶，曲領，方心，蔽膝，白筆、舄、襪，兩綬、劍佩、簪導，鉤鰈，爲具服。七品以上服也。【補注】仗官，儀衛官。蔽膝，圍於衣服前面之大巾，用以蔽護膝蓋。

㊸【立注】《明皇雜録》：上嘗令教舞馬四百匹，各分左右部，目爲某家寵、某家驕。時塞外以善馬來貢者，上俾之教習，無不曲盡其妙。因命衣以文繡，絡以金鈴，飾其鬉鬣，間以珠玉。其曲謂之《傾杯樂》者數十回。奮首鼓尾，縱横應節。安禄山亂，馬散落人間，田承嗣得之。一日軍中大饗，馬聞樂而舞，承嗣以爲妖而殺之。《詩》：鉤膺鏤錫。注：馬眉上飾曰錫。【補注】鄭嵎《津陽門詩》注："又設連榻，令馬舞其上。馬衣紈綺而被鈴鐸，驤首奮鬣，舉趾翹尾，變態動容，皆中音律。"又《明皇雜録》："又施三層板牀，乘馬而上，旋轉如飛。或命壯士舉一榻，馬舞於榻上，樂工數人立左右前後，皆衣淡黄衫、文玉帶，必求少年而姿貌美秀者。每千秋節，命舞於勤政樓下。"錫，馬額上皮革飾物，上綴金屬，半月形，馬走動時振動有聲。《詩・大雅・韓奕》"鉤膺鏤錫"，鄭玄注："馬面當盧，刻金为之，所謂鏤錫也。"

㊹【立注】《晋·石崇傳》:崇塗屋以椒。《譚賓録》:天寶中,嶺南獻白鸚鵡,養之宫中,歲久頗聰慧,洞曉言詞。上及貴妃皆呼爲雪衣女。性既馴擾,常縱其飲啄飛鳴,然不離屏帷間。上每與嬪妃及諸王博戲,上稍不勝,左右乃呼雪衣女,必飛局中鼓翼以亂之。【補注】椒塗,指皇帝後宫。漢代皇后所居之宫殿曰椒房殿,殿内以花椒子和泥塗壁,取温暖、芬芳,多子之義。《三輔黄圖》:"椒房殿在未央宫,以椒和泥塗壁,取其温而芬芳也。"顧注引石崇事非所用。

㊺【立注】《南部煙花記》:陳宫人喜於春林放柘彈。車歝詩:柘彈落金丸。【按】事未詳。《開元天寶遺事》下:"五月五日,明皇避暑遊興慶池,與妃子晝寢於水殿中。宫嬪輩憑欄倚檻,争看雌雄二鸂鶒戲於水中。帝時擁貴妃於綃帳内,謂宫嬪曰:'爾等愛水中鸂鶒,争如我被底鴛鴦。'"或當時有以柘木彈弓彈驚鴛鴦一類情事。

㊻【立注】《國語》:季文子曰:"吾聞以德榮爲國華。"【補注】猗歟,贊美之辭。華國,光耀國家。陸雲《張二侯頌》:"文敏足以華國,威略足以振衆。"

㊼ 幽,顧本作"佳",據《英華》、席本、《全詩》:姜本改。【補注】幽致,幽美的景致。

㊽【立注】《舊唐書》:天寶十三載三月丙午,御躍龍殿門,張樂,宴群臣,賜右相絹一千五百匹,綵羅三百匹、綵綾五百匹,左相絹三百匹,綵羅綾各五十匹,極歡而罷。【按】此指在鴻臚寺錫宴堂中賜宴,與宴群臣車馬侍從甚爲華盛。煒煌,猶輝煌。自"猗歟"句起,寫賜宴情景。

㊾【立注】《淮南子》:龍舟鷁首。【補注】句意謂畫鷁裝飾華麗,照耀池中魚鼈。

㊿【立注】孔稚珪《北山移文》:鳴騶入谷。杜甫《同谷縣作歌》:東飛駕鵝後鶖鶬。

【補注】鳴騶,隨同顯貴者出行並傳呼喝道之騎卒。鶖鶬,秃鶖,其狀如鶴而大,青蒼色,長頸赤目,頭項皆無毛。此謂騎卒喝道之聲使空中的秃鶖亦驚亂不安。

51【補注】颭灩,水波蕩漾貌。

52 煌,姜本作"爗"。迷,顧本、《全詩》校:一作"逮"。席本作"逮"。塘,《英華》作"曠"。横塘,見卷三《江南曲》"回首問横塘"句注。【補注】炫煌,閃耀。

53【補注】,縈盈,回旋輕捷貌。回雪,狀女子舞姿之輕盈優美,舞袖轉動如雪之回旋飛舞。《藝文類聚》卷四十三引張衡《舞賦》:"裾似飛燕,袖如迴雪。"

54 歌遶,《全詩》校:一作"遶歌"。席本作"遶歌"。【立注】杜佑《通典》:周衰,有韓娥東之齊,至雍門,匱糧,鬻歌假食。既而去,餘音繞梁,三日而不絶。○《明皇雜録》:玄宗製新曲四十餘,又新製樂譜。每初年望夜,御勤政樓觀燈作樂,貴臣戚里登樓觀望。夜闌,太常樂府懸散樂畢,即遣宫女子樓前縛架出眺歌舞以娱之。【按】餘音繞梁事見《列子·湯問》。二句狀賜宴時歌舞之盛。

⑤⑤【立注】《明皇雜録》:上自解紅玉帶賜寧王。又:上以紫金帶賜岐王,蓋昔高宗破高麗所得。《典略》:魏文帝常賜劉楨廓落帶。【補注】句似謂豔麗之彩帶以雕鏤之銀絲纏絡。

⑤⑥【立注】《西京雜記》:漢元后在家,嘗有白燕銜石大如指,墮后績筐中,后取之,石自剖爲二,其中有文"母天后地",乃合之,遂復還合。及爲后,嘗置璽笥中。【補注】筐,猶盒。句似謂華貴的梳子置於用金鑲嵌的盒中。

⑤⑦ 冥,《英華》、姜本作"真",誤。【立注】《漢·曹參傳》:參代何爲相國,日夜飲酒。卿大夫以下及賓客見參不事事,來者皆欲有言。至者,參輒飲以醇酒,度之欲有言,復飲,酒醉而後去,終莫得關説,以爲常。【補注】沈冥,此指酣醉不醒。

⑤⑧【立注】"楚狂"見《論語》。〇案:《舊唐書》:天寶元年八月,李適之爲左丞相。五載四月,罷政,賦詩云:"避賢初罷相,樂聖且銜杯。爲問門前客,今朝幾箇來?"二句蓋指此也。【補注】《論語·微子》:"楚狂接輿歌而過孔子曰:'鳳兮鳳兮,何德之衰!往者不可諫,來者猶可追。已而,已而!今之從政者殆而!'孔子下,欲與之言,趨而辟之,不得與之言。"按:顧氏引李適之罷相銜杯事,以爲二句指此。然此上均寫錫宴情景,此二句當是形容與宴者酣醉如曹參、楚狂,未必影指時事。

⑤⑨ 紫微,見卷四《投翰林蕭舍人》"紫微芒動"句注。【補注】紫微,即紫微垣,借指帝王宫禁。《晋書·天文志上》:"紫宫垣十五星,其西蕃七,東蕃八,在北斗北。一曰紫微,大帝之座也,天子之常居也。主命主度。"東,東面。

⑥⓪【立注】《天官書》:昴曰旄頭,胡星也。【補注】《史記·天官書》張守節正義:"(胡星)摇動若跳躍者,胡兵大起。"此即"森耀芒"之意。喻安、史亂起。

⑥①【立注】《左傳》:王子伯駢告于晋曰:"憑陵我城郭。"又:楚子曰:"古者明王伐不敬,取其鯨鯢而封之。"【補注】憑陵,横行、猖獗。鯨鯢,喻兇惡的敵人。

⑥②【立注】《世説》:周伯仁曰:"何乃刻畫無鹽,唐突西子也。"《子夜歌》:小喜多唐突,相憐能幾時?【補注】唐突,横衝直撞。《詩·小雅·漸漸之石》:"有豕白蹢,烝涉波矣。"鄭箋:"豕之性能水,又唐突難禁制。"

⑥③【立注】《漢·項籍傳》:羽屠咸陽,燒其宫室,火三月不滅。【補注】《新唐書·逆臣傳·安禄山》:"禄山未至長安,士人皆逃入山谷,東西駱驛二百里,宫嬪散匿行哭,將相第家委寶貨不貲,群不逞争取之,累日不能盡。又剽左藏大盈庫、百司帑藏竭,乃火其餘。禄山至,怒,乃大索三日,民間財貲盡掠之。"

⑥④【立注】常建詩:戰餘落日黄。

⑥⑤【立注】賈誼《過秦論》:秦孝公據殽、函之固。徐堅《初學記》:施于府寺曰朝晡鼓。【補注】殽函,殽山與函谷關,相當於今潼關至新安一帶。安史亂時係戰場。府寺,指九卿衙門,鴻臚寺爲其中之一。

⑥⑥【補注】兹地,指鴻臚寺。

㊶ 摧，顧本，《全詩》校：一作“唯”。席本作“惟”。

㊷【立注】謝惠連《擣衣詩》：烈烈寒螿啼。許慎《淮南子注》：寒螿，蟬屬也。【補注】唐人詩中，寒螿亦借指深秋之鳴蟲，如張仲素《秋思》之一：“碧窗斜月靄深暉，愁聽寒螿淚濕衣。”此句“寒螿”亦同此，似指蟋蟀。

㊸【補注】森，峙立。

㊹ 必，《英華》席本作“不”。【立注】《漢·伍被傳》：被曰：“昔子胥諫吴王，吴王不用，乃曰：‘臣今見麋鹿遊姑蘇之臺也。’”【補注】見麋鹿，謂國亡宫殿荒廢。

㊺【立注】司馬遷《報任安書》：是以腸一日而九回。【補注】回腸，此指悲傷。二句意頗似李商隱《北齊二首》之一：“一笑相傾國便亡，何勞荆棘始堪傷。”蓋謂統治者當汲取安史之亂的歷史教訓，不能等到亡國才知道悲傷。

㊻【補注】令節，佳節。羽觴，古酒器，作鳥雀狀，左右形如兩翼。一説，插鳥羽于觴，令人速飲。

㊼ 塲，席本、顧本作“塢”；顧本校：一作“上”；《全詩》作“曲”，此從《英華》。【立注】康駢《劇談録》：曲江，開元中疏鑿爲勝境。其南有紫雲樓、芙蓉苑，其西有杏園、慈恩寺。花卉環周，煙水明媚。都人遊賞，盛於中和，上巳之節。

㊽【補注】棲鸞凰，指皇帝攜后妃至曲江中遊賞棲宿。杜甫《哀江頭》：“少陵野老吞聲哭，春日潛行曲江曲。江頭宫殿鎖千門，細柳新蒲爲誰緑？憶昔霓旌下南苑，苑中萬物生顏色。昭陽殿裏第一人，同輦隨君侍君側。”

【箋評】

【按】此因見鴻臚寺錫宴堂安史亂後遺址荒凉，而抒今昔盛衰之感。自開篇至“柘彈驚鴛鴦”，極力形容玄宗開元時期之盛以及開元後期以來對楊妃的寵幸，與奢侈佚樂之情景。自“猗歟華國臣”至“醉倒疑楚狂”，渲染昔日錫宴之盛。自“一旦紫微東”至篇末，則寫錫宴堂遺址今日之荒凉。詩中雖不無諷慨玄宗寵美色、任邪佞、溺佚樂而招致禍亂之意，然其主旨不在進行政治上的諷戒，而在抒寫今昔盛衰的感慨。在作者心目中，玄宗寵幸楊妃以及其時種種奢侈佚樂之事，亦屬於“盛世”之“盛事”範圍，故叙及此類情事，不僅加以渲染，且往往流露出不勝欣羡追戀之情。此種對“盛世”“盛事”之向往追思，正折射出晚唐士人特有之心理。庭筠本人，對此類佚樂之“盛事”尤爲留連向往。故對此類詩，不宜從政治諷戒角度理解與評價，否則，無論肯定或否定、贊揚與批評，均不免偏頗。

登盧氏臺[①]

勝地當通邑[②]，前山有故居。臺高秋盡出[③]，林斷野無餘[④]。白露鳴蛩急，晴天度雁疏[⑤]。由來放懷地[⑥]，非獨在吾廬[⑦]。

【校注】

①《英華》卷三一三居處三載此首。【補注】卷八有《盧氏池上遇雨贈同遊者》，卷七有《題盧處士山居》（一作"處士盧岵山居"），與此詩"盧氏"或是一人。詩言"前山有故居"，與《題盧處士山居》亦合。

②【補注】勝地，名勝之地、風景佳勝之地。通邑，交通便利之城市。

③【補注】臺高，故秋色可一覽無餘。

④【補注】樹林斷處，曠野一望無際。

⑤ 晴天，《英華》作"天時"，校：疑作"晴天"。

⑥【補注】放懷，開懷。

⑦【立注】陶潛詩：吾亦愛吾廬。【按】此反陶詩之意而用之。吾廬，指詩人自己在鄠郊的別業。

【箋評】

【按】三四句奇，然實白描佳句，非追琢而成，"放懷"意已寓其中。

牡丹二首[①]

輕陰隔翠幃[②]，宿雨泣晴暉[③]。醉後佳期在[④]，歌餘舊意非[⑤]。蝶繁經粉住[⑥]，蜂重抱香歸[⑦]。莫惜熏爐夜，因風到舞衣[⑧]。

水漾晴紅壓疊波[⑨]，曉來金粉覆庭莎[⑩]。裁成豔思偏應巧[⑪]，分得春光最數多[⑫]。欲綻欲含雙靨笑[⑬]，正繁疑有一聲歌[⑭]。華堂客散簾垂地，想凭闌干斂翠蛾[⑮]。

【校注】

①《英華》卷三二一花木一牡丹載此二首。顧本題作《牡丹》，無"二首"二字。據《英華》補。

②【補注】翠幃，緑色的幃幕。指蓋在牡丹花上的幄幕，用以擋蔽風雨。

③【補注】宿雨霑濕牡丹，花瓣上掛着雨珠，在晴暉照映下有似哭泣，故云"宿雨泣晴暉"。

④【立注】謝朓詩：芳洲有杜若，可以慰佳期。【補注】醉後，似指紅豔的牡丹盛開後，其情態如美人酒醉。佳期在，盼望好合的期約仍在。

⑤【補注】歌餘，歌罷、歌殘，喻指花謝。舊意非，盼望好合之期的意向已經幻滅。

⑥ 經，《英華》、席本作"輕"。【立注】道書：蝶交則粉退。【補注】似謂蝴蝶紛繁飛舞，經過牡丹時留下蝶粉。

⑦【補注】蜜蜂飛得很慢，是因爲采牡丹花粉多抱香而歸。

⑧【補注】二句謂佳人熏爐等待之夜，莫惜牡丹花瓣因風起而飄落到舞衣上。

⑨【補注】水漾晴紅，晴光照映的水面上摇漾着紅色的牡丹花瓣。

⑩【補注】金粉，指牡丹花金黄色的粉蕊。庭莎，庭院中的莎草地。

⑪【補注】謂牡丹花豔麗似含情思，如同人的巧手裁剪而成。

⑫【補注】牡丹暮春開放，故云其分得春光最多。

⑬【立注】梁簡文帝詩：夢想開嬌靨。【補注】此以美人之含靨欲笑形况牡丹之含苞欲綻情態。

⑭【補注】謂牡丹開放最繁盛時似美人含情發聲一唱而歌聲乍傳。與上首"歌餘舊意非"可合參。

⑮【補注】二句想象華堂客散，珠簾垂地之際，寂寞無賞的牡丹當如佳人之凭闌斂眉含愁脈脈。

【箋評】

【按】二首雖竭力形容刻畫，而少韻味。多以佳人爲喻，而不免流於纖巧俗豔。與李商隱《回中牡丹爲雨所敗二首》相較，高下立見。"醉後"一聯稍有意致，然語仍嫌晦。

反生桃花發因題[①]

病眼逢春四壁空[②]，夜來山雪破東風[③]。未知王母千年熟[④]，且共劉郎一笑同[⑤]。已落又開横晚翠[⑥]，似無如有帶朝紅[⑦]。僧虔蠟炬高三尺[⑧]，莫惜連宵照露叢[⑨]。

【校注】

①《英華》卷三二一花木一桃花載此首。【補注】反生，返生，凋謝後又開，即詩中"已落猶開"之意。

② 病，《全詩》作"疾"。逢春，顧本、《全詩》校：一作"相逢"。席本作"相逢"。【立注】《史記》：司馬相如居徒四壁立。【補注】庭筠病眼，詩文中屢有提及。《夜看牡丹》云："希逸近來成懶病，不能容易向東風。"《雪二首》之一："謝莊今病眼，無意坐通宵。"《答段柯古贈葫蘆管筆狀》："蝸睆傷明，對蘭釭而不寢。"四壁空，《史記》司馬貞索隱引孔文祥云："家空無資儲，但有四壁而已。"

③【補注】山雪破東風，山雪爲東風所破（銷融）。

④【立注】《漢武内傳》：王母下命侍女索桃果，須臾以玉盤盛仙桃七顆，大如雞卵，形圓，青色。母以四顆與帝，三顆自食，桃味甘美，口有盈味。食輟，收其核。王母問帝，帝曰："欲種之。"母笑曰："此桃三千年一生實，非下土所植也。"【按】王母之桃，三千年一生實，而人世不過百年，故曰"未知"。

⑤【立注】李賀《金銅仙人辭漢歌》：茂陵劉郎秋風客。【補注】劉郎，此指漢武帝劉徹，借以自指。花開謂之笑。二句謂王母之仙桃三千年一熟，人世渺茫難期，然人間之桃花已落又開，自可與我同此一笑。

⑥【補注】晚翠，指桃樹翠緑的枝葉。

⑦【補注】似無如有，指返生桃花的花苞，細小如帶朝紅。

⑧【立曰】未詳。《宋書》：王曇首常與兄弟集會，子孫任其戲適。僧達跳下地作彪子。僧虔累十二博棋，既墜，亦不重作。僧綽探蠟燭珠爲鳳皇，僧達奪取於懷，亦不復惜。【補注】王僧虔（426—485），南朝宋、齊間文人、學者、書法家，《全上古三代秦漢三國六朝文》輯録其文十五題。"蠟炬三尺"事未詳。

⑨【補注】此即白居易《惜牡丹》"明朝風起應吹盡，夜惜衰紅把火看"之意。

【箋評】

【按】全篇均圍繞"反生"一語着筆。末語有情。

杏　花①

紅花初綻雪花繁②，重疊高低滿小園③。正見盛時猶悵望④，豈堪開處已繽翻⑤。情爲世累詩千首，醉是吾鄉酒一尊⑥。杳杳豔歌春日午⑦，出牆何處隔朱門⑧。

【校注】

①《英華》卷三二一花木一杏花載此首。

②【補注】紅花，指杏花初綻時色純紅。雪花，指杏花盛開時色白微帶紅，遠望則白。

③【立注】庾信有《小園賦》。

④【補注】盛開時預憂其凋謝，故"猶悵望"。

⑤【補注】繽翻，繽紛飄落。此謂更何堪其旋開旋落乎！

⑥ 醉鄉，見卷四《李羽處士寄新醖走筆戲酬》"沉醉無期即是鄉"句注。【補注】王績《醉鄉記》："阮嗣宗、陶淵明等十數人並遊於醉鄉。"《過酒家》："此日長昏飲，非關養性靈。眼看人盡醉，何爲獨爲醒？"

⑦【補注】杳杳，杳遠隱約貌。豔歌，豔情的詩歌。《文心雕龍・樂府》："若夫豔歌婉孌，怨志怢絶。"白居易《長安道》："花枝出處青樓開，一曲豔歌酒一杯。"

⑧【補注】出牆，指杏花花枝伸出牆外。

【箋評】

【按】前兩聯寫杏花初綻、盛開、旋開旋落與己之愛花惜花心理。後兩聯由杏花聯及身世，末有自傷不遇，不爲朱門所賞之意。

和太常段少卿東都修行里有嘉蓮①

春秋罷注直銅龍②，舊宅嘉蓮照水紅。兩處龜巢清露裏③，一時魚躍翠莖東④。同心表瑞荀池上⑤，半面分妝樂鏡中⑥。應爲臨川多麗句⑦，故持重豔向西風⑧。

【校注】

①《英華》卷三二二花木二蓮荷載此首，題内"段"字作"杜""行"字作"竹"，席本、《全詩》同《英華》。【立注】《唐書》：東都，隋置。貞觀六年，號洛陽宫。光宅元年，曰神都。天寶元年，曰東京。肅宗元年，復爲東都。【陶敏曰】"杜"，疑爲"段"之訛。段少卿，段成式。温庭筠有《和段少常柯古》詩。《酉陽雜俎》序題"唐太常少卿段成式撰"。成式居修行里，見劉得仁《初夏題段郎中修行里南園》，段郎中，段成式。《新書》本傳："擢累尚書郎，爲吉州刺史。"唐代兩都無修竹里，有修行里。《酉陽雜俎・前集》卷十八："成式修行里私第大堂前有五鬣松兩株。"蓋段、杜音相近

也。【補注】陶考甚確。題内“杜”應作“段”,“竹”應作“行”。太常,太常寺。《新唐書·百官志》:“太常寺,卿一人,正三品;少卿二人,正四品上。掌禮樂、郊廟、社稷之事,總郊社、太樂、鼓吹、太醫、太卜、廪犧、諸祠廟等署,少卿爲之貳。”修行里,在東都洛陽定鼎門東第二街。嘉蓮,從詩中看,當即同心蓮,又稱合歡蓮。《玉臺新詠·近代雜歌·青陽歌曲》:“下有並根藕,上生同心蓮。”段成式咸通二年在荆南節度使蕭鄴幕(見盧知猷《盧鴻草堂圖後跋》),其入爲太常少卿約在咸通三年。四年六月卒(見尉遲樞《南楚新聞》)。據“西风”語此詩當作於咸通三年初秋。

② 直,《英華》、席本作“真”,誤。【立注】《晋書》:杜預字元凱,著《春秋經傳集解》。《漢書》:上急召太子出龍樓門。張晏曰:門樓上有銅龍。【補注】《春秋》罷注,謂其因公務繁忙而停注《春秋》。直,當值。銅龍,本漢太子宫門,此借指帝王宫闕。李白《酬坊州王司馬與閻正字對雪見贈》:“價重銅龍樓,聲高重門側。”

③【立注】《史記·龜策傳》:龜千歲乃遊蓮葉之上。褚先生曰:江南嘉林,龜在其中,常巢于芳蓮之上。【補注】因係同心並蒂之蓮,故曰“兩處龜巢”。

④【立注】《江南》詞:魚戲蓮葉東。【補注】一時,同時。

⑤【立注】隋杜公瞻《同心芙蓉》詩:名蓮自可念,况復兩心同。荀池,見卷八《休澣日西掖謁所知》“荀令鳳池春婉娩”句注。【補注】句意謂同心蓮象徵祥瑞,開放在曾經入主中書的荀令池上。按:段成式之父段文昌穆宗時曾拜中書侍郎同平章事,修行里係段氏舊居,故以“荀池”擬之,指舊居中的池塘。言外有此同心蓮預兆段成式亦將顯貴之意。

⑥ 分,《英華》、席本作“粉”,誤。【立注】《南史》:梁元帝徐妃,諱昭珮,無容質,不見禮於帝,二三年一入房。妃以帝眇一目,每知帝將至,必爲半面妝以俟。帝見則大怒而出。《世説》:衛伯玉爲尚書令,見樂廣,奇之曰:“此人人之水鏡。”【補注】樂鏡,借指如鏡之池面。因係同心並頭之蓮花,故映入水中,僅各得半面。

⑦【立注】沈約《宋書》:謝靈運,陳郡人也。博覽群書,文章之美,江左莫逮。初辟琅邪王大司馬行參軍,後爲臨川郡守。【補注】《南史·顔延之傳》:“延之嘗問鮑照已與靈運優劣,照曰:‘謝五言如初發芙蓉,自然可愛;君詩若鋪錦列繡,亦雕繢滿眼。’”謝靈運之詠荷麗句如:“澤蘭漸被徑,芙蓉初發池。”(《游南亭詩》)“芰荷迭映蔚,蒲稗相因依。”(《石壁精舍還湖中作詩》)此以謝靈運喻指段成式,謂其詩多“初發芙蓉”式之麗句,又善詠荷花。

⑧【立注】近代吴歌:芙蓉始結蕊,抱豔未成蓮。【補注】重豔,指同心並頭的蓮花(並排地長在同一個莖上的兩朵蓮花,亦稱並蒂蓮)。蓮花開時,已漸入秋令,故云“向西風”。

【箋評】

【按】句釋已詳注。此詩專從蓮之同心並蒂着筆,用各種有關典故反覆吟詠,既

頌嘉蓮之表瑞,亦贊嘉蓮主人之“多麗句”。用典雖稱雅切,情韻不免稍遜。尾聯稍有情味。

題磁嶺海棠花[①]

幽態竟誰賞[②]?歲華空與期[③]。島回香盡處,泉照豔濃時[④]。蜀彩澹摇曳[⑤],吴妝低怨思[⑥]。王孫又誰恨[⑦],惆悵下山遲。

【校注】

①《英華》卷三二二花木二海棠載此首。磁嶺,所在未詳。視詩中所寫,似爲湖中島嶼上之山嶺。

②【補注】指海棠花幽獨的姿態。

③【補注】歲華,此指每年按時開放的海棠花。期,指開放之期。因“竟誰賞”,故曰“空與期”。

④【補注】回,回繞。豔,指海棠花紅豔的花苞、花朵。

⑤【補注】蜀彩,彩色的蜀錦。海棠花未開放時花苞深紅色,故上句云“豔濃時”;開放後呈淡紅色或白色,故此句云“澹摇曳”。

⑥【補注】吴妝,猶吴宫西子之妝。句意謂開後的海棠,如吴宫西施妝成,低迴怨思無限。此句寫其情態。

⑦【補注】王孫,詩人自指。《楚辭·招隱士》:“王孫遊兮不歸,春草生兮萋萋。”

【箋評】

【按】詠海棠即以自寓。起聯一篇主意。地處幽僻隔絶,雖香郁色豔而無人欣賞,故低回怨思無限。尾聯即因海棠幽獨無賞觸動身世之感,故含恨惆悵,下山遲遲。

苦楝花[①]

院裹鶯歌歇,牆頭舞蝶孤。天香熏羽葆[②],宫紫暈流蘇[③]。晻曖迷青瑣[④],氤氲向畫圖[⑤]。只應春惜别,留與博山爐[⑥]。

【校注】

①《英華》卷三二三花木三雜花載此首。《英華》、席本、姜本“楝”作“練”,誤。

【立注】《歲時記》:始梅花,終楝花,凡二十四番花信風。【補注】苦楝,落葉喬木,春末開淡紫色筒狀小花,有清香。二十四番花信風,楝花風最後,故首聯云"鶯歌歇""舞蝶孤",尾聯云"春惜别",開在春末也。

② 熏,《英華》《全詩》、姜本、席本作"薰",通。【補注】羽葆,帝王儀仗中用鳥羽聯綴爲飾之華蓋。因苦楝花呈圓筒形,有似華蓋,有清香,故云"天香熏羽葆"。熏,用同"薰"。

③ 流蘇,見卷三《春曉曲》"流蘇帳曉春雞早"句注。【補注】流蘇,形容楝花聚傘狀花序。因其色紫,故曰"宫紫暈流蘇"。暈,狀其顏色由深而淺。

④【補注】晻曖,盛貌。

⑤【補注】氤氳,香氣濃烈。沈約《芳樹》:"氤氳非一香,參差多異色。"

⑥【立注】《西曲歌·楊叛兒》云:郎作沈水香,儂作博山爐。【補注】楝花開當春末,故云"春惜别";其花清香襲人,故云"留與博山爐",望其久留香也。

【箋評】

【按】視詩中"天香""宫紫""青瑣""畫圖"等語,似以苦楝花暗喻宫嬪。或反之,以宫嬪暗喻苦楝花,亦可。

自有扈至京師已後朱櫻之期[①]

露圓霞赤數千枝,銀籠誰家寄所思[②]。秦苑飛禽諳熟早[③],杜陵遊客恨來遲[④]。空看翠幄成陰日[⑤],不見紅珠滿樹時[⑥]。盡日徘徊濃影下[⑦],祇應重作釣魚期[⑧]。

【校注】

①《英華》卷三二六花木六櫻桃載此首。【立注】《尚書》注:有扈,夏同姓之國。在扶風鄠縣。【補注】《元和郡縣圖志》卷二京兆府:"鄠縣,東北至府六十五里,本夏之扈國。啓與扈戰於甘之野……扈至秦改爲扈邑……故鄠城,在城東北二里,夏之扈國也。"《左傳·昭公元年》:"扈在始平鄠縣。"即今西安市郊縣鄠(户)縣。庭筠家居鄠郊别墅,屢有詩言及,見前。《禮記·月令》:"是月(仲夏之月)也,天子乃以雛嘗黍,羞以含桃薦寢廟。"鄭玄注:"含桃,櫻桃也。"《淮南子·時則訓》:"羞以含桃。"高誘注:"含桃,鶯所含食,故曰含桃。"櫻桃古代用以薦寢廟。唐李綽《歲時記》:"四月一日,内園薦櫻桃。薦寢廟訖,班賜各有差。"已後朱櫻之期,謂已錯過"薦(進獻)櫻桃"之期,實以暗喻自己錯失參加科舉考試,將自己的才能進獻給朝廷

的機會。此當即《感舊陳情五十韻獻淮南李僕射》自注“二年抱疾,不赴鄉薦試有司”之象喻,亦即“開成五年秋,以抱疾郊野,不得與鄉計偕王府”之謂。參之詩之末句,其寓託之意益顯。詩當作於開成五年仲夏。蓋開成四年、五年連續二年不赴鄉薦,故開成五年春、會昌元年春均錯失參加禮部進士試之機會。而會昌元年仲夏,庭筠已在自秦歸吴中舊鄉途中,故此詩當作於開成五年仲夏,時仍居鄠郊。

②【補注】銀籠,摘櫻桃時用以盛櫻桃的竹籠,又稱筠籠。杜甫《野人送朱櫻》:“西蜀櫻桃也自紅,野人相贈滿筠籠。”寄所思,存放所思念的櫻桃。

③【立注】《吕氏春秋》:仲夏之月羞含桃。注:含桃,櫻桃,鶯鳥所含食,故曰含桃。【補注】秦苑,長安宫苑。飛禽,指鶯。

④【補注】杜陵遊客,庭筠自指。庭筠有《鄠杜郊居》《鄠郊别墅寄所知》詩,其居所在鄠杜之間。《商山早行》有“因思杜陵夢”之句,故以“杜陵遊客”自指。“恨來遲”,即題所稱“已後朱櫻之期”,表面上是説錯過櫻桃結實之期,實指錯失參加禮部進士試之期。進士試一般於正月或二月舉行。

⑤【立注】陸機《招隱詩》:緑葉成翠幄。

⑥【咸注】《埤雅》:櫻桃顆小者如珠,南人呼爲櫻珠。

⑦ 影,《英華》作“廕”,席本作“蔭”。

⑧【立注】晋潘尼《鼈賦序》:皇太子遊於玄圃,遂命釣魚,有得鼈而獻之者,命侍臣賦之。【補注】重作釣魚期,指重新應試,釣取功名。《史記·齊太公世家》:“吕尚蓋嘗窮困,年老矣,以漁釣奸(干)西伯。西伯將出獵,卜之,曰:‘所獲非龍非彲,非虎非羆,所獲霸王之輔。’於是周西伯獵,果遇太公於渭之陽,與語大悦……載與俱歸。立爲師。”“釣魚”用此,喻參加科舉考試以干禄。白居易《代書詩一百韻寄微之》:“繁張獲鳥網,堅守釣魚磯。”自注:“謂自冬至夏頻改試期,竟與微之堅待制試也。”亦以“釣魚”喻應試。

【箋評】

【按】題面與詩面均寫自鄠杜郊居至京師,已錯過櫻桃成熟之期,只見緑葉成陰之惆悵,實際内容則寫自己錯失參加禮部進士試之機會,未能進獻才能於朝廷之遺憾。二者之聯結點集中在櫻桃係薦陵寢之物這一傳統禮俗上。構思精妙,寓託自然。尾聯於悵恨之餘發“重作釣魚期”之想,設喻雖與“後朱櫻之期”嫌脱節,但却使錯失科舉考試時機之寓意更加顯豁。

答段柯古見嘲①

彩翰殊翁金繚繞②，一千二百逃飛鳥③。尾生橋下未爲癡④，暮雨朝雲世間少⑤。

【校注】

① 《絶句》卷四十四載此首。【立曰】以下七首見《絶句》。【補注】段柯古，段成式。卷七有《和段少常柯古》。段成式詩集中有《嘲飛卿七首》。其一云："曾見當壚一個人，入時妝束好腰身。少年花蒂多芳思，只向詩中寫取真。"其二："醉袂幾侵魚子纈，飄纓長罥鳳皇釵。知君欲作《閑情賦》，應願將身作錦鞋。"其三："翠蝶密偎金叉首，青蟲危泊玉釵梁。愁生半額不開靨，只爲多情團扇郎。"其四："柳煙梅雪隱青樓，殘日黃鸝語未休。見説自能裁袙腹，不知誰更著帩頭？"其五："愁機懶織同心苣，悶繡先描連理枝。多少風流詞句裏，愁中空詠早環詩。"其六："燕支山色重能輕，南陽水澤鬥分明。不煩謝雉先張翳，自有琴中威鳳聲。"其七："半歲愁中鏡似荷，牽環撩鬢却須磨。花前不復抱瓶渴，月底還應琢刺歌。"又有《柔卿解籍戲呈飛卿三首》，其一："長擔犢車初入門，金牙新醖盈新樽。良人爲漬木瓜粉，遮却紅腮交午痕。"其二："最宜全幅碧鮫綃，自褻春羅等舞腰。未有長錢求鄴錦，且令裁取一團嬌。"其三："出意桃鬟一尺長，金爲鈿鳥簇釵梁。鬱金種得花茸細，添入春衫領裏香。"據此二組段詩，庭筠當與青樓妓柔卿有戀情。飛卿此詩，即答段之嘲戲之作。詩當作於居襄陽徐商幕期間，具體年月未詳。約大中十二年至咸通元年之間。

② 翰，《全詩》校：一作"輪"。【補注】彩翰，彩色羽毛。殊翁，特別的老翁。金繚繞，形容其衣飾華麗，如金光繚繞。全句係寫一頭插彩羽、身著新裝之老年"新郎"形象。

③ 【補注】《千金方・房中補益論》："彭祖曰：昔黃帝御女一千二百而登仙，俗人以一女伐命。知與不知，相去遠矣。"李商隱《擬沈下賢》有句云"千二百飛鸞"，此云"一千二百""飛鳥"，當同用黃帝御女登仙事。然曰"逃飛鳥"，似反其意而用之，謂未敢效黃帝之御千二百飛鳥也。

④ 生，《絶句》《全詩》作"薪"，當因音近而誤。【立注】《莊子》：尾生與女子期於梁下，女子不來，水至，不去，抱橋柱而死。

⑤ 【補注】暮雨朝雲，用宋玉《高唐賦序》神女自云"妾在巫山之陽，高丘之阻，旦爲朝雲，暮爲行雨。朝朝暮暮，陽臺之下。"句意蓋謂對方如"旦爲朝雲，暮爲行雨"之美麗多情神女，世間實少。

【箋評】

【按】成式嘲飛卿，蓋調謔其與青樓妓女之間，彼此一往情深，故飛卿作詩以答。謂己雖插彩羽著華服聊作老年"新郎"，然絶非好色貪欲之輩。己雖如尾生之守信抱柱而非癡，蓋對方如美麗多情之神女，實世間難逢也。或疑庭筠此時年已六旬，不可能演出如段成式的詩作中所述的一段喜劇，因謂庭筠非生於貞元十七年，而當生於元和十一年，不知温詩已自稱"殊翁"矣。

蓮　花[①]

緑塘摇灧接星津[②]，軋軋蘭橈入白蘋[③]。應爲洛神波上襪[④]，至今蓮蕊有香塵。

【校注】

①《絶句》卷四十四載此首。

②【補注】摇灧，水波蕩漾貌。星津，星河，指銀河。

③【補注】橈，船槳。蘭橈，猶蘭舟。指采蓮的小舟。白蘋，水中浮草。亦稱四葉菜，田字草。夏秋開小白花。

④【立注】《洛神賦》：凌波微步，羅韈生塵。【補注】洛神，洛水之神，即宓妃。曹植《洛神賦序》："黄初三年，余朝京師，還濟洛川。古人有言，斯水之神，名曰宓妃。感宋玉對楚王神女之事，遂作斯賦。""其辭曰……於是洛靈感焉，徙倚傍徨……踐椒塗之郁烈，步蘅薄而流芳……陵波微步，羅韈生塵。"此句以荷葉凌波喻洛神之羅韈。

【箋評】

【按】前二句乘蘭舟采蓮。後二句寫蓮葉蓮花，從《洛神賦》生發想象，謂蓮葉凌波，恐是當年洛神之羅襪，故至今蓮蕊中似猶含其餘香焉。意境優美。

過吴景帝陵[①]

王氣銷來水淼茫[②]，豈能才與命相妨[③]。虚開直瀆三千里[④]，青蓋何曾到洛陽[⑤]！

【校注】

①《絶句》卷四十四載此首。【立注】《吴書》:孫休字子烈,權第六子,在位七年。薨時年三十。謚曰景皇帝,葬定陵。

②【補注】《太平御覽》引《金陵圖》云:"昔楚威王見此有王氣,因埋金以鎮之,故曰金陵。秦併天下,望氣者言江東有天子氣,鑿地斷連岡,因改金陵爲秣陵。"劉禹錫《西塞山懷古》:"王濬樓船下益州,金陵王氣黯然收。"李商隱《詠史》:"北湖南埭水漫漫,一片降旛百尺竿。"王氣銷來水淼茫,見吴國政權、建業繁華均已銷亡,眼前所見惟淼茫水勢而已。

③【補注】李商隱《有感》:"古來才與命相妨。"此句意與之相反,謂難道是孫休之才能與其命運相妨?吴再傳至孫皓而亡。

④【補注】直瀆,孫皓所開直渠。《方輿勝覽》卷十四《建康府》:"直瀆,吴後主孫皓所開。楊修詩注云:"瀆在幕府山東北,長十四里,闊五丈,深二丈。初開之時,晝開夜復自塞,經年不就。傷足役夫卧其側,夜見鬼物來填,因嘆曰:何不以布囊盛土棄之江中,使吾徒免殫力於此。傷者異之,曉白有司,如其言,乃成。瀆道直,故名直瀆。"〇孫盛《晋春秋》云:"方山有直瀆。"唐人詩:"虚開直瀆三千里,青蓋何曾到洛陽?"

⑤【立注】《江表傳》:皓載其母、妻、子及後宫數千人,從牛渚陸道西上,云青蓋入洛陽,以順天命。《吴書》:天璽元年,吴郡言"臨平湖自漢末草薉擁塞,長老相傳:'湖塞天下亂,湖開天下平。'近者無故忽開,此天下當太平,青蓋入洛之祥也。"皓以問都尉陳訓,訓退而告人曰:"青蓋入洛者,銜璧之徵也。"【補注】青蓋,青色車蓋。《晋書・輿服志》謂天子之法車青蓋,黄爲裹。故"青蓋"可指帝王車駕。青蓋入洛,謂入洛爲帝,一統天下。

【箋評】

【按】此言吴國覆亡之命運不可避免。首句點明詩之主旨。次句言吴之亡並非由於孫休之才與命相妨。《三國志・吴書・三嗣主傳》評曰:"(孫)休以舊愛宿恩,任用興、布,不能拔進良才,改弦易張,雖志善好學,何益救亂乎?"可與此句相參,三四言孫皓繼立,肆行殘暴,虐用其民,雖開直瀆、信祥瑞,妄想青蓋入洛,一統天下,又何曾實現其愚妄之意願乎?按:憲宗元和二年十月,鎮海軍節度使李錡反,旋即敗亡伏誅,此詩或有所託諷。

龍尾驛婦人圖[①]

慢笑開元有倖臣[②]，直教天子到蒙塵[③]。今來看畫猶如此，何況親逢絶世人[④]。

【校注】

①《絶句》卷四十四載此首。【立注】《新唐書・逆臣傳》禄山每過朝堂龍尾道，南北睥睨，久乃去。【補注】龍尾驛，在鳳翔府岐山縣東漳水西岸，又名龍尾城。

②【補注】倖臣，帝王寵幸的臣子。開元有倖臣，連下句，當指高力士。陳鴻《長恨歌傳》："開元中，泰階平，四海無事。玄宗在位歲久，倦於旰食宵衣，政無大小，始委於右丞相，稍深居遊宴，以聲色自娱。先是，元獻皇后，武淑妃皆有寵，相次即世。宫中雖良家子千數，無可悦目者……詔高力士潛搜外宫，得弘農楊玄琰女於壽邸。"事在開元二十五年。

③【立注】《左傳》：臧文仲曰："天子蒙塵在外，敢不奔問官守？"【補注】謂玄宗因寵楊妃，直至釀成安史之亂，倉皇奔蜀。

④【立注】李延年歌：北方有佳人，絶世而獨立。【按】延年歌此下尚有"一顧傾人城，再顧傾人國。寧不知傾城與傾國，佳人難再得"數句，當引全方切合此句之意。

【箋評】

【按】龍尾驛婦人圖，看畫者甚衆。詩人有感於此，發抒議論，謂玄宗之蒙塵奔蜀，説者每歸罪於倖臣高力士之搜外宫召楊氏女。然今見看婦人畫者尚趨之若鶩，更何况親逢絶代佳人乎？蓋慨愛美色乃人性之普遍弱點，帝王、常人均不能免。以明玄宗之蒙塵，不獨由倖臣之逢迎，更緣人性本身之弱點所致，意與白居易《李夫人》"人非木石豈無情，不如不遇傾城色"相似，而語則略帶調侃。

薛氏池垂釣[①]

池塘經雨更蒼蒼[②]，萬點荷珠曉氣凉。朱瑀空偷御溝水[③]，錦鱗紅尾屬嚴光[④]。

【校注】

①《絶句》卷四十四載此首。

②【補注】蒼蒼,深青色。

③【立注】《後漢書・宦者傳》:郎中梁人審忠,奏長樂五官史朱瑀繕修第舍,連里竟巷,盗取御水以作魚釣,車馬服玩擬於天家。【補注】朱瑀,借指薛某。

④【補注】錦鱗紅尾,指紅尾鯉魚。嚴光,東漢初隱士,耕釣於富春山。屢見前注。此借以自指。

【箋評】

【按】薛氏池或通御溝。詩人釣池上得錦鱗,作此詩以調謔。謂薛空偷御溝之水,而錦鱗則屬垂釣之自己也。"空偷"者,謂其官務繁冗不得享垂釣池上之樂也。

簡同志①

開濟由來變盛衰②,五車纔得號鎡基③。留侯功業何容易,一卷兵書作帝師④。

【校注】

①《絶句》卷四十四載此首。【補注】簡,寄送書信。此以詩代簡。

②【補注】開濟,開創並匡濟。變盛衰,變衰亂爲昌盛。

③【補注】《莊子・天下》:"惠施多方,其書五車。"鎡基,基業。句意謂讀書多學問大者方能號稱助帝王創基業的開濟之臣。

④【立注】《漢・張良傳》:良常閒從容步游下邳圯上,有一老父,衣褐,出一編書曰:"讀是則爲王者師。"後佐高祖定天下,封留侯。【按】事始見《史記・留侯世家》。此即李商隱《驕兒詩》"穰苴司馬法,張良黄石術。便爲帝王師,不假更纖悉"之意。

【箋評】

【按】詩意謂佐帝王創開濟之大業者,不必均學富五車,試看建蓋世功業之張良,豈非憑黄石公所授之一編兵書而爲帝王師者乎?中晚唐士人,仕途日窄,雖苦讀並多次參加科舉考試,而往往窮困潦倒終身。然在藩鎮割據、邊患頻仍之形勢下,習武從軍者反易得受賞封侯,詩曰"留侯功業何容易",或亦有慨於此焉。

瑟瑟釵[1]

翠染冰輕透露光[2]，墮雲孫壽有餘香[3]。只應七夕回天浪[4]，添作湘妃淚兩行[5]。

【校注】

①《絶句》卷四十四載此首。【立注】程大昌《演繁露》：《唐語林》：盧昂主福建鹽鐵，有瑟瑟枕大如斗，憲宗召市人估其值，或云至寶無價，或云美石，非真瑟瑟。則今世所傳瑟瑟，或皆煉石爲之耶？【補注】瑟瑟，碧色寶石。《周書・異域傳下・波斯》："又出……馬腦、水晶、瑟瑟。"此謂用瑟瑟製成之寶釵。

②【補注】翠染，言其色碧；冰輕，言其質輕而透明，即"透露光"之謂。

③【立注】華嶠《後漢書》：梁冀妻孫壽作愁眉、嗁妝、墮馬髻。【補注】墮雲，當即"墮馬髻"。《漢書》李賢注引應劭《風俗通》曰："墮馬髻者，側在一邊。"句意謂此瑟瑟釵或曾爲孫壽所用，其上似猶霑其雲髮之香澤。

④ 應，《全詩》作"因"。

⑤ 湘妃淚，見卷七《巫山神女廟》"一叢斑竹夜"句注。

【箋評】

【按】三四句意晦，似指瑟瑟釵隱隱透出波紋，似七夕銀河中回天之波浪；又隱含散見之斑點，似湘妃之淚灑斑竹。然如此形容，亦過於支絀。

元　日[1]

神耀破氛昏[2]，新陽入晏温[3]。緒風調玉吹[4]，端日應銅渾[5]。威鳳蹌瑶簴[6]，升龍護璧門[7]。雨暘春令煦[8]，裘冕晬容尊[9]。

【校注】

①《雜詠》卷一元日載此首。【立注】以下七首見《歲時雜詠》。【補注】元日，元旦，農曆正月初一。詩寫元日皇宫景象。

②【補注】神耀，指太陽的光耀。氛昏，雲霧陰霾。

③【補注】晏温，温暖。《史記・孝武本紀》："至中山，晏温，有黄雲蓋焉。"裴駰集解引如淳曰："三輔謂日出清濟爲晏，晏而温也。"或解：晏温、氤氲音近義同，形容

雲靄垂覆之狀。

④【立注】庾信《春賦》:玉管初調。【補注】緒風,初春之和風。非《楚辭·九章·涉江》"欸秋冬之緒風"之"緒風"(餘風)。"緒"有發端、初始之義。調玉吹,猶調玉管。玉管,亦作玉琯,玉製之古樂器,用以定律候氣。《後漢書·律曆志上》:"候氣之法,爲室三重,塗釁必周,密布緹幔。室中以木爲案,每律各一,内庳外高,從其方位,加律其上,以葭灰抑其内端,案曆而候之,氣至者灰動,其爲氣所動者其灰散,人及風所動者其灰聚。"緒風調玉吹,謂春天到來。

⑤ 端,《雜詠》,席本作"瑞",誤。詳注。【立注】《後漢·張衡傳》:作渾天儀。《漢名臣奏》:惟渾天者,近得其情,今史官所用候臺銅儀,則其法也。【補注】端日,農曆正月初一,即元日。《歲華紀麗·元日》"八節之端"胡震亨注:"又云端日,謂履端也。"端有開始義,與上句"緒"字爲的對,作"瑞"者非。銅渾,指張衡始創之渾天儀。清阮葵《茶餘客話》卷十三:"安溪先生云:渾天儀三重,其外一層不動者爲六合儀,所以定上下四方之位;其中一重旋轉者爲三辰儀,所以象天體圜動之行;其内一重周遊四徧者爲四遊儀,所以挈玉衡而便觀察。"

⑥【補注】《楚辭·九歌·東君》:"緪瑟兮交鼓,簫鐘兮瑤簴。"瑤簴,支撑懸掛鐘磬之横木的兩根玉製立柱。威鳳,指立柱上的鳳飾。鳳有威儀,故稱威鳳。蹌,起舞。鮑照《舞鶴賦》:"始連軒以鳳蹌,終宛轉以龍躍。"

⑦ 璧,《雜詠》作"辟",誤。【立注】應璩《與劉公幹書》:鶉鷃棲翔鳳之條,黿鼉遊升龍之川,識真者所爲憤結也。【補注】璧門,漢建章宫南之著名建築,武帝時造。《史記·封禪書》:"於是作建章宫……其南有玉堂、璧門、大鳥之屬。"因其建築裝飾有玉璧,故稱璧門。升龍,猶飛龍、翔龍。當是璧門上之雕飾。

⑧【立注】《洪範》:八庶徵曰雨,曰煬,曰燠,曰寒,曰風,曰時。【補注】雨暘,雨止日出。

⑨ 晬,顧本、席本作"睟",誤,據《雜詠》《全詩》改。【立注】《周禮·司服》:祀昊天上帝,則服大裘而冕。【補注】晬容,或作"晬顔",温和而潤澤的容顔,用以頌稱皇帝的容顔。王僧孺《侍宴》:"晬顔暢有懌,德音良已粲。"

【箋評】

【按】此詩描繪元日宫廷景象,從朝日破除雲霧寫起,接寫時令及玉管、銅渾等宫中測候觀天之儀,再寫瑤簴、璧門等宫中陳設、建築,最後以日出春暖、皇帝裘冕晬容而登尊位作結。似宫廷舉行元日大典之景象。如係實寫,則詩當是咸通七年元日作,其時庭筠任國子助教,從六品上,故有機會見到元日朝會景象。

二月十五日櫻桃盛開自所居躡履吟玩競召王澤章洋才①

曉覺籠煙重，春深染雪輕②。静應留得蝶，繁欲不勝鶯③。影亂晨飈急④，香多夜雨晴。似將千萬恨，西北爲卿卿⑤。

【校注】

①《雜詠》卷四十三“二月”載此首。題内“召”字，顧本原作“名”，《全詩》同，據《雜詠》改。【補注】所居，當指其鄠杜郊居。躡履，穿鞋。競召，猶速召。王澤、章洋才，似是二人。

②【補注】籠煙重，繁盛之櫻桃花爲早晨的煙霧所籠罩，似感煙霧之重。染雪，當指白色之櫻桃花。

③【補注】謂花繁似不能承受流鶯的重量。

④【補注】晨飈，晨風。晨風急而花影亂，故云。

⑤ 卿卿，見卷四《偶題》“不將心事許卿卿”句注。【補注】卿卿，此爲朋友間之昵稱，指王、章二人。

【箋評】

【按】前三聯寫“櫻桃盛開”，花繁香濃影亂。尾聯想象盛開之櫻桃花似含千萬恨而怨思無限，恐正爲“卿卿”耳。故競召之，望二人速來吟玩也。

寒食節日寄楚望二首①

芳蘭無意緑，弱柳無窮縷。心斷入淮山②，夢長穿楚雨③。繁花如二八④，好月當三五⑤。愁碧竟平皋⑥，韶紅换幽圃⑦。流鶯隱圓樹⑧，乳燕喧餘哺⑨。曠望戀層臺⑩，離憂集環堵⑪。當年不自遣⑫，晚得終何補。鄭谷有樵蘇⑬，歸來要腰斧。

家乏兩千萬⑭，時當一百五⑮。颸颸楊柳風⑯，穰穰櫻桃雨⑰。年芳苦沈潦⑱，心事如摧櫓⑲。金犢近蘭汀⑳，銅龍接花塢㉑。青葱建楊宅㉒，隱轔端門鼓㉓。綵索拂庭柯㉔，輕毬落鄰圃㉕。三春謝遊衍㉖，一

笑牽規矩。獨有恩澤侯[27]，歸來看楚舞[28]。

【校注】

①《雜詠》卷十二寒食載此二首。【補注】楚望，李郢字，長安人。初家居杭州，大中十年登進士第。歷湖州（大中四年）、淮南、睦州、信州從事，入爲侍御史。後爲越州從事，卒於任所。其爲越州從事在咸通末，時庭筠已前卒。二詩作年未詳。

②【補注】淮山，淮南小山（淮南王劉安部分門客）之省稱。王逸《楚辭章句·招隱士序》："《招隱士》者，淮南小山之所作也。昔淮南王安，博雅好古，招懷天下俊偉之士，自八公之徒，咸慕其德而歸其仁，各竭才智，著作篇章，分造辭賦，以類相從，故或稱小山，或稱大山，其義猶《詩》有《小雅》《大雅》也。"此句之"淮山"猶淮山館。入淮山，指入幕爲幕僚。心斷，猶望斷。

③【補注】用巫山神女朝雲暮雨事。

④【補注】二八，指二八（十六歲）佳人。

⑤【立注】王僧孺詩：二八人如花，三五月如鏡。

⑥【補注】謂令人憂傷的碧草佈滿平野。江淹《别賦》："春草碧色，春水渌波，送君南浦，傷如之何！"李白《菩薩蠻》："平林漠漠煙如織，寒山一帶傷心碧。"愁碧，即"傷心碧"。

⑦【補注】韶紅，美好鮮豔的春花。變，换。句意謂幽静的園圃中已經變换成鮮豔的春花。"變"字用法與謝靈運《登池上樓》"池塘生春草，園柳變鳴禽"之"變"字相似。

⑧ 圓，《雜詠》《全詩》作"員"，通。

⑨【立注】鮑照詩：乳燕逐草蟲。【補注】喧餘哺，喧鬧着争食剩下的餵食。哺，與上句"樹"係諧音借對（哺諧浦）。

⑩ 曾，《雜詠》作"層"，通。【補注】曠望，遠望。曾臺，高臺、重臺。

⑪【立注】《儒行》：儒有一畝之宫，環堵之室。【補注】環堵，四周環繞每面一丈之土牆，形容居室狹小簡陋。

⑫【補注】當年，與下句"晚得"相對，指壯年。不自遣，指心情煩悶鬱結，難以自我排遣。

⑬ 鄭谷，見卷四《題李處士幽居》"谷口徒稱鄭子真"句注。【補注】樵蘇，打柴割草，指農耕之事。

⑭【立曰】（兩千萬）未詳。【補注】兩千萬，疑"兩千石"之訛。漢制，郡守俸禄爲二千石。《史記·孝文本紀》："臣謹請（與）陰安侯列侯頃王后與琅玡王、宗室、大臣、列侯、吏二千石議。"因"萬"字簡體"万"與"石"形近，故訛"石"爲"万"。

⑮【立注】《荆楚歲時記：》去冬節一百五日，即有疾風甚雨，謂之寒食。

⑯【補注】颸颸,凉爽、微寒貌。

⑰ 穰穰,《雜詠》作"瀼瀼"。【補注】穰穰,紛亂貌。櫻桃雨,催開櫻桃花之雨。

⑱【補注】年芳,美好的春景。沈潦,雨後之積水。

⑲ 摧櫓,《雜詠》作"推魯",誤。【立注】《歡聞變歌》:邪婆尚未眠,肝心如摧櫓。【補注】摧櫓,摧折的船櫓。

⑳【補注】金犢,黄牛犢。蘭汀,長着蘭草的汀洲岸邊。蘭,《雜詠》、席本作"瀾",誤。

㉑【立注】張敦頤《六朝事跡》:桃花塢在蔣山寶公塔之西北,舊有桃花甚盛,今不復存。【補注】銅龍,銅龍門,漢太子宫門。亦可借指帝王宫闕。

㉒【補注】建楊宅,栽種楊樹的宅舍。

㉓【立注】《西京賦》:隱轔鬱律。《吴書》:建興元年十二月,雷雨天災,武昌端門改作。【補注】隱轔,象聲詞,像雷聲、鼓聲或車馬雜遝聲。此狀鼓聲。《南史·武穆裴皇后傳》:"上數遊幸,載宫人從後車。宫内深隱,不聞端門鼓漏聲,置鐘於景陽樓上,應五鼓及三鼓,宫人聞鐘聲,早起莊飾。"

㉔ 索,顧本作"素",席本、《全詩》同,據《雜詠》改。【補注】綵索,彩色的鞦韆索。庭柯,庭院中的樹枝。

㉕【立注】秋千打毬皆寒食事。詳卷四《寒食日作》"綵索平時牆婉娩,輕毬落處晚寥梢"二句注。

㉖【立注】王維《桃源行》:辭家終擬長遊衍。【補注】遊衍,恣意遊逛。《詩·大雅·板》:"昊天曰旦,及爾遊衍。"孔疏:"游行衍益,亦自恣之意也。"

㉗【立注】《漢書》有《外戚恩澤侯表》。【補注】恩澤侯,謂以皇帝恩澤封侯者。

㉘ 楚舞,見卷一《舞衣曲》"夜向蘭堂思楚舞"句注。

【箋評】

【按】二首雜寫寒食節景物風俗,而以抒己之遭際感慨爲歸趨。第一首"心斷"二句,謂己望斷於入使府爲幕賓,希圖遇合而終同幻夢,故離憂集於陋室,感慨壯歲心情鬱悶不能自遣,即使晚有所得亦無補於事,故决意歸隱樵蘇。第二首"年芳"二句,慨春芳之苦於水潦,嘆心事如櫓之摧折。寒食雖是遊玩之節日,己則"三春謝遊衍"。視蒙皇帝恩澤之顯貴奢侈佚樂之生活,對照自身遭際,不免更增憤鬱。作年不詳。視"當年"二句,似晚歲作。

清明日[①]

青娥畫扇中[②],春樹鬱金紅[③]。出犯繁花露,歸穿楊柳風。馬驕偏避幰[④],雞駭乍開籠[⑤]。柘彈何人發[⑥],黄鸝隔故宫。

【校注】

①《雜詠》卷十四清明載此首。

② 青,《全詩》、席本作"清",涉題内"清"字而誤。娥,《雜詠》作"蛾",誤。【立注】杜甫詩:青娥皓齒在樓船。【補注】謂年青女子以畫扇半遮臉龐。

③【立注】《周禮注》:鄭玄曰:築鬱金,煮之和鬯酒也。鬱金若蘭。【補注】謂春天的樹木呈現鬱金草般的紅色(指樹上的紅花)。

④【立注】儀制令:六品以下皆不得用幰。【補注】幰,此指幰車,施有簾幔的車。《南史·鮑泉傳》:"後爲通直侍郎,常乘高幰車。"幰車爲五品以上官所乘,故云馬驕而知避乘幰車出遊之宫女。

⑤【立注】徐堅《初學記》:鬥雞寒食事。【按】清明在寒食後一二日。

⑥【補注】柘彈,柘木做的彈弓,此指柘木彈弓所發的彈丸。《西京雜記》:"長安五陵人,以柘木爲彈,真珠爲丸,以彈鳥雀。"何遜《輕薄篇》:"柘彈隨珠丸,白馬黄金飾。"唐馮贄《煙花記·柘彈》:"陳宫人喜於春林放柘彈。"

【箋評】

【按】此似寫宫女清明日乘幰車出遊之情景。末二語以"柘彈""後宫"點明出遊者身份。

禁火日[①]

駘蕩清明日[②],儲胥小苑東[③]。舞衫萱草緑[④],春鬢杏花紅[⑤]。馬轡輕銜雪[⑥],車衣弱向風[⑦]。又愁聞百舌[⑧],殘睡正朦朧。

【校注】

①《雜詠》卷十四清明載此首。【補注】《荆楚歲時記》:"去冬節一百五日,即有疾風甚雨,謂之寒食。禁火三日,造餳大麥粥。"

②【補注】駘蕩,舒放無拘束貌。此處形容清明時節春物之舒展。謝朓《直中書

省》:“春物方駘蕩。”

③【立注】《長楊賦》:木擁槍纍,以爲儲胥。范元實《詩眼》:儲胥,軍中藩籬也。《漢書》:蕭望之署小苑東門侯。【補注】儲胥,漢宫館名。張衡《西京賦》:“既新作以迎風,增露寒與儲胥。”《三輔黄圖·漢宫》:“武帝作迎風館于甘泉山,後加露寒、儲胥二館,皆在雲陽。”顧嗣立注非。

④【補注】謂緑色的舞衫上繡有萱草圖案。

⑤【補注】謂烏黑的鬢髮上簪插紅色杏花。或解:青春的容鬢如杏花之紅豔。

⑥【補注】輕銜雪,指用作馬銜的白色勒口鐵。

⑦【補注】車衣,指車的帷幔。

⑧ 又,顧本、席本原缺,《全詩》同,據《雜詠》補。【補注】百舌,鳥名,俗謂其能易其舌效百鳥之聲,故名。

【箋評】

【按】此詩似寫清明時節宫妓之情思。首聯點時、地。頷聯其人之妝束,兼示其身份。腹聯清明日乘車出游。尾聯則歸來後殘睡朦朧中聞百舌啼鳴所觸發之愁思。

嘲三月十八日雪①

三月雪連夜,未應傷物華②。只緣春欲盡,留著伴梨花③。

【校注】

①《絶句》卷二十一、《雜詠》卷四十三“三月”均載此首。

②【補注】物華,美好的自然景物,多指春華。

③【補注】梨花開當三月,色白似雪,故云。作者《鄠杜郊居》云:“寂寞遊人寒食後,夜來風雨送梨花。”

【箋評】

【按】即事吟詠,語帶詼諧,故曰“嘲”,嘲其未能傷春華而可留着伴梨花也。亦輕倩有致。

楊柳枝八首①

宜春苑外最長條②，閒裊春風伴舞腰③。正是玉人腸斷處④，一渠春水赤闌橋⑤。

南内牆東御路旁⑥，預知春色柳絲黄⑦。杏花未肯無情思，何事行人最斷腸⑧？

蘇小門前柳萬條⑨，毿毿金綫拂平橋⑩。黄鶯不語東風起，深閉朱門伴細腰⑪。

金縷毿毿碧瓦溝⑫，六宫眉黛惹春愁⑬。晚來更帶龍池雨⑭，半拂闌干半入樓⑮。

館娃宫外鄴城西⑯，遠映征帆近拂堤⑰。繫得王孫歸意切⑱，不關春草緑萋萋⑲。

兩兩黄鸝色似金⑳，裊枝啼露動芳音。春來幸自長如綫㉑，可惜牽纒蕩子心㉒。

御柳如絲映九重㉓，凰皇窗柱繡芙蓉㉔。景陽樓畔千條露㉕，一面新妝待曉鐘㉖。

織錦機邊鶯語頻㉗，停梭垂淚憶征人㉘。塞門三月猶蕭索㉙，縱有垂楊未覺春㉚。

【校注】

①《全詩》、席本題作“楊柳八首”。【立注】見郭茂倩《樂府詩集》。○案：薛能曰：《楊柳枝》者，古題所謂《折楊柳》也。《太平御覽》：《楊柳枝》曲者，白傅典揚州時所撰，尋進入教坊也。《古今詩話》：樊素善歌，小蠻善舞，樂天賦詩有曰：“櫻桃樊素口，楊柳小蠻腰。”至於高年，又賦詩曰：“失盡白頭伴，長成紅粉娃。”因爲《楊柳詞》以託意云：“一樹春風千萬枝，嫩于金色軟于絲。永豐東角荒園裏，盡日無人屬阿誰？”及宣宗朝，國樂唱是詞，帝問永豐在何處，左右具以對，遂因命取永豐柳兩枝植于禁中。白感上知，又爲詩曰：“一樹衰殘委泥土，雙枝移種植天庭。定知此後天文裏，柳宿光中見兩星。”洛下文士，無不繼作。【補注】王灼《碧雞漫志》卷五：“《楊柳枝》，《鑑戒録》云：‘《柳枝歌》，亡隋之曲也。’前輩詩云：‘萬里長江一旦開，岸邊楊柳幾千栽。錦帆未落干戈起，惆悵龍舟更不回。’又云：‘樂（梁）苑隋堤事已空，萬

條猶舞舊春風。'皆指汴渠事。而張祜《折楊柳枝》兩絶句,其一云:'莫折宫前楊柳枝,元宗曾向笛中吹。傷心日暮煙霞起,無限春愁生翠眉。'則知隋有此曲,傳至開元。《樂府雜録》云:'白傅作《楊柳枝》。'予考樂天晚年,與劉夢得唱和此曲詞,白云:'古歌舊曲君休聽,聽取新翻《楊柳枝》。'又作《楊柳枝二十韻》云:'樂童翻怨調,才子與妍詞。'注云:'洛下新聲也。'劉夢得亦云:'請君莫奏前朝曲,聽唱新翻《楊柳枝》。'蓋後來始變新聲。而所謂樂天作《楊柳枝》者,稱其别創詞也。"王昆吾《隋唐五代燕樂雜言歌辭研究》云:"《楊柳》一名《柳枝》,源于隋代民間歌曲,名載《教坊記》,多用于笛樂,如劉長卿《聽笛歌》:'又吹《楊柳》激繁音',岑參《裴將軍宅蘆管歌》:'巧能陌上驚《楊柳》。'此外,劉禹錫、白居易、李橋、張喬、徐鉉均有詩詠及此。白居易改製《楊柳枝》新聲,播爲歌曲,演作詞調。敦煌曲子辭中亦有《楊柳枝》。"(399 頁)又云:"《楊柳枝》,即使排除《柳枝》《添聲楊柳枝》《折楊柳》等調名下的傳辭不計,它擁有的存至今天的歌辭總數,亦達到了九十一首。"(80～81 頁)按:温庭筠《楊柳枝八首》,規模體製格調,全仿劉、白之作,其形式雖同於七絶,仍爲齊言體,實係符合詞體特徵按新製曲調譜寫新辭之曲子辭,故歷來編撰之唐五代詞總集及别集均收入。現仍據《樂府詩集》卷八十一近代曲辭三收入詩集中,詞集中只存目不再重出。文字則以《花間集》參校。

②【立注】《漢宫闕名》:長安有宜春宫。庾信《春賦》:宜春苑中春已歸。杜甫詩:誰謂朝來不作意,狂風挽斷最長條。【補注】《三輔黄圖·宜春下苑》:"宣帝神爵三年春,起宜春下苑,在京城東南隅。"《漢書·元帝紀》顔師古注:"宜春下苑,即今京城東南隅曲江池是。"宜春苑秦時已有,在宜春宫之東,漢代稱宜春下苑。《史記·秦始皇本紀》:"以黔首葬二世杜南宜春苑中。"

③【立注】白居易《楊柳枝詞》:枝裊輕風似舞腰。【按】温此句顯從白句變化而來,白謂柳枝裊娜似舞腰,温則謂柳枝裊娜似伴宫娃之舞腰。

④ 斷,鼂本《花間集》作"絶"。【立注】王子年《拾遺記》:蜀先主甘后玉質柔肌,先主置于白綃帳中,如月下聚雪。河南獻玉人,置后側,晝則講説軍謀,夕則擁后而玩玉人。后與玉人潔白齊潤,寵者非惟妒后,亦妒玉人也。白居易《楊柳枝詞》:柳絲挽斷腸牽斷,彼此應無續得期。【按】唐人詩文傳奇中,"玉人"亦可指容貌俊美之男子,如杜牧《寄揚州韓綽判官》:"二十四橋明月夜,玉人何處教吹簫。"元稹《鶯鶯傳》:"隔牆花影動,疑是玉人來。"第二首末句"何事行人最斷腸"之"行人"亦爲男性。此首之"玉人"似指宫中美女。

⑤【立注】白居易詩:鴨頭新緑水,雁齒小紅橋。杜佑《通典》:隋開皇三年,築京城,引香積渠水自赤闌橋經第五橋西北入城。【補注】赤闌橋亦可泛稱紅色欄杆之橋,如顧況《葉道士山房》:"水邊垂柳赤闌橋,洞裏仙人碧玉簫。"本篇有"宜春苑"字,赤闌橋或爲專稱。

⑥【立注】《唐詩注》:玄宗即位,以隆慶坊舊邸爲興慶宫。後又增廣,遂爲南内。其正殿曰大同,東北即龍池殿。【補注】《新唐書·地理志》:"興慶宫在皇城東南,開元初置,十四年又增廣,謂之南内。"唐稱大明宫爲東内,太極宫爲西内,興慶宫爲南内。白居易《長恨歌》:"西宫南内多秋草,落葉滿階紅不掃。"御路,指複道,又稱夾城。《舊唐書·玄宗紀》:開元二十年六月,"遣范安及於長安萬花樓,築夾城至芙蓉園。"《唐六典》卷七:"興慶宫在皇城之東南。"原注曰:"興慶宫即今上(指玄宗)龍潛舊宅也。開元初以爲離宫。至十四年,又取永嘉、勝業坊之半以置朝。自大明宫東夾羅城複道,經通化門磴道潛通焉。"

⑦ 預,晁本《花間集》作"須"。【立注】李白詩:柳色黄金嫩。

⑧ 事,《全詩》作"是",誤。行,《全詩》作"情"。【立注】案:李商隱《柳下暗記》:"無奈巴南柳,千條傍吹臺。更將黄映白,擬作杏花媒。"用意略同。

⑨【立注】白居易詩:柳色深藏蘇小家。【按】蘇小,錢塘名妓,見卷二《蘇小小歌》注①。

⑩【立注】白居易《楊柳枝詞》:黄金枝映洛陽橋。【補注】毿毿,垂拂紛披貌。

⑪ 細,晁本《花間集》作"舞"。【立注】杜甫詩:隔户楊柳弱嫋嫋,恰似十五女兒腰。

⑫【立注】劉禹錫《楊柳枝詞》:千條金縷萬條絲。【補注】碧瓦,青緑色之琉璃瓦。

⑬【立注】梁元帝詩:柳葉生眉上。唐太宗《柳》詩:半翠幾眉開。【補注】上句詠柳枝,下句詠柳葉。上句賦,下句比而兼賦。春,晁本《花間集》作"香",誤。

⑭ 晚,顧本原作"曉",據《樂府》、晁本《花間集》《全詩》、席本改。【立注】錢起詩:龍池柳色雨中深。【補注】龍池,在興慶宫南薰殿北,詳卷五《長安春晚二首》之二"輕染龍池楊柳煙"句注。

⑮【立注】陳後主《折楊柳詩》:入樓含粉色。

⑯【立注】白居易《楊柳枝詞》:紅板江橋青酒旗,館娃宫暖日斜時。【補注】娃宫,吴王夫差爲西施所建之宫殿,在今蘇州市西南靈巖山上,今靈巖寺即其舊址鄴城西,指三國時魏鄴城的宫殿銅雀臺。曹操爲魏王,在鄴(今河北臨漳縣)起冰井、銅雀、金虎三臺,均在鄴城西北隅。

⑰【立注】白居易詩:柳條無力魏王隄。【補注】遠映征帆,指館娃宫之柳。宫南爲太湖,故云。近拂堤,指銅雀臺之柳。堤,指魏王堤。

⑱ 意,顧本作"思",此從《樂府》、晁本《花間集》及《全詩》、席本。參下注。

⑲ 春,晁本《花間集》作"芳"。關,晁本《花間集》作"同",誤。【補注】《楚辭·招隱士》:"王孫遊兮不歸,春草生兮萋萋。"二句謂楊柳依依,牽繫王孫之歸思甚切,非關春草萋萋所引起。

⑳【立注】杜甫詩：兩個黄鸝鳴翠柳。《開元遺事》：明皇每於禁苑中見黄鶯，呼之爲金衣公子。

㉑ 自，顧本、《全詩》校：一作"有"；席本作"有"。

㉒【立注】徐陵《折楊柳》詩：妾對長楊苑，君登高柳城。春還應共見，蕩子太無情。【補注】《古詩十九首・青青河畔草》："青青河畔草，鬱鬱園中柳。盈盈樓上女，皎皎當户牖。娥娥紅粉妝，纖纖出素手。昔爲倡家女，今爲蕩子婦。蕩子行不歸，空牀難獨守。"此變化用之。蕩子，辭家遠游、羈旅忘返之男子。

㉓【立注】《南史》：劉悛之爲益州刺史，獻蜀柳數株，枝條狀若絲縷。武帝植于靈和殿前，嘗賞玩咨嗟曰："此楊柳風流可愛，似張緒當年。"韓琮《和楊柳枝詞》：玉皇曾采人間曲，應逐歌聲入九重。【補注】御柳，泛指宫禁中的柳。沈佺期《和户部岑尚書參跡樞揆》："御柳垂仙掖，公槐覆禮闈。"

㉔ 柱，晁本《花間集》作"映"。【立注】庾信賦：繫馬于鳳皇樓柱。崔顥《盧姬篇》：水晶簾箔繡芙蓉。【補注】鳳皇窗柱，指宫内的窗和柱。華鍾彦《花間集注》："鳳凰窗，當爲宫内之窗，繡芙蓉，窗内之帳，此言窗帳之屬，皆因柳而生色也。"或解：鳳皇柱，刻有鳳皇形之瑟柱。吴均《酬别江主簿屯騎》："趙瑟鳳皇柱，吴醥金罍罇。"李白《長相思》："趙瑟初停凰皇柱，蜀琴欲奏鴛鴦絃。"然於"窗"無解。

㉕【補注】景陽樓，南朝宫樓名。詳卷一《雞鳴埭曲》注④。

㉖ 鐘，晁本《花間集》作"風"。【立注】盧貞《和楊柳枝詞》：上陽宫女吞聲送，不分先歸舞細腰。【補注】一面，猶一片。"新妝"指柳絲新吐。

㉗【立注】江淹《别賦》：織錦曲兮泣已盡。【補注】《晋書・列女傳》："竇滔妻蘇氏，始平人，名蕙，字若蘭，善屬文。苻堅時，滔爲秦州刺史，被徙流沙，蘇氏思之，織錦爲《迴文璇璣圖詩》以贈滔，宛轉循環以讀之，詞甚凄惋，凡八百四十字。""織錦"暗用其事。

㉘【立注】李白《烏夜啼》：停梭悵然問故夫，欲説遼西淚如雨。【黄進德注】"織錦"二句，櫽括李白《烏夜啼》詩意。詩云："黄雲城邊烏欲棲，歸飛啞啞枝上啼。機中織錦秦川女，碧紗如煙隔窗語。停梭悵然憶遠人，獨宿孤房淚如雨。"(《唐五代詞選集》)

㉙ 塞，《全詩》校：一作"寒"，席本作"寒"誤。【補注】塞門，猶邊塞、邊關。

㉚【立注】王瑳《折楊柳》詩：塞外無春色，上林柳已黄。梁元帝詩：垂柳復垂楊。【補注】張敬忠《邊詞》："五原春色舊來遲，二月垂楊未掛絲。"王之涣《凉州詞》："羌笛何須怨楊柳，春風不度玉門關。"李白《塞下曲》："曲中聞《折柳》，春色未曾看。"均可與此句合參。

【箋評】

【湯顯祖曰】《楊柳枝》唐自劉禹錫、白樂天而下，凡數十首。然惟詠史詠物，比

諷隱含,方能各極其妙。如"飛入宫牆不見人""隨風好去入誰家""萬樹千條各自垂"等什,皆感物寫懷,言不盡意,真託詠之名匠也。此中(按:指温氏《楊柳枝八首》)三、五、卒章,真堪方駕劉、白。(湯評《花間集》卷一)

【杜庭珠曰】温、李二家詩,非徒巧麗奪目,直是風骨不凡。雖造意幽邃,温不逮李,而雋爽過之,總未可漫爲軒輊云。(《中晚唐詩叩彈集》卷八)

【鄭文焯曰】宋人詩好處,便是唐詞。然飛卿《楊柳枝八首》,終爲宋詩中振絶之境,蘇、黄不能到也。唐人以餘力爲詞,骨氣奇高,文藻温麗。有宋一代學人,嫥志於此,駸駸入古,畢竟不能脱唐五代之窠臼,其道亦難矣。(評《花間集》。《唐宋名家詞選》引)

【李冰若曰】風神旖旎,得題之神。(《栩莊漫記》,評第一首)

【邢昉曰】《瑶瑟怨》亦佳,而痕跡太露。此作乃極渾成,骨韻蒼古,不特聲調之美,所以高於"清江一曲"也。(《唐風定》,評第三首"蘇小門前")

【楊慎曰】"王孫""芳草",創自《楚詞》,而詠入詩句,則自謝、陸始。唐人競相效慕,好以此作。(《唐詩廣選》凌宏憲集評引。評第五首"館娃宫外")

【《唐詩訓解》曰】美色可愛,非關柳茂。(評第五首)

【宗臣曰】構語閒曠,結趣瀟散,豪縱自然。(《删補唐詩選脈箋釋會通評林·晚七絶上》引。評第五首。下三條同。)

【唐汝詢曰】館娃、鄴城多柳,"映帆""拂堤",狀其盛也。古人見春草而思王孫,我以爲添王孫歸意者,在此不在彼。

【周珽曰】推開春草,爲楊柳立門户,一種深思,含蓄不盡,奇意奇調,超出此題多矣。

【郭濬曰】"繫"字實着柳上,妙,落句反結有情。

【吴昌祺曰】借客尊主之法。(《删訂唐詩解》。評第五首。)

【黄生曰】言王孫歸意雖切,而楊柳能繫之,非爲春草之故,蓋諷惑溺之士也。(《唐詩摘鈔》卷四。評第五首)

【徐增曰】館娃宫,吴地;鄴城,魏都。此二處多柳樹,遠近皆是。"映征帆"與"拂堤",乃是襯貼的字面。"繫得王孫歸意切,不關春草緑萋萋。"此不是翻案,又不是重添注脚。作詩要知賓主,此題是《楊柳枝》,則柳爲主,定當抬舉他也。此詩妙有風致。(《而庵説唐詩》。評第五首)

【周詠棠曰】刻意生新。(《唐賢小三昧集續集》。評第五首)

【李冰若曰】聲情綿邈,"繫"字甚佳。與白傅"永豐"一首,可謂異曲同工。(《栩莊漫記》。評第五首)

【黄叔燦曰】此詠塞門柳也。感鶯語而傷春,却停梭而憶遠,悲塞門之蕭索,猶春到而不知。少婦閨中,能無垂淚?(《唐詩箋注》。評第八首"織錦機邊",下同)

【李冰若曰】“塞門”二句，亦猶“春風不度玉門關”之意，兩翻用之，亦復綺怨撩人。（《栩莊漫記》）

【劉永濟曰】結句乃進一層説，塞上三月尚無柳，故曰“三月猶蕭索”。結句縱有柳亦不覺是春時，征人之情苦矣，此所以思之垂淚也。（《唐人絶句精華》）

【按】此八首分詠宜春苑外、南内牆東、蘇小門前、龍池邊上、館娃宫外、鄴城西邊、景陽樓畔、塞門三月之柳（除第六首無具體地點外），多數與宫苑有關。固緣此類地點之柳，由於特定歷史掌故之關聯，與特定景物之襯托，容易唤起歷史的想象，形成華美輕倩的風調情致，亦因此類曲辭，其歌唱時欣賞之主體多爲宫廷中人或達官顯宦。八首中惟“織錦機邊”一首，近於傳統征人思婦之作，第六首亦近思婦蕩子之作。然總體格調基本一致。此類作品，自不必以“比諷隱含”求之解之，其動人處全在情韻風致音律格調之美。自劉、白創調以來，《楊柳枝》系列作品實爲典型之唐代流行歌曲。庭筠此組《楊柳枝》，就創造性而言，自不如劉、白，然因其熟諳曲子辭之創作並具有很高音樂素養，其音調之流美、語言之圓轉、風致之天然似更勝劉、白一籌。

和周繇襄陽公宴嘲段成式詩①

齊馬馳千駟②，盧姬逞十三③。玳筵方盼睞④，金勒自趁趣⑤。墮珥情初洽⑥，鳴鞭戰未酣⑦。神交花冉冉⑧，眉語柳毿毿⑨。却略青鸞鏡⑩，翹翻翠鳳篸⑪。專城有佳對⑫，寧肯顧春蠶⑬！

【校注】

①《紀事》卷五十四周繇下載此詩。繇原唱題《廣陽公宴成式速罷馳騁坐觀花豔或有眼飽之嘲》。《全詩》題作“和周繇”，題下注云：一作“和周繇廣陽公宴嘲段成式詩”，詩及段答詩並六韻。【立注】《唐詩紀事》：繇詩題“廣陽公宴成式速罷馳騁坐觀花豔或有眼飽之嘲”。詩及段答詩並六韻。【陶敏曰】廣，當“襄”之誤。襄陽公，徐商。《金華子》卷上：“（段成式）退隱于峴山，時温博士庭筠方謫尉隨縣，廉帥徐太師留爲從事，與成式甚相善。”《唐詩紀事》卷五四：“繇字爲憲，池州人……後以御史中丞與段成式、韋蟾、温庭皓同游襄陽徐商幕府。”按此與字允元，與庭筠子温憲並稱咸通十哲，咸通十四年及第之周繇當非一人。《直齋書録解題》卷十五：“《漢上題襟集》三卷，唐段成式、温庭筠、逢（庭）皓、余知古、韋蟾、徐商等唱和詩什、往來簡牘，蓋在襄陽時也。”徐氏望出東海，商僅於咸通初封東莞縣子，段成式呼爲東莞公（見段成式《觀山燈獻尚書》，序云：“尚書東苑（莞）公鎮襄之三年。”），知“廣陽”字誤。（《全唐詩人名考證》）【按】陶氏考辨甚確。兹改題内“廣”字爲“襄”字。詩當作於

庭筠居襄陽幕期間,約大中十二年至十三年。與庭筠同幕之周繇字爲憲者,當爲"元繇"之誤。見陶敏《晚唐詩人周繇及其作品考辨》。

② 【補注】《論語·季氏》:"齊景公有馬千駟,死之日,民無德而稱焉。"按段成式《和周(元)繇見嘲》詩序云:"近者初開金埒,大敞紅筵,騎歷塊而風生,鼓摻撾而雷發。成式未曾盤馬,徒效執鞭,喜過君子之營,徒接將軍之第,款段辭退,因得坐觀。"知成式當於新開之馬塲中參與賽馬而"速罷馳騁",參與有衆多營妓陪坐的盛宴。

③ 【立注】《樂府解題》:盧女者,魏武帝時宫人也。故將軍陰升之姊。七歲入漢宫,善鼓琴。至明帝崩後,出嫁爲尹更生妻。梁簡文帝《妾薄命》曰:"盧姬嫁日晚,非復少年時。"蓋傷其嫁遲也。【補注】崔顥《盧姬篇》云:"盧姬少小魏王家,緑鬢紅唇桃李花。魏王綺樓十二重,水晶簾箔繡芙蓉。白玉欄杆金作柱,樓上朝朝學歌舞。前堂後堂羅袖人,南窗北窗花發春。翠幌珠簾鬥絲管,一彈一奏雲欲斷。君王日晚下朝歸,鳴環佩玉生光輝。人生今日得嬌貴,誰道盧姬身世微!"即據《樂府解題》所載本事前半敷衍而成。此以"盧姬"借指襄陽樂營中之少年歌妓。"逞十三"猶逞年少。

④ 盼,《全詩》、席本作"喜"。《全詩》校:一作"盻"。【立注】任昉牋:盼睞成飾。【補注】玳筵,玳瑁筵,華美珍奇的筵席。盼睞,猶顧盼。

⑤ 【立注】車斅詩:意欲趁趩走,先作野遊盤。【補注】金勒,金飾的帶嚼口的馬絡頭,借指坐騎。趁趩,相隨馳逐貌。

⑥ 【立注】謝脁《夜聽妓》詩:墮珥合琴心。【補注】珥,珠玉作的耳飾。《史記·滑稽列傳》:"(淳于髡曰)若乃州閭之會,男女雜坐,行酒稽留,六博投壺,相引爲曹,握手無罰,目眙不禁,前有墮珥,後有遺簪,髡竊樂此,飲可八斗而醉二參。"句指男女雜坐,酣飲謔浪,墮珥遺簪,歡情正洽。

⑦ 【立注】吴筠詩:鳴鞭適太阿。【補注】鳴鞭,揮鞭策馬。上六句,均一句寫賽馬,一句寫宴席。以下六句,專寫宴席上情景。

⑧ 冉冉,《紀事》作"苒苒"。【立注】《江表傳》:權曰:"孤與子輿,可謂神交。"【補注】周(元)繇《嘲段成式》云:"促坐疑辟咡,銜杯強朵頤。恣情窺窈窕,曾恃好風姿。色授應難奪,神交願莫辭。"神交,心靈契合,即李商隱《無題》"心有靈犀一點通"之意。花,借指席上歌妓。冉冉,纏綿貌。

⑨ 【原注】柳吴興(柳惲,曾爲吴興太守)云:窗疎眉語度。【補注】眉語,猶眉目傳情。柳,亦借指席上歌妓。毿毿,狀柳絲之垂拂紛披。亦借喻歌妓之依依多情。

⑩ 【補注】却略,原狀山背隆起貌。杜甫《橋陵詩三十韻因呈縣内諸官》:"坡陀因厚地,却略羅峻屏。"仇注:"却略,狀山背後擁。"此似狀鸞鏡背面隆起。

⑪ 【立注】吴筠詩:鳳皇簪落髮。篸、簪同。【補注】翹翻,狀鳳簪頭部上翹翻卷

之形。

⑫【立注】古樂府：四十專城居。【補注】專城，擔任主宰一城的州牧、太守等地方長官，此借指襄州刺史、山南東道節度使徐商。有佳對，有佳偶。意謂歌妓意中自有節鎮爲佳偶。

⑬【立注】宋之問《江南曲》：摘葉餧春蠶。【補注】樂府《西曲歌·作蠶絲》："春蠶不應老，晝夜常懷絲。何惜微軀盡，纏綿自有時。"二句謂歌妓屬意府主，豈肯眷顧懷着情絲的"春蠶"（指段成式）呢？

【箋評】

【按】此幕中宴遊朋友同僚間彼此調謔之作，故出言往往無所顧忌，尾聯在嘲成式空懷情絲如春蠶的同時甚至謔及府主。但整體而言，此首尚可稱謔而不虐，下首則惡謔矣。句釋已見各句注。

光風亭夜宴妓有醉毆者[①]

吴國初成陣[②]，王家欲解圍[③]。拂巾雙雉叫[④]，飄瓦兩鴛飛[⑤]。

【校注】

①《紀事》卷五十七段成式下載此首。【立注】成式、韋蟾同詠，出《紀事》。【補注】《唐詩紀事》卷五十七："光風亭夜宴，妓有醉毆者，温飛卿曰：'若狀此，便可以疻面對捽胡。'成式乃曰：'捽胡雲彩落，疻面月痕消。'又曰：'擲履仙鳧起，撦衣蝴蝶飄。羞中含薄怒，嚬裏帶餘嬌。醒後猶攘腕，歸時更折腰。狂夫自纓絶，眉勢倩誰描？'韋蟾云：'争揮鈎弋手，競聳踏摇身。傷頰詎關舞，捧心非效嚬。'飛卿云（略）。"《紀事》卷五十四周（元）繇下載："成式《不赴光風亭夜宴贈繇》云：'屏開屈膝見吴娃，蠻臘同心四照花。姹女不愁難管領，斬新鉛裏得黄牙。'繇和云：'玉樹瓊筵映彩霞，澄虚樓閣似仙家。只緣存想歸蘭室，不向春風看夜花。'"似是另一次光風亭夜宴。光風亭，當在襄陽使府内。詩作於庭筠居襄陽幕期間，約大中十二年至十三年間。劉言史有《上巳日陪襄陽李尚書宴光風亭》。

②【補注】《史記·孫子吴起列傳》："孫子武者，齊人也，以兵法見於吴王闔廬。……闔廬曰：'可試以婦人乎？'曰：'可。'於是許之，出宫中美女，得百八十人。孫子分爲二隊，以王之寵姬二人各爲隊長，皆令持戟……約束既布，乃設鈇鉞，即三令五申之。"此即所谓"吴國初成陣"，謔指衆妓鬧哄哄地分成兩幫。

③【補注】《晉書·列女傳·王凝之妻謝氏》："凝之弟獻之嘗與賓客談議，詞理將屈，道韞遣婢白獻之曰：'欲爲小郎解圍。'乃施青綾步障自蔽，申獻之前議，客不

能屈。”此似謂當一方理屈時有人出來勸架解圍。

④【補注】古時博戲，用木製骰子五枚，每枚兩面，一面塗黑，畫牛犢；一面塗白，畫雉。一擲五黑者爲盧，爲最勝采。五子四黑一白者爲雉，是次勝采。博獻時爲求勝采，往往且擲且喝，稱呼盧喝雉。此以博戲喻衆妓醉毆搏鬥，以博戲時呼盧喝雉之聲喻醉毆時兩位妓女（雙雉）大喊大叫。拂巾，似指鬥毆時扯去對方之巾飾，如段詩所謂“擣衣蝴蝶飄”者。

⑤ 飄，顧本作“翻”，據《紀事》《全詩》改。【立注】《魏書》：文帝問周宣曰：“吾夢殿屋兩瓦墜地，化爲鴛鴦，何也？”宣對曰：“後宮當有暴死者。”帝曰：“吾詐卿耳。”宣曰：“夫夢者，意耳。苟以形言，便占吉凶。”言未畢，黄門令奏宮人相殺。【補注】飄瓦，即段詩“擲履”；兩鴛，即段詩“仙鳧”。全句蓋謂妓女醉毆時脱鞋擲向對方。履形似瓦，又似鴛鴦。

【箋評】

【按】題材本已不宜入詩，復連用四典，欲化鄙俗爲雅切，尤覺隔而晦。如不視詩題，直不知所詠爲何事。

新添聲楊柳枝辭二首①

一尺深紅勝麴塵②，天生舊物不如新③。合歡桃核終堪恨④，裹許元來别有人⑤。

井底點燈深燭伊⑥，共郎長行莫圍棋⑦。玲瓏骰子安紅豆，入骨相思知不知⑧？

【校注】

①《雲谿友議》卷下《温裴黜》載此二首。又《絶句》卷四十四載此二首，題作《南歌子詞二首》，《全詩》、席本、姜本、題從《絶句》。【立注】《雲谿友議》：庭筠與裴郎中諴友善，爲此詞，飲筵競唱打令。有劉采春女周德華，雖《羅嗊》之歌不及其母，而《楊柳》之歌采春難及。崔郎中芻言寵愛之，將至京洛，豪門女弟子從其學者甚衆。所唱七八曲，乃賀知章、楊巨源、劉禹錫、韓琮、滕邁諸名流之詠，温、裴所稱歌曲，請德華一陳音韻，以爲浮豔之美，德華終不取焉。二君深有愧色。【補注】《花間集》載温庭筠《南歌子》詞七首，均爲單調二十三字，平韻，五五五五三句式，與此二首之字數句式迥異。《南歌子》另有單調二十六字、雙調五十二字等體，然從無作七言四句二十八字之體者，題作《南歌子詞二首》顯誤。按《雲谿友議》卷下《温裴黜》

云："裴郎中諴，晋國公次弟子也，足情調、善談諧。舉子温歧爲友，好作歌曲，迄今飲席，多是其詞焉。裴君既入臺，而爲三院所謔曰：'能爲淫豔之歌，有異清潔之士也。'裴君《南歌子詞》云：'不是厨中串，争知炙裏心。井邊銀釧落，展轉恨還深。'又曰：'不信長相憶，抬頭問取天。風吹荷葉動，無夜不摇蓮。'又曰：'簳蟵爲紅燭，情知不自由。細絲斜結網，争奈眼相鈎。'二人又爲《新添聲楊柳枝》詞，飲筵競唱其詞而打令也。詞云：'思量大是惡姻緣，只得相看不得憐。願作琵琶槽那畔，美人長抱在胸前。'又曰：'獨房蓮子没人看，偷折蓮時命也拚。若有所由來借問，但道偷蓮是下官。"温歧曰：'一尺深紅朦麯塵，舊物天生如此新。合歡桃核終堪恨，裏許元來别有人。'又曰：'井底點燈深燭伊，共郎長行莫圍棋。玲瓏骰子安紅豆，入骨相思知不知？'"所載三首裴諴《南歌子詞》，均爲單調二十字，平韻，即五言絶句體，與温之七首《南歌子》不同。《萬首唐人絶句》將此二首題爲《南歌子詞二首》，當因誤讀《雲谿友議》此則，將下引裴、温二人之《新添聲楊柳枝》亦誤視爲上文所引之《南歌子詞》也。添聲，一首詞之曲調雖有定格，但在歌唱時，還可對音節韻度略有增減，使其美聽。從音樂角度言，增謂之"添聲"，減謂之"偷聲"。曾昭岷等《全唐五代詞》注云："案《楊柳枝》乃唐調，冠"添聲""新添聲"於調名之上，爲宋詞後起之事，且此二首仍爲七言四句，並無所添。未詳其故。"

② 勝，《雲谿友議》作"朦"，顧本作"蒙"，此從《絶句》《全詩》、姜本。【立注】《四聲竇蕊》：桑蕾淺黄色，麯塵深黄色，或以指衣，或以指柳。【補注】唐彦謙《黄(皇)子陂荷花》："十頃狂風撼麯塵，緣堤照水露紅新。"麯塵，本指酒麯上所生之菌，因其顔色，淡黄如塵，故稱。借指柳葉。一尺深紅，指荷花。

③《雲溪友議》此句作"舊物天生如此新"，此從《絶句》、顧本、《全詩》。【立注】竇玄妻《古怨歌》：衣不如新，人不如故。【補注】承上句，謂柳枝柳葉係舊物，不如荷花之新豔。

④【立注】《煙花記》：煬帝以合歡水果賜吴絳仙。【補注】桃核由兩半合成，故云"合歡桃核"。

⑤【補注】裏許，裏面。人，諧"仁"。桃核中有仁，諧對方心中另有情人。承第二句"舊物不如新"之意。

⑥【立注】燭，囑。【補注】井底點燈，歇後"深燭伊"(深照對方)；深燭伊，又諧"深囑伊"(深情囑咐對方)。

⑦【立注】圍棋，違期。後魏李邵啓：曹植作長行局，即雙陸也。胡王作握槊，亦雙陸也。李肇《國史補》：今之博戲以長行最盛，其局有博有子，子有黄黑各十五，擲采之骰有二。其法生於握槊，變於雙陸。又有小雙陸、圍透、大點、小點、遊戲、鳳翼之名。然無如長行也。【補注】長行，長行局，即雙陸一類博戲。句意字面上謂與郎打雙陸莫下圍棋。而"長行"諧"遠走高飛"(私奔)，"圍棋"諧"違期"，意即與郎遠

走高飛雙雙私奔，切莫錯過約定的時間。

⑧【立注】紅豆，名相思子。詳見卷一《錦城曲》"江頭學種相思子"句注。宋祁《益部方物略記》：紅豆葉圓以澤，素蘤春敷，子生莢間，纍纍綴珠。注：花白色，實若大紅豆，以是得名。葉如冬青，蜀人以爲果飣。【補注】骰子用骨製成，面上刻有紅點，故云"玲瓏骰子安紅豆，入骨相思知不知"。玲瓏，晶瑩明徹貌。

【箋評】

【管世銘曰】詩中諧隱，始於古《藁砧》詩，唐賢絶句，間師此意。劉夢得"東邊日出西邊雨，道是無情却有情"，温飛卿"玲瓏骰子安紅豆，入骨相思知不知"，古趣盎然，勿病其俚與纖也。（《讀雪山房唐詩序例》）

【劉永濟曰】此二首皆樂府詞也……"長行"……以隱喻"長别"。此首（指第二首）言與郎長别時曾深囑勿過時而不歸。三四以骰子喻己相思之情。骰子各面刻有紅點，以喻入骨之相思也。閨情詞作者已多，此二首别開生面，設想極爲新穎。庭筠本長於樂府也。（《唐人絶句精華》）

【按】南朝樂府中，此類諧音雙關之隱喻手法運用相當普遍，有新巧可喜者，亦有生硬而乏詩意者。庭筠此二首，不僅多用諧音雙關手法，且結合運用歇後語（井底點燈—深燭伊—深囑伊），以增加活潑之情趣。前二句與後二句各設一諧音雙關比喻，表面上似互不相干，實則一意貫串，如首章以"舊物不如新"，次章以"入骨相思"貫串。因舊不如新，故"别有人"；長行局須擲骰子，故三四以骰子設喻。藕斷絲連，頗耐玩味。尤爲成功者，二首之三四句，不僅設喻新穎，出語天然，且能傳達出女子之神情口吻，堪稱傳神之筆。

贈隱者①

楚客隱名姓②，圍棋當薜蘿③。亂溪藏釣石，一鶴在庭柯④。敗堰水聲急⑤，破窗山色多。南軒新竹逕，應許子猷過⑥。

【校注】

①《又玄》卷中載此首。顧本集外詩未收。童養年《全唐詩續補遺》卷七據《又玄》所載輯入温庭筠新輯佚詩中。

②【補注】楚客，即題内所稱"隱者"，因其係楚地人，故稱。

③【補注】《楚辭·九歌·山鬼》："若有人兮山之阿，被薜荔兮帶女蘿。"薜蘿，薜荔（木蓮）與女蘿，常攀於山野林木或屋壁之上。詩文中常以薜羅指稱隱居者之衣

服或住所。此言“圍棋當薜蘿”，謂下圍棋之處正對着薜荔女蘿。

④【補注】庭柯，庭中樹木。陶淵明《停雲》：“翩翩飛鳥，息我庭柯。”鶴亦隱逸之士高風之象徵。

⑤【補注】堰，壅水之低壩。

⑥【補注】子猷，晋王徽之字，王羲之之子。《世説新語·任誕》：“王子猷嘗暫寄人空宅住，便令種竹。或問：‘暫住何煩爾？’王嘯詠良久，直指竹曰：‘何可一日無此君！’”南軒，南窗（外）。此以子猷借指詩人自己。

【箋評】

【按】只“破窗山色多”一句風味甚佳。尾聯蓋隱以己爲隱者之同調也。

佚　句

沿澗水聲喧户外，卷簾山色入窗來。《山居》。日本上毛河世寧輯《全唐詩逸》卷上，下二聯同。

自有晚風推楚浪，不勞春色染湘煙。《次洞庭南》。

門外白雲何處雨，一條清澗繞溪流。《失題》。

蜜官金翼使①，花賊玉腰奴②。《蜂蝶》。童養年《全唐詩續補遺》卷七輯自宋陶穀《清異録》卷三。

【校注】

①【補注】此句指蜂，蜂翼金色，故云。

②【補注】此句指蝶。蝶之身如細腰美女。

存目詩

華清宫和杜舍人（五十年天子）

《英華》卷三一一居處一載此首。其前一首爲《過華清宫二十二韻》，署温庭筠作，顧本已據以收入温飛卿集外詩。此首題下無作者姓名，而下二首題下署“前人”，故顧本亦一併收入温飛卿集外詩。宋蜀刻本《張承吉文集》卷十、《全唐詩》卷五一一張祜詩二載此首。

《全唐詩》卷五五〇趙嘏二、卷五五九薛能二亦載此首。則此詩温、張、趙、薛四家詩集重出。【佟培基曰】從以上諸人交游情況看,很難確指此詩之作者。按宋蜀刻張集一〇載此篇,題爲《和杜舍人華清宫三十韻》。《季稿》(季振宜《全唐詩》稿本)五三趙嘏集不收此篇,季氏所據多善本。張祜一作張祐,字承吉,而趙嘏字承祐。此詩誤爲趙嘏者,疑二人名字相近故。《英華》三一一載華清宫詩十一首,其三爲杜牧《華清宫三十韻》,其八爲温庭筠《過華清宫二十二韻》,其九即此重出詩,題下無作者姓名,詩中有十五處校記,與宋蜀刻本張集對勘,校記文字十四處皆合,惟一處字句偶有顛倒,可知《英華》此詩輯自張祜本集。此篇後第十、十一兩首題爲《華清宫二首》,署曰"前人"。檢蜀刻張集四載入,故九、十、十一等三首皆爲張祜作。温庭筠另有《過華清宫二十二韻》詩,顧嗣立《温飛卿詩集箋注》收此重出詩爲集外詩,後記中自述云:"纘輯既成,依宋本分爲詩集七卷,别集一卷,復采《英華》《絶句》諸本中定爲集外詩一卷,而續注焉。"可見顧嗣立此詩采自《英華》,第八首爲温庭筠,第九首缺名,一并視爲温作而羼入飛卿集中……温另有《過華清宫二十二韻》詩,可與杜牧詩相頡頏,宋人尚看到杜、温二詩之刻石。《歲寒堂詩話》云:"往年過華清宫,見杜牧之、温庭筠二詩,俱刻石於浴殿之側,必欲較其優劣而不能。"重出又作薛能詩者亦誤,《統籤》六六七至六七二《戊籤》五六薛能集未收。(《全唐詩重出誤收考》)【按】佟氏辨析考證甚詳,當從。此詩爲張祜之作,尚有另一確證。檢《英華》卷三一一目録,華清宫詩共九題十一首,《過華清宫二十二韻》署温庭筠,而《華清宫和杜舍人》則署張祜,《華清宫二首》署前人。然則《華清宫和杜舍人》與《華清宫二首》均爲張祜之作可確定無疑。目録之署名本無誤,當是卷三一一刻正文時偶脱《華清宫和杜舍人》題下作者姓名張祜,顧嗣立輯温詩又未翻檢目録,遂將《華清宫和杜舍人》及下署"前人"之《華清宫二首》一併誤爲温作而收入集外詩中。今删去。

華清宫二首(風樹離離月稍明;天閣沈沈夜未央)

《英華》卷三一一目録《華清宫和杜舍人》署張祜,後接此二首,署"前人",可證《英華》所載此三首均張祜作。宋蜀刻本《張承吉文集》卷四載此二首。茲從温飛卿集外詩中删此二首。考辨已詳前首。

客愁(客愁看柳色)

顧本收入温飛卿集外詩,然未注明據何書收入。《唐詩品彙》卷四十四五言絶句"餘響"選録温庭筠五絶三首,第二首即本篇。然此詩實爲李群玉詩。【佟培基曰】書棚本李集下、《絶句》一二俱連載二首作李。宋槧七卷本之《温飛卿集》不收。清人顧嗣立箋注温集時,將此詩收入卷九集外詩中,乃羼入温集者。另外五絶《桂州經佳人故居》一首,《品彙》四四作温庭筠,下注:"一作李群玉詩。"而《全詩》温集不收,顧注本亦無,也是誤入温集者。書棚本李集下載。【按】佟氏考辨是。此當是高棅編次《唐詩品彙》時,誤將李群玉詩植於温詩中,顧氏又據《品彙》收入温之集外詩。今亦删去。

題李衛公詩二首(蒿棘深春衛國門;勢欲凌雲威觸天)

【顧嗣立曰】《新唐書》:李德裕字文饒,元和宰相吉甫子也。策功拜太尉,進封趙國公。又陳願得封衛,改封衛國公。《盧氏雜記》:李德裕,武宗朝爲相,勢傾朝野。及罪譴,作詩云云。《南部新書》以爲庭筠所作。案:此二詩語涉譏刺。飛卿貶謫,本傳可據,與衛公無涉,且本集《首春與丞相贊皇公遊止》云:"一抛蘭櫂逐燕鴻,曾向江湖識謝公。"又《題李相賜屏風》詩云:"幾人同保山河誓,獨自棲棲九陌塵。"則知此詩定非飛卿所作。《南部新書》不足信也。姑存之以備考。【夏承燾曰】飛卿貶謫,在德裕卒後,斷非由此怨望。由其平日多口舌之禍,此必仇家嫁名,誣以"浮薄"之罪,後人誤取入集也。

《塵史》中載白居易作丞相李德裕貶崖州三絶句，有“從此結成千萬恨，今朝果中白家詩”“萬里崖州君自去，臨行惆悵欲寃誰”之句，李楚老翹叟謂白卒於李貶之前，當是疾李託名爲之附於集云云。葛立方《韻語陽秋》二十亦云然。飛卿二詩，正同此例也。(《唐宋詞人年譜·温飛卿繫年》)【傅璇琮曰】按此詩對德裕會昌時政績多加誣蔑，對大中時南貶又幸災樂禍，當出於晚唐人之手(詩中“流水斜傾出武關”，德裕之貶乃自洛陽沿水路南下，絶不經過武關，可見作僞者對當時情况隔膜如此)，非温庭筠詩。(《李德裕年譜》)【按】顧氏據温庭筠本集中有關李德裕二詩所表現之政治傾向與思想感情，以證《南部新書》謂此二首七律爲庭筠作之不可信，頗有説服力。其中德裕貶後所作《題李相公敕賜屏風》對宣宗貶逐功臣李德裕持明顯反對態度，尤可證此二詩極端仇視、詆毁李德裕，快意於德裕之貶者決非温作。夏氏舉託名白居易之丞相李德裕貶崖州三絶句爲旁證，以證此二首之僞託，亦可資參考。傅氏舉出“流水斜傾出武關”之句，以證作僞者對實際情况之隔膜，尤可爲作僞之力證。此外，尚有下列各條，亦可證其非同時代人如温庭筠之熟悉當時事者作。其一，德裕開成五年九月至會昌六年四月相武宗，會昌四年八月封衛國公，在相位首尾七年，而首章起聯云：“蒿棘深春衛國門，九年於此盗乾坤。”“九年”與相武宗七年不合。次章頷聯竟又云：“三年驥尾有人附，一日龍髯無路攀。”“三年”亦不合相武宗之時間，且與首章“九年”自相矛盾。如係同時代人所作，豈能錯亂如此？其二，首章尾聯云：“當時誰是承恩者，肯有餘波達鬼村？”涉及大中六年令狐綯因夢見李德裕而懼其精爽可畏，奏宣宗令德裕子護喪歸葬之事(事見《新唐書·李德裕傳》，係采自《東觀奏記》卷中)，則詩當作於德裕卒後之大中六年以後，然次章尾聯竟又云：“千巖萬壑應惆悵，流水斜傾出武關。”又似想象德裕被貶途經商山、武關一帶之情景，則首章與次章亦互相矛盾，同時代之作者，亦必無此種矛盾叙寫。從“蒿棘深春衛國門”之句看，詩之寫作年代離德裕被貶、去世時間已久，當是

唐末士人仇視李德裕但對德裕爲相、被貶情况並不大了解者所作。當從集外詩中删去。

題谷隱蘭若(風帶巢熊拗樹聲)

【顧嗣立曰】見段成式集。《絶句辨體》(楊慎撰)以爲庭筠詩,似誤,○元稹詩注:谷隱寺在峴山亭側。【佟培基曰】(此首)又作段成式《題谷隱蘭若三首》之三。谷隱爲寺名,元稹酬白居易百韻詩有"貪過谷隱寺,留讀峴山碑"二句,自注云:"寺在亭側。"見《元稹集》一〇,即在峴山亭側。《方輿勝覽》三二載:"峴山,去襄陽十里。"段成式於大中末年曾退隱於峴山,在襄陽宜城縣木香村築别業閒居,《太平寰宇記》一四五有記載。那麽他來往於谷隱寺當是常事。其題詩三首中有"風惹閒雲半谷陰,巖西隱者醉相尋","鳥啄靈雛戀落暉,村情山趣頓忘機",皆寫山村隱居情趣與谷寺景色,此重出詩中亦有"半坡新路畬纔了,一谷寒煙燒不成",乃谷坡燒畬時情景。三首詩互相交融,當爲段成式由木香村墅出游谷隱寺時所寫。《絶句》四四作段。(《全唐詩重出誤收考》)【按】此詩既見於《絶句》卷四十四段成式下,又見於段成式集,爲《題谷隱蘭若三首》之三,而不見於温集。佟氏考辨甚詳,當從温飛卿集外詩中删去。楊慎《絶句辨體》殊不足據。《温飛卿詩集箋注》將此首題下顧嗣立注誤刻爲"見段成式《絶句辨體》,集以爲庭筠詩,似誤",段氏無《絶句辨體》之作,乃楊升庵撰,上文引顧注時已改乙。

觀棋(閒對楸枰傾一壺)

《升菴詩話》卷八《唐詩不厭同》云:"陸龜蒙《送棋客》詩云:'滿目山川似奕棋,况當秋雁正斜飛。金門若召楊(一作羊)元保,賭取江東太守歸。'温庭筠《觀棋》詩云:'閒對楸枰傾一壺,黄華枰上幾成盧。他時謁帝銅池水,便賭宣城太守無?'"卷十《温庭筠觀棋》引此詩亦以爲温作。顧嗣立《温飛卿詩集箋注》卷九將此詩收入集外詩,

未注出處，當是據《升菴詩話》收入。題下校：一作段成式詩。【佟培基曰】《絶句》四四歸段，當依之。楊慎《升菴詩話》八、一〇兩處俱誤爲飛卿。趙宧光本《絶句》乃屬段作。【按】楊慎《升菴詩話》引詩署名多誤，不足據。當依早出之《絶句》定爲段作。今從飛卿集外詩中删去。

佚句辨誤

春水碧于天，畫船聽雨眠。《全唐詩》輯自《優古堂詩話》

【按】此二句乃韋莊《菩薩蠻》詞五首之三之三四句。《花間集》《金奩集》並作韋莊詞。

緑樹遶村含細雨，寒潮背郭捲平沙。《送人》。《全唐詩》輯自《詩人玉屑》。

【佟培基曰】又作方干《思桐廬舊居便送鑒上人》。《英華》二二三載全詩作方干。《詩人玉屑》卷三唐人句法誤作温。（《全唐詩重出誤收考》）【按】《英華》卷二二三温庭筠九首、方干十首相連，《詩人玉屑》編者魏慶之未注意自《鏡空上人遊江南》起已署方干，以爲此下各首署"前人"者仍指温庭筠，故將方干之《思桐廬舊居便送鑒上人》誤引爲温作。

卓氏壚前金綫柳，隋家堤畔錦帆風。《題池亭》。日本上毛河世寧輯《全唐詩逸》卷上。

【按】此聯係本集卷五《題城南杜邠公林亭》七絶之一二句。非佚句。

山寺明媚木芍藥，野田叫噪官蝦蟆。陳尚君《全唐詩續拾》卷三十輯自《能改齋漫録》卷五《漢以牡丹爲木芍藥》條。

【按】此聯係本集卷四《春日野行》七律之頷聯，《才調集》卷二題作《春日野步》。非佚句。

窗踈眉語度。陳尚君《全唐詩續拾》卷三十輯自《類説》卷四九《漢上題襟》。

【按】此句係庭筠《和周（元）繇襄陽公宴嘲段成式詩》"眉語柳毶毶"句下之原注（原注：柳吴興云："窗踈眉語度。"）。乃引柳惲詩以注"眉語"一詞之出處，非庭筠佚句。庭筠此詩載《唐詩紀事》卷五十四周（元）繇下，所録温詩即有此原注。逯欽立《先秦漢魏晋南北朝詩》柳惲詩中未見此句，當爲柳詩佚句。

温庭筠全集校注卷十

詞

菩薩蠻[①]

小山重疊金明滅[②]，鬢雲欲度香顋雪[③]。懶起畫蛾眉，弄妝梳洗遲[④]。　照花前後鏡[⑤]，花面交相映。新帖繡羅襦[⑥]，雙雙金鷓鴣[⑦]。

【校注】

① 蘇鶚《杜陽雜編》："大中初，女蠻國貢雙龍犀、明霞錦。其國人危髻金冠，瓔絡被體，故謂之菩薩蠻。當時倡優遂製《菩薩蠻》曲，文士亦往往聲其詞。"又云："上（懿宗）剏修安國寺，臺殿廊宇，制度宏麗……降誕日於宫中結綵爲寺，賜升朝官以下錦袍。李可及嘗教數百人，作四方菩薩蠻隊。"孫光憲《北夢瑣言》卷四："温庭雲字飛卿，或'雲'作'筠'字，名岐，與李商隱齊名，時號'温李'。才思豔麗，工於小賦。宣宗愛唱《菩薩蠻》詞，令狐相國假其新撰，密進之。戒令勿泄，而遽言於人，由是疎之。"浦江清《詞的講解》云："《菩薩蠻》疑從信奉佛教的邊裔之國進奉，由佛曲脱化而出，後爲宫中舞曲，始盛於宣、懿之世。崔令欽《教坊記》雖已著録，但崔氏之書可能爲後人所綴補。蘇鶚云："當時倡優遂製《菩薩蠻》曲，文士亦往往聲其詞。"温飛卿好遊狹邪，又能逐絃吹之音，爲側豔之詞，正當宣宗大中初年，當時倡優好此新曲，飛卿遂倚聲爲詞，本作倡優之樂府，原非宫詞也。令狐綯假之以獻，可信與否，無關宏旨。"又云："惟此十四首《菩薩蠻》中所寫，所設想之身份亦不同。如'新貼繡羅襦，雙雙金鷓鴣'，則是歌舞之女子，'青瑣對芳菲，玉關音信稀'，則征夫遠戍，設爲思婦之詞，不必倡女。凡此皆當時歌曲最普通之情調也。又有人謂此十四首《菩薩蠻》首尾關聯，首章是初起曉妝，末章爲夜深入睡，若叙一日之情景者然，此論亦非。其中如'藕絲秋色淺，人勝參差剪'，則是正月七日，'牡丹花謝鶯聲歇'，已是春末夏

初，‘雨晴夜合玲瓏日’，則是五月長夏之景，安能謂之一日乎？故每章各爲起訖，並不連貫。惟作者或編者稍稍安排，若有一總起訖存乎其間耳。”（《浦江清文録》第135～137頁）【按】據楊憲益《零墨新箋·李白與菩薩蠻》一文考證，《菩薩蠻》係緬甸古樂，玄宗時傳入中國，係《驃苴蠻》《符詔蠻》之異譯。盛唐崔令欽《教坊記》“曲名表”已列《菩薩蠻》。現存敦煌曲子詞中有多首《菩薩蠻》詞，其中有時代早於温庭筠，可視爲盛、中唐時之作品者，如“敦煌古往出神將”即是。故蘇鶚之記述或可説明大中間《菩薩蠻》曲之流行與文士寫作《菩薩蠻》詞之盛。而《菩薩蠻》曲之傳入並流傳京師教坊則早在盛唐。至於温之十四首《菩薩蠻》詞是否有組織有寓託自成首尾之聯章體，自清代張惠言以來，學者看法不一。本編僅就每首詞本身作注釋疏解，不涉及對十四首是否有組織有寓託之聯章體之看法。張以仁《温飛卿〈菩薩蠻〉詞張惠言説試疏》《温庭筠〈菩薩蠻〉詞的聯章性》對張惠言説有詳細闡發，可參閲（張文載其《花間詞論集》107～152頁）。《菩薩蠻》詞雙調四十四字，上下片各四句，兩仄韻換兩平韻。據《北夢瑣言》所載，此十四首或大中四年十月至十三年十二月令狐綯爲相期間所作。《唐五代文學編年史》酌編大中六年前後。

②【浦江清曰】“小山”可以有三個解釋。一謂屏山，其另一首“枕上屏山掩”可證，“金明滅”指屏上彩畫。二謂枕，其另一首“山枕隱穠妝，緑檀金鳳凰”可證，“金明滅”指枕上金漆。三謂眉額，飛卿《遐方怨》云：“宿妝眉淺粉山横”，又本詞另一首“蕊黄無限當山額”，“金明滅”指額上所傅之蕊黄，飛卿《偶游》詩“額黄無限夕陽山”是也。三説皆可通，此是飛卿用詞晦澀處。（《詞的講解》）【俞平伯曰】“小山”，屏山也。此處律用仄平，故變文耳。“金明滅”狀初日生輝，與畫屏相映。日華與美人連文，古代早有此描寫。（《讀詞偶得》）【沈從文曰】“中晚唐時，婦女髮髻效法吐蕃，作‘蠻鬟椎髻’式樣，或上部如一棒槌，側向一邊，加以花釵梳子點綴其間”，“當時於髮髻間使用小梳有用至八件以上的”，“當成裝飾，講究的用金、銀、犀、玉或牙等材料，露出半月形梳背，有的多到十來把的”，“‘小山重疊金明滅’，即對當時婦女髮間金背小梳而詠”，“所形容的，也正是當時婦女頭上金、銀、牙、玉小梳背在頭髮間重疊閃爍情形”。（《中國古代服飾研究》，據黄進德《唐五代詞選集》轉引）【黄進德曰】上句詠美人髮間金背小梳閃爍情景。王建《宫詞》：“玉蟬金雀三層插，翠髻高聳緑鬢虚。舞處春風吹落地，歸來别賜一頭梳。”可證（沈説）。小山，形容隆起的髮髻。【按】四説似均可通，亦各有所據。然此詞通篇均描繪刻畫女子睡態、畫眉梳妝、簪花照鏡、妝畢試衣情事，不涉及房中陳設及首飾，故“屏山”“山枕”“梳弓”諸説似均未能妥帖切合。以“小山重疊”形容多把金背小梳在頭髮間重疊閃爍，無論讀詞者，聽歌者均不易理解其爲何種物象。張以仁謂：“前人詩文詞賦中罕見以小山狀梳者；而插滿小梳，盛妝以眠，亦似不合情理，且下文‘鬢雲欲度香腮雪’，係狀雲鬢蓬鬆垂拂之態，亦顯其人曾卸妝就寢，非小憩也。”（《花間詞論集》第3頁）所辨甚是。

似仍以“眉山”之説較長。李商隱《代贈二首》之二:“總把春山掃眉黛,不知供得幾多愁?”此本《西京雜記》卷二:“文君姣好,眉色如望遠山,臉際常若芙蓉。”爲詩家所習用。“小山重疊”,猶言眉山隱隱;“金明滅”,則謂眉上之塗飾(青黛、蕊黄)滅没,蓋形容其宿妝猶殘。

③ 鬢雲,如雲的鬢髮。度,越,過。香顋雪,如雪的香腮。許昂霄《詞綜偶評》:“猶言鬢絲撩亂也。”俞平伯《唐宋詞選釋》:“‘度’字含有飛動意。”胡國瑞《論温庭筠詞的藝術風格》解此句云:“她的散亂的鬢髮,似流動的雲樣將要渡過那雪白香豔的臉腮。”按:此句形容女子睡態:鬢髮鬆散,斜掩如雪香腮,似有飄然欲度的態勢。

④ 二句寫女子起牀後畫眉、梳髮、洗臉,分承一二句。因眉額妝殘,故“懶起畫蛾眉”;因鬢髮散亂,故“弄妝梳洗遲”。“弄”字含有把玩、欣賞、精心打扮之意。因“弄妝”,故“梳洗遲”。

⑤ 二句寫女子簪花、照鏡。前後鏡,即打反鏡。用前後鏡對映以審視髮髻後影是否妥貼美觀。花面,分指簪在鬢髮上的花和女子的面龐。交相映,即“人面桃花相映紅”之謂。

⑥ 帖,同“貼”。黄進德曰:“貼,指堆綾、貼絹法,以彩色綾絹照圖案需要剪好釘在衣料上。”或説,即貼金工藝,將黄金箔製成之飾物貼在衣服上。襦,短襖。

⑦ 金鷓鴣,指繡羅短襖所貼的金色鷓鴣圖案。浦江清曰:“鷓鴣是舞曲……伎人衣上畫鷓鴣,韋莊《鷓鴣詩》:‘秦人只解歌爲曲,越女空能畫作衣。’……故知飛卿所寫正是伎樓女子。”

【箋評】

【湯顯祖曰】芟《花間集》者,額以温飛卿《菩薩蠻》十四首,而李翰林一首爲詞家鼻祖,以生不同時,不得列入。今讀之,李如藐姑仙子,已脱盡人間煙火氣;温如芙蕖浴碧,楊柳挹青,意中之意,言外之言,無不巧雋而妙入。珠璧相耀,正自不妨並美。(湯評《花間集》卷一)

【李調元曰】温庭筠善用“麗𣅜”及“金鷓鴣”“金鳳凰”等字,是西崑積習。金,皆衣上織金花紋。(《雨村詞話》卷一)

【許昂霄曰】小山,蓋指屏山而言。“鬢雲欲度香腮雪”,猶言鬢絲撩亂也。“照花前後鏡,花面交相映”,承上梳妝言之。(《詞綜偶評》)

【張惠言曰】此感士不遇也。篇法仿佛《長門賦》,而用節節逆叙。此章從夢曉後領起。“懶起”二字,含後文情事。“照花”四句,《離騷》“初服”之意。(《詞選》卷一)

【譚獻曰】以《士不遇賦》讀之最確。“懶起”句:起步。(《譚評詞辨》卷一)

【陳廷焯曰】温麗芊綿,已是宋、元人門徑。(《雲韶集》卷一)飛卿詞全祖《離

騷》,所以獨絶千古。《菩薩蠻》《更漏子》諸闋,已臻絶詣,後來無能爲繼。(《白雨齋詞話》卷一)所謂沉鬱者,意在筆先,神餘言外。寫怨夫思婦之懷,寓孽子孤臣之感。凡交情之冷淡,身世之飄零,皆可於一草一木發之。而發之又必若隱若現,欲露不露,反覆纏綿,終不許一語道破。非獨體格之高,亦見性情之厚。飛卿詞如"懶起畫蛾眉,弄妝梳洗遲",無限傷心,溢於言表。(同上)飛卿《菩薩蠻》十四章,全是變化楚騷,古今之極軌也。徒賞其芊麗,誤矣。(同上)

【王國維曰】固哉！皋文之爲詞也。飛卿《菩薩蠻》、永叔《蝶戀花》、子瞻《卜算子》,皆興到之作,有何命意,皆被皋文深文羅織。(《人間詞話删稿》)

【李冰若曰】"小山"當即屏山,猶言屏山之金碧晃靈也。此種雕鏤太過之句,已開吴夢窗堆砌晦澀之徑。"新貼繡羅襦"二句,用十字止説得襦上繡鷓鴣而已。統觀全詞意,諛之則爲盛年獨處,顧影自憐,抑之則侈陳服飾,搔首弄姿。"初服"之意,蒙所不解。(《栩莊漫記》)

【丁壽田、丁亦飛曰】此詞表面觀之,固一幅深閨美人圖耳。張惠言、譚獻輩將此詞與以下十四章一並串講,謂係"感士不遇"之作。此説雖曾盛行一時,而今人多持反對之論。竊以爲單就此一首而言,張、譚之説尚可從。"懶起畫蛾眉"句暗示蛾眉謡諑之意。"弄妝""照花"各句,從容自在,頗有"人不知而不愠"之慨。王國維《虞美人》詞"且自簪花坐賞鏡中人"蓋脱化於此,但王詞覺牢騷氣稍重矣。或謂飛卿不過一浪漫無行之失意文人,平生未遭何奇冤極禍,寧有悲天憫人之懷抱足以仰企屈子？此説可商。夫浪漫無行不過當時社會之偏面批評,豈足以盡温尉之人格？如納蘭容若固一升平公子,而其詞哀感頑艷足以比南唐二主(陳其年評語),何也？人之思想固與環境有關,但環境者非止於衣食起居之事,一切觀感所及均環境也。"文乃心聲",此言良是,但如飛卿者,吾人肉眼不足以窺其多重人格,宜乎覺其詞與其人不相稱矣。(《唐五代四大名家詞》甲編)

【劉永濟曰】此調本二十首,今存十四首,此則十四首之一。二十首之主題皆以閨人因思别久之人而成夢,因而將夢前、夢後、夢中之情事組合而成。此首則寫夢醒時之情思也。首言思婦睡夢初醒,見枕屏而引動離情。"小山重疊",興起人遠之感;"金明滅",牽動别久之思。次句言睡餘之態。三四句,梳妝也,曰"懶"曰"遲",以見梳妝時之心情。五六句,簪花也;花面交映,言其美也。七八句,著衣也;"雙雙"句,又從見衣上之鳥成雙引起人孤單之感。全首以人物之態度、動作、衣飾、器物作客觀之描寫,而所寫之人之心情乃自然呈現。此種心情,又爲因夢見離人而起者,雖詞中不曾明言,而離愁别恨已縈繞筆底,分明可見,讀之動人。此庭筠表達藝術之高也。(《唐五代兩宋詞簡析》)

【俞平伯曰】小山,屏山也……此句從寫景起筆,明麗之色現於毫端。第二句寫未起之狀。古之帷屏與牀榻相連。"鬢雲"寫亂髮,呼起全篇弄妝之文。"欲度"二

字似難解，却妙。譬如改作“鬢雲欲掩”，逕直易明，而點金成鐵矣。此不但寫晴日中之美人，并寫晴日小風中之美人，其巧妙固在難解之二字耳。難解並不是不可解。三四兩句一篇主旨，“懶”“遲”二字點睛之筆，寫豔俱從虛處落墨，最醒豁而雅。欲起則懶，弄妝則遲，情事已見。“弄妝”二字，弄字妙，大有千回百轉之意，愈婉愈温厚矣。過片以下全從“妝”字連綿而下。此章就結構論，只一直綫耳，由景寫到人，由未起寫到初起、梳妝、簪花照鏡、换衣服，中間並未間斷，似不經意然，而其實針綫甚密。本篇旨在寫豔，而只説“妝”，手段高絶。寫妝太多似有賓主倒置之弊，故於結句曰：“雙雙金鷓鴣”，此乃暗點豔情，就表面看，總還是妝耳。謂與《還魂記・驚夢》折上半有相似之處。（《讀詞偶得》）

【浦江清曰】此章寫美人晨起梳妝，一意貫穿，脈絡分明。論其筆法，則是客觀的描寫，非主觀的抒情，其中只有描寫體態語，無抒情語。易言之，此首通體非美人自述心事，而是旁觀的人見美人如此如此……因爲這些曲子是預備給歌伎傳唱的，其中的内容即是倡樓生活，所以是“她”是“我”，不容分辨。在聽者可以想象出一個“她”，在歌者也許感覺着是“我”。詞人作詞，只是“體貼”二字，不分主觀與客觀。首兩句寫美人未起。三四始述動態，於不矜持處見自然的美。五六美豔，彷彿見《牡丹亭・驚夢》折杜麗娘唱“裊晴絲吹來閒庭院”一曲之身段……前後鏡中人面交相映的美態，在飛卿以前尚無人説過。（《詞的講解》）

【唐圭璋曰】此首寫閨怨，章法極密，層次極清。首句，寫繡屏掩映，可見環境之富麗，次句，寫鬢髮撩亂，可見人未起之容儀。三四兩句叙事，畫眉梳洗，皆事也。然“懶”字、“遲”字，又兼寫人之情態。“照花”兩句承上，言梳洗停當，簪花爲飾，愈增豔麗。末句，言更换新繡之羅衣，忽睹衣上有鷓鴣雙雙，遂興孤獨之哀與膏沐誰容之感。有此收束，振起全篇。上文之所以懶畫眉、遲梳洗者，皆因有此一段怨情蘊蓄於中也。（《唐宋詞簡釋》）

【夏承燾曰】温庭筠這首《菩薩蠻》是描寫一個女子的孤獨苦悶的心情。開頭兩句是寫她褪了色走了樣的眉暈、額黄和亂髮，是隔夜的殘妝。“小山”是指眉毛（唐明皇造出十種女子畫眉的式樣，有遠山眉、三峰眉等等。小山眉是十種眉樣之一），“小山重疊”即指眉暈褪色。“金”是指額黄……“金明滅”是説褪了色的額黄有明有暗……全篇點睛的是“雙雙”兩字，它是上片“懶”和“遲”的根源。全詞描寫女性，這裏面也可能暗寓這位没落文人自己的身世之感。至若清代常州派詞家拿屈原來比擬，説“照花前後鏡”四句即《離騷》“初服”之意，那無疑是附會太過了。（《唐宋詞欣賞》）

【葉嘉瑩曰】此詞自客觀之觀點讀之，實但寫一女子晨起化妝而已……首二句寫美人嬌卧未起之狀……次句“鬢雲”寫亂髮……“香腮雪”三字寫美人面。“香”，其氣味也；“雪”，其顔色也。“香腮雪”三字連文，與前“欲度”二字，初讀皆似有不通費

解之感，然飛卿詞之妙處，實即在此等處也。後二句“懶起畫蛾眉，弄妝梳洗遲”，私意以爲唐杜荀鶴《春宫怨》詩之“早被嬋娟誤，欲妝臨鏡慵。承恩不在貌，教妾若爲容”四句，大可爲此二句之注脚。欲起則懶，弄妝則遲者，正緣此“教妾若爲容”之一念耳。美人之嬌慵，美人之自持，可以想見……且復着一“弄”字，千迴百轉，無限要好之心，無限幽微之怨，俱在言外矣。後片“照花前後鏡，花面交相映”，則妝成之象矣……結二句“新貼繡羅襦，雙雙金鷓鴣”，則自起牀、化妝、照鏡，直寫到穿衣矣……襦而爲羅，羅而爲繡，更加之以熨貼，猶以爲未足，復益之曰“新貼”，一氣四字，但形容此一襦也。然此猶未足盡其精美，因更足之曰“雙雙金鷓鴣”，“金”是一層形容，“雙雙”是又一層形容，此“襦”之華麗精美，有如是者……飛卿此詞，姑不論其含意如何，即以其觀察之細微、描寫之精美、層次之分明、鍼鏤之綿密而言，已大有不可及者矣。（《温庭筠詞概説》，見其《迦陵論詞叢稿》）

【周汝昌曰】本篇通體一氣，精整無只字雜言，所寫只是一件事，若爲之擬一題目增入，便是“梳妝”二字……而妝者，以眉爲始；梳者，以鬢爲主。故首句即寫眉，次句即寫鬢……上來兩句所寫，待起未起之情景也。故第三句緊接懶起……閨中曉起，必先梳妝，故“畫蛾眉”三字一點題——正承“小山”而來，“弄妝”再點題，而“梳洗”二字又正承鬢之腮雪而來。其雙管并下，脈絡最清。然而中間又着一“遲”字，遠與“懶”字相爲呼應，近與“弄”字互爲注解。“弄”字最奇，因而是一篇眼目。一“遲”字，多少層次，多少時光，多少心緒，多少神情，俱被此一字包盡矣……過片重開，即寫梳妝已罷，最後以兩鏡前後對映而審看梳妝是否合乎標準……兩鏡之交，“套景”重疊，花光之與人面，亦交互重疊，至于無數層次……梳妝既妥，遂開始一日之女紅：刺繡羅襦，而此新樣花貼，偏偏是一雙一雙的鷓鴣圖紋。閨中之人，見此圖紋，不禁有所感觸……飛卿詞極工於組織聯絡，回互呼應，此一例，足以見之。（見《唐宋詞鑒賞辭典》）

【按】此爲十四首《菩薩蠻》之第一首，且其首句“小山重疊金明滅”即頗晦澀難解，故學者紛紛加以解讀評鑒，發掘之深，體會之細，分析之精，可謂字無剩義，甚至遠超出作者進行創作時主觀上所欲表現之意藴。然平心而論，此首雖有個别易生歧解或看似刻意用力之詞語，全篇内容實極平常，不過寫一女子早晨自嬌卧未醒、宿妝已殘而懶起梳妝，而妝畢簪花照鏡，而穿上新羅襦之過程。結構亦循此次序作直綫型之描叙，極清晰明瞭。而對此詞内容意藴之理解，關鍵又在弄清詞中女主人公之身份與作者之立場態度。結拍二句“新帖繡羅襦，雙雙金鷓鴣”，正透露出女子所著者係舞衣，女子之身份爲歌舞伎人。飛卿出入倡樓，對此類女子之生活極爲熟悉，詞中所寫伎人早起梳妝前後之情事情態，即其經常親歷者。讀此詞，宛然可見此女子之旁有作者之身影。作者係站在旁觀者之立場，抱着欣賞之態度注視此女子自嬌卧未醒至懶起梳妝，至妝畢臨鏡、試穿新衣之全過程，其中看似着力經意之“度”字、

"懶"字、"弄"字、"遲"字，即透露作者欣賞態度之字眼，既欣賞其嬌慵，亦欣賞其"弄妝"。"照花"二句，女子妝畢臨鏡，顧盼自賞，作者旁觀，欣賞其自我欣賞之情亦自然流露。結拍試穿新襦，則女子自我欣賞之結束與高潮，亦作者旁觀欣賞之結束，故繁筆描繪刻畫。飛卿詞爲文人詞中典型的應歌之作，實即當時之流行歌曲。後世詞論家爲尊詞體，往往賦予此類詞以比興寄託、《離騷》"初服"之大義，殆與歷史實際不符。此詞在藝術表現方面，固有如評家所分析總結之精密綺豔特徵，王國維以"畫屏金鷓鴣"形容飛卿詞品，即以此種作品爲主要依據。然在温詞中，本篇實非上品。李賀有《美人梳頭歌》，元稹有"水晶簾下看梳頭"之句，此詞性質，實與之相類。

菩薩蠻

水精簾裏頗黎枕[①]，暖香惹夢鴛鴦錦[②]。江上柳如煙，雁飛殘月天[③]。　藕絲秋色淺[④]，人勝參差剪[⑤]。雙鬢隔香紅[⑥]，玉釵頭上風[⑦]。

【校注】

① 頗黎，《金奩集》作"珊瑚"。水精簾，即水晶簾。李白《玉階怨》："却下水晶簾，玲瓏望秋月。"頗黎，即玻璃，古爲玉名，亦稱水玉，係天然水晶石。《新唐書·西域傳下·吐火羅》："武德二年，遣使者獻寶帶、玻瓈、水精杯。"

② 鴛鴦錦，用織有華麗鴛鴦圖案的彩錦製成的被。暖、香均就錦被而言。惹，牽引、逗引。

③【張惠言曰】"夢"字提，"江上"以下略叙夢境。【俞平伯曰】後來説本篇者亦多采用張説。説實了夢境似太呆，不妨看作遠景。【按】俞説是。

④ 藕絲，指女子身上穿着藕白色的衣裳。【俞平伯曰】藕合色近乎白，故説"秋色淺"。又曰：藕絲是借代用法，把所指的本名略去，古詞常見……這裏所省名詞，當是衣裳。【張以仁曰】秋色非一，然秋晨多霜，秋原草木蕭條，蘆花獨盛，是白色爲秋天景色特徵之一。元稹"藕絲衫子柳花裙"，詠"白衣裳"者也，温氏《歸國遥》詞："舞衣無力風斂，藕絲秋色染"，亦謂藕白之衣裙，有如染上淡淡之秋色。王達津《讀温庭筠菩薩蠻二首》云："藕色就像染上淡淡的秋光"，是矣。（《花間詞論集》17頁）【按】秋又稱"素秋"，可證"秋色"即白色。

⑤ 人勝，人形之飾物，於人日（正月初七）用之。《初學記》卷四引《荆楚歲時記》："正月七日爲人日，以七種菜爲羹，剪綵爲人，或鏤金簿爲人，以貼屏風，亦戴之頭鬢。"此指戴在頭鬢上的綵勝。參差剪，形容所剪人勝刀法純熟精巧，參差錯落，隨物賦形。

⑥【俞平伯曰】"雙鬢"句承上,着一"隔"字,而兩鬢簪花如畫。香紅即花也。【按】"香紅"固可借代花朵,然亦可借指女子芳香紅潤之面龐,參較前首"香腮雪"之語可知。兩鬢烏黑,越襯出中間的面龐芳香紅潤。"隔"字亦似更切。

⑦ 形容女子走動時,頭上的玉釵、釵頭的綵勝亦隨之摇曳顫動,如在春風中摇蕩。

【箋評】

【楊慎曰】王右丞詩"楊花惹暮春",李長吉詩"古竹老梢惹碧雲",温庭筠詞"暖香惹夢鴛鴦錦",孫光憲詞"六宮眉黛惹春愁",用"惹"字凡四,皆絶妙。(《升菴詩話》卷五)

【徐士俊曰】"藕絲秋色染",牛嶠句也(按:此庭筠《歸國遥》句),"染""淺"二字皆精。(《古今詞統》卷五)

【張惠言曰】"夢"字提。"江上"以下略叙夢境。人勝參差,玉釵香隔,言夢亦不得到也。"江上柳如煙"是關絡。(《詞選》卷一)

【譚獻曰】"江上柳如煙"句,觸起。(《譚評詞辨》卷一)

【吴衡照曰】飛卿《菩薩蠻》云:"江上柳如煙,雁飛殘月天。"《更漏子》云:"銀燭背,繡簾垂,夢長君不知。"《酒泉子》云:"月孤明,風又起,杏花稀。"作小令不似此着色取致,便覺寡味。(《蓮子居詞話》卷一)

【孫麟趾曰】何謂渾? 如"淚眼問花花不語,亂紅飛過鞦韆去","江上柳如煙,雁飛殘月天","西風殘照,漢家陵闕",皆以渾厚見長者也。詞至渾,功候十分矣。(《詞逕》)

【陳廷焯曰】"楊柳岸,曉風殘月"從此脱胎。"紅"字韻,押得妙。(《雲韶集》卷一)"江上"二句,夢境凄凉。(《詞則・大雅集》卷一)"江上"二句,佳句也,好在是夢中情況,便覺綿邈無際。若空寫兩句景物,意味便減,悟此方許爲詞。不則即金氏(應珪)所謂"雅而不豔,有句無章者矣"。(《白雨齋詞話》卷七)

【李冰若曰】"暖香惹夢"四字與"江上"二句均佳。但下闋又雕繢滿眼,羌無情趣。即謂夢境有柳煙殘月之中,美人盛服之幻,而四句晦澀已甚,韋相便無此種笨筆也。(《栩莊漫録》)

【俞平伯曰】以想象中最明净的境界起筆……"暖香"乃入夢之因,故"惹"字妙。三四忽宕開……飛卿之詞,每截取可以調和之諸印象而雜置一處,聽其自然融合,在讀者心眼中,仁者見仁,智者見智,不必問其脈絡神理如何如何,而脈絡神理則儼然自在……即以此言,簾内之情穠如斯,江上之芊眠如彼,千載而下,無論識與不識,解與不解,都知是好言語矣……過片以下,妝成之象,"藕絲"句其衣裳也,"人勝"句其首飾也……末句尤妙,着一"風"字,神情全出,不但兩鬢之花氣往來不定,釵頭幡勝

亦顫摇於和風駘蕩中。……過片似與上文隔斷,按之則脈絡具在……點"人勝"一名自非泛泛筆,正關合"雁飛殘月天"句,蓋"人歸落雁後,思發在花前",固薛道衡《人日》詩也,不特有韶華過隙之感,深閨遥怨亦即於藕斷絲連中輕輕逗出。(《讀詞偶得》)

【浦江清曰】"暖香惹夢"四字所以寫此鴛鴦錦者,亦以點逗春日曉寒,美人尚貪戀暖衾而未起。此兩句寫閨樓鋪設之富麗精雅,説了枕衾兩事,以文法言,只有名詞而無述語。述語可以省略。聽者可以直接想象有此閨房,閨房内有此枕衾也……"江上"兩句,忽然開宕,言樓外之景,點春曉。張惠言謂是夢境,大誤。上半闋雖未説出人,但于惹夢兩字内已隱含此主人,與前章相同,亦説美人曉起,惟不正寫曉起之情事,寫簾内及樓外之景物耳……下半闋正寫人,而以初春之服飾爲言……此章之時令,在"人勝参差剪"一句中,蓋初春情事也。(《詞的講解》)

【葉嘉瑩曰】此詞全以諸名物之色澤及音節之優美取勝。首二句寫簾裏之情景……晶瑩澄澈,一片清明。次句寫鴛鴦錦,不明言其爲衾爲褥,而但標舉其質地花紋,以唤起人一種極華麗之意象,而不作切實之説明,此正温詞純美作風之特色。"惹夢"之"惹"字,與前一首"鬢雲欲度"之"度"字同妙,而況"惹夢"者又是"暖香",則夢境可知。此句纏綿旖旎,無限温馨……三四兩句……從簾裏轉至簾外,由華麗轉爲淒清。前賢多以爲此二句乃寫夢境之辭……所言誠大有可取,然似亦不必拘執其説……蓋飛卿詞之所以爲美,關係於色澤、聲音者多,而關係於内容、含意者少。即以此詞前半闋而言,其所標舉之諸名物,如水精簾、頗黎枕、暖香、鴛錦、煙柳、殘月,其色澤或爲明,或爲暗,或爲濃,或爲淡,皆於矛盾中見諧和,似相反而實相成者也。又如以其聲音分析言之,則一二兩句"枕""錦"二字上聲寢韻,幽抑曲折,三四兩句忽轉爲平聲先韻,輕快清明,皆能極和諧變化之妙……至於"玉釵頭上風"之"風"字,初讀之,似不免有不通之感,細味之,方覺其妙。蓋必着此一"風"字,然後前所云之"参差"、之"人勝",與夫"雙鬢"之"香紅",乃增無限裊裊翩翩之感,然又必不明言其裊裊翩翩。而但着一名詞"風",與"香紅"二字同妙。但以氣味、顔色、名物唤起人之意象,而不予以説明。若飛卿此詞,大可爲純美派之代表作矣。(《温庭筠詞概説》)

【張以仁曰】此蓋傷别之詞,寫戀人之離别也。故寓以旅雁,示以殘月,所謂"雁飛殘月天"是也。古人行旅,多發於清晨……下片寫女子頭戴人勝,則是早春時節。又曰:此詞佳處,結構是其一。首句寫"簾",次及枕衾,由外而内。三句寫江上煙柳,四句寫天邊雁月,由近而遠,是一對稱;首次兩句寫室中物,三四兩句寫室外景,是又一對稱……衣藕白之衫,戴金箔之勝,鬢插紅花,頭簪玉釵,其色彩莫不兩兩對比,而又與首次二句有呼應之妙。似此安排,非無意也,蓋與暫聚而又别兩種情感相縈繫也。是景有冷暖,而情亦有歡悲,景之冷暖,亦即情之歡悲,則又一對稱也。上

闋寫景，下闋寫人，此又一對稱；上闋寫景而人在其中，情亦在其中。下闋寫人，妙在只間接烘托，决不直接描狀，專從衣物首飾上着色落筆，捕捉其特點。或濃染之，或細勾之，或圖其貌，或傳其神，而人之容色、氣味、姿態，無不一一襯托而出，此畫家圖雲狀水之法也。又曰：（玉釵頭上風）此“風”字實虚設，風之有無，非此句重點也。特以之烘托其人首飾顫動之貌與其款款行來婀娜之姿也。再深一層看，其首飾顫動之貌實亦狀其體態之婀娜有致也。彼抽象難描難畫之無限神韻，盡藉此一具體之“風”字呈現，此飛卿之所以爲高也。（《温庭筠詞舊説商榷》。《花間詞論集》10～20頁）

【按】此首上片一二句寫室内，其人夢境旖旎纏綿，尚未醒來。三四句寫室外，江柳如煙，雁飛殘月。此既非夢境，亦非純粹之空鏡頭，而係其人清曉夢醒後所見。境界高遠空闊中略帶凄清寂寥，謂是寫離别之景固可，謂是寫懷人之情亦可，不妨視爲此女子心境之外化。下片寫其人之衣着、首飾、容鬢及舉步時玉釵顫動之態。作者之意，僅在表達對此女子容飾體態之美的一種印象與感受。至於其人之心緒則並未明示，不妨任人自領。此詞在結構上具有明顯跳躍性，全篇又始終無一直接抒情之筆，故表情更爲含蓄，意境亦呈撲朔迷離之致。較之前首，更能充分體現並發揮詞體本身之特點與優長。就詞境論，亦較前首更爲優美且具有更大想象空間。故就整體而言，此首之藝術水準實超越前首。前首可稱精美，此首則精美之中復有空靈跳宕與悠遠韻致。不但“江上”二句、“玉釵”句爲詞中逸品，其轉接過渡處亦一片神行也。按：庭筠有《詠春幡》詩云：“閒庭見早梅，花影爲誰裁？碧煙隨刃落，蟬鬢覺春來。代郡嘶金勒，河陽悲鏡臺。玉釵風不定，香步獨徘徊。”内容與此詞下片相近，尾聯與“玉釵頭上風”句尤可相參，拈出“獨”字，又有“代郡”二句點明征人遠戍、閨人獨居，或可證此詞所寫係閨人獨居之離愁也。然此首之意境格調已純然是詞的意境格調，與詩固迥然有别。

菩薩蠻

蕊黄無限當山額[①]，宿妝隱笑紗窗隔[②]。相見牡丹時，暫來還别離[③]。　翠釵金作股，釵上蝶雙舞[④]。心事竟誰知，月明花滿枝[⑤]。

【校注】

① 蕊黄，即額黄，六朝至唐，女妝常用黄粉撲額或塗額，因其色如黄色花蕊，故稱蕊黄。梁簡文帝《戲贈麗人詩》：“同安鬟裏撥，異作額間黄。”李商隱《酬崔八早梅有贈兼示之作》：“幾時塗額藉蜂黄。”《失題》：“壽陽公主嫁時妝，八字宫眉捧額黄。”温庭筠《照影曲》：“黄印額山輕爲塵。”《湘宫人歌》：“黄粉楚宫人。”《南歌子》

詞:“撲蕊添黄子。”當,正值。山額,即額頭,因其隆起如山,故稱。無限,界限模糊,指額黄顔色由深而漸淺。

② 宿妝,昨夜的妝飾。隱笑,猶斂笑,藏笑。句意蓋謂隔着紗窗,室内的女子殘妝猶在,笑容已斂。當因暫見旋别之故,參三四句。

③ 牡丹時,指暮春牡丹花開放時節。暫來,指女子所懷的情人剛剛來到。還,旋即。

④ 翠釵,翡翠鑲嵌的髮釵。金作股,指金釵以兩股鑄成。白居易《長恨歌》:“釵留一股合一扇,釵擘黄金合分鈿。”蝶雙,鄂本、湯本《花間集》作“雙蝶”。非。此雙舞之“蝶”係釵頭之飾。【張以仁曰】“金作股”與“蝶雙舞”皆寓成雙成對之意。(《花間詞論集》24 頁)。【按】釵作兩股,蝶作雙舞,均反襯女子之孤獨無侣,具有象徵意味。

⑤【浦江清曰】知、枝爲諧音雙關語。《説苑・越人歌》:“山有木兮木有枝,心悦君兮君不知。”主要還是説“心事竟誰知”一句,而以“月明花滿枝”爲陪襯,在語音本身上的關聯更爲緊凑。在意境上,則對此明月庭花能不更增幽獨之感?是語音與意境雙方關聯,調融得一切不隔。(《詞的講解》)

【箋評】

【李漁曰】“結句述景最難”:有以淡語收濃詞者,别是一法……大約此種結法,用之憂怨處居多,如懷人、送客、寫憂、寄慨之詞,自首至終,皆訴淒怨,其結句獨不言情,而反述眼前所見者,皆自狀無可奈何之情,謂思之無益,留之不得,不若且顧目前。而目前無人,止有此物,如“心事竟誰知,月明花滿枝”“曲終人不見,江上數峰青”之類是也。此等結法最難,非負雄才、具大力者不能,即前人亦偶一爲之,學填詞者慎勿輕效。(《窺詞管見》)

【張惠言曰】提起。以下三章,本人夢之情。(《詞選》卷一)

【李冰若曰】以一句或二句描寫一簡單之妝飾,而其下突接别意,使詞意不貫,浪費麗字,轉成贅疣,爲温詞之通病,如此詞“翠釵”二句是也。(《栩莊漫記》)

【浦江清曰】此章换筆法,極生動靈活。其中有描繪語,有叙述語,有託物起興語,有抒情語,隨韻轉折。“蕊黄”兩句是描繪語,“相見”兩句是叙述語,“翠釵”兩句託物起興,“心事”兩句抒情語也。又曰:《越人歌》古樸有味,飛卿的詞句(指末二句)更其新鮮出色,樂府中之好言語也。(《詞的講解》)

【張以仁曰】所謂“心事”者,實即卿卿我我雙宿雙飛之意願也。際此佳辰令夕,月白風輕,睹春花之盛放,末二句豈但言“别意”?實更涵觸景傷懷惜流光而怨幽獨之不盡感傷,正與此雙股雙蝶之意緊扣密接,乃栩莊譏其“詞意不貫”,何也?(《温飛卿詞舊説商榷》。《花間詞論集》24 頁)

【按】三四一篇之主。暫來還别,故“紗窗隱笑”。下片寫别後女子之“心事”,翠釵雙股交纏,釵頭雙蝶飛舞,正興起下文“心事”,亦反托女子獨處之“心事”。結拍先揭出“心事竟誰知”之孤寂苦悶,自憐自嘆,自怨自艾,然後以“月明花滿枝”之即景描寫作結,兩句之間,似接非接,不即不離,若斷若續,而無限幽寂孤獨,感傷“如花美眷,似水流年”之意全蘊其中,特具雋永的韻味。飛卿詩詞中,此種以景結情之佳句最爲擅長,亦最稱高格。

菩薩蠻

翠翹金縷雙鸂鶒①,水紋細起春池碧②。池上海棠梨③,雨晴紅滿枝。　　繡衫遮笑靨,煙草粘飛蝶④。青瑣對芳菲⑤,玉關音信稀⑥。

【校注】

① 翠翹,翠緑色的尾羽。金縷,金色的毛羽。翠翹金縷,指黄緑相間的毛羽。鸂鶒,水鳥,形大於鴛鴦,好並游。此句謂池中翠翹金縷的鸂鶒在成雙成對地游泳。“翠翹”“金縷”,均爲“鸂鶒”之修飾成分。或説,此句指女子頭上的首飾(詳箋評引俞平伯説),“翠翹”是翡翠翹,“金縷雙鸂鶒”是金絲編織成的鸂鶒。但細按上下文,如此句寫女子首飾,下句突然轉寫春池水碧,終嫌突兀;而解爲實寫池中之鸂鶒,則與下句“春池”“水紋”一意貫串。且末句云“青瑣對芳菲”,此歡游於春池中之雙鸂鶒亦“芳菲”之一景也。

② 水紋細起,當因鸂鶒並游而漾起池面細紋。

③ 海棠梨,又名海紅、甘棠,二月開紅花,八月果實成熟。此句“海棠梨”指其花。韓偓《以庭前海棠花一枝寄李十九員外》:“二月春風澹蕩時,旅人虚對海棠梨。”俞平伯曰:“海棠梨即海棠也,昔人於外來之品物每加一‘海’字,猶今日對於舶來品,多加一‘洋’字也。”紅滿枝,謂海棠之紅花綴滿枝頭。

④ 靨,面頰上之酒窩,亦指女子之面飾。李賀《惱公》:“曉奩妝秀靨。”此云“笑靨”,或指酒窩。煙草,如煙的春草,形容草生長繁茂。粘飛蝶,形容蝴蝶在草叢上低飛流連,彷彿被“粘”住。或謂,指女子繡衫上有草及飛蝶的圖案。然以前説爲優。

⑤ 青瑣,《漢書·元后傳》:“赤墀青瑣。”孟康注:“以青畫户邊鏤中,天子制也。”顔師古曰:“孟説是。青瑣者,刻爲連瑣文,而以青塗之也。”此句“青瑣”泛指雕刻成連瑣花紋塗以青漆之窗户。《世説新語·惑溺》:“韓壽美姿容,賈充辟以爲掾。充每聚會,賈女於青璅中看,見壽,説之。”借指瑣窗中的女子。芳菲,指春天的花草樹木禽鳥。

⑥ 玉關,玉門關。此泛指邊塞。句意謂女子遠戍邊塞的丈夫音信稀疏。

【箋評】

【俞平伯曰】瀏鶒，鴛鴦之屬，金雀釵也……“水紋”以下三句，突轉入寫景，由假的水鳥，飛渡到春池春水，又説起池上春花的爛漫來。此種結構，正與作者之《更漏子》“驚塞雁，起城烏，畫屏金鷓鴣”同一奇絶。“水紋”句初聯上讀，頃乃知其誤。金翠首飾，不得云“春池碧”也。飛卿另一首《菩薩蠻》“寶函鈿雀金瀏鶒，沈香閣上吴山碧”，兩句相連而絶不相蒙，可以互證。下云“春池”，非僅屬聯想，亦寫美人遊春之景耳。於過片云“繡衫遮笑靨”，乃承上“翠翹”句；“煙草黏飛蝶”，乃承上“水紋”三句。“青瑣”以下點明春恨緣由，“芳菲”仍從上片“棠梨”生根，言良辰美景虛設也。其作風猶是盛唐佳句。瑣訓連環，古人門窗多刻鏤瑣文，故曰瑣窗。曰青瑣者，宫門也。此殆宫詞體耳，説見下（指“竹風輕動”首箋評）。（《讀詞偶得》）

【浦江清曰】此章賦美女遊園，而以春日園池之美起筆。首句託物起興。瀏鶒，鴛鴦之屬。翹，鳥尾長毛。吴融《詠鴛鴦》詩：“翠翹紅頸復金衣，灘上雙雙去又歸。”此言金縷，亦即金衣也……俞平伯釋此詞，以釵飾立説……殆誤。飛卿此處實寫瀏鶒，下句實寫春池，非由釵飾而聯想過渡也……今證之以吴融之詩，知飛卿原意所在，實指鴛鴦之類……上半闋寫景，乃是美人遊園所見……“繡衫”兩句，正筆寫人。寫美女遊園，情景如畫，讀此彷彿見《牡丹亭・驚夢》折前半主婢兩人遊園唱“原來姹紫嫣紅開遍”一曲時之身段。飛卿詞大開色相之門，後來《牡丹亭》曲《紅樓夢》小説皆承之而起，推爲詞曲之鼻祖宜也。作宫閨體詞，譬如畫仕女畫，須用輕細的筆致，描繪柔輭的輪廓。“繡衫遮笑靨”之“遮”字，“煙草黏飛蝶”之“黏”字……皆詞人鍊字處……此章言美女遊園，而以一人獨處玉關征戍作結，此爲唐人詩歌中陳套的説法，猶之“忽見陌頭楊柳色，悔教夫婿覓封侯”之類也。（《詞的講解》）

【劉永濟曰】此首追叙昔日歡會時之情景也。上半闋描寫景物，極其鮮豔，襯出人情之歡欣，下半闋前二句補明歡欣之人情。後二句則以今日孤寂之情，與上六句作對比，以見芳菲之景物依然，而人則音信亦稀，故思之而怨也。（《唐五代兩宋詞簡析》）

【張以仁曰】此詞就其佈局結構言，從髮飾展開，所謂近取諸身也。由金縷之水禽而及水紋細起之春池，而及池上之海棠梨，海棠梨枝頭盛放之花朵。從物之聯想，到景之展佈，采遞進之法，層次分明。便如乘車遊覽，車行景變，應接不暇，而又連續不斷。然詞中女主角實未嘗移動，正所謂“平春遠緑窗中起”也。由下片“青瑣對芳菲”句可知……此女身坐窗前，而縱目馳騁，畫面因而逐一展開，由近而遠，由内而外，而神思飛越……情景激蕩，而情語出焉：“玉關音信稀。”一語鎮紙！又曰：詞中通篇多用顔色字：“金”者瀏鶒，“碧”者春池，“紅”者海棠梨之花；窗則曰“青瑣”，地則曰“玉關”；飛煙之草上著翩躚之蝴蝶，則一片生氣之新緑間，時見翔動之彩翼，是

極盡色彩敷陳之能事，而又化静爲動，使此一片陽和春景，色彩鮮明且兼生動活潑……飛卿善以穠麗之字面，精巧之筆法，敷寫景物，實即加强物象之可感性，藉此物象以傳達其難以言狀之心曲，其辭之深密處即其情之細膩處也。（《温飛卿詞舊説商榷》。《花間詞論集》28～29頁、31頁）

【按】"青瑣對芳菲，玉關音信稀"，二語爲全篇結穴，亦爲全篇主意。通首即寫一閨中少婦憑窗覽眺春日之"芳菲"，忽憶遠戍玉關之良人近來音信漸稀而有所棖觸也。舉凡翠翹金縷之春池鸂鶒，水紋細起之池塘碧水，池邊雨晴紅滿枝頭之海棠梨花，如煙碧草上流連徘徊之雙飛舞蝶，均包於"芳菲"二字之内，不獨煙草棠梨花而已。"芳菲"即春色之代名詞。以上所有景物，既充滿春天之活力與繁豔，使女主人公在覽眺之際深感青春與生命之歡欣，而有"繡衫遮笑靨"之輕快愉悦；又因其充滿愛情之聯想暗示而自然憶及遠戍之良人，故有"玉關音信稀"之棖觸遺憾。此詞之内容構思及女主人公之思緒變化確與王昌齡《閨怨》有相似處（與李商隱五律《即日》亦頗相類）。至於此女身份，視"玉關"句，自爲閨中少婦而非宫女，不得因"青瑣"一語而判定爲宫詞也。

菩薩蠻

杏花含露團香雪①，緑楊陌上多離别。燈在月朧明，覺來聞曉鶯②。　　玉鈎褰翠幕，妝淺舊眉薄③。春夢正關情，鏡中蟬鬢輕④。

【校注】

① 杏花二月開花。花蕾色純紅，開時色白微帶紅，至將落時則色純白。此言"團香雪"，當是盛開後將落之杏花。遠望成團成簇，故曰"團"。按："香雪"既可指梅花，亦可泛指白色的花，如杏花、白菊。唐時尚無以香雪指梅花者。劉兼《春夜》："杏花滿地堆香雪。"視下文"緑楊""曉鶯"，時令當在二月末三月初。"含露"點時在清晨。

② 朧明，微明。元稹《嘉陵驛》之一："仍對牆南滿山樹，野花撩亂月朦明。"朦明，即朧明，形容月色朦朧。黄進德曰："'燈在'二句，倒叙初醒見聞……下句與金昌緒《春怨》：'打起黄鶯兒，莫教枝上啼。啼時驚妾夢，不得到遼西。'取意略同。"按：前此浦江清亦主倒叙之説，詳後箋評引。疑首二句係總叙時令背景。

③ 玉鈎，玉製的簾鈎。褰，撩起。翠幕，猶翠簾。此處宜仄，故用"幕"。幕，垂掛的窗帷、簾幔。江總《永陽王齋後山亭銘》："樹影摇窗，池光動幕。"韓偓《春恨》："平明未卷西樓幕，院静時聞響轆轤。"舊眉，浦江清曰："昨日所畫之眉，晨起猶是宿妝，故曰薄。"

④ 關情，牽動情懷。蟬鬢，古代婦女的一種髮式，兩鬢薄如蟬翼，故稱。崔豹《古今注・雜注》："魏文帝宫人絶所寵者，有莫瓊樹、薛夜來、田尚衣、段巧笑四人，日夕在側。瓊樹乃製蟬鬢，縹眇如蟬翼，故曰蟬鬢。"輕，薄。形容鬢髮之縹緲輕盈。

【箋評】

【湯顯祖曰】"碧紗如煙隔窗語"，得畫家三昧。此更覺微遠。（湯評《花間集》卷一）

【陳廷焯曰】夢境迷離。（《詞則・大雅集》卷一）又曰："春夢正關情，鏡中蟬鬢輕。"凄凉哀怨，真有欲言難言之苦。（《白雨齋詞話》卷一）

【丁壽田、丁亦飛曰】此詞"杏花"二句，從遠處泛寫，關合本題於有意無意之間，與前"水精"一首中"江上柳如煙，雁飛殘月天"二句同一筆法。飛卿詞，每如織錦圖案，吾人但愛其詞調和之美可耳，不必泥於事實也。（《唐五代四大名家詞》甲篇）

【俞平伯曰】"杏花"二句亦似夢境，而吾友仍不謂然，舉"含露"爲證，其言殊諦。夫入夢固在中夜，而其夢境何妨白日哉？然在前章則曰"雁飛殘月天"，此章則曰"含露團香雪"，均取殘更清曉之景，又何説耶？故首二句只是從遠處泛寫，與前所謂"江上"二句忽然宕開同，其關合本題，均在有意無意之間。若以爲上文或下文有一"夢"字，即謂指此而言，未免黑漆了斷紋琴也……"燈在"，燈尚在也。"月朧明"，殘月也；此是在下半夜醒來，忽又朦朧睡去的光景。"覺來聞曉鶯"，方是真醒了。此二句連讀，即誤。"玉鉤"句晨起之象，"妝淺"句宿妝之象，即另一首所謂"卧時留薄妝"也。對鏡妝梳，關情斷夢，"輕"字無理得妙。（《讀詞偶得》）

【浦江清曰】此章亦寫美人曉起，惟變换章法，先説樓外陌上之景物。"杏花""绿楊"兩句，雖同爲寫景，而"團香雪"給人以感覺，"多離别"給人以情緒。"團"字鍊……以層次而言，先是美人聞鶯而醒，殘燈猶在，曉月朧明，於是搴幙以觀，見陌上一片春景。看了半晌，方想到理妝，取鏡過來，自覺舊眉之薄，蟬鬢之輕，復惦念於昨宵的殘夢，心緒亦不甚佳。散文的層次，應是如此，詩詞原可參差錯落地説。以詩詞作法而論，則先以寫景起筆，而杏花、绿楊亦是託物起興，樂府之正當開始也。先説春天景物，容易唤起聽曲者之想象，至"燈在月朧明，覺來聞曉鶯"，則若有人焉，呼之欲出。至下半闋則少婦樓頭，全露色相，明鏡靚妝之際，略窺心事。章法是一致的由外及内。以觀點而論，亦在客觀主觀之間。如由"覺來聞曉鶯"句看，則主詞似是"我"，通首可看成是美人的自言自語。其實飛卿心中，無此成見，仍是描繪體貼的筆墨。作爲客觀地説一美人，亦可通得。此十四章均寫美人，主詞即是美人，無論作第三人稱的"她"，或第一人稱的"我"，均可省却，而又可兩面看，此樂府歌曲之特點也。（《詞的講解》）

【唐圭璋曰】此首抒懷人之情。起點杏花、绿楊，是芳春景色。此際景色雖美，而

人多離别，亦黯然也。“燈在”二句，拍到己之因别而憶，因憶而夢，一夢醒來，簾内之殘燈尚在，簾外之殘月尚在，而又聞曉鶯惱人，其境既迷離惝怳，而其情猶可哀。换頭兩句，言曉來妝淺眉薄，百無聊賴，亦懶起畫眉弄妝也。“春夢”兩句倒裝，言偶一臨鏡，忽思及宵來好夢，又不禁自憐憔悴，空負此良辰美景矣。張臯文云：“温飛卿詞，深美閎約。”觀此詞可信。末兩句，十字皆陽聲字，可見温詞聲韻之響亮。（《唐宋詞簡釋》）

【張以仁曰】此詞首二句寫春夢，三、四兩句寫夢醒，五句下牀，六句對鏡，七句以“春夢”二字正面關應前文，末句自傷亦自憐，更呼應第六句……謂鏡中人青春若是，貌美如斯，何堪離别相思之苦！（《温飛卿詞舊説商榷》。《花間詞論集》第35頁）

【按】此首自“燈在”以下六句，叙次分明：由殘燈熒熒、殘月朦朧而覺來聞鶯，而玉鈎搴簾、覽鏡梳妝，而見鏡中蟬鬢，縹緲輕盈，均爲女子清晨起牀前後所見所聞所行，“春夢關情”亦清晨覽鏡時所憶所感。難點在首二句。夢境説、上片倒叙説均各有所據，亦均可通。然謂一二句爲夢境，而此二句之口吻似是泛言春色之美與離别之多，並無專狀女主人公與所愛者離别之跡象，且景物情事亦無夢境之朦朧特徵；謂上片係倒叙，一二句爲夢醒後所見，則杏花團香雪及陌上多離别之情景似亦非“燈在月朧明”之際所能見，須天明後“搴翠幕”時方可望見，而“搴翠幕”之行動至下片方發生，此時翠幕未搴，何由見簾外杏花團雪、陌上離别之情景？頗疑首二句並非覺後搴簾目擊之景，亦非夢中所見之景，而係概括點明時令景物及離别之事，作爲全詞抒情叙事之總背景者，其性質作用類似柳永《雨霖鈴》下片之開頭：“自古多情傷離别，更那堪冷落清秋節。”此二句則“更那堪明豔芳春節”而傷離别也。女主人公之“春夢”即因芳春傷離而生。

菩薩蠻

玉樓明月長相憶①：柳絲裊娜春無力②，門外草萋萋③，送君聞馬嘶。　畫羅金翡翠④，香燭銷成淚⑤。花落子規啼⑥，緑窗殘夢迷⑦。

【校注】

① 玉樓，華美的樓，指女主人公所居。《十洲記·崑崙》：“天墉城，面方千里，城上金臺五所，玉樓十二所。”此“玉樓”係仙人所居。唐人多以指道觀或妓樓。前者，如李商隱《河陽詩》：“黄河摇溶天上來，玉樓影近中天臺。”後者，如白居易《聽崔七妓人箏》：“花臉雲鬟坐玉樓，十三絃裏一時愁。”浦江清曰：“舉玉可見樓中人之身

份。玉樓本道家語,謂神仙所居,古人每以北里豔游,比之高唐洛水,不啻仙緣,故此所謂玉樓者即秦樓、青樓之比,詩人所用之詞藻也。”玉樓明月,似化用曹植《七哀詩》:“明月照高樓,流光正徘徊。上有愁思婦,悲嘆有餘哀。”此謂明月高照玉樓時,總是思念遠别的情郎。

② 裊娜,此狀柳絲柔弱細長貌。春無力,形容在柔軟的春風吹拂下柳絲柔弱無力的情態,暗透相思的女子慵懶無憀、提不起精神的意緒情態。作者《郭處士擊甌歌》:“莫霑香夢緑楊絲,千里春風正無力。”浦江清曰:“‘春’字見字法,若云‘風無力’則質直無味。柳絲的裊娜,東風的柔軟,人的懶洋洋地失情失緒,諸般無力的情景,都是春(無力)的表現。”

③ 萋萋,草生長茂盛貌。《楚辭·招隱士》:“王孫遊兮不歸,春草生兮萋萋。”浦江清曰:“從草萋萋三字上可以聯想到王孫,加以驕馬之嘶,知此玉樓中人所送者爲公子貴人也。”此二句回憶當時與君離别之情景。

④ 畫羅金翡翠,指蠟燈的羅罩籠上畫有金色的翡翠鳥圖案。李商隱《無題四首》之一:“蠟照半籠金翡翠,麝熏微度繡芙蓉。”或解:羅,指羅幃,幃上繡有金色翡翠鳥圖案,亦通。

⑤ 蠟燭中摻有香料,故稱香燭。香燭銷成淚,謂夜深燭殘,蠟脂銷成燭淚。兼寓女子的相思之淚。

⑥ 子規,即杜鵑鳥。每於春末夏初時晝夜啼鳴,其聲凄苦。屈原《離騷》:“恐鵜鴂之先鳴兮,使夫百草爲之不芳。”鵜鴂即杜鵑鳥。花落子規啼,示青春將逝。

⑦ 緑窗,指女子居處。李紳《鶯鶯歌》:“緑窗嬌女字鶯鶯,金雀婭鬟年十七。”韋莊《菩薩蠻》:“勸我早歸家,緑窗人如花。”

【箋評】

【張惠言曰】“玉樓明月長相憶”,又提。柳絲裊娜,送君之時,故“江上柳如煙”,夢中情境亦爾。七章“闌外垂絲柳”,八章“緑楊滿院”,九章“楊柳色依依”,十章“楊柳又如絲”,皆本此柳絲裊娜言之,明相憶之久也。(《詞選》卷一)

【譚獻曰】“玉樓明月”句:提。“花落子規啼”句:小歇。(《譚評詞辨》卷一)

【陳廷焯曰】音節凄清,字字哀豔,讀之魂銷。(《雲韶集》卷一)低回欲絶。(《詞則·大雅集》卷一)“花落子規啼,緑窗殘夢迷”,又“鸞鏡與花枝,此情誰得知”,皆含深意。此種詞,第自寫性情,不必求勝人,已成絶響。後人刻意争奇,愈趨愈下。安得一二豪傑之士,與之挽回風氣哉!(《白雨齋詞話》卷一)

【況周頤曰】姚令威《憶王孫》云:“毵毵楊柳緑初低,淡淡梨花開未齊。樓上情人聽馬嘶,憶郎歸。細雨春風濕酒旗。”與温飛卿“送君聞馬嘶”,各有其妙,政可參看。(《蕙風詞話續編》卷一)

【李冰若曰】前數章時有佳句，而通體不稱，此較清綺有味。（《栩莊漫記》）

【丁壽田、丁亦飛曰】此詞蓋寫一深閨女子，思念離人，因回憶臨别時種種情景。"玉樓明月"，蓋離别之前夜也；"柳絲裊娜"、芳草萋萋，蓋分手時光景也。"畫羅"以下各句則係眼前空閨獨守之景況。（《唐五代四大名家詞》甲篇）

【浦江清曰】此章獨以抒情語開始，在聽者心弦上驟然觸撥一下。此句總提，下文叙惜别情事……云"長相憶"者，此章言美人晨起送客，曉月朧明，珍重惜别，居者憶行者，行者憶居者，雙方的感情均在其内……"柳絲"句見春色，又見别意……下片言送客歸來。"畫羅金翡翠"言幔帳之屬。金翡翠，興而比也。觸起離緒。燭淚滿盤，猶長夜惜别之景象，而窗外鳥啼花落，一霎癡迷，前情如夢。舉緑窗以見窗中之佳人，思憶亦曰夢。往日情事至人去而斷，僅有斷片的回憶，故曰殘夢。"迷"寫癡迷的神情，人既遠去，思隨之遠，夢遶天涯，迷不知蹤跡矣。（《詞的講解》）

【唐圭璋曰】此首寫懷人，亦加倍深刻。首句即説明相憶之切，虚籠全篇。每當玉樓有月之時，總念及遠人不歸。今見柳絲，更添傷感。以人之思極無力，故覺柳絲摇漾亦無力也。"門外"兩句，憶及當時分别之情景，宛然在目。换頭，又入今情。繡幃深掩，香燭成淚，較相憶無力，更深更苦。着末，以相憶難成夢作結。窗外殘春景象，不堪視聽；窗内殘夢迷離，尤難排遣。通體景真情真，渾厚流轉。（《唐宋詞簡釋》）

【張以仁曰】此（指首句）但直叙玉樓之上明月之夜之相思意也。"長相憶"者，謂思念無時或已也。二、三、四句即承此意而轉寫當日别離情景，如以舞台擬之，則另一場景耳……下片又回到現場，舞台在玉樓之上，香閨之中。夜深，故燃燭，與"明月"應；"香燭銷成淚"，思念之情與别離之情相應，不覺曙色已臨，眼中見辭樹之花，耳中聞思歸之鳥，花零落而春難駐，鳥思歸而人未回，而閨中之人猶迷離於往夢之中，夢而曰"殘"，可見希望日益渺茫矣。（《温飛卿詞舊説商榷》。《花間詞論集》36～37頁）

【按】此首寫景，除"柳絲裊娜春無力，門外草萋萋，送君聞馬嘶"三句爲日間景象外，其他各句均爲夜間景象，視"玉樓明月""畫羅翡翠""香燭成淚""子規啼""殘夢迷"等語可知。謂上片寫美人晨起送客，下片寫送客歸來，恐非。首句"玉樓明月長相憶"乃全篇總冒，通首即寫此玉樓中女子每當月明之夜對所愛者之思憶。二、三、四句，即承"長相憶"而回憶昔年春天别離情景：柳絲裊娜，春風無力，芳草萋萋，門外馬嘶。過片兩句，由回憶往昔别時折回玉樓明月、空房獨守之現境：畫羅燈罩（或帷帳）上之翡翠雖成雙成對，而人則孤獨無侣，惟伴殘燭而相思流涕。末二句則因相思而入夢，夢醒時但聞子規哀鳴，而殘夢迷離，不可追尋矣。下片四句，時間由夜深而漸至破曉。蓋此"長相憶"之情，無日無夜、醒時睡時，無時或已也。點出"花落子規啼"，正遥應篇首"柳絲裊娜春無力"，别來已經年矣。

菩薩蠻

鳳凰相對盤金縷[①],牡丹一夜經微雨[②]。明鏡照新妝,鬢輕雙臉長[③]。　　畫樓相望久,欄外垂絲柳。音信不歸來[④],社前雙燕迴[⑤]。

【校注】

① 鳳凰相對盤金縷,指金縷衣上鑲繡有一對鳳凰圖案。盤,用彩綫鑲繡成花紋圖案。《宋史·外國傳一·夏國》:"便服則紫皂地繡盤毬子花旋襴,束帶。"金縷,金色絲綫,此指女子華麗的服裝,即金縷衣。庭筠《南歌子》:"手裏金鸚鵡,胸前繡鳳凰。偷眼暗形相,不如從嫁與,作鴛鴦。"可證此句之"鳳凰"係繡於女子衣裳前胸者,亦可見此女子之身份。

② 句意謂牡丹經一夜微雨滋潤,清晨開放,鮮豔奪目。此雖晨起所見庭院中實景,然亦具有象徵意味。着新裝之女子容顏之明豔可想。

③ 雙臉,指兩邊的臉頰。《集韻·琰韻》:"臉,頰也。"《正字通·肉部》:"臉,面臉,目下頰上也。"梁吴均《小垂手》:"蛾眉與曼臉,見此空愁人。"曼臉,即雙臉長。蓋鬢輕、臉長,爲女子美貌之標誌也。二句寫對鏡梳妝,有顧影自憐意。

④ 音信,指女子所思念的男子的音書。

⑤ 燕子春社時來,秋社時去,故有社燕之稱。此謂春社之前雙燕就已按時歸來,而所思之人則遲遲未歸,即"燕歸君不歸"之意。

【箋評】

【湯顯祖曰】"牡丹"句:眼前語,非會心人不知。(湯評《花間集》卷一)

【李冰若曰】飛卿慣用"金鷓鴣""金鸂鶒""金鳳凰""金翡翠"諸字以表富麗,其實無非繡金耳。十四首中既累見之,何才儉若此!本欲借以形容豔麗,乃徒彰其俗劣。正如小家碧玉初入綺羅叢中,只能識此數事,便矜羨不已也。此詞"雙臉長"之"長"字,尤爲醜惡。明鏡瑩然,一雙長臉,思之令人發笑。故此字點金成鐵,純爲湊韻而已。(《栩莊漫記》)

【浦江清曰】此章寫别後憶人。"鳳凰"句竟不易知其所指……或云:金縷指繡衣。鳳凰,衣上所繡……"牡丹"句接得疏遠……歌謡之發句及次句有此等但以韻脚爲關聯的句法……曰"雙燕迴",見人之幽獨,比也。(《詞的講解》)

【張以仁曰】"音信不歸來"爲事,"相望久"爲情,二者乃此詞之關鍵,他則物焉景焉。鳳凰相對,牡丹經雨,前者寫衣著,後者狀容態……得情語點破,皆化物爲情

矣。前者實亦暗示舊日之恩愛纏綿,後者則亦狀寫此際相思之長夜悲苦。故明鏡所照,其人消瘦也(按:張氏從華鍾彦《花間集注》,解“雙臉長”爲消瘦)。作者以穠麗之筆凸顯此二物,乃使一切相關情事,若隱若現於可感可觸之曖昧彷彿中,此飛卿慣技也。(《温飛卿詞舊説商榷》。《花間詞論集》44 頁)

【按】此首上下片各有一主句。上片之主句爲“明鏡照新妝”,下片之主句爲“音信不歸來”。上片起句寫衣着之華豔,次句突接庭中“一夜經微雨”之牡丹,兩句之間似不相連屬,實則此一夜微雨霑潤後盛開之牡丹鮮豔奪目之容態,正是衣着華豔之女子的一種象徵性描寫。既是即目所見的實景,又寓含象徵意味,是寫實與象徵的巧妙融合。三四二句則女子對鏡照已之新妝,對鏡中人蟬鬢縹緲、雙臉修曼之倩影充滿自賞自憐的感情。“新妝”二字,既包含一二句,亦包含第四句所寫的内容。整個上片,情緒基調是歡欣愉悦的,而非哀愁凄苦的。關鍵在於一夜微雨浸潤之牡丹新豔奪目而非愁泣殘紅,“鬢輕臉長”乃是姿容新豔而非憔悴愁損,此之謂“新妝”。下片寫女子畫樓相望,盼所思之人歸來,但見楊柳又垂絲縷,雙燕又復歸來,而對方則音書不歸,天涯遠隔。如此似花美眷,豈堪在“相望久”中度此似水流年乎?上片寫女子明鏡新妝之美豔,正所以反襯下片音信不歸、畫樓相望之惆悵。

菩薩蠻

牡丹花謝鶯聲歇[①],緑楊滿院中庭月。相憶夢難成,背窗燈半明[②]。　翠鈿金壓臉[③],寂寞香閨掩。人遠淚闌干[④],燕飛春又殘。

【校注】

① 牡丹暮春開花,黄鶯春天鳴囀。牡丹花謝鶯聲歇,表明時令已值殘春。白居易《買花》:“帝城春欲暮,喧喧車馬度。共道牡丹時,相隨買花去。”可證。下句“緑楊滿院”亦暮春之景。

②【浦江清曰】飛卿《酒泉子》:“背蘭釭”,《更漏子》:“紅燭背,繡簾垂,夢長君不知”,顧夐《甘州子》:“山枕上,燈背臉波横”,尹鶚《臨江仙》:“紅燭半條殘焰短,依稀暗背銀屏”,毛熙載《菩薩蠻》:“小窗燈影背”,顧夐《木蘭花》:“背帳猶殘紅蠟燭”,皆言燈燭之背,是唐時俗語。臨睡時燈燭未熄,移向屏帳之背,故曰背。或唐時之燈,有特殊裝置,睡時不使太明,可以扭轉,故曰背,今不可曉。【按】背燈確爲唐五代人俗語,但對此詞語之解釋至今仍存在問題。《漢語大詞典》謂燈盡或燭盡曰背,舉王涣《惆悵詩》“夢裏分明入漢宫,覺來燈背錦屏空”及顧夐《獻衷心》詞“銀釭背,銅漏永,阻佳期”,鹿展扆詞《思越人》“翠屏攲,銀燭背,漏殘清夜迢遞”爲證;《漢語大字典》訓背爲“閉”,舉宋聞人武《菩薩蠻》“燈背欲眠時,曉鶯還又啼”爲證;《全

唐詩大辭典》釋義同《漢語大詞典》,舉王涣詩爲證。以上四例,釋"背"爲"盡"或"閉"雖或可通,但浦氏所舉諸例中,如顧敻之"山枕上,燈背臉波横","燈背"必不能解作"燈盡",如燈已盡,又何由見眼波之横?尹鶚之"紅燭半條殘焰短,依稀暗背銀屏",更明言尚有"紅燭半條",何能訓"背"爲"盡"?細揣"暗背銀屏""背帳猶殘紅蠟燭""燈背錦屏空""翠屏欹,銀燭背"等語,背燈當如浦氏之前一解,指臨睡時將燈燭移置屏、帳等物之背面,藉以掩暗燈燭之光。蓋"背"在身之後,故"背"有"後"義,物體之後面、反面均可曰背,"背燈"者,將燈置於某種遮蔽物之後,使不大亮而仍依稀可見也。然"背窗燈半明"之句則與"背燈"有别,當指將燈移至窗下,背對着窗,既可稍掩燈光,又不至被風吹滅,故曰"燈半明",其非指燈盡亦灼然可見。至於特殊裝置可以扭轉使燈不大明,則油燈或有可能,燭則絶無可能。

③【浦江清曰】翠鈿即花鈿,唐代女子點於眉心。"金壓臉"疑即金靨子,點於兩頰者,孫光憲《浣溪沙》"膩粉半粘金靨子"是也。【按】翠鈿有兩義,一爲用翠玉製成之首飾。梁武帝《西洲曲》:"樹下郎門前,門中露翠鈿。"所指即頭飾。一指翠靨,係婦女面飾,用緑色"花子"粘在眉心,或製成小圓形貼在面頰上如同酒靨。顧敻《虞美人》詞:"遲遲少轉腰身裊,翠靨眉心小。"庭筠《南歌子》詞:"臉上金霞細,眉間翠鈿深。"此貼於眉心者。本篇之"翠鈿",視"金壓臉"之語,或爲貼於面頰者。

④ 闌干,縱横貌。

【箋評】

【張惠言曰】"相憶夢難成",正是"殘夢迷"情事。(《詞選》卷一)

【陳廷焯曰】領略孤眠滋味。逐句逐字,凄凄惻惻,飛卿大是有心人。(《雲韶集》卷一)三章云:"相見牡丹時",五章云:"覺來聞曉鶯",此云:"牡丹花謝鶯聲歇",良辰已過,故下云"燕飛春又殘"也。(《詞則·大雅集》卷一)

【浦江清曰】此章寫春光將盡、寂寞香閨之情事。(《詞的講解》)

【按】上片一二句點時令已是殘春季候。三四明點思念遠人,徹夜難眠,惟殘燈熒熒,背窗半明。下片一二句則殘妝猶在,香閨深掩,寂寞孤獨。三四句謂值此燕飛春又殘之季節,思念遠人而音書渺茫,惟有流淚縱横而已。着一"又"字,暗示人之遠離已是經年。全篇均用殘春景物襯托獨處香閨之寂寞與青春消逝之感傷。

菩薩蠻

滿宫明月梨花白①,故人萬里關山隔②。金雁一雙飛③,淚痕霑繡衣。　　小園芳草緑④,家住越溪曲⑤。楊柳色依依,燕歸君不歸⑥。

【校注】

①【華鍾彦注】《爾雅·釋宫》云:"宫謂之室,室謂之宫。"釋文:"古者貴賤同稱宫,秦、漢以來,惟王者所居稱宫焉。"此宫字當用古義,非王者所居之專稱。温庭筠《舞衣曲》云:"不逐秦王卷象牀,滿樓明月梨花白。"是其左證。此叙民間女子事,故下文云,故人遠隔也。【浦江清曰】古者宫、室通稱,不必指帝王所居,而梵宇道觀亦均可稱宫。飛卿另有《舞衣曲》,其結句云"滿樓明月梨花白",與此僅差一字,今云"滿宫",是文人變换詞藻,不可拘泥。此章如詠宫中美人,則不應有"故人萬里關山隔"之句,豈必如劉無雙、王仙客之故事乎?此不可通者也。又曰:頃細思其事,更進一解。蓋飛卿所製實爲教坊及北里之歌曲。教坊中之妓女常應節令入宫歌舞。崔令欽《教坊記》云:"妓女入宜春院謂之内人,亦曰前頭人,常在上前。"……知教坊人或兩院人與内妓或内人有别……今飛卿此章所寫之妓,其已入宜春院爲内妓,或僅爲教坊兩院中人,所不可知。要之均可有入宫歌舞之事。如此則所謂"滿宫"者或實指宫苑而言。【黄進德曰】滿宫,猶滿院。宫,此指一般民居。(《唐五代詞選集》)【按】先秦時代,宫、室固可互訓,但自秦漢以來,迄至唐代,"宫"之宫苑含義已經固定(梵宇道觀稱宫,亦從宫苑義而來)。且下片"家在越溪曲",明用西施及浣紗女事,則此詞之女主人公即是西施,借指宫中嬪妃宫女。可證此句"滿宫"之"宫"定指宫苑。參下"越溪曲"注及箋評引俞平伯説。

② 故人,當指以前與西施一起浣紗的女伴。王維《西施詠》:"豔色天下重,西施寧久微?朝仍越溪女,暮作吴宫妃……當時浣紗伴,莫得同車歸。"故人,即"當時浣紗伴"也。

③【華鍾彦注】劉貢父《中山詩話》云:"金雁,箏柱也。"謂離懷至深,彈箏以寫之也。或曰:金雁首飾也,楊萬里詩:"珠襦玉匣化爲土,金雁銀鳧亦飛去。"即其例。竊疑雁當指遠人書信,金,言其貴重。杜甫詩:"家書抵萬金"是也。【俞平伯曰】(金雁句)指衣上的繡紋。(《唐宋詞選釋》)【浦江清曰】雁而曰金,豈非秋之季候于五行屬金,謂金雁者猶秋雁乎?曰:梨花非秋令之物,不應作如此解。或云:金雁即舞衣上所繡,猶之第一章之"新貼繡羅襦,雙雙金鷓鴣"。"金雁一雙飛"言舞袖之翩翩,亦猶鄭德輝詠舞之曲"鷓鴣飛起春羅袖"也。此可備一説。另解,金雁者箏上所設之柱,箏柱成雁行之形,故曰雁柱,亦有稱金雁者,温飛卿《詠彈箏人》詩云:"鈿蟬金雁今零落,一曲《伊州》淚萬行。"與此詞意略同,以此解爲最勝。【黄進德曰】金雁,此指遠人書信。司空曙《燈花三首》之一:"幾時金雁傳歸信,剪斷香魂一縷愁。"【按】諸説似均可通,亦各有所據。然此處"金雁"似解爲高空飛雁更爲直捷。"金"僅取其字面之華美,此飛卿摛藻之積習,自非指"秋"。如解爲秋雁,不但與"梨花白"直接衝突,亦與"芳草緑""楊柳色依依"等明寫春令景物者不符。雁爲候鳥,春

天由南方飛向北方。舊有雁足傳書之説，今只見南雁雙雙北飛，而不見“故人”（浣紗女伴）的音訊，故思念故鄉舊伴，不禁淚霑繡衣。

④ 小園，指越中故鄉的小園，參下句注。

⑤【俞平伯曰】越溪即若耶溪，北流入鏡湖，在浙江紹興。相傳西施浣紗處……杜荀鶴《春宫怨》："年年越溪女，相憶采芙蓉。"亦指若耶溪。（《唐宋詞選釋》）

⑥ 君，浣紗女伴稱居於吴宫的西施。詳箋評部分編著者按語。燕，雪豔亭本《花間集》作“雁”，非。燕歸，即第七首“社前雙燕迴”之意，指春天燕子按時歸來，而“君”（西施）則不歸。

【箋評】

【湯顯祖曰】興語似李賀，結語似李白，中間平調而已。（湯評《花間集》卷一）

【陳廷焯曰】凄豔是飛卿本色，從摩詰“春草年年緑”化出。（《雲韶集》卷二四）結句即七章“音信不歸來”二語意，重言以申明之，音更促，意更婉。（《詞則·大雅集》卷一）

【浦江清曰】首句託物起興，見梨花而忽憶故人者，“梨”字借作離别之離，樂府中之諧音雙關語也。夫明月之下，若梅若杏，若桃若李，芳菲滿園，何必獨言梨花？此詞人之剪裁，從梨花而觸起離緒，乃由語言之本身引起聯想也。故人者即舊情人，教坊姊妹自有婚配，亦可有情人……“金雁”從“關山”帶出……此章上下兩片，隨意揑合，無甚關聯。“小園芳草緑”之“小園”，與“滿宫明月梨花白”之“滿宫”是否爲一地，抑兩地，不可究詰。由小園芳草之緑，憶及南國越溪之家，意亦疏遠……“家住越溪曲”暗用西施典故，用一歷世相傳美人之典故，見此妓容貌端麗，亦爲一美女子。“楊柳色依依，燕歸君不歸”，是敷衍陳套語。“君”……爲女子想念之對方，亦即上片中之故人也。（《詞的講解》）

【俞平伯曰】“越溪”即若耶溪……相傳西施浣紗處。本詞疑亦借用西施事……上片寫宫廷光景，下片寫若耶溪，女子的故鄉。結句即從故人的懷念中寫，猶前注所引杜荀鶴詩意。“君”蓋指宫女，從對面寫來，用字甚新。柳色如舊，而人遠天涯，活用經典語。（《唐宋詞選釋》）

【張以仁曰】俞氏謂此詞“越溪”即若耶溪，且係暗用西施事，皆有見地。惟謂“君”指宫女，則頗費解。依俞氏之説，謂“結句即從故人的懷念中寫”，則此詞上片之“故人”，與下片之“君”，其非同一人甚明。下片寫“故人”懷念此宫女，上片是否寫宫女懷念彼“故人”？上下兩片，各寫一方，類此結構雖非絶無僅有，亦殊不多見，此姑不論。然如暗用西施事，則彼“故人”應指夫差。吴越之戰，夫差兵敗自殺，西施與范蠡偕遊於五湖，俞氏之説，無論情事，皆與故典不合。此其一。且“君”字飛卿詞凡十一見，除此處不計，其他十見……其中“君”字，皆指男性，一望而知，無稱

呼女性者……此其二也。竊謂此詞有自傷自惜而欲近無方之意:下片以越女爲况,自矜國色也;上片託宫怨爲之,示遭冷落也。待重拾舊歡乎?奈阻隔重重無能親近何?眼前與念中,場景變换。實外託男女眷戀之貌,内寄感士不遇之情。(《温飛卿詞舊説商榷》。《花間詞論集》54～55頁)

【按】俞説甚是。此首顯詠西施事,"宫"指宫苑(吴宫)。上片寫西施思念故人(浣紗女伴),下片寫浣紗女伴思念西施。上片之場景爲吴宫,下片之場景爲越溪爲小園。上片由眼前"滿宫明月梨花白"之虚寂景象引發對"萬里關山隔"的故里故人(浣紗女伴)之思念,又由"萬里關山隔"引發對鴻雁傳書的企盼。然鴻雁雖來而故人音書杳然,故"淚痕霑繡衣"。上片意蘊,近似張祜《宫詞》:"故國三千里,深宫二十年。一聲《何滿子》,雙淚落君前。"惟彼所懷者側重"故國",此則側重"故人";彼因聽歌而淚下,此則因故人音書不至而淚霑繡衣。傳統宫詞多寫宫嬪之怨曠與處境之冷寂,此則主要寫宫嬪對故鄉故人(女伴)之思念。下片寫昔日浣紗女伴對西施的思念,亦從眼前景(小園芳草緑)寫起,次句明點"家在越溪曲",此"家"既爲浣紗女伴(故人)之家,亦爲西施(君)之家。"小園"與"宫",正相對映,説明上下片分寫兩地及居於兩地之人。俞氏謂"結句即從故人的懷念中寫……'君'蓋指宫女",精切不移,然謂"從對面寫來",似可商酌。蓋下片解爲西施想象越溪浣紗女伴如何思念自己,不如解爲越溪浣紗女伴(即西施之故人)思念關山遠隔之西施(即君)更爲直捷而了無窒礙也。小園之芳草年年返緑,溪邊之楊柳歲歲垂絲,營巢之燕子春又歸來,而昔日同在越溪浣紗之西施則至今不歸。從"故人"對西施的思念中進一步寫出一入深宫永無歸期的宫嬪生活命運。上下片雖分寫兩地(宫中與越溪)兩方(西施與浣紗女伴),而主旨則統一於宫嬪歸期無日之怨思。此種上下片平行並列相互對映的結構章法,是對上下分片的雙調詞形式的創造性運用。解此詞之關鍵,不僅須正確理解"宫""故人""君""小園"及"越溪曲"等詞語,更須打破對雙調詞結構章法及"君""故人"等詞語之慣性認識。雙調詞之結構章法多數情况下固爲綫型,即按時間順序叙事寫景抒情,偶有顛倒跳躍,亦不改變綫型結構之整體,而此詞則完全打破通常慣例,上下片平行並列對映。此種結構章法,雖較罕見,亦非絶無僅有。如歐陽修《踏莎行》:"候館梅殘,溪橋柳細。草薰風暖摇征轡。離愁漸遠漸無窮,迢迢不斷如春水。　　寸寸柔腸,盈盈粉淚。樓高莫近危欄倚。平蕪盡處是春山,行人更在春山外。"上片寫征人,下片寫思婦,上片是溪橋行旅圖,下片是高樓望遠圖。人物、場景不同,並列對映。與庭筠此首可稱此種結構章法之範例,庭筠得其先機,永叔後來居上。再如"君"與"故人",多數情况下固指男性。然西施稱昔日之浣紗伴爲"故人",可謂完全切合。稱女子爲"君"者,此詞亦非僅有之獨例,如韋莊《浣溪沙》:"夜夜相思更漏殘,傷心明月凭闌干。想君思我錦衾寒。　　咫尺畫堂深似海,憶來惟把舊書看。幾時攜手入長安?"其中之"君"即指男子所思念之深處畫堂

之女子。此類詞語之習慣性用法，偶一打破，只須運用切當，亦自有新趣。庭筠詞多密麗，此詞除偶用“金”“繡”等麗字外，整體風貌疏淡明快，可稱温詞別調。

菩薩蠻

寶函鈿雀金鸂鶒①，沉香閣上吴山碧②。楊柳又如絲，驛橋春雨時③。　畫樓音信斷，芳草江南岸④。鸞鏡與花枝，此情誰得知⑤？

【校注】

① 【華鍾彦曰】函，匣也，套也，故有劍函、鏡函、枕函諸名。此當作枕函解，韓偓詩：“羅帳四垂銀燭背，玉釵敲着枕函聲。”鈿雀，釵也。金鸂鶒，釵頭所飾也。枕函之旁，有墮釵，謂初起也。李義山詩：“水紋簟上琥珀枕，傍有墮釵雙翠翹。”是其例。【黄進德曰】：“鈿雀，似指枕函上飾有平磨螺鈿製成的孔雀形象的圖案。鈿，指用薄如蟬翼的貝殼製作的傳統工藝。【浦江清曰】寶函者，奩具，盛鏡、釵、耳環、脂粉之盒，嵌寶爲飾。鈿雀，釵也，鏤金以爲各樣花式曰鈿，鈿雀是金釵，上有鳥雀之形以爲飾。鸂鶒，鴛鴦之屬。上言鈿雀，下言金鸂鶒，實只一物，蓋“鈿雀”但説金釵之上有鳥飾者，至“金鸂鶒”方特説此鳥飾爲一對鴛鴦也。【按】兩説均可通，浦説較長。蓋此詞係寫女子晨起對鏡梳妝時所見所思。首句“寶函”指妝奩或鏡奩，因其内放置珍貴之首飾，故稱“寶函”。枕頭雖可稱“枕函”，但以“寶函”指稱枕頭者，尚未見其例。且首句如寫枕頭及枕傍墮釵，似只能暗示此女子尚嬌卧未起，不特與三四句寫望中景象不接，亦與末二句“鸞鏡與花枝”脱節。而解爲妝奩，則人已起牀，與三四句及末二句均相承接。此句實即寫女子晨起打開妝奩時看見匣中有鑲嵌精美之鸂鶒形金釵。動詞省略，此詩詞中常見，可以意會。鸂鶒鴛鴦之屬，取其成雙嬉游，以興起怨别懷遠之情。

② 閣，晁刻本《花間集》原作“闕”，據雪豔亭本改正。沉香閣，用沉香木建造之樓閣，用以形容其華美。王仁裕《開元天寶遺事》卷下：“楊國忠又用沉香爲閣，檀香爲欄，以麝香、乳香篩土和爲泥飾壁……禁中沉香之閣，殆不侔此壯麗也。”此雖近小説家言，然李白《清平調辭》“沉香亭北倚闌干”，則興慶宫確有沉香亭。沉香，香木名。嵇含《南方草木狀》：“交趾有蜜香，樹幹似柜柳，其花白而繁，其葉如橘。欲取香，伐之，經年，其根幹枝節，各有别色也。木心與節堅黑，沉水者爲沉香。”《南史・夷貊傳上・林邑國》：“沉木香者，土人斫斷，積以歲年，朽爛而心節獨在，置水中則沉，故名曰沉香。”吴山，泛指江南吴地之山。又，今陝西隴縣西南之吴嶽（又作吴岳）亦稱吴山。然據下片“芳草江南岸”之語，此句之“吴山”當泛指江南吴地之山。《文選・謝朓〈和伏武昌登孫權故城〉》：“鵲起登吴山，鳳翔陵楚甸。”此爲三國吴故

地之山。賈島《送朱可久歸越中》:“吴山侵越衆,隋柳入唐疏。”此爲春秋吴故地之山。然本篇之“吴山”又非實指江南吴地之山,而係指畫屏上之吴山。浦江清《詞的講解》引另説云:“吴山指屏風。飛卿《春日》詩:‘一雙青瑣燕,千萬緑楊絲。屏上吴山遠,樓中朔管悲。’”句意蓋謂居住在華美樓閣上的女子清晨打開妝奩準備梳妝時瞥見畫屏上碧緑的吴山。古代屏風上常繪金碧山水,故云“吴山碧”。女子所懷的男子現居江南吴地,故見畫屏上之吴山碧不禁有所棖觸。

③ 驛橋,驛站旁的橋。驛,古代供傳遞文書、官員來往及運輸中途暫息、住宿之處,亦可泛指旅店。二句寫女子在樓閣上望見樓外楊柳又抽縷垂絲,驛站的橋邊正下着濛濛的春天絲雨。

④ 畫樓,當即女子所居的沉香閣。音信斷,指女子所思念的男子音信斷絶。芳草江南岸,係女子遥想中的男子所居的江南吴地的春天景象,暗用《楚辭·招隱士》:“王孫遊兮不歸,春草生兮萋萋。”二句意謂:畫樓中的女子接不到所懷男子的音信,此時芳草想又緑遍對方所在的江南岸了。

⑤ 鸞鏡,指妝鏡,背上鐫刻鸞鳳圖案,故稱。又《太平御覽》卷九一六引范泰《鸞鳥詩序》:“昔罽賓王結罝峻祁之山,獲一鸞鳥,王甚愛之,欲其鳴而不致也。乃飾以金樊,饗以珍羞,對之逾戚,三年不鳴。夫人曰:‘聞鳥見其類而後鳴,何不懸鏡以映之?’王從其言。鸞覩影感契,慨焉悲鳴。哀響中宵,一奮而絶。”花枝,指女子梳妝插鬢的花。二句寫女子對鏡簪花時的心理活動:值此對鏡理妝、簪花插鬢之時,自己的滿腹思念之情與青春虚度之悲又有誰知道呢? 二句亦化用《越人歌》“山有木兮木有枝,心説君兮君不知”之詞意。

【箋評】

【湯顯祖曰】“沉香”“芳草”句,皆詩中畫。(湯評《花間集》卷一)

【張惠言曰】“鸞鏡”二句,結,與“心事竟誰知”相應。(《詞選》卷一)

【譚獻曰】“寶函鈿雀”句,追叙。“畫樓”句,指點今情。“鸞鏡”句,頓。(《譚評詞辨》卷一)

【陳廷焯曰】只一“又”字,多少眼淚,音節凄緩。凡作香奩詞,音節愈緩愈妙。(《雲韶集》卷一)“鸞鏡與花枝,此情誰得知?”皆含深意,此種詞第自寫性情,不必求勝人,已成絶響。(《白雨齋詞話》卷一)

【浦江清曰】首句……託物起興。鸂鶒,興而比也。下接“沉香閣上吴山碧”,意甚疏遠,亦韻的傳遞作用。以詞意言之,則首句言女子所用之奩具及釵飾,次句爲女子所居之樓及樓外之景……“吴山碧”是樓外所見之景,吴地諸山,概可稱爲吴山……另説,吴山指屏風……“楊柳又如絲,驛橋春雨時”,寫景如畫,句法開宕,與“江上柳如煙,雁飛殘月天”絶類,皆晚唐詩之格調也。上片言樓内樓外,下片接説人事。

言畫樓以見樓中之人。此女子憑樓盼遠，但見江南芳草萋萋，興起王孫不歸之感嘆，故曰“音信斷”。單説“畫樓音信斷”可有兩義，一意是説畫樓中人久無音信到來，是男子想念女子的話。一意是説遠人的書信久不到畫樓，是女子想念男人的話。今詞中所説的是後面一層意思。鸞鏡亦寶函中之物，鏡背有鸞鳳之花紋，故曰鸞鏡。此句遠承第一句，脈絡可尋，知此女子晨起理妝，對鏡簪花插釵而憶念遠人，詩詞不照散文的層次説，因詩詞的語言要顧到語言本身的銜接，不照意義的承接也。知、枝同音雙關語，例見《詩經》及《説苑・越人歌》，飛卿於此《菩薩蠻》中兩用之，皆甚高妙，已見前“心事竟誰知？月明花滿枝”句之箋釋。飛卿熟悉民歌中之用語，樂府之意味特見濃厚。《白雨齋詞話》特稱賞此兩句，謂含有深意，初不知深意究竟何在，蓋陳氏但從直覺體味，尚未抉發語言中之祕奧耳。（《詞的講解》）

【唐圭璋曰】此首，起句寫人妝飾之美，次句寫人登臨所見春山之美，亦“春日凝妝上翠樓”之起法。“楊柳”兩句承上，寫春水之美，彷彿畫境。曉來登高騁望，觸目春山春水，又不能已於興感。一“又”字，傳驚嘆之神，且見相别之久。换頭，説明人去信斷。末兩句，自傷苦憶之情，無人得知。以美豔如花之人，而獨處淒寂，其幽怨深矣。“此情”句，千回百轉，哀思洋溢。（《唐宋詞簡釋》）

【按】浦解極精妙，惟次句“吴山碧”當從另説指屏風上所繪之“吴山”耳。花間詞中如“翠疊畫屏山隱隱”“小屏香靄碧山重”“畫屏閑展吴山翠”等句均可類證。飛卿詩句“屏上吴山遠”更可作的證。首二句貌似客觀描寫，實則“鈿雀金鸂鶒”與屏上“吴山碧”均爲觸發女子感情之物。前者引發對雙棲雙宿美好愛情生活之聯想，後者勾起對遠在江南吴地的所歡的懷念。三四由屏上吴山之“碧”聯想到時已芳春，遂倚樓而望，但見楊柳絲絲，驛橋春雨，韶光妍麗如許。這兩句不但寫景明麗鮮妍，如同畫圖，而且筆致疏宕流暢，音情摇曳，兼具詩情、畫意與音樂美。點眼處尤在一“又”字，彷彿疊印鏡頭，於當下目接之境上隱現往年曾歷的同樣境象，其中隱含春色依舊而人事已非的意藴。妙在只畫出麗景，而今昔情事均在一“又”字中透出。這種寓虚於實、寓昔於今而又以昔日之歡聚襯托今日之傷别的手法，運用得自然入妙，不露痕跡。過片從“又”字生發，點明“畫樓”與“江南”兩地相隔。“芳草”句與上片“吴山碧”“楊柳如絲”“春雨”相應，與“畫樓”句之間則若斷若續、若即若離。蓋此女子因對方音信斷絶而遥想心所繫念之男子身居之地江南，此時該又是芳草緑遍了。此“芳草江南岸”乃是心之所想而非目之所存。上下兩句頓宕開合之間，正透露出情思的流動。結拍二句，由心繫江南又回到眼前。“鸞鏡”“花枝”，正與首句呼應。此女子晨起梳妝，面前不僅有妝奩鴛釵，且有鸞鏡花枝。鸞鏡本有象徵圓滿愛情之意味，花枝更是青春韶華之象徵。但信杳人遠，縱有鸞鏡花枝，映襯如花之容顔，又誰適爲容？縱有滿腹相思懷遠之情，又有誰能了解？兩句之間，不僅因化用“山有木兮木有枝，心説君兮君不知”構成聲韻上的聯係，且在意藴上也具有啓示讀

者多方面聯想的作用。鸞鏡雖能照映自己美好的倩影，却無法透視自己的"心事"；花枝雖能映襯自己姣好的面容，却同樣不理解自己的幽怨。全詞寫一位所歡遠隔的女子晨起梳妝的瞬間觸物興感的過程。先是由奩中鴛釵和屏上吴山觸發對愛情、春色和吴地的聯想，繼又由屏上春色引出對眼前春景的矚望和對往日曾歷之境的追憶，由此又生出信斷人杳的嘆息和對芳草江南的遥想。最後又由傷離懷遠回到眼前的鸞鏡花枝，歸結爲"此情誰知"的幽怨。像是繞了一個圓圈，實則其中已包含一系列的情思飛越。既有今昔之間的聯想對映，亦有畫樓與江南之間的空間懸隔與遥想。各句、各聯之間，看似隨意跳躍，細推則"物"與"情"輾轉相生，仍有跡可循，不過所循的是心靈的游動變化之跡而已。此詞雖有"寶函鈿雀金鸂鶒"這種穠麗而不免累贅晦澀之句，但就整體而言，却疏宕靈動，情韻悠長，充分發揮了詞體本身的優長。

菩薩蠻

南園滿地堆輕絮①，愁聞一霎清明雨②。雨後却斜陽，杏花零落香③。　無言匀睡臉，枕上屏山掩④。時節欲黄昏，無憀獨倚門⑤。

【校注】

① 輕絮，指柳絮。楊花質輕，有風的晴日，漫天飛舞，是爲"飛絮"。此云柳絮滿地堆積。"南園"泛稱庭園。

② 一霎，一陣，此處形容下雨時間之短。《荆楚歲時記》："去冬節一百五日，即有疾風甚雨，謂之寒食，禁火三日。"清明在寒食節後一二日，"疾風甚雨"即指此種"一霎"時的陣雨、急雨，亦即此句所謂"一霎清明雨"。從此句寫"清明雨"之特點看，應是北方氣候特徵。如係江南一帶，當是"清明時節雨紛紛"。

③ 却，反。二句意謂：雨後反又轉晴，氣温升高，零落堆地的杏花在斜陽照射下發散出陣陣芳香。

④ 匀睡臉，指午睡後因脂粉模糊，起來後重新匀拭臉面。枕上屏山，指枕屏，放在枕前，用作遮蔽。屏風曲折如山，故曰屏山。

⑤ 無憀，無聊賴，精神無所依托之狀。

【箋評】

【沈際飛曰】雋逸之致，追步太白。（《草堂詩餘正集》卷一）

【張惠言曰】此下乃叙夢。此章言黄昏。（《詞選》卷一）

【譚獻曰】"雨後"句:餘韻。"無憀"句:收束。(《譚評詞辨》卷一)

【王國維曰】温飛卿《菩薩蠻》"雨後却斜陽,杏花零落香",少游之"雨餘芳草斜陽,杏花零落燕泥香"雖自此脱胎,而實有出藍之妙。(《人間詞話·附録》)

【俞陛雲曰】十四首中言及楊柳者凡七,皆託諸夢境。風詩比興,屢言楊柳,後之送客者,攀條贈别,輒離思黯然,故詞中言之,低徊不盡。其託於夢境者,寄其幽渺之思也。(《唐詞選釋》)

【浦江清曰】《菩薩蠻》律用仄平平仄起者爲工,此章用平平仄仄起,稍疏。一霎,當時俗語,馮延巳《蝶戀花》:"紅杏開時,一霎清明雨。"詞是唐五代之俗曲,比詩較能容納當時之俗語,且以運用若干俗語爲流動也。"清明雨"三字成爲一個詞藻……蓋當寒食清明之際,春光明媚之時,一陣小雨,密密濛濛,收去十丈軟塵,换來一片新鮮的空氣,然而柳絮沾泥,落紅成陣,使人感着春光將老,引起傷春的情緒。這"清明雨"三字就可帶來這些個想象。(《詞的講解》)

【按】此首抒寫女子由春殘日暮景象所觸發的芳華零落、孤寂無憀意緒。上片着重寫柳絮堆地、杏花零落的殘春景象,而情寓景中,"愁聞"二字,略透主觀情思。下片着重寫女子的情態,"無言""無憀""獨倚門"等語,透露孤寂空虚、惆悵失落的意緒。"雨後"二句寫出暮春時節乍雨旋晴的特徵性景象,其中既有對美的凋衰的惋惜,又有對凋衰之美的欣賞。這種複雜微妙的感情意緒,正曲折透露出女主人公對自身境遇命運的感觸,其象喻意藴可於言外領之,而不落言筌。此詞寫獨居女子的傷春情懷,其情境與歐陽修《蝶戀花》(一作馮延巳詞)下片"雨横風狂三月暮"數語有些相似,但歐詞感情比較强烈,表情也較顯露,而温詞則感情比較内斂,表情亦較含蓄。

菩薩蠻

夜來皓月纔當午①,重簾悄悄無人語②。深處麝煙長③,卧時留薄妝④。　　當年還自惜⑤,往事那堪憶。花露月明殘⑥,錦衾知曉寒⑦。

【校注】

① 纔,恰,正。午,日月正當中天。纔當午,指月亮正高掛中天,時值午夜。

② 重簾,重重簾幕。

③【俞平伯曰】"深處"承上"重簾"來,指簾帷的深處。【浦江清曰】重簾深處即是卧室。麝煙,焚麝香之煙縷。

④【浦江清曰】薄妝者與穠妝相對,謂穠妝既卸,猶稍留梳裹,脂粉匀面。古代

婦女穠妝高髻，梳裹不易，睡時稍留薄妝，支枕以睡，使髻髮不致散亂。

⑤ 自惜，自憐，自我愛憐欣賞。

⑥ 露，鄂本、湯本《花間集》作“落”。【葉嘉瑩曰】自文法言之，似以作“花落”較爲通曉易明，“花露”則令人有晦澀不通之感。然私意以爲此詞寫夜，“月明殘”三字，自是破曉前月將沉光景。此情此景，似與花之落無甚相關。蓋花之落未必定在破曉時也。若云“花露”，則花上露濃，正是後半夜破曉前情事，如此方與“月明殘”三字密合無間。至“花露”二字之鄰於不通，則又飛卿但標舉名物以喚起人之意象而不加説明之特色也。【浦江清曰】這裏不必紀實，猶李存勖《憶仙姿》（《如夢令》）“殘月落花煙重”。或校“花落”作“花露”，恐非。【按】作“花露”或作“花落”均可通，亦均爲天將破曉時景象（第六首末二句云：“花落子規啼，緑窗殘夢迷。”寫破曉時景象亦云“花落”，可參證）。作“花露”雖似有語病，然“玉釵頭上風”之“風”字正是類似句法。“花露月明殘”，謂花上露濃，天邊月殘，亦凌晨之景。

⑦ 錦衾，錦被。

【箋評】

【張惠言曰】此自卧時至曉，所謂“相憶夢難成”也。（《詞選》卷一）

【陳廷焯曰】“知”字凄警，與“愁人知夜長”同妙。（《詞則・大雅集》卷一）

【李冰若曰】《菩薩蠻》十四首中，全首無生硬字句復饒綺怨者，當推“南園滿地”“夜來皓月”二闋，餘有佳句而無章，非全璧也。（《栩莊漫記》）

【浦江清曰】此章脈絡分明，寫美人春夜獨睡情事，自午夜至天明……皓月中天是半夜庭除之景。“重簾悄悄”言院落之幽深……流光似水，一年又是春殘，静夜獨卧，不禁追思往事，自惜當年青春美好，匆匆度過，有不堪回憶者。“花落月明殘”，賦而比也。花落月殘是庭中之景，此人既獨卧重簾之内，何由見此？此句亦只虚寫，取其比興之義，以喻往事難回，舊歡已墜，起美人遲暮之傷感。言錦衾，見衾中之人，一夜轉側，難以入睡，驟覺曉寒之重。“知”字有力。以仄平平仄平結句，《菩薩蠻》之正格。此第三字宜用平聲字，不同於五律中之句法也。（《詞的講解》）

【唐圭璋曰】《菩薩蠻》云“夜來皓月纔當午，重簾悄悄無人語”“竹風輕動庭除冷，珠簾月上玲瓏影”“楊柳又如絲，驛橋春雨時”“雨後却斜陽，杏花零落香”“牡丹花謝鶯聲歇，緑楊滿院中庭月”，皆寫景如畫，韻味雋永。（《温韋詞之比較》）

【葉嘉瑩曰】此詞前半闋，首三句皆爲寫景之辭，惟第四句乃寫人之辭，而此寫人之一句，實乃全詞之關鍵。前半闋三句是此人之所見；後半闋四句是此人之所感……首句“夜來皓月纔當午”……只此一“纔”字，夜來之漫長可想矣。長夜無聊，偶一環顧四周，則但見重簾悄悄，寂無人語，曲屏深處，尚有餘香，極寫長夜無眠之寂寞也。而此“深處麝煙長”之“長”字實極妙，大可與王摩詰詩“墟里上孤煙”（《輞川閒

居贈裴秀才迪》)之"上"字及"大漠孤煙直"(《使至塞上》)之"直"字相比美……其爲近於繪畫式之客觀藝術之一點則頗爲相似,以"上"字、"直"字、"長"字形容静定空氣中之煙氣,皆極繪畫式之客觀藝術之妙。(《温庭筠詞概説》)

【張以仁曰】此詞上片云:"夜來皓月纔當午",月上中天而著一"纔"字,可見輾轉難眠之狀;下片云:"當年還自惜,往事那堪憶",傷今惜往,言其不眠之故也;又云:"花露月明殘",月明而曰"殘",自是曉月將沉之時;又云:"錦衾知曉寒",則通宵失眠明矣。(《温飛卿詞舊説商榷》。《花間詞論集》60頁)

【按】此章寫女子長夜不眠、幽寂孤冷的情景與青春不再、往事不堪回首的傷感。用筆較疏淡。"當年"二句,直抒情懷,而能含蓄,《菩薩蠻》十四首中罕見。"錦衾"句亦耐吟味。然"花露月明殘"實爲累句,即從别本作"花落月明殘","月明殘"三字亦不詞。而上片末句"卧時留薄妝"亦與全篇意旨脱節。

菩薩蠻

雨晴夜合玲瓏日①,萬枝香裊紅絲拂②。閑夢憶金堂③,滿庭萱草長④。　繡簾垂麗䍡⑤,眉黛遠山緑⑥。春水渡溪橋,凭欄魂欲銷⑦。

【校注】

① 日,《金奩集》、朱本《尊前集》作"月"。【張以仁曰】"月""拂"同在詞韻十八部,"日"則在十七部。就韻言,作"月"爲諧。然既謂"雨晴",下文景物,亦非夜間;而《花間》各本並作"日",則作"日"似爲原貌。且就《花間》言,十七部與十八部,亦有叶韻之同例:薛昭藴《離别難》:"未别心先咽,欲語情難説出。""咽"在十八部,"出"在十七部,而亦相叶,則作"日"是矣。後人或由句中"夜合"之錯覺,更依一般韻例改爲"月",不知"夜合"乃花名,而《花間》自有其韻例耳。【按】張説甚是。作"日",則"玲瓏"係形容夜合花之精巧美好,作"月"則"玲瓏"係形容月之明澈瑩潔,孤立看似均可通。但聯係全篇,則此首乃寫女子日間凭欄遠眺近觀時所見所感。"萬枝香裊紅絲拂""滿庭萱草長""春水渡溪橋"均非夜間所能望見之景象,故以作"日"爲是。"夜合玲瓏日",夜合玲瓏之時也。此與下首"珠簾月上玲瓏影"所寫之對象有别,不必以彼例此。夜合,花名,即合歡花,又名馬櫻花。落葉喬木,羽狀複葉,小葉對生,夜間成對相合,故俗稱夜合花。夏季開花,頭狀花序,合瓣花冠,雄蕊多條,淡紅色。嵇康《養生論》:"合歡蠲忿,萱草忘憂。"

② 紅絲,指夜合花的花蕊,其雄蕊垂散如絲,上半肉紅,故云。

③ 金堂,指華麗宏偉的堂屋。或即"鬱金堂"之省。《玉臺新詠》卷九梁武帝

《河中之水歌》:“河中之水向東流,洛陽女兒名莫愁……十五嫁爲盧家婦,十六生兒字阿侯。盧家蘭室桂爲梁,中有鬱金蘇合香。”沈佺期《古意》有“盧家少婦鬱金堂”之句。此謂“閑夢憶金堂”,當指女子因離居獨處的空虚寂寞,白晝入夢,夢見昔日與情人共處此金堂的歡樂生活。

④ 萱草,俗稱黄花菜、金針菜,多年生宿根草本。花漏斗狀,橘黄色或橘紅色。古人以爲種植此草,可以使人忘憂,因稱忘憂草。《詩·衛風·伯兮》:“焉得諼草,言樹之背。”諼草,即萱草。在詩詞中,合歡與萱草常並提,因其常於五月同時盛開。此處或反襯女子之幽獨,或反襯其憂愁。

⑤ 麗䍦,下垂貌。馮延巳《鵲踏枝》:“楊柳千條垂麗䍦。”此則形容繡簾上的垂纓下垂之狀。

⑥《西京雜記》卷二:“文君姣好,眉色如望遠山。”

⑦ 二句寫女子凭欄遠眺時,見到緑水溪橋之景,觸動對往昔離别情景的追憶,不覺魂爲之消。

【箋評】

【張惠言曰】此章正寫夢。垂簾、凭闌,皆夢中情事,正應“人勝參差”三句。(《詞選》卷一)

【陳廷焯曰】“繡簾”四句婉雅。叔原“夢魂慣得無拘檢,又踏楊花過謝橋”,聰明語,然近於輕薄矣。(《詞則·大雅集》卷一)

【浦江清曰】詞人言夜合,言萱草,皆託物起興,閨怨之辭也。杜甫《佳人》詩:“合昏尚知時,鴛鴦不獨宿。”《詩經·伯兮》:“焉得諼草,言樹之背。願言思伯,使我心痗。”兩處皆叙婦人離索之感……“閑夢憶金堂”者,即金堂中人有所閑憶,亦即美人有所想念之意……憶者憶念遠人,夢者神思飛越……金堂是閑夢之地……非閑夢之對象。此句因押韻之故,作倒裝句法,意謂人在金堂中閑夢,非夢到一金堂也。而夜合之玲瓏與滿庭之萱草,皆此金堂中所有之實物……眉黛句接得疏遠,亦遞韻之法。“春水渡溪橋,凭欄魂欲銷”,情詞俱美,惟究與上文作如何之關聯乎?勉強説來,則“春水”從上句“遠山緑”三字中逗出,但遠山是比喻,從虚忽度到實,其猶“驚塞雁,起城烏,畫屏金鷓鴣”之從實忽度到虚之一樣奇絶乎?此皆可以聯想作用解釋之。但上片言盛夏之景,此處忽曰春水溪橋,究嫌抵觸。飛卿《菩薩蠻》於七八兩句結句有極工妙不可移易者,如“雙鬢隔香紅,玉釵頭上風”,“花落子規啼,緑窗殘夢迷”之類;有敷衍陳套語,如“楊柳色依依,燕歸君不歸”,“時節欲黄昏,無憀獨倚門”之類;亦有語句雖工,但類似游離的句子,入此首固可,入另首亦無不可者,如“人遠淚闌干,燕飛春又殘”,“春水渡溪橋,凭欄魂欲銷”之類是也。(《詞的講解》)

【張以仁曰】所謂“繡簾垂麗䍦”者,因人出簾動以相及,意脈不斷,非虚寫也。

故下文以眉黛狀遠山,"眉黛遠山緑"即"遠山眉黛緑",情景相合,純任自然,且與人以芳草羅裙之聯想。此種手法,宜會其神韻,不當呆看……下文接寫春水溪橋,憑欄魂銷,眼前景猶當年景,此時情即昔時情,二者交織纏綿,神承意協,筆勢不沾不滯,讀者不必強解而自能得其流利之暢美,會其心曲之深密矣。(《温飛卿詞舊説商榷》。《花間詞論集》63～64頁)

【按】此章蓋寫女子傷離懷遠之情,時令當在五月盛夏。起二句寫夜合花於雨後盛開,萬枝紅絲垂拂,香氣裊裊。夜合象徵情人合歡,此處反襯女子之獨居離索。三四句謂女子因離居獨處,心情鬱悶,難銷永日,故晝日憶念情人,繼而夢見往日於此金堂中與情人曾度過的歡樂生活。而今則離居,故雖面對滿庭萱草亦不能忘憂。"閑夢"一句點醒,豔麗的夜合、繁茂的萱草均成爲離情的反襯。過片二句,承上"閑夢",寫女子居室繡簾垂地,閑夢方醒,對鏡理妝,眉若遠山。結拍則寫女子凭欄遠眺,但見溪水蜿蜒,橋横緑波,不禁回憶起昔日與情人在春水溪橋之上離别之情景,而悵然魂銷。二句蓋化用江淹《别賦》"春草碧色,春水淥波。送君南浦,傷如之何"辭意,蓋目接緑水溪橋而憶昔年於此橋上别也。此章按實際生活中的次序,當是女子晝日思念情人而入夢,醒後重新理妝。凭欄近觀庭院,夜合垂絲,萱草繁茂,非特不能忘憂,反增離緒;遠眺緑水溪橋,憶及當年離别,益腸斷而魂銷矣。詞的章法靈動跳躍,遂拆散重組,以免平鋪直叙。

菩薩蠻

竹風輕動庭除冷①,珠簾月上玲瓏影②。山枕隱穠妝③,緑檀金鳳凰④。　　兩蛾愁黛淺⑤,故國吴宫遠⑥。春恨正關情⑦,畫樓殘點聲⑧。

【校注】

① 庭除,庭院的臺階。除,臺階。

② 玲瓏,此狀珠簾明澈瑩潔貌。謝朓《玉階怨》:"夕殿下珠簾,流螢飛復息。長夜縫羅衣,思君此何極?"李白《玉階怨》:"玉階生白露,夜久侵羅襪。却下水晶簾,玲瓏望秋月。"首二句"庭除冷""珠簾""玲瓏"等語均從謝朓、李白詩句化出。次句即"月上玲瓏珠簾影"之意,因平仄而調换次序。

③ 山枕,枕頭。古代枕頭多用木、瓷等製作,中間微凹,兩端突起,其形如山,故稱。隱,憑、倚。《孟子・公孫丑》:"隱几而卧。"

④【俞平伯曰】"緑檀"承"山枕"言,檀枕也。"金鳳凰"承"穠妝"言,金鳳釵也。【浦江清曰】"緑檀金鳳凰"即承上山枕而言。檀木所製,緑漆,鳳凰花紋。【按】

浦説較長。

⑤ 兩蛾，雙眉。愁黛，猶愁眉。黛，青黑色顔料，古代女子用以畫眉。愁黛淺，謂愁眉不展。

⑥ 故國，故里。吴宫，指館娃宫，春秋時吴王夫差爲西施所建，故址在今蘇州市西南靈巖山上。句意謂女子的故里離吴宫甚遠。西施故里在今浙江諸暨苧蘿村，離吴宫甚遠。

⑦ 恨，《金荃詞》作"夢"。

⑧ 殘點聲，古代以銅壺滴漏計時，一夜分爲五更，每更分爲五點。"殘點聲"指五更將盡時之更漏聲。

【箋評】

【張惠言曰】此言夢醒。"春恨正關情"與五章"春夢正關情"相對雙鎖。青瑣、金堂、故國、吴宫，略露寓意。(《詞選》卷一)

【陳廷焯曰】"春恨"二語是兩層，言春恨正自關情，況又獨居畫樓而聞殘點之聲乎！(《雲韶集》卷一)纏綿無盡。(《詞則・大雅集》卷一)

【俞平伯曰】"竹風"以下説入晚無憀，凭枕閒卧。"隱"當讀如"隱几而卧"之隱。"緑檀"承"山枕"言，檀枕也；"金鳳凰"承"穠妝"言，金鳳釵也。描寫明豔。"吴宫"明點是宫詞，昔人傅會立説，謬甚。其又一首"滿宫明月梨花白"可互證。歐陽炯之序《花間》曰："自南朝之宫體，扇北里之倡風。"此兩語詮詞之本質至爲分明。温氏《菩薩蠻》諸篇本以呈進唐宣宗者，事見《樂府紀聞》，其述宫怨，更屬當然。末兩句不但結束本章，且爲十四首之總結束，韻味悠然無盡。畫樓殘點，天將明矣。(《讀詞偶得》)

【浦江清曰】"故國吴宫遠"用西施之典故，不必指實，猶上章之"家住越溪曲"也。"春恨正關情"較前章之"春夢正關情"僅换一字。此十數章本非接連叙一人一事，故亦不妨重複。前章言晨起，故曰"春夢"，此章尚未入睡，故曰春恨。春恨者，春閨遥怨也。畫樓殘點，天將明矣，見其心事翻騰，一夜未睡，故鄉既遠，彼人又遥，身世萍飄，一無着落，不勝凄凉之感。飛卿特以此章作結，不但畫樓殘點，結語悠遠，而且自首章言晨起理妝，中間多少時日風物之美，歡笑離别之情，直至末章寫夜深入睡，是由動而返静也。(《詞的講解》)

【唐圭璋曰】飛卿寫景，多沉着凄凉，十四首《菩薩蠻》，有八首寫月夜境界。此外，寫落花、寫孤燈、寫暗雨、寫更漏之處亦多。(《温韋詞之比較》)

【按】此首上片寫女子於夜間竹風輕動，庭階生凉，月透珠簾之時，穠妝倚枕而卧。下片寫其身在吴宫，思縈故國，路遠難歸，愁眉不展。春恨(故國難歸之恨)牽情，長夜難眠。一夜輾轉，不覺已是殘更傳點之清晨矣。此章與"滿宫明月梨花白"

一首均爲宫詞，詞中主角，亦均爲西施式之宫嬪。

更漏子[①]

柳絲長，春雨細，花外漏聲迢遞[②]。驚塞雁，起城烏，畫屏金鷓鴣[③]。　　香霧薄，透簾幕，惆悵謝家池閣[④]。紅燭背[⑤]，繡簾垂[⑥]，夢長君不知。

【校注】

①《更漏子》，詞調名。《花間集》録温庭筠《更漏子》詞六首，均借詠更漏或夜景，抒寫離情羈思。此調始見於温庭筠詞，當爲其新創。雙調，四十六字，上下片各二十三字。上片的第二、三句，下片的第一、二、三句押仄韻。上下片的第五、六句换押平韻。

② 漏聲，指根據銅壺滴漏所計的時刻打更報點的聲音。迢遞，悠遠。

③ 謂傳更報點的聲音驚起了從北方邊塞飛來的大雁和城上的棲烏，而樓閣中卧聽更漏聲的女子則悄然面對畫屏上所繪的金色鷓鴣。

④ 謝家，即謝娘家。梁劉令嫻有《摘同心梔子贈謝娘因附此詩》，題内“謝娘”或爲歌妓一類人物。唐李德裕家有美姬謝秋娘爲名歌妓。晚唐五代詞中之“謝娘”亦多爲歌妓一類人物的代稱。韋莊《浣溪紗》：“小樓高閣謝娘家。”又張泌《寄人》詩：“别夢依依到謝家。”或謂“謝娘”指謝道藴，疑非。道藴高門才女，非詞中“謝娘”身份。

⑤ 背，用屏、帳、帷幕等遮蔽物掩暗燈燭之光。詳《菩薩蠻》（牡丹花謝鶯聲歇）“背窗燈半明”句注。

⑥ 簾，《尊前集》作“帷”。

【箋評】

【尤侗曰】飛卿《玉樓春》《更漏子》爲詞擅場，而義山無之也。（《梅村詞序》）

【張惠言曰】此三首（指本篇及下“星斗稀”“玉爐香”三首）亦《菩薩蠻》之意。“驚塞雁”三句，言懽戚不同，興下“夢長君不知”也。（《詞選》卷一）

【陳廷焯曰】思君之詞，託於棄婦，以自寫哀怨，品最上，味最厚。（《詞則·大雅集》卷一）飛卿《更漏子》三章，自是絶唱，而後人獨賞其末章“梧桐樹”數語。飛卿《更漏子》首章云：“驚塞雁，起城烏，畫屏金鷓鴣。”此言苦者自苦，樂者自樂。（《白雨齋詞話》卷一）明麗。（《雲韶集》卷二四）

【王國維曰】"畫屏金鷓鴣",飛卿語也,其詞品似之。(《人間詞話》)

【俞陛雲曰】《更漏子》四首,與《菩薩蠻》詞同意。"夢長君不知",即《菩薩蠻》之"心事竟誰知""此情誰得知"也。前半詞意以鳥爲喻,即引起後半之意。塞雁、城烏,俱爲驚起,而畫屏上之鷓鴣,仍漠然無知,猶簾垂燭背,耐盡凄凉,而君不知也。(《唐詞選釋》)

【李冰若曰】全詞意境尚佳,惜"畫屏金鷓鴣"一句強植其間,文理均因而扞格矣。(《栩莊漫記》)

【俞平伯曰】"塞雁""城烏"是真的鳥,屏上的"金鷓鴣"却是畫的,意想極妙……李賀《屏風曲》:"月風吹露屏外寒,城上烏啼楚女眠。"詞意本如此,畫屏中人,亦未必樂也。(《唐宋詞選釋》)

【錢鍾書曰】(驚塞雁三句)謂雁飛烏噪,騷離不安,而畫屏上之鷓鴣寧静悠閑,蕭然事外……陳廷焯《白雨齋詞話》卷一説温詞云:"此言苦者自苦,樂者自樂。"中肯破的。(《管錐編》第二册1472頁)

【葉嘉瑩曰】起三句音節極佳,以其頗能以聲音表現意象也。首句"柳絲長","長"字寬宏而舒緩,正像春夜之静美。次句"春雨細","細"字纖細而幽微,漸有雨絲飄落矣。三句"花外漏聲迢遞",連用"迢遞"二字,同屬舌頭音,恍若有滴答之雨聲入耳矣(按:葉氏以爲"漏聲"實指雨聲)……"驚塞雁,起城烏,畫屏金鷓鴣"三句……乃温詞純美之特色,原不必深求其用心及文理上之連貫。塞雁之驚,城烏之起,是耳之所聞,畫屏上之金鷓鴣,則目之所見,機緣湊泊,遂爾並現紛呈,直截了當,如是而已……後半闋六句,但視爲與前半闋"畫屏金鷓鴣"一句相承之辭,一氣而下,直寫此主人公所居之室内之情景而已……一結"君不知"三字,怨而不怒,無限低徊。(《温庭筠詞概説》)

【張以仁曰】此詞佈局,上片偏重聽覺,下片偏重視覺。彼雨聲也、漏聲也,初尚隱約,不甚清晰,故著"細"字、"迢遞"字,正狀甫醒神志尚帶模糊彷彿情況。繼聞塞雁驚飛,城烏群起,或天將明,或雨漸急,乃音聲大作。妙在以"雁""烏"引出"鷓鴣"(閨中之人,豈非畫屏之金鷓鴣哉),所謂以類相從,飛卿慣用此等手法……又妙在由耳聞轉爲目視,此過程之必然者。夢回之人張目所見,畫屏最近,故承之以"畫屏金鷓鴣"。(《温飛卿詞舊説商榷》。《花間詞論集》75頁)

【按】《更漏子》,即可視爲夜曲。本篇抒寫女子春夜聞更漏聲所觸發之相思與惆悵。上片均圍繞"漏聲"來寫。起三句以細長裊娜之柳絲、迷濛淅瀝之雨絲,烘托漏聲之悠遠,以表現女子長夜不寐、愁聽更漏時深長幽細而迷惘的情思。"驚塞雁,起城烏"二句,寫女子在夜聽更漏的過程中,聽到雁鳴、烏啼而想象其爲漏聲所驚起,透露出寂寥、凄清和騷屑不寧的心緒。下陡接"畫屏金鷓鴣"一語,由外而内,由聽而視,似是客觀展示女子室内陳設,却帶有對身居華美居室却不免孤寂的女子的象

喻意味。過片承“畫屏”句，轉筆描寫女子的居處環境。“惆悵”二字輕點，而上片結句的含藴可藉此約略窺見，上下片之間亦藉此勾連過渡。結拍三句寫女子在惆悵索寞中黯然入夢。“夢長君不知”不妨視爲女子的心理獨白。此首《尊前集》作李煜詞。曾昭岷等編著之《全唐五代詞》附考辨云：“《花間集》所録温詞中有此闋。《花間》成書於廣政三年夏四月，其時李煜年僅四歲，此詞非其所作甚明。”

更漏子

星斗稀，鐘鼓歇[①]，簾外曉鶯殘月[②]。蘭露重，柳風斜，滿庭堆落花[③]。　　虛閣上[④]，倚闌望，還似去年惆悵[⑤]。春欲暮，思無窮，舊歡如夢中[⑥]。

【校注】

① 鐘鼓歇，指城頭報更的鐘鼓聲已經停歇，天已曉。

② 曉鶯，謂清晨鶯啼。

③ 蘭露重，蘭花上霑滿濃重的露水。柳風斜，拂曉的微風斜拂柳絲。二句點清晨。“滿庭堆落花”點春暮。

④ 虛閣，空寂的樓閣。女子所居。

⑤ 謂所見情景還像去年此時那樣令人惆悵，暗示去年此時已與所歡離别。似，《金荃詞》作“是”。

⑥ 舊歡，舊時的歡情。

【箋評】

【湯顯祖曰】“簾外曉鶯殘月”，妙矣，而“楊柳岸，曉風殘月”更過之。宋詩遠不及唐，而詞多不讓，其故殆不可解。（湯評《花間集》卷一）

【張惠言曰】“蘭露重”三句，與“塞雁”“城烏”義同。（《詞選》卷一）

【陳廷焯曰】飛卿《更漏子》首章云：“驚塞雁，起城烏，畫屏金鷓鴣。”此言苦者自苦，樂者自樂。次章云：“蘭露重，柳風斜，滿庭堆落花。”此又言盛者自盛，衰者自衰，亦即上章苦樂之意。顛倒言之，純是風人章法，特改換面目，人自不覺耳。（《白雨齋詞話》卷一）“堆”字妙，空庭無人可知，回首可憐。（《雲韶集》卷二四）思君之意，託於棄婦，以自寫哀怨，品最厚。“蘭露”三句，即上章意，略將歡戚顛倒爲變换。“還似去年惆悵”，欲語復咽，中含無限情事，是爲沉鬱。“舊歡”五字，結出不堪回首意。（《詞則·大雅集》卷一）

【俞陛雲曰】下闋追憶去年已在惆悵之時，則此日舊歡回首，更迢遥若夢矣。（《唐詞選釋》）

【施蟄存曰】次章上片言曉鶯殘月中，露重風斜，落花滿庭，此皆即景，以引起下片之抒情。下片即言在此景色中登樓望遠，倏已經年，舊歡如夢，愁思無窮。所謂"盛者自盛，衰者自衰"，此意又何從得之？此二詞（按：指上章與本章）皆賦閨情，念昔日之雙棲，怨今日之睽隔。第二首可言今昔之感，而非盛衰之感。陳氏於飛卿詞求之過深，適成穿鑿，此皆以比興説詞之失也。（《讀温飛卿詞札記》）

【胡國瑞曰】這首詞寫的是一個思婦晨起悵望之情。上闋純寫清曉時的景象……首二句從高處遠處寫起，"簾外"句落到近處。星斗、鐘鼓、曉鶯、殘月，一片清曉景象，俱是從人的耳目感受到的……"蘭露重"三句繼續描寫景物，不僅感到其中有人，而且隱約似見其活動，從室内寫到了庭院。這三句庭院景物的描寫，使人於寂静中還感到消沉的意味……"滿庭堆落花"除了進一步表明春已晚暮，也微逗出人的意興闌珊……下闋着重寫主人公的活動心情。"虚閣上"三句寫閣上眺望引起的感觸。"虚"字既表物象，也表人情……"倚闌望"是下闋的關節，一切内心活動俱由此句的"望"引出。"還似"句是"望"的最初感觸，"去年惆悵"包藴情事無限。"去年惆悵"的内容爲何？當是良人未歸、芳時虚度之類的情節。"還似"二字表情有力。"去年惆悵"的已是去年以前許多時日的種種，而今年"還似"，則其孤處時間當更漫長……這二字既有對過去的回顧，還有對當前的失望……"春欲盡"三句是惆悵之際的深入思索。（見《唐宋詞鑒賞辭典》）

【按】上片寫暮春清曉所見所聞之景，似一組空鏡頭，而星稀月殘、露重柳斜、鐘鼓聲歇、落花滿庭的景象中透露出凄清寂寞的氣氛與凋衰的氣息，正反映出女主人公的心緒。過片"虚閣上，倚闌望"二句爲全篇樞紐，既點醒上片所寫均係閣上倚闌所見所聞景象，又點明下片所寫係閣上倚闌望所引起的回憶與感觸。下片純粹抒情，不涉具體情事，全從虚處着筆，而"舊歡如夢"之慨自深。"虚閣上"三句，雖直抒而極富藴含，陳廷焯謂其"欲語復咽，中含無限情事，是爲沉鬱"，可稱善於體悟。於此可見温詞善於直抒與白描的一面。又，此詞調名之意僅於"鐘鼓歇"一語中虚點，全篇寫清曉情景，亦與他篇多寫夜景有别。

更漏子

金雀釵①，紅粉面②，花裏暫時相見。知我意，感君憐③，此情須問天④。　香作穗⑤，蠟成淚⑥，還似兩人心意⑦。山枕膩，錦衾寒，覺來更漏殘⑧。

【校注】

① 金雀釵，上端製成雀形的金釵，又作金爵釵。《文選·曹植〈美女篇〉》："頭上金爵釵，腰佩翠琅玕。"

② 紅粉，指婦女化妝用的胭脂和鉛粉。

③ 憐，愛。

④ 謂此情天可作證。

⑤ 香作穗，指綫香燒成下垂如穗的灰燼。或謂指下墜之燈芯。韓偓《生查子》："時復見殘燈，和煙墜金穗。"

⑥ 蠟成淚，蠟燭燃盡，流脂如淚。李商隱《無題》："蠟炬成灰淚始乾。"

⑦ 似，《尊前集》作"是"。句意謂兩人的心意似香銷成灰，蠟燃成淚，死而後已。

⑧ 覺，《尊前集》作"夜"。

【箋評】

【華鍾彦曰】（香作穗三句）此言契闊已久，君心如香穗、如死灰，不復念我，我心之憂，不可細言，只有流淚如燭耳。此以香穗比君，以蠟淚比我，故云還似兩人心意也。（《花間集注》卷一）

【黄進德曰】此詞以半茹半吐、乍隱乍現的筆調透露出"女也不爽，士忒其行"所造成的少女失戀的痛苦，在温詞中並不多見。（《唐五代詞選集》）

【按】此詞似寫一對青年男女，自"花裏暫時相見"之後，遂彼此相知相愛。無奈因别離而彼此相思，故只能獨卧錦衾，醒後已是殘漏將盡的清晨。全篇均從女子方面着筆，但表現的却是彼此相知相憐、死而後已的深摯感情。"知我意，感君憐，此情須問天"，"香作穗，蠟成淚，還似兩人心意"，或直抒，或設譬，都説明相愛是雙方的。通體明快直白，在温詞中别是一格。

更漏子

相見稀，相憶久，眉淺淡煙如柳①。垂翠幕②，結同心③，待郎熏繡衾④。　城上月，白如雪，蟬鬢美人愁絶。宫樹暗⑤，鵲橋横⑥，玉籤初報明⑦。

【校注】

① 眉淺，畫眉輕淡。句意謂女子淡掃蛾眉，如同柳葉含煙。

② 簾幕低垂，謂時已夜深。

③ 結同心，謂女子用錦帶編結連環回文樣式的同心結。梁武帝《有所思》："腰中雙綺帶，夢爲同心結。"同心結象徵青年男女永結同心的願望。

④ 繡衾，錦被。

⑤ 宫樹，宫苑中的樹。宫樹暗，係破曉時景象。月圓之夜，破曉時月没天暗，故顯出宫樹的暗影。

⑥ 鵲橋横，謂銀河西斜，亦天將曉時景象。唐韓鄂《歲華紀麗·七夕》："七夕鵲橋已成，織女將渡。"原注引《風俗通》："織女七夕當渡河，使鵲爲橋。"

⑦ 玉籤，對古代計時器漏壺中浮箭的美稱。籤以竹或木製，上有刻度以紀時。報明，報曉。或解：指宫中伺漏報更用的更籤。《陳書·世祖紀》："每雞人伺漏，傳更籤於殿中，乃勑送者必投籤於階石之上，令鎗然有聲。"

【箋評】

【湯顯祖曰】口頭語，平衍不俗，亦是填詞當家。（湯評《花間集》卷一）

【王士禛曰】"蟬鬢美人愁絶"，果是妙語。飛卿《更漏子》《河瀆神》，凡兩見之。李空同所謂"自家物終久還來"耶？（《花草蒙拾》）

【李冰若曰】飛卿詞中重句重意，屢見於《花間集》中，由於意境無多，造句過求妍麗，故有此弊，不僅"蟬鬢美人"一句已也。（《栩莊漫記》）

【華鍾彦曰】（城上三句）此言夢醒之時，不知郎處，但見皎潔之月，高掛嚴城，空使美人愁絶耳。（《花間集注》）

【按】此首寫女子徹夜不寐、待郎不至的愁緒。時間由夜深至天明，景物由"城上月，白如雪"到"宫樹暗，鵲橋横，玉籤初報明"，感情亦由等待期盼而到"愁絶"，到徹底的失望。

更漏子

背江樓，臨海月，城上角聲嗚咽①。堤柳動②，島煙昏③，兩行征雁分④。　京口路⑤，歸帆渡⑥，正是芳菲欲度⑦。銀燭盡，玉繩低⑧，一聲村落雞。

【校注】

① 三句謂征行之人（詞人自己）背對江城城樓，面向海上明月，耳聞城上號角之聲嗚咽。角，號角，形如竹筒，本細末大，以竹木或皮革等製成。古時軍中多用以警

昏曉，振士氣，肅軍容，亦用以報警戒嚴。此爲曉角。城，當指唐潤州城（今鎮江市），視下“京口路”可知。唐李涉有《潤州聽暮角》七絶。

② 清晨曉風拂柳，故曰“堤柳動”。

③ 江中的洲渚爲晨霧所籠罩，故曰“島煙昏”。

④ 征雁，征行的大雁。分，指雁行呈“人”字形排列。春天南雁北飛。

⑤ 京口，鄂本、湯本《花間集》作“西陵”。京口，指潤州，今江蘇鎮江市。建安十四年，孫權將首府自吴遷此，稱京城。十六年，遷治建業，改稱此爲京口鎮。京口路，泛指京口一帶的道路。

⑥ 歸帆，歸舟。渡，指渡越長江。自潤州北渡長江至揚州，有金陵渡。

⑦ 芳菲，指春天芬芳的花。度，過。句謂春光將盡。

⑧ 玉繩，星名。《文選・張衡〈西京賦〉》：“上飛闥而仰眺，正睹瑶光與玉繩。”李善注引《春秋元命苞》曰：“玉衡北兩星爲玉繩。”謝朓《暫使下都夜發新林至京邑寄西府同僚》：“秋河曙耿耿，玉繩低建章。”玉繩低，是天將曉時景象。故末句云“一聲村落雞”。

【箋評】

【湯顯祖曰】“兩行征雁分”句好。（湯評《花間集》卷一）

【丁壽田、丁亦飛曰】此詞寫舟行旅途中黎明之景。夜間泊舟於京口，則一面臨岸，一面與小島遥遥相對。由“背江樓”一句可知此人背岸而卧，故目臨海月而遥望島煙也。全詞從頭到尾寫舟中所見實景，條理井然，景色如畫。（《唐五代四大名家詞》甲篇）

【俞陛雲曰】就行役昏曉之景，由城内而堤邊，而渡口，而村落，次第寫來，不言愁而離愁自見。其“征雁”句寓分手之感。唐人七歲女子詩“所嗟人異雁，不作一行飛”，亦即此意。結句與飛卿《過潼關》詩“十里曉雞關樹暗，一行寒雁隴雲愁”、清真詞“露寒人遠雞相應”，皆善寫曉行光景。（《唐詞選釋》）

【黄進德曰】此詞抒寫黎明時分游子在征途上的見聞與感受。遠近相映，意境恢宏，時地並舉，動静互見。序次井然，色調清曠。煞尾寫凝重的歸思，周邦彦《蝶戀花》：“樓上闌干横斗柄，露寒人遠雞相應”，由此化出。（《唐五代詞選集》）

【按】詞有“歸帆渡”之句，當是飛卿自京口北渡長江歸家（長安鄠縣）途中作。飛卿會昌元年春，曾自長安赴吴中舊居，見卷六《書懷一百韻》“行役議秦吴”之句及卷四《春日將欲東歸寄新及第苗紳先輩》等詩。此詞有“正是芳菲欲度”之句，當是會昌三年暮春自吴中歸長安途中作。過片“京口路，歸帆渡”六字，一篇之主。通篇均寫早起征帆甫發時所見所聞。曉角嗚咽，征雁嘹唳，村雞曉唱，均傳出旅人之凄清感受與對旅途風物之新鮮感；而堤柳飄拂，島煙迷濛，江樓海月，又處處顯示“京口”

之地理特點。上述所有景物,均統一於“曉發”這一特定時間背景。全篇境界開闊,格調清新,與其閨情詞之局限於閨閣庭院,風格偏於密豔迥然不同。觀此,可知飛卿詞雖絶大部分爲應歌之作,但亦偶有佚出此範圍以外者。此篇就性質而言,與其《商山早行》等行旅詩並無二致,風格亦近,純爲基於個人行旅生活體驗的自我抒情之作,而非類型化的代言體。文人行役詞,此當爲現存作品中時代最早者(前此劉長卿有《謫仙怨》,性質近似,係貶謫途中作,内容亦抒“謫去”之恨,或當視爲貶謫詞)。與《更漏子》調名之聯係,亦益隱而不顯,僅於結拍三句中稍點,且易夜景爲曉景矣。此詞在庭筠詞中雖爲特例,但可説明,即使在爲應歌而作曲子詞的大時代氛圍下,文人一旦純熟掌握了這種新的體裁,偶亦會用它來自我抒情。

更漏子

玉鑪香,紅蠟淚,偏照畫堂秋思[①]。眉翠薄,鬢雲殘[②],夜長衾枕寒。　梧桐樹,三更雨,不道離情正苦[③]。一葉葉,一聲聲,空階滴到明[④]。

【校注】

① 玉爐,香爐的美稱。畫堂,泛指華麗的堂舍。崔顥《王家少婦》:“十五嫁王昌,盈盈出畫堂。”秋思,此指秋天懷念遠人的愁緒。“照”字承“紅蠟”言。“畫堂秋思”,指畫堂中懷着離愁别恨的女子。

② 謂翠黛色的畫眉褪色,如雲的鬢髮散亂,暗示夜間輾轉反側,殘妝散亂。

③ 不道,不知,不理會。

④ 何遜《臨行與故游夜别》:“夜雨滴空階。”

【箋評】

【胡仔曰】庭筠工於造語,極爲綺靡,《花間集》可見矣。《更漏子》(玉爐香)一詞尤佳。(《苕溪漁隱叢話・唐人雜記》下)

【楊慎曰】飛卿此詞亦佳,總不若張子野“深院鎖黄昏,陣陣芭蕉雨”更妙。(《評點草堂詩餘》卷一)

【徐士俊曰】“夜雨滴空階”五字不爲少,“梧桐樹”此二十三字不爲多。(卓人月《古今詞統》卷五引)

【李廷機曰】前以夜闌爲思,後以夜雨爲思,善能體出秋夜之思者。(《草堂詩餘評林》卷四)

【沈際飛曰】子野句“深院鎖黄昏,陣陣芭蕉雨”,似足該括此首。第觀此,始見其妙。(《草堂詩餘正集》卷一)

【許昂霄曰】《更漏子》(玉鑪香)已上三首,與後毛文錫作,皆言夜景,略及清晨,想亦緣調所賦耳。(《詞綜偶評》)

【譚獻曰】(“梧桐樹”以下)似直下語,正從“夜長”逗出,亦書家“無垂不縮”之法。(《譚評詞辨》卷一)

【謝章鋌曰】太白如姑射仙人,温尉是王謝子弟。温尉詞當看其清真,不當看其繁縟。胡元任(仔)謂庭筠工於造語,極爲奇麗(按:《漁隱叢話》作“綺靡”)。然如《更漏子》云:“梧桐樹,三更雨,不道離情正苦,一葉葉,一聲聲,空階滴到明”,語彌淡,情彌苦,非奇麗爲佳者矣。(《賭棋山莊詞話》卷八)

【陳廷焯曰】遣辭凄豔,是飛卿本色。結三句開北宋先聲。(《雲韶集》卷一)後半闋無一字不妙,沈鬱不如上二章,而凄警獨絶。(《詞則・大雅集》卷一)飛卿《更漏子》三章,自是絶唱,而後人獨賞其末章“梧桐樹”數語……不知“梧桐樹”數語,用筆較快,而意味無上二章之厚。(《白雨齋詞話》卷一)

【李冰若曰】飛卿此詞,自是集中之冠。尋常情事,寫來凄婉動人,全由秋思離情爲其骨幹。宋人“枕前淚共窗前雨,隔個窗兒滴到明”,本此而轉成淡薄。温詞如此凄麗有情致不爲設色所累者,寥寥可數也。温、韋並稱,賴有此耳。(《栩莊漫記》)

【俞陛雲曰】此首亦上半闋引起下文。惟其錦衾角枕,耐盡良宵,故桐葉雨聲,徹夜聞之。後人用其詞意入詩云:“枕邊淚共窗前雨,隔個窗兒滴到明。”加一“淚”字,彌見離情之苦。但語意説盡,不若此詞之含渾。(《唐詞選釋》)

【俞平伯曰】後半首寫得很直,而一夜無眠却終未説破,依然含蓄。(《唐宋詞選釋》)

【唐圭璋曰】此首寫離情,濃淡相間。上片濃麗,下片疏淡。通篇自晝至夜,自夜至曉,其境彌幽,其情彌苦。上片,起三句寫境,次三句寫人。畫堂之内,惟有爐香、蠟淚相對,何等凄寂。迨至夜長衾寒之時,更愁損矣。眉薄鬢殘,可見展轉反側、思極無眠之況。下片,承夜長來,單寫梧桐夜雨,一氣直下,語淺情深。宋人句云:“枕前淚共窗前雨,隔個窗兒滴到明。”從此脱胎。然無上文之濃麗相配,故不如此詞之深厚。(《唐宋詞簡釋》)

【葉嘉瑩曰】飛卿之爲詞,似原不以主觀熱烈真率之抒寫見長……其直抒懷感之詞,則常不免於言淺而意盡矣。此詞“梧桐樹”數語,實非飛卿詞佳處所在。《栩莊漫記》以爲“温、韋並稱,賴有此耳”,既不足以知飛卿,更不足以知端己者也……即以同爲寫雨夜離情之作相較,端己《應天長》“緑槐陰裏”一首,結尾之“夜夜緑窗風雨,斷腸君知否”二句,其懇摯深厚,真乃直入人心,無可抗拒,且不僅直入人心而已,更且盤旋鬱結,久久而不去。以視飛卿此詞之“梧桐樹……”數句,則此數句不免辭

浮於情,有欠沉鬱。(《温庭筠詞概説》)

【按】此詞寫秋夜離思,精彩處全在下半闋。蓋緣其於“夜長衾枕寒”,輾轉難眠之情況下,集中筆墨抒寫梧桐夜雨、葉葉聲聲所給予離人之凄清難堪感受,純用白描,一氣直下,既淋漓盡致,又復能含蓄。此數語實本何遜“夜雨滴空階”及白居易《長恨歌》“秋夜梧桐葉落時”二語加以發揮展衍,遂創造出富於典型性之詞境。王國維曰:“詞之爲體,要眇宜修,能言詩之所不能言,而不能盡言詩之所能言。詩之境闊,詞之言長。”(《人間詞話》)本篇下片即體現“詞之言長”特點之例證。下片雖以疏快盡致爲特色,但“不道離情正苦”一句,横插於前後兩個三字句中間,於清疏明快中略作頓挫,不致一瀉無餘,且始終不道破一夜無眠,故淋漓盡致中仍有含蓄頓挫。《更漏子》詞調本身,上下片四節,共有八個節短勢促的三字句,客觀上也提供了形成清疏明快詞風的條件。温氏六首《更漏子》詞,除首章(柳絲長)外,其餘五首均在不同程度上具有清疏明快之特色。故亦可視爲作者對《更漏子》詞調本身特點及優長的充分利用與發揮。温詞之主導風格誠非清疏明快一路,然具有清疏明快特點之詞作中確有佳篇名聯。就此詞論,亦非完美之作,上片雖穠麗,情却疏淡,除“偏照畫堂秋思”一語外,頗多套語;而下片則語雖清疏,情實濃烈。“梧桐夜雨”典型意境之創造,對後世詞、曲影響亦至爲深遠。

歸國遥①

香玉②,翠鳳寶釵垂麗𦇧③,鈿筐交勝金粟④。越羅春水渌⑤。畫堂照簾殘燭,夢餘更漏促。謝娘無限心曲⑥,曉屏山斷續⑦。

【校注】

①《歸國遥》,唐教坊曲名,後用爲詞調。雙調四十二字,或四十三字。上下片各四仄韻。首句,温庭筠所作二首均爲二字,韋莊所作均爲三字。曲調名的本意可能是歌詠戍邊將士歸國路遥的感情。庭筠此二首所詠内容與調名本意已看不出有何關聯。

② 香玉,此指女子芳香白潤的面頰。

③ 翠鳳寶釵,釵頭以翠鳳爲飾。麗𦇧,下垂貌。此指釵頭的垂飾。

④ 鈿筐,鑲嵌金、銀、玉、貝的小簪。筐,小簪。金粟,花蕊形的金首飾。交勝,猶争勝。或解,指彩勝。

⑤ 謂女子身着越州所産羅綢製成的舞衣,顏色如春水之緑。渌,同“緑”。越羅,越地所産絲織品,以輕柔精致著稱。劉禹錫《酬樂天衫酒見寄》:“酒法衆傳吴米好,舞衣偏尚越羅輕。”李商隱《燕臺詩四首・秋》:“瑶琴愔愔藏楚弄,越羅冷薄金泥

重。”可見越羅是製作舞衣之上佳材料。

⑥ 謝娘，見前《更漏子》（柳絲長）“謝家”注。心曲，猶心事。

⑦ 屏風曲折連環如同山形，故曰“山斷續”。

【箋評】

【湯顯祖曰】“芙蓉脂膩緑雲鬟”，故覺釵頭玉亦香。（湯評《花間集》卷一）

【李冰若曰】此詞及下一首，除堆積麗字外，情境俱屬下劣。（《栩莊漫記》）

【按】上片寫女子面頰、首飾、衣衫，下片寫女子曉夢醒來，聞見殘燭照簾，更漏急促，畫屏曲折，而滿腹心事無可訴語。此女子當是舞伎一類人物。“越羅”“謝娘”等語均透露其身份，下首更明點“舞衣”。或謂首句“香玉”指釵飾或玉佩一類飾物，恐非，下首“雙臉”即此首之“香玉”也，可參證。温詩《晚歸曲》“雀扇圓圓掩香玉”指女子以團扇掩面，更可作爲顯證。

歸國遥

雙臉①，小鳳戰篦金颭豔②。舞衣無力風斂③，藕絲秋色染④。錦帳繡幃斜掩，露珠清曉簟⑤。粉心黄蕊花靨⑥，黛眉山兩點。

【校注】

① 雙臉，指女子兩邊面頰。見《菩薩蠻》（鳳凰相對盤金縷）“鬢輕雙臉長”句注。

② 篦，當即指插在女子髮髻上作爲裝飾用的金背小梳（詳《菩薩蠻》“小山重疊金明滅”句注引沈從文《中國古代服飾研究》）。颭豔，閃亮光豔貌。句意謂女子頭上插着鳳釵、篦梳，摇曳顫動，金光閃耀。或以“小鳳戰篦”連讀，指篦梳上飾以金鳳，行動時微微顫動。

③ 謂走動時，風斂束舞衣，似有弱不勝衣的嬌柔之態。

④ 指身上的舞衣呈藕白色，似爲素秋之色所染。參《菩薩蠻》（水精簾裏頗黎枕）“藕絲秋色染”句注。

⑤ 簟，竹席。句意謂清晨的竹席透出凉意，似有清露暗凝。

⑥ 黄蕊，即蕊黄，指額黄妝。蕊，狀其顔色。粉心，指額黄妝所用的黄粉。花靨，女子面頰上塗貼的妝飾，多以金、翠作成花形或星形，故又稱“金靨”“翠靨”“星靨”。唐五代時又稱“花子”。段成式《酉陽雜俎・黥》：“今婦人面飾用花子，起自昭容上官氏所製，以掩點跡。”而馬縞《中華古今注・花子》則云：“秦始皇好神仙，常令

宫人梳仙髻,帖五色花子,畫爲雲鳳虎飛昇……至後周又詔宫人帖五色雲母花子,作碎妝以侍宴。”或解:“粉心黄蕊”係修飾“花靨”者,指花形面靨之顔色如花之紅心黄蕊。

【箋評】

【唐圭璋曰】全寫一美人顔色服飾之態,而情藴釀其中,却無一句寫出。(《温韋詞之比較》)

【袁行霈曰】以静態的描繪代替人物的抒情,尤其着力於細部的渲染,因細部的膨脹而失去整體的均衡感也在所不惜……一首詞就像一幅工筆的毫髮畢見的仕女圖……詞中的女性大多是静態的……上闋寫女子的首飾、衣服,下闋寫她的卧牀和她的妝扮,把她的外部特征描繪得極其細致。篦子、舞衣、花靨、黛眉,各個細部渲染得十分逼真。(《温詞藝術研究》。《中國詩歌藝術研究》327~328頁)

【按】上片寫女子面頰、首飾、舞衣,下片寫幃帳牀簟及面部、眉部妝飾。純爲客觀描繪。此二首不免堆砌繁碎,有詞乏情。只上首“越羅春水渌”,此首“舞衣無力風斂”二句稍有韻致。

酒泉子[①]

花映柳條,閑向緑萍池上[②]。凭欄干,窺細浪,雨蕭蕭[③]。　近來音信兩疎索[④],洞房空寂寞[⑤]。掩銀屏,垂翠箔[⑥],度春宵。

【校注】

①《酒泉子》,唐教坊曲名,後用作詞調。以平韻爲主,間入仄韻。有多種體式,主要有二體:一見於敦煌曲子詞,雙調四十九字;一多見於《花間集》,雙調自四十字至四十五字。此曲當産於河西酒泉地區。唐五代曲子辭,存體最多者爲《酒泉子》。王昆吾謂“産生這麽多異體,字句增減分合是次要的,關鍵的問題,是修辭手法造成了衆多的變異”。(《隋唐五代燕樂雜言歌辭研究》111頁)

② 閑,鄂本、湯本《花間集》作“吹”。

③ 蕭蕭,此狀雨聲。

④ 兩疎索,謂雙方均音信稀疎。

⑤ 洞房,此指女子所居的深幽房室。《楚辭·招魂》:“姱容修態,絚洞房些。”

⑥ 銀屏,鑲銀絲的屏風。白居易《長恨歌》:“攬衣推枕起徘徊,珠箔銀屏迤邐開。”箔,雪本《花間集》作“幕”。翠箔,翠簾。

【箋評】

【湯顯祖曰】《酒泉子》強半用三字句,最易。(湯評《花間集》卷一)

【李冰若曰】銀屏、翠箔,麗矣,奈洞房寂寞度春宵何!(《栩莊漫記》)

【華鍾彦曰】花映柳條,是花與柳相合也。吹落池上,則又與柳相離也。感離合之倏忽,而傷人事之錯午也。(《花間集注》)

【按】上片寫女子凭欄覽眺,但見花映柳條,閑拂緑萍池上,春雨蕭蕭,池起細浪,景色明麗而境界空寂。下片寫與所思男子彼此遠隔,音信稀疎,洞房幽寂,惟掩屏垂簾,獨自度此春宵。上下片分寫日間、晚間情景,而以"近來音信兩疎索,洞房空寂寞"二句統領。

酒泉子

日映紗窗,金鴨小屏山碧[1]。故鄉春,煙靄隔[2],背蘭釭[3]。　宿妝惆悵倚高閣[4],千里雲影薄。草初齊,花又落,燕雙雙[5]。

【校注】

① 金鴨,一種鍍金的鴨形銅香爐。戴叔倫《春怨》:"金鴨香消欲斷魂,梨花春雨掩重門。"李商隱《促漏》:"舞鸞鏡匣收殘黛,睡鴨香爐换夕熏。"小屏山碧,指枕屏上繪青碧山水。

② 煙靄,指香爐熏香所透出的煙氣。長孫佐輔《幽思》:"金爐煙靄散,銀釭殘影滅。"

③ 蘭釭,燃蘭膏的燈。背,掩暗。

④ 宿妝,昨日的舊妝、殘妝。句意謂女子晨起尚未梳妝,便倚高閣惆悵遠望。

⑤ 雙雙,王輯本《金荃詞》作"雙飛"。

【箋評】

【毛先舒曰】漢武帝置酒泉郡,城下有泉味如酒。郭弘好飲,嘗曰:"得封酒泉郡,實出望外。"調名取此,曰《酒泉子》。(《填詞名解》卷四)

【蕭滌非曰】這首詞,結構極分明,上半寫室内,下半寫室外,時間是一個清晨,地點是一間樓上,主人翁則是一個"單棲無伴侣"的異鄉女子……曰"背蘭釭",無聊之情態可想……"背蘭釭"句略作一勒,言雖心念故鄉,而眼前所見者惟此經宵未滅之殘燈耳,正乃"情餘言外"。(《樂府詩詞論藪·一個老問題》)

【按】上片寫女子晨起前情景：日映紗窗，枕屏山碧，殘燈猶在，爐煙猶繞，而夢中故鄉春天之景色竟如煙靄之遥隔。下片寫其未曾梳洗即惆悵倚閣遠眺，但見千里雲淡，故鄉杳遠，極目不見。眼前草齊花落，燕子雙雙，又是一年春盡，益增對故鄉之思念。上片"故鄉春，煙靄隔"，當是女子因思念故鄉而積思成夢，夢中回到闊别已久之故鄉，夢醒之際，殘燈熒熒，爐煙裊裊，而故鄉已杳隔於千里之外矣。"煙靄隔"既透出夢境之迷茫，又透出醒後之茫然，且透出此意念即因眼前爐煙繚繞之景象引起。而下片"千里雲影薄"又正與"故鄉春，煙靄隔"相應。寫情含蓄精微。中國古代詩賦向有游子思歸之傳統主題，而無"游女"懷鄉者。此詞可能是表現此類主題之極少數作品之一，反映出隨着城市商業經濟的發展，城市中聚集了一大批離鄉背井，以歌舞技藝謀生的單身女性，她們的思想情緒，包括懷念故鄉的感情，已引起熟悉市井生活之詞人如温庭筠之注意，並在詞中加以表現。此詞與下篇"楚女不歸"均爲同一類型作品，在詞的題材、主題的擴大與創新方面值得注意。

酒泉子

楚女不歸①，樓枕小河春水。月孤明，風又起，杏花稀。　玉釵斜篸雲鬟髻②，裙上金縷鳳③。八行書④，千里夢，雁南飛⑤。

【校注】

① 楚女，故鄉在楚地的女子。不歸，指難以回歸故鄉。宋玉《高唐賦序》："昔者先王（懷王）嘗遊高唐，怠而晝寢，夢見一婦人，曰：'妾巫山之女也，爲高唐之客。聞君遊高唐，願薦枕席。'王因幸之。去而辭曰：'妾在巫山之陽，高丘之阻，旦爲朝雲，暮爲行雨，朝朝暮暮，陽臺之下。'"此處當用此典，暗示此"楚女"係歌妓一類神女式人物。

② 篸，《陽春集》（此詞又見馮延巳《陽春集》）作"插"。篸，同"簪"。髻，《全詩》作"重"。

③ 金縷鳳，指裙上繡有用金綫織成的鳳凰圖案。

④ 八，《陽春集》作"一"。【按】當作"八"。八行，指書信。《後漢書·竇章傳》"更相推薦"李賢注引馬融《與竇伯向（章）書》曰："孟陵奴來，賜書，見手跡……書雖兩紙，紙八行，行七字。"謂信紙一頁八行，故以"八行"代指書信。

⑤ 上片云"春水""杏花稀"，時值春令，雁當北飛。此云"雁南飛"，當是因表現楚女思歸之情，暗用鴻雁傳書的典故無意中與上片所寫時令相違。

【箋評】

【湯顯祖曰】并四調中，纖詞麗語，轉折自如，能品也。（湯評《花間集》卷一）

【吴衡照曰】《酒泉子》云:“月孤明,風又起,杏花稀。”作小令不似此着色取致,便覺寡味。(《蓮子居詞話》卷一)

【陳廷焯曰】情詞凄楚。(《詞則·别調集》卷一)(月孤明)三句中有多少層折。(同上)

【按】此抒“楚女”懷鄉思歸之情。上片側重寫景,景中寓含身世孤寂之感,青春凋衰之情。下片前二句寫服飾,透露“楚女”身份。結拍三句抒懷鄉之情,謂欲凭南飛之雁寄書,以抒千里思歸之情也。詞風清新明麗,情味雋永。此首一作馮延巳詞,非。温氏四首《酒泉子》均寫客居異鄉之歌伎懷鄉念遠之情,内容、風格有其内在的統一性,可視爲組詞。

酒泉子

羅帶惹香,猶繫别時紅豆①。淚痕新,金縷舊,斷離腸②。　一雙嬌燕語雕梁,還是去年時節。緑陰濃,芳草歇,柳花狂③。

【校注】

① 羅帶,絲織的衣帶。羅帶綰有同心結的稱同心帶,是男女間用以表達愛情的信物。紅豆,又名相思子,用以表達相思之情。王維《相思》:“紅豆生南國,春來發幾枝。願君多采擷,此物最相思。”二句謂女子的羅帶上猶霑有往昔織時留下的舊香,還繫着去年别時對方相贈以表相思之情的紅豆。

② 淚痕新,言離别相思之淚新舊相續,即新淚痕疊舊淚痕。金縷,即金縷衣,金絲綫所繡的華美衣裳。金縷舊,謂離别已久,睹物傷感。斷離腸,謂因離别相思而腸斷。

③ 陰,吴本、毛本《花間集》作“楊”。歇,指芳草的香氣衰歇。狂,此處形容柳絮漫天飛舞。三句均寫暮春景象。

【箋評】

【李冰若曰】離情别恨,觸緒紛來。(《栩莊漫記》)

【華鍾彦曰】淚痕新,言别情之深也;金縷舊,言别日之久也;斷離腸,言相思之切也。温詞《酒泉子》四首,獨此首此句(指“一雙嬌燕語雕梁”句)“梁”字不與下句叶,而與前闋“香”“腸”,後闋“狂”字叶,與前三首均各不同。歇,泄也,謂香氣消歇也。《離騷》:“恐鵜鴂之先鳴兮,使夫百草爲之不芳。”謝靈運詩:“芳草亦未歇。”皆其例。末三句,意謂春殘花謝。

【按】上片起二句以羅帶猶惹昔時舊香，猶繫别時紅豆，抒寫對往昔愛情的追戀，對去年離别的傷感，暗示相思離别之情的深濃。“淚痕”三句，連貫而下，新舊對映，層層渲染。下片由當下景引起對去年别時情景的追憶。“一雙嬌燕語雕梁”，反襯昔日離别、今日獨處的傷感；“緑陰濃”三句，一氣直下，透露出青春消逝的強烈感喟。全篇以昔時物（羅帶、紅豆、金縷）、今時景（嬌燕、緑陰、芳草、柳花）溝通當下與往昔，寄情於物、寓情於景，新舊今昔對映，表現了相思離别之情的深濃。

定西番[①]

漢使昔年離别，攀弱柳，折寒梅[②]，上高臺[③]。　　千里玉關春雪[④]，雁來人不來。羌笛一聲愁絶[⑤]，月徘徊[⑥]。

【校注】

①《定西番》，唐教坊曲名，後用作詞調。雙調三十五字。上下片首句及下片第三句叶仄韻；上片三、四句及下片二、四句叶平韻。又一體四十一字，單叶平韻。此首平仄韻異部間叶。《定西番》的曲調，最初當是反映唐朝與西北邊各族戰争的軍中謡。温庭筠三首《定西番》，第一、三兩首的内容仍與調名相關。

② 漢使，西漢張騫曾奉命出使西域。《漢書・張騫傳》：“漢方欲事滅胡……乃募能使者。騫以郎應募，使月氏。”“拜騫爲中郎將……騫即分遣副使使大宛、康居、月氏、大夏……於是西北國始通於漢矣。”此泛指唐朝出使西北邊塞的使者。係詞中女主人公之丈夫。攀弱柳，指女子折柳送别丈夫。折寒梅，謂女子折梅花相贈，以表相思之情。《太平御覽》卷九七〇引《荆州記》：“陸凱與范曄相善，自江南寄梅花一枝，詣長安與曄，並贈范詩曰：‘折花逢驛使，寄與隴頭人。江南無所有，聊贈一枝春。’”“折寒梅”化用其語意。

③ 上高臺，指丈夫啓程後，女子登上高臺遥望。

④ 玉關，即玉門關，漢武帝置，爲通往西域各國之門户。故址在今甘肅敦煌市西北小方盤城。

⑤ 羌笛，古代管樂器，因出於羌中，故名。王之涣《凉州詞》：“羌笛何須怨楊柳，春風不度玉門關。”此用其詞意。

⑥ 月徘徊，月光流動貌。曹植《七哀詩》：“明月照高樓，流光正徘徊。上有愁思婦，悲嘆有餘哀。”張若虚《春江花月夜》：“可憐樓上月徘徊，應照離人妝鏡臺。”

【箋評】

【湯顯祖曰】“月徘徊”是“香稻啄殘鸚鵡粒”句法。（湯評《花間集》卷一）

【董其昌曰】攀柳折梅，皆所以寫離别之思。末二句聞笛見月，傷之也。(《評注便讀草堂詩餘》卷七。轉引自張紅編著《温庭筠詞新釋輯評》)

【按】全篇均從閨中思婦角度着筆，以女子口吻寫。上片寫漢使(丈夫)昔年離别赴邊塞時自己折柳相送、折梅寄情，登高臺遥送之情景。下片寫月明之夜，見北雁南飛，而丈夫仍遠使未歸，想象此時千里之外的玉關，春雪未銷，戍樓之上，羌笛聲悲，月光徘徊，令人無限哀愁。上片從回憶中寫昔之傷别，下片從想象中寫今之傷離。意境開闊，風格清迥。文人之邊塞詞，中唐韋應物《調笑》(胡馬)外，此當爲時代較早者。

定西番

海燕欲飛調羽[①]，萱草緑，杏花紅，隔簾櫳[②]。　　雙鬢翠霞金縷[③]，一枝春豔濃[④]。樓上月明三五，瑣窗中[⑤]。

【校注】

① 海燕，燕子的别稱。古人認爲燕子産於南方，須渡海而至，故稱。沈佺期《古意呈喬補闕知之》："盧家少婦鬱金堂，海燕雙棲玳瑁梁。"或云，海燕即越燕，燕之一種。《爾雅翼·釋鳥》："越燕，小而多聲，頷下紫，巢於門楣上，謂之紫燕，亦謂之漢燕。"因其産於濱海百越地區，故又稱海燕或越燕。調羽，調弄羽翼，準備飛翔。

② 萱草爲多年生宿根草本植物，春來抽葉返緑，故曰"萱草緑"。簾櫳，窗簾與窗格，此泛指窗户。三句倒置，謂隔簾望見庭院中萱草緑、杏花紅的春天景象。

③ 句意謂女子的雙鬢插着翠霞色的釵飾。華鍾彦曰："翠霞，釵色；金縷，釵穗也。"

④ 此即李白《清平調辭》"一枝紅豔露凝香"之意，謂女子新妝甫就，如同一枝紅豔鮮濃的春花。也可連上句理解爲在鬢邊插一枝紅豔的春花。

⑤ 謂十五的圓月映入樓上刻有連環花紋的窗户中。

【箋評】

【湯顯祖曰】"樓上月明三五，瑣窗中。"不知秋思在誰家。(湯評《花間集》卷一)

【丁壽田、丁亦飛曰】如此良辰美景，而佳人幽居樓上，垂簾不卷，其情緒可想見矣。(《唐五代四大名家詞》甲篇)

【按】上片寫樓上女子隔簾望見庭院中燕子調羽、萱草泛緑、杏花吐豔的春天景

象，下片寫其妝束之豔麗與月圓人未圓的惆悵。上片日間景物，下片夜間景物。而“隔簾櫳”“瑣窗中”則爲所見景物的共同凭藉，其中暗透幽寂的意緒。語言爽利，而表情含蓄。此篇内容與調名的聯係已不明顯。

定西番

細雨曉鶯春晚。人似玉，柳如眉，正相思。　　羅幕翠簾初捲，鏡中花一枝。腸斷塞門消息①，雁來稀②。

【校注】

① 塞門，猶邊關。《文選・顔延之〈赭白馬賦〉》：“簡偉塞門，獻狀絳闕。”李善注：“塞，紫塞也。有關，故曰門。”此指西北邊塞。作者《楊柳枝》之八：“塞門三月猶蕭索，縱有垂楊未覺春。”腸斷塞門消息，謂戍守塞門的征人久無音訊，閨中思婦爲之腸斷。參下句。

② 雁來稀，謂音書稀少。傳説雁足能傳書，故以“雁來稀”指雁書之稀。

【箋評】

【按】上片寫暮春清曉女子的相思。下片前兩句寫其卷簾幕理曉妝，“鏡中花一枝”既寫其對鏡簪花，亦像喻鏡中人如鮮豔的春花。結拍點出相思之由。“塞門”句與詞調名關聯。

南歌子①

手裏金鸚鵡，胸前繡鳳皇②。偷眼暗形相③，不如從嫁與，作鴛鴦④。

【校注】

①《南歌子》，唐教坊曲名，後用爲詞調，有單調、雙調二體。單調二十三字或二十六字，平韻。雙調五十二字，有平韻、仄韻二體。唐人另有《南歌子詞》，單調二十字，平韻，實即五言絶句體，與此調有别。温庭筠《南歌子》現存七首，均爲單調二十三字，二、三、五句押三平韻。《南歌子》曲調，當産於江南吴越一帶地區。

②【華鍾彦曰】金鸚鵡，手裏所攜者；繡鳳凰，衣上之花也。此指貴介公子言。以真鳥與假鳥對舉，引起下文抽象之鳥。【俞平伯曰】這兩句，一指小針綫，一指大

針綫。小件拿在手裏,所以説“手裏金鸚鵡”。大件繡在架子上,俗稱“綳子”,古言“繡牀”,人坐在前,約齊胸,所以説“胸前繡鳳凰”,和下面的“作鴛鴦”對照,結出本意。(《唐宋詞選釋》)【按】庭筠《南歌子》七首,其他六首一二句均寫女子之體態、妝飾、動作,此首似不應例外而寫眼中所見貴介公子。《菩薩蠻》之七有“鳳凰相對盤金縷”之句,係指女子繡衣上有用金綫繡成的鳳凰圖案;張泌《南歌子》之三亦有“羅衣繡鳳凰”之句,則庭筠“胸前繡鳳皇”句當指女子繡衣的胸前位置有鳳凰圖案。然則“手裏金鸚鵡”亦可能實指手裏托着鸚鵡架(逗弄調教鸚鵡),或如俞説手裏持金鸚鵡圖案之繡件。

③ 形相,猶端詳、打量。

④ 任嫁與,隨自己的意願嫁給他。作鴛鴦,喻結爲恩愛伴侣。

【箋評】

【湯顯祖曰】短調中能尖新而轉换,自覺雋永。可思腐句腐字,一毫用不着。(湯評《花間集》卷一)

【徐士俊曰】“峨眉山月”四句五地名,此詞四句三鳥名。(卓人月《古今詞統》卷一)

【譚獻曰】盡頭語,單調中重筆,五代後絶響。(《復堂詞話》)

【陳廷焯曰】“偷眼暗形相”五字開後人多少香奩佳話。(《雲韶集》卷二四)五字摹神。“鴛鴦”二字與上“鸚鵡”“鳳凰”映射成趣。(《詞則・閑情集》卷一)

【李冰若曰】飛卿《南歌子》七首,有《菩薩蠻》之綺豔而無其堆砌,天機雲錦,同其工麗,而人之盛推《菩薩蠻》爲集中之冠者,何耶?又曰:《花間集》詞多婉麗,然亦有以直快見長者,如“不如從嫁與,作鴛鴦”“此時還恨薄情無”等詞,蓋有樂府遺風也。(《栩莊漫記》)

【唐圭璋曰】這兩首(指本篇及“懶拂鴛鴦枕”一篇)《南歌子》語意大膽直率,前一首表示決心嫁给自己所愛的對象,第二首説明相思之深。詞中女子的口吻,與民間詞的人物很相近,與温詞主要作品中含蓄委婉的特色不同,當是民間詞的仿作。兩首詞辞藻都很華麗,但其中使用了口語,爲的是能更形象地表達出人物的思想活動。(《唐宋詞選注》)

【袁行霈曰】象徵着美好姻緣的鴛鴦,是由巧舌傳情的鸚鵡和成雙成對的鳳凰引起的聯想。而這首詞的構思就是建立在這三種禽鳥的類比和聯想上。感情真率,語言巧妙,帶有濃厚的民間詞的氣息。(《温詞藝術研究》)

【按】《南歌子》七首,所寫均爲歌舞妓一類人物。在不少詞中這類人物往往被仕女化、閨情化、類型化,此首却頗具本色,寫其心理活動尤生動傳神,具有個性化色彩。抒情直率,風格明快,有濃鬱民歌風味,但仍具綺豔特色。

南歌子

似帶如絲柳，團酥握雪花[①]。簾捲玉鈎斜[②]。九衢塵欲暮[③]，逐香車[④]。

【校注】

① 團酥，猶凝脂。李調元《雨村詞話》卷一：“温庭筠《南歌子》‘團酥握雪花’，言花之白如團蘇也，與酥同義。”【華鍾彦曰】團酥，猶凝脂也。宋人詞多有用之者。稼軒詞《白牡丹》：“最愛弄玉團酥，就中一朵，曾入揚州詠。”曾覿詞：“玉人今夜，滴粉搓酥，應斂眉山。”一般指酥胸，此處指粉面。《詩經・碩人》：“膚如凝脂。”握雪，猶言撲粉。花，指面容。白居易詩：“雲鬢花顔金步摇。”【按】二句以似帶如絲之柳枝、似凝脂團雪的梅花喻女子體態之裊娜、膚色之白潤。柳與梅不同時，當非實指。

② 簾，指車簾，視下文“香車”可知。玉鈎，指掛簾的簾鈎。

③ 九衢，縱横交叉的大道。此指京城繁華的大道。

④ 謂街道的暗塵隨女子的香車馳過而一路飛揚。蘇味道《正月十五夜》：“暗塵隨馬去，明月逐人來。遊妓皆穠李，行歌盡落梅。”此化用其意。

【箋評】

【譚獻曰】源出古樂府。（《譚評詞辨》）

【丁壽田、丁亦飛曰】此詞言暮春傍晚，捲簾眺望，則見柳絮成團，車塵漠漠，所謂城市之光也。前温飛卿《菩薩蠻》：“時節欲黄昏，無憀獨倚門”，情緒與此略似。（《唐五代四大名家詞》甲篇）

【華鍾彦曰】言捲簾所欲望者，歸人也。矚目九衢之中，車塵萬丈，自晨至昏，而不見歸人，空逐香車馳過而已。（《花間集注》）

【按】此首寫女子體態婀娜，肌膚白潤，晚乘香車奔馳於京城九衢之中，揚起一路暗塵。此即蘇味道詩所謂“遊妓皆穠李”者也。“簾捲玉鈎斜”之際，故得瞥見車上之女子。張泌《浣溪沙》：“晚逐香車入鳳城，東風斜揭繡簾輕，慢迴嬌眼笑盈盈。”情景與此略似，第温詞中作者係旁觀者，而張詞中作者則爲一逐香車佯醉隨行之“狂生”也。不必將其閨情化。

南歌子

鬌墮低梳髻①，連娟細掃眉②。終日兩相思，爲君憔悴盡，百花時③。

【校注】

① 鬌墮，同"倭墮"，古代婦女髮髻的一種樣式。漢樂府《陌上桑》："頭上倭墮髻，耳中明月珠。"晉崔豹《古今注·雜注》："墮馬髻，今無復作者。倭墮髻，一云墮馬之餘形也。"段成式《髻鬟品》："長安城中有盤桓髻、驚鵠髻……及倭墮髻。"唐許景先《折柳篇》："寶釵新梳倭墮髻，錦帶交垂連理襦。"【黄進德曰】倭墮髻，即墮馬髻，中唐以後流行的髻式，即將頭髮自兩鬢梳向腦後，掠至頭頂挽成一髻，再向額角俯偃下垂，偏於一側，故曰低梳。白居易《代書詩一百韻寄微之》："風流誇墮髻。"原注："貞元末，城中復爲墮馬髻。"此髻式始自漢代。（《唐五代詞選集》）

② 連娟，彎曲而纖細。《史記·司馬相如列傳》："長眉連娟，微睇綿藐。"司馬貞索隱引郭璞曰："連娟，眉曲細也。"【黄進德曰】蛾眉，有兩種。一、細長而彎曲若蠶蛾之觸鬚然，古已有之……流行至天寶末。白居易《上陽白髮人》："小頭鞋履窄衣裳，青黛點眉眉細長。世人不見見應笑，天寶末年時世妝。"二、較濃，即所謂"蛾翅眉"，爲元和以後新眉式。張籍《倡女詞》："輕鬢叢梳闊掃眉。"……文宗大和六年六月有詔"改革""婦人高髻險妝，去眉開額"風俗，一仍貞元中舊制（參見《唐會要》卷三十一"輿服上·雜録"），眉式遂變。温庭筠《南歌子》："倭墮低梳髻，連娟細掃眉"可參證。此當指前一種。（《唐五代詞選集》114～115頁）

③ 謂整個百花開放的春季都因相思而爲君憔悴。

【箋評】

【譚獻曰】"百花時"三字，加倍法，亦重筆也。（《譚評詞辨》卷一）

【陳廷焯曰】低徊欲絶。（《詞則·閑情集》卷一）

【唐圭璋曰】此首寫相思，純用拙重之筆。起兩句，寫貌。"終日"句，寫情。"爲君"句，承上"相思"，透過一層，低回欲絶。（《唐宋詞簡釋》）

【按】曰"終日"、曰"盡"，抒情直截而強烈，不復爲委婉含蓄之辭，與"不如從嫁與，作鴛鴦"同趣。

南歌子

臉上金霞細①,眉間翠鈿深②。攲枕覆鴛衾③。隔簾鶯百囀,感君心④。

【校注】

① 金霞,蕊黄粉。詳《菩薩蠻》之三"蕊黄無限當山額"句注。金霞細,形容撲蕊黄之細粉如金霞之細。日本青山宏《唐宋詞研究》:"沈從文著的《中國古代服飾研究》第287頁(插圖一〇四),在所載的范文藻摹寫的"榆林窟壁畫五代人供養人"圖中,描繪了在眉間施飾以花鈿的八位女性,其中四人在花形的紅色花鈿中心,加入了翠色的色彩。這四人特别在鬢髮和眼梢之間和太陽穴附近,施以與眉間同樣的化妝。還有在口的左右的面頰部,也好像化了妝。這八位女性,誰都在左右眼睛之下的面頰部的中心部,施有由濃而淡的黄色。這種由濃而淡的化妝,就是被歌詠爲"臉上金霞細"。(轉引自張紅编著《温庭筠詞新釋輯評》)

② 翠鈿,詳《菩薩蠻》之八"翠鈿金壓臉"句注。曰"眉間翠鈿",則指用绿色"花子"粘於眉心。

③ 攲枕,斜倚枕頭。覆,蓋。鴛衾,繡有鴛鴦圖案的錦被。

④ 感君心,思念君之心。

【箋評】

【李冰若曰】婉孌纏綿。(《栩莊漫記》)

【華鍾彦曰】(末二句)聞鶯百囀,感春光將盡,思君之心,益怊悵而難平也。(《花間集注》)

【按】一二句,女子之妝飾。"低梳""細掃",寫其着意修飾。三四五句則晨起因思念情人而攲枕擁衾,聽流鶯之百囀,嘆芳春而獨處也。

南歌子

撲蕊添黄子①,呵花滿翠鬟②。鴛枕映屏山③,月明三五夜,對芳顔④。

【校注】

① 撲蕊,撲施蕊黄粉。蕊,蕊黄粉,婦女化額黄妝所用。詳《菩薩蠻》之三"蕊

黄無限當山額”句注。温庭筠《懊惱曲》:“藕絲作綫難勝針,蕊粉染黄那得深。”黄子,指額黄。李商隱《宫中曲》:“賺得羊車來,低扇遮黄子。”

② 呵花,戴花之前用口吹一下花朵,使其舒展。毛熙震《酒泉子》:“曉花微斂輕呵展,裊釵金燕軟。”

③ 鴛枕,繡有鴛鴦的枕頭,象徵愛情的美滿。屏山,山形的枕屏。映,湯本《花間集》作“暗”。

④ 謂芳顔獨對三五之圓月。示情人别離,月圓而人未圓。

【箋評】

【湯顯祖曰】“撲蕊”“呵花”四字,從未經人道過。(《湯評〈花間集〉卷一》)

【李冰若曰】此詞與上闋同一機杼,而更怊悵自憐。(《栩莊漫記》)

【按】雖精心妝扮,然鴛枕獨宿,月圓人離,惆悵之情何堪。此首只作客觀描寫,不直接抒情,較爲含蓄。

南歌子

轉眄如波眼[①],娉婷似柳腰[②]。花裏暗相招[③]。憶君腸欲斷,恨春宵[④]。

【校注】

① 眄,王輯本《金筌詞》、毛本《花間集》作“盼”。轉眄,目光流轉。

② 娉婷,姿態美好貌。

③ 花叢中向對方暗暗招手相邀。此或是與情人初次私約相邀情景。

④ 春宵而獨處,思君而腸斷,故“恨春宵”之難度,亦“恨春宵”之愈增己之孤寂。

【箋評】

【陳廷焯曰】“恨春宵”三字,有多少宛折。(《雲韶集》卷二十四)

【李冰若曰】末二句率致無餘味。(《栩莊漫記》)

【張以仁曰】末二句情上落筆,幾許哀愁,無限相思,正賴此一會傾訴。二句正是全詞重點,否則便顯輕佻……此詞非追憶之作,實寫女方久别重逢心意情態,末二句乃傾訴相思之久,而恨春宵之短,其急切,其纏綿,得此二句,躍然欲出。又曰:此詞首句寫表情,知伊人已來,狀聞聲而喜也;次句描姿態,以狀字作動詞,蓋急切行來,

不覺其花枝招展矣；三句述動作，連帶説明環境，謂私會也。一句一變，各有重點，各擅風情，而又一氣呵成，有如電影連續之特寫鏡頭。（《温飛卿詞舊説商榷》。《花間詞論集》96頁）

【按】此首前二句看似客觀描寫女子倩目流波，娉婷多姿，然與第三句連讀，則確帶有叙事意味，蓋女主人公回憶初次與情人私約會面時自己之媚姿逸態與花裏相招的急切情景。後二句以"憶"字點醒前三句乃回憶中情景，謂别來日久，值此春宵良夜，獨處思君，不禁腸斷，而恨春宵之長也。

南歌子

懶拂鴛鴦枕[①]，休縫翡翠裙[②]，羅帳罷爐熏[③]：近來心更切，爲思君。

【校注】

① 拂，有拂拭、觸及、放置等義，均可通。鴛鴦枕，即鴛枕，繡有鴛鴦圖案的枕頭，象徵男女合歡。或指成雙成對的枕頭。

② 翡翠裙，繡有翡翠鳥圖案的裙。《楚辭・招魂》："翡翠珠被，爛齊光些。"王逸注："雄曰翡，雌曰翠。"翡翠亦美好愛情之象徵。因離别相思，情思慵倦，意緒無聊，故"懶拂""休縫"；亦可理解爲怕觸動離别相思之情，故"懶拂""休縫"。休，罷也。下句有"罷"字，故避複作"休"。

③ 因意中人不在，故羅帳亦不復熏香。

【箋評】

【陳廷焯曰】上三句三層，下接"近來"五字甚緊，真是一往情深。（《詞則・閑情集》卷一）

【李冰若曰】"懶""休""罷"三字，皆爲思君之故，用"近來"二字，更進一層。於此可悟用字之法。（《栩莊漫記》）

【唐圭璋曰】此首，起三句三層。"近來"句，又深一層。"爲思君"句總束，振起全詞，以上所謂"懶""休""罷"者，皆思君之故也。（《唐宋詞簡釋》）

【張以仁曰】首句寫晨起之慵懶，次句寫白日之無聊，三句寫入夜之意緒缺乏，一天情況如此。加"近來"一句，重之以"更"字，則天天如此且情況日益嚴重矣。白雨齋之所以作爲此評也。然白雨齋但識"近來"二字之妙，不知"更"字着力深厚處，猶一間未達也。（《温飛卿詞舊説商榷》。《花間詞論集》97頁）

【按】“近來心更切，爲思君”八字，全篇主意，亦上三句之總結。“懶拂”“休縫”“罷燻”，均“近來心更切，爲思君”之具體表現。第三句下加一承上總括之冒號，則意豁然矣。層層渲染，末二句結出主意。

河瀆神[①]

河上望叢祠[②]，廟前春雨來時。楚山無限鳥飛遲，蘭棹空傷別離[③]。　何處杜鵑啼不歇，豔紅開盡如血[④]。蟬鬢美人愁絶，百花芳草佳節。

【校注】

①《河瀆神》，唐教坊曲名。後用爲詞調。唐五代存詞均不離調名本意，詠及河邊祠廟。雙調四十九字。有兩體：一體上片平韻，下片换仄韻；一體通首押平韻。庭筠所作三首均爲前一體。

② 叢祠，建在叢林中的祠廟。《史記·陳涉世家》：“又間令吴廣之次所旁叢祠中，夜篝火。”司馬貞索隱引《戰國策》高誘注：“叢祠，神祠也。叢，樹也。”

③ 蘭棹，蘭舟，木蘭樹製作的舟船。用作對舟船的美稱。

④ 杜鵑，鳥名。《埤雅》：“杜鵑一曰子規，苦啼，啼血不止。一名怨鳥，夜啼達旦，血漬草木。”此二句上句寫杜鵑鳥哀鳴不歇，下句寫杜鵑花盛開豔紅如血，似爲杜鵑鳥啼血所染。極言離別之哀愁。

【箋評】

【王士禛曰】“蟬鬢美人愁絶”，果是妙語。飛卿《更漏子》《河瀆神》凡兩言之。李空同所謂自家物終究還來耶。（《花草蒙拾》）

【陳廷焯曰】《河瀆神》三章寄哀愁於迎神曲中，得《九歌》遺意。（《詞則·别調集》卷三）

【李冰若曰】飛卿詞中重句重意，屢見《花間集》中。由於意境無多，造句過求妍麗，故有此弊，不僅“蟬鬢美人”一句已也。（《栩莊漫記》）

【按】“蘭棹空傷别離”句束上起下，爲一篇之主。詞寫情人河畔傷别所見所聞所感。春雨如絲，楚山無限，杜鵑哀鳴不歇，杜鵑花盛開如血。風格哀豔，情感悱惻。“何處杜鵑啼不歇，豔紅開盡如血”二句，將杜鵑啼血與杜鵑花豔红如血聯係在一起，以暗示情人之泣血傷離，極富想象。

河瀆神

孤廟對寒潮，西陵風雨蕭蕭①。謝娘惆悵倚蘭橈②，淚流玉筯千條③。　暮天愁聽思歸樂④，早梅香滿山郭。迴首兩情蕭索⑤，離魂何處飄泊？

【校注】

① 西陵，今浙江杭州市蕭山區西興鎮的古稱。李白《送友人尋越中山水》："東海横秦望，西陵遶越臺。"六朝時其地爲西陵戍。南朝樂府民歌《蘇小小歌》有"何處結同心？西陵松柏下"之句，西陵在錢塘江之西，又稱西陵渡。與李白詩之"西陵"在錢江之東者不同。五代吴越時改西陵爲西興。孤廟，即河邊之神祠。

② 謝娘，見《更漏子》（柳絲長）"惆悵謝家池閣"句注。此借指傷别的女主人公。蘭，原作"欄"，據陸本《花間集》改。蘭橈，即上首"蘭棹"。

③ 玉筯，喻女子成行的珠淚。筯，筷子。

④【曾昭岷等《全唐五代詞》校】樂，鄂本、毛本《花間集》作"落"。毛本《花間集》注云："一作'樂'。"李一氓《花間集校》云："樂，讀如約。"施蟄存《讀温飛卿詞札記》云："非也，此'思歸樂'乃是鳥名。"舉元稹《思歸樂》詩爲證，並引陶岳《零陵記》云："狀如鳩而慘色，三月則鳴，其音云'不如歸去'。"蓋即杜鵑也。施氏所云甚是。【按】元稹《思歸樂》云："山中思歸樂，盡作思歸鳴。""山中思歸樂"即指山中杜鵑鳥。庭筠《河瀆神》第一首又有"何處杜鵑啼不歇"之句，似此首愁聽之"思歸樂"亦當指杜鵑鳥。然細審上下文，乃知此"思歸樂"必非指杜鵑鳥。蓋杜鵑鳥鳴於春末夏初，前首寫杜鵑啼，亦云"百花芳草佳節""春雨來時"。而此詞一則曰"寒潮"，再則曰"早梅香滿"，時令當在季冬或早春，此時豈復有杜鵑鳥之鳴？此"思歸樂"乃是當時樂曲名。王溥《唐會要》卷三十三《諸樂》："太常梨園别教院，教法曲樂章等：《王昭君樂》一章，《思歸樂》一章，《傾杯樂》一章……"此從"思歸"二字着眼，蓋謂雖聽《思歸樂》之曲而漂泊不歸，故曰"愁聽"。李一氓謂"樂，讀如約"，是。

⑤ 蕭索，淒涼冷清。

【箋評】

【湯顯祖曰】二詞頗無深致，亦復千古並傳。《柏梁》《金谷》《蘭亭》帶挈中乘人不少。上駟之冤，亦下駟之幸耶？閣筆爲之一噱。（湯評《花間集》卷一）

【陳廷焯曰】起筆蒼茫中有神韻，音節凑合。（《雲韶集》卷一）

【按】此早春在西陵與情人離别之作，視“謝娘惆悵倚蘭橈”“迴首兩情蕭索，離魂何處飄泊”等句可知。紀實色彩明顯，非一般應歌之作。調名本意只起處一點。此詞只起處意境闊遠，餘皆平平。疑會昌二年初春自吴中赴越中途經西陵時作。

河瀆神

銅鼓賽神來①，滿庭幡蓋徘徊②。水村江浦過風雷，楚山如畫煙開③。　　離别櫓聲空蕭索，玉容惆悵妝薄。青麥燕飛落落④。捲簾愁對珠閣⑤。

【校注】

① 銅鼓，古代西南少數民族所使用的樂器，節日及舉行宗教活動時每用之。《後漢書・馬援傳》：“援好騎，善别名馬，於交趾得駱越銅鼓，乃鑄爲馬式。”范成大《桂海虞衡志・志器》：“銅鼓，古蠻人所用。南邊土中時有掘得者，相傳爲馬伏波所遺，其制如坐墩而空其下，滿鼓皆細花紋，極工緻。四角有小蟾蜍。兩人舁行，以手拊之，全似鞞鼓。”賽神，設祭酬神。

② 幡蓋，賽神時用以迎神的旗幡、華蓋等儀仗。徘徊，往返回旋貌。

③ 過風雷，或解爲迎神之車聲（見箋評引華鍾彦説），然連下句，當是實寫。煙，指籠罩在山間的雲霧。“楚山如畫煙開”，即“楚山煙開如畫”之意。上句寫江邊水村雷陣雨疾，下句寫雨過楚山雲開霧散，洗出山色如畫。

④ 落落，稀疏貌。漢杜篤《首陽山賦》：“長松落落，卉木蒙蒙。”

⑤ 珠，吴本《花間集》作“朱”。

【箋評】

【李冰若曰】上半闋頗有《楚辭・九歌》風味，“楚山”一語最妙。（《栩莊漫記》）

【施蟄存曰】飛卿亦有拙句，如“新歲清平思同輦，争奈長安路遠。”“青麥燕飛落落，卷簾愁對珠閣。”“樓上月明三五，瑣窗中。”“淚流玉箸千條”等句，皆俚俗。（《讀温飛卿詞札記》）

【華鍾彦曰】賽神，謂報祭神祇也。唐時賽神之始，建臺觀，設道場，具儀仗，簫鼓雜戲，迎神於河上……此言鳴銅鼓以迎神，故庭臺之前，幡蓋摇蕩也……雷，車聲也。此言神之來也，則迎神之車，行如風，聲如雷，馳驅於水村江浦之間。及其往也，煙開雲散，但見楚山歷歷如畫耳。以興神之去來易事也。奈何人之去而不返耶？麥青時節，約在三月，錢昭度《春陰詩》：“語燕初飛隴麥青，春雲將雨滯人行。”（《花間集

注》)

【按】上片前兩句寫祠廟賽神之熱鬧場景。三四轉寫江邊水村雷過雨歇,楚山雲開霧散,清景如畫。换頭點出情人河上傷離,"玉容惆悵"。係送者。末二句則别後女子珠閣捲簾所對清寂之景。此首雖亦寫情人傷别,但背景不局限於眼前狹小之庭院,而擴大至江邊神廟賽神、水村風雷過後楚山如畫之情景,爲閨情題材、傷别主題注入新鮮的生活氣息,可謂别開生面之作。飛卿《河瀆神》三首雖均詠男女河畔傷離,然時、地不同。第一、三首均言及"楚山",又各有"春雨""杜鵑""青麥"等字,當同時同地之作。第二首則初春作於西陵。係會昌二年初春自吴中赴越中途經西陵時作。庭筠詩集七有《題蕭山廟》,卷九有《江上别友人》,中有"馬嘶秋廟空","地勢蕭陵歇"及"秋色滿葭菼"之句,係會昌二年秋自越中返吴中途經蕭山、錢塘江時作。此三首均不同程度具有紀實色彩。本調之意僅各於起手處稍點,其他各句均以詠男女傷離爲中心,不妨視爲以河邊神祠爲背景之男女傷别組詞。

女冠子①

含嬌含笑,宿翠殘紅窈窕②。鬢如蟬。寒玉簪秋水③,輕紗捲碧煙④。　　雪胸鸞鏡裏,琪樹鳳樓前⑤。寄語青娥伴⑥,早求仙。

【校注】

①《女冠子》,唐教坊曲名,後用爲詞調。唐五代此調多詠調名本意(即詠女道士)。今存詞中,小令始於温庭筠。雙調四十一字。上片一、二句押仄韻,三、五句换押平韻。下片二、四句押平韻。宋代有《女冠子》長調,始於柳永,雙調一百十一字,仄韻。

② 宿翠殘紅,謂眉間臉上還留有昨日的殘妝。翠,指眉黛;紅,指紅粉、臙脂。

③ 寒玉,指玉簪。玉色晶瑩透明,似泛寒意,故云。秋水,形容寒玉之色。句意謂插上寒碧若秋水之色的玉簪。

④ 此謂披着如同碧煙般的輕紗霧縠。【张紅曰】輕紗,指"披帛""畫帛"。唐宋時流行的一種女子服飾,類似今之圍巾。以輕薄紗羅裁成,上面印有花紋圖案,一般有兩米長。用時將它披在肩背上,兩端盤繞臂旁自然垂下,行走時,可隨手臂擺動而飄舞生姿,十分美觀。【按】張説甚詳,今存唐畫中上層社會婦女用披帛者甚多。女冠是否亦用披帛,未詳。韋莊《天仙子》:"金似衣裳玉似身,眼如秋水鬢如雲,霞裙月帔一群群。"所詠亦女冠,所谓"月帔"或即温詞之"輕紗捲碧煙"者也。捲,狀披肩之飄逸。

⑤ 琪樹,仙境中的玉樹。《文選·孫綽〈遊天臺山賦〉》:"建木滅景於千尋,琪

樹璀璨而垂珠。”吕延濟注:“琪樹,玉樹。”此借喻亭亭玉立的美人,即女冠。鹿展扆《女冠子》:“鳳樓琪樹,惆悵劉郎一去,正春深。”用同温詞。鳳樓,用蕭史、弄玉事,見《列仙傳·蕭史》,此借指女冠居處,即道觀。江總《蕭史曲》:“來時兔月滿,去後鳳樓空。”

⑥ 青娥,美麗的少女。青娥伴,指昔日的女伴。

【箋評】

【湯顯祖曰】“宿翠殘紅窈窕”,新妝初試,當更嫵媚撩人,情語不當爲登徒子見也。(湯評《花間集》卷一)

【沈際飛曰】宿翠殘紅尚窈窕,新妝又當何如?“寒玉”二句,仙乎?幽閒之情,浪子風流,即於風流豔詞發之。(《草堂詩餘别集》卷一)

【陳廷焯曰】仙骨珊珊,知非凡豔。(《詞則·閑情集》卷一)綺語撩人,麗而秀,秀而清,故佳。清而能煉。(《雲韶集》卷二十四)

【按】上片寫女冠晨起殘妝猶在,風韻猶存,及重新梳妝、插簪穿衣。下片寫妝成之後對鏡自賞,並寄語青春女伴,望其早日入道求仙。“寒玉”一聯,造語新穎有韻致。詞則沈氏所謂“風流豔詞”也。

女冠子

霞帔雲髮①,鈿鏡仙容似雪②。畫愁眉③,遮語迴輕扇④,含羞下繡幃⑤。　玉樓相望久⑥,花洞恨來遲⑦。早晚乘鸞去,莫相遺⑧。

【校注】

① 霞帔,以雲霞爲服。指道士服。《雲笈七籤》:“並頭戴寶冠,身披霞帔,手執玉簡。”《新唐書·隱逸傳·司馬承禎》:“帝錫寶琴,霞紋帔,還之。”【張紅曰】霞帔,古代婦女的一種服飾,類似披肩,以紗羅製成。其形狀如彩虹繞過頭頸,披掛在胸前,下垂一顆金玉墜子。因其有雲霞樣花紋,故名。道家常著此帔,故亦以“霞帔”稱道士服。

② 鈿鏡,用金、銀、玉、貝鑲嵌的妝鏡。句意謂晨起對鏡,鏡中容顔似雪。仙,指女冠。

③ 愁眉,一種細而曲折的眉妝。《後漢書·梁冀傳》:“(孫)壽色美而善爲妖態,作愁眉、嗁妝、墮馬髻、折腰步、齲齒笑,以爲媚惑。”李賢注引《風俗通》:“愁眉者,細而曲折。”白居易《代書一百韻寄微之》:“風流誇墮髻,時勢鬥愁眉。”

④ 即“迴輕扇以遮語”之意，係形容其嬌媚之態。

⑤ 羞，王輯本《金荃詞》作“笑”。繡幃，彩繡的牀幃。

⑥ 玉樓，傳説中天帝或仙人的住所。《十洲記·崑崙》：“天墉城，面方千里，城上安金臺五所，玉樓十二所。”此指女道士所居。

⑦ 花洞，道教稱仙人或道士居處。貫休《送軒轅先生歸羅浮山》：“玉房花洞接三清。”又，傳説中仙女所居的桃源（或作桃溪）洞亦可稱“花洞”。劉義慶《幽明録》載，東漢永平間，劉晨、阮肇至天臺山采藥迷路，遇二仙女，於桃源洞中結爲伴侣，留半年始歸。唐人常以“桃源洞”喻指女冠居處。

⑧ 早晚，多早晚，何時。乘鸞去，指登仙昇天而去。遺，《金奩集》作“違”。莫相遺，莫相棄，係作者的叮囑之詞。

【箋評】

【華鍾彦曰】“畫愁（眉）”三句，叙女冠在凡時女伴，終日含羞倚愁也。“玉樓”二句，言玉樓中之女伴，思念女冠，望其早歸，而花洞中之女冠，懷想女伴，恨其遲來也。“早晚”二句，女冠之願詞也。（《花間集注》）

【張以仁曰】她的生活奢華、姿容美豔、風情動人……這樣一個類似交際花的女道士，她所盼望的會不會是一個男伴一類情人呢？她們早訂舊約，而竟久候未來。她……珍視眼前短暫的歡聚，希望對方不要遺棄她……題旨應該是：“寫女冠之姿容與凡情。”（《温庭筠兩首〈女冠子〉的訓解與題旨的問題》。《花間詞論集》182～183頁）

【按】上片寫女冠晨起對鏡梳妝、畫眉、穿衣，以及迴扇遮語、含羞下幃等嬌媚之態，係作者往日與其歡會時所見之情景。下片作者抒情，謂對方居玉樓之上，花洞之中，别來相望已久，却始終未能再到其地重叙歡情。末二語則叮囑女冠，願與其攜手同登仙界，永爲仙侣，望其莫相棄也。此有所戀於女冠之詞。

玉蝴蝶①

秋風凄切傷離，行客未歸時②。塞外草先衰③，江南雁到遲④。
芙蓉凋嫩臉，楊柳墮新眉⑤。摇落使人悲⑥，斷腸誰得知？

【校注】

①《玉胡蝶》，有小令、長調二體。小令始於温庭筠此首，雙調四十一字，上片四平韻，每句押韻。下片二、四句押二平韻。或四十二字。長調始於柳永，雙調九十九

字。亦有九十八字體。平韻。庭筠此首已非詠調名本意。

② 行客,征人,出門在外的人。此指女子所懷的男子。

③ 塞外,此指"行客"所在的邊塞之地。

④ 江南,此指女子所居之地。雁到遲,兼寓雁書到遲。

⑤ 二句含義雙關。既謂秋風凄切之時,荷花凋謝,柳葉隕落,亦借喻傷離之女子凋芙蓉之嫩臉,墮柳葉之新眉,容顔憔悴,無心畫眉匀臉。似從白居易《長恨歌》"芙蓉如面柳如眉"化出。

⑥ 宋玉《九辯》:"悲哉秋之爲氣也! 蕭瑟兮草木摇落而變衰。"摇落,指草木樹葉枯黄凋零。

【箋評】

【陳廷焯曰】"塞外"十字,抵多少《秋聲賦》! 飛卿詞"此情誰得知","夢長君不知","斷腸誰得知",三押"知"字,皆妙。(《雲韶集》卷一)

【按】此女子清秋傷離之詞。首句"秋風凄切傷離"提挈全篇主意。"行客"居塞北,思婦在江南。"草先衰"係遥想,"雁到遲"是即景,兼寓音書到遲。過片寫女子因傷離而憔悴瘦損,巧合秋風凄切之景物。末結出"秋風""傷離"之意,而嘆斷腸之情無人得知,倍感凄切。詞風清麗,境界亦較闊遠。

清平樂①

上陽春晚②,宫女愁蛾淺③。新歲清平思同輦④,争奈長安路遠⑤。　　鳳帳鴛被徒燻⑥,寂寞花鎖千門⑦。競把黄金買賦,爲妾將上明君⑧。

【校注】

①《清平樂》,唐教坊曲名,後用爲詞調。班固《兩都賦序》:"海内清平,朝廷無事。"曲名或本此。雙調四十六字。上片押四仄韻,下片一、二、四句押平韻。亦有全首押仄韻者。庭筠此首,有"新歲清平思同輦"之句,與調名仍有關連。

② 上陽,宫名,在唐東都洛陽。唐高宗時建。《新唐書・地理志》:"上陽宫在禁苑之東,東接皇城之西南隅,上元中置,高宗之季常居以聽政。"白居易《新樂府》有《上陽白髮人》,憫宫人之怨曠,其自序云:"天寶五載已後,楊貴妃專寵,後宫人無復進幸矣。六宫有美色者輒置别所,上陽是其一也。貞元中尚存焉。"庭筠此首,亦抒宫女之寂寞望幸心情。

③ 愁蛾,猶愁眉。眉淺,謂未畫眉。

④ 謂時值清平年代,又值新歲,思得君主恩幸,與君同輦而遊。

⑤ 争奈,怎奈、無奈。天子在長安,己在洛陽上陽宫,故云"争奈長安路遠",此言望幸無緣。"長安路遠"隱用"日近長安遠"故典之字面。

⑥ 鳳帳鴛被,繡有鳳凰圖案的牀帳和鴛鴦圖案的錦被。鳳凰、鴛鴦均象徵愛情。望幸無緣,故曰"徒燻"。

⑦ 此句似從杜甫《哀江頭》"江頭宫殿鎖千門"及元稹《行宫》"寥落古行宫,宫花寂寞紅"化出。千門,指皇帝宫殿的千門萬户。《漢書·郊祀志》:"作建章宫,度爲千門萬户。"此指上陽宫。

⑧ 傳司馬相如有《長門賦》。其序云:"孝武皇帝陳皇后時得幸,頗妬。别在長門宫。愁悶悲思。聞蜀郡成都司馬相如工爲文,奉黄金百斤爲相如、文君取酒,因于(《太平御覽》作'求')解悲愁之辭。而相如爲文以悟主人,陳皇后復得親幸。""黄金買賦"出此。按:陳皇后復得親幸與史實不符,此序乃後人所加,非相如作。將上,猶獻上。《詩·小雅·楚茨》:"或剥或亨,或肆或將。"鄭玄箋:"有肆其骨體於俎者,或奉持而進之者。"

【箋評】

【湯顯祖曰】《清平樂》亦創自太白,見吕鵬《遏雲集》,凡四首。黄玉林以二首無清逸氣,韻促促,删去,殊惱人。此二詞(指温庭筠之二首《清平樂》)不知應作何去取。(湯評《花間集》)

【按】此宫怨詞。全篇既寫其寂寞怨曠,更抒其望幸情切。曰"競把黄金買賦",則上陽宫中怨曠者自多。《菩薩蠻》十四首謂之感士不遇或嫌牽強,而此首謂其於抒宫女怨曠中微露感士不遇,或尚切合。

清平樂

洛陽愁絶,楊柳花飄雪①。終日行人恣攀折②,橋下流水嗚咽③。

上馬争勸離觴④,南浦鶯聲斷腸⑤。愁殺平原年少⑥,迴首揮淚千行。

【校注】

① 二句暗點暮春洛陽送别。楊花飄蕩如雪,是暮春季候。范雲與何遜聯句,范作云:"洛陽城東西,却作經年别。昔去雪如花,今來花似雪。"二句化用范詩,暗寓

離别使人愁絶。

② 恣,王輯本《金荃詞》,鄂本、吴本、毛本《花間集》作"争"。【按】下片有"争勸離觴"語,此處不應重出"争"字。古有折柳送别習俗,見《三輔黄圖·橋》。此句寫行人恣意折柳,正點離别之多。

③ 橋,疑指洛陽之天津橋,係古浮橋。隋煬帝大業間遷都,以洛水貫都,有天漢津梁氣象,因建此橋,名曰天津。故址在今洛陽市西南。

④ 離觴,餞行的酒。

⑤《楚辭·九歌·河伯》:"子交手兮東行,送美人兮南浦。"江淹《别賦》:"春草碧色,春水渌波。送君南浦,傷如之何?"南浦,送别之地。

⑥ 平原,指平原侯曹植。《三國志·魏書·陳思王傳》:"植字子建……建安十六年封平原侯。"植有《名都篇》云:"名都多妖女,京洛出少年。""平原年少"用此,借指貴游子弟。或云:平原,戰國時趙邑。燕趙古多慷慨悲歌之士,故常揮淚惜别。(華鍾彦《花間集注》)

【箋評】

【陳廷焯曰】"橋下"句從離人眼中看得,耳中聽得。(《詞則·放歌集》卷一)上半闋最見風骨,下半闋微遜。上三句説楊柳,下忽接"橋下流水嗚咽"六字,正以襯出折柳之悲,水亦爲之嗚咽。如此着墨,有一片神光,自離自合。(《雲韶集》卷一)

【丁壽田、丁亦飛曰】此詞悲壯而有風骨,不類兒女惜别之作,其作於被貶之時乎?(《唐五代四大名家詞》甲篇)

【俞陛雲曰】通首寫離人情事,結句尤佳。臨歧忍淚,恐益其悲,至别後回頭,料無人見,始痛洒千行之淚,洵情至語也。後人有出門詩云:"欲泣恐傷慈母意,出門方洒淚千行。"此意欲别母時賦之,彌見天性之篤。(《唐詞選釋》)

【按】視詞中用范雲、何遜離别及曹植"平原年少"典,所寫當非男女情人之傷别,而係丈夫之壯别。故遣詞用語無脂粉氣,聲情亦遒壯瀏亮。陳、丁二評均有見。然丁謂作於被貶時,則於詞無徵。此首似亦非爲應歌而作。

遐方怨①

憑繡檻②,解羅幃③。未得君書,斷腸瀟湘春雁飛④。不知征馬幾時歸。海棠花謝也⑤,雨霏霏。

【校注】

①《遐方怨》,唐教坊曲名,後用作詞調。有單調、雙調二體。單調始於温庭筠,

二、四、五、七句押平韻。雙調見於顧夐、孫光憲詞。王昆吾《隋唐五代燕樂雜言歌辭研究》:"《遐方怨》,温庭筠辭二首皆'七五三'結,孫光憲兩疊體兩片作'六七'結,各減一、二字,各減一句。"此曲原當爲反映邊地戰争征戍造成夫婦分離的歌謡,庭筠此首猶詠調名本意。

② 繡檻,雕刻精美的欄杆。此指牀邊欄杆。

③ 羅幃,羅帳。

④ 斷腸,雪本《花間集》作"腸斷"。

⑤ 海棠花二月開放,花謝已是暮春。

【箋評】

【陳廷焯曰】神致宛然。(《雲韶集》卷一)

【華鍾彦曰】瀟湘,水名,湘水合瀟水之總稱。其會合處,在今湖南零陵縣北。此言見瀟湘歸雁,而不見征人歸信也。(《花間集注》)

【唐圭璋曰】詞中有以情語結者,有以景語結者。景語含蓄,較情語尤有意味。唐五代詞中,温飛卿多用景語結,韋端己多用情語結。温詞如《遐方怨》結云:"不知征馬幾時歸,海棠花謝也,雨霏霏。"韋詞如《女冠子》結云:"覺來知是夢,不勝悲。"雖各極其妙,然温更有餘韻。(《論詞之作法》)

【按】詳詞意,女主人公當居南方瀟湘之地,"君"則遠戍北邊。春來南雁北飛,而"君"則雁信不至,故云"斷腸""不知征馬幾時歸"。一結風韻悠然,洵爲詞中佳境。

遐方怨

花半坼[①],雨初晴。未捲珠簾,夢殘惆悵聞曉鶯[②]。宿妝眉淺粉山横[③],約鬟鸞鏡裏[④],繡羅輕[⑤]。

【校注】

① 坼,開。

② 謂殘夢爲曉鶯啼鳴聲打斷,醒後倍感惆悵。可與金昌緒《春怨》"打起黄鶯兒,莫叫枝上啼。啼時驚妾夢,不得到遼西"互參。

③ 粉山,指眉妝褪色後顯露的粉底如山之形。

④ 約鬟,梳弄頭髮,將頭髮挽成環形的髮髻。

⑤ 彩繡的絲羅衣裙輕薄飄逸。

【箋評】

【徐士俊曰】(二首)“斷腸”“夢殘”二語,音節殊妙。(卓人月《古今詞統》卷三引》)

【李冰若曰】“夢殘”句妙,“宿妝”句又太雕矣。“粉山横”意指額上粉,而字句甚生硬。(《栩莊漫記》)

【按】前四句寫女子春曉殘夢初醒的惆悵。後三句寫晨起對鏡,梳妝穿衣。“夢殘”句精煉含蓄,抵得一首金昌緒的《春怨》,《遐方怨》之調名本意亦於此微透。

訴衷情①

鶯語,花舞。春晝午。雨霏微②。金帶枕③,宫錦,鳳皇帷④。柳弱蝶交飛⑤,依依⑥。遼陽音信稀⑦,夢中歸⑧。

【校注】

①《訴衷情》,唐教坊曲名,後用作詞調。有單調、雙調兩體。單調三十三字,句句押韻。仄韻、平韻互用。雙調有四十一、四十四、四十五字三體,平韻。庭筠此作係單調。

② 春晝午,春日白天正午時分。霏微,雨細小迷濛貌。

③ 金帶枕,以金色綬帶爲飾的枕頭。曹植《洛神賦》李善注引《感甄記》,謂甄后死後,魏文帝曹丕曾以甄后遺物玉鏤金帶枕贈與曹植。

④ 宫錦,爲宫廷特製的高级錦緞。鳳皇帷,織有鳳凰圖案的帷帳。帷帳用宫錦製成。

⑤ 蝶,陸本、茅本、湯本《花間集》作“燕”。曾校《全唐五代詞》作“燕”。

⑥ 依依,形容柳絲輕柔披拂之狀。《詩·小雅·采薇》:“昔我往矣,楊柳依依。”

⑦ 遼陽,漢代遼東郡有遼陽縣。沈佺期《古意呈補闕喬知之》:“九月寒砧催木葉,十年征戍憶遼陽。白狼河北音書斷,丹鳳城南秋夜長。”遼陽縣古治在今遼寧遼陽市西北。唐代這一帶是與東北邊少數民族發生戰争的地方。“遼陽音信稀”即“白狼河北音書斷”之意。

⑧ 夢中歸,指征戍的丈夫在夢中歸來。

【箋評】

【陳廷焯曰】哀感頑豔,琢句遣字無不工妙。結三字凄豔。(《雲韶集》卷二十

四）節愈促，詞愈婉。結三字凄絶。（《詞則·别調集》卷一）

【胡國瑞曰】温庭筠還有些曲調節拍短促而韻律轉换頻數的作品，如《訴衷情》《荷葉杯》（第二首）。這類詞調形式，與五、七言詩大異其趣，確足令人一新耳目。但由於句短、韻繁而變换多，很易犯辭藻堆疊而氣勢壅塞不暢的毛病，必須句斷而意思輾轉相連，乃能通首融成一片，既有完美的意象，而又具有活潑的節奏之美。如《訴衷情》開始平列四種景物，接着又平列三種飾物，彼此間没有承接的關係，又没有感情的融注，令人只覺是麗辭的堆積。（《論温庭筠詞的藝術風格》）

【按】詞寫閨中少婦因征戍遼陽的丈夫音信稀少而春晝積思成夢，夢見丈夫歸來的情景，情節略似京劇《春閨夢》。前九句全寫物象，以之作層層烘托渲染，而女子獨居寂寥、意緒無憀之況可想象。“春晝午。雨霏微”逗下“夢”字。末二語點醒全篇主意。陳評“節愈促，詞愈婉”，固切合此詞特點，然細碎堆砌之弊亦較明顯。

思帝鄉[①]

花花，滿枝紅似霞。羅袖畫簾腸斷[②]，卓香車[③]。迴面共人閑語[④]，戰篦金鳳斜[⑤]。唯有阮郎春盡、不歸家[⑥]。

【校注】

① 《思帝鄉》，唐教坊曲名，後用爲詞調，創自温庭筠。單調三十六字，平韻。又有三十三、三十四字等體。

② 羅袖女子捲起香車上的畫簾，面對滿枝紅似霞的春花，有感於紅顔易衰，不禁爲之腸斷。

③ 卓，停。徐士俊云：“卓”字又見薛昭藴詞“延秋門外卓金輪”。（卓人月《古今詞統》卷三引）【按】卓香車，謂出遊賞春之香車停駐路旁。

④ 閑，王輯本《金荃詞》作“言”。

⑤ 篦，指插在女子髮髻上的金背小梳。戰，顫動。金鳳，指金鳳釵。句意謂女子回頭與人閑語時，梳篦顫動，金鳳釵斜。《歸國遥》有“小鳳戰篦金颭豔”之句，可參。

⑥ 歸，《金奩集》作“還”。阮郎，指阮肇。用劉晨、阮肇入天臺山采藥，遇二麗質仙女，被邀至仙洞，共居半年之事。見劉義慶《幽明録》。後常以劉、阮借指與麗人（多爲女冠）結緣之男子。劉長卿《過白鶴觀尋岑秀才不遇》：“應向桃源裏，教他唤阮郎。”此泛指情郎。

【箋評】

【按】此女子春日乘車出遊，見春花似錦，有感於紅顔易衰、青春將盡，而怨情郎

春盡不歸。結二句點明全篇主意。

夢江南[①]

千萬恨，恨極在天涯[②]。山月不知心裏事，水風空落眼前花[③]。摇曳碧雲斜[④]。

【校注】

①《夢江南》，原名《望江南》，唐教坊曲名。又名《憶江南》。《樂府雜録》謂《望江南》本名《謝秋娘》，係李德裕爲亡姬謝秋娘作。後改此名。但玄宗時教坊已有此曲。白居易依其曲調作《憶江南》三首，自注云："此曲亦名《謝秋娘》，每首五句。"劉禹錫亦有《憶江南》，自注云："和樂天春詞，依《憶江南》曲拍爲句。"單調二十七字，平韻。又有南唐馮延巳所作，五十九字，爲變體。平仄韻换叶。

② 句意謂最恨的是遠在天涯的所思的男子久久不歸。

③ 水風，水上之風。

④ 摇曳，摇蕩、飄動。江淹《雜體・擬休上人怨别》："日暮碧雲合，佳人殊未來。"碧雲，碧空的雲彩。此處"摇曳碧雲斜"亦暗含"佳人殊未來"之意。

【箋評】

【湯顯祖曰】風華情致，六朝人之長短句也。（湯評《花間集》卷一）

【徐士俊曰】幽凉殆似鬼作。（卓人月《古今詞統》卷一引）

【沈際飛曰】（山月二句）慘境何可言！（《草堂詩餘别集》卷二）

【陳廷焯曰】低徊深婉，情韻無窮。（《雲韶集》卷二十四）低回宛轉。（《詞則・别調集》）

【李冰若曰】"摇曳"一句，情景交融。（《栩莊漫記》）

【唐圭璋曰】此首敘飄泊之苦，開口即説出作意。"山月"以下三句，即從"天涯"兩字上，寫出天涯景色，在在堪恨，在在堪傷。而遠韻悠然，令人誦讀不厭。（《唐宋詞簡釋》）

【張以仁曰】此詞主題爲傷春傷别，詞中主角係一懷遠傷春之思婦，傷春實緣傷别而起。首陳懷遠之恨，所謂"千萬恨"者，謂恨有千絲萬縷也……乃此恨山月不知，猶照清景如晝……眼前但見風吹花落，花逐水流，所謂"空落"者，花開欣賞無人，花落更無人惜之謂。以花擬人，"眼前"之"花"，豈非即此眼前之人乎？以月擬人，遥天之月，豈非即彼遠在天涯之人乎？則所謂"空落"者，實亦寓"虚度"之

意……飛卿移景就情，使“眼前”之景與“心裏”之事相結合：“山月”謂其“不知”，“落”上著一“空”字，皆化景爲情之關鍵字也。於是身外景物盡化心中情境。觸緒生愁，彼山月、彼水風、彼花樹，其照耀、其吹拂、其摇曳、其流、其斜，皆化作有情之象矣。哀絶萬端而不失其嫻雅之態……“摇曳碧雲斜”，謂花樹摇曳於碧空之下也。(《試釋温飛卿〈夢江南詞〉一首》。《花間詞論集》186～190頁)

【按】此詞以重筆直抒起，以下三句，却以摇曳空靈之筆調，借山月、水風、落花、碧雲等景物作側面烘染，女主人公之感情意緒，則主要借“不知”“空落”等詞語透露，寫得極宛轉而富韻味。末句尤悠然神遠，可作爲此詞風格之絶妙形容。此小令之極詣，詞中之化境。可見温氏所長並不專在密麗綺豔一路。

夢江南

梳洗罷，獨倚望江樓。過盡千帆皆不是①，斜暉脉脉水悠悠②。腸斷白蘋洲③。

【校注】

① 皆不是，謂均非自己所盼男子乘坐的歸舟。謝脁《之宣城出新林浦向板橋》：“天際識歸舟，雲中辨江樹。”此句反其意而用之。

② 脉脉，含情相視貌。《古詩十九首・迢迢牽牛星》：“盈盈一水間，脉脉不得語。”字本作“眽眽”。

③ 白蘋洲，生長着白蘋花的芳洲。柳惲《江南春》：“汀洲采白蘋，日暮江南春。”湖州霅溪之東南有白蘋洲，即因梁吴興太守柳惲之《江南曲》詩句而得名。此詞之“白蘋洲”係泛指。俞平伯《唐宋詞選釋》引中唐趙微明《思歸》詩中間兩聯：“猶疑望可見，日日上高樓。惟見分手處，白蘋滿芳洲。”認爲“合於本詞全章之意，當有些淵源”。則“白蘋洲”或是昔日與男子分手之處，故望之而“腸斷”。劉長卿《餞别王十一南游》尾聯：“誰見汀洲上，相思愁白蘋。”亦可參證。

【箋評】

【湯顯祖曰】“朝朝江上望，錯認幾人船。”同一結想。(湯評《花間集》卷一)

【沈際飛曰】癡迷、摇蕩、驚悸、惑溺，盡此二十餘字。(《草堂詩餘别集》卷一)

【譚獻曰】猶是盛唐絶句。(《復堂詞話》)

【陳廷焯曰】絶不着力，而款款深深，低徊不盡，是亦謫仙才也。吾安得不服古人。(《雲韶集》卷一)

【李冰若曰】《楚辭》:"望夫君兮未來,吹參差兮誰思?""裊裊兮秋風,洞庭波兮木葉下。"幽情遠韻,令人至不可聊。飛卿此詞:"過盡千帆皆不是,斜暉脉脉水悠悠。"意境酷似《楚辭》,而聲情綿渺,亦使人徒唤奈何也。柳詞:"想佳人倚樓長望(按:柳詞作'妝樓顒望'),誤幾回、天際識歸舟。"從此化出,却露勾勒痕跡矣。又:柳子厚"漁翁夜傍西巖宿,曉汲清湘燃楚竹"一首,論者謂删却末二句尤佳,然如飛卿此詞末句,真爲畫蛇添足,大可重改也。"過盡"二語,既極怊悵之情,"腸斷白蘋洲"一語點實,便無餘韻。惜哉,惜哉!(《栩莊漫記》)

【俞陛雲曰】"千帆"二句窈窕善懷,如江文通之"黯然消魂"也。(《唐詞選釋》)

【俞平伯曰】《西洲曲》:"樓高望不見,盡日闌干頭。"意境相同。詩簡遠,詞宛轉,風格不同。(《唐宋詞選釋》)

【胡國瑞曰】這兩首詞似清淡的水墨畫,避去其所習用的一切濃麗詞藻,只輕輕勾畫幾筆,而人物的神情狀態宛然紙上,在作者整個詞的作風上是極特殊的。如"梳洗罷"一首,所寫爲思婦終日盼望歸人的情態,她獨自倚樓盼望着,從早起到傍晚,從急切希望到惘然絶望,她的神態,她的心情,一切都在作者的素描手法下,鮮明地構成一幅完整的藝術形象。這幅形象極爲明切易感,而又令人體味不盡。這類作品在他的創作中是最爲可貴的,但可惜太少了。(《論温庭筠詞的藝術風格》)

【夏承燾曰】這首詞"斜暉脉脉"是寫黄昏景物,夕陽欲落不落,似乎依依不舍。這裏點出時間,聯係開頭的"梳洗罷",説明她已望了整整一天了。但這不是單純的寫景,主要還是表情。用"斜暉脉脉"比喻女的對男的脉脉含情,依依不舍。"水悠悠"可能指無情的男子像悠悠江水一去不返……這樣兩個對比,才逼出末句"腸斷白蘋洲"來。這句若僅作景語看,"腸斷"二字便無來源。温庭筠詞深密,應如此體會。(《唐宋詞欣賞》)

【施蟄存曰】此女獨倚江樓,自晨至暮,無乃癡絶?竊謂此詞乃狀其午睡起來之光景。飛卿《菩薩蠻》云:"無言匀睡臉,枕上屏山掩。時節欲黄昏,無聊獨閉門。"其上片云:"雨後却斜陽,杏花零落香。"情態正同,皆寫其午睡醒時孤寂之感,一則倚樓凝望,一則無聊閉門耳。(《讀温飛卿詞札記》)

【唐圭璋曰】此首記倚樓望歸舟,極盡惆悵之情。起兩句,記午睡起倚樓。"過盡"兩句,寓情於景。千帆過盡,不見歸舟,可見凝望之久,凝恨之深。眼前但有脉脉斜暉,悠悠江水,江天極目,情何能已。末句,揭出腸斷之意,餘味雋永。温詞大抵綺麗濃鬱,而此兩首則空靈疏蕩,别具丰神。(《唐宋詞簡釋》)又曰:有以叙事直起者,如李中主之"手捲珠簾上玉鉤",飛卿之"梳洗罷,獨倚望江樓"皆是。(《論詞之作法》)

【按】此首集中筆墨,抒寫女子江樓終日凝望歸舟不至的惆悵。次句"獨"字,第三句"盡"字、"千"字、"皆"字均用重筆,寫來却一氣呵成,了無用力之跡,直接叙

事而又高度凝煉概括，重筆抒慨而又藴蓄豐厚。尤妙在“過盡”句下突接“斜暉脉脉水悠悠”一句空靈摇蕩之境，似不經意書即目所見江上景物，却構成極富遠韻之境界，能引發讀者多方面的聯想。江上之空寂，女子心中之空虚失落；斜暉之脉脉含情，流水之悠悠無情；乃至凝望中的女子脉脉含情而惆悵的眼神與悠悠不盡的哀愁，均可於言外領之。可謂一時興到而又堪稱神來之筆。末句亦“過盡千帆皆不是”後凝望所及。回憶昔日於白蘋洲上遊衍與分手，不禁腸斷。雖直抒，仍有藴蓄。温詞頗多密麗綺豔之作，其中亦有佳篇。然其最出色之佳篇名句，却往往爲疏朗空靈、清新有致之格。不但此二首可稱典型，即《菩薩蠻》《更漏子》諸闋，其佳處亦多爲疏朗清新之句，如：“照花前後鏡，花面交相映”，“江上柳如煙，雁飛殘月天”，“心事竟誰知？月明花滿枝”，“池上海棠梨，雨晴紅滿枝”，“花落子規啼，緑窗殘夢迷”，“人遠淚闌干，燕飛春又殘”，“楊柳又如絲，驛橋春雨時”，“畫樓音信斷，芳草江南岸”，“鸞鏡與花枝，此情誰得知”，“雨後却斜陽，杏花零落香”，“春水渡溪橋，凭欄魂欲銷”，“春恨正關情，畫樓殘點聲”，“柳絲長，春雨細，花外漏聲迢遞”，“簾外曉鶯殘月”，“城上月，白如雪，蟬鬢美人愁絶”，“京口路，歸帆渡，正是芳菲欲度”，“梧桐樹，三更雨，不道離情正苦。一葉葉，一聲聲，空階滴到明”，均其顯例。可見，被視爲代表温詞密麗綺豔風格之《菩薩蠻》《更漏子》諸章，其佳處亦往往在疏處也。詞家之所好，並不等於即其所長。

河　傳[①]

江畔，相喚，曉妝鮮[②]。仙景箇女采蓮[③]。請君莫向那岸邊。少年，好花新滿舡[④]。　紅袖摇曳逐風暖[⑤]，垂玉腕，腸向柳絲斷[⑥]。浦南歸，浦北歸，莫知。晚來人已稀。

【校注】

①《河傳》，隋代曲名。《碧雞漫志》引《脞説》云：“《水調·河傳》，煬帝將幸江都時所製，聲韻悲切。”楊慎《詞品》則云是“隋開汴河時辭人所作勞歌”。現存詞中以温庭筠所作三首最早，然已非詠調名本意。有多種格體。《花間集》所收録各詞，均爲雙調，自五十一字至五十五字不等，句式頗不一致，叶韻亦有參差。温庭筠此三首均五十五字，上下片各七句，平仄韻互叶。

② 此指采蓮女曉妝鮮豔。

③ 箇女，那女子。

④ 舡，同“船”。

⑤ 暖，王輯本《金荃詞》作“軟”。

⑥ 柳絲摇曳，牽繫人腸，故曰“腸向柳絲斷”。

【箋評】

【陳廷焯曰】《河傳》一調，最難合拍，飛卿振其蒙，五代而後，便成絶響。（《白雨齋詞話》卷七）猶有古意，逐字逐句神理俱合。（《雲韶集》卷二十四）

【萬樹曰】此調體製最多，通篇用一韻而字少者，惟此詞。又曰：《詞譜》列此詞爲第一首，以此調創自飛卿也。（《詞律》卷六）

【蔡嵩雲曰】《河傳》調，創自飛卿，其後變體甚繁。《花間集》所載數家，圓轉宛折，均遜温體。此調句法長短參差相間，温體配合最爲適宜。又换韻極難自然，温體平仄互叶，凡四轉韻，毫無一牽強之病，非深通音律者，未易臻此。又温體韻密多短句，填時須一韻一境，一句一境。换叶必須换意，轉一韻，即增一境。勿令閑字閑句佔據篇幅，方合。（《柯亭詞論》）

【劉毓盤曰】其真能破詩爲詞者，始於李白之《憶秦娥》（詞略），極於温庭筠之《河傳》詞。（《詞史》第二章）

【華鍾彦曰】“江畔”二句，言采蓮女子江畔相呼也。仙景，謂風景幽秀如仙境也。“請君”三句，舟人之語。柳絲，指少年所在地也。（末四句）此言傍晚之時，少年歸去，蓮女不見少年，乃猜想之：“其自浦南歸去乎？抑自浦北歸去乎？”莫知其處，而遊人已稀，無從詢問焉。（《花間集注》）

【按】此首寫江畔女子曉妝鮮妍，紅袖摇曳，垂腕采蓮，而岸邊少年則情牽腸斷。末四句采蓮人歸，晚來人稀之空寂景象。王昌齡《采蓮曲》之一：“吴姬越豔楚王妃，争弄蓮舟水濕衣。來時浦口花迎入，采罷江頭月送歸。”可證“浦南歸，浦北歸”者乃采蓮女子也。

河　傳

湖上，閑望，雨蕭蕭①。煙浦花橋路遥②。謝娘翠蛾愁不銷③，終朝，夢魂迷晚潮④。　　蕩子天涯歸棹遠⑤，春已晚，鶯語空腸斷⑥。若耶溪⑦，溪水西，柳堤，不聞郎馬嘶。

【校注】

① 閑望，無目的地遊眺。“閑望”者爲謝娘，即詞中女主人公。蕭蕭，雨細密貌。

② 煙浦，煙霧籠罩的水邊。

③ 翠蛾，指女子的黛眉。

④ 迷晚潮，凝望晚潮，神情癡迷。

⑤ 蕩子，游子。《古詩十九首・青青河畔草》："昔爲倡家女，今爲蕩子婦。蕩子行不歸，空牀難獨守。"

⑥ 空腸，湯本《花間集》作"腸空"。

⑦ 若耶溪，即越溪，傳爲西施浣紗處。在今浙江紹興市南若耶山下。此指女子所居之地。

【箋評】

【徐士俊曰】或兩字斷，或三字斷，而筆致寬舒，語氣聯屬，斯爲妙手。（《古今詞統》卷七）

【陳廷焯曰】"夢魂迷晚潮"五字警絶。用蟬聯法更妙，直是化境。（《雲韶集》卷一）凄怨而深厚，最是高境。此調最不易合拍，五代而後幾成絶響。（《詞則・大雅集》卷一）

【俞陛雲曰】此調音節特妙處，在以兩字爲一句，如"終朝""柳堤"，與下句同韻，句斷而意仍聯貫。飛卿更以風華掩映之筆出之，洵《金荃》能手。（《唐詞選釋》）

【華鍾彦曰】謝娘，指遊春女言……此言遊春之女，有所懷念，故晝則眉鎖春恨，夜則夢渡晚潮也……此舉若耶者，以西子之美自况也。美而不偶，人最傷之。溪水西邊之柳堤，郎馬經行處也。郎去之後，不復聞馬嘶矣。（《花間集注》）

【唐圭璋曰】此首二、三、四、五、七字句，錯雜用之，故聲情曲折宛轉，或斂或放，真似"大珠小珠落玉盤"也。"湖上"點明地方，"閑望"兩字，一篇之主。煙雨模糊，是望中景色。眉鎖夢迷，是望中愁情。换頭，寫水上望歸，而歸棹不見。着末，寫堤上望歸，而郎馬不嘶。寫來層次極明，情致極纏綿。白雨齋謂"直是化境"，非虚譽也。（《唐宋詞簡釋》）

【廖仲安曰】此詞句式短促，换韻頻繁，給人以繁音促節之感。故明人王世貞在《藝苑卮言》中把温詞特點概括爲"豔而促"，並云："《花間》猶傷促碎。"清人沈曾植在《菌閣瑣談》中曾從詞與音樂的關係上對這種現象做出了解釋，他説："《卮言》謂《花間》猶傷促碎，至南唐李主父子而妙。殊不知'促碎'正是唐餘本色，所謂詞之境界，有非詩之所能至者，此亦一端也。五代之詞促數，北宋盛時嘽緩，皆緣燕樂音節蜕變而然。即其詞可想其纏拍。"故"促碎"恰恰是早期文人詞"倚聲填詞"的結果，是詞的音樂性的表現，它所反映出的聲律方面的變化，體現了詞這種新的文學形式與音樂結下的不解之緣。（廖仲安主編《花間詞派選集》。轉引自張紅《温庭筠詞新釋輯評》）

【按】全詞以"湖上，閑望"四字爲中心，抒寫蕩子天涯不歸，謝娘魂牽夢繞之愁緒。上片以煙雨迷離之景烘托迷離惝恍之情，下片以晚春韶麗之景反托腸斷之離

緒，筆法變化。

河　傳

同伴，相唤，杏花稀。夢裏每愁依違[①]。仙客一去燕已飛[②]，不歸，淚痕空滿衣。　　天際雲鳥引情遠[③]，春已晚，煙靄渡南苑[④]。雪梅香，柳帶長[⑤]。小娘[⑥]，轉令人意傷。

【校注】

① 依違，猶合離。《文選・曹植〈七啓〉》："飛聲激塵，依違厲響。"劉良注："依違，乍合乍離也。"夢裏每愁依違，謂夢中每愁與情人乍合旋離。

② 仙客，仙人，借指所懷的男子。或解：仙客，鶴之别名，喻指情郎。

③ 情，鄂本《花間集》作"晴"。李一氓《花間集校》、曾昭岷等《全唐五代詞》作"晴"。李一氓云："義雙關。"句意謂天邊的雲鳥將女子的思念之情引向遠處。如作"晴"，意則謂天邊的雲鳥將女子的視綫引向晴空遠處，也將女子的思念之情引向遠處。

④ 煙靄，指春天的輕煙霧靄。

⑤ 雪梅，梅花色白，故稱。"雪梅香"與"柳帶長"不同時，與上"杏花稀""春已晚"時間亦不合。

⑥ 小娘，年輕女子。

【箋評】

【湯顯祖曰】凡屬《河傳》題，高華秀美，良不易得。此三調真絶唱也。以俟羊、何。張舍人、孫少監之外，指不三屈。（《湯顯祖集》卷五十）三詞俱少輕倩，似不宜於十七八女孩兒之紅牙拍歌，又無關西大漢執鐵板氣概。（湯評《花間集》卷一）

【華鍾彦曰】依違，猶聚散也。仙客，鶴之别名也。《談苑》："李昉畜五禽，白鷴曰閑客，鷺曰雪客，鶴曰仙客，孔雀曰南客，鸚鵡曰西客。爲五客圖，自爲詩五章。"此言郎之遠行，如鶴之去，燕之飛也。……梅，早春開花；柳帶長，暮春時也。此言自早春，盼到暮春也。（《花間集注》）

【按】此首寫年輕女子相思懷遠之情。"仙客一去燕已飛""淚痕空滿衣"二句揭出全篇主意。上片於"同伴，相唤"出遊賞春的歡樂中轉憶夢中傷離，引出昔日情郎之離去。下片借暮春景物渲染懷想遠人的感傷。三首中，此首意稍晦，轉折處意脈不甚清晰，寫景時令亦有矛盾。

蕃女怨[①]

萬枝香雪開已遍[②],細雨雙燕。鈿蟬筝[③],金雀扇[④],畫梁相見[⑤]。雁門消息不歸來[⑥],又飛迴[⑦]。

【校注】

①《蕃女怨》,單調三十一字,仄韻轉平韻。蕃,一作"番"。此係温庭筠之創調。調名本意,當是詠蕃女之怨思。然此二首均詠思婦懷念征人之情,主角非蕃女。

② 香雪,指盛開的杏花。温庭筠《菩薩蠻》之五:"杏花含露團香雪。"蘇軾《月夜與客飲杏花下》:"花間置酒清香發,争挽長條落香雪。"均可證。

③ 鈿蟬筝,用薄如蟬翼的螺鈿作爲裝飾的筝。

④ 金雀扇,畫着金雀的團扇。

⑤ 連上二句,謂懷筝執扇的女子見到畫梁上春天歸來的燕子。

⑥ 雁門,山名,在今山西代州西北。唐於雁門山頂置關,稱雁門關。此指女子所懷男子征戍之地。句謂久戍雁門的征人杳無音信。

⑦ 謂燕子又飛回畫梁的巢中。温庭筠《菩薩蠻》之七:"音信不歸來,社前雙燕迴。"《定西番》之三:"腸斷塞門消息,雁來稀。"

【箋評】

【徐士俊曰】字字古豔。(《古今詞統》卷三徐評)

【萬樹曰】"已"字"雨"字,俱必用仄聲。觀其次篇,用"磧南沙上驚雁起,飛雪千里"可見。乃舊譜中岸然竟注作可平。不知詞中此等拗句,乃故爲抑揚之聲,入於歌喉,自合音律。由今讀之,似爲拗而實不拗也。若改之,似順而實拗矣。且此詞起於温八叉,餘鮮作者。試問作譜之人,從何處訂其爲可平乎?(《詞律》卷二)

【陳廷焯曰】"又飛迴"三字,凄惋特絶。(《詞則・别調集》卷一)"又飛迴"三字更進一層,令人叫絶,開兩宋先聲。(《雲韶集》卷一)

【俞陛雲曰】唐人每作征人、思婦之詩,此調意亦猶人,其擅勝處在節奏之哀以促,如聞急管幺絃。此調借燕雁以寄懷。集中尚有《遐方怨》二首,有"斷腸瀟湘春雁飛""夢殘惆悵聞曉鶯"句,《定西番》三首有"雁來人不來""腸斷塞門消息,雁來稀"句,其意境與《蕃女怨》詞相類。(《唐詞選釋》)

【按】此首寫杏花盛開、雙燕歸來的時節,懷筝執扇的思婦對遠戍雁門、音信不歸的征人的思念。全篇以燕之歸反托人之不歸。

蕃女怨

磧南沙上驚雁起①，飛雪千里②。玉連環③，金鏃箭④，年年征戰。畫樓離恨錦屏空⑤，杏花紅。

【校注】

① 磧南，蒙古高原大沙漠以南地區。《北史·魏紀一·道武帝》："冬十月戊戌，北征蠕蠕，追破之於大磧南商山下。"此泛指北方邊塞荒漠之地。

② 鮑照《學劉公幹體五首》之三："胡風吹朔雪，千里度龍山。"

③ 玉連環，此處與"金鏃箭"對舉，言邊塞征戰之事，當指刀環。刀環以玉爲之，呈連環狀，故云。柳中庸《征人怨》："歲歲金河復玉關，朝朝馬策與刀環。"以刀環與馬策並提，似可類證。或謂指征人服飾之物，似太泛。

④ 金鏃箭，飾以金箭頭的箭。常用爲信契。《周書·異域傳下·突厥》："其徵發兵馬，料稅雜畜，輒刻木爲數，並一金鏃箭，蠟封印之，以爲信契。"此處泛指用金屬作箭頭的箭。

⑤ 錦屏，本指錦繡的屏風，此借指婦女居室、閨閣。顧敻《酒泉子》："錦屏寂寞思無窮，還是不知消息。"

【箋評】

【陳廷焯曰】起二句，有力如虎。（《詞則·別調集》卷一）

【廖仲安曰】此調爲飛卿首創。前一首寫思婦一方的孤獨與相思，末句關合邊塞征人未歸；這一首寫邊塞征人的艱苦征戰生活，末句關合閨中思婦的離恨，合起來是一個整體，即表現征人思婦的別離之苦，兩篇一唱一和，且句式短促，韻脚多變，由文字韻律上即可想見演唱時調促弦急，聲聲哀怨的藝術效果。（廖仲安主編《花間詞派選集》。轉引自張紅《温庭筠詞新釋輯評》）

【按】此首起二句寫北方邊塞之嚴寒。次三句寫征戰之無已。末二句抒思婦之離恨。層次清晰，意境開闊，音節悲壯。内容意藴類似作者之樂府《塞寒行》。與上首相比，内容之側重點雖有寫閨中思婦與邊塞征人之別，但均歸結到思婦之離恨，與調名本意仍相關。

荷葉杯[①]

一點露珠凝冷,波影[②],滿池塘。緑莖紅豔兩相亂[③],腸斷。水風凉。

【校注】

①《荷葉杯》,唐教坊曲名,後用爲詞調。有單調、雙調二體。單調二十三字或二十六字,雙調五十字,皆平韻仄韻互用。庭筠三首均爲單調二十三字,一、二、四、五句押仄韻,三、六句押平韻。荷葉杯本唐代酒器。趙璘《因話録》:"靖安李少師……善飲酒。暑月臨水,以荷爲杯,滿酌密繫,持近人口,以筯刺之,不盡則重飲。"白居易《酒熟憶皇甫十》:"疎索柳花盌,寂寥荷葉杯。"或説,隋殷英童《采蓮曲》有"荷葉捧成杯"之句,調名或本此。此三首詠荷葉荷花及女子采蓮,均與調名相關。

② 波影,指荷葉荷花在水中的倒影。

③ 緑莖紅豔,指緑色的荷莖荷葉與紅豔的荷花。

【箋評】

【湯顯祖曰】唐人多緣題起詞,如《荷葉杯》,佳題也。此公按題矣,詞短而無深味。韋相儘多佳句,而又與題茫然,令人不無遺恨。(湯評《花間集》卷一)

【毛先舒曰】《荷葉杯》取隋英童《采蓮曲》"蓮葉捧成杯",因以名調。(《填詞名解》卷一)

【李冰若曰】全詞實寫處多,而以"腸斷"二字融景入情,是以俱化空靈。(《栩莊漫記》)

【華鍾彦曰】按此破曉時景也,故云"緑莖紅豔相亂"。若於月下,則不應辨色矣。緑莖:荷莖。紅豔:荷花也。(《花間集注》)

【張以仁曰】這一粒荷珠,一點凝聚的"冷",因風摇蕩(末句"水風凉"),滴落水面,泛起重重波影。凝聚的"冷"擴散了,佈滿了全池……"風"字是全詞脈動的"能"。因爲"風",所以露珠下滴,水面不再平静;因爲"風",所以緑莖紅豔兩相亂,池上一片騷然……故"風"字繫乎血脈,"冷"字關合精神。至於"亂"字,則豐富姿態,其句實有如全詞的肌膚……荷池當時景色,實即斷腸人當時心境。景即是情,情即是景。滿池塘的繚亂,即是滿心湖的紛擾!(《試論温庭筠的一首〈荷葉杯〉詞》。《花間詞論集》164～165頁)

【按】晨間荷塘,荷葉上露珠凝冷,荷花荷莖之倒影,佈滿池塘。水面凉風起處,

緑莖紅花滿池摇曳相亂。獨對此景,不禁腸斷。詞意如此,至於“腸斷”之因,則詞人未加暗示,可任讀者自領。

荷葉杯

鏡水夜來秋月①,如雪。采蓮時。小娘紅粉對寒浪②。惆悵,正相思③。

【校注】

① 鏡水,即鏡湖,在今浙江紹興市會稽山北麓。賀知章《采蓮》:“鏡水無風也自波。”李白《越女詞》之五:“鏡湖水如月,耶溪女勝雪。”

② 紅粉,猶紅妝。寒浪,秋夜水寒,故云。

③ 相思,曾校:原作“思想”,據吴本《花間集》《金奩集》改。陸本《花間集》《花間集校》作“思惟”。

【箋評】

【按】此首寫越女秋夜月下鏡湖采蓮。月光如雪,紅妝寒水,相映成趣。末微逗惆悵相思之情,采蓮每與男女愛情相關也。庭筠會昌二年春至越州,秋仍在越,此或其時作。

荷葉杯

楚女欲歸南浦,朝雨,濕愁紅①。小舡摇漾入花裏②,波起,隔西風。

【校注】

① 愁紅,指爲雨所浥濕的荷花。

② 舡,同“船”。摇漾,摇蕩。

【箋評】

【陳廷焯曰】飛卿“鏡水夜來秋月”一作,押韻嫌苦。此作節奏天然,故録此遺彼。(《雲韶集》卷一)節短韻長。(《詞則・别調集》卷一)

【李冰若曰】飛卿所爲詞,正如《唐書》所謂側辭豔曲,别無寄託之可言。其淫思古豔在此,詞之初體亦如此也。如此詞若依皋文之解《菩薩蠻》例,又何嘗不可以“波起,隔西風”作“玉釵頭上風”同意? 然此詞實極宛轉可愛。(《栩莊漫記》)

【丁壽田、丁亦飛曰】此細雨中送别美人之詞也。(《唐五代四大名家詞》甲篇)

【華鍾彦曰】此言雨濕花愁,風吹波起,小船摇蕩之間,人已遠隔矣。(《花間集注》)

【袁行霈曰】前三句寫楚女欲歸未歸之際,朝雨打濕了紅色的荷花,這荷花也爲情人的離别而憂愁。後三句寫她乘着小船摇入花叢,在她身後留下一片細細的波紋。“隔西風”是被西風阻隔……一種恨别與悵惘相交織的感情顯而易見。(《温詞藝術研究》)

【按】 此首寫采蓮之楚女欲歸南浦與風吹波起、船行漸遠的情景。“朝雨,濕愁紅”的景物烘染,“小船摇漾入花裏”的目送情景,均啓人聯想與想象。雖短章而情味雋永。

菩薩蠻①

玉纖彈處真珠落②,流多暗濕鉛華薄③。春露浥朝華④,秋波浸晚霞⑤。　　風流心上物,本爲風流出⑥。看取薄情人,羅衣無此痕⑦。

【校注】

① 曾昭岷等《全唐五代詞》考辨:“此首始見《尊前集》,題温庭筠作。吴本、朱本《尊前集》注云:‘一作袁國傳。’案歷代詞籍未見有作袁國傳詞者。然此詞頗鄙俗,與前録温庭筠十四首《菩薩蠻》不類,且爲《花間集》所遺,是否確爲温作,不無可疑。而《全唐詩》卷八九一,《歷代詩餘》卷九、劉輯本、王輯本《金荃詞》俱作温詞。姑録存,俟考。”【按】此詞似詠物詞。現存唐五代詞,似尚乏同類之作。

② 玉纖,指美人纖細潔白的手指。真珠,喻美人的淚珠。

③ 鉛華,婦女化妝用的鉛粉。

④ 浥,濕潤、霑濕。謝靈運《入彭蠡湖口》:“乘月聽哀狖,浥露馥芳蓀。”此句形容流淚的美人如同春天的朝露所霑潤的早晨開放的鮮花。猶李白《清平調》“一枝紅豔露凝香”、白居易《長恨歌》“梨花一枝春帶雨”之謂。

⑤ 此句似形容美人哭紅的雙眼似秋波浸着(倒映着)晚霞。

⑥ 風流,此指多情。

⑦ 此痕,指淚痕。

【箋評】

【按】此詠美人多情之淚。“春露”二句巧於形容。後四句則不免俚俗。

以上録温詞五十九首。《楊柳枝詞八首》《新添聲楊柳枝二首》已入於詩集卷九。又《木蘭花》(家臨長信往來道)即詩集卷三《春曉曲》,非詞。詞集中均不再録。

温庭筠全集校注卷十一

文

再生檜賦[1]

檜有再生之瑞，天符聖運之興[2]。挺松身而鱗皴迴出[3]，布柏葉而杳藹相承[4]。隨道既窮，則没身於亂土[5]；唐朝將建，故發德於休徵[6]。原夫日將興而幽暗皆明，君應期而纖微必表[7]。生於枯朽，證受命於敗德之時[8]；長則繁華，示寶祚於延慶之兆[9]。想夫拔陳根而已茂，聳修幹以方妍[10]。凌朝而還宜宿露[11]，向晚而尤稱新煙。以狀而方[12]，生荑之枯楊若此[13]；以理而喻，易葉之僵柳昭然[14]。效殊祥以示後，願衆瑞而居先[15]。嘉其擢本旁榮，抽條迥秀[16]。歷朱夏而彌盛[17]，冒霜雪而不朽[18]。應昌業於龍潛之際[19]，豈曰無心；彰聖德於虎視之前[20]，孰云虚受！徒觀夫載光紫府[21]，效祉皇家[22]，竦亭亭之柯葉[23]，擢鬱鬱之輝華[24]。可以播之於萬古，可以流之於四遐[25]。是知歷數歸唐[26]，禎祥啓聖。何厚地之朽木，報上天之明命[27]。殘陽未落，宫廷之林藪忽生[28]；明月初懸，玉砌之桂華復盛[29]。矧夫貞節獨異，高標自持[30]，散芳氣而微風乍動，入重陰而宿鳥猶疑。蓋天所贊也，亦神以化之[31]。客有生遇明時，身蒙至德[32]，窮勝負於朕兆，慕休祥於邦國[33]。敢獻賦以揚榮[34]，遂布之於翰墨。

【校注】

① 本篇載《英華》卷八十七賦八十七符瑞四，署名温岐，即温庭筠。又載《全

文》卷七八六。係頌祥瑞之詠物賦。再生檜，已枯而再生之檜樹。檜，常緑喬木，莖直立，幼樹葉似針，大樹葉似鱗，雌雄異株，春天開花。木材桃紅色，有香味，細緻堅實，樹齡可長達數百年。《新唐書・五行志一》："武德四年，亳州老子祠枯樹復生枝葉。老子，唐祖也。占曰：'枯木復生，權臣執政。'睦孟以爲有受命者。"又馮浩《樊南文集詳注》卷四《上兵部相公啓》"依於檜井"注云："《太清記》：亳州太清宮有八檜，老子手植，枝幹皆左紐。《雲笈七籤》言九井三檜，宛然長在。武德中，枯檜再生。"此即庭筠所詠之再生檜，而以其爲隋亡唐興之祥瑞。《舊唐書・文苑傳・温庭筠》："温庭筠者，太原人，本名岐，字飛卿。"《北夢瑣言》卷四："吴興沈徽云：'温舅曾於江淮爲親表檟楚，由是改名焉。'"本篇署名温岐，當是庭筠遊江淮爲親表檟楚前所作（顧學頡《温庭筠交游考》謂姚勖笞逐庭筠事在開成四年之前）。賦末云："客有生遇明時，身蒙至德，窮勝負於朕兆，慕休祥於邦國。敢獻賦以揚榮，遂布之於翰墨。"似此賦爲早年參加科舉考試前呈獻顯貴之行卷之作。《唐摭言》卷二《等第罷舉》條載温岐開成四年罷舉，則此時尚未改名。具體寫作年月未詳。

② 聖運，聖朝的運數，指唐朝興起的運數。

③ 挺松身，《爾雅・釋木》："檜，柏葉松身。"鱗皴，指檜樹身呈鱗狀皺紋。迥出，高聳貌。

④ 布柏葉，檜葉似柏葉，故云。參注③。杳藹，茂盛貌。《文選・張衡〈南都賦〉》："杳藹蓊鬱於谷底，森尊尊而刺天。"李善注："皆茂盛貌也。"相承，指檜樹枝葉上下相承接之狀。

⑤ 隨，《英華》作"隋"，同。句意謂隋代末年，此檜樹寄身於亂土，衰敗枯朽。

⑥ 發德，顯揚德性。休徵，吉祥之徵兆。句意謂唐朝將建，則顯揚其德性而呈現吉祥之徵兆。

⑦ 應期，順應期運。任昉《爲范尚書讓吏部封侯第一表》："陛下應期萬世，接統千祀。"纖微必表，任何微小的事物也有所表現，指檜樹枯而再生。

⑧ 謂檜樹再生於枯朽之株，印證唐朝受天命於隋煬帝敗德之時。

⑨ 寶祚，聖朝之國統。延慶，延續福祚。句謂檜樹再生，枝葉繁茂，標示唐朝之國統天長地久，福祚永繼。

⑩ 拔，除。修幹，挺直修長的樹幹。

⑪ 凌朝，清晨。宿露，夜凝的露水。

⑫ 方，比方、形容。

⑬ 荑，茅之嫩芽，此泛指嫩枝、嫩芽。《易・大過》："九二，枯楊生稊，老夫得其女妻。"稊、荑通。二句謂若以形狀來作比方，則類似枯死的楊樹重新長出嫩枝。

⑭ 謂以理而喻，則枯死的柳樹長出新葉與此顯然同理。《漢書・叙傳下》："枯楊生華，曷惟其舊。"

⑮ 效,顯示、呈現。願,傾羡。

⑯ 擢本,提升樹幹。旁榮,布葉繁茂。抽條,抽引枝條。迥秀,高聳挺拔。

⑰ 朱夏,夏季。《爾雅·釋天》:"夏爲朱明。"

⑱《莊子·讓王》:"臨難而不失其德,天寒既至,霜雪既降,君是以知松柏之茂也。"檜亦常緑喬木,松身柏葉,故云。

⑲ 昌業,昌盛的帝業。龍潛,喻帝王未即位。語本《易·乾》:"潛龍勿用,陽氣潛藏。"

⑳ 虎視,虎之雄視。此喻指唐朝攫取天下。

㉑ 紫府,道教稱仙人所居。《抱朴子·祛惑》:"及至天上,先過紫府,金牀玉几,晃晃昱昱,真貴處也。"此借指老子祠。

㉒ 效祉,呈獻福祉祥瑞。

㉓ 竦,通"聳"。亭亭,高聳直立貌。

㉔ 鬱鬱,茂盛貌。輝華,指檜樹繁茂光潤的枝葉。

㉕ 播,傳。流,布。四遐,四方邊遠之地,外國。

㉖ 歷,《英華》作"曆",通。歷數,指帝王繼承之次序,古以爲帝位相承與天象運行次序相應。《論語·堯曰》:"堯曰:'咨! 爾舜,天之歷數在爾躬。'"

㉗ 明命,聖明的命令。《禮記·大學》:"《太甲》,顧諟天之明命。"

㉘ 殘陽未落,喻隋運已衰但尚未滅亡。林藪忽生,指枯檜忽生嫩枝。宮廷,指老子祠之庭院。道教稱老子祠爲太清宮。

㉙ 句意謂明月初懸,階前的月光復盛。桂華,指月光。傳月中有桂樹,故稱月光爲桂華。喻唐朝初建,往日的枯檜光華復盛。

㉚ 高標,本指高聳的樹幹,此借指檜樹高尚的標格。

㉛ 贊,助;化,化育。《禮記·中庸》:"能盡物之性,則可以贊天地之化育;可以贊天地之化育,則可以與天地參矣。"

㉜ 至德,盛德。《論語·泰伯》:"泰伯其可謂至德而已矣。"此指當朝皇帝之盛德。

㉝ 休祥,美好的祥瑞,指枯檜再生。

㉞ 揚榮,顯揚榮耀。

【箋評】

【李調元曰】唐温岐《再生檜賦》云:"以狀而方,生荑之枯楊若此;以理而喻,易葉之僵柳昭然。"以史對經,銖兩悉稱。飛卿此賦,作於未更名之時,蓋其少作也。史稱其才思豔麗,工於小賦,每入試,押官韻作賦,凡八叉手而八韻成,多爲鄰鋪假手,而律賦流傳者僅此一篇,想散擲不復收拾耶? 天骨開張,刊落浮豔,使作儷體,當不

減玉谿生。(《賦話》卷三)

錦鞵賦[1]

闌裏花春[2],雲邊月新[3]。耀粲織女之束足[4],嬿婉嫦娥之結璘[5]。碧繶緗鉤[6],鸞尾鳳頭[7]。鞾稱"雅舞"[8],履號"遠遊"[9]。若乃金蓮東昏之潘妃[10],寶屧臨川之江姬[11]。匍匐非壽陵之步[12],妖蠱實苧蘿之施[13]。羅韤紅蕖之豔[14],豐跗皜錦之奇[15]。凌波微步瞥陳王[16],既蹀躞而容與[17];花塵香跡逢石氏[18],倏窈窕而呈姿[19]。擎箱回津,驚蕭郎之始見[20];李文明練,恨漢后之未持[21]。重爲系曰[22]:瑶池仙子董雙成[23],夜明簾額懸曲瓊[24]。將上雲而垂手[25],顧轉盼而遺情[26]。願綢繆於芳趾[27],附周旋於綺楹[28]。莫悲更衣牀前棄[29],側聽東晞珮玉聲[30]。

【校注】

①《全文》卷七八六温庭筠下載本篇。賈晋華《唐代集會總集與詩人群研究·〈漢上題襟集〉與襄陽詩人群研究》據段成式《嘲飛卿七首》之二"知君欲作《閑情賦》,應願將身作錦鞋"之句,謂温之《錦鞋賦》中有"願綢繆於芳趾,附周旋於綺楹"之句,即回應段詩,當亦同時戲作。並將此賦收入所輯校之《漢上題襟集》中。可從。則此賦當作於大中十二年至咸通元年段成式閑居襄陽及温庭筠仍居襄陽幕期間。錦鞵,女子的錦鞋。

② 闌,花欄。春,鮮妍。此句以花欄喻指錦鞋,以花喻指女子之足。

③ 雲邊月新,雲彩之旁有一鉤新月。此以"雲"指錦鞋上之雲形圖案。唐王涯《宫詞》之二:"春來新插翠雲釵,尚著雲頭踏殿鞋。"蓋鞋頭以雲形爲飾。以一鉤新月喻女子之纖足。

④ 耀粲,光耀鮮明貌。束足,猶纖足。

⑤ 嬿婉,美好貌。沈約《麗人賦》:"亭亭似月,嬿婉如春。"結璘,同"結鱗"。《黄庭内景經·高奔章》:"鬱儀、結璘善相保。"梁丘子注:"鬱儀,奔日之仙;結璘,奔月之仙。"《太平御覽》卷三引《七聖記》:"鬱華赤文,與日同居。結鱗黄文,與月同居。鬱華,日精;結鱗,月精也。"

⑥ 繶,圓絲帶,古代用以飾履。《周禮·天官·屨人》:"屨人掌王及后之服屨,爲赤舃黄舃,赤繶黄繶。"鄭玄注:"赤繶黄繶,以赤黄之絲爲下緣。"王力謂繶爲飾屨縫之絲繩。碧繶,緑絲繩。緗鉤,疑當作"緗絇"。緗,淺黄色。絇,古時鞋頭上之裝

飾，有孔，可以繫鞋帶。《儀禮·士喪禮》："乃屨，綦結於跗，連絇。"鄭玄注："絇，屨飾如刀衣鼻，在屨頭上，以餘組連之，止足坼也。"

⑦ 鸞尾，鸞鳥之尾，借指錦鞋。鳳頭，鞋頭繡有鳳凰圖飾之花鞋。蘇軾《謝人惠雲中方舄》："妙手不勞盤作鳳。"自注："晋永嘉中有鳳頭鞋。"五代馬縞《中華古今注·冠子朵子扇子》："（秦始皇）令三妃九嬪……靸蹲鳳頭履。"

⑧ 鞻，即鞮屨，古代少數民族之舞鞋。《周禮·春官·序官》"鞮鞻氏"鄭玄注："鞻讀爲屨。鞮屨，四夷舞者所屝也。今時倡蹋鼓沓行者，自有屝。"孫詒讓正義："蓋凡舞履皆用革，而四夷舞屝尤殊異，所以名官也。"雅舞，古代帝王用以祭祀天地、祖先及朝賀、宴享的舞蹈，分文、武兩大類。曹丕《於譙作》："獻酬紛交錯，雅舞何鏘鏘。"此泛指宴會上雅麗之舞蹈。稱，適宜。

⑨ 遠遊，古代履名。李白《江上送女道士褚三清游南岳》："足下遠遊履，凌波生素塵。"胡應麟《少室山房筆叢·丹鉛新録八》："曹子建賦：踐遠遊之文履。又繁欽詩：足下雙遠遊。蓋魏、晋間履名遠遊也。"

⑩ 潘妃，指南朝齊廢帝東昏侯蕭寶卷之寵妃潘玉兒。《南史·齊本紀·廢帝東昏侯》："又鑿金爲蓮花以帖地，令潘妃行其上，曰：'此步步生蓮花也。'"

⑪ 寶屧，用珠寶裝飾的鞋。《南史·梁臨川王宏傳》："所幸江無畏，服玩侔於齊東昏潘妃，寶屧直千萬。"江姬，即臨川王之寵姬江無畏。

⑫ 壽陵，戰國燕邑。《莊子·秋水》："且子獨不聞壽陵餘子之學行於邯鄲與？未得國能，又失其故行矣，直匍匐而歸耳。"此反其意而用之，謂非如壽陵女子學步邯鄲。

⑬ 妖蠱，豔麗。《文選·張衡〈西京賦〉》："妖蠱豔夫夏姬，美聲暢於虞氏。"劉良注："妖蠱，豔美也。"苧蘿之施，指西施。苧蘿，山名，相傳西施原爲此山鬻薪之女。趙曄《吴越春秋·勾踐陰謀外傳》："乃使相者國中，得苧蘿山鬻薪之女曰西施、鄭旦。"注："《會稽志》：苧蘿山在諸暨縣南五里。"

⑭ 曹植《洛神賦》："迫而察之，灼若芙蓉出渌波。"又："陵波微步，羅襪生塵。"红蕖，红蓮，即"芙蓉"。

⑮ 跗，姜本作"趺"。豐跗，豐潤的脚面。漢無名氏《雜事秘辛》："踁跗豐妍，底平指斂。約縑迫袜，收束微如。"皜錦，白色的錦襪。

⑯ 陳王，指陳思王曹植。凌波微步，見注⑭。《洛神賦》："轉眄流精，光潤玉顔。含辭未吐，氣若幽蘭。""轉眄流精"，即所謂"瞥陳王"也。

⑰ 蹀躞，小步行走貌。容與，從容閑舒貌。

⑱ 花塵香跡，指女子步履而起之塵。晋王嘉《拾遺記·晋時事》："（石崇）又屑沉水之香如塵末，布象牀上，使所愛者踐之。"石氏，指西晋石崇。《晋書·石崇傳》："崇有妓曰緑珠，美而豔。"

⑲ 倏，倏忽。窈窕，姿態美好貌。

⑳ 擎箱，即《河中之水歌》之"擎履箱"。回津，未詳。蕭郎，指梁武帝蕭衍。《梁書·武帝紀》："（王）儉一見（蕭衍）深相器異，謂廬江何憲曰：'此蕭郎三十内當作侍中，出此則貴不可言。'"梁武帝《河中之水歌》："河中之水向東流，洛陽女兒名莫愁。莫愁十三能織綺，十四采桑南陌頭。十五嫁爲盧家婦，十六生兒字阿侯。盧家蘭室桂爲梁，中有鬱金蘇合香。頭上金釵十二行，足下絲履五文章。珊瑚掛鏡爛生光，平頭奴子擎履箱。人生富貴何所望，恨不早嫁東家王。"

㉑《飛燕外傳》："合德新沐，膏九曲沉水香，爲卷髮，號新髻；爲薄眉，號遠山黛；施小朱，號慵來妝；衣故短繡裙小袖李文襪。"漢后，漢帝，指漢成帝。句意謂趙合德所著之李文襪，透明潔白，恨漢成帝未能握持。

㉒ 系，猶"亂"。辭賦等文體末尾部分結束全文之辭。《文選·張衡〈思舊賦〉》"系曰"舊注："系，繫也，言繫一賦之前意也。"

㉓ 瑶池，傳説中崑崙山上地名，西王母所居。《穆天子傳》卷三："乙丑，天子觴西王母於瑶池之上。"《漢武帝内傳》："西王母命玉女董雙成吹雲和之笙。"董雙成，傳説中西王母之侍女。

㉔ 簾額，簾子的上端。《楚辭·招魂》："砥室翠翹，挂曲瓊些。"王逸注："曲瓊，玉鉤。"

㉕ 上雲，上翔入雲，指舞者之舞姿。垂手，《樂府解題》曰："大垂手，小垂手，皆言舞而垂其手也。"

㉖ 轉盼，眼波流轉。遺情，猶留下情思。曹植《洛神賦》："於是背下陵高，足往神留。遺情想像，顧望懷愁。"

㉗ 綢繆，緊密束縛貌。《詩·唐風·綢繆》："綢繆束薪，三星在天。"毛傳："綢繆，猶纏綿也。"孔疏："毛以爲綢繆猶纏綿束薪之貌，言薪在田野之中，必纏綿束之，乃得成爲家用。"綢繆於芳趾，謂緊緊貼附在美人的足趾上。猶陶淵明《閑情賦》"願在絲而爲履，附素足以周旋"之意。

㉘ 綺楹，華美的廊柱。周旋，指步履的移動。陶淵明《閑情賦》："願在夜而爲燭，照玉容於兩楹。"餘參注㉗。

㉙《史記·外戚世家》："衛皇后子夫，生微矣……爲平陽主謳者……武帝……過平陽主，主見所侍美人，上弗説……獨説衛子夫。是日，武帝起更衣，子夫侍尚衣軒中，得幸……入宫歲餘，竟不復幸……後大幸，有寵……廢陳皇后，而立衛子夫爲皇后……及衛后色衰，趙之王夫人有幸。"更衣牀前棄，指衛子夫色衰愛弛事。

㉚ 東晞，東方天明。《詩·齊風·東方未明》："東方未晞，顛倒裳衣。"

答段柯古贈葫蘆管筆狀[①]

庭筠累日來洛水寒疝[②],荆州夜嗽[③],筋骸莫攝[④],邪蠱相攻[⑤]。蝸睆傷明[⑥],對蘭缸而不寢[⑦];牛腸治嗽,嗟藥録而難求[⑧]。前者,伏蒙雅賜葫蘆筆管一莖,久欲含詞[⑨],聊申拜貺[⑩]。而上池未效[⑪],下筆無聊。慚悅沈吟[⑫],幽懷未叙。然則産於何地?得自誰人?而能絜以裁筠[⑬],輕同舉羽。豈伊蓍草[⑭],空操九寸之長;何必靈芝,獨號三株之秀[⑮]?但曾藏戢册省[⑯],永貯仙居[⑰]。却笑遺民,遷兹佳種[⑱];惟應仲履,忽壓頌聲[⑲]。豈常見已墮遺犀,仍抽直幹[⑳]。青松所築,漆竹藏珍[㉑]。足使玳瑁慚華,琉璃掩耀[㉒]。一枚爲貴,豈異陸生[㉓];三寸見珍,遂兼揚子[㉔]。謹當刊於巖竹[㉕],寘以郊翰[㉖]。隨纖管而爲牀[㉗],擬凌雲而作屋[㉘]。所恨書裙寡媚[㉙],釘帳無功[㉚]。實靦凡姿[㉛],空塵異貺[㉜]。庭筠狀。

【校注】

①《全文》卷七八六載本篇。段柯古,段成式字柯古。詳見卷七《和段少常柯古》注①。《全文》卷七八七段成式有《寄温飛卿葫蘆管筆往復書》,文云:"桐鄉往還,見遺葫蘆筆管,輒分一枚寄上。下走困於守拙,不能大用。濩落之實,有同於惠施;平原之種,本慚於屈轂。然雨思茶器,寒想酒杯。嫌苦菜而不吟,持長柄而爲贈。未曾安筆,却省歲書。八月斷來,固是佳者。方知緑沈赤管,過於淺俗。求大白麥穗,獲臨賀石班,蓋可爲副也。飛卿窮素緗之業,擅雄伯之名,沿泝九流,訂銓百氏。筆洒瀝而轉潤,紙襞績而不供。或助操彈,且非玩好。便望審安承墨,細度覆毫,勿令仲宣等閒中詠也。成式狀。"此係成式贈温葫蘆筆管時所附上之書信。庭筠此篇即對段贈筆管及附書之回復。賈晋華《唐代集會總集與詩人群研究》所輯校之《漢上題襟集》收入段、温此二狀,蓋以此二狀係段、温在襄陽時往返唱和之書牘。然温此狀有"庭筠累日來洛水寒疝,荆州夜嗽"之語,當是咸通二年與段成式同在江陵荆南節度使幕爲從事期間所作,考詳本卷《謝紇干相公啓》注⑤。葫蘆管筆,筆管呈葫蘆狀之筆。漢上、漢南向指襄陽,《漢上題襟集》是否收入段、温二人在江陵幕之往返唱和書牘,待考。

② 寒疝,中醫病名。症見腹中拘攣,繞臍疼痛,惡寒肢冷而汗出。多爲寒邪凝滯腹内而致。《東觀漢記·鄧訓傳》:"太醫皮巡從獵上林還,暮宿殿門下,寒疝病

發。"洛水，切東漢都城洛陽。皮巡東漢時人，故云"洛水寒疝"。

③ 荆州夜嗽：宋玉《風賦》："楚襄王游于蘭臺之宫，宋玉、景差侍。有風颯然而至……宋玉對曰：'此獨大王之風耳，庶人安得而共之？……夫庶人之風，塕然起於窮巷之間，堀堁揚塵，勃鬱煩冤，衝孔襲門。動沙堁，吹死灰，駭溷濁，揚腐餘。邪薄入甕牖，至於室廬。故其風中人，狀直憞溷鬱邑，毆温致濕。中心慘怛，生病造熱，中脣爲胗，得目爲蔑，啗齰嗽獲，死生不卒。此所謂庶人之雌風也。'"楚昭襄王都郢，即唐之江陵。"荆州夜嗽"，即《風賦》所稱受雌風侵襲後"啗齰嗽獲"之症狀。宋玉爲楚襄王侍從小臣，唐代詩文常用宋玉事楚襄王指稱文士供職幕府，如李商隱《席上作》，題下注云："予爲桂州從事，故府鄭公出家妓令賦高唐詩。"詩云："淡雲輕雨拂高唐，玉殿秋來夜正長。料得也應憐宋玉，一生惟事楚襄王。"故"荆州夜嗽"既標示作此狀之地點，亦點明庭筠其時之幕僚身份。

④ 筋骸，猶筋骨，指身體。攝，保養。沈約《神不滅論》："虚用損年，善攝增壽。"

⑤ 邪，中醫指一切致病因素，如風寒暑濕之氣。《急就篇》顔師古注："凡人正氣不足則邪氣入體而病生焉。"蟲，此指腹内寄生蟲。

⑥ 睆，《全文》作"畹"，此從《温飛卿詩集箋注》附王國安輯本。蝸睆，一種眼疾。《淮南子・俶真訓》："夫梣木色青翳而蠃瘉蝸睆，此皆治目之藥也。"高誘注："蝸睆，目疾也。"庭筠詩文中屢言其"病眼"。

⑦ 缸，王國安輯本作"釭"，通。蘭缸（釭），燃蘭膏的燈。

⑧ 藥録，録存藥方之典籍，亦指現存之藥方，句謂牛腸可以治咳嗽，但具體的藥方（指配伍之藥物及劑量、服法等）却難以尋求。

⑨ 含詞，指銜詞寫信。

⑩ 拜貺，拜受饋贈。

⑪ 上池，指淩空承取或取之於竹木上之雨露。《史記・扁鵲倉公列傳》："（長桑君）乃出其懷中藥予扁鵲：'飲是以上池之水，三十日當知物矣。'"司馬貞索隱："舊説云上池水謂水未至地，蓋承取露及竹木上水，取之以和藥。"上池未效，猶言服上池水所和之藥尚未見效。

⑫ 慚怳，慚愧恍惚。沈吟，遲疑，猶豫。

⑬ 絜，通"潔"，清潔。裁筠，剪裁竹子。

⑭ 蓍草，草名，古代常用蓍草之莖占卜吉凶。

⑮《楚辭・九歌・山鬼》："采三秀兮于山間，石磊磊兮葛蔓蔓。"三秀，靈芝草之别名，一年開花三次，故名。此言"三株"，未知何據。

⑯ 戢，藏。册省，猶册府。古代帝王藏書之所，借指祕書省。《山海經・西山經》："玉山，是西王母所居也。"《穆天子傳》卷二："天子北征，東還，乃循黑水。癸

巳,至于群玉之山……先王之所謂册府。”郭璞注:“言往古帝王以爲藏書册之府,所謂藏之名山者也。”

⑰ 仙居,此指玉山,西王母所居。参上注。

⑱ 遺民,指段成式。成式父文昌,西河人,世居荆州(江陵),成式亦居荆州,故稱其爲“(荆州)遺民”。庭筠有《寄渚宫遺民弘里生》詩,即寄荆州遺民段成式之意,詳詩集卷八該詩注①。

⑲《水經注》卷十三《漯水》:“郡人王次仲,少有異志,年及弱冠,變蒼頡舊文爲今隸書。秦始皇時,官務煩多,以次仲所易文簡便于事要,奇而召之,三徵而輒不至。次仲履真懷道,窮數術之美。”“仲履”二句,疑用此。然與“葫蘆管筆”似無關。俟查。

⑳ 遺犀,剩餘的葫蘆内瓤。直幹,指葫蘆管上的筆杆。

㉑ 漆竹藏珍,似指葫蘆管筆珍藏於塗漆之竹器中。

㉒ 徐陵《玉臺新詠序》:“周王璧臺之上,漢帝金屋之中,玉樹以珊瑚作枝,珠簾以玳瑁爲押……琉璃硯匣,終日隨身;翡翠筆牀,無時離手。”此二句中之“玳瑁”,當指玳瑁裝飾之卷軸,“琉璃”則指琉璃(一種有色半透明之玉石)硯匣。如此方與“葫蘆管筆”相稱。慚華、掩耀,謂玳瑁卷軸、琉璃硯匣不如葫蘆管筆之華美珍奇,在它面前不免失色。

㉓ 陸生,指陸績。《三國志・吴書・陸績傳》:“績年六歲,於九江見袁術。術出橘,績懷三枚。去,拜辭墮地,術謂曰:‘陸郎作賓客而懷橘乎?’績跪答曰:‘欲歸遺母。’術大奇之。”此謂葫蘆管筆得一已足,非標異於陸績之懷橘三枚。

㉔ 三寸,指毛筆。揚子,指揚雄。揚雄《答劉歆書》:“雄常把三寸弱翰,齎油素四尺,以問其異語。”《廣雅・釋詁四》:“兼,同也。”句意謂己珍愛此筆,同於揚雄。

㉕ 刊於巖竹,謂用葫蘆管筆寫字刊刻於竹簡之上。

㉖ 郊,疑“狡”之誤。《北堂書鈔》卷一百四引曹植《長歌行》(一作樂府):“墨出青松煙,筆出狡兔翰。”然林和靖《清河茂才以良筆並詩爲惠次韻奉答》云:“郊翰秋勁愈於錐,筠管温温上玉輝。”已作“郊翰”,則温詩作“郊翰”亦有可能,然實指兔毫。

㉗ 纖管,指葫蘆管筆上端之細管。

㉘ 凌雲,指竹,翠竹凌雲直上,故云。句意謂以竹製筆筒作屋。上句“牀”指卧置毛筆之器具。徐陵《玉臺新詠序》:“翡翠筆牀,無時離手。”

㉙《南史・羊欣傳》載,羊欣父爲烏程令,欣年十二,時王獻之爲吴興太守,甚知愛之。欣嘗着新絹裙晝寢,獻之入縣,見之,“書裙數幅而去”。王獻之善書,與父羲之合稱“二王”。論者以爲骨力不及其父而逸氣媚趣過之。句意謂己之書法不如王獻之有姿媚。

㉚《三國志·魏書·武帝紀》"引用荆州名士韓嵩、鄧義等"裴注引晋衛恒《四體書勢序》:"(梁鵠)以勒書自效。公嘗懸著帳中,及以釘壁玩之。"句意謂己雖釘帳玩賞書法名家之作而無功效。或解:己之書法拙劣,無供人玩賞之價值。

㉛ 靦,慚愧。凡姿,謙稱自己資質平庸。

㉜ 塵,污、辱。異貺,珍貴之饋贈。

答段成式書七首[①]

一

庭筠白:即日僮幹至[②],奉披榮誨[③],蒙賚易州墨一挺[④]。竹山奇製[⑤],上蔡輕煙[⑥]。色奪紫帷,香含漆簡[⑦]。雖復三臺故物[⑧],貴重相傳;五兩新膠,乾輕入用[⑨]。猶恐於潛曠遠[⑩],建業尫羸[⑪]。韋曜名方,即求雞木[⑫];傅玄佳致,别染《龜銘》[⑬]。恩加於蘭省郎官[⑭],禮備於松檽介婦[⑮]。汲妻衡弟[⑯],所未窺覿;《廣記》《漢儀》[⑰],何嘗著列。矧又玄洲(闕)上苑[⑱],青瑣西垣[⑲],讎字猶新[⑳],疑籤尚整[㉑]。帳中女史,猶襲青香[㉒];架上仙人,常持縹袟[㉓]。得於華近,辱在庸虚[㉔]。豈知夜鶴頻驚,殊慚志業[㉕];秋蟲屢綃,不稱精研[㉖]。惟憂痗物虚投[㉗],蠟盤空設[㉘]。晋陵雖壞,正握銅兵[㉙];王詔徒深,誰磨石硯[㉚]?捧受榮荷[㉛],不任下情。庭筠再拜。

【校注】

①《英華》卷六五五啓五謝賜賚載此七首之第一首,題爲《謝所知賚集賢墨啓》,所知,即段成式。《全文》卷七八六載此七首。五代南唐劉崇遠《金華子雜編》卷上:"段郎中成式,博學精敏,文章冠於一時。著書甚衆,《酉陽雜俎》最傳於世。牧廬陵日……爲廬陵頑民妄訴,逾年方明其清白。乃退隱於峴山。時温博士庭筠,方謫尉隨縣,廉帥徐太師商留爲從事,與成式甚相善,以其古學相遇,常送墨一鋌與飛卿,往復致謝,遞搜故事者九函,在禁集中。爲其子安節娶飛卿女。"按:段成式大中二年至七年任吉州刺史(即"牧廬陵"),大中九年至十一年任處州刺史。而其《觀山燈獻徐尚書並序》云:"尚書東莞公鎮襄之三年,四維具舉,而仍歲榖熟。"可證最遲在大中十二年正月,成式已寓居襄陽。其《塑像記》又稱:"(大中)十三年秋,予閑

居漢上。”而盧知猷《盧鴻草堂圖後跋》(《唐文拾遺》卷三十三)云:“相國鄒平段公家藏圖書,並用所歷方鎮印記。咸通初,余爲荆州從事,與柯古(成式字)同在蘭陵公(蕭鄴)幕下,閱此軸。”知咸通初(約二年)成式在荆南節度使蕭鄴幕爲從事。《全文》載段成式《與温飛卿書八首》,即贈墨於温庭筠往復唱酬之書牘。從上述段成式寓居襄陽之時間看,段、温往復唱酬之十五首書信應作於大中十二年至大中十四年(即咸通元年)徐商罷鎮襄陽及段成式離襄陽之前。成式《與温飛卿書八首》之一云:“近集仙舊吏獻墨二挺,謹分一挺送上。雖名殊九子,狀異二螺。如虎掌者非佳,似兔支者差勝。不思吴興道士,忽遇因取上章;越王神女,得之遂能注易。但所恨雞山松節,絶已多時;上谷槲頭,求之未獲也。成式述作中躓,草隸非工,惟兹白事,足以驅策。詎可供成家之硯,奪如椽之筆乎?”庭筠七首之一,即答段之書信。

② 即,《全文》誤作“節”,據《英華》改。僮幹,《英華》作“門幹”。僮幹,原指奴僕和卑官,南北朝時多指服雜役之低級胥吏。《宋書·張暢傳》:“若諸佐不可遣,亦可使僮幹來。”門幹,守門之吏役。似作“僮幹”是。

③ 披,翻閲。榮誨,對對方書信之敬稱。誨,教誨、誨示。“誨”字《英華》作“示”。

④ 蒙,《英華》作“垂”。易州,《英華》作“集賢”。按:段書謂“近集仙舊吏獻墨二挺,謹分一挺送上”,似作“集賢”是。易州,唐河北道州名。《新唐書·地理志三》:“易州上谷郡,上。土貢:紬、綿、墨。”挺,量詞,多用於條狀物或長形物。《儀禮·鄉飲酒禮》:“薦脯五挺。”今稱“錠”。

⑤《新唐書·地理志四》:房州房陵郡有竹山縣。房州土貢有蠟、蒼礬、麝香、雷丸、石膏、竹鼮,其中麝香爲製墨之原料。

⑥《新唐書·地理志二》:蔡州有上蔡縣。輕煙,指松煙。以松煙調膠搗捶製墨。松木燃燒後所凝之墨灰,是製松煙墨之原料。唐安鴻漸《題楊少卿書後》:“端溪石硯宣城管,王屋松煙紫兔毫。”或上蔡亦産松煙。

⑦ 奪,《英華》作“掩”。紫,《英華》作“緇”。按:“緇”係黑色,似作“緇”是。香含漆簡,謂墨香長留在書寫文字的漆簡上。漆簡,本指用漆書寫之竹木簡,此指墨寫的書简。

⑧ 三臺,漢因秦制,以尚書爲中臺,御史爲憲臺,謁者爲外臺,合称三臺。唐中書省有集賢殿書院,此云“三臺故物”,或即指集賢殿書院之故物,参段成式書。

⑨ 晋衛鑠《筆陣圖》:“其墨取廬山之松煙,代郡之鹿膠十年以上强如石者爲之。”

⑩ 於潛,唐縣名,屬江南西道杭州餘杭郡。倪濤《六藝之一録》卷三十二《石刻文字八》:“於潛縣刊字,秦皇所刊‘於潛縣石杵山石杵’十數字。廖瑜《杭州府志》碑碣目。”

⑪《宣和書譜》卷十七草書五梁沈約、蕭子雲:“蕭子雲字景喬,晋陵人,官至侍中,善正隸行草小篆飛白,而正隸飛白尤工意趣,飄然有鶱舉之狀……嘗以飛白作一‘蕭’字於建業壁間,後人取其壁入南徐海榴堂中以爲奇觀。至唐有李約復載歸洛陽仁風里,構大厦以覆之,目曰‘蕭齋’,張諗特爲記而序其事。”尫羸,瘦弱,此形容其書體勁俊。《梁書·蕭子雲傳》:“其書迹雅爲高祖所重,嘗論子雲書曰:‘筆力勁俊,心手相應,巧逾杜度,美過崔寔,當與元常並驅争先。’”

⑫《三國志·吴書·韋曜傳》:“字弘嗣,吴郡雲陽人。”曜原名昭,有《國語注》二十二卷、《吴書》五十五卷、集二卷。此“韋曜(昭)”與本篇之韋曜未必是一人。“名方”事未詳。鵽木,疑指藥用植物。

⑬ 傅玄,魏、晋間詩人、學者,著有《傅子》。《太平御覽》卷六百六引其《水龜銘》云:“鑄其靈龜,體象自然,含出原水,有似清泉。潤彼玄墨,染此弱翰。申情寫意,經緯群言。”佳致,好的情致。

⑭ 蘭省,指尚書省。應劭《漢官儀》卷上:“尚書郎……握蘭含香,趨走丹墀奏事。”又:“尚書令僕丞郎,月賜渝麋大墨一枚,小墨一枚。”

⑮ 松櫺,猶松窗。介婦,非嫡長子之妻。古代喪服之禮制服喪時穿黑色喪服,稱“墨衰絰”或“墨絰”“墨衰”。此句似謂按禮制,雖介婦亦須墨衰。

⑯ 汲,疑指汲縣人不準,曾盗發魏襄王墓(或謂安釐王冢),得竹書數十車。衡,指匡衡,曾任太常掌故,遷博士、給事中,歷御史大夫至丞相。

⑰《廣記》,《隋書·經籍志》雜家類著録義恭撰《廣記》三卷。《漢儀》,漢應劭撰《漢官儀》十卷。

⑱ 玄洲,神話中十洲之一。《海内十洲記·玄洲》:“玄洲,在北海之中,戌亥之地,方七千二百里,去南岸三十六萬里,上有太玄都,仙伯真公所治……饒金芝玉草。”《全文》於“玄洲”下注:闕。《英華》及《文房四譜》無。上苑,上林苑。

⑲ 青瑣,指門下省。西垣,中書省之别稱,即西掖。應劭《漢官儀》卷上:“左右曹受尚書事,前世文士,以中書在右,因謂中書爲右曹,又稱西掖。”

⑳ 讎字,校讎書籍所增删改乙的字。《文選·左思〈魏都賦〉》:“讎校篆籀,篇章畢覿。”張載注引《風俗通》:“案劉向《别録》:‘一人讀書,校其上下,得繆誤,爲校。一人持本,一人讀書,若怨家相對,故曰讎也。’”

㉑ 疑籤,校書或讀書時對書中文字疑有訛誤所貼的標籤。整,完整、完好。

㉒ 應劭《漢官儀》卷上:“尚書郎給青縑白綾被,以錦被帷帳氈褥通中枕……給尚書史二人,女侍史二人,皆選端正。從直女侍執香爐燒從入臺護衣。”青,疑作“清”,與下句“縹”字係諧音借對。清香,指墨之清香。

㉓ 架上仙人,疑指書架上有關仙道之書籍,如《淮南枕中鴻寶苑祕書》之類。縹袟,淡青色之書衣。

㉔ 華近，顯貴而親近帝王之官職，即段書所稱"集仙舊吏"。庸虛，謙稱自己才能平庸，學識淺薄。

㉕《藝文類聚》卷九十引周處《風土記》："鳴鶴戒露，此鳥性警，至八月白露降，流於草上，滴滴有聲，因即高鳴相警，移徙所宿處。"

㉖ 秋蟲，疑指促織。綰，繫結。此指紡織。不稱精研，稱不上精讀細研。"精研"之"研"切研墨。

㉗ 痗物，病物，指藥物。

㉘ 蠟盤，蠟燭臺。因"蝸睆傷明"，不能夜讀，故云"空設"。

㉙《晋書》卷五十一《束皙傳》："初，太康二年，汲郡人不準盜發魏襄王墓，或言安釐王冢，得竹書數十車……大凡七十五篇，七篇簡書折壞，不識名題。冢中又得銅劍一枚，長二尺五寸。漆書皆科斗字。"晋陵，指晋人所發魏襄王墓。銅兵，即銅劍。

㉚《江文通集》卷三《爲建平王謝賜石硯等啓》："臣言：奉敕賜石硯及法書五卷，天旨又以臣書小進，更使勤習，敬閱籀篆，側觀硯功……方停煙墨，永砥學玩。"王，指建平王。誰磨石硯，謂無貴重之墨可磨硯。

㉛ 榮荷，謂受恩承惠。荷，《英華》作"佩"。

二

昨夜安東聽倡[①]，牖北追涼[②]。枏枕才攲[③]，蘭缸未艾[④]。縹繩初解[⑤]，紫簡仍傳[⑥]。麗事珍繁[⑦]，摛華益贍[⑧]。雖則竟山充貢[⑨]，握槧堪書[⑩]。五丸二兩之精英[⑪]，三輔九江之清潤[⑫]。葛龔受賜，稱下士難求[⑬]；王粲著銘，想遐風易遠[⑭]。俱苞輪囷，盡入淙池[⑮]。遺逸皆存，纖微悉舉。鷃觀鵬運，豈識逍遥[⑯]；鯢入鮒居，應嗟坎窞[⑰]。願承謦欬[⑱]，以啓愚蒙。庭筠狀。

【校注】

① 段成式答温書第二首云："昨獻小墨，殆不任用。藉根之力，殊未堅剛；和𪗯之餘，固非精好。既非懷化所得，豈是筑陽可求。况某從來政能，慚伯祖之市果；自少學業，愧稚川之伐薪。飛卿掣肘功深，焠掌（闕）倦。齊奮五筆，捷發百函。愁中復解玄嘲，病裏猶屠墨守。煙所不附，抑有神乎哉！闕禮承訊。忻懌兼襟。莫測詖辭，難知古訓。行當祇謁，條訪闕疑。"庭筠此首係對段成式第二首之回答。安東，唐代六都護府之一。此借指山南東道節度使府。聽倡，聽樂妓奏樂唱歌。

② 牖北，北窗。陶淵明《與子儼等疏》："常言：五六月中，北窗下卧。遇凉風暫

至，自謂是羲皇上人。”

③ 柟枕，楠木枕。攲，斜靠。

④ 缸，通“釭”。艾，盡。

⑤ 縹繩，繫書卷的淡青色絲帶。

⑥ 紫簡，指對方的書信，詳注①引段書。

⑦ 麗事，以華麗之詞藻形容美好事物。《太平廣記》卷一七三引宋龐元英《談藪·王儉》：“儉嘗集才學之士，累物而麗之，謂之麗事。麗事自此始也。”也可理解爲“儷事”，指駢文寫作中屬對爲文之事。珍繁，珍奇繁富。

⑧ 摛華，鋪陳辭藻。段之書簡係用駢文書寫，故有“麗事”二句。

⑨ 梁王僧孺謝啓：“航海梯山，獻琛奉貢。”竟山充貢，將整座山的礦藏都拿來充當貢品。

⑩ 握槧，即握鉛抱槧。槧，木簡。《西京雜記》卷三：“揚子雲好事，常懷鉛提槧，從諸計吏，訪殊方絶域四方之語。”

⑪ 五丸，五丸墨，古墨形狀如圓丸，故以“丸”爲量詞。二兩，指一丸墨之重量。

⑫ 三輔，初指西漢治理京畿地區的三個職官（左右内史、主爵中尉）之合稱，後泛稱京城附近地區爲三輔。《太平御覽》卷一六四引《三輔黄圖》：“武帝太初元年改内史爲京兆尹，以渭城以西屬右扶風，長安以東屬京兆尹，長陵以北屬左馮翊。”九江，長江於荆州界，分而爲九，見《書·禹貢》“九江孔殷”傳。又，《文選·郭璞〈江賦〉》：“源二分於崌、崍，流九派乎潯陽。”九派指今江西九江市北的一段長江，江水有九條支流。

⑬ 葛龔，東漢文人，字元甫，梁國寧陵人，以善文記知名，曾任太官丞、蕩陰令、臨汾令，著文賦碑誄書記十二篇。《後漢書·文苑傳》有傳。《初學記》卷二十一録葛龔《與梁相書》云：“復惠善墨，下士所無，摧骸骨，碎肝膽，不足明報。”受賜，即指梁相惠墨事。

⑭ 王粲著銘，指王粲所著《硯銘》。《藝文類聚》卷五十八引王粲《硯銘》云：“昔在皇頡，爰初書契，以代結繩。民察官理，庶績誕興。在世季末，華藻流淫。文不寫行，書不盡心。淳樸澆散，俗日崩沉。墨運翰染，榮辱是若。念兹在兹，惟玄是宅。”遐風，即《硯銘》中所述上古淳樸之風。

⑮《全文》“俱苞”下、“盡入”下有闕文。《文房四譜》此二句作“俱苞輪囷，盡入淙池”，兹據補。

⑯《莊子·逍遥遊》：“有鳥焉，其名爲鵬。背若泰山，翼若垂天之雲，摶扶摇羊角而上者九萬里，絶雲氣，負青天，然後圖南，且適南冥也。斥鴳笑之曰：‘彼且奚適也？我騰躍而上，不過數仞而下，翱翔蓬蒿之間，此亦飛之至也；而彼且奚適也？’此小大之辨也。”斥鴳，即鴳雀，一種小鳥。此以自喻。大鵬喻段。

⑰ 鯢，雌鯨。《文選·左思〈吴都賦〉》："長鯨吞航，修鯢吐浪。"劉逵注引楊孚《異物志》："鯨魚長者數十里，小者數十丈，雄曰鯨，雌曰鯢。"鮒，蝦蟆。《莊子·秋水》："子獨不聞埳井之鼃乎？謂東海之鼈曰：'吾樂與！出跳梁於井幹之上……'"桓寬《鹽鐵論·復古》："坎井之鼃，不知江海之大。"坎窞，坑穴。此以鯢喻段，以坎窞之蛙自喻。

⑱《莊子·徐無鬼》："夫逃空虛者……聞人足音跫然而喜矣，又況乎昆弟親戚之謦欬其側者乎？"謦欬，咳嗽。此借指對方之言談，係表敬之辭。

三

伏蒙又抒冲襟①，詳徵故事②。蒼然之氣③，仰則彌高④。毖彼之泉，汲而增廣⑤。方且驚神褫魄⑥，寧惟衿甲投戈⑦？素洛呈祥⑧，翠嬀垂貺⑨。龜字著象⑩，鳥英含華⑪。至於漢省五丸⑫，武都三善⑬。仲宣佳藻，既詠浮光⑭；張永研工，常稱點漆⑮。逸少每停質滑⑯，長康常務色輕⑰。（闕）乃韋書⑱，知爲宋畫⑲。荀濟提兵之檄，磨盾而成⑳；息躬覆族之言，削門而顯㉑。敢恃蛙井，猶望鯤池㉒。不任慚伏宗仰之至。庭筠狀。

【校注】

① 段成式《與温飛卿書八首》之三云："昨更拾從土黑聲（上四字《全文》闕，據《文房四譜》補）之餘，自謂無遺策矣。但愧井蛙尚猶自恃，醯雞未知大全。忽奉毫白，復新耳目。重耳誤（《全文》原闕，據《文房四譜》補）徹，謬設（《全文》闕，據《文房四譜》補）生慙。張奂致渝（《全文》原闕，據《文房四譜》補），研味難盡。詎同王遠術士，題字入木；班孟仙人，噴墨竟紙？雖趙壹非草，數丸志徵；汲媛餉夫，十螺未説（以上十二字《全文》原闕，據《文房四譜》補）。肝膽將破，翰答已疲。有力負之，更遲承問。"温此首係答段之辭。"又抒冲襟"即指段之第三首。冲襟，謙和曠淡的胸襟。

② 故事，此指典故。

③ 蒼然之氣，形容文章的蒼莽高遠風貌。

④《詩·小雅·車舝》："高山仰止，景行行止。"《論語·子罕》："顔淵喟然嘆曰：'仰之彌高，鑽之彌堅。'"二句稱贊段之文如高天蒼遠之氣，仰之彌高。

⑤《詩·邶風·泉水》："毖彼泉水，亦流于淇。"毛傳："泉水始出，毖然流也。"高亨注："毖通泌，水流貌。"二句謂段文如汩然湧出之泉水，汲而更增廣。

⑥ 褫，奪。

⑦《左傳·襄公十八年》："（齊殖綽、郭最）皆衿甲面縛，坐于中軍之鼓下。"杜預注："衿甲，不解甲。"投戈，放下武器。衿甲投戈，謂投降認輸。

⑧《書·洪範》："天乃錫禹洪範九疇，彝倫攸叙。"孔傳："天與禹，洛出書，神龜負文而出，列於背，有數至於九。禹遂因而第之以成九類常道。"《易·繫辭上》："河出圖，洛出書，聖人則之。"古代認爲出現河圖洛書爲帝王聖君受命之祥瑞，故云"素洛呈祥"。

⑨ 翠嬀，緑色的嬀水。《書·堯典》："釐降二女於嬀汭，嬪於虞。"孔傳："舜爲匹夫，能以義理下帝女之心於所居嬀水之汭，使行婦道於虞氏。"垂貺，下贈。

⑩ 見注⑧引《書·洪範》孔傳。

⑪ 鳥英含華，疑指鳥篆，篆體古文字，形如鳥之爪跡。《後漢書·酷吏傳·陽球》："或鳥篆楹簡。"李賢注："八體書有鳥篆，象形以爲字也。"

⑫ 漢省，指尚書省。五丸，五丸墨。參上首注⑪。

⑬ 唐韋續纂《墨藪》卷二《晋衛恒等書勢》："韋誕師淳而不及也。太和中誕爲武都太守，以能書留補侍中，魏氏寶器銘題皆誕書也。"按：此本《三國志·魏書·王粲傳》"光禄大夫京兆韋誕"裴松之注引《文章叙録》，云："誕之仲將，太僕端之子。有文才，善屬辭章……初，邯鄲淳、衛覬及誕並善書，有名。"誕又善製筆，撰《筆經》。武都，指韋誕。三善，指其善辭章、善書、善製筆。

⑭《龍城録》卷上《任中宣夢水神持鏡》："長安任中宣家，素畜寶鏡，謂之飛精，識者謂是三代物。後有八字，僅可曉，然近籀篆，云：'水銀陰精，百煉成鏡。'詢所得，云商山樵者石下得之。後中宣南鶩洞庭，風浪洶然，因泊舟，夢一道士赤衣乘龍詣中宣，言：'此鏡乃水府至寶，出世有期，今當歸我矣。'中宣問姓氏，但笑而不答，持鏡而去，夢迴亟視篋中，已失所在。"《類説》卷十二引此"中宣"作"仲宣"。浮光，指鏡。鏡面反射之光稱浮光。詠浮光，即鏡背面近籀篆之八字。

⑮ 張永，南朝宋代大臣、詩人，字景雲。研工，研磨精工。古代之墨呈粒狀，用時納入硯中加水，用研石研磨。點漆，指墨色烏黑光亮。《宋書·張永傳》謂其"涉獵書史，能爲文章，善隸書，曉音律，騎射雜藝，觸類兼善。又有巧思，益爲太祖所知。紙及墨皆自造，輒執玩咨嗟，自嘆供御者了不及也"。其自造墨精良，故稱"研工""點漆"。

⑯ 逸少，王羲之字。質滑，質樸滑易。羲之真書得力於鍾繇，但能去其樸質；行書結體靈妙，章法氣韻純任自然，風流藴藉。每停質滑，當指其書法之妍美流便。

⑰ 長康，畫家顧愷之字。色輕，用的筆墨輕淡。《晋書·文苑傳·顧愷之》："尤善丹青，圖寫特妙……每畫人成，或數年不點目睛。人問其故，答曰：'四體妍蚩，本無闕少於妙處，傳神寫照，正在阿堵中……嘗圖裴楷象，頰上加三毛，觀者覺神明殊

勝。'"顧愷之畫筆勢如春蠶吐絲,纖細連綿,此或即"常務色輕"。

⑱ 句首有闕文,《文房四譜》作"搗"。韋書,指韋誕之書法。《三國志·魏書》卷十一《胡昭傳》:"初,昭善史書,與鍾繇、邯鄲淳、衛覬、韋誕並有名。尺牘之跡,動見模楷焉。"餘參見注⑬。

⑲ 宋畫,疑即指顧愷之之畫。愷之晋安帝義熙六年(410)後方卒,下距劉裕建立宋朝僅十年。

⑳《北史·文苑傳·荀濟》:"荀濟字子通,其先潁川人,世居江左。濟初與梁武帝布衣交,知梁武當王,然負氣不服,謂人曰:'會楯上磨墨作檄文。'"

㉑ 息躬,息夫躬,西漢末人,哀帝時爲光禄大夫。後因日食,爲董賢所譖,帝惡之,遣就國。乃禱祠祝詛,爲人所告發,下洛陽獄,咽絶而死。初,躬待詔,數危言高論,自恐遭害,曾作《絶命辭》。《漢書》本傳載:"黨友謀議相連數百人。躬母聖,坐祠灶祝詛上,大逆不道,聖棄市,妻充漢與家屬徙合浦。"此即所謂"覆族",即全家族滅。削門,一門被誅。顯,應驗。"覆族之言",即指其所作《絶命辭》。傳謂其作《絶命辭》"後數年乃死,如其文",故云"削門而顯"。

㉒ 蛙井,見第二首注⑰。鯤池,《莊子·逍遥遊》:"北冥有魚,其名爲鯤。鯤之大,不知其幾千里也。怒而飛,其翼若垂天之雲。是鳥也,海運則將徙於南冥。南冥者,天池也。"此以"蛙井"喻己之文見識淺陋、格局狹小,以"鯤池"喻段文氣勢恢宏,格局宏大。段來書稱"但愧井蛙尚猶自恃",温答書則以井蛙自喻。

四

竊以童山不秀,非鄒衍可吹①;眢井無泉,豈耿恭不拜②。墨尤之事,謂之獲麟③;筆聖之言,翻同倚馬④。静思神運,不測冥搜⑤。亦有自相里而分,豈公輸所削⑥。流輝精絹⑦,假潤清泉⑧。銘著李尤⑨,書投蘇竟⑩。字憂素敗⑪,不長飛揚。傳相見貽,守宫斯王⑫。研蚌胎而合美⑬,配馬滴以成章⑭。更率荒蕪⑮,益慚疎略。庭筠狀。

【校注】

① 段第四首云:"赫日初昇,白汗四匝。愁議墨陽之地,嬾窺兼愛之書。次復八行,盈襞交互。訪伏牛之夜骨,豈望登真;迷艮獸之沈脂,虚成委任。更得四供晋寢,五入漢陵。隱侯辭著於麝膠,葛玄術成於魚吐。寧知千松政染,三丸可和。僧虔獨擅之才,周顒自謂無愧而已。支策長望,梯几熟觀。方困九攻,徒榮十部。齊師其遁,詎知脱扃。"温此首係答段之第四書。童山,不長草木的山。秀,禾類植物開花抽

穗，草類植物結實。不秀，不長草木。或解：秀，秀麗。《世説新語・言語》："顧長康從會稽還，人問山川之美，顧云：'千巖競秀，萬壑争流，草木蒙籠其上，若雲興霞蔚。'"劉向《七略别録・諸子略》："鄒衍在燕，有谷地美而寒，不生五穀，鄒子居之，吹律而温至黍生，至今名黍谷。"

② 智井，廢井、無水的井。《左傳・宣公十二年》："目於智井而極之。"眼枯不明謂之智，井枯無水謂之"智井"。《後漢書・耿恭傳》："恭以疏勒城傍有澗水可固，五月，乃引兵據之。七月，匈奴復來攻恭，恭募先登數千人直馳之，胡騎散走。匈奴遂於城下擁絶澗水。恭於城中穿井十五丈不得水，吏士渴乏，笮馬糞汁而飲之。恭仰嘆曰：'聞昔貳師將軍拔佩刀刺山，飛泉湧出；今漢德神明，豈有窮哉！'乃整衣服向井再拜，爲吏士禱。有頃，水泉奔出，衆皆稱萬歲。乃令吏士揚水以示虜，虜出不意，以爲神明，遂引去。"

③ 墨尤之事，書寫奇異之事。《春秋・哀公十四年》："春，西狩獲麟。"杜預注："麟者仁獸，聖王之嘉瑞也。時無明主出而遇獲，仲尼傷周道之不興，感嘉瑞之無應，故因《魯春秋》而修中興之教，絶筆於'獲麟'之一句，所感而作，固所以爲終也。"

④ 筆聖之言，書寫記録聖人之言。倚馬，形容作文才思敏捷。《世説新語・文學》："桓宣武北征，袁虎時從，被責免官。會須露布文，唤袁倚馬前令作。手不輟筆，俄得七紙，絶可觀。"按："墨尤"二句，當指段成式撰《酉陽雜俎》、注《春秋》之事。《酉陽雜俎》"多詭怪不經之談，荒渺無稽之物，而遺文秘籍，亦往往錯出其中"（《四庫全書總目提要》），其自序亦稱"固役而不耻者，抑志怪小説之書也"，此即所謂"墨尤之事"；而庭筠《和太常段少卿東都修竹里有嘉蓮》有"《春秋》罷注直銅龍"之句，則成式曾注《春秋》，此殆即所謂"筆聖之言"。

⑤ 冥搜，高遠之探求。孫綽《遊天臺山賦序》："非夫遠寄冥搜，篤信通神者，何肯遥想而存之？"杜甫《同諸公登慈恩寺塔》："方知象教力，足可追冥搜。"亦可指冥思苦想作詩文。

⑥《莊子・天下》："相里勤之弟子五侯之徒，南方之墨者苦獲、己齒、鄧陵子之屬，俱誦《墨經》而倍譎不同，相謂别墨。"司馬彪曰："姓相里，名勤，墨師也。"自相里而分，謂墨家自相里勤以後分門别派。此處借墨家之墨爲筆墨之墨。公輸，公輸盤（般），春秋魯人，又稱魯班，曾創雲梯及刨、鑽，爲古代著名工匠。木匠用墨斗畫直綫以刨削木料，故云"公輸所削"。亦切"墨"字。

⑦ 指在白色的絹帛上用墨寫字，流輝後世。

⑧ 指在墨池中洗筆硯。著名書法家張芝、王羲之均有墨池傳説著稱後世。

⑨ 李尤，字伯仁，東漢辭賦家，拜蘭臺令史。順帝初遷樂安相。有集五卷，今佚。《初學記》卷二十一引其《硯銘》《墨硯銘》，文云："書契既造，研墨乃陳。煙石相附，筆疏目申。篇籍永垂，紀志功勳。"

⑩ 蘇竟，字伯况，扶風平陵人。西漢平帝時，以明《易》爲博士，善圖讖，通百家言。光武立，爲代郡太守。《後漢書·蘇竟傳》載其《與劉龔書》，以圖讖明光武之必取天下，書中有"仲尼棲棲，墨子遑遑，憂人之甚也"之語。班固曰："栖栖遑遑，孔席不暖，墨突不黔也"。

⑪ 素，指寫字用的白色絹帛。敗，壞。

⑫ 傅相見貽，守宫斯王，此八字《全文》闕，據《文房四譜》補。古稱輔導國君、諸侯王之官爲傅相。《史記·梁孝王世家》："故諸侯王當爲置良師傅相忠言之士。"貽，贈。二句所用之事及義未詳。

⑬ 蚌，《全文》作"蛀"，據《文房四譜》改。蚌胎，指珍珠。古人以爲蚌孕珠如人懷孕，與月之盈虧有關。《文選·揚雄〈羽獵賦〉》："方椎夜光之流離，剖明月之珠胎。"李善注："明月珠，蚌子珠，爲蚌所懷，故曰胎。"左思《吴都賦》："蚌蛤珠胎，與月虧全。"

⑭ 馬滴，疑指儲水供磨墨用之馬形水滴盂。《西京雜記》卷六："唯玉蟾蜍一枚，大如拳，腹空，容五合水，光潤如新，王取以爲書滴。"此係玉製蟾蜍形書滴。"馬滴"則馬形書滴耳。又名硯滴。

⑮ 率，直陳。晋王謐《答桓太尉》："高旨既臻，不敢默已。輒復率其短見，妄酬來誨。"荒蕪，謙稱自己學識淺陋拙劣。

五

驛書方來，言泉更涌。高同泰畤①，富類敖倉②。怯蒙叟之大匪③，駭王郎之小賊④。尤有剛中巧製⑤，廟裏奇香⑥。徵上黨之松心⑦，識長安之石炭⑧。馬黔靡用⑨，龜食難知⑩。窺虞器以成奢⑪，然梁刑而嚴罪⑫。便當北面⑬，不獨棲毫⑭。庭筠狀。

【校注】

① 段成式第五書云："藍染未青，玄嘲轉白。責羝羊以求乳，耨石田而望苗。殆將壯(《全文》闕，據《文房四譜》補)腸，豈止憎貌。猶記煙磨青石，黛漬幕(《全文》闕，據《文房四譜》補)書。施根易思，號介難曉。蘇秦同志傭力，有而可題；王隱南遊著書，無而誰給。今則色(《全文》作石，據《文房四譜》改)流琅硯，光滴彩毫。腹笥未緘，初不停綴。疲兵怯戰，惟願竪降。"温此首係答書。"驛書方來，言泉更涌"，即指段之來書而言。泰畤，《史記·孝文本紀》："神靈之休，祐福兆祥，宜因此地光域立泰畤壇以明應。"泰畤，亦稱甘泉泰畤。泰指泰一(太一)，神話傳説中天帝之别

名;時爲古代天子祭祀天地五帝之處。武帝元鼎五年十一月在甘泉(今陝西淳化縣西北甘泉山)立泰一祠,係武帝至成帝建始元年西漢帝王舉行祭天活動之主要場所。《三輔黄圖》卷五:“漢圜丘,在昆明故渠南,有漢故圜丘,高二丈,周迴百二十步。”此爲長安南郊之圜丘壇,泰畤壇之高度或亦類此。

② 敖倉,亦稱敖庾,秦所建倉,在河南鄭州西北邙山上。山上有城,秦於其中置谷倉,曰敖倉。《史記·項羽本紀》:“漢軍滎陽,築甬道屬之河,以取敖倉粟。”裴駰集解引臣瓚曰:“敖,地名,在滎陽西北山,臨河有大倉。”至隋、唐時仍存,見《新唐書·李密傳》及《藩鎮傳·李師道》。

③ 蒙叟,指莊周。《史記·老子韓非列傳》:“莊子者,蒙人也,名周。周嘗爲蒙漆園吏。”岑參《河南太守杜公挽歌》之一:“蒙叟悲藏壑,殷宗借濟川。”《莊子·胠篋》:“將爲胠篋探囊發匱之盗而爲守備,則必攝緘縢,此世俗之所謂知也。然而巨盗至,則負匱揭篋擔囊而趨,唯恐緘縢扃鐍之不固也。”大匪,即“巨盗”,謔指段成式。

④《世説新語·尤悔》:“王大將軍起事,丞相兄弟詣闕謝,周侯深憂。諸王始入,甚有憂色,丞相呼周侯曰:‘百口委卿。’周直過不應。既入,苦相存活。既釋,大説,飲酒。及出,諸王故在門,周曰:‘明年殺諸賊奴,當取金印如斗大,繫肘後。’”此以“王郎小賊”謔稱自己。

⑤ 剛,《全文》闕,據《文房四譜》補。

⑥《法苑珠林》卷三十七《神異篇》:“晋河陰白馬寺,有釋曇邃,未詳何許人,少出家,止河陰白馬寺,蔬食布衣,誦正《法華經》,常一日一徧。又精達經旨,亦爲人解説。常於夜中忽聞扣户,云:欲請法師九旬説法。邃不許,固請,乃赴之,而猶是眠中,比覺,已身在白馬塢神祠中,並一弟子。自爾日日密往,餘無知者。後寺僧經祠前過,見有兩高座,邃在北,弟子在南,如有講説聲,又聞有奇香之氣,於是道俗共傳,咸云神異。”

⑦ 上黨,郡名。《新唐書·地理志三》:河東道有潞州上黨郡。土貢有墨。松心,松木的内心。係製松煙墨之材料。

⑧ 石炭,即煤。

⑨ 馬黔,馬黑色。靡用,不用(墨)。

⑩ 龜食難知,古人認爲龜吸氣而生,不食一物,故云。

⑪ 虞器,虞舜的器物。《墨子·節用中》:“飯於土熘,啜於土形。”《韓詩外傳》卷三:“昔者舜甑盆無膻,而下不以餘獲罪。飯乎土簋,啜乎土型,而工不以巧獲罪。”

⑫ 然,《全文》闕,據《文房四譜》補。梁刑,指戰國時魏國李悝所編撰之《法經》。李悝爲魏文侯相,廢世卿世禄,提倡耕作,獎勵開荒,使魏國(又稱梁)富強。並整理諸國刑法,成《法經》六篇。又,刑法五刑之中有墨刑,在被刑者額上刺字,染

上黑色。

⑬ 北面，北面（面向北）稱臣。

⑭ 棲毫，停筆。《史通・直書》："陳壽、王隱咸杜口而無言，陸機、虞預各棲毫而無述。"

六

庭筠閲市無功①，持撾寡效②。大魂陣聽③，蝸睆傷明④。庸敢撫翼鵷鵬⑤，追蹤驥騄⑥。每承函素⑦，若涉滄溟。亦有叢幓尚存⑧，箋餘可記⑨。至於縑從墨制⑩，既禦秦兵⑪；綬匪舊儀，仍傳漢制⑫。張池造寫⑬，蔡碣舍舒⑭。荷新淦之恩，空霑子野⑮；發冶城之沼，獨避元規⑯。窘類頡羹⑰，辭同格飯⑱。其爲愧怍，豈可勝言。庭筠狀。

【校注】

① 段成式第六書云："飛卿博窮奥典，敏給芳詞。吐水千瓶，有才一石。成式寸紙寒暑，素所不嫻（《全文》作"閑"，據《文房四譜》改）；一卷篇題，從來蓋寡。竊以墨事故有（《文房四譜》作"實"），巾箱先無。可謂附騏驥而雖疲，遵繩墨而不跌者。忽記鄴西古井，更欲探尋；虢略鏤盤，誰當倣效？況又劇問可答，但愧於子安；一見之賜，敢同於到惲乎？陣崩鶴唳，歌怯鷄鳴。復將晨壓我軍，望之如墨也？豈勝懋（《全文》闕，據《文房四譜》補）居，懾處之至。"温此首係答書。閲市，《後漢書・王充傳》："家貧無書，常游洛陽市肆，閲所賣書，一見輒能誦憶。"此言"無功"，則謂己雖閲讀書籍而不能記誦。

② 撾，擊鼓之杖，此泛指杖。《梁書・儒林傳・沈峻》："峻好學，與舅太史叔明師事宗人沈驎士，在門下積年，晝夜自課，時或睡寐，輒以杖自擊，其篤志如此。"句意謂雖篤志苦讀而收效甚少。

③ 此四字《全文》闕，據《文房四譜》補。義未詳。

④ 蝸睆，一種眼疾。見《答段柯古贈葫蘆管筆狀》注⑥。

⑤ 撫翼，拍擊翅膀。鵷，鵷鶵，鳳凰一類的鳥。見《莊子・秋水》。鵬，大鵬，見《莊子・逍遥遊》。鵷鵬喻段。下句"驥騄"同。二句謂己不敢與段比翼奮飛，並駕齊驅。

⑥ 驥騄，良馬。葛洪《抱朴子・喻蔽》："驥騄追風，不能近其迹。"

⑦ 函素，書信。素，指寫信用的絹。

⑧ 叢幓，雜繒帛裂成的絲縷。

⑨ 箋餘，箋紙的邊角。

⑩ 縗，喪服。墨，黑色。縗從墨制，服喪期間，按禮制喪服用白色，如有戰争須任軍職者，穿黑色喪服。参注⑪。

⑪《左傳·僖公三十三年》："遂發命，遽興姜戎，子墨衰絰。"杜預注："晋文公未葬，故襄公稱子；以凶服从戎，故墨之。"

⑫《漢書·百官公卿表》："縣令、長，皆秦官，掌治其縣……皆銅印黑綬。"《後漢書·蔡邕傳》："墨綬長吏，職典理人。"墨綬，結在印紐上的黑色絲帶。

⑬ 張池，東漢書法家張芝與其弟均善草書，相傳其臨池學書，池水盡黑。魏韋誕稱之爲草聖。事見《後漢書·張奂傳》李賢注引王愔《文字志》。造寫，造就書法。

⑭ 蔡碣，東漢文學家、書法家蔡邕書寫的碑碣。《後漢書·蔡邕傳》："召拜郎中，校書東觀，遷議郎。邕以經籍去聖久遠，文字多謬，俗儒穿鑿，疑誤後學。熹平四年，乃……奏求正定六經文字，靈帝許之。邕乃自書册於碑，使工鐫刻，立於太學門外，於是後儒晚學咸取正焉。"後人習稱"熹平石經"。

⑮ 子野，晋桓伊小字，事見《晋書·桓宣傳》附族子伊傳，又見《世説新語·方正》《品藻》《任誕》等篇。新淦之恩，事未詳。

⑯ 元規，晋庾亮字。冶城，故址在今南京市朝天宫附近，相傳三國吴（一説春秋吴王夫差）冶鐵於此。《世説新語·輕詆》："庾公權重，足傾王公。庾在石頭，王在冶城坐，大風揚塵，王以扇拂塵曰：'元規塵污人。'"

⑰《史記·楚元王世家》："始高祖微時，嘗辟事，時時與賓客過巨嫂食。嫂厭叔，叔與客來，嫂詳（佯）爲羹盡，櫟釜，賓客以故去。已而視釜中尚有羹，高祖由此怨其嫂。及高祖爲帝，封昆弟，而伯子獨不得封。太上皇以爲言，高祖曰：'某非忘封之也，爲其母不長者耳。'於是乃封其子信爲羹頡侯。"頡，刮。窘類頡羹，謂困窘有類刮釜底羹爲食。

⑱ 格飯，義未詳。或解：即乞飯。《左傳·僖公二十三年》："晋公子重耳之及於難也……出於五鹿，乞食於野人，野人與之塊。公子怒，欲鞭之，子犯曰：'大賜也。'稽首受而載之。"

七

昨日浴籛時[①]，光風亭小宴[②]。三鼓方歸[③]，臨出捧緘，在酲忘答[④]。亦以蚔蝝久罄[⑤]，川瀆皆隕[⑥]。豈知元化之杯，莫能窮竭[⑦]；季倫之寶，益更扶疎[⑧]。雖有瀚海疊石[⑨]，須陽水號[⑩]。煙城倥詠[⑪]，剩出青松；惡道遺蹤，空留白石[⑫]。扇裏止餘烏牸[⑬]，屏間正作蒼蠅[⑭]。豈敢猶彎楚野之弓[⑮]，尚索神亭之戟[⑯]。謹當焚筆，不復操觚矣[⑰]。庭

筠狀。

【校注】

① 段成式第七書云："韞牘遍尋，緘筠窮索。思安世篋内，搜伯喈帳中。更覩沈家令之謝箋，思生松黛；楊師道之佳句，才焕煐華。抑又時方得賢，地不愛寶，定知災祥不兩，誰識穹旻所無。還介方酬，鬱儀未睆，羽驛沓集，筆路載馳。豈知石室之書，能迷中散；麻繻之語，獨辨(《文房四譜》作'只辦')光和。底滯之時，徵引多誤。殫筆搦紙，慚怯倍增。"温此首係答書。浴籤，沐浴報更。籤，古代夜間計時報更用的竹籤。梁元帝《秋興賦》："聽夜籤之響殿，聞懸魚之扣扉。"《陳書・世祖紀》："每雞人伺漏，傳更籤於殿中，乃勅送者必投籤於階石之上，令鎗然有聲。"

② 光風亭，襄陽節度使府内亭名。參見詩集卷九《光風亭夜宴妓有醉毆者》注①。

③ 三鼓，三更。

④ 在酲，在醉酒中。

⑤ 蚳蝝，螞蟻卵與蝗蟲子。《國語・魯語上》："鳥翼鷇卵，蟲含蚳蝝。"韋昭注："蚳子也，可以爲醢；蝝，蝠陶也，可以食。"此喻微細之物。罄，盡。

⑥ 川瀆皆隕，大小河流均毁壞斷流。二句喻己才盡。

⑦ 元化之杯，未詳。《後漢書・孔融傳》："性寬容少忌，好士，喜誘益後進。及退閒職，賓客日盈其門。常嘆曰：'坐上客恒滿，尊中酒不空，吾無憂矣。'"融有"化"義，"元化"或指孔融歟？又，陶潛字元亮，性嗜酒，"元化"或"元亮"之訛。蕭統《陶淵明傳》："性嗜酒，家貧不能恒得，親舊知其如此，或置酒招之。造飲輒盡，期在必醉……爲彭澤令……公田悉令種秫，曰：'吾得常醉於酒，足矣。'"俟進一步查考。

⑧ 季倫，石崇字。《世説新語・汰侈》："石崇與王愷争豪，並窮綺麗以飾輿服。武帝，愷之甥也，每助愷。嘗以珊瑚樹高二尺許賜愷，枝柯扶疏，世罕其比。愷以示崇，崇視訖，以鐵如意擊之，應手而碎。愷既惋惜，又以爲疾己之寶，聲色甚厲。崇曰：'不足恨，今還卿。'乃命左右悉取珊瑚樹，有三尺、四尺，條幹絶世，光彩溢目者六七枚，如愷許比甚衆。愷惘然自失。"扶疎，枝葉繁茂紛披貌。

⑨ 瀚海，浩瀚的大海。《山海經・北山經》："發鳩之山，其上多柘木。有鳥焉，其狀如烏，文首、白喙、赤足，名曰精衛，其鳴自詨。是炎帝之少女，名曰女娃。女娃游于東海，溺而不返，故爲精衛，常銜西山之木石，以堙于東海。"疊石，指精衛壘石以填海。

⑩《隋書・地理志下》：南海郡，統縣十五。"曲江，舊置興平郡，平陳廢，十六年又廢須陽縣入焉。"須，當作"湞"(《宋書・州郡志一》作"湞")。須陽水號，事未詳。

⑪ 倥詠，蒙昧無知的歌詠。南朝樂府《神絃歌・白石郎曲》："積石如玉，列松如翠。郎豔獨絶，世無其二。"二句似含製墨之松煙。

⑫《太平御覧》卷九四二録謝靈運《與弟書》："聞惡谿道中九十九里有五十九灘，王右軍遊此惡道，嘆其奇絶，遂書突星瀨於石。"

⑬ 烏牸，黑母牛。事未詳。

⑭《三國志・吴書・趙達傳》注引《吴録》曰："曹不興善畫，權使畫屏風，誤落筆點素，因就以作蠅。既進御，權以爲生蠅，舉手彈之。"二句"烏""蒼"均切墨之黑。"屏"，《文房四譜》作"笄"，誤。

⑮《公孫龍子・迹府》："龍聞楚王張繁弱之弓，載忘歸之矢，以射蛟、兕於雲夢之圃，而喪其弓，左右請求之，王曰：'止。楚王遺弓，楚人得之，又何求乎？'"事又見《孔子家語・好生》《説苑・至公》。

⑯ 神亭之戟，《三國志・吴書・太史慈傳》："時獨與一騎遇策。策從騎十三，皆韓當、宋謙、黄蓋輩也。慈便前鬥，正與策對。策刺慈馬，而擥得慈項上手戟，慈亦得策兜鍪。會兩家兵騎并各來赴，於是解散。"後慈爲孫策所執，"策即解縛，捉其手曰：'寧識神亭時邪？若卿爾時得我云何？'慈曰：'未可量也。'"神亭，地名，在今江蘇丹陽縣。二句謂己不敢與段再戰。

⑰ 操觚，執簡寫作。觚，木之方者，古人用以書寫。陸機《文賦》："或操觚以率爾。"按：温謂"焚筆""不復操觚"，答書至此首止，而段猶有第八書云："問義不休，攬筆即作，何啻懸鼓得槌也。小生方更陪鰓，尚自舉尾。更搜屋犬，得復刀圭。因記風人辭中，將書烏皂；長歌行裏，謂出松煙。供椒掖量用百丸，給蘭臺率以六石。棠梨所染，滋潤多方。黎勒共和，周遮無法。傅玄稱爲正色，豈虚言歟？飛卿筆陣堂堂，舌端袞袞。一盟城下，甘作附庸。"

謝襄州李尚書啓[①]

某啓：某櫟社凡材[②]，蕪鄉散質[③]。殊無績效，堪奉恩明。曷當紫極牽裾[④]，丹墀載筆[⑤]。顧循虚淺[⑥]，實過津涯[⑦]。豈知畫舸方遊，俄昇於桂苑[⑧]；蘭扃未染[⑨]，已捧於芝泥[⑩]。此皆寵自昇堂[⑪]，榮因著録[⑫]。勵鴻毛之眇質[⑬]，託羊角之高風[⑭]。日用無窮，常仰生成之德[⑮]；時來有自，寧知進取之規[⑯]？兢惕彷徨，莫知所喻。末由陳謝[⑰]，攀戀空深。

【校注】

①《英華》卷六五三啓三謝官、《全文》卷七八六載本篇。襄州李尚書，指李翺。

自文宗大和至懿宗咸通年間,李姓任襄州刺史、山南東道節度使帶尚書銜者有二人。一爲大和九年至開成元年七月以户部侍郎“檢校禮部尚書,充山南東道節度使”之李翺;一爲大中六年至十年任山南東道節度使之李景讓。景讓鎮襄期間,曾帶檢校户部尚書、兵部尚書銜。顧學頡《温庭筠交游考》因谓此“襄陽李尚書”爲李景讓,並謂“此文爲感謝景讓之推薦得官而作”,“似庭筠曾参景讓幕府,因景讓奏請而得檢校某官,故以此啓謝之”。郁賢皓《唐刺史考全編》亦謂此“襄陽李尚書”爲景讓。【按】啓内明確提到自己因襄州李尚書之薦而“俄昇於桂苑(指太子宫)”之事,此與庭筠開成三年十月莊恪太子李永卒後所作《莊恪太子輓歌詞二首》自稱“鄴客”及“西園寄夢思”之語吻合,而大中六至十年庭筠並無“昇於桂苑”之事。故此“襄州李尚書”當是李翺而非景讓。至於入李景讓幕得檢校官之推測,更與啓文不合。篇末云“末由陳謝”,作啓時庭筠顯然不在襄州。陳尚君《温庭筠早年事迹考辨》謂:“此啓謝李薦已‘升於桂苑’‘丹墀載筆’,核以庭筠生平,如此榮耀事,只有隨太子遊相稱。”“丹墀載筆”並非庭筠現任之職,前有“曷當”語可知;“昇於桂苑”則確指從太子遊。《舊唐書·文宗紀下》:“大和九年……八月甲戌朔,以户部侍郎李翺檢校禮部尚書,充山南東道節度使,代王起。”“開成元年……七月辛卯,刑部尚書殷侑檢校右僕射,充山南東道節度使。”此啓當作於大和九年八月至開成元年七月這段時間内。並可推知,至遲在開成元年七月,庭筠已“昇於桂苑”,從太子李永游。

② 櫟社凡材,喻凡庸無用之材。《莊子·人間世》:“匠石之齊,至於曲轅,見櫟社樹。其下蔽數千牛,絜之百圍。其高臨山,十仞而後有枝,其可以爲舟者傍十數,觀者如市,匠石不顧,遂行不輟。弟子厭觀之,走及匠石,曰:‘自吾執斧斤以隨夫子,未嘗見材如此之美也,先生不肯視,行不輟,何邪?’曰:‘已矣,勿言之矣,散木也。以爲舟則沉,以爲棺槨則速腐,以爲器則速毁,以爲門户則液樠,以爲柱則蠹。是不材之木也,無所可用,故能若是之壽。’”

③ 蕪鄉,荒蕪僻遠之鄉。散質,無用之材質。参注②。

④ 曷當,何當,何時能够。紫極,星名,借指帝王宫殿。《文選·潘岳〈西征賦〉》:“厭紫極之閑敞,甘微行以遊盤。”李善注:“紫極,星名,王者爲宫以象之。曹植上表曰:‘情注于皇居,心在乎紫極。’”牽裾,臣下拉帝王衣裾直諫。《三國志·魏書·辛毗傳》載,魏文帝曹丕欲從冀州遷十萬户至河南,群臣諫,不聽。辛毗再諫,文帝不答而入内。毗牽其裾,終減十萬户。

⑤ 丹墀,宫殿之赤色臺階或地面。載筆,攜帶文具以記録王事。《禮記·曲禮上》:“史載筆,士載言。”鄭注:“筆,謂書具之屬。”孔疏:“史,謂國史,書録王事者。”二句蓋謂:何時得能爲皇帝近臣,牽裾直諫,彤庭載筆,書録王言王事。指自己之從政理想,非指具體官職如左右拾遺、補闕及起居舍人之類。“曷當”之語,説明“紫極牽裾,丹墀載筆”係想望之情况,非已任之官職。如係實任之官職,則與庭筠生平宦

歷不符。

⑥ 顧循，眷顧安撫。虚淺，自謙空疏淺薄。

⑦ 津涯，邊際。二句謂李翺對自己的眷顧之恩浩無邊際。

⑧ 畫舸，畫船。畫舸方遊，謂方陪奉遊宴。桂苑，指桂宫。漢長安宫名。武帝太初四年建，位於未央宫北，周圍十餘里。係武帝時后妃之宫。漢成帝爲太子時，曾居此宫。此處即借指太子宫。《漢書・成帝紀》："孝成皇帝，元帝太子也……元帝即位，帝爲太子。壯好經書，寬博謹慎。初居桂宫，上嘗急召，太子出龍樓門。"句意謂己因李翺之薦，陪奉太子遊宴，得昇任東宫之職事。

⑨ 蘭扃，疑指蘭臺，即祕書省。

⑩ 芝泥，封泥。上蓋印章，如後世之火漆印。《新唐書・百官志四》：東宫官有内直局，郎二人，丞二人。掌符璽、衣服、繖扇、几案、筆硯、垣牆。"捧芝泥"，似指"掌符璽"之事。或借指執筆硯爲文字之役。

⑪《論語・先進》："由也升堂矣，未入於室也。"升堂，猶入門弟子。句意謂李翺視己如升堂弟子，恩寵有加。

⑫ 著録，指列名於私人講學之經師門下，即所謂著録弟子。《東觀漢記・牟長傳》："牟長字君高，少篤學，治《歐陽尚書》，諸子著録前後萬人。"《後漢書・儒林傳上》："既而聲稱著聞，弟子自遠至者，著録且萬人。"句意爲己之榮耀，皆因列名於翺之著録弟子。李翺爲中唐著名儒家學者，從"昇堂""著録"語看，庭筠或曾受學於翺，執弟子禮。

⑬ 鴻毛，鴻雁之細毛，喻輕微不足道。眇質，眇小之形體。

⑭ 羊角，旋風、龍卷風。《莊子・逍遥遊》："摶扶摇羊角而上者九萬里。"成玄英疏："旋風曲戾，猶如羊角。"

⑮ 日用，每日應用。《易・繫辭上》："百姓日用而不知，故君子之道鮮矣。"孔疏："言百姓恒日月賴用此道而得生，而不知道之功也。"生成，養育。

⑯ 時來，時運之來。進取，立志有所作爲。《論語・子路》："狂者進取，狷者有所不爲也。"

⑰ 末，《英華》作"未"，誤。末由，無由。《論語・子罕》："雖欲從之，末由也已。"

謝紇干相公啓[①]

某啓：某材謝楩柟[②]，文非綺組[③]。間關千里，僅爲蠻國參軍[④]；荏苒百齡，甘作荆州從事[⑤]。寧思羽翼，可勵風雲[⑥]？豈知持彼庸疎[⑦]，棲於宥密[⑧]？迴顧而漸離緇垢[⑨]，冥昇而欲近煙霄[⑩]。榮非始圖，事

過初願。此皆揚芳甄藻[11]，發跡門牆[12]。丘門用賦之年，相如入室[13]；楚國命官之日，宋玉登臺[14]。一日光陰，百生輝映[15]。末由陳謝，伏用兢惶。

【校注】

① 《文苑英華》卷六五三啓三謝官、《全文》卷七八六載此篇。紇干相公，未詳。顧學頡《温庭筠交游考》云："此亦謝紇干之力而得官之文，且用'丘門''入室'等典，似與紇干有師生之誼。按：晚唐時有紇干㮚，嘗官中書舍人、江西觀察使，拜相，頗有名。此啓或即其人。啓稱'相公'，但《新書》宰相表無其人，兩《唐書》亦無傳，當因唐末喪亂，記載散失甚多所致。又，文中'蠻國參軍''荆州從事'，與《上令狐相公啓》中用語全同，寫兩啓時間，相距相近，所指係一事。"【按】通檢《新唐書・宰相表》及《宰相世系表》，唐代宰相無紇干姓者。自大和至咸通年間，紇干姓任高官者僅紇干㮚一人。然史籍未載其曾任宰相或使相。大中元年，㮚由中書舍人出任江西觀察使，見《全唐文》卷七二六崔嘏《授紇干㮚江西觀察使制》。大中五年，由行尚書工部侍郎出爲嶺南節度使，見《全唐文》卷七六三沈詢《授紇干㮚嶺南節度使制》。後因"以貪猥聞，貶慶王府長史，分司東都"（《東觀奏記》卷中）。約大中八至十年，任河陽節度使（《唐故李氏夫人河南紇干氏墓誌並序》）。约大中末咸通初任華州刺史。其卒後贈官亦僅爲吏部尚書（同上墓誌）。清勞格、趙鉞《唐尚書省郎官石柱題名考》卷七司勳郎中載紇干㮚自大和三年至大中八年之宦歷甚詳，亦無其曾任宰相或使相之記載。故此"紇干相公"當非紇干㮚。或"相公"字有誤。然此啓爲庭筠所作，則無可疑，蓋啓内"間關千里，僅爲蠻國參軍；荏苒百齡，甘作荆州從事"二語，與庭筠之《上令狐相公啓》"敢言蠻國參軍，纔得荆州從事"二語相合故也。據"甘作荆州從事"語，啓當上於咸通二年庭筠居江陵荆南節度使蕭鄴幕期間。詳參注⑤。

② 楩，《全文》作"梗"，誤，此據《英華》改。梗爲刺榆，非良材；楩爲南方大木，即黄楩樹，質地堅密，爲建築良材。柟，即楠木，亦著名良材。故楩、柟連稱。《淮南子・齊俗訓》："伐楩柟豫章而剖梨之，或爲棺槨，或爲柱梁。"謝，遜、不如。

③ 綺組，華美的絲織品和絲綢綬帶，此喻華美的文辭。

④ 間關，輾轉。《世説新語・排調》："郝隆爲桓公南蠻參軍，三月三日會作詩，不能者罰酒三升，隆初以不能受罰，既飲，攬筆便作一句云：'娵隅躍清池。'桓問：'娵隅是何物？'答曰：'千里投公，始得蠻府參軍，那得不作蠻語也。'"古稱長江流域中部荆州一帶地區及當地人爲蠻荆。《詩・小雅・采芑》："蠢爾蠻荆，大邦爲讎。"朱熹集傳："蠻荆，荆州之蠻也。"

⑤ 荏苒百齡，謂人之一生時間易逝。荆州從事，與上句"蠻國參軍"意同，均指

在荆州任幕職。此句用王粲依荆州劉表典。《三國志·魏書·王粲傳》:“詔除黄門侍郎,以西京擾亂,皆不就,乃至荆州依劉表。”顧學頡《新舊唐書温庭筠傳訂補》引《上令狐相公啓》“敢言蠻國參軍,纔得荆州從事”等語及本篇“間關千里,僅爲蠻國參軍;荏苒百齡,甘作荆州從事”之語,謂“似庭筠居江陵,頗歷時日,其是否以‘荆州從事’代署襄陽巡官之事,殊不可知。若謂實指荆州,又无他書佐驗。意者,自襄陽解職,即暫寄寓江陵耶?”【按】顧氏謂庭筠自襄陽解職,即至江陵,甚是,然“以荆州從事代署襄陽巡官”,則不合情理。山南東道節度使府在襄陽,荆南節度使府在江陵(即荆州),二鎮雖鄰接,然謂以荆州從事代署襄陽巡官,則不但别無佐證,且不符用典慣例。蓋“蠻國參軍”“荆州從事”均用古人在荆州爲從事之典,庭筠以工於用典著稱於時,二啓中兩用此二典,借指己在荆州爲從事,可謂精切不移。若謂借指爲襄陽巡官,則泛而不切,且隔一層。庭筠當於咸通元年徐商罷鎮襄陽後不久(約在歲杪)赴江陵(參《上首座相公啓》注①),即在荆州爲從事。時荆南節度使爲蕭鄴(鄴爲中書舍人、翰林學士時,庭筠有《投翰林蕭舍人》詩,見卷四)。同幕有段成式、盧知猷、沈參軍。《唐文拾遺》卷三十三盧知猷《盧鴻草堂圖後跋》云:“咸通初,余爲荆州從事,與柯古(段成式字)同在蘭陵公(指蕭鄴)幕下。”庭筠有《答段柯古贈葫蘆管筆狀》,段成式有《寄温飛卿葫蘆管筆往復書》。今人或繫此二書於温居襄陽幕時,然庭筠狀有“庭筠累日來……荆州夜嗽”之語,則此二書實爲温、段荆南幕唱酬之作。温又有《寄渚宫遺民弘里生》詩,渚宫爲江陵之别稱,弘里生即指段成式,段文昌、段成式父子世居江陵,弘里,謂其弘顯故里。又有《和沈參軍招友生觀芙蓉池》詩,其中有“楚澤”字,當爲江陵作,沈參軍亦荆州從事。凡此,均庭筠曾在荆南節度使幕爲從事之跡。將庭筠“甘作荆州從事”“纔得荆州從事”之語與上引盧知猷《盧鴻草堂圖後跋》“余爲荆州從事”之語相對照,益可證“荆州從事”係實指在荆州爲從事,惜所任之具體幕職未詳。餘參見《上令狐相公啓》注。

⑥ 勵,奮。句意谓豈望羽翼奮飛於風雲之上。

⑦ 庸疎,謙稱自己才能平庸,學問空疎。

⑧ 宥密,深密、機密。元稹《追封宋若華制》:“若華等伯姊季妹,三英粲兮,皆在選中,參掌宥密。”按:據此二語,似紇干相公曾薦引庭筠爲“棲於宥密”之職,從下文看,且已就任。而兩《唐書》本傳及其他有關庭筠生平仕歷之文獻材料(包括庭筠自己之詩文)均不載。疑不能明,姑書此以俟進一步考證。或承上文即指其在荆南幕所擔任之幕職有關機密。

⑨ 緇,《英華》校:“集作‘淄’,非。”緇垢,污垢。緇,黑色。

⑩ 冥昇,不斷向上攀升。《易·升》:“上六,冥升,利于不息之貞。”孔疏:“冥猶暗也。處升之上,進而不已,則是雖冥猶升也。”煙霄,雲霄,喻顯位。二句“漸離緇垢”“欲近煙霄”與“棲於宥密”相參,益見其所任者爲參與機密之職。

⑪ 甄藻,指鑒别人才。《後漢書·郭泰符融等傳贊》:"林宗懷寶,識深甄藻。"

⑫ 發跡,提拔舉薦。門牆,指栽培的後輩。《論語·子張》:"夫子之牆數仞,不得其門而入,不見宗廟之美,百官之富,得其門者或寡矣。"

⑬ 丘門,孔門。《論語·先進》:"由也升堂矣,未入於室也。"揚雄《法言·吾子》:"詩人之賦麗以則,辭人之賦麗以淫。如孔門之用賦也,則賈誼升堂,相如入室矣。"

⑭ 傳爲宋玉所作之《小言賦》云,楚襄王登陽雲之臺,諸大夫景差、唐勒、宋玉等陪侍。王令曰:"賢人有能爲小言賦者,賜以雲夢之田。"宋玉賦曰:"無内之中,微物潛生,比之無象,言之無名。"王稱善,因賜玉雲夢之田。又宋玉《風賦》云:"楚襄王游于蘭臺之宫,宋玉、景差侍。"《高唐賦序》云:"昔者楚襄王與宋玉游于雲夢之臺。"

⑮ 句意謂一日之光照所披,百生得以輝映。形容受恩之深。光陰,猶光芒、光輝。

上蔣侍郎啓二首①

某聞有以踈賤而間至貴者②,古人之所譏笑;有以單外而蕲末契者,君子之所兢戒③。何者?無因而至,豈庸辨其妍媸④;有爲而然,曾不計於能否。有談嘲異狀⑤,詭激常姿⑥;希彼顧瞻⑦,斯爲衒造⑧。則亦受嗤於識者,見詆於通人矣。抑又聞三月而行,士人之常準⑨;十年乃字,女子之常期⑩。永爲干世之心,厥有後時之嘆⑪。某尋常爵里⑫,謬嗣盤盂⑬。離方遁圓⑭,因陋成寡。亦嘗研窮簡籀⑮,耽味聲詩⑯。頗識前修之懿圖⑰,蓋聞長者之餘論⑱。顓愚自任⑲,并介相忘⑳。質文異變之方㉑,驪翰殊風之旨㉒。粗承師法㉓,敢墜緹緗㉔。伏以侍郎弘繼濟之機謀㉕,運搜羅之默識㉖。思將菲質㉗,來挂平衡㉘。遂揚南紀之清源㉙,謹効東皋之素謁㉚。越石父彼何人也,夙佩遺文㉛;趙臺卿敢欺我哉,敬承餘烈㉜。輒以常所爲文若干首上獻㉝。

【校注】

①《英華》卷六五七啓七上文章啓下、《全文》卷七八六載此二首。【顧學頡曰】以時考之,疑蔣侍郎爲蔣伸。第一首末云:"以常所爲文若干首上獻。"上詩文自介之意。第二首云:"頃嘗撰刺門人,投書齊師,蒙垂盼飾,致在褒稱。"獻文後,兩人當

已晤面，並獲得蔣之稱許。第二首爲晤面之後某時所上，其中謂蔣“言成訓謨”。按：此係唐人習用語，指官翰林學士或知制誥、中書舍人者，爲皇帝撰制誥，其言成爲訓謨，蓋稱譽之詞。考《舊·紀》大中十一年十二月，以翰林學士承旨、守户部侍郎、知制誥蔣伸爲兵部侍郎充職。十三年四月，以蔣伸本官同平章事（《舊·傳》所叙蔣伸仕歷，同，並稱伸有文才）。啓中只稱侍郎，不稱相公，知作於伸未拜相之前，約在大中十一二年間。（《温庭筠交游考》）【按】蔣侍郎，當爲蔣係。《舊唐書·蔣乂傳》：“子係、伸、偕、仙、佶。係大和初授昭應尉、直史館。二年拜右拾遺、史館修撰……武宗朝，李德裕用事，惡李漢，以係與漢僚壻，出爲桂管都防禦觀察使。宣宗即位，徵拜給事中、集賢殿學士、判院事，轉吏部侍郎，改左丞，出爲興元節度使，入爲刑部尚書。”“伸登進士第，歷佐使府。大中初入朝，右補闕、史館修撰，轉中書舍人，召入翰林爲學士，自員外、郎中至户部侍郎、學士承旨，轉兵部侍郎。大中末，中書侍郎平章事。”是係、伸皆曾任侍郎。係之出爲山南西道節度使，在大中八年至十一年（參《舊唐書·宣宗紀》及李商隱《劍州重陽亭銘并序》），故其“轉吏部侍郎，改左丞”，當在大中八年之前的數年内。又據丁居晦《重修承旨學士壁記》，蔣伸大中十一年八月二十六日自權知户部侍郎充，十月二日加承旨，十二月二十九日轉兵部侍郎，依前充。而據啓内“既而文圃求知，神州就選，遂得生芻表意，腐帚生姿。永言棲託之懷，不在翾飛之後。今者商飈已扇，高壤蕭衰，楚貢將來，津塗悵望”及“輒以常所爲文若干首上獻”“謹以新詩若干首上獻”等語，二啓均爲參加進士試前向顯宦行卷以求延譽的書信。而大中九年，庭筠應舉時有“潛救八人”之事（見《唐摭言》卷十三）；三月試宏詞，又有試題泄漏，庭筠代京兆尹之子柳翰爲文之事（《東觀奏記》卷下）。其後不久，“執政間復有惡奏庭筠攪擾場屋，黜隨州縣尉”（《唐摭言》卷十一）。故自大中九年以後，庭筠已不可能參加進士試。大中十年，即已貶隋縣尉，旋爲徐商留署襄陽節度使巡官。故此二啓所上之蔣侍郎，只可能是蔣係。“言成訓謨”云云，不過美其能文而已，如《新唐書·蔣係傳》開首即云“係善屬文，得父典實”。非必指爲中書舍人、翰林學士也。此二啓當是大中八年以前蔣係爲吏部侍郎期間所上。參《上封尚書啓》，此二啓約大中六年所作，其中第二啓作於秋天。

② 間，《英華》作“聞”，涉上文“聞”字而誤。《左傳·隱公三年》：“且夫賤犯貴、少陵長、遠間親、小加大、淫破義，所謂六逆也……去順效逆，所以速禍也。”間，干犯，非議。

③ 單外，孤單疏遠。蘄，祈求、希望。末契，地位高者對地位低者之交誼。兢戒，警惕戒懼。

④ 庸，用。妍媸，美醜。

⑤ 談，《英華》作“詼”。談嘲，談笑。《世説新語·賞譽下》“卞望之峰距”劉孝標注引晋鄧粲《晋紀》：“初，咸和中，貴遊子弟能談嘲者，慕王平子、謝幼輿等爲達。”

異狀,情態怪異。

⑥ 詭激,怪異偏激,異於常情。《新唐書·劉棲楚傳》:"然其性詭激,敢爲怪行。"《舊唐書·文苑傳·李商隱》:"文思清麗,庭筠過之,而均無持操,恃才詭激,爲當塗者所薄。"

⑦ 顧瞻,眷顧、注意。

⑧ 衒造,炫耀造作。

⑨《孟子·滕文公下》:"周霄問曰:'古之君子仕乎?'孟子曰:'仕。傳曰:孔子三月無君,則皇皇如也。出疆必載質。'公明儀曰:'古之人三月無君則弔。三月無君則弔,不以急乎?'曰:'士之失位也,猶諸侯之失國家也。'"常準,通常的準則。

⑩《易·屯》:"六二,屯如邅如,乘馬斑如,匪寇婚媾。女子貞,不字,十年乃字。"字,懷孕。

⑪ 後時,失時,指不遇於時。

⑫ 爵里,官爵鄉里。尋常爵里,謂非高門世族。

⑬ 盤盂,盛物之圓盤與方盂。古代亦於其上刻文紀功。《韓非子·大體》:"豪傑不著名於圖書,不録功於盤盂,記年之牒空虚。"嗣盤盂,謂繼承先世之功烈。此指己爲唐初功臣宰相温彦博之後裔。

⑭ 離方遁圓,超越規矩法度。《文選·陸機〈文賦〉》:"雖離方而遁圓,期窮形而盡相。"李善注:"方圓,謂規矩也。"

⑮ 簡籀,竹簡上的籀文(即大篆)。泛指古文奇字。

⑯ 聲詩,樂歌,配樂的詩。《禮記·樂記》:"樂詩辨乎聲詩,故北面而弦。"

⑰ 懿圖,美好的意圖。

⑱ 餘論,識見廣博之論、宏論。司馬相如《子虚賦》:"願聞大國之風烈,先生之餘論也。"

⑲ 顓愚,愚昧笨拙。

⑳ 并介,兼善天下而又耿介自守。《文選·嵇康〈與山巨源絶交書〉》:"吾昔讀書,得并介之人,或謂無之,今乃信其真有耳。"劉良注:"并,謂兼利天下;介,謂孤介自守。"

㉑《論語·雍也》:"子曰:'質勝文則野,文勝質則史。文質彬彬,然後君子。'"《論語·爲政》:"子曰:'殷因於夏禮,所損益,可知也;周因於殷禮,所損益可知也。其或繼周者,雖百世可知也。'"何晏集解引馬融曰:"所因,謂三綱五常;所損益,曰文質三統。"《禮記·表記》載孔子云:"虞夏之質,殷周之文,至矣。"《尚書大傳》:"王者一質一文,據天地之道。"董仲舒《春秋繁露·三代改制質文》對夏商周三代質文迭變有進一步闡述。《文心雕龍·通變》:"推而論之,則黄唐淳而質,虞夏質而辨,商周麗而雅,楚漢侈而豔,魏晋淺而綺,宋初訛而新。從質及訛,彌近彌澹。"則專

論文學之質文代變。

㉒《禮記·檀弓上》:"夏后氏尚黑,戎事乘驪,牲用玄;殷人尚白,大事斂用日中,戎事乘翰,牲用白。"鄭玄注:"馬黑色曰驪。翰,白色馬也。"殊風,不同風俗。

㉓ 師法,師所傳授之學問與治學方法。

㉔ 緹緗,赤黄色和淺黄色之絲織物,古時常用作書衣或書套。借指書籍。此指家學淵源。

㉕ 繼濟,繼往開來,濟世匡時。

㉖ 搜羅,訪求羅致。此指訪求搜羅人材。默識,暗中記住。《論語·述而》:"默而識之。"

㉗ 菲質,菲薄庸劣的材質。

㉘ 平衡,謂權衡國政使得其平。指蔣侍郎。來掛平衡,謂欲依附於門下。《唐摭言·自負》:"今君坐青雲之中,平衡天下,天下之士,皆欲附矣。"

㉙《詩·小雅·四月》:"滔滔江漢,南國之紀。"鄭玄箋:"江也,漢也,南國之大水,紀理衆川,使不壅滯。"

㉚ 阮籍《辭蔣太尉辟命奏記》:"方將耕於東皋之陽,輸黍稷之税,以避當塗者之路。負薪疲病,足力不彊,補吏之召,非所克堪。"東皋,東邊向陽高地,泛指田園。《文選·孔稚珪〈北山移文〉》:"騁西山之逸議,馳東皋之素謁。"李善注:"素謁,貧素之謁也。"

㉛ 越石父,《姓解》卷一:"越,姒姓也。史有越石父,其先夏少齊之後,封於會稽,自號越。"《史記·管晏列傳》:"越石父賢,在縲紲中。晏子出,遭之塗,解左驂贖之。"參《爲人上裴相公啓》注⑥。

㉜ 趙臺卿,指趙岐,詳《爲人上裴相公啓》注⑤。

㉝ 此所獻之文即行卷之文。唐時習尚,應舉士子於考試前將所作詩文寫成卷軸,投送朝中顯貴以求延譽,稱行卷。李商隱《與陶進士書》:"文尚不復作,况復能學人行卷耶?"蔣係"善屬文",又官吏部侍郎,位居顯職,故庭筠向其行卷而求延譽,第二首啓末亦云"謹以新詩若干首上獻",則殆所謂"温卷"也。宋趙彦衛《雲麓漫鈔》卷八:"唐之舉人,先藉當世顯人,以姓名達之主司,然後以所業投獻。逾數日又投,謂之温卷。"

某聞朔禽違雪①,海鳥知風。苟曰含靈②,咸思擇地。况乎謬窺墳素③,常秉盤盂④。從師於洙泗之間⑤,擢跡於湘江之表⑥。能不成周問道,先詣伯陽⑦;故絳侍言,惟從叔向⑧。伏惟侍郎稟生成之秀⑨,窮先哲之姿⑩。言成訓謨⑪,信比喧燠⑫。某率兹孤植⑬,勔彼單

家[14]。持擊缶之凡音[15],嗣操琴之舊事[16]。於是持撾自警[17],割席相徵[18]。味謝氏之膏腴[19],弄顔生之組繡[20]。勞神焦慮,消日忘年。雖天分不多,尚慚於風雅;而人功斯極,劣近於謳歌[21]。頃常撰刺門人[22],投書齊師[23]。蒙垂盼飾[24],致在褒稱。既而文圃求知[25],神州就選[26],遂得生芻表意[27],腐帚生姿[28]。永言棲託之懷[29],不在翾飛之後[30]。今則商飈已扇[31],高壤蕭衰[32],楚貢將來[33],津塗悵望;高堂有念,末路增悲。願持款啓之心[34],先偵生成之施[35]。倘或洛陽种暠,猶記姓名[36];建業張逵,方弘采拾[37]。則百靈斯畢[38],一顧爲榮。謹以新詩若干首上獻。《延露》蚩聲[39],《皇華》下調[40]。有慚狂瞽,不稱仁私[41]。無任依投之至[42]。

【校注】

① 違,避開。

② 含靈,具有靈性的人和動物。

③ 墳素,泛指古代典籍。"墳"指"三墳"。

④ 見第一首注⑬。

⑤ 洙泗,洙水與泗水,春秋時屬魯國之地的河流。孔子曾在洙、泗之地聚徒講學。《禮記·檀弓上》:"吾與女事夫子於洙泗之間。"此謂己從師於儒者,習儒家之道。

⑥ 擢跡,提昇身份。表,邊。此句事未詳。可能與庭筠在湖南的一段經歷有關。

⑦ 成周,即西周之東都洛邑。《書·洛誥》:"召公既相宅,周公往營成周。"問道,請教道理。伯陽,老子字。《史記·老子韓非列傳》:"老子者……周守藏室之史也。孔子適周,將問禮於老子。老子曰:'子所言者,其人與骨皆已朽矣,獨其言在耳。且君子得其時則駕,不得其時則蓬累而行。吾聞之,良賈深藏若虚,君子盛德,容貌若愚。去子之驕氣與多欲,態色與淫志,是皆無益於子之身。吾所以告子,若是而已。'孔子去,謂弟子曰:'……吾今日見老子,其猶龍邪!'"此以老子喻指蔣係。

⑧ 故絳,春秋時晉國之舊都,故址在今山西翼城東南。晉穆侯自曲沃遷都於此,孝公時改名爲翼。及景公遷新田,稱新絳,遂稱此爲故絳。叔向,晉大夫羊舌肸,字叔向。侍言,侍從君主,適時進言。《左傳》載叔向之言數十則,分見於襄、昭之時。此以叔向喻指蔣係,謂其侍君進言,言聽計從。

⑨ 生成,自然形成、天生。

⑩ 先哲,前賢。

⑪ 訓謨,《尚書》六體中訓與謨之合稱,泛指訓誨謀畫之詞。

⑫ 暄燠,暖熱。謂如季候之定時回暖轉熱而不失信。

⑬ 孤植,孤立之植物。喻自己家世之孤立無援。

⑭ 勔,勉力。單家,猶寒門。《三國志·蜀書·諸葛亮傳》"亮與徐庶並從"裴注引魚豢《魏略》:"庶先名福,本單家子。"

⑮ 擊缶,敲擊瓦缶。古人以缶爲樂器,用以打拍子。《詩·陳風·宛丘》:"坎其擊缶,宛丘之道。"此謙稱自己的鄙俗之音。

⑯ 操琴之舊事,指求知音之賞識。《吕氏春秋·本味》:"伯牙鼓琴,鍾子期聽之。方鼓琴而志在太山,鍾子期曰:'善哉乎鼓琴,巍巍乎若太山。'少選之間,而志在流水,鍾子期又曰:'善哉乎鼓琴,湯湯乎若流水。'鍾子期死,伯牙破琴絶弦,終身不復鼓琴,以爲舉世無足復爲鼓琴者。"

⑰ 持撾自警,撾,擊鼓之杖,此泛指杖。《梁書·儒林傳·沈峻》:"峻好學,與舅太史叔明師事宗人沈驎士,在門下積年,晝夜自課,時或睡寐,輒以杖自擊,其篤志如此。"警,警戒。

⑱《世説新語·德行》:"管寧、華歆共園中鋤菜,見地有片金,管揮鋤與瓦石不異,華捉而擲去之。又嘗同席讀書,有乘軒冕過門者,寧讀如故,歆廢書出看。寧割席分坐,曰:'子非吾友也!'"相徵,相求。此言己擇友之嚴。

⑲ 謝氏,指謝靈運。膏腴,喻文辭華美。葛洪《抱朴子·辭義》:"衆書無限,非英才不能收膏腴。"《文心雕龍·正緯》:"事豐奇偉,辭富膏腴。"

⑳ 弄,玩味。顔生,指顔延之。《南史·顔延之傳》:"延之嘗問鮑照己與靈運優劣,照曰:'謝五言如初發芙蓉,自然可愛;君詩若鋪錦列繡,亦雕繢滿眼。'"組繡,華麗之絲繡服飾。

㉑ 謳歌,指民間之歌謡。謙稱自己的詩粗鄙不登大雅之堂,故曰"劣近於謳歌"。

㉒ 刺,古代的名片。行卷前先將名片投呈顯貴,再將著作詩文送上。

㉓《史記·齊悼惠王世家》:"魏勃少時,欲求見齊相曹參,家貧無以自通,乃常獨早夜掃齊相舍人門外。相舍人怪之,以爲物而伺之,得勃,勃曰:'願見相君,無因,故爲子掃,欲以求見。'於是舍人見勃,曹參因以爲舍人。"齊師,即齊相。借指蔣係。"投書"當即指所上之第一首啓。

㉔ 盼,《英華》作"眄"。盼飾,眷顧獎飾。

㉕ 文圃,猶文苑。

㉖ 神州,指京都。《文選·左思〈詠史詩〉》:"皓天舒白日,靈景曜神州。"吕向注:"神州,京都也。"就選,指參加選拔貢士的州縣考試。神州就選,指參加京兆

府試。

㉗《詩·小雅·白駒》:"生芻一束,其人如玉。"生芻,鮮草,可餵養白駒。陳奐《毛詩傳疏》:"芻所以萎白駒,託言禮所以養賢人。"生芻表意,謂表達禮敬賢人之意。

㉘ 腐帚,猶敝帚。謙稱自己詩文拙劣。曹丕《典論·論文》:"夫人善於自見,而文非一體,鮮能備善,是以各以所長,相輕所短。里語曰:'家有敝帚,享之千金。'斯不自見之患也。"

㉙ 棲託,寄託、安身。

㉚ 翾飛,飛翔。

㉛ 商飈,秋風。

㉜ 高壤,猶高處的原野。

㉝《左傳·僖公四年》載,齊伐楚,管仲責楚不向周室貢苞茅,曰:"爾貢苞茅不入,王祭不共,無以縮酒,寡人是徵。"此以"楚貢"借指鄉貢。《唐摭言》卷一《統序科第》:唐高祖武德四年四月一日敕:諸州有"明於理體,爲鄉里所稱者,委本縣考試,州長重覆,取其合格,每年十月隨物入貢"。貢士啓程赴京之期,通常在秋季,故云。

㉞ 款啓,見識少。《莊子·達生》:"今休,款啓寡聞之民也。"陸德明釋文引李頤曰:"款,空也;啓,開也。如空之開,所見小也。"

㉟ 生成,養育。

㊱《後漢書·种暠傳》:"种暠,字景伯,河南洛陽人……始爲縣門下史。河南尹田歆外甥王諶名知人,歆謂之曰:'今當舉六孝廉……欲自用一名士,以報國家,爾助我求之。'明日,諶送客於大陽郭,遥見暠,異之,還白歆曰:'爲尹得孝廉矣,近洛陽門下史也。'"句意謂猶記洛陽种暠之姓名。蓋以田歆喻蔣係,以种暠自喻,希其薦引。

㊲《晋書·陶侃傳》:"侃早孤貧,爲縣吏。鄱陽孝廉范逵嘗過侃,時倉卒無以待賓,其母乃截髮得雙髲,以易酒肴,樂飲極歡,雖僕從亦過所望。及逵去,侃追送百餘里。逵曰:'卿欲仕郡乎?'侃曰:'欲之,困於無津耳!'逵過廬江太守張夔,稱美之。夔召爲督郵,領樅陽令。"此云"建業張逵",或"范逵"之誤。《晋起居注》載武帝詔曰:"郎中張逵,忠篤履素,爲江表士大夫所稱,宜在中朝,以逵爲給事中。"則晋武帝時實有張逵其人,"爲江表士大夫所稱",亦與"建業"合。然《初學記》卷十二、《太平御覽》卷二二一引此並作"張建",且其事不詳。當闕疑待考。

㊳ 百靈,各種有靈性的動物。

㊴《延露》亦作《延路》,古俚曲名。《淮南子·人間訓》:"夫歌《采菱》《陽阿》,鄙人聽之,不若此《延路》《陽局》。"高誘注:"《延路》《陽局》,鄙歌曲也。"蚩聲,粗野鄙陋之聲。

㊵《皇華》，即《皇荂》，古代通俗歌曲名。《莊子·天地》："大聲不入於里耳，《折楊》《皇荂》，則嗑然而笑。"陸德明釋文："（荂）本又作華。李頤曰：《折楊》《皇華》，皆古歌曲也。"

㊶ 仁私，仁者的偏愛。

㊷ 依投，依戀投靠。

上裴相公啓[1]

某啓：聞効珍者先詣隋、和[2]，蠲養者必求倉、扁[3]。苟無懸解[4]，難語奇功。至於有道之年[5]，猶抱無辜之恨[6]。斯則没爲癘氣[7]，來撓至平[8]；敷作冤聲，將垂不極[9]。此亦王公大人之所慷慨[10]，義夫志士之所歔欷。某性實顓蒙[11]，器惟頑固[12]。纂修祖業，遠愧孔琳[13]；承襲門風，近慚張岱[14]。自頃爰田錫寵[15]，鏤鼎傳芳[16]。占數遼西[17]，横經稷下[18]，因得仰窮師法，竊弄篇題[19]。思欲紐儒門之絶帷[20]，恢常典之休烈[21]。俄屬羈孤牽軫[22]，藜藿難虞[23]。處默無衾[24]，徒然夜嘆；修齡絶米[25]，安事晨炊！既而羈齒侯門[26]，旅游淮上[27]，投書自達[28]，懷刺求知[29]。豈期杜摯相傾[30]，臧倉見嫉[31]。守土者以忘情積惡[32]，當權者以承意中傷[33]。直視孤危[34]，横相陵阻[35]。絶飛馳之路，塞飲啄之塗[36]。射血有冤[37]，叫天無路。此乃通人見愍，多士具聞[38]。徒共興嗟，靡能昭雪。竊見玄宗皇帝初融景命[39]，遽惻宸襟。收拭瑕疵，申明枉結[40]。劉丞相導揚優詔[41]，蘇許公潤色昌蕃[42]。五十年間[43]，風俗敦厚。逮及翔泳未安其所[44]，雨暘不得其和[45]，匹夫匹婦之吁嗟，一聚一鄉之幽鬱[46]，欲期昭泰[47]，必仰陶鈞[48]。某進抱疑危，退無依據。暗處囚拘之列，不霑涣汗之私[49]。與煨燼而俱捐[50]，比昆蟲而絶望。則是康莊並軌[51]，偏哭於窮途[52]；日月懸空，獨鄣於豐蔀[53]。伏以相公致堯業裕[54]，佐禹功高，百姓咸被其仁，一物不違於性。倘或在途興嘆，解彼右驂[55]；彈劍有聞，遷於代舍[56]。瞻風自卜[57]，與古爲徒[58]。此道不誣[59]，貞明未遠[60]。謹以文、賦、詩各一卷率以抱獻。縑緗儉陋[61]，造寫繁蕪[62]。干冒尊高，無任惶灼。

【校注】

①《英華》卷六五七啓七上文章啓下、《全文》卷七八六載此首。【顧學頡曰】以時間考之，裴相公當即裴休。《舊·紀》："大中六年四月，以禮部尚書諸道鹽鐵轉運等使裴休可本官同平章事。"啓中略云"既而羈齒侯門，旅游淮上，投書自達，懷刺求知。豈期杜摯相傾，臧倉見嫉，守土者以忘情積惡，當權者以承意中傷。直視孤危，横相陵阻。絶飛馳之路，塞飲啄之塗。射血有冤，叫天無路。此乃通人見愍，多士具聞，徒共興嗟，靡能昭雪"等語，蓋即本傳所謂"庭筠自至京師，致書公卿間雪冤"之事。【按】顧箋謂裴相公指裴休，是。牟懷川《温庭筠生年新證》(載《上海師範學院學報》1984 年第 1 期)謂此啓係開成四年首春求懇裴度之作，並謂啓中"至於有道之年，猶抱無辜之恨"二句的"有道之年"即郭有道(郭泰，字林宗)的享年四十二歲，並由此逆推出温庭筠生於唐德宗貞元十四年(798)。然牟説頗多疑點。其一，裴度爲四朝元老，憲宗元和十二年即以平蔡首功封晋國公。大和八年加中書令。庭筠詩題或稱其爲裴晋公(《題裴晋公林亭》)，或稱其爲中書令裴公(《中書令裴公輓歌詞二首》)，不應直到開成四年首春所上之啓仍只稱"裴相公"。其二，據《新唐書·裴度傳》，開成三年，度"以病丐還東都，真拜中書令，卧家未克謝，有詔先給俸料。(四年)上巳宴群臣曲江，度不赴，帝賜詩曰：'注想待元老，識君恨不早。我家柱石衰，憂來學丘禱。'別詔曰：'方春慎疾爲難，勉醫藥自持……'使者及門而度薨。"可見自開成三年以來，度已衰病，且又年高(七十四歲)。揆之情理，庭筠也不大可能於度衰病時上啓求助，且"以文、賦、詩各一卷抱獻"，請其覽閲揄揚。其三，"有道之年"非用郭泰卒年四十二歲之典(且以人之卒年借指己之現年，亦屬不倫)，而是泛稱政治清明之年代。《論語·衛靈公》"邦有道，則仕"即"有道"二字所本。"至於有道之年，猶抱無辜之恨"，與此啓下文"康莊並軌，偏哭於窮途"意近。此裴相公當如顧箋所考指裴休。啓末云："謹以文、賦、詩各一卷率以抱獻。"此啓當是參加進士試前行卷的書信。參前《上蔣侍郎啓二首》及後《上封尚書啓》《上杜舍人啓》之寫作時間及内容，此啓當上於大中六年八月裴休任相後不久。據《新唐書·宰相表》：大中六年"八月，禮部尚書、諸道鹽鐵轉運使裴休本官同中書門下平章事，使如故"。大中十年"十月戊子，休爲檢校户部尚書、同平章事、宣武節度使"。《舊·傳》《通鑑》同。《舊·紀》謂休拜相在大中六年四月，誤。庭筠另有《爲人上裴相公啓》《上鹽鐵侍郎啓》，均係上裴休之啓。裴休與華嚴宗宗主宗密有較密切交往，曾撰《華嚴宗人論序》《釋宗密禪源諸詮序》《圭峰禪師碑銘并序》，而庭筠亦曾從圭峰宗密受學，二人之結識或始於其時。

② 効珍，進獻珍寶。隋、和，隋侯與卞和。《淮南子·覽冥訓》："譬如隋侯之珠，和氏之璧，得之者富，失之者貧。"曹植《與楊德祖書》"人人自謂握靈蛇之珠"李

善注:"隋侯見大蛇傷斷,以藥傅而塗之。後蛇於大江中銜珠以報之,因曰隋侯之珠。"和,即卞和,春秋楚人。卞和三獻玉璞於三世楚王事,見《韓非子·和氏》。

③ 蠲養,祛除疾病,調養身體。倉,《英華》作"俞",非。倉指倉公,姓淳于,名意,齊臨淄人,曾爲太倉長,故稱倉公。扁,扁鵲,姓秦,名越人,渤海郡鄭人。二人均爲古代名醫。事詳《史記·倉公扁鵲列傳》。

④ 懸解,了悟。《太平廣記》卷七十二引張讀《宣室志·袁隱居》:"校其年月日,亦符九十三之數,豈非懸解之妙乎?"《舊唐書·方伎傳·神秀》:"吾度人多矣,至於懸解圓照,無先汝者。"此指對奇珍、醫道的了悟。

⑤ 有道,指政治清明。《論語·衛靈公》:"邦有道,則仕;邦無道,則可卷而懷之。"有道之年,指政治清明的年代,猶下文所謂"康莊並軌""至平"。

⑥ 無辜之恨,謂無罪而遭謗毁,猶下文所謂"偏哭於窮途"。

⑦ 没,同"殁"。癘氣,能致疫病的惡氣。

⑧ 撓,擾亂。至平,治世,亦即上文所謂"有道之年"。《荀子·榮辱》:"故仁人在上,則農以力盡田,賈以察盡財,百工以巧盡械器,士大夫以上至於公侯,莫不以仁厚知能盡官職,夫是之謂至平。"

⑨ 敷,散佈。垂,覆蓋。不極,無窮極、無限。

⑩ 慷慨,感嘆。《古詩十九首·西北有高樓》:"一彈再三嘆,慷慨有餘哀。"

⑪ 顓蒙,愚昧。

⑫ 頑固,愚妄固陋,不知變通。

⑬ 纂修,整治。孔琳,指南朝劉宋之孔琳之(字彦琳)。《宋書·孔琳之傳》:"不治産業,家尤貧素。"此謂己在整治祖業方面甚至遠愧於孔琳之。

⑭《南齊書·張岱傳》:"張岱字景山,吴郡吴人也。祖敞,晋度支尚書。父茂度,宋金紫光禄大夫。岱少與兄太子中舍人寅、新安太守鏡、征北將軍永、弟廣州刺史辨俱知名,謂之張氏五龍……兄子瓌、弟恕,誅吴郡太守劉遐。太祖欲以恕爲晋陵郡,岱曰:'恕未閑從政,美錦不宜濫裁。'太祖曰:'恕爲人,我所悉,且又與瓌同勳,自應有賞。'岱曰:'若以家貧賜禄,此所不論。語功推事,臣門之耻。'"此當即張岱"承襲門風"之具體表現,而謂己愧不如岱之有盛名清操也。按:庭筠舊鄉吴中。此云"承襲門風,近慚張岱",岱爲吴郡吴人,似亦暗透其舊鄉在吴中也。

⑮《左傳·僖公十五年》:"晋於是乎作爰田。"孔疏:"服虔、孔晁皆云:爰,易也。賞衆以田,易其疆畔。"此指以田地賞賜功臣,故曰"錫寵"。庭筠之遠祖彦博及彦博兄大雅,均唐初功臣,大雅封黎國公,彦博封虞國公。《書懷一百韻》"采地荒遺野,爰田失故都"自注:"予先祖國朝公相,晋陽佐命,食采於并、汾也。"

⑯ 鏤鼎,在鼎上刻鏤銘文,紀録功勳。

⑰ 占數,上報家中人數,入籍定居。《漢書·叙傳上》:"昌陵後罷,大臣名家皆

占數於長安。"顔師古注:"占,度也。自隱度家之口數而著名籍也。"遼西,郡名。《史記·匈奴列傳》:"燕亦築長城,自造陽至襄平。置上谷、漁陽、右北平、遼西、遼東郡以拒胡。"遼西,遼河以西地區。《晋書·趙至傳》:"年十六游鄴……詣魏興見太守張嗣宗,甚被優遇。嗣宗遷江夏相,隨到涢川,欲因入吴。而嗣宗卒,乃向遼西而占户焉。"占數遼西當用此。

⑱ 横經,横陳經籍。指受業或讀書。何遜《七召·儒學》:"横經者比肩,擁篲者繼足。"稷下,戰國時齊威王、宣王曾在都城臨淄西門稷門附近建學宫,廣招文學游説之士講學議論。事詳《史記·孟子荀卿列傳》、應劭《風俗通·窮通·孫況》。此指學宫。

⑲ 篇題,此指篇章、文章。

⑳ 紐,繫。《漢書·董仲舒傳》:"下帷講誦,弟子傳以久次相授業,或莫見其面,蓋三年不窺園,其精如此。"絶帷,謂儒學傳授之道久絶。

㉑ 恢,弘揚。常,《英華》校:一作"帝"。常典,指五經一類儒家典籍。《文選·孫綽〈遊天臺山賦序〉》:"所以不列於五嶽,闕載於常典者,豈不以所列冥奧,其路幽迥。"李善注:"常典,五經之流也。"休烈,美好輝煌。

㉒ 羈孤,羈旅孤獨。軫,隱痛。

㉓ 難,《英華》作"艱"。藜藿,灰菜和豆葉。泛指粗劣的飯食。虞,準備。《孫子·謀攻》:"以虞待不虞者,勝。"

㉔ 處默,指隱居不仕。

㉕ 修齡,長年。

㉖ 齒,列。

㉗《玉泉子》:"温庭筠有詞賦盛名。初從鄉里舉,客遊江淮間,揚子留後姚勖厚遺之。庭筠少年,其所得錢帛,多爲狹邪所費,勖大怒,笞而逐之,以故庭筠不中第。其姊趙顓之妻也,每以庭筠下第,輒切齒於勖。"《北夢瑣言》卷四亦謂庭筠"少曾於江淮爲親表檟楚"。顧學頡《温庭筠交游考》云:"按:《通鑑》開成四年五月,'上以鹽鐵推官禮部員外郎姚勖,能鞫疑獄,命權知職方員外郎。右丞韋温不聽,上奏稱:郎官,朝廷清選,不宜以賞能吏。上乃以勖檢校禮部郎中,依前鹽鐵推官。'據此,知姚勖確曾爲鹽鐵官(揚子留後,即鹽鐵轉運在揚州之分設機構)。姚勖笞逐庭筠事,當在開成四年之前。"而夏承燾《温飛卿繫年》引顧肇倉(即顧學頡)《温飛卿傳論》謂"定游江淮在大和末"。

㉘ 自達,自我推薦。達,推薦。

㉙ 懷刺,懷藏名刺,準備謁見長官。《後漢書·禰衡傳》:"建安初,來遊許下,始達潁川,乃陰懷一刺,既而無所之適,至於刺字漫滅。"

㉚《史記·秦本紀》:"孝公三年,衛鞅説孝公變法修刑……孝公善之。甘龍、杜

摯等弗然，相與争之。”又《商君列傳》：“孝公既用衛鞅，鞅欲變法……杜摯曰：‘利不百，不變法；功不十，不易器。法古無過，循禮無邪。’”此以杜摯指傾軋之小人。

㉛ 臧倉，戰國時魯平公之寵臣。平公將見孟子，爲倉所阻。後因以臧倉爲進讒害賢之小人。《孟子·梁惠王下》：“魯平公將出，嬖人臧倉者請曰：‘他日君出，則必命有司所之，今乘輿已駕矣，有司未知所之，敢請。’公曰：‘將見孟子。’曰：‘何哉！君所爲輕身以先於匹夫者，以爲賢乎？禮義由賢者出，而孟子之後喪踰前喪，君無見焉。’公曰：‘諾。’”句意謂己遭到臧倉一類小人的嫉妬。

㉜ 守土者，指地方長官，如節度使、刺史等。《書·舜典》“歲二月，東巡守”孔傳：“諸侯爲天下守土，故稱守。”按：大和末任淮南節度使者爲牛僧孺。

㉝ 承意，秉承意旨。此句“承意”之“當權者”或指與牛僧孺爲一黨之宰相李宗閔。宗閔，大和八年十月至九年六月期間爲相。

㉞ 孤危，孤立危急之身，作者自指。《戰國策·秦策三》：“大者宗廟滅覆，小者身以孤危。”

㉟ 陵阻，欺凌阻難。

㊱ 飲啄，飲水啄食。《莊子·養生主》：“澤雉十步一啄，百步一飲，不蘄畜乎樊中。”塞飲啄之塗，謂堵塞生活出路。與上句“絶飛馳之路”合參，當指斷絶其仕進之路（科舉考試不令其登第），故生活來源無着。

㊲ 射血，《史記·宋微子世家》：“君偃十一年，自立爲王……乃與齊、魏爲敵國。盛血以韋囊，縣而射之，命曰‘射天’。”此用其事，而意則重在“冤”字。

㊳ 通人，學識淵博通達之人。多士，衆多賢士。《詩·大雅·文王》：“濟濟多士，文王以寧。”

㊴ 景命，大命，指授予帝王之位的天命。《詩·大雅·既醉》：“君子萬年，景命有僕。”鄭玄箋：“天之大命。”

㊵ 瑕疵，有缺點錯誤的官吏。申明，辯明。枉結，冤屈、冤結。《後漢書·馮異傳》：“懷來百姓，申理枉結。”《舊唐書·玄宗紀》：先天二年七月，下制曰：“可大赦天下，大辟罪已下咸赦除之……内外官人被諸道按察使及御史所擿伏，咸宜洗滌，選日依次叙用。”

㊶ 劉丞相，指劉幽求。景雲二年十月爲侍中，先天元年八月戊午流於封州。翌年召復舊官。導，《英華》作“尋”，非。導揚，導達顯揚。優詔，褒美嘉獎之詔書。《新唐書·劉幽求傳》：“臨淄王入誅韋庶人，預參大策，是夜號令詔敕，一出其手。以功授中書舍人，參知機務……先天元年，爲尚書右僕射、同中書門下三品，監修國史。幽求自謂有勞于國，在諸臣右，意望未滿，而竇懷貞爲左僕射，崔湜爲中書令，殊不平，見於言面。已而湜等附太平公主，有逆計。幽求與右羽林將軍張暐定計，使暐説玄宗……帝許之。未發也，而暐漏言侍御史鄧光賓，帝懼，即列其狀。睿宗以幽求

等屬吏，劾奏以疎間親，罪應死。帝密申右之，乃流幽求於封州……明年，太平公主誅，即日召復舊官，知軍國事，還封户，賜錦衣一襲。"

㊷ 蘇許公，指蘇頲。襲封許國公。潤色，修飾文字，使有文采。昌謩，善美的謀略。《新唐書·蘇頲傳》："自景龍後，與張説以文章顯，稱望略等，故時號'燕、許大手筆'。"《舊唐書·蘇頲傳》："景雲中，瓌薨……服闋就職，襲父爵許國公……玄宗曰：'蘇頲可中書侍郎，仍供政事食。'明日，加知制誥……時李乂爲紫薇侍郎，與頲對掌文誥。上謂頲曰：'前朝有李嶠、蘇味道，謂之蘇、李；今有卿及李乂，亦不讓之……'……十三年，從駕東封，玄宗令頲撰朝覲碑文。"此所謂"潤色昌謩"。

㊸ 五十年間，指玄宗在位之年的約數。玄宗實際在位之年共四十四年。

㊹ 翔泳，飛翔天空的鳥與游泳水中的魚。泛指生物。

㊺ 雨暘，晴雨。《書·洪範》："曰雨曰暘。"孔傳："雨以潤物，暘以乾物。"不得其和，謂霪雨或亢旱。

㊻ 聚，村落。《史記·五帝本紀》："一年而所居成聚，二年成邑，三年成都。"幽鬱，猶憂鬱。

㊼ 昭泰，清明安泰。

㊽ 陶鈞，製作陶器所用的轉輪，比喻宰相治國。

㊾ 列，《英華》作"例"，誤。涣汗，喻帝王的聖旨、號令。《易·涣》："九五，涣汗之大號。"謂帝王之號令，如人之汗，一出則不復收。私，恩。

㊿ 煨燼，猶灰燼，捐，棄。

(51) 康莊並軌，可容兩輛車並行的大道。

(52)《晋書·阮籍傳》："時率意獨駕，不由徑路，車跡所窮，輒慟哭而返。"

(53) 鄣，同"障"，《英華》作"彰"，誤。《易·豐》："六二，豐其蔀，日中見斗。"王弼注："蔀，覆曖障光明之物也。"後因以"豐蔀"指遮蔽之物。

(54) 裕，豐裕。裴休自大中四年起以户部侍郎領諸道鹽鐵轉運使，六年八月任宰相後仍領鹽鐵使，八年方罷使，前後領使五年。善理財，立新法整治漕運，又立税茶十二法，人以爲便。"居三年（指大中四至六年），粟至渭倉者百二十萬斛，無留壅。"（《新唐書》本傳）此即所謂"致堯業裕，佐禹功高"。

(55)《史記·管晏列傳》："越石父賢，在縲紲中，晏子出，遭之塗，解左驂贖之。"解驂，解下驂馬（邊馬）贈人，謂以財物救人困急。此作"右驂"，或偶記誤，或形近而誤。《英華》校：一作"左"。

(56) 彈劍，即彈鋏，彈擊劍把。《戰國策·齊策四》："齊人有馮諼者，貧乏不能自存，使人屬孟嘗君，願寄食於門下……孟嘗君笑而受之曰：'諾。'左右以君賤之也，食以草具。居有頃，倚柱彈其劍，歌曰：'長鋏歸來乎，食無魚。'左右以告……後有頃，復彈其劍鋏，歌曰：'長鋏歸來乎，無以爲家。'……孟嘗君問：'馮公有親乎？'對

曰:‘有老母。’孟嘗君使人給其食用,無使乏。於是馮諼不復歌。”《史記·孟嘗君列傳》:“五日,(孟嘗君)又問傳舍長,答曰:‘客復彈劍而歌曰:長鋏歸來乎,出無輿。’孟嘗君遷之代舍,出入乘輿車矣。”代舍,上等館舍。“倘或”四句,祈望得到裴休之救助與厚遇,願依附於門下。

[57] 自卜,自己預卜。

[58] 與古爲徒,與古人爲同道。

[59] 不誣,不妄。

[60] 貞明,日月能固守其運行规律而常明。《易·繫辭下》:“日月之道,貞明者也。”此指日月之光輝。

[61] 縑緗,供書寫用的淺黄色細絹。

[62] 造寫,此謂著述書寫。繁蕪,繁多蕪雜。

上令狐相公啓[1]

某聞丘明作傳,必受宣尼[2];王隱著書,先依庾亮[3]。或情憂國士[4],或義重門人[5]。咸託光陰[6],方成志業,抑又聞棄茵微物,尚軫晋君[7];壞刷小姿,每干齊相[8]。豈繫効珍之飾[9],蓋牽求舊之情[10]。某邴第持囊[11],嬰車執轡[12]。旁徵義故[13],最歷星霜。三千子之聲塵,預聞《詩》《禮》[14];十七年之鉛槧,尚委泥沙[15]。敢言蠻國參軍,纔得荆州從事[16]。自頃藩牀撫鏡[17],校府招弓[18]。《戴經》稱女子十年,留於外族[19];稽氏則男兒八歲,保在故人[20]。藐是流離[21],自然飄蕩。叫非獨鶴,欲近商陵[22];嘯類斷猿,况鄰巴峽[23]。光陰詎幾,天道如何!豈知蕞陋之姿[24],獨隔休明之運[25]。今者野氏辭任[26],宣武求才[27]。倘令孫盛緹油[28],無慚素尚[29]。蔡邕編録,偶獲貞期[30]。微迴謦欬之榮[31],便在陶鈞之列[32]。不任覗冒彷徨之至[33]。

【校注】

① 《英華》卷六六二啓十二投知五、《全文》卷七八六載此首。【顧學頡曰】温詩集中與綯無唱酬之作,惟《文苑英華》卷六六二有《上令狐相公啓》,有“敢言蠻國參軍,纔得荆州從事”及“微回謦欬之榮,便在陶鈞之列”等語,求其援引。《舊唐書》本傳亦載:“咸通中,失意歸江東,心怨令狐綯在位時不爲成名。既至(廣陵),與新進少年狂遊狹邪,久不刺謁。又乞索于揚子院,醉而犯夜,爲虞侯所擊,敗而折齒,方還

揚州訴之。令狐綯捕虞侯治之,極言庭筠狹邪醜迹,乃兩釋之。自是污行聞於京師。庭筠自至長安,致書公卿間雪冤。"又據《唐詩紀事》卷五十四、《南部新書》庚等書所載庭筠譏傲令狐綯諸事……庭筠與綯不僅相識,且有不少糾葛,其科名及仕途失意,頗與綯有關,則又非一般關係矣。綯承其父(楚)蔭,大中時秉政當權,煊赫一時,而李商隱既爲所扼,温庭筠又遭其辱,反不如其父之尊重文士矣。(《温庭筠交游考》)又曰:《上令狐相公啓》:"……敢言蠻國參軍,才得荆州從事……"又有《謝紇干相公啓》:"間關千里,僅爲蠻國參軍;荏苒百齡,甘作荆州從事。"其在江陵所作詩亦有數首。似庭筠居江陵,頗歷時日。其是否以"荆州從事"代署襄陽巡官之事,殊不可知。若謂實指荆州,又無他書佐驗。意者,自襄陽解職,即暫寄寓江陵耶?觀上列啓狀,知其貧病交侵,慘愁殊甚。當即《舊書》所云"失意",《新書》所云"不得志"也。庭筠自襄陽解幕職,即暫寓江陵。其歸江東,約在咸通三四年之時,尤以四年爲近似……庭筠由江陵起行,約在四年春、夏之交,適令狐綯鎮淮南,遂罹斯辱……《上裴相公啓》……明言守土者以忘情積惡,當權者以承意中傷,當即在淮南令狐綯指使虞侯折辱之事。裴相公當係裴休……《舊書》一七七《裴休傳》:"咸通初,入爲户部尚書,累遷吏部尚書,太子少師,卒。"蓋此啓即《舊書》所謂"自至長安,致書公卿間雪冤"之事也。(《新舊〈唐書〉温庭筠傳訂補》)【按】令狐相公,令狐綯。《新唐書·宰相表》:大中四年"十月辛未,翰林學士承旨、兵部侍郎令狐綯守本官、同中書門下平章事。"十年十月戊子,"綯爲尚書右僕射";十二年"十一月己未,綯爲尚書左僕射";十三年十二月丁酉,"綯爲檢校司徒、同平章事、河中節度使"。居相位首尾十年。《舊唐書·令狐綯傳》:"咸通二年,改汴州刺史、宣武軍節度使。三年冬,遷揚州大都督府長史、淮南節度副大使、知節度事。"此啓有"敢言蠻國參軍,纔得荆州從事"之語,顧氏謂"其是否以'荆州從事'代署襄陽巡官之事,殊不可知。若謂實指荆州,又無他書佐驗",實則,"纔得荆州從事"當實指其在荆南節度使幕爲從事。此已詳《謝紇干相公啓》"荏苒百齡,甘作荆州從事"二句注。庭筠當於大中十四年(即咸通元年)徐商罷鎮襄陽内徵後罷襄陽幕,約元年歲杪離襄陽赴江陵,咸通二年春已在荆南節度使蕭鄴幕爲從事。啓又有"嘯類斷猿,况鄰巴峽"之語,係用《水經注·江水·三峽》"高猿長嘯,屬引凄異""朝發白帝,暮到江陵"之典,更可證作啓時庭筠居於鄰近巴峽之江陵。令狐綯約在咸通二年冬暮由河中節度使調任宣武節度使(繼令狐綯任河中節度使者爲蔣伸,《新唐書·宰相表》:咸通三年"正月己酉,(蔣)伸檢校兵部尚書、同平章事、河中節度使"。啓有"野氏辭任,宣武求才"之語,當指令狐綯由河中節度使調任宣武節度使。"宣武求才",既借桓宣武(温)開府廣求人材以喻令狐綯,又切宣武節度使幕府。故此啓當上於咸通二年冬令狐綯移鎮宣武時。

②《史記·十二諸侯年表序》:"是以孔子明王道,干七十餘君,莫能用,故西觀周室,論史記舊聞,興於魯而次《春秋》,上記隱,下之哀之獲麟,約其辭文,去其煩

重，以製義法，王道備，人事浹。七十子之徒口受其傳指，爲有所刺譏褒諱挹損之文辭不可以書見也。魯君子左丘明懼弟子人人異端，各安其意，失其真，故因孔子史記具論其語，成《左氏春秋》。"作傳，指作《春秋左氏傳》，即《左氏春秋》《左傳》。受，《英華》作"授"，非。受，受之於。宣尼，指孔子。漢平帝元始元年追謚孔子爲褒成宣尼公。左思《詠史》之四："言論準宣尼，辭賦擬相如。"

③《晋書·王隱傳》："太興初，典章稍備，乃召隱及郭璞俱爲著作郎，令撰晋史……時著作郎虞預私撰《晋書》，而生長東南，不知中朝事，數訪於隱，並借隱所著書竊寫之，所聞漸廣。是後更疾隱，形於言色。預既豪族，交結權貴，共爲朋黨以斥隱，竟以謗免，黜歸於家。貧無資用，書遂不就，乃依征西將軍庾亮於武昌。亮供其紙筆，書乃得成，詣闕上之。"

④ 憂，《英華》作"優"。國士，一國中才能最優秀的人物。情憂國士，承上指庾亮善待王隱。憂，憂念。

⑤《論語·公冶長》："子曰：巧言、令色、足恭，左丘明耻之，丘亦耻之。匿怨而友其人，左丘明耻之，丘亦耻之。"或據此謂左丘明爲孔子門人。義重門人，承上指孔子重視門人左丘明。

⑥ 光陰，光芒、光亮。王度《古鏡記》："見龍駒持一月來相照，光陰所及，如冰著體，冰徹腑臟。"

⑦ 棄茵，即棄席。《淮南子·説山訓》："（晋）文公棄荏席，後黴黑，咎犯辭歸。"《韓非子·外儲説左上》："（晋）文公反國，至河，令籩豆捐之，席蓐捐之，面目黧黑者後之，咎犯聞之而夜哭……再拜而辭，文公止之……解左驂而盟于河。"軫，隱痛。

⑧ 壞刷，猶敝帚。齊相，指曹參。此句用《史記·齊悼惠王世家》魏勃欲求見齊相曹參，無以自通，乃掃齊相舍人之門事。詳《上蔣侍郎啓二首》之二注㉓。

⑨ 繫，牽掛、繫念。効珍，呈獻珍寶。

⑩《書·盤庚上》："人惟求舊，器非求舊，惟新。"

⑪ 邴，邴吉，又作丙吉。《漢書·丙吉傳》："於官屬掾史，務掩過揚善。吉馭吏耆酒，數逋蕩，嘗從吉出，醉歐丞相車上，西曹主吏白欲斥之，吉曰：'以醉飽之失去士，使此人將復何所容？西曹地忍之，此不過污丞相車茵耳。'遂不去也。此馭吏邊郡人，習知邊塞發犇命警備事，嘗出，適見驛騎持赤白囊，邊郡發犇命書馳來至，馭吏因隨驛騎至公車刺取，知虜入雲中、代郡，遽歸府見吉白狀……未已，詔召丞相、御史，問以虜所入郡吏，吉具對，御史大夫卒遽不能詳知，以得譴讓。而吉見謂憂邊思職，馭吏力也。吉乃嘆曰：'士亡不可容，能各有所長。向使丞相不先聞馭吏言，何見勞勉之有？'掾史繇是益賢吉。"此以邴吉喻令狐綯，以馭吏自喻，謂綯如能似邴吉之善待門客下吏，掩過揚善，必有以報。

⑫ 嬰，指齊相晏嬰。《史記·管晏列傳》："晏子爲齊相，出，其御之妻從門間而

窺其夫。其夫爲相御，擁大蓋，策駟馬，意氣揚揚，甚自得也。既而歸，其妻請去。夫問其故，妻曰：'晏子長不滿六尺，身相齊國，名顯諸侯……今子長八尺，乃爲僕御，然子之意自以爲足，妾以是求去也。'其後夫自抑損。晏子怪而問之，御以實對。晏子薦以爲大夫。"此以晏嬰指綯，以馭吏自指。據"邴第"二句，庭筠當嘗依令狐綯爲門下客。

⑬ 義故，以恩義相結合的故舊。《世説新語·德行》："渾薨，所歷九郡，義故懷其德惠，相率致賻數百金。"《北齊書·盧潛傳》："琳部曲義故，多在揚州。"

⑭ 三千子，傳孔子有弟子三千人。《史記·孔子世家》："孔子以《詩》《書》《禮》《樂》教，弟子蓋三千焉。"聲塵，名聲。

⑮ 鉛，鉛粉筆。槧，木板片。古代書寫文字的工具。《西京雜記》卷三："揚子雲好事，常懷鉛提槧，從諸計吏，訪殊方絶域四方之語。"此以"鉛槧"指自己的文章著作。揚雄《答劉歆書》："雄常抱三寸弱翰，齎油素四尺，以問其異語，歸即以鉛摘次之於槧，二十七年于今矣。"此言"十七年"，或記誤。委泥沙，謂湮没不聞於世。

⑯ 詳《謝紇干相公啓》注④⑤及本篇注①編著者按語。二句謂己在荆南節度使幕爲從事。

⑰ 藩，《英華》作"潘"，誤。撫，《英華》作"無"，誤。藩，指節度使或節度使府。撫鏡，持鏡（照影）。謝靈運《晚出西射堂》詩："撫鏡華緇鬢，攬帶緩促衿。"此處"撫鏡"即含有持鏡照影而嘆年衰之意。

⑱ 校，《英華》作"儉"。招，《英華》作"佋"，旁注：疑。校府，軍營。招弓，舉弓。句意謂在軍幕任職。

⑲《戴經》，指戴聖（小戴）《禮記》。外族，母家或妻家的親族。《史記·樗里子甘茂列傳》："向壽者，宣太后外族也。"《資治通鑑·梁簡文帝大寶元年》："又禁人偶語，犯者刑及外族。"胡三省注："男子謂舅家爲外家，婦人謂父母之家爲外家。外族，外家之族。"《禮記·内則》："女子十年不出，姆教婉娩聽從，執麻枲，治絲繭，織紝組，學女事，以供衣服……十有五年而笄。"此謂自己因在藩鎮幕府供職，故女兒雖已十歲，仍留在外祖父母家養育。

⑳ 嵇康《與山巨源絶交書》："吾新失母兄之歡，意常凄切。女年十三，男年八歲，未及成人，况復多病，顧此悢悢，如何可言！"康子嵇紹，十歲時康被殺。武帝咸寧五年，康之故人山濤領吏部，乃言於武帝，授祕書丞。《晋書·嵇紹傳》：紹字延祖，康之子，以父得罪，靖居私門。山濤領選，啓武帝，請爲祕書郎。武帝詔徵之，起家爲祕書丞。此即所謂"保在故人"。稽、嵇通。此句蓋謂自己的男孩寄養在朋友家。作此啓時庭筠已六十一歲，仍有如此幼小之子女，當非原配所生。會昌元年春庭筠作《感舊陳情五十韻獻淮南李僕射》已云："宦無毛義檄，婚乏阮修錢。"其時庭筠年四十一，原配已卒，尚未續娶。此處提到的"留於外族"的"女子"及"保在故人"的"男

兒”當爲續弦所育。或解，此指庭筠自幼喪父，寄養在父之“故人”家。

㉑ 藐，通“邈”。流離，流轉離散。庾信《哀江南賦序》：“信年始二毛，即逢喪亂。藐是流離，至於暮齒。”

㉒ 晋崔豹《古今注》卷中：“《别鶴操》，商陵牧子所作也。娶妻五年而無子，父兄將爲之改娶。妻聞之，中夜起，倚户而悲嘯。牧子聞之，愴然而悲，乃歌曰：‘將乖比翼隔天端，山川悠遠路漫漫，攬衣不寢食忘餐。’後人因爲樂章焉。”

㉓《水經注·江水·三峽》：“每至晴初霜旦，林寒澗肅，常有高猿長嘯，屬引凄異，空谷傳響，哀轉久絶。故漁者歌曰：‘巴東三峽巫峽長，猿鳴三聲淚霑裳。’”又：“自三峽七百里中，兩岸連山，略無闕處。重巖疊嶂，隱天蔽日，自非亭午夜分，不見曦月。至於夏水襄陵，沿泝阻絶。或王命急宣，有時朝發白帝，暮到江陵，其間千二百里，雖乘奔御風，不以疾也。”《世説新語·黜免》：“桓公入蜀，至三峽中，部伍中有得猨子者，其母緣岸哀號，行百餘里不去，遂跳上船，至便即絶。破視其腹中，腸皆寸寸斷。”以上四句謂己如離群之孤鶴，哀嘯之斷猿，思念子女妻室，所居之地則在鄰近巴峽之江陵。按：大中十一年正月至十三年十二月，白敏中任荆南節度使。大中十三年十一月至咸通三年，蕭鄴任荆南節度使。咸通元年徐商罷鎮襄陽徵赴闕，庭筠於是年歲杪離襄陽赴江陵。聯係上文“纔得荆州從事”“自頃藩牀撫鏡，校府招弓”及“叫非獨鶴，欲近商陵；嘯類斷猿，况鄰巴峽”四句，庭筠當於咸通二年在荆南節度使蕭鄴幕爲從事。

㉔ 蕞陋，醜陋。

㉕ 休明，美好清明的時代。

㉖ 野氏，未詳。從下文“宣武求才”看，此句當指前任宣武節度使。據《唐刺史考全編》，大中十三年至咸通元年，畢諴爲宣武節度使。“野氏辭任”，謂前任宣武節度使畢諴辭任。

㉗ 宣武，指桓温，謚宣武。又兼指宣武節度使。《世説新語·文學》：“習鑿齒史才不常，宣武甚器之。未三十，便用爲荆州治中。鑿齒謝牋亦云：‘不遇明公，荆州老從事耳。’”又，“桓宣武北征，袁虎時從，被責免官。會須露布文，唤袁倚馬前令作。手不輟筆，俄得七紙，殊可觀。”又《寵禮》：“王珣、郗超並有奇才，爲大司馬（桓温）所眷拔。珣爲主簿，超爲記室參軍。超爲人多髯，珣狀短小，於時荆州爲之語曰：‘髯參軍，短主簿，能令公喜，能令公怒。’”劉孝標注引《續晋陽秋》曰：“超有才能，珣有器望，並爲温所暱。”桓温於晋穆帝永和元年自徐州遷荆州刺史。《晋書·桓温傳》：“時李勢微弱，温志在立勳於蜀，永和二年，率衆西伐……（勢）乃面縛輿櫬請命……温停蜀三日，舉賢旌善。僞尚書僕射王誓、中書監王瑜、鎮東將軍鄧定、散騎常侍常璩等，皆蜀之良也，並以爲參軍，百姓感悦。”以上所引事例，均“宣武（桓温）求才”之具體表現。此以桓温求才喻令狐綯汴幕新開，廣招人才。

㉘《晋書·孫盛傳》："會桓温代(庾)翼，留盛爲參軍，與俱伐蜀……蜀平，賜爵安懷縣侯，累遷温從事中郎。"緹油，古代車軾前屏泥的紅色油布。《漢書·循吏傳·黄霸》："居官賜車蓋，特高一丈，别駕、主簿車，緹油屏泥於軾前，以章有德。"後因以"緹油"爲殊遇的標誌。

㉙ 素尚，平素的志向。用孫盛事，蓋祈入令狐綯汴州幕，得其厚遇。

㉚ 蔡邕編録，指蔡邕編撰《後漢紀》之事。初平三年，董卓被誅，邕以受卓厚恩，有傷嘆之意，爲王允收付廷尉。邕謝罪，乞黥首刖足，續成漢史。士大夫亦多方救援，允不聽。邕終死於獄中。事詳《後漢書·蔡邕傳》。貞期，貞明之年代、清平之世。此以蔡邕自比，希望能遇上貞明之世，得以完成著述。據上"王隱著書，先依庾亮"及"十七年之鉛槧，尚委泥沙"之語，庭筠似有重要著述尚未完成，希望依託有顯位如令狐綯者，得以完成。

㉛ 謦欬，本指咳嗽，借指談笑。《莊子·徐無鬼》："夫逃空虚者……聞人足音跫然而喜矣，又况乎昆弟親戚之謦欬其側者乎？"此以"謦欬"指令狐之一言薦譽。

㉜ 陶鈞，此指陶冶、造就。

㉝ 靦冒，羞慚冒昧。

上崔相公啓[①]

某聞石苞羈賤，早遇何曾[②]；魏武尊高，猥知徐晃[③]。其後咸成間氣[④]，訖立鴻勳。簡册增輝，尊彝動彩[⑤]。則道惟熙載[⑥]，皆資甄藻之時[⑦]；德邁賡歌[⑧]，必用搜羅之道[⑨]。是以皇綱克序[⑩]，茂範咸凝[⑪]。某荆氏凡材[⑫]，雕陵散質[⑬]。謬傳清白[⑭]，實守幽貞[⑮]。矍圃彎弓，何能中鵠[⑯]；丘門用賦，尋耻雕蟲[⑰]。常慮荒蕪，殊非挺拔[⑱]。依劉薦禰[⑲]，素乏梯航[⑳]；慕吕攀嵇[㉑]，全無等級[㉒]。分甘終老[㉓]，莫有良期。既而竊仰洪鈞[㉔]，來窺皎鏡[㉕]。墳壚下土，敢望頒形[㉖]；甕盎頑姿，寧希鑒貌[㉗]？豈謂不遺孤拙，曲假生成[㉘]。拔於泥滓之中，致在煙霄之上。遂使龍門奮發，不作窮鱗[㉙]；鶯谷翩翻，終陪逸翰[㉚]。此則在三恩重[㉛]，吹萬功深[㉜]。空乘變律之機[㉝]，未得捐軀之兆[㉞]。豈可猶希鼓鑄[㉟]，更露情誠？伏念良馬嘶風，非堪伏皂[㊱]；饑鷹刷羽[㊲]，終耻棲籠。誠知豢養之恩，頗有飛翔之志。而又專門有暇，曾習政經[㊳]；閉户無營，因窺吏事[㊴]。既辨張湯之鼠[㊵]，深知子産之魚[㊶]。書劍彷徨，年光倏忽。徒思效用，無以爲資[㊷]。倘蒙再扇薰風[㊸]，仍宣厚澤。庶使晏

嬰精鑒，獲脱於在途[44]；畷蔑微班，得昇於收器[45]。纔聞謦欬，便是扶摇[46]。

【校注】

①《英華》卷六六二啓十二投知五、《全文》卷七八六載此首。崔相公，疑指崔鉉。庭筠上時相諸啓（包括代人擬者），多作於大中年間。據《新唐書·宰相表》，大中十年庭筠貶隋縣尉前，崔姓爲相者共三人，即崔元式（大中元年至二年）、崔龜從（大中四年至五年）、崔鉉（大中三年至九年），據啓文提及此崔相公前已對上啓者予以垂顧，使其得以進士登第，此次又祈其再施厚澤，似以指大中朝任相長達七年之崔鉉可能性較大（會昌年間，崔鉉亦曾爲相）。然此啓當非庭筠自己上崔相公，而係代人所擬。啓云："竊仰洪鈞，來窺皎鏡……豈謂不遺孤拙，曲假生成。拔于泥滓之中，致在煙霄之上。遂使龍門奮發，不作窮鱗；鶯谷翩翻，終陪逸翰。"説明上啓者此前在崔相公的薦拔下，已登進士第。此與庭筠終身未登第不合。又啓内提及家世時，僅言"謬傳清白，實守幽貞"，與庭筠上他人之啓每自稱"爰田錫寵，鏤鼎傳芳""謬嗣盤盂"者不合。如崔相公爲崔鉉，則此啓當作於大中九年前崔仍居相位期間。

②《晉書·石苞傳》："販鐵於鄴市，市長沛國趙元儒名知人，見苞，異之，因與結交。嘆苞遠量，當至公輔，由是知名。見吏部郎許允，求爲小縣。允謂苞曰：'卿是我輩人，當相引在朝廷，何欲小縣乎？'苞還嘆息，不意允之知己乃如此也。"羈賤，漂泊貧賤。石苞羈賤時遇何曾之事，《晉書·石苞傳》及《何曾傳》均未載，疑別有據。何曾，三國魏時官至司徒，曾參預司馬懿與曹爽爭權及司馬炎代魏建晉的活動。西晉初任丞相、太傅。石苞，微時曾爲御隸，魏末爲大將軍司馬師中護軍司馬，後進位征東大將軍、驃騎將軍。司馬炎稱帝，遷大司馬。《晉書》本傳記其微時事又云："縣召爲吏，給農司馬。會謁者陽翟郭玄信奉使，求人爲御，司馬以苞及鄧艾給之。行十餘里，玄信謂二人曰：'子後並當至卿相。'苞曰：'御隸也，何卿相乎？'"是石苞微賤時，郭玄信、趙元儒、許允均預言其當至卿相公輔。此言"早遇何曾"，似是何曾對石苞曾加薦引提拔。

③《三國志·魏書·徐晃傳》："徐晃字公明，河東揚人也。爲郡吏，從車騎將軍楊奉討賊有功，拜騎都尉……晃説奉令歸太祖，奉欲從之後悔，太祖討奉於梁，晃遂歸太祖。"後屢建戰功，"太祖嘆曰：'徐將軍可謂有周亞夫之風矣！'"

④ 間氣，謂英雄偉傑，上應天象，禀天地特殊之氣，間世而出，故稱。《太平御覽》卷三六〇引《春秋孔演圖》："正氣爲帝，間氣爲臣，宫商爲姓，秀氣爲人。"

⑤《英華》"簡册"上有"能令"二字，"册"一作"素"。"尊彝"上有"亦俾"二字。簡册，此指史册、史籍。尊、彝均爲古代酒器，因祭祀、朝聘、宴享之禮多用之，故亦泛指禮器。其上常鏤刻紀功之銘文。此謂石苞、徐晃因遇恩知、明主，故能名垂史

册、銘功尊彝,使之增輝添彩。

⑥ 熙載,弘揚功業。《書·舜典》:"咨四岳,有能奮庸熙帝之載。"孔傳:"載事也。訪群臣有能起發其功,廣堯之事者。"

⑦ 甄藻,指甄選鑒拔人材。

⑧《書·益稷》:"皋陶拜手稽首,颺言曰:'念哉! 率作興事,慎乃憲欽哉,屢省乃成欽哉。'乃賡載歌曰:'元首明哉,股肱良哉,庶事康哉。'孔傳:'賡,續;載,成也。'"德邁賡歌,謂君主之德行超越古代被歌頌的明君。

⑨ 用,由。搜羅,指訪求羅致人材。

⑩ 克序,能夠有條不紊。

⑪ 茂範,儀刑、典範。凝,牢固。

⑫ 荆氏凡材,非荆楚之良材。《左傳·襄公二十六年》:"聲子通使於晋,還如楚。令尹子木與之語,問晋故焉,且曰:'晋大夫與楚孰賢?'對曰:'晋卿不如楚,其大夫則賢,皆卿材也。如杞梓、皮革,自楚往也。雖楚有材,晋實用之。'"《晋書·陸機陸雲傳論》:"觀夫陸機、陸雲,實荆、衡之杞梓。"杞、梓皆良材。此謙稱己非楚之良材。

⑬《莊子·山木》:"莊子遊乎雕陵之樊。"成玄英疏:"雕陵,栗園名也。"一説山陵名。王先謙集解引司馬彪曰:"雕陵,陵名。"散質,猶散木,無用之材。詳《謝襄州李尚書啓》"某櫟社凡材"句注。

⑭ 謂己清白傳家。謬,自謙之詞。

⑮《易·履》:"履道坦坦,幽人貞吉。"後多以"幽貞"指隱士,亦指高潔堅貞之操守,此取後一義。

⑯ 矍圃,即矍相,古地名,故址在今山東曲阜市城内闕里西。後借指學宫中習射之場所。《禮記·射義》:"孔子射於矍相之圃,蓋觀者如堵牆。"矍圃字本此。中鵠,中的,射中箭靶的中心。此以射箭不中的喻科舉考試失利。

⑰ 丘門用賦,見《謝紇干相公啓》注⑬。雕蟲,指從事不足道的小技藝。揚雄《法言·吾子》:"或問:'吾子少而好賦?'曰:'然。童子雕蟲篆刻。'俄而曰:'壯夫不爲也。'"蟲,指蟲書;刻,指刻符,各爲一種書體。雕蟲,指詞章末技。唐代進士試試詩賦,士人爲參加考試,例習詩賦。

⑱ 謂己常憂如草木之荒蕪零落,没世無聞,殊非如松柏之挺拔堅剛之材。

⑲ 依劉,指入幕府爲僚屬。《三國志·魏書·王粲傳》:"以西京擾亂……乃之荆州依劉表。"薦禰,孔融曾上疏薦禰衡。《後漢書·文苑傳·禰衡》:"唯善魯國孔融及弘農楊修,常稱曰:'大兒孔文舉,小兒楊德祖,餘子碌碌,莫足數也。'融亦深愛其才。衡始弱冠,而融年四十,遂爲文友。上疏薦之曰:'……處士平原禰衡……性與道合,思若有神……忠果正直,志懷霜雪,見善若驚,疾惡如讎……使衡立朝,必有

可觀。'"此謂如王粲之依劉、禰衡之被薦。

⑳ 梯航,梯與船爲登山涉水的工具,此借喻引薦者。

㉑ 吕,吕安;嵇,嵇康。《晉書·嵇康傳》:"東平吕安,服康高致,每一相思,輒千里命駕。康友而善之。"

㉒ 等級,猶階級、臺階,與上"梯航"意近。謂思慕攀附嵇、吕一類高士,而無引進之人。

㉓ 分,甘願。

㉔ 洪鈞,喻執掌國家政權,指宰相。

㉕ 皎鏡,明鏡,喻衡鑒人材的顯宦。二句謂己仰慕崔相,希求其衡鑒品藻。

㉖ 墳壚下土,高起的黑色硬土。《書·禹貢》:"厥土惟壤,下土墳壚。"孔疏:"壚,音盧。《説文》:黑剛土也。"此喻才能凡庸,地位低下。頒形,公佈形貌。

㉗ 甕盎,陶製容器,此喻才能凡庸粗劣者。頑姿,愚妄的姿質。鑒貌,照形。

㉘ 遺,棄。孤拙,孤陋迂拙。生成,養育。

㉙《藝文類聚》卷九六引《辛氏三秦記》:"河津一名龍門,大魚集龍門下數千,不得上,上者爲龍,不上者□,故云曝腮龍門。"又一本云:"河津一名龍門,禹鑿山開門,闊一里餘,黄河自中流下,而岸不通車馬。每莫春之際,有黄鯉魚逆流而上,得過者便化爲龍。"窮鱗,指困於龍門之下不得上的鯉魚。

㉚《詩·小雅·伐木》:"伐木丁丁,鳥鳴嚶嚶。出自幽谷,遷於喬木。嚶其鳴矣,求其友聲。"嚶嚶爲鳥鳴聲。唐以來常以出谷嚶鳴之鳥爲鶯,故以鶯出谷、鶯遷指登第或昇遷。"遂使"四句,謂己因崔相之衡鑒薦引,得以參加科舉考試登第,如鯉魚奮發,躍上龍門;如早鶯出谷,與鶯友齊飛。翻,《英華》一作"翿"。

㉛《國語·晋語一》:"'民生於三,事之如一。'父生之,師教之,君食之。非父不生,非食不長,非教不知,生之族也,故壹事之,唯其所在,則致死焉。"韋昭注:"三,君、父、師也。"在三,指敬禮君、父、師。此指師恩。

㉜《莊子·齊物論》:"夫吹萬不同,而使其自已也。"成玄英疏:"風唯一體,竅則萬殊。"吹,指風。萬,指萬竅。風吹萬竅,發出各種聲音。此喻恩澤廣被。

㉝ 變律,古以十二律副十二月,變律指氣候變化。古以律管(琯)定音,亦用之測候季節變化。晋司馬彪《續漢書》:"候氣之法,於密室中,以木爲案,置十二律琯,各如其方,實以葭灰,覆以緹縠,氣至則一律飛去。"

㉞ 捐軀,爲國、爲正義而犧牲。《越絶書·外傳紀策考》:"子胥至直,不同邪曲,捐軀切諫,虧命爲邦。""空乘變律之機",謂己雖科舉登第,如氣候之轉暖;"未得捐軀之兆",謂尚未入仕,得到報效國家的機會。

㉟ 鼓鑄,鼓風扇火,冶煉金屬,猶陶冶。

㊱ 嘶風,迎風嘶鳴。伏皁,伏於槽櫪,受人豢養。謂良馬迎風嘶鳴,意在馳騁

千里。

㊲ 刷羽，以喙整刷毛羽，以便奮飛。

㊳ 專門，專從事某事或研究某門學問。即所謂"術業有專攻"。《舊唐書·賈躭傳》:"間以衆務，不遂專門，績用尚虧，憂愧彌切。"有暇，謂有時間從事專門之學。政經，政治的常法。《左傳·宣公十二年》:"今兹入鄭，民不罷勞，君無怨讟，政有經矣。"杜預注:"經，常也。"

㊴ 吏事，政事、官務。《新唐書·封倫傳》:"虞世基得幸煬帝，然不悉吏事，處可失宜。"

㊵《史記·酷吏列傳》:"張湯者，杜人也。其父爲長安丞，出，湯爲兒守舍，還而鼠盗肉，其父怒，笞湯。湯掘窟得盗鼠及餘肉，劾鼠掠治，傳爰書，訊鞫論報，並取鼠與肉，具獄磔堂下。其父見之，見其文辭如老獄吏，大驚，遂使書獄。"

㊶《孟子·萬章上》:"昔者有饋生魚於鄭子産，子産使校人畜之池，校人烹之，反命曰:'始舍之，圉圉焉，少則洋洋焉，悠然而逝。'子産曰:'得其所哉！得其所哉！'"知子産之魚，謂善於識破如子産校人之謊言。二句謂己精於吏事，長於判獄，善識欺僞。

㊷ 效用，效勞，貢獻才能。資，憑借、依靠。

㊸ 薰風，初夏時和暖的東南風。句意謂倘蒙再賜恩惠。

㊹ 見《上令狐相公啓》注⑫。獲脱於在途，謂得以免爲在途奔波之御者而升任官職。精鑒，精明的識人之鑒。

㊺ 詳後《上蕭舍人啓》"鬷蔑之逢叔向"句注。事見《左傳·昭公二十八年》。微班，微賤的班列。收器，收酒器。

㊻ 謦欬，見《上令狐相公啓》"微迴謦欬之榮"句注。扶摇，本指盤旋而上的暴風，語本《莊子·逍遥遊》:"鵬之徙於南冥也，水擊三千里，摶扶摇而上者九萬里。"此借指騰飛、扶摇直上。

上首座相公啓①

某聞舉不違宗，得於王濟②；近因其族，聞自謝玄③。雖通人與善之規，亦前哲睦親之道④。某謬參華緒⑤，得庇餘陰。固已鯉庭蒙翼長之恩⑥，阮巷辱心期之許⑦。遂得遷肌改骨，擁本揚英⑧。則窮鳥入懷，靡求他所；羈禽繞樹，更託何枝⑨。昨者膏壤五秋⑩，川途萬里。遠違慈訓⑪，就此窮棲。將卜良期，行當杪歲⑫。通津加嘆，旅舍傷懷。相公河潤餘津，雲行廣施。調羹之味⑬，未及宗親；育物之餘，希

霑幼弱。倘或假一言之甄發[14]，隨百蟄之昭蘇[15]。庶令葛藟之陰[16]，均其煦育；椒聊之實，遂彼扶疎[17]。成鍾儀操樂之規[18]，寬顧悌拜書之戀[19]。下情無任。

【校注】

①《英華》卷六六二啓十二投知五、《全文》卷七八六載本篇。首座相公，宰相中居首位者，又稱首相。《通鑑·後唐莊宗同光二年》："孔謙復言於郭崇韜曰：'首座相公萬機事繁，居第且遠，租庸簿書多留滯，宜更圖之。'"胡注："豆盧革時爲首相。"《春明退朝録》："唐制宰相四人，首相爲太清宮使，次三相皆帶館職：弘文館大學士、監修國史、集賢殿大學士。以此爲序。"此首座相公所指，牟懷川《關於温庭筠生平的若干考證和説明》（《上海師大學報》1985 年 2 月）認爲係温造。一、啓云"某謬參華緒，得庇餘陰。固已鯉庭蒙翼長之恩，阮巷辱心期之許，遂得遷肌改骨，擁本揚英"，説明"首座相公"乃同姓父輩，收温庭筠爲養子。而此遠房叔伯又爲顯宦，非温造莫屬。二、啓云："相公河潤餘津，雲行廣施。調羹之味，未及宗親；育物之餘，希霑幼弱。"恰合兩《唐書》所載：造爲朗州刺史時"開後鄉渠百里，灌田兩千餘頃，民獲其利"，任河陽節度使時"奏復懷州古秦渠枋口堰，以灌……四縣田五千頃"。（此前詹安泰《讀夏承燾先生的〈温飛卿繫年〉》已據啓中語斷定此啓係上温造），謂"温造雖未任過宰相，大和五年七月'檢校户部尚書、東都留守、判東都尚書事'（《新·傳》），其爵品即已幾與宰相相侔"。胡耀震《關於温庭筠〈上首座相公啓〉的繫年問題》（《山西師大學報》1995 年 10 月）亦贊同首座相公爲温造之説，並補引《新唐書·温造傳》中"召爲御史大夫，方倚以相，會疾，不能朝，改禮部尚書。卒，年七十，贈尚書右僕射"等語，謂此"言温造曾纔得相位不久，因病改官……可知啓作於温造爲相時"，進而推斷温造爲相當在大和八年或九年間，上啓時將近年末，啓必作於大和八年秋冬之際。【按】啓内"舉不違宗""近因其族""睦親""鯉庭""阮巷""宗親""幼弱"等語，確實給人以此"首座相公"係庭筠同姓父輩宗親之印象。然遍檢《新唐書·宰相表》《宰相世系表》，唐代温氏爲宰相者僅一人，即庭筠之遠祖温彦博。至於温造，據兩《唐書·温造傳》，根本未擔任過宰相。胡引《新·傳》"方倚以相"之語，僅表明文宗方欲倚之爲相，並非已經正式任命爲宰相，適遇其有疾，遂改禮部尚書。唐人詩文中稱對方爲相公者，必爲實際上擔任過宰相職務者（包括正在相位者或已罷相擔任他職如節度使者），或方鎮帶檢校同平章事銜者。現存唐代文獻中，未見此兩種情況以外稱相公之例。至於"首座相公"之稱，則更爲嚴格，其一，必爲現任宰相；其二，必爲現任四位宰相中居首位者，即帶太清宮使者。絶不可能稱非現任宰相或雖爲現任宰相但非居首位者爲首座相公。明確此點，即可知此啓之"首座相

公"絶非温造。而據《新唐書·宰相表》及《宰相世系表》,温氏宰相僅彦博一人,故此"首座相公"亦必非庭筠之同姓宗親。而應從庭筠所歷諸朝中曾爲"首座相公"即帶太清宫使之宰相中查找。此首座相公之具體情況,啓内雖未提供,但言及自身行蹤時,則有"膏壤五秋,川途萬里,遠違慈訓,就此窮棲。將卜良期,行當杪歲"等語,可資考證作啓之時間與地點,進而亦可考知此首座相公所指。庭筠大中十年因"攪擾科場"謫隋縣尉,旋爲山南東道節度使徐商留署巡官。咸通元年,徐商詔徵赴闕,庭筠罷幕,自大中十年至咸通元年,首尾正五年,故云"膏壤五秋,川途萬里,遠違慈訓,就此窮棲"。"窮棲"二字説明此"五秋"中庭筠係在一地困居依人。作啓時正值歲末,庭筠將離此"五秋""窮棲"之地另謀他就,故云"將卜良期,行當杪歲"。故可考定此啓當作於咸通元年歲末,時庭筠正欲離襄陽他往(所往之地爲江陵,詳《上令狐相公啓》注①及《謝紇干相公啓》注⑤)。其時宰相有白敏中、杜審權、蔣伸、畢諴四人。其中,蔣伸大中十二年十二月拜相,杜審權大中十三年十二月拜相,畢諴咸通元年十月拜相,三相之年資位望均遠低於會昌六年五月即已拜相,在相位長達六年,大中十三年十二月再次入相,咸通元年任中書令之白敏中。《全唐文》卷八十三懿宗《授白敏中弘文館大學士等制》云:"敏中可兼充太清宫使、弘文館大學士。"是爲白敏中爲"首座相公"之的證。至於啓内"相公河潤餘津,雲行廣施"二語,不過設喻贊頌其恩德廣被百姓,如河潤九里,澤及三族;如雲行雨施,遍及各地而已,非指修建水利工程之實事也。而前舉"舉不違宗""近因其族""睦親""鯉庭""阮巷""宗親""幼弱"等語,則意在强調自己作爲後輩,曾受過白敏中的恩惠、教誨與贊許,與其有親密關係。白敏中年長庭筠近十歲(白 792—861;温 801—866),位又尊高,庭筠如此措詞,亦合乎情理。在排除同姓宗親爲首座相公之可能性後,也只能如此理解。

② 舉不違宗,推薦人材不避宗親。《左傳·襄公三年》:"祁奚於是能舉善矣。稱其讎,不爲諂;立其子,不爲比;舉其偏,不爲黨。"《晋書·王濟傳》:"少有逸才,風姿英爽,氣蓋一時……文詞俊茂,伎藝過人……尚常山公主……起爲驍騎將軍,累遷侍中……仕進雖速,論者不以主婿之故,咸謂才能致之……帝嘗謂和嶠曰:'我將罵濟而後官爵之,何如?'嶠曰:'濟俊爽,恐不可屈。'帝因召濟,切讓之,既而曰:'知愧不?'濟答曰:'尺布斗粟之謡,常爲陛下耻之。他人能令親疏,臣不能使親親,以此愧陛下耳。'帝默然。"此謂舉拔人材,不避宗親,在王濟身上可以得到驗證。

③《晋書·謝玄傳》:"玄字幼度,少穎悟,與從兄朗俱爲叔父安所重……及長,有經國才略……於時苻堅强盛,邊境數被侵寇,朝廷求文武良將可以鎮御北方者,安乃以玄應舉。中書郎郗超雖素與玄不善,聞而嘆之,曰:'安違衆舉親,明也;玄必不負舉,才也。'"後玄果大敗苻堅之衆數十萬於淝水。玄係安之姪,故曰"近因其族"。

④ 與,通"舉"。與善,推舉賢才。《禮記·禮運》:"大道之行也,天下爲公。選賢與(舉)能。"睦親,和睦宗族。

⑤ 華緒，顯貴者之後裔。句意謂己爲唐代開國功臣温彦博之後裔。

⑥《論語·季氏》："陳亢問於伯魚曰：'子亦有異聞乎？'對曰：'未也。嘗獨立，鯉趨而過庭，曰："學《詩》乎？"對曰："未也。""不學《詩》，無以言。"鯉退而學《詩》。他日又獨立，鯉趨而過庭，曰："學《禮》乎？"對曰："未也。""不學《禮》，無以立。"鯉退而學《禮》，聞斯二者。'"孔鯉，字伯魚，孔子之子。"鯉庭"謂子受父訓，幼學詩禮。翼長，撫育長成。此借指自己早蒙教導訓育之恩。

⑦《世説新語·任誕》："阮仲容(阮咸)、步兵(阮籍)居道南，諸阮居道北。北阮富，南阮貧。七月七日，北阮盛曬衣，皆紗羅錦綺。仲容以竿掛大布犢鼻褌於中庭，人或怪之，答曰：'未能免俗，聊復爾耳。'"阮巷，指賢士所居之窮巷。心期，深交。《世説新語·賞譽》："山公(山濤)舉阮咸爲吏部郎，目曰：'清真寡欲，萬物不能移也。'"此以阮咸受到山濤的賞譽推薦喻己曾受白敏中之延譽稱許。

⑧ 擁本揚英，根深固而花繁茂。

⑨ 曹操《短歌行》："月明星稀，烏鵲南飛。繞樹三匝，何枝可依？"此反用之。羈禽，離群的鳥。

⑩ 膏壤，肥沃之土地。《史記·貨殖列傳》："關中自汧、雍以東至河華，膏壤沃野千里。"此蓋以"膏壤"指襄陽一帶地區。或解，膏壤，同"皐壤"。《南齊書·謝朓傳》："子隆在荆州，好辭賦，數集僚友，朓以文才，尤被賞愛……遷新安王中軍記室，朓箋辭子隆曰：'……皐壤摇落，對之惆悵；歧路東西，或以嗚悒。'"膏壤五秋，指在膏壤之地的襄陽徐商幕首尾五秋，參注①按語。

⑪ 慈訓，本指父母的教誨，此泛指長輩或顯貴者的教誨。

⑫ 良期，好的期遇。杪歲，歲末。

⑬ 調羹，喻宰相治理國家政事。《書·説命》："若作和羹，爾惟鹽梅。"二句謂首座相公治理國家政事之餘，從未將恩惠私賜宗親。

⑭ 甄發，甄拔表揚。

⑮ 百蟄，各種蟄伏冬眠的蟲。昭蘇，蘇醒。

⑯ 葛藟，植物名，又稱千歲藟，落葉木質藤本。《詩·周南·樛木》："南有樛木，葛藟纍之。"《左傳·文公七年》："葛藟猶能庇其本根，故君子以爲比。"

⑰ 椒聊，椒。聊爲語助詞。《詩·唐風·椒聊》："椒聊之實，蕃衍盈升。"扶疎，枝葉繁茂紛披貌。二句以葛藟蔭庇本根，椒聊繁茂紛披爲喻，希望得到首座相公之蔭庇帮助。

⑱ 鍾儀，春秋楚人，曾被鄭人俘獲，獻於晉。晉侯見之，問曰："南冠而縶者誰也？"有司對曰："鄭人所獻楚囚也。"釋而慰問之，問其族。對曰："伶人也。"晉侯曰："能樂乎？"對曰："先人之職也，敢有二事？"與之琴，操楚音。晉侯語于范文子。文子曰："楚囚，君子也。言稱其先職，不背本也；樂操土風，不忘舊也。"事見《左傳·

成公九年》。此取不忘本舊之義。

⑲ 顧悌，指顧愷之。拜書之戀，指愷之拜桓温墓賦詩事。《晋書·顧愷之傳》："桓温引爲大司馬參軍，甚見親昵。温薨後，愷之拜温墓，賦詩云：'山崩溟海竭，魚鳥將何依！'"此只取對故主的依戀之意。

上宰相啓二首[①]

某聞日麗於天，洪纖必及[②]；月離於畢[③]，枯槁皆蘇。斯則推彼無私，彰於大信[④]。苟關於宰匠，咸仰以生成[⑤]。其或潤接西郊，流金未已[⑥]；光承北陸[⑦]，豐蔀猶深[⑧]。則亦分作窮人，甘爲棄物[⑨]。歲華超越[⑩]，京洛風塵[⑪]。忽爾號咷，非同阮籍[⑫]；泫然霑灑，不爲楊朱[⑬]。略忘覥冒之辜[⑭]，惟以哀矜爲主[⑮]。伏念三餘簡墜[⑯]，六尺伶俜[⑰]。臨濟輝華，昔懸陳榻[⑱]；洛陽羈旅，今造膺門[⑲]。已驚於自葉流根[⑳]，敢望於哀多益寡[㉑]。但以謝家故墅，事屬臨川[㉒]；陸氏先疇，名遷好畤[㉓]。同氣雖均於昭泰[㉔]，連枝或累於榮枯[㉕]。是以更就洪鈞，來呈瑣質[㉖]。雖戴逵之弟，志向無聞[㉗]；而何準之兄，恩輝已遍[㉘]。豈苟希河潤[㉙]，更望餘波？投驥尾以容身[㉚]，執豚蹄而望歲[㉛]。然則迹同袁子[㉜]，質異山郎[㉝]。梓柱雲楣[㉞]，獨居蝸舍；綺襦紈袴，已卧牛衣[㉟]。若乃清旦問安，長筵稱壽，貂璫畢集[㊱]，少長俱來。膏沐之餘，則飛蓬作鬢[㊲]；銀黄之末，則青草爲袍[㊳]。莫不顧影包羞，填膺茹嘆[㊴]。倘或王庭辨貴，許厠九疑[㊵]；京縣坐曹[㊶]，令懸五色。校於同列，未越彝章[㊷]。則衛館遺孤，常聞出涕[㊸]；山陽舊曲，不獨傷心[㊹]。誓將居必在勤，行惟鞭後[㊺]。潛知寄託，所望於江州[㊻]；必效忠貞，得酬於吏部[㊼]。無任惶懼之至。

【校注】

①《英華》卷六六二啓十二投知五、《全文》卷七八六載此二首。二啓所上之宰相，疑爲夏侯孜或杜審權。第二啓有"既而放跡戎軒，遺榮晝室。劉尹秣陵之柳，尚有清風；召公陝服之棠，空留美蔭。竊聞謡詠，即付樞衡"等語，其人曾任陝虢觀察使，並於其後入相。檢《新唐書·宰相表》及《唐刺史考全編》，夏侯孜曾於大中五年至七年任陝虢觀察使。大中十二年四月，諸道鹽鐵轉運使夏侯孜本官同中書門下平章事，咸通元年十月己亥，孜爲檢校尚書右僕射、同平章事、劍南西川節度使。《英

華》卷四四九《玉堂遺範·夏侯孜拜相制》:"洎甘棠政成,會府徵命,兼領臺轄之任,再居邦憲之尊……可尚書左僕射同中書門下平章事。"吴廷燮《唐方鎮年表考證》卷上:"(大中)十一年兼御史中丞,兼領臺轄也;遷右丞,再居邦憲也……唐人謂棠下、某棠,皆陜虢。"故此二啓當上於大中十二年四月至咸通元年十月夏侯孜任宰相期間。又據啓一"銀黄之末,則青草爲袍"之語,知其時庭筠已爲着青袍之八、九品官,則必在大中十年貶隋縣尉、徐商留署襄陽幕巡官之後。啓二又有"加以旅途勞止,末路蕭條"之語,知其時庭筠已罷襄陽幕,故此二啓當上於咸通元年十月夏侯孜罷相之前,徐商已罷襄陽任之後的一段時間内。上啓求懇,祈孜能汲引其任職王廷或爲京縣縣尉也。又,崔鉉在會昌五年至六年間曾任陜虢觀察使,其前、其後均曾爲相,但崔鉉係罷相後出爲陜虢觀察使,與啓二"召公陜服之棠,空留美蔭。竊聞謡詠,即付樞衡"之語未合;且崔鉉大中三年再度拜相,九年罷相,此時庭筠尚未貶隋縣尉署巡官,啓有"青草爲袍"語,故時間上亦不合。另,杜審權大中十三年十二月拜相,咸通四年罷相,拜相前(大中十一年至十三年)亦曾任陜虢觀察使,與上引"召公陜服"之語似更切合,與"青草爲袍"之語亦合,故此二啓亦有可能係上杜審權之啓。參第二啓注㉗。

② 麗,附着、依附。《易·離》:"彖曰:離,麗也。日月麗乎天,百穀草木麗乎土。"洪纖,大小。

③《詩·小雅·漸漸之石》:"月離於畢,俾滂沱矣。"謂月亮行近天畢星,則預示大雨滂沱將至。故下句云"枯槁皆蘇"。離,麗也,附着。《易·説卦》:"離,麗也。"畢,星名,二十八宿之一,西方白虎七宿之第五宿,有星八顆,以其形狀象畢網(田獵用的長柄網)而得名。

④ 彼,《英華》作"披",校:疑作"彼"。無私,指日月之光照無偏私,大小必及。《書·仲虺之誥》:"彰信兆民。"

⑤ 宰匠,宰相。生成,養育。

⑥《易·説卦》:"風以散之,雨以潤之。"《楚辭·招魂》:"十日代出,流金鑠石些。"流金,謂日之高温熔化金屬。

⑦ 北陸,即二十八宿中之虚宿,位於北方。《左傳·昭公四年》:"古者日在北陸而藏冰。"孔疏:"日在北陸,爲夏之十二月也。十二月,日在玄枵之次……於是之時,寒極冰厚,故取而藏之也。"《爾雅·釋天》:"玄枵,虚也。……北陸,虚也。"《漢書·律曆志》:"是故日行北陸謂之冬。"

⑧ 豐蔀,遮蔽。《易·豐》:"六二,豐其蔀,日中見斗。"王弼注:"蔀,覆曖障光明之物也。""其或"四句,謂大雨潤物,遍及西郊,而太陽流金鑠石之勢未已;日在北陸,時已嚴冬,遮蔽陽光猶深。

⑨ 分,甘願。窮人,不得志之人。《莊子·秋水》:"當堯、舜而天下無窮人。"

《老子》:“是以聖人常善救人,故無棄人;常善救物,故無棄物。”

⑩ 超越,迅疾。謝靈運《遊赤石進帆海》“虚舟自超越”,李周翰注:“超越,輕疾貌。”此言歲月迅疾,年光倏忽。

⑪ 陸機《爲顧彦先贈婦》詩之一:“京洛多風塵,素衣化爲緇。”

⑫ 非同,《全文》原作“固非”,據《英華》改,與下“不爲”對文。《晋書·阮籍傳》:“時率意獨駕,不由徑路,車跡所窮,輒痛哭而返。”

⑬《淮南子·説林訓》:“楊子見逵路而哭之,爲其可以南,可以北。”阮籍《詠懷》之二十三:“楊子泣岐路,墨子悲染絲。”泫然,出涕貌。霑灑,淚霑衣灑襟。

⑭ 忘,《全文》原作“亡”,據《英華》改。靦冒,羞愧冒昧。

⑮ 庾信《哀江南賦序》:“不無危苦之辭,惟以悲哀爲主。”二句謂己上啓求懇,已忘却羞慚冒昧之罪,惟以祈求哀憐爲主。

⑯《三國志·魏書·王肅傳》:“明帝時大司農弘農、董遇等,亦歷注經傳,頗傳於世。”裴注引魚豢《魏略》:“遇言:‘(讀書)當以三餘。’或問三餘之意,遇言‘冬者歲之餘,夜者日之餘,陰雨者時之餘也。’”簡墜,謂久讀而書籍脱落損壞。

⑰《論語·泰伯》:“可以託六尺之孤。”此句“六尺”指成年男子之身軀。李山甫《下第獻所知》之一:“虚教六尺受辛苦,枉把一身憂是非。”伶俜,孤單貌。

⑱ 臨濟輝華,用郭泰與李膺同舟而渡事。《後漢書·郭泰傳》:“(泰)遊於洛,始見河南尹李膺,膺大奇之,遂相友善,於是名震京師。後歸鄉里,衣冠諸儒送之河上,車數千兩,林宗(泰字)唯與李膺同舟而濟,衆賓望之,以爲神仙焉。”臨濟,即臨流同舟而濟。輝華,即光耀、榮耀。指膺厚待泰,衆賓望之以爲神仙之事,《後漢書·徐穉傳》載,陳蕃爲太守,在郡不接賓客,惟徐穉來則特設一榻,去則懸之。《陳蕃傳》則載:“蕃爲樂安太守……郡人周璆,高潔之士,前後郡守招命,莫肯至,惟蕃能致焉……爲置一榻,去則縣之。”二句謂夏侯孜昔曾厚待賢士,如李膺之同舟而濟,陳蕃之懸榻以待,蓋合用二事以表一意。

⑲ 洛陽羈旅,見注⑪,指己羈旅長安。膺門,李膺之門。《後漢書·黨錮傳·李膺》:“膺獨持風裁,以聲名自高。士有被其容接者,名爲登龍門。”李賢注:“以魚(登龍門)爲喻也。”

⑳ 自葉流根,謂宰相之恩澤已使自己從枝葉到本根都得到滋養。

㉑ 裒多益寡,削減有餘以補不足。《易·謙》:“君子以裒多益寡,稱物平施。”

㉒《宋書·謝靈運傳》:“太祖知其見誣,不罪也。不欲使東歸,以爲臨川内史,加秩中二千石,在郡游放,不異永嘉。”又,“靈運父祖並葬始寧縣,並有故宅及墅,遂移籍會稽,修營别業,傍山帶江,盡幽居之美。與隱士王弘之、孔淳之等縱横爲娱,有終焉之志。每有一詩至都邑,貴賤莫不競寫,宿昔之間,士庶皆遍。遠近欽慕,名動京師。”

㉓ 先疇，先人所遺之田地。《文選·班固〈西都賦〉》：“士食舊德之名氏，農服先疇之畎畝。”《漢書·陸賈傳》：“孝惠時，吕太后用事，欲王諸吕，畏大臣及有口者。賈自度不能争之，乃病免。以好畤田地善，往家焉。”顔注：“好畤即今雍州好畤縣。”按：“但以謝家故墅”四句，似叙庭筠之吴中舊鄉與移居長安鄠郊。

㉔ 同氣，有血統關係之親屬，指兄弟。昭泰，清明安泰（的時代）。

㉕ 連枝，喻同胞兄弟。《洛陽伽藍記·永寧寺》：“朕之與卿，兄弟非遠，連枝分葉，興滅相依。”同氣、連枝，當指庭筠、庭皓兄弟。二句謂兄弟雖同處於清明安泰之時，而榮枯不齊之命運或有所牽累。大中十年至咸通元年，庭筠、庭皓兄弟同在襄陽徐商幕。

㉖ 就，《全文》原作“求”，據《英華》改。洪鈞，喻指執掌國家政權的宰相。瑣質，卑微的資質，謙稱自己。

㉗《晋書·戴逵傳》：“戴逵字安道……性不樂當世，常以琴書自娱……太宰、武陵王晞聞其善鼓琴，使人召之，逵對使者破琴曰：‘戴安道不爲王門伶人！’晞怒，乃更引其兄述，述聞命欣然，擁琴而往。”據此，似當作“雖戴逵之兄，志尚無聞”，此作“弟”，或記憶之誤。此句當以“戴逵之弟（兄）”自喻。

㉘《晋書·何準傳》：“何準字幼道，穆章皇后父也。高尚寡欲，弱冠知名。州府交辟，並不就。兄充爲驃騎將軍，勸其令仕，準曰：‘第五之名何减驃騎？’準兄弟中第五，故有此言。充居宰輔之重，權傾一時，而準散带衡門，不及人事。惟誦佛經，修營塔廟而已。”此似以“何準之兄”喻夏侯孜，謂其霑沐皇帝之恩輝已遍。

㉙ 河潤，謂恩澤及人，如河水之滋潤土地。《莊子·列禦寇》：“河潤九里，澤及三族。”

㉚ 投，投靠。《史記·伯夷列傳》：“顔淵雖篤學，附驥尾而行益顯。”司馬貞索隱：“按：蒼蠅附驥尾而致千里，以譬顔回因孔子而名彰也。”

㉛《史記·滑稽列傳》：“今者臣從東方來，見道傍有禳田者，操一豚蹄，酒一盂，祝曰：‘甌窶滿篝，污邪滿車，五穀蕃熟，穰穰滿家。’臣見其所持者狹而所欲者奢，故笑之。”禳田之祝辭，即所謂“望歲”，望歲之豐登也。此取“所持者狹而所望者奢”之意。

㉜ 袁，《英華》作“永”，校：疑作“水”。袁子，疑指袁安。《後漢書·袁安傳》注引《汝南先賢傳》曰：“時大雪，積地丈餘，洛陽令自出按行……至袁安門，無有行路，謂安已死，令人除雪入户，見安僵卧，問何以不出，安曰：‘大雪人皆餓，不宜干人。’令以爲賢，舉爲孝廉。”此句謂己貧困之情况如同袁安。

㉝ 山郎，漢代宿衛郎。《漢書·楊惲傳》：“郎官故事，令郎出錢市財用，給文書，乃得出，名曰‘山郎’”顔注引張晏曰：“山，財用之所出，故取名焉。”王先謙補注曰：“此郎非尚書郎，是宿衛郎。”山郎能出錢供宫中財用，己則貧困，故曰“質異山

郎"。

㉞ 梓柱,用梓木做的柱子。陸佃《埤雅》謂:梓爲百木長,故呼梓爲木王,蓋木莫良於梓。雲楣,有雲狀紋飾之横梁。

㉟ 綺襦紈袴,綾綢襖褲。貴顯富有者所服。牛衣,供牛禦寒用之披蓋物。如蓑衣之類。《漢書・王章傳》:"章疾病,無被,卧牛衣中。"顔注:"牛衣,編亂麻爲之。"程大昌《演繁露・牛衣》:"牛衣者,編草使暖,以被牛體,蓋蓑衣之類也。"

㊱ 貂璫,貂尾和金、銀璫。漢代侍中、常侍之冠飾。應劭《漢官儀》卷上:"中常侍,秦官也。"漢興,或用士人,銀璫左貂。光武以後,專任宦者,右貂金璫。"《後漢書・朱穆傳》:"貂璫之飾"李賢注:"璫以金爲之,當冠前,附以金蟬也。"此以"貂璫"指貴官。

㊲《詩・衛風・伯兮》:"自伯之東,首如飛蓬。豈無膏沐,誰適爲容?"膏沐,潤髮之油脂。此言貴顯者膏沐鮮潤,已則形容憔悴,鬢如飛蓬。

㊳ 銀黄,銀印和金印,或銀印黄綬。借指高官顯爵。《漢書・酷吏傳・楊僕》:"懷銀黄,垂三組,誇鄉里。"顔注:"銀,銀印也;黄,金印也。"《文選・劉孝標〈廣絶交論〉》:"海内髦傑,早綰銀黄。"李周翰注:"銀黄,謂銀印黄綬。"青草爲袍,謂己獨着青袍。《古詩》:"青袍似春草,長條隨風舒。"唐貞觀三年,規定八品、九品官服青色。顯慶元年,規定深青爲八品之服,淺青爲九品之服。此言己着青袍,居於銀印黄綬的高官之末。庭筠大中十年貶隋縣尉,始爲九品官,後爲徐商留署襄陽節度使巡官,均當服青袍。李商隱爲天平節度使巡官時有《春游》詩,尾聯云:"庾郎年最少,春草妒青袍。"可參證。

㊴ 包,《英華》作"苞"。茹嘆,吞咽嘆息、含恨。

㊵ 王庭,朝庭。《易・夬》:"揚于王庭。"辨貴,分辨貴賤,指按官品排列班序。九疑,未詳。《楚辭・離騷》:"百神翳其備降兮,九疑繽其並迎。"九疑指九疑山之神。此句或以"九疑"之神借指朝廷上之百官。句意蓋謂倘得在朝官之班列中厠身充職。

㊶ 京縣,京城所轄的縣。《三國志・魏書・武帝紀》"(曹操)除洛陽北部尉"裴注引《曹瞞傳》:"太祖初入尉廨,繕治四門,造五色棒,懸門左右各十餘枚,有犯禁者,不避豪強,皆棒殺之。"句意謂或能在京縣作尉辦公。坐曹,官吏在衙門辦公。《漢書・薛宣傳》:"及日至休吏,賊曹掾張扶獨不肯休,坐曹治事。"

㊷ 校,較。彝章,常典。

㊸ 遺孤,《英華》作"孤遺",誤倒。《文選・沈約〈齊故安陸昭王碑文〉》"衛魚之心,身亡而意結"李善注引《韓詩外傳》:"昔衛大夫史魚病且死,謂其子曰:'我數言蘧伯玉之賢而不能進,死不能居喪正堂,殯我於室足矣。'衛君問其故,子以父言聞。君召伯玉而貴之,彌子瑕退之,徙殯於正堂。"

㊹ 晋向秀經山陽（縣名，今河南焦作市東南）舊居，聽到鄰人吹笛，不禁思念亡友嵇康、吕安，因作《思舊賦》，其序云："余與嵇康、吕安居止接近，其人並有不羈之才。然嵇志遠而疏，吕心曠而放，其後各以事見法。嵇博綜技藝，於絲竹特妙，臨當就命，顧視日影，索琴而彈之。余逝將西邁，經其舊廬。於時日薄虞淵，寒冰凄然。鄰人有吹笛者，發聲寥亮，追思曩昔游宴之好，感意而嘆，故作賦云。"後嵇康之子嵇紹，因康故人山濤之薦，任祕書丞。事見《晋書・忠義傳・嵇紹》。"衛館"四句，互文見義，蓋以史魚之子、嵇康之子自比，謂己如能得夏侯孜之引薦入仕，則己當感激出涕，夏侯亦當有慰於舊交。視此二句，似庭筠早孤，曾得到夏侯家照顧。

㊺ 居必在勤，居官必勤於政務。行惟鞭後，行爲必受督促鞭策。

㊻ 寄託，依靠。江州，指晋謝尚。尚曾督豫州四郡，領江州刺史。此用謝尚賞識提拔袁宏事。詳第二首注①。

㊼ 吏部，指山濤。《晋書・忠義傳・嵇紹》："紹字延祖，魏中散大夫康之子也。十歲而孤……山濤領選，啓武帝曰：'《康誥》有言：父子罪不相及。嵇紹賢侔郤缺，宜加旌命，請爲祕書郎。'帝謂濤曰：'如卿所言，乃堪爲丞，何但郎也。'乃發詔徵之，起家爲祕書丞。"山濤曾任吏部尚書，主選事，故稱"吏部"。嵇紹後以忠義殉國。《嵇紹傳》云："紹以天子蒙塵，承詔馳詣行在所。值王師敗績於蕩陰，百官及侍衛莫不散潰，惟紹儼然端冕，以身捍衛，兵交御輦，飛箭雨集，紹遂被害於帝側，血濺御服，天子深哀嘆之。及事定，左右欲浣衣，帝曰：'此嵇侍中血，勿去。'"故云"必效忠貞"，以酬山濤之賞薦。

某聞仁祖乘流，先知彦伯[①]；張憑植棹，正值劉惔[②]。豈惟俄頃遭逢，抑亦初終汲引。當其羈游臨汝，旅泊丹徒[③]。遐思謦欬之音，杳絶煙雲之路[④]。苟無直道，將委窮途[⑤]。何異於懸水揚音，九弄有潺湲之曲[⑥]；嚴霜戒節，兩欒含清越之儀[⑦]。某融襟蟻術[⑧]，造跡龍門[⑨]。三千子之聲塵，曾參講席[⑩]；十七年之鉛槧，夙預玄圖[⑪]。而性禀半癡[⑫]，機無兩可[⑬]。牧堯牴而寡術[⑭]，舉舜鳳以無緣[⑮]。使何準之兄，皆爲杞梓[⑯]；戴逵之弟，獨守蓬茅[⑰]。至於詞藻辛勤，儒林積習。自期燕笥[⑱]，不愧秦臺[⑲]。伏以相公周輅輪轅[⑳]，虞琴節奏[㉑]。早振經邦之業，果敷華國之姿[㉒]。伊尹安危，本同於兆庶[㉓]；深源行止，必繫於興衰[㉔]。既而放跡戎軒[㉕]，遺榮畫室[㉖]。劉尹秣陵之柳，尚有清風[㉗]；召公陜服之棠，空留美蔭[㉘]。竊聞謡詠，即付樞衡[㉙]。是以負笈趨塵[㉚]，

贏糧載路[31]。願奏書於臺席[32],思撰履於侯門[33]。倘張禹尊高,猶爲戴崇説《禮》[34];鄭玄嚴毅,便令服慎聞《詩》[35]。敢嘆朝飢,誠甘夕死[36]。加以旅途勞止,末路蕭條。不無淒惻之懷,豈只羈離爲主。仰瞻旌棨[37],如望蓬瀛[38]。不勝懇迫之至。

【校注】

① 仁祖,東晋謝尚字。彦伯,東晋袁宏字。《世説新語·文學》:"袁虎(袁宏小字)少貧,嘗爲人傭載運租。謝鎮西(尚)經船行,其夜清風朗月,聞江渚間估客船上有詠詩聲,甚有情致;所誦五言,又其所未嘗聞,嘆美不能已。即遣委曲訊問,乃是袁自詠其所作《詠史》詩,因此相要,大相賞得。"劉孝標注引《續晋陽秋》曰:"虎少有逸才,文章絶麗,曾爲《詠史》詩,是其風情所寄。少孤而貧,以運租爲業。鎮西謝尚時鎮牛渚,乘秋佳風月,率爾與左右微服泛江,會虎在運租船中諷詠,聲既清會,辭又藻拔,非尚所曾聞,遂往聽之。乃遣問訊,答曰:'是袁臨汝郎(宏父勖,官臨汝令),誦詩即其《詠史》之作也。'尚佳其率有勝致,即遣要迎,談話申旦。自此名譽日茂。"事又見《晋書·文苑傳·袁宏》。後謝尚爲安西將軍、豫州刺史,引宏参其軍事,累遷大司馬桓温府記室。乘流,即泛江。

②《晋書·張憑傳》:"初,欲詣(劉惔),鄉里及同舉者共笑之。既至,惔處之下坐,神意不接,憑欲自發而無端,會王濛就惔清言,有所不通,憑於末座判之,言旨深遠,足暢彼我之懷,一坐皆驚。惔延之上坐,清言彌日,留宿至旦遣之。憑既還船,須臾,惔遣傳教覓張孝廉船,便召與同載,遂言之於簡文帝。帝召與語,嘆曰:'张憑勃窣爲理窟。'官至吏部郎、御史中丞。"事又見《世説新語·文學》。又《晋書·劉惔傳》:"惔少清遠,有標奇,與母任氏寓居京口,家貧,織芒屩以爲養,雖蓽門陋巷,晏如也……累遷丹楊尹,爲政清整……嘗薦吴郡張憑,憑卒爲美士,衆以此服其知人。"植棹,停舟。

③ 羈游臨汝,指袁宏,宏父曾爲臨汝令;旅泊丹徒,指張憑。見注①②。

④ 謦欬之音,談笑之言,指尊貴者與自己的交談。屢見前注。煙雲之路,猶青雲之路。二句謂當袁、張二人微賤時,遥想尊貴者與己交談,予以垂顧,如同青雲之路杳不可即。

⑤ 直道,按正道行事者。《論語·衛靈公》:"斯民也,三代之所以直道而行也。"朱熹集注:"直道,無私曲也。"窮途,用阮籍哭窮途事,見第一首注⑫。

⑥ 懸水,指瀑布。《孔子家語·致思》:"有懸水三十仞,;圜流九十里。"九弄,猶奏。二句疑用伯牙鼓琴,志在高山流水,鍾子期賞而知音事。謂獲得知音之賞。

⑦ 戒節,告知節令,猶當令。兩欒,古代樂器鐘口的兩角。《周禮·考工記·鳧

氏》："鳧氏爲鍾，兩欒謂之銑。"賈公彦疏："欒、銑一物，俱謂鐘兩角。"清越，清亮悠揚。儀，儀式、儀態。《山海經·中山經》："（豐山）有九鐘焉，是知霜鳴。"郭璞注："霜降則鐘鳴，故言知也。"此以鐘知霜降而戒節，喻知音之相通。

⑧ 融襟，猶通襟、滿胸。《禮記·學記》："蛾子時術之。"陳澔集説："蛾，蚍蜉也。蚍蜉之子，微蟲耳，時術蚍蜉之所爲，其功乃復成大垤。"後因以"蛾術"喻勤學。蛾，古"蟻"字。

⑨ 造跡龍門，用李膺接士爲登龍門事，見上首注⑲。此謂已造訪貴顯有名望者之門，希求延接。即上首"洛陽羈旅，今造膺門"之意。造，《英華》作"簉"，通。

⑩ 見《上令狐相公啓》注⑭。曾參講席，謂己曾參預對方授徒講學之席，忝列門牆。

⑪ 見《上令狐相公啓》注⑮。

⑫ 半癡，用顧愷之事。《晋書·顧愷之傳》："初，愷之在桓温府，常云：'愷之體中癡黠各半，合而論之，正得平耳。'故俗傳愷之有三絶：才絶、畫絶、癡絶。"

⑬ 機無兩可，缺乏模棱兩可的機巧。

⑭《史記·五帝本紀》："（黄帝）舉風后、力牧、常先、大鴻以治民。"張守節正義："《帝王世紀》云：黄帝夢大風吹天下之塵垢皆去，又夢人執千鈞之弩，驅羊萬群。帝寤而嘆曰：'風爲號令，執政者也；垢去土，后在也。天下豈有姓風名后者哉？夫千鈞之弩，異力者也；驅羊數萬群，能牧民爲善者也。天下豈有姓力名牧者哉？'於是依二占而求之，得風后於海隅，登以爲相；得力牧於大澤，進以爲將。"力牧本黄帝之將，此云"牧堯羝"，似誤記。牧，《全文》原作"收"，據《英華》改。

⑮《史記·五帝本紀》："于是禹乃興《九招》之樂，致異物，鳳皇來翔，天下明德皆自虞帝始。"二句謂已牧民寡術，舉用無緣。

⑯ 見第一啓注㉘。杞梓，喻棟梁之材。

⑰ 見第一啓注㉗。獨守蓬茅，謂窮困不仕。

⑱ 燕笥，未詳。《後漢書·邊韶傳》："以文章知名，教授數百人，韶口辯，曾晝日假卧，弟子私嘲之曰：'邊孝先，腹便便，懶讀書，但欲眠。'韶潛聞之，應時對曰：'邊爲姓，孝爲字。腹便便，五經笥。但欲眠，思經事。寐與周公通夢，静與孔子同意。師而可嘲，出何典記？'"然邊韶爲陳留浚儀人，與"燕笥"未合。聯係下句，"燕笥"之意當指學問。

⑲ 秦臺，指秦鏡。臺指鏡臺。《西京雜記》卷三："高祖初入咸陽宫，周行庫府……有方鏡，廣四尺，高五尺九寸。表裏有明。人直來照之，影則倒見，以手捫心而來，則見腸胃五臟，歷然無硋；人有疾病在内，掩心而照之，則知病之所在。"此以"秦臺"喻衡鑒。李商隱《破鏡》："玉匣清光不復持，菱花散亂月輪虧。秦臺一照山雞後，便是孤鸞罷舞時。""秦臺"亦指鏡，可參證。二句蓋謂自料己之學問，無愧於

衡鑒者(指科舉考試之主試者)之評鑒。

⑳ 輅,輅車,天子之乘車。周輅,周天子之乘輿。輪轅,車輪與車轅。

㉑《禮記·樂記》:"昔者舜作五絃之琴,以歌《南風》。"《孔子家語·辨樂解》:"昔者舜彈五弦之琴,造《南風》之詩。其詩曰:'南風之薰兮,可以解吾民之愠兮;南風之時兮,可以阜吾民之財兮。'"虞琴,喻皇帝恤民求治之意。節奏,調勾音樂節奏的強弱長短,喻輔佐皇帝治國安民。上句"周輅輪轅"猶国之棟樑意。

㉒ 華國,光耀國家。

㉓ 伊尹,商湯大臣,助湯滅夏桀,被尊爲阿衡。湯去世後歷佐卜丙、仲壬二王。後太甲即位,荒淫失度,被伊尹逐至桐宫,三年後迎之復位。此謂伊尹以一人繫天下百姓之安危。

㉔ 深源,《英華》作"淵源",注云:"晋殷浩字淵源,唐人避諱,以深字代淵,此猶存舊字。"《晋書·殷浩傳》:"三府辟,皆不就……於時擬之管、葛。王濛、謝尚猶伺其出處,以卜江左興亡,因相與省之,知浩有確然之志,既反,相謂曰:'深源不起,當如蒼生何!'"

㉕ 戎軒,兵車。放跡戎軒,指外任節度使、觀察使。夏侯孜在大中十二年任宰相前曾任陝虢觀察使。見前啓注①按語。

㉖ 遺榮,遺留榮耀。畫室,漢代殿前西閣之室,因雕畫堯、舜、禹、湯、桀、紂等古帝王像,故稱。然此"畫室"疑即"畫省"之别稱。漢代尚書省以胡粉塗壁,紫素界之,畫古烈士像,故稱"畫省"或"粉省""粉署"。此指夏侯孜在尚書省供職。《舊唐書·夏侯孜傳》:"入爲諫議大夫,轉給事中。十年,改刑部侍郎。十一年,兼御史中丞,遷尚書右丞……十一年二月,遷朝議大夫,守户部侍郎,判户部事。再加兵部侍郎,充諸道鹽鐵轉運等使。"其中,刑部侍郎、尚書右丞、户部侍郎、兵部侍郎均所謂"遺榮畫室"。

㉗《南齊書·劉瓛傳》:"劉瓛,沛國相人,晋丹楊尹惔六世孫也。祖弘之,給事中。父惠,治書御史。瓛初辟祭酒主簿。宋大明四年,舉秀才;兄璲亦有名,先應州舉。至是别駕東海王元曾與瓛父惠書曰:'比歲賢子充秀,州閭可謂得人。'除奉朝請,不就。少篤學,博通五經。聚徒教授,常有數十人。丹楊尹袁粲於後堂夜集,瓛在座,粲指庭中柳樹謂瓛曰:'人謂此是劉尹時樹,每想高風;今復見卿清德,可謂不衰矣。'"按:此句蓋謂對方仍傳承祖上之高風亮節。按:在夏侯孜與杜審權二人中,此句所言似更切合杜審權之情况。杜審權係唐太宗時名相杜如晦之六代孫,既切劉瓛爲劉惔六世孫之典,又曾在大中十三年十二月拜相前任陝虢觀察使。大中十一年,曾拜禮部侍郎,與"放跡戎軒,遺榮畫室"之語亦合。《南齊書·州郡志上》:"丹陽郡:建康、秣陵、丹陽、溧陽、永世、湖熟、江寧、句容。"故稱丹陽尹劉惔時所植之柳爲"劉尹秣陵之柳"。

㉘《公羊傳·隱公五年》:“自陜而東者,周公主之;自陜而西者,召公主之。”服,古指王畿以外的地方,自内而外,每五百里爲一服。陜服,此指陜虢觀察使所管辖之地區。棠,甘棠。《詩·召南·甘棠序》:“《甘棠》,美召伯也。召伯之教,明於南國。”孔疏、朱熹集傳並謂召伯巡行南土,布文王之政,曾舍於甘棠之下,因愛結於民心,故人愛其樹而不忍傷。美蔭,指甘棠樹枝葉繁茂,亦象徵其惠政蔭民,爲百姓所懷念。此句謂其曾任陜虢觀察使,有惠政遺愛。

㉙ 謡詠,指其任陜虢觀察使期間因有惠政,故民間謡諺歌詠其事。付樞衡,指委以宰相之重任。“即”字似更切杜審權罷陜虢觀察使後即拜相之情況。

㉚ 負笈,背着書箱,指游學外地。趨塵,趨走車塵。

㉛ 嬴糧,擔負糧食。《莊子·庚桑楚》:“南榮趎嬴糧七日七夜,至老子所。”

㉜《文心雕龍·書記》:“戰國以前,君臣同書;秦漢立儀,始有表奏。王公國内,亦稱奏書。”此泛指向顯貴者上書。臺席,指宰相。宰相之位,取象三臺(星名),故稱“臺席”。

㉝ 履,《英華》作“屨”。撰履,持履,謂侍奉長者。《禮記·曲禮上》:“侍坐於君子,君子欠伸,撰杖履,視日蚤莫,侍坐者請出矣。”

㉞《漢書·張禹傳》:“河平四年,代王商爲丞相,封安昌侯……禹成就弟子尤著者,淮陽彭宣至大司空,沛郡戴崇至少府九卿。宣爲人恭儉有法度,而崇愷悌多智,二人異行。禹心親愛崇,敬宣而疏之。崇每候禹,常責師宜置酒設樂與弟子相娱。禹將崇入後堂飲食,婦女相對,優人筦絃,鏗鏘極樂,昏夜乃罷。而宣之來也,禹見之於便坐,講論經義,日晏賜食,不過一肉巵酒相對。宣未嘗得至後堂。及兩人聞知,各自得也。”戴榮,疑“戴崇”之誤。“説《禮》”,則爲見彭宣於便坐,“講論經義”之誤植爲“戴榮(崇)”。

㉟ 鄭玄,東漢經學家。嚴毅,嚴正剛毅。《漢書·王嘉傳》:“嘉爲人剛直嚴毅,有威重,上甚敬之。”服慎,當指服虔。《後漢書·儒林列傳·服虔》:“服虔字子慎,初名重,又名祇,後改爲虔。”虔爲東漢經學家,善《左傳》,作《春秋左氏傳解誼》。《世説新語·文學》:“鄭玄欲注《春秋傳》,尚未成,時行與服子慎遇,宿客舍。先未相識。服在外車上與人説己注《傳》意,玄聽之良久,多與己同。玄就車與語曰:‘吾久欲注,尚未了。聽君向言,多與吾同,今當盡以所注與君。’遂爲《服氏注》。”又:“鄭玄家奴婢皆讀書,嘗使一婢,不稱旨,將撻之,方自陳説,玄怒,使人曳著泥中。須臾,復有一婢來,問曰:‘胡爲乎泥中?’答曰:‘薄言往愬,逢彼之怒。’”服慎聞《詩》,係以上二事之拼接改造。

㊱《詩·周南·汝墳》:“惄如調飢。”鄭箋:“惄,思也。未見君子之時,如朝飢之思食。”此取“未見君子之時”之意。《論語·里仁》:“朝聞道,則夕死可矣。”

㊲ 旌棨,旌旗與棨戟,係高官之儀仗。《文選·謝朓〈始出尚書省〉》:“趨事辭

宫闕，載筆陪旌棨。”李善注引司馬彪《續漢書》：“公以下至二千石，騎吏四人皆帶劍棨戟爲前行。”

㊳ 蓬瀛，蓬萊、瀛洲、方丈爲傳説中之海上三神山，泛指仙境。如望蓬瀛，言其可望而不可即，極狀企望之意。

爲人上裴相公啓[1]

某聞瘦馬依風，悲皆感土[2]；秋鷹厲吻，飢即投人[3]。能知豢養之恩，頗識歸飛之兆[4]。是以臺卿瀝懇，先告孫賓[5]；越石棲身，惟親晏子[6]。觀賢達始終之趣[7]，察古今行止之規，必有良知[8]，願諧依託。某伶俜弱植[9]，憔悴孤根。詞林無涣水之文[10]，官路乏甘林之黨[11]。每持疎拙，久謝紛華[12]。既而曳履侯門[13]，經時不遇；牽裾憲府[14]，越月而昇。九衢獨愧於迷津[15]，五省纔霑於掌庾[16]。相公初締鄭棟[17]，甫潤殷林[18]。寧知蕞陋之姿，首在陶甄之列[19]。拔於郎吏[20]，委在絃歌[21]。元日縱囚[22]，殊無異政；清晨探賊，未報殊恩[23]。豈期遽露精誠[24]，猶煩鼓鑄。近者私門集釁，同氣貽災[25]。孀幼流離[26]，關河綿邈。淚變萇弘之血[27]，髮同園客之絲[28]。萬里銷魂[29]，孤燈弔影。蓋生人之大痛，行路之同悲。泉壤長辭，何緣取决[30]？人琴併絶[31]，不得申哀。端居則有愧簪纓[32]，乞告而曾無事例[33]。又以孔懷酷遠[34]，先塋非遥。永言龜告之期[35]，遂在蟈鳴之月[36]。倘解其所任，契彼私心[37]。絶緬冒於官曹[38]，獲優游於教義[39]。孤誠所願，九死如歸[40]。其或念以艱虞，難以罷免，亦有虚閒散秩[41]，不漏於幽微[42]；終鮮之悲[43]，無慚於顯晦。伏增哀迫懇款之至。

【校注】

① 《英華》卷六六二啓十二投知五、《全文》卷七八六載此首。啓係代人上裴相公，請求罷其所任縣令之職，或改任虚閒之散秩，以處理兄弟遭難、孀幼流離之家庭變故。裴相公，當爲裴休。《新唐書·宰相表》：大中六年“八月，禮部尚書、諸道鹽鐵轉運使裴休本官同中書門下平章事，使如故。”大中十年“十月戊子，休爲檢校户部尚書、同平章事、宣武節度使。”啓内未及裴休罷相出鎮宣武之事，又有求懇其“解其所任”或安排“虚閒散秩”之語，當是裴休任宰相期間所上。又據啓内提及“相公

初缔鄭楝,甫潤殷林……拔於郎吏,委在絃歌”之事,以及上啓者在任縣令期間之政事,説明此人在大中六年八月裴休拜相後不久即被任命爲縣令,至上此啓當已歷數年,故啓當上於裴休爲相之後期,約大中九年的“蟈鳴之月”(四月)。

② 瘦,《英華》作“疲”。《古詩十九首》之一:“胡馬依北風,越鳥巢南枝。”杜甫《瘦馬行》:“東郊瘦馬使我傷,骨骼硉兀如堵牆。”感土,懷念故土。

③ 厲吻,磨礪喙角。投人,投向豢養它的主人。

④ 歸飛,往回飛。《詩·小雅·小弁》:“弁彼鸒斯,歸飛提提。”鄭玄注:“樂乎彼雅鳥,出食在野,其飽,群飛而歸提提然。”

⑤ 臺卿,指趙岐。孫賓,指孫賓碩。《三國志·魏書·閻温傳》裴松之注引《魏略·勇俠傳·孫賓碩》載:漢桓帝時宦官常侍唐衡權侔人主,京兆郡功曹趙息因得罪唐衡弟,其從父仲台及諸趙尺兒以上皆殺之。息從父岐爲皮氏長,從官舍逃,走之河間,變姓字,又轉詣北海,著絮巾布褲,常於市中販胡餅。賓碩時年二十餘,乘犢車,將騎入市,見岐,疑其非常人,謂之曰:“視處士狀貌,既非販餅者,加今面色變動,即不有重怨,則當亡命。我北海孫賓碩也,闔門百口,又有百歲老母在堂,勢能相度者也,終不相負,必語我以實。”岐乃具告之。賓碩乃載岐驅歸,載著别田舍,藏置複壁中。後數歲,唐衡及弟皆死,岐乃得出,還本郡。三府并辟,輾轉仕進,至郡守、刺史、太僕,而賓碩亦從此顯名於東國,仕至青州刺史。按:古稱中央政府官員爲臺宦、臺官。《宋書·百官志上》:“漢制:公卿御史中丞以下,遇尚書令、僕、丞、郎,皆辟車豫相迴避,臺官過,乃得去。”趙岐後官太僕,故尊稱其爲“臺卿。”瀝懇,披露誠心、竭誠相告。

⑥《史記·管晏列傳》:“越石父賢,在縲紲中,晏子出,遭之涂,解左驂贖之,載歸。弗謝,入閨。久之,越石父請絶。晏子懼然,攝衣冠謝曰:‘嬰雖不仁,免子于厄,何子求絶之速也?’石父曰:‘不然。吾聞君詘于不知己而信于知己者。方吾在縲紲中,彼不知我也。夫子既已感寤而贖我,是知己;知己而無禮,固不如在縲紲之中。’晏子於是延入爲上客。”以上連用遭家難、陷縲紲典,正與下文“私門集釁”數語相應。

⑦ 始終,自始至終、一貫。

⑧ 良知,知己。羅隱《秋日寄狄補闕》:“不爲良知在,驅車已出關。”

⑨ 弱植,喻身世寒微,勢孤力單。

⑩ 涣水之文,自然流暢、有文采的文章。《易·涣》:“象曰:風行水上,涣。”即風行水上,涣然成文之意。

⑪《後漢書·黨錮傳序》:“初,桓帝爲蠡吾侯,受學於甘陵周福。及即帝位,擢福爲尚書。時同郡河南尹房植有名當朝,鄉人爲之謡曰:‘天下規矩房伯武,因師獲印周仲進。’二家賓客,互相譏揣,遂各樹朋徒,漸成尤隙。由是甘陵有南北部,黨人

之議，自此始矣。”甘陵之黨，此指仕進上可作奥援的朋黨。

⑫ 紛華，繁華，指官場上的榮華富貴。

⑬《漢書·鄒陽傳》：“飾固陋之心，則何王之門不可曳長裾乎?”曳裾王門，指在王侯權貴之門作食客。此言“曳履”，義同，因避複（下句有“牽裾”字），故改“裾”爲“履”。

⑭《三國志·魏書·辛毗傳》載，曹丕欲自冀州遷十萬户至河南，群臣上諫，不聽。辛毗再諫，曹丕不答而入内。毗牽其衣裾切諫，後終減去五萬户。“牽裾憲府”，似指在御史臺爲官犯顔直諫。

⑮ 謂雖置身九衢大道，己則獨愧於迷失道路。

⑯ 五省，晋及南朝（宋、齊、梁、陳）、北魏中央政府設五官署，即尚書省、中書省、門下省、祕書省、集書省，合稱“五省”。掌庾，掌管穀倉。唐太倉署有令三人，從七品下；丞二人，從八品下；監事八人，掌廩藏之事。此言己纔霑掌倉庾之事之微禄。

⑰ 初締鄭棟，指春秋時鄭國子産始執掌鄭國政權。締，造。鄭棟，鄭國大厦之棟梁。公孫僑，字子産，鄭簡公二十三年起爲卿執政，歷定、獻、聲公三朝。時晋、楚争霸，鄭國弱小，處兩强之間，賴子産周旋得宜，保持無事。事詳《左傳》《史記·鄭世家》。

⑱ 甫潤殷林，謂傅説剛爲武丁（殷高宗）之相。《書·説命上》：“説築傅巖之野，惟肖，爰立作相。王置諸其左右，命之曰：‘朝夕納誨，以輔臺德。若金，用汝作礪；若濟巨川，用汝作舟楫；若歲大旱，用汝作霖雨。’”潤殷林，即取霖雨潤澤萬物之意。二句謂裴休初拜相。

⑲ 蕞陋，渺小鄙陋。陶甄，陶冶培植。陶人作陶器謂之甄。二句謂己首先得到宰相的陶冶培植。

⑳ 郎吏，郎署的屬吏。或謂指郎官，恐非。唐代尚書省六部諸曹郎中，正五品上，係清要之職。此上啓者“委在絃歌”，僅爲縣令，其前似不可能已任郎中之職。拔於郎吏，謂在郎署屬吏中提拔出來。

㉑ 委在絃歌，謂委以縣令之職。宓子賤，春秋鲁人，孔子弟子，曾爲單父宰，彈琴而治。事詳《吕氏春秋·察賢》。參詩集卷八《送淮陰孫令之官》“先知虙子賢”句注。虙、宓同。

㉒ 元日，元旦。縱囚，暫時釋放在獄罪囚還家與親人團聚，限期還獄。《後漢書·獨行傳·戴封》：“遷中山相，時諸縣縣囚四百餘人，辭狀已定，當行刑。封哀之，皆遣歸家，與剋期日皆無違者，詔書策美焉。”《新唐書·刑法志》：“六年，親録囚徒，閔死罪者三百九十人，縱之還家，期以明年秋即刑；及期，囚皆詣朝堂，無後者，太宗嘉其誠信，悉原之。”此類縱囚之事，歷代常有，故謙稱“殊無異政”，而意在表明己爲縣令，爲政寬仁。

㉓《後漢書·百官志五》:“凡縣……尉大縣二人,小縣一人。本注曰:丞署文書,典知倉獄。尉主盜賊。凡有賊發,主名不立,則推索行尋,案察奸宄,以起端緒。”《後漢書·循吏傳·王涣》:“州舉茂才,除温令。縣多奸猾,積爲人患。涣以方略討擊,悉誅之。境内清夷,商人露宿於道。”清晨探賊事未詳。二句意蓋謂己爲縣令,雖亦探捕盜賊,然未收成效,故云“未報殊恩”。

㉔ 精,《英華》作“情”。

㉕ 私門,猶家門,集釁,禍患叢生。同氣,指兄弟。《易·乾》:“同聲相應,同氣相求。”貽災,招致災禍。

㉖ 孀幼流離,指兄弟之孀妻幼子流離失所。據下文“泉壤長辭,何緣取决?人琴併絶,不得申哀”等語,其兄弟當因事獲罪,含冤被殺。

㉗《左傳·哀公三年》:“劉氏、范氏世爲婚姻,萇弘事劉文公,故周與范氏、趙鞅以爲探。六月,癸卯,周人殺萇弘。”《莊子·外物》:“人主莫不欲其臣之忠,而忠未必信。故伍員流于江,萇弘死于蜀,藏其血三年,而化爲碧。”萇弘爲春秋時周敬王大夫,事王卿士劉文公卷。孔子曾就其問樂。晋公族内鬨,弘助晋大夫范吉射、中行寅,晋卿趙鞅以責周,周爲之殺弘。事詳《國語·周語下》。《拾遺記》則謂弘爲周靈王時人,爲周人所殺,既死,流血成石,或言成碧,不見其尸。

㉘ 園客,指商山四皓之一東園公。秦末東園公、綺里季、夏黄公、角里先生避秦亂,隱商山,年皆八十有餘,鬚眉皓白,稱商山四皓。事載《史記·留侯世家》。句意謂因憂愁悲痛,頭髮變得像東園公一樣白。

㉙ 銷魂,《英華》作“魂銷”。

㉚ 取决,得到訣别的機會。句意謂兄弟已長歸泉下,連訣别的機會也没有。

㉛ 人琴併絶,用嵇康被殺事。《晋書·嵇康傳》:“康將刑東市,太學生三千人,請以爲師,弗許。康顧視日影,索琴彈之曰:‘昔袁孝尼嘗從吾學《廣陵散》,吾每靳固之,《廣陵散》於今絶矣!’時年四十,海内之士,莫不痛之。”視“人琴併絶”二句及“泉壤長辭”二句,上啓者之兄弟當因獲罪被殺。

㉜ 端居,平常居處。簪纓,古代官員的冠飾簪笄與帽帶。

㉝ 事例,成例,可以作爲依據的前例。

㉞ 孔懷,甚相思念。《詩·小雅·常棣》:“死喪之威,兄弟孔懷。”鄭玄箋:“維兄弟之親,甚相思念。”酷,甚。

㉟ 龜告,龜卜,灼龜甲視裂痕占吉凶所得的兆告。《左傳·昭公五年》:“龜兆告吉,曰:克可知也。”此指卜占的喪葬之期。

㊱ 蟈鳴,蛙鳴。《周禮·秋官·序官》:“蟈氏,下士一人,徒二人。”鄭玄注:“蟈,今御所食蛙也。”《淮南子·時則訓》:“螻蟈鳴,丘螾出。”高誘注:“蟈,蝦蟇也”《禮記·月令》:“(孟夏之月)螻蟈鳴。”蟈鳴之月,指四月。

㊲ 解其所任，解除其現任的縣令之職。契，合。

㊳ 緬冒，同"靦冒"，厚顔蒙受。《周書・文帝紀上》："靦冒恩私，遂階榮寵。"

㊴ 優游，悠閒自得。《詩・大雅・卷阿》："伴奂爾游矣，優游爾休矣。"教義，禮教、名教的要義。

㊵《楚辭・離騷》："亦余心之所善兮，雖九死其猶未悔。"《管子・小匡》："平原廣牧，車不結轍，士不旋踵，鼓之而三軍之士視死如歸。"

㊶ 虚閒散秩，不擔任繁劇實務的閒散官職。《新唐書・李適之傳》："適之懼不自安，乃上宰執求散職，以太子少保罷，欣然自以爲免禍。"

㊷ 幽微，謙稱自己地位低微不顯。

㊸《詩・大雅・蕩》："靡不有初，鮮克有終。"

上鹽鐵侍郎啓[①]

某聞珠履三千，猶憐墜屨[②]；金釵十二，不替遺簪[③]。苟興求舊之懷[④]，不顧窮奢之飾。亦有河南撰刺，徵彼通家[⑤]；虢略移書，期於倒屣[⑥]。志亦求於義合，理難俟於言全[⑦]。某蕢蒯凡姿[⑧]，邾滕陋族[⑨]。釋耕耘於下邑，觀禮樂於中都[⑩]。然素勵顓蒙[⑪]，常躭比興[⑫]。未逢仁祖，誰知風月之情[⑬]；因夢惠連，或得池塘之句[⑭]。莫不冥搜刻骨[⑮]，默想勞神。未嫌彭澤之車[⑯]，不嘆萊蕪之甑[⑰]。其或嚴霜墜葉，孤月離雲。片席飄然，方思獨往[⑱]；空亭悄爾，不廢閑吟。強將麋鹿之情[⑲]，欲學鴛鸞之性[⑳]。遂使幽蘭九畹，傷謡諑之情多[㉑]；丹桂一枝，竟攀折之路斷[㉒]。豈直牛衣有淚[㉓]，蝸舍無煙[㉔]。此生而分作窮人，他日而惟稱餓隸[㉕]。頃者萍蓬旅寄，江海羈遊。達姓字於李膺[㉖]，獻篇章於沈約[㉗]。特蒙俯開嚴重[㉘]，不陋幽遐[㉙]。至於遠泛仙舟[㉚]，高張妓席，識桓温之酒味[㉛]，見羊祜之襟情[㉜]。既而哲匠司文，至公當柄[㉝]。猶困龍門之浪，不逢鶯谷之春[㉞]。今者俯及陶鎔[㉟]，將裁品物[㊱]。輒申丹慊[㊲]，更竊清陰[㊳]。倘一顧之榮，將迴於咳唾[㊴]；則陸沈之質，庶望於騫翔[㊵]。永言進退之塗，便决榮枯之分。如翩翻賀燕，巢幙何依[㊶]；觳觫齊牛，釁鐘將遠[㊷]。苟難窺於數仞[㊸]，則永墜於重泉。空持擁篲之情[㊹]，不識叫閽之路[㊺]。不任懇迫之至。

【校注】

①《英華》卷六六二啓十二投知五、《全文》卷七八六載此首。鹽鐵侍郎，指裴休。據啓文，此鹽鐵侍郎先歷節鎮，後知貢舉，繼以侍郎司鹽鐵，上此啓時又將爲相。檢《新唐書・宰相表》、孟二冬《登科記考補正》，庭筠所歷諸朝知貢舉者及宰相中，宦歷與此完全相符者惟裴休一人。據郁賢皓《唐刺史考全編》，會昌元年至三年，裴休任江西觀察使；會昌三年至大中元年，任湖南觀察使；大中二年至三年，任宣歙觀察使。又據《唐才子傳・曹鄴》，大中四年，裴休以禮部侍郎知貢舉。此後，"累官户部侍郎，充諸道鹽鐵轉運使；轉兵部侍郎，領使如故"（《舊唐書・裴休傳》）。題稱"鹽鐵侍郎"，啓内又提及其"俯及陶甄，將裁品物"，啓當是大中六年八月稍前，即裴休以兵部侍郎領鹽鐵轉運使行將拜相之時所上。此啓所透露的庭筠行跡有三點：一、裴休外任節鎮時，庭筠曾往拜謁並獻詩文，受到裴休款待。據庭筠現存詩文，在裴休任觀察使的江西、湖南、宣歙三地中，庭筠行蹤所及者惟有湖南一地。庭筠《次洞庭南》佚句云："自有晚風推楚浪，不勞春色染湘煙。"亦可證其年春庭筠曾至洞庭湖南。其《湘東宴曲》云："湘東夜宴金貂人，楚女含情嬌翠嚬……重城漏斷孤帆去，惟恐瓊籤報天曙。"湖南觀察使治所潭州在湘水之東，故稱"湘東"。詩中描寫的湘東夜宴情景，當即啓内所叙"頃者萍蓬旅寄，江海羈遊。達姓字於李膺，獻篇章於沈約。特蒙俯開嚴重，不陋幽遐。至於遠泛仙舟，高張妓席。識桓温之酒味，見羊祜之性情"的情景。詩文互證，知會昌三年至大中元年裴休觀察湖南期間，庭筠曾謁見獻詩文並受款待。而會昌四年及六年，庭筠均在長安，有《車駕西遊因而有作》《會昌丙寅豐歲歌》可證。大中元年春庭筠曾兩次寄詩給岳州刺史李遠，其中《春日寄岳州李員外二首》透露出二人新近曾有晤别。可以推知其謁見裴休當在大中元年春。這從啓述此事後緊接"既而哲匠司文"也可看出兩件事之間相隔的時間不會太久。二、裴休大中四年以禮部侍郎知貢舉時，庭筠曾應進士試未第，此即啓文所謂"既而哲匠司文，至公當柄。猶困龍門之浪，不逢鶯谷之春"。三、此次上啓，是祈望裴休再予垂顧薦譽，"倘一顧之榮，將迴於咳唾；則陸沈之質，庶望於騫翔"，當與明春（大中七年春）應進士試有關，此點還可從《上封尚書啓》《上杜舍人啓》等啓中得到印證，詳有關諸啓箋證。

②《史記・春申君列傳》："春申君客三千餘人，其上客皆躡珠履。"墜屨，丢失的鞋。賈誼《新書・諭誠》："昔楚昭王與吴人戰，楚軍敗，昭王走，履決，背而行，失之。行三十步，復旋取履。及至於隋，左右問曰：'王何曾惜一跨履乎？'昭王曰：'楚國雖貧，豈愛一跨履哉！思與偕反也。'自是之後，楚國之俗無相棄者。"此以惜墜失之舊履喻憐惜舊人。

③ 梁武帝《河中之水歌》："河中之水向東流，洛陽女兒名莫愁……頭上金釵十

二行，足下絲履五文章。"遺簪，喻舊物或故交。《韓詩外傳》卷九載：孔子出游，遇婦人遺失髮簪而哀哭，孔子弟子勸慰之，婦人曰："非傷亡簪也，吾所以悲者，蓋不忘故也。"替，廢棄。

④《書·盤庚上》："人惟求舊，器非求舊，惟新。"

⑤《後漢書·孔融傳》："融幼有異才，年十歲，隨父詣京師。時河南尹李膺以簡重自居，不妄接士、賓客，勑外：自非當世名人及與通家，皆不得白。融欲觀其人，故造膺門，語門者曰：'我是李君通家子弟。'門者言之。膺請融，問曰：'高明祖、父嘗與僕有恩舊乎？'融曰：'然。先君孔子與君先人李老君，同德比義而相師友，則融與君累世通家。'衆坐莫不嘆息。"

⑥《三國志·魏書·王粲傳》："獻帝西遷，粲徙長安，左中郎將蔡邕見而奇之。時邕才學顯著，貴重朝廷，常車騎填巷，賓客盈坐。聞粲在門，倒屣迎之。粲至，年既幼弱，容狀短小，一坐盡驚。邕曰：'此王公孫也，有異才，吾不如也。吾家書籍文章，盡當與之。'"虢略，未詳。周文王弟虢叔（一説虢仲）封地稱東虢，地在今河南滎陽，蔡邕係陳留圉（今河南杞縣南）人，二地相距較近。倒屣，反穿鞋。移書，即傳所謂"吾家書籍文章，盡當與之"。

⑦ 言全，語言周密全面。

⑧ 菅蒯，茅草之類。《左傳·成公九年》："雖有絲麻，無棄菅蒯。"此以"菅蒯"喻己資質凡庸。

⑨ 邾，春秋時小國，地在今山東鄒縣境。滕，春秋時小國，地在今山東滕縣境。《孟子·梁惠王下》："滕，小國也，間於齊、楚。"

⑩《左傳·襄公二十九年》："吴公子札來聘……請觀於周樂。使公爲之歌《周南》《召南》，曰：'美哉！始基之矣，猶未也，然勤而不怨矣……'爲之歌《頌》，曰：'至矣哉……盛德之所同也。'……見舞《象箾》《南籥》者，曰：'德至矣哉！大矣，如天之無不幬也，如地之無不載也。雖甚盛德，其蔑以加於此矣，觀止矣。若有他樂，吾不敢請已。'"中都，指京都。

⑪ 顓蒙，愚昧。勵顓蒙，以愚昧而自勵。

⑫ 躭比興，謂酷愛作詩，躭玩比興之義。

⑬ 仁祖，東晋謝尚字。事詳《上宰相啓二首》之二注①。此以謝尚比裴休，以袁宏自喻。風月之情，指袁宏月夜吟詩之風情。

⑭ 鍾嶸《詩品》中引《謝氏家録》云："康樂（謝靈運襲封康樂公）每對惠連（靈運族弟），輒得佳語。後在永嘉西堂，思詩竟日不就。寤寐間，忽見惠連，即成'池塘生春草'，故嘗云：'此語有神助，非吾語也。'"此或以"惠連"喻指其弟温庭皓。《唐摭言》卷十《韋莊奏請追贈不及第人近代者》："温庭皓，庭筠之弟，辭藻亞於兄，不第而卒。"

⑮ 冥搜，深思苦想，此指作詩。

⑯ 彭澤，指陶淵明。晉安帝義熙元年八月，淵明曾爲彭澤令八十餘日。十一月，程氏妹喪於武昌，自免去識，作《歸去來兮辭》。其序云："余家貧，耕植不足以自給，幼稚盈室，缾無儲粟。"想象歸家後情景有云："農人告余以春及，將有事於西疇。或命巾車，或棹孤舟，既窈窕以尋壑，亦崎嶇而經丘。"巾車，有幃幕之車。

⑰《後漢書·獨行傳·范冉》，范冉字史雲，爲萊蕪長，後遭黨人禁錮，生活清貧，然窮居自若，言貌無改，時有民謡曰："甑中生塵范史雲，釜中生魚范萊蕪。"二句謂己不以生活貧困爲懷。

⑱ 片席，指帆席、船帆。獨往，猶孤獨往來，謂超脱萬物，獨行己志。《文選·江淹〈雜體詩·效許詢自序〉》："遣此弱喪情，資神任獨往。"李善注："淮南王《莊子略要》曰：'江海之士，山谷之人，輕天下，細萬物，而獨往者也。'司馬彪曰：'獨往，任自然，不復顧世。'"

⑲ 麋鹿之情，指隱居山林，與麋鹿爲伍之草野優游性情。

⑳ 鴛鸞，《全文》原作"鴛鴦"，非，據《英華》改。鴛鸞，同"鵷鸞"，喻朝官。朝官班行整肅有序，備受拘束，與"麋鹿之情"正相反。

㉑ 諑，《英華》作"詠"，誤。屈原《離騷》："余既滋蘭之九畹兮，又樹蕙之百畝。""衆女嫉余之蛾眉兮，謡諑謂余以善淫。"謡諑，造謡毁謗。

㉒《晉書·郤詵傳》："（武帝）問詵曰：'卿自以爲何如？'詵對曰：'臣舉賢良對策，爲天下第一，猶桂林之一枝，崑山之片玉。'"折桂路斷，喻科舉登第入仕之路斷絶。

㉓《漢書·王章傳》："初，章爲諸生，學長安，獨與妻居。章疾病，無被，卧牛衣中，與妻決，涕泣。"餘詳《上宰相啓二首》之一注㉞。

㉔ 崔豹《古今注·魚蟲》："蝸牛……殼如小螺，熱則自懸於葉下。野人結圓舍，如蝸牛之殼，故曰蝸舍。"蝸舍，簡陋的房舍。

㉕ 分，命定。餓隸，飢餓之徒隸。《漢書·叙傳下》："（韓）信惟餓隸，（黥）布實黥徒。"

㉖ 用孔融謁見李膺事，見注⑤。達姓字，投名刺也。

㉗《南史·劉勰傳》："初勰撰《文心雕龍》五十篇……既成，未爲時流所稱。勰欲取定於沈約，無由自達，乃負書候約於車前，狀若貨鬻者，約取讀，大重之，謂深得文理，常陳諸几案。"又，沈約曾稱賞王筠、何遜、謝舉、何思澄之詩文。《南史·何遜傳》："沈約嘗謂遜曰：'吾每讀卿詩，一日三復，猶不能已。'其爲名流所稱如此。"其時獻篇章於沈約者當不止劉勰一人。二句以李膺、沈約比裴休，擬之爲當世名流文宗。

㉘ 嚴重，地位高威勢重之顯宦。俯開嚴重，謂其垂加延納。

㉙ 幽遐,僻遠。謙稱自己居於僻遠,見識鄙陋。

㉚ 仙舟,用李膺與郭泰同舟而濟,衆賓望之若神仙事,見《上宰相啓二首》之一注⑱。此連下句,當指裴休邀庭筠泛舟遊宴。

㉛《晉書·孟嘉傳》:"後爲征西桓温參軍,温甚重之。九月九日,温燕龍山,僚佐畢集。時佐吏併著戎服,有風至,吹嘉帽墮落,嘉不之覺……嘉好飲,愈多不亂。"此以桓温喻裴休,以孟嘉自喻,謂曾受休設宴款待。

㉜《晉書·羊祜傳》:"祜樂山水,每風景,必造峴山……嘗慨然嘆息,顧謂從事中郎鄒湛等曰:'自有宇宙,便有此山。由來賢達勝士,登此遠望,如我與卿者多矣,皆湮没無聞,使人悲傷。如百歲後有知,魂魄猶應登此也。'"又,"嘗與從弟琇曰:'既定邊事,當角巾東路,歸故里,爲容棺之墟。以白士而居重位,何能不以盛滿受責乎? 疎廣是吾師也。'"凡此,皆"羊祜之襟情"也。此以羊祜喻裴休,贊其襟懷高遠。李商隱《爲滎陽公上宣州裴尚書(休)啓》云:"以公美(裴休字)之才之望,固合早還廊廟,速泰寰區,而辜負明時,優游外地,豈是徐公多風亭月觀之好,爲復孟守專天生成佛之求?"亦贊其襟懷性情之高遠冲淡。

㉝ 哲匠,指明達而富於才能之大臣。司文,主持文柄,即主持科舉考試。大中四年,裴休以禮部侍郎知貢舉。《唐才子傳·曹鄴》:"曹鄴字業之,桂林人,累舉不第,爲《四怨三愁五情詩》,時爲舍人韋慤所知,力薦於禮部侍郎裴休,大中四年張温琪榜中第。"至公,科舉時代對主考官之敬稱。唐劉虛白《獻主文》:"不知歲月能多少,又著麻衣待至公。"當柄,主持文柄,與上"司文"義同。

㉞ 龍門,見《上崔相公啓》"遂使龍門奮發,不作窮鱗"句注。猶困龍門之浪,謂鯉魚未登龍門化龍,喻進士試未登第。下句"不逢鶯谷之春"義同。鶯谷,見《上崔相公啓》"鶯谷翩翻,終陪逸翰"句注。據"既而"四句,大中四年春裴休以禮部侍郎知貢舉時,庭筠曾參加進士試未第。

㉟ 俯及,低首而可及,言其近。陶鎔,陶鑄鎔煉,喻培育造就人才。此借指宰相之位。

㊱ 品物,猶萬物。《易·乾》:"雲行雨施,品物流形。"將裁品物,亦喻即將爲相。

㊲ 丹慊,赤誠。

㊳ 句意謂更祈蒙其蔭庇。

㊴《戰國策·燕策二》有經伯樂一顧而馬價十倍之説,後遂以"一顧"喻受人引舉稱揚或提攜知遇。謝朓《和王主簿怨情》:"生平一顧重,宿昔千金賤。"咳唾,稱美對方之言語,此指對自己的揄揚之語。

㊵ 陸沈,本指隱居者猶陸地無水而沉,此指沈埋不爲人知。王維《送從弟蕃遊淮南》:"高義難自隱,明時寧陸沈。"騫,通"鶱",騫翔,高舉飛翔。喻仕進得意。黄

滔《代鄭郎中上令狐相啓》："相公憐其拙滯，忽此騫翔，疊降恩輝，薦留手筆。"

㊶《淮南子·説林訓》："大厦成而燕雀相賀。"謂燕雀因大厦落成棲身有所而互相慶賀。"賀燕"用此。巢幙，同"巢幕"。《左傳·襄公二十九年》："夫子之在此也，猶燕之巢于幕上。"杜預注："言至危。"此句"巢幕"取棲託之義，不取"至危"之義。句意謂己如飛翔盤旋之燕，無所依託。

㊷《孟子·梁惠王上》："王（指齊宣王）坐於堂上，有牽牛而過堂下者，王見之，曰：'牛何之？'曰：'將以釁鐘。'王曰：'舍之，吾不忍見其觳觫，若無罪而就死也。'"觳觫，恐懼戰慄貌。釁鐘，古代殺牲口以血塗鐘行祭。此句謂己如恐懼戰慄之齊牛，得以遠離被殺以釁鐘之命運。

㊸《論語·子張》："夫子之牆數仞，不得其門而入，不見宗廟之美，百官之富。得其門者或寡矣。"難窺於數仞，謂不得列於門牆。

㊹ 擁篲，持掃帚掃顯貴者之門，以期汲引。《史記·齊悼惠王世家》："魏勃少時，欲求見齊相曹參，家貧無以自通，乃常早夜掃齊相舍人門外，相舍人怪之，以爲物，而伺之，得勃，勃曰：'願見相君，無因，故爲子掃，欲以求見。'於是舍人見勃，曹參因以爲舍人。"

㊺ 叫閽，謂因途窮而向朝廷申訴。屈原《離騷》："吾令帝閽開關兮，倚閶闔而望予。""叫閽"語本此。揚雄《甘泉賦》："選巫咸兮叫帝閽。"劉良注："帝閽，天門也。"杜甫《奉留贈集賢院崔于二學士》："昭代將垂老，途窮乃叫閽。"

上封尚書啓[①]

某跡在泥塗[②]，居無紹介[③]。常思激勵[④]，以發湮沉[⑤]。素秉顓愚，夙躭比興。因得誅茅絶頂，薙草荒田[⑥]。默想勞神，冥搜刻骨。遂使崇朝覽鏡[⑦]，壯齒成衰；暇日欹冠，玄鬢變白[⑧]。望將蕪菲[⑨]，來貢文明[⑩]。伏遇尚書秉甄藻之權[⑪]，盡搜羅之道[⑫]。誰言凡拙，獲預恩知[⑬]。華省崇嚴，廣庭稱奬[⑭]。自此鄉閭改觀[⑮]，瓦礫生姿。雖楚國求才，難陪足跡[⑯]；而丘門託質，不負心期[⑰]。一旦推轂貞師[⑱]，渠門錫社[⑲]。顧惟孤拙，頻有依投[⑳]。今者正在窮途，將臨獻歲[㉑]。曾無勺水，以化窮鱗[㉒]。俯念歸荑，猶憐棄席[㉓]。假劉公之一紙[㉔]，達彼春卿[㉕]；成季布之千金[㉖]，需於下士。微迴咳唾，即變昇沉。羈旅多虞，窮愁少暇。不獲親承師席，躬拜行臺[㉗]。輕冒尊嚴[㉘]，伏增惶懼。

【校注】

①《英華》卷六六二啓十二投知五、《全文》卷七八六載此首。【顧學頡曰】從啓中所言情狀考之,封尚書當即封敖。《舊唐書·封敖傳》云:"封敖字碩夫……元和十年登進士第,累辟諸侯府。大和中,入朝爲右拾遺。會昌初,以員外郎知制誥,召入翰林爲學士,拜中書舍人。敖構思敏速,語近而理勝,不務奇澀……宣宗即位,遷禮部侍郎。大中二年,典貢部,多擢文士……四年,出爲興元尹、御史大夫、山南西道節度使,歷左散騎常侍。十一年,拜太常卿。出爲淄青節度使。入爲户部尚書,卒。"敖于大中二年典貢部,多擢文士。兩《唐書》庭筠傳均云大中初,庭筠數試進士,不第。此啓云(略)。知封敖典貢舉時,庭筠曾得其稱獎,但何以未被録取,原因不得而知。此稱"尚書",又云"不獲躬拜行臺"。唐初,置行臺尚書令、行臺大總管等。行臺,指在京師之外開府治事之意。因知此啓必作於封敖任節度使時。"尚書"蓋其檢校官;"行臺",指其節度使所在地。此時庭筠羈旅窮途,向之乞援,亦可憫矣!據《唐會要》《通鑑》等書所載,大中四至八年,封敖任山南西道節度使,故此啓約作於此數年内。(《温庭筠交游考》)【按】顧考封尚書爲封敖甚是,惟未考出其爲檢校某部尚書之年月,並聯係啓内"假劉公之一紙,達彼春卿"等語,故對上啓之具體年月及上啓之目的尚未細考。檢《新唐書·封敖傳》:"大中中,歷平盧、興元節度使。初,鄭涯開新路,水壞其棧,敖更治斜谷道,行者告便。蓬、果賊依雞山,寇三川,敖遣副使王贄(弘)捕平之,加檢校吏部尚書。"《資治通鑑·宣宗大中五年》:十月,"蓬、果群盗依阻雞山,寇掠三川。以果州刺史王贄弘充三川行營都知兵馬使以討之。"《通鑑·大中六年》:二月,"王贄弘討雞山賊,平之。"知王贄弘討平雞山事在大中六年二月,封敖之加檢校吏部尚書當在此後。李商隱《爲興元裴從事賀封尚書加官啓》有"伏以蓬、果兇徒,遂爲逋寇……一舉而張角師殲,再戰而孫恩黨盡"及"伏承天恩,榮加寵秩"之語,所指即因平雞山加檢校吏部尚書之事。故此啓當上於大中六年二月以後。啓又有"今者正在窮途,將臨獻歲。曾無勺水,以化窮鱗。俯念歸荑,猶憐棄席。假劉公之一紙,達彼春卿;成季布之千金,needs於下士。微迴咳唾,即變昇沉"等語,知其時正當歲暮,明春禮部進士試在即,祈求封敖寫信致主持禮部試之"春卿","微迴咳唾",片語薦譽,使自己得以登第。聯係大中六年庭筠又有《上鹽鐵侍郎啓》《上杜舍人啓》等,均爲應明春禮部進士試而作,而大中八年春庭筠無應進士試之跡,可以推斷此啓當上於大中六年歲暮。又,啓内有"伏遇尚書秉甄藻之權,盡搜羅之道。誰言凡拙,獲預恩知。華省崇嚴,廣庭稱獎"之語,知大中二年封敖以禮部侍郎主貢舉之前,庭筠曾獲敖之公開獎譽,其後"雖楚國求才,難陪足跡",參加考試而未登第,然座主門生之誼自存,故稱己爲"丘門託質",稱敖爲"師席"。此與大中四年應進士試未第,而此前曾蒙裴休延接款待之情形頗爲相似。説明大中二年、

四年兩次進士試失利，似與主考官封敖、裴休對庭筠之個人態度關係不大，或因其時士林輿論及當權者對庭筠之看法有關。

② 塗，《全文》原作"途"，此從《英華》。塗、途二字通用，然"泥塗"字例作"塗"。《左傳·襄公三十年》："武不才，任君之大事，以晉國之多虞，使吾子辱在泥塗久矣，武之罪也。"泥塗，污泥，喻卑下的地位。

③ 紹介，介紹。古代賓主之間傳話人稱"介"。古禮，賓至，須介傳話。介不止一人，相繼傳話，故稱紹介。引申爲引進之義。《戰國策·趙策三》："東國有魯連先生，其人在此，勝（平原君趙勝）請爲紹介而見之於將軍。"此謂己平居而無引進之人。

④ 激勵，指自我激發鼓勵。

⑤ 發，起。湮沉，埋没沉淪。

⑥ 誅茅，芟除茅草。庾信《哀江南賦》："誅茅宋玉之宅，穿徑臨江之府。"沈約《郊居賦》："或誅茅而剪棘，或既西而復東。"薙，除草。《舊唐書·李元諒傳》："芟林薙草，斬荆棘，俟乾，盡焚之。方數十里，皆爲美田。"按：庭筠《書懷一百韻》詩叙其鄠郊居所時亦有"築室連中野，誅茅接上腴"之語，所指當爲一事。

⑦ 崇朝，終朝，整個清早。崇，通"終"。《詩·鄘風·蝃蝀》："朝隮于西，崇朝其雨。"毛傳："崇，終也。從旦至食時爲終朝。"

⑧ 攲，歪斜、傾斜。髫，《英華》校：一作"髻"。髫，兒童下垂之髮。玄髫，猶黑髮。

⑨ 望，《英華》作"妄"。蕪菲，叢生的雜草和蔓菁。謙稱自己才識淺陋。

⑩ 文明，文采光明。《易·乾》："見龍在田，天下文明。"孔疏："天下文明者，陽氣在田，始生萬物，故天下有文章而光明也。"此指文明之時代。

⑪ 甄藻，謂鑑别人材。秉甄藻之權，謂掌握鑑拔人材之權，指封敖以禮部侍郎知貢舉。

⑫ 搜羅，指搜尋羅致人材。

⑬ 恩知，恩遇。

⑭ 華省，清貴者之省署，此指尚書省。廣庭，猶大庭廣衆。

⑮ 謂自蒙封敖知遇獎譽，本鄉里的人頓時改變對自己的看法。

⑯ 楚材晋用，見《左傳·襄公二十六年》，此反用其事。喻己雖參加科舉考試，却未能陪奉追隨登第諸才士的足跡。蓋指大中二年應進士試落第。

⑰ 丘門，孔丘門下，指師門。《論語·先進》："子曰：從我於陳、蔡者，皆不及門也。"《論衡·問孔》："論者皆云：孔門之徒，七十子之才，勝今之儒。"《列子·仲尼》："乃反丘門，絃歌誦書，終身不輟。"庭筠在封敖主持禮部試時應舉，故以"丘門"自居。託質，猶託身。心期，心之期望。二句謂能託身封敖門下，已不負自己的

期望。

⑱ 推轂,推車前進。帝王任命將帥的隆重禮遇。《史記·張釋之馮唐列傳》:"臣聞上古王者之遣將也,跪而推轂,曰:閫以内者,寡人制之;閫以外者,將軍制之。"《易·師》:"師貞,丈人吉,無咎。"貞師,以嚴明的紀律統率軍隊。推轂貞師,謂被皇帝委以統率軍隊的重任。指外任山南西道節度使。

⑲ 渠門,兩旗相交以爲軍門。一説旗名。《國語·齊語》:"渠門赤旗,諸侯稱順焉。"韋昭注:"賈侍中云:"……渠門,亦旗名。"昭謂……渠門,兩旗所建,以爲軍門,若今牙門也。"錫社,猶錫土,賜土封國。唐之節度使相當於古之諸侯國,故云。

⑳ 頻,《英華》作"頓"。

㉑ 窮途,用阮籍泣途窮事。《晋書·阮籍傳》:"時率意獨駕,不由徑路,車跡所窮,輒慟哭而返。"獻歲,進入新的一年,歲首正月。《楚辭·招魂》:"獻歲發春兮,汩吾南征。"王逸注:"獻,進;征,行也。言歲始來進,春氣奮揚,萬物皆感氣而生。"梁元帝《纂要》:"正月孟春……亦曰獻歲。"(《初學記》卷三引)

㉒ 窮鱗,失水之魚,喻處於困境者。化窮鱗,兼用魚化龍事。《辛氏三秦記》:"河津一名龍門……每莫春之際,有黄鯉魚逆流而上,得過者便化爲龍。"此切己正準備參加明春進士試,祈望一登龍門。二句慨嘆自己處於困絶之境,無人援助。

㉓《詩·邶風·静女》:"自牧歸荑,洵美且異。"歸,通"饋",贈送。荑,茅之始生。鄭箋:"洵,信也。茅,絜白之物也。自牧田歸荑,其信美而異者,可以供祭祀。猶貞女在窈窕之處,媒氏達之,可以配人君。"《淮南子·説山訓》:"文公棄荏席,咎犯辭歸。"此以"歸荑"喻己之"信美而異""可以配人君",以"棄席"喻己曾受封敖之知遇。

㉔《晋書·劉弘傳》:"弘每有興廢,手書守相,丁寧款密,所以人皆感悦,争赴之,咸曰:'得劉公一紙書,賢于十部從事。'"

㉕ 春卿,指禮部長官。周代春官爲六卿之一,掌邦禮,後因稱禮部爲春官。唐代自開元二十四年起,以禮部侍郎主持科舉考試,因稱禮部侍郎主貢舉者爲春卿。李賀《送沈亞之歌》:"雄才實礦獻春卿,煙底驀波乘一葉。春卿拾才白日下,擲置黄金解龍馬。"大中七年知貢舉者爲崔瑶,見《登科記考》。

㉖《史記·季布欒布列傳》:"得黄金百斤,不如得季布一諾。""假劉公之一紙"四句,謂祈求憑藉封敖的一紙書信,薦己於主持考試的禮部長官之前,以實現封敖曾許過的千金之諾,使自己得以霑溉。

㉗ 行臺,臺省在外者稱行臺。魏、晋時行臺爲出征時隨其所駐之地設立的代表中央政府的政務機構。此指節度使府署。

㉘ 嚴,《全文》原作"顔",音誤,據《英華》改。

投憲丞啓[1]

某聞古者窮士求知，孤臣薦拔，或三歲未嘗交語[2]，或一言便許忘年[3]。奇偶之間[4]，彼何相遠？則運租船上，便獲甄才[5]；避雨林中，俄聞託契[6]。此又無由自致，不介而親者也。某洛水諸生[7]，甘陵下黨[8]。曾遊太學，不識承宫[9]；偶到離庭，始逢种暠[10]。懸蘆照字[11]，編葦爲資[12]。遂竊科名[13]，纔霑禄賜。常恐澗中孤石，終無得地之期[14]；風末微姿[15]，未卜棲身之所。侍郎議合機象[16]，望逼台衡[17]。每叙群才[18]，常推直道。昨日攝齊丘里[19]，撰刺膺門[20]。伏蒙清誨垂私[21]，温言假煦[22]。内惟孤賤，急被輝華。覺短羽之陵飈[23]，似窮鱗之得水。今者方祗下邑[24]，又隔嚴扃[25]。誰謂避秦[26]，翻同去魯[27]。佇見漢朝朱博，由憲長以登庸[28]；願同晋室徐寧，因縣僚而遷次[29]。下情無任。

【校注】

①《英華》卷六六二啓十二投知五、《全文》卷七八六載此首。憲丞，指唐代御史臺副長官御史中丞，姓名未詳。按：此啓疑點頗多。題稱“投憲丞”，而啓文既稱“憲長”，又稱“侍郎”，稱謂不一，疑“侍郎”之稱有誤。否則，以侍郎而兼御史中丞，尚罕其例。此其一。啓言自己“遂竊科名，纔霑禄賜”，不但已科舉考試登第，且已霑禄爲官，此與庭筠終身未登第絶不相合。此其二。啓云“今者方祗下邑”“因縣僚而遷次”，似可解爲大中十年貶隋州隨縣尉之事，然此前庭筠並未“竊科名”“霑禄賜”。此其三。因疑此啓非庭筠自己投獻憲丞之作，而係代人所擬。其人曾得到某憲丞之垂顧，並已登科第，霑禄爲官。此啓係其人任某縣縣僚，赴任前所上。

② 三歲未嘗交語，用嵇康、孫登事。《世説新語·棲逸》劉孝標注引《文士傳》云：“（康）從（登）遊三年，問其所圖，終不答，然神謀所存良妙。”詳參《上蕭舍人啓》“某聞孫登之獎嵇康”句注。

③ 一言便許忘年，《初學記》卷十八引晋張隱《文士傳》：“禰衡有逸才，少與孔融交。時衡未滿二十，而融已五十，敬衡才秀，忘年殷勤。”《北史·序傳》：“寬當時位望，又與大師年事不侔。初見，言未及終，便改容加敬……每於私室接遇，恒盡忘年之歡。”此皆“忘年”事，而於“一言”未盡切，當用《左傳·昭公二十八年》所載鬷蔑事。詳《上蕭舍人啓》“鬷蔑之逢叔向”句注。

④ 奇偶,指遭遇的坎坷或順利。

⑤ 用袁宏在運租船上詠詩受到謝尚賞識事,詳《上宰相啓二首》之二注①。

⑥《後漢書·郭泰傳》:"茅容字季偉,陳留人也。年四十餘,耕于野,時與等輩避雨樹下,衆皆夷踞相對,容獨危坐愈恭。林宗(郭泰字)行見之而奇其異,遂與共言,因請寓宿。旦日,容殺雞爲饌,林宗謂爲己設,既而以供其母,自以草蔬與客同飯。林宗起拜之曰:'卿賢乎哉!'因勸令學,卒以成德。"託契,託交,彼此信賴投合。

⑦ 洛水諸生,指東漢都城洛陽所設太學之學生。東漢順帝時太學有二百四十房,一千八百五十室。質帝時太學生達三萬人。

⑧ 詳《爲人上裴相公啓》"官路乏甘陵之黨"句注。

⑨《三輔黃圖》:"漢太學在長安西北七里。"《長安志》引《關中記》:"漢太學、明堂,皆在長安南安門之東,杜門之西。"《東觀漢記》卷十四《承宫傳》:"承宫,字少子,琅邪姑幕人。少孤,年八歲,人令牧豕。鄉里徐子盛明《春秋》經,授諸生數百人。宫過其廬下,見諸生講誦,好之,因棄而聽經。主怪不還,行索,見宫,欲笞之。門下生共禁止,因留精舍門下拾薪,執苦數年,遂通經。"

⑩ 詳《上蔣侍郎啓二首》之二"倘或洛陽种暠,猶記姓名"句注。

⑪ 晋王嘉《拾遺記·後漢》:"劉向於成帝之末,校書天禄閣,專精覃思。夜,有老人着黃衣,植青藜杖,登閣而進,見向黑暗中獨坐誦書。老父乃吹杖端,煙然,因以見向,説開闢以前。"後因以"燃藜"指夜讀或勤學。此言"燃藘照字"則是燃藘荻夜讀。《顔氏家訓·勉學》:"梁世彭城劉綺,交州刺史勃之孫,早孤,家貧,燈燭難辦,常買荻尺寸照之,燃明夜讀。"

⑫《莊子·列禦寇》:"河上有家貧恃葦蕭而食者。"陸德明釋文:"緯,織也;蕭,荻蒿也。織蕭以爲畚而賣之。本或作'葦'。"編葦爲資,編織蘆葦爲器以維持生計。資,賴以生活的來源。

⑬ 科名,科舉功名。韓愈《答陳生書》:"子之汲汲於科名,以不得進爲親之羞者,惑也。"此言應科舉考試登第成名。

⑭ 左思《詠史》之二:"鬱鬱澗底松,離離山上苗。以彼徑寸莖,蔭此百尺條。世胄躡高位,英俊沉下僚。地勢使之然,由來非一朝。"此用其意,而易"松"爲"石"。得地,得地勢。

⑮ 風末,陣風之末。風末微姿,似指弱羽、弱小的鳥。

⑯ 議,《英華》校:一作"義"。機,事物之關鍵、樞紐。象爲《周易》中斷卦之辭。機象,事物之關鍵與對它的判斷。

⑰ 台衡,指宰相之位。台,三台星;衡,玉衡,北斗杓三星。皆位於紫微宫帝座前。

⑱ 叙,按規定的等級次第授官。叙群才,對衆多才士量才授官。按:據此句,似

受啓者係任吏部侍郎之職。然"叙群才"亦可泛解,不必定指叙才授官。

⑲ 攝齊(zī),亦作"攝齋",提起衣襬,表示恭敬。《論語·鄉黨》:"攝齊升堂,鞠躬如也。"朱熹集注:"攝,摳也;齊,衣下縫也。禮,將升堂,兩手摳衣,使去地尺,恐躡之而傾跌失容也。"丘里,孔丘的里居。與下"膺門"均指憲丞之門。

⑳ 膺門,李膺之門。《後漢書·黨錮傳·李膺》:"膺獨持風裁,以聲名自高。士有被其容接者,名爲登龍門。"撰刺膺門,用孔融事,詳《上鹽鐵侍郎啓》"亦有河南撰刺"句注。

㉑ 清誨,對人教誨的敬辭。垂私,垂愛。

㉒ 煦,温暖。

㉓ 短羽,形容自己如鳥之翅短力微,不能奮飛遠舉。陵飈,乘迅疾的狂風直上。

㉔ 祇,用同"祇",適。下邑,猶小縣。陸雲《吴故丞相陸公誄》:"和羹未飪,宰兹下邑。"此指自己將去任縣僚的小縣。

㉕ 嚴扃,森嚴高大的門户,指憲丞府邸。

㉖ 避秦,陶潛《桃花源記》:"自言先世避秦時亂,率妻子邑人來此絶境,不復出焉。"此句承"方祇下邑",謂己赴小縣任職非同於避秦。"避秦"兼切避離秦地(長安)。

㉗《孟子·孟章下》:"孔子之去齊,接淅而行。去魯,曰:'遲遲吾行也,去父母國之道也。'"此承"又隔嚴扃",以"去魯"表達對憲丞的依戀。

㉘ 朱博,西漢成、哀時人。《漢書·薛宣朱博傳》:"哀帝……拜博爲御史大夫……以博代(孔)光爲丞相,封陽鄉侯,食邑二千户。"憲長,指御史大夫。《書·堯典》:"帝曰:疇咨若時登庸。"登庸,本爲選拔任用之意,後多指登相位。此言憲丞亦將如漢之朱博,由憲長而登庸爲相。蓋祝頌之詞。

㉙《世説新語·賞譽》"桓後遇見徐寧而知之"劉孝標注引《徐江州本事》曰:"徐寧字安期,東海剡人。通朗有德素,少知名。初爲輿縣令。譙國桓彝有人倫鑒識,嘗去職無事,至廣陵尋親舊……見一空宇,有似廨署,彝訪之,云:'輿縣廨也,令姓徐名寧。'……聊造之,寧清惠博涉,相遇怡然。遂停宿,與寧結交而别。至都,謂庾亮曰:'吾爲卿得一佳吏部郎。'亮問所在,彝即叙之。累遷吏部郎、左將軍、江州刺史。"此言己亦望能如晋代徐寧之得遇知己,由縣僚而遷升。遷次,謂依次提升官職。

上裴舍人啓[①]

某自東道無依[②],南風不競[③],如擠井谷,若泛滄溟[④]。莫知投足之方[⑤],不識棲身之所。孫嵩百口,繫以存亡[⑥];王尊一身,困於賢

佞[7]。伏念濟絶氣者，命爲神藥；起僵尸者，號曰良醫[8]。自頃常奉緒言，每行中慮[9]。猥將瑣質，貯在宏襟[10]。今則阮路興悲[11]，商歌結恨[12]，牛衣夜哭[13]，馬柱晨吟[14]。一笈徘徊[15]，九門深阻[16]。敢持幽款[17]，上訴隆私[18]。伏以舍人十一兄[19]，法上聖之規，行古人之道。俯敦中外[20]，不陋幽沈。跡在層霄，足有排虚之計[21]；身居大艑，寧無濟溺之方[22]？伏在庭除[23]，希聞謦欬。下情無任。

【校注】

①《英華》卷六六二啓十二投知五、《全文》卷七八六載此首。【顧學頡曰】裴舍人疑爲裴坦……據此啓所云"如擠井谷，若泛滄溟""濟絶氣""起僵尸"，及"一笈徘徊、九門深阻"等語，似即與大中末庭筠以擾亂科場被貶事有關。庭筠稱裴爲十一兄，平時且有交往；及科場事發，裴可能因避嫌，温無法與之相見，只得上此啓求救。按：大中十一年四月，裴坦以職方郎中知制誥，授中書舍人，故稱裴舍人。(《温庭筠交游考》)【按】裴舍人指裴坦無疑。啓稱"舍人十一兄"，《太平廣記》卷四九八引《玉泉子》，裴勛稱其父坦爲"十一郎"，可證此裴舍人即裴坦。坦大和八年登進士第，"令狐綯當國，薦爲職方郎中、知制誥，而裴休持不可，不能奪"(《新唐書·裴坦傳》)，事當在大中十年十月裴休罷相之前。按照唐人習慣稱謂，他官知制誥者亦可稱"舍人"，裴坦大中十年十月之前已爲職方郎中知制誥，自亦可稱"裴舍人"。此啓有"阮路興悲，商歌結恨。牛衣夜哭，馬柱晨吟。一笈徘徊，九門深阻"及"伏在庭除"等語，説明其時庭筠仍困居長安。而"如擠井谷""濟絶氣，起僵尸""濟溺"等形容自己處於困絶之境的用語，亦透露其時"攪擾場屋"事發，已臨極艱危的局面。啓内未及貶尉事，當作於大中十年貶尉前夕。

②《左傳·僖公三十年》載，晋、秦合兵圍鄭，鄭文公使燭之武説秦穆公，曰："君舍鄭以爲東道主，行李之往來，共其乏困，君亦無所害。"鄭國在秦國之東，接待秦國出使東方諸國的使臣，故稱東道主。此言己無可依託的主人。

③《左傳·襄公十八年》："吾驟歌北風，又歌南風。南風不競，多死聲。楚必無功。"南風不競，謂南風聲音微弱不振。自喻力量微弱，處境艱危。

④ 如擠井谷，謂被推而墜於深井深谷，永不得上。若泛滄溟，謂如在大海上飄蕩，無所棲止。

⑤ 投足之方，猶置身之處。唐滕倪《留别吉州太守宗人邁》："千里未知投足處，前程便是聽猿時。"方，地，處。

⑥《後漢書·趙岐傳》："岐遂逃難四方……自匿姓名，賣餅北海市中。時安丘孫嵩年二十餘，遊市，見岐，察非常人，停車呼與共載……曰：'視子非賣餅者，又相問

而色動，不有重怨，即亡命乎？我北海孫賓石，闔門百户，埶能相濟。’岐素聞嵩名，即以實告，遂以俱歸。”參見《爲人上裴相公啓》“是以臺卿遯翣，先告孫賓”二句注引《魏略·勇俠傳·孫賓碩》。孫嵩、孫賓石、孫賓碩，實爲一人。

⑦《漢書·王尊傳》載，尊擢安定太守，捕誅豪强張輔，“盡得其狡猾不道，百萬奸臧。威震郡中，盜賊分散，入傍郡界。豪強多誅傷伏辜者，坐殘賊免”。“遷益州刺史……居部二歲，懷來徼外，蠻夷歸附其威信。博士鄭寬中使行風俗，舉奏尊治狀……遂爲東平相……（東平王）太后奏尊爲相倨慢不臣……尊竟坐免爲庶人。”後又因劾奏丞相匡衡、御史大夫張譚阿附宦官石顯，下御史丞問狀，劾奏尊“涂污宰相，摧辱公卿”，左遷爲高陵令，數月，以病免。後爲京兆尹，御史大夫奏尊暴虐不改，不宜備位九卿，“尊坐免，吏民多稱惜之”。湖縣三老公乘興等上書訟尊治京兆功效日著，謂“臣等竊痛傷尊修身絜己，砥節首公，刺譏不憚將相，誅惡不避豪強……賊亂既除，豪猾伏辜，即以佞巧廢黜。一尊之身，三朝之間，乍賢乍佞，豈不甚哉！”書奏，天子復以尊爲徐州刺史，遷東郡太守。“孫嵩”四句，祈望能有孫嵩這樣的義俠之士，以一家百口之存亡拯救自己於困絶之境，慨嘆自己如王尊之屢遭誣毀黜退。

⑧《史記·扁鵲倉公列傳》載其治愈“五日不知人”之趙簡子疾，死未半日之虢太子，均所謂“濟絶氣”“起僵尸”之神藥良醫。

⑨ 緒言，已發而未盡之言論。《莊子·漁父》：“曩昔先生有緒言而去。”成玄英疏：“緒言，餘論也。”中慮，中心所思慮。

⑩ 襟，《英華》作“衿”，通。

⑪ 用阮籍哭窮途事，見《上封尚書啓》“正在窮途”句注。

⑫ 商歌，悲涼的歌。商聲悲切凄涼，故稱。《淮南子·道應訓》：“寧戚飲牛車下，望見桓公而悲，擊牛角而疾商歌。桓公聞之，撫其僕之手曰：‘異哉！歌者非常人也。’命後車載之。”《史記·魯仲連鄒陽列傳》“寧戚飲牛車下，而桓公任之以國”裴駰集解引應劭曰：“齊桓公夜出迎客，而寧戚疾擊其牛角而商歌曰：‘南山矸，白石爛，生不遭堯與舜禪。短布單衣適至骭，從昏飯牛至夜半，長夜漫漫何時旦？’公召與語，説之，以爲大夫。”此以處境窮困凄涼之寧戚自况。

⑬ 牛衣夜哭，用王章困厄事。《漢書·王章傳》：“初，章爲諸生學長安，獨與妻居。章疾病，無被，卧牛衣中。與妻決，對泣。其妻呵怒之曰：‘仲卿！京師尊貴在朝廷人誰逾仲卿者？今疾病困厄，不自激卬，乃反涕泣，何鄙也！’”

⑭ 馬柱晨吟，事未詳。《晉書·王尼傳》：“王尼……本兵家子，寓居洛陽，卓犖不羈。初爲護軍府軍士，胡母輔之與琅邪王澄、北地傅暢、中山劉輿、潁川荀邃、河南裴遐迭屬河南功曹及洛陽令曹攄請解之，攄等以制旨所及，不敢。輔之等齎羊酒詣護軍門，門吏疏名呈護軍，護軍嘆曰：‘諸名士持羊酒來，將有以也。’尼時以給府養馬，輔之等人，遂坐馬廄下，與尼炙羊飲酒，醉飽而去，竟不見護軍。護軍大驚，即與

尼長假，因免爲兵。”與“柱”“晨吟”未切。俟查考。

⑮ 笈，書箱。一笈徘徊，謂己負笈游學，徘徊於京城貴顯之門而無所遇合。

⑯ 九門，猶宫禁。古代宫室制度，天子設九門。九門深阻，謂皇帝高居深宫，門禁森嚴，欲訴無由。

⑰ 幽款，衷腸，内心深處的誠意。

⑱ 隆私，大恩、厚誼。此指裴坦。

⑲ 一，《全文》原作“六”，據《英華》改。參注①按語引《玉泉子》裴勛稱其父坦爲“十一郎”。十一係裴坦之行第。

⑳ 中外，家庭内外，指家人與外人。班昭《女誡》：“戰戰兢兢，常懼黜辱，以增父母之羞，以益中外之累。”敦，厚待。

㉑ 排虚，推開虚空的雲氣。

㉒ 艑，大船。服虔《通俗文》：“吴船曰艑，晋船曰舶，長二十丈，載六七百人者是也。”（玄應《一切經音義》引）濟溺，拯救溺水者。

㉓ 庭除，庭階。

上蕭舍人啓①

某啓：某聞孫登之獎嵇康②，嚴蔑之逢叔向③，蓋亦仙凡自隔，豈惟流品相懸④。雖三秀鮮華⑤，終難苟得；而一言輝發⑥，因此相期。曷嘗不仰企前修，追懷逸躅⑦。豈期陋質，偶竊貞規⑧。某器等缾筲⑨，居惟嶺嶠⑩。徒然折簡⑪，非孔門之詞⑫；率爾中科，忝劉蕡之第⑬。殷硎協律⑭。（闕）。頃因同籍，遂及論交。竊示裹言⑮，奉揚嚴旨⑯。張司空汲引，先及陸機⑰；楊丞相銓衡，竟遺劉炫⑱。實亦義同得禄，榮甚登門⑲。伏以舍人川瀆降靈⑳，星辰効祉㉑。所冀陶鈞之日，不忘簪屨之餘㉒。報不先期，竊比齊門座客㉓；情非自外，欲爲顧氏家丞㉔。徒自捐軀，安能報德。下情伏增依託。

【校注】

①《英華》卷六六二啓十二投知五、《全文》卷七八六載此首。【顧學頡曰】大中五、六年，蕭姓爲舍人者有蕭鄴、蕭寘；其時庭筠正在長安，則以投鄴或寘爲較合。杜牧《樊川集》卷二有《早春閣下寓直蕭九舍人亦直内署因寄書懷四韻》，岑仲勉謂杜詩作於大中六年，蕭九以蕭鄴爲近是，岑説是。則温詩所投，或亦即其人。（《温庭

筠交游考》)【按】據丁居晦《重修承旨學士壁記》,蕭鄴大中元年二月至二年九月,大中五年正月至八年十二月,曾兩入翰林。第二次於五年七月至六年七月期間,曾任中書舍人。又,蕭寘大中四年七月至十年八月在翰林,其間六年五月至八年五月任中書舍人。故單從庭筠在長安之時間及二蕭任舍人之時間考慮,則蕭鄴、蕭寘均有可能。若進一步聯係日後咸通二年庭筠曾居蕭鄴荆南節度使幕及《投翰林蕭舍人》七律,則此啓或以上蕭鄴爲近是。然細審啓文,此啓實非庭筠自上蕭舍人,而係代人所擬。其一,啓有“率爾中科,忝劉蕡之第”之語,上啓者顯已科舉登第,與庭筠終身未第之情況不合(貶隋縣尉時,其身份仍爲“鄉貢進士”,以後未再應試)。其二,啓又云“楊丞相銓衡,竟遺劉炫”,則是登第後銓選官職時落選,故云“義同得禄”,庭筠既未登第,自亦無吏部銓選落選之經歷。其三,啓謂自己“居惟嶺嶠”,尤與庭筠之郡望籍貫里居無一相合。庭筠郡望太原,舊居吴中,在長安鄠郊長期居住。詩文中從未透露有居嶺南之跡。綜上數端,殆可定此啓係代人所擬。啓又云“頃因同籍,遂及論交”,則上啓者與鄴均爲嶺南人。此節《新唐書·蕭鄴傳》未載。蕭鄴曾撰《嶺南節度使韋公(正貫)神道碑》,爲正貫之外姪。

②《世説新語·棲逸》:“嵇康遊於汲郡山中,遇道士孫登,遂與之遊。康臨去,登曰:‘君才則高矣,保身之道不足。’”劉孝標注引《文士傳》云:“康從登三年,將别,登曰:‘君才多識寡,難乎免於今之世矣。子無多求。’康不能用。”《晋書·嵇康傳》:“至汲郡山中,見孫登,康遂從之游。登沈默自守,無所言説。康臨去,登曰:‘君性烈而才雋,其能免乎!’”此曰“獎嵇康”,只取孫登稱其才高一端。

③《左傳·昭公二十八年》:“賈辛將適其縣,見於魏子,魏子曰:‘辛來!昔叔向適鄭,鬷蔑惡,欲觀叔向,從使之收器者,而往立於堂下,一言而善。叔向將飲酒,聞之曰:必鬷明也。下執其手以上曰:昔賈大夫惡,娶妻而美,三年不言不笑。御以如臯,射雉獲之,其妻始笑而言。賈大夫曰:才之不可以已。我不能射,女遂不言不笑。夫今子少不颺,子若無言,吾幾失子矣。言不可以已也如是!遂如故知。今女有力於王室,吾以是舉女,行乎敬之哉!毋墮乃力。’仲尼聞魏子之舉也,以爲義。”二句以孫登、叔向喻蕭舍人,以嵇康、鬷蔑自指。

④ 流品相懸,官階的等級品類相去甚遠。此承上“鬷蔑之逢叔向”。叔向爲晋之大夫,鬷蔑則爲“微班”。上句“仙凡自隔”承“孫登之獎嵇康”。

⑤ 鮮,《英華》作“靈”,校:一作“鮮”。三秀,靈芝草的别名。靈芝草一年開花三次,故稱“三秀”。《楚辭·九歌·山鬼》:“采三秀兮於山間,石磊磊兮葛蔓蔓。”王逸注:“三秀,謂芝草也。”此句又承“仙凡自隔”,靈芝爲仙品,故云“終難苟得”。

⑥ 一言,即注③所引《左傳·昭公二十八年》中之“一言而善”。輝發,光輝發揚。

⑦ 逸躅,高逸的足跡(喻言行事跡)。

⑧ 貞規,貞正的規範。

⑨《左傳・昭公七年》:"人有言曰:雖有挈缾之智,守不假器,禮也。"《論語・子路》:"噫! 斗筲之人,何足算也!"挈瓶之智、斗筲之器,喻才智短淺,器量狹窄。挈缾,汲水用的小瓶。筲,竹製容器,盛一斗二升。

⑩ 嶺嶠,指嶺南地區。嶺,特指五嶺。《史記・南越列傳》:"會暑濕,士卒大疫,兵不能逾嶺。"韓愈《送鄭尚書序》:"嶺之南,其州七十。其二十二,隸嶺南節度府。"嶠,亦可特指五嶺。《後漢書・馬援傳》:"援將樓船二千餘艘,戰士二萬餘人,進擊……斬獲五千餘人,嶠南悉平。"嶺嶠連文,即泛指嶺南。

⑪ 折簡,折半之簡。《通鑑・嘉平三年》引魚豢《魏略》:"卿直以折簡召我,我當敢不至邪!"胡三省注:"漢制:簡長二尺,短者半之。蓋單執一札謂之簡。折簡者,折半之簡,言其禮輕也。"然此句之"折簡"似非"折半之簡"之義,疑指"斷簡"。《宋書・禮志三》:"夫《禮記》殘缺之書,本無備體,折簡敗字,多所闕略。"徒然折簡,言己讀書徒然勤苦,至於簡册殘損斷折,猶"韋編三絶"之意。

⑫《漢書・藝文志》:"詩人之賦麗以則,辭人之賦麗以淫,如孔氏之門人用賦也,則賈誼登堂,相如入室矣。"句意謂己之詩賦文章,尚未達到孔氏門人的標準。

⑬ 率爾,急遽突然貌,有出乎意料之義。中科,科舉考試中選登第。韓愈《贈張童子序》:"始自縣考試,定其可舉者,然後升於州若府。其不能中科者,不與是數焉。"此句"中科"指禮部試中第。《後漢書・劉寵傳》:"弟方……有二子。岱字公山,繇字正禮,兄弟齊名稱。"李賢注引《吴書》曰:"平原陶丘洪薦繇,欲令舉茂才,刺史曰:'前年舉公山,奈何復舉正禮?'洪曰:'若明使君用公山於前,擢正禮於後,所謂御二龍於長塗,騁騏驥以千里,不亦可乎?'"《三國志・吴書・劉繇傳》略同。

⑭《韓詩外傳》卷三:"昔者舜甑盤無膻,而下不以餘獲罪。飯乎土簋,啜乎土型,而工不以巧獲罪。"型、硎通,古代盛湯羹之瓦器。此言"殷硎",當指商代之硎,未詳出處。協律,符合樂律。此句下有闕文。

⑮ 褢,《英華》作"衷",校:一作"褢"。《左傳・莊公十四年》:"且寡人出,伯父無褢言。"無褢言,不通内言於外。此句"褢言"似指宫廷内之言。

⑯ 嚴旨,指聖旨。

⑰《晋書・陸機傳》:"至太康末,與弟雲俱入洛,造太常張華。華素重其名,如舊相識,曰:'伐吴之役,利獲二俊。'……張華薦之諸公。"張華元康六年進司空,故稱張司空。華位望崇高,爲晋初文壇領袖,喜獎掖文士。其所稱引交接者如陸機兄弟、左思、成公綏等均一時之選。此句言己受到蕭舍人的汲引推薦。

⑱ 楊丞相,指隋代楊素。隋文帝代周,加素上柱國。後代蘇威爲尚書右僕射,與高熲共掌朝政。事詳《隋書・楊素傳》。銓衡,考核選拔人才。《隋書・高祖紀上》"公水鏡人倫,銓衡庶職。能官流詠,遺賢必舉。"劉炫,隋代學者。《隋書・劉炫

傳》："炫雖徧直三省，竟不得官，爲縣司責其賦役。玆自陳于内史，内史送詣吏部，吏部尚書韋世康問其所能，炫自爲狀曰……吏部竟不詳試……炫性躁競，頗俳偕，多自矜伐，好輕侮當世，爲執政所醜，由是官涂不遂。"

⑲ 登門，"登龍門"之省，詳《投憲丞啓》"投刺膺門"句注。

⑳ 謂舍人爲川瀆之神靈降生而爲人。

㉑ 効祉，呈祥。謂舍人爲天上星辰下世呈祥。

㉒ 簪屨之餘，遺簪棄履，喻故舊。事見《韓詩外傳》卷九、賈誼《新書·諭誠》。詳《上鹽鐵侍郎啓》注②、注③。

㉓ 齊門座客，指稷下學士。《史記·田敬仲完世家》："（齊）宣王喜文學游説之士，自如騶衍、淳于髡、田駢、接子、慎到、環淵之徒七十六人，皆賜列第，爲上大夫，不治而議論。是以齊稷下學士復盛，且數百千人。"裴駰集解引劉向《别録》："齊有稷門，城門也。談説之士期會於稷下也。"

㉔《英華》卷六七二徐陵《與顧記室書》："伏覬謁帝承明，緒言多次，服矜遺老，曲賜湔濯。則殿下前時妄澤，匪復偏私。遂吴良延薦之恩，無王丹所舉之謬。吾得方辭武騎，永附梁賓，雖愧家丞，庶呈秋實。緣弟深眷，故此敬憑。干謁非宜，益懷悚慨。徐陵白。""竊比"四句，謂己欲依蕭之門下爲座客家丞也。家丞，主管家事者。

上學士舍人啓二首①

某聞七桂希聲，契冥符於渌水②；兩欒孤響，接玄暎於清霜③。感達真知，誠參神妙④。其有不待奔傾之狀⑤，寧聞擊考之功⑥。亦有芝砌流芳⑦，蘭扃襲馥⑧。已困雕陵之彈⑨，猶驚衛國之弦⑩。而暗達明心，潛申讜議⑪。重言七十，俄變於榮枯⑫；曲禮三千⑬，非由於造詣⑭。始知時難自意，道不常艱。某荀鐸摇車⑮，邕琴入爨⑯。委悴倌人之末⑰，摧殘膳宰之前⑱。不遇知音，信爲棄物。伏以學士舍人陽葩搴秀⑲，夏采含章⑳。静觀行止之規㉑，已作陶鈞之業。遂使枯魚被澤㉒，病驥追風。永辭平坂之勞㉓，免作窮途之慟㉔。恩如可報，雖九死而奚施？軀若堪捐，豈三思而後審？下情無任。

【校注】

①《英華》卷六六二啓十二投知五、《全文》卷七八六載此二首。學士舍人，指官中書舍人而充翰林學士者。此學士舍人未標姓氏，從二啓所述庭筠自身境遇有

“已困雕陵之彈，猶驚衛國之弦”“荀鐸摇車，邕琴入爨，委悴倌人之末，摧殘膳宰之前”“免作窮途之慟”“潛虞末路，未有良期”等語推斷，當在晚年處境艱困時。又有“今乃受薦神州，争雄墨客，空持硯席，莫識津塗”之語，説明其時庭筠已被京兆府推薦參加明春禮部進士試，作此啓乃祈望學士舍人予以薦引，則啓當上於大中十年貶隋縣尉之前。再聯係《上蕭舍人啓》及庭筠咸通二年在蕭鄴荆南節度使幕爲從事等情况，此學士舍人可能即大中五年七月至六年七月任中書舍人仍充翰林學士之蕭鄴。考庭筠大中六年、七年均曾應禮部進士試（見《上鹽鐵侍郎啓》《上封尚書啓》注①），此啓作於五年七月以後或六年七月以前均有可能，而以上於六年之可能性較大。

② 七桂，指琴。桂，指桂琴（桂木製作的琴）。孟郊《答晝上人止讒作》：“俗侣唱《桃葉》，隱士鳴桂琴。”琴上古五絃，至周增爲七絃，“七桂”蓋即七絃桂琴之省稱。古以琴爲雅樂，故云“希聲”。《老子》：“大音希聲，大象無形。”王弼注：“聽之不聞名曰希，不可得聞之音也。”冥符，默契、暗合。《渌水》，古曲名。《文選·馬融〈長笛賦〉》：“中取度於《白雪》《渌水》。”李周翰注：“《白雪》《渌水》，雅曲名。”

③ 兩欒，古代樂器鐘口的兩角。《周禮·考工記·鳧氏》：“鳧氏爲鐘，兩欒謂之銑。”賈公彦疏：“欒、銑一物，俱謂鐘兩角。古之樂器應律之鐘，狀如今之鈴不圓，故有兩角也。”玄暎，《英華》作“玄映”，即玄英，指冬天。《爾雅·釋天》：“冬爲玄英。”邢昺疏：“言冬之氣和則黑而清英也。”孤響，猶清越的聲響。《山海經·中山經》：“（豐山）有九鐘焉，是知霜鳴。”郭璞注：“霜降則鐘鳴，故言知也。”以上四句，謂琴聲與《渌水》之曲暗合，鐘聲與冬霜之降相應。

④ 謂心之所感能自然達於真知，心之赤誠能入於神妙感應。

⑤ 奔傾，奔瀉，形容琴聲。

⑥ 擊考，撞擊敲打（鐘）。

⑦《晉書·謝安傳》：“（謝玄）少穎悟，與從兄朗俱爲叔父安所器重。安嘗戒約子姪，因曰：‘子弟亦何豫人事，而正欲使其佳？’諸人莫有言者。玄答曰：‘譬如芝蘭玉樹，欲使其生於庭階耳。’”砌，階。事又見《世説新語·言語》。

⑧ 蘭扃襲馥，疑用“夢蘭”之典。《左傳·宣公三年》：“初，鄭文公有賤妾曰燕姞，夢天使與己蘭，曰：‘余爲伯鯈。余，而祖也；以是爲而子。’……生穆公，名之曰蘭。”蘭扃，蘭户。襲馥，猶傳芳。以上二句形容自己清貴的家世出身。

⑨《莊子·山木》：“莊周遊乎雕陵之樊，覩一異鵲自南方來者，翼廣七尺，目大運寸，感周之顙而集於栗林。莊周曰：‘此何鳥哉？翼殷不逝，目大不覩。’蹇裳躩步，執彈而留之。覩一蟬方得美蔭而忘其身，螳蜋執翳而搏之，見得而忘其形；異鵲從而利之，見利而忘其真。莊周怵然曰：‘噫！物固相累，二類相召也。’捐彈而反走。”此句只取鵲困於彈之意，喻己遭人彈擊，處於困境。

⑩《戰國策·楚策》:"更嬴與魏王處京臺之下,仰見飛鳥。更嬴謂魏王曰:'臣爲王引弓虚發而下鳥。'……有間,雁從東方來,更嬴以虚發而下之……曰:'其飛徐而鳴悲。飛徐者,故創痛也;鳴悲者,久失群也。聞弦聲引而高飛,故瘡未息,而驚心未去也。聞弦聲引而高飛,故瘡裂而隕也。'"此謂己如驚弓之雁,故創未愈,驚心未去。"衛"當作"魏",音同致誤。

⑪ 讜議,正直的言論。二句謂己之困境已暗達於學士舍人明察之心,暗中申明公道正論。

⑫《莊子·寓言》:"寓言十九,重言十七。"成玄英疏:"重言,長老鄉閭尊重者也。"陸德明釋文:"重言,謂爲人所重者之言也。"王先謙集解:"其託爲神農、黄帝、堯、舜、孔、顔之類,言足爲世重者,又十有其七。"此句似用陸解之意,謂學士舍人爲人所重之言,可頃刻之間使人由枯變榮。"七十"似當作"十七",或因與下句"三千"對文而倒文。

⑬《曲禮》,《儀禮》之别名。《儀禮·士昏冠禮》"儀禮"賈公彦疏:"且《儀禮》亦名《曲禮》,故《禮器》云:'經禮三百,曲禮三千。'鄭注云:'曲猶事也。'事禮謂今禮也。其中事儀三千,言儀者見行事有威儀,言曲者見行事有屈曲,故有二名也。"

⑭ 詣,《英華》作"請"。造詣,拜訪。《晋書·陶潛傳》:"未嘗有所造詣,所之唯至田舍及廬山游觀而已。"任華《與京兆杜中丞書》:"亦嘗造詣門館,公相待甚厚,談笑怡如。"造請,登門晋見。《史記·酷吏列傳》:"公卿相造請禹,禹終不報謝,務在絶知友賓客之請,孤立行一意而已。"作"造詣"或"造請"均可通。二句似謂學士舍人禮遇甚殷,並非由於我登門拜謁的結果。

⑮《晋書·荀勖傳》:"勖於路逢趙賈人牛鐸,識其聲。及掌樂,音韻未調,乃曰:'得趙人之牛鐸則諧矣。'遂下郡國,悉送牛鐸,果得諧者。"鐸,古代樂器,狀似鈴鐺。此用其事而稍加變化,謂己如珍貴的鐸鈴被用作牛車上摇晃作響的鈴鐺,喻才非所用。

⑯ 晋干寶《搜神記》卷十三:"吴人有燒桐而爨者,(蔡)邕聞火烈聲,曰:'此良材也。'因請之,削之爲琴,果有美音。"宋范曄《後漢書·蔡邕傳》:"乃亡命江海,遠跡吴、會,往來依太山羊氏,積十二年。在吴。吴人有燒桐以爨者,邕聞火烈之聲,知其良木,因請裁而爲琴,果有美音,而其尾猶焦,故時人名曰焦尾琴焉。"此喻良材遭殘。

⑰ 委悴,委頓憔悴。倌,《英華》作"信",旁注:疑。倌人,古代主管駕馬車的小臣。《詩·鄘風·定之方中》:"命彼倌人,星言夙駕。"毛傳:"倌人,主駕者。"此承"荀鐸"句,言珍貴鐸鈴委頓憔悴於駕車的人之前。

⑱ 膳宰,膳夫,掌宰割牲畜及膳食之事。《儀禮·燕禮》:"膳宰具官饌于寢東。"此承"邕琴"句,謂桐木良材被膳夫白白摧殘。

⑲ 陽葩搴秀,春天鮮豔的花卉中最爲特出者。庾闡《弔賈誼文》:"陽葩熙冰。"

⑳《周禮·天官·序官》:"夏采下士四人。"鄭玄注:"夏采,夏翟羽色。《禹貢》徐州貢夏翟之羽,有虞氏以爲緌。後世或無,故染鳥羽,象而用之,謂之夏采。"夏采含章,夏天雄性山雞羽毛具有五色斑爛的花紋。

㉑ 行止,猶行爲舉動。二句謂學士舍人之行爲舉動,已經顯現出行將爲相之業蹟。

㉒《莊子·外物》:"周昨來,有中道而呼者。周顧視車轍中,有鮒魚焉……曰:'我東海之波臣也,君豈有升斗之水而活我哉!'周曰:'諾。我且南游吴越之王,激西江之水而迎子,可乎?'鮒魚忿然作色曰:'吾失我常與,我無所處,吾得斗升之水然活耳。君乃言此,曾不如早索我於枯魚之肆!'"枯魚被澤,喻己困境受恩遇救。

㉓《戰國策·楚策四》:"夫驥之齒至矣,服鹽車而上太行,蹄申膝折,尾湛胕潰,漉汁灑地,白汗交流,中阪遷延,負轅不能上。伯樂遭之,下車攀而哭之,解紵衣以冪之。驥於是俛而噴、仰而鳴,聲達於天,若出金石者,何也?欣見伯樂之知己也。"平坂,指登上坂頂。句謂學士舍人如伯樂之知千里馬,解己鹽車負重之困。

㉔ 用阮籍哭窮途事,屢見前注。

某步類壽陵[①],文慚涣水[②]。登高能賦,本乏材華[③];獨立聞《詩》[④],空尊詣道[⑤]。在蜀郡而惟希狗監[⑥],泝河流而未及龍門[⑦]。常嘆美玉在山,但揚異彩[⑧];更恐崇蘭被徑,每隔殊榛[⑨]。徒自沉埋[⑩],誰能攀擷[⑪]?一旦雕於敏手[⑫],佩以幽襟[⑬],免使琳慚[⑭],寧貽蕙嘆[⑮]。潛虞末路[⑯],未有良期。今乃受薦神州[⑰],争雄墨客。空持硯席,莫識津塗。既而臨汝運租,先逢謝尚[⑱];丹陽傳教,取覓張憑[⑲]。輝華居何準之前[⑳],名第在冉耕之列[㉑]。俄生藻繢[㉒],便出泥沙[㉓]。誰言獻輅車軨,先期畢命[㉔];猶懼吹竽樂府,未稱知音[㉕]。倘更念毛輶[㉖],終思翼長[㉗]。贖彼在途之厄[㉘],仍遺生芻[㉙];脱於鳴坂之勞[㉚],兼貽半菽[㉛]。平生企望,終始依投。不任感恩干冒之至。

【校注】

①《莊子·秋水》:"且子獨不聞夫壽陵餘子之學行於邯鄲與?未得國能,又失其故步,直匍匐而歸耳。"李白《古風》之三十五:"壽陵失故步,笑殺邯鄲人。"此謙稱自己的詩文單純模仿,缺乏創造。

② 文慚涣水，見《爲人上裴相公啓》"詞林無涣水之文"句注，謂自己的文章無風行水上，涣然成文的自然流暢風格。又，《文選·陳琳〈爲曹洪與魏文帝書〉》："游睢、涣者，學藻繢之綵。"李善注："《陳留記》曰：襄邑，涣水出其南，睢水經其北。傳云睢、涣之間出文章，故其黼黻絺繡日月華蟲，以奉宗廟御服焉。"

③ 材，《英華》作"才"。《韓詩外傳》卷七："孔子遊於景山之上，子路、子貢、顔淵從。孔子曰：'君子登高必賦，小子願者何？'"《漢書·藝文志》："傳曰：不歌而誦謂之賦，登高能賦可以爲大夫。"句意謂己本乏登高能賦之資質才華。

④《論語·季氏》："陳元問於伯魚曰：'子亦有異聞乎？'對曰：'未也。嘗獨立，鯉趨而過庭，曰："學《詩》乎？"對曰："未也。"（曰）"不學《詩》，無以言。"鯉退而學《詩》。'"

⑤ 尊，《英華》作"遵"。詣道，猶聞道。《論語·里仁》："朝聞道，夕死可矣。"詣，到達。

⑥《史記·司馬相如傳》："居久之，蜀人楊得意爲狗監，侍上。上讀《子虚賦》而善之曰：'朕獨不得與此人同時哉！'得意曰：'臣邑人司馬相如自言爲此賦。'上驚，乃召問相如，相如曰：'有是。然此乃諸侯之事，未足觀也。請爲天子遊獵賦，賦成奏之。'上許，令尚書給筆札……奏之天子，天子大悦。"此言望有人薦引。

⑦《辛氏三秦記》："河津一名龍門，禹鑿山開門，闊一里餘，黄河自中流下，而岸不通車馬。每莫春之際，有黄鯉魚逆流而上，得過者便化爲龍。"此言己參加科舉考試未登第。泝，逆流而上。此非用登李膺之門事。

⑧《荀子·勸學》："玉在山而草木潤，淵生珠而岸不枯。"陸機《文賦》："石韞玉而山輝，水懷珠而川媚。"此喻己空有才華文彩，却如美玉沉埋，不得自見。

⑨ 崇蘭，叢蘭。《楚辭·離騷》："余既滋蘭之九畹兮，又樹蕙之百畝。"又《招魂》："光風轉蕙，氾崇蘭些。"殊，異。榛，叢木。謂己品格高潔如幽蘭披徑，却恐被叢生之荆棘所阻隔，無人采擷。

⑩ 沈埋，承上"美玉在山"，言無人發現。

⑪ 攀擷，采摘，承上"崇蘭被徑。"

⑫ 雕於敏手，謂美玉被巧手的玉工精雕細琢。

⑬ 佩以幽襟，謂將蘭花佩戴在幽潔的衣襟上。

⑭ 琳，美玉。

⑮ 蕙，蕙蘭。葉似草蘭而稍瘦長，暮春開花，一莖可發八九朵。"琳""蕙"即上之"美玉""崇蘭"。

⑯ 潛虞，暗自担憂。

⑰ 受薦神州，謂作爲京兆府解送的鄉貢進士準備參加明春的禮部進士試。庭筠自開成四年以來，曾多次爲京兆府作爲鄉貢進士薦送應進士試。

⑱ 詳《上宰相啓二首》之二注①。

⑲ 詳《上宰相啓二首》之二注②。

⑳ 詳《上宰相啓二首》之一"何準之兄，恩輝已遍"句注。

㉑《史記·仲尼弟子列傳》："冉耕字伯牛，孔子以爲有德行。"《論語·先進》："子曰：'從我於陳、蔡者，皆不及門也。'德行：顔淵、閔子騫、冉伯牛、仲弓。言語：宰我、子貢。政事：冉有、子路。文學：子游、子夏。"又《雍也》："伯牛有疾，子問之，自牖執其手，曰：'亡之，命矣夫！斯人也而有斯疾也！斯人也而有斯疾也！'"此謂己居于門下弟子之列。

㉒ 藻繡，指華美的文章。

㉓ 出泥沙，謂脱離困境。

㉔《後漢書·文苑傳下·趙壹》："恃才倨傲，爲鄉黨所擯，乃作《解擯》。後屢抵罪，幾至死，友人救得免。壹乃移書謝恩曰：'昔原大夫（指趙盾）贖桑下絶氣，傳稱其仁；秦越人還虢太子結脈，世著其神。設曩之二人不遭仁遇神，則結絶之氣竭矣。然而糒脯出乎車軨，鍼石運乎手爪，今所賴者，非直車軨之糒脯，手爪之鍼石也。乃收之於斗極，還之於司命，使乾皮復含血，枯骨復被肉，允所謂遭仁遇神，真所宜傳而著之。'"輅，車轅上用來挽車的横木。車軨，車上的欄木。此謂自己遇到趙盾這樣的仁人，免得在對方車子未到之前便先結束生命。蓋感激學士舍人之救援及時。

㉕《韓非子·内儲説上》："齊宣王使人吹竽，必三百人。南郭處士請爲王吹竽，宣王説之，廪食以數百人。宣王死，湣王立，好一一聽之，處士逃。"句意謂担心自己濫竽充數，無真才實學。未稱知音，算不上懂音樂、會樂器，以喻無真才實學。

㉖ 毛輶，喻己之輕微。《詩·大雅·烝民》："人亦有言，德輶如毛，民鮮克舉之。"鄭箋："輶，輕。"

㉗ 翼長，翼之使長。

㉘ 在途之厄，指千里馬服鹽車上太行的困厄處境。詳第一首注㉓。

㉙ 生芻，鮮草。《詩·小雅·白駒》："生芻一束，其人如玉。"陳奂傳疏："芻所以萎白駒，託言禮所以養賢人。"

㉚ 鳴坂之勞，詳第一首注㉓。

㉛ 半菽，半菜半糧，指粗劣的飯食。《漢書·項籍傳》："今歲飢民貧，卒食半菽。"

上杜舍人啓[①]

某聞物乘其勢，則簹汜晝塗[②]；才戾於時，則荷戈入棘[③]。必由賢達之門，乃是坦夷之逕。是以陸機行止，惟繫張華[④]；孔闓文章，先投

謝朓[5]。遂得名高洛下，價重江南[6]。惟彼歸荑[7]，同於拾芥[8]。某弱齡有志，中歲多虞。模孝綽之辭，方成牋奏[9]；竊仲任之論，始解言談[10]。猶恨日用殊多，天機素少[11]。揆牛涔於巨浸[12]，持蟻垤於維嵩[13]。曾是自強，雅非知量[14]。李郢秀奉揚仁旨，竊味昌言[15]。豈知沈約扇中，猶題拙句[16]；孫賓車上，欲引凡姿[17]。進不自期，榮非始望。今者末塗怊悵，羈宦蕭條。陋容須託於媒揚[18]，沈痼宜蠲於醫緩[19]。亦曾臨鉛信史，鼓篋遺文[20]。頗知甄藻之規[21]，粗達顯微之趣[22]。倘使閣中撰述，試傳名臣[23]；樓上妍媸，暫陪諸隸[24]。微迴木鐸[25]，便是雲梯。敢露誠情，輒干牆仞[26]。

【校注】

①《英華》卷六六二啓十二投知五、《全文》卷七八六載此首。【顧學頡曰】温集卷九有《華清宫和杜舍人》詩（編著者按：此張祜詩）。杜舍人即杜牧。牧，大中五年考功郎中知制誥。六年，授中書舍人……據啓，知李郢（杜牧亦有贈李詩）從中作介，使温上啓於杜，求入史館任職，約作於大中六、七年。（《温庭筠交游考》）【按】杜舍人係杜牧。裴延翰《樊川文集序》："上（宣宗大中）五年冬，仲舅（杜牧）自吴興守拜考功郎中、知制誥……明年冬，遷中書舍人。"張祜有《華清宫和杜舍人》，杜舍人亦指杜牧。杜牧卒於大中六年十二月，故此啓即有可能作於大中六年冬。如按唐人稱他官知制誥者亦可稱"舍人"的習慣，也有可能作於六年冬稍前，即官考功郎中知制誥時。啓云："是以陸機行止，惟繫張華；孔闓文章，先投謝朓。遂得名高洛下，價重江南。惟彼歸荑，同於拾芥。"以張華、謝朓擬杜舍人，亦可證此杜舍人爲文壇領袖人物，非杜牧不足以當之。上此啓之目的，蓋祈杜牧藉其在文壇之聲望地位爲己延譽，以求應試登第。此啓亦爲大中七年春應進士試而作。

②《文選・王褒〈聖主得賢臣頌〉》："水斷蛟龍，陸剸犀革，忽若篲氾畫塗。"篲氾畫塗，謂用掃帚掃灑水之地，用刀劃開泥路，極言其易。《英華》"篲氾"誤作"嘒紀"。

③ 戾，違。荷戈入棘，喻行進艱難。

④ 詳《上蕭舍人啓》"張司空汲引，先及陸機"二句注。行止，猶行藏，指出與處。《論語・述而》："用之則行，舍之則藏。"二句謂陸機之行藏出處，取决於張華之贊譽。

⑤《南史・謝朓傳》："朓字玄暉，少好學，有美名，文章清麗……長五言詩，沈約常云'二百年來無此詩也'……朓好獎人才，會稽孔覬粗有才筆，未爲時知，孔珪

嘗令草讓表以示朓。朓嗟吟良久,手自折簡寫之,謂珪曰:'士子聲名未立,應共獎成,無惜齒牙餘論。'其好善如此。"孔覬,或誤作"孔覬",《南史》本傳作"孔覬"。庭筠此啓作"孔闓",實即"孔覬"。

⑥ 名高洛下,指陸機;價重江南,指孔覬。

⑦《詩·邶風·静女》:"自牧歸荑,洵美且異。匪女之爲美,美人之貽。"孔穎達疏:"言始爲荑,終爲茅,可以供祭祀,以喻始爲女能貞静,終爲婦有法則,可以配人君。"此以"歸荑"喻科舉登第。

⑧《漢書·夏侯勝傳》:"勝每講授,常謂諸生曰:'士病不明經術,經術苟明,其取青紫如俛拾地芥耳。'"拾芥,拾取地上的草芥,極言其輕而易取。

⑨《梁書·劉孝綽傳》:"父繪……齊世掌詔誥。孝綽年未志學,繪常使代草之。父黨沈約、任昉、范雲等聞其名,並命駕先造焉,昉尤相賞好……孝綽辭藻爲後進所宗,世重其文,每作一篇,朝成暮遍,好事者每諷誦傳寫,流聞絶域。"

⑩ 仲任,漢王充字。《後漢書·王充王符仲長統列傳》:"充好論説,始若詭異,終有理實。以爲俗儒爲文,多失其真,乃閉門潛思,絶慶弔之禮,户牖牆壁各置刀筆,著《論衡》八十五篇,二十餘萬言。釋物類同異,正時俗嫌疑。"李賢注引袁山松書曰:"充所作《論衡》,中土未有傳者,蔡邕入吴始得之,恒祕玩以爲談助。其後王朗爲會稽太守,又得其書,及還許下,時人稱其才進。或曰:不見異人,當得異書。問之,果《論衡》之益,由是遂見傳焉。"又引《抱朴子》曰:"時人嫌蔡邕得異書,或搜求其帳中隱處,果得《論衡》,抱數卷持去。邕丁寧之曰:'唯我與爾共之,勿廣也。'"此言"竊仲任之論,始解言談",當指蔡邕得《論衡》,"恒祕玩以爲談助"之事。二句均謙稱自己爲文多事模仿,缺乏獨創。

⑪ 日用,日常應用。《易·繫辭上》:"百姓日用而不知,故君子之道鮮矣。"孔穎達疏:"言萬方百姓恒日日賴用此道而得生,而不知道之功力也。"天機,猶靈性。《莊子·大宗師》:"其耆欲深者,其天機淺。"

⑫ 牛涔,牛足印中的水。《淮南子·氾論訓》:"夫牛蹄之涔,不能生鱣鮪。"高誘注:"涔,雨水也。"巨浸,大湖。句謂以牛蹄印中的淺水去度量大湖。

⑬ 蟻垤,蟻穴上堆起的浮土。《詩·大雅·崧高》:"崧高維嶽,駿極于天。"維嵩,此指嵩山。嵩,崧通。句謂拿蟻穴上的浮土跟嵩山相比。

⑭《易·乾》:"天行健,君子以自強不息。"知量,知道自己的器量。

⑮【顧學頡曰】"秀"字下疑脱"才"字。【按】此處疑有脱誤。杜牧大中四年有《湖南正初招李郢秀才》詩,顧氏謂"秀"字 下疑脱"才"字,近是。仁旨,皇帝的仁愛旨意。昌言,善言,正當的言論。《書·皋陶謨》:"禹拜昌言曰:'俞!'"孔穎達疏:"禹乃拜受其當理之言。"

⑯ 疑誤記王融見賞柳惲詩因書扇之事爲沈約。《南史·柳惲傳》:"天監元年,

除長兼侍中，與僕射沈約等共定新律。惲立性貞素，以貴公子早有令名，少工篇什，爲詩云：'亭皋木葉下，隴首秋雲飛。'琅邪王融見而嗟賞，因書齋壁及所執白團扇。"當因前有"與僕射沈約等共定新律"之事而將惲詩爲王融所賞書扇誤爲沈約也。《南史・謝舉傳》載舉"年十四，嘗贈沈約詩，爲約所賞"，然無書扇之事。此謂杜牧稱賞己之詩句。

⑰ 孫賓，指孫賓碩。詳《爲人上裴相公啓》"是以臺卿瀝懇，先告孫賓"二句注。凡姿，指趙岐，此借指自己。

⑱ 謂醜陋的容顔須依託媒人的褒揚。

⑲ 謂久治不愈的痼疾當靠醫緩這樣的良醫來消除。《左傳・成公十年》："公（晋侯）疾病，求醫於秦。秦伯使醫緩爲之。未至，公夢疾爲二竪子，曰：'彼，良醫也，懼傷我，焉逃之？'其一曰：'居肓之上，膏之下，若我何？'醫至，曰：'疾不可爲也，在肓之上，膏之下，攻之不可，達之不及，藥不至焉，不可爲也。'公曰：'良醫也。'厚爲之禮而歸之。"

⑳ 臨鉛信史，用鉛粉摹寫信史。鼓篋，擊鼓開篋，古時入學的一種儀式。《禮記・學記》："入學鼓篋，孫其業也。"鄭玄注："鼓篋，擊鼓警衆，乃發篋出所治經業也。"遺文，前人遺留下來的文章。

㉑ 甄藻，鑑别人才或文章。此指評鑑文章。

㉒ 顯微，顯微闡幽之省。顯示深微之事理。《易・繫辭下》："夫《易》彰往而察來，而微顯闡幽。"

㉓ 謂讓自己在館閣中試爲名臣撰寫傳記。按：杜牧開成、大中年間，曾兩爲史館修撰，大中三年曾奉詔爲循吏韋丹撰碑。

㉔ 妍媸，美醜。諸隸，諸隸役侍從。事未詳。

㉕ 木鐸，以木爲舌之銅質大鈴，古代宣佈政教法令時鳴鐸以引起注意。《論語・八佾》："天將以夫子爲木鐸。"此以"木鐸"指稱杜牧，因其職司草擬制誥，正所以宣明政教。

㉖《論語・子張》："夫子之牆數仞，不得其門而入，不見宗廟之美，百官之富。"牆仞，指杜牧之門牆。

上吏部韓郎中啓[①]

某識異旁通，才無上技[②]。幸傳丕訓，免墜清芬[③]。衡軛相逢，方悲下路[④]；弦弧未審，可異前朝[⑤]。郭翻無建業先疇[⑥]，稽紹有滎陽舊宅[⑦]。故人爲累，僅得豬肝[⑧]；薄技所存，殆成雞肋[⑨]。分陰屢轉，尺涕難收。仲宣之爲客不休[⑩]，諸葛之娶妻怕早[⑪]。居惟數畝，不足棲

遲[12];智效一官[13],靡能霑沃。荒凉散社[14],流寓窮途。高堂之甕社難充[15],下澤之津蹊可見[16]。竊以棄茵懷舊,尚動深仁[17];投釣言情,猶牽末契[18]。敢將幽懇,來問平衡[19]。昇平相公[20],簡翰爲榮,巾箱永祕[21]。頗垂敦獎,未至陵夷[22]。倘蒙一話姓名,試令區處[23]。分鐵官之瑣吏,厠鹽醬之常僚[24]。則亦不犯脂膏[25],免藏縑素[26]。豈惟窮猿得木,涸鮒投泉[27]。然後幽獨有歸,永託山濤之分[28];赫曦無耻,免干程曉之門[29]。進退彷徨,不知所喻。

【校注】

①《英華》卷六六二啓十二投知五、《全文》卷七八六載此首。吏部韓郎中,疑爲韓琮。琮長慶四年登進士第。曾爲王茂元涇原節度使府幕僚、陳許節度使府節度判官。後任司封員外郎。約大中五年,擢爲户部郎中。李商隱有《爲舉人獻韓郎中啓》。大中八年,琮任中書舍人。《東觀奏記》卷中:"廣州節度使紇干㬚貶慶王府長史分司東都制,舍人韓琮之詞。"事在大中八年。大中十二年,任湖南觀察使。現存郎官石柱題名吏部郎中無韓琮,但其中既有殘缺,柳仲郢(會昌四至五年任吏部郎中)以下六行又漫漶不能辨識,則琮或於户部郎中之後(大中五年之後)、中書舍人之前(大中八年之前)曾任吏部郎中之職。啓有"昇平相公,簡翰爲榮,巾箱永祕。頗垂敦獎,未至陵夷。倘蒙一話姓名,試令區處,分鐵官之瑣吏,厠鹽醬之常僚",蓋祈望吏部韓郎中於某丞相前"一話姓名",得以一霑微禄,任鹽鐵轉運使下屬之常僚。此相公必兼任鹽鐵轉運使者。合之"昇平相公"之稱謂,必指裴休。休居長安昇平坊,故《劇談録》《唐語林》稱其爲"昇平裴相國""昇平裴相公"。又休有休平、休明之義,指天下太平。不敢稱"休"之名,故以"昇平相公"代指之。據《新唐書·宰相表》,大中六年八月,以禮部尚書、諸道鹽鐵轉運使裴休本官同中書門下平章事,使如故;大中八年十一月罷使。則此啓當上於大中六年八月到八年十一月休以宰相兼領鹽鐵轉運使期間,與前面推斷的琮於大中五年任户部郎中後曾任吏部郎中,時間上正相吻合。可進一步證明此吏部韓郎中即韓琮。琮大中五年任户部郎中,其時休任户部侍郎、充諸道鹽鐵轉運使,琮係休之下屬,故庭筠上啓祈其於休前"一話姓名",予以薦引。大中六年八月休任相之前,庭筠已有《上鹽鐵侍郎啓》,祈其援助,啓當爲七年春參加進士試而上。此啓當是七年進士試不第後,復求韓琮在休前薦引自己爲"鐵官之瑣吏""鹽醬之常僚"。

② 旁通,遍通,廣泛通曉。《易·乾》:"六爻發揮,旁通情也。"孔穎達疏:"言六爻發越揮散,旁通萬物之情也。"元稹《李拭授宗正卿等制》:"僉以虔度文學儒素,旁

通政經。”才,《英華》作“材”。

③《書·君陳》:“爾惟弘周公丕訓。”孔傳:“當闡大周公之大訓。”此指先人之重大訓導。陸機《文賦》:“詠世德之駿烈,誦先人之清芬。”清芬,喻高潔之德行。

④《文選·曹冏〈六代論〉》:“今之用賢,或超爲名都之主,或爲偏師之帥。而宗室有文者,必限以小縣之宰;有武者,必置於百人之上。使夫廉高之士,畢志於衡軛之内;才能之人,耻與非類爲伍。”李善注:“衡軛,車之衡軛也。言王者之御群臣,猶人之御牛馬,故以衡軛喻焉。畢志其内,未得騁其駿足也。”衡,車轅前的横木;軛,架在馬頸上用以拉車的曲木。此言駿馬被束縛於衡軛之内,路上相逢,方悲自己未能騁其逸足而徒困於末路。

⑤ 弦弧,在曲木上張弦成弓,喻製作弓箭。《易·繫辭下》:“弦木爲弧,剡木爲矢。”庾信《賀平鄴都表》:“至於文離武落,剡木弦弧,席卷天下之心,包含八荒之志,其揆一矣。”

⑥《晋書·郭翻傳》:“郭翻字長翔,武昌人也……居貧無業,欲墾荒田,先立表題,經年無主,然後乃作稻。將熟,有認之者,悉推與之。”建業,晋都城,即建康,今南京市。先疇,先人留下的田地。此言京城無先人留下的田産。

⑦《晋書·嵇紹傳》:“嵇紹字延祖,魏中散大夫康之子。十歲而孤,事母孝謹。以父得罪,靖居私門……(齊王)冏被誅。初,兵交,紹奔散赴宫,有持弩在東閣下者,將射之,遇有殿中將兵蕭隆,見紹姿容長者,疑非凡人,趣前拔箭,於是得免。遂還滎陽舊宅。”稽、嵇同。此言故居有舊宅。即《寄盧生》“遺業荒凉近故都”。

⑧《後漢書·周黄徐姜申徒列傳序》:“太原閔仲叔者,世稱節士……客居安邑,老病家貧,不能得肉,日買猪肝一片,屠者或不肯與。安邑令聞,勑吏常給焉。仲叔怪而問之,知乃嘆曰:‘閔仲叔豈以口腹累安邑邪!’遂去。”此謂僅得故人微薄資助。

⑨ 薄技,指詩文創作。《三國志·魏書·武帝紀》“備因險拒守”裴注引司馬彪《九州春秋》:“時王欲還,出令曰‘雞肋’,官屬不知所謂。主簿楊修……曰:‘夫雞肋,棄之如可惜,食之無所得,以比漢中,知王欲還也。’”

⑩《三國志·魏書·王粲傳》:“王粲字仲宣,山陽高平人也……獻帝西遷,粲徙長安……以西京擾亂,乃之荆州依劉表。”

⑪《三國志·蜀書·諸葛亮傳》“亮子瞻,嗣爵”裴注引《襄陽記》曰:“黄承彦者,高爽開列,爲沔南名士,謂諸葛孔明曰:‘聞君擇婦,身有醜女,黄頭黑色,而才堪相配。’孔明許,即載送之。時人以爲笑樂,鄉里爲之諺曰:‘莫作孔明擇婦,正得阿承醜女。’”亮成婚當在躬耕隴畝之時,故云“娶妻怕早”。此句似謔言己早娶且妻醜。

⑫ 棲遲,游息。《詩·陳風·衡門》:“衡門之下,可以棲遲。”

⑬《莊子・逍遥遊》:"故夫知效一官,行比一鄉,德合一君而徵一國者,其自視也亦若此矣。"此二句謂自己之才智僅能擔當一官,不能使家人霑溉受益。

⑭ 社,《英華》作"杜",形近致誤。《莊子・人間世》:"匠石之齊,至於曲轅,見櫟社樹……曰:'已矣,勿言之矣! 是散木也……是不材之木,無所可用。'"句意謂己如無所可用之散木,處於荒凉之地。

⑮ "甕社"之"社"與上"散社"之"社"重複,疑有誤。或當作"甕盎",指藏糧食的容器。句意蓋謂家無擔石之儲。

⑯ 下澤,即下澤車,一種宜於在沼澤地上行駛的短轂輕便車。《後漢書・馬援傳》:"吾從弟少游常哀吾慷慨多大志,曰:'士生一世,但取衣食足,乘下澤車,御款段馬,爲郡掾吏,守墳墓,鄉里稱善人,斯可矣。'"津蹊,渡口蹊徑,猶道路。此謂己一生平庸的道路已可見。

⑰ 棄茵,即棄席。詳《上令狐相公啓》"棄茵微物,尚軫晋君"二句注。深仁,深厚的仁愛之心。

⑱ 投釣,猶垂釣。末契,指地位高者對地位低者的交誼。事未詳。或疑用東漢郅惲事。詳《文選・應瑒〈與從弟君苗君胄書〉》"郅惲投竿"注引《東觀漢記》。投竿指出仕。然於"猶牽末契"未切。

⑲ 平衡,權衡國政使得其平,指宰相之職。劉禹錫《上中書李相公啓》:"六轡在手,平衡在心。"

⑳ 昇平相公,指裴休。休居長安昇平坊,故稱。又"休"有休平、休明之義,指天下太平,故稱休爲"昇平相公"。

㉑ 簡翰,指書信。巾箱,本指放置頭巾之小箱,後亦用以存放書卷、信件、文件等物。此謂裴休曾賜信件,自己深感榮幸,祕藏巾箱。庭筠有《上鹽鐵侍郎啓》,係裴休任宰相前所上,此"簡翰"可能是裴休的復信。

㉒ 敦獎,厚獎。陵夷,衰頹没落。二句謂裴休在回信中頗加獎譽,使自己的處境不至於衰頹没落。

㉓ 區處,處理,籌畫安排。《漢書・循吏傳・黄霸》:"鰥寡孤獨有死無以葬者,鄉部書言,霸具爲區處。"

㉔ 鐵官、鹽醬,均指鹽鐵轉運使。唐代中葉後特置,以管理食鹽專賣爲主,兼掌銀銅鐵錫之采冶,爲握國家財權之重要官職。裴休自大中四年至六年,先後以户部侍郎充諸道鹽鐵轉運使,轉兵部侍郎領使如故。大中六年八月至八年十一月,又以宰相領使,担任此職長達五年,頗著治績,爲唐代後期著名理財重臣。事具詳兩《唐書》本傳。

㉕ 不犯脂膏,即脂膏不潤,不曾侵佔百姓的財富。《東觀奏記・孔奮傳》:"奮在姑臧四年,財物不增,惟老母極膳,妻子但菜食。或嘲奮曰:'直脂膏中,亦不能自

潤。'而奮不改其操。"

㉖ 縑素,細絹。此句似隱用"胡威絹"之典。《三國志·魏書·胡威傳》裴注引《晋陽秋》載,胡威少有志向,厲操清白。父質爲荆州刺史,威往省。告歸,質賜絹一匹,威跪曰:"大人清白,不審於何得此絹?"質曰:"是俸禄之餘,故以爲汝道路糧耳。"威始受之。"免藏縑素",蓋謂不傷廉潔,不必藏匿縑素也。或用《漢書·成帝紀》:"時國中少繒帛,代之許謙盗絹二匹,守者以告,帝匿之。"蓋謂無盗絹之事,可免匿其情事也。

㉗ 涸鮒投泉,乾涸車轍中之鮒魚得以投身於泉水,喻困境遇救。"涸轍之鮒",事出《莊子·外物》。詳《上學士舍人啓》之二"遂使枯魚被澤"句注。

㉘《晋書·山濤傳》:"與嵇康、吕安善,後遇阮籍,便爲竹林之交,著忘言之契。康後坐事,臨誅,謂子紹曰:'巨源在,汝不孤矣。'"又《嵇紹傳》:"山濤領選,啓武帝曰:'《康誥》有言:父子罪不相及。嵇紹賢侔郤缺,宜加旌命,請爲祕書郎。'帝謂濤曰:'如卿所言,乃堪爲丞,何但郎也。'乃發詔徵之,起家爲祕書丞。"幽獨,指微弱孤獨之嵇紹。此借以自指。歸,依靠。分,情。

㉙《三國志·魏書·程昱孫曉傳》:"曉嘉平中爲黄門侍郎,時校事放横,曉上疏……於是遂罷校事官。"有《嘲熱客詩》,譏謔好交游馳逐之輩。"赫曦",炎暑熾盛貌。《嘲熱客詩》云:"今世褦襶子,觸熱到人家……傳語諸高明,熱行宜見訶。"此即所謂"赫曦無恥,免干程曉之門"也。意謂如能得鹽鐵之瑣吏,己亦可免於蒙恥干權貴之門矣。

上蕭舍人啓[①]

某啓:某聞周公當國,東伐淮夷[②];陸抗持權,北臨江漢[③]。或陳師鞠旅[④],或築室反耕[⑤]。然後王府圖功[⑥],台庭陟恪[⑦]。猶垂壯烈,尚播雄圖。屬者邊塞失和,羌豪俶擾[⑧]。煙塵驟起,烽燧相連[⑨]。犬牙秦雍之疆[⑩],蠆尾河汾之地[⑪]。雖登壇授鉞[⑫],屢選中權[⑬];而禁暴安人,殊無上策。相公手捐相印,腰佩兵符,威不搴旗,信惟盈缶[⑭]。莫不周勤體物[⑮],煦嫗垂仁[⑯]。足食足兵,俄成於富庶[⑰];惟風及雨,立致於生成[⑱]。今者再振萬機,重宣五教[⑲]。方從易簡[⑳],及表優崇[㉑]。凡列陶鎔,咸增抃賀。從此鐫彝著德[㉒],鐘鼎流芳[㉓]。四海遐瞻,共卜歸還之兆[㉔];一陽初建,便當霖雨之期[㉕]。某忝預恩知,實踰倫等[㉖]。

【校注】

①《英華》卷六六六啓十六雜啓下,《全文》卷七八六載此首。【按】題曰“上蕭舍人”,文中却無一語涉及舍人之職事,而是稱“相公”,且屢用“周公當國”“台庭”“相印”“陶鎔”“霖雨”等指稱宰相之詞語。啓先云“相公手捐相印,腰佩兵符”,後云“今者再振萬機,重宣五教”,顯係先已爲相,出鎮邊地,後又重登相位者。庭筠另有《上蕭舍人啓》,係大中五至六年間代人上蕭鄴之啓,此啓之題或涉前題而誤。細審啓文,所上之對象當爲大中朝兩任宰相之白敏中。據兩《唐書》紀、傳、表及《通鑑》,白敏中於會昌六年宣宗即位後不久即拜相,至大中五年三月,出爲邠寧節度使。《新唐書·白敏中傳》:“會党項數寇邊,(崔)鉉言宜得大臣鎮撫,天子向其言,故敏中以司空、平章事兼邠寧節度、招撫、制置使。”《宰相表》:大中五年“三月,敏中爲特進、守司空兼門下侍郎、同平章事,招討南山、平夏党項行營兵馬都統制置使,并南北路供軍使兼邠寧慶等州節度使”。《通鑑·大中五年》:“上以南山、平夏党項久未平,頗厭用兵。崔鉉建議,宜遣大臣鎮撫。三月,以敏中爲司空、同平章事,充招討党項行營都統制置等使,南北兩路供軍使兼邠寧節度使。”此即啓文所謂“羌豪俶擾”“相公手捐相印,腰佩兵符”,亦即篇首“周公當國,東伐淮夷;陸抗持權”所喻指。《新·傳》又云:“次寧州,諸將已破羌賊。敏中即説諭其衆,皆願棄兵爲業。”此即啓所謂“威不搴旗,信惟盈缶”。大中六年四月,徙劍南西川節度使。十一年正月,徙荆南節度使。懿宗即位,敏中又於大中十三年十二月丁酉守司徒兼門下侍郎、同中書門下平章事,再度入相。咸通二年卒。啓文“今者再振萬機,重宣五教”,即指其事。啓又云“四海遐瞻,共卜歸還之兆;一陽初建,便當霖雨之期”。啓必上於大中十三年十二月聞敏中重新入相消息,而敏中尚未啓程歸京之時,離冬至不久。時庭筠尚在襄陽徐商幕。題或當作《上司徒白相公啓》或《賀司徒白相公啓》。

②《書·大誥序》:“武王崩,三監及淮夷叛,周公相成王,將黜殷,作《大誥》。”《史記·魯周公世家》:“其後武王既崩,成王少……管、蔡、武庚等果率淮夷而反。周公乃奉成王命,興師東伐,作《大誥》,遂誅管叔,殺武庚,放蔡叔。”《史記·周本紀》:“召公爲保,周公爲師,東伐淮夷、殘奄,遷其君薄姑。”淮夷,古代居於淮河流域之部族。此以周公伐淮夷喻指白敏中征討党項。

③《三國志·吴書·陸抗傳》:“鳳皇元年,西陵督步闡據城以叛,遣使降晋……諸將咸欲攻闡,抗每不許……晋車騎將軍羊祜率師向江陵……荆州刺史楊肇至西陵。抗令張咸固守其城……身率三軍,凭圍對肇……肇衆凶懼,悉解甲挺走。抗使輕兵躡之,肇大破敗,祜等皆引軍還。抗遂陷西陵城,誅夷闡族及其大將吏,自此以下,所請赦者數萬口。修治城圍,東還樂鄉,貌無矜色,謙冲如常,故得將士歡心,加拜都護。”裴注引《漢晋春秋》曰:“羊祜既歸,增修德信,以懷吴人。陸抗每告

其邊戍曰:'彼專爲德,我專爲暴,是不戰而自敗也。各保分界,無求細益而已。'於是吴、晋之間,餘糧棲畝而不犯,牛馬逸而入境,可宣告而取也。沔上獵,吴獲晋人先傷者,皆送而相還。"此即所謂"北臨江漢",指既能有效制止晋軍南侵,又能保持邊境之和平安寧局面。此亦以陸抗掌握兵權、制晋入侵喻白敏中制置邠寧防止党項入侵之有方。《通鑑・大中五年》:"上頗知党項之反,由邊帥利其羊馬,數欺奪之,或妄誅殺,党項不勝憤怨,故反。乃以右諫議大夫李福爲夏綏節度使。自是繼選儒臣以代邊帥之貪暴者,行日復面加戒勵,党項於是遂安。"此平夏党項之情况。遣白敏中鎮撫平夏、南山党項,亦選儒臣代邊帥之貪暴者之政策措施。用陸抗事,甚爲切合。

④《詩・小雅・采芑》:"鉦人伐鼓,陳師鞠旅。"鄭箋:"此言將戰之日,陳列其師旅,誓告之也。"鞠,告戒。鞠旅,猶誓師。此句上承"東伐淮夷"。《新唐書・西域傳上・党項羌》:"宣宗四年,内掠邠、寧,詔鳳翔李業、河東李拭合節度兵討之,宰相白敏中爲都統。帝出近苑,或以竹一箇植舍外,見纔尺許,遠且百步,帝屬二矢曰:'党羌窮寇,仍歲暴吾鄙,今我約,射竹中則彼當自亡,不中,我且索天下兵翦之,終不以此賊遺子孫。'左右注目。帝一發竹分,矢徹諸外,左右呼萬歲。不閲月,羌果破殄,餘種竄南山。"

⑤《左傳・宣公十五年》:"築室反耕者,宋必聽命。"杜預注:"築室於宋,分兵歸田,示無去志。"此句上承"陸抗持權,北臨江漢"。《三國志・吴書・陸抗傳》:"赤烏九年,遷立節中郎將,與諸葛恪换屯柴桑。抗臨去,皆更繕完城圍,葺其牆屋,居廬桑果,不得妄敗。而恪柴桑故屯,頗有毁壞,深爲慚。"又載其上疏,力主"富國强兵,力農畜穀","暫息進取小規,以畜士民之力,觀衅伺隙"。餘參見注③。凡此均所謂"築室反耕",作長期拒守之計。《新唐書・白敏中傳》於"諸將已破羌賊,敏中即説諭其衆,皆願棄兵爲業"下接云:"乃自南山並河按屯保,迴繞千里。又規蕭關通靈、威路,使爲耕戰具",此亦"築室反耕"之事也。

⑥ 王府,指帝王收藏財物或文書之府庫。張説《郭代公元振》詩:"大勲書王府,窄命淪江路。"

⑦ 台庭,宰相的門庭。陟恪,登敬。《左傳・昭公七年》:"王使郕簡公如衛弔,且追命襄公曰:'叔父陟恪,在我先王之左右,以佐事上帝。'"杜注:"陟,登也;恪,敬也;帝,天也;叔父,謂襄公。命,如今之哀册。"孔疏:"如今之哀册者,漢、魏以來,賢臣既卒,或贈以本官印綬,近世或更贈以高官,褒德叙哀,載之於策。"二句謂然後方能於王府書勲,卒後褒贈。

⑧《通鑑・大中四年》:九月,"党項爲邊患,發諸道兵討之,連年無功,戍饋不已。"此即所謂"邊塞失和,羌豪俶擾"。羌,指党項。《新唐書・西域傳上・党項》:"党項,漢西羌别種。"豪,酋,首領。俶擾,開始擾亂。《書・胤征》:"惟時羲和,顛覆厥德。沈亂于酒,畔官離次。俶擾天紀,遐棄厥司。"孔傳:"俶,始;擾,亂。"按:党項

擾邊非自此時方開始，此句“俶擾”義同擾亂。

⑨ 烽燧，古代邊防報警信號，白日放煙爲烽，夜間舉火爲燧。

⑩ 犬牙，謂地界相接如犬牙交錯。秦雍，指關中地區。唐代關中地區，《禹貢》爲雍州之域，舊爲秦地。

⑪ 蠆尾，蝎子尾巴。此用作動詞，猶言荼毒、殘害。河汾，指今山西西南一帶地區。

⑫ 登壇受鉞，指設壇拜將，授予統軍之權。《史記・淮陰侯列傳》：“何曰：‘王素慢無禮，今拜大將如呼小兒耳，此乃信所以去也。王必欲拜之，擇良日，齋戒，設壇場，具禮，乃可耳。’王許之。”古代大將出征，君主授以斧鉞，表示授以兵權，稱授鉞。張衡《東京賦》：“授鉞四七，共工是除。”

⑬ 中權，本指中軍製定謀略。《左傳・宣公十二年》：“前茅慮無，中權，後勁。”杜注：“中軍製謀，後以精兵爲殿。”亦指中軍，此指中軍統帥。庾信《周車騎大將軍賀婁公神道碑》：“以君智略，入主中權。”《新唐書・西域傳上・党項》：“至開成末，種落愈繁，富賈人齎繒寶鬻羊馬，藩鎮乘其利，彊市之，或不得直，部人怨，相率爲亂，至靈、鹽道不通。武宗以侍御史爲使招定，分三印，以邠、寧、延屬崔彦曾，鹽、夏、長澤屬李鄠，靈武、麟、勝屬鄭賀，皆緋衣銀魚，而功不克。”

⑭ 謂威不在舉旗征討殺戮，而惟以誠信服人。《新唐書・白敏中傳》：“次寧州，諸將已破羌賊，敏中即説諭其衆，皆願棄兵爲業。”《通鑑・大中五年》：“敏中軍於寧州。壬子，定遠城使史元破党項九千餘帳於三交谷。敏中奏党項平。辛未，詔：‘平夏党項，已就安帖。南山党項，聞出山者迫於飢寒，猶行鈔掠。平夏不容，窮無所歸；宜委李福存諭，於銀、夏境内授以閒田……曏由邊將貪鄙，致其怨叛，自今當更擇廉良撫之。若復致侵叛，當先罪邊將，後討寇虜。’……八月，白敏中奏南山党項亦請降。時用兵歲久，國用頗乏，詔並赦南山党項，使之安業。”此當即所謂“威不搴旗，信惟盈缶。”

⑮ 體物，生成萬物。《禮記・中庸》：“體物而不可遺。”鄭玄注：“體，猶生也。”或解：體物，體察物情。

⑯ 煦嫗（yù），《英華》作“嘔喻”。《禮記・樂記》：“天地訢合，陰陽相得，煦嫗覆育萬物。”煦嫗，撫育，長養。

⑰《論語・顏淵》：“子貢問政。子曰：‘足食、足兵，民信之矣。’”又：《子路》：“冉有曰：‘既庶矣，又何加焉？’曰：‘富之。’曰：‘既富矣，又何加焉？’曰：‘教之。’”

⑱ 生成，長成。句意謂如好風時雨，立即導致萬物的成長。

⑲ 萬機，指紛繁的政務。《書・皋陶謨》：“兢兢業業，一日二日萬幾。”後多作“萬機”。五教，五常之教，指父義、母慈、兄友、弟恭、子孝五種倫理道德教育。《書・舜典》：“汝作司徒，敬敷五教。”振萬機、宣五教，均指宰相之職。“再”“重”，

指再任宰相。《新唐書・懿宗紀》:大中十三年十二月"丁酉,令狐綯罷,荆南節度使白敏中爲司徒,兼門下侍郎、同中書門下平章事"。

⑳《易・繫辭上》:"易則易知,簡則易從……易簡則天下之理得矣。"易簡,此指爲政平易簡約。

㉑ 優崇,優待而尊崇之。《三國志・魏書・王肅傳》:"公之奉魏,不敢不盡節;魏之待公,優崇而不臣。"此指白敏中再度入相時受到皇帝的優禮尊崇,如加"守司徒"。

㉒ 罇,同"尊"。尊、彝均爲古代酒器,亦泛指禮器。尊、彝上銘刻紀功德的文字,故云"著德"。

㉓ 鐘、鼎等青銅器上多銘刻紀事銘功的文字,以流傳後世,故云"鐘鼎流芳"。《文選・劉孝標〈廣絶交論〉》:"聖賢以此鏤金版而鐫盤盂,書玉牒而刻鐘鼎。"李善注引《墨子》:"琢之盤盂,銘於鐘鼎,傳於後世。"

㉔ 歸還,指回到朝廷(重登相位)。曰"遐瞻",曰"卜",説明上啓時敏中尚未歸京。

㉕《易・復》"後不省方"孔疏:"冬至一陽生,是陽動而陰復歸於静也。"冬至日陰氣盡而陽氣開始復生,故云"一陽初建"。此謂其時正當冬至節氣之時,亦頌稱白敏中重新入相將給政局帶來新的生機。霖雨,喻給百姓以恩惠。《書・説命上》:"爰立(傅説)作相。命之曰:若歲大旱,用汝作霖雨。"

㉖ 語意未完,此下疑有脱文。"忝預恩知,實踰倫等",謂過去曾受白敏中的恩惠知遇,超越常倫。按理以下應有今日之祝賀祈望語,否則不合書啓常規。

爲前邕府段大夫上宰相啓[①]

某聞欒氏垂恩,延於十世[②];屈生罹譴,不過三年[③]。雖行一切之科,宜聽九刑之訴[④]。某謬因門蔭[⑤]。獲忝朝私[⑥]。雖位以恩遷,而官由政舉[⑦]。累經重事,皆立微勞。頃年初忝邕南[⑧],頗常釐弊[⑨]。事皆條奏,不敢曠官[⑩]。冰蘗自居[⑪],膏腴不染[⑫]。南蠻俶擾[⑬],邊徼先聞[⑭]。始事詳觀,飛章備述。黄伯選根基深固[⑮],溪洞酋豪[⑯]。準詔懷來[⑰],署之軍職。李蒙妄因非罪[⑱],忽使誅鋤。某離任之初,濫稱遺愛[⑲]。伍營校隊[⑳],千里農商[㉑],叫噪盈途,牽留截鐙[㉒]。爰從初任,以至罷還,不戮一夫,聞於衆聽。其後既經焚蕩,又遣統臨[㉓]。糠籺不充,菅蓬自覆[㉔]。曾無禄賜,惟抱憂危。至無尺絹貫緡[㉕],以爲歸費。及蒙罪狀,焕在絲綸[㉖]。以爲徒忝官常,曾無制置[㉗]。且經營甫爾,物

力未周，拜疏將行，替人俄至[28]。仰恩波而不浹[29]，駐官局以何由[30]？懦怯請兵，才非將帥。今者九州徵發[31]，萬里喧騰，憑賊請鋒[32]，已至城下。則以三千土著，衆寡何如[33]？兩任經年，曾無掩襲[34]。雖有煙塵之候，不踰朝貢之州。無勞北軍，已自抽退[35]。伏念至德、建中之際[36]，長蛇大豕之間[37]，願報國恩，盡縻家族[38]。松楸未拱[39]，帶礪猶存[40]。顧慚無用之軀，旋漏不私之貸[41]。僑居乞食[42]，蓬轉萍飄。生作窮人，死爲餒鬼[43]。伏惟相公，業開伊、吕[44]，朗鏡臨人；運值堯、湯，平衡宰物[45]。伏乞録其勳舊，假以生成。免令家廟豐碑[46]，尚垂蟲篆[47]；私庭陋巷，長設雀羅[48]。戀闕傷魂，臨途結欷[49]。無任懇迫。

【校注】

①《英華》卷六六六啓十六雜啓下、《全文》卷七八六載此首。前邕府段大夫，指前邕管經略使段文楚。《新唐書·方鎮表六》："天寶十四載，置邕州管内經略使，領邕、貴、横、欽、澄、賓、嚴、羅、淳、瀼、山、田、籠十三州，治邕州。"按：段文楚爲段秀實之孫，曾先後兩任邕管經略使。第一次約大中九年至十二年二月。《舊唐書·宣宗紀》：大中十二年"二月，以前邕管經略招討處置使、朝議郎、邕州刺史、御史中丞、賜紫金魚袋段文楚爲昭武校尉、左金吾衛將軍"。《唐刺史考全編》謂其始任之年約大中九年。第二次爲咸通二年七月至三年二月。《通鑑·咸通二年》：七月，"（李）弘源坐貶建州司户。（段）文楚時爲殿中監，復以爲邕管經略使"。又，《咸通三年》：二月，"邕管經略段文楚坐變更舊制，左遷威衛將軍、分司"。《新唐書·南蠻傳中·南詔傳下》："詔殿中監段文楚爲（邕管）經略使，數改條約，衆不悦，以胡懷玉代之。"大夫，御史大夫，段文楚第二次任邕管經略使時所帶憲銜（第一次爲御史中丞）。段文楚大中十二年二月離邕管任後，繼任者爲李蒙（大中十二年至咸通二年）、李弘源（咸通二年）。啓内叙及段初任邕管、離任及繼任者李蒙妄誅當地豪酋之事，及再臨邕管、被罷與其後"僑居乞食，蓬轉萍飄"之困窘處境，祈求宰相"録其勳舊，假以生成"。啓内又提及"今者九州徵發，萬里喧騰，憑賊請鋒，已至城下"，指咸通五年，"康承訓至邕州，蠻寇（指南詔侵擾）益熾，詔發許、滑、青、汴、兗、鄆、宣、潤八道兵以授之"（見《通鑑·咸通五年三月》）。故此啓之寫作時間，當在咸通五年三月以後。關於此啓所涉及之段文楚第二次任邕管經略使之情況，《通鑑·咸通二年》有較具體記載："秋，七月，南詔攻邕州，陷之。先是，廣、桂、容三道共發兵三千人戍邕州，三年一代。經略使段文楚請以三道衣糧自募土軍以代之，朝廷許之。所募纔得五百許人。文楚入爲金吾將軍，經略使李蒙利其闕額衣糧以自入，悉罷遣三道戍卒，止以所

募兵守左、右江，比舊什減七八，故蠻人乘虚入寇。時蒙已卒，經略使李弘源至鎮纔十日，無兵以禦之。城陷，弘源與監軍脱身奔巒州。二十餘日，蠻去，乃還。弘源坐貶建州司户。文楚時爲殿中監，復以爲邕管經略使。至鎮，城邑居人什不存一。文楚，秀實之孫也。"餘詳下文各有關諸句注。

② 欒氏垂恩，延於十世：欒氏，指欒書，即欒武子，春秋晋大夫。初領下軍，後代郤克爲中軍元帥。晋厲公六年，率師伐鄭，楚兵救鄭，大敗楚師於鄢陵。晋由此威震諸侯，卒謚武子。事詳《左傳・宣公十二年》《成公十八年》。垂恩十世之事未詳。《左傳・襄公二十一年》載，晋范宣子殺叔向之弟羊舌虎等而囚叔向。祁奚見宣子，曰："夫謀而鮮過，惠訓不倦者，叔向有焉，社稷之固也，猶將十世宥之，以勸能者。今壹不免其身，以棄社稷，不亦惑乎！"後因以"十世宥"謂功臣後裔即使有罪，也應予寬恕。與"垂恩""延於十世"之意切合。疑兼用叔向之事。按：段文楚爲唐德宗時著名忠臣段秀實之孫。《文苑英華》卷八七一載唐德宗《贈太尉段秀實紀功碑》，柳宗元有《段太尉逸事狀》，兩《唐書》有傳。段秀實以笏擊叛臣朱泚遇害後，德宗"乃詔有司册贈太尉，謚曰忠烈，賜實封五百户，莊宅各一所，嗣子授三品正員官，諸子各授五品正員官"（《紀功碑》）。此句隱含朝廷當垂恩及於十世，寬宥段文楚之過之意。

③《史記・屈原賈生列傳》："於是天子議以爲賈生任公卿之任，絳、灌、東陽侯、馮敬之屬盡害之，乃短賈生曰：'雒陽之人，年少初學，專欲擅權，紛亂諸事。'於是天子亦疏之，不用其議，乃以賈生爲長沙王太傅……賈生爲長沙王太傅三年，有鴞飛入賈生舍……乃爲賦以自廣……後歲餘，賈生徵見。"賈誼長沙三年之貶，爲文人耳熟能詳之典，屈原雖亦有被疏及爲頃襄王怒遷之事，然史籍並無"罹譴三年"之記載，此句"屈生"疑"賈生"之誤，蓋緣屈、賈二人合傳連稱又均有遭貶之事而誤記。此句亦隱寓段文楚左遷威衛將軍分司爲時已歷三年。

④ 科，法規。九刑，古代的九種刑罰。《漢書・刑法志》："周有亂政而作九刑。"顔師古注引韋昭曰："謂正刑五（按：即墨、劓、剕、宫、大辟），及流、贖、鞭、扑也。"《周禮・秋官・司刑》"掌五刑之灋"，賈公彦疏："九刑者，鄭注《堯典》云：正刑五，加之流、宥、鞭扑、贖刑。"此似用後解，以其有"宥"刑也。

⑤ 門蔭，指因祖父段秀實之功得蔭其門而爲官。《新唐書・段秀實傳》："興元元年，詔贈太尉，謚曰忠烈……長子三品，諸子五品，並正員官。"文楚爲其孫，當亦襲其祖蔭。

⑥ 朝私，朝廷的恩典。

⑦ 舉，成功。

⑧ 指初任邕管經略使，詳注①。

⑨ 釐弊，改革舊弊。其中當包括以三道衣糧自募土軍以代三道發兵戍守邕管

之事，詳注①。

⑩ 條奏，逐條上奏。曠官，空居官位。

⑪ 冰蘗，亦作"冰蘗"。蘗，即黄蘗、黄柏，性寒味苦。冰蘗自居，喻居官寒苦而有操守。劉言史《初下東周贈孟郊》："素堅冰蘗心，潔持保賢貞。"

⑫ 即"脂膏不潤"之意，詳《上吏部韓郎中啓》"則亦不犯脂膏"句注。

⑬ 南蠻，指南詔。俶擾，《全文》原作"俶優"，"優"字當涉"俶"字偏旁而誤，據《英華》改。俶擾，擾亂。《新唐書・南蠻傳中・南詔下》："安南都護李鄠屯武州，咸通元年，爲蠻所攻，棄州走。……明年，攻邕管，經略使李弘源兵少不能拒，奔巒州。"又，宣宗大中十三年，南詔酋龍自稱皇帝，國號大禮，改元建極，遣兵陷播州。見《通鑑》。此雖大中十二年二月段文楚初鎮邕管離任後發生之事，亦可窺見大中末年南詔勢盛，邊徼遭受"俶擾"之情形。

⑭ 邊徼，邊境。《史記・司馬相如列傳》："南至牂柯爲徼。"司馬貞索隱引張揖曰："徼，塞也。以木栅水爲蠻夷界。"

⑮ 黄伯選，邕管當道土著豪酋。

⑯ 溪洞，古代稱西南少數民族（包括今稱苗族、侗族、壯族）及其聚居地區。《隋書・煬帝紀下》："高凉通守洗珤舉兵作亂，嶺南溪洞多應之。"

⑰ 準詔，依照詔書爲準繩，遵照詔旨。懷來，招來。陸賈《新語・道基》："附遠寧近，懷來萬邦。"字亦作"懷徠"。

⑱ 李蒙，繼段文楚任邕管經略使者，詳注①。

⑲ 遺愛，指爲政有恩惠功德於當地百姓。

⑳ 伍營，指軍營。古代軍隊編制，士兵五人爲伍。亦泛指部伍、軍隊。校，古代軍隊建制，亦泛指部隊。

㉑ 商，《全文》原作"桑"，據《英華》改。千里農商，謂管内地方千里的農夫商人。

㉒ 牽留，挽留。截鐙，攔截馬鐙表示挽留。馮贄《雲仙雜記・截鐙留鞭》："姚崇牧荆州，受代日，闔境民泣，撫馬首截鐙留鞭，以表瞻戀。"

㉓ 既經焚蕩，指咸通二年七月南詔攻陷邕州後焚掠一空之事，即《通鑑》所謂"城邑居人什不存一"。統臨，統領管轄。又遣統臨，指咸通二年七月段文楚第二次被任命爲邕管經略使。

㉔ 籺，米麥的粗屑。糠籺，泛指粗劣的糧食。菅蓬，茅草蓬草。

㉕ 尺絹貫緡，一尺絹一貫錢。緡，本指穿錢的繩索，亦指成串的銅錢。

㉖ 焕，明白、昭然。絲綸，指皇帝的詔書。《禮記・緇衣》："王言如絲，其出如綸。"蒙罪狀，當指李蒙"利闕額衣糧以自入"之貪污罪狀，詳注①引《通鑑・咸通二年》。

㉗ 官常，官之常職。《周禮·天官·大宰》："以八灋治官府……四曰官常，以聽官治。"制置，規劃、處理。"徒忝官常，曾無制置"，當是詔書中所稱李蒙失職瀆職之罪。

㉘ 替人，接人，接替的官吏。

㉙ 浹，遍及。

㉚ 官局，官署。

㉛ 徵發，徵調軍隊。《通鑑·咸通四年》：三月，"南蠻寇左、右江，浸逼邕州。鄭愚懼，自言儒臣無將略，請任武臣。朝廷召義武節度使康承訓詣闕，欲使之代愚……四月……康承訓至京師，以爲嶺南西道節度使，發荆、襄、洪、鄂四道兵萬人與之俱。"又《咸通五年》：三月，"康承訓至邕州，蠻寇益熾。詔發許、滑、青、汴、兗、鄆、宣、潤八道兵以授之。"此當指咸通五年徵發八道兵之事。九州，猶全中國。

㉜ 懣，憤怒。

㉝ 何如，《全文》原作"如何"，據《英華》乙改。

㉞ 兩任，指自己前後兩次担任邕管經略使。掩襲，指南詔突然襲擊邕州之事。

㉟ 謂己兩鎮邕管期間，從未勞朝廷從北面（指中原各地）徵調軍隊，而南詔已自抽軍而退。

㊱ 至德、建中之際，指肅宗至德安史之亂、德宗建中朱泚之亂期間。

㊲ 長蛇大豕，猶長蛇封豕。《左傳·定公四年》："吴爲封豕長蛇，以薦食上國，虐始於楚。"杜預注："言吴貪害如蛇豕。"此喻反叛的藩鎮。

㊳ 縻，本指牛韁繩，此指牽繫。《新唐書·段秀實傳》："肅宗在靈武……署秀實兼懷州長史，知州事，兼留後。時師老財乏，秀實督餽係道，募士市馬以助軍……朱泚反……語至僭位，勃然起，執休腕，奪其象笏，奮而前，唾泚面大罵曰：'狂賊，可磔萬段，我豈從汝反邪！'遂擊之。泚舉臂捍笏，中顙，流血巇面，匍匐走……遂遇害。"盡縻家族，謂將全家族人的性命均繫於國家命運。

㊴ 謂秀實墓上的松楸尚未大到兩手合圍。

㊵《史記·高祖功臣侯者年表》："封爵之誓曰：'使黄河如帶，泰山若厲。國以永寧，爰及苗裔。'"裴駰集解引應劭曰："封爵之誓，國家欲使功臣傳祚無窮。帶，衣帶也；厲，砥石也。河當何時如衣帶，山當何時如厲石。言如帶厲，國乃絶耳。"此言當年皇帝褒獎功臣的誓言猶存。

㊶ 無用之軀，段文楚自指。貸，赦免。二句謂雖爲功臣之後，却已得不到皇帝毫無偏私的寬赦。

㊷ 僑居，寄居他鄉。

㊸ 醜，《英華》作"羞"，校：一作"醜"。

㊹ 伊、吕，伊尹，商之開國功臣；吕望，周之開國功臣。

㊺ 平衡，權衡國政使得其平，指宰相之職。

㊻ 古代有顯爵高位者方能建家廟。《新唐書·段秀實傳》："大和中，子伯倫始立廟。有詔給鹵簿，賜度支綾絹五百，以少牢致祭。"豐碑，紀功頌德的高大石碑。

㊼ 蟲篆，本指蟲書。成公綏《隸書體》："蟲篆既繁，草藁近譌。適之中庸，莫尚于隸。"此指蟲子垂絲如同篆字。蓋謂家廟中豐碑爲蟲絲所纏繞。

㊽ 私，《全文》原作"秋"，據《英華》改。作"秋庭"意泛，且與上句"家"字對未工。私庭，猶私家之庭院。長設雀羅，謂私居荒凉冷落，門無賓客。《史記·汲鄭列傳論》："始翟公爲廷尉，賓客闐門；及廢，門外可設雀羅。"

㊾ 結欷，鬱結憂嘆。

上崔大夫啓[①]

伏承已踐埋輪[②]，光膺弄印[③]。夙承知遇，欣賀伏深。大夫二十三兄，銑社光輝[④]，珠庭宅慶[⑤]。居方可裕[⑥]，秉直無徒[⑦]。誠宜便捨珪符[⑧]，來調鼎鼐[⑨]。而乃芝田挺秀，不許於三農[⑩]；蕙畝流芳[⑪]，寧同於百卉？伏想嵇山靈爽，鏡水澄明[⑫]，仰止尊高[⑬]，居然勝絶。隱貧居而坐聞絲管，謂仙家而行有旌旗[⑭]。竊料已飾廉車[⑮]，行離郡界。高風在律，爽氣盈軒[⑯]。未窮皋壤之秋[⑰]，已領江山之秀。瞻望恩顧，攀結倍深。

【校注】

① 《英華》卷六六六啓十六雜啓下、《全文》卷七八六載此首。崔大夫，名未詳。據啓内"已踐埋輪，光膺弄印""誠宜便捨珪符，來調鼎鼐""嵇山靈爽，鏡水澄明""竊料已飾廉車，行離郡界"等語，其人蓋任浙東觀察使，已内徵爲御史大夫，將離郡回京者。又據"大夫二十三兄"之語，其人排行爲二十三。然檢《唐刺史考全編》，自開成四年至咸通八年，歷任浙東觀察使者爲蕭俶（開成四年至會昌二年）、李師稷（會昌二年至四年）、元晦（會昌五年至大中元年）、楊漢公（大中元年至二年）、李拭（大中二年）、李褒（大中三年至六年）、李訥（大中六年至九年）、沈詢（大中九年至十二年）、鄭處晦（大中十三年至咸通元年）、王式（咸通元年至三年）、鄭裔綽（咸通三年至四年）、楊嚴（咸通五年至八年）。其間起訖替代基本承接，然無一爲崔姓者，亦無自浙東觀察使内徵爲御史大夫者。再由開成四年上溯至元和初，歷任浙東觀察使亦班班可考，任期承接，無一崔姓者。頗疑題有誤，或他人之作誤植於庭筠名下者。然明刊配殘宋本《英華》卷六六六載温庭筠雜啓三首，此爲第三首，可見如屬他

人之作誤植，則自北宋時已然（或即《英華》在編録時誤植）。岑仲勉《唐人行第録》云："全文七八六温庭筠《上崔大夫啓》稱二十三兄，節度浙東，名待考。"復由元和初上溯，惟大曆十一年七月至十四年，崔昭爲浙東觀察使。《全文》卷五二三崔元翰《判曹食堂壁記》："越中號爲中府，連帥治所……故太子少師皇甫公（温）來臨是邦……後二歲而御史大夫崔公（昭）爲之。"卷四四三李舟《爲崔大夫請入奏表》："移鎮浙東。臣自至越州，旋經歲序。"又《爲崔大夫請入奏表》："臣一昨初承國喪（指代宗逝世）……請赴山陵，伏承批答，上遵遺旨，不許奔會。"似與崔姓爲浙東觀察使、御史大夫者合。然其"大夫"之稱，當是任浙東觀察使時所帶憲銜，非徵入任御史大夫之實職，則終與此啓首二句不合。故據現有資料，對此啓之作者及寫作時間只能存疑。

②《後漢書·張綱傳》："綱常感激，慨然嘆曰：'穢惡滿朝，不能奮身出命，掃國家之難，雖生，吾不願也。'……漢安元年，選遣八使，徇行風俗，皆耆儒知名，多歷顯位，惟綱年少，官次最微，餘人受命之部，而綱獨埋其車輪於洛陽都亭，曰'豺狼當路，安問狐狸！'遂奏曰：'大將軍冀（梁冀）、河南尹不疑（直不疑），蒙外戚之援，荷國厚恩，以芻蕘之資，居阿衡之位……專爲封豕長蛇，肆其貪叨，甘心好貨，縱恣無底，多樹諂諛，以害忠良。誠天威所不赦，大辟所宜加也。謹條其無君之心十五事，斯皆臣子所切齒者也。'書御，京師震竦。時冀妹爲皇后，内寵方盛，諸梁姻族滿朝，帝雖知綱言直，終不忍用。"後以"埋輪"爲不畏權貴、直言敢諫之典。沈約《奏彈王源》："雖埋輪之志，無屈權右。"已踐埋輪，已實踐埋輪之志，指其廉察浙東期間，敢於打擊豪强。

③《史記·張丞相列傳》："高祖持御史大夫印弄之，曰：'誰可爲御史大夫者？'孰視趙堯曰：'無以易堯。'遂拜趙堯爲御史大夫。"光膺弄印，謂崔榮膺御史大夫之任命。蓋由浙東觀察使徵入爲御史大夫。

④ 二十三，係崔大夫之排行。銑社，未詳。銑，最有光澤之金屬。《爾雅·釋器》："絶澤謂之銑。"《説文》："銑，金之澤者。"社或取其衆多聚集之義。

⑤ 珠庭，飽滿的天庭，星相家以爲主貴之相。庾信《周大將軍趙公墓誌銘》："凝脂點漆，日角珠庭。"《新唐書·李珏傳》："日角珠庭，非庸人相。"宅，含。

⑥ 居方，猶居正，謂遵循正道。裕，寬大、寬容。《易·繫辭下》："益，德之裕也。"韓康伯注："能益物者，其德寬大也。"

⑦ 徒，《全文》原作"從"。此從《英華》。秉直，猶持正，依直道而行。無徒，無徒衆黨羽。

⑧ 珪符，《全文》作"圭符"。珪、圭本可通用，然字本作"珪符"，此從《英華》。珪符，古代封爵授土時，授珪以爲信。《左傳·哀公十四年》："司馬牛致其邑與珪焉，而適齊。"杜預注："珪，守邑符信。"《史記·晋世家》："成王與叔虞戲，削桐葉爲

珪以與叔虞,曰:'以此封若。'"此以"珪符"指浙東觀察使之符信印綬。

⑨ 調鼎鼐,謂調和五味於鼎鼐,喻宰相治理天下。此祝頌之辭,非謂其徵入爲相。

⑩ 芝田,傳説中神仙種靈芝之田。曹植《洛神賦》:"爾迺稅駕乎蘅皋,秣駟乎芝田。"三農,古稱居住於平地、山區、水澤三類地區的農民,此泛稱農夫。許,期望。此謂崔如仙家之靈芝挺秀開花,非農夫可種。蓋贊其非凡品。

⑪ 屈原《離騷》:"余既滋蘭之九畹兮,又樹蕙之百畝。"此謂百畝蕙草傳芳,豈同於普通的花卉。喻意同上。

⑫ 嵇山,指會稽山,在今浙江紹興市東南,傳爲夏禹大會諸侯計功之所,故名,《越絶書·外傳記越地傳》:"(禹)更名茅山曰會稽。"靈爽,神靈明爽。鏡水,即鏡湖,在今浙江紹興市會稽山北麓,東漢會稽太守馬臻主持修建之大型水利工程,以水平如鏡,故名。

⑬《詩·小雅·車舝》:"高山仰止,景行行止。"此以稽(嵇)山之高,喻崔之尊高,表己之敬仰。下句"居然勝絶"承"鏡水澄明"而言,謂鏡湖風景絶佳。

⑭ 謂,《全文》作"調",據《英華》改。二句蓋謂崔在越州,既如隱於貧居而又能坐聞絲竹管絃之樂,謂是仙家生活而又行有旌旗儀仗之榮耀。亦即既有隱逸仙家之樂趣,又充分享受富貴榮華的生活。行有旌旗,指觀察使出行時的旌旗儀仗。

⑮ 廉車,觀察使所乘的車。唐代稱觀察使爲"廉察"。廉,通"覝",考察、查訪。郡界,指越州會稽郡的郡界。

⑯ 時值秋天,故曰"高風""爽氣"。律,節氣、時令。古以樂律與曆附會,用十二律對應十二月。在律,謂正合乎其所對應的月份。軒,車。

⑰《莊子·知北游》:"山林與,皋壤與,使我欣欣然而樂與!"謝朓《拜中書記室辭隨王箋》:"皋壤搖落,對之惆悵。"二句謂崔在越州雖未歷窮秋,却已盡領江山之秀麗。

牓國子監[①]

右前件進士所納詩篇等,識略精微[②],堪裨教化;聲詞激切[③],曲備風謠[④]。標題命篇[⑤],時所難著。燈燭之下,雄詞卓然。誠宜牓示衆人,不敢獨專華藻[⑥]。並仰牓出,以明無私。仍請申堂,並牓禮部[⑦]。咸通七年十月六日,試官温庭筠牓。

【校注】

①《唐才子傳》卷八邵謁傳、《全文》卷七八六載此首。牓,張掛榜文或告示。

國子監，唐代最高學府，共分六學，即國子學、太學、四門學、律學、書學、算學。國子學、太學、四門學與弘文、崇文兩館之主要生徒，爲通向科舉入仕之主要學館。《唐摭言》卷一謂："開元以前，進士不由兩監（指長安、洛陽的國子監）者，深以爲耻。"又《會昌五年舉格節文》云："公卿百寮子弟及京畿内士人寄客外州府舉士人等修明經進士業者，並隸名所在監及官學，仍精加考試。所選人數，其國子監明經，舊格每年送三百五十人，今請送三百人；進士，依舊格送三十人。"《通典·選舉三·歷代制下》："每歲仲冬，郡、縣、館、監課試其成者。"（傅璇琮《唐代科舉與文學》認爲"仲冬"應從《唐摭言》作"十月"，參以此牓文，是）。庭筠此牓文，係咸通七年任國子助教期間作爲該年國子監的試官，將經過考試報送到禮部，準備參加來年春天進士考試者所作的詩篇張榜公示，而寫的榜文告示。兩《唐書·温庭筠傳》均未載其曾爲國子助教事。然胡賓王《邵謁詩序》云："（謁）尋抵京師隸國子，時温庭筠主試，乃榜三十餘篇以振公道。"《唐詩紀事》卷六十七李濤下亦載："温庭筠在太學博士，主秋試，濤與衛丹、張郃等詩賦，皆榜於都堂。"庭筠弟庭皓有《唐國子助教温庭筠墓誌》（誌文今佚）署咸通七年。均可證庭筠咸通七年曾任國子助教，主秋試。本篇爲庭筠所作詩文可編年者之最後一篇。此後不久，即貶方城尉，旋即去世。

② 進士，指國子監經過考試選拔出來準備參加來春禮部進士試的生徒。即鄉貢進士。識略精微，識見才略，精深微妙。

③ 聲詞，聲韻言詞。激切，激烈直率。《漢書·賈山傳》："其言多激切，善指事意，然終不加罰，所以廣諫諍之路也。"

④ 曲備風謡，完全具備了《詩經》中十五國風反映民情的品質。【顧學頡曰】觀榜文有"聲詞激切"及"時所難著"之語，或是邵謁詩篇諷刺時政，而庭筠榜之，遂觸忌而遭廢耶？（《新舊唐書温庭筠傳訂補》）陳尚君《温庭筠早年事迹考辨》、梁超然《温庭筠考略》（載《漳州師院學報》1994 年第 3 期）亦從其説並多有補證。【陳尚君曰】《唐才子傳》卷九"温憲"條謂："詞人李巨川草薦表，盛述憲先人之屈，辭略曰：'蛾眉先妬，明妃爲出國之人；猿臂自傷，李廣乃不侯之將。'上讀表惻然稱美。時宰相亦有知者，曰：'父以竄死，今孽子宜稍振之，以厭公議，庶幾少雪譏之恨。'上頷之。"李巨川草表事，本於《唐摭言》卷十，後段不詳所出，辛文房當别有據。此處明言庭筠爲負冤竄死。據《寶刻叢編》著録，庭筠墓誌撰於咸通七年，是庭筠之卒距榜詩都堂不超過兩個月。其貶死的最明顯原因，當即爲榜詩觸及時諱。可能與楊收有關。温憲及第在龍紀元年，上距庭筠死已二十年，公議尚且難厭，可見這件冤案當時頗令人注目。惜事實久湮，只能推知其大概。【梁超然曰】從邵謁今存的作品可知他們作品情况的一斑。如《歲豐》一詩……對豪强的抨擊，沉痛而激烈，語氣尖刻……《論政》一詩則對時政進行了深刻的譏刺……温庭筠把這一類"聲詞激切"的作品榜之於堂，自然會招執政者的忌恨。宰相楊收是被當時民謡譏諷爲"錢財總被'收'"

的有劣跡的貪官豪富……“楊收怒之，貶爲方城尉”，這是很自然的。【按】聯係邵謁等人反映現實、抨擊時政之作，對照榜文中“聲詞激切，曲備風謡。標題命篇，時所難著”之評語，推斷庭筠之貶死與榜國子監生徒之詩一事有關，洵爲近乎情理之推測。牓文中所稱“前件進士所納詩篇”，係指考試合格之士子所納的省卷，爲禮部規定只舉進士者必須交納的詩文，時間一般爲考試前一年冬天。所納者爲“舊文”，即作者從自己擅長的文體中選出一部分佳作納獻於禮部，故須張榜公佈，以示國子監秋試選拔之公平。

⑤ 標題命篇，從設置題目到寫作成文。

⑥ 專，獨自佔有。

⑦ 申堂，申報尚書省。唐尚書省署居中，東有吏、户、禮三部，西有兵、刑、工三部。左、右僕射總轄各部，稱都省，其總辦公處稱都堂。牓禮部，在禮部張榜公佈。

温庭筠全集校注卷十二

乾膵子

陳義郎[①]

陳義郎，父彝爽，與周茂方皆東洛福昌人，同於三鄉習業。彝爽擢第，歸娶郭愔女。茂方名竟不就，唯與彝爽交結相誓。唐天寶中，彝爽調集，授蓬州儀隴令。其母戀舊居，不從子之官。行李有日，郭氏以自織染縑一匹裁衣，欲上其姑，誤爲交刀傷指，血霑衣上。啓姑曰："新婦七八年温凊晨昏，今將隨夫之官，遠違左右，不勝咽戀。然手自成此衫子，上有剪刀誤傷血痕，不能滌去。大家見之，即不忘息婦。"其姑亦哭。彝爽固請茂方同行。其子義郎纔二歲，茂方見之，甚於骨肉。及去儀隴五百餘里，磴石臨險，巴江浩渺。攀蘿遊覽，茂方忽生異志，命僕夫等先行："爲吾郵亭具饌。"二人徐步自牽馬行。忽於山路斗拔之所，抽金錘擊彝爽，碎顙，擠之於浚湍之中，佯號哭云："某内逼，北迴，見馬驚踐長官殂矣，今將何之？"一夜會喪，爽妻及僕御致酒感慟。茂方曰："事既如此，如之何？况天下四方人一無知者，吾便權與夫人乘名之官，且利一政俸禄，逮可歸北，即與發哀。"僕御等皆懸厚利，妻不知本末，乃從其計。到任，安帖其僕。一年已後，謂郭曰："吾志已成，誓無相背。"郭氏藏恨，未有所施。茂方防虞甚切。秩滿移官，家於遂州長江。又一選，授遂州曹掾。居無何，已十七年，子長十九歲矣。茂方謂必無人知，教子經業，既而欲成。遂州秩滿，挈其子應舉。是年東都舉選，茂方取北路，令子取南

路，茂方意令覘故園之存没。途次三鄉，有鬻飯媪留食，再三瞻矚。食訖，將酬其直。媪曰："不然，吾憐子似吾孫姿狀。"因啓衣篋，出郭氏所留血污衫子以遺，泣而送之。其子秘於囊，亦不知其由與父之本末。明年下第，歸長江。其母忽見血迹衫子，驚問其故，子具以三鄉媪所對。及問年狀，即其姑也。因大泣，引子於静室，具言之："此非汝父，汝父爲此人所害。吾久欲言，慮汝之幼，吾婦人，謀有不臧，則汝亡父之冤無復雪矣，非惜死也。今此吾手留血襦還，乃天意乎！"其子密礪霜刃，候茂方寢，乃斷吭，仍挈其首詣官。連帥義之，免罪。即侍母東歸。其姑尚存，且叙契闊。取衫子驗之，噓欷對泣。郭氏養姑三年而終。

【校注】

① 録自《太平廣記》卷一二二引《乾𦠆子》。

陽　城[①]

陽城，貞元中與三弟隱居陝州夏陽山中。相誓不婚，啜菽飲水，莞簟布衾，熙熙怡怡，同於一室。後遇歲荒，屏迹不與同里往來，懼於求也。或采桑榆之皮，屑以爲粥，講論詩書，未嘗暫輟。有蒼頭曰都兒，與主協心，蓋管寧之比也。里人敬以哀，饋食稍豐，則閉户不納，散於餓禽。後里人竊令於中户致糠覈十數杯，乃就地食焉。他日，山東諸侯聞其高義，發使致五百縑，城固拒却。使者受命不令返，城乃標於屋隅，未嘗啓緘。無何，有節士鄭俶者，迫於營舉，投人不應，因途經其門，往謁之。俶戚容瘵貌，城留食旬時。問俶所之，及其瘠瘁之端，俶具以情告。城曰："感足下之操，城有諸侯近貺物，無所用，輒助足下人子終身之道。"俶固讓，城曰："子苟非妄，又何讓焉？"俶對曰："君子既施不次之恩，某願終志後爲奴僕償之。"遂去。俶東洛塋事罷，杖歸城，以副前約。城曰："子奚如是，苟無他俶[②]？同志爲學可也，何必云役己以相依？"俶泣涕曰："若然者，微軀何

幸。”俶於記覽苦不長，月餘，城令諷《毛詩》，雖不輟，尋讀，及與之討論，如水投石也。俶大慚。城曰：“子之學，與吾弟相昵不能舍，有以致是邪？今所止阜北，有高顯茅齋，子可自玩習也。”俶甚喜，遽遷之。復經月餘，城訪之，與論《國風》，俶雖加功，竟不能往復一辭。城方出，未三二十步，俶縊於梁下。供爨童窺之，驚以告城，城慟哭若裂支體，乃命都兒將酒奠之。乃作文親致祭，自咎不敏：“我雖不殺俶，俶因我而死。”自脱衣，令僕夫負之，都兒行櫝楚十五。仍服緦麻，厚瘞之。由是爲縉紳之所推重。後居諫議大夫時，極諫裴延齡不合爲國相，其言至懇。《唐史》書之。及出守江華郡，日炊米兩斛，魚羹一大鬵，自天使及草衣村野之夫，肆其食之。並置瓦甌樺杓，有類中衢罇也。

【校注】

① 録自《太平廣記》卷一六七引《乾𦠆子》。

② 俶，乾隆十八年黄晟槐蔭草堂刻本作“繫”。

李　丹[1]

郎中李丹典濠州，蕭復處士寄家楚州白田，聞丹之義，來謁之。且無傭保，棹小舟，唯領一丱歲女僮。時方寒，衣復單弊，女僮尤甚，坐於客次。女僮門外求火燎手，且持其靴去，客吏忽云：“郎中屈處士！”復即芒屩而入。丹揖之坐，略話平素。復忽悟足禮之闕，矍然乃起謝曰[2]：“某爲饑凍所迫，高堂慈母處分，令入關投親知。無奴僕，有一小女僮，便令將隨參謁。朝至此，僮騃恐懼公衙，失所在。客吏已通，取靴不得，去就疏脱，惟惶悚而已。”丹曰：“靴與履皆一時之禮。古者解襪登席，即徒跣以爲禮。靴，胡服也，始自趙武靈王，又有何典據？此不足介君子懷，但請述所求意。”遂留從容，復頤旨趨，乃云：“足下相才，他日必領重事。”於是遣使於白田，饋遺復母甚厚，又餞復以匹馬束帛。復後竟爲相。

【校注】

① 録自《太平廣記》卷一七〇引《乾膢子》。

② 謝,原作"丹",據四庫本《廣記》改。起謝,乾隆十八年黄晟刻本作"啓丹"。

武元衡[1]

武黄門之西川,大宴。從事楊嗣復狂酒,逼元衡大觥,不飲,遂以酒沐之。元衡拱手不動。沐訖,徐起更衣,終不令散宴。

【校注】

① 録自《太平廣記》卷一七七引《乾膢子》。

閻濟美[1]

閻濟美,前朝分司卿許與定分,一志不爲。某三舉及第。初舉,劉單侍郎下雜文落第。二舉,坐王侍郎雜文落第。某當是時,年已蹭蹬,常於江徼往徑山欽大師處問法。是春,某既下第,又將出關,因獻座主六韻律詩曰:"謇諤王臣直,文明雅量全。望爐金自躍,應物鏡何偏?南國幽沈盡,東堂禮樂宣。轉令遊藝士[2],更惜至公年。芳樹歡新景,青雲泣暮天。唯愁鳳池拜,孤賤更誰憐?"座主覽焉,問某:"今年何者退落?"具以實告,先榜落第。座主赧然變色,深有遺才之嘆。乃曰:"所投六韻,必展後效。足下南去,幸無疑將來之事。"某遂出關。秋月,江東求薦,名到省後,兩都置舉,座主已在洛下。比某到洛,更無相知。便投迹清化里店。屬時物翔貴,囊中但有五縑,策蹇驢而已。有舉公盧景莊已爲東府首薦,亦同處焉,僕馬甚豪,與某相揖,未交一言。久乃問某曰:"閻子自何至止?"對曰:"從江東來。"敬奉不敢怠。景莊一旦際暮醉歸,忽蒙問某行第,乃曰:"閻二十。""消息絶好,景莊大險。"某對曰:"不然。必先大府首薦,聲價已振京洛。如某遠地一送,豈敢望有成哉!"景莊曰:"足下

定矣。”十一月下旬，遂試雜文。十二月三日，天津橋放雜文榜，景莊與某俱過。其日苦寒。是月四日，天津橋作鋪帖經，景莊尋被絀落。某具前白主司曰：“某早留心章句，不工帖書，必恐不及格。”主司曰：“可不知禮闈故事，亦許詩贖。”某致詞後，紛紛去留。某又遽前白主司曰：“侍郎開獎勸之路，許作詩贖帖，未見題出。”主司曰：“賦天津橋望洛城殘雪詩。”某只作得二十字。某詩曰：“新霽洛城端，千家積雪寒。未收清禁色，偏向上陽殘。”已聞主司催約詩甚急，日勢又晚，某告主司：“天寒水凍，書不成字。便聞主司處分，得句見在將來。”主司一覽所納，稱賞再三，遂唱過。其夕，景莊相賀云：“前與足下並鋪，試《蜡日祈天宗賦》，竊見足下用魯丘對衛賜。據義，衛賜則子貢也。足下書‘衛賜’作‘駟’馬字，唯以此奉憂耳。”某聞是説，反思之，實作“駟”馬字，意甚惶駭。此榜出，某濫忝第。與狀頭同參座主，座主曰：“諸公試日，天寒急景，寫札雜文，或有不如法。今恐文書到西京，須呈宰相，請先輩等各買好紙，重來請印，如法寫净送納，抽其退本。”諸公大喜。及某撰本却請出，“駟”字上朱點極大。座主還闕之日，獨揖前曰：“春間遺才[③]，所投六韻，不敢暫忘，聊副素約耳。”

【校注】

① 録自《太平廣記》卷一七九引《乾𦠆子》。

② 轉，原作“輪”，據《唐詩紀事》卷三十六所引閻獻座主張謂詩六韻及黄氏刻本《廣記》改。

③ 遺，原作“遣”，據《唐詩紀事》卷三十六所引及黄氏刻本《廣記》改。

嚴　振[①]

德宗鑾駕之幸梁、洋，中書舍人齊映爲之御。下洋州青源川，見旌旗蔽野，上心方駭，謂泚兵有譖疾路者，透秦嶺而要焉。俄見梁帥嚴振，具櫜鞬拜御馬前，具言君臣亂離，嗚咽流涕。上大喜，口敕昇獎，令振上馬前去，與朕作主人。映身本短小，聲氣抑揚，乃曰：“嚴

振合與至尊導馬，御膳自有所司。”頃之，上次洋州行在。召映，責以儒生不達時變，煙塵時須姑息戎帥。映伏奏曰：“山南士庶，祇知有嚴振，不知有陛下。今者天威親臨，令巴蜀士民知天子之尊，亦足以盡振爲臣子之節。”上深嘉嘆。振聞，特拜謝映。時議許映。

【校注】

① 録自《太平廣記》卷一百九十引《乾𦠆子》。

鮮于叔明[①]

劍南東川節度鮮于叔明，好食臭蟲，時人謂之蟠蟲。每散令人采拾得三五升，即浮之微熱水中，以抽其氣盡。以酥及五味熬之，卷餅而啖，其味實佳。

【校注】

① 録自《太平廣記》卷二百一引《乾𦠆子》。

權長孺[①]

長慶末，前知福建縣權長孺，犯事流貶。後以故禮部相國德輿之近宗，遇恩復資，留滯廣陵多日。賓府相見皆鄙之。將詣闕求官，臨行，群公飲餞於禪智精舍。狂士蔣傳知長孺有嗜人爪癖，乃於步健及諸傭保處薄給酬直，得數兩削下爪。或洗濯未清，以紙裹，候其酒酣，進曰：“侍御遠行，無以餞送。今有少佳味敢獻。”遂進長孺。長孺視之，忻然有喜色，如獲千金之惠。涎流于吻，連撮噉之。神色自得，合坐驚異。

【校注】

① 録自《太平廣記》卷二百一引《乾𦠆子》。

裴弘泰[1]

唐裴均之鎮襄州，裴弘泰爲鄭滑館驛巡官，充聘于漢南。遇大宴，爲賓司所漏。及設會，均令走屈鄭滑裴巡官。弘泰奔至，均不悦，責曰："君何來之後？大涉不敬。酌後至，酒已投糾籌。"弘泰謝曰："都不見客司報宴，非敢慢也。叔父捨罪，請在座銀器，盡斟酒滿之，器隨飲以賜弘泰，可乎？"合座壯之，均亦許焉。弘泰次第揭座上小爵，以至觥船，凡飲皆竭，隨飲訖，即置於懷，須臾盈滿。筵中有銀海，受一斗以上，其内酒亦滿。弘泰以手捧而飲，飲訖，目吏人，將海覆地，以足踏之，捲抱而出，即索馬歸驛。均以弘泰納飲器稍多，色不懌。午後宴散，均又思弘泰之飲，必爲酒過度所傷，憂之。迨暮，令人視飲後所爲。使者見弘泰戴紗帽，於漢陰驛廳，箕踞而坐，召匠秤得器物，計二百餘兩。均不覺大笑，明日再飲。回車日，贈遺甚厚。

【校注】

① 録自《太平廣記》卷二三三引《乾䉼子》。

蕭　俛[1]

唐貞元中，蕭俛新及第。時國醫王彦伯住太平里，與給事鄭雲逵比舍住。忽患寒熱，早詣彦伯求診候，誤入雲逵第。會門人他適，雲逵立於中門。俛前趨曰："某前及第，有期集之役，忽患。"具説其狀。逵命僕人延坐，爲診其臂曰："據脈候是心家熱風。雲逵姓鄭，若覓國醫王彦伯，東鄰是也。"俛赧然而去。

【校注】

① 録自《太平廣記》卷二四二引《乾䉼子》。

苑 紬[1]

唐尚書裴胄鎮江陵，常與苑論有舊[2]。論及第後更不相見，但書札通問而已。論弟紬方應舉[3]，過江陵，行謁地主之禮。客因見紬名，曰："秀才之名，雖字不同，且難於尚書前爲禮，如何？"會紬懷中有論舊名紙，便謂客將曰："某自别有名。"客將見日晚，倉皇遽將名入。胄喜曰："苑大來矣。"屈入紬半庭[4]，胄見貌異。及坐，揖曰："足下第幾？"紬對曰："第四。"胄曰："與苑大遠近？"紬曰："家兄。"又問曰："足下正名何？"對曰："名論。"又曰："賢兄改名乎？"紬曰："家兄也，名論。"公庭將吏，於是皆笑。及引坐，乃陳本名名紬。既逡巡於便院，俄而遠近悉知。

【校注】

① 録自《太平廣記》卷二四二引《乾䁬子》。

② 論，原作"紬"，涉題内"紬"字而誤，據下文及黄刻本《廣記改》。

③ 弟，原作"第"，涉上文"第"字而誤，據黄刻本《廣記》改。

④ 半，黄刻本《廣記》作"至中"。

竇 乂[1]

扶風竇乂，年十三，諸姑累朝國戚，其伯檢校工部尚書交，閑廄使宫苑使，於嘉會坊有廟院。又親識張敬立任安州長史，得替歸城。安州土出絲履，敬立齎十數緉散甥姪。競取之，唯乂獨不取。俄而所餘之一緉，又稍大，諸甥姪之剩者，乂再拜而受之。敬立問其故，乂不對。殊不知殖貨有端木之遠志。遂於市鬻之，得錢半千，密貯之，潛於鍛爐作二枝小鍤，利其刃。五月初，長安盛飛榆莢，乂掃聚得斛餘。遂往詣伯所，借廟院習業，伯父從之。乂夜則潛寄褒義寺法安上人院止，晝則往廟中，以二鍤開隙地，廣五寸，深五寸，密布四千餘條，皆長二十餘步，汲水漬之，布榆莢於其中。尋遇夏雨，盡皆滋長。比及秋，森然已及尺餘。千萬餘枝矣。及明年，榆栽已長三

尺餘，乂遂持斧伐其併者，相去各三寸，又選其條枝稠直者，悉留之。所間下者，二尺作圍束之，得百餘束。遇秋陰霖，每束鬻值十餘錢。又明年，汲水於舊榆溝中。至秋，榆已有大者如雞卵。更選其稠直者，以斧去之，又得二百餘束，此時鬻利數倍矣。後五年，遂取大者作屋椽，僅千餘莖，鬻之，得三四萬餘錢。其端大之材，在廟院者，不啻千餘，皆堪作車乘之用。此時生涯已有百餘，自此弊帛布裘百結，日歉食而已。遂買蜀青麻布，百錢箇疋，四尺而裁之，雇人作小袋子。又買内鄉新麻鞋數百輛，不離廟中。長安諸坊小兒及金吾家小兒等，日給餅三枚，錢十五文，付與袋子一口，至冬，拾槐子實其内，納焉。月餘，槐子已積兩車矣。又令小兒拾破麻鞋，每三輛，以新麻鞋一輛换之。遠近知之，送破麻鞋者雲集，數日，獲千餘量。然後鬻榆材中車輪者，此時又得百餘千。雇日傭人，於崇賢西門水澗，從水洗其破麻鞋，曝乾，貯廟院中，又坊門外買諸堆棄碎瓦子，令功人於流水澗洗其泥滓，車載積於廟中。然後置石嘴碓五具，剉碓三具，西市買油靛數石，雇庖人執爨，廣召日傭人，令剉其破麻鞋，粉其碎瓦，以疎布篩之，合槐子油靛，令役人日夜加功爛擣，候相乳尺，悉看堪爲挺，從臼中熟出，令工人併手團握，例長三尺已下，圓徑三寸，垛之得萬餘條，號爲法燭。建中初，六月，京城大雨。尺燼重桂，巷無車輪，乂乃取此法燭鬻之，每條百文。將燃炊爨，與薪功倍，又獲無窮之利。先是西市秤行之南，有十餘畝坳下潛汚之地，目曰"小海地"，爲亭旗之内衆穢所聚，乂遂求買之，其主不測，乂酬錢三萬。既獲之，於其中立標懸幡子，於遶池設六七鋪，製造煎餅及糰子，召小兒擲瓦礫擊其幡標，中者以煎餅糰子啗。不逾月，兩街小兒競往，計萬萬，所擲瓦已滿池矣。遂經度，造店二十間，當其要害，日收利數千，甚獲其要。店今存焉，號爲竇家店。又嘗有胡人米亮，因饑寒，乂見，輒與錢帛，凡七年不之問。異日又見亮，哀其飢寒，又與錢五千文。亮因感激而謂乂曰："亮終有所報大郎。"乂方閒居，無何，亮且至，謂乂曰："崇賢里有小宅出賣，直二百千文，大郎速買之。"乂西市

櫃坊，鏁錢盈餘，即依直出錢市之。書契日，亮語乂曰："亮攻於覽玉，嘗見宅内有異石，人罕知之。是搗衣砧，真于闐玉，大郎且立致富矣。"乂未之信，亮曰："延壽坊召玉工觀之。"玉工大驚曰："此奇貨也，攻之當得腰帶銙二十副，每副直錢三千貫文。"遂令琢成，果得數百千價。乂得合子、執帶、頭尾諸色雜類，鬻之，又計獲錢數十萬貫。其宅并元契，乂遂與米亮，使居之以酬焉。又李晟太尉宅前有一小宅，相傳凶甚，直二百十千，乂買之，築園打牆，拆其瓦木，各垛一處。就耕之術[②]，太尉宅中傍其地，有小樓常下瞰焉。晟欲併之爲擊毬之所。他日，乃使人向乂欲買之。乂確然不納，云："某自有所要。"候晟休沐日，遂具宅契書請見晟，語晟曰："某本置此宅，欲與親戚居之，恐俯逼太尉甲第，貧賤之人，固難安矣。某所見此地寬閒，其中可以爲戲馬，今獻元契，伏惟俯賜照納。"晟大悦，私謂乂："不要某微力乎？"乂曰："無敢望。猶恐後有緩急，再來投告令公。"晟益知重。乂遂搬移瓦木，平治其地如砥，獻晟。晟戲馬，荷乂之所惠。乂乃於兩市選大商産巨萬者，得五六人，遂問之："君豈不有子弟要諸道及在京職事否？"賈客因[③]語乂曰："大郎忽與某等致得子弟庇身之策[④]，某等其率草粟之直二萬貫文。"乂因懷諸賓客子弟名謁晟，皆認爲親故，晟忻然覽之，各置諸道膏腴之地重職，乂又獲錢數萬。崇賢里有中郎將曹遂興，堂下生一大樹，遂興每患其經年枝葉有礙庭宇，伐之又恐損堂室，乂因訪遂興，指其樹曰："中郎何不去之？"遂興答曰："誠有礙耳，因慮根深本固，恐損所居室宇。"乂遂請買之："仍與中郎除之，不令有損，當令樹自去。"中郎大喜。乃出錢五千文以納中郎。與斧釿匠人議伐其樹，自梢及根，令各長二尺餘斷之，厚與其直，因選就衆材及陸博局數百，鬻於木行，又計利百餘倍。其精幹率是類也。後乂年老無子，分其見在財等與諸熟識親友。至其餘千産業，街西諸大市各千餘貫，與常住法安上人經管，不揀時日供擬，其錢亦不計利。乂卒時年八旬餘，京城和會里有邸，弟姪宗親居焉，諸孫尚在。

【校注】

① 録自乾隆十八年黄晟槐蔭草堂刻本《太平廣記》卷二四三引《乾𦠆子》。

② 術,談刻本、四庫本作"後"。

③ 因,四庫本作"共"。

④ 策,四庫本作"地"。

裴樞[1]

河東裴樞,字環中。季父耀卿,唐玄宗朝位至丞相,開元二十一年奏開河漕以贍國用[2],上深嘉納之。親姨夫中書舍人薛邕,時有知貢舉之耗,元日因來謁樞親,乃曰:"幾姊有處分親故中舉人否[3]?"其親指樞。邕整容端手板對曰:"三十六郎自是公共積選之才,不待處分矣。伏恐别有子弟。"樞即應聲曰:"姨子失言。"因舉酒瀝地誓曰:"薛姨夫知舉,樞當絶迹匿形,不履人世。"其親决責,令拜謝邕,樞竟不屈。永泰二年,賈至侍郎知舉,樞一舉而登選。後大曆二年,薛邕方知舉。樞及第後歸丹陽里,不與雜流交通。及韋元甫除此州,計到郡之明日,合來拜其親。元甫至丹陽之明日,專使送衣服書狀信物,樞怒言不納。後三日,元甫親擁騎到樞别業,樞戒其僕不令報,久停元甫車徒不得進。元甫不怒,但云:"裴君太褊,某乍到須與軍吏監軍相識,遽此深責,未敢當也。"親乃遣女奴傳語,延元甫就廳事置酒,元甫陳以公事,樞方出歡話。

【校注】

① 録自《太平廣記》卷二四四引《乾𦠆子》。

② 奏,原作"春",據黄氏刻本《廣記》改。

③ 處,原爲闕文,據黄氏刻本《廣記》補。

張　登[1]

唐南陽張登，制舉登科。形貌枯瘦，氣高傲物。裴樞與爲師友。樞爲司勳員外，舉公群至投文，樞才詆訶瑕讁。登自知江陵鹽鐵會計，到城直入司勳廳，冷笑曰："裴三十六大有可笑事。"樞因問登可笑之由。登曰："笑公驢牙郎搏馬價，此成笑耳。"

【校注】

① 録自《太平廣記》卷二五七引《乾𦠆子》。

劉義方[1]

唐劉義方，東府解送試《貂蟬冠賦》，韻脚以"審之厚薄"。義方賦成，云："某於'厚'字韻，有一聯破的。"乃吟曰："懸之有壁，有類乎兜鍪；戴之無頭，又同乎席帽莫后反。"無不以爲歡笑。

【校注】

① 録自《太平廣記》卷二六一引《乾𦠆子》。

鄭群玉[1]

唐東市鐵行有范生，卜舉人連中成敗，每卦一縑。秀才鄭群玉短於呈試[2]，家寄海濱，頗有生涯，獻賦之來，下視同輩[3]，意在必取。僕馬鮮華，遂賫緡三千，並江南所出，詣范生。范喜於異禮，卦成乃曰："秀才萬全矣。"群玉之氣益高。比入試，又多賫珍品，烹之坐享，以至繼燭。見諸會賦，多有寫净者，乃步於庭曰："吾今下筆，一字不得生，鐵行范生，須一打二十[4]。"突明，竟掣白而去。

【校注】

① 録自《太平廣記》卷二六一引《乾𦠆子》。

② 秀才,原闕文,據黄刻本《廣記》補。
③ 同輩,原闕文,據黄刻本《廣記》補。
④ 打,原闕文,據黄刻本《廣記》補。

梅權衡①

唐梅權衡,吴人也,入試不持書策,人皆謂奇才。及府題出《青玉案賦》,以"油然易直子諒之心"爲韻,場中兢講論如何押"諒"字。權衡於庭樹下,以短箠畫地起草。日晡,權衡詩賦成。張季遐前趨,請權衡所納賦押"諒"字,以爲師模。權衡乃大言曰:"押字須商量,争應進士舉?"季遐且謙以薄劣,乃率數十人請益。權衡曰:"此韻難押。諸公且廳上坐,聽某押處解否。"遂朗吟曰:"恍兮惚兮,其中有物;惚兮恍兮,其中有諒。犬蹲其傍,鴟拂其上。"權衡又講:"青玉案者,是食案。所以言犬蹲其傍,鴟拂其上也。"衆大笑。

【校注】

① 録自《太平廣記》卷二六一引《乾𦠆子》。

王　諸①

大曆中,邛州刺史崔勵親外甥王諸,家寄綿州,往來秦蜀,頗諳京中事。因至京,與倉部令史趙盈相得,每籌左綿等事②。盈並爲主之。諸欲還,盈固留之。中夜,盈謂諸曰:"某長姊適陳氏,唯有一笄女。前年,長姊喪逝,外甥女子,某留撫養。所惜聰惠,不欲托他人。知君子秉心,可保歲寒。非求於伉儷,所貴得侍巾櫛。如君他日禮娶,此子但安存,不失所,即某之望也。成此親者,結他年之好耳。"諸對曰:"感君厚意,敢不從命。固當期於偕老耳。"諸遂備纁幣迎之。後二年,遂挈陳氏歸于左綿。是時,勵方典邛商,諸往覲焉。勵遂責諸浪迹,又恐年長不婚,諸具以情白舅。勵曰:"吾小女寬柔,欲與汝重親,必容汝舊納者。"陳氏亦曰:"豈敢他心哉!但得衣食粗充,夫人不至怪怒,是某本意。"諸遂就表妹之親。既成姻,崔氏女便

令取陳氏，同居相得，更無分毫失所。勵令其子鏗與諸江陵卜居，兼將金帛下峽而去。三月諸發。五月，勵受替，遂盡室江陵而行。諸與鏗方買一宅修葺，停午，諸忽夢陳氏被髮來，哀告諸曰："某，他鄉一賤人。崔氏夫人本許終始，奈何三峽舟中沐髮，使人聳某，令於崩湍中而卒，永葬魚鼈腹中。"哀泣霑襟。俄而鏗於東廂寐，亦夢陳氏訴冤："崔夫人不仁，致我性命三峽。"鏗與諸偶坐，方訝其事，其夜，二人夢復如前。鏗甚慚，謂諸曰："某娘情性不當如是，何有此冤！且今日江頭望信，若聞陳氏不平安，此則必矣。"後數日，果有信，説陳氏溺三峽。及勵到諸家，諸泣説前事。崔氏爲其兄所責，不能自明，遂斷髮喑嗚而卒，諸亦蕩遊他處。數年間，忽於夏口，見水軍營之中門東廂，見一女人，姿狀即陳氏也。諸流眄久之。其婦又殷勤瞻矚，問僮僕云："郎君豈不姓王？"僮走告諸，及白姨弟，令詢其本末。陳氏曰："實不爲崔氏所擠，某失足墜於三峽，經再宿，泊尸於磧，遇鄂州迴易小將梁璨，初欲收葬，後因吐無限水，忽然而蘇。某感梁之厚恩，遂妻梁璨，今已誕二子矣。"諸由是疑負崔氏之冤，入羅浮山而爲頭陀僧矣。

【校注】

① 録自《太平廣記》卷二八〇引《乾𦠆子》。

② "籌左"，原作"籌在"，據黄氏刻本《廣記》改。

道政坊宅[①]

道政里十字街東，貞元中有小宅，怪異日見，人居者必遭大凶禍。時進士房次卿假西院住，累月無患，乃衆誇之云："僕前程事可以自得矣。咸謂此宅凶，於次卿無何有。"李直方聞而答曰："是先輩凶於宅。"人皆大笑。後爲東平節度李師古買爲進奏院。是時東平軍每賀冬正[②]，常五六十人，鷹犬隨之。武將軍吏烹庖屠宰，悉以爲常。進士李章武初及第，亦負壯氣，詰朝訪太史丞徐澤，遇早出，遂

憩馬於其院。此日東平軍士悉歸，忽見堂上有傴背衣黖緋老人，目且赤而有淚，臨階曝陽。西軒有一衣暗黄裙白褡襠老母，荷擔二籠，皆盛亡人碎骸及驢馬等骨，又插六七枚人肋骨於其髻爲釵，似欲移徙。老人呼曰："四娘子何爲至此？"老母應曰："高八丈萬福。"遽云："且辭八丈移去，近來此宅大蹀聒，求住不得也。"章武知音親説此宅本凶。或云章武因此玥粉黛耳[3]。

【校注】

① 録自《太平廣記》卷三四一引《乾䦃子》。

② 軍，原作"君"，據黄氏刻本《廣記》改。

③ 玥，沈氏鈔本《廣記》作"而"，四庫本《廣記》作"瑁"，均非，疑當作"鈅"，鎖也。"鈅粉黛"，藏嬌之謂。

華州參軍[1]

華州柳參軍，名族之子。寡欲，早孤，無兄弟。罷官於長安閑遊。上巳日，曲江見一車子，飾以金碧，半立淺水之中。後簾徐褰，見摻手如玉，指畫令摘芙蕖。女之容色絶代，斜睨柳生良久。柳生鞭馬從之，即見車子入永崇里。柳生訪其姓[2]，崔氏，女亦有母。有青衣，字輕紅。柳生不甚貧，多方賂輕紅，竟不之受。他日，崔氏女有疾，其舅執金吾王因候其妹，且告之："請爲子納焉。"崔氏不樂，其母不敢違兄之命。女曰："願嫁得前時柳生足矣。必不允，某與外兄終恐不生全。"其母念女之深，乃命輕紅於薦福寺僧道省院達意。柳生爲輕紅所誘，又悦輕紅。輕紅大怒曰："君性正粗，奈何小娘子如此待於君，某一微賤，便忘前好，欲保歲寒其可得乎？某且以足下事白小娘子。"柳生再拜，謝不敏然。始曰："夫人惜小娘子情切，今小娘子不樂適王家，夫人是以偷成婚約，君可兩三日内就禮事。"柳生極喜，自備數百千財禮，期内結婚。後五日，柳挈妻與輕紅於金城里居。及旬月外，金吾到永崇，其母王氏泣云："某夫亡，子女孤弱[3]，被侄不待禮會，强竊女去矣。兄豈無教訓之道？"金吾大怒，歸笞其子

數十。密令捕訪，彌年無獲。無何，王氏殂，柳生挈其妻與輕紅自金城里赴喪。金吾之子既見，遂告父，父擒柳生。生云："某於外姑王氏處納采娶妻，非越禮私誘也，家人大小皆熟知之。"王氏既殁，無所明，遂訟於官。公斷王家先下財禮，合歸王家。金吾子常悦慕表妹，亦不怨前横也。經數年，輕紅竟潔己處焉。金吾又亡，移其宅於崇義里。崔氏不樂事外兄，乃使輕紅訪柳生所在，時柳生尚居金城里。崔氏又使輕紅與柳生爲期，兼賫看圃竪，令積糞堆與宅垣齊，崔氏女遂與輕紅躡之，同詣柳生。柳生驚喜，又不出城，只遷群賢里。後本夫終尋崔氏女，知群賢里住，復興訟奪之。王生情深，崔氏萬途求免，託以體孕，又不責而納焉。柳生長流江陵，二年，崔氏女與輕紅相繼而殁。王生送喪，哀慟之禮至矣。輕紅亦葬於崔氏墳側。柳生江陵閑居，春二月，繁花滿庭，追念崔氏女，凝想形影，且不知存亡。忽聞扣門甚急，俄見輕紅抱妝奩而進，乃曰："小娘子且至。"聞似車馬之聲，比崔氏女入門，更無他見。柳生與崔氏女叙契闊，悲歡之甚。問其由，則曰："某已與王生訣，自此可以同穴矣。人生意專，必果夙願。"因言曰："某少習樂，箜篌中頗有功。"柳生即時買箜篌，調弄絶妙。二年間，可謂盡平生矣。無何，王生舊使蒼頭過柳生之門，見輕紅，驚，不知其然。又疑人有相似者，未敢遽言。問閭里，又云流人柳参軍，彌怪，更伺之。輕紅亦知是王生家人，因具言於柳生，匿之。王氏蒼頭却還城，具以其事言於王生。王生聞之，命駕千里而來。既至柳生之門，於隙窺之，正見柳生坦腹於臨軒榻上，崔氏女新妝，輕紅捧鏡於其側。崔氏匀鉛黄未竟，王生門外極叫，輕紅鏡墜地，有聲如磬。崔氏與王生無憾，遂入。柳生驚，亦待如賓禮。俄又失崔氏所在。柳生與王生從容言事，二人相看不喻，大異之。相與造長安，發崔氏所葬驗之，即江陵所施鉛黄如新，衣服肌肉，且無損敗，輕紅亦然。柳與王相誓，却葬之，二人入終南山訪道，遂不返焉。

【校注】

① 録自《太平廣記》卷三四二引《乾𦠆子》。

② “訪其姓”，原作“知其大姓”，據沈氏鈔本《廣記》改。

③ 弱，原闕文，據黄刻《廣記》補。沈氏鈔本作“獨”。

李僖伯[1]

隴西李僖伯，元和九年任温縣，常爲予説：元和初調選時，上都興道里假居。早往崇仁里訪同選人，忽於興道東門北下曲，馬前見一短女人，服孝衣，約長三尺以來，言語聲音，若大婦人。咄咄似有所尤。即云：“千忍萬忍，終須決一場，我終不放伊。”彈指數下云：“大奇，大奇。”僖伯鼓動後出，心思異之，亦不敢問。日旰，及廣衢，車馬已鬧，此婦女爲行路所怪，不知其由。如此兩日，稍稍人多，只在崇仁北街居。無何，僖伯自省門東出，及景風門，見廣衢中人鬧已萬萬，如東西隅之戲場，大圍之。其間無數小兒環坐，短女人準前，布冪其首，言詞轉無次第，群小兒大共嗤笑。有人欲近之，則來拏攫，小兒又退。如是日中，看者轉衆。短女人方坐，有一小兒突前牽其冪首，布遂落，見三尺小青竹挂一髑髏髐然。金吾以其事上聞。

【校注】

① 録自《太平廣記》卷三四三引《乾𦠆子》。

張弘讓[1]

元和十二年，壽州小將張弘讓，娶兵馬使王暹女。淮西用兵方急，令狐通爲刺史。弘讓妻重疾累月，每思食，弘讓與具。後不食，如此自夏及秋，乍進乍退，弘讓心終不怠。冬十月，其妻忽思湯餅。弘讓與具之，工未竟，遇軍中給冬衣，弘讓遂請同志王士徵妻爲饌。弘讓乃去。士徵妻饌熟，就牀欲進。忽見弘讓妻自額鼻中分半，一手一股在牀，流血殷席。士徵妻驚呼，告營中。軍人妻諸鄰來共觀之，競問莫知其由。俄而吏報通，使人檢視。其日又非昏暝，二婦素無嫌怨，遂爲吏所録。弘讓奔歸，及喪所。忽聞空中婦悲泣云：“某

被大家喚將看兒去，煩君多時。某不得已，君終不見棄。大家索君懇求耳。”先是弘讓營居後小圃中有一李樹，婦云：“君今速爲某造四分食，置李樹下，君則向樹下哀祈，某必得再履人世也。”弘讓依其言陳饌，懇祈拜之。忽聞空中云：“還汝新婦！”便聞王氏云：“接我以力。”弘讓如其言接之，俄覺赫然半尸簿下，弘讓抱之。遽聞王氏云：“速合牀上半尸。”比弘讓拳曲持半尸到牀，王氏聲聲云：“勘其剖處，無所參差。”弘讓盡力與合之，令等其舊。王氏云：“覆之以衾，無我問三日。”弘讓如其教。三日後，聞呻吟，乃云：“思少饘粥。”弘讓以飲灌其喉，盡一杯。又云：“具無相問。”七日則泯如舊，但自項及脊徹尻，有痕如刀傷。前額及鼻，貫胸腹亦然。一年平復如故。生數子。此故友龐子肅親見其事。

【校注】

① 録自《太平廣記》卷三四四引《乾䐁子》。

寇鄘[①]

元和十二年，上都永平里西南隅有一小宅，懸榜云：“但有人敢居，即傳元契奉贈，及奉其初價。”大曆年，安太清始用二百千買得，後賣與王姁，傳受凡十七主，皆喪長。布施與羅漢寺，寺家賃之，悉無人敢入。有日者寇鄘，出入於公卿門，詣寺求買。因送四十千與寺家，寺家極喜，乃傳契付之。有堂屋三間，甚庳，東西厢共五間，地約三畝，榆楮數百株。門有崇屏，高八尺，基厚一尺，皆炭灰泥焉。鄘又與崇賢里法明寺僧普照爲門徒。其夜，掃堂獨止，一宿無事。月明，至四更，微雨。鄘忽身體拘急，毛髮如磔，心恐不安。聞一人哭聲，如出九泉。乃畢聽之[②]，又若在中天。其乍東乍西，無所定。欲至曙，聲遂絶。鄘乃告照曰：“宅既如此，應可居焉。”命照公與作道場。至三更，又聞哭聲。滿七日，鄘乃作齋設僧。方欲衆僧行食次，照忽起，於庭如有所見。遽厲聲逐之，喝云：“這賊殺如許人！”繞

庭一轉,復坐曰:"見矣見矣!"遂命鄘求七家粉水解穢。俄至門崇屏,灑水一杯,以柳枝撲焉。屏之下四尺,開土忽頽圮,中有一女人,衣青羅裙,紅褌、錦履、緋衫子,其衣皆是紙灰,風拂盡飛於庭,即枯骨籍焉。乃命織一竹籠子,又命鄘作三兩事女衣盛之,送葬渭水之沙洲。仍命勿回頭,亦與設酒饌。自後小大更無恐懼。初,郭汾陽有堂妹,出家永平里宣化寺。汾陽王夫人之頂謁其姑,從人頗多,後買此宅,往來安置。或聞有青衣不謹,遂失青衣,夫人令高築崇屏,此宅因有是焉。亦云,青衣不謹洩漏遊處,由是生葬此地焉。

【校注】

① 録自《太平廣記》卷三四四引《乾𦠆子》。

② 畢,黄氏刻本作"卑"。

梁仲朋[1]

葉縣人梁仲朋,家住汝州西郭之街南。渠西有小莊,常朝往夕歸。大曆初,八月十五日,天地無氛埃。去十五六里,有豪族大墓林,皆植白楊。是時,秋影落木,仲朋跨馬及此。二更,聞林間槭槭之聲,忽有一物自林飛出。仲朋初謂是驚棲鳥,俄便入仲朋懷,鞍橋上坐。月照若五斗栲栳大,毛黑色,頭便似人,眼眹如珠。便呼仲朋為弟,謂仲朋曰:"弟莫懼[2]。"頗有羶羯之氣,言語一如人。直至汝州郭門外,見人家未寐,有燈火光,其怪歘飛東南上去,不知所在。如此仲朋至家多日,不敢向家中説。忽一夜更深月上,又好天色,仲朋遂召弟妹於庭命酌,或嘯或吟,因語前夕之事。其怪忽從屋脊上飛下,來謂仲朋曰:"弟説老兄何事也?"於是小大走散,獨留仲朋,云:"爲兄作主人。"索酒不已。仲朋細視之,頸下有癭子,如生瓜大,飛翅是雙耳,又是翅,鼻烏毛斗輵,大如鵝卵。飲數斗酒,醉於杯筵上,如睡着。仲朋潛起,礪闊刃,當其項而刺之,血流迸灑,便起云:"大哥,大哥,弟莫悔。"却映屋脊不復見,庭中血滿。三年内,仲朋一家

三十口蕩盡。

【校注】

① 録自《太平廣記》卷三六二引《乾𦠆子》。

② “莫”字原無,據黄氏刻本《廣記》補。

王　愬[1]

建中三年,前楊府功曹王愬,自冬調選,至四月,寂無音書。其妻扶風竇氏憂甚。有二女,皆國色。忽聞門有賣卜女巫包九娘者過其巷,人皆推占事中,遂召卜焉。九娘設香水訖,俄聞空中有一人下,九娘曰:“三郎來,與夫人看功曹有何事,更無音書? 早晚合歸?”言訖而去。經數刻,忽空中宛轉而下,至九娘喉中曰:“娘子酬答何物? 阿郎歸甚平安。今日在西市絹行舉錢,共四人長行,緣選場用策子,被人告,所以不得見官。”作行李次,密書之。五月二十三日初明,愬奄至宅。竇氏甚喜,坐訖,便問:“君何故用策子,令選事不成? 又於某月日西市舉錢,共四人長行?”愬自以不附書,愕然驚異。妻遂話及女巫之事,即令召巫來,曰:“勿憂[2]。來年必得好官。今日西北上有人牽二水牛,患脚,可勿争價買取,旬月間應得數倍利。”至時,果有人牽跛牛過,即以四千買之[3],經六七日,甚肥壯,足亦無損。同曲磨家,二牛暴死,卒不可市,遂以十五千求買。初,愬宅在慶雲寺西,巫忽曰:“可速賣此宅。”如言貨之,得錢十五萬。又令於河東月僦一宅,貯一年已來儲。然後買竹作粗籠子,可盛五六斗者,積之不知其數。明年初,連帥陳少遊議築廣陵城,取愬舊居,給以半價。又運土築籠,每籠三十文,計資七八萬。始於河東買宅,神巫不從包九娘而自至,曰:“某姓孫,名思兒,寄住巴陵,欠包九娘錢,今已償足,與之别歸,故來辭耳。”吁嗟久之,不見其形。竇氏感其所謀,謂曰:“汝何不且住? 不然,吾養汝爲兒,可乎?”思兒曰:“娘子既許,某更何愁? 可爲作一小紙屋,安於堂檐,每食時,與少食即足矣。”月

餘，遇秋風飄雨，中夜長嘆。竇氏乃曰："今與汝爲母子，何所中外？不然，向吾牀頭櫃上安居，可乎？"思兒又喜。是夕移入，便問拜兩娣。不見形，但聞其言。愬長女好戲，因謂曰："娣與爾索一新婦。"於是紙畫一女，及布綵續，思兒曰："請如小娣裝索。"其女亦戲曰："依爾意。"其夜言笑，如有所對，即云："新婦參二姑姑。"愬堂妹事韓家，住南堰，新有分娩，二女作綉鞋，欲遺之。方命青衣裝，思兒笑。二女問笑何事，答曰："孫兒一足腫，難著綉鞋。"竇氏始惡之，思兒已知。更數日，乃告辭。云："且歸巴陵。蒙二娣與娶新婦，便欲將去。望與令造一船子④，長二尺已來，令娣監將香火，送至楊子江，爲幸足矣。"竇氏從其請，二女又與一幅絹，畫其夫妻相對。思兒着緑秉板，具小船上拜別。自其去也，二女皆若神不足者。二年，長女家外兄，親禮夜卒於帳門。以燭照之，其形若黄葉爾。小女適張初，初嫁亦如其娣。愬終山陽郡司馬。

【校注】

① 録自《太平廣記》卷三六三引《乾䉵子》。
② 勿，原作"忽"，據黄刻本《廣記》改。
③ 之，原作"買"，屬下句，據黄刻本改。
④ 望，原作"愬"，據沈氏鈔本《廣記》改。

曹　朗①

進士曹朗，文宗時任松江華亭令。秩將滿，於吴郡置一宅。又買小青衣，名曰花紅云。其價八萬，貌甚美，其家皆憐之。至秋受代，朗乃將其家人入吴郡宅②。後逼冬至，朗緣新堂修理未畢，堂内西間，貯炭二百斤。東間窗下有一榻，新設茵席。其上有修車細蘆蓆十領。東行南厦，西廊之北一房充庫；一房即花紅及乳母；一間充厨。至除前一日，朗姊妹乃親皆辦奠祝之用。鐺中及煎三升許油，旁堆炭火十餘斤。妹作餅，家人並在左右，獨花紅不至。朗親意其惰寢，遂召之至，又無所執作。朗怒笞之，便云頭痛。忽有大磚飛

下,幾中朗親。俄又一大磚擊油鐺,於是驚散,厨中食器亂在階下。日已晚,俱入西舍,遂移入堂,並將小兒。及扃堂門,子母相依而坐,汗流如水,不論其怪。朗取炭數斤燃火,俄又空中轟榻之聲,火又空中上下。忽見東窗下牀上,有一女子,可年十四五,作兩髻,衣短黄襦褲,跪於牀,以效人碾茶。朗走起擒之,繞屋不及。逡巡,匿蘆蔯積中。朗又踏之,啾然有聲,遂失所在。坐以至旦③,雞鳴,方敢開門。乳母,花紅熟寢於西室,朗召玉芝觀顧道士作法。數日,有人長吁曰:“吾是梁苑客枚皋,前因節日,求食於此。君家不知云何見捕?”朗具茶酒,引之與坐④。皋謂朗曰⑤:“吾元和初遊上元瓦棺閣,第二層西隅壁上題詩一首。”朗苦請。皋曰:“方心事無悰,幸相悉,他日到金陵可自録之。足下之祟,非吾所爲。其人不遠,但問他人,當自知。”朗遂白顧道士,捨之。里中有女巫朱二娘,又召令占。巫悉召家人出,唯花紅頭痛未起,巫强呼之出,責曰:“何故如此,娘子不知,汝何不言?”遂拽其臂,近肘有青脈寸餘隆起,曰:“賢聖宅於此,夫人何故驚之?”花红拜,唯稱不由己。朗懼,減價賣之,歷三家,皆如此,遂放之,無所容身,常於諸寺紉針以食。後有包山道士申屠千齡過,説花紅本是洞庭山人户共買人家一女,令守洞庭山廟。後爲洞庭觀拓北境二百餘步,其廟遂除,人户賣與曹時用。廟中山魅無所依,遂與其類巢於其臂。東吴人盡知其事。

【校注】

① 録自《太平廣記》卷三六六引《乾䐶子》。

② 朗乃,原作“令朗”,據沈氏鈔本《廣記》改。

③ “坐以”二字原闕,據黄刻補。

④ 坐,原作“求”,據沈氏鈔本《廣記》改。

⑤ 謂朗,原作“近文”,據沈氏鈔本及黄刻本《廣記》改。

孟嫗[1]

彭城劉頗常謂子婿進士王勝話：三原縣南董店，店東壁，貞元末有孟嫗，年一百餘而卒。店人悉曰“張大夫店”。頗自渭北入城，止於媪店。見有一媪，年只可六十已來，衣黄紬大裘，烏幘，跨門而坐焉。左衛李胄曹，名士廣，其嫗問廣何官，廣具答之。其媪曰：“此四衛耳，大好官。”廣即問媪曰：“何以言之？”媪曰：“吾年二十六，嫁與張詧爲妻。詧爲人多力善騎射，郭汾陽之總朔方，此皆部制之郡：靈、夏、邠、涇、岐、蒲是焉。吾夫張詧爲汾陽所任，請重衣賜，常在汾陽左右。詧之貌酷相類吾。詧卒，汾陽傷之，吾遂僞衣丈夫衣冠，投名爲詧弟，請事汾陽。汾陽大喜，令替闕，如是又寡居一十五年。自汾陽之薨，吾已年七十二，軍中屢奏兼御史大夫。忽思煢獨，遂嫁此店潘老爲婦。邇來復誕二子，曰滔，曰渠。”滔五十有四，渠年五十有二。是二兒也，頗每心記之。與子婿王勝話人間之異者。

【校注】

① 録自《太平廣記》卷三六七引《乾𦠆子》。

薛弘機[1]

東都渭橋銅駝坊，有隱士薛弘機，營蝸舍渭河之隈[2]。閉户自處，又無妻僕。每秋時，鄰樹飛葉入庭，亦掃而聚焉，盛以紙囊，逐其强而歸之。常於座隅題其詞曰：“夫人之計，將徇前非且不可，執我見不從於衆亦不可。人生實難，唯在處中行道耳。”居一日，殘陽西頹，霜風入户。披褐獨坐，仰張邴之餘芳。忽有一客造門，儀狀瓌古，隆準龎眉，方口廣顙，嶷然四皓之比。衣早霞裘，長揖薛弘機曰：“足下性尚幽遁[3]，道著嘉肥。僕所居不遥，向慕足下操履，特相詣。”弘機一見相得，切磋今古，遂問姓氏。其人曰：“藏經姓柳。”即便歌吟。清夜將艾，云：“漢興，叔孫爲禮，何得以死喪婚姻而行二載制

度？吾所感焉。”歌曰：“寒水停圓沼，秋池滿敗荷。杜門窮典籍，所得事今多。”弘機好《易》，因問。藏經則曰“《易》道深微，未敢學也。且劉氏《六説》，只明《詩》《書》《禮》《樂》及《春秋》，而亡於《易》，其實五説，是道之難。”弘機甚喜此論，言訖辭去，窣颯有聲。弘機望之，隱隱然丈餘而没。後問諸鄰，悉無此色。弘機苦思藏經，又不知所。尋月餘，又詣弘機。弘機每欲相近，藏經輒退。弘機逼之，微聞朽薪之氣。藏經隱，至明年五月又來，乃謂弘機曰：“知音難逢，日月易失。心親道曠，室邇人遐。吾有一絶相贈，請君記焉。詩曰：‘誰謂三才貴，余觀萬化同。心虚嫌蠹食，年老怯狂風。’”吟訖，情意搔然，不復從容。出門而西，遂失其踪。是夜惡風發屋拔樹。明日，魏王池畔有大枯柳，爲烈風所拉折，其内不知誰人藏經百餘卷，盡爛壞。弘機往收之，多爲雨漬斷，皆失次第。内唯無《周易》。弘機嘆曰：“藏經之謂乎！”建中年事。

【校注】

① 録自《太平廣記》卷四一五引《乾𦠆子》。

② 東都無渭水、渭橋，此似有意露虚構之跡。

③ 遁，原作“道”，據黄氏刻本《廣記》改。

何讓之①

唐神龍中，盧江何讓之赴洛。遇上巳日，將陟老君廟，瞰洛中遊春冠蓋。廟之東北二百餘步，有大丘三四，時亦號後漢諸陵，故張孟陽《七哀詩》云：“恭文遥相望，原陵鬱膴膴。”原陵即光武陵。一陵上獨有枯柏三四枝，其下盤石，可容數十人坐。見一翁，姿貌有異常輩，眉鬢皓然，著賓幪巾襦褲，幘烏紗，抱膝南望，吟曰：“野田荆棘春，閨閣綺羅新。出没頭上日，生死眼前人。欲知我家在何處，北邙松柏正爲鄰。”俄有一貴戚，金翠車輿，如花之婢數十，連袂笑樂而出徽安門，抵榆林店。又睇中橋之南北，垂楊拂于天津，繁花明于上

苑，紫禁綺陌，軋亂香塵。讓之方嘆棲遲，獨行踽踽，已訝前吟翁非人。翁忽又吟曰：“洛陽女兒多，無乃孤翁老去何！”讓之遽欲前執，翁倏然躍入丘中。讓之從焉。初入丘，曛黑不辨，其逐翁已復本形矣。遂見一狐跳出，尾有火焰如流星。讓之却出玄堂之外，門東有一筵已空。讓之見一几案，上有硃盞筆硯之類。有一帖文書，紙盡慘灰色，文字則不可曉解。略記可辨者，其一云：“正色鴻燾，神思化代。穿施后乘，光負玄設。嘔淪吐萌，垠倪散截。迷腸郗曲，霅零霾曀[②]。雀毀龜冰，健馳御屈。拿尾研動，袾袾晰晰。滑用秘功，以嶺以穴。栀薪伐藥，莽肸萬茁。嘔律則祥，佛倫惟薩。牡虚無有，頤咽蕊屑。肇素未來，晦明興滅。”其二辭曰：“五行七曜，成此閏餘。上帝降靈，歲旦涒徐。蛇蜕其皮，吾亦神攄。九九六六，束身天除。何以充喉，吐納太虚。何以蔽踝，霞袂雲裾。哀爾浮生，櫛比荒墟。吾復麗氣，還形之初。在帝左右，道濟忽諸。”題云《應天狐超異科策八道》。後文甚繁，難以詳載。讓之獲此書帖，喜而懷之，遂躍出丘穴。後數日，水北同德寺僧志静來訪讓之，説云：“前日所獲丘中文書，非郎君所用，留之不祥。其人近捷上界之科，可以禍福中國，郎君必能却歸此，他亦酬謝不薄。其人謂志静曰：‘吾已備三百縑，欲贖購此書。’如何？”讓之許諾。志静明日挈三百縑送讓之，讓之領訖，遂紿志静，言其書以爲往還所借，更一兩日當徵之，便可歸本。讓之復爲朋友所説云：“此僧亦是妖魅，奈何欲還之？所納絹但諱之可也。”後志静來，讓之悉諱云：“殊無此事，兼不曾有此文書。”志静無言而退。經月餘，讓之先有弟在東吴，别已逾年，一旦其弟至焉，與讓之話家私中外，甚有道。長夜則兄弟聯牀。經五六日，忽問讓之：“某聞此地多狐作怪，誠有之乎？”讓之遂話其事，而誇云：“吾一月前曾獲野狐之書文一帖，今見存焉。”其弟固不信寧有此事，讓之至遲旦揭篋，取此文書帖示弟，弟捧而驚嘆，即擲于讓之前，化爲一狐矣。俄見一美少年，若新官之狀，跨白馬南馳疾去。適有西域胡僧賀云：“善哉！常在天帝左右矣。”少年嘆讓之相紿，讓之嗟異。未幾遂有敕捕，内

庫被人盗貢絹三百匹,尋踪及此。俄有吏掩至,直挈讓之囊檢焉,果獲其縑,已費數十匹。執讓之赴法[3]。讓之不能雪,卒弊枯木。

【校注】

① 録自《太平廣記》卷四四八引《乾𦠆子》。
② 原注:霒,音朦。零,音乙林反。噎,入聲。
③ 赴,原作"越",據黄氏刻本《廣記》改。

哥舒翰[1]

天寶中,哥舒翰爲安西節度,控地數千里,甚著威令。故西鄙人歌之曰:"北斗七星高,哥舒夜帶刀。吐蕃總殺盡,更築兩重濠。"時都知兵馬使張擢上都奏事,值楊國忠專權黷貨,擢逗遛不返,因納賄交結。翰續入朝奏,擢知翰至,懼,求國忠拔用。國忠乃除擢兼御史大夫、充劍南西川節度使。敕下,就第辭翰。翰命部下捽於庭,數其事,杖而殺之,然後奏聞。帝却賜擢尸,更令翰决尸一百。

【校注】

① 録自《太平廣記》卷四九五引《乾𦠆子》。

趙　存[1]

馮翊之東窟谷,有隱士趙存者。元和十四年,壽逾九十,服精术之藥,體甚輕健。自云:父諱君乘,亦享遐壽。嘗事兖公陸象先,言兖公之量,固非凡可以測度。兖公崇信内典,弟景融竊非曰:"家兄溺此教,何利乎?"象先曰:"若果無冥道津梁,百歲之後,吾固當與汝等,萬一有罪福,吾則分數勝汝。"及爲馮翊太守,参軍等多名族子弟,以象先性仁厚,於是與府寮共約戲賭。一人曰:"我能旋笏於廳前,硬努眼眶,衡揖使君,唱喏而出,可乎?"衆皆曰:"誠如是,甘輸酒食一席。"其人便爲之,象先視之如不見。又一参軍曰:"爾所爲全易,吾能於使君廳前,墨涂其面,着碧衫子,作神舞一曲,慢趨而出。"

群寮皆曰:“不可！誠敢如此,吾輩當斂俸錢五千,爲所輸之費。”其二參軍便爲之,象先亦如不見。皆賽所賭以爲戲笑。其第三參軍又曰:“爾之所爲絶易,吾能於使君廳前,作女人梳妝,學新嫁女拜舅姑四拜,則如之何?”衆曰:“如此不可。仁者一怒,必遭叱辱。倘敢爲之,吾輩願出俸錢十千,充所輸之費。”其第三參軍遂施粉黛,高髻笄釵,女人衣,疾入,深拜四拜。象先又不以爲怪。景融大怒曰:“家兄爲三輔刺史,今乃成天下笑具。”象先徐語景融曰:“是渠參軍兒等笑具,我豈爲笑哉!”初,房琯嘗尉馮翊。象先下孔目官党芬,於廣衢相遇,避馬遲,琯拽芬下,决脊數十下。芬訴之,象先曰:“汝何處人?”芬曰:“馮翊人。”又問:“房琯何處官人?”芬曰:“馮翊尉。”象先曰:“馮翊尉决馮翊百姓,告我何也?”琯又入見,訴其事,請去官。象先曰:“如党芬所犯,打亦得,不打亦得;官人打了[2],去亦得,不去亦得。”後數年,琯爲弘農湖城令,移攝閿鄉。值象先自江東徵入,次閿鄉。日中遇琯,留迨至天黑,琯不敢言。忽謂琯曰:“攜衾裯來,可以宵話[3]。”琯從之,竟不交一言。到闕日,薦琯爲監察御史。景融又曰:“比年房琯在馮翊,兄全不知之。今别四五年,因途次會,不交一詞,到闕薦爲監察御史,何哉?”公曰:“汝不自解。房琯爲人,百事不欠,只欠不言。今則不言矣,是以爲用之。”班行間大伏其量矣。

【校注】

① 録自《太平廣記》卷四九六引《乾𦠆子》。

② 打,原作“官”,據黄氏刻本《廣記》改。

③ 宵,原作“賓”,據黄氏刻本《廣記》改。

邢君牙[1]

貞元初,邢君牙爲隴右臨洮節度,進士劉師老、許堯佐往謁焉。二客方坐,一人儀形甚異,頭大足短,衣麻衣而入。都不待賓司引報,直入見君牙,拱手於額曰:“進士張汾不敢拜。”君牙從戎多年,殊

不以爲怪。乃揖汾坐[②]，曾不顧堯佐、師老[③]。俄而有吏過，按宴設司欠失錢物。君牙閲歷簿書，有五十餘千散落，爲所由隱漏。君牙大怒，方令分拆去處。汾乃拂衣而起曰："且奉辭。"牙謝曰："某適有公事，略須決遣[④]，未有所失於君子[⑤]，不知遽告辭，何也？"汾對曰："汾在京之日，每聞京西有邢君，上柱天，下柱地，今日於汾前，與設吏論三五十千錢[⑥]，此漢争中？"君牙甚怪，便放設吏，與汾相親。汾謂君牙曰："某在京應舉，每年常用二千貫文，皆出往還。劍南韋二十三，徐州張十三[⑦]，一日之内，客有數等。上至給舍，即須法味；中至補遺，即須煮雞豚或生或鱠[⑧]。"既而指師老、堯佐云："如舉子此公之徒，遠相訪，即臘胡而已。何不如此耶？"堯佐矍然。逡巡，二客告辭而退，君牙各贈五縑。張汾，灑掃内廳安置，留連月餘，贈五百縑。汾却至武功，堯佐方卧病在館，汾都不相揖。後二年及第，又不肯選，遂患腰脚疾。武元衡鎮西川[⑨]，哀其龍鍾，奏充安撫巡官，仍攝廣都縣令，一年而殂。

【校注】

① 録自《太平廣記》卷四九六引《乾𦠆子》。
② 坐，原無此字，據黄氏刻本《廣記》補。
③ "堯佐"下原有"汾會"二字，據沈氏鈔本《廣記》及上下文義删。
④ 决，原作"次"，據黄氏鈔本《廣記》改。
⑤ 未，原作"來"，據黄氏刻本《廣記》改。
⑥ "論"下原有"牙"字，據四庫本《廣記》删。
⑦ "張"字原爲闕文，據黄刻本《廣記》補。
⑧ "雞豚"原爲闕文，據黄刻本《廣記》補。
⑨ "西"，原作"四"，據黄氏刻本《廣記》改。

韋乾度[①]

韋乾度爲殿中侍御史，分司東都。牛僧孺以制科敕首[②]，除伊闕尉。臺參，乾度不知僧孺授官之本，問何色出身。僧孺對曰："進

士。”又曰：“安得入幾?”僧孺對曰：“某制策連捷，忝爲敕頭[3]。”僧孺心甚有所訝，歸以告韓愈，愈曰：“公誠小生，韋殿中固當不知；愈及第十有餘年，猖狂之名，已滿天下，韋殿中尚不知之。子何怪焉!”

【校注】

① 録自《太平廣記》卷四九七引《乾䐦子》。
② 敕，原作“剌”，顯爲形誤兼聲誤，徑改。
③ 敕，原作“剌”，顯誤，徑改。

新輯《乾䐦子》佚文二十一則

臺北“國家圖書館”藏明嘉靖抄本《類説》卷二十三所節録之《乾䐦子》：

唐温庭筠序云

不爵不觥，非炰非炙，能説諸心，聊甘衆口，庶乎“乾䐦”之義。

二負臣

漢宣帝上郡山崩，石室得二物，有反縛械，長數尺，髮長丈餘，彷彿狀人，蠢蠢而動。劉向云：出《山海經》。此二負臣有罪，殺猰貐，帝梏於疏屬之山。有胎息之術，帝梏其右足。

長孫歐陽相嘲

長孫無忌嘲歐陽詢曰：“聳膊成山字，埋肩不出頭。誰教麟閣上，畫此一獮猴?”詢應聲曰：“索頭連背暖，猥襠畏肚寒[1]。只緣心溷溷，所以面團團。”

【校注】

① 猥襠，清抄宋本作“襠綩”。《隋唐嘉話》卷中作“綩襠”，一作“㑘襠”，《大唐新語》作“漫襠”。似當從《大唐新話》作“漫襠”。

半臂

房太尉家法，不著半臂。

可笑事

則天問張元一外有何可笑事。元一曰："朱前疑著緑，逯仁傑著朱。閭知微乘馬，馬吉甫騎驢。將名作姓李千里，將姓作名吴肩吾。左臺胡御史，右臺御史翳。"胡即胡元禮也[①]。天后大笑。

【校注】

① 此句明抄無，據清抄補。

阿瞞查[①]

明皇自稱阿瞞[②]，呼人爲查。岐、薛諸王不諭。或曰：查者，士大夫混殽之稱。以其不居清顯，不慎行藏，鮮衣美食，傲誕少文，好色遠賢，奉身而已[③]。黄幡綽曰："不然。查本仙查，無圭角，乘流順便，升天入地，浮雲漢而泛淇河，犯斗牛而同仙客，能處清濁，有似賢人。"上曰："正合朕意。"

【校注】

① 瞞，明抄本作"㬪"，據清抄本改。
② 皇，明抄本作"王"，據清抄本改。
③ 身，明抄本作"色"，據清抄本改。

五臟神

《南史》：江淹夢神人授五色筆，識者謂五臟神。

兄弟雙與

張越石、張楚金同舉，有司以兄弟不可兩收。李勣曰："貢舉本

求才,何妨雙與。"

分無堂食

張文瓘分無堂食,飲食則腸痛。

大郎罷相二郎拜相

韋承慶除禮書,韋嗣立作平章事,時謂大郎罷相,二郎拜相。

班行取奉上司

張去惑爲淮南轉運使,鬼撓其家。一監當使臣自贊能禁術,即語鬼曰:"運使尊官,朝廷重任,爾何小鬼,輒敢無禮!"鬼大笑云:"唤做似你班行,取奉上司,求舉薦耶!"

太乙在圃田店

圃田陳彎,生子不慧,名智奴。楊易游梁,遇一道士曰:"吾奉天帝往圃田店者[①],有太一在焉。"遂詢之父老,曰:"陳智奴年十三矣,未嘗言。適道士來謁甚恭,既而殂。"

【校注】

① 帝,明抄本作"地",據清抄本改。

紙　婦

有幻術者,以紙畫新婦,叱起使令。

嘆班文章不入選

張由古無學[①],對衆嘆班固文章不入《選》。衆對以《兩都賦》,由古曰[②]:"此是班孟堅,非固也。"

【校注】

① 由，明抄本作"曰"，據清抄本及《大唐新語》卷十一改。
② 由，明抄本作"曰"，據清抄本及《大唐新語》卷十一改。

河瀆親家翁

郭汾陽鎮蒲，欲造浮橋，而急流毀墠。公酹酒，許以小女妻之[①]。其夕水回，木生墠上，遂成橋，而女尋卒。因塑像廟中[②]。人因立公祠，號河瀆親家翁。

【校注】

① "以"字明抄本無，據清抄本補。
② "像"字明抄本無，據清抄本補。

臺北臺灣商務印書館影印明天順刻本《紺珠集》卷七所節録之《乾𦠆子》：

快　語

蠲蕩昏蒙，使之快語。

國　爺

竇懷正聘韋后乳母，時號曰國爺，懷正欣然。

著毛蘿蔔

蕭嵩欲注《文選》，見馮光進釋"蹲鴟"云："是著毛蘿蔔。"嵩大笑。

奚　毒

附子也，堇，烏頭也。

編撰者按:《類説》《紺珠集》二書所節録之《乾𦠆子》,《太平廣記》已録全文者,不再録;所節録之篇目相重者,取《類説》。《類説》録十五則,《紺珠集》録四則,共計十九則。

《説郛》卷三宋馬永易《實賓録》所引《乾𦠆子》:

石祭酒

唐烈士珂赴選東徽安門,日晚,店家皆滿。有一店甚静,一人倚劍立門,覩士珂,因留宿。既入,少選,傳云:"祭酒屈郎君食。"引士珂擁爐飲酒。入夜共被,即婦人也。祝士珂不可語他人。後訊其所由,功臣李抱玉主課之青衣石祭酒也。因亂時,抱玉挾名奏授國子監祭酒。

《説郛》卷十八宋顧文薦《負暄雜録》所引《乾𦠆子》:

性　嗜

宋劉雍嗜瘡痂。雍往詣吴興太守盧休,休脱襪,粘痂落地,雍俯取而食之。宋明帝嗜蜜鯳,一食數斤。①

【校注】

① 此下又載鮮于叔明好食臭蟲及權長孺嗜人爪之癖,已見《太平廣記》所録。

附　録

傳記資料

舊唐書・文苑傳下・温庭筠

温庭筠者,太原人,本名岐,字飛卿。大中初,應進士。苦心硯席,尤長於詩賦。初至京師,人士翕然推重。然士行塵雜,不修邊幅,能逐絃吹之音,爲側豔之詞。公卿家無賴子弟裴誠、令狐縞之徒,相與蒱飲,酣醉終日,由是累年不第。徐商鎮襄陽,往依之,署爲巡官。咸通中,失意歸江東,路由廣陵,心怨令狐綯在位時不爲成名。既至,與新進少年狂遊狹邪,久不刺謁。又乞索於楊子院,醉而犯夜,爲虞候所擊,敗面折齒,方還揚州訴之。令狐綯捕虞候治之,極言庭筠狹邪醜跡,乃兩釋之。自是污行聞於京師。庭筠自至長安,致書公卿間雪冤。屬徐商知政事,頗爲言之。無何,商罷相出鎮,楊收怒之,貶爲方城尉。再遷隋縣尉,卒。子憲,以進士擢第。弟庭皓,咸通中爲徐州從事。節度使崔彦曾爲龐勛所殺,庭皓亦被害。庭筠著述頗多,而詩賦韻格清拔,文士稱之。

新唐書・温廷筠傳

彦博裔孫廷筠,少敏悟,工爲辭章,與李商隱皆有名,號"温李"。然薄於行,無檢幅。又多作側辭豔曲,與貴胄裴誠、令狐滈等蒱飲狎昵。數舉進士不中第。思神速,多爲人作文。大中末,試有司,廉視尤謹,廷筠不樂,上書千餘言,然私占授者已八人。執政鄙其爲,授

方山尉。徐商鎮襄陽,署巡官。不得志,去歸江東。令狐綯方鎮淮南,廷筠怨居中時不爲助力,過府不肯謁。丐錢揚子院,夜醉,爲邏卒擊折其齒。訴於綯。綯爲劾吏,吏具道其污行,綯兩置之。事聞京師,廷筠徧見公卿,言爲吏誣染。俄而徐商執政,頗右之,欲白用。會商罷,楊收疾之,遂廢卒。本名岐,字飛卿。弟廷皓,咸通中,署徐州觀察使崔彦曾幕府。龐勛反,以刃脅廷皓,使爲表求節度使。廷皓紿曰:"表聞天子,當爲公信宿思之。"勛喜。歸與妻子决。明日復見。勛索表,倨答曰:"我豈以筆硯事汝邪?其速殺我。"勛熟視笑曰:"儒生有膽耶!吾動衆百萬,無一人操檄乎?"囚之,更使周重草表。彦曾遇害,廷皓亦死,詔贈兵部郎中。

唐才子傳·温庭筠

庭筠字飛卿,舊名岐,并州人。宰相彦博之孫也。少敏悟,天才雄贍,能走筆成萬言。善鼓琴吹笛,云:"有絃即彈,有孔即吹,何必爨桐與柯亭也。"側詞豔曲,與李商隱齊名,時號"温李"。才情綺麗,尤工律賦。每試,押官韻,燭下未嘗起草,但籠袖憑几,每一韻一吟而已,場中曰"温八吟",又謂八叉手成八韻,名"温八叉",多爲鄰鋪假手。然薄行無檢幅,與貴胄裴諴、令狐滈等飲博。後夜嘗醉詬狹邪間,爲邏卒折齒,訴不得理。舉進士,數上又不第。出入令狐相國書館中,待遇甚優。時宣宗喜歡歌《菩薩蠻》,綯假其新撰進之,戒令勿泄,而遽言於人。綯又嘗問"玉條脱"事,對以出《南華經》,且曰:"非僻書,相公燮理之暇,亦宜覽古。"又有言曰:"中書省内坐將軍。"譏綯無學。由是漸疏之。自傷云:"因知此恨人多積,悔讀《南華》第二篇。"徐商鎮襄陽,辟巡官。不得志,遊江東。大中末,北山沈侍郎主文,特召庭筠試於簾下,恐其潛救。是日不樂,逼暮,先請出,仍獻啓千餘言。詢之,已占授八人矣。執政鄙其爲,留長安中待除。宣宗微行,遇於傳舍。庭筠不識,傲然詰之曰:"公非司馬、長史流乎?"又曰:"得非六參簿尉之類?"帝曰:"非也。"後謫方城尉。中書舍人

裴坦當制,忸怩含毫久之,詞曰:"孔門以德行居先,文章爲末。爾既早隨計吏,宿負雄名,徒誇不羈之才,罕有適時之用。放騷人於湘浦,移賈誼於長沙。尚有前席之期,未爽抽毫之思。"庭筠之官,文士詩人争賦詩祖餞,惟紀唐夫擅場,曰:"鳳凰詔下雖霑命,《鸚鵡》才高却累身。"唐夫舉進士,有詞名。庭筠仕終國子助教,竟流落而死。今有《漢南真稿》十卷,《握蘭集》三卷,《金荃集》十卷,《詩集》五卷,及《學海》三十卷。又《采茶録》一卷,及著《乾𦠆子》一卷,序云"不爵不觥,非炰非炙,能説諸心,庶乎乾𦠆之義"等,并傳於世。

舊唐書·文苑傳下·李商隱

與太原温庭筠、南郡段成式齊名,時號"三十六"。文思清麗,庭筠過之。而俱無持操,恃才詭激,爲當涂者所薄,名宦不進,坎壈終身。

雲谿友議

《雲谿友議》卷中《白馬吟》:平曾以憑人傲物,多犯諱忌,竟没於縣曹,知己嘆其運蹇也……後温庭筠爲賦,亦警刺,少類於平曾,而謫方城,乃詩曰:"侯印不能封李廣,别人丘隴似天山。"舉子紀唐夫有詩送之。時,温庭筠作尉,紀唐夫得名,蓋因文而致也,詩曰:"何事明時泣玉頻,長安不見杏園春。鳳凰詔下雖霑命,《鸚鵡》才高却累身。且飲渌醑消積恨,莫言黄綬拂行塵。方城若比長沙遠,猶隔千山與萬津。"

唐摭言

《唐摭言》卷十一《無官受黜》:開成中,温庭筠才名籍甚,然罕拘細行,以文爲貨,識者鄙之。無何,執政間復有惡奏庭筠攪擾場屋,黜隨州縣尉。時中書舍人裴坦當制,忸怩含毫久之。時有老吏在側,因訊之昇黜,對曰:"舍人合爲責辭,何者?入策進士,與望州長

馬一齊資。"坦釋然,故有"澤畔""長沙"之比。庭筠之任,文士詩人爭爲辭送,唯紀唐夫得其尤。詩曰:"何事明時泣玉頻,長安不見杏園春。鳳凰詔下雖霑命,《鸚鵡》才高却累身。且飲緑醑銷積恨,莫辭黄綬拂行塵。方城若比長沙遠,猶隔千山與萬津。"又卷十三《敏捷》:温庭筠燭下未嘗起草,但籠袖凴几,每賦一韻,一吟而已。故場中號爲温八吟。又:山北沈侍郎主文年,特召温飛卿於簾前試之。爲飛卿愛救人故也。適屬翌日飛卿不樂,其日晚請開門先出,仍獻千餘字。或曰潛救八人矣。

玉泉子

《玉泉子》:温庭筠有詞賦盛名,初從鄉里舉,客游江淮間,楊子留後姚勖厚遺之。庭筠少年,其所得錢帛,多爲狹邪所費。勖大怒,笞而逐之,以故庭筠不中第。其姊趙顓之妻也,每以庭筠下第,常切齒於勖。一日廳有客,温氏偶問:"誰氏?"左右以勖對之。温氏遽出廳事,執勖袖大哭。勖殊驚異,且持袖牢固不可脱,不知所爲。移時,温氏方曰:"我弟年少宴游,人之常情,奈何笞之?迄今遂無有成,安得不由汝致之?"遂大哭。久之,方得解脱。勖歸憤訝,竟因此得疾而卒。

金華子

《金華子》卷上:段郎中成式……牧廬陵日……爲廬陵頑民妄訴,逾年方明其清白,乃退隱於峴山。時温博士庭筠,方謫尉隨縣,廉帥徐太師商留爲從事,與成式甚相善,以其古學相遇。常送墨一鋌與飛卿,往復致謝。遞搜故事者九函,在禁集中。爲其子安節娶飛卿女。安節仕至吏部郎中、沂王傅,善音律,著《樂府》行於世。

北夢瑣言

《北夢瑣言》卷二《宰相怙權》:宣宗時,相國令狐綯最受恩遇而怙權,尤忌勝己……或云曾以故事訪於温岐,對以其事出《南華》,且曰:“非僻書也。或冀相公燮理之暇,時宜覽古。”綯益怒之,乃奏岐有才無行,不宜與第。會宣宗私行,爲温岐所忤,乃授方城尉。所以岐詩云:“固知此恨人多積,悔讀《南華》第二篇。”又卷四《温李齊名》:温庭雲字飛卿,或云作“筠”字,舊名岐,與李商隱齊名,時號曰“温李”。才思豔麗,工於小賦。每入試,押官韻作賦,凡八叉手而八韻成。多爲鄰鋪假手,號曰“救數人”也。而士行有缺,縉紳薄之。李義山謂曰:“近得一聯句云:‘遠比召公,三十六年宰輔。’未得偶句。”温曰:“何不云:‘近同郭令,二十四考中書。’”宣宗嘗賦詩,上句有“金步摇”,未能對;遣未第進士對之,庭雲乃以“玉條脱”續焉。宣宗賞焉。又藥名有“白頭翁”,温以“蒼耳子”爲對,他皆此類也。宣宗愛唱《菩薩蠻》詞。令狐相國假其新撰密進之,戒令勿他泄,而遽言於人,由是疏之。温亦有言云:“中書堂内坐將軍。”譏相國無學也。宣宗好微行,遇於逆旅。温不識龍顔,傲然而詰之曰:“公非司馬、長史之流?”帝曰:“非也。”又謂曰:“得非大參、簿、尉之類?”帝曰:“非也。”謫爲方城縣尉,其制詞曰:“孔門以德行爲先,文章爲末。爾既德行無取,文章何以補焉！徒負不羈之才,罕有適時之用。”云云。竟流落而死也。杜豳公自西川除淮海,温庭雲詣韋曲杜氏林亭,留詩云:“卓氏壚前金綫柳,隋家堤畔錦帆風。貪爲兩地行霖雨,不見池蓮照水紅。”豳公聞之,遺絹一千匹。吴興沈徽云:“温舅曾於江淮爲親表櫝楚,由是改名焉。”庭雲又每歲舉場,多借舉人爲其假手(一作“多爲舉人假手”)。沈詢侍郎知舉,别施鋪席授庭雲,不與諸公鄰比。翌日,簾前謂庭雲曰:“向來策名者,皆是文賦託於學士,某今歲場中並無假託學士,勉旃!”因遣之,由是不得意也。

東觀奏記

《東觀奏記》卷下：勅："鄉貢進士温庭筠，早隨計吏，夙著雄名。徒負不羈之才，罕有適時之用。放騷人於湘浦，移賈誼於長沙。尚有前席之期，未爽抽毫之思。可隋州隋縣尉。"舍人裴坦之詞也。庭筠，字飛卿，彦博之裔孫也。詞賦詩篇，冠絶一時。與李商隱齊名，時號"温李"。連舉進士，竟不中第，至是謫爲九品吏。進士紀唐夫唤庭筠之冤，贈之詩曰："鳳凰詔下雖承命，《鸚鵡》才高却累身。"人多諷誦。上，明主也，而庭筠反以才廢。制中自引騷人、長沙之事，君子譏之。前一年，商隱以鹽鐵推官死。商隱字義山，文學宏博，牋表尤著於人間。自開成二年昇進士第，至上（指宣宗）十二年，竟不昇於王庭。而庭筠亦恓恓不涉第□□□□者。豈以文學爲極致，已靳於此，遂於禄位有所愛邪？不可得而問矣。

南部新書

《南部新書》庚：令狐相綯，以姓氏少，族人有投者，不悋其力，繇是遠近皆趨之，至有姓胡冒令狐者。進士温庭筠戲爲詞曰："自從元老登庸後，天下諸'胡'悉帶'令'"。

太平廣記

《太平廣記》卷一七四引《尚書故實》：會昌毁寺時，分遣御史檢天下所廢寺，及收録金銀佛像。有蘇監察者（不記名），巡檢兩街諸寺，見銀佛一尺以下者，多袖之而歸，人謂之"蘇扛佛"。或問温庭筠，將何對好。遽曰："無以過'密陀僧'也。"

南楚新聞

《南楚新聞》卷二：太常卿段成式，相國文昌子也。與舉子温庭筠親善。咸通四年六月卒，庭筠閒居輦下。

胡賓王《邵謁集序》

胡賓王《邵謁集序》:(謁)尋抵京師隸國子,時温庭筠主試,乃榜三十餘篇以振公道。

唐詩紀事·李濤

《唐詩紀事》卷六十七《李濤》:温庭筠任太學博士,主秋試。(李)濤與衛丹、張郃等詩賦,皆榜於都堂。

同時人寄贈詩

張祜《送温飛卿赴方城》

張祜《送温飛卿赴方城》(一作《贈李修源》):方城新尉曉衙參,却是傍人意未甘。昨(一作盡)夜與君思賈誼,長沙(一作瀟湘)猶在洞庭南。(《全唐詩》卷五一一)按:温貶方城尉在咸通七年,時張祜已卒。

紀唐夫《送温庭筠尉方城》

紀唐夫《送温庭筠尉方城》:何事明時泣玉頻,長安不見杏園春。鳳皇詔下雖霑命,《鸚鵡》才高却累身。且盡(一作飲)緑醽銷積恨,莫辭黄綬拂行塵。方城若比長沙路,猶隔(一作有)千山與萬津。(《全唐詩》卷五四二)

魚玄機《冬夜寄温飛卿》《寄飛卿》

魚玄機《冬夜寄温飛卿》:苦思(一作憶)搜詩(一作思)燈下吟,不眠長夜怕寒衾。滿庭木葉愁風起,透幌紗窗惜月沈。疏散未閑終遂願,盛衰空見本來心。幽棲莫定梧桐處,暮雀啾啾空繞(一作繞竹)林。(《全唐詩》卷八〇四)

又《寄飛卿》：階砌亂蛩鳴，庭柯煙露清。月中鄰樂響，樓上遠山明。珍簟涼風著，瑶琴寄恨生。嵇君懶書札，底物慰秋情？（《全唐詩》卷八〇四）

李商隱《聞著明凶問哭寄飛卿》《有懷在蒙飛卿》

李商隱《聞著明凶問哭寄飛卿》：昔嘆讒銷骨，今傷泪滿膺。空餘雙玉劍，無復一壺冰。江勢翻銀漢（一作礫），天文露玉繩。何因攜庾信，同去哭徐陵？（《全唐詩》卷五三九）

又《有懷在蒙飛卿》：薄宦頻移疾，當年久索居。哀同庾開府，瘦極沈尚書。城緑新陰遠，江清返照虚。所思惟翰墨，從古待雙魚。

段成式《寄温飛卿箋紙》《嘲飛卿七首》《柔卿解籍戲呈飛卿三首》

段成式《寄温飛卿箋紙》：予在九江造雲藍紙，既乏左伯之法，全無張永之功，輒送五十板。三十六鱗充使時，數番猶得裹相思。待將袍襖重鈔了，盡寫襄陽播掿（一作掘拓）詞。（《全唐詩》卷五八四）

又《嘲飛卿七首》：（其一）曾見當壚一箇人，入時裝束好腰身。少年花蒂多芳思，只向詩中寫取真。（其二）醉袂幾侵魚子纈，飄纓長罥凰皇釵。知君欲作《閒情賦》，應願將身作錦鞋。（其三）翠蝶密偎金叉（一作匕）首，青蟲危泊玉釵梁。愁生半額不開靨，只爲多情團扇郎。（其四）柳煙梅雪隱青樓，殘日黄鸝語未休。見説自能裁袙複，不知誰更著帩頭？（其五）愁機懶織同心苣，悶繡先描連理枝。多少風流詞句裏，愁中空詠早環詩。（其六）燕支山色重能輕，南陽水澤鬥分明。不須射雉先張翳，自有琴中威鳳聲。（其七）半歲愁中鏡似荷，牽環撩鬢却須磨。花前不復抱瓶渴，月底還應琢刺歌。

又《柔卿解籍戲呈飛卿三首》：（其一）長擔犢車初入門，金牙新醖盈新䍀。良人爲漬木瓜粉，遮却紅腮交午痕。（其二）最宜全幅碧鮫綃，自襞春羅等舞腰。未有長錢求鄴錦，且令裁取一團嬌。（其

三）出意挑鬟一尺長，金爲鈿鳥簇釵梁。鬱金種得花茸細，添入春衫領裏香。

史志書目著録及各本序跋提要

崇文書目

《崇文書目》卷三：《乾𦠆子》三卷，温庭筠撰。又卷五：《握蘭集》三卷，温庭筠撰。《金荃集》十卷，温庭筠撰。

新唐書・藝文志

《新唐書・藝文志三・小説類》：温庭筠《乾𦠆子》三卷。又《采茶録》一卷。《藝文志四・别集類》：温庭筠《握蘭集》三卷。又《金筌集》十卷。《詩集》五卷。《漢南真稿》十卷。又有《漢上題襟集》十卷，段成式、温庭筠、余知古。

通志・藝文略

《通志・藝文略六》：《乾𦠆子》一卷，温庭筠撰。《藝文略八》：温庭筠《握蘭集》三卷。《金荃集》十卷。《漢南真藁》十卷，詩五卷。

陸游《跋温庭筠詩集》

陸游《跋温庭筠詩集》：先君舊藏此集，以《華清宫詩》冠篇首，其中有《早行》詩，所謂"雞聲茅店月，人跡板橋霜"者，久已墜失。得此集於蜀中，則不復見《早行》詩矣。感嘆不能自已。淳熙丙申重陽日，某識。（《渭南文集》卷二十六）

遂初堂書目

《遂初堂書目》《乾𦠆子》。《温飛卿集》。

郡齋讀書志

《郡齋讀書志》卷三下:《乾䐺子》三卷。序謂:"語怪以悦賓,無異饌味之適口,故以乾䐺命篇。"卷四下下:《金荃集》七卷,外集一卷。解題云:右唐温庭筠也。庭筠,本名岐,字飛卿,宰相彦博之裔。詩賦清麗,與李商隱齊名,時號"温李"。然薄於行,多作側辭豔曲。累舉不第,終國子助教。宣宗嘗作詩賜宫人,句有"金步摇",遣埸中對之,庭筠對以"玉跳脱"。上喜其敏,欲用之。以嘗作詩忤時相令狐綯,終廢斥云。

直齋書録解題

《直齋書録解題·小説類》:《乾䐺子》三卷,唐温庭筠飛卿撰。序言:"不爵不觥,非炰非炙,能悦諸心,聊甘衆口,庶乎乾䐺之義。""䐺"與"饌"同字,從肉,見古禮經。又《詩集類上》:《温飛卿集》七卷,唐方城尉温庭筠飛卿撰。

宋史·藝文志

《宋史·藝文志七》:温庭筠《漢南真稿》十卷,又《集》十四卷,《握蘭集》三卷,《記室備要》三卷,《詩集》五卷,又《温庭筠集》七卷。

世善堂藏書目録

《世善堂藏書目録》卷上:《乾䐺子》一卷,温庭筠。又卷下:《温飛卿集》八卷,庭筠。

高鐘《温庭筠詩集序》

高鐘《温庭筠詩集序》:唐八百年以上之詩,遇知八百年以下之人,注且解焉。或謂某句用古人某事,出某處,載某書。是雖閎覽博物者之能,亦必其人之精神,至今日而當一出,非草草分文析字,煩

言碎辭者比。晦菴之于《毛詩》，邵庵之于杜律，豈不注，豈不解，人尚議其咯咯然，鏡考指明，未極洞心潭思。後數十年，有會稽曾謙氏出，浮英華，湛道德，闔户三年，注昌谷一集。其立長吉于旁，推心代口，一一詰之，而一一通之。後悠閒年餘，再闔户而竝注八叉一集。更立飛卿于前，雕瑑訓故，機駭轟軼，俾昒爽乂耀光明焉。我儀圖之苟微，其人比良遷、董，兼麗卿、雲，包書林，鼓俶儻，結典籍而爲罟，敺儒墨而爲禽，烏能獵其大荒而歸尺幅。語有之："讀萬卷書，行盡天下山水。"方囚捉幽異，拗弄光彩，抉奥于此書之中。霅然陽開，豁天下後世眼子一亮，事何容易？良以所注者古人之書，畢竟自成一書。是則注者有功于作者。子雲之後，自有子雲。果能以叔敖爲長吉者，亦能以侯芭解長吉；以叔敖爲飛卿者，更能以侯芭解飛卿也。譚子曰："作詩者，一情獨往，萬象俱開。口忽能吟，手忽能書，即手口原聽我胸中之所流。手口不能測，即胸中原聽我手口之所止。胸中不可強，而因以候於造化之毫釐，而或相遇于風水之來去，詩安往哉？"予則曰：詩焉往哉？有曾謙氏之注，而飛卿之詩不往，飛卿之詩益靈。一字靈，則一句皆靈；一句靈，並一篇皆靈；一篇靈，並全卷皆靈。至所爲，昇降於樂府古詩之先，周旋於律絶填詞之下，壯采高搴，奇音寡和。其詩其品，有元集，有本傳，可流覽而盡，不復贅也。迺有松交先生，風流彼美，儒雅人歸，力能挽兵燹罷劾之區，比于一同。且恣其公餘，賞飛卿之詩於浮膏俗餤外，鑒曾謙氏之解於窮愁著述中。予知天下有心人如先生者定不多也。（明曾益《温八叉集注》卷首）

沈潤《温庭筠詩集序》

沈潤《温庭筠詩集序》：詩盛於唐。唐自開元後，峭稱孟、賈，豔稱温、李。分家各擅，俱極詩宗。後之論者，乃謂孟、賈寒、瘦，温、李之詞，復過靡曼，或乖大雅。因以有中、晚之限。是誠不然。詩自《三百》外，《白雲謡》西母，《大風歌》沛帝，雖篇章簡鮮，已俱挾動宕

之辭，爲豔郁之祖矣。嗣是平子繹譎衍之思，景純發縹緲之論，顔、謝建鑣於前，任、沈揚鈴於後。益莫不藻體蕤蔚，麗韻繽燁，豔詎自飛卿始哉！况詩以賦情比物，苟非緬大塊之浩瀁，縱川原之幽黝，合今古之寥邈，攬雲嵐之矆變，以及秘房名榭，雜卉珍華，禽昆詭異，神鬼玄冥，怪輯廣垓，博淹群誌，夫何以洩吾詩人纏綿抑頓之情，使後之讀者淫，淫而感，感而思，思而得夫昔日沉吟蕩軼之懷、牢騷寄託之致者乎？豔曷足病詩？詩之豔，又曷足爲温、李病也？然固有辨。世多不知學詩，而好學豔。比音赴節，掇拾膚末，侈矜奇麗，訕者至比之浮瓜斷梗。是豔之弊。殆學豔者之能累温、李，猶學寒瘦者之能累孟、賈，而竝非温、李之以晚唐而降也。温、李雖當時竝稱，然温尤落楮煙霏，觸毫露濡。春髻秋蟾，供其妍媚；漢彝秦碣，湊其嶔嵌。韻有八叉之捷，才逾擊鉢之敏。夫豔極難，豔而敏尤難。敏矣豔矣，俱咳吐典墳，經緯風雅。羅盈萬之書於胸中，縱鍾獨之慧於紙上，飛卿可易望項背哉！近會稽曾子益憫詩學之廢墜，傳賦心之攻苦。先注長吉集，掖啓末學；復詳注飛卿全詩，極其該覈。匪第爲飛卿功，並將進學豔者溯源星宿，不終誤於浮瓜斷梗，爲功於詩學大矣。余故於其注之行也，深嘉焉而爲之弁。（同上）

顧予咸《温庭筠詩解序》

顧予咸《温庭筠詩解序》：詩詞何昉乎？始《風》繼《騷》也。讀"懷春""贈芍"之章，香豔撩人；披"墜露""落英"之句，駘宕奪目。洎文園鬻金之賦，彭澤《閒情》之篇，樹幟千古。迨李唐則青蓮神駿，少陵沉鬱，長吉孤峭，摩詰嘯詠輞川，香山豪哈池上，尚矣。若飛卿温先生，性踈跳，氣遒上，才華邁奮，骯髒不遇，或遇矣終軻。是則文人之才高乃窮，窮乃工，工乃傳；傳矣，久乃益新。雞彝龍勺，器古彌珍焉。《八叉集》胸貯萬斛，筆吐千葩，檀心屑肌，蘭芬襲裾，妖冶如楚姝酣舞，嫵媚如宓妃凌波，藻贍如金谷名花。而綺辭壯采，如洞庭張樂，翠屏列釵；又如鹿園莊嚴，菩薩寶髻，鬘鬟珠璣，纓組纍纍也。

至歌謡諸作，直追古樂府，可以挾閬仙，泣山鬼，邀明月，遏行雲，即遊魚秣駟聽之，色飛矣。子雲曰："詩人之賦麗以則，詞人之賦麗以淫。"飛卿唐晚格律，不無稍降乎？夫受才如卉木，或爲亭亭松，或爲娟娟竹。即絶代傾城，何必昭陽飛燕？若太真海棠睡足，文君芙蓉臉際，至今豔稱之。飛卿名齊商隱，時號"温李"，詞壇傑也。雖唐晚，奚多讓初、中哉！説者曰："飛卿落魄疏縱，爲虞侯所辱，文人無行若此。"不知入宫見妬，才色盡然。如青蓮負謗於永璘，少陵被擯於嚴武，長吉受錮於父名。才奇則傲，傲則忤。李、杜不因傲且忤不傳，何獨苛於飛卿哉！會稽曾益，南豐嫡裔，注其集。閲之，博而核，詳而有體，表章力居多。昔朱晦菴欲注杜集而未果，曾子以史學僥爲之。三十年前注長吉集，行海内。李、温俱以詩雄於唐，兹集出，益不朽云。（同上）

顧嗣立《温飛卿詩集箋注後記》

顧嗣立《温飛卿詩集箋注後記》：昔先考公令山陰時，邑人曾君，名益，字謙，注温庭筠詩四卷，曰《八叉集》。先考功謂其用心良苦，特鳩工剞劂，流傳一時。後歷銓曹歸里，葺治雅園，寄情詩酒。間嘗繙閲曾注，惜其闕佚頗多，援引亦不免穿鑿，重爲箋注，廣搜博考，援筆記纂。凡夫割剥支離，舛錯附會之説，輒復隨手删削。未畢事，而先考功歿世。時嗣立甫五歲耳。荏苒迄今，年過三十，濩落一無成就，惴惴焉惟以隕越先業是懼。去年秋，從長安歸，檢校篋中，得先考功遺筆。傷前緒之未竟，撫卷不勝泫然。用是鍵户校勘，會稡經史百家，以至稗官小説，釋典道藏諸書，無不隱括采拾，所增者復得十之三四，而曾注中如《漢皇迎春詞》之誤釋高祖，《邯鄲郭公詞》之誤釋令公，譌謬不一，痛爲芟汰，又約計十之五六。凡此一皆本先考功之意，不敢妄生臆見。因自傷少遭孤露，不獲親承庭訓，縱竭區區固陋，未能發明萬一，顧猶藉是編得以時誦先考功之清芬，非獨欲訂正曾注之失也。纘輯既成，依宋本分爲《詩集》七卷，《别集》一卷，復

采《英華》《絶句》中定爲《集外詩》一卷,而續注焉。案《唐·藝文志》載庭筠有《握蘭集》三卷,又《金筌集》十卷,《詩集》五卷,《漢南真稿》十卷。明焦竑《經籍志》亦同。今所見宋刻止《金筌集》七卷,《别集》一卷,《金筌詞》一卷,并無《八叉》之目,更題之曰《飛卿詩集》,從其字也。時康熙三十六年歲在丁丑春正月,長洲顧嗣立謹書於閭丘小圃之秀野草堂。(《温飛卿詩集》卷末)

四庫全書總目·温飛卿集箋注九卷

《四庫全書總目·别集類四·温飛卿集箋注九卷》:明曾益撰,顧予咸補輯,其子嗣立又重訂之。凡注中不署名者,益原注;署“補”字者,予咸注;署“嗣立案”者,則所續注也。益字予謙,山陰人。其書成於天啓中。予咸字小阮,長洲人,順治丁亥進士,官至吏部考功司員外郎。嗣立字俠君,康熙壬辰進士,由庶吉士改補中書舍人。曾注謬譌頗多,如《漢皇迎春詞》乃詠漢成帝時事,而以漢皇爲高祖;《邯鄲郭公詞》爲北齊樂府舊題,郭公者,傀儡戲也。舊本譌“詞”爲“祠”,遂引東京郭子儀祠,以附會“祠”字之譌。嗣立悉爲是正。考據頗爲詳核,然多引白居易、李賀、李商隱詩爲注,雖李善注《洛神賦》“遠遊履”字,引繁欽《定情詩》爲證,古人本有此例。然必謂《夜宴謡》“裂管”字“翕然聲作如管裂”句,《曉仙謡》“下視九州”字,用賀“遥望齊州九點煙”句;《生禖屏風歌》“銀鴨”字,用商隱“睡鴨香鑪换夕薰”句,似乎不然,是亦一短也。《唐·藝文志》載庭筠《握蘭集》三卷、《金荃集》十卷、《詩集》五卷,《漢南真稿》十卷。《宋志》亦同。陳振孫《書録解題》作《飛卿集》七卷。又陸游《渭南集》有《温庭筠集跋》,稱其父所藏舊本,以《華清宫》詩爲首,中有《早行》詩。後得蜀本,則《早行》詩已佚。《文獻通考》則云:温庭筠《金荃集》七卷、《别集》一卷。是宋刻已非一本矣。曾本合爲四卷,名曰《八叉集》,以作賦之事名其詩,頗爲杜撰。嗣立此注,稱從所見宋刻,分《詩集》七卷、《别集》一卷,以還其舊。疑即《通考》所載之本。又稱

采《文苑英華》《萬首絶句》所録爲《集外詩》一卷。較曾本差爲完備,然總非唐本之舊也。

四庫全書簡明目録·温飛卿集箋注九卷

《四庫全書簡明目録·别集類一·温飛卿集箋注九卷》:唐温庭筠撰,明曾益注,國朝顧予咸補,其子嗣立又重訂之。凡益之原注,不署名;予咸注,署"補"字;嗣立所加者,則自題名。庭筠詩亞於李商隱,而隸事博奥,則相近。三人踵成此注,亦十得六七。

鐵琴銅劍樓藏書題跋集録·温飛卿集七卷别集一卷(校宋本)、又温庭筠詩集七卷别集一卷(明刊本)

《鐵琴銅劍樓藏書題跋集録·温飛卿集七卷别集一卷》(校宋本):唐温庭筠撰,陳南浦校過,有題記云:"庚寅春花朝,假錢遵王鈔宋本重勘。錢本舊有題記云:'乙酉小春,從錢子健校本對過一次。子健□□□處,取宋本校正者。'又記云:'馮定遠云:何慈公家有北宋本,爲何士龍取去,散爲輕煙矣。'"案:宋本名《温庭筠詩集》,一卷至七卷目録連列不分。卷一《湘宫人歌》下即次《黄曇子歌》,不在别集之末。

又《温庭筠詩集》七卷《别集》一卷(明刊本):此亦馮氏藏本,有竇伯(馮武字竇伯,號簡緣)題記云:"太歲戊子季冬之月望後一日,校練一過。此本不甚精好。先君子曾獲宋刻本,爲友人借去,不復得歸。今更存一鈔本,頗勝此也。"卷首有簡緣、馮氏藏本二朱記。

善本書室藏書志·温庭筠詩集七卷别集一卷(錢遵王精鈔宋本)

《善本書室藏書志》卷二十五《温庭筠詩集》七卷《别集》一卷

（錢遵王精鈔宋本）：庭筠字飛卿，舊名岐，并州人，宰相彦博之孫。舉進士，數上不第，仕終國子助教。有《漢南真稿》十卷、《握蘭集》三卷、《金荃集》十卷、《詩集》五卷 、《學海》三十卷、《采茶録》一卷、《乾𦠆子》一卷。《文獻通考》載温庭筠《金荃集》七卷、《别集》一卷，與此合。常熟瞿鏞《田裕齋書目》云："宋本名《温庭筠詩集》，卷一《湘宫人歌》下即次《黄曇子歌》，不在《别集》末。"與此又合。舊爲述古堂寫本，每半葉十二行，行二十一字，詩題低五格。遵王題曰："世傳温、李爲側豔之詞，今誦其'雞聲茅店月，人迹板橋霜'及'魚鹽橋上市，燈火雨中船'諸句，豈獨以六朝金粉爲能事者？解對'金跳脱'，正不必讀《南華》第二篇矣。"

文禄堂訪書記·金荃集七卷别集一卷

《文禄堂訪書記》卷四《金荃》七卷《别集》一卷：唐温庭筠撰。清毛文光校汲古閣刻本，有張紹仁學安執經堂印。毛氏手跋曰："宋本《温庭筠詩集》，照馮定遠先生閲本燈下對畢。前庚子春二十有一日，觀庵先生與先季父省庵同校訂於汲古閣下。今康熙庚子仲秋，予從倏思弟處假歸，再勘一過。先季父校於六十年之前，余校六十年之後，年庚相符，春秋略異，真奇事也。文光識於道東軒雙桂花下。"

皕宋樓藏書志·温庭筠詩集五卷（明鈔本）

《皕宋樓藏書志》卷七十：《温庭筠詩集》五卷，明鈔本，毛豹孫舊藏。

明弘治己未李熙刻本《温庭筠詩集序》

明弘治己未（十二年）李熙刻本《温庭筠詩集》序：唐宋名家詩梓行者多矣，李、杜、韓、柳、歐、王、黄、蘇之作，載諸文集中，故已遍行於天下。近歲《韋蘇州集》刻於陜，許郢州《丁卯集》刻於潤，陸放翁

《潤谷詩選》刻於杭，陳履常詩刻於漢中郡，其他未暇盡舉。然播誦人口而流傳四方，欣動騷人詞客之志，模效體裁，屬辭比賦，以鳴國家太平風教民物之盛者，亦豈小補之哉！唐温飛卿詩，説者病其風花綺麗，或有累其正氣，與李商隱、李長吉輩時號西崑體，詩至此爲文章之一厄，故不齒列於開元、天寶盛唐諸集中，是豈作者之罪哉！文章與時高下，亦氣運使然耳。諸君子亦所謂同工而異曲者矣。今讀飛卿之集，清遠柔婉，雖曰綺麗，而畔於理者蓋寡。比之長吉之詭、商隱之僻，則又庭筠之所無也。是惡可以弗傳邪？集凡七卷，别集一卷，共詩若干首。予得之同年進士顧君華玉，顧得之羅君子文，羅得之江西右族。華玉與予言子文，嘗道其人，輯有魏、晋以下名人詩七十餘家，皆鈔本，求盡録之，若有靳容者。予聞而隘之，用是鋟梓，以與韋、許諸集並行於世，使其人見之，蓋將翻然有感於是集之行，且不以藏於私家之爲貴，而以遠諸天下爲功矣。異時俾諸詩散佈而傳四方，謂非温集爲之倡也乎！姑書以俟。（以下闕）

按：李熙刻本每半頁九行，行十八字。黑口，上下黑魚尾。傅增湘《藏園群書經眼録》卷十二集部《温庭筠詩集》七卷條："前有弘治己未建業李熙序。"此本現藏國家圖書館。卷末有馮長武跋，已見前録。

明毛氏汲古閣刻五唐人集本《金荃集》毛晋題識

明毛氏汲古閣刻五唐人集本《金荃集》七卷《别集》一卷毛晋題識：飛卿本名岐，并州祈人，宰相彦博之裔，與李義山、段柯古等號西崐三十六體，而温、李尤著。相傳有《方城令詩集》五卷、《漢南真稿》十卷、《握蘭》《金荃》等集，今不盡傳。僅見宋刻《金荃集》七卷《别集》一卷，參之邇來分體本子，略有不同。其小詞亦名《金荃集》，尚容嗣鐫。湖南毛晋識。

按：汲古閣刻《金荃集》每半葉九行，行十九字。國家圖書館藏毛文光校並跋本，跋文已見前録。

明姜道生刻《唐方城令温庭筠詩集序》

明姜道生刻《唐方城令温庭筠集》十卷:序云:温庭筠,本名岐,字飛卿,并州人……今有詩集五卷、《漢南真藁》十卷、《握蘭》《金荃》等集並傳。

按:姜道生刻本每半頁九行,行十九字,係分體本,次第爲五言古、七言古、雜言、五言律、五言排律、六言排律、七言律、七言排律、五言絶、七言絶。雖未標卷數,而實以體裁分爲十卷。詩之前有《錦鞵賦》一首。有五言律補遺二十三首、五言排律補遺四首、七言絶補遺一首、七言律補遺十六首。合計補遺四十四首。卷末題:雲陽姜道生重生父校刊,金沙王鏞叔聞父仝校,晋陵董遇明良甫父訂補。書藏北大圖書館。此本與明刻本温庭筠詩集十卷、補遺一卷(補遺配清鈔)卷數、行款、文字相同(藏國家圖書館)。分爲五言古(十四題)、七言古(四十五題)、雜言(五題)、五言律(八十五題)、五言排律(十三題)、六言律(一題)、七言律(七十題)、七言排律(一題)、五言絶(五題)、七言絶(二十八題)。補遺亦包括五言律、五言排律、七言絶、七言律四體。

明馮彦淵家鈔本《温庭筠詩集》馮武跋

明馮彦淵家鈔本《温庭筠詩集》七卷《别集》一卷:馮武跋:"此是照宋刻繕寫,點畫無二,取較時本,迥不相同。虞山馮武識。"

按:此本每半頁十行,行十八字,黑口,上黑魚尾。卷首目録頁右方書:"海虞馮武校訖。"此本藏國家圖書館。

清康熙席啓寓刻《唐人百家詩·温庭筠詩集》傅增湘校後記

清康熙席啓寓刻《唐人百家詩·温庭筠詩集》七卷《别集》一卷《集外詩》一卷:傅增湘校後記:"馮鈔本行格與此同,中縫作'温詩

几'及'温别集',歸安姚氏藏。宣統□□入京師圖書館。癸丑六月沅叔……記。"

按:此本現藏國家圖書館。目録前有宋本指圓朱文:海虞馮武校訖(避朱由校諱)。其集外詩一卷,共收詩五十一題,六十三首,題下分别注明"以下見《文苑英華》""以下七首見《歲時雜詠》""見郭茂倩《樂府詩集》""見《雲溪友議》"。

温庭筠繫年

唐德宗貞元十七年辛巳(801)　一歲。生於吴中。

庭筠爲唐初開國功臣温彦博之裔孫(夏承燾《温飛卿繫年》謂是彦博六世孫,黄震雲《温庭筠雜考三題》謂是彦博七世孫,似以黄説爲是)。彦博貞觀四年遷中書令,封虞國公。十年,遷尚書右僕射。故庭筠《書懷百韻》詩自注云:"予先祖國朝公相,晋陽佐命,食采於并、汾也。"其世系約爲彦博—振—翁歸—續—曦—西華—瑒—庭筠。

庭筠之籍貫,《舊唐書·文苑傳·温庭筠》謂太原人,《新唐書·温大雅傳》附廷筠傳則謂并州祁人。此當是庭筠的祖籍與郡望。庭筠之實際出生地當爲吴中。顧學頡《新舊〈唐書〉温庭筠傳訂補》云:"唐無名氏《玉泉子》:'温庭筠有詩賦盛名。初將從鄉里舉,客游江淮間。'按庭筠詩中,言其故鄉太原者絶少,而言江南者反甚多。恐幼時已隨家客游江淮,爲時且必甚長。兹録其詩於下:'淮南游客馬連嘶,碧草迷人歸不得'(《錢唐曲》);'江南戍客心'(《邊笳曲》);'却笑江南客,梅落不歸家'(《敕勒歌塞北》);'丹陽布衣客'(《裴公挽歌詞》);'飄然蓬頂東歸客'(《南湖》);'吴客捲簾閑不語'(《偶題》);'輕橈便是東歸路'(《渭上題》);'鄉思巢枝鳥'(開成五年呈友人詩。按用'越鳥巢南枝'事);'羡君東去見殘梅,唯有王孫獨未回'(《送盧處士游吴越》);又詩題有《春日將欲東歸……》及《東歸有懷》。據以上諸詩,自稱曰'江南客',至江南曰'歸'、曰'回',兩《唐書》本傳亦曰'歸江東'。飛卿在江南日久,儼以江南爲故鄉矣。(在吴、越所作詩甚多,亦可證其在江南之久。)"所舉詩例,除少數(如"丹陽布衣客""吴客捲簾閑不語")屬誤解外,其他均意思明白。然顧氏泥於舊史太原人之記載,僅言"在江南日久,儼以江南爲故鄉矣",未能遽指江南即爲温之故鄉。陳尚君《温庭筠早年事跡考辨》乃據《感舊陳情五十韻獻淮南李僕射》"嵇紹垂髫日,山濤筮

仕年。琴尊陳座上，紈綺拜牀前。鄰里緰三徙，雲霄已九遷"數聯，謂李紳元和三年歸無錫縣家居，庭筠時年八歲，其家居與李紳爲比鄰，認爲庭筠占籍應在無錫附近。此説雖對"鄰里緰三徙"一句有誤解（此句用孟母三遷典故，乃贊頌李紳從小得到其母的良好教育。《新唐書·李紳傳》："紳六歲而孤，哀等成人，母盧，躬授之學。"），但謂庭筠家居無錫，較顧氏之"儼以江南爲故鄉"，不但肯定其家居江南，地點亦更爲具體。然"其家與李紳爲比鄰"之説既因誤解詩句而致，則當更求具體確切之地。

從庭筠所作詩歌看，其舊鄉當在吴中松江附近，太湖之濱。先言吴中之大範圍。《書懷百韻》詩云："是非迷覺夢，行役議秦吴。"秦指長安，吴指吴地。《春日將欲東歸寄新及第苗紳先輩》，"東歸"即歸吴地。然吴地範圍甚大，無錫亦可包括在内。故家居吴地何處，仍需進一步考證。按詩集八有《送盧處士（一作生）游吴越》云："羡君東去見殘梅，唯有王孫獨未回。吴苑夕陽明古堞，越宫春草上高臺。"詩一作張籍詩。佟培基《全唐詩重出誤收考》云："張籍祖居吴地，有其舊宅，其《送陸暢》詩有'共踏長安街裏塵，吴州獨作未歸身。昔年舊宅今誰住，君過西塘與問人'。此重出詩有客游在外未能東歸之嘆，非庭筠口吻。"張籍有舊宅在吴地，不能因此否定庭筠舊鄉亦在吴中。庭筠詩集卷七有《處士盧岵山居》、卷八有《寄盧生》，與《送盧處士（一作生）游吴越》之盧處士（或盧生）應同爲一人。《寄盧生》云："遺業荒凉近故都，門前堤路枕平湖。緑楊陰裏千家月，紅藕香中萬點珠。此地别來雙鬢改，幾時歸去片帆孤。他年猶擬金貂换，寄語黄公舊酒壚。"盧某游吴越，庭筠有詩送之；既至吴越，又有詩寄之。而《寄盧生》首聯寫景，又與卷八《東歸有懷》"晴川通野陂，此地昔傷離。一去跡常在，獨來心自知"數句相合。所謂"遺業"，即"門前"，亦即舊居；而"野陂"，亦即"平湖"；"東歸"，即東歸吴中舊鄉。"遺業荒凉近故都"，此"故都"即春秋時吴國之舊都，唐之蘇州。故知庭筠之舊居當在蘇州附近。庭筠舊鄉在吴中，《溪上

行》一詩亦可得到證明："緑塘漾漾煙濛濛，張翰此來情不窮。雪羽襹褷立倒影，金鱗撥剌跳晴空。風翻荷葉一向白，雨濕蓼花千穗紅。心羡夕陽波上客，片時歸夢釣船中。"晋張翰爲吴郡吴人，因秋風起而憶吴中菰菜、蓴羹、鱸魚膾，遂命駕東歸。此詩作於會昌元年秋東歸行將抵達吴中舊鄉時。以張翰自況，不但切東歸舊鄉，且説明其舊鄉亦在吴中也。其具體所在雖難確考，但從下列詩中亦可知其大概。卷七《盧氏池上遇雨贈同遊者》後幅云："寂寞閑望久，飄灑獨歸遲。無限松江恨，煩君解釣絲。"松江恨，即思故鄉鱸魚不得之恨，亦即欲歸故鄉而不得之恨。卷四有《寄湘陰閻少府乞釣輪子》："篷聲夜滴松江雨，菱葉秋傳鏡水風。"卷五《寄裴生乞釣鉤》："今日太湖風色好，却將詩句乞漁鉤。"二詩均會昌初東歸吴中期間作，其中提到"松江"（即吴淞江）、"太湖"，可推知庭筠之舊居當在蘇州附近，濱太湖、傍吴淞江之處。

庭筠在吴中有"遺業"，自是父輩時已居此。然則其何時離開吴中，亦當作一大體推測。《寄盧生》前二聯想象故居門前堤路平湖、緑楊明月、紅藕飄香之景象，對故鄉景物之記憶極爲清晰，且提到故鄉之舊酒家，此自非童幼時即離家所能有之記憶。《東歸有懷》亦清楚憶及昔日在晴川通野陂之處告别故鄉之"傷離"情景，其離鄉當不在幼年時。尤可注意者，庭筠青年時代（約在大和初）出塞之作中，猶自稱"江南客""江南戍客"（見前引《邊笳曲》《敕勒歌塞北》），似其時庭筠仍家居江南吴中之地。然則其離吴中長期寓居長安，或在出塞之後。庭筠之出生地及青少年時代雖在吴中，但最遲在開成五年，即已寓居長安鄠郊。《書懷百韻》詩題稱"開成五年秋以抱疾郊野"，詩云"窮郊獨向隅""事迫離幽墅"，所指均其在長安西南鄠郊之别墅，詩對鄠郊别墅之整個環境景物且有相當具體之描寫。其他詩凡題稱"郊居""鄠杜郊居""有扂"者亦均指鄠郊别墅。其始居鄠郊之年代可能更早（約大和中）。而直到咸通二年居荆南蕭鄴幕時所作之《渚宫晚春寄秦地友人》寫思歸之情時依然透露出其時家仍

居鄠郊。由荆南歸長安後，直至貶方城之前，當亦仍居於此。故庭筠一生，青少年時代居於出生之吴中；壯歲以後，除出塞、游蜀、東歸吴中、游越及其他羈游、寄幕外，大部分時間寓居鄠郊。

庭筠之生年，有多種異説。歧説之産生，又多緣於對其《感舊陳情五十韻獻淮南李僕射》之"淮南李僕射"所指有不同的考證結論所致。兹簡述如下：

一、淮南李僕射爲李蔚説。此説爲顧嗣立所持。王達津亦主其説，並謂李蔚係書法家，故有"書迹臨湯鼎"之句；"閑宵陪雍畤，清暑在甘泉"，指李蔚官太常卿，陪同皇帝祭祀之事，庭筠約生於長慶四年(824)。此説與庭筠弟庭皓撰《唐國子助教温庭筠墓誌》署咸通七年直接矛盾。李蔚始任淮南節度使在咸通十一年，時庭筠已去世四年。

二、淮南李僕射爲李德裕説。此説爲顧學頡、夏承燾所持。顧謂《舊紀》開成五年九月以淮南節度使檢校尚書左僕射爲吏部尚書、同中書門下平章事，詩即德裕自淮南入朝時飛卿獻德裕之作，與詩之題官正合，故詩有"既矯排虚翅，將持造物權。萬倫(當作靈)思鼓鑄，群品待陶甄"之語，言其即將入相。德裕曾三官西浙觀察使，《漢書·地理志》注："自交趾至會稽七八千里，百粤雜處。"則西浙固可稱百粤，而與"冰清臨百粤"之語合。曾分司東都，即所謂"風靡化三川"。又曾爲滑州刺史及淮南節度使，即詩所謂"梁園""淮水"也。與德裕宦跡正合。(《温庭筠感舊陳情五十韻獻淮南李僕射舊注辨誤》)夏謂"視草絲綸出，持綱雨露懸"，"白麻紅燭夜，清漏紫微天"一段，乃指其穆宗初召充翰林學士；"冰清臨百粤，風靡化三川。委寄崇推轂，威儀壓控弦"一段，則指其爲鄭滑節度使、雲南招撫使，在蜀"西拒吐蕃，南平蠻蜑"。與書懷百韻詩同爲開成五年作，而此詩在後。《百韻》詩有"收迹異桑榆"句，謂未逮老境，然至少必已三十左右。自開成五年逆數三十年，當生於元和間。元和共十五年，姑折中爲七年。(《温飛卿繫年》)此説各種文學史頗采之，今之研究者

亦多有從其説者，然“淮南李僕射”實非李德裕，生年更出於估算，非有實據。陳尚君《温庭筠早年事跡考辨》指出：“以李德裕爲贈詩對象……明顯不合者，至少有三：德裕分司東都，爲時僅十餘天，旋遭貶去，不能説‘風靡化三川’，此其一。德裕兼雲南招撫使，官廨駐成都，是爲蜀地；三鎮浙西，乃越地，漢以前自交趾至會稽一帶，百粵雜處，確有其事，而唐人所謂百粵，例指嶺南……罕有稱越、蜀爲百粵之例。德裕會昌前，未涉足嶺南，‘冰清臨百粵’句，無從着落。此其二。詩中‘梁園提轂騎，淮水换戎旃’，謂李自梁、宋一帶調鎮淮南。鄭滑節度轄地與梁、宋相接，只是很少用梁園指代。姑謂此處可代，而德裕自鄭滑任到移鎮淮南，相隔八年之久，用一‘换’字，似嫌唐突。此其三。德裕時負盛名，庭筠如贈詩給他，不應錯舛如此。”又云：“尤應確定的，是《感舊》詩的投贈時間。詩中自注：‘余嘗忝京兆薦，名居其副。’即《書懷》自注：‘予去秋試京兆，薦名居其副’一事，在開成四年秋。《感舊》另一自注：‘二年抱疾，不赴鄉薦試有司’，指受薦名的當年和次年均未赴選……後段復云：‘旅食逢春盡，羈游爲事牽’，當爲暮春客游淮南時作。開成五年春（840）庭筠無法預卜是年秋能否赴試，故此詩至早也應作於次年會昌元年（841）春末。據《舊唐書·武宗紀》，開成五年九月，李德裕自淮南節度使入京爲相，此時，庭筠卧疾郊野。及至贈詩時，德裕已離淮南逾半年。唐人重官稱，尤重官職，干謁詩絶不會用較低的舊銜稱謂。”辨“淮南李僕射”之非李德裕，理由證據極爲周詳，可視爲定論。李德裕説最不可通者爲對“冰清臨百粵，風靡化三川”之解釋。自交趾至會稽七八千里，百粵雜處，則嶺南、浙東固可稱百粵（陳謂百粵罕有稱越者稍疏），然浙西則從未有稱百粵之例。且二句曰“臨”曰“化”，顯指其爲臨民治民之地方最高長官，非閑職如太子賓客分司東都者可稱“風靡化三川”也。又，鄭滑亦不可以梁園指代，宣武、鄭滑，唐代爲兩節度使，界限分明。且元和七年之生年亦因推其大約生於元和年間折半而得，非有任何實據。此説因影響較大，爲諸多文學史及研

究者所采用,故詳引其説并陳尚君辨正之説。

三、淮南李僕射爲李珏説。此説爲黄震雲所持,見其《温庭筠的籍貫及生卒年》一文,略云:"'閑宵陪雍畤,清暑在甘泉',李珏當過太常卿,管祭祀宗廟山川。陪雍畤,當指此。'冰清臨百粤,風靡化三川',李珏在840年出爲桂州刺史、桂管經略使,再貶昭州刺史,地在嶺南道……古百粤地。''梁園提彀騎,淮水换戎旃',梁園……漢屬司隸部河南郡……李珏由河南尹、河陽節度使除授檢校尚書右僕射遷鎮淮南……根據'嵇紹垂髫日,山濤筮仕年。琴尊陳座上,紈綺拜牀前'的詩意,庭筠八歲拜謁年已四十的李僕射。檢《唐方鎮年表》李珏849年鎮淮南。《舊唐書·李珏傳》載録時年六十五歲。由此回推,庭筠生於817年(照《宣宗本紀》説,李珏死於六年七月,從享年六十九歲來算,得提前到816年)。"此説無論是對詩句的解釋或對生年的推算,均有明顯錯誤。如以李珏任河南尹、河陽節度使釋"梁園提彀騎",就是明顯的牽合迂曲之解。梁園例指汴州,唐爲宣武節度使府所在,與河南府或河陽節度使均風馬牛不相及。對生年的推算是以李珏鎮淮南時年六十五回推三十二年(二人初見時相差的歲數),得出庭筠生於817年,更嫌迂曲牽强。而其視爲確證的"閑宵陪雍畤"二句指李珏爲太常卿,他人則無此仕歷之説,實爲對詩意之誤解,此二句非謂任太常安排祭祀,而係指以詞臣身份陪奉皇帝出游。故此説亦可排除。

四、淮南李僕射爲李紳説。此説爲陳尚君所創,見其《温庭筠早年事跡考辨》一文。略云:"檢《舊唐書·武宗紀》,德裕淮南卸職後,'以宣武軍節度使、檢校吏部尚書,汴州刺史李紳代德裕鎮淮南。'會昌二年(842)二月,李紳自淮南入相。同書一七三《李紳傳》,'武宗即位,加檢校尚書右僕射、揚州大都督府長史、知淮南節度大使事。'是李紳也可稱爲'淮南李僕射',其任職起訖時間,與庭筠贈詩時間也可吻合。以李紳仕歷與《感舊》中的叙述相參,確鑿無疑地表明李紳爲受贈詩者。試以新、舊《唐書·李紳傳》有關記載與《感舊》詩作

一比證。《舊·傳》:'能爲歌詩,鄉賦之年,諷誦多在人口。'《新·傳》:'於詩最有名,時號短李。'正是《感舊》'賦成攢筆寫,歌出滿城傳'的注脚。《舊·傳》:'元和初(806),登進士第,釋褐國子助教。穆宗召爲翰林學士,與李德裕、元稹均在禁署,時號三俊。''長慶元年(821)三月,改司勳員外郎、知制誥。三年二月,超拜中書舍人。'《感舊》自'既矯排虛翅'以下,即指這段經歷。《舊·傳》載,李紳在朝與李逢吉對立,逢吉勾結宦官王守澄,利用敬宗年幼,'言紳在禁署時嘗不利於陛下',敬宗'不能自執,乃貶紳端州司馬'。《感舊》'耿介非持禄,優游是養賢。冰清臨百粤',謂紳立朝耿直持正,遭權奸排擠而遠貶。'冰清'喻潔身無過。《新·傳》:'開成初,鄭覃以紳爲河南尹。河南多惡少,或危帽散衣,擊大毬,户官道,車馬不敢前。紳治剛嚴,皆望風遁去。''風靡化三川'即謂此。唐河南府治洛陽,爲秦三川郡故地。《舊·傳》:'開成元年,檢校户部尚書、汴州刺史、宣武節度、宋亳汴潁觀察等使。'至武宗即位,徙淮南節度,兩地均帶軍職。《感舊》云:'梁園提轂騎,淮水换戎旃',地點職銜均吻合無差。梁園,西漢梁孝王所築兔園,在汴州附近,時歸宣武軍轄。參照兩《唐書·李紳傳》及卞孝萱先生《李紳年譜》,李紳初仕情況是:元和元年(806)登第後,旋即東歸。途經潤州,鎮海軍節度使李錡留爲掌書記。次年十月,李錡謀反被殺,李紳以不附錡而免罪,歸無錫縣家居,直到元和四年,受詔爲校書郎入京。此後任國子助教等職,均在長安。庭筠家居江南,冲年拜謁李紳,不會遠離鄉土。李紳初仕數年間,在江浙一帶留住甚久。從'琴書陳上座'看,時正賦閑。今姑定庭筠見李紳在元和三年(808),李紳時年三十七歲,辭掌書記職家居(李紳《龍宫寺碑》:'元和三年,余罷金陵從事,河東薛公苹招游越中。'其子李浚《慧山寺家山記》載李錡敗,'遂退歸慧山寺僧房')。嵇康《與山巨源絶交書》:'男(指嵇紹)年八歲,未及成人。'庭筠《上令狐相公啓》:'嵇氏則男兒八歲,保在故人。'庭筠以嵇紹自比,時年約八歲,比李紳年幼近三十歲。嵇紹、山濤之比,言年歲懸

殊，甚爲恰當。以此逆推庭筠生年，約在德宗貞元十七年，即801年。”陳説在諸説之中，詩、史互證，完全符合，最具説服力。傅璇琮主編之《唐五代文學編年史》《唐才子傳校箋》即采陳説。唯陳文中有幾點顯屬誤解，需作修正。其一，“鄰里纔三徙”句，非謂庭筠家居與李紳爲比鄰，而係用孟母三徙之典，贊頌李紳之母教育有方，不能因此得出庭筠舊居在無錫的結論。吴中離無錫不遠，李紳元和三年離潤州幕家居時，庭筠自可趨前拜訪。其二，“冰清臨百粤”，非指其無罪而貶端州司馬，乃指其任浙東觀察使，官聲清廉。詩之叙事，至“耿介非持禄，優游是養賢”二句已作一小收束，以下所叙乃李紳重新得到朝廷信任，爲一方臨民長官之仕歷。陳文所引《漢書·地理志》“自交阯至會稽七八千里，百粤雜居之地”之語，正可證浙東會稽之地可稱百粤。“臨百粤”與“化三川”對文，所任皆地方長官，兩任之間僅隔一“太子賓客分司東都”之短期宦歷，故緊相承接。若以“冰清”句指貶端州司馬，則其間横隔自長慶四年（824）至開成元年（836）之十二年宦歷，了不相屬矣。其三，“優游是養賢”句，當包括貶端州司馬後量移江州刺史、遷滁、壽二州刺史、初授太子賓客分司東都等一系列經歷。又，庭筠生於貞元十七年，尚可從詩中“婚乏阮修錢”之句得到證明。《晋書·阮籍附子修傳》：“修居貧，年四十餘，未有室。”作此詩時爲會昌元年（841），以生於貞元十七年（801）順推，時年四十一，正符阮修“年四十餘”之數。

五、牟懷川《温庭筠生年新證》一文雖亦認爲《感舊陳情五十韻獻淮南李僕射》係呈獻李紳之作，但考庭筠之生年則據其《上裴相公啓》中“至於有道之年，猶抱無辜之恨”之語爲證。認爲此裴相公爲裴度，啓上於開成四年首春。“有道之年”指生而不舉有道科死而始稱郭有道之郭泰死時年四十二，借指作啓時庭筠自己的年歲。自開成四年（839）上推四十二年，庭筠當生於貞元十四年（798）。然《上裴相公啓》非開成四年首春上裴度之啓，而係大中六年八月以後上裴休之啓。辨詳拙文《温庭筠文箋證暨庭筠晚年事跡考辨》。故牟

説亦不能成立。

唐德宗貞元十八年壬午(802)　二歲,在吴中。

唐德宗貞元十九年癸未(803)　三歲,在吴中。　杜牧生。

唐德宗貞元二十年甲申(804)　四歲。在吴中。

唐德宗貞元二十一年
唐順宗永貞元年　乙酉(805)　五歲。在吴中。

唐憲宗元和元年丙戌(806)　六歲,在吴中。

唐憲宗元和二年丁亥(807)　七歲。在吴中。

唐憲宗元和三年戊子(808)　八歲。在吴中。　初謁李紳於無錫。

唐憲宗元和四年己丑(809)　九歲。在吴中。

唐憲宗元和五年庚寅(810)　十歲。在吴中。

唐憲宗元和六年辛卯(811)　十一歲。在吴中。

唐憲宗元和七年壬辰(812)　十二歲。在吴中。　李商隱生。

唐憲宗元和八年癸巳(813)　十三歲。在吴中。

唐憲宗元和九年甲午(814)　十四歲。在吴中。

唐憲宗元和十年乙未(815)　十五歲。在吴中。

唐憲宗元和十一年丙申(816)　十六歲。在吴中。

唐憲宗元和十二年丁酉(817)　十七歲。在吴中。

唐憲宗元和十三年戊戌(818)　十八歲。在吴中。

唐憲宗元和十四年己亥(819)　十九歲。在吴中。

唐憲宗元和十五年庚子(820)　二十歲。在吴中。

唐穆宗長慶元年辛丑(821)　二十一歲。在吴中。

唐穆宗長慶二年壬寅(822)　二十二歲。在吴中。

唐穆宗長慶三年癸卯(823)　二十三歲。在吴中。

唐穆宗長慶四年甲辰(824)　二十四歲。在吴中。

唐敬宗寶曆元年乙巳(825)　二十五歲。在吴中。

唐敬宗寶曆二年丙午(826)　二十六歲。在吴中。

唐文宗大和元年丁未(827)　二十七歲。在吴中。

唐文宗大和二年戊申(828)　二十八歲。

庭筠出塞之游至遲當在本年及明年。陳尚君《温庭筠早年事跡考辨》云:"庭筠出塞是由長安出發,沿渭川西行,取回中道出蕭關,到隴首後折向東北,在綏州一帶停留較久。估計在邊塞時間,在一年以上。"所作詩有《西游書懷》《回中作》《過西堡塞北》《敕勒歌塞北》《遐水謡》《塞寒行》《邊笳曲》等。所歷時間自頭一年之'高秋辭故國'到第二年的'芙蓉老'即夏秋间。在綏州一帶停留較久,或曾短期游幕。"大和二年九月至四年二月,夏綏節度使爲李寰。《敕勒歌塞北》有"却笑江南客,梅落不歸家"之句,《邊笳曲》有"江南戍客心,門外芙蓉老"之句,"江南客""江南戍客"均係自指,透露此時庭筠家仍居江南吴中,且已有妻室。

庭筠大和四至五年游蜀,六年起行跡多在長安,此後事跡大體可考。故將出塞繫於游蜀之前。

唐文宗大和三年己酉(829)　二十九歲。

本年夏秋間,猶在夏綏。

本年十一月,南詔入侵西川。十二月攻入成都。止西郭十日,掠女子工伎數萬南去。

唐文宗大和四年庚戌(830)　三十歲。

約本年秋,庭筠有入蜀之行。入蜀途中,有《過分水嶺》《利州南渡》詩。

本年十月,李德裕由義成節度使調任西川節度副大使、知節度事。

唐文宗大和五年辛亥(831)　三十一歲。

本年春在成都,有《錦城曲》。在西川期間,與某蜀將有交往,此人在大和三年十二月"蠻入成都"時"頗著功勞"(見十年後所作《贈蜀將》題下自注)。在成都期間,似與西川幕中文士有交往,或有欲入西川幕之企求。

暮春後離成都順岷江南下，至新津（屬蜀州，在成都西南）有《旅泊新津却寄一二知己》，當是寄西川幕中文士相知者。

據庭筠《書懷百韻》詩"羈游欲渡瀘"之句，似此次蜀游順岷江南下抵戎州（今四川宜賓）後，曾欲渡瀘水（今金沙江，即長江自宜賓以上至雲南交界處的一段）南去而未成行。

抵戎州後，似未由原路折回成都再返長安，而是順長江東下出峽，道荆、襄回京。至黔巫一帶，與崔某晤别（二十年後，有《送崔郎中赴幕》詩云："一别黔巫似斷弦，故交東去更凄然。心游目送三千里，雨散雲飛二十年。"）。又有《巫山神女廟》詩，詩云："古樹芳菲盡"，時將入夏。此次蜀游，四年秋由長安出發，五年暮春在巫山一帶，已歷三季。

唐文宗大和六年壬子（832）　三十二歲。在長安。

本年秋有《送渤海王子歸本國》，夏承燾《温飛卿繫年》謂此渤海王子係大和六年來朝之大明俊。（顧學頡《温庭筠交游考》則謂係開成四年來朝之大延廣，其回國或在五年。）

唐文宗大和七年癸丑（833）　三十三歲。在長安。

本年二月，李德裕由兵部尚書同中書門下平章事。

有《觱篥歌》，題下注："李相伎人吹。"此"李相"指李德裕。詩有"黑頭丞相"語，德裕此次拜相時年四十七，尚在壯歲，故云。德裕好觱篥，寶曆元年秋任浙西觀察使時有《霜夜對月聽小童薛陽陶吹觱篥歌》，劉禹錫、白居易、元稹均有和作。

唐文宗大和八年甲寅（834）　三十四歲。在長安。

本年正月，有《贈鄭徵君家匡山首春與丞相贊皇公游止》。"丞相贊皇公"指李德裕。

唐文宗大和九年乙卯（835）　三十五歲。旅游淮上。

庭筠《上裴相公啓》云："既而羈齒侯門，旅游淮上。投書自達，懷刺求知。豈期杜摯相傾，臧倉見嫉。守土者以忘情積惡，當權者以承意中傷。直視孤危，横相陵阻。絶飛馳之路，塞飲啄之塗。射

血有冤，叫天無路。”

無名氏《玉泉子》云：“温庭筠有詞賦盛名。初從鄉里舉，客游江淮間，揚子留後姚勖厚遺之。庭筠少年，其所得錢帛，多爲狹邪所費。勖大怒，笞而逐之，以故庭筠不中第。其姊趙顓之妻也，每以庭筠下第，輒切齒于勖。一日廳有客，温氏獨問：‘誰氏？’左右以勖對之。温氏遽出廳事，執勖袖大哭。勖殊驚異，且持袖牢固不可脱，不知所爲。移時，温氏方曰：‘我弟年少宴游，人之常情，奈何笞之？迄今遂無有成，安得不由汝致之？’遂大哭，久之，方得解脱。勖歸憤訝，竟因此得疾而卒。”

《北夢瑣言》卷四《温李齊名》：“吴興沈徽云：‘温舅曾於江淮爲親表檟楚，由是改名焉。’”

顧學頡《温庭筠交游考·姚勖》：“《通鑑》開成四年五月，‘上以鹽鐵推官檢校禮部員外郎姚勖，能鞫疑獄，命權知職方員外郎。右丞韋温不聽，上奏稱：郎官朝廷清選，不宜以賞能吏。上乃以勖檢校禮部郎中，依前鹽鐵推官。’據此，知姚勖確爲鹽鐵官（揚子留後，即鹽鐵轉運使在揚州的分設機構）。笞逐庭筠事，當在開成四年之前。”其《温飛卿傳論》引《通鑑》定飛卿游江淮在大和末（835）。

按：顧氏定庭筠游江淮在大和末，近是，兹從之。《玉泉子》與《北夢瑣言》均言其游江淮爲親表所笞逐或檟楚，《玉泉子》且將此事與此後庭筠長期不中第聯係起來。而庭筠《上裴相公啓》則言此次游江淮拜謁地方長官，爲其屬下之小人所嫉妒，相傾，并受到“守土者”之“忘情積惡”以及“當權者”之“承意中傷”。從而導致“絶飛馳之路，塞飲啄之塗”的後果。所叙情事并不相同，而後果則同。如“旅游淮上”事在大和九年，則其時之“守土者”（淮南節度使）爲牛僧孺，而“承意中傷”之“當權者”或即與僧孺同黨之宰相李宗閔。

本年十一月，甘露之變發生。

唐文宗開成元年丙辰（836）　三十六歲。

本年七月前，因李翺之薦，始從太子永游。庭筠曾從太子永游，

有其所作《莊恪太子挽歌詞二首》爲證。其從游的起始時間及薦舉者,陳尚君《温庭筠早年事跡考辨》作過如下推斷:"庭筠入東宫游,疑出於李翱薦舉。《謝襄州李尚書》説:'某櫟社凡材,蕪鄉散質,殊乏績效,堪奉恩明。曷當紫極牽裾,丹墀載筆。顧循虚淺,實過津涯。豈知畫舸方游,俄升於桂苑;蘭扃未染,已捧於紫泥。此皆寵自昇堂,榮因著録,勵鴻毛之眇質,摶羊角之高風。'大和至咸通間,堪稱'襄陽李尚書'者,僅李翱一人(其間李程、李景讓曾爲山南東道節度使,均不帶尚書職,景讓自襄州轉官禮部尚書,不能稱'襄州李尚書')。此啓謝李翱薦己'升於桂苑''丹墀載筆',核以庭筠生平,如此榮耀事,只有隨太子遊相稱。'畫舸方游',謂資歷尚淺,亦合。李翱大和九年出鎮襄州,次年七月前卒。庭筠入東宫陪游,當始於開成元年(836)。從挽歌看,可能三年九月始離去。"所考大體可信(李景讓曾帶檢校户部、兵部尚書銜,但其大中六至十年鎮襄陽期間,庭筠無"昇於桂苑"之事)。按:"桂苑"即桂宫,本長安宫苑名,係漢武帝后妃所居之宫。漢成帝爲太子時,曾居此宫,故此啓以"桂苑"借指太子宫。"蘭扃未染,已捧於紫泥",《新唐書·百官志》,東宫官有内直局,郎二人、丞二人,掌符璽、衣服、繖扇、几案、筆硯、垣牆。"捧紫泥,似指掌符璽筆硯之事,或泛指在太子宫爲文字之役。這與庭筠之文士身份亦相稱。

本年夏或稍後之某年夏,有《題豐安里王相林亭二首》。豐安里,唐長安坊名。王相,指王涯,甘露之變中爲宦官所殺。

唐文宗開成二年丁巳(837)　三十七歲。在長安。仍從太子永游。

本年正月,李商隱登進士第。

唐文宗開成三年戊午(838)　三十八歲。

在長安。本年九月前,仍從太子永游。

《舊唐書·文宗紀》:開成三年,九月"壬戌,上以皇太子慢游敗度,欲廢之,中丞狄兼謨垂涕切諫。是夜,移太子於少陽院"。十月

“庚子，皇太子薨於少陽院，謚曰莊恪”。同書《文宗二子傳》對此事有更詳細之記載：“莊恪太子永，文宗長子也。母曰王德妃。大和四年正月，封魯王。六年，上以王年幼，思得賢傅輔導之……因以户部侍郎庾敬休守本官，兼魯王傅；太常卿鄭肅守本官，兼王府長史；户部郎中李踐方守本官，兼王府司馬。其年十月，降詔册爲皇太子。上自即位，承敬宗盤游荒怠之後，恭儉惕慎，以安天下，以晋王謹愿，且欲建爲儲貳。未幾晋王薨，上哀悼甚，不復言東宫事者久之。今有是命，中外慶悦。後以王起、陳夷行爲侍讀。開成三年，上以皇太子宴游敗度，不可教導，將議廢黜，特開延英，召宰臣及兩省御史臺五品已上、南班四品已上官對。宰臣及衆官以爲儲后年小，可俟改過，國本至重，願寬宥。御史中丞狄兼謨上前雪涕以諫，詞理懇切。翌日，翰林學士六人洎神策軍軍使十六人又進表陳論，上意稍解。其日一更，太子歸少陽院，以中人張克己、柏常心充少陽院使；如京使王少華、判官袁載和及品官、白身、内園小兒、官人等數十人連坐至死及剥色、流竄。”“初，上以太子稍長，不循法度，昵近小人，欲加廢黜，迫於公卿之請乃止。太子終不悛改，至是暴薨（按：太子卒於十月十六日）。時傳云：太子德妃之出也，晚年寵衰。賢妃楊氏，恩渥方深，懼太子他日不利於己，故日加誣譖，太子終不能自辨明也。太子既薨，上意追悔。四年，因會寧殿宴，小兒緣橦，有一夫在下，憂其墮地，有若狂者。上問之，乃其父也。上因感泣，謂左右曰：‘朕富有天下，不能全一子。’遂召樂官劉楚材、宫人張十十等責之，曰：‘陷吾太子，皆爾曹也。今已有太子（按：是年十月，立敬宗子陳王成美爲太子），更欲踵前邪？’立命殺之。”

庭筠於太子卒後葬驪山北原時有《莊恪太子挽歌詞二首》，中有“鄴客辭秦苑”“西園寄夢思”等語，可證其曾從太子永游。

庭筠從太子永游之時間雖僅二年餘，但却留下一系列與此事有關之詩文，除《上襄州李尚書啓》及《莊恪太子挽歌詞二首》外，尚有《洞户二十二韻》（詳參牟懷川《温庭筠從游莊恪太子考論》，載《唐

代文學研究》第一輯)、《雍臺歌》《生禖屏風歌》(詳參詹安泰《讀夏承燾先生〈温飛卿繫年〉》)。此外,《題望苑驛》《四皓》二詩亦與莊恪太子事有關,詳《温庭筠全集校注》卷四、卷五對此二詩之詮釋。

唐文宗開成四年己未(839)　三十九歲。在長安。

本年三月,裴度卒。有《中書令裴公挽歌詞二首》。從二詩尾聯"從今虚醉飽,無復污車茵""空嗟薦賢路,芳草滿燕臺"看,庭筠似曾游於門下,受其知遇。約本年或稍後之某年夏,又有《裴晋公林亭》。

本年秋,參加京兆府試,薦名居第二,然竟被黜落罷舉,不能參加明春之禮部進士試。《書懷百韻》詩云:"文囿陪多士,神州試大巫。對雖希鼓瑟,名亦濫吹竽。自注:予去秋試京兆,薦名居其副。"《感舊陳情五十韻獻淮南李僕射》云:"未知魚躍地,空愧《鹿鳴》篇。自注:余嘗忝京兆薦,名居其副。稷下期方至,漳濱病未痊。自注:二年抱疾,不赴鄉薦試有司。""二年",指受薦名之開成四年及五年。《書懷百韻》詩題亦云:"開成五年秋,以抱疾郊野,不得與鄉計偕至王府。"《唐摭言》卷二《等第罷舉》開成四年有温岐(即温庭筠,似此時尚未改名)。

《贈蜀將》約作於本年秋。

唐文宗開成五年庚申(840)　四十歲。在長安。

因"等第罷舉",未能參加本年春之禮部進士試。五月,作《自有扈至京師已後朱櫻之期》,借以抒發未能參加今春進士試之遺憾。本年秋,因故未能"赴鄉薦,試有司"。詳四年所引詩注。二年不赴鄉薦試有司之真正原因當是遭人毁謗,詳《書懷百韻》。

冬,作《書懷百韻》。題稱"將議遐適,隆冬自傷,因書懷奉寄",詩云"行役議秦吴",表明將有自長安赴吴中舊鄉之遠行。

《郭處士擊甌歌》当作于武宗會昌朝之前,姑繫於此。郭處士指郭道源,善擊甌,武宗朝爲鳳翔府天興縣丞,充太常寺調音律官,見段安節《樂府雜録》。

唐武宗會昌元年辛酉(841)　四十一歲。自長安赴吴中舊鄉。

本年春,有《送陳嘏之候官兼簡李(黎)常侍》。

約仲春時,自長安啓程赴吴中。行前有《春日將欲東歸寄新及第苗紳先輩》。

約暮春時,經泗州下邳縣,有《過陳琳墓》。自邳縣南行至盱眙縣,有《旅次盱眙縣》。春末抵達揚州,向淮南節度使李紳呈獻《感舊陳情五十韻》。詩云"旅食逢春盡,羈游爲事牽",又云"冉弱營中柳,披敷幕下蓮,儻能容委質,非敢望差肩。"有希企入幕之意,與《過陳琳墓》"欲將書劍學從軍"之語正合。因欲入淮南幕,故在揚州羈留時間較長。有《過孔北海墓二十韻》,《淮揚志》:孔融墓在府治高士坊。詩有"墓平春草緑"之句,係暮春初抵揚州時作。又有《送淮陰孫令之官》,曰"楊柳煙",曰"青葭",時在春夏間。而《法雲雙檜》(一作《晋朝柏樹》)、《經故祕書崔監揚州南塘舊居》,均秋令作。透露庭筠在揚州可能羈留至秋,始渡江歸吴中舊鄉。

渡江後,有《溪上行》云:"緑塘漾漾煙濛濛,張翰此來情不窮。雪羽襹褷立倒影,金鱗撥剌跳晴空。風翻荷葉一片白,雨濕蓼花千穗紅。心羡夕陽波上客,片時歸夢釣船中。"用張翰歸吴中舊鄉典,正切己之歸吴。寫景切秋令。

是年秋,歸抵吴中舊居。《東歸有懷》云:"晴川通野陂,此地昔傷離。一去跡常在,獨來心自知。鷺眠茭葉折,魚静蓼花垂。無限高秋淚,扁舟極路歧。"曰"高秋""蓼花",時令、寫景與《溪上行》合。首聯寫舊居景象,亦與前此所作《寄盧生》"遺業荒凉近故都,門前堤路枕平湖"所寫舊居景象相合。

下列諸詩,均會昌元年秋歸吴中舊鄉途中所作:

《開聖寺》,寺在潤州丹陽,詩有"出寺馬嘶秋色裏"之句,係秋令作。

《和盤石寺逢舊友》《盤石寺留别成公》。前詩有"月溪逢遠客,煙浪有歸舟"及"水關紅葉秋"之句,後詩有"浪連吴苑""一夜林霜"之語。寺當離蘇州不遠,寫景均切秋令。

唐武宗會昌二年壬戌(842)　四十二歲。春赴越中,秋後返吴中。

本年春赴越中,途經杭州,有《錢塘曲》,詩有"錢塘岸上春如織"之句。又曰"淮南游客",蓋用淮南小山《招隱士》之典。又有《蘇小小歌》,末句云"門前年年春水緑",與《錢塘曲》時令相同。《河瀆神》(孤廟對寒潮)有"西陵風雨蕭蕭""早梅香滿山郭"之句,疑亦會昌二年初春赴越中途經蕭山時作。

春抵越州。有《南湖》七律。南湖即鏡湖。詩有"野船着岸偎春草"之句,説明春天已在越州。

在越中,有《題竹谷神祠》《題賀知章故居疊韻作》。又有《宿一公精舍》,此"一公"指僧一行,在天臺國清寺有其當年曾居之精舍。三詩寫景均秋令景象。又《荷葉杯》(鏡水夜來秋月)亦會昌二年秋作于越州。

約本年秋,自越中折返吴中舊鄉。《江上别友人》爲返途經錢塘江别友人之作,詩有"蕭陵"字,指蕭山。又有"秋色滿葭菼"之句。《題蕭山廟》有"馬嘶秋廟空"之句,當與《江上别友人》同時作。

本年七月,劉禹錫卒,庭筠有《祕書劉尚書挽歌詞二首》。

唐武宗會昌三年癸亥(843)　四十三歲。春暮由吴中啓程返長安。

春有《寄裴生乞釣鉤》,詩有"今日太湖風色好"之句,説明其時庭筠居太湖濱之吴中舊鄉。時令在春天。上年秋又有《寄湘陰閻少府乞釣輪子》,腹聯云"篷聲夜滴松江雨,菱葉秋傳鏡水風",松江即吴淞江,鏡水即鏡湖,説明其時詩人已由越返吴。又,樂府有《吴苑行》,亦春令作。

約春暮,離吴中舊鄉北歸。途經常州,作《蔡中郎墳》。至潤州,作《更漏子》詞云:"背江樓,臨海月。城上角聲嗚咽。堤柳動,島煙昏,兩行征雁分。　京口路,歸帆渡,正是芳菲欲度。銀燭盡,玉繩低,一聲村落雞。"曰"背江樓",曰"歸帆渡",説明係自京口北渡長

江時作，時值“芳菲欲度”之暮春。

《傷温德彝》七絶約作於本年，詳參詹安泰《讀夏承燾先生〈温飛卿繫年〉》。

唐武宗會昌四年甲子(844)　四十四歲。在長安。

本年十月，武宗幸鄠縣校獵，庭筠閒居鄠郊，有《車駕西游因而有作》：“宣曲長楊瑞氣凝，上林狐兔待秋鷹。誰將詞賦陪雕輦，寂寞相如卧茂陵。”

本年八月，昭義鎮劉稹叛平。庭筠之《湖陰詞》或有感於此而賦，作年當在五年春。

唐武宗會昌五年乙丑(845)　四十五歲。在長安。

《漢皇迎春詞》或是年春在長安作。詩有“豹尾竿前趙飛燕”之句，或借指武宗所寵王才人。

唐武宗會昌六年丙寅(846)　四十六歲。在長安。

本年春，有《會昌丙寅豐歲歌》。武宗三月二十三日逝世，此詩有“村南娶婦桃花紅”之句，當爲武宗逝世前作。詩對劉稹平定後時平年豐景象加以歌頌。

唐宣宗大中元年丁卯(847)　四十七歲。春游湖湘。

庭筠《上鹽鐵侍郎啓》云：“頃者萍蓬旅寄，江海羈游，達姓字於李膺，獻篇章於沈約。特蒙俯開嚴重，不陋幽遐。至於遠泛仙舟，高張妓席。識桓温之酒味，見羊祜之襟情。既而哲匠司文，至公當柄，猶困龍門之浪，不逢鶯谷之春。今日俯及陶鎔，將裁品物。輒申丹慊，更竊清陰。”此“鹽鐵侍郎”先歷節鎮，後知貢舉，繼以侍郎司鹽鐵，上此啓时又將爲相。檢孟二冬《登科記考補正》，庭筠所歷諸朝中，宦歷與此完全相合者惟裴休一人。啓中提到裴休外任節鎮時，庭筠曾於羈旅中前往拜謁並獻詩文，得到裴休款待。據郁賢皓《唐刺史考全編》，裴休於會昌元年至三年，任江西觀察使；會昌三年至大中元年末，任湖南觀察使；大中二年至三年，任宣歙觀察使。而在裴休任觀察使之江西、湖南、宣歙三地中，庭筠足跡

曾至者惟湖南一地。其《次洞庭南》詩佚句云："自有晚風推楚浪，不勞春色染湘煙。"可證某年春庭筠曾至洞庭湖南。裴休任湖南觀察使期間，會昌三年庭筠方自吴中舊鄉歸長安，會昌四、五、六年亦均在長安，六年春有《會昌丙寅豐歲歌》，故《次洞庭南》當作於大中元年春，時裴休仍在湖南觀察使任。庭筠《湘東宴曲》云："湘東夜宴金貂人，楚女含情嬌翠嚬。玉管將吹插鈿帶，錦囊斜拂雙麒麟。重城漏斷孤帆去，惟恐瓊籤報天曙。萬户沉沉碧樹圓，雲飛雨散知何處？堤外紅塵蠟炬歸，樓前澹月連江白。"湖南觀察使治所潭州(今湖南長沙市)在湘水之東，故稱"湘東"，詩中描寫的湘東泛舟夜宴情景，正與《上鹽鐵侍郎啓》所稱"遠泛仙舟，高張妓席"者吻合。詩、文互證，知大中元年春，庭筠曾至潭州謁見裴休並獻詩文，受到裴休款待。

此次湖湘之游，除《次洞庭南》《湘東宴曲》外，途經岳州時曾與任州刺之李遠晤别，有《春日寄岳州李員外二首》，又有《寄岳州李外郎遠》。

唐宣宗大中二年戊辰(848)　四十八歲。在長安。

本年春，封敖知貢舉。庭筠應禮部進士試未第。庭筠《上封尚書啓》(啓上於大中六年歲末)云："伏遇尚書秉甄藻之權，盡搜羅之道。誰言凡拙，獲遇恩知。華省崇嚴，廣庭稱獎。自此鄉閭改觀，瓦礫生姿。雖楚國求才，難陪足迹；而丘門託質，不負心期。"《舊唐書・封敖傳》、"宣宗即位，遷禮部侍郎。大中二年，典貢部。"庭筠在考試前雖曾受到封敖公開稱獎，但進士試仍然落第。

本年九月，李德裕由潮州司馬再貶崖州司户。庭筠有《題李相公勑賜錦屏風》，對宣宗貶逐功臣、刻薄寡恩有所諷慨。其時，李商隱有《舊將軍》，三年春有《李衛公》，亦諷宣宗之貶功臣，傷德裕之遠謫。

唐宣宗大中三年己巳(849)　四十九歲。在長安。

唐宣宗大中四年庚午(850)　五十歲。在長安。

本年春，裴休以禮部侍郎知貢舉。庭筠應進士試未第。

庭筠《上鹽鐵侍郎啓》云："既而哲匠司文，至公當柄。猶困龍門之浪，不逢鶯谷之春。"據《唐才子傳·曹鄴》："累舉不第，爲《四怨三愁五情詩》，雅道甚古。時爲舍人韋慤所知，力薦於禮部侍郎裴休，大中四年張温琪榜中第。"

本年趙嘏在渭南尉任。庭筠《和趙嘏題岳寺》作於趙嘏任渭南尉期間。岳指西岳華山。

《送崔郎中赴幕》約作於本年。庭筠大和五年與崔某在黔巫一帶分别，詩有"一别黔巫似斷絃""雨散雲飛二十年"之句。自大和五年(831)下推二十年，詩約作於本年。

又，《山中與諸道友夜坐聞邊防不寧因示同志》，夏承燾《温飛卿繫年》引《通鑑》大中四年八月"党項爲邊患，發諸道兵討之，連年無功，戍饋不已"，謂詩約在此一二年内作。《唐五代文學編年史》復引本年九月吐蕃"大掠河西鄯、廓等八州，殺其丁壯，劓刖其羸老及婦人，以槊貫嬰兒爲戲，焚其室廬，五千里間，赤地殆盡"，謂"此與温詩所言'邊防不寧'事合，且'風捲蓬根'亦秋九月之景象"，繫此詩於大中四年九月。然大中年間，庭筠似無山中習道之跡象。詩似早年作。西北邊防不寧，文、武、宣各朝皆有之，不獨大中四年也。

唐宣宗大中五年辛未(851)　五十一歲。在長安。

本年三月，有《春暮宴罷寄宋壽先輩》。宋壽，大中五年登進士第。題稱壽"先輩"而不稱其官職，當是登第後未授官時作。

唐宣宗大中六年壬申(852)　五十二歲。在長安。

本年春，有《上翰林蕭舍人》七律。蕭舍人爲蕭鄴。

本年八月，裴休以兵部侍郎領鹽鐵轉運使同中書門下平章事。裴休拜相之前，庭筠有《上鹽鐵侍郎啓》；拜相後，有《上裴相公啓》。或謂此"裴相公"係裴度，啓上於開成四年首春，非。辨詳拙文《温庭筠文箋證暨庭筠晚年事跡考辨》。

本年四月，杜悰自西川節度使調任淮南節度使。約六月，庭筠有

《題城南杜邠公林亭》,題下自注:“時公鎮淮南,自西蜀移節。”詩云:“卓氏壚前金綫柳,隋家堤畔錦帆風。貪爲兩地分霖雨,不見池蓮照水紅。”《北夢瑣言》卷四謂:“豳公聞之,遺絹一千疋。”

歲末,有《上封尚書啓》云:“今者正在窮途,將臨獻歲。曾無勺水,以化窮鱗。俯念歸荑,猶憐棄席。假劉公之一紙,達彼春卿;成季布之千金,即變升沈。”祈求時任山南西道節度使之封敖給明春主持禮部進士試之“春卿”(禮部侍郎崔瑶)寫信推薦自己,以求進士試登第。

《上杜舍人啓》作於本年。杜舍人指杜牧,是年冬任中書舍人,此前以考功郎中知制誥,皆可稱“舍人”。牧卒於年末。

《上蔣侍郎啓二首》係上吏部侍郎蔣係之啓。係任吏部侍郎在大中八年任山南西道節度使之前的數年内。啓内有“既而文圃求知,神州就選……今則商飈已扇,高壤蕭衰,楚貢將來,津塗悵望”及“謹以常所爲文若干首上獻”等語,則啓亦爲應進士試前向顯宦行卷以求延譽而上。參以上裴休、杜牧、封敖諸啓,此啓亦爲大中六年秋所上。

又有《上學士舍人啓》二首,可能爲上蕭鄴之啓,鄴大中五年七月至大中七年六月期間,曾以中書舍人充翰林學士。啓二有“今乃受薦神州,争雄墨客,空持硯席,莫識津塗”等語,用語與上蔣係之第二啓類似,當亦同爲大中六年秋所上。

《北夢瑣言》卷四:“宣宗愛唱《菩薩蠻》詞。令狐相國假其(按:指温庭筠)新撰進之,戒令勿他泄,而遽言於人,由是疏之。”《唐五代文學編年史》謂:“庭筠與令狐綯交往,爲撰《菩薩蠻》詞在令狐綯爲宰相時(大中四年至十三年),確年難考,今姑記於此。”

唐宣宗大中七年癸酉(853)　五十三歲。在長安。

本年春崔瑶以禮部侍郎知貢舉,庭筠應進士試未第(參六年《上封尚書啓》等)。

落第後有《上吏部韓郎中啓》。吏部韓郎中指韓琮。琮大中五

年爲户部郎中,大中八年爲中書舍人。其爲吏部郎中當在大中六、七年間。啓云:"昇平相公,簡翰爲榮,巾箱永祕,頗垂敦獎,未至陵夷。倘蒙一話姓名,試令區處,分鐵官之瑣吏,厠鹽醬之常僚,則亦不犯脂膏,免藏縑素。""昇平相公"指裴休(休有休平、昇平之義,又居昇平坊),大中八年十月前以宰相領鹽鐵使。六年八月休爲相前後,庭筠均有啓上裴休。此必七年禮部試落第後請韓琮在休前薦舉自己,以求得鹽鐵使之屬官。此或因琮曾爲户部郎中,係裴休之下屬之故。

《訪知玄上人遇暴經因有贈》作於大中八年知玄歸故山之前,姑繫於此。

《上蕭舍人啓》(某聞孫登之獎嵇康)係代人所擬,蕭舍人指蕭鄴,啓約上於大中五至七年間,姑繫於此。

唐宣宗大中八年甲戌(854)　五十四歲。游河中幕。

是年春,庭筠游河中節度使徐商幕。有《河中陪帥游亭》詩。按:李商隱會昌四年有《奉同諸公題河中任中丞新創河亭四韻之作》,所詠河亭係河中節度留後任畹新建,亭建於黄河浮橋中央之島上。温詩中無新建河亭之跡象,當作於商隱詩之後。大中七至十年,徐商任河中節度使。庭筠最遲開成末即與徐商結識,大中十年至咸通元年,又在徐商襄陽幕爲巡官。則此詩所謂"帥",或即徐商。詩有"柳花飄蕩"語,當作於暮春。大中九年庭筠參加進士試,故此詩當八年暮春作。《題河中紫極宫》或亦八年秋作於河中。其游河中幕或自春至秋。

唐宣宗大中九年乙亥(855)　五十五歲。在長安。

是年春,庭筠應禮部進士試未第。

《新唐書·温廷筠傳》:"數舉進士不中第。思神速,多爲人假手作文。大中末,試有司,廉視尤謹,廷筠不樂,上書千餘字,然私占授已八人。"《唐摭言》卷十三《敏捷》:"山北沈侍郎主文年,特召温飛卿於簾前試之,爲飛卿愛救人故也。適屬其日飛卿不樂,其日晚請

開門先出，仍獻啓千餘字，或曰潛救八人矣。"《北夢瑣言》卷四："庭雲每歲貢場，多爲舉人假手。沈詢侍郎知舉，别施鋪席授庭雲，不與諸公鄰比。翌日，簾前謂庭雲曰：'向來策名者，皆是文賦託於學士，某今歲舉場並無假託，學士勉旃！'因遣之，由是不得意也。"趙璘《因話録》卷六："大中九年，沈詢以中書舍人知舉。"知大中九年沈詢知舉時，庭筠曾應進士試落第。此爲庭筠最後一次應進士試。

本年三月，吏部博學宏詞科考試，庭筠爲京兆尹柳熹之子翰假手作賦。

夏承燾《温飛卿繫年》大中九年："舊書紀，此年'三月試宏詞，舉人漏泄題目，爲御史臺所劾。裴諗改國子祭酒，郎中周敬復罰兩月俸料，考試官刑部郎中唐枝出爲處州刺史，監察御史馮顓罰俸一月，其登科十人並落下'。《東觀奏記》下記此甚詳，其事實起於飛卿。奏記云：'初，裴諗兼上銓，主試宏、技兩科。其年争名者衆應宏選，落進士苗台符、楊嚴、薛訢、李詢古、敬翊以下一十五人就試。諗寬裕仁厚，有題不密之説。落進士柳翰，京兆府柳熹之子也。故事，宏詞科止三人，翰在選中。不中者言翰於諗處先得賦（題），託詞人温庭筠爲之。翰既中選，其聲聒不止，徹於宸聽。'《唐摭言》卷十一謂飛卿'卒以攪擾科場罪，爲執政黜貶'，又謂其'以文爲貨'，當指此。"

《秋日旅舍寄義山李侍御》，張采田《玉谿生年譜會箋》謂此詩"蓋寄義山東川者"。按：義山大中五年冬至九年冬在東川節度使柳仲郢幕。此詩當作於大中六至九年之某年秋。

《爲人上裴相公啓》約作於本年四月。

《上崔相公啓》亦係代人所擬，其下限在本年崔鉉罷相之前。

唐宣宗大中十年丙子（856）　五十六歲。貶隋縣尉，旋居襄陽幕。

《唐摭言》卷十一《無官受黜》："開成中，温庭筠才名籍甚。然罕拘細行，以文爲貨，識者鄙之。無何，執政間復有惡奏庭筠攪擾場

屋，貶隋州縣尉。時中書舍人裴坦當制，忸怩含毫久之。時有老吏在側，因訊之升黜，對曰：'舍人合爲責辭。何者？入策進士，與望州司馬一齊資。'坦釋然，故有'澤畔長沙'之比。"

《東觀奏記》卷下："勅：'鄉貢進士温庭筠早隨計吏，夙著雄名。徒負不羈之才，罕有適時之用。放騷人於湘浦，移賈誼於長沙。尚有前席之期，未爽秋毫之思。可隨州隨縣尉。'舍人裴坦之詞也。庭筠字飛卿，彦博之裔孫也。詞賦詩篇冠絶一時，與李商隱齊名，時號'温李'。連舉進士，竟不中第。至是謫爲九品吏。進士紀唐夫嘆庭筠之冤，贈之詩曰：'鳳凰詔下雖霑命，鸚鵡才高却累身。'人多諷誦。上，明主也，而庭筠反以才廢。制中自引騷人長沙之事，君子譏之。前一年，商隱以鹽鐵推官死。商隱字義山，文學宏博，牋表尤著於人間。自開成二年升進士第，至上（指宣宗）十二年，竟不升於王廷，而庭筠亦慆慆不涉第□□□□者，豈以文學爲極致，已靳於此，遂於禄位有所愛耶？不可得而問矣。"

《金華子雜編》卷上："段郎中成式，博學精敏，文章冠於一時……牧廬陵日……爲廬陵頑民妄訴，逾年方明其清白，乃退隱於峴山。時温博士庭筠，方謫尉隨縣，廉帥徐太師商留爲從事，與成式甚相善，以其古學相遇，常送墨一鋌與飛卿，往復致謝，遞搜故事者九函，在禁集中。爲其子安節娶飛卿女。"

按：庭筠貶隋縣尉之年，如據《東觀奏記》之記載，當在大中十三年。因李商隱於大中十二年以鹽鐵推官死，其事在庭筠貶隋縣尉之"前一年"，則庭筠之貶當在大中十三年。故夏承燾《温飛卿繫年》即據此書庭筠之貶爲隋縣尉於大中十三年，《唐五代文學編年史》從之。然庭筠既以執政惡奏其攪擾場屋（當指其大中九年吏部宏詞試時爲柳熹之子柳翰代筆作賦之事，也可能兼指其應進士試時"潛救八人"之事）而獲譴，則其謫隋縣尉之時間當離事發後不遠。試看宏詞試漏泄題目事發後，對裴諗等有關責任官吏之處分甚嚴，即可見對此案中代人假手作賦、"攪擾場屋"之庭筠之處分必不至於延至事

隔四年之後的大中十三年。問題的關鍵在於裴坦草貶制究在何時。裴坦爲中書舍人,雖在大中十一年四月至十三年十一月期間,但十一年四月之前,已爲職方郎中、知制誥。《新唐書・裴坦傳》:“令狐綯當國,薦爲職方郎中、知制誥,而裴休持不可,不能奪。故事,舍人初詣省視事,由丞相送之,施一榻堂上,壓角而坐。坦見休,重愧謝。休勃然曰:‘此令狐丞相之舉,休何力!’顧左右索肩輿亟出,省吏眙駭,以爲唐興無有此辱。人爲坦羞之。”此事當據《東觀奏記》卷中:“以楚州刺史裴坦爲知制誥,坦罷職赴闕,宰臣令狐綯擢用,宰臣裴休以坦非才,不稱是選,建議拒之,力不勝。坦命既行,至政事堂謁謝丞相。故事,謝畢,便於本院上事,四輔送之,施一榻,壓角而坐。坦巡謁執政,至休廳,多輸感謝,休曰:‘此乃首台繆選,非休力也。’立命肩舁便出,不與之坐。兩閤老吏云:‘自有中書,未有此事也。’人多爲坦羞之。”可見裴坦之任職方郎中、知制誥,當在大中十年十月裴休罷相之前,而唐人習慣,他官知制誥者亦可稱舍人,或謂行中書舍人事,上引《新唐書・裴坦傳》稱時任職方郎中、知制誥之裴坦爲“舍人”,可資佐證。故裴坦草庭筠貶制之時間,完全可以在大中十年十月之前已爲職方郎中、知制誥時。而大中十年春,徐商已由河中節度使調任山南東道節度使,如庭筠大中十年十月前被貶隋縣尉,與徐商留署襄陽巡官,時間亦正相吻合。

庭筠貶隋縣尉在大中十年,其《上首座相公啓》亦提供了内證。啓有云:“昨者膏壤五秋,川途萬里,遠違慈訓,就此窮棲。將卜良期,行當杪歲。”明言自己近五年來在遠離京城的膏壤之地“就此窮棲”,眼下已值歲末,行當離此他適,另卜良遇。對照庭筠生平行蹤,所謂“膏壤五秋”的“窮棲”,只能指居襄陽徐商幕這段時間的生活(自大和初至咸通七年,其生平行蹤大體可考,除居襄陽幕外,别無京城外五秋窮棲之生活經歷)。其離襄陽幕之時間,當在咸通元年歲杪,即徐商罷鎮襄陽内徵以後。自咸通元年逆數“五秋”,正大中十年。然則庭筠之貶隋縣尉,當在大中十年。此啓所上之“首座相

公”，指白敏中。敏中大中十三年十二月自荆南再次入相，懿宗《授白敏中弘文館大學士等制》：“敏中可兼充太清宫使、弘文館大學士。”唐制宰相四人，首相例兼太清宫使。白敏中在同時四相（另三相爲杜審權、蔣伸、畢諴）中，年資位望最高，故此“首座相公”指白敏中。或謂此“首座相公”指温造。但温造根本没有當過宰相，更不用説是首相。唐人詩文稱“首座相公”或“首相”“首輔”者，必爲現任宰相中之居首位者，絶不可能稱從未當過宰相者爲“首座相公”。此與稱“相公”者可以是曾任宰相現已卸任者、甚至是帶同中書門下平章事出鎮者乃至方鎮加同中書門下平章事者不同。至於《東觀奏記》有關庭筠貶官時間之記載，因與庭筠《上首座相公啓》所提供的第一手材料不合，只能存疑。

貶隋縣尉前，有《上裴舍人啓》。裴舍人即裴坦，時任職方郎中、知制誥。

至襄陽，爲山南東道節度使徐商留署巡官。事載兩《唐書》本傳及《金華子雜編》等，已見上引。隋州爲山南東道節度使所轄。徐商與庭筠早已結識，徐商鎮河中時，庭筠曾游其幕。庭筠此次適貶其屬郡爲縣尉，故徐商予以照顧，留使府署爲巡官。

據戴偉華《唐方鎮文職幕僚考》，大中十年至咸通元年徐商鎮襄陽期間，幕府文職僚屬有温庭筠（巡官）、韋蟾（掌書記）、温庭皓（庭筠弟，幕職不詳）、王傳（觀察判官）、李騭（副使）、盧鄯（幕職不詳）、元繇（帶御史中丞銜，幕職不詳）。段成式則於大中十二年起游襄陽幕，與幕中諸文士詩文唱和。余知古則以進士從諸人游。段成式後輯諸人唱和之作爲《漢上題襟集》十卷。

唐宣宗大中十一年丁丑（857）　五十七歲。在襄陽幕。

唐宣宗大中十二年戊寅（858）　五十八歲。在襄陽幕。

是年春，李億登進士第，爲狀元。庭筠《送李億東歸》作於此前某年春在長安時。

段成式隱於峴山，游襄陽幕。上元日（正月十五）有《觀山燈獻

徐尚書三首並序》，序云"尚書東莞公（指徐商）鎮襄之三年"。本年歲暮，李商隱卒於鄭州。

唐宣宗大中十三年己卯（859）　五十九歲。在襄陽幕。

在襄陽幕期間，與段成式詩文唱和。現存詩有《答段柯古見嘲》，文有《答段成式書七首》，又有《和元繇襄陽公宴嘲段成式詩》《光風亭夜宴妓有醉毆者》及《錦鞵賦》。以上詩、文、賦，當作於大中十二年至十三年段成式游襄陽幕期間。

《燒歌》作於大中十年至咸通元年居襄陽幕期間之某年春。

歲末，白敏中自荆南節度使征入再次拜相。庭筠有《上司徒白相公啓》（題擬，原題《上蕭舍人啓》，顯誤。考辨詳見《温庭筠文箋證暨庭筠晚年事跡考辨》）。啓有"今者再振萬機，重宣五教"，即指其再次拜相事。又有"四海遐瞻，共卜歸還之兆，一陽初建，便當霖雨之期"。啓當上於大中十三年十二月聞白敏中再次拜相消息後不久，敏中尚在荆南未歸朝時。

唐懿宗咸通元年（860）　六十歲。在襄陽幕。歲杪赴江陵。

本年十一月之前，徐商罷鎮襄陽，詔徵赴闕，爲刑部尚書，諸道鹽鐵轉運使。李騭《徐襄州碑》："大中十四年，詔徵赴闕。"是年十一月改元咸通。

庭筠罷襄陽幕。歲杪，有《上首座相公啓》，首座相公指白敏中。啓有"昨者膏壤五秋，川途萬里。遠違慈訓，就此窮棲。將卜良期，行當杪歲。通津加嘆，旅舍傷懷"。所謂"膏壤五秋""就此窮棲"，即指在襄陽幕爲巡官首尾五秋。"將卜良期，行當杪歲"，表明歲末將離襄陽他往，另卜良期。

《上宰相啓二首》或爲上夏侯孜之啓。啓一有"银黄之末，則青草爲袍"之語，其時庭筠已爲着青袍之八、九品官，當在謫隋縣尉爲徐商留署襄陽幕巡官時。啓二有"加以旅途勞止，末路蕭條"之語，其時庭筠或已罷襄陽幕。夏侯孜本年十月己亥罷相出鎮西川，啓二當上於此前。

唐懿宗咸通二年辛巳(861)　六十一歲。在荆南節度使蕭鄴幕。

本年春,自襄陽抵江陵,在荆南節度使蕭鄴幕爲從事。

《上令狐相公啓》云:"敢言蠻國參軍,纔得荆州從事。自頃藩牀撫鏡,校府招弓。《戴經》稱女子十年,留於外族;稽氏則男兒八歲,保在故人。藐是流離,自然飄蕩。叫非獨鶴,欲近商陵;嘯類斷猿,況鄰巴峡……今者野氏辭任,宣武求才。倘令孫盛緹油,無慚素尚。蔡邕編録,偶獲貞期。微迴謦欬之榮,便在陶鈞之列。"此啓上於本年令狐綯自河中節度使移任宣武節度使時。"敢言蠻國參軍,纔得荆州從事"二語,上句用郝隆爲桓温參軍事。《世説新語·排調》:"郝隆爲桓公參軍。三月三日會作詩,不能者罰酒三升。隆初以不能受罰。既飲,攬筆復作一首云:'娵隅躍清池。'桓曰:'娵隅是何物?'答曰:'千里投公,始得蠻府參軍,那得不作蠻語也。'"時桓温"爲都督荆梁四州諸軍事、安西將軍、荆州刺史,領護南蠻校尉,假節"(《晋書》本傳),駐節荆州。古稱長江流域中游荆州一帶爲"蠻荆"。下句用王粲依劉表事。《三國志·魏書·王粲傳》:"詔除黄門侍郎,以西京擾亂,皆不就,乃至荆州依劉表。"兩句均用古人在荆州爲從事之典,借指己爲荆州從事,可謂精切不移。庭筠另有《上紇干相公啓》(題有誤,唐無紇干姓爲相者),有"間關千里,僅爲蠻國參軍;荏苒百齡,甘作荆州從事"之語,亦可資佐證。故此二啓之"荆州從事""蠻府(國)參軍"乃實指自己在荆州幕府爲從事。聯係《上令狐相公啓》"嘯類斷猿,況鄰巴峡"之語,更可證其時庭筠居於鄰近巴峡之江陵(此句用《水經注·江水·三峡》"高猿長嘯,屬引淒異""朝發白帝,暮到江陵"之典)。若謂"以荆州從事代署襄陽巡官之事",則不切矣。荆、襄雖鄰接,然爲二鎮,不可借代。《上首座相公啓》明言自己在"膏壤"之地"窮棲""五秋"之後"將卜良期,行當杪歲",將離襄陽另卜良期,其所往之地即荆州,其所任之職即荆州從事。大中十三年十二月白敏中離荆南節度使任入朝爲相後,繼任者

爲蕭鄴(大中十三年十二月至咸通三年在任)。庭筠早在大中六年即有《上翰林蕭舍人》七律,末聯云:"每過朱門愛庭樹,一枝何日許相容?"表現出强烈的依投願望,故此次罷襄幕後即赴荆州依蕭鄴。庭筠當於咸通元年歲杪啓程,於二年春初抵江陵,在蕭鄴幕爲從事。

在荆南幕之同僚有段成式、盧知遒、沈參軍等人。《唐文拾遺》卷三十二盧知遒《盧鴻草堂圖後跋》云:"咸通初,余爲荆州從事,與柯古(段成式字)同在蘭陵公(蕭鄴)幕下。"

在荆南幕期間,有《答段柯古贈葫蘆管筆狀》,其中有"庭筠累日來……荆州夜嗽"之語,當在荆幕時作。今人或列於襄幕時,或收入新輯之《漢上題襟集》中,殆誤。又有《和沈參軍招友生觀芙蓉池》,詩有"楚澤"字,當荆幕唱和之作。《細雨》有"楚客秋江上,蕭蕭故國情"之語,係咸通二年秋荆幕思鄉之作。

《西江貽釣叟騫生》有"春朝"及"梅謝楚江頭"等語,或爲咸通二年春在荆幕作。又有《游南塘寄知者》詩,詩有"楚水"及"杜陵秋思"語,題有"南塘"字,與《渚宫晚春寄秦地友人》詩意及詩語合,與《和沈參軍招友生觀芙蓉池》之"南塘煙霧枝"語亦合,係咸通二年秋荆幕作。《渚宫晚春寄秦地友人》詩有"鳧雁野塘水""秦原""灞浪"及"思歸"語,係咸通二年春荆幕思歸之作,説明其時庭筠家居仍在鄠郊。《送人東歸》有"郢門山"字,寫景切秋令,係本年秋荆幕送人東歸之作。《寄渚宫遺民弘里生》係與段成式宴别後寄贈之作,"渚宫遺民"指段成式,其父文昌起即居荆州。"弘里"謂其弘顯故里也。

唐懿宗咸通三年壬午(862)　六十二歲。春仍在荆幕。夏末秋初已在長安或洛陽。

《和段少常柯古》有"野梅江上晚,堤柳雨中春"之句,其時仍居荆幕,而段成式已入爲太常少卿。

《和太常段少卿東都修行里有嘉蓮》有"故持重豔向西風"之句,寫景值夏末秋初。而據《南楚新聞》,段成式卒於咸通四年六月。故此詩當作於咸通三年六月末或七月初。味詩意,庭筠此時已回長

安，或即作於洛陽。

唐懿宗咸通四年癸未(863)　六十三歲。閑居長安。

本年六月，段成式卒。《太平廣記》卷三五一引《南楚新聞》："太常(少)卿段成式，相國文昌子也，與舉子温庭筠親善。咸通四年六月卒。庭筠閑居輦下。是歲十一月十三日冬至大雪(下略)。"

《舊唐書·温庭筠傳》："咸通中，失意歸江東，路由廣陵，心怨令狐綯在位時不爲成名。既至，與新進少年狂遊狹邪，久不刺謁，又乞索於揚子院，爲虞候所擊，敗面折齒，方還揚子訴之。令狐綯捕虞候治之，極言庭筠狹邪醜跡，乃兩釋之。自是污行聞於京師。庭筠自至長安，致書公卿間雪冤。"《新唐書·温廷筠傳》："不得志，去歸江東。令狐綯方鎮淮南，庭筠怨居中時不爲助力，過府不肯謁。丐錢揚子院。夜醉，爲邏卒擊折其齒，訴於綯。綯爲劾吏，吏具道其污行，綯兩置之。事聞京師，廷筠遍見公卿，言爲吏誣染。"

按：據《舊唐書·令狐綯傳》："(咸通)三年冬，遷揚州大都督府長史、淮南節度副大使、知節度事。"其到揚州任當已在咸通四年初。庭筠之歸江東，路由廣陵，爲虞候所擊敗面折齒之事，如確有其事，當發生在四年春令狐綯到任之後至最遲本年六月庭筠已在長安閑居的一段時間内。然此事頗有可疑之處：其一、此事不見於晚唐五代各種筆記小説之記載。兩《唐書》關於此事之記載相當詳細具體，按常理説，當有所本，然竟不見當時記載。其二、此事在庭筠現存詩文中，也找不到任何有力之佐證。顧學頡《新舊〈唐書〉温庭筠傳訂補》舉《春日將欲東歸寄新及第苗紳先輩》證其歸江東，舉《上裴相公啓》證其旅游淮上受辱，均誤。詩爲會昌元年春自長安東歸吴中舊鄉前作，苗紳係會昌元年進士。啓爲大中六年八月裴休拜相後所上，啓中所言"旅游淮上"乃大和九年事，均與兩《唐書》所載咸通中失意歸江東路由廣陵事無涉。其三、此事在情節上與大和末游江淮爲姚勖所笞逐之事頗多相似之點，如均有游狹邪之情節，均與從揚子院得厚遺或索錢有關，又均受到笞辱。以六十三歲之老翁，即使

風流成性,游狹邪之事容或有之,何至乞索於揚子院,遭虞候之擊而敗面折齒,在同一地點重演三十年前之荒唐行迹而竟忘却已已爲此付出長期之沉重代價?殊令人難以理解。更重要的是:咸通四年自江陵歸江東路由廣陵之記載與咸通三年夏末秋初在長安或洛陽作之《和太常段少卿東都修行里有嘉蓮》直接衝突。如咸通三年夏末秋初已在長安或洛陽,咸通四年初豈能忽又由江陵歸江東?即使撇開此詩不論,時間上亦存在問題。設令庭筠春天啓程回江東,至廣陵當已在春暮甚至夏初。至廣陵後"狂遊狹邪""久不刺謁",又過若干時日。至乞索揚子院遭折辱而訴之令狐綯,綯處置其事,又需時日,然後庭筠方由廣陵返長安,二地相距二千七百餘里,至少需時四五十日。而至遲在本年六月,庭筠已"閑居輦下",然則在時間上又豈敷分配?頗疑兩《唐書》對此事之記載,乃是誤讀《上裴相公啓》的結果,以爲啓中所云"旅遊淮上"乃咸通中事,將啓内"射血有冤""靡能昭雪"理解爲上書公卿間雪冤,而又雜采《玉泉子》遊狹邪遭笞逐之情節,從而添出這樣一段找不到出處與佐證,充滿疑點的情節。史傳編撰者在缺乏傳主可靠材料的情況下,往往因誤讀傳主詩文而誤載傳主事跡,不但温庭筠,同時代的李商隱也有這種情形。

唐懿宗咸通五年甲申(864)　六十四歲。閑居長安。

本年有《爲前邕府段大夫上宰相啓》。前邕府段大夫,指段文楚,唐德宗時著名忠臣段秀實之孫,曾兩任邕管經略使。第一次約大中九年至十二年二月。第二次爲咸通二年七月至三年二月。御史大夫爲其第二次臨邕管時所帶憲銜。啓内提及其初任邕管、離任,再任邕管、罷任及其後"僑居乞食,蓬轉萍飄"之困境,希望宰相"録其勳舊,假以生成"。並叙及"今者九州徵發,萬里喧騰,憑賊請鋒,已至城下"之情事,指咸通五年,"康承訓至邕州,蠻寇(指南詔侵擾)益熾,詔發許、滑、青、汴、兗、鄆、宣、潤八道兵以授之"(《通鑑》)。故此啓應作於咸通五年。段文楚咸通三年二月左遷威衛將軍分司,此時或仍在東都。

唐懿宗咸通六年乙酉(865)　六十五歲。在長安。約六月以後,因宰相徐商之薦,任國子監助教。

庭筠曾任國子監助教,見其大中七年十月六日《牓國子監》署名,及其弟廷皓所撰《唐國子助教温庭筠墓誌》。其始任國子助教之時間,可能在本年六月以後。《舊唐書·温庭筠傳》:"庭筠自至京師,致書公卿間雪冤。屬徐商知政事,頗爲言之。"《新·傳》亦謂:"俄而徐商執政,頗右之,欲白用。"據《新唐書·宰相表》,咸通六年六月,徐商爲相。庭筠之爲國子助教,當因徐商之薦。《新唐書·百官志》:國子監"助教五人,從六品上,掌佐博士分經教授"。《題韋籌博士草堂》約作於本年或七年十月前。

唐懿宗咸通七年丙戌(866)　六十六歲。在長安。任國子監助教,主秋試。冬,貶方城尉,旋卒。

本年春,有《休澣日西掖謁所知因成長句》,當爲任國子監助教期間謁徐商之作。"西掖"指中書省。視"休澣日"語,庭筠當時已在朝中任職。考之庭筠生平,唯一在朝任職之時間即咸通六、七年任國子助教時。詩有"春畹娩"語,當作於咸通七年春。

本年秋,以國子監助教身份主國子監秋試。十月六日,將考試合格之士子所納詩賦牓示於衆,準備報送禮部,參加明春進士試。榜文云:"右前件進士所納詩篇等,識略精微,堪裨教化;聲詞激切,曲備風謡。標題命篇,時所難著。燈燭之下,雄詞卓然。誠宜牓示衆人,不敢獨專華藻。並仰牓出,以明無私。仍請申堂,並牓禮部。咸通七年十月六日,試官温庭筠牓。"牓文中所稱"前件進士所納詩篇",係指考試合格的士子所納之省卷,爲禮部規定凡舉進士者必須交納之詩文,時間一般爲考試前一年之冬天。所納者係"舊文",即作者從自己擅長的各種文體中選出一部分佳作納獻於禮部。故這批作品既要在進行秋試之國子監公佈,又要在禮部牓示。也就是説,牓示者並非國子監秋試時按統一命題作的詩文,這類作品因受考試題目的限制,不可能有多少佳作,更無所謂"標題命篇,時所難

著"的情況。而舉子從平日所作舊文中選送者,方可能如牓文所稱之"識略精微,堪裨教化;聲詞激切,曲備風謡""雄詞卓然"。明乎此,方能弄清庭筠因此牓文及牓示之舊文引起之嚴重後果。

胡賓王《邵謁集序》云:"(謁)尋抵京師隸國子,時温庭筠主試,乃榜三十餘篇以振公道。"《唐才子傳》卷九《邵謁傳》亦云:"苦吟,工古調,咸通七年抵京師,隸國子監。時温庭筠主試,憫擢寒苦,乃榜謁詩三十餘篇以振公道。"《唐詩紀事》卷六十七《李濤傳》云:"温飛卿任太學博士,主秋試,濤與衛丹、張郃等詩賦,皆榜於都堂。"知此次所牓有邵謁、李濤、衛丹、張郃等士子之詩賦。

顧學頡《新舊〈唐書〉温庭筠傳訂補》云:"細玩兩書本傳'頗爲言之''欲白用'文意,徐商爲相時,庭筠必曾補官,否則,'楊收疾之,遂貶''遂廢'之語蹈空矣。如本閑居無官,楊收又何以疾而廢之耶……庭筠七年十月在國子監,而楊收罷相在八年……其爲楊收所疾當在七年十月之後,八年楊罷相之前。況榜文有'聲詞激切''時所難著'之語,或是邵謁所爲詩篇諷刺朝政,而庭筠榜之,遂觸忌而遭廢耶?"又引《唐才子傳》卷九《温憲傳》云:"温憲,庭筠之子也。龍紀元年李瀚榜進士及第。出爲山南節度使府從事,大著詩名。詞人李巨川草薦表,盛述憲先人之屈,辭略曰:'蛾眉見妬,明妃爲出國之人;猿臂自傷,李廣乃不侯之將。'上讀表惻然稱美。時宰相亦有知者,曰:'父以竄死,今孽子宜稍振之,以厭公議,庶幾少雪忌之恨。'上頷之。"陳尚君《温庭筠早年事跡考辨》從顧説,謂庭筠貶死之最明顯原因,當即爲榜詩觸及時諱。梁超然《温庭筠考略》聯係邵謁《歲豐》詩對豪强之抨擊、《論政》詩對時政之譏刺作進一步具體論證。此處需强調指出,"父以竄死"一語,明確指出庭筠係被貶竄而死,故《舊·傳》"楊收怒之,貶爲方城尉"之記載是可信的,證以紀唐夫《送温庭筠尉方城》詩,其事更爲確鑿。而"再貶隋縣尉,卒"之記載則誤。貶隋縣尉在大中十年,係因"攪擾場屋"而貶,已見前。庭筠之卒,在咸通七年,其弟庭皓撰《唐國子助教温庭筠墓誌》署咸通七

年可證。十月六日猶在國子監爲助教,而最遲本年末即卒,可見从牓示詩賦到被貶、到竄死,前後時間不過兩個多月,其罹禍之速之烈可以想見。據“竄死”語,庭筠可能即卒於貶所方城。

庭筠弟庭皓,大中十年至咸通元年爲山南東道節度使徐商幕從事。咸通七年至九年,爲武寧軍節度使崔彦曾團練巡官。九年冬,龐勛反,殺崔彦曾,以刃脅庭皓,使爲表求節度使,庭皓拒之,曰:“我豈以筆硯事汝邪?其速殺我。”十年四月,爲龐勛所殺。兩《唐書》有傳。

子温憲,屢舉進士不第,曾爲山南西道節度使府從事,府主楊守亮頗重之,命李巨川草薦表,盛述其先人之屈,龍紀元年(889)方登進士第。憲有詩名,咸通中與許棠、張喬、鄭谷等號稱“咸通十哲”。事見《唐摭言》卷十、《唐才子傳》卷九。

有姊適趙顓,見《玉泉子》。又有姊或妹適吴興沈氏,見《北夢瑣言》卷四。

女適段成式子安節。見《南楚新聞》《金華子雜編》卷上。

重印後記

《温庭筠全集校注》初印時,未及收録《類説》《紺珠集》等書所摘録之《乾𦠆子》片斷。近承臺北大學王國良教授親至圖書館調閲有關資料,複印惠寄,得以據此補入《乾𦠆子》佚文二十一則,至爲感謝。南京大學古典文獻研究所博士生趙庶洋同志爲我提供了上圖所藏清抄宋本《類説》、南圖所藏明抄殘本《類説》所摘録之《乾𦠆子》,得以與國良教授所提供之明嘉靖抄本《類説》比勘,進行增補改正,亦在此致謝。初印本出版後,學生黄皓峰君用秀野草堂原本與上古本温集對校,並細緻地校讀了全書,發現並改正了不少誤字和與本書凡例不一致的標號;韓震軍君幫我複印了四庫本《紺珠集》所摘録的《乾𦠆子》佚文,亦一併致謝。又,在此書撰寫過程中,鄧小軍君用電腦幫我查找了部分生僻典故,丁放、沈文凡君爲我提供了有關温庭筠的論文或詞評的複印件:均趁此次重印的機會,表示謝忱。

劉學鍇

2012年3月15日